Du même auteur, aux éditions Bragelonne :

Elamia – L'Intégrale de la trilogie

Les Dragons de la cité rouge

Chez d'autres éditeurs :

Romans :

La Porte des limbes (Mnémos, 1997)
Karma girl (Hors-Commerce, 2000)
Ne cherche pas à savoir (XO Éditions, 2010)

Nouvelles :

Bien-être, travail envié (in *Légendaire*, Mnémos, 1999)
Les Ailes de la renommée (in *Royaumes*, Fleuve noir, 2000)
Le Trésor de Taan (in *Fantasy 2005, la revue des éditions Bragelonne*, 2005)
Les Roses de Paq (in *Fantasy 2006, la revue des éditions Bragelonne*, 2006)
L'Ange de l'Alma (in *Complots Capitaux*, Le Cherche Midi, 2008)
L'Ultime illusion (in *Magiciennes et Sorciers*, Mnémos, 2010)

www.elamia.net

www.bragelonne.fr

Erik Wietzel

Elamia

L'Intégrale de la trilogie

Bragelonne

Collection dirigée par Stéphane Marsan et Alain Névant

Le présent ouvrage est une réédition en un seul volume de la trilogie *Elamia* parue aux éditions Bragelonne de 2005 à 2007.

Illustration de couverture :
© Stephan Martinière

Carte :
Christophe Esnault

ISBN : 978-2-35294-484-3

Bragelonne
60-62 rue d'Hauteville – 75010 Paris

E-mail : info@bragelonne.fr
Site Internet : www.bragelonne.fr

Remerciements

Lorsque j'ai commencé à écrire cette histoire je ne connaissais de la Fantasy que Tolkien, Conan et *La Quête de l'Oiseau du temps*. Mes lectures penchaient plutôt vers le fantastique et l'épouvante : Jean Ray, James Herbert, Stephen King, Graham Masterton, Clive Barker… Pourtant, quand je présentai le projet d'*Elamia* aux toutes jeunes éditions Bragelonne, Barbara Liano, Stéphane Marsan et Alain Névant m'accordèrent une confiance sans réserve.

Il ne restait plus qu'à se mettre au travail. Un roman d'aventures avec des personnages hauts en couleur bataillant au milieu d'un immense décor médiéval ? Pas de problème, ce ne serait l'affaire que de quelques mois, un an tout au plus. Imaginez un jeune soldat fonçant bille en tête sur des hordes sauvages après n'avoir affronté que des adversaires de paille, et vous aurez une idée de mon état d'esprit.

Mais c'est au cœur des regs d'Anakann, où je vivais des heures passionnantes en compagnie d'un quinquagénaire amnésique, d'un truculent méhariste et d'une théorie de démons, que Stéphane prit soudain conscience de l'ampleur de l'entreprise. Voix grave, sourire contrit : « Ami, tout cela est bel et bon mais je crains que ton enthousiasme ne t'ait fait perdre le sens de la mesure : tel que c'est parti, ton histoire ne tiendra jamais en un seul livre ».

J'étais dépité. Il fallait effacer des chapitres entiers et vouer au néant des personnages que j'aimais comme des membres de ma famille. Impossible !

Il existait toutefois une solution et elle tenait en un mot que mon éditeur me souffla aussitôt, un petit sourire aux lèvres : trilogie.

Un mot, certes, mais quelques années d'écriture supplémentaires.

J'hésitai : un roman c'est une exploration de la forêt voisine. Trois ? Une expédition autour du monde.

À la fois inquiet et trop épris de mes héros pour en sacrifier un seul, j'acceptai de relever le défi.

Aujourd'hui, je ne regrette pas une seule des années passées auprès de Jocquinius, Kordac, Iriane, ou Julipen et c'est avec émotion que je tiens leurs aventures entre mes mains.

Car au bout du compte, un unique volume est parvenu à les contenir toutes…

Scopolia
Daring
Govent
Tuckmill
Hastrion
Port-Incaline
Îles
Ferrone
Anakann
Boroskariak
Port-Saouk

Vallées Atrianes
Marais de Tharang
Corall-Medding
Havoc
Estebellia
Consolata
Talaxania
Yebbah
Le Monde d'Elamia

Les Mirages d'Elamia

Elamia – livre un

À mon père

Prologue

De tous les maîtres qu'avait connus Consolata, Adrian était le plus jeune, le plus ambitieux et le plus puissant. À seulement trente ans, il avait conquis les deux tiers de son continent. Ce jour-là, il s'apprêtait à attaquer l'un des derniers bastions du monde libre. Cent cinquante mille hommes en armes se dressaient derrière lui. Ivres, hargneux. Cent cinquante mille meurtriers expérimentés.

À moins d'une lieue de la plus grande armée jamais réunie sur ces terres, la cité fortifiée de Havoc se préparait à vivre des heures sombres. Viols et tortures, exécutions et pillages. L'empire s'étendait depuis dix ans à ce prix dément. La paix viendrait plus tard – si jamais elle venait.

Pour annoncer à ses généraux l'imminence de l'assaut, Adrian leva son glaive trempé dans les forges de Hastrion, la ville forestière. Les sabots de cinquante mille chevaux frappèrent le sol, arrachant l'herbe, creusant la terre. Les fantassins entamèrent leurs chants de mort. On arma les fabuleuses machines de guerre que tiraient des attelages impatients. Ils étaient prêts, tous. à mourir l'épée ou la masse à la main. En héros. Le cœur battant, les généraux n'attendaient plus qu'un signal de leur chef.

Ils ne le virent jamais.

Moins d'une seconde avant que la terrible armée se rue vers les remparts, un grondement monta des lignes arrière. Un roulement si puissant qu'il couvrit le martèlement des sabots, la clameur des chants guerriers, le cliquetis des armes. Des cris de douleur se mêlèrent aussitôt à ce vacarme. Des centaines de hurlements. Qui très vite devinrent milliers, et dizaines de milliers. Le bras toujours levé au-dessus de son casque, Adrian tira les brides de son cheval pour le tourner vers la marée humaine. Inquiètes, les premières lignes s'agitaient nerveusement. Une épaisse fumée s'éleva soudain depuis les rangs arrière.

Alors Adrian vit les flammes.

Une vague de flammes bleues, qui déferlait sur les soldats depuis l'arrière. Et se rapprochait à la vitesse d'un cheval au galop. Une brise porta jusqu'à l'empereur et ses officiers une puanteur d'holocauste. Les hommes brûlaient. Le regard effaré, les généraux attendirent de leur chef suprême un ordre, à défaut d'une explication.

Rien ne vint.

Pas un mot, pas un geste.

Impérieuse, prédatrice, la panique s'empara des hommes et des bêtes, et les soldats se dispersèrent sur la plaine pour échapper au gigantesque incendie dont nul ne comprenait l'origine. En vain : inexorables, les flammes les rattrapèrent un à un, où qu'ils fussent, apparaissant spontanément d'un point à un autre de la grande plaine.

En moins d'une minute, la plus puissante armée du monde disparut en hurlant sous l'assaut du brasier bleu. Ce jour-là ne connut aucun héros. Dans sa voracité, le feu fondit le métal des épées, dévora le bois des machines, consuma le cuir des armures, avant de s'attaquer aux carcasses puis aux squelettes. Si bien qu'une demi-heure plus tard la plaine, naguère verte et porteuse d'espoir malgré la bataille imminente, n'était plus qu'un immense champ de cendres fumantes.

Chapitre premier

Vingt-cinq ans plus tard.

Haldric chevauchait à bride abattue. Jamais il n'était allé aussi vite, mais jamais il n'avait eu aussi peur de sa vie.

Tout avait commencé une semaine plus tôt, lorsque les moines de Scopolia avaient vu cette langue de feu traverser le ciel. Elle était tombée loin des colonnes uliques, ces curiosités géologiques d'une centaine de mètres de hauteur, poussant au milieu de collines arides et dont chaque sommet était assez large pour accueillir les édifices d'une communauté religieuse.

Une mission avait été montée à la hâte, en concertation avec les six autres monastères. Haldric s'était porté volontaire, pour échapper à la routine monastique. S'il avait su qu'il conduirait le Mal au sein même de son monastère, il se serait aussitôt jeté du haut de la colonne calcaire.

Haldric avait seize ans. Fils d'un modeste paysan, il n'avait pas eu les moyens de s'offrir l'enseignement de Haut-Temple, l'université la plus réputée de tout Consolata où enseignaient prêtres, clercs, chantres et mages triniciens. En revanche, les portes des monastères restaient ouvertes à qui se montrait assez pieux pour les franchir : il suffisait de croire en l'existence des sept dieux et de leurs serviteurs. Connaître quelques prières pouvait aider. Haldric avait intégré Scopolia dès l'âge de huit ans.

Il se souvenait des paroles de son père, peu avant son départ pour le monastère : *« D'accord, mon fils, tu ne seras jamais un mage puissant, ni même un prêtre, un clerc ou que sais-je encore… Mais tu ne connaîtras pas la faim, tu apprendras à lire et à écrire, tu éviteras les guerres. »*

Les guerres. Son père n'aurait pu prévoir celle qui faisait rage au sud de l'ancienne capitale d'empire, sur les rives de la Medding. Il semblait même que personne ne l'ait vue venir.

— Qui sont les mages triniciens, papa ? avait demandé le garçon.

— Imagine que ce sont les grands prêtres de la Mort.

Haldric avait tiqué à l'idée de se rapprocher de tels prêtres. La Mort, c'était Omok, le dieu en charge des âmes damnées. Ça, il connaissait et ses cauchemars se peuplaient souvent de cet être qui, pour les enfants, était moins un dieu qu'un démon.

— Et ils font quoi, les prêtres ?

— Ils préparent l'âme du défunt à rejoindre l'au-delà. Quand tu seras moine de l'Ordre, tu auras un traitement de faveur, mon fils. Ils t'assureront un passage sans tourments et un séjour loin du royaume d'Omok pour t'envoyer directement dans les terres de Ganalone.

Ganalone, maître du paradis et jumeau du dieu de la mort. Cette idée lui plut nettement plus. Son père lui expliqua encore que les plus grands mages résidaient de toute façon loin de la capitale pour étudier dans les monastères uliques. Les grimoires répertoriant les sortilèges se trouvaient justement au sommet d'une colonne ulique. Il apprit encore que Golan Tark, le plus grand d'entre tous les Triniciens, y avait passé une bonne partie de son existence, avant d'être assassiné par le jeune empereur Adrian.

— Et puis, si tu te débrouilles bien, avait conclu son père en cachant sa tristesse de se séparer de son seul garçon, tu auras l'occasion de voyager et d'accompagner les missionnaires de l'Ordre à travers les Territoires de l'ancien empire. De l'aventure, et à peu de frais si tu veux mon avis.

Rien de tout cela n'était encore arrivé et rien de tout cela n'avait désormais la moindre importance pour le jeune moine.

La langue de feu se révéla être la queue d'une météorite.

— Mes enfants, avait commencé maître Holkine avant d'envoyer Haldric et quatre autres moines en mission, il se passe de bien étranges événements dans le ciel depuis quelque temps : les hommes ont-ils mis le dieu de l'air et des nuées en colère ?

Les sourcils broussailleux du mage s'étaient exagérément soulevés comme deux points d'interrogation. Aucun moine n'avait répondu car mieux valait ne pas intervenir quand le maître s'en prenait aux hommes et à leur folie.

— Vous le savez, une de ces pierres a ouvert les hostilités entre Corall-Medding et Estebellia. En frappant il y a six mois les falaises bordant la Medding, elle a provoqué un gigantesque éboulement, détournant le cours du fleuve. La première guerre depuis bien longtemps… Et ce n'est sans doute pas la dernière car nous avons fauté.

Maître Holkine n'avait pas jugé bon de préciser en quoi ils avaient fauté exactement. En revanche, il avait ensuite rappelé à ses disciples la situation tragique dans laquelle se trouvait Corall-Medding, car, à Scopolia, on était trop loin de la rumeur du monde pour s'en soucier plus d'une minute ou deux : dans l'ancienne cité impériale, le flux s'était tari et à présent seul un ruisseau irriguait son florissant port fluvial. Le Conseil présidant depuis quinze années aux destinées de la cité et des vestiges de l'empire, les Territoires, avait aussitôt entrepris les colossaux travaux de déblaiement.

— Mais les milliers d'hommes qui se sont rendus sur place ont été refoulés ou massacrés. Le fleuve coule désormais sur les Comtés d'Estebellia. Il n'en a pas fallu plus pour que la paix soit oubliée entre nos deux cités, après avoir pourtant survécu à la chute d'Adrian et de son maudit empire. Et voilà que tout recommence ! avait tonné le mage, en levant les bras, comme s'il avait cherché à attiser la colère de Falcaar, dieu du ciel, plutôt qu'à rassurer ses moines effrayés.

Inconscient du danger et peu impressionné par les singeries de Holkine, Haldric s'était porté volontaire. Et puis, il pourrait glaner des détails pour entretenir sa passion naissante de la cartographie.

Lorsque les moines de Scopolia arrivèrent sur les lieux de la chute, ils découvrirent une colline arasée d'où montaient de maigres fumerolles. Les pins gisaient au sol comme de simples baguettes calcinées. Aucun village, aucun hameau ne se dressaient dans les parages. Au nord-est et à environ deux jours de cheval, les premiers sommets des chaînes atrianes découpaient l'horizon de leurs canines brunes. Dans les vallées quasi inaccessibles résidait le peuple aresmass, des voyants disait-on, qui se hasardaient rarement au-delà de leurs campements. L'empereur Adrian avait été l'un d'eux, exception notable à leur isolement.

Entre les Aresmass et cette colline décapitée, on ne risquait pas de rencontrer grand monde, sinon des fous et des brigands en fuite. Les uns et les autres régalant loups, ours et charognards.

Gabriel, le palefrenier, commandait la petite troupe de moines. C'était un homme jovial ; il avait fui longtemps auparavant les guerres de l'empereur en intégrant l'Ordre. Adrian était alors trop préoccupé par ses conquêtes pour s'occuper d'éradiquer les monastères uliques : réduire le pouvoir des mages au sein des grandes cités avait été une tâche suffisamment harassante.

Gabriel apportait à Scopolia la joie et la bonne humeur qui faisaient trop souvent défaut à la vie monastique. C'est à lui que l'on devait quantité de recettes dont l'une des plus fameuses était une boisson élaborée à partir d'eau-de-vie, de fleurs et d'écorces de fruits macérées. Si la place de cantinier n'avait déjà été prise, il l'aurait occupée avec grand plaisir et avec la bénédiction des moines. Comme il connaissait bien les chevaux lors de son arrivée trente ans plus tôt, le rôle de palefrenier lui était échu naturellement ainsi qu'une quantité d'autres, qui allaient de bûcheron à tueur de cochons, en passant par grand ordonnateur des deux veillées de solstices où la règle monastique se relâchait en une fête débridée. Il était l'un des rares moines à vivre au pied de la colonne, parmi ses bêtes.

Haldric ne connaissait les autres moines de sa mission que de vue.

— Par tous les démons, c'est un sacré bazar que tout ça ! tonna Gabriel, les mains posées sur ses larges hanches. Je parie qu'un bon paquet de bêtes a calanché dans l'affaire.

— Eh bien, retournons-nous en, proposa Matelino, un solide gaillard un peu trop taciturne, au goût de Haldric. Et quand il ouvrait la bouche, c'était pour se plaindre ou critiquer.

— Et pourquoi ça ? s'étonna Gabriel. Tu nous vois rentrer et annoncer à maître Holkine que nous n'avons vu que de la broussaille et des bestiaux crevés ?

—Je ne vois pas le problème, dit un troisième.

—Le problème ? Imagine un peu qu'il nous questionne sur la forme du caillou ? Ce qu'il en reste ? T'as vraiment envie de lui raconter des bourres, au maître ?

Le moine regarda ses pieds ; mentir à Holkine ne semblait pas une bonne idée, à moins d'être le plus convaincant des acteurs. Et encore… Le vieux mage perçait à jour les mensonges du moindre inconnu ; alors, ceux d'un moine…

Les cinq hommes progressèrent donc en direction de la météorite et, comme l'avait prédit Gabriel, ils rencontrèrent nombre de carcasses calcinées de toutes tailles, y compris celle d'un ours. Haldric formula une courte prière en hommage à ce géant, en lequel le dieu des esprits sylvestres s'incarne parfois. Mais plus ils approchaient de la pierre céleste, moins les vestiges de vie étaient identifiables. Ils avançaient maintenant dans un profond sillon de terre et de pierres mêlées, des blocs arrachés à la roche blanche qui affleurait partout et sur laquelle habituellement rien ne poussait sinon les résineux et quelques buissons.

C'est seulement à ce moment que Haldric remarqua l'intensité du silence. Après tant d'années passées à l'écoute de la nature, de ses manifestations naturelles et surnaturelles, il savait que la nuit la plus calme bruisse sans cesse. Mais là, il ne percevait que le son mat de leurs bottes de cuir bouilli sur la terre et, trois cents mètres dans leur dos, les hennissements nerveux des montures.

Je n'aime pas ça, se dit le jeune moine.

La météorite avait creusé une tranchée longue de cinq cents mètres avant de s'arrêter. Les moines ne trouvèrent pas une boule à peu près ronde comme ils l'avaient imaginé, mais un monticule de pierraille noire ; l'objet s'était désagrégé en fin de course contre un affleurement rocheux. Gabriel grimpa sur le monticule, malgré les protestations de Matelino. Il disparut de leur vue, entre le tertre noir et la roche blanche.

—Bon sang, cet idiot s'est enfoncé là-dedans ! râla Matelino.

—On aurait dû rentrer à Scopolia, répéta l'autre.

Le cinquième moine s'appelait Calperdi. Il se rongeait les ongles et jetait à Haldric des regards effrayés, comme s'il avait cherché chez lui un soutien. Calperdi serait bientôt le premier à mourir de cette folie ; il semblerait plus tard à Haldric que le moinillon s'était comporté comme s'il l'avait pressenti.

—Je vais voir, décida Haldric, trop content malgré son inquiétude de vivre un peu d'aventure.

Il n'attendit pas les commentaires de ses coreligionnaires pour escalader le monticule, s'écorchant la paume des mains sur la pierre céleste. Une fois au sommet, il fit quelques pas sur l'élément instable et découvrit une dépression dans la roche que la météorite avait frappée. Plus exactement, une ouverture. Assez large pour que deux hommes s'y glissent de front.

—Voilà où est passé Gabriel, dit-il à voix haute pour se rassurer.

Le ciel était laiteux et d'une luminosité éprouvante, la moiteur était presque palpable. Mais lorsqu'il se glissa par l'ouverture, Haldric fut saisi par la fraîcheur ; quant à l'obscurité, elle le figea tel un obstacle infranchissable.

— Gabriel ? C'est Haldric. Tu es là-dedans ?

Il attendit un peu, accroupi à l'entrée de ce qui ressemblait à un boyau naturel. Puis il entendit une sorte de frottement. Qui se rapprochait. Le bruit d'une lourde respiration : un animal remontait le boyau.

— Ô dieu des bois, s'il s'agit de toi, je promets de me rendre sans résistance, récita-t-il en se demandant s'il n'était pas plus sage, cependant, de prendre la fuite que de compter sur la mansuétude divine. Debout devant l'entrée du souterrain, il n'avait pas encore pris sa décision lorsque la bête sortit, massive, soufflante et maculée.

— Haldric ! Qu'est-ce que tu fiches ici ?

Ça n'était que Gabriel. Haldric soupira de soulagement puis lui demanda où menait le conduit.

— Tu ne vas pas me croire, moinillon.

— Je t'écoute, frère palefrenier.

— Il y a une bête là-dedans.

— Une bête ? Je croyais que c'était toi, la seule bête dans les parages, plaisanta Haldric pour détendre l'atmosphère.

— C'est une chose comme je n'en ai jamais vu. Une sorte de... de monstre. Il est foutument mort, aussi sûr que l'empereur a perdu sa dernière bataille, mais il est en aussi bon état qu'une tête de porc parée pour le festin.

À en croire la mine préoccupée de Gabriel, il ne mentait pas.

Il fallut six heures aux moines pour exhumer le monstre – dont une heure consacrée à se disputer et la moitié d'une encore à mettre au point une méthode efficace. Ils ne furent pas trop de cinq pour haler l'animal hors du boyau. Les chevaux renâclèrent et se montrèrent aussi têtus que des mules lorsqu'il s'agit de descendre le long de la tranchée. La configuration du terrain empêchait que l'on approche la carriole ; les moines confectionnèrent donc un brancard sur lequel ils hissèrent la bête. Les chevaux tirèrent ensuite le brancard jusqu'à la carriole, non sans rechigner, comme si la bête était encore vivante et représentait une menace.

Le moinillon effrayé avait éclaté en sanglots à la vue du monstre et l'intelligence de Gabriel l'avait sauvé de la panique : le palefrenier lui avait demandé les tâches les plus épuisantes pour canaliser son énergie dans l'effort et non dans l'épanouissement de son effroi. Mais même Haldric devait reconnaître que la bête était impressionnante, bien qu'inanimée.

Aussi massive qu'un aurochs, elle était dotée de pattes arrière plus longues, comme si elle avait pu progresser debout, à la manière d'un singe. D'ailleurs, ses pattes avant ressemblaient à des bras – mais dix fois plus puissants que ceux de Gabriel, constata le moine, impressionné. Son pelage ras était d'un gris terne et foncé, uni sur le dos, tacheté de noir sur le torse et le ventre où pendaient des mamelles. Elle ne sentait rien hormis la pierre où elle était conservée – et Haldric se demanda comment elle avait pu s'enfoncer au cœur de la roche. Le plus inquiétant était sa tête mafflue, portant trois moignons de cornes, percée de fentes closes et pourvue d'une gueule si large que le crâne de Haldric y aurait tenu sans problème. Les muscles relâchés laissaient apparaître, sous les babines, des crocs jaunes deux fois plus gros que ceux d'un lion.

— Il y en a plus que de couteaux dans notre cuisine, lança Gabriel à la cantonade, alors que les hommes ne parlaient plus mais ahanaient, soufflaient et grognaient sous l'effort.

— J'aurais préféré ne jamais les voir, se plaignit Matelino.

— Cesse de pleurnicher et pense à la joie céleste de maître Holkine lorsqu'il verra ce que nous lui rapportons.

Haldric ne put réprimer un éclat de rire : le vieux maître était tout sauf capable de se réjouir de quoi que ce soit. L'assemblée des sept dieux aurait pu se présenter à lui en tenue d'apparat pour louer son magistère qu'il aurait conservé son air renfrogné.

— À la bonne heure ! ajouta le palefrenier, avant de se tourner vers le moinillon effrayé. Eh, t'as vu ta tête, gamin ? Elle est aussi noire que le cul d'une bouilloire !

Cette fois, ils partirent tous d'un rire libérateur en constatant qu'ils étaient recouverts de cendre et de suie. De tout son séjour au monastère, Haldric n'avait vu Gabriel abandonner sa bonne humeur qu'une seule fois : le jour où il avait dû abattre son cheval préféré, une vieille jument de trait qui, prise de folie, avait renversé un moinillon de sept ans et l'avait piétiné jusqu'à ce que mort s'ensuive.

Le jour déclinait lorsqu'ils en eurent terminé. Drapés d'un voile nuageux, les deux croissants de lune semblaient se diluer dans la nuit. Fourbus, les cinq moines se restaurèrent enfin, adossés à une formation rocheuse sans avoir trouvé la force de défendre le périmètre. Un peu plus tard, Gabriel entama le premier quart tandis que les moines s'endormaient, dans un silence de mort.

Haldric et ses compagnons rejoignirent les colonnes uliques deux jours plus tard. Holkine réunit à Scopolia les maîtres des six autres monastères et retint les cinq moines pour les interroger en assemblée extraordinaire. Il leur accorda toutefois une journée entière pour se remettre du voyage, exemptés de toute corvée mais à l'écart des autres moines. Le monstre était entreposé au pied de la colonne calcaire, dans l'une des dépendances qui cernaient le mont.

C'est au matin de la réunion qui rassemblait les maîtres triniciens que tout commença. Le monstre était étendu à même le sol. Mages, prêtres et prieurs formaient cercle autour de lui, les cinq moines se tenant en retrait. Sans doute à cause de la température plus élevée dans la dépendance que dans sa cachette, l'animal exsudait une odeur musquée. Ce détail éveilla les soupçons de Haldric, car il se serait attendu à un remugle de décomposition. Durant un moment qui parut interminable au jeune moine, les maîtres présentèrent leurs hommages aux sept dieux. Puis ils interrogèrent les hommes qui avaient courageusement rapporté ce colosse. Gabriel parla le premier mais ils furent tous sollicités. Haldric reçut de laconiques félicitations pour être allé rejoindre Gabriel au sommet du monticule.

Calperdi, le moinillon effrayé, semblait physiquement plus éprouvé que ses compagnons ; maître Balard, qui dirigeait son monastère, le questionna à son tour, la main posée sur son épaule, puis lui demanda d'approcher de l'animal.

— Montre-moi ce qui t'inquiète tant sur ce cadavre, mon garçon, lui demanda-t-il, espérant sans doute relativiser les raisons de son angoisse.

Le pauvre, il tremble de tous ses membres, songea Haldric.

Calperdi tendit un bras vers la gueule avachie du monstre.

— Plus près, mon garçon, plus près, insista le maître qui le forçait à s'accroupir. Affronte ta peur et tu verras qu'elle n'est pas si bavarde qu'il y paraît.

À peine avait-il prononcé ces mots que la tête du monstre se redressa brusquement et que la gueule se referma sur le poignet du garçon. Calperdi ne poussa qu'un petit cri de surprise, comme s'il ne pouvait croire ce qui venait d'arriver à sa main. La bête prit appui sur ses bras, ses yeux entrouverts, du sang dégoulinant de ses babines. Il y eut comme un flottement, puis la furie se déchaîna dans la dépendance. Le monstre lança un bras vers le ventre du garçon et sa patte disparut dans les entrailles comme si elle avait crevé une poupée de paille. Cette fois, le moinillon hurla. La seconde suivante, la bête se jetait sur maître Balard.

Haldric ne vit pas la suite : il courait vers la sortie.

— Par ici, vite ! hurla Gabriel, en désignant la petite nacelle qui assurait le transport des hommes vers le sommet de la colonne naturelle et le monastère.

Derrière Haldric, la bête se déchaînait, pulvérisant tout ce qui se trouvait encore à l'intérieur de la dépendance. Les deux moines grimpèrent dans la nacelle de bois et d'osier, Gabriel commença de la haler. Un homme sortit du bâtiment.

— Matelino ! cria Haldric.

Sans une hésitation, Gabriel fit perdre à la nacelle les deux mètres qu'elle avait déjà parcourus.

Le moine taciturne courait vers eux. Haldric vit alors la bête qui jaillissait du bâtiment en détruisant les montants de la porte pour s'ouvrir un passage. Colossale, elle se tenait à quatre pattes à la manière d'un singe. Elle vit la nacelle à vingt mètres de là et l'homme qui courait vers elle. Elle se redressa sur ses pattes arrière, poussa une sorte d'aboiement qui s'acheva en un grognement profond. Puis elle courut vers Matelino.

Le moine taciturne agrippa la nacelle et Gabriel saisit son bras pour l'aider à l'enjamber, car le long capuchon entravait Matelino. Occultant le soleil de sa masse énorme, le monstre était déjà sur lui. Il planta ses griffes dans le dos du moine et l'attira à lui. La douleur relâcha les muscles de Matelino et Gabriel ne put rien faire pour le retenir.

La bête projeta Matelino au sol et se rua sur lui avec une inconcevable férocité, plongeant la gueule dans son ventre.

— Gabriel, il faut monter ! TOUT DE SUITE !

Par chance, le monstre s'attarda sur Matelino pour dévorer ses entrailles, brisant de sa tête furieuse la cage thoracique. Secoué par Haldric, le palefrenier s'empara de nouveau de la corde et hissa la nacelle vers les hauteurs.

— Bon sang, j'aurais dû vous écouter, Haldric…

Le jeune moine ne répondit rien : il n'aurait jamais pensé que l'optimisme du palefrenier les conduirait à leur perte. Dix minutes plus tard, ils sonnaient les cloches du monastère pour avertir les six retraites uliques du danger.

La nouvelle de la mort probable de maître Holkine sema la panique encore plus sûrement que les conditions de son décès : dans leur majorité, les moines n'étaient que de grands enfants, habitués à être commandés, à exécuter ce qu'on leur imposait et dépourvus d'esprit d'initiative. Même son bras droit, le prieur Mickael, se révéla dépassé par la situation. Chacune des décisions qu'il prit ou ne prit pas précipita la chute de Scopolia. Il se préoccupa notamment de mettre les objets du culte et les manuscrits enluminés à l'abri au lieu d'inventorier les armes à sa disposition. Ainsi, malgré les exhortations de Gabriel, il refusa que l'on détruise la seconde nacelle, destinée aux plus lourdes charges, afin de se garder une possibilité de fuite, expliqua-t-il.

Moins primitif que ne l'avait imaginé le prieur, le monstre ne mit pas longtemps à comprendre le fonctionnement de la grande nacelle et, une heure après son réveil, il prenait pied au sommet de Scopolia, dans le monastère. Une heure de plus et il avait réduit de moitié les effectifs monastiques. Il trouva le prieur retranché dans les appartements de maître Holkine parmi quantité de volumes précieux. Hélas, le Trinicien ne connaissait pas l'usage délicat des matrices et ses lectures lui semblèrent tout à coup vaines. Il se maudit d'avoir refusé un important pèlerinage, douze ans auparavant, à l'issue duquel il aurait pu rencontrer un puissant mage ; Mickael avait préféré le confort relatif de Scopolia aux aléas d'un voyage au long cours. Alors que le monstre avançait vers lui en aboyant, il invoqua les sept dieux et le souvenir de Golan Tark. Aucun ne lui vint en aide ce jour-là.

Gabriel avait entraîné Haldric vers les cuisines.

— Cache-toi là-dedans, ordonna le palefrenier en désignant un imposant chaudron de fonte dont il saisit le couvercle.

— Mais, et si…

— NE DISCUTE PAS !

Haldric se faufila dans le chaudron et Gabriel remit en place le couvercle, si bien qu'il fit totalement noir autour du jeune moine.

Accroupi, les sens saturés par les parfums mêlés d'innombrables soupes, effrayé, il entendit les échos étouffés du massacre. Bientôt, ses jambes repliées sous lui se firent douloureuses. La douleur contamina le reste de son corps et sa respiration elle-même devint un supplice. L'agitation qui secouait le monastère s'atténua mais Haldric ne s'en rendit pas compte. Fatigue, émotions et souffrance le laissaient dériver au fil du temps.

Il revit son père pleurer alors qu'un comte lui volait deux manses de terres ; des champs qu'il avait défrichés et fertilisés au prix d'un dur labeur. Puis le souvenir de ses premiers mois au monastère brilla devant ses yeux comme des ombres sur une eau mobile : sa mère lui manquait alors tant, que c'était comme mourir un peu plus chaque jour. L'image du joyeux palefrenier se substitua au visage maternel et il se souvint de ses facéties quotidiennes mais aussi des balades à cheval à ses côtés, du feu de son breuvage dont les moines abusaient lors des veillées de solstice.

Gabriel…

Haldric fut propulsé vers le présent alors qu'une crampe emprisonnait sa cuisse dans sa mâchoire de fer. Par réflexe, il se redressa d'un bond et son dos heurta le couvercle du chaudron.

Oh non, le monstre ! pensa-t-il aussitôt.

Il se replia en geignant, attendit quelques secondes. Le silence. Le cœur battant à tout rompre, il décida de quitter sa cachette. Le couvercle heurta le dallage de la cuisine en un fracas assourdissant. Haldric se contracta, dans l'attente d'une réaction, quelque part. Rien. Ses membres engourdis lui tirèrent un gémissement. Il n'avait aucune idée du temps qu'il avait passé dans le chaudron. Une heure ? Deux ? Il sortit des cuisines, toujours éclairées par des lampes à huile, et constata que le jour déclinait. Une demi-journée s'était écoulée depuis qu'il était entré dans sa cachette.

Il ne mit pas longtemps à découvrir les premiers cadavres, éviscérés. Leur vue lui souleva le cœur, mais il se retint de vomir. Il erra ainsi à travers tout le monastère, tendu, une torche à la main en guise d'arme. Parvenu au ponton suspendu au-dessus du vide, il constata que la grande nacelle était retournée au niveau du sol.

Elle est partie. La bête est partie.

Il résista à l'envie de communiquer avec les autres monastères uliques, de peur de signaler sa présence au monstre. Il se contenta de se pencher au dehors, maintenant sa torche en deçà des balustres. Aucun signe de vie sur les trois établissements visibles depuis Scopolia. Mais à cette heure indécise et à cette distance, il n'était pas aisé de distinguer une silhouette.

Je passe la nuit ici. Après, on verra.

Il cisailla la corde de la grande nacelle. La présence de tant de cadavres lui semblait si démente qu'il en vint à l'ignorer. Il se demandait juste où pouvait bien se trouver Gabriel. Près de ses chevaux, en bas ? Le palefrenier s'en était sorti : toute autre possibilité était insupportable. Il s'endormit avec cette idée en tête, à peu près au milieu de la nuit.

Haldric chevauchait depuis maintenant cinq jours. L'insigne brodé sur son capuchon, un arbre à trois branches, lui avait ouvert bien des portes. Malgré tous les efforts de l'empereur pour supprimer l'influence de l'Ordre, les Triniciens étaient encore respectés. Où en seraient-ils aujourd'hui sans les obstacles que leur avait imposés l'empereur ? Maître Holkine avait coutume de dire que l'on grandit dans l'adversité. Le monstre que Haldric avait contribué à réveiller, était-ce là le genre d'adversité dont voulait parler le mage ?

Le jeune moine ne savait rien de la bête. Avait-elle le moindre défaut dans sa cuirasse ? à en croire les cadavres qui jonchaient les colonnes uliques, on pouvait se poser la question : des centaines de moines étaient descendus combattre le monstre, car peu avant sa fuite, Haldric avait chevauché jusqu'au monastère voisin et découvert ses hommes éventrés comme les ouailles de Scopolia, des armes à leurs côtés. Haldric n'avait pas cherché à savoir ce qu'il était advenu des quatre autres monastères uliques et il avait filé vers Corall-Medding.

Au matin du cinquième jour, alors qu'il traversait un bois, le moine ne vit pas la branche qui barrait la sente, à la hauteur de sa poitrine. Le choc lui brisa deux côtes et il tomba en arrière, tandis que sa monture, lancée au galop, poursuivait sa route. La tête du moinillon heurta le sol et il perdit connaissance, noyé dans une atmosphère de plus en plus obscure. Il mourait.

Le jour se leva. Mais le bois avait disparu pour céder la place à des nuées de plomb, tels des orages pour l'instant immobiles, en attente. L'horizon dentelé de montagnes éphémères vacillait sans cesse comme dans un rêve d'opium et des brumes en tranchaient les sommets. Haldric errait aux portes du royaume d'Omok.

Le dieu était la part sombre d'une divinité double : son frère Ganalone recueillait les âmes apaisées tandis qu'Omok rassemblait autour de lui les défunts qui subissaient le trépas comme une injustice.

Les damnés.

On racontait les pires histoires au sujet de ce royaume de ténèbres : la mort n'y était pas une fin en soi mais le début d'un voyage de douleurs et de tourments, où le seul compagnon indéfectible – et le plus fidèle – était la peur. Rien moins qu'un enfer au seuil duquel les Triniciens s'aventuraient parfois au péril de leur propre vie, pour marchander la victime d'un assassin ou l'assassin lui-même et le ramener, disait-on, dans les cryptes de Haut-Temple ; dissimulé dans les murs du gigantesque bâtiment, un puissant artefact aidait les mages à réaliser ce prodige.

Un profond sentiment d'injustice envahit aussitôt le moinillon. Il n'aurait jamais dû être là ! Son père ne lui avait-il pas promis le paradis de Ganalone plutôt que l'enfer d'Omok ?

Il faut que j'avertisse Haut-Temple ! J'ai une mission ! Je ne peux pas être ici. Je ne le dois pas !

Flottant entre ciel et terre, des formes aussi vastes que des baleines semblaient attendre un signal pour se mettre en branle et foncer sur les foules indolentes qui geignaient en contrebas. Peut-être était-ce un paysage sous-marin, un monde lent, noyé par les larmes de ses habitants. Haldric se dit alors qu'il avait lui-même un récit à délivrer.

Moi aussi, j'ai souffert. Qu'est-ce que vous croyez ? Et je souffre encore…

Se faire entendre de ces masses éplorées l'emportait sur l'urgence de quitter les lieux.

Je suis en train de mourir alors que je dois avertir le monde du danger qu'il court. Qu'est-ce que vous dites de ça ? Je suis un moine trinicien, j'aurais dû être accueilli chez Ganalone et rien ne se passe comme il aurait dû. Rien ! C'est la plus cruelle des injustices !

Mais personne ne l'écoutait. Il fallait parler plus fort, descendre parmi cette foule. Prendre pied au milieu d'une place et imposer son histoire jusqu'à la compassion. Soudain, dans le concert macabre des plaintes et des supplications, une voix parvint à l'esprit de Haldric. Il la connaissait. La voix de la Prière.

« Je ne suis pas ici, pas maintenant. Je n'appartiens pas à ce monde. Un jour peut-être, pas maintenant. Cette mort est celle d'un autre et la mienne n'est pas advenue. »

Les mots appris au monastère et répétés durant les interminables séances de méditation jusqu'à se vider de sens. Puis, après les heures de jeûne et de repli sur soi, ces mots acquérant une puissance inimaginable auparavant. Inscrits quelque part dans l'esprit du garçon, indélébiles.

Une silhouette massive apparut depuis l'horizon montagneux. Qui approchait à très grande vitesse. En bas, une onde humaine accompagna le vol de la créature aux contours changeants. Les baleines célestes se retournèrent sur son passage. Des orages explosèrent au loin, libérant de torrentielles pluies noires comme du bitume bouillant. Le paysage en son entier bascula de la torpeur inquiète au chaos. Haldric n'avait pas peur car à mesure que la silhouette se rapprochait, il ressentait la compassion qu'elle irradiait. Un serviteur d'Omok. Il l'écouterait. Oh, oui, aussi sombre et inquiétant fût-il, il l'écouterait.

« Pas ici, pas maintenant, persista la voix de la Prière. Cette mort est celle d'un autre et la mienne n'est pas advenue. »

La silhouette étendit une multitude de bras monstrueux. Dans son visage de suie brillèrent des yeux à l'éclat froid. Un serviteur d'Omok avait fait le déplacement jusqu'à lui pour recueillir la matière de son tourment.

« Il faut prévenir Haut-Temple ! ajouta la voix. Corall-Medding a besoin de toi, espèce de poltron de moine ! »

À dix mètres devant lui, le démon serviteur inclina la tête sur le côté. Ses bras changèrent de forme, prirent l'aspect de tentacules ou de fouets.

Prévenir Haut-Temple ! Cette mort n'est pas la mienne !

Les tentacules se déroulèrent vers Haldric pour le capturer. Mais il était trop tard : le novice avait déjà quitté le royaume.

Lorsqu'il s'éveilla, Haldric fut surpris de sentir son cheval lui lécher le visage. Il lui fallut encore deux heures pour remonter en selle.

— Par tous les dieux, j'ai rencontré un serviteur d'Omok ! Un démon ! Tu peux croire ça ? demanda-t-il à son cheval. L'animal se contenta de souffler par les naseaux.

Enfin le sommet du mont Corall se dressa au loin. Haldric n'était venu qu'une fois dans l'ancienne capitale d'empire, et elle lui avait fait une très forte impression. À l'intérieur des remparts, il y avait d'abord Medding, la vaste cité portuaire qui s'étalait sur les deux rives, avec ses quartiers populaires – sinon malfamés –, ses docks, ses ponts, son îlot central avec sa prison et son arsenal, et, en aval, les riches quartiers de la fine fleur aristocratique. Ensuite se dressait derrière une seconde ceinture fortifiée la vertigineuse Corall, tout en terrasses et en balcons, ses milliers de petits toits brillant sous le soleil comme les facettes d'une pierre précieuse.

Haut-Temple était juché dans les hauteurs de Corral. Un diamant sur une montagne de gemmes, entourée de jardins suspendus. Adrian avait converti la construction en résidence palatine lorsqu'il avait étouffé l'influence de l'Ordre trinicien. La brume qui nimbait souvent les abords du fleuve et piégeait le pied du mont donnait aux résidents de Haut-Temple le sentiment d'être coupés du monde. On racontait qu'un dragon nommé Hosartan était prisonnier de Haut-Temple. Au fil des siècles, il avait perdu ses ailes et ses membres s'étaient peu à peu transformés en longs tentacules. Autant de racines qui s'étaient enfoncées au cœur même de la roche.

Aux yeux de Haldric comme à ceux de nombreux voyageurs, la cité double était une merveille, sertie entre collines verdoyantes et contreforts montagneux. Elle savait dissimuler ses bouges aux nouveaux arrivants.

Lorsque le jeune moine eut atteint le dernier coteau, il comprit aussitôt la tragédie que vivait depuis maintenant six mois la capitale : en contrebas le fleuve naguère puissant, dont les crues violentes semblaient remettre chaque fois en question l'existence même de la ville, n'était plus qu'un ruisseau sale. Des dizaines d'embarcations pourrissaient sur le lit asséché, en attendant de pouvoir un jour naviguer de nouveau. La vision de ce gâchis déprima un peu plus Haldric.

Ces pierres célestes sont en train de détruire notre monde.

L'arbre aux trois branches de son capuchon l'exempta de péage, quand il franchit le Vieux-Pont : l'Ordre trinicien partageait l'administration de la cité et des moignons d'empire, les Territoires, avec la Hanse des marchands.

Haldric descendit de sa monture écumante place de la Sellerie, au premier tiers de Corall. Ensuite, seules de bonnes jambes lui permettraient de grimper les venelles étroites et pentues, les milliers de marches et les gradins de Grève-Pieds, comme la nommaient ses habitants.

Point de passage de nombreux peuples, symbole d'espoir mais aussi ultime étape de bien des échecs, la capitale était habituée à voir toutes sortes de personnages arpenter ses pavés ; pourtant, la mine de Haldric, écrasé de fatigue et torturé par la peur, le sang qui tachait d'auréoles brunes son capuchon attirèrent l'attention de bien des Corallais. Tant et si bien que la rumeur de son arrivée dans la ville haute le précéda de plusieurs minutes – sans doute l'épuisement du moine ne lui permit-il pas de gagner cette course vers Haut-Temple.

Haldric passa sous les trois porches symbolisant la religion des Triniciens. La nature, les mystères et, enfin, l'homme. Ces trois forces contenaient l'univers tout autant qu'elles le résumaient. Le jeune moine n'aurait su dire à laquelle des trois appartenait le monstre qui avait décimé les monastères uliques en quelques heures. « À aucune », aurait-il répondu ce jour-là, ébranlé dans sa foi. Conscient de l'importance de sa mission, il ne faiblit pas durant les deux heures d'attente qu'on lui infligea dans le cloître, refusant même de se restaurer. Un maître qu'il ne connaissait pas se présenta enfin à lui : le vieil homme aux traits doux s'appelait Jocquinius.

Dès qu'il apparut, Haldric s'inclina comme l'exigeait le protocole, et ses reins, martyrisés par les journées de chevauchée, lui tirèrent un gémissement. Quand il se releva, des points blancs dansèrent devant ses yeux. Puis il surprit le regard du mage : le maître avait du mal à dissimuler sa stupeur devant l'allure du messager. Haldric essaya de se souvenir des préambules protocolaires mais décida qu'il n'avait plus assez de forces pour s'en soucier ; il lâcha en une respiration le discours qu'il avait préparé durant sa fuite :

— Maître, le monastère de Scopolia a été entièrement décimé, une bête inconnue s'en est prise à nous puis aux occupants des autres monastères uliques, la bête les a dévorés vivants et je crois que je suis le seul survivant.

Déjà affecté par la vue de ce jeune moine sale et défiguré, le mage perdit un peu plus de son assurance. Quant à Haldric, il estimait avoir rempli sa mission et il s'effondra, inanimé, sur les dalles du cloître.

* * *

Parmi les légions de morts qui arpentaient le royaume d'Omok, Jeremy était un garçon chanceux. Car s'il ne servait pas le dieu lui-même, il avait pour maître un personnage qui serait bientôt aussi puissant, sinon plus. Ce n'était plus qu'une question de temps.

Certes, ce maître ne le ménageait guère, avec ses exigences de tyran. Mais Jeremy avait un objectif qui lui permettait d'accepter, jour après jour, son pénible sacerdoce : bientôt il quitterait le domaine aride d'Omok, cet enfer gris peuplé d'âmes damnées. Oui, il reviendrait parmi les vivants, en Val-des-Miracles, ainsi que les morts nommaient le monde où ils étaient nés.

Jeremy retrouverait cette place qu'il n'aurait jamais dû quitter, auprès des siens. Mieux encore : il séduirait Anna. Et, cette fois, il n'échouerait pas. Il présenterait des arguments de poids pour convaincre la jeune fille de rester auprès de lui. De l'aimer, de le serrer dans ses bras, de l'embrasser, de…

Non !

Les pensées de Jeremy étaient en train de l'emmener là où il ne voulait pas aller.

Non…

C'était chaque fois pareil : son imagination s'emballait et les images qu'elle produisait reflétaient si mal ses sentiments pour la jeune fille… Le garçon n'aspirait qu'à un amour pur, sans la vulgarité dont Jeremy accusait les garçons de son âge.

Il n'y a qu'à voir comment ils s'y prennent pour sortir avec ma belle Anna !

Lui n'avait jamais voulu – n'avait jamais *pu* – utiliser les mêmes armes.

C'est normal : moi, je l'aime. Je ne veux pas juste sortir avec elle comme ces brutes.

Pourtant, les pensées de Jeremy s'aventuraient bien au-delà d'une émotion chaste. C'était même de pire en pire.

La faute à Omok, se mentait-il.

Le garçon tentait d'arrêter le cours de son imagination, mais autant stopper la marée montante avec un château de sable…

Anna, Anna, Anna…

Prononcer son nom ravivait la douleur, l'humiliation de ses échecs.

Et dans l'instant suivant il lui donnait l'espoir d'une vie meilleure, d'un amour sans bornes, un amour partagé que rien ni personne, jamais, ne viendrait contester. Un couple dont la passion ferait l'envie et la fierté de toute la côte, du simple mousse au plus fortuné des armateurs.

Anna et Jeremy…

Anna et Jeremy, flânant, main dans la main, le long de la mer de Crysan. Anna et Jeremy, assis côte à côte sur les dunes blondes. Anna et Jeremy, à l'écoute du froissement des vagues. Anna, sa tête menue lovée contre l'épaule de Jeremy. Si proche, si aimante. Offerte.

Alors jaillissaient les images, irrépressibles, comme la lave d'un volcan en éruption.

Par tous les dieux, non… !

Jeremy se mit à rougir, excité et honteux. Il ne fallait pas. Non, il ne fallait pas : ses sentiments, si purs… Comment prétendre à son amour s'il devait se comporter comme ses horribles rivaux ? Ceux-là même qui l'avaient tué, un an plus tôt.

Non, non, non ! Impossible !

Pour l'heure, il se consacrait corps et âme à son maître. Enfin, l'âme seulement : son corps de quinze ans pourrissait quelque part, sans doute à six pieds sous terre, dans le cimetière marin de son village. Auprès de ses grands-parents. Des gens qu'il n'avait même pas connus. Quelle ironie !

Aux premiers jours de sa mort, Jeremy avait erré parmi les myriades de défunts de ce ténébreux au-delà. Autour de lui croupissaient les victimes d'assassinats, d'accidents tragiques, de maladies foudroyantes... Autant d'hommes, de femmes et d'enfants considérant leur décès comme profondément injuste. Jeremy n'avait d'abord pas cru à une telle malchance ; quitte à être décédé, autant passer du bon temps auprès de Ganalone ! Des deux dieux chargés des âmes défuntes, il était de loin le plus aimable. Et son domaine passait pour être baigné d'un éternel printemps. La saison préférée de Jeremy.

Seulement voilà, l'injustice de son meurtre l'avait tout droit conduit chez Omok. Au beau milieu de ces âmes convaincues d'avoir été prématurément enlevées à la vie. Un peuple de geignards, ressassant le récit de leur décès « immérité ». Dans le meilleur des cas. Car il y avait pire que d'entendre les plaintes de ces pauvres gens.

Bien pire.

Dans ce royaume nommé Galameh, la Terre des Tourments, les ennuis qui vous tombaient dessus pouvaient être plus pénibles à supporter que le passage de vie à trépas.

Mourir ; au moins, ça n'a pas pris trop de temps pour moi.

Poussé d'une falaise au cours d'une bagarre, Jeremy s'était écrasé quinze mètres plus bas. Il n'était pas mort sur le coup, non. Et la nuit avait été longue, à attendre la fin tandis que les vagues se rapprochaient. À demi conscient, il avait espéré voir Anna apparaître pour le tirer de là. Une fée marine, née des flots, effleurant l'écume pour le rejoindre et le sauver.

Anna n'était pas venue, bien sûr. Elle n'avait pas su ; sans doute n'avait-elle pas imaginé ses brutaux compagnons capables d'une telle violence. Jeremy savait nager mais sa colonne vertébrale était brisée et il ne pouvait plus faire un geste. Finalement, les poumons du garçon s'étaient emplis d'eau. On avait retrouvé son cadavre le lendemain matin. De la chute à la noyade, combien de temps cela avait-il duré : six heures ? À peine.

En Galameh, une expérience pénible – et par pénible Jeremy entendait : « à même de vous rendre fou de peur et de douleur » – pouvait durer des jours et des jours.

Et pour certains morts, elle durait une éternité.

J'ai de la chance. J'ai rencontré le Maître. Il me protège et bientôt, je serai chez moi.

Le Maître n'était pas Omok, ni même l'un de ses serviteurs. C'était… quelque chose d'autre. Un homme vivant à la frontière séparant les domaines des dieux jumeaux. Pour le Maître, Jeremy avait rempli toutes sortes de missions. Des plus anodines aux plus périlleuses. Il s'était parfois contenté de transmettre des messages à de parfaits inconnus. Il était parti récupérer certains « objets » : au début, des images, des souvenirs que le Maître lui avait appris à voler sans trop de risques.

Les objets matériels, ceux que l'on pouvait prendre en main sans craindre qu'ils se transforment la seconde suivante au gré de l'humeur de son propriétaire ou de ses pensées, ces objets « en dur » comme disait Jeremy étaient excessivement rares dans le royaume. La plupart d'entre eux appartenaient au dieu lui-même ou à ses démons. Tout le monde les convoitait car ils symbolisaient le passé parmi les vivants.

Ils représentaient la vie.

— Amusant comme les valeurs s'inversent ici, commentait le maître de Jeremy. Pour les vivants, un vase est un poids mort. Mais dans ces contrées il est soudain plus vivant que le plus excité de nos petits camarades !

Jeremy avait contribué à collecter quelques-uns de ces objets, menant l'enquête auprès des uns et des autres. Il avait dû fouiner dans des endroits vraiment sordides – sordides selon les critères de Galameh, autrement dit mille fois plus épouvantables que la ruelle la plus glauque de son port natal. Maintenant, Jeremy se contentait d'interroger les défunts que son maître lui désignait : « Quel est l'objet qui vous manque le plus ? » L'envie allumait les yeux de ses interlocuteurs comme de puissants brasiers.

Puis son supérieur apportait lui-même les objets de Val-des-Miracles. Aussi incroyable que cela puisse paraître, il leur faisait traverser l'au-delà. Le Maître détenait ce pouvoir. Un parmi une multitude.

Pour le moment, c'étaient des objets inanimés. Mais ils constituaient un élément essentiel du vaste plan. Car le Maître avait des projets bien plus excitants. Et Jeremy en faisait partie.

Le garçon parvint avec effort à chasser les images qui menaçaient de s'imposer à lui et de capter son innocence, comme des sangsues avides. En pénétrant dans la Cabane du Maître – il avait fallu agrandir les lieux au gré des arrivages d'objets, jusqu'à creuser une cave –, « Anna et Jeremy », ce couple imaginaire et merveilleux, étaient redevenus de chastes amants.

— Toujours tes mauvaises pensées, Jeremy ? demanda le Maître qui saisissait les humeurs de son sujet.

— Oui, Maître. Je… j'ai tellement honte…

— Tu ne devrais pas. Tu sais très bien que tu n'y es pour rien. Chacun est libre de choisir l'amour qu'il souhaite. Et qu'il mérite !

Jeremy s'inclina respectueusement. Même s'il était parfois difficile de satisfaire ses exigences, le garçon appréciait plus que tout la compassion du Maître. Pour un peu, l'homme qui se tenait devant lui aurait pu être son grand-père. Mais un grand-père en pleine forme. Le genre à se lever à l'aube pour une longue marche le long de la côte, à se baigner quelle que soit la saison, puis à rentrer préparer le déjeuner avant de passer l'après-midi à fabriquer toutes sortes de choses ingénieuses dans son atelier. Un grand-père qui, malgré son âge, croquerait la vie à belles dents.

Sauf que ce « grand-père » là était mort, bien sûr.

Encore que Jeremy en doutât de plus en plus. Mais s'il n'était pas vraiment mort, que faisait-il là, dans cet endroit aussi plaisant que la plus obscure des geôles ? Le Maître était l'un des rares sujets d'Omok à ne pas raconter inlassablement les raisons de sa présence. Il avait l'air de ne rien regretter. En fait, il n'avait rien d'un « sujet d'Omok ».

De temps en temps, un rictus inquiétant tordait sa bouche si fine qu'elle ne semblait pas avoir de lèvres. Jeremy n'aimait pas ces moments-là. Les yeux à demi cachés sous les paupières tombantes s'ouvraient en grand et il y brillait une lueur malsaine.

Ce jour-là, le Maître semblait de bonne humeur. Il était assis dans un fauteuil orné d'un lacis de motifs végétaux et qui avait tout d'un trône.

— Ces vilaines idées ne viennent pas de toi, reprit le Maître. Et nous châtierons ceux qui te contraignent à les endurer. Qu'ils soient dix ou bien des millions, ce ne sera pas un problème. Nous allons les châtier. Tous ! Jusqu'au dernier…

Chapitre 2

Des mouches volaient tout près. L'homme ne les voyait pas, il les entendait et le bruit de leurs ailes rapides était celui d'une arme. Il se décida à ouvrir les yeux et la douleur l'envahit. Un flot de lumière intense le frappa de plein fouet puis il se mit à tousser à cause de la poussière qui empoisonnait l'atmosphère. Il comprit qu'il était allongé ; il se redressa en grimaçant. Son dos le mettait au supplice. Il ne vit pas de mouches. Elles seraient là, bientôt, très bientôt, à en juger par les cadavres qui l'entouraient. Ils gisaient à l'intérieur de cages métalliques ; la plupart d'entre elles s'étaient pliées sur leurs occupants. Des morceaux entiers de murs s'étaient effondrés, le plafond n'était plus qu'un souvenir ouvert sur la lumière crue du ciel. L'homme ne comprenait rien au spectacle de dévastation qui s'offrait à lui. Ses oreilles bourdonnaient, conséquence probable d'une explosion.

Il se mit à genoux et cracha de la poussière. Il tremblait. Il s'appuya sur une cage pour se lever avec difficulté et quand cela fut accompli non sans douleur, il progressa à pas comptés vers l'énorme trou dans le mur, se tordit une cheville sur l'un des cailloux. De petites pierres rondes, aussi noires que les parois de la pièce dévastée étaient jaunes. Près de l'ouverture, l'homme commença d'entendre les gémissements et les cris qui montaient depuis l'extérieur. Dehors, la scène était encore plus saisissante.

L'homme se trouvait en hauteur, le vide à moins d'un pas. Depuis son promontoire, il embrassa le paysage d'une cité en émoi, où s'élevaient les panaches noirs d'innombrables incendies. Au-delà d'une enceinte rythmée de tours carrées s'étendait un désert de pierres et de collines rases. La plupart des maisons n'avaient pas d'étage ; les toits étaient des terrasses mitoyennes si bien que l'on devait pouvoir parcourir la ville en passant de l'une à l'autre. Une multitude de cours coiffées de treilles constituaient des havres ombragés. Parfois, un dôme rompait cette unité. L'homme ne se souvenait pas avoir connu quelque chose de semblable.

D'ailleurs, je ne me souviens de rien.

Pas plus des raisons de sa présence en ces lieux que de son nom. Le choc du mystère de son identité le heurta comme un coup de poing. Il tomba à genoux et, la main appuyée contre le mur crevé, il pleura en silence.

Plus tard, il trouva le chemin de la sortie. Le bâtiment, aux allures de prison, semblait avoir subi les affres d'un siège.

Pas une âme qui vive, pas même un gardien, songea l'homme, sans joie.

L'une des portes s'était écroulée à l'extérieur ; elle était si haute qu'elle tenait en équilibre contre l'édifice lui faisant face, coupant la rue en deux telle une barrière. L'homme sortit et quelqu'un le bouscula à vive allure. Le passant avait le visage noirci par la fumée et ses vêtements étaient en lambeaux.

— *Falten !* lança-t-il à l'homme, d'une voix où se mêlaient la colère et la panique.

Le passant toisa le rescapé et ce dernier eut conscience de sa nudité : il ne portait qu'une sorte de pagne souillé. Le passant jeta un œil sur l'édifice puis sur l'homme lui-même et relia les deux avec une expression de dégoût.

— Falten, Kordac ! répéta-t-il avant d'escalader la porte qui entravait le passage.

Le soleil haut traversait sans peine la poussière en suspension. Le rescapé suivit la pente de la rue. À plusieurs reprises, il remarqua ces mêmes pierres noires qui jonchaient le sol de sa prison. Il croisa des blessés, des familles en pleurs, enjamba des cadavres calcinés. Des hommes en armes montaient la rue à contresens, le regard préoccupé.

— *Falten, Kordac*, lui lancèrent-ils à leur tour, cette fois sans conviction.

Femmes, hommes et enfants, tous avaient le visage long, les yeux étroits et le teint cuivré. L'homme parvint à une place ombragée, un vaste patio. Des habitants s'étaient réunis autour d'un puits ; ils parlaient en une langue âpre qu'il ne connaissait pas. D'un côté des femmes pleuraient, de l'autre des hommes regardaient leurs pieds ou le ciel, hébétés. Personne ne prêta attention à l'intrus jusqu'à ce qu'un enfant le remarque. Le doigt tendu vers lui, il cria :

— *Aun Kordac, aun Kordac !*

Sortant de leur hébétude, les hommes regardèrent l'intrus ; très vite, leur regard se chargea de haine.

— Aidez-moi, s'il vous plaît, je me suis perdu, lança l'intrus.

Sa propre voix le surprit, comme s'il l'entendait pour la première fois. La parole appela la parole : l'un des hommes le harangua avec force mouvements de mains. Un autre l'accompagna et bientôt toute la place se tourna vers lui. L'intrus voulait attendre qu'ils se calment pour leur poser quelques questions mais l'un des enfants lui jeta un caillou qui atterrit juste à ses pieds.

Cette agression déclencha tout. Femmes et enfants abandonnèrent leurs lamentations et saisirent ce qu'ils avaient à portée de main pour le lapider, vociférant : « *Kordac malaran crito !* » Les objets fusèrent aussitôt et l'intrus rebroussa chemin alors qu'une pluie de projectiles le menaçait déjà. Les hommes se lancèrent à sa poursuite.

Les rues et venelles de la cité constituaient un gigantesque labyrinthe. L'homme que les citoyens s'ingéniaient à nommer Kordac n'avait pas la moindre idée de la direction à prendre. Ses poursuivants sur les talons, il bifurqua à maintes reprises, passant de l'ombre à la lumière brûlante, suffoquant en traversant d'épaisses nappes de fumée. Peu à peu, il s'éloigna des incendies.

Faible sur ses jambes, il trébucha. La troupe des poursuivants se réduisit mais ce qu'il en restait gagnait du terrain.

Kordac. Peut-être que ça signifie « prisonnier ».

La sueur dégoulinait dans son dos et la tête lui tournait. Courir dans cette cité plantée en plein désert était une folie. Pendant une minute, ses poursuivants disparurent. Il crut qu'ils avaient abandonné la partie, préférant retrouver leur famille. Mais lorsqu'il déboucha sur une placette semblable à celle qu'il avait fuie, deux hommes réapparurent sur son flanc droit, depuis une ruelle perpendiculaire. Deux autres arrivaient face à lui. Le fuyard voulut filer vers la gauche mais une maison au mur aveugle se dressait là. Il tenta de rebrousser chemin ; un cinquième homme se tenait à l'entrée de la venelle. Ce dernier serrait un poignard ; il haletait mais le prisonnier ne doutait pas qu'il trouverait la force de lui enfoncer la lame dans le corps.

Mourir sans même savoir où il se trouvait, sans même connaître son propre nom, voilà qui semblait étrange. Les cinq hommes s'approchaient sans empressement, désormais. Ils l'insultaient – du moins leur ton ne laissait aucun doute sur la teneur de leurs propos. Tous portaient d'amples vêtements taillés dans une étoffe légère et blanche, qui dégageaient jambes et avant-bras et que serrait une ceinture à la boucle richement ornée. Certains s'étaient ceint le crâne d'un turban rouge. Ils marchaient nu-pieds. Âpre et rocailleux, leur accent répétait la dureté du pays, invitant le désert au cœur de la cité. Leur visage glabre et long évoquait au fuyard des souvenirs enfouis.

J'ai rencontré ce peuple.

Il ne pouvait s'arrêter qu'à cette laconique certitude. Il recula jusqu'à toucher le mur. Son dos le lança de nouveau et il grimaça. L'un de ses bourreaux lança une blague mais il fut le seul à en rire. Ils n'étaient plus qu'à deux mètres de leur victime.

Soudain, un ordre hurlé stoppa leur avancée.

Le fuyard regarda par-dessus l'épaule de ses poursuivants ; une demi-douzaine d'hommes en armes venait d'arriver sur la petite place. Les bourreaux se détournèrent du prisonnier et il y eut un vif échange de mots. Kordac résonna à maintes reprises entre les murs de la place. Chaque homme tenait une arbalète ou un sabre, et la troupe s'était déployée rapidement. Celui qui avait parlé le premier semblait commander ; il aboyait sur les poursuivants qui déjà abandonnaient toute idée de résistance et ne tardèrent pas à refluer non sans que l'un d'eux crache dans la direction du fugitif.

Le capitaine de cette troupe sans uniforme s'approcha du fuyard ; derrière lui, ses hommes n'avaient pas baissé leur garde et la tension n'était guère retombée. Le prisonnier remarqua qu'ils portaient tous un brassard rouge sang. Le commandant était plus petit que ses hommes de plus d'une tête. Ses cheveux étaient rares et gris et bien qu'il eût les joues d'un homme bien nourri, son visage était moins long que celui des poursuivants, son teint moins cuivré et ses yeux plus noisette que noirs. Sa silhouette était celle d'un bon vivant. Il interrogea le fuyard, l'index levé et ses épais sourcils froncés.

— Je ne comprends rien à ce que vous dites, rétorqua le fugitif. Je suis désolé, mais je n'y comprends rien.

L'expression de son interlocuteur changea du tout au tout. Il semblait intrigué au plus haut point.

— Oh, mais tu viens vraiment de l'autre côté de l'océan ! Voilà pourquoi ils t'appelaient « étranger ».

— *Kordac* ?

— Oui. *Kordak* signifie « étranger ». Et fou. C'est le même mot. Drôle de pays, hein, que celui qui mélange fous et étrangers…

— *Kordac*… répéta l'homme.

Le capitaine de la troupe le toisa et frotta pensivement son double menton.

— Cela dit, à voir ton accoutrement, tu es peut-être aussi un authentique fou.

Il dit cela comme si ça n'avait pas plus d'importance que la résolution d'une devinette. Le prisonnier voulut se montrer honnête avec lui.

— Je ne sais pas qui je suis. Je me suis réveillé il y a peut-être deux heures. J'étais le seul homme qui… le seul rescapé d'une salle remplie de cages.

L'homme hocha la tête et son visage avenant se fendit d'un large sourire :

— Voilà ! Tu es bel et bien un fou, mon ami : tu sors tout droit d'Arachnéon.

— Ça ressemblait à une prison…

— Oui, c'est exactement ça. Eh bien, mon ami, je n'ai jamais aimé cet endroit. S'il ne tenait qu'à moi, il y a bien longtemps que j'en aurais ouvert les cages et les portes. Et je suis sûr que tes petits copains auraient couru vers le désert pour s'y perdre à jamais, dit-il avant de ponctuer sa sortie d'un clin d'œil. (Puis il lui saisit les bras.) Qui que tu sois, tu ne mérites pas de rester dans cet état. C'est une journée bien cruelle pour toute la cité. Aussi bien pour ses citoyens libres que pour ses prisonniers. Je vais t'accompagner jusqu'à la caserne et tu pourras te remettre. Cette ville sent mauvais, c'est certain, mais tu pues encore plus qu'elle !

À ces mots il explosa de rire et l'Étranger ne sut s'il se moquait de lui ou de la ville. Sans doute des deux.

Le capitaine donna quelques ordres à ses hommes qui obtempérèrent non sans secouer la tête de dépit. Puis il saisit l'Étranger par le poignet et l'entraîna dans la direction opposée à celle qu'empruntaient les soldats, avant de lui tendre la gourde qu'il portait jusqu'à présent en bandoulière. L'eau lui fut comme une source de jouvence surnaturelle.

— Je m'appelle Arkaro, lui dit le capitaine. Tu vois, j'ai plus de chance que toi au moins sur ce point : j'ai un nom. Je me souviens très bien de qui je suis et, en ce moment, crois-moi, je préférerais l'oublier. Mon vrai nom, je veux dire celui que je portais avant de traverser la mer pour atterrir dans ce maudit chaudron perdu, c'est Odasius. Ma troisième épouse n'a jamais pu le prononcer correctement. O-da-si-us, reprit-il en prononçant exagérément chaque syllabe, bah, je ne vois pas le problème.

Odasius se révélait très bavard mais ce point n'était pas pour déplaire à l'Étranger : il préférait se tenir en retrait et de toute façon, il avait si peu à raconter.

Lorsqu'ils arrivèrent devant la caserne dont avait parlé son sauveur, l'Étranger avait appris qu'Odasius était un important caravanier. à ce titre, il avait la charge de capitaine réserviste d'une escouade de volontaires. Les événements majeurs de la cité leur commandaient de prendre les armes.

—Je déteste ça. Je veux dire, jouer au chef de guerre.

—Vous vous en êtes très bien sorti, tout à l'heure.

—Vraiment? s'étonna Odasius, animé d'une évidente fausse modestie. (Puis il secoua la tête, les paupières closes, balayant l'air devant lui en signe de protestation.) Non, non, non, je préférerais faire autre chose et ce n'est pas le travail qui manque dans ma boutique, tu peux me croire. Mais aujourd'hui, il faut chasser les pillards de la madina, la ville. Toute cette vermine profite de la panique générale pour s'en mettre plein les poches. Et le pire, c'est qu'il s'agit le plus souvent de gens comme toi et moi. Enfin... comme moi, du moins.

Il rit de nouveau en poussant la porte d'une maison basse qui ressemblait en tous points à la multitude d'édifices de la cité. à l'intérieur, la fraîcheur secoua de frissons l'Étranger affaibli. Près d'une douzaine d'hommes s'agitaient dans la pièce principale aux murs chaulés et au plafond bas. Tous levèrent sur l'arrivant dénudé un regard sidéré. Il y eut des protestations mais Odasius montrait une grande autorité sur eux. Il échangea quelques mots avec ses collègues, sembla s'enquérir de la situation de la cité, avant de conduire l'Étranger vers une pièce plus calme au centre de laquelle trônait une baignoire taillée dans la pierre. La lumière entrait par de minces percées aux allures de meurtrières. Le tumulte des heures précédentes cédait enfin le pas à une paix inattendue, comme si cette pièce avait été édifiée à l'écart du monde. Le bourdonnement reprit ses droits dans les oreilles de l'Étranger, avec moins d'intensité toutefois.

—Tu n'as qu'à déposer tes vêtements par terre. Oh, suis-je bête..., dit-il, le regard rivé sur le pagne. Eh bien, vas-y, qu'attends-tu?

—Je crois que... Enfin, si je pouvais me laver seul...

—Allons, allons... Que signifie cette pudeur? Tu penses vraiment que tu peux me plaire? Un pensionnaire d'Arachnéon, vieux et sec comme un noyau!

—Ce n'est pas ce que je voulais dire, répliqua avec embarras l'Étranger.

Il se souvint qu'Odasius avait évoqué une épouse.

—Alors, oublie tes manières et lave-toi...

Là-dessus, il quitta la pièce en éclatant de rire.

L'Étranger dénoua son pagne et le jeta dans un coin.

Cinquante ans...

Il avisa un miroir, posé sur le rebord d'une lucarne. Il s'en empara et observa ce visage qu'il était censé connaître. Une barbe drue et sale, une chevelure épaisse, envahie de fils blancs. Cernés de rides, ses yeux gris racontaient une fatigue ancienne. Sa bouche, mince et craquelée, ressemblait à une plaie.

Au moins cinquante, se dit-il.

Il considéra ses mains desséchées et tachées sous la couche de crasse. Il était maigre mais la peau de son ventre pendait sous le nombril. Une forme pernicieuse d'angoisse saillit dans un coin de sa tête ; l'arrivée d'Odasius, portant deux lourds seaux d'eau, la chassa pour un temps.

Il n'avait pas le souvenir d'avoir un jour été lavé par un homme. Dans la prison ? C'était probable, mais alors on avait vidé sans ménagement les seaux sur sa cage.

— Que s'est-il passé ici ? demanda l'Étranger. La guerre ?

— Une damnation tombée du ciel, mon ami.

Il pensa à des monstres volants, déployant des ailes aussi vastes que la toile d'un voilier, crachant un feu surnaturel sur les habitations. Cette image lui était spontanément venue à l'esprit, comme si elle avait toujours été là, n'attendant qu'un signe pour surgir.

— Des dragons ? tenta-t-il.

— Par tous les dieux, non ! Je n'ai jamais vu ces géants mais je suis sûr qu'ils ont plus d'allure que la damnation dont je te parle. Et si tu veux mon avis, ils volent mieux… Non, non, non, j'ai bien dit : « tombée du ciel ». Boum ! Ce qui a frappé Boroskariak, c'est une pluie de pierres. Des boulets, mon ami, une averse de rocaille noire. Comme si le désert avait voulu punir l'arrogance de notre madina en nous tombant sur la tête. Un tiers de la ville a été touché et si j'en crois les informations qui nous sont arrivées tout à l'heure, le quartier d'Arachnéon en a pris un beau paquet. Je me demande bien comment tu as survécu.

Parce que je le devais, pensa le rescapé, sans trop savoir comment cette certitude l'avait frappé.

— Pourquoi ces gens s'en sont-ils pris à moi ? Je ne comprends pas…

— Tu es le *kordak*, l'Étranger. Comme partout en ce monde pourri, il existe ici quantité d'histoires qui racontent comment le mal s'est infiltré depuis les frontières. L'inconnu dérange, je suis bien placé pour le savoir, et quand tout va mal, le plus simple c'est encore de s'en prendre aux étrangers. C'est crétin, tu ne trouves pas ? Surtout que Boroskariak est aussi un caravansérail, un lieu de passage. Mais soit dit en passant, tu aurais vu ta tête… sans même parler de ta tenue, ajouta Odasius en haussant les sourcils. Si, moi aussi, j'avais tout perdu ce matin, je t'aurais sûrement tranché la gorge, dit Odasius d'une voix soudain dénuée de tout humour.

Son regard afficha une dureté que l'Étranger avait discernée sur la place. Mais les traits d'Odasius se modifièrent aussi vite et il fut secoué d'un nouveau rire.

Cette fois, l'Étranger décida de se joindre à lui et si son dos ne s'était pas rappelé à son bon souvenir, il aurait ri jusqu'au crépuscule, tant cette émotion nouvelle le réconforta.

Vêtu d'une djellaba et de sandales, l'Étranger accompagna son sauveur dans la madina martyre. Un foulard rouge serrait la manche lâche. On lui avait donné une galette de céréales garnie d'une purée de fèves rouges et de boulettes de viande à la menthe. Il l'engloutit comme s'il n'avait pas mangé depuis des lustres. Les saveurs mêlées le régalèrent et il lécha ses doigts lavés de toute crasse. Bien que la sueur noyât déjà le parfum des huiles, l'Étranger se sentait bien. Après le bain, sa peau lui était apparue si claire qu'elle n'avait pas dû connaître le soleil depuis longtemps. Une peau pâle, des yeux gris : son sauveur en conclut qu'il devait être originaire de la côte des Aguries, au nord-ouest du continent Consolata.

L'Étranger haussa les épaules :

— Si j'ai effectivement traversé un océan pour débarquer ici, j'imagine que j'ai pu habiter un port.

— Mais je peux me tromper : il y a une rondeur toute aresmass dans ton visage. Tu pourrais venir des vallées atrianes.

Aucune image mentale ne renseignait Kordac, comme s'il n'était qu'une créature de glaise à laquelle un sorcier aurait donné vie, ce matin même – et il ne pouvait écarter une telle hypothèse.

Odasius marchait vite et parlait sans cesse. La main sur le cœur, le buste s'inclinant à répétition, il saluait nombre de citoyens sur le chemin. La plupart souhaitaient s'entretenir avec le caravanier mais celui qu'ils nommaient Arkaro s'empressait de les quitter en ajoutant, à l'intention de son nouveau compagnon :

— Ces gens sont horriblement bavards. Tu as vu ça ? C'est bien simple, si je les écoutais, toi et moi nous n'arriverions pas à destination avant la nuit tombée. Et qui peut exiger une telle chose d'un petit homme comme moi ? Je ne peux marcher plus vite que je le fais, je n'ai pas la chance de posséder de foutues jambes comme les tiennes, mon ami. Pourquoi parler tant et plus ? Il y a plus urgent, n'est-ce pas ?

L'Étranger sourit à son sauveur : parler semblait au contraire être d'une brûlante urgence pour le petit homme.

Ils empruntèrent tant de venelles, traversèrent tant de patios, passèrent sous tant de porches que l'Étranger perdit toute notion d'orientation. Mais les plaintes qui se multipliaient et l'odeur écœurante des incendies étaient une indication : ils se rapprochaient des quartiers frappés. La chaleur extrême de l'après-midi rendait encore plus pénible leur progression.

— D'habitude, à cette heure-ci, Boroskariak dort. Et ça m'arrange bien, car l'homme qui garde les yeux ouverts réussit en affaires ! Pendant que mes concurrents roupillent, je tiens la boutique et les clients impatients frappent à ma porte. Bien sûr, tu me diras qu'ils ne sont pas si nombreux : la plupart d'entre eux suivent le mouvement général. Une ville entière qui ronfle, tu imagines ça ? Ce n'est pas à Corall-Medding qu'on aurait vu une chose pareille…

L'Étranger tourna soudain la tête vers son hôte :

— Comment as-tu dit ? Corall…

— Corall-Medding, la cité sur la Medding, l'ancienne capitale du grand empire de Consolata. Ah, on dirait bien que la mémoire te revient, je me trompe ?

— Je… je ne sais pas.

Il n'eut pas le temps de prolonger sa réflexion car une femme blessée se précipita vers eux ; elle portait son bébé inanimé dans les bras, réclamait de l'aide en pleurant. L'Étranger regarda son sauveur tel un enfant qui attend de son aîné un conseil. Odasius expliqua à la femme où elle pourrait trouver du secours et elle le remercia une dizaine de fois avant de s'éloigner. Ils rejoignirent l'escouade et les hommes désapprouvèrent la présence de l'Étranger. Odasius les tança et l'Étranger passa le reste de la journée à chasser les pillards à leurs côtés. Il se montra plus efficace qu'il l'aurait cru lui-même et il attrapa une demi-douzaine d'hommes. Sa vigueur l'étonna, même si ses forces déclinèrent plus vite que chez ses compagnons d'armes. Quand le soleil eut disparu derrière les collines, l'un des volontaires s'approcha de lui :

— Toi, quoi ton nom ?

Il n'y avait nulle agressivité dans sa voix. Qu'il ait parlé dans la langue du survivant était même un signe de respect, sinon d'amitié. « Je n'ai pas de nom », aurait voulu répondre le rescapé, mais cette réponse ne conviendrait pas plus à son interlocuteur qu'à lui-même, désormais. Finalement, après cette étrange journée où il était né et avait manqué de mourir presque aussitôt, un nom s'imposa à son esprit.

— Kordac, répondit-il. Je m'appelle Kordac.

Le volontaire haussa les sourcils d'étonnement puis se ravisa. Il tendit la main vers l'Étranger, hochant la tête pour marquer son approbation.

— Bienvenue à Boroskariak, Kordac.

Odasius le reçut dans sa maison, un édifice apparemment modeste, et lui offrit une couche – une natte recouverte de coussins en peau de chèvre – dans une pièce donnant sur une cour intérieure.

— Prends cette couverture, les nuits sont glaciales dans ce maudit chaudron.

— Merci, Odasius. Merci pour tout. Je te dois beaucoup.

— Oui, bon, pour un survivant, tu as bien travaillé aujourd'hui. Mais ne t'en fais pas : un homme dans mon genre aura bien un service à te demander.

— Demande-moi ce que tu veux.

— Oh, évite ce genre de promesses. Dans une cité comme Boroskariak, ça n'est pas très raisonnable. Imagine que je te demande de… je ne sais pas moi, tuer un homme ?

Malgré la pénombre qu'une lampe à huile dissipait à peine, Kordac comprit que son hôte avait retrouvé son regard le plus dur.

— Allez, conclut le caravanier, cette journée a duré bien plus qu'elle aurait dû et ni toi ni moi ne sommes en état de papoter comme deux commères.

Une fois seul, Kordac enleva ses vêtements qui empestaient la fumée ; il s'allongea et recouvrit son corps meurtri de la couverture. Au moins, son mal de dos se perdait dans un flot de sensations douloureuses. De l'encens brûlait, une attention d'Odasius pour atténuer un peu les odeurs des corps calcinés. Il garda les yeux ouverts avec l'idée de réfléchir à cette folle journée et au caractère complexe de son hôte. Kordac était trop exténué pour quoi que ce soit. Ses paupières se fermèrent et il sombra.

Bien plus tard, tandis que les deux lunes rivalisaient d'éclat avec les étoiles, l'Étranger rêva.

Une femme vêtue d'une austère robe blanche errait le long d'un couloir vide ; sa robe couvrait ses pieds si bien qu'elle semblait flotter au-dessus du sol. Le visage dissimulé sous une large capuche, elle s'approchait lentement de Kordac.

Un panache de fumée brune masqua les lunes et le rêve se dissipa, bientôt remplacé par les images éprouvantes des incendies et les cris des pillards.

Odasius vint le réveiller peu avant l'aube, des vêtements propres sur le bras pour son invité. Le caravanier l'entraîna vers les cuisines et Kordac traversa la maison.

— Tu dois être un commerçant efficace, complimenta celui-ci.

La maison était en fait un véritable palais et il comprit qu'ils étaient entrés la nuit précédente par une porte de service.

— Oh, je pourrais vivre dans la pièce où tu as dormi, mais qui accorderait sa confiance à un caravanier radin, je te le demande… Je reçois des princes, ici, et c'est un bon endroit pour sceller des contrats, tu ne trouves pas ? Mais quand je suis arrivé à Boroskariak, je n'avais rien, pas *ça*, ajouta-t-il en grattant l'ongle de son pouce contre ses dents. Mais je ne vais pas t'ennuyer avec « l'incroyable récit de mon succès », ajouta-t-il et Kordac pensa qu'il devait au contraire en mourir d'envie.

Ils étaient arrivés au réfectoire.

— Ne mange pas trop, conseilla l'hôte ; ce que tu verras tout à l'heure risque de te retourner l'estomac, dit-il la main posée sur sa bedaine, une grimace de dégoût déformant son visage gras.

Kordac but un bol de lait de chamelle, mangea quelques dattes et une galette de céréales nappée d'huile d'olive. Un domestique vint débarrasser et, en gagnant le vestibule, Kordac croisa nombre de serviteurs, dont de ravissantes jeunes femmes. S'il en doutait encore, il savait maintenant qu'il avait affaire à un personnage important.

La résidence d'Odasius se dressait sur les hauteurs de la cité, elle-même bâtie sur une colline aride. En chemin, Kordac se tordit la cheville en marchant sur un caillou ; agacé, il voulut donner un coup de pied dedans puis se ravisa : il s'agissait d'une de ces pierres noires, tombées la veille du ciel. Il se pencha pour la ramasser et son dos lui arracha un gémissement. La pierre était percée d'une multitude de cratères miniatures ; sous la croûte noire, le minéral rougeoyait comme une braise. Intrigué, Kordac le mit dans sa poche.

Des passants de plus en plus nombreux se joignaient à eux, débouchant des venelles comme des affluents venant grossir un fleuve humain. Bien que le soleil ne fût encore qu'une couleur flottant sous l'horizon, il faisait déjà chaud. La foule se retrouva sur une grande place pour s'amasser autour d'une estrade ; outils en mains, des charpentiers achevaient sa construction sous les encouragements de la foule : à chaque clou enfoncé tonnaient des vivats.

— Qu'est-ce qu'on fait ici ? demanda Kordac.

Pourtant, la réponse se formait dans son esprit, comme un épais nuage adoptant les contours d'un monstre.

— On termine notre boulot d'hier…, répondit un Odasius exceptionnellement laconique. Suis-moi.

Ils se frayèrent un chemin jusqu'à l'estrade. Une fois de plus, nombreux furent les badauds qui saluèrent avec respect le caravanier. Il leur fallut dix minutes pour atteindre les planches, que gardaient une douzaine d'arbalétriers. Un garde s'effaça devant Arkaro et ils grimpèrent sur l'estrade puis descendirent de l'autre côté avant de passer sous un porche lui aussi gardé par des hommes nerveux. Ils arrivèrent dans une cour. Une centaine d'hommes étaient assis là, serrés les uns contre les autres comme du bétail, les mains attachées dans le dos. Une odeur âcre frappa l'Étranger, celle de la peur. Leur regard était empli d'effroi. Hormis un vieil homme qui chantait d'une voix aigrelette, appuyé contre un pilier, ils étaient silencieux. Bien que la peur ait confisqué leur identité, Kordac reconnut parmi eux quelques-uns des hommes qu'il avait contribué à arrêter.

— Odasius, je n'ai pas envie d'être ici.

— Oh, mais personne n'en a envie, mon garçon, dit le caravanier comme s'il s'adressait à un enfant (et c'est bien ainsi que Kordac se considérait, bien qu'il fût plus âgé que le marchand). Je veux dire, à part ces imbéciles qui bêlent devant l'estrade.

Odasius salua d'autres marchands qui se tenaient à l'orée de la masse apeurée et s'inclina plus bas à la vue d'un dignitaire aux cheveux blancs, le maire de la madina.

— Nous avons une tradition : lorsque tant d'hommes doivent être exécutés, chaque capitaine de volontaires a le droit d'en choisir un pour le sauver ou le décapiter. (Derrière eux, les badauds exultaient, comme si la mort des pillards signifiait celle des incendiaires.) On ne peut pas condamner des pierres, reprit Odasius, alors ils s'en prennent au premier venu.

Son compagnon se sentit concerné, car il avait échappé à un sort semblable, né du désespoir, de la colère et de la vengeance aveugle.

— Qu'as-tu choisi ? lui demanda-t-il, horrifié par la cruauté de la situation.

— J'ai déjà sauvé un homme hier, semblerait-il…, dit-il sans regarder son débiteur et en se massant le menton.

— Alors, tu vas en tuer un…

— Pour qui me prends-tu ? s'indigna le caravanier en un sursaut. Non, je te laisse le choix de sauver un de ces pillards.

— Mais, ce n'est pas à moi de…

— Allons, allons, n'oublie pas ce que tu voulais me promettre, hier.

Kordac soupira. Impossible de savoir si son hôte était sérieux en évoquant cette promesse repoussée.

— Écoute, Kordac, fais ça pour moi, veux-tu ? exigea-t-il.

Il tournait le dos aux hommes qui ne savaient si un doigt pointé vers eux les sauverait ou les condamnerait à subir un bourreau inexpérimenté ; ce procédé retenait les éventuelles suppliques des condamnés.

— Et ne prends pas trop de temps : ce serait trop cruel.

L'Étranger ferma les yeux. Son cœur martelait ses tempes, les charpentiers frappaient sur les clous. S'il avait su ce qu'il adviendrait des pillards, il ne se serait pas tant donné de peine à les arrêter. Quand il rouvrit les paupières, il remarqua un adolescent. Il ne devait pas avoir quatorze ans. L'âge pouvait être un critère valable. Sur un signe de Kordac, le garçon fut extirpé du groupe des condamnés. Pour abréger son supplice, l'Étranger posa la main sur son épaule et tenta un sourire : il serait épargné. L'enfant se jeta à ses pieds pour les baiser et la réalité s'effaça soudain aux yeux de Kordac. Il était de nouveau dans le couloir de son rêve, la dame blanche progressait vers lui. L'angoisse céda la place à un autre sentiment. Un sentiment ancien, qui le secoua tout autant bien qu'il fût moins douloureux.

Peut-être de l'amour.

— Bon sang, ce que tu peux être lourd ! dit soudain la femme dont les lèvres restèrent cependant immobiles.

L'hallucination s'évapora aussitôt et Kordac se réveilla dans les bras d'Odasius.

— Lourd et sensible comme une pucelle, railla Odasius. Tu n'es pas habitué au soleil, mon pauvre, dit le caravanier en secouant la tête.

Kordac se redressa et but de l'eau à sa gourde puis ils quittèrent la cour et se placèrent au pied de l'estrade, en retrait de la foule.

— La tradition veut que nous assistions au moins à une exécution, expliqua Odasius d'une voix sombre. L'enfant serrait la main de Kordac de toutes ses forces ; à en croire les plaies qui le défiguraient, il avait été battu et le sang poissait une mèche de ses cheveux noirs.

La foule s'impatientait. Sa clameur fut assourdissante lorsque le premier condamné monta sur l'estrade. L'enfant se colla alors contre son sauveur ; malgré la température, il frissonnait. Un capitaine de volontaires eut l'honneur de commencer les exécutions. La foule l'acclama lorsqu'il lui présenta la lame courbe de son sabre, mais son bras tremblait. Il dut s'y reprendre à six fois avant que la tête tombe enfin.

— Ça suffit, allons-nous en, décida le marchand.

L'enfant pleurait en silence. Ils s'éloignèrent de la place, bouleversés. Le garçon n'avait pas lâché la main de Kordac qui, sans même s'en rendre compte, acceptait l'enfant comme s'il l'avait toujours connu.

Les exécutions se prolongèrent jusque tard dans l'après-midi. Lorsque la dernière tête tomba, il ne restait plus que les chiens et les chats pour s'intéresser au spectacle, le museau plongé dans le sang qui dégoulinait des planches. À partir de ce jour, il n'y eut plus de pillages à déplorer. Trois jours après la catastrophe tombée du ciel, une partie de l'armée citoyenne revint à Boroskariak prendre la relève des volontaires, précédée des trois *kals*, chefs guerriers et vrais maîtres de la madina, partis guerroyer depuis de longues semaines.

L'adolescent se nommait Palmiarn et il était orphelin. Les premiers temps, Palmiarn voulut servir son sauveur avec la soumission d'un esclave, seulement l'Étranger refusa : il était hors de question que l'on s'humilie pour lui. S'ils ne parlaient pas la même langue, ils trouvèrent maintes façons de communiquer quand Arkaro ou ses employés n'avaient pas le temps de traduire leurs échanges. Jamais ils n'évoquèrent les pillages ou les exécutions.

L'adulte et l'enfant aidèrent à la boutique du caravanier et il y avait fort à faire. Kordac apprit à soigner un dromadaire, à le bouchonner, à le seller ou à répartir les charges sur les différentes bêtes de la caravane. Il apprit l'ourdek et put boire sans vomir un écœurant breuvage de lait caillé alcoolisé. Odasius rentrait bien après lui à la résidence mais il passait toujours le saluer, s'attardant pour lui conter une anecdote de boutiquier. Il évoquait aussi ses quatre épouses qui, à l'en croire, séjournaient provisoirement chez quelque parente, et ses vingt-trois enfants que Kordac ne vit jamais.

Le marchand lui parlait surtout du désert avec tant de passion, de haine et d'amour mêlés, qu'il décida un jour de franchir les portes de Boroskariak. Il confia l'enfant à Odasius et partit deux heures avant l'aube vers l'une des sept portes de la cité, à l'ouest. Un mois après la catastrophe, la vie avait repris ses droits dans la cité. Les morts avaient été incinérés et de nombreux chantiers remodelaient la madina meurtrie avec parfois un surcroît de fantaisie qui ne négligeait jamais le pragmatisme : le désert, omniprésent, assiégeait la ville avec la vigueur d'une armée relevée quotidiennement. Ces chantiers offraient du travail pour tous et Kordac croisa les ouvriers qui se rendaient près des ruines. Cette fois, personne ne songea à l'agresser : la cité avait mis entre parenthèses sa peur des étrangers et, sous ses cheveux blancs, le visage de Kordac affichait désormais le teint cuivré des hommes du désert.

Une oasis s'étendait au pied de l'enceinte. Des femmes y lavaient déjà le linge, des bêtes s'abreuvaient dans un ru à l'écart, afin de ne pas souiller l'eau. Kordac remplit ses gourdes à l'un des six puits de l'oasis et s'éloigna après avoir salué les femmes.

Palmiarn avait protesté lorsque son sauveur lui avait parlé de son excursion :

— Je veux venir avec toi !

Kordac avait failli céder, mais après deux heures de marche sous le soleil, il ne regrettait pas sa décision : l'épreuve était encore plus terrible que ce qu'il avait imaginé.

Aurais-je été capable d'un tel effort, avant ?

En fait, la question à se poser était : *aurais-je seulement eu envie de marcher dans le désert ?*

Il était parti à la rencontre des dunes et des roches arides pour cela : laisser le flot tumultueux des questions l'assaillir en espérant qu'une vague plus puissante qu'une autre détacherait la croûte de l'oubli pour mettre à nu ses souvenirs.

Une vallée l'avait englouti. Ses chevilles cognaient contre la pierraille de l'ancien lit d'un fleuve. Boroskariak avait disparu et elle aurait tout aussi bien pu n'avoir jamais existé. à sa droite, une colline ; face à lui, une colline. Les minutes puis les heures passèrent et il ne dépassa pas la première ni se rapprocha de la seconde. à midi, Kordac n'était plus qu'une boule d'étoupe sur le point de s'enflammer. Il but et son corps absorba l'eau comme le sable brûlant.

Un pas après l'autre. Réprimer son envie de saisir une gourde et de la vider en une longue gorgée. Le « maudit chaudron », comme l'appelait Arkaro, avait des allures de paradis ombragé, maintenant. Il quitta le lit du fleuve en milieu d'après-midi ; au loin s'élevait la poussière d'une caravane qui approchait. Kordac ne souhaitait rien d'autre que la solitude. Il se cacha derrière un groupe de rochers et y découvrit les indices d'une vie à l'incroyable volonté. Une plante minuscule, quelques lézards. Ils furent ses seuls compagnons tandis qu'une vingtaine d'hommes passaient tout près. Il surprit quelques mots d'ourdek, comme *pierre* et *feu*.

Ils parlent de la catastrophe.

Kordac sortit alors de sa poche le caillou ramassé au lendemain de sa rencontre avec Odasius, le fit rouler entre ses doigts.

Qu'est-ce que je fiche ici ? Il m'a fallu des semaines pour retrouver la santé et je vais tout gâcher en une seule journée.

Il songea à se lever et à héler les chameliers pour qu'ils le ramènent à Boroskariak puis il pensa à la petite plante qui tenait tête au désert et décida de reprendre sa route. Malgré sa forme retrouvée – il avait pris cinq kilos, son dos ne le soumettait plus à la torture, ses rides semblaient s'être estompées –, il se savait incomplet.

Deux jours de marche vers le nord et il atteindrait un ermitage où Odasius comptait un ami. Il conserva la pierre dans sa main et marcha de longues heures, assujetti au ciel d'un bleu intense, comme le reflet d'une lame.

Enfin il rejoignit la colline qui semblait s'éloigner à chacun de ses pas. *« Tu trouveras une grotte sur son flanc ouest. Si une tempête de sable se lève, elle te protégera. La roche y accumule la chaleur du jour et tu ne mourras pas de froid. Méfie-toi des serpents : ils aiment l'endroit autant que nous. Et, euh… laisse une offrande, on ne sait jamais. »*

Odasius n'aimait guère parler religion. Il avait adopté les démons et les cultes de sa nouvelle patrie, plus par souci d'intégration que par conviction. « La religion m'ennuie », prétendait-il, même si Kordac l'avait surpris plus d'une fois en flagrant délit de superstition. Le désert était habité par des créatures violentes et facétieuses, les pensaguileks. Si leurs humeurs n'avaient pas été constamment contenues par Raark, le démon des sables, elles auraient détruit toute vie humaine. Pour ne pas attirer les serpents dans la grotte, il était conseillé de déposer l'offrande à l'extérieur, au moment de son départ. Kordac arriva exténué à l'abri. La nuit n'était pas encore tombée mais Ulam et Belbek, les deux lunes, ouvraient déjà dans le ciel deux croissants d'or blanc. La grotte se trouvait en hauteur et l'escalade sur les pierres instables hypothéqua un peu plus ses forces.

La grotte pouvait abriter six hommes, à condition qu'ils restent assis. Une fois à l'intérieur, Kordac s'assura de l'absence de serpents et déroula sa natte, mâchonna de la viande séchée, mangea trois dattes, but et s'attira les faveurs de Raark à l'aide d'une courte prière. La fraîcheur nocturne s'installa en quelques minutes et il s'enveloppa dans une couverture. Il s'endormit presque aussitôt, abruti de fatigue, incapable de penser à quoi que ce soit de cohérent.

Quel âge peut-elle avoir?

Elle marchait, enveloppée jusqu'aux pieds d'une robe blanche et souple, serrée juste sous la poitrine par un lacet de soie blanche selon une mode qu'il ne connaissait pas. Une capuche en hermine masquait son visage. L'étroit couloir de pierre noire où elle progressait reflétait sa tristesse tel un miroir.

Trente ans?

La femme marchait; ou plutôt elle errait, solitaire. Enfin ses longs doigts saisirent les bords de la capuche, pour la retirer. La lueur mobile d'un flambeau éclaira son visage; ses yeux: ils étaient blancs. La femme était aveugle.

Il la reconnut aussitôt. Quel que fût son nom, il reconnut cette femme. Et elle le reconnut. Elle l'avait appelé.

Je l'ai aimée.

Cette certitude le rassura: elle était présente en son cœur et son esprit en avait quelque part conservé l'image.

Et par tous les dieux, je l'aime encore!

Le regard mort était si émouvant que Kordac se sentit prêt à tout pour lui redonner vie. Alors il eut envie de la protéger, de l'étreindre, de l'écouter et de la consoler. En somme, de l'aimer de nouveau. Elle détenait sûrement la clef de son identité à lui.

Je ferai tout pour la retrouver!

Il avait un but, désormais. Le rêve devait devenir réalité. Un phénomène bouleversa le songe: la peau de la femme se décomposa comme celle d'un cadavre, mais à grande vitesse. Une odeur épouvantable envahit les narines de Kordac. La femme écarta les bras; à leur extrémité, des griffes grattèrent les parois du couloir, avec un crissement éprouvant. Kordac s'éveilla en sursaut.

Il eut beau retrouver le décor de la grotte, l'odeur de décomposition demeurait et le crissement l'agressait toujours. Apeuré, il se redressa sur ses coudes. C'est alors qu'il le vit à l'entrée de la grotte.

La créature se tenait accroupie, la tête penchée de côté, ses bras écartés barrant l'ouverture. Dans la pénombre, Kordac n'en voyait que la silhouette humanoïde. Elle devait mesurer un peu moins de deux mètres.

— Tu rêvais, pou, dit la créature. Tu rêvais d'une très belle femme.

Sa voix crissait comme des ongles grattant une ardoise: voilà d'où venait le son pénible du rêve.

— Qui es-tu ? demanda Kordac qui devinait la réponse.

— Je t'ai entendu prier Raark, tout à l'heure. Tu as bien fait, pou : j'étais d'humeur à massacrer un homme ce soir. Maintenant je ne peux plus. Tant pis.

— Tu es un pensaguilek…, dit l'Étranger.

Il avait peine à y croire, au point de penser vivre un nouveau songe.

— Non, tu ne rêves plus, lui assura le démon.

— Tu lis dans mes pensées ?

Kordac s'assit et chercha son poignard à tâtons.

— N'y pense même pas, le retint aussitôt le pensaguilek en levant la main, répondant ainsi à la question du randonneur.

Le démon dégageait une odeur de tannerie – Kordac avait visité ces fabriques de cuir de chèvre. Une odeur écœurante. L'haleine du monstre était toute différente : Kordac aurait pu croire qu'il avait mâché des fleurs odorantes. Des bouquets entiers.

— Raark m'appelle Otum Guilek. Raark est un bon maître, dans l'ensemble, mais il n'est pas très doué pour donner des noms.

— Comment aurais-tu voulu qu'il t'appelle ?

Kordac n'arrivait pas à croire qu'il conversait avec une créature de la nuit. Le pensaguilek lui avait assuré que sa vie n'était pas en danger et Kordac remercia mentalement son ami Odasius pour ses conseils – mais pouvait-on croire la parole d'un démon ?

— Je ne prétends pas être plus doué que mon maître, répondit Otum Guilek. Je ne suis pas fou à ce point-là, dit-il avant de rire.

Kordac grimaça tant le ricanement d'Otum lui déchirait les tympans.

— Ton nom est bien étrange, reprit le démon quand il eut retrouvé son calme.

— Je ne me souviens plus du premier que j'ai porté.

— Mmmm ?

La bête s'était approchée ; l'Étranger se tendit à la vue de sa peau brune et craquelée, sillonnée d'un réseau phosphorescent. Quelques secondes s'écoulèrent, troublées par la respiration sifflante du démon. La température avait chuté dans la grotte et Kordac comprit qu'il émanait du pensaguilek un froid glacial.

— Il n'y a pas que ton nom qui est étrange, *étranger*.

Kordac remarqua à cet instant que le démon ne s'adressait pas à lui en ourdek, mais dans sa langue. Au moins, il ne le traitait plus de pou.

— Ton passé n'est pas en toi, ajouta-t-il.

— Je l'ai oublié, dit Kordac.

Il lui restait le souvenir de cette jeune femme, comme un pan de mémoire auquel se cramponner, coûte que coûte.

— Je vais partir, maintenant. Mais que serait un pensaguilek s'il ne laissait pas une petite trace de sa rencontre avec les hommes ?

Otum avait fait un nouveau pas.

— Quel genre de trace ? demanda le voyageur inquiet.

— Oh, personne ne te croirait si tu n'avais pas une marque, n'est-ce pas ?

En un geste coulé et rapide, le démon se plaqua contre lui pour l'enlacer. Kordac voulut se débattre mais Otum était trop puissant. Sa peau glaciale collait à ses bras, à son cou, son haleine de fleurs s'insinuait en lui comme un nectar empoisonné. Il sentit une violente douleur à l'épaule, tandis que le démon y enfonçait une griffe longue comme un poinçon.

Puis la bête poussa un hurlement strident et s'écarta d'un bond.

— QUI ES-TU ? cria-t-elle, furieuse.

Kordac se recroquevilla, la main sur la plaie.

— Je… je n'en sais rien. Un fou et un étranger…

— Il y a cette pierre sur toi. Elle n'est pas d'ici, elle n'est pas du désert. Où l'as-tu trouvée ?

— Elle est tombée du ciel.

Le pensaguilek cracha comme un félin.

— Le *temps*…, misérable pou ! Le temps a perdu son ordonnancement. Je vais le rapporter à Raark, tu peux me croire.

— Fais ce que bon te semble, dit Kordac d'une voix faible.

Le démon quitta la grotte, l'abandonnant à sa souffrance et à ses questions.

Kordac ne se rendormit pas. La blessure infligée par le démon lui laissait une sensation de brûlure mais le sang avait cessé de couler. Il replia ses affaires, sortit de la grotte et n'hésita pas une seconde lorsqu'il s'agit de laisser un peu de nourriture en offrande à Raark. Les muscles de ses jambes endoloris, les pieds blessés, il entama sa longue marche dans la nuit, guidé par les deux lunes et la position de deux constellations, comme le lui avait enseigné Odasius.

« Le temps a perdu son ordonnancement », avait geint le démon. La pierre l'avait surpris et choqué. Kordac la reprit dans la main, la soupesa ; elle paraissait plus lourde qu'auparavant, plus froide aussi. S'il ne s'était pas trouvé au milieu d'une étendue désertique, le marcheur l'aurait même trouvée humide.

C'est impossible.

Autour de lui, la pierraille cédait peu à peu la place au sable. Il devait laisser sur sa gauche une sorte de colonne jaune, aux formes tourmentées, l'Épingle d'Aouira. Des prêtres du temple y grimpaient parfois pour y méditer, disait-on. Il la devina sous le soleil montant. Les dunes furent sa prochaine épreuve. L'Épingle disparut sous la houle minérale, reparut au sommet d'une dune, fut de nouveau ensevelie.

Un moment, Kordac la trouva dans l'alignement de ses pas ; il s'en faudrait de peu qu'il la laisse sur sa droite, s'éloigne ainsi de l'ermitage et s'enfonce au plus profond du désert, sans espoir de retour. La pierre était de plus en plus froide dans sa main. Sans la lâcher, il s'arrêta pour boire, accroupi au faîte d'une dune.

Perturbé par les événements de la nuit, il n'arrivait pas à profiter du spectacle majestueux qui s'étendait devant lui. Depuis son départ, il n'avait cessé de se retourner, pour surprendre le pensaguilek. Tout à coup, il sentit un liquide frais couler sur le dos de sa main, puis de son poignet et le long de son avant-bras. Il crut d'abord que la gourde fuyait et il eut un mouvement de panique. Mais ce n'était pas l'outre en vessie de porc qui répandait ainsi le précieux liquide.

La pierre… elle pleure.

De l'eau s'écoulait de la pierre. Il reboucha sa gourde, rouvrit la main gauche. Un fort parfum iodé émanait du caillou.

Je suis en train de devenir vraiment fou.

Sa manche était trempée. Il entendit comme un bourdonnement, puis la qualité de l'air changea brusquement. Il faisait certes toujours chaud, mais l'air était humide. Il leva la tête ; un océan lançait ses vagues contre les rochers d'une île paradisiaque. Son cœur s'accéléra tandis qu'il voyait des navires de guerre filer, toutes voiles dehors, vers les récifs, comme s'ils cherchaient à s'y précipiter. La vision se brouilla et il perdit connaissance.

Il n'est pas né le roi qui piégera mon âme
Et de moi tout obtiendra
Il n'est pas né le roi qui du fil de sa lame
Tout mon amour précipitera

— C'est incroyable qu'il ait résisté tout ce temps.

— Sur son épaule, vous avez vu ?

— Un pensaguilek.

— Exactement.

— Bienheureux celui qui rencontre le démon et survit à son commerce.

Des voix, lointaines. Elles se superposaient à une chanson ancienne, surgie des brumes du passé. L'histoire d'un roi qui tyrannise jusqu'au cœur de sa promise.

Le néant.

Puis une jeune femme, belle et triste, absente au monde. Des voix, encore :

— C'est de l'eau de mer, n'est-ce pas ?

— De l'eau salée, en tout cas. Sa manche en était imprégnée.

— Et il n'y a pas de puits près d'Aouira.

— Pas le moindre. L'eau n'y est que le fantasme des mourants.

Après une éternité, un timbre de voix et une langue enfin familiers.

— Cet idiot de Kordac… Vouloir faire le malin et traverser le désert comme s'il s'agissait d'une balade à travers la madina. Maudits étrangers…

— Tu es un fourbe, Arkaro. Si tu ne me croyais pas en train de dormir, tu n'oserais pas m'insulter ainsi.

— Oh, tu es en vie, fichu Kordac. Par tous les démons du désert, *tu es en vie* !

— Laisse les démons où ils sont, tu veux bien ?

Les retrouvailles furent chaleureuses. Odasius lui expliqua que les prêtres l'avaient trouvé près de l'Épingle d'Aouira, étendu sans vie au pied d'une dune.

— L'un des ermites méditait au sommet du rocher quand il t'a vu. Oui, oui, je sais, c'est un peu dingue, non ? Qui voudrait passer des heures sous un tel cagnard à radoter de vieilles pensées ?

— Et toi, que fais-tu là, mon ami ? Je te manquais déjà ?

— On m'a appris ta présence ici. Et ton état.

— Alors tu es accouru…

Bien qu'il se sentît faible, Kordac exultait et ne pouvait s'empêcher de sourire largement.

— Le petit Palmiarn s'inquiétait et il était prêt à tout pour te rejoindre, tu sais comment il est. Je ne pouvais pas le laisser faire…

— Bien sûr que non.

— Dis-moi, c'est vrai ce qu'on raconte ? Tu as rencontré un… un pensaguilek ?

— Je croyais que c'était des sornettes, ces histoires de démon, Odasius ?

— S'il fallait croire tout ce que racontent les caravaniers…

— … personne ne traverserait le désert !

— Ce n'est pas moi qui le dis.

Les prêtres du temple d'Aouira entrèrent dans la chambre à ce moment-là. Odasius s'inclina respectueusement puis fit les présentations. Pour un athée, il semblait connaître bien des choses, se dit Kordac, en particulier ce patriarche que le marcheur devait rencontrer à l'issue de sa traversée. Les prêtres avaient les joues plus creuses et le regard plus acéré que les habitants de la madina mais ils possédaient les mêmes caractéristiques physiques. Ils lui apprirent qu'il séjournait, inconscient, dans cette pièce aux murs nus depuis cinq jours.

L'ermitage était en réalité une petite cité troglodytique, succession de larges puits que le soleil semblait négliger tant il y faisait frais ; une chaîne de montagnes cernait d'un croissant protecteur la vallée où ils étaient creusés si bien que la nuit y apparaissait plus vite qu'ailleurs dans le désert. Au pied du versant opposé de la chaîne, une oasis attirait les méharées ; depuis le temple il fallait une journée et demie de marche pour l'atteindre, aussi les prêtres n'avaient-ils que peu de visites, ce qui convenait parfaitement à leur mode de vie et à leur spiritualité.

Les ermites racontèrent encore à Kordac ce qu'ils avaient lu sur son épaule. Le voyageur se souvenait très bien de sa rencontre avec le pensaguilek. Il avait juste espéré qu'il s'agissait d'un cauchemar. On évoqua aussi l'eau salée qui imprégnait encore ses manches lorsque l'ermite l'avait rejoint.

— On aurait dit qu'elle coulait de cette pierre, dit le patriarche, un vieil homme coiffé d'une tiare noire. Cette pierre dont vous n'avez jamais voulu vous séparer, par ailleurs, ajouta-t-il avec un faible sourire.

Par réflexe, Kordac regarda sa main ; la pierre n'y était plus.

— Elle est posée à côté de votre paillasse, le rassura le patriarche.

— J'étais près d'un océan, commença Kordac.

Il raconta ce qu'il prenait pour une hallucination.

— Pour une raison qui nous échappe, vous y étiez bel et bien, près de cet océan. Sinon, pourquoi auriez-vous été imprégné de cette eau ? Pour vous dire la vérité, votre peau sentait les embruns. Mais laissons cela de côté. Vous n'êtes pas venu ici pour répondre à des questions, dit le vieil homme. Vous aviez une quête à réaliser et nous n'avons pas de raisons de nous mettre en travers d'elle.

— Merci, dit Kordac. J'aimerais aussi remercier l'acrobate qui m'a sauvé la vie.

Le patriarche sourit, plus largement cette fois.

— Un acrobate ? Mmmm… Vous l'avez en face de vous. à bientôt, voyageur, conclut-il avant de disparaître.

Kordac resta bouche bée. Comment un vieillard pouvait-il grimper au sommet de cette aiguille rocheuse, y méditer de longues heures et en redescendre pour sauver un voyageur ?

— C'est un ami plein de ressources, résuma Odasius.

Le lendemain, Kordac se sentait régénéré. Seuls ses pieds le faisaient encore souffrir. Il pouvait regagner Boroskariak à dos de dromadaire : Odasius avait pris soin d'en amener un second avec lui.

— Tu fais tout pour qu'on te remarque, commenta le marchand alors que Kordac tâtait machinalement la marque du démon, sur son épaule.

— Que veux-tu dire ?

— Eh bien, celui qui a survécu à sa rencontre avec un pensaguilek est une sorte de héros. Mais il devient aussi un marginal, car on se méfie de lui : qui sait si le démon ne l'a pas assujetti ou s'il ne lui a pas transmis un peu de son pouvoir ?

— Je cacherai cette marque, si c'est ça qui te gêne.

— Oui, oui, bien sûr, mais tu sais, les pensaguileks sont vraiment des teignes : ils se sont arrangés pour que leurs griffures saignent de temps à autre.

Odasius haussa les sourcils d'un air désolé et Kordac encaissa l'information. Des *teignes* et des *poux*. Voilà donc tout ce que l'on pouvait attendre du désert ?

Plus tard dans la journée, le caravanier lui annonça qu'il ne pouvait passer plus de temps loin de son comptoir : il repartirait le lendemain, deux heures avant l'aube.

— Je crois que je ne t'accompagnerai pas.

— Comment ça, qu'est-ce que ça signifie ? Tu ne veux tout de même pas rentrer à pied ? Une fois ne t'a donc pas suffi ? Regarde tes pieds : ils saigneront à la première dune venue. Tu n'es qu'un fieffé imbécile, le « fou » !

Odasius dissimulait son désarroi derrière une parodie de colère et Kordac n'en fut pas dupe une seule seconde.

— Je dois rejoindre la côte, dit-il. Je pense que je pourrai trouver un navire qui m'emmènera de l'autre côté de l'océan. Chez moi, à Consolata.

— Chez toi ? Mais sais-tu seulement où c'est, *chez toi* ? Tu es un étranger et un étranger tu resteras. Où que tu ailles ! Tu es étranger à ta propre mémoire ! Oh, pardonne-moi, mon ami, se ravisa aussitôt Odasius. Pourquoi partir si vite ?

— Je commençais à apprendre le métier…

— Tu aurais fait un bon chamelier, j'en suis certain.

— Et puis, je ne coûte pas cher.

Odasius retrouva le sourire :

— Ça, c'est foutument vrai, l'ami. Tu ne manges presque rien et tu bois aussi peu qu'une chamelle perdue dans le désert.

Ils tombèrent dans les bras l'un de l'autre.

— Quelle étrange rencontre…, dit enfin le marchand en relâchant son étreinte.

— Tu veux parler du démon ?

Odasius grimaça.

— Bah, laisse cette bestiole où elle est, et qu'elle croupisse sous les mille verges de Raark, son puissant maître ! Je parle de notre rencontre, mon ami. C'est curieux, tu es sûrement plus vieux que moi et parfois j'ai l'impression que tu pourrais être mon fils.

— J'imagine qu'il est bon d'avoir un père comme toi.

— Il faudra poser la question à mes cinq fils.

— Je ne les ai toujours pas vus.

— Et si tu pars maintenant, tu n'es pas prêt de les connaître !

— Je suis certain que je les rencontrerai un jour.

Cette comédie de la famille nombreuse ne les dupait pas plus l'un que l'autre mais il la jouait tout de même, pour ne pas froisser la coquetterie du marchand.

— Écoute, dit Odasius après un silence ému, j'ai une idée. Dans trois jours, une caravane passera à l'oasis d'Aouira. Il lui faudra une semaine pour gagner la côte ; tu les accompagneras, je me charge de fournir le dromadaire et les vivres.

— Tu es généreux, Odasius.

— Oh, ne t'y trompe pas : je compte sur toi pour surveiller le chargement et soigner les bêtes pendant la traversée.

Ce soir-là, ils discutèrent longuement, fumant le narguilé et troublant de leurs rires la tranquillité du temple.

Chapitre 3

Avec ses longs cheveux noirs, sa silhouette élancée et ses yeux de jais, Bren Jackal était à trente ans un homme séduisant. Mais la cicatrice qui barrait sa joue gauche sur toute sa longueur résumait l'opinion des femmes à son égard : telle une ligne de démarcation, l'estafilade semblait séparer celles qui appréciaient son charme inquiétant de celles qui s'en méfiaient. Il en allait de même avec les hommes : ou bien on cédait à son charisme particulier ou bien on se tenait à l'écart de cet ancien officier au tempérament instable. En fait, seul le grand faucon noir qui l'accompagnait partout paraissait le comprendre et connaître le fond de ses pensées. Avec Jackal rien n'allait de soi et son ambiguïté avait fait barrage à une carrière exemplaire dans l'armée de Corall-Medding. C'était un mercenaire efficace, cruel à ses heures.

Ainsi pensait l'un de ses compagnons d'armes tandis que la nuit tombait sur les Comtés, ces terres situées à plusieurs jours de cheval au sud-est de l'ancienne cité impériale. L'homme s'appelait Noriad ; il avait rêvé de grandes batailles mais depuis des semaines se contentait d'échauffourées. Bren Jackal commandait d'une main de fer son escouade, composée d'une quinzaine d'hommes, tous des fortes têtes qui n'auraient pas eu leur place dans l'armée régulière.

Depuis que la Medding coulait au royaume d'Estebellia, les mages triniciens et les marchands de la Hanse leur avaient confié une mission de harcèlement. Car la Medding traversait désormais les terres estebelliennes, irriguant ainsi et à peu de frais des milliers d'acres, ouvrant une voie navigable vers les mers du ponant. Poussé hors de son tracé par l'effondrement d'une falaise, le fleuve s'était rapproché des Comtés ; leurs maîtres n'avaient plus à assumer le long transport terrestre vers les anciennes rives et les ruineux péages ponctuant la traversée fluviale de Corall-Medding. Aussi les comtes et les grands fermiers défendaient-ils d'autant plus farouchement leurs terres que la fortune y traçait à présent son lit.

— Des fois, je me demande si je n'ai pas envie d'une autre vie, se plaignit Noriad.

Près de lui, Bren Jackal caressait son faucon.

— Qu'est-ce que tu veux dire ?

— Oh, je sais bien que je ne pourrai jamais rentrer dans le rang, mais quand même…

— Tu ne t'ennuierais pas sans te battre ? demanda l'ancien officier sans détourner le regard de son rapace.

— Sûrement ! Enfin, j'en sais rien, mais si c'est ça que t'appelles se battre... On égorge et on brûle des hommes qui n'ont même pas une chance de regarder la mort en face.

Noriad était un homme violent et il avait provoqué assez de duels et de bagarres pour perdre son travail de vigile sur les quais de la Medding ; seulement il ne prenait aucun plaisir à se glisser en pleine nuit derrière un inconnu, paysan ou soldat, pour le poignarder, sans même parler des fermes auxquelles il mettait le feu durant le sommeil de leurs occupants, quand ce n'était pas pire. Jackal, au contraire, montrait un évident plaisir au massacre, et que ce soit sous le couvert de la nuit ou au grand jour ne faisait pas de différence ; cette jouissance mettait Noriad mal à l'aise.

— Il a bien fallu défendre notre peau l'autre jour, rétorqua Jackal. Trois de nos compagnons sont morts, je te le rappelle.

Noriad acquiesça en silence. Quelques jours plus tôt, ils avaient attaqué une grande ferme. Le propriétaire vivait à deux pas de son exploitation dans un beau mas et durant toute la nuit il opposa une résistance inattendue aux hommes de Bren Jackal. Sûrement avait-il été averti de la présence de mercenaires dans la région car il avait préparé sa défense.

Avec l'aide d'une douzaine d'ouvriers agricoles et de domestiques, il défendit d'abord ses terres puis sa propriété et enfin sa famille, à l'intérieur même du mas. Noriad crut qu'il allait lui-même y passer ; l'un de ses camarades mercenaires mourut tout près de lui, une flèche en pleine gorge. Un deuxième soldat s'éventra sur des pieux fichés au fond d'un trou et un troisième périt carbonisé sous un jet d'huile bouillante. Noriad n'en voulut pas au fermier : l'homme s'était battu bravement pour défendre ce qui lui appartenait et la mort était toujours une possibilité, d'un côté comme de l'autre. Il eut même pour lui une sorte d'admiration.

Je ne sais pas si j'aurais été aussi courageux, à sa place.

Il se dit qu'il aurait probablement marchandé sa vie. Comment savoir ? Une chose était certaine, il aurait tout fait pour que sa famille quitte les lieux au plus vite. Là avait été la grosse erreur du fermier. Et maintenant il était trop tard.

Bren Jackal apprécia beaucoup moins l'héroïsme du père de famille. Quand son escouade pénétra enfin dans la villa, juste avant midi, il avait donc perdu trois hommes. Il fit réunir les survivants dans la pièce principale. Les persiennes closes n'empêchaient ni la lumière ni la chaleur d'y entrer et Noriad transpirait sous son plastron de cuir. Des tapis recouvraient un beau dallage, des meubles aux ferronneries soignées recevaient maints objets précieux, des coussins de soie s'amoncelaient sur deux larges méridiennes. Quant aux murs, ils étaient ornés d'instruments de musique : flûtes de toutes tailles, cithare, percussions...

— Eh, mais on dirait bien qu'on a affaire à un musicien, dit Jackal d'un ton trop plaisant pour être franc. Tu joues de quelque chose ? demanda-t-il au maître de maison, un homme d'une cinquantaine d'années, plutôt petit, aux cheveux drus déjà gris et au regard chargé de haine.

à l'état de ses mains, on comprenait qu'il ne s'était pas contenté au cours de sa vie de parapher des registres ou des actes de vente. Noriad se dit qu'il ressemblait plus à un sous-intendant natif du Nord qu'à un rentier des Comtés ; le genre d'homme à en être arrivé là à force de volonté, franchissant les innombrables épreuves mises en travers de la route d'un paysan modeste.

— Je t'ai posé une question, insista Jackal.

— De la flûte…

— De la flûte ? C'est charmant. Et tes enfants, ils jouent bien de quelque chose ? Madame ? fit-il en se tournant vers la mère de famille, une belle femme qui semblait de plus noble origine que son mari, sans doute la fille d'un comte.

Son air affichait la même détermination que celui de son mari mais on pouvait distinctement y lire la peur.

— Ils aiment la musique, dit-elle d'une voix moins sûre qu'elle l'avait espéré.

— Vraiment ? Alors, de quels instruments, dites-moi ?

Tout le monde se demandait où l'homme voulait en venir, y compris ses mercenaires : Bren Jackal avait toujours des idées imprévisibles quand il s'agissait de cruauté. La femme répondit à sa question et il demanda que l'on décroche les instruments cités pour les donner aux membres de la famille. Pendant la distribution, il brisa à l'aide de son épée tous les pots, vases, verres et vitrines qui se trouvaient dans la pièce. Les enfants, tous âgés de moins de dix ans, se mirent à pleurer devant la violence du mercenaire. Leur père et leur mère les tenaient contre eux. Le tambourin que serrait le plus petit tintait au rythme des sanglots. De la pointe de sa botte, le chef des mercenaires rassembla vers le centre de la pièce les morceaux éparpillés.

— Voilà, c'est parfait, dit Bren Jackal lorsqu'il en eut terminé. Maintenant, déchaussez-vous, ordonna-t-il aux trois domestiques encore en vie. Vous autres, musiciens, le moment est venu de me montrer ce que vous savez faire. Il parait que la musique adoucit les mœurs et j'ai l'impression qu'on en a bien besoin ici, non ?

Personne ne répondit.

— Jouez donc quelque chose d'entraînant. JOUEZ ! cria-t-il.

Son visage s'était soudain transformé en un masque terrifiant où la rage et la folie furieuse se mêlaient. Les enfants pleurèrent de plus belle, surtout la petite fille qui venait de fêter ses sept ans.

Le père de famille parvint à la calmer au bout de quelques minutes. Puis tous les cinq se mirent à interpréter une ronde qu'ils avaient jouée le jour de l'anniversaire de la cadette. Devinant ce qu'on allait leur demander, les serviteurs se montrèrent de plus en plus inquiets.

— Allez, tous au centre de la pièce, exigea d'eux Bren Jackal.

Comme ils hésitaient, les hommes du mercenaire les poussèrent sur les tessons. Pieds nus, les employés grimacèrent de douleur.

— Mais, maman, dit le garçonnet qui tenait le tambourin, ils… ils vont se couper les pieds !

— Chut, lui dit sa mère, chut, mon chéri. C'est… c'est juste un jeu.

— Eh bien, dansez, vous autres. Allez ! ordonna le mercenaire, son épée tournée vers les prisonniers qui se mirent à gigoter piteusement, en gémissant.

Des mercenaires commencèrent à rire mais Bren Jackal sembla quant à lui mécontent de la performance des danseurs.

— Vous vous fichez de moi ? leur lança-t-il. Je croyais que ces tapettes de fermiers dansaient comme des dieux ! Mieux que ça !

— Écoutez, dit le propriétaire en interrompant son jeu : ces hommes se sont battus parce que je le leur ai ordonné. Laissez-les partir ainsi que ma femme et mes enfants, et réglons ça entre nous.

Les musiciens involontaires s'arrêtèrent à leur tour. Noriad se dit que la situation pouvait dégénérer en un instant : l'épée de son chef était l'une des plus rapides qu'il connaisse et les valeureux adversaires de la veille n'étaient maintenant que de pitoyables prisonniers, abrutis de fatigue.

— Régler ça entre nous ? dit le chef. Mais c'est exactement ce que nous faisons… Alors reprenez-moi cet air tout de suite et mettez-y un peu d'entrain : je veux voir ces vaillants petits serviteurs sautiller comme des cabris. Vous m'avez compris ?

Le maître de maison comprit surtout qu'il n'aurait désormais plus le choix de rien. Le dernier combat de sa vie semblait déjà derrière lui. Pour un homme de défis, c'était difficile à accepter. Pour le patriarche d'un foyer menacé, c'était insupportable. Il reprit sa flûte et la petite famille joua plus mal qu'elle avait sans doute jamais joué. Toutefois, les domestiques ne dansaient toujours pas, comme pétrifiés au milieu des tessons.

En deux pas, Bren Jackal les rejoignit ; il arma son épée et avant même que l'un des danseurs puisse se protéger, il lui trancha la tête. Le corps du domestique s'affala comme une poupée et le sang gicla sur les tessons, arrosant les tapis.

— Par tous les dieux, souffla le maître.

Il y eut un silence terrible. On entendit les grillons crisser à l'extérieur. Alors la petite fille hurla.

— Foutez-moi ces putains de gosses dehors, lança Bren Jackal.

Un calme relatif était revenu dans la pièce. Le plus jeune des deux employés encore en vie fit sous lui. On entendait les pleurs des enfants, étouffés par la distance. La maîtresse de maison prit la parole, d'une voix tremblante :

— Laissez-moi m'occuper de mes petits, s'il vous plaît ; ils ont besoin de leur mère et il faut leur donner à boire.

Bren Jackal secoua lentement la tête ; il n'en avait pas fini avec eux. Cela durerait même encore des heures. Les enfants pouvaient bien crever de soif et leurs parents de peur.

— Ne vous inquiétez pas pour eux, dit-il, mes hommes s'y connaissent en gamins. Vos petits ne vont pas pleurer longtemps, croyez-moi.

Même Noriad ne sut comment interpréter ces propos.

— Maintenant, il vaudrait mieux nous y remettre, reprit l'homme au faucon.

— Qu'est-ce que vous attendez de nous ? demanda le propriétaire.

Le mercenaire haussa les sourcils, mima l'étonnement :

— De la musique ! Je n'ai pas été assez clair ?

Le visage baigné de sueur, le maître de maison ferma les yeux et soupira avant de pincer le bec de sa flûte entre ses lèvres.

— Par pitié..., supplia l'un des serviteurs, un dénommé Galbert.

Encore simple mendiant sept jours plus tôt, il avait passé des semaines à faire le siège de l'intendance pour être embauché au service du fermier. Au lieu de fuir durant l'attaque des mercenaires, il avait pensé défendre son emploi si durement obtenu en protégeant la villa de son maître. Cela ne faisait qu'une semaine qu'il mangeait à sa faim et voilà que sa vie était menacée comme jamais elle ne l'avait été. La matinée de lutte contre les mercenaires l'avait épuisé et il avait vu les ouvriers agricoles et les domestiques tomber autour de lui, un à un. Parce qu'il avait erré sur les routes des années durant, de la corne s'était formée sous ses pieds mais elle s'entaillait déjà au contact des débris. Si l'effroi ne l'avait envahi chaque seconde un peu plus, il aurait saisi toute l'absurdité de sa situation.

— Toi, le menaça Jackal, je te conseille de faire un effort si tu ne veux pas perdre la tête comme ton petit camarade.

Aussi le sinistre spectacle reprit-il son cours, la femme jouant de la cithare, l'homme de la flûte. Trois mercenaires s'étaient emparés de percussions et ils tapaient maladroitement sur les peaux tendues. D'autres frappaient dans leurs mains. Une atroce cacophonie.

Galbert se dit qu'il ne pourrait plus écouter un seul air de sa vie. Même bien joué. Les notes de musique seraient autant de coups portés sur des plaies à vif.

— Vous êtes une bande de danseurs minables, décréta Bren Jackal en s'approchant.

Il transperça le ventre de Galbert de part en part. La lame fichée en lui, le paysan écarquilla les yeux. Le regard de son assassin lui sembla curieusement vide d'expression, celui d'un prédateur sans état d'âme. Puis une nouvelle douleur l'empoigna tandis que le mercenaire retirait la lame de ses entrailles. Une impression de froid l'envahit de l'intérieur : son sang se déversait parmi ses organes en une crue mortelle. Durant quelques instants il vit le soleil au-dessus des chemins des Comtés, il vit les villages perchés sur des collines, il vit la glace qui emprisonnait les étangs, il vit de petits animaux affolés dans les pièges qu'il avait posés. Dans ces tableaux fugaces la faim était partout et il ne se souvint pas avoir été heureux un jour, sinon en cette ultime semaine à la ferme. Encore deux mouvements de lame précis et Bren Jackal anéantit définitivement ces visions.

Le troisième domestique subit le même sort et la maîtresse de maison s'évanouit, vaincue par la peur, le dégoût, la fatigue et la chaleur. Lâchant sa flûte, son époux se précipita au-dessus d'elle.

Mais Bren Jackal n'en avait pas fini pour autant ; il s'approcha du couple et dit à l'homme :

— Je vais aller faire un petit tour, maintenant. Je vais aller me promener avec tes enfants.

Le maître de maison fit volte-face, se redressant pour se jeter sur le mercenaire mais l'un des hommes de main fut plus rapide et il le bouscula d'un coup de pied avant de pointer son arbalète vers son visage. Il en fallait toutefois plus pour réduire le riche fermier au silence :

— Vous touchez à un seul de mes enfants, et je vous jure que j'irai vous chercher jusqu'en enfer.

— Oh, oh, oh, fit Bren Jackal sur un ton amusé, en enfer, rien que ça. Eh bien, nous verrons. En attendant, on dirait bien que l'enfer, c'est ici et maintenant, non ?

Le mercenaire s'éloigna du couple et dit à Noriad :

— Reste ici avec cinq hommes. On sera de retour dans la nuit. Je préfère que tu ne nous accompagnes pas.

Noriad comprit le message : sans être une âme sensible, il n'appréciait pas la cruauté excessive de son chef et ce dernier le savait bien.

— Les enfants ? demanda quand même Noriad.

— Quoi, les enfants ?

— Eh bien, vous allez en faire quoi ?

— Nous allons nous amuser, tous ensemble, qu'est-ce que tu crois ?

Puis le mercenaire à la balafre quitta la pièce accompagné de quelques hommes désignés de la pointe de l'index.

Les mouches. Elles semblaient avoir envahi le séjour, tournoyant au-dessus des cadavres des trois domestiques. Noriad bâillonna le couple de prisonniers ; moins pour les empêcher d'appeler du secours que pour éviter d'entendre leurs supplications au sujet des trois enfants. Il aida ensuite ses compagnons à sortir les corps et la tête décollée. Il passa le reste de la journée à l'ombre d'un auvent, s'endormant à plusieurs reprises tant la nuit précédente puis la matinée avaient été difficiles.

Comme il l'avait annoncé, son chef revint dans la nuit.

— Je vais dormir, maintenant, annonça-t-il d'une voix distante.

Des trois enfants, il ne restait plus que le benjamin.

Les douze mercenaires, leur chef, le couple de propriétaires et leur fils se retrouvèrent une heure après l'aube à l'arrière de la villa. Le père de famille demanda :

— Où sont Alan et Aurore ?

Le benjamin, qui avait rejoint ses parents dès son retour, avait expliqué qu'ils avaient été tous trois emmenés dans le bosquet à trois cents mètres de là ; on l'avait alors séparé de son frère et de sa sœur.

— Ils ne vont pas tarder…, répondit Bren Jackal.

Puis il sortit d'une poche deux tubes d'un blanc sale. Leurs extrémités étaient noircies, comme si on les avait passées au feu. De petits orifices les perçaient sur toute la longueur. Il donna une de ces flûtes grossières à chacun des parents puis il s'éloigna de six pas, entraînant avec lui le garçonnet. Le fermier eut un mouvement pour l'en empêcher mais il reçut aussitôt un coup de pommeau dans le dos, tandis qu'un mercenaire pointait son arbalète vers sa poitrine.

— Qu'est-ce que ça veut dire ? dit la mère.

— Ce sont des flûtes, vos enfants les ont faites pour vous. Oh, pour tout vous avouer, nous leur avons donné un petit coup de main. Mais il ne faudra pas leur répéter que je vous l'ai dit, ça ne leur ferait pas plaisir…

Les parents observèrent les instruments grossièrement taillés. Autour d'eux, les mercenaires qui étaient partis dans le bosquet durant la nuit semblaient hagards, comme après un choc violent. L'excitation morbide de la veille laissait la place à une tension palpable, comme s'ils étaient pressés d'en finir. Il avait dû se passer des choses terribles sous le couvert des arbres.

— Maintenant, vous allez nous en jouer un petit air. Je vous conseille de ne pas me le faire répéter, si vous tenez à la vie du petit dernier, menaça-t-il en saisissant les épaules du garçon dans ses mains gantées. Jouez, jouez…

Dubitatifs, l'homme et la femme portèrent les instruments à la bouche. Noriad ferma les yeux.

Oh non, se dit-il. *Non.*

Il venait de comprendre. Tout.

Le son qui s'échappa des pipeaux était atroce. Le père arrêta très vite et dit :

— Vous vous fichez de nous : on ne peut rien en sortir.

— Vraiment ? fit Bren Jackal. Ce n'est pas très gentil pour le *tout* petit bras de votre *toute* petite fille. Mais vous avez peut-être raison : j'aurais dû essayer de tailler un autre membre.

Il y eut un flottement. Le temps d'accepter l'inacceptable. Puis les parents saisirent enfin l'horreur de la situation et tout alla très vite. Le père se rua vers Bren Jackal tandis que son épouse hurlait, la tête entre les mains. Il n'avait pas fait deux pas qu'un carreau d'arbalète lui crevait la face.

Quatre jours avaient passé depuis l'attaque de la ferme isolée. Les mercenaires avaient volé des chevaux pour s'éloigner le plus vite possible, laissant la femme et son fils en vie : des témoins pour terroriser toute la région avec leur récit. Maintenant il s'agissait pour les hommes de Bren Jackal de mettre à feu et à sang une motte fortifiée pendant le sommeil de ses gardes. Jackal lança :

— Eh bien, attaque donc le fortin demain midi, si le cœur t'en dit. Les livres ont besoin de héros comme toi.

Dans la pénombre de leur abri, Noriad ne vit pas l'air méprisant de Jackal, mais dans sa bouche, « héros » sonna comme « idiot ».

Leur refuge était les vestiges d'un temple dédié à Falcaar, dieu des nuées. Ce dieu capricieux avait la faveur de Bren Jackal et lorsqu'ils s'étaient abrités dans les ruines, quelques heures plus tôt, il avait annoncé à Noriad et aux autres :

— La foudre est avec nous, compagnons.

Ses hommes n'en savaient fichtre rien et peu leur importait. Ils accordaient leur confiance à ce chef dont le courage physique les étonnait toujours : Jackal ne leur demandait rien qu'il n'aurait pu accomplir lui-même. Et la plupart du temps, il allait encore plus loin, dépassant la simple bravoure pour atteindre ce que Noriad rechignait à nommer folie. Toutefois, les dieux semblaient s'être penchés sur son berceau et plus encore que Falcaar, Malperdonis, prince de la chance, le tenait sous sa protection.

Et puis, il y avait Storn, le faucon. Lorsqu'il était encore maître-chien sur les quais du fleuve, Noriad avait eu pour ses dogues une grande affection. Il connaissait alors le caractère de chacun d'entre eux et anticipait leurs querelles, leurs ruses mais aussi leurs coups de fatigue, leur faim. Ils étaient comme les enfants qu'il n'avait jamais eus. Mais ce n'était en rien comparable au lien qui unissait Jackal et son faucon, un lien surnaturel. Avant chaque mission, l'officier envoyait le rapace « en reconnaissance », disait-il, avant d'entrer lui-même en une sorte de transe. L'escouade avait d'abord pris ce comportement pour une sorte de lubie superstitieuse puis avait rapidement dû se rendre à l'évidence : Jackal voyait des choses que seul un oiseau aurait pu voir. Il volait à côté de son faucon. Il était le faucon. Les hommes avaient ainsi échappé plus d'une fois à des pièges tendus par l'ennemi, ce qui ne laissait aucun doute sur les rapports magiques entre l'homme et son animal. Noriad n'était pas sûr qu'il existât un mage trinicien doué d'un tel don – mais l'Ordre et ses pouvoirs étaient un plus grand mystère encore que Bren Jackal.

Jackal passa entre les colonnes du portique et une fois arrivé sur le parvis envahi par les herbes folles, écarta son bras pour que le rapace prenne son envol. Un claquement d'ailes et Storn filait vers le ciel que deux croissants inégaux ornaient. Le bras de Jackal avait à peine bougé ; voilà ce qui ne laissait de surprendre Noriad : le rapace semblait ne peser que le poids d'une plume sur le bras de son chef. Le genre de détail confirmant que l'officier et son oiseau pouvaient être une seule et même personne. D'ailleurs, à bien y regarder, l'homme avait dans son allure quelque chose de Storn. Son regard, la couleur de ses cheveux. Cette sorte de noblesse dans la démarche… Une noblesse qui n'excluait pas la pire des cruautés.

Le départ de Storn signifiait l'imminence des opérations, comprit le mercenaire. En effet Jackal se retourna vers ses hommes, assis par terre ou sur un moignon de mur, adossés à une colonne. Comme par réflexe, la troupe disparate se redressa dès que le chef prit la parole.

— Je vous rappelle notre mission de cette nuit : taquiner ces prétentiards du fortin de Balmarni. Cette fortification en bois est plantée au sommet d'une colline et elle protège la voie menant au château du comte de Je-ne-sais-qui…

Les hommes sourirent ; ils avaient pris pour habitude de nommer ainsi leurs ennemis. Une façon comme une autre de se donner du courage.

— Nous savons grâce à Storn, continua Jackal, que le *castrum* a une faille sur son flanc ouest, celui tournant le dos à la voie. Il y avait un pont de bois enjambant une rivière. Le pont s'est écroulé pour une raison ou une autre et apparemment il a entraîné avec lui un pan de mur. Il y a donc une ouverture de ce côté.

— Et cette ouverture, elle n'est pas protégée ? demanda un dénommé Ircaël.

— À peine. En fait, cette brèche se trouve à une dizaine de mètres au-dessus de la berge, et il y a tout juste de quoi se tenir debout entre le mur et le vide, alors ils ne s'attendent pas à une attaque de ce côté-là. D'ailleurs ils n'ont pas l'air de s'attendre à grand-chose, ajouta-t-il.

— On va leur faire une chouette surprise ! railla Ircaël.

— Et comment ! dit un autre.

Jackal les laissa se motiver mutuellement puis il exposa son plan. Pénétrer dans le fortin par cette ouverture et, avec l'avantage de la surprise, supprimer les deux ou trois soldats de quart à l'intérieur. Fermer les portes du logis pour retenir les sentinelles qui faisaient la ronde à l'extérieur du bâtiment. Enfin, supprimer la garnison plongée dans le sommeil.

— Vous avez bien compris que la discrétion est notre arme principale.

— Comme d'habitude, acquiesça Noriad.

— Exactement. Le plan ne peut fonctionner que si le dortoir n'est pas mis en alerte. Le plus délicat sera de grimper depuis la berge. Molgin, tu es le plus léger et le plus agile de nous tous, tu passeras donc le premier pour fixer un cordage. Faltesi est le meilleur arbalétrier de l'équipe ; il te rejoindra et vous irez éliminer les sentinelles qui doivent monter la garde à l'intérieur. Je grimperai juste derrière. Des questions ?

— Oui, dit Molgin, un garçon de petite taille, au corps menu et aux muscles longs. Où elles se trouvent, ces sentinelles ? On sait même pas combien il y a de pièces…

— Storn n'est pas entré dans le castrum, j'en suis désolé.

Noriad réfléchit puis il lança :

— Tu as parlé de huit hommes pour cette action. Que font les autres ?

— Ils attendent sur la berge.

Prêts à s'enfuir si ça tourne mal, complétèrent en silence les quinze mercenaires.

Jackal attribua les autres postes. Pour sceller une nouvelle fois leur compagnonnage meurtrier, ils partagèrent de la liqueur d'orange amère et d'ortie dans une même timbale avant de se glisser dans la nuit.

Une fois à l'extérieur, Noriad essaya de repérer le faucon mais les lunes n'étaient pas assez franches cette nuit-là. Jackal devait en revanche parfaitement savoir où se trouvait le rapace, se dit-il. Puis il pensa à ce qui l'attendait là-bas ; son chef l'avait choisi pour aller fermer les portes du logis. Il n'aimait pas trop ce plan car il le trouvait inutilement risqué : laisser les sentinelles en vie, afin qu'elles puissent raconter l'attaque, était une option dangereuse. Et puis, il devrait encore poignarder des dormeurs – des hommes sans défense. Noriad n'avait pourtant opposé aucun argument : à l'instar des têtes brûlées qui composaient les cinq ou six groupes engagés comme le sien pour harceler les comtes, il avait choisi d'en être. Un volontaire. Son chef le fascinait et il le suivait un peu partout depuis trois ans, répondant à chacune de ses sollicitations. Les batailles – *les vraies*, songeait avec amertume Noriad – avaient lieu bien plus à l'est, autour de deux importantes forteresses assiégées.

Néanmoins, le travail de sape que menait le groupe de Jackal dans la région restait indispensable. Le jour de la chute d'Adrian, le gros de l'armée avait péri dans les flammes. Le pouvoir impérial défait, les soldats en poste dans les colonies avaient abandonné leur uniforme. Après quelques années de chaos politique, le Conseil avait pris les rênes de Corall-Medding et des quelques territoires toujours en sa possession mais une armée de conquête n'était pas encore une priorité. Quand avait éclaté cette guerre du Fleuve six mois plus tôt, le Conseil n'avait eu que peu de troupes à opposer à Estebellia. Aussi les escouades de mercenaires, telle celle de Jackal, devaient semer la panique parmi les populations des Comtés pour les pousser à abandonner leurs fermes, et déstabiliser les seigneurs propriétaires en menant de petites attaques n'importe quand, n'importe où. Les Comtés devaient devenir synonymes d'insécurité.

La nuit était tiède dans la campagne estebellienne. Le groupe s'éparpilla en une ligne discontinue, pour éviter d'être repéré ou de représenter une cible trop facile. Lors des toutes premières missions dans les Comtés, Noriad s'était étonné du paysage : une succession de collines à la végétation rase et s'étendant à perte de vue, comme une houle marine qu'un sortilège aurait figée. Une colline plus élevée permettait parfois d'embrasser ce décor aride ; des hameaux s'élevaient sur le faîte de certains mamelons et, dans cette immensité, ils semblaient pathétiquement fragiles. Des vignes s'étendaient çà et là, à flanc de coteau.

L'espace d'une minute, Noriad avait imaginé comme il devait être agréable de travailler pour un vigneron. La vie au grand air, le soleil, les fêtes ponctuant la fin des vendanges ou la vente des premiers fûts. Mais le soldat n'aurait pas tardé à se bagarrer avec le contremaître sinon avec le vigneron : trop de vin à portée du gosier pour garder la tête froide. Maintenant, Noriad ne prêtait plus attention au paysage : énième décor de meurtres qui taisaient leur nom.

Il regarda autour de lui. Plastrons de cuir, tuniques, pantalons, bottes : ses compagnons étaient tous vêtus de couleurs sombres et se fondaient dans la nuit comme des prédateurs en chasse. D'une mission à l'autre des liens profonds s'étaient noués entre eux.

Pour autant, je ne sais pas grand-chose d'eux, pensait Noriad. Les hommes se racontaient plus facilement leurs faits d'armes qu'ils ne révélaient leurs sentiments. Noriad se demandait s'ils pensaient parfois aux enfants qu'ils avaient massacrés puis il préféra chasser cette idée.

Ils grimpèrent une colline, en dévalèrent une autre, silencieux comme une quinzaine de félins en maraude. Le froissement de leurs pas aurait pu être celui du vent sur l'herbe rase. Une heure plus tard, Jackal obliqua vers la gauche. Les hommes le suivirent en file indienne et ils parvinrent au-dessus d'un cours d'eau; large comme trois hommes et peu profond, il creusait son lit sinueux cinq mètres en contrebas. Pas de quoi naviguer. Encore quelques mois et l'été l'aurait asséché. Les hommes remontèrent la rivière à contre-courant durant quinze bonnes minutes, d'une colline à l'autre, surplombant le cours d'eau. Face à l'imminence du danger, les sens de Noriad étaient en éveil. La fraîcheur de la rivière charriait de nouveaux parfums qui contrastaient avec l'odeur de l'herbe sèche. Des moustiques les harcelèrent et ils durent les chasser en silence. Noriad crut entendre le battement d'une aile; il leva les yeux pour repérer Storn mais le rapace demeurait invisible, tel un ange protecteur dont on devine seulement la présence. Un sifflement ténu et bref: leur chef ordonnait à la troupe de s'arrêter au pied d'un monticule.

Jackal communiqua ses instructions par signes avant de descendre sur la berge. Les huit hommes désignés plus tôt le suivirent tandis que les autres se dissimulaient derrière le promontoire. Noriad constata avec soulagement que la berge n'était pas couverte de cailloux mais de terre: ils progresseraient sans bruit vers le fortin édifié à cent mètres de là.

La construction en bois était plus impressionnante qu'il l'avait imaginé. La nuit en faisait une masse noire et compacte, imprenable, juchée sur un mamelon. Le fortin de Balmarni ne devait pourtant pas mesurer plus de dix mètres sur quinze et son enceinte de rondins s'étendait sur moins d'une douzaine de mètres. Noriad devina le pont effondré; le courant gargouillait contre la structure à demi immergée. Les mercenaires entendirent des voix: les soldats de quart discutaient. Ils ne devaient pas être plus de trois ou quatre; ceux-là auraient de la chance: les mercenaires les épargneraient. Jackal et ses hommes se positionnèrent près de l'ouverture que le rapace avait signalée et s'adossèrent à la berge escarpée. Molgin s'avança prudemment, s'assura qu'aucun ennemi ne se tenait devant la brèche que le pont avait ouverte dans sa chute, et entreprit de grimper vers elle. Noriad admira l'agilité de son compagnon puis ce dernier disparut de sa vue tandis que Faltesi rejoignait le grimpeur, son arbalète en bandoulière, bientôt suivi de Jackal. Ils escaladèrent à leur tour la berge.

Une minute ou deux s'écoulèrent. Hors de portée du regard, les soldats en faction parlaient toujours mais l'intensité de leur voix diminuait à mesure qu'ils s'éloignaient. La conversation fut bientôt couverte par le gargouillis de la rivière et le vrombissement horripilant des moustiques. Noriad décolla son dos de la berge pour voir ce qui se passait, à dix mètres sur sa droite et cinq mètres plus haut. Jackal s'adossait à la fortification, tout près de l'ouverture; ses pieds dépassaient de la mince bande de terre et il serrait l'extrémité de la corde qui lui avait permis de monter jusque-là. Dès que Faltesi lui eut signalé que la voie était libre, Jackal appela ses hommes d'un geste de la main. Noriad passa le premier, progressant le plus près possible du talus, précédant Ircaël. En quelques enjambées, ils eurent atteint la corde. Noriad l'empoigna et, avec l'aide de Jackal qui le halait, se hissa tout en prenant garde de ne pas émietter la paroi avec ses pieds.

Une fois en haut, il se glissa par l'ouverture et se retrouva dans une salle au sol en terre battue éclairée de quelques bougies. Effondrés, la face contre une table, deux soldats avaient succombé aux carreaux de Faltesi. Leurs timbales et le pichet de vin ne s'étaient même pas renversés.

Ils étaient ivres, comprit Noriad. *Comme d'habitude.* Qu'avaient-ils d'autre à faire, de toute façon, au milieu des vignes, si loin de leurs familles et des combats ?

L'arbalétrier hocha la tête au passage de Noriad qui se dirigeait à l'opposé de la brèche, vers la porte d'entrée du logis. Ircaël le rejoignit tandis que les autres mercenaires se faufilaient déjà dans le *castrum*. Noriad et Ircaël allaient soulever un madrier pour entraver la porte lorsque l'un des battants commença de s'ouvrir de l'extérieur. Une sentinelle voulait entrer ! En un bond réflexe, Noriad se rua contre la porte pour en bloquer le mouvement.

— Eh, qu'est-ce que tu fiches ? lança la sentinelle de l'autre côté de la porte. Tu vas pas te garder tout le vin, espèce de radin ?!

À l'évidence, l'homme n'avait pas idée de ce qui se tramait à l'intérieur. Derrière Noriad, Molgin et Ircaël s'étaient déjà emparés du madrier ; ils le passèrent au-dessus de la tête de Noriad, toujours appuyé contre le battant, et le glissèrent dans ses logements. Le mercenaire s'écarta enfin, le cœur battant à ses tempes en un son sourd et rassurant.

— Par les démons de Galameh, tu nous ouvres cette maudite lourde ? s'énerva la sentinelle.

Ce crétin va réveiller tous les Comtés, pesta Noriad.

Il ne leur restait désormais que très peu de temps. Noriad, Molgin et Ircaël rejoignirent les cinq autres soldats de la troupe, placés à l'entrée de l'unique couloir. Ils s'y engouffrèrent, la terre battue étouffant le bruit de leurs pas, puis au bout de quelques mètres ils stoppèrent devant deux portes. Il ne fallait pas se tromper. Les ronflements qui montaient derrière l'une d'elles ne laissaient aucun doute : elle ouvrait sur le dortoir. Les huit mercenaires étaient à l'étroit dans le couloir ; ils ne pourraient pas pénétrer en même temps dans la pièce et devraient prendre le risque de s'exposer l'un après l'autre.

Noriad pouvait presque sentir l'excitation mêlée de peur que ses compagnons d'armes exsudaient. À l'extérieur, la sentinelle avait appelé son collègue pour se plaindre. Plus une seconde à perdre. Ircaël prit une profonde inspiration et, dague en main, poussa la porte du dortoir qui par chance ne grinça pas.

Une unique ouverture dans la cloison laissait à peine entrer dans la pièce la lueur des deux lunes. Noriad dénombra une douzaine de couches, réparties des deux côtés du dortoir. Il prenait l'allée centrale pour se diriger vers celles du fond lorsqu'un hurlement parvint de l'extérieur.

Les hommes de Jackal se figèrent. Devant eux, l'un des dormeurs se réveilla. Noriad était le plus proche des ennemis mais ni ses jambes ni son bras ne bougèrent. Les quelques chevaux qu'abritait le fortin renâclèrent et hennirent.

— Qu'est-ce qui se passe ici ? demanda le dormeur en se redressant, les gestes encore ralentis par le sommeil.

Il n'obtint aucune réponse. Un second homme s'éveilla, puis un troisième. Il fallait les tuer, et vite.

— Au secours ! cria une voix à l'extérieur. Ouvrez-moi, ouvrez ! VITE !

Plus question de réclamer du vin : la sentinelle était effrayée. Un rugissement inhumain succéda à l'appel puis un choc secoua les rondins du logis. Un cri de douleur, d'autres chocs. Les chevaux hennirent de plus belle, paniqués. En quelques secondes, tous les soldats du dortoir sortirent du sommeil et la plupart d'entre eux serraient déjà une arme dans leur poing. La mission de Jackal tournait à la catastrophe. Quoi qu'il se passât dehors, Noriad, Ircaël, Molgin, Faltesi et les autres comprirent l'urgence de régler le problème du dortoir.

Noriad fit un pas rapide vers un soldat accroupi. D'un geste précis, il passa le fil de sa dague sur son cou. Les cordes vocales tranchées, l'homme s'étouffa avec son propre sang. Derrière Noriad, les mercenaires se ruaient à leur tour sur leurs victimes. Noriad s'en prit à un second soldat qui, à peine réveillé, voulut sortir son épée du fourreau mais s'empêtra dans sa couverture. Noriad tomba sur lui, bloqua d'une main sa tête contre la couche et de l'autre lui creva la gorge.

Le dortoir était en proie à la furie, mais une furie muette. Les victimes avaient à peine le temps de gémir. L'instant de stupeur passé, la troupe de Bren Jackal réagissait avec son efficacité habituelle. Lorsque Noriad se retourna vers la porte du dortoir, il vit deux soldats fuir, à demi vêtus. Le mercenaire bondit à leur poursuite, sautant sur les couches. Il bouscula l'un de ses compagnons, évita une lame, donna un coup de coude dans le menton d'un soldat d'Estebellia et se retrouva dans le couloir. En trois enjambées, il déboucha dans la pièce principale.

Là, juste devant lui, Jackal retirait sa lame du ventre d'un fuyard ; le second avait déjà perdu sa tête ; elle roulait encore sur le sol lorsque le premier soldat s'effondra, les entrailles transpercées. La rapidité de Jackal ressemblait plus à un prodige qu'au fruit d'un long entraînement. Mais cette nuit-là, Noriad n'avait pas l'esprit à apprécier ce genre d'exploit.

Il y eut encore un cri d'effroi et de douleur mêlés dans l'enceinte extérieure, des grognements. Les chevaux s'étaient tus.

— Qu'est-ce qui se passe ? demanda Noriad à son chef.

— Je… je n'en sais rien. Ça pourrait être un ours.

— Un *kodiak* alors ?

Jackal hocha la tête sans conviction : il n'y avait pas d'ours dans les Comtés ni, de manière générale, de ce côté de la Medding. Ni l'un ni l'autre n'avaient jamais entendu des bruits pareils.

— Storn, il n'a rien vu ? insista Noriad.

— Je ne sais pas où il est passé, répondit le chef d'une voix neutre. Bon, aide-moi à déplacer cette table.

Ensemble ils soulevèrent la lourde table de bois et la dressèrent à la verticale pour fermer la brèche. Ils y entassèrent le peu de mobilier qui garnissait la salle – avant de se regarder, conscients que cette barricade ne servirait pas à grand-chose s'ils en croyaient les bruits montant de la cour. Leurs compagnons arrivèrent dans la pièce.

— Ils sont tous morts, résuma Faltesi, l'arbalétrier.

Le silence succéda aux grognements, aux hurlements et aux bruits de lutte dans le dortoir.

Les hommes se regardèrent dans la lueur vacillante des bougies. Le sang des artères tranchées avait maculé leurs traits, leurs plastrons, souillé leurs mains. Surtout, ils avaient peur. Noriad pensa aux enfants massacrés dans le bosquet, non loin de leurs parents. L'horreur du supplice… Se pouvait-il qu'ils soient tous punis d'avoir agi ainsi ?

Je n'y étais pas, dans le bosquet… Mais je n'ai rien fait pour empêcher ça…

Il songea aux flûtes. Une punition divine, voilà ce qu'ils encouraient tous. Un hululement sinistre suivi d'un grognement retentit de l'autre côté de la porte. Noriad sentit un frisson parcourir son échine.

On n'est pas prêts de sortir d'ici, pensa-t-il.

— C'est quoi ce qu'on entend, chef ? demanda le petit Molgin.

Une mèche épaisse couvrait la moitié du visage de Jackal ; il l'en chassa d'un mouvement nerveux et répondit :

— Aucune idée.

Il leva la tête et observa le plafond quelques instants avant de se tourner vers Molgin.

— Il y a une trappe au-dessus. Je vais t'aider à grimper sur les solives. Tu y noueras la corde et je monterai à mon tour pour jeter un œil à l'extérieur. Pendant ce temps, vous autres, vous vous répartissez en deux groupes et vous vous placez dos à dos. Un groupe protège la porte, l'autre la brèche.

Jackal fit la courte échelle à l'acrobate et le propulsa vers les poutres, trois mètres plus haut. Molgin s'agrippa, se contorsionna pour prendre appui sur ses bras puis se hissa avec une agilité et une force surprenantes. Noriad s'était déjà battu contre lui, un soir d'ivresse ; il n'était pas arrivé à le toucher et chaque fois qu'il s'était jeté sur lui pour le saisir le garçon l'avait évité d'un bond ou s'était faufilé entre ses mains comme une anguille. Noriad avait déclaré forfait, épuisé.

Molgin attrapa la corde que Jackal lui lança, la noua et attendit que son chef le rejoigne. Le bois des solives grinça lorsque Jackal poussa sur la trappe pour l'ouvrir.

— Descends avant que cette baraque s'effondre sur nous, ordonna Jackal.

Molgin quitta son perchoir tel un singe mais les hommes étaient trop nerveux pour l'applaudir comme ils avaient coutume de le faire. Bren Jackal disparut par la trappe et on entendit le bruit de ses pas sur la toiture, puis plus rien ; il venait de s'arrêter. Noriad se dit que l'oiseau de son chef avait peut-être pris peur et qu'il s'était éloigné avant d'avoir pu partager sa vision avec son maître. Cette idée lui déplut et il la chassa. À côté de lui, les hommes étaient silencieux. Il y eut une sorte de feulement. Ircaël tressaillit avant de lâcher un « merde » qui semblait fustiger autant sa réaction que la créature à l'extérieur.

Soudain, la bête ébranla la porte. Une fois, puis très vite une seconde fois. Le madrier qui bloquait les deux battants se fendit en un craquement.

— Bon sang ! pesta Faltesi qui avait épaulé son arbalète, cette saloperie essaie d'entrer !

Tous les hommes se tournèrent vers la porte, abandonnant la surveillance de la brèche. Des coups sourds martelèrent le sol, comme vingt taureaux ruant à l'unisson.

— Et si c'était un cracheur ? lança Ircaël.

— Ne raconte pas n'importe quoi, rétorqua Faltesi : on n'a jamais vu de dragons aussi loin de Talaxania.

D'ailleurs on n'en a jamais vu, ajouta pour lui-même le soldat le moins superstitieux de la troupe.

Les marais et les montagnes de Talaxania, où la Medding prenait sa source, s'étendaient très loin à l'est. La région, perpétuellement nimbée de brouillards épais, était si mystérieuse qu'on lui accolait toutes sortes d'histoires, la plupart du temps invérifiables. Jamais un seul groupe humain n'avait pu témoigner de l'existence de dragons et les récits isolés n'avaient la faveur que des plus crédules, pensait Faltesi. Non, l'animal qui les traquait cette nuit-là était bien plus réel que ceux des légendes tissées de brumes.

— Et puis, ajouta Noriad, si c'était un cracheur il nous aurait déjà rôti les jambons, pas vrai ?

Ses compagnons acquiescèrent en grognant.

Des piétinements, un bruit d'eau répandu sur le sol et le bois des murs. Un hurlement bestial déchira la nuit, faisant vibrer les rondins du fortin. Le bruit d'une course rapide puis un terrible fracas lui succédèrent.

L'espace d'une seconde, la troupe pensa que la construction allait s'effondrer. Il ne se passa rien et le bruit de la course s'éloigna rapidement. Enfin, un ultime cri inhumain retentit au loin.

— Par tous les dieux…, souffla Ircaël.

— C'est terminé ?

Quelque chose frappa le toit puis roula au-dessus de leur tête.

— Un cracheur ! s'écria Ircaël, je vous l'avais dit, un putain de cracheur qui revient nous brûler vifs !

— Espèce de crétin ! lança Noriad. C'est Jackal : il vient de tomber !

Il fut le premier à courir vers la porte pour l'ouvrir.

Dehors, l'odeur de la bête le heurta de plein fouet. Il n'y avait pas de brise pour dissiper les relents de ses excréments et Noriad eut un haut-le-cœur. De faibles gémissements l'attirèrent vers l'enclos des chevaux. Cinq grands poneys gisaient sur le flanc, baignant dans leur sang. Noriad vit alors son chef, à demi étendu sur une monture, à la verticale du toit : l'animal mort avait amorti sa chute. Noriad en sut gré à Malperdonis, patron des chanceux, puis il enjamba la clôture et vint s'agenouiller auprès de Jackal. L'homme respirait encore et c'était bien sa faible voix qu'il venait d'entendre. Il posa la main sur la joue du blessé en un geste d'une intimité inédite, puis il dégagea du visage les mèches noires qui masquaient ses yeux, entraient dans sa bouche. Jackal marmonna des mots indistincts.

— Chut, lui dit Noriad. Ne dites rien, gardez vos forces. La bête est partie, c'est fini maintenant.

Le mercenaire se retourna vers la porte et lança à la cantonade :

— Alors, bande de trouillards, vous attendez un ordre signé du Conseil pour m'aider ?

Ircaël, Faltesi et un certain Waldek osèrent enfin quitter le *castrum*. Ils soulevèrent leur chef et le firent passer par-dessus l'enclos.

— Bon sang, cette saloperie a aspergé tout le fortin, constata Noriad avant de passer la porte.

Un froissement d'ailes et Storn apparut dans la salle ; il se posa près de son maître à demi inconscient.

L'aube sembla dissiper l'obscurité de l'esprit de Jackal et le guerrier s'éveilla avec le lever du soleil, plus de trois heures après sa chute du toit.

— Bienvenue parmi nous, le salua Noriad soulagé.

Le visage éprouvé de Jackal se fendit d'un maigre sourire, alors que deux hommes l'aidaient à se redresser. On lui apporta de l'eau et il en but une longue gorgée avant de s'essuyer la bouche avec le revers de sa manche.

— Qu'est-ce qui s'est passé ? demanda alors Molgin l'acrobate.

Jackal le regarda droit dans les yeux mais ses pensées se fixaient quelques heures en arrière. Les quinze mercenaires attendaient sa réponse comme un seul homme.

La créature, pensa Jackal. *Le monstre. Je l'ai vu et il m'a vu. D'abord Storn est revenu, il s'est approché du fortin et nos esprits se sont à nouveau mêlés. Storn et moi avons survolé la bête, j'ai plané au-dessus de son énorme silhouette et la bête a vu en moi tout comme j'ai vu en elle. Les images dans sa tête : elles m'ont parlé. Et j'ai lu mon destin, oui, Gédaëlle, la bête m'a expliqué ce qu'elle attendait de moi.*

Molgin s'inquiéta du regard de son chef : une lueur insane y brillait. L'acrobate insista pourtant :

— Que s'est-il passé là-haut ?

— Oh, eh bien, j'ai glissé bêtement.

Et Jackal partit d'un grand rire.

* * *

Les journées étaient interminables chez Omok. Non que la nuit n'existât pas mais le sommeil avait déserté les damnés. Ils ne dormaient plus et n'avaient ainsi plus la possibilité de rêver d'un monde meilleur. Ils restaient éveillés, tout entiers tournés vers l'effroi de leur condition.

Les plus vieux d'entre eux, ceux qui hantaient ce monde depuis des siècles sans jamais trouver d'issue, « s'absentaient » parfois. Si les terres d'Omok semblaient entre deux mondes, le lieu où se rendaient ces morts était encore moins défini. Les Absents étaient aisément reconnaissables : leurs orbites étaient vides et leur apparence moins tangible. On voyait au travers de leur silhouette mouvante comme au travers de flammes blêmes. Certains d'entre eux dérivaient le long du grand fleuve qui traversait Galameh.

Au début, Jeremy les avait enviés et avait tenté de percer leur secret. Mais plus maintenant. D'ailleurs aucun de ces défunts ne traînait du côté du Maître. Autant son protecteur se préoccupait du sort des damnés, autant il se désintéressait de ces âmes perdues. Quand viendrait le jour, il ne les emmènerait pas avec lui en Val-des-Miracles.

Jeremy ne ressentait plus cette envie de fuite illusoire. Il accomplirait bientôt un voyage autrement plus passionnant. Le Passage... Et puis, il avait de quoi s'occuper maintenant. Tous les jours une tâche nouvelle... Des tâches à accomplir au mieux. Son sort en dépendait, bien sûr. Mais le sort de tout un peuple aussi.

— Jeremy, c'est une bonne journée pour nous tous, commença le vieil homme en frottant son bouc.

Vieux ? Depuis quelque temps, ses poils et ses cheveux gris fonçaient. Il rajeunissait alors que les habitants du royaume restaient à jamais prisonniers de l'âge de leur décès. Tout au plus avaient-ils la possibilité de modifier leur apparence une seule et unique fois, à leur arrivée en Galameh. Le Maître changeait constamment. Sa chevelure naguère clairsemée s'épaississait et il la coiffait désormais en arrière. Au début, Jeremy s'en était étonné puis il s'était dit que ce prodige n'était pas grand-chose pour un homme aux pouvoirs extraordinaires.

Autant dire un sorcier.

— Une bonne journée, Maître ?

Il fallait se réjouir de la bonne humeur de ce tyran. Ses colères étaient des moments éprouvants, pour ne pas dire dangereux. Car ce sorcier savait faire souffrir les damnés. Pour l'éternité si l'envie lui en prenait. Il avait ainsi dressé Bois-des-Larmes, près de sa retraite. En comparaison, une forêt de gibets aurait ressemblé à un jardin d'enfants. Mieux valait ne pas penser à ce qu'il advenait des suppliciés.

Omok ne tentait rien pour empêcher le Maître d'agir. S'il était au courant – si seulement il l'était –, il s'en fichait. Le bruit courait même qu'il en avait assez de régner sur un peuple de damnés et ses serviteurs, des démons, ne se privaient pas de relayer cette idée. Alors, si quelqu'un pouvait faire régner un peu d'ordre dans ce concert de plaintes et de gémissements... La colère du sorcier ne s'était jamais tournée vers Jeremy ; le garçon n'aurait su quel dieu remercier pour cette grâce.

— Oui, c'est une bonne journée, répéta le sorcier. Un élément nouveau et inattendu est entré dans le plan.

— Vous avez trouvé un nouvel objet ? demanda Jeremy, faisant allusion aux souvenirs que le sorcier ramenait de Val-des-Miracles et entassait dans sa retraite.

— Non, cette fois c'est un homme, un combattant redoutable et d'une délectable cruauté. Quelqu'un de très efficace. Vois-tu, Jeremy, nous avons un nouvel allié parmi les vivants.

Le garçon ne savait pas si c'était vraiment une bonne nouvelle. Il décida que oui, car le Maître n'était pas du genre à commettre des erreurs et il avait vraiment l'air enthousiaste, aujourd'hui.

— Comment s'appelle cet allié, Maître ?

— Bren Jackal. J'aime beaucoup son nom... Qu'en penses-tu ?

Il n'était pas question de contredire ce sorcier dont dépendait son avenir.

— On dirait un nom plein de promesses, Maître.

Chapitre 4

Ils étaient une demi-douzaine de Triniciens à s'être réunis en secret, dans une salle reculée de Haut-Temple. À eux six, ils composaient à la fois une commission d'étude d'où émergeaient des idées applicables à la bonne marche de la cité et de ses Territoires, et un groupe de pression pesant sur le Conseil pour imposer ces mêmes idées. Les compromis d'un pouvoir partagé entre religieux et marchands étaient tels qu'il existait de part et d'autre du Conseil une myriade de ces groupes, parfois puissants, souvent insignifiants. Les hommes qui s'étaient assis autour du mage Jocquinius ce jour-là appartenaient à la première catégorie.

— Frères, commença le vieux mage, je vous avais proposé d'explorer les deux problèmes majeurs auxquels nous sommes confrontés depuis quelque temps : ces pierres célestes et cette bête qui semble avoir décimé les monastères uliques.

Sa voix profonde résonna contre les pierres de la pièce aux piliers richement décorés. Seuls les écussons où figurait l'arbre à trois branches trinicien avaient jadis été poncés à la demande d'Adrian ; personne n'avait cru devoir les graver de nouveau. Il n'y avait pas de table et des stalles en bois sculpté composaient l'unique mobilier ; Tratorian, le mage le plus éloigné de Jocquinius, prit la parole. Il était jeune et ambitieux mais n'avait jusqu'alors jamais osé s'opposer au vieux mage ouvertement.

— Ce… ce monstre, nous pensons qu'il s'agit de Gédaëlle.

Gédaëlle… J'y avais moi-même songé, se dit le mage. *En espérant me tromper…*

— La créature que Golan Tark aurait créée il y a très longtemps…

— Alors qu'il n'était qu'un prêtre, exactement. Il l'avait prétendu, en tout cas. Personne ne l'avait jamais vue et les décennies passant, c'est devenu une… un mythe.

— Si je me souviens bien, dit Jocquinius, cette Gédaëlle aurait été une sorte de chimère.

— Eh bien, dit Yonastelli, l'un des rares Talaxiens à avoir intégré l'Ordre, si on veut. Disons que Tark en aurait ramené le principe vital, l'énergie, du royaume d'Omok. Après, il l'aurait composée à partir d'animaux en une sorte d'horrible… chirurgie ; mais le sang qui devait couler dans ses veines provenait du monde des morts.

— Oui, ça me revient maintenant. Maître Tark était bien plus qu'un mage trinicien : il ne se contentait pas d'apprendre des sorts ou d'aider les morts à voyager.

Les Triniciens approuvèrent en silence. S'il arrivait aux mages les plus doués de ramener des défunts à la vie, c'était dans des conditions très particulières et la tâche nécessitait qu'ils s'y attellent à plusieurs. Sans l'aide d'un artefact unique, placé quelque part au-dessus des cryptes, ils ne pouvaient accomplir ce prodige. Les revenants n'étaient alors que de passage de ce côté du monde. Jocquinius se souvenait que Tark s'était battu pour imposer l'idée qu'il existait des portes donnant sur Galameh, le royaume d'Omok. Il avait consacré une bonne partie de son énergie et de son temps à les chercher. Les mages, principaux dignitaires de l'Ordre, avaient dans leur ensemble trouvé cette idée ridicule. Seules les cryptes pouvaient ouvrir un passage entre le monde des vivants et celui des morts. Nul besoin d'aller chercher ailleurs.

Très vite, Tark avait estimé n'avoir besoin de personne pour lui dire ce qu'il pouvait faire ou non. Il était plus que doué : tout en lui évoquait l'être exceptionnel, le génie. Du génie. Peut-être était-il plus qu'humain. Bien qu'admiratif, Jocquinius ne l'avait jamais aimé : son ambition était sans bornes et il semblait toujours considérer que la fin justifiait les moyens. Jocquinius avait déjà quitté Corall-Medding quand l'empereur avait fait assassiner Tark, mais la nouvelle de sa mort, pour choquante qu'elle fût, n'avait pas attristé le vieux mage outre mesure.

— Que sait-on d'autre sur cette bête ? demanda Jocquinius. S'il s'agit bien de Gédaëlle…

— On a mis la main sur un carnet de jeunesse, rédigé par Tark lui-même.

— Vraiment ?

— Oui… Il a fallu fouiller au fin fond de la bibliothèque : il n'y avait quasiment rien sur maître Tark.

— Comme si quelqu'un avait voulu faire disparaître toute trace de son existence et de ses travaux, ajouta Antonin.

— L'empereur, sans doute.

— Dans ce cas, il aurait pu tout aussi bien détruire toute la bibliothèque de l'université…, fit remarquer le jeune Tratorian.

— Il avait sûrement mieux à faire. Et puis, nous avions dispersé les volumes les plus importants afin de les protéger. Mais continuez, je vous en prie.

Tratorian toussa dans son poing avant de reprendre :

— L'expérience avait été un échec et Tark avait failli y perdre la vie. Il avait abandonné après avoir détruit sa création.

— On dirait qu'il a menti…

— Cette créature pourrait servir nos desseins, reprit Tratorian. Si seulement nous parvenions à l'apprivoiser.

Il y eut des murmures d'approbation parmi les mages.

— Nos desseins ? De quels desseins parles-tu ?

— La Hanse…, tenta Tratorian, espérant ne pas avoir à préciser sa pensée.

— Ne me dis pas qu'il s'agit encore de cette histoire de renverser la Chambre basse !

Lakia, un mage d'une quarantaine d'années, intervint avec un sourire affecté :

— Les marchands de la Hanse ne servent pas nos intérêts, Jocquinius, vous le savez bien.

Le vieux mage ferma les yeux, serra les accoudoirs de son fauteuil et inspira profondément. Ainsi ils en étaient encore là : à vouloir s'emparer du pouvoir sur Corall-Medding et les Territoires. Golan Tark, le grand Trinicien, avait eu un but semblable ; et malgré son génie, l'empereur avait fini par le tuer.

— Le spirituel et le séculier sont certes séparés, mais au sein du Conseil ils travaillent ensemble à la reconstruction de…

Il hésita, sentant le piège qu'il s'était lui-même tendu.

— L'empire ? compléta très vite Tratorian.

Jocquinius balaya cette proposition d'un geste du bras.

— La *construction*, rectifia le mage, d'un pouvoir le plus juste possible. Voilà bientôt vingt ans que le Conseil existe et, s'il n'est pas toujours en mesure de servir au mieux l'intérêt commun, je trouve qu'il ne se débrouille pas mal.

— Mais voyons, commença Yonastelli, vous êtes le dernier mage à croire à la probité de la Hanse. Ils n'attendent qu'une occasion pour nous évincer. Ils continuent de commercer avec Estebellia malgré la guerre. Les laissera-t-on agir sans bouger ?

Jocquinius soupira.

Alors, lui aussi a rejoint le clan des sécessionnistes, pensa-t-il. Il se souvint avoir choisi ces cinq hommes quelques années plus tôt pour leur ouverture d'esprit, leur culture et leurs bons rapports avec les marchands les plus influents. Comment avait-il pu se tromper à ce point ? Il se tourna vers les deux chantres restés silencieux pour le moment.

— Et vous deux, vous pensez qu'il faudrait… *évincer* la Hanse ?

Les deux hommes, praticiens appliqués des mystères triniciens mais dépourvus d'ambitions politiques, se regardèrent et haussèrent les épaules.

— Nous n'étions pas venus parler de cela, s'excusa le plus âgé des deux.

Jocquinius les sonda du regard et regretta de ne pas être télépathe, ou même voyant à l'instar du peuple aresmass dont Adrian était issu.

— Très bien, reprit-il. Vous proposiez d'apprivoiser ce… cette bête. Comment comptez-vous vous y prendre ?

— Eh bien, répondit Tratorian, Lakia, Antonin, Fablio et moi, nous avons travaillé sur certains sorts susceptibles de l'arrêter. Et en utilisant les notes de Golan Tark ce serait tout à fait possible.

— Foutaises ! Croyez-vous que s'il existait de simples sorts pour stopper un tel monstre, ils n'auraient pas déjà été employés par nos frères des monastères ?

— C'est-à-dire qu'ils ne possédaient pas le carnet de Tark. Et puis, il n'y avait pas de grand mage, ce jour-là.

— Ce n'est pas ce que le jeune Haldric m'a rapporté.

— Haldric ? s'étonna Yonastelli.

— Oui, le moinillon survivant.

— Ah, oui, bien sûr, dit le mage qui semblait penser : « On ne peut compter sur le témoignage d'un moinillon. » C'est une telle chance que vous soyez son unique confident..., précisa l'homme de Talaxania, non sans malice, avant de demander : Comment va-t-il, à propos ?

Jocquinius ne daigna pas relever l'hypocrisie de la question.

— Depuis qu'il a témoigné, il est comme... *absent.*

— Choqué par cette expérience, sans aucun doute.

— On le serait à moins.

— Toujours dans vos appartements ?

— Oui. Et que cela vous plaise ou non, il est le seul témoin vivant du massacre : il n'y avait pas que d'inoffensifs moines autour de la bête, ce jour-là.

— Admettons, tempéra Tratorian. Mais ils ont été pris par surprise. Savaient-ils seulement à quoi ils avaient affaire ? Et puis nous savons tous combien il est difficile d'employer les mystères sans un minimum de préparation et de concentration. Sans compter qu'ils ne possédaient ni ce volume sur lequel nous avons mis la main, ni la Pierre d'Ombre.

— D'accord, ils n'avaient ni le journal de Tark ni le Talaris trinicien conservé ici même, à Haut-Temple. Très bien. Et une fois que vous l'aurez maîtrisée ? Comment comptez-vous l'utiliser contre les marchands ?

Tratorian se tourna vers Lakia qui se racla la gorge avant de commencer :

— Il s'agirait de leur faire perdre tout crédit auprès de la population.

— Et comment pensez-vous vous y prendre ?

— Ils n'arriveront pas à contrôler ni à abattre la bête qui... (Il choisit soigneusement ses mots.) sèmera la panique dans leurs exploitations.

Jocquinius avait peine à croire ce qu'il entendait.

— Et ensuite ? demanda-t-il.

— Après, la population apeurée demandera des explications et à tout le moins d'être rassurée. Nous produirons la preuve de la responsabilité des marchands, ce qui ne devrait pas être trop difficile.

— Je m'en charge, intervint Yonastelli.

— ... et nous nous débarrassons du monstre.

— Vous voulez dire de la Hanse, n'est-ce pas ? lança Jocquinius d'une voix plus ténue qu'il n'espérait.

Le visage juvénile de Tratorian s'illumina d'un grand sourire :

— Eh bien, oui, en quelque sorte ! Après de tels événements, il sera aisé d'en finir avec elle. Avec l'appui de la population ! s'exclama-t-il en prenant ses compagnons à témoin. Bien entendu, rien de tout cela ne devra sortir de cette pièce, ajouta le jeune mage d'un ton moins enjoué. Il n'est pas question d'aborder cette option lors de la prochaine assemblée de la Chambre haute : nous savons très bien qu'il existe des groupes semblables au nôtre mais entièrement voués à la cause hanséatique.

— Des traîtres…, ajouta Jocquinius.

Tratorian tendit la paume vers le mage.

— Exactement…, dit-il sans saisir l'ironie de son aîné. Nous savons très bien que la guerre du Fleuve n'empêche pas nombre d'entre eux de traiter avec Estebellia, comme le disait Yonastelli : comment faire confiance à ces opportunistes prêts à vendre père et mère pour accroître leur fortune ? D'ailleurs, vous n'avez pas évoqué le drame des monastères uliques, lors des assemblées de la Chambre ; je veux croire que votre silence à ce sujet n'était pas dénué d'arrière-pensées.

— Vous savez très bien pourquoi je me suis tu jusqu'à maintenant : je voulais d'une part que Haldric témoigne à la tribune, d'autre part je ne souhaitais pas créer un mouvement de panique parmi les nôtres et la population avant de connaître vos propositions.

— Et, avouez-le, vous ne vouliez pas que l'un des groupes de… « traîtres », comme vous dites, mette la Hanse au courant. Elle aurait pu mettre la main sur le monstre avant nous…

Un silence embarrassant s'installa. Jocquinius changea de position. Il était abasourdi et luttait pour n'en rien laisser paraître : la colère lui semblait préférable à la faiblesse d'un effondrement. Tratorian avait raison : Jocquinius n'avait pas encore répandu la nouvelle du massacre ni le nom de son responsable pour ne pas donner d'idées aux marchands les plus mercantiles et les plus cyniques. Il n'aurait jamais cru que la pire des propositions viendrait des mages – de son propre groupe de pensée ! Il se tourna vers Fablio et Antonin, les deux indécis, songeant combien leur participation à un tel projet serait cruciale si l'on considérait leur aptitude à maîtriser les plus sombres facettes des mystères.

— Voilà qui me parle, dit Antonin. Je ne sais pas de quoi est fait ce monstre, mais il ne s'agit sûrement que d'un animal.

— Un animal créé par le plus grand des Triniciens, je vous le rappelle.

— Sans doute, mais un Trinicien tout de même.

— Et, contrairement à nos frères disparus, compléta Fablio, nous avons l'avantage d'être avertis de sa… *nervosité*.

— « Nervosité »…, reprit Jocquinius.

Il ferma les yeux, se contraignit à adopter une posture de réflexion, frottant lentement son menton et se concentrant sur les failles du plan. Enfin, il ouvrit les yeux.

— Tratorian, tout cela ne répond pas à la question des pierres tombées du ciel mais je veux bien remettre ce problème à plus tard. Bon. Admettons que nous mettions la main sur ce monstre. (Tratorian, Yonastelli et Lakia hochèrent la tête de concert.) Oui, admettons que vous y arriviez : il existe un témoin direct de sa découverte et il pourra contester son lien avec la Hanse.

— Ah, oui, le jeune… Haldric, c'est ça ? dit dédaigneusement Lakia. Il est toujours muet, avez-vous dit. Et il pourrait avoir un accident…

Les mains de Jocquinius se crispèrent. *Un assassinat*. Il ne se considérait pas comme un saint et son exil durant le règne d'Adrian l'avait contraint à se montrer dur et sans pitié pour assurer sa survie. Il avait tué… et plus d'une fois. Mais la situation était désormais très différente. Il poursuivit néanmoins :

— Les monastères uliques sont loin de tout, mais ce n'est plus qu'une question de jours avant qu'un vagabond, un chiffonnier, *quelqu'un* mette les pieds là-bas et découvre les cadavres…

Lakia avait prévu cet argument et ce fut à son tour de sourire largement :

— Les marchands ont mis cette arme au point et l'ont essayée sur nos pauvres frères, « loin de tout » comme vous l'avez si justement dit. Mais cette arme leur a échappé et voilà qu'elle s'attaque à des innocents désormais…

Jocquinius hocha lentement la tête.

— Il semble que vous ayez pensé à beaucoup de choses, sinon à tout.

— Vous aviez exigé que nous travaillions d'arrache-pied à trouver une solution, dit Lakia, en inclinant sa tête chauve en signe de respect.

— Il s'agit d'une occasion sans précédent, renchérit Yonastelli. Et vous nous avez facilité la tâche en gardant le secret du massacre. Si ça se trouve, Golan Tark souhaitait cela. D'après moi, c'est même la raison la plus plausible du… réveil de Gédaëlle.

L'impatience d'obtenir l'approbation de son aîné brillait dans son regard. Jocquinius avait toujours apprécié cet homme intelligent et combatif. Il avait d'ailleurs considéré avec bienveillance chacun des cinq mages, même le fougueux Tratorian, nouveau venu parmi eux, et jamais il n'aurait pu s'entourer d'hommes ne partageant pas ses idées. Ensemble, ils avaient proposé de belles choses à leurs pairs de la Chambre haute et au Conseil même. Voilà que tout cela s'effondrait ; il avait le sentiment d'affronter cinq étrangers.

— Ce secret a vécu, déclara-t-il enfin. Dans trois jours, que Haldric ait retrouvé ses esprits ou non, j'annoncerai la nouvelle du drame à la Chambre haute. Il faut bien que quelqu'un s'occupe de nos frères assassinés, de toute façon. Parmi eux certains étaient mes amis et je ne compte pas profiter de leur mort. Mais soyez sans crainte : je ne révélerai rien de votre plan absurde. Mes frères, cette réunion touche à son terme.

Il se leva, tremblant, et s'efforça d'éviter le regard de ses compagnons. En vain. Il y lut la colère qui consumait déjà les comploteurs.

* * *

Litti et Aepius, deux novices, attendaient l'arrivée de maître Jocquinius devant leur salle de cours ; la galerie surplombait un vaste hall au sol pavé de marbre polychrome, où s'enroulaient des motifs végétaux. Les bruits de pas et de conversations se répercutaient sur les murs et montaient vers les hautes voûtes pourpres et azurées. Lorsqu'il avait évincé les Triniciens, Adrian avait fait de l'université sa résidence palatine. Il n'y avait guère séjourné, préférant l'inconfort d'une tente militaire à la pompe de son palais. Avant de disparaître, il avait lancé le projet titanesque d'une ville impériale, née de rien, ou presque, et proche de l'océan. Un lieu où ne planerait pas l'ombre des Triniciens et de leur culte macabre. Une ville loin de Corall-Medding et de ses intrigues.

Litti, un adolescent aux cheveux roux et au regard anxieux, s'appuya à la balustrade et contempla le hall majestueux et multicolore.

— J'adore cet endroit, dit-il.

— À ce point ? s'étonna son ami, un brun qui semblait avoir grandi trop vite.

— À ce point.

— Et si on te demandait, là, maintenant, de t'en éloigner pour, je ne sais pas, moi, mener une importante mission pour le compte du Conseil, tu ne le quitterais pas ?

— C'est amusant : Iriane m'a posé à peu près la même question hier soir...

— Comment ça, tu l'as vue ? Tu as quitté l'université ?

— Eh, parle moins fort. Oui, je me suis débrouillé pour sortir, dit-il, sibyllin. Ça m'arrive de temps en temps, qu'est-ce que tu crois ?

— Je crois que t'es sacrément amoureux...

Litti avait connu Iriane dans le cimetière Lalaune, où se tenait chaque jeudi un marché aux bêtes. Comme si souvent en ce mois d'août, un orage menaçant poissait l'atmosphère, énervait le bétail, agaçait les hommes. Il y avait plus de bruit qu'à l'accoutumée, les volailles caquetant sans cesse comme à l'approche d'un renard, les chiens se disputant un os imaginaire.

La jeune fille accompagnait son père, inspecteur au service du prévôt des marchands. Aidé par deux vigiles, l'homme contrôlait les poids et mesures des maraîchers et s'assurait qu'ils ne fraudaient pas. Chargé de porter un pli de l'autre côté du fleuve, Litti s'était à son retour attardé sur le marché. Il aperçut la jeune fille tandis que son père verbalisait un fraudeur.

Le ton monta très vite entre le boucher et l'inspecteur mais le novice n'y prêta guère attention, fasciné par cette adolescente aux cheveux courts et bruns, mince et vêtue comme un garçon. à plusieurs reprises, elle avait tenté de prendre part à l'altercation mais l'inspecteur l'en avait empêchée. Dès que la petite troupe se fut éloignée de l'éventaire, elle sembla s'en prendre à l'inspecteur. Litti l'entendit reprocher à son père de ne pas avoir été assez dur avec le boucher. « à ta place, je l'aurais pendu, papa ! » avait cru comprendre Litti. Intrigué, il décida de suivre à distance cet étonnant caractère. Bien lui en prit.

Deux minutes plus tard, Litti vit le fraudeur fondre sur le groupe, un long couteau de boucher à la main. Pris d'un accès de rage et de folie, le boucher lança l'arme contre le soldat qui fermait la marche. Le couteau, long et léger, n'était pas un tranchoir : la lame ne fit qu'entamer le plastron de cuir renforcé de clous, mais sous la violence du choc, le vigile heurta son collègue et les deux hommes perdirent l'équilibre. L'inspecteur et sa fille s'étaient arrêtés net, seulement à en croire leur mine, ils ne réalisaient pas ce qui se passait. Alors le boucher arma son couteau en un grand geste furieux, serrant le manche à deux mains.

— Maudit soit le prévôt ! hurla-t-il alors que le tonnerre grondait tout près.

Avant même que le bras armé s'abatte, Litti se rua sur l'agresseur. Moins grand qu'Aepius d'une tête, Litti avait, à quatorze ans, la carrure impressionnante d'un forgeron. Avec son bras musculeux, il saisit le boucher à la taille et l'entraîna au sol. Le couteau se ficha dans la terre battue. Durant la courte lutte qui suivit, le novice eut quelque peine à maîtriser la furie du fraudeur. L'orage éclata à ce moment précis, déversant des flots torrentiels sur le marché. La pluie noya instantanément la folie de l'agresseur qui cessa toute résistance, comme s'il venait d'être délivré du démon qui le possédait un instant plus tôt. L'incident n'avait pas duré plus de cinq secondes.

— Eh bien, mon garçon, on dirait que tu viens de nous sauver la vie, dit l'inspecteur au novice.

— J'aurais pu en faire autant, répliqua aussitôt la jeune fille d'un ton sec.

— Je n'en doute pas, concéda en s'inclinant un Litti couvert de boue.

Les soldats relevèrent l'agresseur ; son regard était désormais aussi absent que celui d'un mort-vivant.

— On ne va pas rester sous ce déluge, suggéra l'inspecteur alors que les trombes tombées du ciel mettaient en fuite les badauds.

Il invita Litti à partager une pinte d'ale et c'est ainsi que le novice fit la connaissance d'Iriane, de son caractère impétueux et de ses yeux verts dont la douceur contredisait la virulence de ses emportements.

Comme il se devait à Corall, l'acte de bravoure gagna Haut-Temple. Les maîtres de Litti grondèrent l'insouciance qui avait conduit le garçon dans les allées du cimetière et ils louèrent la vivacité d'esprit et le courage physique qui avaient sauvé deux citoyens. Le fraudeur dut payer une forte amende mais on ne lui tint pas rigueur de sa tentative de meurtre : la saison des orages servait à l'occasion de circonstance atténuante. Il se trouvait des juges pour estimer la nature des cimetières propre à favoriser de tels incidents, même si bien des marchés se tenaient en ces lieux dégagés, partout dans le royaume. Au temps de l'empereur Adrian, le fraudeur aurait été exécuté sur-le-champ.

L'inspecteur obtint des mages une permission exceptionnelle pour permettre à son sauveur de partager un repas avec sa fille et lui. Les deux jeunes gens apprirent à se connaître puis, presque aussitôt, à s'aimer entre deux disputes – et peut-être leurs différends faisaient-ils partie du jeu. Dès lors, Litti eut recours à toutes sortes d'astuces pour retrouver son amie, malgré la sévérité du séminaire.

Mais depuis quelques semaines, Iriane se montrait distante sinon préoccupée. Puis elle avait manqué plusieurs rendez-vous, sans pouvoir fournir d'explications à son ami.

— Ne me demande rien, avait-elle ordonné. Je suis... indépendante, c'est tout.

Indépendante ou moins amoureuse ? Elle n'avait pas laissé à Litti le temps de poser la question : elle l'avait embrassé avec assez de passion pour chasser son angoisse naissante pour toute une nuit.

C'est à ce moment que le novice sut combien il était épris de la jeune femme. Comme tous les enfants, Litti était bien tombé amoureux alors qu'il vivait encore à la ferme ; et il avait eu l'occasion lors de la fête des Chiffons ou de la Fin des moissons d'embrasser de jolies voisines, entre deux danses. Mais avant Iriane personne n'avait ainsi accaparé ses pensées. Il la voyait partout, dans les contours d'un nuage, la silhouette des collines, au milieu de la foule, entre les lignes des nombreux volumes lus en classe. Il n'imaginait son avenir qu'auprès d'elle, époux fidèle et aimant, prêt à tout pour assurer son bonheur, prêt à se sacrifier si leur destin l'exigeait. Ne sachant trop comment lui prouver son amour, il avait commencé à lui offrir des cadeaux ; Iriane lui avait alors dit :

— Ne gaspille pas le peu d'argent que tu as. Je n'ai pas besoin de tout ça, tu sais ? Je suis une fille à papa…

Elle le lui avait conseillé avec un peu de sécheresse mais sans aucune méchanceté. Iriane savait combien son fiancé était pauvre ; n'avait-il pas bénéficié d'une bourse pour intégrer Haut-Temple ? Grâce à la situation de son père, elle possédait tous les objets dont pouvait rêver une jeune femme – même si Iriane n'était pas une jeune femme comme les autres. « Une fille à papa »… Elle ressemblait à tout sauf à cela. Litti se demandait d'où elle tenait ce caractère ; Iriane ne lui avait à peu près rien raconté de son passé.

— J'ai perdu ma mère assez jeune, s'était-elle contentée de préciser d'une voix trop neutre pour ne pas signer une tristesse refoulée.

Puis elle lui avait souri et ce sourire avait chassé toute trace de doute, d'inquiétude. Cette force qui semblait émaner d'elle, cette assurance, voilà ce qui fascinait tant le garçon. Loin de le contrarier, l'ascendant qu'elle avait sur sa personne lui convenait parfaitement, même s'il devinait chez elle une faille secrète, une faiblesse.

— Je ne sais pas si je suis amoureux, répondit Litti à Aepius, mais je suis inquiet.

— C'est bien ce que je dis, t'es amoureux, quoi.

— Elle m'a confié qu'elle ne se voyait pas vieillir à Corall-Medding. Elle voulait savoir si je comptais passer ma vie avec l'Ordre, ici, dans Haut-Temple, et je lui ai répondu que c'était une possibilité, oui. Je veux dire : je ne sais pas encore ce que je veux faire, peut-être propriétaire-exploitant, clerc ou même prêtre… Pas aventurier en tout cas, lança-t-il pour railler la témérité souvent excessive de son ami.

— Je ne veux pas être aventurier, mais soldat.

— Seigneur de guerre, rectifia Litti.

— T'as raison. Seigneur de guerre… Mince, ça sonne bien, non ?

— Mmm…

— Alors, Iriane fait des projets d'avenir ?

— Comment ça ?

— Eh bien, elle te teste, c'est évident.

Litti se remémora sa rencontre de la veille, dans la ruelle des Bossus.

Les bossus étaient en fait des massifs de plantes aux feuilles grasses, dont les formes arrondies formaient une ondoyante succession de bosses. Comme suspendue entre le vide et le flanc de l'université, la ruelle surplombait le mont. Les massifs de bossus composaient un muret vert au-dessus du vertigineux aplomb ; en contrebas s'étalaient les quartiers édifiés sur les rives du fleuve. Seul le croissant d'une lune découpait le ciel et Litti devinait plus son amante qu'il la voyait.

Iriane…

Son regard d'un vert intense et presque autoritaire n'était cette nuit-là qu'une idée mais la douceur de ses lèvres exprimait une réalité bien tangible – et dire qu'Aepius affirmait qu'elle était un garçon manqué !

Pourquoi fallait-il qu'elle le questionne ainsi ? Au bout d'un petit moment, Litti lui demanda si elle avait quelque chose derrière la tête. Elle eut beau lui assurer le contraire, il ne put cette nuit-là se départir de la sensation qu'elle ne lui disait pas tout.

— Oui, peut-être qu'elle me teste, répondit Litti à son compagnon. J'ai eu l'impression que… qu'elle voulait me quitter sans parvenir à le faire.

— Je ne comprends pas.

— Comme si elle essayait de me faire dire ce qu'elle n'arrivait pas à m'expliquer : « J'aimerais bien partir d'ici, et tu peux me comprendre car toi aussi tu voudrais quitter cette vie. »

— Mais pourquoi partirait-elle ? Un étudiant de Haut-Temple, c'est la future élite de la société ! Et puis, c'est une fille à papa, non ? Elle ne tiendrait pas une semaine sans son papounet chéri, se moqua Aepius.

— Ne crois pas ça. C'est une fille indépendante, dit Litti comme s'il s'agissait moins d'une qualité que d'un insurmontable handicap.

— Tu sais quel est ton problème, Litti ?

— Non, mais tu vas m'éclairer…

— Tu es trop pessimiste. Par tous les dieux, j'ai cru que tu finirais par changer !

— Tu confonds pessimisme et réalisme.

— Mais pas du tout : tu passes ton temps à imaginer le pire. Iriane te demande si tu comptes rester à Haut-Temple et voilà qu'elle te quitte ! Et c'est ça que tu appelles être réaliste ?

Cette fois, Litti ne trouva rien à répondre. Son ami n'avait pas tort : Litti considérait l'existence comme une épouvantable et interminable course d'obstacles et il ne parvenait pas à voir autre chose que ces épreuves jetées sur son chemin. Cela avait commencé si tôt : la ruine de son père puis son suicide, alors que Litti en était à sa deuxième année de noviciat… Même son amour pour Iriane lui semblait frappé du sceau de la fatalité. Parfois Litti avait même peine à considérer sa chance extraordinaire d'avoir été admis à l'université de Haut-Temple.

— Bon sang, reprit Aepius, moi à sa place je t'aurais déjà quitté !

Litti fit un mince sourire.

— Oh, mais ne serait-ce pas une lueur d'espoir que je vois poindre sur ce sinistre visage ? lança Aepius.

Cette fois, le sourire de son ami s'élargit.

— Ah ! voilà *enfin* la preuve d'un fougueux enthousiasme, élève Litti.

À ces mots, maître Jocquinius apparut et la trentaine de novices entrèrent dans la classe, surpris par la mine contrariée du mage.

Jocquinius était de tous leurs professeurs le plus indulgent et le plus compréhensif. Ils le considéraient comme un vieil homme inoffensif et passionné d'histoire, pas vraiment le genre de mage à avoir un jour usé des sombres pouvoirs des mystères. Il leur semblait être un mage sans ambitions, sinon celle de les aider à comprendre le monde dans lequel ils évolueraient bientôt.

Certains novices rejoindraient la Hanse après avoir fondé leur entreprise commerciale, d'autres resteraient dans l'Ordre. D'autres encore choisiraient la voie militaire ou partiraient à l'aventure, se lanceraient dans une carrière artistique – bien que cette dernière option fût la plus rarement adoptée. Mais tous commenceraient par servir humblement le Conseil durant cinq années – autrement dit les Territoires et leurs citoyens. Il fallait donc les préparer au mieux à cette tâche. Il restait à ces novices encore une année d'études et bien que le cours de Jocquinius abordât surtout les questions politiques, le vieux maître laissait ses élèves intervenir sans jamais les censurer.

— La semaine dernière, nous avons commencé à évoquer la création du Conseil, dit le vieux mage en passant la main dans ses cheveux rares et blancs.

Il portait l'uniforme des maîtres : une robe grise aux larges manches gansées de blanc. Son regard passait constamment de la lassitude à la curiosité amusée.

— L'un d'entre vous pourrait me résumer ce que nous avons dit ?

Il marchait dans l'allée centrale bordée de tables, les mains dans le dos. Un novice leva la main. Jocquinius sourit aussitôt :

— Marcalli, tu ne pourrais pas laisser quelqu'un d'autre répondre, pour changer ?

Vexé, le garçon baissa la main, au grand plaisir de ses camarades qui pouffèrent.

— Allons, allons, fit le maître. Si vous étiez un peu plus nombreux à oser répondre, le bras de Marcalli ne serait qu'un arbre parmi une forêt de candidats. Eh bien, Litti par exemple.

Le novice prit une profonde inspiration. Il n'appréciait pas de prendre la parole devant ses trente camarades et Jocquinius le savait bien : il le sollicitait précisément pour cette raison.

— Quand l'empereur a disparu, il n'y avait personne pour prendre son trône. La nouvelle de sa défaite et de sa disparition s'est répandue en un peu moins de deux années, et une grande indécision politique s'en est suivie.

— « Une grande indécision politique », ça ce sont mes mots, Litti. Tu as peut-être une formule plus adaptée…

Litti se gratta la tempe et se lança :

— Le bordel, Maître ?

La classe explosa de rire.

— Exactement, mon garçon. Un bordel noir, même, approuva Jocquinius. Ensuite ?

— De nombreuses cités ont déclaré leur indépendance, laissant aux légionnaires de l'empire le choix entre intégrer la vie civile et être exécutés.

— Y a-t-il eu beaucoup d'exécutions ?

— Non, maître, le gros de l'armée était en campagne avec l'empereur. Et elle a disparu devant Havoc, avant même le début de la bataille.

— Oui, c'est vrai, mais ce n'est pas la seule raison. Quelqu'un se souvient de la particularité de ces légionnaires qui assuraient le pouvoir impérial dans les cités conquises ?

Marcalli s'apprêtait à lever le bras mais il se ravisa au dernier moment. Un dénommé Paulus tenta sa chance :

— C'étaient surtout des hommes recrutés dans les pays mêmes qu'ils servaient.

— Des autochtones, oui. Les légionnaires tout comme les principaux représentants du pouvoir impérial, d'ailleurs : des gens du pays. Litti, je t'écoute.

— Certains États se sont déclaré la guerre et…

— Lesquels ? l'interrompit le maître.

— Euh… Lodegarnia a…

— Non, non, pas les noms, Litti. Pas les noms… Ces pays, comtés ou cités qui se sont battus après la chute de l'empire, qu'avaient-ils en commun ?

— Aucun d'entre eux n'avait fait partie de la Ligue, avant l'avènement de l'empire, répondit très vite Litti.

Jocquinius hocha la tête puis se tourna vers un autre étudiant.

— Aldenard, peux-tu nous dire ce qu'était la Ligue ?

Le garçon, très grand et maigre, répondit avec la mine éprouvée d'un homme dont la vie est en jeu :

— La Ligue, maître, c'était des cités ou des royaumes, des principautés qui s'étaient mises ensemble.

— Hummm… On peut le dire comme ça. Soyons toutefois un peu plus précis, Aldenard.

L'adolescent déglutit avant de reprendre :

— Elles avaient des accords commerciaux. Et elles… elles cotisaient pour se payer une armée commune.

Cette fois Marcalli leva bien haut la main, excédé par les imprécisions de son camarade. Le mage lui accorda la parole.

— La Ligue levait des fonds pour financer la défense de chaque cité, en cas d'agression extérieure. Ce n'était pas vraiment une armée, mais des milices qui assuraient surtout la protection des convois de marchandises, contre les brigands, les pirates, les mercenaires.

— Merci, Marcalli. Donc, Litti nous rappelait qu'après la chute de l'empereur, les pays, royaumes ou cités qui n'avaient pas été liés par la Ligue s'étaient déclaré la guerre. Le... « bordel » dont nous parlait votre camarade. Continue, Litti.

Litti reprit la parole, soulagé de voir son embarras disparu :

— Pendant ce temps, les mages triniciens contraints par l'empereur à l'exil ou à renier leur foi se sont petit à petit rassemblés à Corall-Medding. Il leur a fallu environ cinq années pour constituer, avec la Hanse, le Conseil. Les tractations ont été longues pour trouver un équilibre entre ces deux... ces deux forces. Les cités de l'ancienne Ligue se sont ralliées peu à peu à cette assemblée.

— Existait-il une alternative ?

— Eh bien, maître, vous nous avez expliqué que les militaires avaient perdu leurs meilleurs éléments face à la cité de Havoc.

— Exactement. Plus de militaires – du moins, plus d'officiers assez remarquables pour reconstituer rapidement une armée et menacer la paix que nous avons mise en place avec la Hanse. Eh bien, merci, Litti, pour ce résumé.

Jocquinius remonta l'allée vers les premiers rangs, puis il se tourna face aux étudiants.

— Vous n'êtes pas sans savoir que le Conseil ne règne pas sur un empire, loin s'en faut. Même si de nombreux pays qui avaient guerroyé après la chute d'Adrian ont rejoint le Conseil ou ont signé des traités de paix avec lui. Connaissez-vous d'autres formes de pouvoir en Consolata ?

— Les catins d'Estebellia ! lança spontanément un dénommé Faxar.

Nouvelle explosion de rires. Jocquinius laissa les jeunes gens se défouler pendant une dizaine de secondes avant de lever les mains pour demander le silence.

— Eh bien, eh bien... Les catins d'Estebellia, voyez-vous ça..., dit-il en fronçant les sourcils. Tu veux sans doute parler des prêtresses laménides ?

— C'est vrai que ce sont des prostituées, insista Faxar, rougissant cette fois. Tout le monde le dit...

— S'il fallait croire ce que tout le monde dit... Allez, dites-moi, que savez-vous d'elles encore ? Aepius ?

— Elles serviraient une déesse. Une déesse mineure... Et elles lui donneraient des hommes en offrande, en échange de leur pouvoir d'ensorcellement.

— Ensorcellement ou séduction ? Pour séduire il faut être deux, mon garçon. On ne séduit pas son propre reflet dans un miroir. Non, franchement, qui pourrait affirmer ce que sont vraiment ces prêtresses... ? Oui, c'est vrai que l'on évoque souvent leurs talents de séductrices. La séduction est un moyen comme un autre d'obtenir le pouvoir ou de le conserver. Mais elles sont si secrètes...

Jocquinius hésita. Chaque année le sujet revenait dans la bouche des étudiants de Haut-Temple. Avec leur réputation de maîtriser l'art du sexe, les prêtresses d'Estebellia fascinaient ces adolescents. Ne racontait-on pas qu'elles pouvaient amener un homme à révéler le plus décisif et le plus enfoui des secrets à l'aide de simples caresses ? De quoi inquiéter des esprits faibles ; incapables de s'avouer leur crainte de céder aux plaisirs de la chair, bien des Triniciens abhorraient ces femmes. Jocquinius ne partageait cependant pas la répulsion hypocrite de ses pairs. Il ne voyait pas en elles des démons obsédés par la destruction de la gent masculine mais des rivales puissantes, et peut-être même dangereuses, dont les desseins restaient opaques. Pour ce qu'il en savait, leurs cultes honoraient la Vie tandis que les Triniciens avaient privilégié l'au-delà ; à mesure qu'il avançait en âge, Jocquinius considérait le choix de ces femmes plus réjouissant. Sa réunion secrète et si décevante, ce matin-là, le confortait davantage dans cette opinion.

Les Triniciens avaient certes le droit d'avoir des maîtresses mais ils s'interdisaient toute relation suivie, et en pratique l'usage du pouvoir, le culte, la fréquentation assidue des âmes défuntes en faisaient des célibataires. Parfois, Jocquinius se demandait si les prêtresses n'étaient pas le simple fantasme de religieux privés de toute vie sentimentale.

— Elles sont si secrètes, reprit-il, que nul ne peut prétendre en avoir jamais rencontré. Elles se sont surtout rassemblées autour d'Estebellia, d'accord, mais elles étaient déjà implantées un peu partout en Consolata, voire dans tout Elamia.

Elamia, autrement dit le monde entier. L'idée sembla bouleverser les étudiants.

— Même l'empereur n'a pu les chasser, poursuivit le mage. Et pour reprendre notre cours, je dirai qu'effectivement, les Laménides constituent sans doute une autre forme de pouvoir. Il est toutefois trop méconnu pour que nous en parlions ici. Je pensais plutôt au royaume…

Il n'eut pas le temps d'achever sa phrase ; un clerc nommé Adreani venait d'entrer dans la classe, interrompant le cours.

Litti et Aepius tentèrent de comprendre le message d'Adreani, mais « urgent » fut le seul mot à échapper aux précautions du clerc. Jocquinius se tourna vers ses élèves et leur annonça que le cours était terminé pour aujourd'hui, avant de quitter la classe.

— C'est une certaine Halaïa, une vieille Aresmass. Elle est dans les celliers et elle demande à vous rencontrer.

— Les celliers ?

— Eh bien oui, s'étonna le messager, les geôles de Haut-Temple !

— Merci, je sais de quoi il s'agit.

— Mais… ?

— Je déteste ce nom. Ce ne sont pas des tranches de lard que nous enfermons, mais des prisonniers. (Adreani haussa les épaules ; d'après lui le vieux mage était un peu trop susceptible.) Que fait-elle à cet endroit ?

— Bah, je n'en sais fichtre rien. Maintenant, je dois vous laisser, s'empressa d'ajouter le messager.

Ils se séparèrent et Jocquinius se mit en route. Halaïa l'Aresmass. Il n'avait pas entendu ce nom depuis plus de cinquante ans. Il l'avait rencontrée alors qu'il effectuait un pèlerinage spirituel dans les vallées atrianes. On disait ce peuple de voyants à l'origine de la religion trinicienne. Mais la théologie n'était pas claire sur ce point et les contradicteurs n'avaient pas épuisé le sujet. Seule l'origine aresmass d'Adrian constituait une certitude. Il avait été le premier voyant à utiliser son don pour prendre le pouvoir en Consolata, avec une violence que son peuple n'avait jamais connue.

Peu avant la naissance de l'empereur, Jocquinius était parti à la rencontre de ce peuple isolé, pacifique, en contact étroit avec les forces de la nature. Contrairement aux autres voyageurs, Jocquinius avait refusé, une fois sur place, de connaître son avenir ; il ne harcela aucun Aresmass, préférant s'attarder pour comprendre les liens de ces nomades avec le Canevas – le temps – et partager leurs mœurs. Ses hôtes lui en surent gré et il ne tarda pas à sympathiser avec cette Halaïa, belle et timide, intelligente et sans ambitions.

Elle avait alors un prétendant mais elle se laissa séduire bien vite par le jeune Trinicien. Elle lui avait présenté son pays avec une bonne humeur rarement altérée. Jour après jour, ils vécurent d'émouvants instants de découverte, avec ce sentiment étrange de s'être toujours connus et de se retrouver après une enfance séparée par les caprices du destin.

Jamais la notion d'âme sœur n'avait paru si vraie à Jocquinius. Ils avaient fait l'amour une première fois près des cascades d'Agorna, comme des adolescents qu'ils n'étaient pourtant plus. Ils avaient recommencé chaque jour, prenant de moins en moins de précautions, s'aimant trop pour dissimuler au monde leur joie d'être ensemble.

Mais les Aresmass – le prétendant évincé de Halaïa en premier – rendirent peu à peu les choses difficiles pour l'étranger que demeurait Jocquinius. Et malgré son souci constant de ne pas faire de vagues, de s'intégrer au peuple aresmass, le jeune Trinicien dut s'incliner, afin de ne pas rompre le fragile équilibre dans lequel vivaient les tribus. Il n'y avait pas d'avenir ni de place pour leur couple dans les vallées atrianes et, la mort dans l'âme, Halaïa refusa de quitter les siens pour accompagner son amant.

Désespéré, Jocquinius provoqua une dispute pour justifier son départ. Sa colère ne fit guère illusion sur une Halaïa trop intelligente pour s'en laisser conter. Pourtant, elle n'insista pas et se contenta d'une rapide réconciliation, peu avant le départ de Jocquinius.

Seules l'ivresse austère des prières et la récitation des sorts matriciels permirent à Jocquinius d'atténuer peu à peu la douleur de cette séparation. Mais jamais il n'oublia Halaïa ; il garda le secret de leur rencontre afin de ne pas l'user comme l'on gâte le fil d'une lame à trop l'employer. Se pouvait-il qu'il la revoie après tant d'années ?

Il était à la fois excité et inquiet :

— Je ne suis plus qu'un vieillard. Comment va-t-elle me trouver ?

Puis il se dit qu'elle aussi avait vieilli, même si les Aresmass bénéficiaient d'une longévité peu commune.

La réputation de la prison universitaire était encore pire que celle des geôles de Medding. Que pouvait-elle faire là-bas ? Jocquinius traversa un grand hall, longea un couloir sombre et étroit aux allures de tunnel, plissa les yeux lorsqu'il déboucha sur le cloître ensoleillé, passa une porte, puis une autre, salua en chemin étudiants et religieux et après une interminable succession de couloirs et d'escaliers parvint à l'entrée des « celliers ». Des hommes en armes montaient la garde devant une porte verrouillée. Ils saluèrent le mage et l'un d'eux ouvrit la porte à l'aide de six clefs différentes.

Une fois de l'autre côté, Jocquinius fut accueilli par un petit homme voûté et affable, portant une calotte d'où dépassaient de fines mèches jaunes. Il était assis derrière une petite table encombrée de registres empilés en dépit du bon sens.

— Ah, ça fait plaisir de recevoir de la visite, dit l'homme.

Jocquinius esquissa un sourire ; son interlocuteur passait la majeure partie de sa journée sur ce palier minuscule, humide, mal éclairé par deux torches, coincé entre une grille donnant sur un vertigineux escalier en colimaçon et la porte garnie de verrous. *De quoi devenir fou*, songea Jocquinius.

— Depuis combien de temps êtes-vous là ? demanda le mage.

— Oh, depuis six heures ce matin. Et il est… enfin je ne sais même pas l'heure qu'il est.

— Je voulais dire, depuis quand occupez-vous ce poste ?

— Ah ? Oui, bien sûr… (L'huissier se frotta la tête.) Quinze ans je crois ? Ou non, plutôt dix-huit. C'est un bon métier, vous savez ?

— Vraiment ?

— Oui, oui. J'ai tout le temps qu'il me faut pour penser.

— Penser…

— Eh oui.

Le petit homme inclina la tête de côté, comme un animal de compagnie attendant une récompense, une caresse. Il y eut un flottement embarrassant puis l'homme se décida enfin à ouvrir à la dernière page le registre des visiteurs, avec une solennité déplacée.

— Veuillez inscrire votre nom et la raison de votre visite, maître, demanda-t-il en lui tendant à Jocquinius une plume et de l'encre.

Le mage s'exécuta en s'interrogeant sur la nature des pensées de l'huissier ; il ne trouva pas de réponse mais un sentiment de désolation qu'il eut du mal à chasser. Enfin il rendit la plume et poussa le registre devant lui. L'homme sécha longuement l'encre avec un buvard ; sa langue dépassait de ses lèvres. Il referma enfin le registre et Jocquinius se demanda à quoi pouvaient bien servir toutes ces listes de noms : avec l'humidité qui régnait ici, les pages devaient être illisibles.

— Il faudrait ouvrir la grille…, dit enfin Jocquinius, impatient d'en finir.

— Oh, mais elle est ouverte, il n'y a qu'à la pousser, dit l'huissier, faisant mine de se lever.

— Ne bougez pas, je connais le chemin.

— Oh oui, bien sûr, maître, le chemin… Tous les mages connaissent le chemin.

Jocquinius franchit la grille et s'engagea dans l'escalier. « Les mages connaissent le chemin. » La réflexion de l'huissier sonnait comme un reproche. Il y avait longtemps qu'il n'était pas venu là, mais il savait que l'Ordre profitait de son pouvoir restauré pour emprisonner ceux qui le dérangeaient trop ostensiblement.

La descente vers les geôles était longue et le vieux mage ne put réprimer une grimace à l'idée de devoir parcourir tout ce chemin en sens inverse, jusqu'à ses appartements. Mais quelqu'un l'attendait en bas, une femme oubliée là depuis plusieurs jours et qui le réclamait. Il trouva dans ce mystère une raison pour hâter le pas. Il franchit un premier palier, puis un second. Il n'entendait pas encore les voix des gardes, tout en bas ; une autre porte faisait écran, de toute façon.

Alors qu'il franchissait un palier étroit, un phénomène surnaturel le cloua sur place.

Brusquement l'air se retira du couloir. Jocquinius suffoqua. Il s'appuya au mur humide, courbé. En un instant de panique, il comprit ce qui se passait : un spectre était en train de se former, là, tout près. Il aurait voulu prendre une profonde inspiration pour évacuer sa peur, mais l'oxygène lui manquait toujours. Son cœur tonnait à ses oreilles. Si seulement il était descendu moins vite…

Un spectre. Il y avait peu de chances d'en trouver un par ici.

À moins qu'il ait été invoqué.

Le mage n'avait que quelques instants pour se préparer.

Avec un peu de chance, il ne sera pas agressif et tout ira bien.

Mais Jocquinius en doutait. Celui – ceux – qui avait commis la folie de matérialiser en cet endroit cette créature tissée d'énergie morbide ne l'avait pas fait pour le plaisir de converser avec l'au-delà. Le spectre n'était pas un revenant mais plutôt un agglomérat de plusieurs défunts. Il était aussi pénible d'être un spectre que d'en rencontrer un, car il fallait partager cette misérable enveloppe avec d'autres morts. La colère, la frustration, la peur de retourner chez Omok, tout cela contribuait à rendre le spectre hostile, dangereux.

Un sifflement annonça le retour de l'air dans le couloir. Le mage prit aussitôt une courte inspiration. Réagir. Il appela les images mentales qui devaient accompagner un sort ; ensemble, images et sort, composaient une « matrice », sorte d'effluence magique que le Trinicien dirigerait à distance. Là résidait la difficulté : sans les images adéquates, les formules secrètes n'étaient d'aucune utilité et la concentration nécessaire pour les visualiser se dissipait avec la peur et la précipitation.

À l'autre bout du couloir, un crissement enfla et se mua en un criaillement strident. L'air se troubla comme derrière une brume de chaleur, la lueur des torches vacilla : le spectre allait apparaître. Jocquinius ferma les yeux, fouilla sa mémoire à la recherche d'une matrice appropriée. Une onde de choc le secoua et la créature fut là.

D'abord cela ressembla à un amas de pansements sales qui s'agitait au-dessus du sol. Puis une tête apparut, ses traits changeant au gré des souvenirs des morts qui la composaient.

Combien sont-ils à se disputer ce moignon d'existence ?

Bras et jambes exagérément longs se déployèrent telles des plantes malades. Sous l'impulsion de leur maître, les défunts bataillaient en une constante souffrance pour animer cette créature ; de cette souffrance même enfla la colère du spectre. Il se rua sur Jocquinius, le bouscula et poursuivit sa course jusqu'à l'extrémité du couloir.

Le choc jeta le mage sur le flanc. Il n'avait pas eu le temps de produire une matrice.

— Par les sept dieux, geignit-il en se redressant.

Du pus poissait sa robe là où la créature l'avait heurté. À trois mètres sur sa droite, le spectre se transformait, incapable de stabiliser son apparence. Les jambes disparurent, des griffes remplacèrent le brouillon des mains. Le visage se mua en un mufle orné de crocs translucides. Seule la voix de la créature ne changeait pas : un criaillement éprouvant, comme des ongles griffant un tableau.

Elle n'en a pas pour longtemps, songea Jocquinius qui savait la difficulté de maintenir en vie et à distance ce genre de spectre. Mais elle avait le temps de commettre de graves dégâts.

De me tuer.

Très vite Jocquinius chassa la vision du spectre et la remplaça par des images mentales. Le spectre glissa vers lui, griffes en avant, agitant l'air alentour. Un genou à terre, Jocquinius épela un sort. En moins d'une seconde plus de deux cents mots filèrent entre ses lèvres. La matrice se matérialisa aussitôt autour du mage en une onde de chaleur intense. Il eut l'impression de brûler sous le soleil du désert et son visage se crispa de douleur. Le mage orienta sa création d'un geste rapide de la main.

La matrice née de la bouche et de l'esprit de Jocquinius contra l'attaque du spectre : des éclairs d'énergie pure jaillirent de cette bulle haute comme un homme ; ils emprisonnèrent la créature dans un filet lumineux et mouvant avant qu'elle blesse Jocquinius.

La chaleur décrut autour du vieux mage : la matrice était livrée à elle-même, boule d'énergie au milieu du couloir, prête à réagir jusqu'à l'épuisement de ses forces, s'interposant entre le mage et le spectre. Plié en deux, le spectre battit en retraite vers l'extrémité du couloir, tout près de la volée de marches, lacérant au passage de ses griffes provisoires le piège magique qui céda, au grand désarroi du mage.

Jocquinius pesta : il n'avait pas choisi la bonne matrice. Il ne lui restait qu'une seconde ou deux pour trouver, parmi une infinité de possibilités, l'association appropriée d'images mentales et de sort. Le spectre se redressait déjà, crachant comme un fauve. Quelques éclairs violets grésillaient encore sur sa misérable imitation de peau, ses bandelettes. Sa colère et la malice de ses commanditaires lui donnèrent un surcroît de puissance et il se précipita une troisième fois sur le mage, crevant au passage la matrice comme un simple ballot de paille.

Le vieil homme n'eut pas le temps de lancer le sort. Le spectre le saisit à la gorge et le renversa sur le dos. D'une main il emprisonna le cou de sa victime et leva l'autre bras loin au-dessus de sa tête, toutes griffes dehors. Il resta juste assez d'air pour que Jocquinius prononce le sort. Il y parvint, à une vitesse prodigieuse. Une nouvelle matrice enfla comme une poche d'air brûlant alors que la main du spectre s'abattait vers le visage du mage.

Trop tard.

Dans le brasier matriciel, le vieil homme ferma les yeux, les griffes véloces du spectre à cinq centimètres de lui. Puis il ressentit une forte pression, comme si la voûte du couloir souterrain venait de s'effondrer. Il crut que ses os allaient se briser en miettes. Ses tympans exploser. Il n'avait déjà plus d'air dans les poumons.

Et tout s'arrêta.

Jocquinius rouvrit les paupières : spectre et matrice avaient disparu. C'était fini.

— Bon sang, je me fais un peu vieux pour jouer à ça, dit-il en essuyant son front brûlant.

Il resta allongé sur le dos une longue minute. Il s'en était tiré. Ses ennemis l'avaient sous-estimé, imaginant qu'à l'instar de tant de mages il avait cessé l'entraînement depuis la création du Conseil, quinze ans plus tôt. Ses ennemis. Tratorian, Lakia, Yonastelli. Cela ne faisait aucun doute.

— Vous avez voulu vous débarrasser de moi avant que je rende public le massacre des monastères. Eh bien, mes frères, voilà qui est raté !

Il imagina les mages installés au plus profond de la nécropole, dans la pénombre d'une crypte. Quelques cadavres encore tièdes disposés sur un autel, les amulettes et *Le Livre noir* au papier fané. L'épuisement de leurs traits après avoir manipulé ce spectre né à la fois de leurs prières et de la volonté démente des « Juste-morts » à regagner le monde des vivants – même pour une minute, même sous cette forme instable et partagée, même pour un combat douloureux contre une matrice.

Il faudrait aux mages des jours et des jours pour se remettre d'un tel effort ; ils en conserveraient des séquelles pendant des semaines et peineraient à cacher l'origine de leur épuisement, laissant un sursis à Jocquinius.

— Il vous en coûtera d'avoir joué avec moi…

Mais une pensée vint obscurcir sa joie :

Peut-être n'était-ce qu'un avertissement.

Il s'assit, respira profondément. Se leva en ahanant, ses articulations craquant comme du bois sec. Lui-même était épuisé et sa peau le brûlait.

Il observa le dos de ses mains, les renifla : le poil avait roussi sous la chaleur des deux matrices.

— Je n'y suis pas allé de main morte, on dirait…, commenta-t-il, souriant à son double jeu de mots.

Il eut plus que jamais envie d'une gorgée de fluxus, cet élixir roboratif rare et puissant que Haut-Temple élaborait à partir d'une recette tenue secrète. Puis il se souvint de la visite à rendre à une prisonnière. Il espéra que l'appel de Halaïa n'était pas un piège monté de toutes pièces, comme l'attaque du spectre le laissait supposer.

— Je n'ai jamais parlé d'elle à qui que ce soit, se convainquit-il. Et Adreani a prononcé son nom : elle seule a pu le lui donner. Mes ennemis auront juste profité de cette occasion.

Deux minutes plus tard, il atteignait les geôles froides et violentes de Haut-Temple.

— Halaïa.

Malgré les décennies écoulées et la faible lumière de sa cellule, il n'eut aucune peine à la reconnaître. Elle semblait fatiguée par sa détention mais il lui aurait donné vingt ans de moins.

— Tu en as mis du temps pour venir, dit la femme d'une voix douce.

Un garde ouvrit la grille de la cellule et Jocquinius la rejoignit. Ils se tinrent les mains. Celles de l'Aresmass étaient glacées, celles du Trinicien encore chaudes et douloureuses.

— Je suis accouru dès que j'ai appris ta présence ici.

— Vraiment ? Voilà trois jours que je te réclame.

— Qui t'a enfermée ici ?

— Je me suis présentée à Haut-Temple. Quand j'ai demandé à te voir, l'un de tes frères est venu. Il s'appelait Lania, je crois.

— Lakia ?

— Oui, c'est ça. Il m'a dit de t'attendre, que tu ne tarderais pas à arriver. Il est parti et un peu plus tard des gardes m'ont emmenée de force dans cette horrible prison.

Jocquinius serra un peu plus les mains de la femme. Quelque part dans le labyrinthe des celliers, un homme réclama de l'eau. Un geôlier l'insulta et un concert de voix tonna entre les murs humides et les plafonds bas.

— Partons d'ici, décida Jocquinius.

La femme s'empara d'une besace et ils quittèrent la geôle. Aucun garde ne leur posa de questions : un Trinicien avait toute autorité en ces lieux reculés et brutaux. Pour une fois, Jocquinius s'en réjouit.

Lorsqu'il arriva dans ses appartements, le vieux mage eut une mauvaise surprise. Haldric avait disparu. Il tâcha tant bien que mal de cacher sa contrariété à son amie et lui proposa avec mille précautions d'utiliser sa salle d'eau.

—J'ai si mauvaise mine que cela ? dit-elle.

—Non, bien sûr que non, mais c'est juste que... Il claqua la langue et laissa tomber ses bras le long du corps. Je ne sais pas m'y prendre, je n'ai jamais su.

—Ce n'est pas le souvenir que j'ai gardé de toi...

Un peu gêné, il lui rendit son sourire.

—Alors, où est-elle cette salle d'eau, Jocquinius ?

Il lui montra le chemin, lui donna des vêtements propres tirés de la commode de sa gouvernante.

—Je n'ai que ça, s'excusa-t-il.

—Ça ira très bien et j'ai quelques affaires dans mon sac. Elle ne dira rien ?

—Qui ? Balente ?

—Oui, si c'est bien le nom de ta gouvernante : ces femmes sont plus jalouses qu'il n'y paraît.

—Elle ne sera pas de retour avant demain.

—Et tu m'auras déjà mise à la porte...

—Non, je t'aurai trouvé des vêtements plus seyants que cette blouse.

Il la laissa puis il rejoignit le balcon qui dominait la cité, le fleuve et les hautes collines. Le soleil se dissolvait dans le voile uniforme et laiteux des nuages, l'obligeant à plisser les yeux. Le mage s'appuya à la balustrade, inspira l'air montant des rives ; il charriait par moments la puanteur d'un lit de vase. La rumeur des boutiquiers remballant leurs étals résonnait entre les venelles.

Jocquinius traversa la salle de séjour au mobilier austère et aux murs nus et passa dans le petit réfectoire. Il se rinça les mains et le visage à la pompe, un ingénieux système de distribution d'eau que l'on devait à Adrian, comme tant d'aménagements. Il versa des fruits secs dans une écuelle, saisit une carafe de vin des Comtés, un broc d'eau, deux timbales et emporta le tout sur le balcon. Haldric. Où était passé le messager muet ? S'était-il réveillé ? Avait-il été assassiné puis emporté ? Ou simplement enlevé pour faire chanter le vieux mage ? Jocquinius s'en voulait d'avoir mésestimé la motivation des mages, ce matin même. Il avait pensé jouer de son autorité pour mettre un terme à leur folle ambition, se contentant de clore la séance abruptement.

Comment puis-je être si naïf ? Suis-je déjà gâteux et tellement imbu de ma personne pour n'avoir pas senti venir le danger ?

Le bref souvenir d'instants passés dans les vallées atrianes et la beauté de Halaïa chassèrent ces considérations inquiétantes. Elle avait tiré en arrière ses cheveux gris et la coiffure dégageait ses pommettes hautes, son nez court, son grand front à la peau cuivrée. Depuis leur dernière rencontre, ses paupières s'étaient épaissies et des rides s'étiraient vers ses tempes mais son regard avait le même brillant, la même intelligence mâtinée de malice et de joie.

—Jamais Balente n'a aussi bien porté cette blouse, estima Jocquinius à mi-voix.

— Pardon ? Je ne comprends rien, tu parles dans ta barbe, s'amusa Halaïa.

— Mmmm, marmonna le vieil homme.

La femme s'assit et Jocquinius versa du vin dans les timbales. Elle voulut manger quelques fruits avant de boire puis, tout en décortiquant des amandes, commenta le magnifique panorama, certes endeuillé par le fleuve réduit à un filet d'eau sale.

— Délicieux ces fruits, dit-elle à la troisième amande. Meilleurs que le menu de votre auberge souterraine…

— J'ai honte, dit Jocquinius. Tout cela est ma faute.

— Tu te fais trop d'honneur. As-tu tellement d'importance que l'on enferme le moindre visiteur comme s'il menaçait ton auguste existence ? le railla-t-elle.

— Tu as sans doute raison, préféra-t-il répondre, repoussant pour un temps le récit de sa réunion avec les mages et de son attaque sur un palier de la prison. Mais dis-moi plutôt la raison de ta visite. Tu as dû mettre des semaines à venir jusqu'ici…

— Presque un mois.

Elle but une longue gorgée de vin. Lorsqu'elle reposa la timbale d'étain, cette femme avait perdu son humeur légère.

— Tu n'es pas sans savoir que Consolata a été frappée par des météorites.

Jocquinius hocha la tête :

— Le Conseil des Territoires est en guerre à cause de cela.

— Le cours du fleuve…

— Oui. Ton peuple avait prévu ces phénomènes ?

Halaïa ne répondit pas directement :

— Ce n'est qu'un début, Jocquinius. Tout ça ne fait que commencer.

Un pigeon se posa sur la balustrade, guignant la nourriture. Son aile droite était abîmée par la lutte avec ses congénères ; il la souleva et y enfouit sa tête.

— Je t'écoute, Halaïa.

— D'abord, une question : sais-tu comment Elamia fut créée ?

— Faut-il remonter si loin ?

— J'en ai peur. Contente-toi d'un bref résumé et je comblerai les lacunes ensuite.

— Mmm… d'accord. Eh bien, nous croyons que l'île du Temps… Halaïa, dois-je expliquer ce qu'est l'île du Temps ?

— Admettons qu'elle soit la force créatrice de toutes choses, ce sera plus simple.

— Très bien. Donc, Ilone, autrement dit l'île du Temps, a d'abord créé les dieux. Au bout d'un moment, ces derniers ont inventé les démons pour leur tenir compagnie. Eux-mêmes en ont eu à leur tour assez de n'être que les créatures des dieux, aussi ont-ils créé les animaux puis, d'un progrès à l'autre, les hommes. (*J'ai l'impression d'être l'un de mes élèves,* se dit le mage.) Comment je m'en sors, Halaïa ?

— Pas mal du tout, l'encouragea-t-elle. Mais tu n'as pas parlé des Talaris.

— Les Talaris ? Tu veux dire ces objets magiques qui seraient issus de l'île du Temps ?

Jocquinius se sentait obligé de mentir. Car l'Ordre trinicien possédait l'un de ces artefacts : il était la clef permettant d'entrer en contact avec Omok et Ganalone, dieux des morts. En un réflexe paranoïaque, un mage jouait l'innocent quand il était question de cette gemme magique. Seul l'Ordre savait qu'il s'agissait d'un des Talaris immémoriaux et ce secret devait perdurer. Mais Halaïa n'était pas dupe et elle semblait en savoir beaucoup plus que le commun des mortels.

— Ne me prends pas pour une idiote, mon ami. Toi et moi savons très bien que les Triniciens en possèdent un depuis toujours.

— À mon tour de t'interroger, alors : que sais-tu de ces Talaris ?

— Il en existerait trois. Trois Talaris qu'Ilone, l'île du Temps, aurait confiés aux dieux afin qu'ils façonnent le monde sur lequel nous marchons, dans lequel nous respirons. Les démons se sont contentés de peupler ce monde. Et l'un de ces Talaris est ici depuis des siècles : la Pierre d'Ombre. Je ne me trompe pas, n'est-ce pas ?

— C'est la gemme qui permettait jadis à l'Ordre trinicien de ramener les morts parmi les vivants.

Une fois de plus Jocquinius n'avait pu s'empêcher de mentir : oui, entre les mains des Triniciens et de leur savoir occulte, la Pierre d'Ombre, dissimulée quelque part dans Haut-Temple, avait exercé cette fonction. Mais le « jadis » était de trop : bien qu'Adrian ait interdit son usage, la Pierre d'Ombre n'avait pas quitté Haut-Temple. Et elle fonctionnait !

— Nous avons toujours cru qu'Omok l'avait donnée à nos ancêtres, ajouta-t-il enfin.

— Les démons rôdaient autour des Talaris. Pour éviter qu'ils s'en emparent, les dieux ont exilé les démons dans les déserts d'Anakann. Là-bas, les dieux leur ont volé la mémoire. Après quoi ils ont dispersé ces artefacts en les confiant à trois communautés d'humains très différentes.

— Tu es en train de me dire que les Aresmass seraient l'une d'entre elles, n'est-ce pas ?

— Oui. Autant votre Talaris a partie liée avec l'au-delà, autant le nôtre est rattaché au…

— … au temps, l'interrompit son ami.

— Oui, au temps. Je pense qu'il a même permis au jeune Adrian de devenir ce qu'il est devenu.

— Le plus grand empereur qu'ait connu Elamia.

— Son plus grand tyran, oui ! Mais la donne a changé, ajouta Halaïa l'air sinistre.

— Que veux-tu dire ?

— Dans sa soif de conquêtes, Adrian a peut-être asservi des millions d'humains, mais il a contribué au progrès de notre monde. Vous autres,

Triniciens, avez payé le prix fort, mais nombreux sont ceux qui ont bénéficié de son règne.

—Je ne peux pas dire le contraire, Halaïa. Et crois-moi, ça m'en coûte de l'avouer !

Le règne d'Adrian avait en effet apporté quantité de progrès, innovations techniques et sociales, et la rigueur de son empire avait permis de les imposer au plus grand nombre. Y compris aux embarrassants Triniciens dont il avait coupé les principales têtes.

—Aujourd'hui une menace bien plus grande pèse sur Elamia, reprit Halaïa. Bien plus destructrice. Sans aucune contrepartie positive. Et c'est pour cette raison que je suis venue te voir.

Le pigeon essaya de s'approcher mais le mage le chassa d'un mouvement de manches. L'oiseau s'envola, ses ailes grincèrent.

—Cette menace, elle est liée au Talaris ?

—Je ne t'ai pas parlé du troisième artefact. Il avait été confié aux prêtresses laménides. (Le mage accusa le coup.) Oui, les prêtresses, Jocquinius. Je sais que bien des Triniciens ne les portent pas dans leur cœur…

—J'en connais qui les brûleraient bien volontiers sur un bûcher. Du moins, s'ils arrivaient à mettre la main sur elles !

—Elles sont discrètes.

—Discrètes ? Je dirais plutôt secrètes ! Alors, elles détiendraient l'un des trois artefacts ?

—Elles le *détenaient*. Il leur a été volé il y a un peu plus de vingt ans.

—Et par qui ?

—Elles ne m'ont pas permis de te le dire.

—Parce que tu es en contact avec elles ? s'écria Jocquinius.

—J'en connais quelques-unes, oui.

Jocquinius hocha lentement la tête, la mine ahurie.

—Je me demande encore à combien de surprises je dois m'attendre, Halaïa. Comment les as-tu connues ?

La vieille femme décortiqua une noix et la croqua avant de répondre.

—C'est une longue histoire et je n'ai pas le temps de te la raconter maintenant. D'ailleurs, je ne sais même pas si j'ai le droit de le faire. Toujours est-il que leur Talaris est entre de mauvaises mains. Et ces mêmes mains veulent s'emparer de notre Talaris. Ensuite elles voudront le vôtre, Jocquinius.

—Et pourquoi ? Qu'en ferait cet… *homme* – s'il s'agit bien d'un homme ? Il lui faudrait le savoir nécessaire pour l'utiliser. Même un mage seul ne pourrait pas en tirer grand-chose…

—Outre le pouvoir qu'engendrerait la possession de ces trois artefacts, leur réunion entre de mêmes mains annulerait toute magie, Jocquinius.

Il connaissait cette hypothèse : au sein de l'Ordre elle avait toujours fait l'objet de commentaires qui tenaient plus de la théologie que du principe de précaution. Après tout, personne ne semblait avoir jamais réuni les trois Talaris.

—« Annulerait toute magie »…, répéta le mage.

— Dans tout Elamia.

— Oui, je sais, mais… Oh, bon sang ! s'écria le mage, qui venait de mesurer les implications d'une telle catastrophe. Ça signifie qu'il n'y aurait plus guère de moyen de stopper cette menace !

— La magie n'y pourrait plus rien. Nous serions perdus, à moins que les dieux nous viennent en aide. Mais qui sait si leur pouvoir serait encore efficace sur Elamia ?

— Il faudrait prier Omok. Si seulement les monastères uliques étaient encore debout…

— Des prières ? s'étonna Halaïa. Il faudra bien plus que cela, mon ami ! Bien plus… Mais qu'est-il arrivé aux monastères uliques ?

Jocquinius lui fit le récit des événements tels qu'il le tenait de Haldric. La mine de Halaïa s'assombrit un peu plus.

— C'est sûrement lui, dit-elle lorsque le mage eut terminé. Nous n'avons plus beaucoup de temps.

— Qui ça « lui » ? De qui veux-tu parler ?

— De celui qui veut le Talaris des Aresmass.

— Halaïa, ce n'est plus le moment de me cacher quoi que ce soit. Que les prêtresses te l'aient interdit ou non.

La vieille femme poussa un long soupir. Elle semblait tout à coup en proie au pire dilemme. Celui d'une confidente sur le point de briser le serment d'un secret. Elle se décida enfin.

— C'est l'un des vôtres, Jocquinius.

— L'un des nôtres ? Tu veux dire un Trinicien ?

— Oui.

— Lakia ! réagit aussitôt Jocquinius. Ou Tratorian… ? Non, c'est un peu gros, tout de même.

— C'est l'un des vôtres mais il n'est plus parmi vous.

— Je ne comprends pas. Cessons de jouer aux devinettes et donne-moi son nom, Halaïa.

Son amie prit une profonde inspiration avant de souffler :

— Golan Tark.

Le vieux afficha un large sourire.

— Mais il est mort, Halaïa ! Adrian l'a fait tuer il y a plus de trente ans ! Ça ne peut pas être lui, les prêtresses se trompent !

— Oui, je sais tout cela. Pourtant c'est bien lui qui s'est emparé d'un Talaris.

Jocquinius la sonda du regard. Elle avait l'air très fatiguée à présent. Disait-elle la vérité ?

Golan Tark… Le plus grand des Triniciens. Il est mort. Adrian l'a fait assassiner…

— Par tous les dieux ! dit soudain Jocquinius.

Il venait de penser à Gédaëlle, le monstre qui s'était éveillé pour massacrer des dizaines de moines uliques. Qui d'autre que maître Tark en personne aurait pu animer cette bête ? Halaïa ne pouvait que dire vrai !

— Ça voudrait alors dire que son assassinat a été manqué. Après tout, nous n'avons jamais eu son corps entre les mains. Adrian aurait eu trop peur que nous le ramenions à la vie ! Mais où pourrait-il bien être ?

— Tu es un Trinicien, tu pourrais en avoir une idée.

— Non, je…

— Les choses les plus proches sont parfois les plus dures à trouver.

— Tu veux dire qu'il serait à Haut-Temple ? Non, c'est impossible !

— Il est en un lieu dont vous connaissez bien l'hôte. Et je n'ai jamais affirmé qu'il était en vie.

— Vraiment… ? Tu joues avec les mots, Halaïa. Il est forcément en v… Galameh ! s'exclama encore Jocquinius.

— Oui, fit Halaïa d'une voix égale.

— Golan Tark… Mais pourquoi les prêtresses veulent-elles que j'ignore l'identité de cette menace ?

— Réfléchis, Jocquinius : tu es un Trinicien et Golan Tark a été l'un des vôtres ; la tentation serait grande de lui obéir à nouveau si jamais il l'exigeait.

— Tu oublies que sa créature a massacré nos monastères…, dit Jocquinius qui toutefois ne put s'empêcher de songer à sa réunion matinale et à l'ambition dangereuse de ses coreligionnaires, Tratorian en tête. Tu me dis que Golan Tark possède d'ores et déjà le Talaris des prêtresses ?

— Oui. Et je sais qu'il a déjà « approché » le Cercle des tribus Aresmass pour s'emparer du deuxième artefact.

— Le Cercle, autrement dit l'équivalent de notre Conseil.

— Notre gouvernement, en quelque sorte. Parmi nos chefs certains seraient prêts à le lui céder en échange d'un peu de pouvoir : ils estiment n'avoir pas assez bénéficié du règne d'Adrian, pourtant Aresmass lui-même.

— Mais alors, que puis-je faire ? Je ne peux pas mettre la Pierre d'Ombre plus à l'abri qu'elle l'est déjà : des barrières magiques empêcheraient quiconque de la voler.

— Quiconque ? Même le meilleur des Triniciens ?

— Tark est au royaume des morts, n'est-ce pas ? rétorqua Jocquinius, mais sans conviction.

Car Halaïa avait raison : si Tark était à même de voler les prêtresses et de réveiller sa propre créature, alors qu'il était censé être mort, quelle difficulté aurait-il à s'emparer de la Pierre d'Ombre ? Il connaissait parfaitement les magies à l'œuvre : il en avait lui-même inventé la plupart !

— Golan Tark n'a cessé d'augmenter son pouvoir, même depuis Galameh.

— Alors je te répète ma question : que puis-je faire ? demanda Jocquinius en levant les mains au ciel. Pourquoi venir me trouver ? Moi, j'ai confiance en toi mais qui d'autre croira ton histoire ? Je ne peux même plus m'adresser à mes compagnons triniciens. Ils ont tenté de me tuer ! J'imagine qu'ils trouveraient un moyen d'accélérer la catastrophe…

— En effet, je ne pense pas que tu puisses nous être d'une grande aide à Haut-Temple : il est déjà trop tard. En revanche, il y a une chose que tu peux faire.

Halaïa se pencha et sortit de son sac un étui dont la trame beige était remarquablement ouvragée. Elle en dégagea un objet qu'elle posa sur la table entre le Trinicien et elle.

— Voici le Talaris confié jadis aux Aresmass.

Halaïa posa sa main tavelée sur l'objet métallique d'une vingtaine de centimètres de hauteur. La lumière semblait absorbée par sa surface de bronze mat, en modelant à peine les bosses et les creux. La forme et la taille évoquaient un épais sarment de vigne fossilisé.

Jocquinius avait vu des objets magiques au cours de son existence. Et en particulier la Pierre d'Ombre, le Talaris des Triniciens. Aucun de ces artefacts ne lui avait semblé aussi anodin. L'étui lui-même avait davantage d'allure.

— Tu es sûre que… ? commença-t-il.

— Sûre qu'il réglera tous nos problèmes ? Comment peut-on avoir la certitude d'une telle chose… ? Mais tu veux sans doute parler de voyance ?

— Je ne t'ai jamais demandé de me lire l'avenir…

— Mais cette fois tu aimerais autant, compléta la femme, rassemblant les coquilles de fruits secs en un petit tas.

— Tu sais déjà beaucoup de choses, visiblement. Alors, le Cercle des tribus t'a confié le Talaris ? Du moins certains de ses membres, puisque tu me disais que parmi vous des hommes étaient tentés de le céder à Golan Tark.

Halaïa parut embarrassée. Elle regarda ses mains.

— Eh bien…

— Ne me dis pas que tu l'as *volé* ?

Pour la première fois depuis de longues minutes, Halaïa avait retrouvé son air espiègle, celui d'une petite fille qui aurait chapardé une poignée de sucreries et s'amuserait de son exploit.

— Mettons que je sois partie avec… Pour te le confier, Jocquinius.

Un pigeon en piteux état se posa de nouveau sur la balustrade, au même endroit. Jocquinius le remarqua et avant de l'effrayer, le mage comprit qu'il s'agissait du même oiseau. Le pigeon se comporta de la même manière qu'auparavant, effectuant une semblable succession de petits bonds le long de la balustrade pour être face à la table. Plongeant sa tête sous son aile blessée au même moment.

Cette forte impression de déjà-vu…

Le mage regarda la coupelle que guignait l'oiseau ; elle s'était miraculeusement remplie de fruits secs. Quant au petit tas de coquilles vides devant Halaïa, il avait diminué. Aucun doute. La femme sourit à Jocquinius :

— Oui, je n'arrive pas à m'y habituer moi-même, dit-elle.

— Mais comment… ?

— Il a une action sur le cours du temps. Une action imprévisible et plutôt limitée.

— Limitée ? Tout de même…, dit Jocquinius en se frottant la barbe.

— Cet étui annule son effet, dit-elle en recouvrant l'objet.

Elle remit l'étui autour de l'artefact.

— Que dois-je en faire, Halaïa ? Si Golan Tark est après lui, quelle chance ai-je de lui tenir tête ?

— Tu devras le porter à un homme. Il se trouvera bientôt à Port-Incaline.

— Mais c'est à plusieurs semaines de cheval de Corall-Medding !

— Oui, hélas. Cet homme se nomme Kordac. Il saura quoi en faire.

— Très bien, s'il le faut. Et qui est ce Kordac, exactement ?

Après une hésitation, Halaïa dit, les yeux plongés dans ceux de son ami :

— Ton fils, Jocquinius. *Notre* fils.

Cette nuit-là, Halaïa fit un rêve d'amour perdu, de trahison et de sang. À son réveil, les images avaient disparu mais le sentiment d'une tragédie à venir demeurait, telles les pierres jetées au rivage par une vague qui n'est plus. Peu à peu, l'Aresmass dégagea de cette gangue le cœur d'une prédiction. Le destin – le sien – s'était inscrit en lettres pourpres sur le voile mouvant de ses songes. Une trame du Canevas, ainsi que les Aresmass nommaient une prémonition.

Halaïa s'était levée sans hâte, ébranlée par la violence des images. Une telle précision était si rare… De toute son existence elle n'avait pas eu plus de trois rêves prémonitoires d'une semblable intensité. Halaïa avait déjeuné avec les voyageurs de l'auberge où son ami Jocquinius l'avait installée. Il devait l'y rejoindre plus tard dans l'après-midi. Ce qui lui laissait le temps de se reposer un peu plus. Mais Halaïa voulait prendre l'air, se changer les idées – même si ce dernier point lui paraissait de toute façon bien compromis.

Elle repensait à sa conversation de la veille. Elle avait révélé à Jocquinius l'existence de leur enfant. Elle n'aurait su dire ce qui avait le plus ébranlé son ami : cette découverte tardive de sa paternité ou l'annonce du retour de Golan Tark et de son projet d'obtenir coûte que coûte les trois Talaris. Lorsque Jocquinius avait quitté les vallées atrianes, Halaïa était retournée auprès de son compagnon Haspalnod et l'avait épousé par dépit. Elle avait eu l'enfant huit mois plus tard. Haspalnod ne pouvait en être le père : trop fier pour succéder à un étranger, l'Aresmass avait refusé de coucher avec Halaïa. Son orgueil l'avait contraint à jouer le jeu du père comblé. Tous deux avaient conservé le secret de la paternité pendant toutes ces années. Halaïa et Haspalnod n'avaient couché ensemble pour la première fois que des années plus tard et une fille était née de cette union sans amour.

— Un fils… J'ai un fils, avait dit Jocquinius d'une voix blanche.

Impossible de savoir s'il en était heureux ou au contraire déprimé.

Les deux probablement : je lui ai caché l'existence de son enfant pendant si longtemps… Et je ne la lui ai révélée que pour le décider à quitter Corall-Medding avec le Talaris en poche.

Elle s'en voulait d'agir ainsi, de trahir tant de secrets en si peu de temps. Livrer le nom de Golan Tark en dépit de la promesse faite aux prêtresses laménides. Apprendre à Jocquinius qu'il avait un fils, se parjurant auprès de son propre époux.

Et ce n'est pas tout, Halaïa : voler le Talaris n'était pas rien ! se gronda-t-elle.

Après ces confidences éprouvantes, elle avait décidé qu'il était temps de se reposer et elle avait quitté Haut-Temple. Ces derniers mois avaient été si chargés de mauvaises nouvelles… Le doute avait fait place à l'inquiétude quand elle avait compris que certains chefs des tribus aresmass étaient prêts, malgré simagrées et atermoiements, à céder le Talaris. La peur avait succédé à l'inquiétude en apprenant des prêtresses l'identité du futur acquéreur : Golan Tark.

Même parmi les morts, le grand Trinicien avait trouvé le moyen d'atteindre le Cercle et d'exiger l'artefact. Puis l'effroi l'avait saisie lorsque ces mêmes prêtresses avaient affirmé que Golan Tark subtiliserait bientôt le Talaris des Triniciens. « Il n'y a rien à faire pour l'en empêcher : il a déjà obtenu le nôtre alors qu'il n'a rien à voir avec nous. Avec la Pierre d'Ombre, il sera en terrain connu. » Une fois les trois artefacts en sa possession, rien ne pourrait plus l'arrêter.

Et à en croire ce qu'il a déjà fait par le passé, notre avenir ressemble à un enfer…

Toutes ces émotions l'avaient épuisée, sans parler de son voyage pour rejoindre Jocquinius. Elle lui avait laissé l'artefact sur les consignes des prêtresses. Le mage partirait bientôt et le plus vite serait le mieux. Elle devait le revoir ce jour même, pour préparer son départ. Bien qu'elle eût beaucoup parlé et trahi plus d'un secret, Halaïa n'avait pas tout révélé au mage. Maintenant qu'elle avait fait ce rêve funeste, elle regrettait ses omissions.

Son sac en bandoulière, elle quitta l'auberge édifiée à mi-chemin de Haut-Temple et de la place de la Sellerie, comptant se promener un peu. Comme la veille, les nuages exacerbaient le feu du soleil en un voile d'un blanc incandescent. Un chat passa en trombe tout près d'elle, un molosse aboyant à ses trousses. Elle entendit les cris du maître qui avait perdu le contrôle de son animal. Halaïa vit le propriétaire, essoufflé et rouge, trottinant en direction des fuyards. Le chien briserait la nuque du chat si ce dernier n'était pas assez malin pour se mettre rapidement à l'abri. *Et les ordres de son maître n'y changeront rien*, se dit la vieille femme.

Je vais parler à Jocquinius maintenant…

Halaïa se dirigea vers l'un des d'escaliers parcourant Grève-Pieds. Elle hâta le pas, songea aux jambes des habitants du mont Corall, habitués à grimper et dévaler tout au long de leur vie ces volées de marches. Elle marqua une pause dans une venelle pentue, regretta de ne pas avoir dix ou quinze années de moins. Les ruelles semblaient de moins en moins fréquentées ; la silhouette élancée de l'université, flanquée de colonnes et surmontée d'un dôme, avait disparu. Halaïa comprit qu'elle s'était perdue.

Un peu plus loin, elle se tordit la cheville en manquant une marche et poussa un cri de douleur. L'escalier était désert et le tumulte matinal de la cité était étouffé par les hauts murs. Elle aurait tout aussi bien pu se trouver au beau milieu d'un village désolé. Elle s'appuya contre une façade aveugle. Un goût métallique lui annonçait l'imminence de son destin.

— Pas maintenant, dit-elle à voix haute, pas maintenant.

Elle boitilla d'une marche à l'autre. Des deux côtés de l'escalier, les murs s'étaient rapprochés si bien que les toits se touchaient presque.

Une trahison. Une de plus dans le destin du peuple aresmass.

Dans la bouche de la voyante, le goût métallique s'était accru. Elle saignait du nez et elle s'essuya les narines avec le dos de la main. Oui, rares étaient les visions de cette intensité, provoquant des stigmates.

— J'aurais dû tout dire à Jocquinius, regretta-t-elle à voix haute. Il y a eu trop de secrets dans ma vie.

— Trop de secrets ? répliqua la voix d'un vieillard, un peu plus haut.

Vêtue d'un long manteau de serge, une silhouette se dressait désormais entre Halaïa et le sommet des marches. Halaïa ne tressaillit pas car elle s'attendait à son apparition – son rêve la lui avait racontée.

— Que fais-tu ici, Haspalnod ? demanda-t-elle.

Avec ses traits sillonnés de rides profondes, ses cheveux clairsemés d'un blanc jauni, l'homme semblait plus âgé qu'elle.

— Je ne suis pas venu trahir mon peuple, dit-il.

— Tu crois vraiment que je suis à Corall-Medding pour ça ?

— Tu as volé le Talaris.

— Le Talaris ! Le Cercle s'est contenté de le cacher et de chercher à s'en servir à son seul bénéfice. Et toi le premier !

— Tu n'en as pas profité peut-être ?

— Toute cette histoire s'est terminée en une effroyable tragédie, il y a vingt-cinq ans. Et tu es prêt à recommencer ?

— Qu'est-ce que tu veux dire ?

— Tu es prêt à donner le Talaris à un étranger.

— Ce n'est pas ce que tu es venue faire ? dit l'homme en s'approchant un peu plus. Je veux dire, l'offrir à un étranger…

— Quand je dis « étranger », je ne pense pas au membre d'un autre peuple. Je pense à quelqu'un qui est étranger à nos souhaits les plus chers.

— C'est du charabia, Halaïa.

— Non. L'homme qui te réclame le Talaris et à qui, j'en suis sûre, tu es prêt à le donner, veut œuvrer contre nous. Contre Elamia. Seul le… le chaos l'intéresse.

Haspalnod souffla son mépris.

— Tu racontes n'importe quoi. Ce n'est pas le chaos qui le motive, au contraire. Il veut unifier les peuples de Consolata et d'ailleurs. Tu es une vieille femme bornée.

— Et toi, un vieillard avide de pouvoir doublé d'un idiot : tu ne tires aucune leçon du passé.

— Mais bien au contraire ! Il n'est pas question de répéter les mêmes erreurs. Il n'y aura plus de sang versé ! Du moins si le Talaris revient parmi nous…, ajouta-t-il en tendant la main.

Haspalnod était assez proche de Halaïa pour qu'elle sente son haleine écœurante.

C'est un vieil homme aigri et il a si peur de la mort qu'il est prêt à tout faire pour l'oublier.

— Si tu es venu chercher l'artefact, il n'est plus entre mes mains, déclara-t-elle.

L'homme ne put dissimuler sa déception. Sa bouche fine se crispa. Puis il écarta un bras de son flanc ; une longue lame se dégagea des plis du manteau. Cette fois, Halaïa tressaillit ; la trame pouvait-elle encore être changée ? Était-ce trop tard ? Pouvait-elle avoir vécu son dernier rêve la nuit dernière ?

— Tu ne vas tout de même pas tuer ta propre épouse, Haspalnod.

— Il y a longtemps que tu n'es plus ma femme. Tu ne m'as jamais aimé, ton cœur, tes pensées ont toujours été tournés vers ce Jocquinius. Ensuite, tu as passé la moitié de notre vie commune à me reprocher mes actes. Et voilà que tu trahis le Cercle et les tribus aresmass. (Il fit un pas vers elle.) Tu nous as trahis.

Haspalnod fit encore deux pas vers son épouse. Les phalanges de ses doigts arachnéens blanchissaient autour de la poignée de sa lame ; en revanche son bras ne tremblait pas. Quant à son regard d'un gris délavé, il affichait nettement sa détermination.

— De nous deux, lequel est réellement le traître ? Réfléchis-y.

— Tais-toi ! cracha le vieillard.

Il approcha très vite de son épouse qui se protégea le visage de son bras ; mais Haspalnod avait visé le ventre. Il y enfonça sa lame à trois reprises avant que la vieille femme s'effondre dans son sang, sur l'escalier. Elle gémissait encore lorsqu'il fouilla le sac qu'elle portait en bandoulière. Agenouillé auprès de son épouse à l'agonie, il ne trouva pas le Talaris. Il se releva et s'enfuit en contrebas, sans un regard en arrière. Moins d'une heure plus tard, il avait quitté l'ancienne cité impériale.

* * *

Bren Jackal était bien content de s'être débarrassé de ses compagnons de lutte.

Encore que je n'aie rien fait : Gédaëlle s'en est chargée.

La créature avait croisé son chemin lors de l'attaque d'un fortin et modifié à jamais son destin. Un homme lui avait parlé par l'intermédiaire de la bête.

Golan Tark.

Un ancien mage trinicien. Il lui avait promis tant de choses merveilleuses… Le pouvoir. Une autorité incontestée. Et la gloire !

« J'ai de grands projets pour vous. »

Il n'aurait plus à se cacher, à jouer les mercenaires parce que son caractère l'empêchait d'intégrer l'armée régulière. Il obtiendrait enfin les honneurs mérités. Un grade à la hauteur de ses compétences et de ses ambitions. Il aurait encore plus de femmes que ne lui en accordait déjà son physique avantageux : il entretiendrait un harem et viendrait y puiser à volonté la chair de ses fantasmes les plus cruels. Jackal avait vite été convaincu : Gédaëlle était la preuve vivante de la puissance de Tark, de ses possibilités.

Servir un tel maître valait bien d'abandonner le Conseil et ses contrats mesquins. De dire adieu à ses compagnons de route, Noriad, Faltesi, Ircaël et les autres. La créature de Golan Tark valait cent mercenaires.

Certes, avec sa gueule de dogue aux crocs démesurés, ses trois moignons de cornes, sa formidable corpulence et les fentes de ses yeux noirs, Gédaëlle était effrayante. Mais tout comme Jackal communiquait avec Storn, son faucon, il échangeait des émotions avec Gédaëlle. C'est même ce don qui l'avait mis en contact avec le créateur de la bête.

Et qui m'a sûrement permis de sauver ma peau…

Tark avait laissé à Bren Jackal une journée pour se décider. Gédaëlle se tenait en retrait, comme un fauve à l'affût. Une nuit chaude, sous le harcèlement des moustiques.

Bren Jackal n'avait eu qu'un mot à dire : *« D'accord. »* Ce qu'il fit. La bête avait jailli du bosquet où elle s'était cachée. Il ne lui avait fallu que trois minutes pour dévorer les entrailles de sa troupe. Faltesi avait bien sorti son arbalète mais le carreau était passé au-dessus de l'animal, effleurant les poils. Seul Noriad avait semblé comprendre le lien qui unissait Gédaëlle et Jackal. Son regard avait été éloquent. Cette compréhension avait retardé sa mort de quelques secondes : Gédaëlle avait hésité et l'hésitation avait permis à Noriad de lui laisser une belle estafilade. Puis la créature s'était jetée sur lui de toute sa masse avant de crever sa face avec ses griffes. Noriad était encore vivant lorsqu'elle avait plongé ses crocs dans son ventre. Jackal avait détourné le regard.

Mais tout cela, c'était du passé. Tark lui avait confié une mission. Il devait rejoindre Corall-Medding, le plus discrètement possible. Et gravir la cité jusqu'à Haut-Temple. Il y avait du travail pour lui, là-haut.

Un travail de la première importance.

Chapitre 5

Jocquinius retrouva Halaïa plus de six heures après son assassinat.
Alors même que la lame de son époux pénétrait les chairs de la voyante, le vieux mage n'avait pu résister à la tentation de regarder l'artefact que lui avait confié son amie.

La mère de mon fils…

Sa vie venait de basculer pour la seconde fois. Il n'avait fallu que quelques minutes. La première fois avait été la chasse d'Adrian aux mages puissants, réfractaires à son règne. Il s'en était suivi des années d'exil. Et voilà qu'il devait reprendre la route, un artefact en main. Au bout de cette route l'attendait ce fils qu'il ne connaissait pas. Ce Kordac… Il devait lui remettre l'artefact des Aresmass car lui seul saurait quoi en faire.

À tout le moins le mettre hors de portée de Golan Tark.

Car le puissant Trinicien, assassiné par l'empereur, préparait son retour. Un retour qui ne ménageait pas de bonnes surprises, à en croire le massacre des monastères uliques… mais aussi les propos de Halaïa.

Je n'ai pas vu cette femme pendant des dizaines d'années et elle réapparaît pour me remettre l'un des Talaris en main propre et pour m'annoncer que Golan Tark en possède lui-même un ! Alors même que le maître demeure dans le royaume d'Omok…

C'était à en devenir fou.

Et pourtant il la croyait. L'expression de son visage ne laissait pas place à la méfiance : la peur et le poids des responsabilités torturaient la vieille femme.

Jocquinius n'avait presque pas dormi, tant les questions se bousculaient dans sa tête. Sans cesse il s'était demandé ce que pouvait bien préparer le puissant Trinicien. Réunir les trois Talaris annulerait toute magie de la surface d'Elamia. En quoi cela pouvait-il servir les desseins de Tark ? S'il voulait conquérir le monde, n'avait-il pas lui-même besoin de la magie ? D'autant plus qu'il n'aurait pas d'armée à sa disposition pour l'aider dans d'éventuels projets de conquête : les forces militaires du Conseil étaient concentrées autour du fleuve détourné et chaque semaine de nouvelles troupes quittaient Corall-Medding pour rejoindre les rives. Il n'y avait plus un seul soldat dans l'ancienne cité impériale, tout juste les corps de vigiles, organisés et financés par la Hanse des marchands.

— Tout ce que je sais, c'est que je n'ai jamais aimé ce mage, dit-il pour lui-même. Je l'ai respecté, oui : il est si… atypique. Mais il a toujours fait passer sa réussite personnelle avant celle de l'Ordre. Avant même la compréhension du monde.

Jocquinius avait au moins un autre sujet d'inquiétude : le moinillon Haldric avait disparu. Il lui fallait interroger Tratorian, Lakia et les autres mais il n'avait pas le courage de les affronter de nouveau. Il devait rejoindre Halaïa un peu plus tard dans la journée. Il avait vécu sans elle pendant des décennies, mais depuis qu'elle avait reparu, la veille, il n'imaginait plus se passer de sa présence plus de vingt-quatre heures. Il décida de partir à sa rencontre à l'auberge où il l'avait installée, le plus loin possible des intrigues de Haut-Temple.

Trois heures après son arrivée à l'auberge, Jocquinius était encore seul. Il comprit que quelque chose était arrivé à son amie. Quelque chose d'assez grave pour qu'elle manque son rendez-vous avec le mage.

Il interrogea les commerçants, les passants. S'il l'avait pu, il aurait aussi questionné les chiens et les chats, les pigeons et les rats. Les brûlures causées la veille lors de son combat avec le spectre se réveillèrent. Le soir tombait quand un homme lui affirma avoir entendu parler d'un assassinat ; la victime répondait à la description de Halaïa. L'homme conduisit Jocquinius chez l'ami dont il tenait l'information. Celui-ci partit chercher son épouse, laquelle était descendue aux lavoirs de la Medding récupérer un savon oublié dans l'après-midi.

Jocquinius trépigna d'impatience, se demanda si l'on ne se fichait pas de lui. Il regrettait d'avoir promis une pièce pour toute information intéressante. Sa naïveté lui fut un peu plus évidente. Il pensa à Haldric, le jeune moine disparu. Où pouvait-il bien être ? Avec les menaces de ses coreligionnaires et après l'attaque dont il avait lui-même été victime, il se pouvait qu'on l'ait supprimé. Par Ganalone, pria le mage, que cela ne soit pas.

La vie – *sa* vie – redevenait soudain bien compliquée. Comme au temps des persécutions, lorsque l'empereur se débarrassait de l'influence des Triniciens.

Enfin, la lavandière revint dans le logis si typique des ruelles populaires de Corall : étroit, sale, à peine meublé et où régnait une constante odeur de beurre brûlé.

— Sûr qu'une femme est morte pas plus tard qu'aujourd'hui, dit l'épouse trop contente de répéter une histoire sordide. Paraît que c'est une Aresmass : on peut pas les louper, avec leur face de lune…

C'est elle…, s'alarma Jocquinius.

— Que s'est-il passé ? demanda-t-il.

— Poignardée dans les pires ruelles de Grève-Pieds. Si vous voulez mon avis, celles qu'on a toujours des embêtements dedans. Une femme, elle devrait pas y mettre les pieds seule, moi je dis.

Jocquinius ne voulut pas attendre le moment où la femme prétendrait que la victime « l'avait bien cherché » et il coupa court à son récit :

— Vous savez où elle a été emmenée ?

— Bah, où voulez-vous qu'elle est ? À la « fraîche », pardi. Et vu l'état de la pauvresse, ajouta-t-elle d'un air entendu, je connais pas un Trinicien qui nous la remettrait d'aplomb, l'Aresmass.

— Merci, dit Jocquinius en donnant, non sans dégoût, la pièce promise à la lavandière.

La « fraîche », autrement dit la morgue ; un édifice à demi enfoui dans la roche, cerné d'arbres aux épaisses ramures et orienté au nord. On y entreposait certains cadavres pendant une semaine ou deux, ceux des inconnus par exemple. Adrian avait comme tant d'autres choses créé ce service, dans l'idée de retrouver des traces d'éventuels rebelles, mais aussi pour anticiper les litiges de succession, en laissant le temps aux familles établies loin de la capitale de retrouver un défunt. Enfin, l'empereur avait ainsi cassé le monopole des Triniciens sur le traitement des morts.

Jocquinius supplia le dieu des morts de ne pas lui avoir fait ce coup funeste. L'ironie morbide des employés de la morgue était légendaire. Lorsque Jocquinius interrogea un jeune homme au sujet d'une femme assassinée plus tôt dans la journée, on lui répondit :

— J'ai peut-être rangé quelque chose de ce genre dans mes tiroirs… (Il consulta un registre, pointa le doigt sur une ligne.) Effectivement, une jouvencelle avec une petite douleur au ventre est arrivée dans l'après-midi.

Jocquinius maudissait ce comportement irrespectueux, mais il savait qu'il constituait une protection mentale pour surmonter le spectacle permanent de la mort dans ses pires atours.

Le jeune homme accompagna le mage dans une cellule glaciale à peine éclairée, où montaient le long des murs des blocs de glace ; quatre cadavres étaient allongés sur des tables. Malgré le froid, l'odeur était pénible. Des statuettes aux effigies d'Omok et de Ganalone et semblables à celles que les Triniciens utilisaient lors de leurs rites étaient alignées sur une console sommaire. À la différence que celles de la morgue étaient inopérantes. Jocquinius reconnut aussitôt son amie Halaïa. Un profond sentiment de désespoir l'empoigna ; l'employé s'en aperçut et proposa au vieil homme :

— Vous voulez rester seul ?

Il était normalement interdit de laisser un visiteur sans surveillance, afin d'éviter les vols d'effets personnels, les actes de vengeance ou les viols ; malgré ses douteux sarcasmes, l'employé savait faire preuve de souplesse et d'humanité.

— Non, merci, dit Jocquinius, la gorge serrée. Écoutez, je suis un mage du Conseil. Je vous prierais de me remettre les effets personnels de cette femme puis de la monter jusqu'à Haut-Temple.

Il montra la bague qui attestait ses propos ; le jeune homme hocha la tête avec l'air de celui qui se dit : « j'aurais dû m'en douter ».

— Maintenant ? Nous pouvons la préparer, vous savez, ajouta l'employé qui tirait une commission des embaumements pratiqués à la morgue.

— Non, surtout pas. Dépêchez-vous. J'accompagne le corps.

Dix minutes plus tard, un cortège de trois hommes suivait Jocquinius à travers les venelles de Grève-Pieds.

En vingt-quatre heures, le mage était par deux fois venu chercher sa vieille amie – et la seule femme qu'il eût sans doute aimée – dans des endroits parmi les plus sordides de Corall-Medding.

J'espère bien que ce sera la dernière.

Le cortège arriva au pied d'une falaise ; la façade arrière de Haut-Temple se dressait à plus de cinquante mètres de là. Sous cet angle, l'édifice ressemblait à une austère forteresse ; on ne retrouvait pas les subtilités formelles des architectes et des artisans d'Estebellia, ceux-là mêmes qui avaient jadis édifié tant de monuments en Consolata, bien avant l'avènement d'Adrian. Les employés de la morgue tirèrent la charrette à bras dans un monte-charge que surveillaient deux vigiles. Seuls Jocquinius et le cadavre furent hissés jusqu'à l'université.

Une fois là-haut, le vieil homme ordonna à de jeunes clercs de conduire la charrette dans une crypte. On célébrait dans ces pièces circulaires coiffées d'une voûte basse les rites de passage vers l'au-delà. Les Triniciens y menaient aussi des opérations nettement plus délicates.

Une fois seul, il commença à préparer le corps et la pièce avec des gestes machinaux, exécutés tant de fois : suaire brodé étendu sur Halaïa, brindille posée sur son front, bâtonnets d'encens et cierges allumés, tout en psalmodiant des chants rituels dédiés à Omok et Ganalone, les dieux jumeaux. Il avait constaté que les employés de la morgue s'étaient chargés de laver les plaies.

Qui a bien pu l'assassiner ?

Les murs ne lui apportèrent aucune réponse. Il quitta la crypte et marcha d'un pas vif vers les appartements des mages.

Il frappa à la porte d'Antonin ; une gouvernante vint lui ouvrir. Jocquinius la connaissait : c'était une petite femme timide et effacée mais très efficace. En un sens, elle était parfaite dans son rôle : vivre dans l'ombre d'un membre éminent du Conseil et faciliter sa vie quotidienne pour lui permettre de consacrer son énergie au gouvernement des Territoires et à la pratique des rites triniciens. Il lui manquait en revanche l'étincelle de vie et d'humour que possédait Balente, sa propre gouvernante.

— Maître Antonin se repose, maître Jocquinius, lui répondit la petite femme d'une voix douce.

Elle s'appuyait des deux mains à la porte entrouverte, prête à la refermer. Elle affichait un sourire désolé qui agaça le vieil homme.

— C'est urgent…

— Oh, mais alors il vous verra dès demain matin, je lui transmettrai votre message à son réveil, ajouta-t-elle les sourcils froncés en une caricature d'air préoccupé.

— J'ai dit : « urgent », dit Jocquinius en poussant la porte pour se faufiler dans les appartements du mage.

La petite femme faillit tomber à la renverse mais Jocquinius ne se retourna même pas.

— Vous n'avez pas le droit ! lança la gouvernante, les joues en feu.

Les appartements d'Antonin étaient ornés de beaucoup plus d'objets précieux que lors de la dernière visite du mage, six mois plus tôt. Ils brillaient dans la lumière des torches comme autant de doigts pointés sur une fortune mal acquise. D'un geste sec, Jocquinius tira les rideaux de soie brodée – encore une nouveauté – derrière lesquels Antonin était censé dormir.

Le chantre rencontré la veille lors de la réunion secrète était bel et bien sur sa couche ; le dos appuyé contre des coussins, il tourna la tête vers l'intrus.

Par tous les diables, il a une mine épouvantable, se dit Jocquinius. Alors, j'avais raison : il a participé à l'attaque qui visait à me tuer, dans les couloirs de la prison.

— Je m'attendais à vous voir plus tôt, dit Antonin d'une voix faible.

— J'ai eu à faire… Et maintenant j'ai besoin de toi.

Antonin se releva en grimaçant.

— Ce n'était pas notre idée, vous savez ? On nous a forcés, Fablio et moi. Nous n'avions pas l'intention de… de vous tuer.

Jocquinius avait beau avoir deviné l'identité de ses agresseurs, l'entendre révélée par la bouche d'un de ses pairs était douloureux.

— Cesse de geindre et de reporter tes fautes sur autrui. Je ne suis pas venu là pour me venger mais pour te demander un service. Et maintenant je sais que tu ne pourras pas me le refuser. Habille-toi et suis-moi. Nous allons chercher ton compère Fablio.

— Mais je ne peux pas bouger d'ici. Je suis… je suis vidé, ajouta-t-il en baissant la tête, honteux.

— Je m'en moque. Lève-toi.

Antonin savait bien qu'il ne servait à rien d'insister. La faute commise la veille était trop grave et le comportement de Jocquinius laissait entendre une certaine miséricorde ; autant s'en contenter. Il lui parut incroyable que l'un des grands principes sur lesquels était assis l'Ordre trinicien – le pardon –, soit aussi éloquemment démontré par l'un de ses mages à une époque où prendre le contrôle politique des Territoires primait sur tout le reste.

Moins de dix minutes plus tard, ils pénétraient chez Fablio. Ce dernier était encore plus éprouvé qu'Antonin. En revanche, il prétexta une fatigue liée à une indigestion.

— Vous n'avez qu'à demander à ma gouvernante, commenta Fablio. Elle a ce matin même fait un esclandre chez le boucher qui lui a vendu la viande avariée.

— Je croyais que tu ne mangeais qu'au réfectoire ?

Fablio haussa les sourcils, mal à l'aise.

— Oui ? Eh bien, j'aurais dû m'en tenir à ça, on dirait, répliqua-t-il avec une mauvaise foi évidente.

— Ne me raconte pas n'importe quoi, s'énerva Jocquinius ; Antonin a fait moins de chichis que toi. Je te demande un service et je n'entends pas me le voir refuser car tu me le dois.

— Vraiment ? Écoutez, faites vite car je suis sans force, dit Fablio qui était resté assis durant l'échange. De quel service s'agit-il exactement ?

— Ramener une amie à la vie.

* * *

Litti avait donné rendez-vous à Iriane, à l'aide d'un billet adressé par un pigeon voyageur. Voilà une demi-heure qu'il attendait à leur lieu de rencontre habituel, la ruelle des Bossus. Iriane était plutôt du genre ponctuel, seulement ces dernières semaines elle semblait avoir tant de choses à faire qu'elle arrivait à leurs rendez-vous à la fois haletante et préoccupée. Quand elle se montrait... Elle était toujours débordée de projets et ne connaissait pas les affres parfois savoureuses, du moins selon Litti, de l'ennui ou de l'indécision.

Mais cette fois, c'était différent : l'excitation enjouée – qui s'accommodait fort bien des baisers d'un amant – avait cédé la place à un sentiment de réelle inquiétude et à une sensation d'urgence. Comme si l'un de ses multiples projets était sorti du lot pour s'établir durablement dans ses pensées, son comportement. Un projet moins heureux que d'autres, voulait croire Litti, toujours enclin à imaginer le pire. L'impératrice était l'idole d'Iriane. Peu de temps avant la défaite de l'empereur et la destruction de son armée, l'épouse d'Adrian était partie vers le sud. Personne ne savait ce qu'elle était devenue et on ne l'avait pas revue. Elle avait en quelque sorte disparu en même temps qu'Adrian.

— Effacée, disait Iriane, comme si elle avait deviné ce qui allait se passer.

— Et il allait se passer quoi ?

— Eh bien, la fin de l'empire. Je pense qu'elle a préféré partir.

— Et comment l'aurait-elle su ?

— L'impératrice n'était pas une femme comme les autres.

— Pas plus que son époux ; il était Aresmass.

— Oui, mais pas elle. C'était autre chose...

— Et s'il l'avait su, lui ? demanda Litti. Il le lui aurait dit.

— Et il serait allé au massacre, malgré tout ?

— Peut-être qu'il n'avait pas voulu croire sa vision de l'avenir. Sa femme aurait pris peur et elle se serait enfuie.

— Fuir ? Tu plaisantes, Litti !

— Pas le genre de l'impératrice, c'est ça ?

— Exactement ! Elle était d'une telle générosité... Je ne l'imagine pas quittant son peuple sur la foi d'une vision d'Adrian. Un jour, je partirai à sa recherche.

— Mais cette histoire a plus de vingt ans, Iriane ! Après quoi vas-tu courir ?

— J'en sais rien.

Oui, Iriane pouvait bien être partie sur les traces de l'impératrice. Litti sentit son eczéma se réveiller, à l'intérieur des bras, et regretta de n'avoir pas pris d'onguent pour le calmer.

Le novice s'était assis sur le bord de l'étroit sentier ; les arbustes auxquels l'endroit devait son nom lui cachaient désormais le spectacle de la ville en contrebas. La nuit était tombée depuis quelque temps déjà, mais la rumeur citadine n'avait pas cessé et ne cesserait d'ailleurs pas jusqu'à l'aube.

Corall-Medding était une ville passionnante pour qui aimait son bouillonnement permanent. L'arrivée d'Adrian puis la chute de son empire n'avaient pas changé grand-chose à cela : la grande cité résistait à tout. Du moins jusqu'à présent, car l'assèchement de son fleuve nourricier avait l'allure d'une menace sournoise et définitive dont les effets se faisaient sentir chaque jour un peu plus. C'était la première menace de cette ampleur ; ni un gigantesque incendie ni deux pillages n'avaient entamé la résolution des Corallais à faire de leur ville l'une des plus riches, des plus actives et donc des plus importantes de Consolata.

Elle était devenue au fil du temps un personnage à part entière, sorte d'incontournable divinité dont les habitants auraient été les prêtres. Que son pouvoir s'étende à la taille d'un royaume, d'un empire, d'une ligue de cités ou de moignons de territoires ne leur importait guère : ils voulaient croire que Corall-Medding se suffisait à elle-même.

Litti, un paysan né à quatre jours de marche de là, n'avait pas eu trop de peine à s'acclimater au rythme urbain – quelque peu modifié par la vie à Haut-Temple, soit – et il ne voyait pas comment il pourrait désormais vivre loin de l'ancienne Fort-Adrian, capitale d'empire. Surtout qu'Iriane y habitait. Il n'imaginait plus sa vie sans elle. La jeune femme occupait les moindres recoins de son esprit, comme une fée bienveillante, virevoltant à tire-d'aile d'un souci à l'autre, les effaçant d'un coup de baguette magique.

Elle lui apportait cette chaleur dont il avait tellement besoin pour surmonter les heures parfois pénibles passées dans les salles de cours de Haut-Temple. Pour oublier un peu de son propre passé. Pourtant, l'adolescent ne pouvait guère faire de projets avec cette jeune femme qui lui avait déclaré lors de leur précédente rencontre : « Je ne me vois pas vieillir à Corall-Medding ».

Voilà une heure qu'il attendait et il avait maintenant tout juste le temps de regagner l'université avant que son absence soit remarquée. Il se souvint de leur dernière rencontre, de son état d'esprit : elle avait semblé vouloir le tester, comme si elle s'était apprêtée à partir.

Elle ne m'aurait pas quitté sans un mot d'explication, se persuada le novice. Puis il se dit que ce serait bien son genre, après tout.

* * *

— Il nous faut du fluxus, exigea Fablio.

Les trois mages traversaient à vive allure les étages inférieurs déserts de Haut-Temple.

— Ah oui ? railla Jocquinius qui marchait en tête. Je n'en ai pas eu besoin, vous pourrez vous en passer.

Le fluxus était cet élixir rare qu'utilisaient les mages pour retrouver des forces. Seule une poignée d'entre eux connaissait le secret de sa fabrication.

Deux minutes plus tard, Fablio s'arrêta pour s'appuyer à une colonne. Trop essoufflé pour parler, Antonin tira sur la manche de Jocquinius.

— Quoi encore ?

Mais Jocquinius ne put contester l'état alarmant du chantre resté en arrière. Il soupira et dit :

— C'est bon. Allons chercher ce roboratif.

Cela signifiait remonter un étage, prendre le risque de croiser d'autres mages, en particulier Yonastelli dont le bureau était tout près. Mais il était tard et le mage avait sûrement rejoint ses appartements. Ils abandonnèrent Fablio sur un banc, reprirent le couloir dans l'autre sens, montèrent d'étroites volées en pierre, poussèrent une porte et aboutirent dans un vestibule.

Deux minutes plus tard, ils débouchaient un flacon de fluxus, à l'intérieur d'une pièce fermée à clef. Antonin en but une gorgée sur-le-champ, ferma les paupières de soulagement. Sa respiration se fit aussitôt plus lente et plus profonde.

— Dépêchons-nous, ordonna Jocquinius.

— Vous devriez…, dit alors Antonin en lui tendant le flacon.

Après une hésitation, le vieux mage accepta la proposition. Il versa un peu de fluxus dans le gobelet épousant le goulot du flacon pour former un bouchon. Il fut surpris de constater combien ses mains tremblaient. Le liquide se répandit en lui comme une langue de flammes. Malgré la faible quantité ingérée, il eut presque aussitôt l'impression que ses veines étaient envahies par une humeur nouvelle, chaude et bien plus énergisante que son propre sang.

Le flacon dans une poche, les deux hommes quittèrent la pièce et la verrouillèrent.

Jocquinius avait à présent l'impression de s'éveiller après une longue nuit réparatrice. Ses pensées étaient aussi claires que l'Aliun, un affluent de la Medding où frayaient les plus belles truites des Territoires. L'effet serait de courte durée mais suffisant pour effacer une bonne partie de sa fatigue morale.

Ils allaient quitter l'étage lorsque quelqu'un les héla :

— Grands dieux, où allez-vous comme ça, mes amis ? Vous m'avez l'air bien pressés.

C'était Yonastelli. Le cœur de Jocquinius manqua un battement. Il ne faisait pas de doute que l'homme originaire de Talaxania avait participé de près ou de loin à son agression. Jocquinius se retourna pour lui faire face.

Il n'a pas l'air épuisé de Fablio et d'Antonin, se dit le vieux mage. *Après tout, il n'a peut-être pas été directement sollicité pour animer le spectre.*

Ou bien se pouvait-il qu'il n'ait, en fin de compte, aucun lien avec les comploteurs ? Il pouvait aussi être meilleur comédien ; Fablio et Antonin étaient bien plus faibles et influençables qu'aucun des autres mages de son groupe de pensée. Yonastelli s'approcha. Le fluxus rougissait légèrement les yeux ; il était fort probable que le mage remarquât leur état.

—Nous sommes effectivement très pressés, dit Jocquinius, la main sur la porte.

Le vieux professeur chercha dans le regard et les traits de Yonastelli les preuves de sa culpabilité. Difficile de percer à jour un tel personnage ; il avait été un allié, presque un ami.

J'aurais dû interroger Antonin, tout à l'heure. Je fais les choses à moitié…

Puis il eut une idée et ne prit pas le temps de l'évaluer : le temps pressait.

—J'ai besoin de toi, Yonastelli.

Jocquinius ne vit pas la surprise qui marqua les traits d'Antonin.

—À la bonne heure ; je n'avais pas l'intention de me coucher. Je vous suis.

Ils ne seraient pas trop de quatre et tant pis si Yonastelli connaissait l'existence de l'Aresmass ; de toute façon, Antonin et Fablio ne sauraient pas tenir leur langue si les membres du groupe les interrogeaient avec un peu d'insistance. Lorsqu'ils parvinrent dans le couloir où Fablio s'était trouvé mal, ce dernier avait disparu.

J'aurais dû m'en douter! pesta Jocquinius. *Quel imbécile je fais…*

Combien d'erreurs allait-il encore commettre ? Il ne restait plus qu'à espérer la collaboration pleine et entière de Yonastelli, bien moins au fait des chants que Fablio.

—Quelque chose ne va pas ? demanda Yonastelli.

—Non, rien. Allons-y.

Cinq minutes plus tard, ils entraient dans les quartiers dévolus aux cryptes rituelles.

—Eh ! fit soudain le Talaxien, je ne vous ai pas demandé ce que vous vouliez mais j'ai un mauvais pressentiment. Et je ne suis pas certain d'être assez en forme pour accomplir ce à quoi je pense…

Mais le vieux mage ne dit rien et poursuivit sa route. Yonastelli se tourna vers Antonin, qui haussa les épaules. Encore deux minutes et ils pénétraient dans la crypte où reposait Halaïa ; à la grande surprise de Jocquinius, Fablio se tenait là, dans la lueur des cierges.

—Désolé, dit-il d'une voix faible. Je me suis dit que je pouvais être utile en attendant le fluxus.

Profitant d'un sursaut d'énergie, il avait poursuivi les préparatifs en posant sur le torse de l'Aresmass un pectoral en or ciselé de fins entrelacs et décoré de perles de cornaline et de saphir. Une cale maintenait la bouche du cadavre ouverte, le plateau d'argent et ses instruments étaient posés sur une desserte, près des flacons et des boîtes d'onguent répartis par ordre d'utilisation.

—Tiens, dit Jocquinius en lui proposant le flacon de fluxus.

Fablio se servit à deux reprises puis dit, les yeux brillants :

—Ça ne va pas être facile, elle est morte depuis longtemps.

—Eh bien, nous ferons notre possible. Cette femme était le seul espoir que je connaissais de voir les chutes de météorites cesser, inventa Jocquinius.

— Vraiment ? C'est de la folie, insista Yonastelli.

— Tu peux sortir, rétorqua Jocquinius.

Le mage, qui les dépassait tous d'une tête, haussa les épaules.

— Si cette Aresmass a une telle importance pour vous… Mais ne venez pas me faire croire qu'elle pourrait sauver le monde, je vous en prie.

— Merci de rester ; nous ne serons pas trop de quatre.

— Il y a bien longtemps que je n'ai rien fait de tel. N'attendez pas de moi un miracle.

— Omok y pourvoira, répliqua Jocquinius, évoquant la divinité.

— Mes frères, commença Fablio, soyons prêts à accueillir le Seigneur des Morts.

Tout à coup, Jocquinius se souvint que Lakia avait fait enfermer Halaïa ; Antonin, Fablio et Yonastelli, ses camarades en traîtrise, allaient-ils profiter de cette nouvelle occasion pour éliminer l'Aresmass ?

Et pourquoi le feraient-ils ?

Il voulut croire que l'enfermement de Halaïa n'avait été qu'une ruse pour le contraindre à descendre dans les cachots. Le mage ainsi isolé, ils avaient pu l'attaquer en toute tranquillité. Mais il n'y avait aucune raison qu'ils soient au courant des motifs de sa visite.

— Je crois que je prendrais bien moi-même un peu de fluxus, dit Yonastelli.

Jocquinius regarda le grand homme au crâne chauve et au teint mat ; il avait l'air inquiet. Ramener un défunt à la vie n'était pas de tout repos. C'était même risqué, car ouvrir une porte sur l'au-delà donnait l'espoir aux milliers de Juste-morts de revenir parmi les vivants. Et si cette simple porte ne pouvait permettre à tous les morts de revenir, ces derniers pouvaient tout de même profiter de l'occasion pour se nourrir de l'énergie vitale des Triniciens. Il fallait toute la science d'un Fablio et d'un Antonin pour les tenir à l'écart – et les deux chantres étaient cette nuit-là en piteux état. Les serviteurs d'Omok eux-mêmes représentaient un sérieux danger. Le vieux mage donna le flacon de roboratif au Talaxien qui se servit aussitôt.

— Frères ! insista Fablio, sommes-nous prêts ?

— Nous le sommes, répondit Yonastelli en reposant le flacon derrière lui.

Mains jointes sous leurs longues manches, ils s'alignèrent derrière le corps et Fablio entonna un chant lent et monodique, sombre comme un caveau. Les mots d'une langue ancienne étaient à la gloire d'Omok, dieu des morts. Ils étaient si évocateurs que, même les yeux ouverts, Jocquinius pouvait voir se dessiner devant lui l'ombre du dieu terrible.

Omok était la part triste de la divinité, celle qui se repaissait de la douleur des vivants, de la frustration des morts, double geignard et dangereux de Ganalone, sa part sereine. Il fallait circonvenir Omok pour obtenir de lui un défunt, même récent, et il pouvait réclamer en échange bien plus que ce que les mages étaient prêts à donner. Le marchandage serait une épreuve difficile.

La voix de Fablio descendit d'une octave tandis qu'Antonin se lançait à son tour, en canon. L'obscure beauté de leur chant, si parfaitement maîtrisé, arracha un frisson d'émotion à Jocquinius. S'il n'avait dû rejoindre l'Ordre pour entendre ce chant ne fût-ce qu'une seule fois, alors il aurait été comblé ; mais il l'avait entendu à des dizaines de reprises et l'intensité de l'expérience demeurait pourtant intacte.

Jocquinius saisit un hanap et versa de l'eau bénite sur trois statuettes à l'effigie d'Omok, de Ganalone et de Malperdonis. Il perçut aussitôt la vibration qu'émirent les statuettes en retour.

La lumière des cierges hésita, comme si un courant d'air les frappait, puis elle faiblit franchement. Au sommet de la voûte comme à celui de chaque crypte, un étroit conduit rejoignait d'autres conduits. Ils menaient à une cellule secrète abritant une gemme grosse comme un crâne. La Pierre d'Ombre, autrement dit l'un des trois Talaris. Les Triniciens le possédaient depuis la nuit des temps. Rares étaient les mages et les chantres en connaissant l'emplacement exact – et aucun prêtre, clerc ou moine n'en avait la moindre idée. On la savait là, quelque part au-dessus des têtes, protégée par Hosartan, et c'était bien assez.

Jocquinius reprit sa place auprès des religieux. Il leva les yeux au-dessus du cadavre ; les minuscules maculas étaient descendus dans la crypte. Leur vol circulaire forma un vortex à la verticale du front de Halaïa, juste au-dessous de l'orifice du plafond. Plus haut, au cœur même des pierres de Haut-Temple, la gemme était entrée en résonance.

Le moment était délicat : la faible énergie des maculas pouvait se dissiper en un clin d'œil et la fatigue extrême des chantres ne permettrait pas de nouvelle tentative. Les papillons retourneraient dans leur abri ou se désagrégeraient par milliers, créant de minuscules orifices dans la matière même du temps, ces « taches » d'ombre macabre desquelles ils tiraient leur nom. Il faudrait alors condamner la crypte pendant des années.

Il est temps que Yonastelli et moi nous joignions aux deux chantres.

Le vieil homme jeta un coup d'œil vers la porte, pour s'assurer qu'elle était bien verrouillée et préservée de toute faille grâce aux branches de fraxelle accrochées au battant : les maculas détestaient cette plante et s'en tenaient éloignés. Puis il se concentra sur le rituel et invoqua à son tour la puissance d'Omok. L'exercice était bien plus ardu que la manipulation des matrices.

Et j'ai intérêt à tenir la longueur ! Fablio a déjà l'air affaibli. Sa voix a perdu le timbre exact à deux reprises !

Jocquinius chercha au plus profond de son esprit la force nécessaire. Il devait réprimer son excitation alors que les événements récents l'incitaient à l'inquiétude et à la précipitation ; des années d'entraînement l'y aidèrent. Yonastelli fit de même et le vortex sembla absorber la lueur des cierges, gagnant en intensité lumineuse et en épaisseur. On ne distinguait plus les insectes eux-mêmes : leur vol les avait agglutinés les uns aux autres comme de la cire liquide.

Après une dizaine de minutes, c'était un noyau de lumière bleue tournoyant tel l'œil d'un cyclone miniature. Galameh, le royaume d'Omok, s'entrouvrait à l'intérieur de ce noyau, plus comme un judas que comme une porte entrebâillée. Des chuchotements s'échappèrent du vortex, échos des défunts décédés peu de temps auparavant, présences ténues au seuil du monde des vivants et en instance de départ vers l'éternité.

À l'aide de trois mots clefs, Fablio annonça à ses coreligionnaires qu'il allait cesser le chant pour se consacrer à la préparation du corps. À l'instant précis où il se tut, Antonin augmenta la puissance de sa propre voix, afin que la gemme dissimulée dans la roche reste en résonance. La transition fut parfaite et quelles qu'aient été les motivations des deux chantres, Jocquinius leur en sut gré.

Fablio s'ingéniait désormais à redonner un peu d'énergie à l'organisme sans vie – l'âme viendrait ensuite, si Omok ou l'un de ses serviteurs le permettait. Il dégagea le suaire ; le cadavre était à présent entièrement nu, mais les plaies dessinaient des boutonnières malsaines. La peau de la vieille femme se soulevait par endroits, comme attirée par une forte succion dont l'origine aurait été le tourbillon aérien. La déformation accentuait le grotesque de sa silhouette avachie. Ses traits, déjà bouleversés par la mort, étaient méconnaissables.

La branche posée sur son front devint lumineuse puis s'embrasa instantanément, brûlant la peau du front. Le Trinicien versa alors dans la bouche de Halaïa des mesures précises et infimes d'élixirs tirés des flacons ; après une minute, la gorge de la femme se contracta légèrement, réagissant aux produits qui s'écoulaient en elle. Un semblant de vie, une imitation grossière et désagréable, comme les ultimes réflexes d'un insecte tout juste démembré.

Je déteste ça. Je crois que je ne m'y habituerai jamais…

Pour Jocquinius, c'était un moment dégradant où le défunt rappelle aux témoins qu'il n'est qu'un paquet d'organes et de fluides.

Excuse-moi, Halaïa, mais il faut en passer par là.

Il détourna les yeux de son amie. Puis il y eut une franche déglutition et Fablio versa d'autres breuvages, en plus grande quantité, sans toutefois jamais dépasser la contenance d'un dé à coudre.

Les défunts bourdonnaient d'excitation désormais, comprenant ce qui se jouait dans la crypte. L'information circula très vite parmi eux, se déplaça toujours plus profondément dans le royaume d'Omok : quelque part au-delà des frontières, en Val-des-Miracles, des hommes allaient ramener l'un des leurs à la vie. Le bourdonnement gagna encore en force et tout à coup, il y eut une sorte de bousculade, quand les âmes défuntes les plus éloignées eurent saisi la portée de la nouvelle : elles affluaient en masse.

Halaïa pouvait se trouver dans cette multitude affolée, mais il n'y avait aucun moyen de le savoir pour le moment.

L'onde de choc atteignit le vortex de maculas, en perturba la rotation régulière, l'accéléra. Les maculas les plus proches du centre irradièrent une lumière vive.

Antonin utilisa donc toute la puissance de son esprit alliée à l'étendue de ses connaissances pour empêcher l'embrasement du vortex. Il abandonna le chant, maintenant que le vortex utilisait en partie la motivation des morts pour s'enrouler de plus en plus vite.

Que les créatures brûlent et c'en est terminé de Halaïa.

L'effort déployé flanqua aussitôt à Antonin une migraine terrible, comme si on essayait de séparer son cerveau en deux. Déjà rudement sollicité la veille pour animer un spectre, il gémit et Jocquinius se demanda s'il allait tenir le choc.

Yonastelli avait raison : je suis peut-être en train de commettre une folie ! se dit-il. *Et Golan Tark, va-t-il se montrer ? Du moins s'il se trouve bien là où Halaïa le prétend…*

L'éventuelle présence du Trinicien représentait une menace : Halaïa avait affirmé qu'il cherchait à posséder les trois Talaris. Et selon toutes probabilités il avait libéré Gédaëlle, un monstre vorace !

Les maculas avaient perdu toute forme et toute individualité : ils composaient une même entité, entre le gaz et le liquide. Il se passa encore trois ou quatre minutes avant qu'un serviteur d'Omok apparaisse. Le pectoral fut le premier à le sentir ; les pierres précieuses s'illuminèrent pour annoncer sa visite imminente. Le vortex changea de couleur pour virer au noir. La fébrilité bourdonnante des défunts diminua. D'un signe de la main, Fablio enjoignit Jocquinius de s'adresser au serviteur de la divinité.

— Serviteur du puissant Maître des Juste-morts, commença Jocquinius, puisses-tu entendre nos prières.

Nouveau frisson dans l'enroulement rapide du vortex. Puis toute la lumière de la pièce disparut, comme aspirée, et seuls la cornaline et le saphir du pectoral brillèrent avec une telle intensité que le métal s'échauffa.

— Qui est venu perturber la douceur du Royaume ?

C'était une voix profonde et lasse.

Balabord…, murmura intérieurement Jocquinius.

Il n'appréciait guère ce personnage, l'un des plus anciens serviteurs de la divinité. À la fois plaintif et agressif, il ne serait pas facile à convaincre.

— Jocquinius, humble serviteur de l'Ordre trinicien, répondit le vieil homme.

— Ah, vraiment ? Et quel est donc cet Ordre dont tu te prétends le serviteur ?

— Une assemblée de sages vouée à la glorification des royaumes des Jumeaux.

— Une telle chose existe ? s'étonna Balabord non sans hypocrisie. *Mmmmm…* Je suis fatigué, si fatigué… Et Ganalone ne fait rien que prendre du bon temps. Nous sommes si peu à garder le troupeau, ces millions d'âmes insatisfaites… Omok ne s'en occupe plus guère. As-tu une idée de ce qu'est mon travail ?

— Je ne peux l'imaginer, Balabord.

— Non, tu ne peux imaginer un tel labeur. Des hommes, des femmes et même des enfants… Tous à se plaindre, sans arrêt… À réclamer leur vie, aussi pitoyable fût-elle… Oh, leurs voix… Des récriminations, sans arrêt. Le frère de mon maître, il ne sait pas, il n'a pas idée… Tout est si tranquille chez lui…

— Je partage ton avis, concéda Jocquinius. Ganalone est un enfant gâté.

— Oui, oui, exactement ! Un enfant gâté…

— Mais c'est le frère de ton maître.

Le démon geignit.

— Oui, son frère, son frère…

— Et nous célébrons leur gloire à tous deux.

— Heureux de l'apprendre, Trinicien, dit le démon en maugréant.

— Que ta joie baigne Consolata et t'apporte la profonde reconnaissance à laquelle tu peux légitimement prétendre.

— Qu'il en soit ainsi.

Jocquinius essaya d'évaluer la disposition du démon à la couleur du vortex, à l'éclat du pectoral et à sa voix. Difficile à déterminer. Il n'avait pas le choix, il devait maintenant se jeter à l'eau.

— Nous autres, les plus ardents serviteurs de ton maître, souhaitons t'adresser une requête.

— Vraiment ? Je t'écoute.

Née du vortex, une lumière faible comme une aube blafarde baigna la crypte. Le marchandage pouvait commencer.

Jocquinius présenta Halaïa avec la plus grande éloquence dont il pouvait faire preuve. De sa vie il retraça les éléments les plus marquants, en inventant la plupart. De sa personnalité il souligna les plus beaux aspects. Et quand cela fut dit, il affirma combien ses proches avaient besoin d'elle, car son heure n'était pas venue.

— Tu crois cela ? demanda le démon.

La question étonna les Triniciens qui avaient cessé leur chant et se tenaient immobiles dans l'obscurité poisseuse.

— Que veux-tu dire ? interrogea Jocquinius.

— Alors, tu n'as aucune idée de l'identité de son assassin ?

— Elle a été tuée dans une ruelle de Corall…

— Tttttt… Son époux. Son époux l'a tuée.

Il y avait de la joie dans le ton de Balabord. Celle d'un méchant farceur content de sa réponse. Et celle-ci produisit son effet ; elle soulagea en partie Jocquinius, car elle mettait les Triniciens hors de cause. Les raisons d'un tel acte étaient nombreuses. On tuait par amour, jalousie, sous l'effet de la colère ou de sang-froid, pour s'approprier les biens de son partenaire.

Le Talaris, bien sûr ! Le Cercle des tribus aresmass est corrompu et Haspalnod y a sûrement des responsabilités… Alors, c'est la deuxième fois qu'il me sépare de Halaïa.

Jocquinius tenta de déchiffrer le regard des officiants, d'y trouver au moins une réaction. L'épuisement défigurait Fablio, Antonin ne semblait guère en meilleur état et l'expression de Yonastelli demeurait impénétrable.

— La femme, qui se nomme Halaïa, reprit Jocquinius, a une mission à remplir. Une mission de la toute première importance.

— Que me donnerais-tu en échange ?

— Notre éternelle reconnaissance, ô estimé Balabord. Et maintes prières pour ton maître.

— Je ne brade pas les âmes.

La réponse prit Jocquinius de court. Un serviteur était censé répondre quelque chose comme : « Voilà qui me plaît ». Ou, dans le pire des cas, « C'est un bon début ». Mais pas ce « Je ne brade pas les âmes », lancé sur un ton glacial…

Fais un effort, se dit Jocquinius, autant pour le démon que pour lui-même.

— Il n'est pas question de brader une âme, Balabord, tenta le mage. Nous t'offrons ce que nous avons de plus cher.

— Oui ? Pourtant tu connais mon appétit.

Nous y voilà…

Il existait une chance ténue que le serviteur réclame une âme en échange d'une autre. Un vivant contre un mort.

Un sacrifice.

Adrian s'était débarrassé des mages les plus enclins aux rites sacrificiels et ni la population des Territoires ni la Hanse ne voulaient désormais cautionner de tels actes. Bien sûr, le secret des cryptes permettait de temps à autre de contourner cette morale, avec l'aide involontaire des hôtes des celliers, les cachots de Haut-Temple. C'était toutefois devenu rare.

Jocquinius échangea un regard avec Yonastelli ; le Talaxien haussa les sourcils, en signe d'impuissance. Le vieux mage décida de jouer la carte de la franchise. Il n'avait de toute façon pas l'énergie ni le temps de ruser.

— Le temps pressait, ô vénérable Balabord, et je n'ai pas pu apporter d'âme à immoler.

— Tu plaisantes ! Vous autres, Triniciens, vivez sur notre dos depuis trop longtemps et j'en ai assez.

Il y eut un claquement sourd, qui fit vibrer les dalles sous les pieds des Triniciens. L'équivalent d'un éclat de rire. Une marque de mépris après trop d'offrandes aussi ridicules qu'insultantes.

— Que souhaites-tu, serviteur des Juste-morts ? Nous sommes venus en ces lieux riches de notre estime et de notre respect envers ta gloire, mais sans âme à t'offrir. Nous ferons mieux la prochaine fois, sois-en certain.

— La prochaine fois, hein ? Tu me fais pitié, vieillard. La prochaine fois tu ne seras peut-être plus de ce côté du monde mais déjà dans mon royaume, à pleurnicher pour retrouver les tiens ou pour qu'on écoute ton histoire. La pitoyable histoire de ta vie.

Il veut m'impressionner. Quelle malchance d'avoir affaire à Balabord !

Il n'aurait pu tomber plus mal… L'espace d'un instant, Jocquinius imagina le dieu et ses démons entourés de ses sujets effrayés, millions d'âmes implorantes, agrippées aux robes d'un seigneur en une cour pathétique. Rien ne permettait d'affirmer que Jocquinius errerait du côté des jardins infernaux d'Omok ; il pouvait aussi bien rejoindre les âmes apaisées dans la sérénité d'une vie éternelle, auprès de Ganalone.

— Je ne suis qu'un parmi une multitude de serviteurs, dit Jocquinius. Et tu…

Mais Fablio fut soudain pris d'une violente quinte de toux. Il lâcha le flacon qu'il tenait à la main ; le verre explosa avec un son étrangement mat : la présence du vortex modifiait l'acoustique des lieux. Hors d'haleine, Fablio émit un râle rauque. Il toussa encore, cracha des gouttes sombres qui maculèrent le corps de Halaïa. Antonin se tourna avec inquiétude vers son compagnon. La toux cessa, mais le mage fut obligé de s'appuyer des deux mains au bord de l'autel pour reprendre son souffle ; Jocquinius devina une goutte noire qui perlait à sa bouche.

Il crache du sang ! Cette fois Fablio est à bout.

Les franges du vortex s'éloignèrent du centre, de nouveaux maculas se joignirent à la ronde, se transformant sur-le-champ en une pâte lumineuse, et le diamètre du tourbillon augmenta en conséquence. Le froid du royaume d'Omok perça à travers l'entité composée des insectes et séparant les deux mondes.

Il faut que je m'adresse au dieu, il n'y a plus rien à tirer de Balabord.

— Omok, tenta Jocquinius, que se passe-t-il ?

Les mages soufflaient de la buée. Fablio glissa sur le côté et tomba dans les bras d'Antonin qui perdit l'équilibre.

— Par pitié ! implora Antonin.

Sous le poids de son compagnon, Antonin partit en arrière, heurta un tabouret et s'effondra sur le dos. Sa tête cogna durement contre la pierre.

Le vortex avait cessé de tourner ; toujours sous la forme d'une entité unique et visqueuse, il flottait au-dessus de l'assemblée désemparée, comme un paquet d'algues au milieu d'une eau sale.

— Omok ! cria Jocquinius, espérant alerter le dieu.

Yonastelli se précipita vers les deux mages et bouscula la desserte ; le plateau recevant les flacons opératoires voltigea et répandit une partie de son contenu sur Halaïa. Comme aspirés, les liquides déversés se faufilèrent le long des plis de la peau déformée par la succion du vortex. Ils remontèrent vers le visage de la défunte ; sa bouche entrouverte les avala.

Juste avant de mourir, Fablio vomit en un spasme un flot de sang sur un Antonin inerte. Puis l'obscurité tomba de nouveau sur la crypte. Jocquinius sentit une matière poisseuse et froide glisser sur lui depuis le sommet de sa tête : après s'être étendu aux dimensions de la pièce, le nuage de maculas agrégés descendait parmi eux.

Alors une multitude de hurlements envahit son crâne et il vit les Juste-morts.

Les morts se piétinaient, bras tendus vers le mage en une pitoyable supplique. Jocquinius vit sur le sol un grouillement de formes noires et luisantes. Au loin s'élevaient contre un ciel de suie des tours précaires et mouvantes ; en une seconde, Jocquinius comprit qu'il s'agissait d'une intrication d'humains, gigotant comme ces grappes de poupées que l'on pend à l'automne pour la fête des Chiffons et qui se balancent pendant une semaine au gré des vents.

Mais ces poupées-là hurlent comme des suppliciés.

Avec ses bras musclés, son visage émacié et son crâne rasé d'où pendait une natte d'un roux flamboyant, Balabord se dressait devant lui comme une vision de cauchemar. La peau blafarde était par endroits recouverte de protections en cuir, lacées à même la chair. Au bout de ses doigts démesurés saillaient d'immenses griffes peintes en noir. Il flottait entre ciel et terre. Et puis il y eut autre chose. Jocquinius n'aurait su dire quoi. Une présence inhabituelle ou une simple vibration déplaisante.

Tark ?

Le froid gagna les jambes de Jocquinius, ses chevilles, ses pieds. Il étouffait, immergé au seuil du royaume d'Omok, exposé à Balabord et à ses griffes.

Quelque chose. Vite. Faire quelque chose.

Il ouvrit la bouche pour implorer le démon d'épargner les mages mais une sorte de viscosité emplissait son larynx, comme si le nuage de maculas le noyait. Il résista du mieux qu'il put à la panique et se concentra.

« Je ne suis pas ici, pas maintenant. Je n'appartiens pas à ce monde. Un jour peut-être, un jour sans doute mais pas aujourd'hui. Cette mort est celle d'un autre et la mienne n'est pas advenue. »

La litanie des Triniciens. Il la répéta, encore et encore. La sensation d'étouffement disparut.

— Le royaume d'Omok ne te plaît pas ? dit enfin Balabord. Ce sont pourtant tes semblables qui l'ont fait ainsi. Des femmes et des hommes comme toi. Des enfants aussi, avec leurs drôles d'idées toutes sombres. Tu n'as pas idée de quoi ils sont capables, les enfants… Je serais curieux de savoir qui leur met de telles horreurs en tête ; et personne ne veut nous répondre, évidemment… Ils nous renvoient la balle. Tout ça serait la faute d'Omok… Tellement plus simple, non ? Regarde, voilà où j'habite : dans ce fatras désolant de pleurnichards, ce pays de crasse et de pluie noire. Tu ne crois pas que j'aurais préféré autre chose ? Tu ne crois pas que je mérite autre chose ? Alors, partage ça avec moi, avec nous et avec tes semblables… Viens vivre ça de l'intérieur et pour l'éternité…

— Tu n'as aucun droit sur nous, ne l'oublie pas : nous ne sommes pas morts.

— Qui es-tu pour me donner des ordres ? reprit Balabord.

— Crois-tu que les dieux te laisseront faire impunément ?

Il y eut une hésitation. Des points dansaient devant les yeux de Jocquinius, altérant la vision du royaume macabre. Il y avait quelqu'un d'autre avec le démon serviteur. C'était une ombre, pour le moment. Qui l'observait de loin.

— Je demande juste à retrouver une amie, reprit Jocquinius. Elle se nomme Halaïa. Nous avons besoin d'elle. Pourquoi tu ne te débarrasserais pas d'une âme, toi qui te plains d'en avoir trop à garder ?

— Halaïa…

— C'est une vieille Aresmass.

Nouvelle hésitation. Balabord pencha la tête de côté.

On dirait qu'il écoute quelqu'un.

La présence inexpliquée qu'avait perçue Jocquinius se fit plus pressante. Elle s'était rapprochée. Puis Balabord s'éloigna avec la lenteur d'une méduse ;

un halo crépita autour de sa peau blanche alors qu'il disparaissait dans un nuage proche.

Une minute s'écoula. Soudain, une autre présence se manifesta, adoptant des contours flous.

— Jocquinius ! s'exclama-t-elle.

— Halaïa, enfin ! Je suis venu te chercher. Tu n'as rien à faire ici.

Il avait peine à la reconnaître, comme si une onde de chaleur s'interposait entre eux.

— Il se prépare des choses terribles ici ! dit-elle aussitôt d'une voix haletante. Je... j'ai vu l'avenir, Jocquinius, comme je ne l'avais jamais vu ! C'est encore pire que nous l'imaginions ! Il faut que tu m'emmènes loin d'ici, je t'en supplie... Vite !

Elle est terrifiée.

— Balabord ! appela Jocquinius. Balabord, tu dois nous libérer ! Omok ne tolérera pas que tu prennes la décision de nous retenir en Galameh sans son avis !

Pas de réponse. En revanche, la présence mystérieuse était toujours là, presque à l'effleurer.

— Halaïa, prends ma main !

— Je ne peux pas ! Je... je suis retenue par quelque chose ! gémit Halaïa dont l'apparence était de plus en plus ténue.

Soudain, l'ombre qui espionnait le mage depuis quelques minutes se déploya et se dressa derrière l'Aresmass. C'était maintenant une silhouette humaine ; elle la dépassait d'une tête et demie. Un visage se matérialisa ; Jocquinius le reconnut sur-le-champ.

Maître Tark !

Par réflexe Jocquinius appela une matrice. Il n'avait aucune idée de son efficacité chez Omok. Mais Golan Tark affichait une expression si menaçante qu'il n'avait pas le choix. Tark posa des mains immenses sur les épaules de la vieille femme. Sous cette étreinte, Halaïa ressemblait à une petite fille entre les griffes d'un loup-garou. Puis le sorcier bascula la tête en arrière. De sa bouche grande ouverte saillirent des dizaines de crocs. La bouche se déforma pour s'agrandir démesurément, comme un tunnel moite. Une nuée de maculas s'en échappa.

— Non ! hurla Jocquinius qui n'osait prononcer le sort matriciel, de peur de toucher son amie. Nooon !

Tark abattit sa gueule sur la tête de Halaïa et la dévora.

La vision et la sensation poisseuse avaient disparu : le mage avait quitté Galameh, la Terre des Tourments. Il faisait toujours nuit dans la crypte mais la pénombre parut moins impénétrable, moins étouffante à Jocquinius. Tout à coup, les flambeaux se rallumèrent. Il découvrit alors Yonastelli essoufflé, penché au-dessus d'Antonin, ses longues mains enserrant le cou du mage inerte.

— Yonastelli ! Qu'est-ce que tu fais ?

Les mains du Talaxien abandonnèrent leur funeste ouvrage ; elles tremblaient. Il se tourna lentement vers Jocquinius.

— Je voulais… il mourait, Jocquinius. Je l'ai simplement… aidé.

— Il était épuisé, il ne mourait pas !

Toujours accroupi, Yonastelli serra les lèvres et baissa les yeux.

— Il le fallait, non ? ajouta-t-il d'une voix sinistre.

— Et Fablio ?

— Mort aussi…

— Par les sept dieux… Pourquoi ?

Jocquinius devinait pourtant la réponse. Elle s'inscrivait en lettres de sang.

— Vous l'avez dit vous-même, Jocquinius : il fallait sauver le monde…

Le mage se tourna vers Halaïa ; elle respirait faiblement, les paupières closes. Il remonta le suaire pour dissimuler sa nudité tout en lançant :

— Ne me raconte pas n'importe quoi, Yonastelli ! Et Fablio était en train de mourir, si tu parles du sacrifice exigé par Balabord. Il s'en serait contenté, sois-en certain !

Yonastelli se leva. Il était si grand qu'il sembla plutôt se déployer, comme un insecte.

— Cela vous arrange, Jocquinius ; considérez les choses ainsi. Fablio et Antonin sont brillants, mais faibles. Ils parleront, un jour ou l'autre. Et ni vous ni moi n'avons envie que quelqu'un, quelque part, les interroge, n'est-ce pas ?

La colère et le désespoir submergeaient le vieux mage. Une marée aigre, tout compte fait bien plus terrible que celle, poisseuse et froide, née du vortex un peu plus tôt.

— Pourquoi parler d'eux au futur ? Ils sont morts, Trinicien. Morts ! Et nous les avons tués…

Le Talaxien hocha la tête, acceptant sans joie mais sans drame ce constat. Seulement Jocquinius bouillait :

— C'est donc pour ça que tu nous as suivis jusqu'ici sans trop poser de questions : tu comptais profiter de leur épuisement, c'est ça ?

Face à lui, Yonastelli se tenait mains écartées, comme s'il ne savait quoi en faire, comme si elles l'embarrassaient.

— Je n'avais pas le projet de les tuer. Disons que ça ne me plaisait pas de les savoir seuls avec vous. Ça n'a pas été difficile de comprendre qu'ils avaient dû vous raconter certaines… choses.

— Tu es un monstre !

Yonastelli cligna des yeux et prit une profonde inspiration avant de rétorquer :

— Non, Jocquinius, pas un monstre. Juste un opportuniste désintéressé, qui souhaite le meilleur pour l'Ordre.

Jocquinius se passa la main sur le visage. Il n'arrivait pas à croire ce qu'il entendait et pourtant, c'était si cohérent. La conscience de sa naïveté revint le narguer. L'impression cruelle d'avoir un coup de retard, encore et toujours. Yonastelli allait-il maintenant s'en prendre à lui ? Lui sauter au cou ? Ou propulser une matrice et se lancer dans un duel sans merci ? Les traits du Talaxien n'exprimaient qu'une profonde lassitude, sans doute de l'effroi aussi : il n'avait rien d'un tueur sur le qui-vive.

— Nous avons du travail, Jocquinius. Il vaut mieux s'y mettre dès maintenant, vous ne croyez pas ?

* * *

Le Maître de Jeremy habitait la Cabane, juchée sur un promontoire au bord d'un lac. Elle avait conservé ce nom mais le Maître lui avait peu à peu ajouté quantité d'ailes et de dépendances, et bien que la construction fût en bois et de plain-pied à l'exception d'une tourelle, elle ressemblait de plus en plus à une sorte de vaste retraite de chasseur. Dénuée cependant de toute ouverture, hormis une unique porte ; le sorcier créait des fenêtres quand bon lui semblait.

Derrière la Cabane s'étendait l'eau noire du lac, entourée de collines plantées de pinèdes au nord, et de hautes falaises à l'est. À l'ouest le lac filait jusqu'à l'horizon. Au sud, d'où arrivait en général le garçon au retour de ses missions, s'étendaient landes et tourbières. La brume née de l'humidité n'y tenait pas longtemps : le vent soufflait souvent depuis le nord.

La décoration intérieure était d'un tout autre style que l'austérité des nombreuses façades qui descendaient maintenant de part et d'autre du promontoire, du moins dans les pièces que le Maître avait choisi d'orner. Du marbre polychrome, des parquets en marqueterie, des tapis de soie accueillaient un incroyable mobilier où brillaient souvent des gemmes précieuses serties dans des feuilles d'or.

Et dire que toutes ces richesses sont réelles ! pensait Jeremy. *Pas des copies minables créées par ces nostalgiques indécrottables dont Galameh est rempli.*

Sur nombre de ces meubles figuraient des animaux fantastiques, chimères, sphinx, pensaguileks… Des théories de démons sculptés, forgés, taillés dans les essences les plus nobles, les alliages les plus purs, les pierres les plus rares. Des créatures surprises par l'artiste en plein festin : des dévorations d'humains, magnifiques et effrayantes.

On ne devinait rien de ces richesses de l'extérieur, malgré le caractère imposant des bâtiments – ceux-là factices comme la majeure partie du royaume. Et seul Jeremy connaissait pour le moment le secret de ces pièces, de cet inestimable trésor. Un secret qu'il n'était pas question de divulguer : le Maître serait furieux et s'il y avait une chose à laquelle le garçon voulait échapper, c'était à la colère du sorcier.

Ce matin-là, il revenait à la Cabane de retour d'une énième mission. Des cheminées élégantes et aux formes multiples piquaient les toits de bardeaux ; il s'en échappait sans cesse une fumée montant vers les ciels de plomb. Jeremy ne savait pas ce qui brûlait dans les nombreux foyers. Et il ne voulait surtout pas le savoir.

En tout cas, c'est pas des bûches.

Les panaches étaient parfois aussi noirs que le lac. Un jour, pour affronter le souvenir de sa propre mort et à la demande du Maître, Jeremy s'était baigné dans celui qu'on appelait le Ventre. Sur la rive, l'eau était si claire qu'on la devinait à peine. Le garçon devait le reconnaître : les galets blancs étaient en eux-mêmes une invitation à la baignade. Il avait fait quelques pas dans l'onde fraîche ; sous ses pieds, les pierres instables menaçaient son équilibre. De l'eau jusqu'aux genoux, il s'était accroupi plutôt que de risquer de tomber. Son cœur battait la chamade mais il s'était allongé.

Le Maître le regardait depuis son promontoire et sa présence – son regard – était si intense qu'il aurait tout aussi bien pu être à ses côtés, dans l'eau. Jeremy ne voulait pas le décevoir et il fit quelques brasses, comme le sorcier le lui avait demandé. Jeremy avait appris à nager avec son oncle, l'un des rares pêcheurs de son village à savoir le faire : la plupart d'entre eux se seraient noyés dans une mare en pêchant des crevettes !

Une fois la première inquiétude passée, Jeremy trouva le contact de l'eau plutôt plaisant. Il s'éloigna de la rive, doucement. Le nez au ras de la surface, les falaises lui paraissaient encore plus hautes. Menaçantes. Pour ne plus les voir, il se mit sur le dos. Là-bas, sur le rivage, le Maître l'applaudissait, ses longues mains levées au-dessus de la tête pour que Jeremy les distingue bien. À l'époque, la demeure ne possédait encore qu'une dépendance en forme de cabanon – dotée il est vrai d'une cheminée toujours en activité. Puis le sorcier enjoignit le garçon de s'éloigner un peu plus, à l'aide d'un geste éloquent. Ennuyé, Jeremy se retourna pourtant car il n'imaginait pas de décevoir son protecteur.

Mais tout avait changé autour de lui.

L'eau avait perdu sa belle transparence. On ne voyait plus le fond. En fait, elle était noire. Noire comme de la poix. Le cœur de Jeremy repartit de plus belle. Puis il sentit quelque chose frôler ses pieds. Il les battit mais la sensation gagna ses jambes. La panique l'envahit. Ça toucha son ventre, ses épaules. Il se redressa pour poser les pieds sur le fond mais il n'y avait plus de fond. Il se débattit et ne tarda pas à boire la tasse. Il hoqueta, tandis que la matière qui l'avait frôlé comme un paquet d'algues se densifiait en une mélasse de plus en plus visqueuse. Encore une minute ou deux et elle le retiendrait prisonnier.

Jeremy nagea de toutes ses forces vers la rive. Il ne glissait plus dans l'onde : il se battait contre un courant gluant qui l'attirait vers le large. Vers le fond – le *ventre*. Tout recommençait, comme au jour de sa mort.

Anna ! Anna !

Il ne la reverrait pas. Il ne reviendrait pas. Ne passerait pas chez les vivants aux côtés du Maître comme il le lui avait promis, quelque temps après leur rencontre.

Il nagea de plus belle. Avala malgré lui cette eau épaisse et vivante. Il sentit aussitôt le piège se refermer *à l'intérieur* de lui. Encore une dizaine de mètres.

Quelle que soit la force qui hantait le lac, elle l'attirait vers elle. Il crut qu'il n'y arriverait jamais.

Anna!

Enfin, l'eau retrouva sa clarté et Jeremy se sentit libéré de l'emprise invisible. Il sortit du lac épuisé. Écœuré par la matière poisseuse, il vomit à genoux. Enfin, il rejoignit le Maître qui l'attendait avec une serviette.

— Tu t'en es pas mal tiré, mon garçon.

— Merci, Maître, dit Jeremy qui frissonnait.

— Mais ça aurait pu être mieux, non?

Le ton du sorcier était celui du reproche.

— Il y avait quelque chose qui m'a… Ça me touchait, partout! Ça me retenait, pour me prendre, pour m'avaler!

Ses lèvres tremblaient, entre frissons de froid et sanglots naissants.

— Et alors? dit le Maître, sourcils levés, mains dans le dos.

— J'aurais pu me… me noyer!

— Et alors? répéta l'homme très distinctement.

— Je… je…

— Tu ne veux pas mourir, Jeremy? C'est ça? (L'adolescent hocha la tête.) Mais tu es *déjà* mort!

Jeremy laissa ses sanglots éclater. Le sorcier posa ses mains sur les épaules de l'adolescent.

— Que veux-tu qu'il t'arrive de pire?

En pleurs, Jeremy ne pouvait répondre. Et pourtant, il comprenait déjà la leçon de son Maître – car il s'agissait bien de cela, se dit-il, d'une leçon. Il était déjà mort. Il ne pouvait rien lui arriver de pire. Il était…

— Invincible, Jeremy. Tu es invincible!

Il attira le garçon contre lui et l'étreignit, passant la main dans les cheveux mouillés.

— Invincible, répéta le Maître. Du moins, tant que tu m'obéis.

Cette expérience, aussi pénible qu'enrichissante, Jeremy semblait l'avoir vécue une éternité auparavant. D'une part, le Maître avait changé: il paraissait plus jeune, plus puissant – si seulement c'était possible. D'autre part, la «vie» de Jeremy avait pris un tour nouveau. Et ce sentiment d'être promis à un grand destin, d'avoir une seconde chance… rien n'était plus excitant!

Il n'était plus cet enfant timoré à qui l'on lançait sur un ton moqueur: «Cesse tes jérémiades, Jeremy!» Toutefois, les choses n'allaient pas toujours comme on le souhaitait.

Ce jour-là précisément, le sorcier était d'une humeur sombre.

— Que se passe-t-il, Maître?

Ils étaient dans l'une des pièces les plus reculées de la Cabane. Des bougies brûlaient un peu partout, la cire coulait sur le marbre en dessinant de passionnants motifs: celui qui aurait pris le temps de les déchiffrer y aurait découvert la vie de l'hôte. D'étranges papillons au vol rapide se déplaçaient librement autour des bougies.

Flottant, jambes croisées, au-dessus d'une masse sombre, le sorcier dégouttait de sang. Jeremy aurait voulu se convaincre qu'il s'agissait d'une imitation du précieux liquide, d'une illusion de plus dans un monde où régnait le faux, seulement il n'en était pas sûr : après tout, son Maître était un sorcier et il habitait une maison où le moindre tabouret provenait de *là-bas* : Val-des-Miracles, autrement dit le monde des vivants. Et Jeremy ne pouvait qu'entendre le bruit de la substance frappant le marbre.

Le menton du Maître était appuyé contre sa poitrine ; il respirait lourdement, ses longs cheveux imprégnés de sang masquant son visage, son bouc laissant couler un filet rouge. Ses mains reposaient sur ses genoux. Une fois habitué à la lumière faible et vacillante, le garçon remarqua les ombres qui ceignaient la silhouette du sorcier comme un halo mouvant et sombre. Dans ces ombres s'agitaient d'autres silhouettes, se dérobant la plupart du temps au regard. Jeremy connaissait le phénomène mais il ne s'y habituait pas : soit les ombres se contorsionnaient de douleur, soit elles menaient une danse macabre mais les mouvements qu'il devinait n'annonçaient rien d'agréable.

Le Maître décroisa ses jambes puis les abaissa jusqu'à ce que ses pieds touchent le sol, comme s'il se levait d'un siège invisible. Il releva la tête, se frotta les mains pensivement et dit :

— Un contretemps, Jeremy, un contretemps. Mais il n'est pas encore écrit que Golan Tark doive céder au premier obstacle venu.

— Non, Maître.

Parfois le Maître utilisait son propre nom, mais ces occasions étaient rares : elles lui rappelaient l'époque où il était encore parmi les hommes. Non qu'il regrettât ces temps anciens, avait-il expliqué à Jeremy, mais il était alors bien faible comparé à ce qu'il était devenu.

— Va maintenant. Tu as du travail, non ? Beaucoup de travail, que tu as plutôt intérêt à faire correctement. Et j'ai besoin de rester encore un peu seul.

Le garçon s'inclina avant de quitter la pièce.

En un geste colérique et paranoïaque Golan Tark donna un coup de talon dans les flaques de cire pour dissimuler son histoire dessinée là. Il saisit en plein vol un macula, referma sa main autour de l'insecte magique, avant de souffler dans son poing. Née de sa bouche, une flamme bleue consuma lentement le papillon. Tark se tourna vers le mur du fond, y fit apparaître une fenêtre ; elle donnait sur un mur. À la force de sa pensée il ouvrit une autre fenêtre, et une autre encore, parvenant ainsi à la façade de la Cabane, vingt mètres plus loin. Le couloir de lumière qu'il avait ainsi ouvert donnait sur le Ventre.

Ce mage… Ce Jocquinius… Je ne me souviens pas de l'avoir déjà rencontré. C'est bien simple, si cette maudite Aresmass ne l'avait pas appelé, je serais resté dans l'ignorance. Et l'ignorance est ce qu'il y a de pire pour celui qui veut asservir le monde. Aucune importance. C'est même mieux ainsi ; au moins je l'ai identifié.

En tout cas, il ne pourra pas m'empêcher de mettre la main sur la Pierre d'Ombre. Pour le moment, j'ai une visite à rendre. Cette chère Aresmass... Je suis curieux de savoir comment elle trouve Bois-des-Larmes.

Golan Tark aurait pu se rendre auprès de Halaïa par la force de la pensée mais il préféra prendre une barque et traverser un bras du lac. Il avait dompté le Ventre depuis bien longtemps et la vaste étendue d'eau ne risquait pas de s'en prendre à lui. Elle était docile désormais. Mieux encore, elle était devenue une alliée de plus. Lorsque la coque de la barque fendit l'eau noire, le Ventre rassembla ses innombrables courants et les dirigea vers l'embarcation pour accélérer la navigation de Tark.

Moins de dix minutes plus tard, il accostait. Il grimpa une colline de terre noire où poussaient des pins aux aiguilles couvertes de suie. Il passa de l'autre côté, marcha sous une voûte d'un vert sombre et après avoir franchi un pont dont le manteau dentelé ressemblait à deux rangées de crocs il déboucha sur Bois-des-Larmes.

Le bois était en fait une vallée aussi étroite qu'encaissée ; au fond et baignés d'une lumière semblant monter du sol, étaient plantés des arbres aux fruits singuliers. Comme à chacune de ses visites, le spectacle emplit Golan Tark de joie, gommant même sa contrariété.

Sur les centaines d'« arbres à pleurs » que comptait cette vallée, plus de la moitié emprisonnait un être humain. Une prison d'un type bien particulier : les ramures traversaient de part en part les corps nus des âmes damnées. Ces suppliciés gémissaient mais n'avaient guère l'occasion d'exprimer avec des mots leur souffrance, car des branchages envahissaient leur gorge, entravaient leur langue.

Tark déambula entre les troncs, les mains dans le dos, sourire aux lèvres, les observant comme un jardinier attentif et fier de son verger. Il s'approcha d'un arbre moins haut que les autres. Une vieille femme y était crucifiée.

— Cette chère Aresmass, commença Tark.

Le visage de Halaïa se déformait sous la douleur. Une branche s'était glissée sous la peau de son dos et croissait le long de sa colonne vertébrale. Des ramilles s'enfonçaient sous ses paupières, millimètre après millimètre, seconde après seconde. La souffrance envahissait le moindre recoin de ses pensées tout comme les ramures se frayaient un chemin dans ses entrailles, ses membres, ses extrémités.

— À quoi vouliez-vous jouer ? demanda le sorcier.

Bien qu'une brindille se faufilât déjà dans sa bouche, la langue de Halaïa était libre.

— Je ne jouais pas, répondit-elle.

— Non ? Quel dommage... Le jeu est ce qui me maintient... en vie, voyez-vous ?

— Vous êtes mort tout autant que je le suis, Trinicien.

— Oh, alors c'est ce que vous croyez ? Mmmm… (Tark posa un doigt sur ses lèvres et, les yeux au ciel, fit mine de réfléchir.) Si vous dites vrai, je vais remédier à ça. Que diriez-vous si je revenais parmi les vivants ?

— Vous serez… vous serez refoulé.

— Ah ? Tiens… Je ne voyais pas les choses comme ça. « Refoulé », dites-vous… (Halaïa voulut répondre mais une branche plus épaisse fit pression contre sa tempe.) Je n'aime pas cette idée, ajouta-t-il, sourcils froncés en une caricature de réflexion. Alors, il faudra que je vienne en force.

— Les vivants vous combattront.

— C'est possible qu'ils essaient, en effet. Et c'est bien pour cette raison que j'ai l'intention de mettre le maximum de chances de mon côté.

Halaïa gémit tant la douleur était cruelle au niveau de la tempe.

— Oh…, fit le Trinicien, comprenant ce qui se passait.

Il leva une main, les doigts repliés comme la serre d'un rapace. La branche relâcha sa cruelle pression. Halaïa poussa un soupir de soulagement, malgré la dizaine de points douloureux qui l'affligeaient encore.

— Ne me remerciez surtout pas, chère amie. Je disais donc, j'ai l'intention de mettre le maximum de chances de mon côté. Voilà pourquoi vous allez m'indiquer où trouver le Talaris des Aresmass. Celui-là même que j'espérais obtenir de votre cher Haspalnod.

— Je ne peux pas vous le dire.

— Ah non ?

— Les Talaris… Vous ne pouvez pas avoir tous les Talaris.

Halaïa sentit cette fois le bois racler contre ses vertèbres, distendant ses chairs, et elle faillit perdre connaissance.

— Je ne peux pas avoir tous les Talaris ou est-ce qu'il *vaut mieux* que je ne les *aie pas* ? Laissez-moi deviner… Moi, je pense que s'ils sont tous en ma possession, nous éviterons bien des guerres sanglantes et des morts inutiles. La dispersion des pouvoirs n'est une bonne chose pour personne : chacun en veut un peu plus pour soi et c'est une lutte sans fin pour récupérer le pouvoir du voisin. Que de temps et d'énergie perdus ! Il y a tellement mieux à faire, vous ne croyez pas ? Vous voyez, je suis bien plus généreux que vous l'imaginiez.

— Tout ça… ne sert… à rien.

La branche avait stoppé sa progression dans le dos de l'Aresmass. Halaïa regrettait plus que jamais de ne pas avoir dit tout ce qu'elle savait à son ami Jocquinius. Certes, les prêtresses pourraient lui livrer l'entière et cruelle vérité : elles savaient. Mais comment les contacter désormais ?

— Sacrés Aresmass… toujours à se perdre en paroles mystérieuses… Je répète, très chère, où est le Talaris que m'avait promis votre mari et qui est ce Trinicien qui voulait vous ramener en Val-des-Miracles ?

Golan Tark s'assit au pied d'un arbre à pleurs, face à celui de l'Aresmass, avant de poursuivre :

— Allez, faites un effort. Où et qui. Deux réponses, deux petites réponses de rien du tout.

— Les… dieux… Ils ne vous laisseront pas faire.

— Ttttt, fit Tark en chassant l'air devant lui de la main, laissez les dieux où ils sont, ça fait bien longtemps qu'ils ne s'intéressent plus aux humains. Bon, vous ne voulez pas me répondre. Du moins, pas encore. Ce n'est pas grave, j'ai tout mon temps. Il y a tant à faire et je pourrai toujours voir ça plus tard.

Soudain, la mine indulgente du Trinicien se mua en un masque froid. Il leva de nouveau la main, phalanges repliées. Aussitôt, d'autres branches trouvèrent un passage en Halaïa. Ne prenant même plus la peine d'éviter sa bouche. L'une d'elles creva son épaule en biais pour s'enfoncer sous la nuque.

Ce jour-là, Halaïa perdit connaissance à plusieurs reprises. Chaque fois qu'elle recouvra ses esprits, Golan Tark la regardait, à la fois pensif et curieux, adossé contre un arbre à pleurs.

Chapitre 6

Comme l'avait annoncé le marchand Odasius, une méharée faisait halte à l'oasis d'Aouira trois jours après le réveil de Kordac dans l'ermitage troglodytique. Accompagné de son sauveur, le vieil ermite stylite, Kordac parvint à l'oasis à l'issue d'une journée de voyage à dos de dromadaire.

Des tentes avaient été érigées entre les arbres, sur les hauteurs des berges. Vêtues de noir, de blanc et de bleu sombre pour les hommes, de safran, de parme et de blanc pour les femmes, une trentaine de personnes préparaient le repas ou s'occupaient des bêtes en parlant bruyamment. Cette vie contrastait avec la sévérité du désert et l'austérité de l'ermitage où l'on passait ses journées à méditer sur l'existence d'un Grand Créateur, seigneur parmi les dieux-démons. Quant à la fraîcheur des lieux, elle surprit Kordac.

— Ça fait si longtemps que tu as quitté la madina ? lui demanda son compagnon de route, patriarche du temple érémitique.

— Que voulez-vous dire, Talamaïek ?

— Ton regard trahit ton trouble.

— Et qu'en est-il de mon visage ? ajouta Kordac en dénouant le foulard qui dissimulait ses traits.

— Mmm… Ce sourire est un bon présage pour la suite de ton voyage, ami.

Kordac hocha la tête, mais il ne croyait guère à la réalité d'un lien entre son humeur présente et la chance d'une traversée sans ennuis. Les deux hommes abandonnèrent leurs montures et un cri retentit soudain dans le campement :

— Kordac !

C'était le jeune Palmiarn ; l'adolescent se précipitait vers son ami, au grand étonnement des caravaniers. Palmiarn se jeta dans les bras de Kordac tel un jeune enfant qui retrouve sa mère et une explosion de rires se propagea parmi les voyageurs. Kordac ressentit de la gêne, comme au premier instant de leur rencontre lors des exécutions publiques. Des sentiments contradictoires l'animèrent, le jetant du côté de la spontanéité puis de la retenue. Ce garçon le poussait à choisir une conduite et Kordac saisissait, dans l'épais brouillard de ses souvenirs, qu'il avait jadis dû opter pour la pudeur, sinon la dureté. Il choisit finalement de soulever de terre Palmiarn, plus petit que lui d'une tête et demie. Les applaudissements succédèrent alors aux rires et il fallut un peu de temps pour que chacun retourne vaquer à ses occupations.

Un peu plus tard, Palmiarn présenta Kordac au raïs, chef de la caravane désigné par ses pairs. L'homme se nommait Baltos ; grand, mince, les traits volontaires et âgé d'une quarantaine d'années, il irradiait un charisme de commandant qu'un boitillement prononcé n'entamait en rien. Pas étonnant qu'il ait été élu raïs, se dit Kordac.

— Arkaro m'a assuré que tu étais un chamelier de confiance, dit Baltos, détachant chaque syllabe avec soin pour épargner Kordac.

— Il m'a beaucoup appris, admit ce dernier en inclinant le buste respectueusement. Mais il me reste autant à apprendre.

Kordac usait de l'humilité un peu outrée que lui avait enseignée Odasius-Arkaro. Elle convenait à sa timidité et au sentiment de découverte permanente qui l'animait.

— Et puis, poursuivit Kordac, Arkaro m'a certifié que tu ferais un bon guide, prêt à partager ta grande connaissance d'Anakann, le désert.

En fait, Odasius ne lui avait rien dit. Kordac tenait l'information de Palmiarn, mais il aurait été inconvenant, sinon humiliant, de citer le garçon plutôt que le célèbre notable de Boroskariak, cette grande cité érigée en plein désert.

— Je crois savoir que tu connais du désert les recoins les plus sombres, dit Baltos.

Kordac comprit qu'il évoquait sa rencontre avec Otum Guilek, le démon. Kordac retint au dernier instant un mouvement de sa main vers l'épaule qu'avait mordue la créature quelques jours plus tôt, dans une grotte.

— C'est possible, confirma Kordac. Encore que je n'y sois pour rien.

— Eh bien, voilà en tout cas une connaissance dont je ne pourrais me vanter.

Baltos s'inclina à son tour, surprenant Kordac et les hommes qui se tenaient près d'eux. Puis, comme s'il avait deviné où les crocs du pensaguilek s'étaient plantés, le raïs posa la main sur l'épaule de Kordac, ne la retirant qu'au bout de quelques secondes interminables.

— Je t'invite à partager mon repas, proposa enfin Baltos. L'ermite Talamaïek sera des nôtres.

— J'accepte votre offre, raïs. Je vous rejoindrai dès que j'aurai fait le tour des bêtes.

Kordac se présenta aux voyageurs un à un, commerçants, artisans ou simples intermédiaires. Odasius avait bien fait les choses, vantant les mérites d'un « employé » qui était probablement le plus âgé des voyageurs. Tous l'accueillirent avec beaucoup d'hospitalité, en un mélange de fraternité, de spontanéité et de respect. Tous sauf un : l'homme refusa que le chamelier approche de ses deux dromadaires et il lui lança d'une voix cassante :

— Pas la peine de venir m'aider à l'aube, pour le départ, je saurai me débrouiller sans toi.

— Comme tu voudras…

Kordac remarqua sa nervosité lorsqu'il passa à côté des quatre grands paniers posés à terre.

— Je ne l'aime pas, dit un peu plus tard Palmiarn à son sauveur. Il ne comprend rien à l'esprit de la caravane.

« L'esprit de la caravane » : une expression d'Odasius. Palmiarn l'avait faite sienne, mais Kordac doutait que l'orphelin ait eu beaucoup plus que lui l'occasion de voir ce fameux esprit communautaire.

Les femmes de la caravane semblaient moins soumises au joug masculin que dans la madina. Leurs cheveux noirs n'étaient dissimulés sous aucun voile et certaines affichaient leur féminité sans retenue. Pour la première fois depuis son réveil dans l'asile de fous, Kordac éprouva l'aiguillon du désir en contemplant les formes pleines d'une femme dont la tunique et les jupes étaient mouillées ; elle sortait de l'eau où elle s'était baignée en compagnie de trois autres femmes et l'Étranger se dit qu'elle aurait pu tout aussi bien être nue, tant la mince étoffe plaquée sur son corps paraissait une seconde peau.

— Dans le désert les femmes retrouvent leur place, lui expliqua Palmiarn. Tout le monde sait ça.

— Dis-moi, comment la trouves-tu, celle-ci ?

D'un bref mouvement du menton Kordac désigna cette femme qui essorait désormais sa chevelure, la tête penchée sur le côté, en remuant d'un mouvement lent et d'une lassitude feinte ses hanches généreuses.

— Comment je la trouve ? Vieille…

— Vieille ? Mais elle ne doit pas avoir quarante ans !

— Trente, c'est déjà vieux. Même pour toi, tu sais…

Kordac se souvint alors avoir rencontré à Boroskariak des hommes d'âge mûr accompagnés d'une ou plusieurs jeunes femmes ; dans la plupart des cas, elles auraient pu être leurs filles ou leurs petites-filles. Il repensa à la femme de son rêve, si différente, cette femme qu'il aimait et brûlait de retrouver. Face au corps aguichant de la baigneuse et à son désir d'y poser les mains pour le caresser, il ressentit de la culpabilité. Loin d'être déplaisant, le sentiment l'assura qu'il était bel et bien en vie.

Le dîner avec Baltos et l'ermite fut courtois et de courte durée. Le froid du désert, un peu atténué par l'atmosphère particulière de l'oasis, saisit si bien la caravane que les brochettes de mouton et la soupe de pois chiches furent les bienvenues. Kordac comprit qu'il était le second dans la hiérarchie de la caravane, juste après son hôte. Comme il semblait ennuyé par cette responsabilité imprévue, Baltos lui dit :

— Tu n'as pas à t'inquiéter : ce ne serait un fardeau que si je venais à disparaître. Sinon, tu n'auras qu'à t'assurer que les bêtes se portent bien. À part ça, considère-toi comme une sorte de second arbitre en cas de litige ou de témoin si un accident survenait.

Palmiarn et Kordac partageraient la même tente tandis que Talamaïek passerait la nuit à la belle étoile. Ils s'assurèrent qu'aucun serpent n'avait trouvé refuge sous leur couche et ils s'allongèrent tout habillés, sous une couverture en peau de dromadaire. Kordac serra dans son poing le fragment de météorite trouvé à Boroskariak.

— C'est bon de te retrouver, *aloud*, dit Palmiarn qui tournait le dos à Kordac.

Aloud. Le mot, affectueux, signifiait « papa ». Kordac ne l'ignorait pas, mais il ne se sentait nullement l'âme d'un père. Du moins il voulait s'en persuader. *C'est juste un orphelin qui a besoin d'un peu d'autorité et d'affection.*

— Mmmm…, ronchonna-t-il. À demain, Palm.

Malgré cette réponse insatisfaisante, l'orphelin ne tarda pas à ronfler. Allongé sous la tente, Kordac revit la baigneuse et caressa ses seins en un fantasme que le sommeil dissipa bien vite.

Le soleil n'était pas encore levé quand la caravane s'éveilla. On se réunit autour d'un thé que, tradition oblige, le raïs Baltos avait préparé. Lorsque le breuvage était bon, la journée de désert s'annonçait sans soucis ; « autant dire que jamais personne ne trouve le thé d'un raïs mauvais », avait assuré Odasius avec un rictus de mépris, toujours enclin à critiquer la superstition de son peuple d'adoption.

Kordac et Palmiarn donnèrent un coup de main à une demi-douzaine de caravaniers. L'homme qui avait dissuadé le chamelier de lui prêter main-forte fut prêt avant tout le monde. Kordac salua la baigneuse et trouva ses yeux d'un vert clair comme les feuilles de palmier, une rareté à Boroskariak comme ailleurs, fort à son goût.

— Elle s'appelle Julipen, le renseigna Palmiarn.

Kordac fit comme s'il n'avait rien entendu et s'étonna en silence de l'efficacité de son jeune compagnon. La caravane se mit en route après que Baltos et Kordac eurent salué l'ermite. Inamical et impérieux, maître incontesté des sables et de ses démons, le soleil levait déjà sur l'horizon son œil implacable.

Ils suivirent un oued durant toute la journée ; le lit à sec et la pierraille des berges reflétaient durement le feu du ciel. En tête de la caravane avec Baltos et Palmiarn, Kordac ne tarda pas à souffrir. Il avait soif en permanence et s'il ne buvait pas, c'est qu'il tentait d'imiter ses compagnons. Il songea à Talamaïek, capable d'endurer cette épreuve sans bouger, au sommet d'une épingle rocheuse, mais au lieu de lui procurer un surcroît d'énergie, l'image de l'ermite immobile le découragea un peu plus.

— Tu n'es pas un dromadaire, lui dit au bout d'un moment le raïs.

— Que voulez-vous dire ?

— Ils sont enfants du désert. Regarde-les, ils sont adaptés à cette vie : leurs longs cils protègent leurs yeux du sable, la corne de leurs genoux leur évite de s'entailler lorsqu'ils s'assoient, leurs bosses sont remplies de graisse comme un garde-manger si bien qu'ils peuvent se retenir de boire et de se nourrir pendant des jours et des jours. Ils ne transpirent presque pas, pissent rarement. Toi, tu es né loin d'ici. Quand tu as soif, tu bois. Quand l'envie t'en prend, tu pisses.

Si tu as faim, tu chasses ou te paies la table d'une auberge. Rien de tout cela n'est possible ici. Tu n'es pas un dromadaire et il est normal de souffrir sous un déluge de feu. Étanche ta soif plutôt que ta fierté et surtout, ne te rends pas malade : nous aurons besoin de toi. Ma gourde est à ta disposition, si tu devais terminer la tienne avant notre arrivée au caravansérail de Salenn.

— Merci, raïs.

Kordac voulut tout de même attendre que Baltos ne prête pas attention à lui pour soulever sa gourde mais il ne tint que cinq minutes. Une longue rasade le soulagea à peine. Palmiarn s'en tirait mieux. En fin d'après-midi, ils quittèrent enfin l'oued pour une étroite vallée cernée de collines, où cette fois l'ombre disputait au soleil de larges portions de désert. Ils bivouaquèrent là, dans un renfoncement.

— Regarde, elle est tout près d'ici, dit Palmiarn.

— Qui ça, *elle* ?

— Ne fais pas l'innocent, *aloud*. Je parle de Julipen, évidemment !

Palmiarn avait raison : il faisait l'innocent, car il avait bien vu l'installation de Julipen, de son jeune frère et de leur père à proximité de sa propre tente. Le raïs ordonna que des hommes soient postés dès la tombée du jour au sommet des collines. Baltos affichait une nervosité nouvelle. Kordac se présenta à lui comme volontaire mais le raïs lui rétorqua :

— Il n'en est pas question. Je loue ton courage et ton dévouement, mais ces premières journées de voyage seront les plus dures pour toi et je préférerais te savoir au repos qu'à la veille.

— Merci, dit Kordac. Dites-moi, quel danger craint-on, ici ?

— Tu ne le sais pas ?

Les yeux très noirs de Baltos s'ouvrirent en grand, puis se dirigèrent vers l'épaule de Kordac. Le chamelier tourna la tête à son tour et découvrit, stupéfait, deux taches d'un rouge sombre sur sa tunique. Là où le pensaguilek avait planté ses griffes. Il y posa aussitôt la main comme l'on cache ses parties intimes.

— Qu'est-ce que ça signifie ? demanda-t-il.

— Que les démons ne sont pas très loin… Les cicatrices dues aux pensaguileks saignent à leur approche.

— Je suis désolé, s'excusa Kordac, soudain abattu.

L'idée d'être lié à ce monstre rencontré dans une caverne l'effraya autant qu'elle le déprima. Des chaînes invisibles lui semblèrent jaillir de son épaule ; à l'autre bout grimaçait un monstre colérique, le serviteur impulsif d'un démon.

— Tu n'as aucune raison d'être désolé, chamelier. Au contraire, grâce à toi et à ta plaie, nous savons à quoi nous en tenir.

— Franchement, je ne sais pas si je dois m'en féliciter.

Le père de Julipen mis à part, Kordac était le doyen de la caravane. Il avait du mal à suivre le rythme. Et non seulement il peinait sous le soleil mais en plus il attirait l'une des pires engeances du désert comme un morceau de viande saignant attire un ours.

— Écoute, avant de faire le tour de la caravane, change de tunique ou cache ta plaie : il y a toujours des froussards pour croire que ces marques attirent les démons.

— Ce sont les mêmes qui pensent que parler d'un danger est le meilleur moyen de le provoquer, n'est-ce pas ? Des superstitieux…

Baltos sourit :

— J'ai l'impression d'entendre mon vieil ami Arkaro.

— C'est vrai, pourtant il n'est pas le dernier à donner toutes sortes d'offrandes à qui pourrait menacer son existence.

— Disons qu'il respecte à la lettre les traditions. Le meilleur moyen de s'intégrer à notre peuple…

— Et à ses démons…

— Mmm, tu as raison, chamelier. Allez, nous avons tous besoin de repos après cette dure journée. Demain soir, si Raark est avec nous, nous arriverons au caravansérail de Salenn.

Les voyageurs s'étaient réunis autour de petits foyers. Il n'y eut pas de brochettes de mouton ce soir-là, juste des galettes de blé fourrées d'une purée de fève qui donnèrent une soif terrible au chamelier. Le père de Julipen offrit une timbale de vin à Kordac et à Palmiarn, mais le chamelier refusa que le garçon en boive.

— Tu es trop jeune pour boire de l'alcool, expliqua-t-il à son propre étonnement.

L'adolescent le regarda sans comprendre, voulut se défendre puis se ravisa.

— Comme tu voudras, *aloud*.

Palmiarn s'éloigna du petit feu autour duquel ils étaient assis puis discuta avec le jeune frère de Julipen ; ils avaient déjà fait connaissance au cours de la journée.

— Alors, c'est votre fils ? demanda Julipen à Kordac.

— Euh non, pas vraiment.

— Mais il t'a appelé « papa » ? insista Balog, un vieil homme sec portant un court bouc blanc.

— C'est un peu compliqué…

— Alors, tu l'as adopté, trancha Julipen.

Kordac soupira. Définir ainsi sa responsabilité sur l'enfant, y mettre un mot, le mettait mal à l'aise. Il ne savait pas ce qu'il ferait de lui une fois arrivé sur la côte. Embarquerait-il avec lui pour rejoindre Consolata, le continent dont Kordac était lui-même natif ? L'adolescent avait déjà commencé à en apprendre la langue. Le chamelier repoussait sa décision, dans l'espoir que le garçon trouverait sur le port une raison pour quitter son sauveur.

Julipen voulut ensuite savoir comment Kordac avait choisi son nom. Il répondit qu'il ne l'avait pas choisi mais qu'il s'était imposé de lui-même. La femme ne se contenta pas de cette réponse sibylline ; avec sa voix profonde, un peu rauque, elle insista. Son regard clair, que surmontaient des sourcils à la fois épais et parfaitement dessinés, l'intimida. Elle s'était penchée en avant, la bouche entrouverte.

—Écoutez, je ne sais pas grand-chose de ma vie, dit enfin Kordac. Ma mémoire s'est en quelque sorte… vidée. Alors, ne m'en veuillez pas si je n'ai pas de détails à vous donner.

—Vidée ? Quel dommage… Votre visage raconte beaucoup de choses passionnantes. Celles d'un homme qui a connu une vie riche d'événements.

J'ai connu une femme, je l'ai aimée et je l'ai perdue : voilà le plus grand événement de ma vie.

—Sans doute, dit Kordac en traçant des cercles dans le sable.

—Sans *aucun* doute.

—Laisse-le tranquille, lança le père de Julipen.

—Eh, j'ai quarante et un ans, papa, je ne suis plus une gamine !

—Des gamines, j'en ai connu des mieux élevées que toi.

—Mais qui m'a élevée, le chien du voisin ?

—C'est à se demander…

Kordac suivit cet échange où ne perçait pas la moindre méchanceté mais au contraire une tendresse taquine et touchante. Une famille – certes réduite à son minimum dans le cas de Julipen, mais une famille quand même. Un sentiment d'appartenance, des liens indéfectibles, des relations privilégiées. Kordac envia ses compagnons et se demanda si ses propres parents étaient encore en vie.

Ils auraient quelque chose comme soixante-dix ans… Et des frères, des sœurs ? Je n'en sais rien. Ma seule certitude, c'est d'avoir une femme. Quelque part…

—Allez, va te coucher, conclut le vieil homme en claquant l'épaule de sa fille. Il se leva, salua Kordac et disparut sous sa tente.

Le chamelier resta seul avec Julipen ; il jeta un coup d'œil sur son épaule, s'assura que sa plaie ne saignait plus et ne risquait pas de le trahir.

—Comment sont-ils ? demanda Julipen.

—De qui parlez-vous ?

—Mais des pensaguileks !

—Oui, bien sûr…

Il traça un nouveau cercle dans le sable, plus profond ; dans la lumière mouvante les ombres circulaires semblèrent danser tels des serpents. Otum, le démon de la grotte. Comment le décrire ? Une créature effrayante et laide. Autour de l'Étranger et de la femme, le campement s'apaisait, ivre de fatigue et inquiet pour la nuit à venir. Kordac n'avait pas envie d'apeurer la femme avec la description d'un danger probable.

—Son haleine…

—Oui ?

—Elle sentait les fleurs fanées.

—Oh…

Julipen allait poser une autre question quand un cri secoua le campement. Quatre tentes sur la gauche, il y avait une bousculade autour d'un foyer. *Les démons sont déjà là ?* se demanda l'Étranger dans un instant de panique. Il voulut aller voir ce qui se passait mais une main enserra son bras ; c'était la femme.

— N'y va pas.

Sa voix était grave, le ton impérieux.

— Mais pourquoi ?

— Je ne sais pas. N'y va pas, reste auprès de moi.

Le regard de Julipen demeurait étrangement neutre, contredisant sa réplique suivante :

— J'ai peur.

Quatre ou cinq secondes s'étaient écoulées depuis le premier cri. Tout à coup, d'autres cris retentirent, inhumains. Des flammes montèrent dans la nuit ; le burnous d'un homme venait de s'embraser au contact d'un foyer. Il se mit à courir en tous sens en hurlant et ses compagnons se jetèrent sur lui pour l'enrouler dans une couverture. Quelque chose céda aussitôt dans la tête de Kordac. Sa vue se couvrit d'un voile gris et il perdit connaissance.

Le visage de Julipen fut le premier qu'il vit en recouvrant ses esprits. Il ressentit une grande honte et elle dut le remarquer car elle lui dit :

— La journée a été longue et pour un Étranger qui a rencontré un pensaguilek – un Étranger de ton âge en plus –, tu t'en sors honorablement.

Elle l'aida à se redresser ; ils étaient près du feu et le campement était toujours en pleine effervescence.

— J'ai l'impression d'entendre notre raïs, dit Kordac avec un sourire. (Il se sentait un peu faible et n'était pas sûr de savoir ce qui s'était passé.)

— Tu ne devrais pas manquer de respect envers Baltos, Étranger, répliqua-t-elle en souriant à son tour.

Julipen lui expliqua ensuite qu'un homme s'était fait piquer par un scorpion ; dans la bousculade qui avait suivi, un second caravanier s'était approché trop près des flammes. Pas plus de deux minutes s'étaient écoulées depuis ce moment et le bivouac était encore en pleine effervescence, s'affairant autour des blessés, commentant la double tragédie.

— Notre traversée s'annonce mal, intervint Balog, le père de Julipen, la mine sombre. Ce sont de mauvais présages.

— Mais au moins ce n'était pas l'attaque d'un démon, contra Julipen.

— La nuit n'est pas achevée, jeune écervelée. Rencontrer le malheur une fois ou même deux ne nous soustrait pas à une nouvelle avanie, qu'est-ce que tu crois ?

— Je crois que tu n'es qu'un vieux trouillard, *aloud*, conclut-elle, usant de ce surnom pour tempérer la vigueur d'un échange qui n'avait cette fois rien de taquin.

Kordac prit congé des uns et des autres et partit s'enquérir de la santé des deux blessés. Palmiarn était déjà allé aux renseignements. Il n'y avait pas grand-chose à espérer pour ces malheureux, lui apprit-il. L'Étranger et l'adolescent entrèrent sous leur tente et après en avoir inspecté toute la surface ils se pelotonnèrent sous leurs couvertures.

Kordac souhaita s'endormir très vite mais il songea à Otum Guilek. Un démon, tout près de là probablement. L'espionnait-il ? Attendait-il le moment le plus propice pour l'attaquer ? Allait-il se précipiter sur la caravane endormie, avec l'aide de complices ? Kordac se remémora leur rencontre. Le démon avait été choqué par l'homme. « Le temps a perdu son ordonnancement », avait sifflé le démon.

Qu'est-ce que je peux bien avoir de particulier ? J'ai l'impression d'être un homme de cinquante ans comme les autres.

Comme les autres ? Rien n'était moins sûr. Il était l'unique survivant d'Arachnéon, la prison où on l'avait enfermé en compagnie d'autres fous. Et il y avait cette hallucination dans le désert, non loin de l'ermitage : plus le temps passait, plus Kordac avait du mal à croire qu'il s'agissait d'un mirage, d'une hallucination due à une insolation. La présence d'eau de mer autour de lui le confirmait, même si elle ajoutait au mystère du phénomène. Où pouvait bien être Otum à ce moment précis ? Il avait dit à Kordac qu'il en référerait à Raark, le démon des sables, son maître. Allait-il revenir l'exécuter, s'en prendre à d'autres voyageurs ?

Est-ce que je ne suis pas en train de mettre toute la caravane en danger ?

Il n'y avait pas de réponse à cette question. Il se retourna pour regarder Palmiarn. L'enfant dormait en ronflant un peu. Kordac ne voyait pas ses traits mais à en croire la profondeur de son sommeil, son immobilité, il était serein. Kordac l'avait sauvé, mais pour combien de temps ? Craignant la solitude, le garçon l'avait accompagné mais c'était peut-être la pire idée qu'il ait jamais eue. Il aurait dû rester auprès d'Odasius plutôt que de suivre un fou sans passé ni avenir. La culpabilité étreignit Kordac.

Je n'aurais jamais dû accepter qu'il vienne.

Pendant de longues minutes, l'homme hésita : il voulait partir seul, affronter le désert, le soleil, Otum.

Affronter la mort.

En finir avec toutes ces questions auxquelles il désespérait de trouver un jour une réponse. Il aurait été tellement plus simple de lire son passé dans un livre… Seulement voilà, autour de lui personne ne le connaissait et pire, il était devenu une menace pour ce nouvel entourage.

Après tout, j'ai vécu une bonne cinquantaine d'années. C'est bien assez… Et puis, pour ce qu'il m'en reste de souvenirs… À quoi bon remettre ça ? À quoi bon continuer ?

Tourmenté, il se retourna cent fois, remettant la décision de son départ – de son suicide – à la prochaine minute. Lorsqu'il ferma enfin les paupières, la femme triste lui apparut, plus belle que jamais, si émouvante. Quelque chose se modifia : ce n'était pas un songe, ni même une pensée. La femme était en train de prendre contact avec lui.

Elle l'appelait.

Et cet appel exprimait une telle urgence que le cœur de Kordac se serra.

Elle a besoin de moi !

Elle le lui dit, avec tout son amour, en un lent mouvement de ses lèvres pâles. Il pleura en silence. Une femme aveugle l'attendait quelque part et sa détresse était si intense qu'elle l'appelait au secours, abattant les obstacles et les distances pour parvenir jusqu'à lui. Il voulut lui répondre et se concentra de toutes ses forces pour l'atteindre mais il ne possédait pas le pouvoir de cette femme pour s'affranchir des distances. Il réessaya, en vain. Comment avait-elle réussi ce prodige ?

Mais déjà elle se coiffait de sa capuche d'hermine et s'éloignait ; sa silhouette devint celle d'un songe. Ce n'était pas le déchirement d'un adieu car Kordac comprenait qu'il la reverrait. Bientôt.

Comment pourrais-je l'abandonner ?

L'humeur de Kordac bascula. Le désespoir morbide céda la place à un fol enthousiasme, malgré l'inquiétude.

Je la retrouverai. Je l'aimerai comme j'ai dû l'aimer autrefois. Comme je l'ai *aimée ! Et je lui rendrai la vue.*

C'était *a priori* une idée folle mais dans la nuit du désert, après tous ces événements inexpliqués et subits, elle ne lui parut pas si insensée. Il s'imagina prenant la femme dans ses bras, lui susurrant des mots tendres à l'oreille. Elle se blottirait contre lui, avide d'amour, et elle lui parlerait, elle lui raconterait tout, d'elle, de lui. Elle lui offrirait son nom, celui de sa naissance – pas ce « Kordac » qu'il s'était inventé dans la madina après une journée de dures épreuves.

Le passé de Kordac trouverait le chemin de sa mémoire comme un fleuve franchissant un barrage abattu, et briser le carcan de l'oubli serait la plus grande des libérations. Alors ils feraient l'amour, toute une nuit et toute une journée et ils recommenceraient à la lueur des lunes, encore et encore, ne s'arrêtant que pour s'avouer leurs sentiments brûlants. Et lorsque la fatigue viendrait enfin à bout de leur désir, Kordac chercherait un moyen de lui rendre la vue. Le plus beau des cadeaux. Oui, il trouverait un moyen !

Rasséréné pour un temps et tout aussi épuisé, Kordac trouva enfin le sommeil.

Les gémissements du brûlé hantèrent le camp jusqu'à l'aube. Au petit matin, la caravane pleurait deux morts.

Une fois les dépouilles enfouies sous des pierres et une offrande faite à Raark, la caravane s'était remise en route. Aucun pensaguilek n'était apparu au cours de la nuit, les démons s'étaient probablement contentés de rôder autour du campement.

Kordac resta à l'arrière de la caravane. Sa blessure saignait sans arrêt ; il l'avait pansée d'un bouchon d'étoffe enroulé sous un turban, craignant d'éventuels regards chargés de reproches, sinon un ostracisme plus dangereux.

Désormais, ils avançaient parmi un océan de dunes ; une créature – un ennemi – pouvait se cacher derrière chacune de ces collines. Quelque chose de dangereux et de rapide, aussi furtif qu'un renard, aussi féroce qu'un lion. Et sans doute bien plus malin qu'un humain.

Les yeux plissés pour atténuer l'éclat du soleil sur le sable, Kordac fouillait du regard le paysage monotone afin d'y déceler des traces de vie. Selon Arkaro, cet Odasius du désert, la vie se concentrait dans les petites vallées entre les dunes : quelques plantes, un grouillement miniature. La plupart des animaux passaient la journée enfouis afin de s'abriter du soleil. Ils sortaient à la nuit tombée et mettaient à profit ces heures froides pour chasser, copuler, s'entre-tuer.

La nuit précédente, un scorpion avait croisé le chemin d'un homme et l'avait piqué. Son dard, pas plus long qu'un ongle, avait fait deux victimes.

— On dit ici, avait commencé Julipen, que le poison du scorpion est constitué du sang de nos ancêtres morts injustement : meurtres, mauvais soins ou abandons. Ces bestioles vivraient dans des nécropoles enfouies ; on dit encore qu'elles y côtoieraient ces âmes damnées. Elles ne trouveraient la paix qu'après avoir tué un voyageur. Si l'on souhaite que le voyageur empoisonné ne rejoigne pas ces nécropoles, il faut à tout prix retrouver le scorpion, le jeter dans le feu jusqu'à ce que la honte et le remords le poussent à se piquer lui-même.

Au petit matin, ils étaient nombreux dans la caravane à croire à une manœuvre de Raark, le grand démon. « Il veut nous affaiblir, nous faire renoncer à notre traversée ! » Chef élu, Baltos repoussa cette hypothèse mais son charisme et son autorité naturels n'apaisèrent pas les rumeurs inquiètes.

Ce jour-là, le changement le plus évident dans la caravane était la position des femmes : sur ordre de Baltos, elles étaient regroupées au milieu de la colonne, des hommes gardant leurs flancs. Julipen était parmi elles et Kordac ne la voyait pas. Il avait remarqué depuis le départ combien elle était à l'aise avec les animaux ; elle savait les apaiser avec une étonnante maîtrise. Juste devant lui se tenait le voyageur qui avait refusé son aide ; l'homme se retournait fréquemment.

Comme s'il voulait être sûr que je ne vais pas lui sauter dessus, pensa Kordac.

Plus par provocation que sympathie, l'Étranger lui adressait chaque fois un signe de la main. Renseignements pris auprès de Palmiarn, toujours prompt à recueillir des informations, l'homme ne comptait aucune connaissance parmi les caravaniers. C'était un solitaire, de passage à Boroskariak. Son visage n'affichait pas les traits habituels des habitants de la madina mais on ne savait pas d'où il venait. Probablement d'un pays côtier ; il retournait parmi les siens, à l'est, après une longue incursion dans les sables inhospitaliers d'Anakann.

Vers dix heures, la chaleur devint insoutenable. « Coule-toi dans le feu du désert », lui avait conseillé l'ermite Talamaïek. « Imagine que tu n'es qu'une flamme de plus, lente et irrésistible. » Odasius avait lancé un clin d'œil discret à Kordac, comme une ponctuation qui mettrait un terme à une plaisanterie. L'Étranger avait trouvé les ermites sympathiques, à leur manière effacée sinon empreinte de mystère

« Coule-toi dans le feu du désert. » Facile à dire...

Le balancement de son dromadaire et sa mauvaise nuit eurent raison de lui et il somnola de brefs instants, tout au long de la matinée. Les dunes se succédèrent comme un rêve indolent et anxieux. Mais, dans l'après-midi, la tête de la caravane s'énerva : excités, des dromadaires s'écartaient de la colonne.

« Ne te fie pas à leur mine placide », l'avait prévenu Odasius. « Pour une femelle ces bestiaux sont capables de se battre jusqu'à la mort. »

Après plusieurs semaines passées auprès de ces bêtes, Kordac en connaissait plus de la moitié, louées aux marchands par son ami. Il ne les avait encore jamais vues dans un tel état d'énervement. Des dizaines de mètres en arrière, sa propre monture fit un écart en blatérant, tout en secouant la tête. Il y eut encore un mouvement et un chargement s'effondra sur le sable.

— Que se passe-t-il, Palmiarn ? demanda Kordac alors que son compagnon s'était rapproché de lui.

— Eh bien, commença l'adolescent embarrassé, on a vu un pensaguilek, là-bas, en tête.

— Encore une lubie de trouillard...

Kordac fit s'agenouiller sa monture, pour prêter main-forte au voyageur dont le chargement était tombé. Palmiarn éleva la voix :

— Cette fois, c'est Baltos qui l'a vu.

Ils arrivèrent à Salenn deux jours plus tard, en milieu d'après-midi. Salenn était un petit caravansérail qui avait la forme d'un fortin de pierres jaunes. Il y avait à peine de la place pour deux caravanes et il n'était pas rare que les voyageurs doivent dresser leur campement à l'extérieur des murs, ne laissant alors que leur chargement dans les magasins de l'édifice.

Odasius proposait, en plus des dromadaires et des repas, un forfait comprenant les bains et des vêtements propres. Bien qu'il n'eût pas déboursé un centime pour accomplir la traversée d'Anakann, Kordac eut droit à ces services et il s'attarda longuement dans les thermes rudimentaires qu'abritait Salenn, en compagnie des autres hommes. Comparée à l'ombre brûlante du fortin, la température des thermes lui parut fraîche. Çà et là y brûlaient, dans des lampes, des essences parfumées et apaisantes. La fatigue sourdait dans tous les membres de Kordac ; il s'assoupit, bercé par le bruissement de l'eau languissamment agitée par ses compagnons. Quelques bribes de conversations animèrent ses premiers songes, puis il fut livré à lui-même.

Il était de nouveau avec la femme aveugle, dans le couloir de ce qui ressemblait de plus en plus à une prison. Une prisonnière. Voilà pourquoi elle était entrée en contact avec lui : elle l'appelait à l'aide. Les lumières mouvantes du couloir vacillèrent sous le souffle d'un courant d'air puis l'une des torches se décrocha du mur, se renversa sur l'épaule de Kordac. La brûlure le réveilla aussitôt.

Bon sang !

Il mit la main à l'épaule d'où s'échappait un filet de sang puis ferma les yeux en grimaçant. La douleur s'atténua rapidement. Plus aucun clapotement autour de lui : il était seul. La fraîcheur de la salle percée d'une unique et étroite ouverture n'était plus qu'un souvenir et Kordac avait désormais presque aussi chaud qu'à l'extérieur. Toutefois les thermes embaumaient toujours les huiles parfumées et le voyageur n'avait pas envie de bouger.

Je pourrais essayer de retrouver l'endroit où nous nous sommes rencontrés, mais je ne me souviens d'aucun des lieux que j'ai traversés.

Un sentiment d'impuissance monta en lui, se mua très vite en rage. Il tapa du poing dans l'eau, s'éclaboussa le visage d'eau savonneuse. Ses yeux le piquèrent aussitôt ; il les frotta mais ses mains mouillées aggravèrent la brûlure. Il tendit le bras pour saisir la serviette posée tout près. Il tressaillit quand ses doigts rencontrèrent la surface râpeuse d'une peau inhumaine. Avant même que les premiers mots fussent prononcés, il reconnut l'haleine de fleurs pourrissantes. Kordac tenta de se redresser mais des mains puissantes le plaquèrent contre le bac de pierre.

— Reste avec nous, ordonna Otum Guilek.

— Avec *vous* ?

Pour toute réponse, des silhouettes se déplacèrent dans la pénombre. D'autres pensaguileks. Au moins trois. Les créatures flairaient les bacs tels des chiens. Deux billes noires sans cils ni paupières perçaient leur faciès rond. Sous le nez court la bouche s'ouvrait comme une plaie, découvrant de fines dents taillées en pointe. Kordac pensa aussitôt aux morsures qu'il devrait subir et tâcha de ne pas céder à l'effroi.

Il faut que j'appelle du secours ! Non, ils me noieraient. Ils sont trop nombreux.

— Qu'est-ce que vous faites ici ? demanda-t-il.

— Tu intéresses Raark, notre maître.

L'un des pensaguileks émit un court aboiement ; il tenait, au bout de sa main tendue vers le plafond, la pierre de Kordac.

— Toi et la pierre, ajouta Otum.

— Elle m'appartient, dit Kordac qui regrettait de l'avoir laissée dans ses vêtements, pendus au fond de la salle.

— Oui ? C'est dommage, alors. Tu pourrais t'en plaindre auprès de Raark, qu'en penses-tu ?

Kordac frissonna en songeant au maître de ces démons. Il ne l'avait jamais vu mais au regard des pensaguileks, il n'était pas difficile de comprendre quelle menace il pouvait représenter pour un simple humain. Kordac secoua les épaules pour se dégager de l'emprise d'Otum, en vain. Il était à la fois inquiet et furieux. De nouveau, la rage. Et un sentiment inconnu, comme de la fierté mâtinée de bravoure.

— Je pourrais lui expliquer à quel point ses serviteurs sont lâches, lança-t-il à sa propre surprise.

— Qu'est-ce que tu veux dire ?

L'emprise du démon s'était légèrement relâchée.

— Eh bien, vous vous y prenez à combien pour me voler un simple caillou ?

Otum Guilek grogna comme un félin.

— Ce n'est pas un simple caillou…

— Ah bon ? fit mine de s'étonner le voyageur. De quel genre de caillou s'agit-il, alors ?

— Tu le sais très bien, sinon pourquoi l'aurais-tu ramassé ?

Cette fois Otum lâcha sa prise. Kordac se redressa un peu mais ne se retourna pas vers le pensaguilek.

— Je collectionne les cailloux, répondit-il.

— Tu te moques de moi !

Les trois pensaguileks grognèrent. L'un d'eux leva son poing et l'abattit contre le bord d'un bac ; la pierre en éclata comme du plâtre et l'eau se répandit. La force des démons ne faisait aucun doute. Leur mauvais caractère non plus.

— Rends-moi ce qui m'appartient, insista Kordac.

Assurance et témérité s'épanouissaient en lui à chaque seconde un peu plus. Cette fois, il changea de côté pour faire face au pensaguilek. Il entendit les trois autres bouger dans son dos.

Ils ne tenteront rien sans un ordre d'Otum.

Il ne savait pas d'où il tenait cette certitude. Une compréhension spontanée de la situation, de ses acteurs.

— Ce qui est pris sur Anakann appartient à Raark, humain, affirma Otum.

Le pensaguilek grognait dans la pénombre des thermes. Son odeur de tannerie recouvrait désormais celle des huiles parfumées.

— Je l'ai ramassé à Boroskariak ; les cités appartiennent aussi à Raark ?

— Si elles existent, c'est par la bonté de mon maître.

Kordac posa les coudes sur les rebords du bac, en une posture de feinte décontraction.

— Raark aurait tant de pouvoirs que cela ?

— Tu blasphèmes !

— Je pose juste une question…, insista Kordac, ravi que le démon ne le traite pas de « pou » comme lors de leur première rencontre, dans la grotte.

— Écoute, tout cela te dépasse et rien ne m'oblige à converser avec un pauvre humain.

— Un pauvre humain qui détient un objet assez intéressant pour déplacer quelques démons…

Otum appuya ses paumes contre le bord du bac, épaules rentrées, tête en avant.

— Détenait ! La pierre est entre nos mains, maintenant. Et grâce à toi, je peux même dire que Raark s'intéresse un peu plus à mon cas. Me voilà affecté à toutes sortes de missions passionnantes. Te prendre cette pierre, par exemple…

— Raark va-t-il me la rendre ?

Kordac sentit du mouvement dans son dos ; l'haleine écœurante des créatures lui parvint : elles s'étaient rapprochées.

Le voyageur se demanda tout à coup si les pensaguileks mangeaient des krisias, ces fleurs empoisonnées.

— Ne sois pas dégoûté par notre haleine, l'Étranger. (De son index griffu, Otum désigna ses lèvres sèches.) On peut mettre à la bouche beaucoup plus de choses que ton esprit étroit le pense. Et certaines d'entre elles sont plus utiles qu'une tranche de lard grillé.

— Je n'en doute pas, mais tu ne m'as pas dit si Raark me rendrait la pierre.

— Raark prend, Raark donne. C'est un dieu, reprit Otum, et il est libre de faire ce qu'il veut, quand il veut.

Kordac décida de sortir du bain tiède ; il se redressa lentement et une fois debout enjamba le bac. Un autre mouvement derrière lui et il comprit que les créatures avaient encore bougé. Avec un peu de chance, elles s'étaient écartées.

Kordac était nu mais après tout, le pensaguilek l'était autant que lui. L'eau ruisselait de son corps endolori par le voyage, tombait sur le sol recouvert d'un grossier carrelage. Il sentait une forte tension dans les thermes telle une entité propre, invisible comme une onde de chaleur dans la nuit. Il ne savait pas jusqu'où il pouvait aller avec Otum avant qu'il se jette sur lui ; il sentait que la curiosité de la créature compensait son hostilité.

Peut-être qu'il a reçu l'ordre de m'épargner.

Il tourna la tête pour chercher une serviette, un bout de tissu, n'importe quoi, plus pour s'occuper les mains que pour masquer sa nudité. Il vit un drap pendu sur le côté, à trois mètres de là. Aucun pensaguilek ne s'interposait. Il alla le chercher tout en parlant :

— Otum, (Les trois comparses se mirent à grogner, étonnés que l'humain connaisse le nom de leur chef.) existe-t-il quelqu'un au-dessus de ton maître ?

Il saisit le drap et s'essuya les mains consciencieusement, le dos bien droit. Ses pieds étaient bien campés sur le dallage inégal. Il avait peur, mais d'une certaine manière il ne s'était jamais senti aussi sûr de lui depuis son réveil dans l'asile de la madina. Comme s'il avait trouvé la situation intéressante, pleine de promesses.

— Tu veux parler du Grand Créateur ? dit le monstre.

Kordac cessa de s'essuyer ; à trois mètres de lui, sur le côté, Otum Guilek avait croisé ses bras sur sa poitrine. Les autres pensaguileks étaient hors du champ de vision de Kordac ; il estima que le danger pourrait venir d'eux et, en attachant le drap autour de sa taille il s'orienta de façon à s'assurer de leur position : ils s'étaient répartis en retrait, encadrant l'unique porte.

— Le Grand Créateur ? reprit le voyageur. Quelque chose comme *ça* existe ?

— Oh, c'est ce qu'on raconte, mais moi je ne connais que des dieux et des démons. Et Raark n'a de comptes à rendre à personne.

— Alors, si je veux récupérer ma pierre, il faudra que je m'adresse à lui. À moins que je la prenne d'entre vos mains, s'entendit-il dire.

Otum siffla et presque aussitôt Kordac ressentit un picotement dans son épaule.

— Tu peux toujours essayer ! lança le pensaguilek.

L'idée s'imposa à l'esprit de Kordac : lutter contre les pensaguileks. Il ne sut d'où lui vint ce soudain accès de courage. Ou de folie. L'adrénaline se déversa en lui comme un élixir de jouvence. Les muscles de ses jambes vibrèrent, prêts à donner l'assaut. Il serra les mâchoires. Ses yeux balayèrent la salle ; il avait le temps de sauter à la gorge d'Otum avant que les autres bougent. Leur chef maîtrisé, ils céderaient. Il repoussa l'ordre d'attaque deux fois en moins d'une seconde, il était prêt.

— Arrête ça tout de suite, l'humain.

Otum avait tendu la main vers Kordac, paume ouverte, griffes sorties. L'ordre émanait d'une voix sombre comme une nuit sans lune.

Il lit dans mes pensées. Il l'a déjà fait, dans la grotte.

La tension se relâcha aussitôt dans le corps du voyageur. L'adrénaline circulait à présent sans but, presque douloureusement. Kordac était redevenu le voyageur sans mémoire qu'avait sauvé le marchand Odasius.

— Garde tes forces pour demain, ajouta le pensaguilek. Ta route est encore longue jusqu'à la côte. Et les voiliers d'Anakann pourraient se dresser entre ta destination et toi.

Le cœur de Kordac battait comme un petit être à l'étroit dans sa cage, désireux d'en briser les barreaux.

— Les voiliers d'Anakann ? demanda le voyageur, essoufflé.

Il crut voir la bouche d'Otum s'étirer en un sourire moqueur.

Mais les oreilles de Kordac s'emplirent d'un pénible bourdonnement et il eut l'impression de s'évanouir. Il ferma les yeux en grimaçant, se prit la tête entre les mains, tomba à genoux, nauséeux. Ce n'était pas un évanouissement, peut-être un vertige. Son cœur battait à ses tempes.

La sensation de nausée disparut. De même que le parfum des essences. Quand il ouvrit les paupières, il n'y avait plus de thermes, ni d'Otum. Il était entouré de lumière. Une lumière tourbillonnante, rêche et douloureuse. Non, pas de la lumière, du sable. Rapide. Du vent, en rafales. On aurait dit une hallucination très réaliste.

La lumière décrut rapidement et Kordac vit une forme énorme près de lui, sous ses pieds. Juché sur un surplomb, il dominait une forme beige qui semblait faite de sable mais se mettait tout à coup en branle, lente et compacte, sorte de déploiement environné de spirales de poussières. Il la vit s'élonger vers une seconde forme semblable. Kordac comprit que la masse était un cou immense.

Nouveau bourdonnement, nouveau malaise. La sensation d'une glissade.

Le vent était tombé et dans la lueur jaune le sable ne tourbillonnait plus. En fait, la scène avait changé, décrivant un spectacle encore plus effrayant.

Face à Kordac se dessinaient les contours d'une tête immense, d'une gueule. Qui s'ouvrait, prête à l'engloutir.

Lorsque Kordac reprit connaissance, il était allongé sur le carrelage des thermes. Il avait du sable dans les mains, dans la bouche. Quant aux pensaguileks, ils avaient disparu.

Un peu plus tard dans la soirée, Kordac retrouva Baltos. Ce dernier remarqua la mine éprouvée du voyageur et ne lui posa pas de questions. Ensemble ils burent de l'eau puis deux timbales d'alcool de cactus. La liqueur soulagea Kordac ; il en vint à se demander si sa rencontre avec Otum avait eu lieu. En tout cas, il n'avait pas pu remettre la main sur le fragment de météorite récolté à Boroskariak.

Deux jours après leur départ de Salenn, les animaux redevinrent nerveux. Toutefois l'épaule de Kordac ne le faisait pas souffrir et il se demanda ce qui pouvait bien justifier leur nervosité. Cette fois, Baltos n'estima pas nécessaire de regrouper les femmes au milieu de la méharée.

— De l'orage, affirma Julipen, pointant de la main l'horizon où s'amassaient des nuages sombres.

Kordac frappa affectueusement l'encolure de sa monture et sous son foulard lui chanta un air en ourdek qu'il tenait d'Odasius. L'animal se calma peu à peu.

Du temps passa. Kordac reconnut être de moins en moins assommé par la chaleur pourtant éprouvante. Il s'habituait à cet univers hostile dont le plus grand danger était peut-être les démons qui le hantaient.

Les voyageurs progressaient dans un paysage de dunes peu élevées. L'orage n'était plus très loin, mais dans le désert il fut difficile à Kordac d'estimer la distance. Il se déplaçait vite, comme s'il avait accéléré ces dernières heures.

À mesure que les nuées approchaient, elles prenaient d'inquiétantes nuances violacées. Des éclairs horizontaux parcouraient les renflements toujours plus massifs, tandis que des colonnes plus sombres grimpaient vers le ciel comme les tentacules d'un monstre s'élevant au-dessus d'un corps grotesque.

Si le phénomène ne s'était pas précipité vers lui à une vitesse ahurissante, Kordac l'aurait trouvé d'une époustouflante beauté. Quels vents furieux pouvaient bien le pousser ? De quoi se nourrissait-il pour monter et enfler si promptement ? Il finit par demander à Baltos de quoi il s'agissait.

— Ce n'est pas un orage, répondit son guide. Du moins, pas de ceux que l'on connaît habituellement à Anakann. On dirait plutôt un « œil-de-Raark. »

À voir la tête du raïs, Kordac comprit que cet œil n'avait rien d'amical.

— Et nous n'avons nulle part où nous abriter, ajouta Baltos, visiblement inquiet.

— C'est quoi, cet œil ?

— *Raark* lui-même. Du moins l'une de ses manifestations les plus violentes. Quand il veut satisfaire sa curiosité ou au contraire repousser des humains qui le dérangent pour une raison ou une autre, il envoie ces sortes de… ces orages. C'est extrêmement rare de les voir si loin dans les terres et surtout si loin des montagnes où le dieu réside. Mais il ne vient peut-être pas pour nous. Il va sans doute nous contourner…

La voix de Baltos était aussi sombre que les colosses célestes.

— Baltos, on risque quoi, exactement ?

— La mort ? Ou pire peut-être. Ces éclairs, ils ne foudroient pas ceux qu'ils touchent, du moins pas à proprement parler. Ils les… ils les enlèvent. Ils les soulèvent et les entraînent là-haut. Au beau milieu de la tourmente, dit-il en ponctuant cette précision d'un geste tournoyant de l'index.

— Et ces voyageurs, ils ne reviennent pas, c'est ça ?

— À ma connaissance, ils ne reviennent jamais.

L'orage surnaturel ne dévia pas sa route. Il fonça vers la caravane, aussi exposée au danger qu'un marcassin offrant son ventre à un loup. Le soleil fut vite oblitéré par les nuées. Les grondements de l'orage se muèrent en explosions assourdissantes, comme si une montagne s'effondrait tout près, entraînant dans sa chute d'autres montagnes.

Tandis que le gros des nuages, aussi compacts que de la pierre, roulait au-dessus des voyageurs, les fumerolles qui jaillissaient du sommet de la masse ployèrent soudain vers le sol. Elles s'abattirent à intervalle régulier, délimitant le pourtour de l'orage sous la forme d'une douzaine de tornades. Kordac et les autres comprirent aussitôt qu'il leur était impossible de franchir ce mur de vent dont le vacarme s'ajoutait au fracas du tonnerre.

Ils étaient piégés sous l'œil du dieu.

La température avait baissé d'une vingtaine de degrés et l'air était saturé d'humidité. Juste au-dessus de sa tête, Kordac vit les éclairs horizontaux sillonner le ventre des nuages.

Les bêtes étaient si nerveuses que pour éviter la chute, les voyageurs durent mettre pied à terre. Ils s'arc-boutèrent alors aux rênes pour retenir des dromadaires prêts à se ruer dans les mâchoires de sable qui tournoyaient à quelques centaines de mètres. La foudre entaillait sans cesse le ciel de brèves et lumineuses crevasses. Palmiarn se colla contre Kordac qui avait bien du mal à contenir la peur de sa monture.

— Eh, je te croyais plus valeureux ! cria l'homme pour se faire entendre.

Baltos ordonna à tous de se tenir immobiles, tout au moins de ne pas fuir, car il n'y avait aucune alternative à l'œil-de-Raark. Mais qui aurait eu envie d'être réduit en pièces dans les douze tornades qui les entouraient ? songea Kordac.

Lorsque les premières gouttes frappèrent le désert, Kordac sursauta, poussant un cri de surprise comme s'il avait reçu une marmite d'huile bouillante sur les épaules. Les gouttes se changèrent très vite en averse et ce furent bientôt des trombes d'eau qui se déversèrent sur les dunes.

En deux minutes, ils furent tous trempés jusqu'aux os. Le rideau de pluie masqua le désert et des hommes perdirent de vue leur monture, coururent après elle. Baltos exhorta de nouveau les voyageurs à se regrouper mais on ne le voyait ni ne l'entendait plus. À deux pas de Kordac, un dromadaire paniqué heurta de plein fouet une silhouette qui tomba à ses pieds.

— Bon sang !

Kordac s'agenouilla auprès du blessé et le reconnut aussitôt ; en frappant le sol, les gouttes énormes soulevaient le sable qui se déposait sur le visage inanimé de Selly, le jeune frère de Julipen. Kordac l'essuya, puis il prit l'adolescent dans ses bras et s'éloigna des animaux. Des bourrasques bousculèrent les hommes, emportèrent des ballots et des paniers. Des voyageurs s'accroupirent dans l'attente d'une accalmie, d'autres s'éloignèrent en trébuchant. Les gouttes se muèrent en grêlons douloureux si bien que la visibilité diminua encore.

Alors la foudre s'abattit en un fracas d'enfer au milieu des hommes et des femmes. Kordac vit nettement l'arc électrique frapper un voyageur encore debout. Mais au lieu de disparaître aussitôt, comme un éclair naturel, celui-là vibra en crépitant follement, tendu entre le ciel et le sable durant d'interminables secondes.

Un halo d'une puissance lumineuse aveuglante entoura le foudroyé prisonnier de l'arc électrique. Impossible de savoir s'il criait ou non car le bruit de l'orage recouvrait tout, désormais.

Le malheureux s'éleva très vite dans les airs, porté par la foudre comme dans un bras de lumière. Secouée de spasmes qui n'avaient plus rien d'humain, la victime n'avait pas encore disparu dans l'énorme masse chaotique qu'un nouvel éclair frappait une voyageuse à quelques pas seulement de l'Étranger.

Cette fois Kordac lâcha sa monture. Une odeur d'ozone envahit aussitôt l'air et depuis le point d'impact de l'éclair, du sable fut projeté à une vitesse folle vers Kordac qui fit volte-face et se recroquevilla. Ce sable le cingla douloureusement tandis que la grêle martelait toujours son crâne comme une pluie de graviers.

Gagné par une peur primitive, celle d'un animal pris au piège et qui voit arriver le chasseur, il n'arrivait plus à penser. Le danger était partout : à la fois au-delà du nuage et sous lui. Une situation intenable ; sans espoir de fuite et saturé d'informations toutes plus catastrophiques les unes que les autres, son esprit céda quelques instants.

Quand Kordac reprit conscience, il leva les yeux vers le ciel. Sans pouvoir bouger d'un pouce, il vit la foudre arriver sur lui.

Le choc fut d'une violence extrême. Kordac ne sombra pas pour autant dans l'inconscience et il le regrettait déjà. Il eut l'impression que son corps ne lui appartenait plus : l'électricité céleste en avait pris possession. Un puissant halo de lumière blanche enveloppa tout son champ de vision, transformant le paysage de dunes en un vaste territoire enneigé. Au lieu d'une chaleur de fournaise, l'éclair diffusa un froid intense dans tous ses membres secoués comme des chiffons au gré des rafales. Puis sa vision se modifia. L'angle de vue. Il comprit qu'il était soulevé du sol.

L'ascension dura quelques secondes. Sous ses pieds, il devina Julipen et Palmiarn qui le regardaient, les mains en visière. Puis ils disparurent comme noyés sous une vague de lumière blanche. Kordac voulut lever la tête pour découvrir sa destination mais il ne parvenait plus à contrôler les muscles de son cou et il ferma les yeux.

« À ma connaissance, les voyageurs pris par l'œil ne reviennent jamais. »

Alors il pénétra dans le nuage.

Kordac n'entendait rien d'autre qu'un crépitement continu, entrecoupé de craquements plus forts. Dans ses entrailles, il sentait gronder l'orage phénoménal. Autour de lui des formes mouvantes s'illuminaient brièvement sous des éclairs colossaux. Il lui était impossible d'en connaître la taille car il avait perdu tout sens des proportions dans cet endroit où tout n'était que nuages. Ces derniers arboraient des couleurs fugaces qui allaient du rouge le plus éclatant au vert électrique en passant par des violets, des bleus et des jaunes qui palpitaient d'un scintillement surnaturel. Kordac ne se souvint pas d'avoir connu quelque chose de semblable.

Les tremblements de son corps se muèrent en frissons. Le souffle coupé par cette expérience sans précédent, il n'avait plus exactement peur. Rien ne l'avait préparé à ce qu'il était en train de vivre et il ne parvenait pas à imaginer son proche avenir, malgré l'avertissement de Baltos. Hébété, il ne pouvait que subir ce moment inouï. Si ses muscles soumis à rude épreuve quelques instants plus tôt ne l'avaient pas déjà fait souffrir, il se serait émerveillé des jeux de lumière qui sculptaient le cœur des nuées. Ému, il pensa à la femme – *sa* femme car il ne pouvait plus douter qu'elle soit son épouse, tout au moins sa maîtresse. Pourrait-elle un jour voir ce qu'il lui était donné d'admirer aujourd'hui ? Ne serait-ce que quelques instants… Il devait bien exister quelque part un dieu ou un sorcier pour lui inventer un regard neuf.

Alors il l'emmènerait dans le désert, chercherait un œil-de-Raark pour s'y laisser conduire. Elle et lui pourraient partager cette invraisemblable vision. Ils la chériraient, certes un peu effrayés, jusqu'à la fin de leur vie. Puis Kordac se souvint tout à coup qu'il n'était pas censé revenir sur terre.

« Ils ne reviennent jamais. »

— Non ! C'est impossible !

Il hurla mais sa voix ne porta pas au milieu de l'orage magnétique. Un nouveau grondement, plus long que les autres, balaya sa tentative.

— Je veux la revoir ! Laissez-moi revoir ma femme !

La colère s'empara de lui, une rage indicible qu'il ne pouvait plus contenir. Maintenu bras et jambes écartés par les poignets et les chevilles que des liens électriques enserraient, il s'agita en tous sens, sans toutefois bouger d'un pouce. Et plus il se démena, plus les liens brûlèrent ses chairs en un terrible supplice. Il s'épuisa, comme écartelé dans un monde en furie.

Et même si j'arrivais à rompre mes liens, j'irais où ? se demanda-t-il, à bout de souffle.

Il tomberait, à coup sûr. Et se romprait le cou des dizaines de mètres plus bas, au milieu des dunes maintenant gorgées d'eau.

Le désespoir le gagna.

Soudain, des arcs électriques plus fins accoururent de toutes les directions pour le rejoindre, tels des serpents lumineux. Ils tissèrent aussitôt un réseau au maillage étroit au centre duquel Kordac se mit à flotter comme dans une eau tiède, les mains et les pieds enfin libres.

Les brûlures s'atténuèrent. Il eut la sensation de se trouver dans une boule protectrice, flottant au milieu d'un chaos de bruits et de lumières. Les sons eux-mêmes lui parvinrent étouffés. Il se calma peu à peu, perçut les battements de son cœur et le souffle assagi de sa respiration.

De longues minutes s'écoulèrent. Sans les roulements de tonnerre qui lui rappelaient la précarité de sa situation, il se serait peut-être réjoui de ces instants. Puis les masses opaques s'entrouvrirent, laissant la place à une créature quatre fois plus grande que Kordac.

Il s'en dégageait une impression de toute puissance. Longue et fine, elle n'en était pas moins monstrueuse, tenant à la fois du rapace et du reptile. La peau du torse et du ventre était couverte de larges écailles d'un jaune pâle. Grise sur le dos et les membres, elle se tachait d'ocelles bruns. Quatre bras immenses partaient de ses flancs et de larges membranes s'y attachaient comme les ailes d'une chauve-souris ; à travers elles Kordac voyait les nuées incandescentes s'embraser derrière le démon.

Les membranes claquaient follement au vent. Les jambes disparaissaient dans les renflements constamment brassés des nuages. La tête était allongée telle celle d'un oiseau. Ce qui tenait plus du bec que du museau était en fait dépourvu de corne mais recouvert d'une peau fine. Près du sommet de la tête, deux yeux composaient un regard scrutateur. Un regard humain en un contraste choquant avec le reste de l'apparence.

La peur ne se déversa pas pour autant dans les veines de Kordac, sans qu'il comprenne exactement pourquoi. Une fois de plus il se demanda si cela avait un lien avec son identité ; et s'il devait mourir, alors que ce soit le plus rapidement possible. Mais la créature ne serait peut-être pas aussi clémente.

— Je suis Raark.

La voix du démon tenait plus du sifflement et du chuintement que d'autre chose. Elle couvrit le vacarme des nuées de manière déplaisante.

— Et toi, qui es-tu ?

— Kordac, répondit l'Étranger.

— Ce n'est pas ton vrai nom.

— Comment le savez-vous ?

— Je sais… des choses. Mettons que je ne suis pas un démon solitaire.

— Alors Otum vous a parlé de moi…

— Tout le désert parle de toi. Il semblerait même, reprit le démon de sa voix sifflante, que tu intéresses ces pitoyables créatures.

— Les pensaguileks ?

— De sales geignards…

— Ce ne sont pas vos serviteurs ?

— Si. Est-ce que je devrais les aimer pour autant ? Ce sont des pillards sans vergogne. Ils profitent de pouvoir lire les pensées d'autrui pour abuser sa confiance.

— Mais quel est mon vrai nom, tenta Kordac, vous le connaissez ?

— Tu ne le sais pas ? Allons, fais un effort…

— Je… je n'ai plus le temps. Si vous devez me tuer, à quoi bon chercher ?

— Mais qui a parlé de te tuer ?

Avec un mouvement gracieux de ses bras, Raark s'inclina. Les bords de ses ailes membraneuses claquèrent. Un éclair passa entre lui et le cocon électrique dans lequel flottait Kordac.

— On dit que… que les voyageurs pris dans l'œil-de-Raark n'en reviennent jamais…

Le démon sembla sourire.

— On raconte tellement de choses… Les peuples humains forment une drôle d'espèce ! Ils sont très différents les uns des autres mais une chose les rassemble tous : leur goût immodéré de la peur. La peur et ses enfants : le culte du morbide, le repli sur soi, l'ostracisme… Même la cruauté plonge ses racines dans la peur de l'inconnu. Difficile de vous comprendre, parfois. Mais je ne me plains pas : grâce à elle vous nous respectez. Et il n'en faut pas beaucoup pour vous impressionner…

Pour étonnants qu'ils fussent, les propos de la créature exaspérèrent aussitôt Kordac. Il avait soudain le sentiment que l'on se moquait de lui. C'était tellement facile d'émettre des jugements définitifs depuis son nuage ! Et Raark valait-il tellement mieux que les pensaguileks ? N'abusait-il pas lui aussi de son pouvoir pour asservir les humains ? Après tout, la peur n'était rien d'autre qu'une forme d'esclavage.

— C'est un beau discours, s'enhardit-il. Mais qu'avez-vous fait des deux caravaniers ? Ceux qui m'accompagnaient et que vous avez enlevés ?

Pour la première fois Raark fit une grimace réprobatrice. Sa voix adopta les notes profondes du tonnerre :

— Je t'ai dit que votre peur m'arrangeait bien ! Tu tiens vraiment à l'éprouver ?

— Je voulais juste savoir ce que sont devenus mes compagnons de route…

— Ça ne te regarde pas. Serais-je un démon si je devais répondre à la première question venue ? Allons, sois sérieux. Je ne te tuerai pas, ça devrait te suffire. Et ça te suffira, crois-moi.

La menace était sans équivoque. Kordac n'avait plus qu'une chose à demander.

— Pourquoi m'épargner ? C'est à cause de… de mon identité ?

Raark ferma les paupières un court moment et leva la tête. Ses narines se dilatèrent comme s'il humait les nuées. Puis il retrouva sa position initiale, face à Kordac. Quelque chose avait changé dans son expression. Comme de l'inquiétude.

— Il se trame des choses terribles de l'autre côté du monde, commença Raark. Elles sont en train de prendre forme et il ne reste plus beaucoup de temps avant qu'elles soient en place. La lutte a d'ores et déjà commencé.

— Une lutte ?

— C'est une bataille et bientôt ce sera une guerre. Une guerre sans précédent. Une force obscure sortira de l'ombre après des décennies d'oubli et avancera ses pions dans la lumière. Il y aura des morts. Des morts par millions, Kordac. Consolata sera touchée en premier, c'est irrémédiable. Puis, si nous ne faisons rien, viendra le tour d'Anakann.

— Une guerre, des forces obscures ? Qu'est-ce que j'ai à voir là-dedans ? demanda Kordac, dubitatif.

— Certains parmi les démons affirment que nous avons besoin de toi. Tu serais même notre unique espoir…

Un vieil amnésique pour sauver Consolata et Anakann d'une terrible menace. C'était ridicule ! Pourtant, l'idée de la guerre trouvait peu à peu un étrange écho en lui.

— Mais comment le serais-je ? Je ne sais même pas qui je suis ! Je suis trop vieux, et pour les énigmes et pour me jeter dans une guerre… *A fortiori* celle qui consisterait à sauver le monde !

— Il y aura des millions de victimes. Si l'on ne fait rien, la mort prendra possession de la vie, partout et pour l'éternité.

— Et après ? s'emporta Kordac. Je veux juste…

Il se tut, craignant soudain de mettre en danger l'élue de son cœur à la simple évocation de son existence. Mais, à son grand étonnement, Raark compléta sa phrase :

— Tu veux juste retrouver celle qui fut ta femme.

— Comment se… ? Vous savez aussi cela ? (Le démon hocha la tête pour toute réponse.) Cette femme que je veux retrouver, alors elle serait réellement mon épouse ?

— Elle le fut, oui.

— Elle le fut… Vous voulez dire qu'elle appartient à un autre homme, désormais ?

Prononcer cette simple phrase était une véritable torture mais il avait l'espoir d'entendre une réponse négative.

— Elle appartient à… *quelque chose*, en effet, mais qui n'est plus un homme.

La réponse brisa le cœur de Kordac. Il serra les paupières de toutes ses forces. Ce qui le maintenait encore en vie, ce formidable espoir d'un amour à revivre, venait de s'écrouler en un instant. Sa gorge se serra et il sentit les larmes monter à ses yeux. Depuis sa randonnée entre la madina et l'ermitage, il s'était promis de retrouver la femme qui hantait ses rêves. Et maintenant elle appartenait à un autre ! À *quelque chose* d'autre. Il voulut tout effacer. Rayer les dernières semaines de sa mémoire. Mourir ? Pourquoi pas ! Il en eut subitement assez d'osciller entre espoir et envies suicidaires. Ça n'avait que trop duré.

— Kordac…, fit Raark. KORDAC, ÉCOUTE-MOI !

Une bourrasque agita le cocon où se trouvait l'Étranger et le réseau d'éclairs émit un craquement inquiétant. Kordac ouvrit les yeux.

— Onahra n'a pas choisi sa situation, reprit Raark. Elle s'est donnée contre son gré.

Onahra !

Le prénom fut comme une explosion dans l'esprit de Kordac. Onahra, sa bien-aimée ! Aussitôt il la vit dans un flot d'images incontrôlé, jaillissant de son passé. Elle était tour à tour heureuse, en colère, hagarde, aimante, apaisée, triste. Il la vit rire aux éclats puis taper du poing contre sa poitrine à lui. Ses yeux brillaient de joie, de malice, se mouillaient de larmes. Elle le regardait.

Elle *voyait.*

— Elle s'est donnée contre son gré ? répéta Kordac.

— Elle est prisonnière. Et elle est en danger. En grand danger. Elle côtoie malgré elle les forces obscures et elle mourra si elle ne fait pas ce que la… la chose exige d'elle.

— Bon sang ! Et qu'exige-t-elle ?

— Je ne peux pas répondre à cette question. Tu dois aller à Port-Incaline pour trouver des réponses. La pierre que tu portes avec toi t'aidera à rencontrer celui qui t'aidera.

— Vraiment ? C'est juste un fragment de météorite. Mais j'imagine que vous le savez déjà…

— En effet. Nous en avons parlé. Je veux dire, entre *nous.* Mais quand je ne peux obtenir une information par moi-même, les prières et les plaintes de mes disciples sont un moyen simple d'en apprendre beaucoup… La météorite provient d'Ilone, l'île du Temps.

— J'ai déjà entendu parler de cet endroit… comme étant une légende.

— Oh, je peux t'assurer qu'Ilone existe bel et bien.

— D'accord, mais par quel miracle aurait-elle pu atterrir dans le désert ?

— Ce n'est pas un miracle, Kordac. Mais le résultat d'une attaque.

Raark modifia l'inclinaison de ses bras ailés pour se rapprocher de Kordac. Le maillage électrique qui ceignait l'amnésique changea de couleur, passant du bleu à l'orange. Raark reprit :

— Si j'en crois ce que l'on m'a dit, cette… chose avait tout intérêt à mettre au jour ce qui se trouve sous Arachnéon.

— Et de quoi s'agit-il ?

— D'une sorte de… de porte. Une fois celle-ci ouverte, Anakann sera à la merci d'un grand danger. Mais je ne peux guère t'en dire plus. Tout ce que je peux affirmer, c'est que notre ennemi te croit mort, ce qui nous laisse un peu d'avance sur lui.

Kordac se passa les mains sur le visage. Les poils de sa barbe grise crissèrent contre ses paumes. Du bout des doigts il pressa ses yeux clos, de plus en plus fort, jusqu'à faire apparaître des formes multicolores. Il voulait quitter l'œil-de-Raark. Oublier. Mais à peine avait-il formulé cette pensée que l'image d'Onahra s'interposa. Elle était prisonnière, elle avait besoin de lui.

— Écoutez, tout ça est complètement délirant. Je suis là, en train de vous parler, dans ce… cette cage bardée d'éclairs et je ne sais même pas si c'est la réalité. Bon sang, je ne sais même pas qui je suis et personne ne peut me le dire ! Pas même vous !

— Je te dis ce que tu as besoin de savoir. Du moins pour le moment.

— Franchement, vous ne pensez pas qu'on gagnerait du temps à commencer par *mon* histoire ? Je veux dire, avant de parler de sauver le monde, parce qu'il s'agit bien de ça, n'est-ce pas ? Vous ne pourriez pas commencer par me dire qui je suis ?

— Tu ne l'accepterais de la bouche de personne.

— Ah, et pourquoi ça ?

— L'enjeu est trop important pour inventer de nouvelles règles ici et maintenant. Tu dois te réapproprier ta mémoire. Tu as beaucoup de choses à redécouvrir, et certaines sont douloureuses. Extrêmement douloureuses. Il n'appartient à personne d'autre qu'à toi de les affronter, par toi-même. Mais ne tarde pas trop : Consolata est déjà perdue et il faudra se battre durement pour en chasser les forces dorénavant à l'œuvre. Avant qu'Anakann tombe à son tour, ainsi que le monde tel que nous l'avons connu jusqu'à présent. Avant qu'Onahra disparaisse à jamais.

Kordac leva les yeux ; au-dessus de sa tête s'étendait le même paysage tourmenté. Des nuées en constant mouvement que la foudre sillonnait en éclats multicolores.

— Va à Port-Incaline, tu en sauras beaucoup plus une fois là-bas. Ne tarde pas ! Je te l'ai dit, le caillou que tu as ramassé t'aidera. Prends un navire qui effectue la traversée vers Consolata. Retrouve la mémoire avant d'embarquer, Kordac. Apprends à te connaître et à t'accepter. Même si l'épreuve te semblera pénible, rassembler tes souvenirs pourrait t'être d'une grande aide.

— Puisque vous le dites… sauf que je ne vois vraiment pas comment mettre la main sur mon passé. Et Onahra, comment la rejoindre ?

— Tu ne peux rien pour elle, elle est inaccessible pour le moment.

— Très bien. Mais il reste quand même un problème, Raark.

— Un seul ? Mais alors nous avons grandement progressé, dit le démon avec son étrange sourire.

— Oui, mais il est de taille : je n'ai plus le fragment de météorite. L'un de vos serviteurs me l'a volé.

— Regarde dans ta poche.

Kordac s'exécuta ; le fragment était bien là.

— Un démon se doit de connaître quelques tours…

Sous l'œil-de-Raark la grêle avait cessé et les tornades s'étaient simplement défaites. Hagards, les voyageurs se regardèrent comme s'ils sortaient d'un cauchemar partagé. La foudre les avait rendus sourds et l'orage avait beau gronder, ils ne l'entendaient plus. Tous étaient détrempés : les amples vêtements pendaient aux silhouettes longilignes leur prêtant l'allure de chats tombés dans un bassin.

Kordac était accroupi sur le sable qu'un éclair avait vitrifié. Il releva la tête pour suivre du regard l'œil-de-Raark qui s'éloignait. Il était pour le moment trop secoué pour réfléchir à ce qu'il venait de vivre – et d'entendre !

La stupeur passée, on se précipita vers les corps inanimés. Les femmes poussèrent de longs cris de lamentation. La première pensée de Kordac fut pour Palmiarn, la seconde pour Julipen. L'orphelin avait disparu depuis la chute de l'éclair. Les oreilles bourdonnant encore, étourdi et nauséeux, Kordac progressa sur le sable mouillé en direction de l'attroupement au centre duquel se tenait Baltos.

Lui aussi éprouvé par les événements, le raïs désignait des hommes pour prendre soin des blessés et pour rassembler les bêtes.

— Kordac ! dit-il, visiblement soulagé. Tu es… tu es revenu, n'est-ce pas ?

Les sourcils exagérément froncés, Kordac se palpa les bras, le torse avant de conclure, avec un sourire :

— Je crois bien que oui, raïs.

— À la bonne heure ! Les rumeurs sont aussi faites pour être réduites en poussière.

Puis, à mi-voix :

— Mais je commence à croire qu'elles ne peuvent avoir prise sur toi, Kordac.

L'Étranger comprit l'allusion de Baltos : il survivait à tant de choses réputées dangereuses, sinon mortelles, qu'il ne pouvait être un homme comme les autres. Et il tenait de Raark en personne la plus incroyable des confidences : il était le seul et unique espoir de sauver le monde. Rien de moins ! Kordac eut un vertige et il s'appuya sur l'épaule de Baltos.

— Eh bien, mon ami, dit le raïs en posant une main sur celle de Kordac, il va falloir te reprendre : nous avons besoin de toi, ici et maintenant. Tu feras l'inventaire de notre chargement. Les caravaniers s'adresseront à toi s'il leur manque quelque chose et tu en prendras note.

Le raïs s'adressa à tous :

— Soyez courageux. Nous serons arrivés au caravansérail demain dans la matinée.

Les voyageurs s'éloignèrent, incapables de prononcer un mot. Certains dévisagèrent Kordac, espérant peut-être trouver dans ses traits la raison de son incroyable survie. Des trois voyageurs emportés dans l'œil, il était le seul à en être revenu.

L'Étranger croisa Julipen affairée auprès de son frère et de son père. Soulagé, il inspira profondément ; l'air était redevenu brûlant mais la pluie avait inventé de nouveaux parfums. Il grimpa au sommet d'une dune pour envisager la situation et aperçut loin à l'ouest un dromadaire égaré. L'animal ne portait rien sur son dos, aussi Kordac n'essaya-t-il pas de le rattraper.

C'est risquer ma vie pour pas grand-chose. Et il retrouvera sa route tout seul, avec un peu de chance.

Kordac tourna le regard vers la méharée ; Palmiarn lui faisait un signe de la main. Il descendit la dune et se mit au travail.

L'Étranger s'approcha du voyageur taciturne ; ce dernier se tenait contre son dromadaire assis.

— Il ne vous manque rien ? demanda le chamelier.

— Non, rien.

L'homme serrait son foulard entre ses mains ; son visage était plus clair que celui des autres voyageurs et ses yeux plus ronds. Il ne devait pas avoir plus de vingt-cinq ans ; aussi choqué que ses compagnons par la violence de l'orage, il refusait néanmoins le moindre soutien.

— Écoutez, lui dit Kordac, vous n'êtes pas obligé de vous donner tout ce mal pour qu'on vous laisse tranquille. Tant que je serai là, je vous promets qu'il n'arrivera rien à votre chargement.

Sa propre assurance l'étonna, ainsi que l'intérêt qu'il portait à ce voyageur. *La politesse du désert*, songea-t-il. *On dirait bien que je l'ai faite mienne.*

Face à lui, l'homme serra les lèvres et changea de position, gêné.

— C'est dur pour tout le monde, aujourd'hui, ajouta Kordac.

— Merci, dit enfin le jeune homme. Je n'ai pas choisi la tâche qui m'incombe et je l'accomplis sans plaisir.

— C'est notre lot à tous.

— Eh bien, permettez-moi de penser que ma tâche est un peu plus… (Il chercha ses mots.) lourde que vous ne l'imaginez.

— Alors, n'hésitez pas à en décharger une partie sur vos compagnons de route.

Le jeune homme hocha la tête lentement, comme s'il peinait à prendre la mesure de cette proposition. Il dit enfin :

— J'y songerai, merci.

Mais Kordac douta qu'il accepterait un jour de l'aide.

Au moins, je lui ai proposé la mienne sans équivoque.

— Je m'appelle Léod, conclut le jeune homme.

— Regarde, *aloud*, t'as vu *ça* ? s'écria Palmiarn tandis que son protecteur notait péniblement sur un parchemin les ballots perdus.

— Regarde quoi ?

— Mais les fleurs !

Une heure après le déluge d'eau et de feu, les premières plantes crevaient la surface hostile du désert : des graines avaient parfois attendu des années pour jaillir vers la lumière. Des centaines de fleurs s'épanouissaient dans la vallée. Des dromadaires broutèrent aussitôt ce prodige et des hommes les frappèrent à grands coups de verge, en braillant.

— Que se passe-t-il ? demanda Kordac. Ils veulent protéger les fleurs ?

— Des krisias, répondit Baltos. Il y a des krisias parmi les fleurs. C'est un poison. On dit que seuls les pensaguileks peuvent en manger sans crainte.

Kordac pensa aussitôt à l'haleine de bouquet pourri exhalée par Otum Guilek.

— Le désert donne et le désert prend, ajouta Baltos.

Les mêmes mots qu'a prononcés Otum, dans les thermes de Salenn.

Fatalité ou injustice. Impuissance de l'homme face au destin.

— Il ne donne pas beaucoup, on dirait, répliqua Kordac.

— Il donne du travail à ton maître Arkaro.

Kordac acquiesça sans conviction, puis il acheva son inventaire. Le bilan matériel n'était pas si terrible : seul un dromadaire avait été emporté dans l'une des douze tornades, avec ses paniers pleins de vaisselle en bronze damasquiné, une spécialité de Boroskariak. Il ne manquait rien d'autre, sinon l'animal égaré, bientôt repéré au sommet d'une dune.

En revanche, la folle humeur du dieu démon Raark avait donc fait deux victimes, disparues dans le nuage. Trois autres voyageurs souffraient de brûlures plus ou moins superficielles et avaient du mal à recouvrer l'usage de la parole ; ils semblaient aussi immobiles que des statues de sel plantées à l'ombre d'une dune en cet après-midi finissant.

Lorsque Kordac se fut assuré de la bonne santé des dromadaires – pas de plaies profondes ni de boitillement, des sabots intacts –, Baltos dirigea une brève cérémonie pour saluer le départ des deux victimes vers l'au-delà. On remercia Raark de ne pas avoir emporté plus d'hommes dans son accès de colère, remerciements que Kordac jugea incongrus. On évoqua aussi la « mansuétude » de Raark qui n'avait pas profité de l'occasion pour attaquer la caravane.

— Car tu es sage, Raark, et tes légions de pensaguileks savent obéir à tes ordres mesurés.

Des légions de pensaguileks ! pensa Kordac.

Pouvaient-ils être aussi nombreux ? Quant à la sagesse de Raark et de ses serviteurs, rien n'était moins sûr, ainsi que l'avait laissé entendre le dieu des nuées.

Les femmes entonnèrent un chant étrange censé éloigner les scorpions des défunts.

Les plants de krisia arrachés, on s'installa pour la nuit. Le soleil avait déjà séché les étoffes, la toile des tentes. On mangea en silence, sous le regard inquiet des hommes de garde. Armé d'un long sabre, Kordac fit partie du premier quart. Un homme voulut savoir comment c'était, là-haut. Dans l'œil-de-Raark.

Kordac prit une profonde inspiration et répondit :

— Je n'en sais fichtre rien.

Puis, levant son sabre vers le ciel :

— Je me suis pris cet éclair en plein dessus et c'était comme si un troupeau de dromadaires m'était passé sur la tête.

— Mais tu as tenu le choc.

Kordac regarda son sabre qu'il venait de reposer sur ses genoux croisés. Il n'avait pas eu vraiment peur, auprès du démon, lui parlant comme s'il s'agissait d'un aîné, le bousculant, même.

— Quand je me suis réveillé, j'étais sur le sable. Complètement sonné. Si je n'avais pas vu nos compagnons partir… *là-haut*, je n'aurais jamais cru que j'avais bougé de là.

L'homme accepta la réponse et loua son courage avant de s'abandonner silencieusement à la contemplation du ciel étoilé – un spectacle qui laissait Kordac de marbre, après les merveilles dans l'œil tempétueux du dieu-démon.

Et si ce voyageur savait que j'avais reçu une visite de pensaguileks, je finirais par passer pour un type passablement inquiétant.

Il pensa à Onahra.

Je dois aller à Port-Incaline et rencontrer quelqu'un dont j'ignore tout! Très bien. Et après? se demanda-t-il. *Elle est inaccessible! Raark me l'a affirmé. Inaccessible, du moins pour le moment. Mais pour combien de temps? Je dois d'abord retrouver la mémoire.*

Les paroles de Raark lui revinrent à l'esprit:

« Tu as beaucoup de choses à redécouvrir et certaines sont extrêmement douloureuses. Il n'appartient à personne d'autre qu'à toi de les affronter, par toi-même. »
Je sais si peu de chose sur moi… et plus j'en sais, plus ma vie se complique.

Au moins était-il encore là pour en témoigner.

Chapitre 7

Ma destinée sera faite d'épreuves et de douleurs. Iriane le savait. Depuis toujours. Du moins aussi loin qu'elle se souvenait d'avoir eu une pensée sérieuse. Quel âge avait-elle alors ? Six ans ? à peine. Sa mère était déjà rongée de l'intérieur par la maladie mais aussi par les médications approximatives de charlatans. La plupart d'entre eux venaient d'Estebellia, la grande cité du Sud. Alors que sa maman agonisait, amaigrie et les traits déformés, Iriane avait déjà perdu deux frères en bas âge. Ils n'avaient pas eu le temps d'apprendre à sourire.

La petite fille avait vu son père se battre contre les médecins d'abord, contre la société bourgeoise ensuite qui acceptait si mal la maladie d'une femme, même si elle n'était pas contagieuse. On voulait juste ne pas la voir mourir, on refusait d'affronter les gémissements qui entrecoupaient les conversations comme l'intrusion de petits démons grimaçants et si éloquents. On ne voulait pas regarder en face ce visage naguère si plaisant et que la maladie avait transformé en un effrayant masque mortuaire. La maladie et les soins des Estebelliens : Iriane était persuadée qu'on empoisonnait sa mère à petit feu.

Épreuves et douleurs. C'était il y a neuf ans. Alors que la mort semblait gagner la partie, son père lui avait dit : « Ganalone prendra soin de ta maman. » Iriane s'était demandée comment il pouvait en être si sûr : Omok n'était jamais très loin et on disait les pires choses sur son royaume, où croupissaient les défunts frappés d'injustice. Se battre. Se dresser contre les injustices. Se battre contre la mort de sa mère et les médecins que son père ne pouvait se résoudre à congédier définitivement. Iriane avait prié les sept dieux et d'autres encore, moins importants, elle y avait dépensé une énergie folle malgré son âge, éloignant peu à peu ses camarades de sa passion.

Elle avait découvert l'impératrice à cette époque : une vieille femme, amie de ses parents, lui avait raconté comment l'épouse de l'empereur l'avait sauvée :

— J'étais malade et j'allais mourir. Ces imbéciles de médecins, ils ne me laissaient plus aucun espoir. J'avais une amie à la cour ; elle a insisté pour que je rencontre l'impératrice. Elle m'a dit : « Cette femme te guérira ». Ma pauvre chérie, j'étais en si piteux état que je n'ai pas accepté. J'avais tout d'un cadavre ambulant, pas un état pour rencontrer une tête couronnée, pas vrai ? Et puis un jour, sous prétexte de me faire prendre l'air, cette amie m'a conduite chez l'impératrice. J'étais trop faible pour lutter et j'ai dû me plier à ce que je pensais être une sorte de caprice. Et, crois-le ou non, elle nous a reçues. Elle était si… si belle et d'une telle bonté… Sa présence elle-même était un soulagement, ma petite. Elle s'est intéressée à moi comme elle se serait intéressée une parente un peu éloignée. Et elle m'a écoutée, en me tenant les mains ou en touchant mon front. L'impératrice m'a fait promettre de venir au palais jusqu'à ce que je sois guérie. Je suis allée la voir deux fois. Un beau matin, je me suis réveillée tellement en forme que j'aurais pu tout aussi bien avoir rajeuni de vingt ans durant la nuit ! Si cette femme était encore parmi nous, j'aurais emmené ta maman auprès d'elle…

Les gens vinrent finalement nombreux à l'enterrement de la mère d'Iriane, mais il était trop tard : le corps recru de souffrance de la femme ne pouvait plus profiter de ce soutien. Iriane avait alors huit ans ; serrée contre son père, elle repoussa les baisers compassés puis s'enfuit durant la fête, beaucoup trop gaie à son goût.

Elle descendit sur les berges de la Medding, se mit à errer le long des quais. Elle n'avait pas pensé que le soleil se cacherait si vite et elle ne sut bientôt plus où elle était. Le faciès des passants ne lui inspira aucune confiance, bien au contraire. Elle les évita du mieux qu'elle put. Un homme voulut l'aborder ; planté jambes écartées à trois mètres devant elle, il était petit mais ses bras parurent à Iriane aussi gros que des troncs d'arbre et une balafre creusait un sillon oblique de son front à son menton. Il avait tout l'air d'un homme dangereux.

— Eh, petite, tu crois aller où comme ça ? Envie de te faire grignoter les arpions par une ragne ?

Une *ragne* ? Iriane ne connaissait pas ce mot. Elle baissa la tête et poursuivit son chemin, s'écartant un peu.

— Tu me réponds quand je te parle ou je cause pas assez fort ?

Un second homme, plus grand et au crâne chauve, posa la main sur le bras de son compagnon et lui dit :

— Laisse tomber.

— Et pourquoi ?

— Doit être le rejeton d'un patron.

— Et alors ? fit l'autre alors qu'Iriane les dépassait à pas pressés, le visage dissimulé par ses longs cheveux. Elle n'entendit pas la réplique du compère.

Les heures s'écoulèrent tandis qu'elle progressait vers l'est, toujours plus loin de Grève-Pieds. L'épuisement avait eu raison de sa peine et si elle marchait encore, c'était pour trouver un abri sûr, quitter au plus vite ce quartier glauque.

À cet âge, l'idée de « l'abri sûr » était une pièce ni trop petite ni trop grande, propre mais sans excès, équipée probablement d'un lit confortable, de quelques jouets pour lutter contre l'ennui et d'un énorme cadenas dont elle seule posséderait la clef. En plus, il y ferait doux et le parfum d'un cake aux raisins serait une tentation vite assouvie. Mais l'odeur montant des ruelles perpendiculaires au fleuve était pestilentielle. La Medding elle-même semblait plus sale qu'ailleurs.

Les quais s'étaient vidés de leurs travailleurs. La petite fille passa à côté d'embarcations, la plupart abandonnées. De temps à autre, des bribes de discussions entre mariniers lui parvenaient et le ton et l'accent de ces hommes à la mauvaise réputation l'obligeaient à passer au large. Pour leur échapper, elle s'enfonça dans le dédale des canaux bordés d'entrepôts. Les murs étaient aveugles ou percés de lucarnes noires mais plus le temps passait, plus elle croyait voir des silhouettes se dessiner dans leur ombre et elle sursautait souvent, haletante. La faim et la peur se disputaient l'exclusivité de son ventre.

À un moment, elle entendit une bagarre de chiens, puis les aboiements cessèrent d'un coup. Ce brusque silence fut encore plus angoissant que le boucan des chiens. Iriane n'entendit plus que le froissement de l'eau contre la pierraille des berges.

Je veux rentrer. Je veux rentrer à la maison !

Elle retenait ses sanglots pour ne pas réveiller…

… un monstre, un fantôme, une méchante créature… Rentrer…

Elle voulut repousser les images qui frappaient à la porte de son imagination. En vain. Une grail démesurée s'afficha, ses ailes membraneuses étendues autour d'elle. Et savoir que les grails ne fréquentaient pas les villes ne lui fut d'aucun secours : ce genre d'animal existait forcément quelque part dans ce labyrinthe. Qui l'attendait pour lui sauter dessus. Soudain Iriane n'avait plus huit ans, elle en avait trois de moins, petite fille prise en chasse par des armées de monstres. Peut-être même que le méchant docker de l'après-midi les renseignerait : « Elle est passée par là ! »

Iriane vit une porte entrouverte ; valait-il mieux s'abriter à l'intérieur en attendant le lever du soleil ? Ou se faire dévorer, vivante, sous les lunes ? Elle tira la porte à elle, poussa de sa petite voix apeurée un « Il y a quelqu'un ? » qui resta lettre morte, et se décida à entrer.

La toiture crevée et les lucarnes empoussiérées laissaient passer des fragments de lunes. Pas suffisamment pour identifier les lieux avec précision mais assez toutefois pour permettre à Iriane de ne pas heurter un gros obstacle, cloison ou pilier. Elle referma la porte et sentit sous ses doigts un verrou ; elle poussa le pêne dans son logement, puis fit quelques pas vers le centre de l'édifice en torchis.

— Quelqu'un ? répéta-t-elle encore plus bas.

Elle embrassa les lieux du regard. À gauche, des lucarnes, en face un amoncellement montant presque à la charpente – probablement des sacs de toile –, à droite d'autres lucarnes. Des poteaux se dressaient à intervalle régulier et rejoignaient poutres et solives, envahies de toiles d'araignées. Contre l'un des poteaux, Iriane devina une table et un tabouret. Aucune trace de lit confortable ou de jouets. L'endroit, immense à ses yeux, ne sentait pas le cake aux raisins et il y faisait plutôt froid : ça n'avait rien de « l'abri sûr » auquel elle avait rêvé mais elle décida de s'en contenter. Elle marcha jusqu'à l'amoncellement. C'était bien des sacs de jute. Iriane tapa du bout du pied dans l'un d'eux ; il en monta un peu de poussière et une odeur de moisissure. Puis il y eut dans son dos un crépitement étouffé. Elle se retourna à temps pour voir une petite boule sombre détaler sous les éclats de lunes, disparaître dans la nuit. Elle porta la main à sa bouche. Un rat.

C'est qu'un rat. C'est qu'un rat.

— Va-t'en, fiche-moi la paix…, lança-t-elle à mi-voix.

C'est qu'un rat. Juste un rat.

Une litanie contre la peur. Un rat et pas une grail. Un rat et pas une armée de fantômes.

Son cœur cognait dans sa poitrine. Combien de rats pouvait-il y avoir ? Un ou deux ? Une famille ?

Elle frissonna. La fête était si loin… Elle en vint à regretter la gaieté des convives. L'enterrement de sa mère… Iriane voulut penser à sa maman pour se rassurer. Ses bras chauds, son regard chargé d'amour, ses mots rassurants. Mais elle se représenta le visage creusé par la maladie et les gémissements de douleur résonnèrent aussitôt. Maman et ses deux enfants morts. Cette fois, la petite fille ne put retenir ses larmes. Elle marcha jusqu'au tabouret, s'assit et, la tête enfouie dans ses bras, pleura.

Un peu plus tard, elle entendit d'autres petits bruits. Elle releva la tête, se retourna. Des insectes, des milliers d'insectes. De toutes tailles. Qui détalaient depuis l'amoncellement de sacs et filaient où ils pouvaient. Comme s'ils fuyaient quelque chose. Iriane se hissa sur la table. Les bestioles disparaissaient sous les cloisons en un flot écœurant. Puis ce fut le tour des rats. Ils quittèrent l'abri des sacs par dizaines, comme s'ils couraient après les bestioles pour s'en faire un festin.

Oh non !

Debout sur la table, Iriane s'appuya au poteau, serrant le bois de toutes ses forces.

Les rats ne s'intéressaient pas aux insectes : ils les dépassèrent sans se soucier de leur présence. Bientôt, il ne resta plus que trois ou quatre rongeurs, errant tout près du monticule, museau en l'air. Soudain les sacs s'effondrèrent en un bruit mat, mettant les retardataires en fuite. Iriane poussa un petit cri, ses ongles s'enfoncèrent dans le bois.

Là-bas, derrière l'effondrement, une masse sombre se redressa lentement.

Se déploya sur huit pattes chitineuses, hautes comme la petite fille. On aurait dit un énorme crabe que surmontait le thorax d'une mante religieuse. La créature mesurait la taille d'un adulte. La tête restait dans l'ombre. Des ouïes s'ouvrirent tout le long du thorax ; elles se mirent à vibrer, émettant un crissement pénible. La bête qui empestait la vase ne bougeait plus.

Maman, maman…

La petite fille était paralysée d'effroi. Tout à coup, une langue démesurée jaillit de la tête. Elle captura un rongeur, avant de s'enrouler vers le monstre avec un horrible bruit mouillé.

Cette fois, Iriane poussa un hurlement strident. La créature remarqua enfin sa présence ; elle fit jouer ses ouïes, tourna sur place et se pencha en avant, révélant son crâne dans la lumière lunaire. La créature n'avait que des yeux atrophiés, plantés sur une petite tête hérissée de piquants. Des antennes ondoyaient comme des fouets autour de ses mandibules. Iriane poussa un autre hurlement en sautant de la table et se précipita vers la porte.

— MAMAN !

Elle atteignit la porte en quelques enjambées. Elle tira le verrou, criant pour ne plus entendre le pénible crissement. Elle ne put ouvrir le battant vermoulu : quelque chose venait de se coller à ses cheveux. Iriane cria encore, porta les mains à sa tête. La langue ! La créature l'avait projetée dans ses longs cheveux bruns. Puis Iriane fut tirée en arrière ; la douleur lui arracha des larmes. Elle tenta de se retourner mais tomba sur le flanc. Le choc la suffoqua. Ses doigts enserraient toujours la matière gluante quand elle glissa sur le sol, lentement. Vers le monstre.

— Arrête ! Arrête ! ARRÊTE !...

Pour toute réponse, la créature émit son crissement avec encore plus de vigueur. Iriane essaya à l'aide de ses pieds d'empêcher l'effroyable glissade, en vain. Ses ongles pénétraient sans aucun effet dans la chair mouillée de bave de la langue. Elle se rapprochait.

Dans son champ de vision apparurent les pattes ; elles se plantaient fermement dans la terre battue comme des pieux acérés. La terreur d'Iriane était telle qu'elle ne sentait plus la douleur dans ses cheveux. Les rats n'étaient rien comparés à ce monstre, rien du tout : Iriane aurait dorénavant pu dormir dans un lit garni de rongeurs.

La langue la tira cette fois vers le haut. La petite fille se mit à genoux, puis sur ses pieds. Elle faisait face à la bête. Le remugle vaseux se mêlait à une odeur de poisson mort ; les larmes inondaient le visage de l'enfant qui sanglotait sans rémission. L'impression de se noyer dans le fleuve. C'était la fin.

Iriane ne vit pas la porte s'ouvrir à la volée, dans son dos. Elle était si proche des ouïes qu'elle n'entendit pas plus les cris derrière elle. La petite fille perçut en revanche la stridulation de la bête lorsque le double carreau d'arbalète se ficha dans sa tête, tranchant net la langue au passage.

Iriane retomba aussitôt sur le sol. Des cris d'hommes. Peut-être reconnut-elle la voix des dockers rencontrés plus tôt dans la soirée. Peut-être pas. Elle s'évanouit alors que la bête s'embrasait au-dessus d'elle, et ne s'éveilla que bien plus tard.

Son père la trouva dans un baraquement de dockers après une nuit et une journée de recherches.

— On a entendu des cris, expliqua le docker au visage balafré. Ça faisait des jours qu'on était sur cette saloperie de ragne.

— C'est la première fois que j'entends parler d'une ragne dans la région, s'étonna le père. Et surtout de cette taille.

— Elle a dû descendre le fleuve planquée dans un rafiot, pour sûr. Elle s'était planquée dans un trou sous l'entrepôt. Bien au chaud, la saloperie. Ça faisait des jours qu'on était après elle.

— Ouais, y a des gens qui l'avaient vue, ajouta le compère. Une ragne géante, qu'ils disaient… Personne voulait les croire mais nous, on s'est dit que c'était possible. Eh, tout est possible à Corall-Medding, pas vrai ? Mais pour être franc, j'en avais jamais vu une aussi grosse.

— D'après ce que je sais, commença le père d'Iriane, elles mesurent moins de la moitié de cette taille, d'habitude.

— Ben, je me demande bien ce qu'elle a pu manger pour finir comme ça… En tout cas, elle a cramé comme les plus petites ragnes.

— Les normales, tu veux dire, rétorqua son compagnon.

— Ouais, les normales.

— Elle a brûlé, vous dites ? reprit le père d'Iriane.

— Quand elles sont en danger, elles font ça. Elles se suicident, quoi. En essayant de cramer leur chasseur au passage. Vous savez, nous on dit qu'elles viennent directement de Galameh. C'est des créatures à Omok.

Le père hocha la tête lentement, comme s'il soupesait les implications d'un tel comportement. Mais les animaux – ordinaires ou extraordinaires – n'étaient pas son domaine de prédilection et ils en restèrent là pour les explications. Iriane avait été bien soignée par ses sauveurs et l'inspecteur des fraudes les remercia avec une bourse pleine de pièces d'or. Iriane les remercia à son tour.

« Pas de quoi », répondirent les hommes avec un air dédaigneux. Comme s'ils n'avaient voulu que se débarrasser de la créature et monnayer le sauvetage. Il était temps de retrouver la maison de Grève-Pieds. Avant de partir avec son père, la fillette lui dit :

— Papa, j'ai quelque chose à te demander.

— Je t'écoute, ma petite chérie en sucre.

Curieusement et pour la première fois de sa vie, Iriane n'aima pas ce « petite chérie en sucre ». Elle n'aurait pas su dire pourquoi. Ça ne collait pas, c'était le nom de quelqu'un d'autre. Elle fit juste une petite grimace et demanda :

— Je veux que tu me coupes les cheveux, papa.

— Eh bien, d'accord, on verra ça quand on sera arrivés à la maison.

— Non, papa. Maintenant.

— Maintenant ?

— Oui, maintenant !

Le ton et le regard de l'enfant n'autorisaient pas la moindre discussion. Depuis ce jour, Iriane Almar ne laissa jamais pousser plus de cheveux que ne pouvait en contenir son poing.

À l'âge de dix ans, Iriane se battait pour un oui pour un non avec ses camarades d'école. À douze ans, elle s'inscrivait au cours d'otchacan, un sport de combat né dans les steppes de Talaxania, et gagnait ses premières compétitions un an plus tard. Les garçons la respectaient avec une sorte d'amusement mêlé de crainte et d'admiration. Ils n'avaient jamais connu une fille pareille : insolente, vraiment jolie et douée pour la bagarre. Iriane avait quelques amies mais ces dernières avaient du mal à la suivre car pour la jeune fille, il fallait que les choses et les gens bougent aussi vite qu'elle l'attendait. Et c'était très vite…

Un sergent des cohortes hanséatiques la remarqua lors d'une compétition. C'était un homme rude, qui méprisait les femmes dès lors qu'elles ne partageaient pas son goût pour les aventures périlleuses – escalade, chevauchées, navigation en haute mer. En plus d'organiser les services de sécurité dans l'un des quartiers proches du fleuve, on l'avait chargé depuis quelques mois de superviser le recrutement de jeunes éléments pour constituer un bataillon d'élite. La grande idée était qu'à tout moment les Triniciens pouvaient lancer un coup d'État pour s'accaparer le pouvoir aux dépens de la Hanse ou plus modestement renverser çà et là des Territoires en leur faveur, en attendant de s'attaquer à Corall-Medding elle-même. La Hanse avait aussi à l'esprit de mener des opérations coup de poing ou d'espionnage dans les cités non inféodées au Conseil, comme Estebellia.

À la fin de leur formation universitaire, certains novices triniciens rejoignaient les rangs de la Hanse, mais ils étaient encore rares et ils devenaient le plus souvent des clercs, des politiciens ou de grands négociants. Pas des soldats rompus aux techniques de combat magique. D'ailleurs, si peu de mages maîtrisaient les matrices qu'on ne savait plus trop, en ville, si ce pouvoir surnaturel existait réellement.

Le sergent Ibrini aborda Iriane à l'issue de la compétition et ne mit pas longtemps à comprendre à quel point sa personnalité, son esprit vif pouvaient aussi être un atout. Puis il rencontra le père, agent loyal de la Hanse ; il n'eut aucun mal à le convaincre de laisser Iriane s'entraîner chaque semaine dans un édifice spécialement aménagé sur les rives de la Medding, Maison-Noire. D'excellents maîtres d'armes assuraient l'enseignement. Elle n'avait même pas à abandonner l'otchacan qu'elle aimait tant.

L'idée enchanta Iriane : elle voyait là l'opportunité de vivre une expérience nouvelle et enrichissante. Après un an de pratique de différents sports de combat, elle passa à l'étape suivante : l'entraînement psychologique. Leçons d'histoire politique, étude des grandes et petites batailles d'Adrian mais aussi techniques d'interrogatoire, résistance à la manipulation mentale ; on lui apprit à se fondre dans un groupe, quel qu'il soit. À déceler les intentions cachées d'un interlocuteur en interprétant ses gestes, ses sous-entendus. Tout cela lui parut, comme à ses camarades, bien plus ardu que le sport.

Elle dormait de plus en plus souvent sur place, ou bien répondait à un ordre impromptu à n'importe quel moment du jour ou de la nuit pour se rendre à Maison-Noire. Très vite, elle fut la seule fille à tenir le coup. Elle apprit aussi à se montrer disponible, à afficher sa loyauté, sa motivation.

Les exercices mêlèrent bientôt les deux enseignements avec une dureté et une exigence toujours plus grandes. Ainsi, des dogues l'attaquèrent dans

Maison-Noire après un réveil surprise au beau milieu de la nuit, dans un dortoir humide. À peine retenues par leur laisse, les bêtes s'acharnaient sur les protections dont Iriane était habillée. Pendant ce temps, l'élève assise à une table devait recopier un texte avec exactitude. Le stress, amplifié par la fatigue et la pénombre, était intense et sa main tremblait quand son bras n'était pas heurté par la gueule d'un des chiens. Peu à peu sa vue se brouilla et elle confondit certains mots. Elle dut s'y reprendre à deux fois. Le temps était, lui aussi, un facteur de réussite crucial. Une fois le texte retranscrit, elle se leva mais un des chiens la projeta au sol. Son casque où était fixée la collerette protégeant son cou des crocs roula au loin.

— Ne bouge pas. Ne bouge surtout pas ! cria l'un des maîtres-chiens.

Les deux molosses avaient déjà refermé leurs mâchoires à hauteur du ventre et d'un bras. Tiraient dessus de toutes leurs forces. Le tissu se déchirait, la bourre s'échappait des accrocs comme de l'écume dense et figée. Pour ne pas céder à la panique, Iriane s'enfuit en esprit. Elle pensa à Litti.

Être auprès de lui, l'embrasser : elle se laissa envahir par le bonheur de le connaître. Pourtant, elle ne comprenait pas pourquoi elle l'aimait tant. En parfait Trinicien, il avait des idées arrêtées sur tout. Son air un peu triste lui conférait un certain charme mais il n'était pas particulièrement beau. Et s'il était fort, il était loin d'être aussi aguerri que ses compagnons de Maison-Noire. Justement, Iriane se demandait si sa faiblesse n'était pas plus touchante que l'assurance un peu crâne de ses camarades. Oui, la vie était faite d'épreuves, mais on pouvait se battre pour les surmonter. Voilà ce qu'elle voulait apprendre à son jeune amant.

Calmer les dogues n'avait pas été une mince affaire. Après avoir remis sa copie, elle retourna s'allonger sur sa couche. Le lendemain, elle obtint les compliments de ses professeurs. On lui parla pour la première fois d'une mission. Une opération dangereuse.

— Il faudra partir sans doute plusieurs semaines, lui apprit Ibrini, son recruteur.

Immédiatement elle songea à Litti. La séparation. Ce moment devait arriver. Elle s'en voulut d'avoir prolongé leur relation alors qu'elle la savait condamnée. Elle tâcha de se concentrer sur les propos d'Ibrini mais le novice accaparait pour l'instant toutes ses pensées. Il l'aimait et elle puisait dans cet amour la force de continuer sa formation. Elle avait essayé de le préparer à cette séparation, sachant parfaitement combien cet effort était vain. Elle-même avait tenté de s'accoutumer à l'idée d'une fin proche avec autant d'insuccès. Savoir, prévoir, se préparer… l'amour ne s'accommode pas de telles idées. Il se vit, avec la violence d'une passion.

Devant elle, Ibrini s'enthousiasmait, excité de voir l'une de ses recrues désignée pour une mission importante. Les mots « Estebellia » et « prêtresses laménides » se frayèrent toutefois un chemin dans les pensées d'Iriane. Elle devrait se rendre jusqu'à un campement militaire planté à deux pas de l'ancien lit du fleuve. Il lui restait deux jours avant son départ. Peu à peu, l'idée de ce voyage la grisa. Des épreuves, de la douleur. Elle préférait les affronter que les attendre, impuissante, dans un lit comme sa mère l'avait fait malgré elle.

Mais plus tard au cours de cette même journée, l'excitation de la mission ne fut plus à même de contenir la tristesse naissante. L'un de ses compagnons d'entraînement vint la voir ; on le surnommait Paq, à cause du bruit de ses mains quand elles s'abattaient sur un adversaire. Un seul coup, net et précis, et son ennemi tombait. Paq était immense et devait se baisser pour passer les portes. Ses petits yeux étaient profondément enchâssés sous d'épaisses arcades. Bien que son crâne fût rasé, l'implantation de ses cheveux était si drue et basse qu'il ne semblait pas avoir de front. Il avait tout l'air d'une brute cruelle, mais des camarades d'Iriane il était sans conteste le plus sensible et le plus attentif.

Il avait souffert de constantes railleries dans son enfance et à l'adolescence ses poings avaient fini par frapper ceux que ses mots n'avaient su convaincre. Au début, cet enfant abandonné avait regretté sa violence puis il avait compris qu'il tenait là de quoi se faire respecter. Pour la première fois de sa vie, il avait trouvé à Maison-Noire de véritables amis.

Revenant d'un cours d'escrime, il s'approcha d'Iriane, tassée dans un coin du dortoir, jambes serrées contre sa poitrine, le menton posé sur ses genoux comme une petite fille fragile. Il savait très bien ce qui lui arrivait. Lui-même avait reçu un ordre de mission quelques heures plus tôt.

— On voudrait tous partir, commença-t-il, et puis le jour où ça arrive, on se dit que notre vie ici, elle est pas si mal…

Iriane hocha la tête tandis que le garçon s'asseyait à côté d'elle. Il adopta la même posture mais ainsi replié, il paraissait encore plus massif. Il appuya ses poignets sur ses genoux ; ses mains aux doigts énormes pendaient comme deux armes sur un râtelier.

— J'aime cette ville, continua-t-il. Je l'aime mais j'arrive pas à croire qu'il y a pas mieux ailleurs. Je voudrais voir autre chose. Connaître le monde. Mais j'ai aucune envie de me promener, comme ça, tête en l'air, mains dans les poches. Par tous les dieux, on a autre chose à foutre que de se balader comme un foutu pèlerin !

Iriane renifla et grogna son approbation. Le pèlerinage, quel gaspillage de temps… Paq avait raison, il y avait mieux à faire que de passer ses journées à méditer, un bâton à la main, sur les chemins du monde à la recherche d'un dieu sylvestre par exemple.

— Moi aussi, je vais partir, dit Paq. Et j'en suis bien content. Et je suis triste aussi, bon sang, je suis malheureux à en chialer ! Ma seule famille, je vais la quitter, ma grande famille de Maison-Noire.

Il laissa passer un moment. Une telle tristesse envahissait la pièce qu'elle leur parut aussi froide et humide qu'un cabanon de pêcheur un matin d'hiver.

— Si tu dois pleurer, Iriane, alors pleure. Il y a personne pour te voir, il y a personne pour te dénoncer. Je suis personne, tu sais… Paq, c'est pas le nom de quelqu'un. Qui voudrait s'appeler comme ça ? Alors, pleure, petite sœur. Pleure de joie et de tristesse, notre vie, elle vaut bien qu'on l'arrose un peu, non ?

Cette fois, Iriane se pencha vers le garçon, jusqu'à ce que sa joue touche l'épaule musculeuse. Il sentait fort la sueur mais cela ne la dérangea pas. Elle aurait voulu lui parler de Litti, s'en abstint pourtant : les mots ne servaient plus à rien. En cet instant, seules les larmes avaient un sens.

Deux jours plus tard, elle quitta le confort de sa maison, laissant sur la table un mot pour son père. Elle s'y était reprise à une demi-douzaine de fois, ne sachant trop comment expliquer à cet homme seul que sa fille unique partait pour une mission dangereuse. Qu'elle aurait peut-être l'occasion de venger la mort injuste de son épouse, mal soignée par les médecins estebelliens. Sans compter la discrétion obligatoire pour préserver le secret de Maison-Noire et de ses desseins : quelqu'un pouvait trouver le billet avant lui.

« *Cher père, le devoir m'appelle* », avait-elle commencé.

— Non, trop solennel, dit-elle à mi-voix.

« *Papa, tu ne vas pas le croire mais cette fois, c'est la bonne !* »

— Trop léger. Je ne peux pas lui mentir à ce point.

Elle devait trouver le ton juste : montrer son enthousiasme, promettre son retour et le rendre fier de sa fille. Après d'autres tentatives, elle écrivit :

« *Cher papa,*

Tout ce à quoi nous croyons, toi et moi, va enfin prendre vie. Je sais, ça demande des sacrifices et je pense que l'heure est venue de les faire. Je n'ai jamais ressemblé aux autres filles et plutôt que de songer à trouver un bon parti, je préfère de loin défendre mes idées. Pas vraiment ce à quoi rêve un papa, n'est-ce pas ? Pourtant tu ne m'as jamais obligée à rentrer dans le rang, tu m'as toujours acceptée telle que je suis. On me donne l'occasion de faire un tour loin de Grève-Pieds. Pour une fois, ce sera à moi de te raconter des tas de choses ! Ne t'inquiète pas pour moi, je serai bien entourée et j'ai reçu le meilleur des enseignements possibles. Tu aurais sûrement aimé m'embrasser pour me souhaiter bon voyage mais j'ai trop peur de pleurnicher comme un bébé et de changer d'avis. Tu es le meilleur papa de Corall-Medding, de Consolata et de tout Elamia ! Je suis même sûre qu'il n'y en a pas de pareil sur les deux lunes. Je serai bientôt de retour. Et cette fois, tu seras bien obligé de me faire goûter à cet alcool de poire que tu m'as toujours refusé…

Je t'aime et quoi qu'il arrive, tu seras toujours avec moi,

Iriane. »

« Tout ce à quoi nous croyons » : elle ne savait pas très bien de quoi il s'agissait, sinon d'une loyauté sans faille à la Hanse et, au-delà, à Corall-Medding, la Cité Mère. L'instabilité du Conseil, les jeux dangereux de l'Ordre trinicien, l'arrogance d'Estebellia, les perverses prêtresses sacrifiant des hommes sur l'autel de leur divinité… Il fallait agir, lui avait-on inculqué.

Une heure plus tard elle traversa un pont sur la Medding asséchée. Pas n'importe quel pont : son ouvrage préféré. Elle aurait pu franchir le fleuve plus près mais elle n'avait pas résisté à cette envie presque rituelle. Deux statues en encadraient l'entrée : l'une représentait un homme, l'autre une femme. C'était un couple de guerriers étrangers dont le regard dur s'abaissait sur les passants dix mètres plus bas.

Adrian les avait rapportées de l'une de ses campagnes. Au sein de la Hanse, l'empereur jouissait bien souvent d'une aura positive tant ses conquêtes avaient favorisé le commerce et ouvert de nouvelles routes. Quantité de fortunes s'étaient construites sur le terreau fertile de ses bains de sang. Et Adrian avait mis un étouffoir sur l'omnipotence des Triniciens. Le culte de Falcaar, pour lequel le jeune empereur avait bien exigé quelques taxes, avait paru nettement moins contraignant aux marchands que les impôts en constante augmentation de l'Ordre et leur incessant chantage à l'au-delà. « Si vous ne voulez pas croupir en Galameh, le royaume lugubre d'Omok, passez entre nos mains » – et les mains des mages coûtaient fort cher.

Certes, l'Ordre était revenu après la disparition de l'empereur, « comme une invasion de cafards pour un temps différée », médisaient ses détracteurs, mais désormais presque totalement dénué de son arrogant pouvoir politique.

À présent les Triniciens ne gouvernaient que pour moitié au Conseil. Ils devaient ouvrir leurs portes aux laïcs et monnayer leur enseignement pour survivre. Un service à double tranchant : ils s'offraient la possibilité de former de jeunes éléments qui auraient les capacités d'intégrer plus tard le Conseil sous leur bannière ou bien celle de la Hanse – les Triniciens compteraient alors d'anciens étudiants parmi les marchands, négociants et grands propriétaires qui seraient d'inestimables alliés. Mais en ouvrant Haut-Temple à ceux qui en avaient les moyens, ils risquaient de voir un jour leurs secrets trahis. Alors, il fallait miser sur le caractère malléable des jeunes esprits. Les contraindre subtilement à la loyauté. Pour les Triniciens, l'enjeu était de taille : transformer à moyen terme la Hanse en un bras commerçant de l'Ordre.

Et rien de plus.

Seulement, nul ne savait si le Conseil et ses deux Chambres tiendraient jusque-là. La guerre avec Estebellia était vécue comme un test décisif.

Iriane trouvait les statues émouvantes. La pierre jaune s'était érodée et des détails avaient déjà fondu ; le temps, cet ennemi aussi implacable que patient, les avait polies. Pour autant le couple de guerriers, qu'elle imaginait amants, ne manquait pas à sa tâche. Le regard conservait toute son acuité et le froncement des sourcils ne laissait pas de doute quant à sa motivation : le couple mènerait sa mission jusqu'à ce que le vent, la pluie ou la folie des hommes le réduisent en poussière.

Le jour n'était pas encore levé mais déjà des passants traversaient le pont. Iriane se mêla à eux, admirant au passage les formes minérales que tourmentaient les feux allumés à leurs pieds. L'impératrice avait-elle pris le même chemin lorsqu'elle avait quitté la capitale ? Iriane ne put s'empêcher d'y penser.

Elle s'acquitta du péage la gorge serrée : depuis son réveil, chaque instant passé en ville, chaque acte lui semblait devoir être le dernier en ces lieux. Les contrôleurs étaient nerveux : ils devaient s'assurer qu'aucun marchand ne traversait le lit presque à sec du fleuve ; ils avaient ordre de tirer à vue sur les fraudeurs.

L'odeur de vase montant du fleuve asséché rappela à Iriane le remugle de la ragne dans l'entrepôt, lorsqu'elle avait huit ans. Cette bête ignoble qui l'avait agressée. Mais Iriane comprit qu'elle n'avait plus peur. Seule l'atteignit la désolation du fleuve réduit à un filet saumâtre : de loin en loin des feux avaient été allumés et ils révélaient le spectacle pathétique de son lit.

La jeune femme passa les portes de la ville ; elle observa pendant une demi-heure les marchands qui préparaient leur voyage et échangeaient quelques mots. Certains étaient nerveux, d'autres moins. D'autres encore ne semblaient qu'attendre l'occasion de converser avec bonne humeur. Iriane choisit l'un de ceux-là pour lui demander une place dans sa carriole ; elle lui proposa en échange son aide et un peu d'argent. C'était une pratique courante et l'homme accepta, trop content d'avoir un peu de compagnie.

— Mais ne me donne pas d'argent pour ça, dit le marchand dont le nez était si proéminent qu'il avait l'air d'un faux. Si on monnayait tous les services qu'on peut se rendre, alors il faudrait frapper de l'or sans s'arrêter ! précisa-t-il. Comment t'appelles-tu ?

— Iriane.

— Iriane ? Fantastique ! s'enthousiasma l'homme. Moi, c'est Hillard.

Il lui tendit une main potelée, à la peau rêche ; elle la serra, espérant déceler dans cet échange des indices sur la personnalité de son conducteur.

Détends-toi, se reprit-elle aussitôt. *Et ne commence pas à voir des ennemis partout.*

Mais on lui avait enseigné la méfiance systématique, à Maison-Noire. Et de la méfiance à la suspicion, il n'y avait qu'un pas trop facile à franchir.

— Tu m'as tout l'air de savoir ce que tu veux, Iriane. Que vas-tu faire par là-bas ? demanda le marchand.

— Oh, voir de la famille. J'ai un cousin de mon âge à Talenthal et c'est bientôt son anniversaire.

— Vraiment ? Je connais tout un tas de gens dans cette petite ville. Comment s'appelle-t-il ?

— Amet Bameno, mentit Iriane.

Hillard fronça les sourcils et secoua la tête ; loin de son visage, son nez semblait doué d'une vie propre.

— Ah… Non, je ne connais pas de Bameno.

— On ne peut pas connaître tout le monde, après tout.

— Tu as raison, décida-t-il, retrouvant la bonne humeur qu'Iriane avait sentie en s'adressant à lui. En tout cas, je ne te conseille pas de descendre tellement plus au sud : c'est la guerre, là-bas.

— La guerre pour le fleuve ?

— La guerre pour *notre* fleuve, oui.

— C'est aussi terrible qu'on le dit ? insista Iriane, décidée à jouer son rôle de jeune fille naïve jusqu'au bout.

— Pire ! Et c'est devenu un tel foutoir que les pillards se sont mis de la partie, quand c'est pas des mercenaires qui terrorisent les Comtés.

— Les Comtés sont sur l'autre rive, non ?

— Oui.

— Oh, je n'irai pas jusque-là, mentit Iriane.

— Ça vaut mieux pour toi, crois-moi. On raconte des choses horribles au sujet de familles entières massacrées.

— Je n'ai pas envie de les entendre...

— Je te comprends. Quand on pense que ces contrées ont déjà connu pareil malheur, on se demande pourquoi les hommes n'en tirent aucune leçon.

— Pareil malheur ? Je ne vois pas de quoi vous parlez.

— Mais des Alfads...

— Oh, bien sûr. Mais ça n'est pas un mythe ?

— On a retrouvé des vestiges de leur civilisation dans tous les coins de Consolata.

— Oui, c'est ce qu'on dit. Si les Alfads étaient si puissants que le prétend la légende, comment auraient-ils pu disparaître si vite et en laissant finalement si peu de traces ?

— Et l'armée d'Adrian, est-ce qu'elle n'a pas disparu sans avoir le temps de dire « ouf » ?

— Sous les murs de Havoc..., reprit Iriane qui connaissait bien l'histoire.

Oui, on n'a jamais pu expliquer ce qui s'était réellement passé, se dit la jeune femme avant de lancer :

— Mais quand même, c'était une armée, pas une civilisation entière comme celle des Alfads !

— Ça, je dois bien le reconnaître. Mais la magie était puissante en ce temps-là. Elle coulait dans les veines mêmes de la terre.

— Eh ! vous ne seriez pas poète en plus ?

— Ne te moque pas de moi, dit le marchand, en se fendant d'un sourire généreux sous son grand nez.

— Je ne me le permettrais pas !

— Ça vaut mieux, si tu ne tiens pas à marcher jusqu'à Talenthal, menaça Hillard avec un clin d'œil.

— La magie était toujours puissante il y a vingt-cinq ans, reprit Iriane, sinon quoi d'autre aurait pu réduire en poussière les soldats de l'empereur ?

— À mon avis, elle est même toujours bien présente. Oh, plus discrète, d'accord, mais je ne vois pas une seule raison valable pour qu'elle ait disparu. Regarde les Triniciens...

Iriane hocha la tête ; elle savait bien que les Triniciens étaient toujours capables de lancer des sorts, voire de ramener des morts de ce côté-ci du monde. Mais aucun d'entre eux ne semblait devoir égaler Tark. Elle avait appris quantité d'histoires à son sujet. La plupart menaient à cette conclusion : si Adrian ne s'en était pas débarrassé, le Trinicien serait devenu le maître de Consolata. Aujourd'hui, l'empire n'était plus. Le Conseil régnait sur les Territoires, un pays morcelé, plus petit même que le royaume qui avait précédé l'empire d'Adrian.

Les Triniciens étaient toujours là, s'accrochant au pouvoir, n'acceptant que de mauvais gré la présence de la Hanse à leurs côtés.

Ils roulèrent toute la journée vers le sud, bivouaquèrent avec d'autres voyageurs au pied de collines boisées. Il faisait frais mais près des feux la température était agréable, sans compter les flammes qui éloignaient les moustiques.

Un homme sortit sa flûte et d'autres musiciens se joignirent à lui pour jouer des chansons traditionnelles que tout le monde reprit en chœur. Iriane aida son conducteur à préparer le repas : de la viande de porc à enfiler sur des pics en fer et à badigeonner d'huile parfumée aux aromates. Elle allait s'arrêter à la quatrième brochette lorsque son compagnon s'exclama :

— Eh ! mais j'ai pas un appétit d'oiseau, moi, qu'est-ce que tu crois ? La route t'a pas creusée, toi ?

— Si, bien sûr.

— Alors, fais-en donc le double, ma petite. Autant manger aujourd'hui car qui sait de quoi demain sera fait ?

« Demain sera fait d'aventure », aurait aimé répondre Iriane. Mais ce serait dans le meilleur des cas. Il ne fallait pas oublier le danger. La douleur. La mort, même. Voilà de quoi demain serait fait.

Le vieil homme mit en perce l'un des dix fûts qu'il transportait et offrit une tournée à toute la caravane. Très vite, l'air embauma la viande grillée et Iriane se sentit bien parmi tous ces gens.

Pendant le repas, ils reprirent leur conversation au sujet de la guerre et de l'Histoire en perpétuel recommencement. Ils étaient cette fois beaucoup plus nombreux pour échanger leurs points de vue ; très vite Iriane décida de se taire et d'écouter les arguments des uns et des autres.

— Et vous savez quoi ? commença un grand gaillard au fort accent paysan et qui exhibait fièrement ses bras musclés. La Medding, elle coule en plein sur l'ancienne cité des Alfads, maintenant. Celle-là même où c'est qu'ils auraient tous disparu…

— Ah oui, tiens, j'y avais même pas pensé, dit un autre.

— Voilà une idée intéressante, dit Hillard, le conducteur d'Iriane.

La jeune femme devait aussi en convenir, même si elle ne savait pas exactement pourquoi. Une impression. Une impression plutôt désagréable.

Ils reprirent la route dès l'aube et parvinrent en début d'après-midi à Talenthal, ancienne garnison et avant-poste du royaume qui avait précédé l'empire d'Adrian. L'endroit n'avait aucun charme, malgré les maisons qui avaient poussé en désordre à l'extérieur des remparts : les artistes et architectes d'Estebellia n'avaient jamais laissé leur empreinte là. La guerre du Fleuve accordait une seconde vie à Talenthal ; Iriane y croisa quantité de soldats, pour la plupart des mercenaires qui s'enivraient.

Je vais récolter des renseignements, se dit-elle mais elle dut en abandonner l'idée tant ces hommes étaient querelleurs ou assommés de fatigue et d'alcool. Quant à la population, elle était partagée entre l'énervement d'avoir à supporter ces soldats et le profit qu'elle pouvait tirer de leur présence inopportune. Sans cesse sollicitée pour vider sa bourse en souvenirs, porte-bonheur, statuettes de dieux ou préparations aux improbables vertus médicinales, la jeune femme se heurta à la mauvaise humeur des vendeurs dès qu'elle refusa poliment ou se contenta de poser une question.

Ça commence bien, se dit-elle, attristée de ne pouvoir entretenir des rapports plus cordiaux. Rien à voir avec l'atmosphère presque familiale de la caravane. *Et moi qui pensais dormir sur place…* Elle acheta alors de la viande séchée, des fruits secs et remplit sa gourde d'eau, puis elle loua deux grands poneys et chevaucha pendant deux jours entiers, ne s'arrêtant chaque fois que quelques heures. Peu à peu sa tristesse s'atténua, pulvérisée sous les coups des sabots. Un sentiment d'aventure la gagnait, grisant malgré la fatigue.

Le matin du troisième jour, Iriane fit une rencontre bouleversante.

Elle se déplaçait lentement sur la voie pavée Lagorna, construite comme tant d'autres routes sous Adrian par des milliers de prisonniers, souvent au prix de leur vie. L'atmosphère était nettement plus sèche qu'à Corall-Medding et depuis quelque temps les couleurs de la campagne avaient pâli, adoptant un jaune éteint. La poussière blanchissait le pied des cyprès plantés en bordure de la voie au point de leur donner l'allure de fantômes d'arbres, songea Iriane. Elle n'aurait su dire si elle aimait l'endroit ou non. Inondé de lumière et désolé, il pouvait être aussi lugubre qu'apaisant. Les fermes étaient trop éloignées les unes des autres pour donner assez de vie à la vaste plaine. Solitaires et d'une indolence trompeuse, des milans flottaient au-dessus des champs, en quête d'une proie.

Puis elle aperçut un nuage au loin, montant de la route.

Peut-être un convoi de marchands. J'espère…

Iriane n'avait pas croisé grand monde depuis son départ de Talenthal sinon des paysans, de rares colporteurs.

Ils apparurent en haut d'une côte. Une colonne de blessés. La jeune femme dut conduire sa monture sur le bas-côté pour les laisser passer.

Jamais elle n'avait vu tant d'hommes en si piteux état. En tête, un officier dépenaillé montait un cheval à la robe claire mais maculée de larges taches brunes.

Du sang.

L'officier se redressa ostensiblement en voyant Iriane, comme si son orgueil pouvait effacer ses blessures et revêtir de neuf ses compagnons d'infortune. Puis elle croisa enfin son regard. La terreur l'habitait. Malgré ses efforts pour n'en rien laisser paraître il était encore là-bas, sur le champ de bataille. Un frisson d'effroi secoua Iriane. La colonne s'éloigna, dans le gémissement des blessés, le grincement des carrioles et le claquement des sabots. Personne n'avait prononcé un mot.

Chapitre 8

Planté sur une plaine aride à plus de cinq kilomètres de la mer de dunes, Maalmek ressemblait à un fort quatre fois plus grand que Salenn : ses quatre murs d'ocre jaune et longs d'une cinquantaine de mètres étaient flanqués de tours d'angle. Une entrée monumentale perçait la façade à l'opposé des vents dominants.

La méharée y arriva deux jours après l'apparition de Raark. Baltos et Kordac présentèrent les documents notifiant l'origine de la caravane aux factionnaires, trois solides gaillards dont l'hospitalité tempérait à peine la dureté de leur expression : on embauchait ces durs à cuire pour défendre la communauté des attaques de pillards nomades.

— Nous avons perdu des hommes, précisa Baltos.

— Une attaque ? demanda aussitôt celui qui semblait être le chef parmi les factionnaires.

— Non, un œil-de-Raark.

— Par tous les dieux ! C'est une pitié de périr par la main de Raark quand il y a tant à craindre des pensaguileks ou de ces maudits pillards…

Compatissants, les autres soldats secouèrent la tête ; ils avaient bien vu des nuages colossaux se rassembler et se diriger vers l'ouest mais la tempête n'avait pas survolé le caravansérail.

— Si vous le souhaitez, reprit le factionnaire, vous pourrez le déclarer auprès du kan : il vous signera un document attestant votre bonne foi. Bien entendu, il exigera le témoignage de six voyageurs choisis au hasard et hors de votre présence.

— Comme le veut la tradition.

— Comme le veut la tradition…

Derrière eux les dromadaires blatéraient, les hommes et les femmes parlaient fort, impatients de se mettre à l'abri, de se laver et de se reposer. Le soldat comprit le message.

— Mais profitez d'abord de nos bains, dit-il en s'effaçant du chemin. Il sera bien temps ensuite de remplir les formalités… Vous êtes la seule caravane aujourd'hui et vous ne manquerez ni de place ni d'eau. Soyez les bienvenus à Maalmek et que votre étape y soit douce.

Certes, aucune autre caravane n'avait trouvé refuge entre les murs de Maalmek mais la forteresse abritait quelques voyageurs solitaires, une demi-douzaine de religieux, et des commerçants occupaient les échoppes sous la galerie basse ; ces derniers ravitaillaient les méharées en produits de première nécessité : nourriture, eau, cordages et sellerie mais aussi conseils, divinations et amulettes.

Kordac se baigna, appréciant ce luxe inouï. Ce serait le dernier bain avant plusieurs jours car le prochain caravansérail était loin. Cette fois, aucun pensaguilek ne vint troubler ce moment de paix.

Kordac reconnut parmi la clientèle les commerçants de la méharée mais il ne vit pas Julipen et les siens. Baltos lui expliqua que Palmiarn dormait déjà ; il lui proposa ensuite de terminer le travail de la journée puis de se retrouver sur les murs de la forteresse pour le dîner. Kordac accepta et ils commencèrent par témoigner de la disparition des caravaniers lors de l'orage.

L'homme qui les reçut ne parvenait guère à cacher sa lassitude extrême et il prit rapidement note de leur déclaration. Une odeur d'alcool flottait dans la pièce. Kordac chercha du regard le flacon mais ne le trouva pas : la pièce était si ordonnée que l'homme, aux yeux rougis par l'abus d'alcool, devait occuper ses journées à la ranger.

— Tellement de morts dans le désert, dit le fonctionnaire en griffonnant sur une feuille. (Ses mains tremblaient et il faisait son possible pour rester digne.) À se demander si Anakann a un jour été fait pour les hommes, pesta-t-il. Si vous voulez mon avis, c'est l'endroit idéal pour des démons, et rien d'autre. Dans tous les cas, Arkaro sera furieux d'apprendre la disparition de deux bêtes, commenta le fonctionnaire. Sans parler de la famille des victimes.

— Que se passe-t-il dans ces cas-là ? demanda Kordac. Je veux dire : à quoi sert ce papier que nous signons ?

— Eh bien, à vous éviter des ennuis avec Arkaro et les familles des victimes, principalement.

— Oui, d'accord, mais après ? Il n'y a rien de prévu ?

Le fonctionnaire haussa les sourcils.

— Prévu pour quoi ?

Kordac sentit germer une idée ; il ne savait pas d'où elle venait mais elle s'imposait d'elle-même.

— Ça ne doit pas être la première fois que de tels incidents arrivent : toutes ces pertes… Personne n'a pensé à… je ne sais pas, offrir une compensation ?

Le fonctionnaire émit un rire bref :

— Vous n'êtes pas sérieux, dit-il en agitant son index devant lui.

— Et d'où viendrait l'argent ? demanda un Baltos intrigué.

Kordac prit le temps de réfléchir mais la réponse était déjà là. Comme s'il l'avait formulée longtemps auparavant :

— Il suffirait que les caravaniers mettent de l'argent, un peu d'argent, dans une caisse commune. Et quand surviendrait un accident, on puiserait dans cette cagnotte pour aider les victimes…

Les deux hommes se tinrent cois. Kordac était excité, tout comme il l'avait été dans les thermes, face aux pensaguileks.

— Ce serait une bonne idée, dit enfin Baltos.

— Beaucoup de soucis, commenta le fonctionnaire. Qui tiendrait la bourse commune ?

L'excitation de Kordac retomba aussi vite qu'elle était apparue.

— Eh bien, je… je n'en sais rien. Je disais juste ça comme ça.

Le fonctionnaire leva les paumes vers le ciel en se tordant la bouche puis il demanda aux deux hommes où ils allaient.

— Comme d'habitude, répondit Baltos. Je fais l'aller et retour depuis Boroskariak.

Le fonctionnaire se tourna vers Kordac et lui dit :

— C'est le meilleur raïs que je connaisse. Les voyageurs n'hésitent jamais à le choisir.

— Oui, j'ai pu le constater.

— Et toi, alors, quelle est ta destination ?

Kordac réfléchit une seconde ; il aurait pu répondre : « Retrouver ma femme, tel est le but de mon voyage », mais il se contenta de :

— Consolata.

— Eh, ça fait un sacré bout de chemin !

— Je ne suis pas pressé…

— Mieux vaut ne pas l'être. Sans compter tous les dangers qui se mettent en travers de votre route, les bandes de pillards, les tempêtes de sable, une mer à traverser… Et puis… et puis tout le reste, ajouta-t-il avec un éloquent geste du bras.

Kordac hocha la tête en se demandant si l'alcool comptait parmi les périls possibles.

— Eh bien, pressé ou non, je crois qu'il est temps de reprendre des forces, conclut Baltos. Allons dîner !

La nuit était tombée mais la température dans la cour de la forteresse tardait à baisser : la chaleur accumulée par les pierres du caravansérail se dissipait alentour.

Quelques minutes plus tard, Baltos et Kordac grimpaient l'escalier menant au chemin de ronde, sur les murs de Maalmek ; le raïs avait acheté deux énormes galettes remplies d'agneau grillé, de fèves et de piments. Celle de Kordac était si chaude qu'il la passait d'une main à l'autre. Il aurait préféré un repas froid… jusqu'à ce qu'il arrive sur les remparts : le froid des nuits d'Anakann soufflait sur la forteresse.

À la lueur des torches, les deux hommes marchèrent jusqu'à un banc de pierre appuyé à la muraille intérieure ; ils s'assirent après avoir salué deux sentinelles circulant le long de l'étroit chemin, accompagnées d'un chien tenu en laisse.

—Comment te sens-tu ? demanda Baltos après avoir mâché une bouchée de sa galette.

Kordac inspira profondément. Il ne savait pas s'il pouvait parler de sa seconde rencontre avec Otum Guilek.

—Je crois que je suis pressé d'en finir avec le désert, répondit-il.

—Mmm... je te comprends. Parfois, je me demande si ce pauvre fonctionnaire n'a pas raison : ce n'est pas un endroit pour les hommes.

Le raïs tourna son visage vers le ciel piqué d'étoiles.

—Vous ne vous y plaisez pas ? lui demanda Kordac. J'aurais juré le contraire...

—J'aime Anakann au moins autant que je le déteste. Tu l'as toi-même constaté : les bonnes choses y côtoient les plus terribles. Ainsi va le monde après tout et c'est sûrement la même chose ailleurs.

—Je n'ai plus guère de souvenirs de mon pays.

—Et pourtant, tu voudrais le retrouver...

Kordac pensa à Onahra. Évoquer son image produisait en lui un mélange de réconfort et d'inquiétude. Le passé et l'avenir, en balance. Retrouver son pays ? Il hocha la tête pour toute réponse.

—Peut-être as-tu voulu oublier un événement pénible, proposa Baltos.

L'idée intrigua aussitôt l'amnésique.

—C'est-à-dire ?

—Tirer un trait sur son passé est parfois un bon moyen d'y échapper.

—Comment pourrait-on faire une chose pareille ?

—Mmmm... Tu es plus jeune que ton apparence le laisse penser. Et c'est très bien ainsi : après tout, le temps file déjà assez vite comme ça. Je voulais dire que l'esprit possède des ressources méconnues, Kordac. Il peut contrôler ton corps et lui faire endurer des épreuves inimaginables. Regarde ce qu'accomplissent les ermites d'Aouira : Talamaïek a l'allure d'un vieillard mais il peut rester des journées entières perché sur un piton rocheux en plein soleil et sans bouger un cil pourvu qu'il ait un peu d'eau sous la main. La volonté, la force de caractère, appelle ça comme tu veux. Je veux bien croire l'esprit capable de se vider des images les plus terribles si elles nuisent à son... à son bon fonctionnement.

Les images les plus terribles, son court séjour dans l'œil-de-Raark en faisait-il partie ? L'expérience avait été intense mais trop belle pour être qualifiée de terrible.

—Vous parlez de l'esprit comme d'une sorte de machine, rétorqua Kordac.

—Non, je ne pense pas. Plutôt comme d'un être à part entière. Tu n'as pas appris ça à l'ermitage ?

—Je n'y suis pas resté longtemps.

—Mmm... (Baltos hésita.) Tu sais, je... si je te dis ça, c'est parce que j'ai moi-même vécu quelque chose de si intense, de si violent que j'en ai perdu toute trace pendant des mois. Bien sûr, ça a fini par revenir. Ça revient toujours, d'une manière ou d'une autre. Mais j'en ai réellement perdu toute image durant la moitié d'une année. (Baltos baissa la tête, prit entre ses doigts une petite tranche de viande, l'avala en une bouchée.) Ce n'est pas la peine que je te raconte cette histoire, quelqu'un l'a sûrement déjà fait…

— Non, absolument pas, assura Kordac.

— Même pas ce vieux Belik ?

— Le père de Julipen ?

— Oui ; il aime ficher la trouille aux… nouveaux. Il ne peut pas s'en empêcher, dit Baltos avec un sourire.

— Il ne m'a rien dit sur votre vie, en tout cas.

Le sourire disparut et le visage de Baltos se durcit.

— C'était ma première méharée en tant que raïs. Tu sais, c'est une responsabilité informelle : ça ne veut pas dire grand-chose tant qu'il n'y a pas de problèmes sérieux. La plupart du temps, on vous choisit parce que vous êtes conciliant, à même de régler un différend entre deux voyageurs ou de convaincre je ne sais quelle autorité. Quoi que l'homme fasse, il a besoin d'un chef ; en fait, quelqu'un pour endosser la responsabilité en cas de coup dur, si tu veux mon avis.

Kordac hocha la tête tandis que Baltos reprenait une bouchée. Oui, c'est vrai, on pouvait voir les choses ainsi : le chef considéré comme une sorte de bouc émissaire.

Qui m'a commandé, autrefois ?

Baltos coupa court à sa réflexion en reprenant son récit :

— Le voyage devait durer une dizaine de jours. Nous étions vingt-deux, principalement des négociants. Aucune femme ni enfant, par la grâce des sept dieux. Je me souviens du nom de chacun et je me les récite chaque soir pour ne pas les oublier. Après cette histoire et une fois ma mémoire revenue, j'ai rencontré leurs familles. Je devais le faire, c'était devenu ma raison de vivre. Parfois, c'était juste un cousin éloigné. Ça a été une longue quête et il me reste encore les proches d'Arkaen et de Kemal à retrouver – mais pour Arkaen je n'ai pas trop d'espoir, c'était un orphelin.

Kordac mâcha une bouchée de sa galette ; il trouva la viande trop dure et moins savoureuse qu'à Boroskariak mais il avait si faim qu'il aurait avalé n'importe quoi. Depuis les remparts on entendait le brouhaha de la forteresse : les voyageurs, religieux et négociants, scellaient leur rencontre d'un soir autour d'un pichet de vin.

— Les quatre premiers jours se sont déroulés sans encombre, reprit Baltos. Le cinquième, l'un d'entre nous a affirmé avoir aperçu un pensaguilek, au sommet d'une colline. Je ne l'ai pas cru, mais les autres se sont méfiés et j'ai fait tout mon possible pour les rassurer. Le sixième jour, nous avons traversé un reg. De la rocaille partout, des monticules rocheux sur les côtés, pas très hauts. Un vrai four, blanc et dur, et un peu d'ombre à l'abri de blocs plus gros que les autres. Il fallait avancer coûte que coûte, personne n'avait envie de traîner dans un endroit pareil. Soudain quelqu'un les a vus, très haut dans le ciel.

— A vu quoi ?

— Les voiliers. Les voiliers d'Anakann…

Kordac reconnut les mots d'Otum Guilek. « *Les voiliers d'Anakann pourraient se dresser entre ta destination et toi.* »

— Je ne sais pas qui a choisi ce nom, continua Baltos, mais il est bien plaisant pour ce qu'il décrit. « Hyènes » conviendrait mieux, crois-moi. Encore que les hyènes soient bien douces en regard de ce qui planait au-dessus de nous, ce jour-là. Vus de loin, ils ont une certaine allure… Une majesté, si on veut. Leurs ailes sont immenses et d'un gris pâle, tout comme leur ventre, pour se fondre avec le ciel. Elles ne battent presque jamais.

Baltos leva une main et dessina lentement des courbes dans l'air en disant :

— Leur queue mesure le double de leur corps. Hum, j'ai de la chance : peu de gens ont un jour vu de leurs yeux un dragon vivant. Et encore moins ont réchappé de leur rencontre avec ces géants.

» Oui, je sais, ça te semble incroyable, Kordac. Mais tu as toi-même déjà vu un pensaguilek, un autre genre de démon et plutôt rare, n'est-ce pas ?

— C'est vrai.

Et je l'ai revu l'autre soir, lui et ses compagnons. Ainsi que Raark. Un dieu-démon !

— Deux monstres ailés, dit Baltos. J'ai sans doute dix ans de moins que toi mais j'ai vécu cette expérience. J'étais jeune. J'ai eu… peur. Pas beaucoup, les premières minutes : ils étaient loin de nous, ils pouvaient ne pas nous avoir vus. J'ai compté là-dessus, nous avons tous compté là-dessus. Et il n'y avait pas un Belik pour en rajouter dans le pessimisme. La caravane s'est aussitôt arrêtée et les hommes se sont tournés vers moi. Ils attendaient une réaction, une décision. J'ai été franc avec eux : « Je ne sais rien sur ces démons, rien de plus que vous ne sachiez déjà. » Un mélange de légendes et de vagues témoignages. Rien. On pouvait se cacher derrière les blocs de pierre les plus gros, certains offraient des failles à leur base, d'autres s'amoncelaient en laissant entre eux assez d'espace pour s'y glisser. Les dromadaires n'y auraient jamais tous tenu mais je ne voyais pas quoi tenter d'autre.

» On s'est dispersés, les yeux rivés au ciel. Ça nous a pris un peu de temps pour trouver à nous cacher. C'était plutôt illusoire, la plupart d'entre nous avaient juste trouvé à s'adosser contre un rocher. On a chassé les bêtes qui ne tenaient pas avec nous. Il serait toujours temps de les récupérer après. Avec un peu de chance, elles auraient même suffi à contenter les monstres. Quelques « brebis » sacrifiées…, dit Baltos avec un maigre sourire. Même à l'ombre j'ai sué comme je n'avais jamais sué. Le reg était silencieux, un silence de mort. Pas un souffle d'air, pas le moindre bruit hormis la respiration des dromadaires.

» Je me suis dégagé de ma cachette et j'ai observé le ciel. Pas l'ombre d'un monstre. La sueur coulait dans mes yeux mais j'y voyais assez pour m'en assurer. J'ai recommencé : toujours rien. Ils étaient partis. Je l'ai dit à Arkaen, assis à côté de moi, et il a fait circuler l'information. Le même son de cloche nous est revenu : le ciel était vide. On a décidé d'attendre un peu : ils étaient juste passés au-dessus de notre caravane et ils s'éloignaient dans la direction opposée ; autant laisser un peu plus de distance entre eux et nous. Alors le vent s'est levé.

» En quelques minutes, ça a été une tempête. On n'y voyait plus rien à deux mètres. Les cailloux se sont mis à rouler et les dromadaires se sont enfuis. La lumière a diminué brusquement, comme si un nuage passait devant le soleil. Et j'ai entendu leurs cris.

» Bon sang, j'en ai encore la chair de poule aujourd'hui. Les dragons, ils n'étaient pas partis, ils étaient là, ils tournoyaient tout près. Et ils rugissaient. Tu sais, Kordac, on raconte parfois que les dragons sont de nobles animaux ; Raark s'en servirait pour sillonner les nuées et rabattre les nuages comme un chien de berger rassemble ses moutons. Les "voiliers d'Anakann", on dirait une histoire pour les enfants... Crois-moi, il n'y avait pas la moindre noblesse dans ces rugissements-là. De la cruauté, de la voracité oui, mais rien de noble.

Baltos marqua une pause pour boire à sa gourde. Il la tendit à Kordac qui but à son tour.

— Je ne sais pas lequel d'entre nous est parti le premier, poursuivit Baltos. De temps en temps on entendait un hurlement d'effroi, entre deux rafales ou les cris des monstres. Le vent a fini par tomber. Je n'ai pas bougé, pas plus qu'Arkaen. Sans quitter ma cachette, j'ai décidé de faire l'appel. Quinze personnes ont répondu. Ça signifiait qu'il en manquait sept. C'était impossible, tu comprends, sept disparus, alors j'ai recommencé, plus fort, dans l'espoir que certains ne m'aient pas entendu. Il en manquait bien sept.

» Au bout d'un moment, j'ai tendu la tête hors de l'abri. Quelque chose avait changé dans le paysage, mais je n'ai d'abord pas compris quoi. Je me suis relevé. J'avais les jambes en coton.

» Nous nous sommes rassemblés à l'endroit qui nous semblait le moins exposé mais le vent s'est de nouveau levé. D'abord, je n'ai pas voulu y croire mais ça ne faisait pas de doute que les monstres étaient liés à la tempête.

— Ils sont revenus ?

— Oh, ils ont pris leur temps. La tempête a soufflé pendant peut-être une heure avant qu'ils arrivent. Tout a recommencé, les hurlements des hommes, les cris des dragons. Tout. J'ai serré mon kriss de toutes mes forces. Après leur passage, nous n'étions plus que neuf. Cette fois, ça a été la panique. La moitié des hommes est partie droit devant, sur des dromadaires plus que rétifs. Curieusement, les dragons avaient épargné toutes nos bêtes. Je veux dire, ils ne s'intéressaient qu'à nous, les humains.

— Vous ne les avez jamais revus ?

— Non, jamais. Certains dromadaires sont revenus mais seuls. Quand le vent s'est levé une troisième fois, Arkaen s'est mis à hurler, au beau milieu du reg. Il était orphelin mais il hurlait le nom de sa mère, il l'implorait de venir le chercher. Je l'ai tiré par le bras, de toutes mes forces. Il n'avait que quatorze ans et il travaillait pour un marchand de bronzes. C'était sa première longue méharée.

Je l'ai vu partir, Kordac. Je ne sais pas ce qu'ils lui ont fait et j'aimerais croire qu'ils l'ont emmené dans un endroit agréable, le genre d'endroit où l'on réconforte les enfants abandonnés. Mais je doute qu'un tel lieu existe, n'est-ce pas ?

Kordac ne répondit rien. Captivé et bouleversé par le récit de Baltos, il était à présent incapable d'avaler une bouchée.

— C'est allé très vite. Quelque chose de gris est passé sous le rocher et a saisi Arkaen. Je pourrais te dire que j'ai essayé de le retenir par la jambe, la tunique. Ou que j'ai attaqué la bête avec mon kriss. La vérité, c'est que je n'ai rien fait. Rien tenté du tout. Au contraire, je me suis reculé un peu plus, collé contre la pierre.

Kordac pensa à son hallucination, dans les thermes. Une créature immense, du vent et de la poussière : avait-il rêvé de dragons ? Et pourquoi l'aurait-il fait ? Raark ne lui avait pas parlé de ce danger. Alors, d'où pouvait venir l'image ?

Est-ce que j'en ai, moi aussi, rencontré un ?

Les sentinelles passèrent de nouveau devant les deux hommes. Le chien tira sur sa laisse pour renifler la galette presque intacte de Baltos posée sur le banc. Le garde ramena le molosse d'un grand coup sec et lui frappa la tête. Baltos était penché en avant, les coudes posés sur les cuisses, sans un regard pour le chien. Ses mains tremblaient : il était retourné dans le reg d'Anakann.

— Comment se termine cette histoire, Baltos ?

— La nuit est tombée. Une nuit sans lune. Nous n'étions plus que quatre. Terrés sous nos abris ridicules. J'entendais Kemal pleurer. Torkan priait comme un fou, à tue-tête. Il suppliait Raark de l'épargner. Il l'implorait de s'en prendre à nous plutôt qu'à lui, il lui jurait une loyauté éternelle si ses dragons nous dévoraient à sa place. Je ne peux pas lui en vouloir. Moi-même, j'ai prié : Raark pouvait nous venir en aide, il était chez lui après tout. Qu'il envoie ses pensaguileks, je pensais pouvoir m'en arranger, comparés aux monstres de Raark. Mais ils n'ont jamais pointé le bout de leur nez.

» Au milieu de la nuit, le sol a tonné. Plusieurs fois. L'un des monstres a crié. Longtemps. Quand il a enfin cessé, mes oreilles bourdonnaient. Il y a eu un autre cri, plus lointain : le second dragon. Je me suis mis à trembler, je ne pouvais même plus tenir mon kriss. Alors Kemal a été emporté. Ses prières n'ont rien pu changer à son destin.

» Un peu plus tard, ç'a été le tour de Torkan. Je... j'ai entendu le bruit des mâchoires, de la langue. Le craquement des os qui se brisent. Rien ne peut effacer ça, je le sais maintenant, après toutes ces années. Mes trois compagnons... Je les ai entendus partir les uns après les autres, tout au long de la nuit.

Baltos changea de position : il se retourna, posa un bras sur la muraille moins haute côté cour et regarda l'animation du caravansérail.

— Le jour s'est levé, dit-il. J'étais toujours en vie. J'ai quitté mon abri. Quelque chose s'était brisé en moi et je voulais en finir avec la peur. Il restait deux dromadaires. C'est tout. J'ai compris ce qui m'avait surpris, après la première attaque ; le paysage, il avait changé.

— Comment ça ?

— Les monstres avaient tout chamboulé. Que ce soit avec leurs pattes, que ce soit le vent, je n'en sais rien. Mais les pierres avaient bougé, y compris les plus grosses. Le sommet d'une colline était arasé. Leur force est sans commune mesure avec tout ce que nous connaissons, tu comprends ? Des gens racontent que seule l'urine de pensaguilek peut en venir à bout et encore, on ne sait pas trop comment. Je n'avais aucune chance de m'en sortir. J'ai hurlé. De toutes mes forces. Je ne sais pas ce que j'ai dit, je ne pense pas avoir imploré la pitié de qui que ce soit.

Baltos tourna son regard vers Kordac. Le raïs semblait avoir vieilli de dix ans.

— Alors, ils sont venus. Oh, ils n'étaient pas bien loin, ils devaient se reposer derrière une colline. Ils étaient... ils étaient énormes. Des montagnes d'un jaune clair, veiné de bleu. Ils sont là, gravés à jamais dans ma mémoire, ajouta Baltos en tapotant son crâne juste sous son turban. Ce sont des monstres, intelligents et cruels, des tueurs. Si seulement trois ou quatre d'entre eux s'abattaient un jour sur Boroskariak, il n'en resterait aucun habitant. Ils m'ont regardé avec une sorte de... curiosité. Ils m'ont flairé avant de se détourner.

» Le plus proche de moi a poussé sur ses jambes ; en trois enjambées il a grimpé au sommet d'un monticule et s'est envolé. L'autre l'a rejoint mais après quelques battements d'ailes il a fait demi-tour. J'étais complètement ahuri par ce que je voyais, je n'avais pas bougé d'un pouce. Il m'a survolé et j'ai entendu ses ailes claquer dans l'air. Puis j'ai vu sa queue, une sorte de fouet démesuré. Elle tombait vers moi, très vite. Je n'ai pas eu le temps de réaliser ce qui se passait. J'étais pétrifié. La pointe de sa queue a giflé ma hanche et je suis tombé.

Voilà pourquoi il boite, comprit Kordac.

— Oui, ils sont cruels. La douleur a vite été insupportable mais elle m'a en quelque sorte réveillé. Je ne sais pas comment j'ai réussi à grimper sur l'un des derniers dromadaires encore là. Je me suis sanglé sur l'animal pour ne pas tomber et je me suis évanoui alors que nous partions. Quand j'ai repris connaissance, les dragons étaient toujours là. Ils m'observaient de là-haut. Ils me regardaient mourir, descendant parfois un peu plus près, leurs ailes déployées aussi vastes que des nuages. Je délirais, j'avais de la fièvre et je me vidais de mon sang. Le troisième jour pourtant, ils m'ont abandonné. Quelques heures plus tard, je suis tombé sur des bédouins.

— Les dragons ne les ont pas attaqués ?

— Non, je suis sûr qu'ils les ont même évités. Je suis resté inconscient durant une semaine. Quand je me suis réveillé, nous étions dans un village de tentes planté dans une oasis. J'étais entouré d'amulettes, mon bassin était bandé et j'avais des vêtements propres. Une sorte de sorcier s'est occupé de moi, tout en me tenant à l'écart des autres, comme si j'étais contagieux. Et j'ai d'ailleurs longtemps cru que j'avais une maladie. Le sorcier s'appelait Rig. Il devait avoir ton âge, à peu près. Son visage était strié de scarifications et ses yeux étaient rouges des drogues dont il abusait. Il était extrêmement patient et je crois que mon cas le passionnait. Il m'a posé un tas de questions mais je n'avais rien à lui répondre à ce moment-là. J'ai appris plus tard qu'il m'avait sauvé de la paralysie.

Kordac rapprocha le sorcier d'Odasius-Arkaro. Au bout d'un long moment, il demanda :

— Quand la mémoire vous est-elle revenue ?

— Je suis resté trois mois avec les bédouins. On allait d'oasis en oasis. Rig m'apprenait le désert et quelques tours de sorcier. Il parlait avec les morts en ma présence et plus d'une fois je l'ai vu couvert de scorpions des pieds à la tête. Pourtant, il n'aurait rien pu faire contre des dragons.

— Pourquoi ?

— Rig m'avait appris que la magie n'a aucun effet sur eux. Il avait l'air très sérieux en disant ça. Et Rig était rarement sérieux. Il avait de l'humour et quand il se droguait, il ne manquait pas une occasion de plaisanter, ce qui avait le don d'agacer les hommes du clan. On se déplaçait beaucoup. Et chaque fois qu'on mettait le pied dans un reg, j'avais des maux de tête épouvantables, des nausées.

» Un jour qu'on se rapprochait d'une madina, un énorme rapace m'a survolé. En voyant ses ailes déployées au-dessus de ma tête, tout m'est revenu. Et je me suis fait dessus, Kordac ! Comme un gamin. Je me suis jeté au sol. L'oiseau appartenait à un seigneur fauconnier. Lui et sa troupe nous ont rejoints. Ils se sont fichus de moi parce qu'un oiseau de proie m'avait terrifié. Alors Rig leur a dit que j'avais rencontré les voiliers d'Anakann et le silence a succédé aux railleries.

— Il savait ?

— C'était un sorcier. Et qui peut prétendre connaître l'étendue du savoir de ces gens-là ?

Kordac hocha la tête pensivement. Un sorcier. Ça lui disait quelque chose. Une nouvelle pièce du puzzle, en somme. Il avait dû connaître un sorcier, lui aussi. *Un homme très puissant.*

Une image se forma dans son esprit. Une silhouette et son ombre. Anonymes.

Un homme dangereux.

Puis les deux voyageurs reprirent leur collation sans un mot. C'est en descendant vers la cour centrale que Baltos posa une dernière question à l'Étranger :

— Dis-moi, Kordac, d'où t'est venue cette idée d'une cagnotte commune pour les caravaniers ?

— Je ne sais pas. C'est comme si je l'avais déjà eue et que je m'en souvenais.

— Vraiment ?

Kordac hocha la tête.

— Écoute, dit le raïs, je connais une femme sur la côte qui pourrait t'aider.

— Oui ?

— Elle sonde le passé des gens. Elle plonge son client dans une sorte de transe et elle le questionne.

—J'aimerais la rencontrer…

—Elle s'appelle Amira Kessar. Renseigne-toi à la taverne des *Deux Lunes*, sur le port. On te dira où elle habite.

—Amira Kessar…

—Mais tu comprends bien que tu devras être… volontaire. Elle ne t'arrachera rien que tu ne voudras lui dire ; elle se contente de poser les bonnes questions.

—À moi de savoir si je veux tellement connaître mon passé, c'est ça ?

—Exactement, mon ami.

La journée du lendemain fut consacrée au ravitaillement et au repos. Kordac était d'une humeur sombre. Il essayait en vain de comprendre les récents incidents : la rencontre avec les pensaguileks, leur intérêt pour le fragment de météorite, sa bravoure subite et folle, l'hallucination. Cette suggestion pour les caravaniers dont Baltos lui avait encore parlé une heure plus tôt… Comme si son ancienne personnalité se débattait en lui, cherchait une faille dans l'opacité de sa mémoire pour surgir et, peut-être, s'imposer. Et surtout, point d'orgue de toute cette folie, la rencontre avec Raark : le démon lui avait dit attendre de lui qu'il sauve le monde.

Sauver Consolata et Anakann. « Consolata est déjà perdue et il faudra se battre durement pour en chasser les forces dorénavant à l'œuvre », avait précisé Raark.

Qu'avait-il voulu dire ? Kordac regrettait de n'avoir pas posé plus de questions, même si dans sa position…

Au cœur de l'orage !

… il avait pu s'estimer heureux de ne pas perdre la raison. Le seul être qui le raccrochait à son passé était menacé par ces forces sombres. Quelle ironie ! Son destin – *leur* destin – serait donc lié à une guerre sans précédent entre des puissances antagonistes ? Il devait retrouver Onahra. Il n'avait pas le choix. Lui qui s'était réveillé quelques semaines plus tôt dans la madina, vierge de tout avenir, était maintenant le protagoniste involontaire d'une histoire effrayante.

Si seulement j'avais trente ans de moins… Je suis bien vieux pour me lancer là-dedans.

Il comptait sur cette Amira Kessar, censée l'aider à retrouver son passé. Non, Kordac ne se sentait pas bien et Palmiarn l'avait vite compris ; il en profita pour passer du temps avec le frère de Julipen. Et par-dessus tout, l'ombre d'un sorcier – ou quelle que soit la fonction de cet homme – obscurcissait un peu plus ses pensées.

Il y avait du travail. Kordac s'assura que les dromadaires choisis pour la suite du voyage étaient en bonne santé et exempts de blessures. Il était persuadé de n'être pas le plus apte à prendre ces décisions et pourtant, on le laissait faire. Tout n'était pas si noir : l'hostilité des habitants de la madina, lors de son « éveil », avait cédé la place à la confiance des méharistes. Mais en irait-il de même en Consolata ? Il devait connaître du monde, de l'autre côté de l'océan ; est-ce qu'on l'accueillerait avec joie ? Le reconnaîtrait-on seulement ?

En milieu de journée, la forteresse de Maalmek s'endormit pour une longue sieste. Julipen avait approché Kordac un peu plus tôt pour s'enquérir de son état et le remercier de s'être occupé de son frère pendant l'orage. L'Étranger grogna une réponse maladroite et s'en voulut lorsque la femme s'éloigna, vexée. Alors qu'il s'endormait près de Palmiarn, ses pensées se fixèrent sur le récit de Baltos. L'un et l'autre devaient la vie à un personnage important et sympathique. L'un et l'autre l'avaient quitté.

Est-on condamné à s'éloigner de ceux que l'on aime ?

Ce qui le ramena vers la femme de son rêve. L'avait-il abandonnée ? Elle était si belle, si émouvante : comment aurait-il pu faire ça ? Pourtant c'était possible. L'idée le déprima et son humeur bascula de nouveau. La femme était beaucoup plus jeune que lui mais Kordac se dit que son image était celle d'un souvenir. Avant de perdre la mémoire, avant Boroskariak et sa prison.

Mais l'histoire terrifiante de Baltos le rattrapa. Il s'endormit avec le vacarme d'une tempête de sable que traversent les hurlements de monstres sanguinaires. Pour ce qu'il en savait, les pensaguileks ressemblaient à de dociles compagnons, en comparaison.

Décidé à tirer un trait sur son humeur du matin, il voulut passer la soirée auprès de Julipen. Intimidé, il commença par lui demander si tout allait bien du côté du chargement. Peut-être avait-elle besoin d'un peu d'aide et…

— Ne vous sentez pas obligé de faire ça, le coupa-t-elle très vite sur un ton sec.

— Faire quoi ? demanda Kordac, surpris.

— Ce qu'on appelle « rattraper le coup »…

— Non, je…

— Laissez tomber, nous ne sommes plus des gosses.

— Écoutez, je vous présente mes excuses, pour ce matin.

Elle fit mine de réfléchir, le doigt sur la bouche.

— Bon, acceptées. On a tous nos moments difficiles. Si vous m'offriez à boire ?

— J'aurais dû commencer par là.

— Il n'est jamais trop tard.

— Alors, on reprend tout.

Il se retourna, toussa et revint face à la femme pour lui dire :

— Julipen, ça vous dirait de partager un pichet de vin avec moi ?

— Quelle heureuse idée ! J'allais justement vous le proposer.

Ils sourirent et elle posa la main sur son bras.

— Vous êtes un drôle de type, conclut-elle.

— Pour tout vous avouer, je le découvre moi-même.

Lorsque Kordac eut bu trois timbales, il se sentit assez détendu pour demander à Julipen si elle avait un homme dans sa vie. Elle se troubla et répondit :

— Oh, les hommes… Je suis occupée avec mon père et mon frère. Et vous, les femmes ?

— Quoi, les femmes ? se moqua plaisamment Kordac. Vous avez éludé ma question, vous ne pensez quand même pas que je vais répondre à la vôtre.

— Mais où est-il écrit que je doive donner une réponse à toutes les questions posées ? dit-elle, le menton appuyé dans le creux de sa main.

Ils jouèrent ainsi jusqu'au moment où un compagnon de la caravane s'assit à côté de l'Étranger.

— Baltos nous a parlé de cette histoire de cagnotte pour les fois où... enfin, en cas de problème, commença le voyageur. À qui penses-tu qu'il faudrait confier l'argent ?

Kordac ne put cacher sa surprise et son mécontentement d'être interrompu.

— Mais je n'en sais rien ! C'était juste une idée en l'air, elle ne vaut rien, oublie-la.

— Au contraire, insista l'homme sans montrer le moindre signe de gêne. C'est même une idée brillante parce que, vois-tu, on finit toujours par avoir des soucis avec nos commanditaires, dans ce métier. Imagine un peu que...

L'homme se lança dans une longue explication, au cours de laquelle il détailla les métiers du désert et leurs aléas. À la fin, il dit :

— Nous connaissons l'hospitalité, mais en affaires, crois-moi, la générosité n'existe plus. Vois ce qui est arrivé hier, pendant l'orage, ou même avant avec ces maudits scorpions : nous n'aurons sans doute pas de problèmes avec les autorités pour tous ces morts – la loi est bien faite pour ça – mais le manque à gagner ? Le dromadaire perdu et celui enseveli avec son chargement ?

— C'était le tien, n'est-ce pas ?

— Oui, mais ce serait pareil avec le tien, non ?

Kordac voulut répondre qu'il n'aurait jamais de dromadaire et de chargement pour la simple et bonne raison qu'il aurait bientôt regagné son continent. Il s'abstint car il devinait que l'homme se ficherait de cet argument.

— Bien sûr, dit-il plutôt.

— Avec un peu de chance, on me fera crédit, mais ce chargement et l'argent qu'il représente, ils sont perdus, tu comprends ? Alors ton idée serait formidable si on savait à qui confier notre cagnotte.

— Il faudra que j'y réfléchisse, dit Kordac, radouci.

— Eh bien, réfléchis-y avant de quitter Anakann, tu nous rendrais un fier service.

Julipen posa sa main sur celle de Kordac puis d'un geste du menton lui montra les autres voyageurs : ils avaient cessé leurs conversations et regardaient les deux hommes.

Lorsque le couple se trouva de nouveau seul à la table, Julipen dit :

— À l'évidence, ils attendent quelque chose de vous.

Kordac leva les mains en signe d'impuissance.

La caravane se mit en route bien avant l'aube, le lendemain. On oubliait comme on pouvait les séquelles de l'orage survenu trois jours plus tôt et les deux morts dues à la piqûre d'un scorpion ; mais ces souvenirs revenaient d'autant plus crûment que l'on s'éloignait du caravansérail et que le silence d'Anakann remplaçait l'animation de Maalmek. Parmi les foudroyés, seul un homme avait réintégré la caravane ; les autres étaient encore alités à la forteresse. Toutefois le voyage se déroula sans encombre les deux premiers jours : le désert succédait au désert mais cette monotonie avait l'avantage de ne réserver aucune mauvaise surprise. Les pensaguileks ne se montraient pas et les griffures ne saignaient plus sur l'épaule de Kordac. Ce n'est que le troisième jour que l'horreur se déchaîna.

Baltos enseignait à Kordac quelques secrets d'Anakann lorsque le vent se leva. Ils se trouvaient à un kilomètre d'un ensemble de massifs rocheux aux parois verticales et aux sommets plats entre lesquels la caravane devait circuler.

— Orkanog ! cria un caravanier à l'arrière de la méharée. Orkanog !

Baltos et Kordac se retournèrent : derrière eux l'horizon se teintait d'ocre tourbillonnant.

— Orkanog, répéta Baltos. C'est ainsi que l'on nomme la tempête de sable, par ici.

— Elle porte un autre nom à Boroskariak, dit l'Étranger.

— Cent noms pour un même fléau… Eh bien, nous allons nous arrêter derrière cette formation rocheuse, ajouta-t-il en pointant l'une des mesas. Nous la contournerons par l'ouest : il y a des grottes là-bas. Fais circuler l'information, s'il te plaît. Et prends ton fils avec toi pour t'aider.

— Vous voulez dire Palmiarn ? Ce n'est pas mon fils, rectifia Kordac.

— Vraiment ? En tout cas, il a l'air de s'ennuyer.

Kordac s'en voulait d'être toujours sur la défensive au sujet de Palmiarn. Il s'éloigna pour transmettre l'information au garçon et remonta la colonne, un voyageur après l'autre, tandis que Palmiarn la descendait.

À l'annonce de la nouvelle, Belik maugréa :

— J'en étais sûr. Le thé du raïs n'était pas fameux ce matin. De toute façon, cette traversée finira mal, très mal.

— J'espère que vous serez là pour le constater à mes côtés, dit Kordac alors que Julipen lui adressait un clin d'œil.

Il retrouva ensuite le garçon à mi-chemin et ensemble ils rejoignirent Baltos en tête.

— Orkanog se déplace plus vite que je l'aurais cru, dit le raïs, la mine sombre.

— Nous avons survécu à un orage…

Et à la rencontre avec des pensaguileks.

— Oui, sans doute. Mais dans la tempête nous ne pourrons plus nous orienter.

Le sable les rattrapa avant qu'ils aient atteint leur abri. Baltos ne s'arrêta pas et la caravane poursuivit sa progression, au galop. On voyait encore l'énorme promontoire dans le tournoiement des grains de poussière. Le groupe allait l'atteindre lorsque retentit le premier cri. Kordac sentit un frisson glacé le parcourir.

C'est impossible.

Il essaya de déchiffrer le visage de Baltos mais le raïs regardait droit devant lui et son turban cachait presque toute sa face. Kordac tourna alors la tête vers le ciel ocré et une ombre épaisse masqua la lumière. Un chamelier le rattrapa en s'approchant dangereusement de sa monture. Tout à coup, quelque chose tomba du ciel et transperça le tronc du méhariste. L'homme n'eut pas le temps de pousser un cri. Crocheté, il fut aussitôt attiré vers le haut comme par un grappin et disparut dans les nuées de sable. La scène n'avait duré qu'une seconde.

Le phénomène n'avait rien à voir avec Orkanog.

Ils étaient au pied de la mesa. Baltos avait changé la course de sa monture, dans le vent hurlant. L'Étranger serra les rênes de toutes ses forces, s'attendant à être transpercé à son tour. Sous les pieds des dromadaires, le sable avait cédé la place à de larges dalles irrégulières de pierre jaune. Les sabots claquèrent. Les vibrations se répercutèrent douloureusement à travers tout le corps de Kordac. Ils contournèrent le promontoire, à bride abattue. Enfin Baltos ralentit, s'arrêta, sauta à bas de sa monture. Désigna de son bras tendu l'ovale sombre d'une grotte. Kordac se précipita vers lui.

— J'ai vu…, commença l'Étranger en criant pour couvrir le vacarme.

— Je sais ! Tais-toi et aide-moi.

Tout de suite ce fut le chaos à l'entrée. Aveuglés, hommes et animaux s'entrechoquèrent, des chargements s'effondrèrent. Kordac courut à leur rescousse, un œil sur le ciel en furie. Il évita de justesse une chamelle paniquée, tira sur un mâle pour dégager une femme qui succomba entre ses bras, le crâne ouvert. Il se prit les pieds dans les sangles d'un panier renversé et entraîna dans sa chute un voyageur qui sortit très vite son kriss de son étui et l'insulta avant de fuir vers la grotte.

Julipen. Où est-elle ?

Il avait vu Palmiarn entrer mais aucun signe de la femme et des siens.

Il fouilla du regard les rideaux mouvants, le plus loin possible. Le vent tourbillonnait follement et le sable était aussi agressif qu'une nuée de guêpes. Il ne les vit pas. Tout à coup, une silhouette se précipita vers lui, corps flottant, vertical, au-dessus du sol. Le rideau de sable s'entrouvrit. Un homme, empalé, agrippait l'arme organique qui le trimbalait tel un morceau de viande. Cette fois, Kordac courut vers l'abri. Il fut le dernier à se glisser dans la pénombre de la grotte.

Une demi-heure s'était écoulée depuis le début de l'attaque. À l'intérieur, on s'était massés autour de torches improvisées, à une vingtaine de mètres de l'étroite entrée que seuls quelques dromadaires avaient pu franchir. Après un court vestibule, la grotte s'élargissait à mesure que l'on s'y enfonçait ; au plus large elle présentait des niches si régulières qu'on les aurait crues creusées par l'homme. Au fond, elle s'étrécissait de nouveau et donnait sur un boyau. Les quelques témoins du massacre avaient répandu la sinistre nouvelle. Certains voyageurs ne voulaient pas les croire, d'autres avaient commencé de prier, d'autres encore restaient prostrés, vaincus par des visions d'effroi. Ailleurs, on discutait fébrilement de l'action à mener et des femmes exhortaient les plus forts à quitter l'abri pour rechercher les disparus. Dans ce chahut, Baltos ne semblait pouvoir mettre personne d'accord. Kordac s'approcha de Léod ; le jeune homme taciturne se tenait à l'écart des conversations, comme à son habitude.

— Tu as perdu l'un des tiens ? demanda aussitôt Léod.

Sa sollicitude étonna Kordac mais il n'en dit pas un mot.

— Julipen, son frère et son père.

— Ce vieux grincheux de Belik…

— Exactement. Tu les as vus ? Ils ont été… ?

Les mots lui manquaient pour décrire le sort des proies.

— Non, je ne les ai pas vus. Tu sais, j'ai déjà traversé cet endroit : il existe d'autres grottes tout autour du pied de cette roche. Ce n'était pas leur premier voyage, ils se sont sûrement cachés ailleurs.

— Tu as sans doute raison. Merci.

Léod lui adressa un mince sourire. Kordac n'eut pas à lui demander s'il avait pu sauver son chargement ; il était posé à ses pieds.

— Le raïs a changé, ajouta aussitôt le jeune homme.

— Il faut que j'aille lui parler, dit Kordac.

L'Étranger se rapprocha de Baltos mais des voyageurs formaient un groupe compact autour de lui. Il constata lui aussi le changement sur le visage libéré du turban : son regard était vague et l'homme ne devait pas écouter grand-chose de ce que les voyageurs réclamaient. Kordac tenta de se faufiler jusqu'à lui, en vain. Au bout d'un petit moment, Baltos déclara :

— Les voiliers d'Anakann sont venus pour moi. Je dois les affronter.

Sa déclaration stupéfia ses interlocuteurs. Kordac profita du silence momentané pour intervenir :

— C'est de la folie, Baltos ! Et vous le savez mieux que moi.

Le regard du raïs rencontra enfin celui de l'Étranger.

— Ils sont revenus et je suis le seul ici à les connaître assez pour les affronter. Laisse-moi à présent, je dois me préparer.

Des questions fusèrent mais comme Baltos n'y répondit pas, le groupe s'éparpilla pour propager la décision insensée du raïs. Kordac posa son bras sur celui de Baltos qui s'éloignait déjà.

— Je ne comprends pas, dit le chamelier.

Baltos se retourna vers lui :

— Tu ne peux pas comprendre, tu n'es pas d'ici. Tu n'es qu'un étranger.

À peine Kordac reconnut-il la voix. Quant au regard, il brûlait d'une folie dévastatrice. Le trait du raïs blessa Kordac, même s'il ne pouvait totalement lui donner tort. Mais le ton n'avait rien eu d'amical, au contraire. Ce n'était plus Baltos, c'était un autre. Dévoré par un sentiment de haine et l'urgence d'une vengeance si longtemps différée. Kordac n'avait pas lâché le bras.

—Je ne sais pas lequel de nous deux est le plus fou, insista Kordac, rappelant ainsi la double étymologie du nom qu'il s'était choisi.

Cette fois Baltos se dégagea de l'étreinte de Kordac et s'éloigna vers l'une des niches. L'amnésique le suivit dans le vestibule. Le vent grondait contre la roche jaune, projetait du sable jusqu'à l'intérieur de la caverne. Baltos serrait un sabre dans une main, un kriss dans l'autre. Il se tenait face à l'ouverture, bras tendus.

—Baltos…

Le raïs ne se retourna pas vers Kordac pour dire :

—Tu es encore là ?

—Nous avons besoin de vous. Vous êtes le raïs : ces femmes et ces hommes attendent vos conseils.

—Mais non, tu n'as rien compris. Ils m'ont peut-être choisi mais ils savent maintenant qu'ils ne peuvent plus compter sur moi. Tu es leur guide, à présent, jusqu'à ce qu'ils élisent un autre raïs.

—Je ne connais rien d'Anakann. Je ne connais même pas notre route !

—Eux la connaissent. Tu as les pensaguileks avec toi, n'oublie pas.

—Ce ne sont pas vraiment des amis.

Baltos écarta l'argument :

—Et tout sera plus facile lorsque j'aurai tué les dragons. Je dois y aller maintenant.

—Les tuer ? Mais comment pouvez…

Kordac n'eut pas le temps de finir sa question : tout à coup la lumière jaune de la tornade fut masquée. De la soudaine pénombre surgit une gueule énorme. Elle jaillit dans la grotte et se referma aussitôt autour de Baltos. L'homme ne put rien faire pour se défendre. En une secousse, la tête où brillaient deux yeux d'un jaune lumineux plaça sa proie dans sa longue gueule. Les crocs immenses crevèrent alors les chairs de Baltos, cisaillèrent un bras qui tomba sur le sol. Puis la gueule se retira de la caverne en un mouvement rapide, dans un flot de sang.

C'est un cauchemar.

Un long mugissement recouvrit le bruit du vent. Kordac tourna les talons et se précipita vers le fond de la grotte.

Les questions fusèrent à son arrivée dans la grande salle. Sa mine décomposée et son regard fournirent une réponse terrible. Kordac sentait ses jambes se dérober sous lui. Il tituba jusqu'à un coin et vomit.

Ce que j'ai vu ne s'est pas réellement passé.

Il s'assit dans l'une des niches, tremblant, les jambes repliées sous son menton. Même Palmiarn, effrayé par la mine de son *aloud*, n'osait l'approcher.

Tout était allé si vite. Quelles chances avaient-ils face à de tels monstres ? Ils allaient mourir. Tous, les uns après les autres. La grotte ne semblait même plus un abri sûr: l'animal devait être assez monumental pour ébranler la roche. Combien étaient-ils? Le récit de Baltos sur les remparts de Maalmek refit surface.

« De loin, ils ont une certaine majesté. »

Il n'avait vu qu'une gueule dans la pénombre mais chacun de ses crocs mesurait la taille d'un bras.

« Ce sont des monstres, intelligents et cruels, des tueurs. »

Son regard jaune avait une malignité infernale.

« Si seulement trois ou quatre d'entre eux s'abattaient un jour sur Boroskariak, il n'en resterait aucun habitant. »

En quelques minutes une dizaine de voyageurs au moins avait disparu.

Belik avait raison: ce voyage se termine mal.

Léod s'agenouilla près de Kordac et lui demanda:

— Qu'as-tu vu là-bas?

Kordac leva la tête. Ses lèvres tremblaient. Il réfléchit avant de dire:

— Un dragon. Il a… il a emporté Baltos dans sa gueule.

Curieusement, le jeune homme ne changea pas d'expression, comme s'il s'était préparé à la réponse. Sa question suivante fut même la plus bizarre que Kordac ait entendue depuis longtemps.

— De quelle couleur étaient ses yeux?

Ils avaient formé un petit groupe de cinq personnes. Kordac, Léod, Palmiarn, Narbek et Talienn. Seul ce couple, parmi une dizaine de personnes interrogées, avait accepté de suivre les deux hommes et le garçon. Kordac connaissait déjà Narbek: il l'avait interrogé au caravansérail au sujet d'une cagnotte pour les caravaniers. C'était un homme petit et plein d'entrain. Sa femme n'était pas non plus du genre à se laisser abattre par les événements, quels qu'ils soient. Des traits doux plantés sur un cou massif, elle dépassait son époux de plus d'une tête. Tandis que derrière eux un autre groupe s'enfonçait dans le boyau à la recherche d'une sortie, Léod commença ses explications.

— Comme je vous l'ai dit, il existe peut-être une possibilité d'écarter nos assiégeants.

Il se pencha au-dessus de ses paniers, dénoua le lien qui ficelait un sac de toile épaisse, puis sortit précautionneusement une boule d'étoffe. Il en dégagea une sorte de pierre couleur de sable et aux formes inhabituelles, tel un assemblage de crêtes aux arêtes arrondies.

— Une rose des sables…, commenta Talienn.

— Oui. Mais pas n'importe laquelle: c'est une concrétion de sable et d'urine de pensaguilek.

D'un geste réflexe, Kordac porta la main à son épaule. Quant à Narbek, il siffla entre ses dents avant de demander:

— Et comment peux-tu en être sûr?

Léod le regarda droit dans les yeux.

— Fais-moi confiance au moins sur ce point-là, dit-il avec l'assurance de ses vingt-cinq ans.

Narbek s'inclina.

— S'il s'agit bien de dragons jaunes, et la description de Kordac semble l'indiquer, ces pierres pourraient les menacer.

— J'ai déjà entendu des histoires là-dessus. Urine de pensaguilek et dragons. Et comment on doit s'y prendre ?

— Je ne suis pas un tueur de dragons, vous savez... Je connais quelques détails. Je crois que... qu'il faudrait les projeter sur eux.

— Les projeter sur eux..., répéta pensivement la femme.

— Leur lancer des cailloux, en fait, dit Palmiarn en haussant les épaules.

— Eh bien, ça a l'air idiot, mais on peut dire ça, oui.

— Il ne reste plus qu'à les approcher, reprit Talienn. Et s'ils sont aussi énormes, rapides et dangereux que le dit Kordac...

— Vous êtes les seuls à avoir accepté, je vous le rappelle, dit Léod avec un sourire.

— Oui, eh bien, on doit être complètement cinglés, Talienn et moi.

— Ça ne fait aucun doute.

— Un groupe vient de partir, commença Kordac. Ils vont peut-être trouver une autre issue. Et si c'est le cas, ils reviendront prévenir la caravane, nous les croiserons.

Agir. Il n'y avait plus que ça pour refouler les images de Baltos, dévoré sous ses yeux. Refouler l'idée même de la mort, inéluctable. Après la nausée, il était envahi d'un sentiment nouveau. Tout acquérait une extraordinaire acuité. Le grain de la roche, le vacillement des flambeaux, les regards capturés par les éclats de lumière. Il se sentit différent, sans pour autant pouvoir mettre un nom sur cette différence.

Léod leur distribua les roses des sables ; ils les mirent chacun dans une besace portée en bandoulière et s'engagèrent dans le tunnel, au fond de la caverne. Personne ne leur prêta attention.

Aidés d'une torche, ils progressèrent le long du boyau sombre. Le sol était glissant par endroits : le rocher retenait l'humidité des rares pluies ; peut-être même abritait-il une source, quelque part. Léod était en tête, Kordac fermait la marche. L'Étranger n'avait pas fait dix mètres qu'il fut frappé par un sentiment de déjà-vu.

Je suis venu ici. Mais quand ?

Narbek sifflotait avec une légèreté que contredisait leur mission. *Il n'a pas dû voir les dragons à l'œuvre, tout à l'heure dans le désert*, songea Kordac.

— Tu te trimballes toujours avec ces pierres sur toi ? demanda Narbek à l'adresse de Léod. Je veux dire, les chances de rencontrer un voilier d'Anakann au cours de sa vie sont infimes !

— J'étais censé les vendre. Pas m'en servir.

Talienn hocha la tête.

— Et j'imagine qu'elles valent une petite fortune.

Léod poussa un soupir avant de répondre :

— Exactement...

Tout à coup, une boule de lumière se dilata devant eux, aveuglante. Se contracta aussitôt. Un cri de douleur. Une forme aux contours incertains et lumineux fonça droit sur eux.

— Qu'est-ce que... ? lança Narbek.

— Écartez-vous ! ordonna Kordac.

Il avait compris la nature de la silhouette aux formes mouvantes. Il dépassa ses compagnons, se précipita en avant. Se débarrassa de son burnous, pour le tendre devant lui, bras écartés.

C'est trop tard, se dit-il, alors que l'homme en flammes tombait à cinq pas de là, poussant d'horribles cris. Néanmoins, Kordac se jeta sur le malheureux et le couvrit de son vêtement, étouffant les flammes.

Les rescapés arrivèrent bientôt, traumatisés. Talienn leur demanda ce qui s'était passé. Kordac avait compris depuis bien longtemps. L'homme brûlé agonisait déjà, son corps traversé de soubresauts. L'odeur dégagée était épouvantable. Un de ses camarades prit la parole, essoufflé.

— On avait trouvé une sortie. Là-bas, à main gauche. Saloperie de dragon. Il savait. Il nous attendait.

— Ils sont au moins deux, dit Léod sur un ton désespéré. Ils bouchent toutes les issues.

— Ne l'amenez pas là-bas, dit Kordac hors de propos et toujours agenouillé au-dessus du corps. Il ne faut pas que les autres le voient, vous comprenez ? Pas maintenant.

Il y eut un silence. Tous s'imprégnaient des mots de Kordac, comprenaient la sagesse de son conseil : pas la peine d'effrayer un peu plus les survivants de la caravane.

— Il est mort, dit enfin l'Étranger.

— Par les sept dieux, souffla quelqu'un.

On entonna des prières, entrecoupées de sanglots. Kordac se sentait étrangement vide : pas de peine, ni d'effroi.

— On fait quoi, maintenant ? demanda Narbek, impatient.

— Si on ne peut pas mettre le nez dehors, on ne pourra jamais atteindre ces monstres..., dit Léod. On est coincés au fond de ce rocher.

— Si seulement on avait des ailes nous aussi..., lança Palmiarn pensivement. On pourrait les bombarder.

— Bon sang ! s'écria aussitôt Kordac.

— Que se passe-t-il ? demanda Talienn.

— Suivez-moi, ordonna l'Étranger qui, cette fois, prit la tête du cortège.

Les deux groupes se séparèrent. Narbek saisit la main de Talienn alors qu'ils approchaient du conduit où le malheureux avait subi le feu du dragon.

— Vas-tu nous dire ce que tu as en tête ? insista Léod.

— Je... C'est juste une idée.

En fait, la suggestion de Palmiarn avait mis en branle la mémoire de Kordac. Son rêve, dans les thermes :

J'étais au-dessus d'un monstre.

— Sois plus précis ! exigea Narbek.

Et si c'était un rêve prémonitoire ?

— Une cheminée… Il doit y avoir une cheminée, quelque part… Un chemin vers le sommet.

Ils parvinrent à un embranchement ; sur leur gauche, le conduit mis à feu quelques minutes plus tôt. Ils restèrent en retrait, dos au mur et le cœur battant. Kordac inspira profondément. Il compta jusqu'à trois et se pencha sur le côté.

Un peu de lumière au fond. Difficile d'évaluer la distance. Mugissement assourdi de la tempête. Aucun signe de monstre. Il se colla de nouveau contre le mur, à l'abri. Poussa un long soupir.

— Alors ? fit Talienn à mi-voix.

— C'est parti. On y va.

Kordac passa le premier, suivi de Palmiarn et de Narbek. Talienn attendit un peu et franchit les deux pas qui la séparaient de son époux. Elle ne put s'empêcher de regarder vers l'extrémité du conduit. En un éclair, elle crut voir un œil, puis elle fut de l'autre côté. *Mon imagination*, se dit-elle. Ce fut au tour de Léod. Il voulut sauter mais il glissa sur le sol humide et tomba sur les fesses. Il se retrouva en plein milieu de l'embranchement. Il se relevait en gémissant lorsqu'une langue incandescente se précipita vers lui.

Tous entendirent le sifflement du dragon, le grésillement des flammes. Talienn fit un pas vers l'embranchement, saisit le bras de Léod et tira de toutes ses forces en arrière. Ils tombèrent l'un sur l'autre, à l'écart du feu. Mais la tunique de Léod avait été touchée ; elle prit feu et Léod s'agita dans tous les sens. Kordac piétina l'étoffe embrasée et parvint à étouffer les flammèches.

— Ça y est, ça y est, c'est fini…, dit Kordac.

Ils s'adossèrent au mur, haletant. Dans la panique l'un des flambeaux s'était éteint. Au bout d'un moment, Léod dit :

— Merci Talienn, je te dois la vie.

— Oh que oui, commença Narbek d'une voix éprouvée, et je ne suis pas sûr qu'elle aurait fait la même chose pour moi.

— Idiot ! dit-elle.

Ils plaisantaient pour refouler la peur qui les étreignait encore. Seul Kordac demeurait imperturbable. Il se sentait de nouveau différent : une part enfouie de sa personnalité se révélait. L'intensité des événements lui convenait bien plus qu'il ne l'aurait cru possible. Même la mort atroce de Baltos semblait lointaine. Mais il ne souhaita pas tant se concentrer là-dessus que sur son rêve : il en extirpait à présent chaque détail.

— Il faut continuer, ordonna-t-il enfin.

— Mais sais-tu seulement où tu vas ? demanda Léod.

— Je lui fais confiance, répliqua Narbek. Cet homme a toujours de bonnes idées.

— Merci, dit Kordac avant de reprendre la marche. De toute façon, il n'y a rien d'autre à faire maintenant : le dragon nous a vus passer, il nous attend sûrement.

— Tu as raison, concéda Léod. Continuons. Dis-nous simplement quoi chercher.

— Un conduit vertical. Une cheminée, peut-être même un escalier…

— Un escalier…

— Oui, il doit y avoir un moyen de monter.

— Un moyen de monter… Bon… Mettons que je sois un irréductible optimiste, fit Léod.

Quelques minutes plus tard, Palmiarn s'écria :

— Là !

Il désigna un trou dans la paroi, au ras du sol ; ils étaient tous passés à côté sans le voir car ils cherchaient une ouverture dans le plafond de la galerie. Léod approcha son flambeau : l'orifice avait dans sa plus grande largeur la taille d'un corps. On pouvait s'y faufiler aisément. Un éboulis de petites pierres et du sable s'amoncelaient à son pied. Équipé d'une torche, Kordac se glissa aussitôt dans l'ouverture, disparut jusqu'à la ceinture.

Il en ressortit après quelques secondes.

— Alors ? fit Léod.

— Pas évident. Ça n'a pas l'air vertical mais c'est raide quand même.

— Ça va jusqu'au sommet ?

— Sûrement…

Kordac n'avait pas vu de lumière. Il se demandait même s'il était capable de grimper le long de ce conduit. À son âge, avait-il assez de ressources pour cela ? Mais une sorte de certitude l'animait, confortée par son rêve.

— Bon, reprit-il, inutile d'essayer d'aller tous là-haut. Pour le moment, deux personnes suffiront, j'imagine. Qui m'accompagne ?

Personne n'eut l'idée de le contester cette fois : certes il suppléait au raïs disparu mais son autorité s'imposait naturellement.

— Moi, avança Talienn.

— Avec tes jupes ? lança Narbek. C'est de la folie.

— J'ai un caleçon là-dessous et tu sais très bien que je suis la plus souple et la plus forte parmi nous, non ?

Narbek maugréa.

— Aucune objection, dit à son tour Kordac.

La femme enleva donc ses deux jupes de lin superposées et se trouva en caleçon fin.

— Je te les confie, dit-elle en tendant à son époux ses vêtements safran et blanc.

— C'est ça…

L'ascension débuta. Talienn passa en premier car elle était effectivement la plus agile des deux. Derrière elle, Kordac peinait. Il baissait souvent la tête pour échapper aux débris que les pieds de Talienn détachaient. Après cinq minutes d'une progression éprouvante, le dos raclant bien souvent la paroi, Talienn aperçut enfin une lueur. Désormais le sifflement du vent lui parvenait distinctement ainsi qu'à Kordac.

Je ne me suis pas trompé, pensa l'Étranger. *Il y a une sortie là-haut.*

—Je vais voir, dit la femme.

—Je t'attends là.

Kordac avait mal aux genoux, aux mains ; il n'était pas fâché de faire une pause. Encore deux minutes et Talienn arrivait au sommet. D'un signe elle appela Kordac qui la rejoignit en ahanant. Il n'avait plus peur mais il devinait que l'excitation était une alliée déloyale et la fatigue une ennemie en embuscade. Devant lui, Talienn s'extirpa de la cheminée et s'allongea à l'extérieur, près de l'ouverture. Il se hissa dehors, subit de plein front la charge brûlante des bourrasques. Le vent était violent, la chaleur terrible. Il s'allongea à son tour, pour se cacher des dragons tout proches, espérant que le vent ne charriait pas son odeur. Mais les courants d'air tourbillonnaient sans cesse et les rafales s'opposaient en déchirant les tympans de leurs puissants mugissements.

Les images de son hallucination s'imposèrent à Kordac. À mesure que les secondes passaient, elles étaient de plus en plus précises.

Ils sont deux. L'un est plus petit. Un surplomb : je dois trouver un surplomb pour les atteindre. Talienn…

La femme ne figurait nulle part dans sa vision, il en était maintenant persuadé.

Pas question de l'exposer.

—Reste ici, Talienn, ordonna-t-il dans le vacarme de la tempête artificielle. Sois prête à te faufiler dans le conduit si ça tourne mal.

—Mais, je ne suis pas montée pour rester plantée là…

—Fais ce que je te dis !

Le ton excluait toute résistance.

—C'est bon, concéda Talienn, va te faire rôtir tout seul.

Kordac saisit la main de la femme, la serra dans la sienne. Puis il s'éloigna en rampant vers le rebord de la mesa.

À peine devinait-on le sol, cinquante mètres en contrebas. Des spires de sable masquaient le décor. Il regarda à droite, puis à gauche. Aucun signe des monstres.

Ils doivent être de l'autre côté.

Il se retourna, se redressa et cette fois franchit le plateau, le dos courbé. Il croisa le regard de Talienn qui n'avait pas bougé d'un pouce et lui adressa un signe rapide de la main. Vingt mètres plus loin, il se jeta au sol. Il était arrivé sur le rebord opposé de la roche. Juste en dessous et à moins de cinq mètres, s'avançait un surplomb.

J'y suis.

Sans se poser de questions, il entreprit de descendre sur le balcon naturel. Il s'accrocha à la paroi, cala ses pieds dans les anfractuosités de la roche. Il devait tourner le dos aux monstres, à présent. Se concentrer sur la descente, malgré le vent violent, un pied après l'autre, à la recherche d'appuis sûrs. Mais à mi-chemin, la pierre céda sous lui et il glissa jusqu'en bas, s'arrachant la peau des mains, puis se retrouva sur le dos. Il se retourna aussitôt, contenant à peine ses gémissements de douleur. D'abord, il ne vit rien. Rien de plus que du sable en mouvement. Le sable, encore et toujours. Le vent hurlait et menaçait de le projeter hors du surplomb. Un pan s'ouvrit dans le rideau mouvant et abrasif. Se dessinèrent alors l'arête d'une aile, l'arrondi écailleux d'un dos : la bête était là, monumentale. Elle ne semblait pas avoir déjà flairé Kordac. Agenouillé, l'homme porta la main à sa besace ; son cœur marqua un temps d'arrêt.

Il en manque plus de la moitié !

Il avait perdu une partie des roses des sables durant sa progression puis sa chute. Il ne s'était rendu compte de rien. Il regarda autour de lui pour voir s'il n'en retrouvait pas sur l'aplomb. Rien.

Il m'en reste quatre…

Il se leva. La bête allongea son cou vers l'autre. Cette fois, il avait atteint le point exact de son hallucination, dans les thermes.

Un rêve prémonitoire.

L'instant de sa rencontre avec les pensaguileks coïncida l'espace d'une fraction de seconde avec le présent, tel un événement reflété dans un miroir. Il crut voir de la lumière se propager autour de lui à la vitesse d'un éclair. Et au fur et à mesure de cette propagation, le temps ralentit, s'étira telle de la pâte de verre sortant d'un four.

La vive lueur propagée se dissipa, la tempête n'était plus : les lambeaux de sable flottaient comme des pollens portés dans la chaleur de midi. Le cœur de Kordac commença d'émettre un battement et l'homme voulut bouger un bras, mais le temps étiré l'avait comme paralysé : à ce rythme, une journée lui serait nécessaire pour animer un doigt car seul son esprit fonctionnait sans entrave. Le sang se répandait dans ses veines avec une viscosité de mélasse, lente marée dont il ressentait l'invasion, millimètre après millimètre.

Si seulement j'avais su que c'était un rêve prémonitoire…, se dit Kordac. *J'aurais réfléchi à quelque chose… Une tactique…*

Il était déjà trop tard. Dans sa poitrine, le cœur acheva sa pulsation en un lourd grondement qui l'ébranla comme un tremblement de terre.

Puis le temps reprit sur-le-champ sa course folle.

Le sable cingla Kordac avec un entêtement cruel. De nouveau il devina les bêtes, passives, en attente. Il se rapprocha du précipice. L'animal se tenait là, le cou tendu vers le sol. Tout près. Trop. Que Kordac manque son coup et le monstre l'avalerait en moins d'une seconde, s'il le voulait.

Je dois l'éloigner.

Kordac s'empara de l'une des concrétions, la dégagea de son enveloppe protectrice. Il la regarda et constata, étonné, un changement de teinte : elle semblait plus claire, presque translucide. Était-ce la lumière ocrée de la tempête qui déformait sa vue ? Elle s'effritait, aussi. Il n'avait pas le temps de s'interroger. Il arma son bras et projeta de toutes ses forces la rose des sables en direction du plus petit dragon. Le geste arracha à Kordac un cri de douleur. La pierre s'enfonça dans les nuées rapides, décrivit un long arc de cercle, perdit un peu de sa matière. Chuta vers l'animal.

Il est trop loin. Je n'y arriverai jamais.

La pierre tomba hors de sa vue.

Loupé.

Elle se brisa sur le sol, à cinq mètres du monstre. Les éclats volèrent en tous sens, atteignirent l'animal à la queue. La bête poussa un cri strident. Le vent faiblit brusquement, comme si l'attention des monstres était soudain retenue. Le grand dragon redressa son cou et regarda en direction du cri. La bête se déplaça alors vers le petit monstre, tournant le dos à Kordac.

Maintenant !

Il saisissait une autre pierre lorsque le géant se tourna brusquement vers lui. Il se dressa sur ses pattes arrière ; le sommet de sa tête atteignit alors la hauteur du perchoir où se postait Kordac. La bête poussa un rugissement qui aurait figé l'homme sur place s'il ne l'avait déjà entendu. Il lança la pierre – le monstre l'esquiva. La tempête avait cessé mais la lumière conservait sa qualité surnaturelle ; elle baignait le dragon qui désormais considérait Kordac. Le monstre tourna lentement la tête de côté et sans quitter l'homme des yeux propulsa une langue de feu. Une menace, un avant-goût des tourments à venir.

Cette fois je suis fichu…

Le dragon prendrait son temps s'il le fallait. Si ça l'amusait. L'animal orienta sa longue tête vers lui, gueule entrouverte. Kordac remarqua qu'il lui manquait au moins deux dents et le trou laissait deviner la langue. Il jeta la troisième pierre, qui rebondit sans effet sur la carapace d'écailles d'un jaune sable. Le petit monstre avait bien poussé un cri de surprise, tout à l'heure, mais en fin de compte la tactique de Léod ne marchait pas. Lancer des cailloux contre des dragons… Comment utiliser ces roses des sables si singulières ? Peut-être n'était-ce tout simplement pas la bonne espèce ; cette histoire de couleur d'yeux : Léod s'était trompé. Mais les pensaguileks avaient-ils d'ailleurs le moindre lien avec les dragons ?

Une voix le héla derrière lui. Une voix connue. Il se retourna :

Julipen ! Elle est en vie !

— Kordac, mets la pierre dans ta bouche ! C'est la seule solution !

Que faisait-elle au sommet du rocher ?

Et comment sait-elle quoi que ce soit au sujet des roses des sables ?

— Fais-le ! Maintenant !

Manger une rose des sables ; constituée d'urine de démon, en plus. Qui voudrait avaler une chose pareille ? Puis les mots d'Otum résonnèrent brusquement dans la mémoire de l'Étranger :

« On peut mettre à la bouche beaucoup plus de choses que ton esprit étroit le pense. Et certaines d'entre elles sont plus utiles qu'une tranche de lard grillée. »

Le dragon souffla de ses naseaux énormes, dégageant une pénible odeur de soufre qui fit tousser l'homme juché sur le surplomb. Il n'y en avait plus pour longtemps. Alors Kordac regarda la pierre, la dernière en sa possession.

C'est idiot.

Pourtant, il porta la pierre à ses lèvres. Et à sa grande surprise, elle se mit aussitôt à fondre comme de la glace. Ça avait la saveur écœurante de fleurs fanées et de l'eau croupie d'un vase. Face à lui, le dragon eut un mouvement de recul. Kordac sentit quelque chose vaciller en lui. Son esprit : une porte s'ouvrait, quelque part en dedans. Et une voix se fit entendre.

« Encore toi, le fou ? »

« Otum ? »

« Peste soit des humains. J'aurais dû te tuer dans cette grotte… »

Face à Kordac, le dragon reculait, incertain, méfiant.

« Je… j'ai un problème. »

« On dirait bien, répondit la voix dans sa tête. *Raark va être fou de colère quand il saura que tu peux entrer en contact avec nous… »*

Est-ce que je suis vraiment en train de parler à un pensaguilek ?

« Il ne fallait pas me voler cette pierre… Aide-nous, Otum. Il n'y a pas de temps à perdre… »

« Et en quel honneur ? »

« Je croyais que tu détestais ces créatures ? Et puis, tu me dois bien ça… »

« Je ne te dois rien du tout, le fou. »

« Tu ne m'as pas dit que grâce à moi, Raark s'intéressait à ton cas ? »

Kordac perçut l'équivalent mental d'un crachat.

« Maudits soient ces dragons. Et peste soit des humains dans ton genre, le fou. »

Ailes repliées, les deux dragons étaient désormais côte à côte. Ils inclinaient leur tête reptilienne de droite et de gauche, hésitants.

« Aide-moi », répéta Kordac.

« Laisse-toi dévorer par cette cochonnerie. »

« Comment ça ? »

« Jette-toi dans sa gueule. Et à l'aide de ton kriss, crève aussitôt les deux glandes qui pendent à l'entrée de sa gorge. »

« C'est un suicide ! Ou plutôt un assassinat : tu veux te débarrasser de moi… »

« Si c'était mon but, je m'en occuperais moi-même. »

« Vraiment ? »

« Parole de démon… »

Kordac se tourna de nouveau vers les dragons. Le plus petit avait escaladé le massif le plus proche.

Le dragon prit son envol, rasa le sommet, prit un peu d'altitude et fit une courte boucle pour placer Kordac dans l'alignement de sa trajectoire.

Bon sang. C'est n'importe quoi.

Le prédateur fondit sur sa proie. Sa gueule était fermée. Il passa à un mètre de Kordac qui instinctivement plaça son bras entre le monstre et lui. Puis la queue du dragon fouetta ses jambes et il fut jeté à terre, son tronc au-dessus du vide. Le choc de la chute lui avait coupé le souffle. La tactique était au point : le grand dragon était déjà là, prêt à l'engloutir par les épaules.

Me jeter dans sa gueule. Je ne peux pas faire ça.

« Si, tu le peux. Pense à Onahra… »

Pouvait-il faire confiance à Otum ? Le monstre lança son cou immense vers sa proie, gueule ouverte.

En un éclair, Kordac revit Baltos dévoré un peu plus tôt. Kordac se dégagea du précipice. S'accroupit. Très vite, la gueule fut là, grande ouverte.

Par tous les dieux.

Nouvelle explosion de lumière : l'homme venait d'atteindre la seconde partie de son hallucination, dans les thermes de Maalmek. Le temps s'était suspendu autour de lui.

« Que se passe-t-il ? J'exige une réponse ! » réclama Otum.

« Je n'en sais rien », dit Kordac qui observait la gueule monumentale. Derrière la double rangée de dents, parfois ébréchées, il vit les glandes dont avait parlé le pensaguilek.

« Dis-moi quelque chose de rassurant, Otum. »

« On ne me paie pas pour ça, l'humain. »

« S'il te plaît… »

« Mmmm… Je suis le meilleur parmi les pensaguileks. »

« Merci… »

Le temps reprit sa course folle. Kordac sentait la présence d'Otum, tel un allié puissant avec lequel il aurait partagé chacun de ses muscles, de ses cellules. De ses décisions aussi. Il n'était plus tout à fait lui-même mais il n'aurait pu affirmer qu'il était un autre, tant il ressentait avec acuité les événements. Alors, à son grand étonnement, il se détendit comme un ressort et plongea dans la gueule du monstre, atterrit sur un matelas épais et gluant.

La langue.

La puanteur était terrible, bien pire que l'haleine d'Otum. Kordac se redressa tant bien que mal. La cavité buccale tanguait pendant le vol de l'animal. La gueule se rouvrit, laissant passer un peu de lumière.

« LÀ ! » hurla Otum dans son crâne.

Kordac vit deux poches accrochées au fond du palais. La langue bougea pour se débarrasser de sa proie, la déglutir. L'homme ficha son kriss dans une gencive et aussitôt le monstre émit un cri assourdissant, avant de secouer la tête. La lame quitta la muqueuse, Kordac glissa très vite vers l'extérieur et le monstre referma sa gueule sur une jambe.

Kordac ne sentit rien ; il jeta un coup d'œil derrière lui et constata que sa jambe était coincée dans l'interstice laissé par un croc manquant.

« Ne reste pas là ! » ordonna Otum.

Aussitôt, Kordac frappa de l'autre pied à la racine des incisives et la gueule s'ouvrit à nouveau, dégageant sa jambe ; la langue le souleva vers le fond de la gueule. Cette fois il se trouva juste sous les glandes qu'il devait crever, en déséquilibre. Il lança son kriss contre l'une d'elle. La poche céda et un liquide aussi épais qu'écœurant se déversa dans la bouche, détrempa Kordac qui tenta d'atteindre l'autre glande malgré le chaos. Mais le dragon hurla de douleur et le vacarme percuta les tympans de Kordac ; il était sourd désormais. Seuls lui étaient intelligibles les mots du pensaguilek.

« Attention ! Il est furieux maintenant ! »

Le dragon piqua vers le sol, ouvrit la gueule et se débarrassa de son agresseur avant d'émettre une sorte de piaillement que ne put entendre Kordac. L'homme tomba au sommet d'une dune et roula jusqu'en bas.

« Otum ? »

Il haletait, peinait à retrouver son souffle.

« Otum, tu es toujours là ? »

Du sable plein la bouche, les oreilles bourdonnantes, recouvert d'une humeur poisseuse. Une floraison de douleurs, partout.

Ses yeux étaient fermés et parvenu au pied de la dune, sous le soleil impitoyable, il succombait à la violence des récentes minutes. Les dragons étaient quelque part tout près de là, il le savait, mais ce savoir s'éteignait peu à peu comme un conte effrayant que l'âge efface. Il avait mal, il avait chaud et il était épuisé. Seul cet état comptait, un état contre lequel il ne pouvait plus rien.

À présent que le pensaguilek avait disparu de son esprit, de son corps, ses forces le quittaient et mourir était une solution acceptable. Des visages tournoyèrent ; certains étaient beaux, d'autres inquiétants. D'autres encore lui adressaient des reproches silencieux. Kordac ne pouvait mettre un nom sur chacun d'entre eux. Puis celui de Baltos se présenta à lui :

« L'esprit possède des ressources méconnues, Kordac. Il peut contrôler ton corps et lui faire endurer des épreuves inimaginables. »

Des ressources méconnues pour endurer des épreuves inimaginables.

Kordac ouvrit les yeux, se redressa lentement en gémissant. Deux cents mètres devant lui se dressait le massif où la caravane avait trouvé refuge. Il leva la tête, fouilla le ciel du regard ; aucun signe de voiliers d'Anakann. Il attendit, debout, le corps secoué de tremblements. Rien en vue ; les monstres semblaient avoir abandonné la partie. Il leva les bras, son kriss serré dans son poing tremblant. Il héla les dragons, une fois, deux fois. Sa voix lui parvenait étouffée mais il hurlait de toutes ses forces déclinantes. L'horizon jaune ne libéra aucun monstre. Alors, c'était bel et bien terminé.

— J'ai réussi ! J'AI RÉUSSI ! Merci, Otum… Tu es un drôle de compagnon, c'est sûr. Mais sans toi… Mille fois merci.

Ivre de fatigue, de douleur, de soif et d'émotions, il parcourut la distance qui le séparait de la caverne et de ses compagnons. Il fut accueilli en héros mais il préféra un sommeil oublieux à la fête que tous voulurent organiser sur-le-champ. Il devina Julipen et se contenta d'un sourire. Il avait toujours autant de questions à poser… Mais, en ce jour terrible, il avait au moins appris une chose sur lui : il était un homme courageux.

Peut-être même un peu fou.

* * *

Iriane rejoignit l'un des camps militaires qui dominaient le nouveau cours de la Medding. La nuit était déjà tombée. La jeune femme présenta un laissez-passer aux factionnaires qui l'arrêtèrent, bien avant l'entrée du camp. Elle dut le ressortir pour franchir la triple enceinte de palissades et de fossés.

Le camp lui parut gigantesque. Pour ce qu'elle pouvait en voir d'un flambeau à l'autre, la palissade principale mesurait bien cinquante mètres de long sur trois mètres de haut. À l'intérieur, des allées tracées au cordeau découpaient la surface en quartiers réguliers où se dressait une ville de toile. Des vigiles faisaient des rondes par groupes de deux, marchant au pas.

Bien qu'elle portât les cheveux courts et des vêtements masculins, on ne pouvait pas la prendre pour un homme et bien des soldats se retournèrent sur son passage, intrigués par cette jeune femme à la silhouette élancée, à la démarche décidée et aux traits aussi volontaires que plaisants. Iriane se comporta comme si on ne lui prêtait aucune attention et elle se laissa conduire jusqu'à la tente du capitaine Ginaldi.

Le capitaine connaissait bien le sergent Ibrini qui avait recruté Iriane et il l'accueillit avec l'hospitalité austère d'un soldat fatigué mais heureux de partager quelques moments avec un civil – de quitter la folie de la guerre en cours.

Ils évoquèrent le sergent Ibrini autour d'un repas frugal arrosé d'un pichet de vin estebellien.

— Notre ennemi n'a pas tous les défauts…, dit le capitaine en servant l'alcool.

L'homme aurait tout aussi bien pu être un marchand qu'un soldat, pensa la jeune femme. Il n'avait rien des militaires et des mercenaires qu'elle avait croisés à Talenthal.

— D'ailleurs, poursuivit-il, cet ennemi n'a pas d'autre défaut que d'habiter du mauvais côté de la frontière, maintenant.

— C'est une météorite qui a détourné le cours du fleuve…

— Oui, les Estebelliens n'y sont pour rien. Ils sont opportunistes et on le serait à moins. Quand je me trouverai face à l'un d'entre eux, je le tuerai sans hésiter. Mais simplement pour défendre ma peau et non par haine de son peuple ou de ce qu'il représente. Mais n'allez pas répéter ça à mes hommes, surtout : dans le meilleur des cas ils traitent les Estebelliens de « bouffeurs d'huile ».

Iriane sourit. En ville, on appelait les Estebelliens de la même manière, pour les opposer aux grands consommateurs de beurre qu'étaient les Corallais.

— Comment ça se passe ? demanda-t-elle après un silence.

— Vous voulez la vérité, jeune fille ?

— J'ai passé l'âge des contes de fées.

— À l'évidence… Eh bien, ça se passe plutôt mal.

— J'ai croisé une colonne de soldats blessés, aujourd'hui. Ils remontaient vers Talenthal.

— Venez avec moi.

L'officier conduisit Iriane à l'extrémité du camp. L'ambiance était sinistre alors qu'elle s'était attendue à des hommes enivrés, comme à Talenthal, se racontant avec excitation leurs exploits. Elle comprit qu'elle ne connaissait rien de la guerre. Ils grimpèrent au sommet d'un mirador. Des quartiers de lunes teintaient de bleu la campagne en contrebas de la colline où le campement était dressé. À environ un kilomètre, le fleuve coulait au milieu d'une petite ville. À première vue, un paysage paisible.

— L'eau a emporté la moitié des maisons, expliqua le militaire. C'était une grande cité il y a encore six mois de ça.

En effet, après un moment Iriane reconnut des ruines.

— C'est comme ça tout le long du nouveau lit. Ils paient le prix fort pour ce fleuve et nous, on en rajoute en les attaquant jour après jour.

Il lui montra du doigt les différents camps visibles depuis leur poste d'observation : des feux brûlaient çà et là dans la campagne. Iriane essaya d'imaginer des hommes montant la garde autour des flammes et se remémorant les événements de la journée. Les mêmes hommes qu'autour d'elle, mais de l'autre côté du fleuve.

— Je ne sais pas combien de temps va durer cette guerre mais les pertes sont importantes des deux côtés, reprit l'officier. C'est une guerre de position. D'une semaine à l'autre on change de rive. Je n'ai pas vu beaucoup de membres du Conseil depuis que les combats ont pris une sale tournure.

— C'est notre fleuve, fit remarquer Iriane qui n'appréciait guère la critique à peine voilée.

— Oui ? (La lassitude imprégnait la voix de l'officier.) Il coulait sur nos terres. Maintenant, les dieux ont voulu qu'il coule chez nos voisins. C'était notre fleuve, ce ne sont pas nos terres. Devient-il alors *leur* fleuve ? Moi, je ne pourrais pas répondre à cette question mais le Conseil a l'air certain de son bon droit.

Iriane ne voulut pas réfléchir à un problème aussi troublant. Elle avait des certitudes et elle les entretenait : l'indécision ou l'hésitation ne lui semblaient jamais adaptées. Les Estebelliens étaient les ennemis du Conseil, voilà tout ce qu'il y avait à savoir. Elle-même ne les avait jamais aimés : elle ne les voyait pas comme des « bouffeurs d'huile » mais plutôt comme des gens imbus de leur supériorité culturelle. Des pédants qui avaient passé trop de temps à décorer les façades de leurs bâtiments et ceux de leurs voisins. En plus, on racontait qu'ils abritaient toute une communauté de prêtresses laménides ! Ces dangereuses prostituées qui ensorcelaient des hommes avant de les immoler sur l'autel de leur déesse…

— Mais vous vous battez pourtant ! dit Iriane, énervée par les propos du militaire.

— Oui, je suis payé pour ça. Mais pour être honnête ce n'est pas la bonne réponse, ajouta-t-il en appuyant les coudes au montant du mirador. Voyez-vous, mademoiselle, je crois surtout que j'aime mes hommes. Vous êtes visiblement une solitaire, moi je ne peux pas vivre sans mes gars et encore moins les laisser partir à la mort, comme ça…

— Vous pensez qu'ils ne s'en sortiraient pas sans vous ?

— Disons que je n'ai pas envie de tenter le coup. Et depuis quelques jours, on a affaire à de drôles de phénomènes… Les hommes, ils n'aiment pas ça. Il y a eu des désertions, les premières.

— Vous les avez exécutés ? Je veux dire, les déserteurs ?

L'homme se tourna vers elle pour la regarder droit dans les yeux.

— Vous n'avez aucune idée de quoi il s'agit, mademoiselle. Si je m'écoutais, j'aurais fui avec les premiers d'entre eux.

— Excusez-moi, tenta Iriane avec sincérité car elle avait compris qu'elle avait blessé l'honneur du soldat.

— N'y pensez plus. Vous avez l'air courageuse et vous êtes jeune ; on ne peut pas vous en vouloir…

— Vous avez parlé de drôles de phénomènes ?

— Des créatures, en fait. Mais je ne les ai pas vues. Elles déboulent depuis quelques jours, la nuit surtout. Comme de gros insectes, à ce qu'il paraît…

Une alarme sonna quelque part en Iriane mais sa conscience ne manifesta que son scepticisme agacé :

— De gros insectes… Et nos soldats sont désarmés face à ces créatures ?

— Ça n'est pas aussi simple… Il faut les avoir à distance : au corps à corps elles sont une menace dès l'instant qu'elles meurent.

L'alarme sonna un peu plus fort et Iriane ne put cette fois l'ignorer.

— Des ragnes ?

— De cette taille-là ? Certainement pas ! On a bien pensé les éliminer quand elles dorment, mais on a aucune idée de l'endroit où se trouve leur tanière.

Un peu plus tard, il accompagna Iriane jusqu'à sa tente. Elle devait la partager avec trois hommes. L'un d'eux était de quart, les autres dormaient déjà en ronflant horriblement. Elle s'allongea tout habillée après avoir retourné puis roulé en boule son manteau. Elle glissa sous l'oreiller de fortune son poignard et s'endormit enfin au bout d'une heure.

Son sommeil fut de courte durée : une heure plus tard montèrent les premiers cris.

Iriane se réveilla en sursaut, quelques secondes après les deux soldats dont elle partageait la tente. Les hommes la regardèrent, stupéfaits ; soit ils n'avaient pas été mis au courant de sa présence, soit ils avaient oublié l'information. Mais ils n'eurent pas le temps de se poser la question ; un autre cri retentit et ils sortirent de la tente. Iriane les suivit. À l'extérieur, c'était le chaos.

Des soldats couraient en tous sens, des tentes avaient déjà pris feu. Quelques officiers tentaient de donner des ordres mais ils n'étaient guère écoutés. Iriane décida de retrouver Ginaldi. En chemin, elle demanda ce qui se passait.

— Des monstres ! Des saloperies de monstres ! brailla un soldat. Il en vient du fleuve, de la colline, il en vient de partout !

La jeune femme arriva à la tente de commandement. Les factionnaires avaient disparu.

— Capitaine ? cria-t-elle sans trop d'espoir.

Aucune réponse. Elle ressortit. Un homme en armes la bouscula. Elle l'insulta mais il était déjà loin. Elle partit dans sa direction. Croisa six soldats qui mettaient en place une petite catapulte. Trois autres hommes tiraient une charrette de projectiles. D'autres tentes s'embrasaient, des hommes s'enflammaient à leur tour, gagnés par l'incendie. La panique s'était emparée du camp.

Je sors de là.

Elle grimpa sur l'étroit chemin de ronde en planches, monté à mi-hauteur de la palissade nord. Du côté opposé au fleuve et à l'ennemi. À sa droite, des hommes décochaient des flèches avec une précipitation telle qu'ils ne devaient pas faire souvent mouche. Elle entendit alors un crissement par-dessus les cris.

Impossible…

Son cœur manqua un battement. Le chemin de planches se déforma sous ses pieds en grinçant. Là où se tenaient les archers, la palissade ployait sous une pression extérieure. L'un des hommes sauta à terre et s'enfuit. Iriane ne voyait toujours rien. Puis il y eut un grand « crac » et elle vit tout un pan de la palissade s'effondrer vers l'intérieur du camp, écrasant les archers. Puis un projectile enflammé et lancé par les soldats s'abattit à vingt mètres de l'enceinte, éclairant les alentours. Iriane vit alors ce qu'elle n'avait jamais imaginé rencontrer une nouvelle fois dans sa vie.

Non pas *une* ragne. Mais des dizaines de ragnes.

Les monstres pénétraient déjà dans le camp par la brèche ouverte. Iriane sentit ses jambes se dérober sous elle. Elle tomba à genoux.

Impossible.

Son corps se mit à trembler, les larmes montèrent. Les ragnes attaquaient le camp par plusieurs côtés à la fois.

— Eh, bougez de là ! Vous allez vous faire bouffer !

C'était un soldat. Il la secouait en tirant sur sa manche.

— Bougez vos fesses de là, bon sang ! cria-t-il encore.

— C'est bon. Ça va.

Cette fois Iriane se leva. Elle était revenue à elle, l'entraînement acquis à Maison-Noire avait repris le dessus. Sortant son poignard de son étui, elle s'éloigna en courant.

Des dizaines de ragnes. Déboulant sur leurs huit pattes de partout à la fois, encore plus grosses que dans son souvenir de petite fille. Bien plus. Les soldats arrivaient à en abattre mais il en venait sans arrêt et elles se transformaient en boule de feu ; le suicide d'un animal acculé, comme l'avait expliqué le docker qui lui avait sauvé la vie, des années auparavant. Voilà pourquoi le camp était la proie des flammes !

Leur assaut les a pris par surprise.

Elles avaient dû dans un premier temps contourner la colline. Iriane rejoignit l'enceinte sud puis escalada le mirador où elle avait discuté avec Ginaldi.

C'était si calme tout à l'heure…, se dit-elle.

Une fois là-haut, elle embrassa le panorama nocturne. La vision lui coupa le souffle. Ce n'était pas la surprise qui venait à bout des défenses du camp. C'était le nombre. Du sommet de la colline jusqu'au fleuve des milliers de monstres se déplaçaient à grande vitesse sur leurs pattes démesurées. À ce que les lunes laissaient voir, les ragnes attaquaient aussi la cité déjà éprouvée par l'arrivée du fleuve et les combats. Ainsi, une vague de monstres s'en prenait au camp tandis qu'une autre dévalait le promontoire pour attaquer la ville d'où montaient des myriades de boules de feu. Les créatures semblaient en revanche ne pas se déplacer vers l'ouest, sans doute parce qu'il n'y avait personne à attaquer.

Pas de nourriture.

Et les autres camps, pareils à celui-ci, se trouvaient tous vers l'est. Iriane se tourna vers l'intérieur de l'enceinte. Des flammes, des cris, des monstres et déjà des dizaines de cadavres : la situation était désespérée. Ce qui avait été une ville parfaitement ordonnée n'était déjà plus qu'un vaste désordre. Le crissement des ragnes donnant l'assaut lui flanquait la chair de poule. Tout à coup elle entendit un sifflement près de son oreille, puis un autre encore. Des flèches, on lui tirait des flèches !

— Eh ! Arrêtez ça ! hurla-t-elle.

Les tirs continuèrent, elle se baissa.

Puis une longue patte chitineuse apparut lentement devant elle : une ragne descendait depuis le toit du mirador.

La cible des archers ! comprit Iriane.

Hésitante, une seconde patte rejoignit la première, la bête tâtonnait pour descendre de son perchoir. Si les hommes ne l'abattaient pas, elle serait devant Iriane dans quelques instants. La jeune femme pensa à la langue immense et collante. Pas une seconde à perdre. Elle serra le manche de son poignard entre ses dents, enjamba la cloison de bois au niveau d'un pilier. Elle s'agrippa à ce poteau et entreprit de descendre côté extérieur. Ses pieds dérapèrent sur le bois savonné par les soldats du génie ; elle glissa jusqu'en bas, s'enfonçant de longues échardes dans les paumes. Elle poussa un cri de douleur, maudit son manque de précautions. Elle retira aussitôt deux échardes, en serrant les dents.

Un craquement au-dessus d'elle. Iriane leva la tête. Sous le toit à demi détruit, la ragne s'était embrasée. La bête s'agita frénétiquement. Passa par-dessus bord pour s'abattre aux pieds d'Iriane qui eut tout juste le temps de s'écarter. La cabine du mirador s'effondra à son tour, écrasant la bête qui bougeait encore. La jeune fille sentit l'odeur écœurante de la ragne qui brûlait.

D'horribles souvenirs.

Le brasier la cachait des autres bêtes qui poursuivaient l'assaut un peu plus loin. Elle eut un haut-le-cœur et s'éloigna vers l'ouest. Là où elle ne voyait pas de ragnes. Là où elle espérait bien ne jamais plus en voir.

Iriane courut pendant plus de deux heures. À la position des lunes, elle savait qu'elle se dirigeait vers l'ouest. En contrebas roulaient les eaux boueuses du fleuve détourné ; il avait modifié le paysage et la carte qu'Iriane avait apprise à Maison-Noire n'était plus d'actualité. Cent fois la jeune femme s'était retournée pour s'assurer qu'elle n'était pas poursuivie. Elle s'essoufflait. Il fallait ralentir sinon elle ne tiendrait pas le coup bien longtemps. Elle attendit quand même d'être entrée dans un bosquet de résineux pour réduire sa foulée : une fois au milieu des arbres elle serait moins visible. Encore une minute et elle y pénétra.

Son cœur aurait tout aussi bien pu exploser dans sa poitrine. Et elle avait tellement soif ! Rien ne se passait comme prévu. Elle se remémora sa mission.

—Après une nuit dans le camp dominant le fleuve, lui avait expliqué Ibrini, tu devras emprunter une route au sud-est, traverser le fleuve le plus discrètement possible et t'éloigner des rives en direction de la cité d'Estebellia.

—Seule ?

—Oui, seule ; pas besoin d'une cohorte, tu sais : la guerre n'a pas stoppé le commerce et puisque les troupes corallaises sont encore loin de s'installer sous les remparts, ces crétins ouvrent deux fois par jour les portes de la ville aux commerçants.

—Une fois à l'intérieur, j'imagine que je ne vais pas tuer la famille royale.

Ibrini avait souri, pensif.

—Mmm, c'est une idée. (Ibrini détestait le roi, un personnage cultivé et ambitieux mais dominé par sa femme, selon le recruteur d'Iriane.) Non, ajouta-t-il. Le roi a disparu il y a quelque temps et le régent qui assure l'intérim ne nous intéresse pas. Une fois à l'intérieur de la cité, tu devras glaner des renseignements au sujet des prêtresses laménides. Le maximum de renseignements. Et revenir nous les livrer. La Hanse veut connaître l'implication des prêtresses dans la guerre.

Comment pouvait-elle encore honorer sa mission ? Pour échapper aux créatures jaillies d'elle ne savait où, elle se dirigeait à l'opposé de sa destination initiale.

Paq, tu aurais vu ça…, se dit-elle en pensant à son compagnon de Maison-Noire.

Elle pensait surtout à Litti.

Je n'ai pas été chic avec toi. Mais qu'est-ce que je pouvais faire d'autre ? Tu comprendras, un jour. Enfin, j'espère…

Elle avait cessé de courir. La sueur coulait encore sur son front, dans son cou. Ses cheveux étaient trempés et elle haletait. La nuit était chaude mais moins que dans le camp en proie aux flammes des ragnes ! Leur odeur lui collait encore aux narines, masquant le parfum des résineux.

—J'aurais aimé avoir un peu plus de courage, papa, dit-elle à mi-voix.

— Du courage pour quoi faire ? rétorqua une voix montant d'entre les arbres.

Iriane sursauta puis se mit aussitôt en position de combat, jambes fléchies, bras gauche incliné devant elle et bras droit en retrait, sa main serrant son poignard. Sa paume la piquait à cause de longues échardes. Ses cuisses étaient douloureuses d'avoir couru si vite, si longtemps : pour échapper aux créatures elle n'avait pas pensé à économiser ses forces. La tentation de répliquer à la voix était grande. Mais elle avait appris à se taire afin de ne pas se démasquer. Parler, ce n'est pas l'envie qui lui en manquait.

— Je t'ai posé une question ! insista la voix.

Iriane entendit un bruit sur sa droite, tout proche. Elle tourna vivement le buste. Ses bras suivirent avec l'élan imprimé par son corps, balayant l'air comme une faux. La lame de son poignard heurta quelque chose et le choc se répercuta dans son épaule.

— Eh ! fit une seconde voix.

Une troisième silhouette reculait d'un bond sous l'assaut d'Iriane. Elle avait frappé une hampe en bois.

— On lui fait la peau.

Iriane compta cinq personnes. Hostiles. Des ennemis, sans aucun doute. Cinq. C'était beaucoup. Et elle était épuisée, même si l'adrénaline coulait à flots dans ses veines et lui accordait un sursaut d'énergie. Tout dépendrait du niveau de ses opposants. Elle décida de parler, prenant toutefois la précaution d'utiliser l'accent chantant des Estebelliens.

— Ça ne va pas être facile. Me faire la peau.

— C'est une femme ! s'exclama un homme sur le côté.

Elle bougeait sans cesse, pour ne pas prêter le flanc trop longtemps à une arme.

— Ouais, dit un autre, j'avais remarqué.

Elle n'arrivait pas à voir leurs visages. Ils se mirent à bouger aussi. Une silhouette se jeta sur elle. Iriane tenta de déterminer quelle était l'arme et quel bras la tenait – mais la probabilité que l'agresseur soit droitier était grande. Il était sur elle.

D'un bond Iriane l'esquiva sans difficulté. Elle avait en revanche déjà tendu la jambe. L'homme la heurta, trébucha. Iriane entendit un juron, le son étouffé d'une chute sur les aiguilles de pin. Elle se jeta sur la silhouette à terre, lança son coude contre la tempe. Le combattant émit un gémissement. Iriane remercia Malperdonis, dieu de la chance, que l'homme ne porte pas de casque, tout en saisissant l'arme qui gisait à côté de la silhouette.

Un glaive court. Parfait.

Il était un peu léger mais aurait l'avantage d'être maniable.

Déjà sur ses pieds, prête à bondir de nouveau, elle avait passé le poignard dans sa main gauche. L'attaque et sa résolution avaient pris moins de quatre secondes.

— Merde ! fit l'un des hommes.

— Je ne l'ai pas tué, commença Iriane sciemment pour ne pas attiser leur colère tout en affirmant sa domination, mais si vous me contraignez à le faire, je n'hésiterai pas.

Deux hommes s'avancèrent à leur tour, moins rapidement cette fois. Aucun d'entre eux ne paraissait porter une armure car Iriane n'avait pas entendu tinter ni grincer le métal lors de leurs déplacements. Leurs points sensibles étaient donc exposés sans protection et la pénombre n'était pas vraiment un problème dès lors qu'elle avait intégré la corpulence de ses assaillants.

En trois enjambées Iriane se plaça derrière un arbre assez large pour masquer sa fine silhouette. Il y eut une courte hésitation parmi les combattants. Assez longue toutefois pour qu'Iriane comprenne l'essentiel : elle n'avait pas affaire à des soldats aguerris. Un peu rassurée, elle prit deux profondes inspirations tandis que les hommes contournaient l'arbre prudemment.

À sa droite elle devina une lance. L'homme la projetait vers elle sans en lâcher la hampe. Iriane dévia la pointe avec son glaive et décocha un coup de pied dans la rotule du second agresseur, sur sa gauche. Elle perçut nettement le craquement. L'homme hurla et tomba à terre.

— Mirdell ? fit l'homme à la lance qui avait reculé.

Des pas rapides qui s'éloignent : deux hommes en fuite. Il n'en restait donc plus qu'un dans le bosquet.

— Il va sûrement s'évanouir à cause de la douleur, dit Iriane. Deux sont déjà à terre. Tu pourrais finir comme eux ou fuir avec tes deux autres camarades.

— Il existe une troisième voie.

Une voix de femme, posée et autoritaire, derrière elle. Iriane n'avait pas entendu approcher ce sixième personnage ; elle se retourna, après un bond sur le côté. Il y eut aussitôt un aveuglant halo de lumière. Un craquement au-dessus d'Iriane. Très vite, un choc sur la tête. Assommée, la jeune femme tomba de tout son long sur le tapis d'aiguilles.

— Merci, atisha, dit le dernier des cinq hommes.

Ce furent les derniers mots qu'Iriane entendit avant de sombrer dans l'inconscience.

Chapitre 9

Kordac et la caravane atteignirent enfin la côte après bien des mésaventures. Malgré la proximité de l'océan, le sable allié au soleil dictait toujours sa loi aride sur le paysage, les activités des hommes et leur habitat. Port-Saouk s'étendait du nord au sud, d'abord en retrait des dunes puis en une anse de roches ocre rouge où se blottissaient les infrastructures portuaires. Les maisons étaient basses et s'agençaient en cours et patios.

Seuls humains au milieu de rien pendant des jours et des jours, les méharistes furent en quelques minutes noyés dans la foule bigarrée et bruyante d'une métropole. Ils firent halte au comptoir d'Odasius, tenu par un homme qui aurait pu être le frère du marchand de la madina tant il lui ressemblait. Les méharistes survivants détachèrent leur cargaison des dromadaires. Porteurs et carrioles à bras remplaceraient désormais les animaux pour se déplacer dans les ruelles étroites et bondées de la cité côtière.

En tant que raïs, Kordac s'acquitta auprès d'un fonctionnaire des ultimes formalités du voyage. Il lui fallut narrer les épisodes marquants du voyage, justifier les morts. Il évita toutefois de mentionner ses exploits : visions, rencontres avec les serviteurs d'un démon, entretiens avec ce dernier, victoire contre deux dragons... Qui l'aurait cru ?

Face à lui, le fonctionnaire s'étonna d'entendre un raïs à l'accent étranger mais il savait que le chef de la méharée avait été élu par ses compagnons d'infortune, aussi décida-t-il de ne pas lancer d'enquête. Par réflexe, l'amnésique porta la main à son épaule griffée par Otum ; elle ne saignait pas. Pour un peu, il aurait cru que tous ces incidents n'avaient jamais existé. Comme l'exigeait la tradition, des voyageurs attestèrent auprès du fonctionnaire la véracité de son récit : il y eut Léod, Narbek, Talienn et Julipen accompagnée de son frère et de son père.

Un peu plus tard, Léod partit livrer sa précieuse cargaison de roses des sables et souhaita à Kordac bonne chance pour la suite de son voyage. Kordac ne lui avait pas expliqué comment s'en servir et le jeune homme s'était contenté d'un « Ça marche, Léod, mais ça n'est pas suffisant. » Quant à Narbek et Talienn qui, avec Léod, avaient aidé l'amnésique à combattre les dragons, ils eurent bien de la peine à cacher leur tristesse.

— Ce n'est qu'un au revoir, d'accord ? exigea la grande Talienn.

— Fiche-lui la paix, lança son époux. Cet homme-là, il a de grandes choses à faire et je vois pas de raison pour qu'il perde du temps avec nous.

Kordac leur adressa un sourire plein d'affection.

— J'espère bien que nous nous reverrons, dit-il. Déjà, il faudrait fêter dignement notre arrivée, vous ne croyez pas ? Et ce soir me semble tout indiqué.

— Bah, commença Narbek, on voudrait pas...

— C'est d'accord ! l'interrompit sa femme.

Ils se donnèrent rendez-vous à la taverne des *Deux Lunes*, sur les quais. Un endroit que connaissait Julipen et elle proposa à son ami de l'y conduire dans la soirée.

Il était temps de se disperser. Ils étaient tous impatients de retrouver la vie trépidante de la grande ville commerçante, comme de raconter les périls auxquels ils avaient échappé.

— On est des héros ! s'enthousiasma le frère de Julipen. Et je compte bien le faire savoir...

Palmiarn hocha distraitement la tête, le spectacle de la cité avait accaparé toute son attention.

— Allons voir la mer, lança Julipen.

— Bonne idée ! acquiesça Kordac.

Peut-être que ça me rappellera ma propre traversée, songea-t-il. Et surtout, il voulait remettre à plus tard son entretien avec Amira Kessar, cette femme censée l'aider à retrouver la mémoire et dont il tenait le nom de Baltos.

Belik, le père de Julipen et de Selly, annonça qu'il préférait boire un verre de vin « et même tout un pichet » plutôt que de « bouffer encore du sable ». Une heure plus tard, la petite troupe avait les pieds dans l'eau.

Le vent humide venu de la mer rafraîchissait l'atmosphère. Un peu plus loin sur la gauche, des pêcheurs débarquaient de pleins paniers de poissons de longues barques aux flancs chamarrés. Ils les renversaient sur le sable et la plage était ponctuée de ces tas de vif-argent, autour desquels s'attroupaient des femmes, marchandes et clientes. Le bruit de la barre de vagues recouvrait les âpres négociations. Au-delà de ce marché, on ne voyait guère les dunes : les embruns formaient une brume mouvante.

L'endroit ne ressemblait pas à l'hallucination de Kordac, lors de son voyage vers l'ermitage.

Selly et Palmiarn se baignèrent sans s'éloigner du bord de l'eau car ni l'un ni l'autre ne savaient nager et les rouleaux, bien qu'en partie brisés par les hauts-fonds, conservaient une puissance impressionnante. Kordac s'allongea sur le dos, suivit du regard les oiseaux marins qui convergeaient vers la criée à ciel ouvert. Julipen respectait son silence. Il se demanda pourquoi elle tenait tant à rester auprès de lui, maintenant que le voyage était achevé.

Je n'ai rien à lui offrir. Et j'aime une autre femme.

Pourtant il la trouvait séduisante : ses hanches larges, sa poitrine voluptueuse qu'elle s'ingéniait à remonter sans cesse, sa bouche épaisse et l'intensité de son regard allumaient son désir. Mais il n'était pas certain de vouloir jouer à ça pour le moment.

Et puis, à côté d'elle je me fais l'effet d'un vieillard.

Palmiarn insista une fois de plus sur le caractère désuet d'un tel complexe, mais rien n'y faisait. Surtout, Kordac craignait de ne pas être à la hauteur.

Il y a si longtemps que je n'ai pas fait ça...

— En tout cas, avait renchéri Palmiarn, elle ne te quitte pas d'une semelle. Et ça, c'est pas rien, *aloud.*

C'était elle qui lui avait dit comment utiliser la rose des sables, lors de sa confrontation avec les dragons : elle s'était cachée dans une autre grotte puis avait rejoint le sommet de la formation rocheuse où se tenaient Talienn et Kordac.

Kordac ne jugea pas le moment opportun pour en parler. Pour la première fois depuis longtemps, il se sentait bien mais il savait que ça ne durerait pas car il lui faudrait affronter des épreuves terribles, la première étant la quête de son identité. « Tu dois te réapproprier ta mémoire, lui avait dit Raark. Tu as beaucoup de choses à redécouvrir, et certaines sont douloureuses. Extrêmement douloureuses. Il n'appartient à personne d'autre que toi de les affronter, par toi-même. »

Plus tard, plus tard...

Une vague recouvrit ses questions, le ressac les emporta au loin. Il s'endormit et ne remarqua pas l'homme qui les avait suivis depuis le comptoir et les observait, assis parmi les herbes, entre deux dunes.

Tenue par une naine nommée Nejam, la taverne des *Deux Lunes* était l'un des lieux publics les plus gais de Port-Saouk. La salle principale, aux murs chaulés décorés d'une infinie variété d'objets liés à la mer, était assez grande pour accueillir sur ses bancs et ses tabourets une centaine de clients ; avec les consommateurs debout, la clientèle atteignait trois cents personnes, en majeure partie des hommes. Anakans, Yebbans, Consolatais, Talaxiens... les peuples d'Elamia se mêlaient avec bonne humeur, plus enclins en ce début de soirée à se trouver des points communs qu'à mettre en avant leurs différences – s'il devait y en avoir, les ennuis viendraient plus tard, avec la complicité maligne de l'alcool.

Il y avait encore deux autres salles, plus petites et plus calmes, mais Talienn avait insisté pour rester au milieu de la joyeuse agitation. Marins, dockers et commerçants conversaient si fort qu'il fallait presque crier pour se faire entendre de son voisin.

L'amnésique trinqua avec Talienn, Narbek et Julipen. Palmiarn était couché, malgré son insistance à découvrir la vie nocturne de la cité. Il dormait dans l'une des deux pièces mises à la disposition de Kordac par son ami Odasius, au-dessus de son annexe de Port-Saouk.

— Je voudrais que tu repenses à cette histoire de bourse commune, en cas de pépins, dit Narbek après une gorgée.

— Pourquoi tu n'y penses pas toi-même ?

— C'est toi qui en as eu l'idée, Kordac !

— Eh bien, je t'en fais cadeau, elle t'appartient désormais !

— Alors, trinquons à ce don, mon ami !

Au cinquième verre de vin, la vision de Kordac s'altéra. Pas assez toutefois pour qu'il ne voie pas la boule de lumière blanche qui s'épanouit sur le mur devant lui.

Les conversations cessèrent aussitôt de ce côté de la salle et le silence gagna toute la taverne à mesure que la boule blanche grossissait. Les hommes qui étaient assis dessous se bousculèrent pour s'en éloigner, certains se prirent les pieds dans un tabouret et s'affalèrent sur le sol. Le globe incandescent crépitait ; suspendu à deux mètres du dallage il avait atteint la taille d'un enfant. Des filaments lumineux, rapides comme des éclairs, le parcouraient. Il y eut un sifflement sourd, tel le vent d'une tempête hivernale contre les pierres d'une maison isolée. Puis la boule se dilata à une vitesse phénoménale en émettant un horrible cri humain. Elle se contracta aussitôt et disparut. De minces arcs électriques craquèrent, courant vers le plafond, et ce fut tout.

Un silence de mort suivit, à peine perturbé par le bruit des clients qui se relevaient en prenant appui sur les tabourets renversés. Stupéfaits, les témoins ne songeaient même pas à quitter la taverne. Dans les salles annexes, des questions fusèrent, mais à mi-voix. Les oreilles de Kordac se mirent à bourdonner, un voile gris s'abattit devant lui. Il eut un haut-le-cœur et perdit connaissance.

Lorsqu'il ouvrit à nouveau les yeux, il n'était plus dans la taverne. Quelqu'un se tenait devant lui. Pas un inconnu, il l'aurait parié. Son visage : celui d'un homme à l'agonie. Pourtant, sa posture ne laissait pas deviner la moindre faiblesse et on aurait plutôt dit un guerrier sur le point d'agresser Kordac. Il se tenait au milieu d'un champ de cendres. Comme si une onde de chaleur passait devant ses traits et en modifiait l'apparence.

— Décidément, commença Julipen, vous êtes du genre sensible, vous !

Narbek l'aida à se relever. La nausée avait presque disparu.

— L'air du large, plaisanta Kordac, encore étourdi par son malaise et l'alcool.

— Eh bien, quand c'est pas le désert, c'est la mer. Vous êtes à votre aise quelque part ?

— J'aimerais le savoir.

— C'est peut-être juste que vous ne tenez pas le vin !

Nejam, une naine coiffée d'un chignon et qui arpentait une haute estrade derrière le comptoir, offrit une tournée générale pour calmer les esprits et sauver la réputation de son établissement. Mais déjà la moitié de la clientèle avait déserté les *Deux Lunes*. Parmi les plus courageux figurait l'homme qui filait Kordac et ses amis depuis leur arrivée à Port-Saouk ; il avait à peu près l'âge de l'amnésique et masquait ses origines consolataises sous un turban et une épaisse barbe poivre et sel.

À l'endroit où était apparue la boule incandescente, une auréole plus claire témoignait qu'un objet avait été accroché là.

— Vous avez déjà vu ça ? demanda Talienn à la patronne qui s'affairait à remplir des pichets de vin, aidée par un homme immense et chauve. La petite femme avait un regard intelligent et déterminé et si elle comptait sur son serveur pour lui prêter main-forte dans les moments houleux, elle semblait tout à fait capable de régler elle-même la plupart des problèmes inhérents à son métier.

— Si j'ai déjà vu un tel prodige ? Grands dieux non ! s'exclama Nejam. Il y avait un trophée juste là où cette… cette boule a explosé. Et il a disparu.

— Quel genre de trophée ?

— Une mâchoire de palanga.

Voyant l'air ahuri de Kordac, elle ajouta :

— Un genre de requin. Mais en plus grand et en plus féroce.

— C'était à vous ?

— Sûr que je l'ai pas pêché ! C'est un bon client qui l'a eu, en pleine mer. La bête avait déjà tué un paquet de pêcheurs. Il l'a ferrée pendant plusieurs jours avant de pouvoir la harponner. Il a failli y laisser sa peau. Mais il avait la rage, mon Mohad ! Le monstre avait bouffé pas mal de ses compagnons. Il en avait fait comme qui dirait une affaire personnelle.

— Et il vous l'a offert, dit Julipen.

Une ombre passa dans le regard de la patronne.

— Oui. Parce que mon frère et mes trois neveux, ils y sont passés entre les dents de cette saloperie.

— Désolée, dit Julipen.

L'ombre disparut bien vite : Nejam n'était pas du genre à montrer sa faiblesse.

— Le plus triste dans cette histoire, reprit-elle, c'est que le trophée ne lui a pas porté chance à ce pauvre Mohad.

— Que voulez-vous dire ?

— C'était un sacré navigateur et un foutu bon pêcheur. Alors, ça crée des jalousies, la réussite, vous comprenez. Le palanga, c'est comme un animal mythique par ici. Et les mythes, vaut mieux les laisser barboter en pleine mer que les ramener dans son bassin.

— On l'a assassiné, n'est-ce pas ?

— Un bien joli mot pour ce qu'ils lui ont fait, si vous voulez mon avis, ma chère. Ils l'ont dépecé, vidé comme une foutue dorade. On n'a jamais trop su qui avait fait le coup, encore que j'ai mon idée. En tout cas, tout ça c'est bien de l'histoire ancienne, maintenant.

— Vous croyez qu'il est venu le récupérer ? demanda Julipen. Je veux dire, que Mohad est venu reprendre cette mâchoire ?

Ses compagnons la regardèrent avec autant d'étonnement que si elle venait d'apparaître par enchantement parmi eux. Julipen haussa les épaules.

— Faudrait qu'il soit revenu d'entre les morts, dit Nejam.

La remarque évoqua quelque chose à l'esprit de Kordac. Hélas, une fois de plus il ne savait pas précisément quoi.

— Vous ne croyez pas aux fantômes ? ajouta Julipen pour justifier son idée.

— Moi, j'y crois, intervint Talienn. Il paraît même qu'en Consolata des sorciers ranimaient régulièrement les défunts.

— L'Ordre trinicien, ajouta Julipen en hochant la tête.

— Des revenants, dit Kordac à mi-voix. Des revenants et des sorciers…

Il faudrait un sacré pouvoir pour revenir d'entre les morts.

— Bah, dit la patronne en remplissant un ultime pichet, j'imagine qu'il se serait pas contenté de balancer un sort pour reprendre son trophée : il serait passé me dire bonjour et m'aurait demandé la permission de me l'emprunter.

— Probablement, approuva Julipen.

— Et qu'en aurait-il fait ? demanda Narbek qui souhaitait quand même poursuivre sur ce sujet.

— Allez savoir… Maintenant si vous voulez m'excuser : c'est une chose d'offrir une tournée générale, encore faut-il la servir…

Cette nuit-là, Kordac songea aux propos de Julipen. Il n'arrivait pas à se persuader qu'elle avait improvisé cette histoire de revenant, au sujet du trophée aussi mystérieusement qu'ostensiblement volé. Et ces Triniciens ? Des sorciers maîtrisant la vie et la mort, à en croire Talienn…

Je suis persuadé d'avoir déjà entendu ce nom.

Pire, il lui laissait une impression désagréable. Comme les vestiges d'un cauchemar dont on a oublié les images. Existait-il un lien entre ces Triniciens et la figure puissante qui s'était imposée à lui, sur les remparts du caravansérail lorsque Baltos lui avait avoué devoir sa survie à un sorcier ?

Un homme très puissant. Dangereux, même.

Cette pièce voulait s'imbriquer dans le puzzle de sa mémoire, avec une insistance toute particulière. Une silhouette et son ombre. Il pensa à Onahra mais pour une fois, l'image de la femme ne lui procura aucun soulagement.

Ça fait bien longtemps qu'elle n'est pas entrée en contact avec moi.

Elle était pourtant sa principale raison pour aller de l'avant. Sa raison de vivre.

Il avait eu une nouvelle hallucination dans la taverne.

Une vision ? Comme celle qui m'a annoncé la rencontre avec les voiliers d'Anakann…

Demain, il irait chez cette Amira Kessar dont lui avait parlé Baltos, peu de temps avant sa mort violente. Julipen, décidément pleine de ressources, savait où la trouver. Tout à coup, Kordac regrettait de ne pas s'y être rendu le jour même.

* * *

Jeremy était allé chercher un pêcheur dénommé Mohad dans un coin reculé du royaume d'Omok, un endroit où il n'aimait vraiment pas traîner. Ça empestait le poisson mort et il y régnait une humidité poisseuse. Les marins qui hantaient l'endroit étaient d'horribles personnages, d'une rare perversité pour la plupart. Du moins, du point de vue de Jeremy.

Ces hommes passaient une bonne partie de leur temps à parler de femmes et dans les pires termes. Le garçon avait connu le même genre de personnages quand il habitait le port.

Quand j'étais vivant.

Les marins l'effrayaient déjà, avec leur assurance, leur courage et leur incroyable endurance. Ils tenaient l'alcool mieux que quiconque, pouvaient se battre pendant des heures. Ils affrontaient les pires tempêtes sans rendre une bouchée de leur déjeuner. Ils ne craignaient pas le froid et la brûlure du sel leur était une récompense. Ils luttaient même contre des monstres marins. Comme ce Mohad qu'il ramenait aujourd'hui vers le Maître. Ce marin de la mer Blanche était venu à bout d'un palanga. À lui seul, alors que son équipage avait été dévoré sous ses yeux. Un sacré monstre.

Un démon. Mais Mohad ne le savait pas ou il n'a pas voulu en tenir compte et les fidèles de ce démon se sont vengés. Avec une telle cruauté…

Chez Omok, les défunts avaient la possibilité de changer d'apparence une seule et unique fois ; ils conservaient bien souvent les séquelles physiques de leur mort. Comme la preuve de leur souffrance passée, un témoignage des outrages subis. Mohad faisait partie de ceux-là. Du rouge barbouillait ses vêtements ; dans certaines postures on devinait la dépression creusée par l'éviscération.

Le Ponton était le nom que les marins morts avaient donné à leur retraite, chez Omok. Bien qu'il fût originaire d'un continent ensoleillé, Mohad s'était accoutumé à l'épais brouillard qui baignait en permanence le Ponton. L'est de ce repaire était froid comme un poisson mort, l'ouest était une étuve où prospéraient toutes sortes de bestioles. L'un et l'autre se trouvaient à des journées de marche de la Cabane du Maître. Mais le sorcier connaissait tous les raccourcis de Galameh et il les indiquait au fur et à mesure à son jeune serviteur.

— Mon maître souhaite ardemment vous parler, commençait Jeremy à chacune de ses rencontres. Il comprend votre douleur à séjourner ici car lui-même l'a longtemps connue. Mais il a de grands projets pour vous. Afin de vous prouver sa bonne foi, il est prêt à vous donner ce que vous aimeriez le plus retrouver.

Il était rare que ses interlocuteurs ne soient pas intéressés : leur existence chez Omok était si morose qu'ils étaient prêts à écouter n'importe quelle histoire, pourvu qu'elle ne soit pas l'énième récit d'une mort violente racontée par sa victime. Le sujet du royaume n'avait alors que quelques minutes pour se décider. Son choix fait, il accompagnait Jeremy le long des raccourcis et se retrouvait face à Golan Tark. Aux pieds du sorcier était posé l'objet tant désiré par le mort – les enquêtes de Jeremy étaient rondement menées. Tark exposait ensuite ses « projets ». Dès que le défunt donnait son accord, il se trouvait à son insu lié à l'objet par un sort puissant.

Nous saurons faire bon usage de ce lien en temps utile, affirmait le Maître.

Jusqu'à présent, seules une dizaine de personnes avaient refusé l'offre du sorcier. Jeremy était bien content que Bois-des-Larmes soit planté de l'autre côté des collines : il n'entendait pas les cris de douleur de ces sceptiques. Quant à ceux qui n'avaient pas voulu accompagner Jeremy jusqu'à la Cabane, Tark ne pouvait pas se permettre de les laisser raconter autour d'eux la proposition du garçon. Jeremy prononçait un sort que lui apprenait le Maître avant chaque entretien, et son interlocuteur récalcitrant perdait l'usage de la parole. Enfin, c'est ce que le Maître lui avait expliqué la première fois, pour ne pas l'effrayer. En fait, le sort ôtait indirectement la parole à sa victime : son visage se *chiffonnait* – seul ce mot venait à l'esprit de Jeremy.

Se chiffonner.

Les chairs se tordaient au point de recouvrir les yeux, la bouche. Parfois les oreilles aussi disparaissaient comme de la cire fondue. Il arrivait que la déformation provoque l'étouffement du condamné. à en croire les gesticulations des malheureux, le processus était extrêmement pénible. Jeremy aurait voulu prévenir ses interlocuteurs de ce qu'ils risquaient à refuser l'invitation du Maître, seulement il n'en avait pas le droit. Il prononçait alors le sort en baissant la tête et bien souvent, le mort lui demandait de répéter ce qu'il venait de dire mais ça ne servait plus à rien. Les mots ensorcelés commençaient déjà leur funeste besogne.

Bien entendu, le sort était différent pour chaque rencontre, si bien que le garçon n'aurait jamais pu l'utiliser auprès d'une autre personne si l'envie lui en prenait.

Oui, le Maître est malin à ce point.

Mohad et Jeremy arrivèrent à la Cabane alors que soufflait le vent du nord, repoussant les pans de brume. Ils contournèrent la retraite de Golan Tark et le marin siffla d'admiration : malgré le souhait des marins de transformer le Ponton en un lieu plaisant, ils n'étaient arrivés qu'à bâtir le décor de leurs cauchemars.

Le sorcier les attendait sur la terrasse, face au lac. Tout de suite, Mohad vit la mâchoire du palanga, posée devant l'hôte des lieux.

— Comment avez-vous su ? furent ses premières paroles, avant même de saluer le sorcier, avant même de s'étonner de son charisme. Décidément, Tark ne s'était pas trompé en misant sur l'attachement des morts à leurs biens. Mohad était l'énième défunt que Jeremy amenait à son Maître ; au début, leur matérialisme lui avait inspiré de la pitié. À présent, il l'écœurait.

— Comment nous avons su ? répéta le Maître. Oh, les morts sont si bavards, n'est-ce pas ?

— Ça, c'est le moins qu'on puisse dire. Mais à qui ai-je l'honneur ?

— Mmm, je me doute que c'est beaucoup demander à un vaillant capitaine mais appelez-moi « Maître ».

En général, l'invité n'avait pas l'idée de s'opposer à ce premier ordre. D'autres viendraient, bien plus contraignants. Pour l'heure, une infinie reconnaissance envahissait invariablement les pensées de l'invité.

Mohad s'agenouilla devant la mâchoire immense. Le pêcheur était grand et large ; il serait pourtant passé sans problème entre les dents du monstre marin.

— Je vais avoir besoin de vous, cher capitaine. Pour vous sauver, pour nous sauver tous.

Mohad ne le regardait pas ; il posa la main sur la mâchoire et dit :

— Demandez-moi ce que vous voulez, Maître.

C'est à peine s'il sentit la magie de l'objet fétiche se déverser en lui.

* * *

Kordac s'était imaginé une petite femme mal vêtue, au visage rabougri et à la voix cassée, une sorte de sorcière à demi aveugle à force de sonder les ténèbres à la recherche de la vérité. Amira Kessar était une jeune femme d'à peine trente ans. Petite, les cheveux bruns et frisés, elle s'habillait avec soin, mettant en valeur son corps. Ses bras à la fois ronds et musclés s'agitaient sans cesse, ses doigts manucurés tentaient d'apprivoiser ses boucles rebelles et son regard affichait une étonnante vivacité d'esprit. Elle inspira aussitôt confiance à l'amnésique.

— Vous avez l'air étonné, dit-elle avec bonne humeur.

— Eh bien, vous êtes…

— Oui ?

— Je ne vous imaginais pas comme ça.

Amira lui prit la main et l'entraîna vers un coin de la pièce, sur un divan jonché de coussins moelleux.

— Non, bien sûr. C'est ce qu'on me dit chaque fois ! Je porte le prénom de ma grand-mère. Allez savoir si ça ne me joue pas des tours…

à la grande surprise de l'amnésique, la jeune femme habitait les beaux quartiers du port. Julipen lui avait expliqué qu'elle était la fille d'un riche armateur. D'un mouvement de son autre main, la jeune femme invita Kordac à s'installer sur la natte recouverte de coussins accueillants. Puis elle tira trois épaisseurs de rideaux devant les deux lucarnes qui perçaient les murs chaulés et alluma de l'encens dans une boule de cuivre ouvragée, pendue au plafond.

Elle s'agenouilla sur un pouf en cuir d'agneau, derrière lui, et posa ses paumes sur les tempes de Kordac.

— Avez-vous eu le temps de profiter de notre belle ville ? demanda-t-elle.

— Pas vraiment. Je suis arrivé hier, et j'ai eu, comment dire… une traversée éprouvante.

— Anakann… Le désert ne fait pas beaucoup de cadeaux, dit-elle d'un ton badin.

— Pas vraiment, non.

— Mais à chaque traversée on en apprend un peu plus sur soi-même, vous ne trouvez pas ?

Kordac ne pouvait pas dire le contraire. Il hocha la tête en maugréant et la jeune femme poursuivit :

— Il arrive même que l'on change. Oh, pas de beaucoup… Il faut être à l'écoute de ces changements. Comme un cœur qui bat moins vite, une mèche que le vent a poussée de l'autre côté.

Kordac se rendait à peine compte que le ton et le timbre d'Amira se modifiaient : son entrain cédait peu à peu la place à un rythme indolent.

— Et quand vous fermez les yeux, votre traversée vous revient-elle à l'esprit ?

Kordac baissa les paupières. Le désert était déjà là, monotone et brûlant. Violent aussi. Les images de ses rencontres avec Otum Guilek, de son enlèvement par Raark, et de son combat avec les dragons se manifestèrent. Il se crispa malgré lui.

— Il faut parfois oublier le passé, dit la jeune femme. Mais je ne pense pas que vous soyez là pour ça, n'est-ce pas ?

— Je voudrais me... J'ai oublié un certain nombre de choses, commença-t-il.

— Des choses importantes...

— En quelque sorte.

— Vous avez perdu la mémoire.

Kordac prit une profonde inspiration. Le parfum de l'encens pénétra profondément en lui, en une caresse apaisante, sinon lénifiante. Il soupira et répondit :

— Oui.

— Je crois que... C'est un sort qui a eu raison de votre mémoire.

— Un sort ? s'étonna-t-il.

— Oui, un sort. Quelque chose de très ancien. Il n'en reste plus grand-chose. Mais ajouté à votre propre résistance il vous prive encore de votre identité. Je pense même qu'il n'aurait déjà plus d'effet si vous n'aviez pas été si conciliant.

— Conciliant ?

— Un bon sujet, si vous préférez. Le sort s'est appuyé sur votre volonté de tout oublier.

Kordac retrouva les mots de Baltos : « Peut-être as-tu voulu oublier un événement pénible : tirer un trait sur son passé est parfois un bon moyen d'y échapper. »

Amira éloigna ses mains et appuya son dos contre le mur. Kordac regretta aussitôt le contact des paumes, si sensuel.

— Alors, il n'y a qu'à supprimer les effets de ce sort, dit l'amnésique. Et tout reviendra, non ?

— Mmmm... Vous croyez que la mémoire est une boîte qu'il suffit d'ouvrir pour y piocher son passé, une jolie collection de souvenirs. Une boîte dont il vous manquerait la clef. (Kordac acquiesça mentalement.) Mais, sortilège ou pas, la mémoire tient plutôt du courant, comme celui qui déplace des bras entiers d'océan. Elle a une telle force... Pourtant, on peut très bien ne pas la voir. Il suffirait d'y plonger, hop, tête la première. Vous êtes dans cet océan, Kordac, vous y baignez et c'est une eau tiède, elle vous porte et vous n'avez aucun effort à faire pour y flotter.

La voix d'Amira Kessar avait adopté à présent un registre plus sourd, plus profond.

— Vous êtes porté par ce courant et vous y êtes bien, comme si vous y étiez né et n'aviez rien connu de plus apaisant. Rien ne saurait vous arracher à ce mouvement si lent, si doux. Pas un bruit ne pourrait vous distraire de celui de votre cœur, profond, rassurant, le lent battement de votre vie.

Kordac écoutait son cœur.

— Et à chaque battement vous vous laissez un peu plus emporter par le courant, à chaque battement une délicieuse langueur vous enveloppe dans ses bras tièdes et vous n'avez désormais plus rien à faire pour vous déplacer au milieu de cet océan.

La respiration de Kordac était de plus en plus lente. Il comprenait plus ou moins que l'encens – ou quoi que ce fût qui brûlait dans la boule ouvragée – l'aidait à se détendre. En moins de trois minutes, il fut dans un état second. Conscient, attentif, mais dans une disposition d'esprit tout à fait différente.

— Vous avez oublié votre passé. Pourtant il est là, tout autour de vous. Il vous suffirait d'étendre les bras dans le courant de votre vie pour en attraper des images ou mieux encore, pour nager parmi elles. Allez, encore une petite brasse. Vous voyez ce passé ? Il est tout proche, vous y êtes maintenant. Quelle est la première image qui vous vient à l'esprit ?

— Onahra, répondit spontanément Kordac.

— Onahra. Comment est-elle ?

— Elle doit avoir trente ans. Elle est vêtue de blanc. Ses yeux ne voient plus mais je crois qu'elle n'a pas toujours été aveugle. J'en suis sûr. Elle… elle tente de m'avertir, de me mettre en garde. Je ne sais pas pourquoi.

— Vous l'aimez, n'est-ce pas ?

— Je pense qu'elle est ma femme.

— Vous brûlez de la retrouver.

— Elle est prisonnière. Elle erre dans sa prison.

— Elle vous l'a dit ?

Kordac pensa à Raark, aux révélations que lui avait faites le démon.

— En quelque sorte.

Cette idée de lien mental ne semblait pas troubler Amira Kessar outre mesure.

— Quelqu'un essaie de vous toucher à travers elle, suggéra-t-elle. Une personne qui vous en veut assez pour s'en prendre à votre amour, en le retenant prisonnier. Quelqu'un que vous auriez vous-même blessé, peut-être ?

— Je n'ai blessé personne.

— Vraiment ? Vous avez oublié votre passé mais vous pouvez affirmer que vous n'avez jamais blessé personne ? dit la jeune femme sur un ton dénué de toute méchanceté.

Kordac se concentra. Quelque chose bougeait à l'extérieur de son champ de vision mais il n'arrivait pas à faire le point dessus. Des ombres déplaisantes, tenaces comme du goudron.

— Il existe mille et une manières de blesser quelqu'un et autant de raisons pour le faire, reprit Amira. Avec un sabre, avec sa langue. Pour obtenir ce que l'on convoite, pour se venger d'un rival. Est-ce que ces mots éveillent des images en vous ?

Les ombres semblaient s'amasser tout près.

— Un rival.

— Vous en avez connu un.

— Je…

Il s'arrêta. À chaque inspiration, l'encens affirmait un peu plus ses effets sur lui, réduisant sa résistance à la manière de l'alcool. Sa conversation avec Baltos sur les remparts de Maalmek lui revenait à l'esprit : un sorcier. Il devinait des ombres sans savoir s'il cherchait à leur échapper ou bien si elles se rétractaient dès qu'il se focalisait sur elles. Un rival, un ennemi : oui, ces mots faisaient écho en lui – mais c'était encore un écho lointain.

— Un rival…, répéta Amira. Autrement dit un homme qui convoite la même chose ou la même personne que vous. Est-ce que cette personne pourrait être Onahra ?

— Onahra m'aime.

— Elle n'aurait jamais laissé la place à un rival ?

— Non.

Kordac voulait s'en persuader et pourtant, sa certitude révélait une vérité contraire.

— Enfin, je ne crois pas, ajouta-t-il pour tempérer sa réponse.

— Vous l'avez toujours assez aimée pour ne pas lui laisser cette possibilité…

Onahra était là, avec lui, mais pas comme les autres fois : c'était maintenant un souvenir et non un lien mental. L'avait-il assez aimée pour qu'elle ne se tourne pas vers un rival ? Il n'avait pas de réponse.

— Votre Onahra, que représente-t-elle pour vous ?

— L'amour. Un amour absolu.

— C'est le souvenir que vous avez emporté d'elle. À présent, porte-t-elle cet amour sur son visage ?

— Elle semble si… si digne malgré son épreuve… On dirait une reine.

Aussitôt, Kordac sut qu'il avait mis au jour un élément décisif. Une reine. Des images défilèrent. Des cérémonies ; elles étaient si réalistes qu'il ne pouvait s'agir d'une invention. Kordac était à la fois excité et apeuré. La vérité de sa propre histoire ne lui avait jamais semblé plus proche qu'en cet instant.

— Vous l'avez retrouvée, dit Amira, saisissant le changement en son client.

— Non, elle…

— Je veux dire, vous avez réellement retrouvé *qui elle est*.

Les images affluaient encore, toujours plus précises.

— C'est quelqu'un d'important.

Elle portait des vêtements d'un luxe inouï. Des gens de toutes conditions se prosternaient sur son passage. Ses appartements étaient décorés avec les objets les plus précieux. Il voyait tout cela en détail. Comme s'il y était. Comme s'il y avait été, en personne.

— Si elle était quelqu'un d'important, vous-même l'avez forcément été.

— Oui, je… je suppose que oui…

Les ombres avaient assez grandi pour perturber le cours de sa pensée, y faire obstacle.

Un homme important. Une reine.

Les ombres se muaient en silhouettes.

— Onahra, pensez-vous qu'elle soit vraiment reine ? insista Amira pour l'aider.

Les silhouettes se dressaient autour d'Onahra. Puissantes. Des guerriers, des guerriers par centaines, par milliers. Onahra marchant parmi eux. Les hommes s'inclinant respectueusement sur son passage. L'un d'eux ouvrant la bouche pour prononcer quelques mots.

— Pour l'impératrice Onahra, jusqu'à la mort, récita l'amnésique.

Impératrice Onahra.

Kordac fut secoué d'un violent tremblement.

— Oh ! Bon sang ! s'écria-t-il, les yeux toujours clos.

Les soldats s'embrasèrent, par milliers. Un feu vorace les emporta tous.

— Non ! NOOON !

— Kordac ! lança Amira Kessar en pressant la main de son client. Kordac, vous êtes avec moi, vous êtes à Port-Saouk ! Il ne peut rien vous arriver dans cette pièce, vous êtes en sécurité et vous vous réveillez ! Maintenant !

L'homme ouvrit les yeux. Il regardait le plafond, en sanglotant comme un enfant, les traits torturés par une douleur infinie, celle de la vérité enfin révélée. Amira n'avait pas lâché sa main.

— Kordac, c'est fini, dit-elle d'une voix douce, son autre main caressant le front de l'homme blessé. C'est fini.

— Non. Ça ne fait que commencer. Et ne m'appelez plus Kordac. Mon nom est… Adrian. Empereur Adrian.

* * *

Mohad n'était pas le seul invité de Golan Tark ; une cinquantaine de personnes les rejoignirent bientôt. Le sorcier les rassembla sur la terrasse. À l'exception d'une femme, tous étaient des hommes, âgés de vingt à soixante ans – plus précisément était-ce leur âge quand la mort les avait fauchés. Un point commun les unissait : marins, soldats ou sénateurs, tous avaient de leur vivant commandé. Beaucoup étaient tombés devant Havoc et ils arboraient leurs brûlures avec une complaisance qui écœura Jeremy.

Parmi cette petite foule, certains tenaient serré contre eux le « cadeau » du Maître. D'autres l'avaient laissé à l'intérieur de la Cabane car il était trop lourd, trop encombrant ou trop précieux.

— Madame, messieurs, comme Jeremy vous l'a brièvement expliqué je vous ai réunis ici afin de mettre un terme à votre exil.

Au-dessus du lac s'enroulaient des nuages qui auraient effrayé le plus téméraire des vivants. Ici, à la frontière entre le royaume d'Omok et celui de Ganalone, ils constituaient le décor banal d'un peuple de morts.

— Vous étiez les plus illustres chefs que comptait Elamia et une mort injuste vous a conduits dans cet enfer. Ensemble, nous ferons le chemin dans l'autre sens. Ensemble, nous voyagerons vers Val-des-Miracles.

Un murmure d'approbation parcourut l'assistance. Certes, tous connaissaient le but de cette rencontre car Jeremy ne l'avait pas dissimulé lors du tout premier entretien, mais c'était toujours agréable de l'entendre répéter.

— Quand, Maître ? s'impatienta un officier de la garde impériale, tombé sur la plaine de Havoc. Quand ?

Golan Tark sentit aussitôt la colère monter en lui. Il aurait aimé châtier cet insolent sur-le-champ, lui apprendre la patience du côté de Bois-des-Larmes. Mais il avait grand besoin de ce talentueux officier et il se composa un masque de compréhension.

— Bientôt, compagnon. Notre heure est bientôt arrivée et la clef ouvrant les passages vers l'autre monde sera en ma possession d'ici peu de temps. Certains d'entre nous descendront le fleuve jusqu'à Corall-Medding, d'autres le remonteront depuis la mer des Aguries.

— Pourquoi nous avoir choisi *nous* ? demanda un jeune homme auquel manquait une partie de la face.

Nous y voilà…

— C'est une excellente question, compagnon. Vous savez comme moi que seule une profonde injustice nous a entraînés dans ce royaume sombre et froid. Et nous en voulons tous à Omok, divin seigneur des lieux ! Pourquoi ne rend-il pas notre séjour plus plaisant ?

Les invités hochèrent la tête. Tous détestaient le royaume d'Omok et aucun d'entre eux n'était parvenu à en faire un endroit accueillant. La Cabane était ce qu'ils avaient vu de mieux jusqu'à présent – et de loin encore !

— Pourquoi vivre dans cet enfer alors que nous n'avons fait que subir les événements ? Pourquoi cette punition ?

— On nous a envoyés là ! Malgré nous ! lança un général bâti comme un colosse.

Golan Tark tendit le bras vers lui et s'exclama :

— Exactement ! Et nous n'allons pas rester indéfiniment dans une contrée où l'on est aussi mal accueilli. Mais comme vous l'avez si justement remarqué, compagnon, nous ne sommes pas arrivés là de notre plein gré. Oui, vous comme moi, avons été jetés ici comme des malpropres. Et croyez-vous vraiment que nos assassins aimeront nous voir revenir parmi eux ?

Les invités se regardèrent ; à l'évidence, beaucoup n'avaient pas pensé à cet aspect de leur retour.

— Croyez-vous qu'ils nous laisseront faire ? Moi, je ne le pense pas. Jadis, j'ai eu l'honneur de diriger une communauté. J'y ai mis tout mon cœur, toute mon âme, même. J'ai sacrifié ma vie privée à son bon fonctionnement et au bien-être de chacun. Pourtant, lorsque ses heures ont été comptées, mes plus proches compagnons n'ont pas hésité à me trahir et à me livrer à notre ennemi d'alors. Peut-être ont-ils changé depuis, car du temps a passé, me direz-vous. Mais je ne prendrai pas le risque de le croire. Non. Ce qu'ils ont fait une fois, ils le referont. Et je n'ai pas l'intention que l'on décide de mon destin une seconde fois. Il n'en est pas question ! s'exclama le sorcier, détachant chaque mot, les ponctuant d'un mouvement sec de l'index.

Cette fois, je les tiens.

— Oui, nous allons revenir en Val-des-Miracles ! Oui, nous allons retourner chez nous ! Mais nous ne cheminerons pas la tête basse : nous reviendrons en conquérants ! Vous avez tous été des chefs respectés : je vous offre l'occasion de restaurer votre autorité ! Ensemble, nous allons lever une armée et reprendre ce qui nous appartient de plein droit : la VIE !

Tark avait levé les bras au ciel. Grisée, l'assistance applaudit à tout rompre. Jeremy sentit un frisson parcourir son échine. Jamais il n'avait été si fier de servir le Maître et l'énergie dépensée depuis sa rencontre avec lui trouvait enfin sa pleine justification.

Lorsque le calme fut revenu, Tark reprit la parole.

— Mes compagnons, nous avons encore beaucoup de travail. Mais, pour nous donner du cœur à l'ouvrage, regardez donc le lac.

Encore excitée par le projet du Maître, la cinquantaine de « chefs » se tourna vers le Ventre. Les plus petits se frayèrent un chemin jusqu'au premier rang, d'autres se dressèrent sur la pointe des pieds. Tous s'enthousiasmèrent.

À quelques brasses de la rive venaient d'apparaître une centaine de navires, voiles ferlées. Des plaques de cuivre brillaient sur leurs flancs. À chaque proue jaillissait un éperon tandis que lances et sagaies saillaient des bastingages. Les sabords s'ouvraient sur des bouches sombres comme aucun des témoins n'en avait jamais vu. De puissantes machines de guerre. Même l'eau où s'enfonçait leur étrave renforcée semblait menaçante.

— Ce sont les premiers construits, reprit Golan Tark, mais il en viendra d'autres, beaucoup d'autres. Car nous serons bien plus de cinquante à traverser les mondes. Nous serons tout un peuple !

Les poings se levèrent, les cris fusèrent.

Puis les invités se tournèrent vers le créateur de tant de beauté guerrière : leur nouveau Maître.

— Compagnons, vous allez devoir recruter une armée. *Des* armées. Il y a vingt-cinq ans les meilleurs soldats d'Elamia sont injustement tombés devant Havoc. Nombre d'entre vous étaient parmi eux. Retrouvez-les et engagez-les auprès de nous. Cherchez aussi ailleurs : vous trouverez bien plus d'hommes et de femmes à commander que vous l'imaginez possible ! Nous leur trouverons des armes. À tous ! Bientôt, très bientôt, nous nous réunirons pour mettre en place notre stratégie. Croyez-moi, je ne vous laisserai pas tomber comme Adrian vous a abandonnés devant Havoc. (L'assistance mesura la portée de cet engagement.) Avant de nous lancer dans cette tâche, avez-vous des questions ?

— Oui, fit le sceptique de tout à l'heure.

Tark espéra ne pas s'être trompé en l'engageant parmi les leaders de son plan ; peut-être avait-il simplement mal dosé le sort qui le liait à son fétiche.

— Je vous écoute, dit le sorcier d'une voix faussement amène.

— Omok, il va sûrement réagir. Pourquoi nous laisserait-il partir ? Nous sommes les sujets de son royaume…

La question était si pertinente que l'enthousiasme de l'assistance, palpable une seconde plus tôt, disparut comme la flamme d'un cierge soufflée par un courant d'air.

— C'est vrai, intervint alors Mohad, il est peut-être déjà en train de nous surveiller !

Aussitôt, les sujets tournèrent un regard inquiet vers l'horizon, comme si le dieu, ou l'un de ses serviteurs, allait manifester sa fureur. Tark envisagea pendant un instant de châtier les pessimistes, une bonne leçon pour dompter les esprits rétifs. Quelque chose de spectaculaire et d'horriblement douloureux. Comme chaque fois que lui venait ce genre de pensée, la colère le disputa à l'excitation malsaine. Il aimait tant faire souffrir… Il n'avait pas toujours été ainsi mais du jour où il avait découvert la cruauté, il n'avait jamais pu rebrousser chemin. Elle était une drogue puissante. Pourtant, face à son nouvel état-major, il se ravisa.

Modifier cette chaleureuse ambiance ne serait pas une bonne idée. Ils me sont tout acquis, pour le moment. Laissons les fétiches répandre leur venin. La peur viendra plus tard.

— Compagnons, compagnons…, tempéra-t-il. Calmez-vous. Bien sûr, Omok pourrait être un problème. Mais je me suis occupé de cet aspect de notre plan. D'une part nous sommes ici en un lieu qu'il a délaissé il y a bien longtemps, la frontière entre les domaines de son frère Ganalone et son propre royaume. D'autre part notre dieu a plus d'une fois manifesté son agacement de régner sur un peuple mécontent de son sort. Et ses serviteurs sont loin d'être tous zélés ! ajouta-t-il en pensant à Balabord et à quelques autres démons corrompus. Enfin, si vraiment il s'avérait qu'Omok tient à ses sujets, je compte bien lui donner de quoi détourner son attention. Oui, une diversion, mes compagnons, une diversion !

La voix du sorcier était pleine d'une telle conviction que l'assistance accepta ses arguments sans broncher. Ils désiraient tant quitter le royaume… Et leurs fétiches ensorcelés leur dictaient déjà la plus grande fidélité à Golan Tark, l'homme qui les leur avait rendus. Quant à ceux qui l'avaient un jour rencontré ou qui connaissaient son nom alors qu'il fréquentait encore Val-des-Miracles sous le signe de l'Ordre trinicien, ils l'avaient aussitôt oublié.

— Vous vous demandez sûrement comment je vais m'y prendre, suggéra Tark. Vous comprendrez bien que vous l'expliquer en détail mettrait ce plan en danger : moins de personnes le connaîtront, moins de chance aurons-nous qu'il s'ébruite. Toutefois, je puis vous présenter l'un des artisans de cette diversion. Un artisan des plus illustres…

Tark adressa à Jeremy un geste de la main. Le garçon courut vers la grande porte que le sorcier venait d'ouvrir dans la façade par la force de sa pensée. Jeremy disparut dans le bâtiment et reparut deux secondes plus tard ; il s'arrêta sur le seuil, se tint aussi raide que pour un garde-à-vous puis s'inclina au passage d'une femme encapuchonnée.

— Ah, très chère…, souffla Tark en la rejoignant.

Le sorcier prit la main qu'elle lui tendait déjà. De l'autre main, la femme abaissa sa capuche et une rumeur parcourut l'assistance médusée.

— Madame, messieurs, j'ai l'insigne honneur de vous présenter notre plus grande alliée, l'impératrice de Consolata.

Sans la moindre hésitation, une trentaine de personnes mirent un genou à terre.

Chapitre 10

Adrian. Je suis Adrian.

Voilà trois jours que Kordac avait appris sa véritable identité. Il était l'empereur déchu. La nouvelle était si violente qu'il s'était enfermé dans la chambre de la taverne, refusant de voir quiconque. Y compris Palmiarn et Julipen.

Je suis l'empereur…

Les événements de son existence remontaient à la surface les uns après les autres. Bouffées vertigineuses, se bousculant dans le désordre. Sa tête lui faisait mal à hurler. Pourtant, le puzzle des années peinait à se reconstituer. Les fragments ne s'emboîtaient pas parfaitement et il manquait de trop nombreuses pièces. Amira Kessar l'avait prévenu : un sort avait effacé sa mémoire et il restait encore quelques traces de cette magie. La jeune femme lui avait permis de retrouver son identité, ce qui était déjà beaucoup. Mais lorsqu'elle avait appris qui il était réellement – l'empereur Adrian –, elle n'avait plus voulu faire quoi que ce soit.

L'empire n'avait pas traversé l'océan mais le nom de son maître était connu de tous. Et on s'était attendu, jadis, à ce que le jeune homme ambitieux, cet Aresmass à qui tout semblait réussir, débarque en Anakann pour affronter les seigneurs du désert.

Adrian n'avait pas encore révélé la vérité à ses compagnons de voyage. Un profond sentiment de culpabilité l'étreignait à mesure que les souvenirs de son règne lui revenaient. La vision de son armée décimée par les flammes le hantait sans cesse et il se rendait responsable de la mort de ses soldats. Cent cinquante mille hommes dévorés par un feu mystérieux.

Et je suis le seul survivant.

Penser à Onahra ne le soulageait pas.

J'étais l'empereur.

D'ailleurs, elle n'était pas entrée en contact avec lui depuis bien longtemps. Il ne trouvait plus la force de rien.

Soudain, on frappa à la porte.

— Je ne veux voir personne, répéta Adrian d'une voix lasse.

— C'est Julipen. Vous ne pouvez pas rester ici sans manger.

Adrian regardait par la lucarne les quais animés.

— Je peux rester où je veux pour y faire ce que je veux, répliqua-t-il.

— Je n'en doute pas. Mais il y a quelqu'un qui souhaite vous parler.

— Et après ?

— C'est un homme. Il dit qu'il a servi sous vos ordres. J'ignore ce que ça signifie mais vous comprendrez sûrement.

Cette fois, Adrian hésita.

— Comment s'appelle-t-il ?

— Olst.

Olst ! Son aide de camp avait quitté l'armée deux ans avant l'ultime bataille. Il se souvenait très bien de lui à présent.

— Je… Attendez une seconde.

Adrian franchit les quelques pas qui le séparaient de la porte. Il posa la main sur la clenche.

Olst… Il y avait si longtemps !

Il ouvrit la porte, recula d'un pas. L'homme entra tandis que Julipen, l'air soucieux, essayait de croiser le regard d'Adrian.

Olst ferma le poing et le posa contre son cœur puis il inclina tout le buste.

— Guide suprême, dit-il tête baissée, je suis là pour vous servir.

— Arrêtez, dit Adrian. Arrêtez ça tout de suite. Et fermez cette maudite porte, je vous prie.

Olst s'exécuta, au grand dam de Julipen.

L'aide de camp était un peu plus âgé qu'Adrian. Ce petit homme à la silhouette menue portait une barbe épaisse et avait revêtu la tenue traditionnelle des Anakans. Sa peau était constellée de taches : il avait le teint des contrées les plus septentrionales de Consolata et supportait mal le soleil du désert.

Les deux hommes ne s'étaient pas vus depuis plus de vingt-cinq ans et ils avaient bien changé. Pourtant, ils se reconnurent aussitôt.

— Que faites-vous là, Olst ?

— Je vous ai suivi depuis votre arrivée au comptoir, l'autre jour.

— Vraiment ?

Olst était mal à l'aise.

— Oui, Guide suprême.

— Cessez de m'appeler comme ça ! tonna l'empereur.

Adrian s'en voulut aussitôt ; il avait employé le ton de jadis. C'était même revenu sans difficulté.

Il fit un pas vers Olst, posa la main sur son épaule :

— Excusez-moi. Je… J'avais perdu la mémoire, vous savez ?

Olst hocha la tête lentement ; il savait.

— Lorsque j'ai appris la défaite devant Havoc et votre disparition, je suis parti à votre recherche. J'ai glané des informations à droite et à gauche. J'ai appris qu'un homme correspondant à votre signalement avait traversé l'océan en direction d'Anakann. Personne ne pensait que c'était l'empereur, car vous… enfin…

Olst balbutiait, embarrassé. Adrian décida de l'aider.

— Parce que je ressemblais à un fou, n'est-ce pas ?

Olst haussa les épaules et soupira.

— Je pense que oui. Il m'a fallu bien longtemps avant de retrouver votre trace.

Des larmes apparurent au coin des yeux de l'aide de camp.

— Allons, Olst, allons…, dit l'empereur. Mais vous n'aviez pas une épouse ? Je croyais que vous aviez quitté l'armée pour mener une vie tranquille auprès d'elle. Je me trompe ?

Olst baissa la tête.

— Je ne suis pas parti aussitôt à votre recherche. Quand la nouvelle de la défaite est parvenue chez nous, des… des infidèles ont semé le désordre. Et certains d'entre eux ne vous aimaient pas, ajouta-t-il, un ton plus bas. Ils savaient que j'avais servi à vos côtés. Ils ont profité de mon absence pour… pour la… enfin… vous savez… Mais je les ai châtiés, conclut-il en relevant le menton, mâchoires serrées.

Encore des morts par ma faute, se dit Adrian en secouant lentement la tête. *Combien sont-ils ?*

Une heure plus tard, Adrian quittait sa chambre en compagnie d'Olst.

— Pas trop tôt ! déclara Palmiarn.

Selly et son père étaient en ville mais Julipen n'avait pas bougé.

— Que décidez-vous ? demanda-t-elle. Vous faites la traversée pour Consolata ?

— Et comment ! Olst m'a convaincu. (L'aide de camp baissa la tête.) Il faut que j'affronte la réalité.

— Très bien. Me direz-vous enfin qui vous êtes ?

— Je vous l'ai déjà dit : vous ne me croiriez pas.

— Vous avez l'air bien sûr de vous.

— Disons que je n'ai pas envie de passer pour un idiot.

— Est-ce pire que de passer pour un fou ?

Adrian lui sourit. Elle était intelligente, vive et ne manquait pas d'humour – même si elle s'en servait contre lui. Julipen passa la main dans sa longue chevelure noire et dit :

— Alors, allons trouver un navire.

— Je peux le faire sans vous, affirma Adrian.

— Je n'en doute pas. Mais je préfère choisir mon embarcation.

— Comment ça ? Vous m'accompagnez ?

— Je ne serais pas contre un peu de changement, précisa-t-elle en ajustant son décolleté.

— Mais, et votre frère, et votre père ?

— Ils se débrouilleront très bien sans moi. J'en ai assez d'être la « maman » de tout ce petit monde. Mais, bien sûr, vous pouvez refuser que je vous accompagne. Après tout, les bateaux pour Consolata ne doivent pas manquer…

Adrian haussa les épaules et leva les mains devant lui en un geste d'impuissance. Impossible de faire changer cette femme d'avis. Elle n'était pas Onahra et ne paraissait pas avoir besoin de lui – elle avait même l'air de très bien se débrouiller seule.

C'est peut-être moi qui ai besoin d'elle.

— Olst, commença-t-il de meilleure humeur qu'il l'avait été depuis bien longtemps, nous serons quatre pour cette traversée, car j'emmène aussi Palmiarn.

— Cinq ! dit soudain une voix tout près de là. Nous serons cinq !

Adrian se retourna et reconnut immédiatement l'homme qui venait de s'exprimer.

— Odasius ! s'exclama-t-il. Par tous les démons, que fais-tu ici ?

Le riche commerçant qui avait sauvé Adrian d'un lynchage avant de lui donner du travail se tenait dans le couloir, essoufflé, les traits épuisés. On aurait dit qu'il avait chevauché sans s'arrêter depuis Boroskariak, la cité du désert.

— La madina est perdue ! Elle est envahie par des millions de créatures !

* * *

La nuit était tombée depuis une heure sur Corall-Medding. Une seule lune brillait dans le ciel, masquée de temps à autre par des écharpes de nuages.

Gédaëlle soufflait tout près de son nouveau maître. Son odeur animale rassurait Jackal comme le parfum d'une mère rassure le nourrisson. Le mercenaire entendait le gargouillement de ses entrailles : la bête venait de dévorer trois gardes des cohortes hanséatiques, à l'entrée d'un pont. Ces hommes n'avaient pas eu le temps de donner l'alerte et il ne restait pas grand-chose d'eux – quelques effets que Jackal avait aussitôt dispersés.

Ils se trouvaient dans le lit desséché du fleuve, sous un ponton. Bren Jackal partageait le regard de son faucon, Storn ; le rapace survolait les rives depuis une dizaine de minutes, à la recherche d'une entrée dans la Cité Mère. Il trouva enfin ce qu'il cherchait. Deux hommes montaient la garde sur une berge, là où se trouvait encore le fleuve quelques mois plus tôt. Ils avaient allumé un feu pour se tenir chaud. Derrière les gardes, une large sortie d'égout mise à nu depuis l'assèchement.

Parfait, se dit Jackal. *Elle va me conduire à l'intérieur même de Corall.*

Il posa le plat de la main contre le flanc du monstre. La peau recouverte de poils fins tressaillit.

— Tu me les laisses, Gédaëlle. Tu as assez mangé pour aujourd'hui…

La bête grogna. Jackal lui tapota le flanc comme il l'aurait fait avec un cheval.

Quand elle le souhaitait, Gédaëlle communiquait avec son nouveau maître par images mentales ou, le plus souvent, à l'aide d'émotions. Bren Jackal avait toujours échangé ainsi avec son faucon, mais l'intelligence de Gédaëlle dépassait celle de Storn. Cette fois, Jackal ressentit la frustration de la bête.

— Eh, moi aussi, j'ai le droit de m'amuser ! se défendit Jackal. Bon, allons-y.

Une douzaine de minutes plus tard, ils se trouvaient à quelques pas de la bouche d'égout. Gédaëlle se cacha à l'intérieur d'une embarcation ; son habileté étonnait toujours Jackal car la bête était aussi massive qu'un aurochs. Le mercenaire leva la tête pour admirer le vol de Storn. Puis il s'avança vers les deux gardes.

— Eh, là ! Qui êtes-vous ? demanda l'un des vigiles.

L'homme ne portait pas de casque ; tout comme son compagnon il l'avait posé près de lui. Il avait des gants, un plastron de cuir clouté.

Jackal continua d'avancer, mains levées. Il avait laissé sa courte arbalète derrière le navire échoué. Le vigile marchait vers lui. Le plastron flottait : il ne devait pas l'avoir lacé. Quant à sa lance, elle semblait le gêner.

Encore un pauvre, pauvre citoyen qui accomplit son service à contrecœur…, se moqua Jackal.

Jackal s'arrêta pour laisser un peu de distance entre eux et le second vigile, qui n'avait pas bougé.

— Vous savez qu'il est interdit de circuler dans le lit du fleuve ? dit le vigile, la pointe de la lance à portée de main de Jackal.

— Oui ? Dommage, la balade me plaisait bien.

— Retournez chez vous, c'est tout ce que vous avez à faire.

— Les portes de la ville sont fermées.

— Évidemment, il y a un couvre-feu !

— Évidemment…

Tout à coup, Gédaëlle émit un grognement. Le vigile tourna la tête en direction du bruit. Jackal en profita pour saisir la lance avec sa main gauche tout en dégageant son poignard de sa ceinture. Il tira un coup sec sur l'arme du vigile. Surpris, le garde partit en avant, contre le mercenaire. Jackal enfonça sa propre lame dans le bas-ventre de l'homme qui poussa un soupir. Bandant ses muscles, Jackal remonta sa lame d'un geste brusque, tranchant les viscères du garde. La lance tomba au sol.

— Eh ! fit l'autre garde. Il se passe quoi, là ? Vindinni ?

— Vite ! Venez m'aider, il vient de s'évanouir ! lui mentit Jackal.

Sa lame toujours profondément enfoncée, il soutenait l'homme. Il chuchota à son oreille :

— Laisse-toi aller, ça ne prendra plus beaucoup de temps maintenant.

Il fourragea un peu plus dans les entrailles de Vindinni, qui gémit.

Le sang chaud coulait le long du manche de son arme et de son bras. Une fontaine de vie.

— Laisse-toi partir, Vindinni…

Méfiant, le second garde approchait, jetant un coup d'œil vers l'embarcation d'où était monté le grognement. Il portait un glaive dont il serrait et desserrait le manche compulsivement.

— Je ne comprends pas ce qu'il a, votre collègue, lui dit Jackal.

Lorsque le factionnaire arriva à sa hauteur, Jackal projeta contre lui le corps de sa victime.

— Mais, que… ? fit l'homme qui chercha à retenir son compagnon.

Jackal avait déjà fait un bond vers lui. Il arma son bras droit. Mû par une force inouïe, le pommeau de son poignard écrasa le nez du garde. Des débris de cartilage volèrent. La cloison nasale perfora le cerveau du malheureux qui mourut sur le coup.

— Vous saluerez Omok de ma part, dit Jackal tandis que l'homme s'effondrait sur son collègue, foudroyé.

Le mercenaire émit un sifflement bref et Gédaëlle le rejoignit.

* * *

Golan Tark suivait la progression de Bren Jackal et de Gédaëlle dans la Cité Mère.

Il est très rusé, c'est décidément une rencontre inespérée ! se félicita le sorcier.

La bête avait tiré les deux corps dans le large conduit. Jackal avait ajouté des bûches dans le feu car son extinction prématurée aurait éveillé les soupçons d'une ronde passant au loin. L'alerte serait donnée à un moment ou à un autre puisque les deux hommes n'étaient plus à leur poste, mais le plus tard serait le mieux. Quant au retour, il pouvait encore mal se passer, même si Jackal montrait un courage hors du commun. Une témérité qui confinait à la folie. Tark ne lui avait pourtant pas tout dit de ses projets, afin de ne pas l'effrayer. Car il n'était en effet pas question de retraverser la ville dans l'autre sens, comme ils étaient en train de le faire. Trop risqué. Beaucoup trop.

Mais si ça se trouve, il aurait été enthousiasmé par ma petite idée…

Tout comme Jackal voyait à travers Storn, Tark lisait le monde par les yeux de Gédaëlle. Le couvre-feu avait vidé la cité. Évitant les rondes des cohortes hanséatiques grâce au faucon, ils étaient parvenus au pied de Haut-Temple, du côté du monte-charge. À cette heure avancée, il n'y avait personne au pied du dispositif.

Jackal sauta pour s'agripper aux cordages et grimpa en prenant appui le long de la muraille. Sans cet homme, la quête du Talaris trinicien aurait été plus aléatoire : Gédaëlle aurait foncé gueule ouverte, saccageant tout sur son passage.

Cela aurait sans doute fonctionné mais les risques d'échec auraient été plus grands.

Une fois parvenu sur la plate-forme, Jackal fit descendre le monte-charge en actionnant un mécanisme complexe, perfectionné sous le règne d'Adrian grâce aux ingénieurs estebelliens. La bête avait déjà vu un tel système aux monastères uliques ; elle prit place sur le plateau. Le mercenaire manœuvra le cabestan dont le mouvement démultiplié permettait à un unique utilisateur de soulever de lourdes charges. Seule une porte séparait désormais les deux alliés du monde clos de Haut-Temple. Jackal ne connaissait pas la magie. Seule la force de Gédaëlle les aiderait à franchir cet obstacle. Le fracas réveillerait Haut-Temple et ils n'auraient dès lors pas beaucoup de temps pour s'emparer de la Pierre d'Ombre.

Golan Tark vit Jackal s'éloigner le plus possible de la bête et s'agripper aux cordages. Puis Gédaëlle, formidable masse de muscles, se redressa sur ses pattes arrière et se projeta de toutes ses forces contre la lourde porte bardée de clous.

La porte céda à la quatrième tentative, tandis que la plate-forme, durement éprouvée par les chocs répétés et le piétinement furieux de la bête, commençait à se déliter.

La partie peut enfin débuter, se dit Tark.

* * *

Bon sang, c'était moins une! songea Bren Jackal.

Il venait de poser le pied dans Haut-Temple alors que la plate-forme se disloquait. Elle se fracassa au pied de la muraille et le mercenaire comprit qu'il n'avait plus une seule chance de s'échapper par là.

On verra ça tout à l'heure.

Il se concentra sur son objectif. Trouver la Pierre d'Ombre. La voler et la rapporter à Golan Tark.

Gédaëlle avait déjà bondi en avant. Il la suivit, arbalète en main, tandis que des clercs, proches de la porte fracturée, se levaient pour chercher l'origine du vacarme.

Les couloirs succédèrent aux couloirs. C'était l'une des parties les moins publiques de Haut-Temple. Aucun étudiant ne séjournait là. Les pièces étaient exiguës, les paliers étroits. La lumière du jour n'y pénétrait que par des meurtrières.

Ils descendirent un premier escalier. La bête était si large que ses flancs frottèrent les murs, heurtèrent un flambeau qui sortit de son logement et voltigea droit sur Jackal. Le mercenaire leva son bras pour se protéger. Il n'évita pas une cruelle brûlure sur le poignet. Il grimaça mais retint un gémissement. Continua sa course. Les sabots de Gédaëlle claquaient contre les dalles.

Sur le palier se dressait un clerc en chemise de nuit, un chandelier à la main. Il le tenait à l'envers comme une arme mais sans assurance.

— Qu'est-ce que…, commença l'homme.

Il n'eut pas le temps d'achever sa question : d'un coup de sa tête cornue, Gédaëlle fracassa sa poitrine et le projeta contre le mur. Son crâne se fendit sous la violence du choc.

Ils descendirent encore plus bas. Les couloirs s'élargirent, la décoration devint moins austère. Du coin de l'œil, Jackal vit le somptueux hall. Ils longèrent une galerie et redescendirent de nouveau.

Jackal perçut un sifflement qu'il identifia aussitôt. Il ralentit un peu et pivota le buste : planté au milieu de l'escalier, un garde tirait sur lui des carreaux d'arbalète. Sans s'arrêter, Jackal tira à son tour, bras tendu. Le projectile traversa la toile de la tunique et se ficha profondément dans l'épaule du garde.

— Tu as de la chance, dit à mi-voix Jackal qui avait visé la tête.

Il encocha un nouveau carreau et rattrapa la bête.

Encore une minute et Gédaëlle se trouva devant une porte qu'elle ouvrit sans la moindre difficulté. Cette fois ils s'enfoncèrent vers les cryptes. Sous la conduite de Tark, la créature saurait où trouver la Pierre d'Ombre.

Mais la cavalcade était loin de passer inaperçue. Alertés, des mages s'étaient déjà lancés à la poursuite du duo, empruntant des raccourcis afin de s'interposer.

Et inévitablement il s'en trouva un sur la route des voleurs.

Cette fois Gédaëlle s'arrêta et renâcla ; les muscles de ses puissantes cuisses tressaillaient nerveusement. Devant elle, un globe ardent crépitait, occupant presque toute la largeur d'un couloir. Derrière ce globe se dressait le mage Lakia.

Arbalète en mains, Jackal prit appui contre la bête. Il décocha un carreau en direction du mage dont la silhouette tremblotait derrière la matrice incandescente. Le projectile s'embrasa au contact de la bulle. Il n'était plus que cendres une fois l'obstacle magique franchi. Le mage prononça une succession de mots à une vitesse folle. Jackal n'en comprit pas un seul. Il eut à peine le temps de baisser la tête : la matrice projetait des éclairs à travers le couloir. Gédaëlle en encaissa plusieurs. Elle poussa un cri et se secoua, bousculant Jackal qui tomba à terre.

— Qu'êtes-vous venu faire ici ? demanda le mage d'une voix autoritaire. Ce n'est pas votre place. Et ce n'est pas celle de Gédaëlle.

Il connaît son nom ! se dit Jackal qui ne s'était pas attendu à cela.

— Je peux vous aider à la contrôler, ajouta Lakia. Nous pouvons vous aider. L'Ordre a des projets pour elle et qui que vous soyez, vous ferez partie de ces projets.

Qu'est-ce qu'il raconte ?

La bête transmit à Jackal son désarroi. Elle ne savait pas quoi faire mais refusait pour le moment de bouger, afin de protéger son nouveau maître. Tout à coup, une image mentale parvint à Jackal. Des formes rapides qui s'unissaient et se séparaient, comme des vers de lumière colorée. Le maître de Gédaëlle, muet pour le moment, devait les lui transmettre.

— Répondez-moi ou je serai dans l'obligation de vous neutraliser ! tonna Lakia.

Jackal se releva. *Je serai dans l'obligation de vous neutraliser…* Jamais on ne lui avait dit une chose pareille ! Dans son esprit les formes cessèrent leur ronde folle et composèrent des mots inconnus.

« Des sorts, Jackal ! » lui souffla Tark.

Impatient, Jackal les cria très vite. Il ne se passa rien. Rien hormis cette question hésitante du mage Lakia :

— Maître Tark ?

Jackal ne prit pas la peine de confirmer la présence, certes lointaine, du Trinicien. Il recommença. Plus calmement. Aussitôt son larynx fut horriblement irrité. Il eut l'impression d'avaler du verre pilé. Le dernier mot du sort lui fit l'effet du sel sur des plaies à vif. Il saisit sa gorge d'une main.

La matrice perdait de sa luminosité : ça avait fonctionné…

Sans avoir eu le temps de comprendre ce qui se passait, Jackal vit Gédaëlle charger Lakia. La matrice n'avait pas perdu tout son pouvoir. La bête sentit la morsure magique en la traversant mais son élan était tel qu'elle percuta le mage avant même qu'il ait l'occasion de lancer une nouvelle matrice, plus puissante. Déjà, d'autres mages arrivaient.

Jackal s'était lancé derrière le monstre. Il toussa douloureusement. L'expérience l'avait choqué : lancer un sort n'avait rien d'agréable.

« Tout pouvoir a un prix. »

Puis le mercenaire sentit une onde de chaleur dans son dos. Une matrice se formait sous l'impulsion d'un Trinicien. Jackal franchit un coude de couloir et les rayons de la matrice le manquèrent de peu, frappant le mur. Des éclats de pierre se répandirent alentour.

J'espère qu'on n'est plus très loin.

Comme si elle l'avait entendu, la bête s'arrêta au milieu du couloir des cryptes. Les lettres se formèrent dans l'esprit de Bren Jackal. Il hésita à les prononcer. Deux mages apparurent à l'extrémité du couloir, des matrices flottant devant eux telles des poches remplies d'un liquide irradiant une lumière éblouissante.

Pas le choix.

Il prononça les sorts dictés par Golan Tark. Dès qu'ils eurent quitté ses lèvres, Jackal poussa un gémissement de douleur. Sa gorge était comme lacérée de l'intérieur. La sensation était descendue jusqu'à ses bronches. Les deux matrices explosèrent en projetant sur les Triniciens un feu froid. Ils reculèrent, les mains devant les yeux ; la robe de l'un d'eux avait pris feu.

Jackal toussait et chaque quinte semblait le rapprocher un peu plus de la mort. Il eut un goût désagréable à la bouche et cracha du sang. Puis il entendit un choc sourd qui secoua le couloir. Gédaëlle venait de ficher ses trois moignons de cornes dans le mur. La bête grogna. Jackal se tourna vers elle et vit du sang perler sur sa tête. La bête tremblait à présent.

— Eh ! Qu'est-ce qui t'arrive ? C'est pas le moment de me laisser tomber !

Le tremblement s'accentua, le sang continua de couler. Gédaëlle ne transmettait plus d'émotions à son compagnon. Jackal essuya sa propre bouche avec le revers de sa veste déjà maculé de sang séché.

« *Ne t'inquiète pas,* lui souffla Tark, *tout se passe comme prévu.* »

Puis il vit les cornes de Gédaëlle s'extraire de la boîte crânienne. Elles avaient leur vie propre et s'enfonçaient dans la pierre comme de gros vers gris et voraces.

Il entendit le bruit de leur reptation à l'intérieur des murs. Puis la bête s'éloigna de la paroi, se retourna. Jackal approcha sa main de la tête énorme. Les plaies d'où saillaient une minute plus tôt trois courtes cornes saignaient. Le monstre secoua la tête en renâclant et Jackal recula sa main. Les plaies se refermaient comme de petites bouches à l'agonie.

— Du calme, Gédaëlle, du calme…

Il entendit des voix plus loin. Les mages. Ils n'allaient pas tarder à contre-attaquer. Jackal se prépara à prononcer de nouveaux sorts mais aucun mot ne s'affichait dans son esprit. Il avait l'impression que sa gorge, ses bronches et ses poumons étaient en feu. Il toussa violemment, peina à retrouver son souffle.

Il s'appuya au mur, sentit un tremblement. Les « cornes » de Gédaëlle poursuivaient leur route à l'intérieur de la pierre. La bête grogna et fit quelques pas en arrière. Le tremblement augmentait d'intensité. Jackal s'éloigna à son tour, les jambes tremblantes. Tout à coup la pierre s'effrita puis tout un pan de mur s'éboula. Un nuage de poussière montait alors qu'une matrice apparaissait à l'autre bout du couloir, dépassant le coude derrière lequel avaient reflué les mages. À l'autre extrémité une matrice aux couleurs d'ecchymose s'épanouissait. Gédaëlle et Jackal étaient pris au piège.

La bête donna un petit coup de tête au mercenaire, le poussant vers l'éboulement. Jackal dissipa la poussière avec son bras, toussota en grimaçant. Les matrices se rapprochaient en une menace lente. Crépitaient comme des nuages électriques.

Jackal escalada le monticule amoncelé au pied du mur où s'ouvrait une brèche large d'un demi-mètre et de la hauteur d'un homme. Une lueur verte et ténue scintillait à l'intérieur, sans parvenir à dissiper la pénombre.

Le bruit de ses pas était étouffé. Depuis l'épreuve des sorts sa respiration sifflait. Dans son dos, Gédaëlle boucha la brèche en se postant devant. Jackal avança encore, à tâtons. Leva la tête vers la lumière. Le spectacle qui s'offrit à ses yeux lui coupa le souffle.

* * *

Yonastelli retrouva Jocquinius sur le seuil de ses appartements. Il n'avait pas pris le temps de s'habiller et portait la chemise de nuit brodée des Triniciens mais n'avait toutefois pas manqué d'enfiler le pectoral aux armes de l'Ordre.

— Gédaëlle est ici, j'en suis certain ! s'exclama Yonastelli, plus excité que paniqué.

— C'est possible, dit Jocquinius qui avait entendu le raffut. (Maintenant, tout Haut-Temple s'agitait.) Et je dirais même que ça n'est pas très étonnant.

— Il faut y aller ! dit le Talaxien en saisissant le bras de Jocquinius.

— Tu comptes toujours la neutraliser ?

— Si seulement je détenais le volume de Golan Tark…, répondit Yonastelli, un peu moins sûr de lui.

— Celui où est censée se trouver la… « clef » pour l'arrêter ?

— Oui, exactement ! Je pensais que Lakia l'avait mais…

— Mais ?

— Lakia a disparu et le volume n'est pas chez lui. Peut-être est-ce Tratorian.

D'autres mages sortaient sur le palier et se rapprochaient des deux hommes, la mine inquiète.

— Écoute, Yonastelli, va à la rencontre de Gédaëlle. Je te retrouverai plus tard.

Le Talaxien hocha la tête, pourtant persuadé que Jocquinius n'en ferait rien, puis il tourna les talons et rejoignit les autres Triniciens.

Jocquinius entra dans ses appartements. Il était ébranlé.

Alors, ça y est. C'est la fin…

Les monastères uliques avaient été dévastés. Les chantres Antonin et Fablio étaient morts en essayant de ramener Halaïa d'entre les mains du démon Balabord, et tant Jocquinius que Yonastelli avaient dû fournir des explications approximatives à leurs pairs.

Il avait réuni au pied de sa couche un grand sac d'effets personnels, une besace dans laquelle il avait serré un coffret de fioles et quelques accessoires. Juste à côté était posé un carnet épais à la couverture de peau. Il s'en saisit pour le feuilleter pensivement.

Le carnet de Tark…

Jocquinius l'avait volé la veille. Il avait moins honte de son vol que du mensonge raconté à Yonastelli.

De toute façon, il se trompe en croyant trouver là-dedans de quoi stopper Gédaëlle.

Jocquinius n'avait cessé d'étudier l'écriture brouillonne de Tark mais de nombreux passages étaient cryptés. Il n'y avait rien à l'intérieur susceptible de les aider dans l'immédiat. Le vieux mage sortit de sa cachette le Talaris du peuple aresmass, confié par Halaïa. Son propre époux l'avait assassinée. Jocquinius avait alors voulu sauver son amie, la délivrer du royaume d'Omok. Seulement un serviteur corrompu du dieu avait dû avertir Golan Tark de ses intentions. Et Tark avait empêché le retour de la vieille femme parmi les vivants. Pire, Jocquinius avait lui aussi failli rester piégé dans le royaume macabre.

Piégé ? Mort !… C'est le mot exact.

Mort, tout comme l'était Tark. Sauf que le grand maître trinicien avait fait de son décès le point de départ d'un renouveau sans précédent dans l'histoire de l'Ordre. Il avait accru sa puissance à un point tel que Jocquinius ne pouvait imaginer comment lutter contre lui. Halaïa ne s'était pas trompée en le mettant en garde. Tark avait déjà dépossédé les prêtresses laménides de leur Talaris.

Et comme c'est parti, il va emporter cette nuit notre Talaris, la Pierre d'Ombre. (Il regarda ses mains, paumes tournées vers lui.) *Je ne peux pas m'y opposer. Et dire que j'avais d'abord proposé à Halaïa de prier !*

Des prières pour sauver Elamia. Quelle naïveté… Il ne resterait bientôt plus à Tark qu'un artefact à s'approprier et la magie disparaîtrait d'Elamia, lui ouvrant toute grande la porte du pouvoir. Jocquinius avait compté partir à l'aube : l'arrivée brutale de Gédaëlle venait de changer ses plans.

Il lui fallut un bon quart d'heure pour quitter Haut-Temple par ses voies secrètes, autrement dit hors de la vue des gardiens. Une fois dehors, son pectoral lui permettrait d'échapper à la rigueur du couvre-feu mais il comptait bien réduire au minimum le nombre de témoins de son départ. Sortir de la ville en rencontrant le moins de vigiles possible lui prit une heure supplémentaire.

Juché sur une colline surplombant la Medding, il se tourna alors vers la Cité Mère. Appuyé au mont Corall, Haut-Temple dominait majestueusement le paysage. Il eut la désagréable impression de le regarder pour la dernière fois.

* * *

Au-dessus de Bren Jackal voletaient des milliers de minuscules papillons lumineux. Certains s'assemblaient par paquets, se fondaient littéralement les uns aux autres comme de la cire chaude et il était alors impossible de retrouver des ailes dans cette pâte lumineuse et tourbillonnante. Puis la ronde perdait de la vitesse et les papillons retrouvaient leur apparence d'insecte et leur individualité. Ce prodige stupéfia le mercenaire.

Jackal progressa encore de quelques pas et le plafond de la galerie disparut : les papillons évoluaient dans un conduit circulaire qui grimpait loin au-dessus du mercenaire. Les maculas éclairaient faiblement les parois humides. Jackal ne pouvait aller plus loin ; seule possibilité, escalader le conduit où il discernait plus haut des anneaux ainsi que de minces « traverses » qui en joignaient les flancs. Il rentra soudain la tête dans les épaules lorsqu'il perçut un mouvement brusque : le conduit venait de se contracter.

Qu'est-ce que c'est que ça ?

« Monte ; le trésor est là-haut. »

Jackal prit une profonde inspiration qui lui déchira la poitrine. Il déposa son arbalète et prit d'abord appui sur des pierres. Après deux mètres de progression à la verticale, la roche céda la place à une matière souple et moite. Il y eut encore une contraction et Jackal manqua de lâcher prise.

Eh ! Ce truc c'est… c'est vivant !

Ses mains s'enfonçaient dans une sorte de chair humide, la pinçaient.

« Ce "truc" se nomme Hosartan, cher mercenaire. »

Le nom lui rappela vaguement quelque chose ; mais il ne se souvenait plus de l'histoire de ce dragon autour duquel Haut-Temple aurait été édifié. Dégoûté, Jackal saisit l'une des « traverses ». On aurait dit un os sur lequel pendaient des lambeaux de chair en putréfaction. Il se hissa ainsi d'une traverse à l'autre sur une dizaine de mètres, tandis que les papillons augmentaient de taille au fur et à mesure de sa progression : les spécimens qui séjournaient là-haut étaient gros comme le pouce et se prenaient dans les longs cheveux de Jackal. Il les chassa de la main. L'un d'eux le mordit au poignet, là où un flambeau l'avait brûlé dans sa course à travers Haut-Temple.

Il poussa un juron. Et ferma bien vite la bouche : les maculas tentaient de s'y faufiler ! Il y en avait maintenant partout sur lui. Il en écrasa un, puis un autre. Ils éclatèrent sous sa paume comme d'énormes abcès. Mais il n'avait plus de temps pour ça. Il devait monter encore, vers une touffeur de plus en plus pénible. Les insectes formaient un rideau mouvant qui ralentissait son escalade. L'un d'eux lui souleva une paupière ; Jackal l'écrasa juste avant qu'il plonge ses mandibules dans sa cornée. L'abdomen charnu du macula explosa dans son œil et dégagea une odeur de viande avariée.

Ignoble, songea le mercenaire.

Enfin il se hala sur une sorte de plate-forme baignée de la même lumière verte, mais plus intense maintenant. Le sol où palpitait comme un réseau d'artères et de veines était spongieux, rendant instable l'équilibre du mercenaire. Tout autour de lui pendait une intrication démente de boyaux, viscères accrochés à des ossements noués entre eux par d'autres viscères. Une forte odeur de bile imprégnait l'endroit. Mordu de toutes parts, épuisé par les sorts, sa course et son escalade, Jackal était sur le point de défaillir.

De nouveau, Tark entra en contact avec lui.

« Oui, Jackal, il s'agit bien d'un être vivant. Enfin, presque vivant. Hosartan était un dragon. Il y a très longtemps. Bien avant qu'aucun d'entre nous soit né. »

Un frisson de dégoût secoua Jackal.

Il avança de quelques pas avant de sentir une résistance. Le pas suivant lui demanda un effort terrible. Puis il fut immobilisé : des lianes couvertes d'une viscosité purulente s'étaient enroulées fermement autour de ses chevilles comme des serpents. Il mit la main à sa ceinture pour saisir son poignard. Il n'était plus là.

Tombé quand je montais…

Il était désarmé. Quelque chose brillait au loin. Qui se rapprochait. Une nuée de papillons, deux fois plus volumineux que les plus gros de son escalade. Leur abdomen lumineux et translucide se déformait sous la pression de dizaines de guêpes, prêtes à jaillir du corps de leur hôte.

Oh, bon sang !

Il ne faisait aucun doute qu'elles se jetteraient bientôt sur Jackal. Il ne mettrait pas longtemps à mourir sous le coup de millions de dards empoisonnés. Des pièges, il y aurait des pièges. Il le savait mais n'avait jamais imaginé… ça !

« La Pierre d'Ombre est toute proche à présent, lui dit Tark. *Mais tu dois abaisser les dernières défenses. Vite ! »*

Les dernières défenses. Celles-là mêmes que Golan Tark avait posées lorsqu'il était le premier des Triniciens. Les énormes papillons étaient à deux pas, le ventre chargé de mort volante. Un nouveau sort se dessina dans son esprit.

« Pas de temps à perdre, Jackal ! »

Bren Jackal transpirait à grosses gouttes. Un sort. *Le dernier*, espéra-t-il. Il ferma les yeux et prononça les trois mots magiques.

Ils fusèrent de sa bouche en laissant derrière eux un sillage de sang. Terrassé par la douleur, Jackal s'effondra à genoux. Il y eut un bruit métallique, comme celui d'une lame glissant à grande vitesse sur une autre lame. Jackal releva la tête et essuya son menton sanguinolent. Les créatures avaient disparu. Les boyaux qui lui entravaient les jambes s'étaient dénoués mais se redresser lui demanda un effort plus grand que celui qu'exige une bataille. Marcher, encore quelques mètres. Achever la mission.

Il déboucha sous une voûte immense et mobile : de gigantesques membranes tendues entre des os vibraient sous l'action d'un formidable courant d'air chaud. Mais maintenant Jackal souffrait trop pour apprécier le spectacle. Devant lui, une gemme aussi grosse qu'un crâne humain tournait lentement sur elle-même, entre ciel et terre.

« Prends-la, tu ne risques plus rien. »

Jackal tendit la main et saisit la pierre aux innombrables facettes. Elle était lourde et froide. Il l'observa à la lueur verte qui baignait l'endroit. L'espace d'une fraction de seconde, il crut voir à l'intérieur des millions d'âmes. Elles lancèrent un cri à l'unisson et Jackal détourna les yeux, pris d'un vertige.

« Il faut redescendre, maintenant, Jackal. »

Le mercenaire obéit et rejoignit le conduit organique en titubant après avoir placé la Pierre d'Ombre dans le sac qu'il portait en bandoulière.

En finir, au plus vite…, se dit Jackal

Golan Tark avait omis de lui indiquer le sort qui lui aurait assuré une retraite sans danger. Une omission volontaire, la « petite idée plaisante » du Trinicien.

Épuisé, Jackal s'agrippa comme il put aux traverses osseuses. Déjà les maculas s'en prenaient à lui, plongeant leurs mandibules là où ils avaient mordu, se régalant de son sang.

Je ne vais pas y arriver…

Il ne vit pas le conduit s'étrécir au-dessus de lui. Il entendit juste un craquement, puis un autre : les os cédaient tels des bâtonnets au fur et à mesure que le boyau se contractait. Enfin il leva la tête, alors que des myriades de maculas disproportionnés emportaient des lambeaux de chair fraîche.

— Maître Tark ! cria-t-il. Maître Tark !

Cette fois il perçut nettement le bruit d'un éboulement. Le conduit fut violemment secoué. Jackal lâcha prise. Il ne tomba pas pour autant jusqu'en bas : un étranglement stoppa sa chute. En moins de trois secondes, la paroi organique se plaqua contre son visage. Il étouffa, se secouant pour se dégager. En vain. Ses oreilles bourdonnèrent et un voile gris descendit sur lui. Une dernière fois, il appela son commanditaire au secours. Il n'obtint aucune réponse. Quelque part au-dessus de Haut-Temple, Storn planait dans l'attente de son maître. Jackal partagea son regard un bref instant, passant de l'exiguïté mortelle à de larges espaces avant de s'évanouir. Le conduit asphyxia le voleur du Talaris trinicien. Il mourut en moins d'une minute.

* * *

Le jeune Litti avait quitté l'université deux heures plus tôt, bien décidé à retrouver son amie Iriane. Il était sans nouvelles depuis des jours et sa pensée l'obsédait tant qu'il ne mangeait plus, n'étudiait plus et se repliait sur lui-même. Son ami Aepius ne parvenait même plus à le distraire. Il avait décidé d'aller rencontrer le père d'Iriane, inspecteur des fraudes pour la Hanse. Un homme charmant.

Mais, s'il accueillit l'étudiant avec plaisir, le père n'eut pas la moindre bonne nouvelle à lui donner, bien au contraire. L'homme lui montra le billet que lui avait laissé sa fille unique.

Alors, elle est bel et bien partie.

Difficile de dire lequel des deux était le plus triste. Le père sortit un flacon d'alcool de poire et ils burent par dépit. Puis il fut l'heure de rentrer.

— Tu as eu la chance de ne pas te faire attraper en venant ici, dit l'homme. Je vais te signer un laissez-passer au cas où... Ça ne marchera pas forcément, mais la plupart des officiers de cohorte sont proches de la Hanse.

Il remit à l'adolescent un rouleau cacheté et ils se séparèrent. La tête de Litti lui tournait lorsqu'il arpenta les rues de Grève-Pieds. Les démangeaisons le long de ses avant-bras reprirent de plus belle. Il évita deux rondes mais tomba en plein sur la troisième.

Acculé contre un mur sous la menace de cinq hommes armés, Litti ne pouvait rien faire.

— Comment t'appelles-tu ? demanda l'officier.

— Litti Amdali. Je suis étudiant à Haut-Temple. Et vous ?

Étonnamment, le sergent ne releva pas l'insolence.

— Après tout, c'est pas un secret, dit l'homme en haussant les épaules. Sergent Ibrini.

— Ah ! Bien, sergent Ibi... Iribi, bafouilla Litti en essayant un pathétique salut militaire.

— Mmm... Tu n'es pas sans savoir qu'il y a un couvre-feu. Que fiches-tu dehors au milieu de la nuit ?

— Suis à la recherche de ma fiancée.

— Oui ?

— Et je... j'ai un laissez-passer.

Litti sortit le document que lui avait remis le père d'Iriane. Ibrini le décacheta et le lut à la lumière d'une torche tenue par l'un de ses hommes.

— Oh ! Je vois... Alors tu es un ami d'Iriane ?

— Pourquoi, vous la connaissez ?

Le sergent poussa un soupir ; il ne pouvait rien dire.

— Je connais bien son père. Allez, va maintenant, ordonna-t-il en lui remettant son laissez-passer. Et évite de boire autant, tu empestes l'alcool !

Litti titubait lorsqu'il arriva en vue de Haut-Temple. Il fut le témoin privilégié de la catastrophe qui ébranla la Cité Mère.

Il marqua une pause devant une entrée dérobée de l'université. Il l'avait laissée entrouverte quelques heures plus tôt, bloquant le battant à l'aide d'une cale de bois. Il n'y avait plus qu'à espérer que personne n'y ait touché. Soudain il entendit le sol gronder. Des cailloux tombèrent autour de lui. Il fit un pas en arrière. D'autres pierres chutaient et il dut reculer encore. Le grondement augmenta d'intensité. Une averse minérale s'abattait maintenant et Litti courut se mettre à l'abri, la tête dans les épaules, tournant de temps en temps son regard vers le sommet de l'édifice.

Deux des hautes flèches s'étaient écroulées. D'énormes nuages de poussière s'élevaient dans la nuit.

Litti s'arrêta enfin sous le kiosque d'un square pour contempler, horrifié, le spectacle. Une autre flèche s'effondra sur elle-même en un mouvement d'une étonnante lenteur, puis la tour principale, coiffée d'un dôme, s'écroula à son tour. Litti savait que ses fondations s'enfonçaient profondément dans la ville qu'était Haut-Temple, telle une énorme racine. Cellules et appartements, salles et réfectoires s'adossaient à cette cheville de pierre.

Un fracas terrible secoua la ville, rebondissant contre les murs des venelles, réveillant les habitants de la Cité Mère. Peu à peu l'effondrement gagnait l'ensemble du gigantesque édifice.

Litti sentit une vague d'effroi le submerger. Il y avait des femmes et des hommes là-haut, des milliers. Surpris dans leur sommeil. Quelqu'un avait-il eu le temps de fuir ? À cet instant même, les Triniciens – étudiants, clercs, prêtres, chantres et mages, mais aussi leurs gouvernantes et la population des celliers – étaient écrasés comme des fourmis sous le talon d'un géant.

Aepius !...

Haut-Temple se désagrégeait sous les yeux de l'adolescent et il n'y avait rien qu'il puisse faire.

Rien.

Fasciné et horrifié, il ne pouvait même plus bouger. Alertés par le grondement, les citoyens de Grève-Pieds sortaient dans la rue en poussant des cris ou en récitant des prières. D'autres fuyaient vers la Medding.

Aepius...

La partie supérieure de Haut-Temple n'était plus qu'un nuage de roche pulvérisée. La terre tremblait toujours. Avant que le nuage envahisse la ville et recouvre le square où il se trouvait, Litti vit une immense forme annelée se dérouler à la place de la tour et du dôme abattus. Une créature comme il n'en avait jamais vu.

Hosartan, le gardien légendaire de Haut-Temple. Vestige d'un dragon ancestral, veillant sur la Pierre d'Ombre.

Le ver ouvrit une gueule large comme une cathédrale et lança un hurlement poignant qui se répercuta de mur en mur jusqu'aux rives de la Medding. Ses membres s'étaient depuis longtemps transformés en racines de chair qui s'enfonçaient dans Haut-Temple telle une armature. Dans leur agitation soudaine, les racines arrachèrent des appartements, éventrèrent des salles. Puis son corps se déforma, enfla, se contracta. La tête explosa, répandant sur toute la cité et jusqu'aux rives du fleuve des matières organiques en une pluie chaude et répugnante, et la poussière née de la destruction atteignit le square où se tenait le jeune Trinicien.

Haut-Temple n'était plus.

Chapitre 11

La *Fleur de Nacre* fendait l'onde et remontait au nord-est. À bord de ce navire à deux mâts avaient embarqué Adrian, Julipen, Odasius, Palmiarn et Olst. Ils avaient pris la mer quatre jours plus tôt et le temps clément leur laissait l'occasion de déambuler sur le pont pour apprécier le paysage marin.

Depuis la réappropriation de son identité, Adrian tentait de recomposer des souvenirs toujours fragmentaires. Victime de fréquents moments d'absence, il peinait à s'intégrer à la vie du navire.

Je suis Adrian, l'empereur déchu.

Il voyait les flammes emporter ses hommes sur les plaines de Havoc. L'empereur n'avait jamais trouvé de réponse au mystère de ce massacre. Il avait perdu la raison dans l'effroyable odeur de chair brûlée qui avait ce jour-là envahi le champ de bataille et la suite de sa propre histoire n'était que bribes. Il avait erré jusqu'à la côte avant d'embarquer à destination d'une île lointaine, quelle qu'elle fût. Amaigri, sale, vêtu de haillons, les cheveux blanchis par le choc du carnage, le regard fou : personne n'avait fait le lien avec le brillant empereur qu'il avait été.

Je me souviens vaguement d'avoir embarqué. Et ma mémoire s'est effacée, au cours de la traversée. D'après Amira Kessar, il s'agirait d'un sort.

Un sort dont il ne restait plus que des vestiges, un sort assez efficace toutefois pour l'empêcher de reconstituer le puzzle des jours anciens.

* * *

Odasius le rejoignit un peu plus tard sur le pont. Le commerçant avait le mal de mer.

— Ça n'a pas l'air d'aller, mon ami, commença Adrian. Toujours cette histoire de créatures ?

— Tu te moques de moi, Kordac. Je t'ai connu moins sûr de toi… Et tu n'as pas l'air tout à fait dans ton assiette non plus.

— Mmm, sans doute.

— En tout cas, tu ne pourras pas nier que tout va de travers en Anakann depuis la chute de météorites.

Palmiarn et Julipen s'étaient chargés de lui raconter la traversée et Odasius avait ouvert des yeux ronds tant les mésaventures de la méharée semblaient délirantes.

— Je ne peux pas le nier. Mais ces monstres…

— Il y en avait des milliers, Kordac. Huit pattes, un long corps de criquet ou quelque chose dans ce genre. Et elles crissaient et elles brûlaient sur place, et il en venait sans arrêt ! Une horreur…

Le commerçant adoptait une mimique d'effroi dès qu'il évoquait cette invasion.

— Et de l'eau, mon ami, de l'eau ! Partout ! Elle est montée du sable et s'est répandue dans toute la madina. Franchement, reprit-il, tu penses que j'aurais tout quitté sans une bonne raison ?

— Et toutes tes femmes, et tous tes enfants… tu ne les as pas emmenés, c'est étonnant, non ? railla Adrian. Ou bien serais-tu si égoïste et si lâche que tu sois parti sans les attendre ?

— Oh, arrête de te ficher d'un pauvre immigré comme moi.

— Pauvre ? Bon sang, Odasius, tu avais tellement de bagages en venant qu'il a presque fallu louer une annexe pour les transporter…

Un des innombrables paniers du commerçant s'était même ouvert sur le ponton, répandant son contenu d'objets en or.

— Et qui a payé ta traversée ? rappela Odasius, l'index dressé.

— Écoute, si tu dois me le ressortir sans arrêt, autant que je te rembourse tout de suite…

— Ce n'est pas ce que j'ai voulu dire, borné de Consolatais. Ce que j'ai voulu dire, c'est qu'il faut bien penser à l'avenir.

L'avenir… Il avait eu une vision de dragons, une trame, et cette vision s'était réalisée. Maintenant qu'il se trouvait au beau milieu de l'océan, il se demandait quand se réaliserait la scène qu'il avait « vue » lors de sa randonnée, dans le désert.

* * *

Jocquinius chevauchait depuis plus d'une semaine. Ne s'arrêtant que pour changer de monture dans les relais et pour dormir par tranches de trois heures. Il avait emporté deux gourdes de fluxus et il en consommait juste assez pour limiter les douleurs liées à un long voyage à cheval. Il se dirigeait au sud-ouest, vers Port-Incaline.

Le mage mettait à profit les longues heures de chevauchée pour travailler ses matrices, affûtant la précision des images mentales qui accompagnaient la récitation d'un sort. Les combinaisons images et sorts étaient infinies. Toutes ne marchaient pas, loin s'en fallait, et d'autres étaient plus dangereuses pour le lanceur que pour l'objet ou la personne visés. Une erreur était vite arrivée. Et elle pouvait être fatale…

Haut-Temple n'apprenait pas à ses étudiants la maîtrise des matrices. Mais, si un mage l'estimait nécessaire, il avait la possibilité de former un novice aux qualités et aux dons évidents – ce qui n'arrivait pas souvent. Jocquinius avait formé un garçon, bien des années auparavant, mais ce n'était pas à

Haut-Temple, alors vidé de ses mages et transformé en résidence palatine de l'empereur. Jocquinius avait enseigné l'usage des pouvoirs triniciens à un certain Gauvan lors de son long exil loin de la capitale. Le garçon, orphelin, s'était avéré brillant. À la fois attentif et inventif, quoiqu'un peu susceptible : il s'emportait sans raison apparente et il fallait toute la patience du mage pour le ramener vers ses études. Alors il redevenait le plus sérieux des élèves.

Jocquinius et Gauvan avaient vécu ensemble durant trois années de formation. Puis le garçon avait disparu du jour au lendemain. Cela faisait quelques jours qu'il s'intéressait à une jeune fille, elle aussi une orpheline, qui vivait au milieu des bois. Elle avait disparu quelques jours avant Gauvan et Jocquinius avait lié les deux disparitions : ils étaient partis ensemble. Deux jeunes amoureux épris de liberté, tous deux orphelins.

Quel gâchis, s'était plaint le mage.

Il repensa à Gauvan en franchissant l'orée de la forêt où ils avaient vécu, à deux pas des forges de Hastrion. La ville forestière où se côtoyaient forgerons et bûcherons en une joyeuse communauté avait la réputation de fournir les meilleures épées de Consolata. Jocquinius avait dû la quitter également ; Adrian y avait implanté une caserne et après quelques années de répit, la chasse aux mages triniciens s'était intensifiée. L'empereur pourchassait les mages bien au-delà de la capitale.

Les parfums de la forêt de Brindillion agirent sur Jocquinius comme un enchantement qui le propulsa de nombreuses années en arrière. Brindillion… La magie s'y plaisait toujours et on pouvait y rencontrer de drôles de créatures ou les croiser sans même les remarquer. Rien à voir avec Corall-Medding, majestueuse mais sévère.

Dans les grandes cités, seuls la politique et l'argent pouvaient accomplir des miracles… dans le meilleur des cas.

Le cavalier suivit les cours d'eau qui s'entrecroisaient et se nouaient comme une tresse liquide, s'enfonçant sous les frondaisons, disparaissant sous des chaos rocheux, jaillissant avec une fougue nouvelle au sommet d'une cascade.

Le cheval longeait le courant en passant sur des pierres moussues. C'était une jument nerveuse et le mage avait hâte de la remplacer à Hastrion. Pour un peu, elle lui aurait gâché le plaisir de renouer avec l'atmosphère particulière des bois. Épuisé, Jocquinius voulut se servir une rasade de fluxus et il déboucha sa gourde. Mais, effrayée par un petit animal qui se faufilait entre les pierres, la jument fit un bond de côté.

— Eh ! dit le mage, tirant sur les rênes pour contenir le cheval.

Il avait lâché la gourde de fluxus ; elle tomba aux pieds de l'animal et répandit son contenu entre deux pierres.

Non ! se lamenta le mage. *Tu es vraiment un incapable !*

Il parlait de lui tout autant que de sa monture. Jocquinius mit pied à terre, récupéra la gourde pour en tirer les ultimes gouttes, comme un homme accablé de soif dans le désert. Il ne restait presque plus rien. Il remonta en selle, contrarié.

Eh bien, ça va être beaucoup plus pénible, désormais. Allez, en route.

Une heure plus tard, et à la grande surprise du mage, la route sylvestre se scindait en deux.

Pas le moindre souvenir de cet embranchement.

Il choisit de partir sur la gauche, car ce qui était maintenant une rivière semblait prendre cette direction.

Et s'il y a une chose dont a bien besoin un forgeron, c'est d'eau. Hastrion sera par là.

Après un moment, la route s'étrécit en une sente qui descendait sous une voûte de plus en plus épaisse. La lumière du jour peinait à filtrer et la nuit tomba très vite. Brindillion, l'antique forêt, résonna de mille bruits qui auraient inquiété le vieil homme s'il n'en avait identifié chacun des auteurs. Tout de même, il lança une matrice gardienne devant son bivouac ; elle l'avertirait si un animal de taille importante approchait et sa corolle incandescente dissuaderait quiconque de s'en prendre à Jocquinius pendant son court sommeil.

Le vieux mage s'éveilla peu avant l'aube. La matrice avait baissé d'intensité, comme un feu faiblit faute de bois pour l'entretenir. D'un mot, le mage l'éteignit comme on souffle la flamme d'une bougie. Il monta en selle, reprit sa route prudemment, à cause de la pénombre et d'un mauvais pressentiment.

Le jour se leva enfin. Un matin tiède, qui empestait le bois pourri et la moisissure. Il y eut un nouvel embranchement, puis un autre encore. Bientôt le courant ne fut plus qu'un lointain gargouillis, puis il n'entendit plus rien.

Ça ne va pas. Ce n'est pas normal.

Il ne reconnaissait pas ce chemin. Et encore moins son ambiance. Il aurait fallu s'enfoncer loin du sentier pour trouver cette atmosphère inquiétante. Pas sur la route qui menait aux forges… Les arbres eux-mêmes et les fougères qui poussaient à leur pied étaient menaçants. La température avait étrangement monté et l'air devenait étouffant. Des broussailles denses envahirent le sentier formant un mur végétal et Jocquinius ne put plus avancer.

— Demi-tour ! ordonna-t-il à sa monture, tirant sur une rêne. Mais une créature sortit soudain de sous les broussailles.

Couleur d'écorce, elle mesurait la moitié d'un adulte et se tenait voûtée. Son faciès ressemblait à celui d'une chauve-souris et implantées entre ses épaules, des tentacules fouettaient l'air dans son dos.

Un latoa ?

D'après ce qu'il savait, les latoas étaient aussi facétieux qu'imprévisibles. Le problème était qu'ils habitaient les insondables forêts tropicales du Yebbah : ils n'auraient jamais dû apparaître ici. Un Yebban lui avait parlé de ce peuple arboricole, seulement Jocquinius avait oublié l'essentiel de cette conversation. Il avait juste retenu qu'ils se déplaçaient en horde mais pas ce qu'il devait faire pour s'en débarrasser. Tout à coup, il en tomba une demi-douzaine des arbres.

Le mage leva la tête ; il en pendait six ou sept autres parmi les ramures, qui s'aidaient de leurs tentacules pour progresser de branche en branche.

— Toi, fais quoi ici ? demanda le premier latoa d'une petite voix nasillarde.

Il humait l'air sans cesse, et son reniflement remontait un peu plus son museau mafflu. Ses yeux, au coin desquels coulait une épaisse sécrétion, étaient deux billes noires.

— Je me rends à Hastrion. Et vous, que faites-vous ici ? Je croyais que les latoas ne montaient jamais si loin au nord d'Elamia.

Jocquinius avait toutes les peines du monde à maintenir sa monture en place.

— Notre forêt, brûlée. Tout, brûlé. Pierres du ciel…, dit le latoa en désignant la voûte verte de son index. Pierres du ciel.

Tark…, pensa spontanément le mage. *Les météorites. Après l'éveil de Gédaëlle et le détournement de la Medding. Dans quelle intention cette fois ?*

Puis le latoa plongea son index dans sa longue oreille en pointe et entreprit de la nettoyer.

— Moi, Niuk. Vous, perdu ?

— Je m'appelle Jocquinius et, oui, je suis perdu. Je ne reconnais pas le chemin, avoua-t-il. Vous allez sûrement pouvoir m'aider.

Le cheval se cabra lorsqu'un latoa sauta sur sa croupe. Jocquinius évita la chute in extremis. Les sabots frappèrent le sol devant ce Niuk sorti des broussailles ; surpris, ce dernier cracha comme un fauve, bras étendus autour de lui, griffes sorties.

Les latoas émirent un criaillement à l'unisson. Jocquinius parvint à faire pivoter son cheval et à l'engager vers le sommet du sentier. Mais des latoas tombèrent devant eux, agiles et rapides. Il y en avait une dizaine !

Bon sang, qu'est-ce que m'avait appris ce clerc yebban ?

Il n'avait plus le temps de chercher. Jocquinius appela une image mentale et se tint prêt à prononcer le sort qui déploierait une matrice d'attaque, seulement il aurait préféré descendre de sa monture pour ne pas risquer de brûler le cheval avec le feu matriciel.

Mais il prendrait la fuite. Et s'il s'enfuit, je suis perdu.

En effet, ses bagages y étaient attachés. Alors il devait rester en selle. Les latoas crachèrent de plus belle. Le cheval piétinait en rond sur la sente, secouant la tête, hennissant. Jocquinius le contrôlait à peine, maintenant. La jument rua et frappa de plein fouet deux latoas. La cage thoracique enfoncée, ils s'effondrèrent au pied des arbres, hors d'état de nuire. Il en restait dix fois plus.

Une créature se laissa tomber sur Jocquinius. En un réflexe de panique, le mage prononça un sort et une matrice s'épanouit, dangereusement proche. Il n'eut pas le temps de l'utiliser : il reçut un choc sur la tête et perdit connaissance.

* * *

Le vent s'était levé sur l'océan gris acier et la *Fleur de Nacre* tanguait et roulait, au grand désespoir de ses passagers. Julipen retrouva Adrian sur le pont. L'homme aux cheveux blancs s'agrippait au grand cabestan, comme indifférent aux éléments. La femme manqua de tomber deux fois avant de le rejoindre.

— Vous êtes perdu dans vos pensées, commença-t-elle. (Ils ne se regardaient pas, les yeux tournés vers l'horizon mouvant.) Des pensées inquiètes, on dirait. Vous n'êtes plus si pressé d'arriver ?

— Je ne sais pas encore si je dois me réjouir, dit Adrian avec effort.

— L'inconnu vous fait peur ? Première nouvelle, mon ami ! Je vous ai connu plus courageux…

— Avec ces dragons, c'est ça ?

— Oui. Ça n'était pas rien.

Adrian attendit un peu avant de livrer un début d'explication.

— C'est de moi-même que j'ai peur, Julipen, dit-il enfin.

— Oui ? Mais vous ne m'avez jamais dit qui vous êtes. Depuis votre rencontre avec cette Amira Kessar, vous n'êtes plus le même…

— Vous ne croyez pas si bien dire.

— Pourquoi vous entêtez-vous à nier la vérité ?

Cette fois, Adrian se tourna vers elle. Des mèches de cheveux bruns s'échappaient de son chignon. Luttant contre la fraîcheur, elle avait remonté un bras sur sa poitrine pour serrer un châle safran. L'autre main s'agrippait à un cordage.

Est-ce qu'elle sait ? Olst m'a juré de ne rien dire.

— Je ne nie pas la vérité.

— Mais si, voyons. Vous continuez à vous faire appeler par ce nom ridicule, Kordac.

— C'est le nom que je me suis choisi.

— Oui, quand vous n'étiez personne. Mais à voir votre comportement depuis votre visite chez Amira Kessar, vous avez retrouvé votre passé. Et votre identité… Ne me dites pas le contraire.

Adrian se tourna de nouveau vers la mer.

— Si je vous dis qui je suis, vous me prendrez pour un fou, croyez-moi.

— Un fou ? Et après ! Tout le monde sait que vous êtes fou ! Depuis que je vous connais, vous avez accompli assez d'exploits pour que je vous considère comme un type pas très sain d'esprit. D'ailleurs, c'est le sens du nom que vous vous êtes choisi, non ?

— « Kordac » veut tout aussi bien dire que je viens d'ailleurs.

— Des vallées atrianes, par exemple ?

— Julipen, commença Adrian en la regardant dans les yeux, qui êtes-vous exactement ?

Elle lui fit un grand sourire, à la fois énigmatique et malicieux.

— Si je vous le disais, vous me prendriez pour une folle, croyez-moi.

Il lui sourit à son tour.

— Bon, Kordac… Et si nous tombions les masques ?

L'homme se frotta le menton. Une courte barbe avait poussé depuis le départ. Une barbe grise, celle d'un homme pas encore vieux mais avec assez d'années derrière lui pour prendre la mesure du temps qui passe, des instants privilégiés à ne manquer sous aucun prétexte.

— Je crois que vous savez qui je suis, Julipen. Je n'ai aucune idée depuis quand, mais aujourd'hui, vous le savez. Et ce n'est pas Olst qui vous l'a dit, il m'a juré le secret.

Elle lâcha le cordage, tendit la main et s'accrocha au bras de l'homme. Elle lui dit enfin en consolatais :

— Oui, je sais qui vous êtes, Adrian.

Il poussa un long soupir. À son grand étonnement, un fardeau venait de quitter ses épaules.

— Dites-moi si vous le savez depuis longtemps, Julipen.

— Les prêtresses laménides vous suivent depuis toujours, cher empereur.

— Les prêtresses laménides ? Ce nom me dit quelque chose... (Il sonda sa mémoire.) Oui... bien sûr... Les mystérieuses prêtresses. Mais pourquoi ?

Elle lâcha son bras.

— Très vite, les prêtresses ont retrouvé votre trace ; elles vous ont suivi sur la côte depuis Havoc, puis l'une d'elles a fait la traversée. Le navire a été arraisonné par des pirates mais ça n'a pas été très compliqué de vous retrouver car, s'ils ne tuent pas leurs prisonniers, les pirates leur proposent soit de se joindre à eux, soit d'être vendus comme esclaves.

— La prêtresse qui m'accompagnait ?

— Elle s'est bien défendue. Mais, avant de succomber, elle nous a expliqué ce qui se passait. Oui, ne faites pas cette tête-là : nous avons le pouvoir de communiquer entre nous, à travers les distances. Une autre prêtresse a donc assisté à votre... vente.

— Esclave, donc... Je n'en ai pas le moindre souvenir.

— Ça n'a pas duré longtemps. Vous étiez un peu rétif, si vous voyez ce que je veux dire.

— Un problème avec l'autorité ? fit-il avec un maigre sourire.

— J'imagine que les empereurs font de mauvais esclaves... Ensuite, il s'est passé quelque chose d'assez grave pour que vous soyez affranchi et livré aux autorités. On vous a alors enfermé à Arachnéon. Vous y êtes resté une vingtaine d'années. Et quand les météorites sont tombées sur la prison, nous sommes parties à votre recherche. Ce cher Odasius nous y a aidées malgré lui.

— Ça ne répond pas à ma question : pourquoi m'avoir suivi ?

— Mais, on ne laisse pas les empereurs prendre la fuite comme ça, cher Adrian ! dit-elle avec un air faussement naïf.

— Ma disparition a pourtant dû en réjouir plus d'un...

— Ne faites pas l'enfant. Aussi incroyable que ça vous paraisse, vous étiez le maître de tout un monde et c'est une sacrée responsabilité. On ne l'abandonne pas comme ça, sur le dos d'un cheval.

Adrian poussa un long soupir avant de répliquer.

— Voilà ce qui me fait peur. C'est un peu comme si… c'était l'histoire d'un autre homme, celle d'un père que j'aurais mal connu. Un héritage à assumer… Je ne suis pas certain d'aimer celui que j'ai été. Un guerrier sanguinaire. Un seigneur avide de conquêtes…

— Vous êtes bien dur avec vous-même !

— Depuis que j'ai rencontré Amira Kessar, j'ai des souvenirs effrayants, Julipen. Ce sont des bribes, des bouts épars mais ils me font honte…

— Des conquêtes, d'accord, mais vous avez éloigné la guerre du centre de Consolata. Vous avez apporté la stabilité et bien des innovations essentielles.

Adrian songea au système d'assurance qu'il avait évoqué dans le bureau du fonctionnaire au caravansérail. Il ne se souvenait pourtant pas l'avoir mis en place.

— Je retourne sur des terres où je me suis sûrement fait des ennemis. Olst m'a expliqué ce qu'est devenu l'empire : je ne suis pas sûr d'y avoir ma place. Mais qu'attendez-vous de moi, que je me rende pour un procès ?

— C'est une idée… Ne faites pas cette tête-là, je plaisantais.

— Vous disiez qu'il s'est passé une chose assez grave pour que je sois affranchi. De quoi s'agit-il, Julipen ?

— Je n'en sais rien.

— Alors il y a des choses de ma vie que vous ne savez pas ? J'ai du mal à le croire.

— Tant pis, Adrian. Aujourd'hui le plus important n'est pas ce que vous avez accompli pendant ces années-là, mais ce que vous avez à faire maintenant.

— Et d'après vous, qu'ai-je à faire ? Autant vous le dire tout de suite, je ne veux qu'une chose, c'est retrouver la femme que j'ai aimée.

— Dans le désert, l'œil-de-Raark…

— Eh bien ?

Elle sait aussi ça ?

— Vous en êtes revenu intact. C'est une chose assez rare.

— Je ne suis pas un spécialiste des démons d'Anakann…, joua-t-il.

— Moi si. Je pense que le démon en personne s'est adressé à vous. Et qu'il vous a demandé de réaliser… mettons… un exploit qui vous fait peur.

— Julipen, vous êtes une femme étonnante.

— J'en ai autant à votre service, cher ami.

— Oui, Raark m'a parlé. Il m'a dit qu'une puissance terrible menaçait Elamia. Et que j'étais le seul à pouvoir m'y opposer.

— Il a peut-être raison.

— Je ne veux pas de ce rôle.

— Bien sûr que non. Mais vous voulez retrouver l'impératrice.

— D'après Raark, elle est prisonnière de cette puissance.

— Je peux vous conduire auprès d'elle. Mais il faudra me promettre d'accepter vos responsabilités.

* * *

Lorsque Jocquinius s'éveilla, il eut la mauvaise surprise de constater qu'il était enfermé dans une cage en bois. Elle était suspendue cinq mètres au-dessus du sol. Aucun signe de son cheval.

Le Talaris ! J'aurais dû le garder sur moi. Il faut que je le retrouve.

Mais il devait avant tout sortir de là. Recroquevillé sur le flanc, il se redressa ; il ne pouvait tenir qu'assis. Sa tête résonnait douloureusement et il se massa l'arrière du crâne. Que voulaient-ils obtenir d'un vieil homme comme lui ?

Oui, bien sûr ! Les latoas aiment qu'on leur offre un présent. Un objet… auquel tient leur prisonnier. Enfin, je crois.

« Après ça, lui avait confié le clerc yebban, ils peuvent très bien se montrer les plus charmants des hôtes et vous aider à traverser leur jungle. »

Il faisait encore plus chaud là que sur le chemin, une chaleur moite, anormale en ces contrées. Jocquinius vit une seconde cage à trois mètres de la sienne. À l'intérieur, un jeune homme aux poings liés était bâillonné. Malgré le foulard qui masquait le bas de son visage, Jocquinius le reconnut aussitôt.

— Haldric !

Le moinillon lui adressa un signe de la tête, l'ayant à l'évidence reconnu.

Tous les arbres étaient occupés par des latoas. Il y en avait des dizaines, accrochés aux branches, assis sur des plates-formes, adossés aux cabanes aériennes du village arboricole. Niuk apparut au sommet de la cage du garçon.

— Lui prisonnier, dit-il.

Il y eut un choc, la cage du mage se mit à osciller. Jocquinius leva la tête et vit un autre latoa, plus petit que Niuk. Six mamelles pendaient de son ventre plus clair.

— Moi, Paya. Lui, prisonnier.

— C'est bon, j'ai compris. Lui prisonnier, moi prisonnier. Dites-moi plutôt pourquoi je me retrouve entre ces barreaux. Je ne vous ai rien fait que je sache !

Niuk grimpa au-dessus de la cage de Haldric et à l'aide de ses longs bras et de ses tentacules se déplaça jusqu'à Jocquinius. Il s'agrippa aux barreaux et la cage oscilla dangereusement.

— Vous, rien fait ? Cheval blesser Mio et Yuni. Vous lancer magie. Vous rien fait ?

Jocquinius poussa un soupir. C'est vrai, on pouvait présenter la minute de panique ainsi. Il n'arrivait cependant pas à croire que son voyage s'arrêterait ici, au milieu de Brindillion. Il devait retrouver son fils sans tarder pour lui remettre le Talaris. Selon Halaïa, ce Kordac l'aiderait à éloigner la menace que représentait Tark.

— Je vous présente mes excuses, tenta-t-il. Tout ça n'est que malchance.

Niuk rejoignit très vite Paya. Dans sa précipitation la cage bascula et le mage tomba en arrière.

— Eh ! fit-il.

Des latoas criaillèrent un peu partout pour commenter la réaction de leur prisonnier. Un individu sauta à nouveau sur la cage de Haldric, puis un autre encore, si bien que la cage fut couverte de latoas, grands et petits : on ne voyait plus Haldric. Puis un tentacule toucha la joue de Jocquinius, pour attirer son attention.

— Vous, donner quelque chose.

— Donner quelque chose ? Mais vous avez pris mon cheval, mettons que vous vous êtes servis…

Paya secoua la tête et découvrit ses dents, fines comme des aiguilles.

— Paya pas voleuse. Niuk pas voleur. Latoas pas voleurs. Vous, donner quelque chose.

Pas étonnant que Haldric soit toujours prisonnier : il ne devait rien avoir à offrir, le pauvre. Quelle qu'en soit la raison, c'était une mauvaise idée de traverser Brindillion seul…

Il se tourna vers l'autre cage. Il n'y avait plus qu'un latoa à son sommet. Et Haldric n'était plus à l'intérieur.

— Bon sang ! Qu'avez-vous fait de lui ? s'emporta aussitôt Jocquinius.

— Vous, magicien. Nous, prudents.

— Oh non…, se lamenta le mage, la tête entre les mains.

Ils devaient craindre ses pouvoirs et ils avaient pris leurs précautions. Jocquinius ne pouvait les attaquer avec une matrice sans risquer la vie du moinillon.

— Vous, donner quelque chose.

— Bon, bon, bon. Laissez-moi réfléchir.

— Vous, deux chances…

— Deux chances, oui, j'ai bien compris, mais laissez-moi réfléchir…

Les dizaines de latoas suspendus aux branches babillaient en une langue que ne comprenait pas Jocquinius. Il tritura sa barbe.

Trouver une idée… Et éviter qu'ils s'intéressent au Talaris. J'ai tant besoin de sa magie pour… La magie ! Voilà ce dont m'avait parlé le clerc yebban ! Les latoas se passionnent pour la magie ! Tout ce qui s'y rapporte…

— Une gourde ! lança-t-il soudain. J'ai une magnifique gourde, cousue dans la peau d'une bête merveilleuse, la peau d'une… d'une licorne. C'est l'animal le plus magique qu'ait porté Elamia, dit-il comme un mauvais bonimenteur.

Un silence. Paya secoua la tête, visiblement déçue. Niuk tendit le bras au-dessus de la cage. Il tenait serré dans sa main l'étui du Talaris.

— Vous, donner quelque chose. Une chance.

Non…

Un concert de criaillements satisfaits agita les frondaisons.

Pas le Talaris… Ça ne peut pas se terminer comme ça. Ce serait trop… idiot. Il sentit le désespoir l'étreindre de nouveau.

— Je croyais que vous n'étiez pas des voleurs ? fit Jocquinius. Mais vous avez fouillé dans mes affaires !

Les cris cessèrent. Niuk montra les crocs et secoua la tête.

— Nous, pas voleurs. Vous, donner quelque chose. (Il agita le Talaris.) Une chance.

Ils ne le prendront que si je le leur donne. Mais ils me harcèleront jusqu'à ce que je cède !

— Vous, magicien. Donner magie.

— Donner de la magie ? Mais... c'est...

— Donner sort..., ordonna Paya.

— Mais enfin, ça ne vous servirait à rien ! Il ne s'agit pas simplement de prononcer quelques mots ! affirma-t-il comme s'il s'était adressé à des enfants.

— Une chance. Bientôt plus chance.

— Attendez ! Je... d'accord. Je peux vous apprendre un sort...

Le silence s'installa parmi les grappes de latoas.

C'est idiot. Sans images mentales, ils n'en feront rien. Ils seront déçus et j'aurai perdu ma dernière chance. Je vais perdre le Talaris sans parvenir à libérer Haldric.

Il choisit de leur livrer un sortilège inoffensif. Entre de « bonnes mains », ce sort devait lancer une matrice capable de révéler les empreintes d'un animal sur quelques dizaines de mètres. Le mage épela la cinquantaine de mots sans effort de prononciation.

Jamais ils n'arriveront à le prononcer correctement et à la vitesse requise. Et sans la bonne image mentale, ça ne sera qu'une phrase parmi d'autres. Il n'y a plus qu'à espérer que ma franchise nous sauvera.

Mais, à sa grande surprise, Paya reprit le sort et le souffla à la bonne vitesse. Une bulle irisée se matérialisa entre ciel et terre, attendant d'être dirigée par le lanceur du sort.

— Incroyable..., dit Jocquinius à mi-voix. Des criaillements de joie explosèrent et c'est tout le sommet de la forêt qui parut prendre vie.

Le Yebban ne s'était pas trompé : les latoas sont férus de magie et ils sont sacrément doués.

Moins d'une minute plus tard, la cage de Jocquinius touchait le sol et il put s'en extirper. Niuk lui rendit le Talaris, à son grand soulagement, puis il s'éloigna, prenant appui sur ses longs bras, avant de s'accrocher aux troncs à l'aide des tentacules de son dos.

Jocquinius retrouva le jeune Haldric tandis que les latoas jouaient à lancer des matrices.

— Je suis content de te revoir.

L'adolescent semblait en bonne forme ; un duvet avait poussé sur son menton et sous son nez et ses cheveux étaient en bataille mais sa détention ne l'avait pas visiblement affecté.

— Je suis désolé, maître, mais ils m'ont obligé à jouer la comédie.

— Pardon ?

Haldric regarda ses pieds.

— Je... eh bien, ils m'ont mis dans cette cage pour vous faire parler. Mais avant ça, j'étais leur invité. Juste leur invité. Ils ne sont pas méchants, vous savez ?

— Mmm..., grommela le vieil homme, en serrant le Talaris à l'abri dans son étui.

— C'est pour ça qu'ils m'ont bâillonné ; ils avaient quand même peur que je vende la mèche.

— Ils n'avaient rien exigé de toi ?

— Si, bien sûr. Je leur ai raconté ce que j'ai… vécu à Scopolia. L'attaque de la bête… C'était de la sorcellerie, après tout… Ça leur a suffi. Et ils ont dû voir que je ne suis pas un mage. Je ne pouvais pas leur donner ce que je n'avais pas…

— Sans aucun doute… Mais il faudra que tu me racontes comment tu es arrivé là.

— Bien sûr, maître.

Jocquinius posa sa main sur l'épaule du moinillon. Commencée sous de mauvais auspices, cette journée recélait une excellente surprise. Puis il regarda autour de lui.

— Heureusement que je ne leur ai pas confié un sort d'attaque, déclara le mage. Regarde ce qu'ils font de celui que je leur ai donné !

Des dizaines de latoas se lançaient sur la piste d'animaux que leur révélaient les petites matrices.

— J'espère qu'ils ne vont pas décimer Brindillion ! ajouta-t-il.

— Maître, je ne crois pas qu'ils s'en serviront très longtemps. Le jeu, ça les intéresse. Pas la guerre. Enfin, je crois.

— Mmm… eh bien, avant d'en être sûrs, je crois qu'il vaut mieux partir.

Mais Niuk et Paya se mirent en travers de leur chemin.

— Vous, aller où ?

Jocquinius haussa les épaules, paumes tournées vers le ciel.

— Je reprends ma route vers Hastrion !

— Nous, d'abord montrer quelque chose.

Jocquinius se tourna vers Haldric :

— Je crois que nous n'avons pas le choix…

Les deux latoas les guidèrent jusqu'au tronc creux d'un immense feuillu et s'y glissèrent. Les deux humains les suivirent, le dos courbé. Niuk souleva une trappe couverte de mousses et de larges feuilles. Une salle s'étendait au-dessous, qu'éclairait la phosphorescence de gros champignons. Ils y descendirent tous les quatre. La salle, humide et chaude, n'était pas plus haute qu'un homme mais elle s'étendait loin autour de l'arbre creux ; les puissantes racines traversaient l'espace. L'odeur d'humus, exacerbée par la touffeur, était si forte qu'elle en était presque écœurante. La lueur prêtait un aspect irréel aux silhouettes et aux ombres.

Paya s'approcha d'une sorte de grand coffre en bois, long comme un cercueil. Elle l'ouvrit et Niuk fit signe aux deux hommes de venir voir.

Jocquinius s'émerveilla et Haldric poussa un soupir de ravissement.

— Qu'est-ce que c'est ? demanda le garçon.

— Je n'ai jamais vu ça, dit Jocquinius. Je pense que c'est… ce sont des sortilèges.

À l'intérieur du coffre, des serpents de lumières multicolores s'enroulaient et se déroulaient, se frôlant, s'accouplant pour mieux se séparer, comme des courants lumineux. Jocquinius avait l'impression que les lumières s'enfonçaient bien plus loin que la simple profondeur du coffre, comme dans un double fond ouvrant sur l'infini. Haldric avança la main pour la plonger dans les écharpes polychromes ; Jocquinius saisit son poignet.

— Je pense qu'il ne vaut mieux pas, dit-il, laconique.

— Nous, magies, dit Niuk à son tour, comme pour justifier la mise en garde. Beaucoup magies. Partout.

— Extraordinaire, commenta le mage, sans parvenir à détacher le regard du spectacle mouvant.

— Beaucoup magies, répéta Paya. Maintenant, vous, nouvelle magie.

— Vous allez mettre le sort de Jocquinius là-dedans ? demanda Haldric.

— Magie dedans. Secret. Latoas besoin protection. Latoas remercier magicien. Ce soir, grande fête. Vous, avec nous ?

— Non, je regrette, ce n'est pas possible. J'ai déjà perdu assez de temps, sauf votre respect, Niuk, Paya.

Jocquinius quitta à contrecœur le coffre à magies et le refuge végétal.

— Je ne savais pas qu'on pouvait conserver des sorts ailleurs que sur un parchemin…, dit Haldric.

— Eh bien, vois-tu, moi non plus !

Un peu plus tard, Niuk et Paya rendirent au mage sa gourde de fluxus.

— Vous me l'aviez empruntée, n'est-ce pas ? Mais, hélas, elle est vide, vous savez…

Niuk secoua la gourde qui émit un « floc-floc ».

— Boisson magie.

— Vraiment ? s'étonna le mage, en regardant la gourde d'un air dubitatif. Bah, je veux bien vous croire. La magie n'a pas l'air d'avoir de secrets pour vous…

Paya renifla et montra ses crocs effilés.

Sans doute une marque de reconnaissance, s'amusa le mage. Il avait beau désormais les trouver sympathiques, leur faciès de chauve-souris leur donnait un air agressif.

— Acceptez mes excuses et mes regrets pour vos amis Yuni et Mio. Mon cheval a pris peur… Et, je dois dire, moi aussi…

— Nous, soigner Yuni, Mio, assura Paya.

— D'après ce que j'ai eu l'insigne honneur de voir dans ce… ce coffre, vous me semblez tout à fait équipés pour guérir n'importe quel mal !

Jocquinius enfourcha son cheval, étrangement rasséréné. Comme si les latoas l'avaient calmé par enchantement.

Ça ne m'étonnerait pas d'eux.

Haldric monta en croupe, équipé d'un sac où il avait fourré quelques effets personnels.

— Nous, montrer chemin Hastrion. Forêt dangereuse. Méchants esprits.

Une minute plus tard, le village des latoas avait disparu, fondu à l'épaisse végétation de Brindillion.

À mesure qu'ils s'éloignaient, la température s'abaissait. Jocquinius comprit que les latoas avaient modifié leur environnement en fonction de leurs besoins. Toutefois, la végétation parut au mage toujours aussi menaçante. Des troncs brisés, des lianes étouffant de fiers seigneurs des bois, des couleurs plus sombres que dans son souvenir… tout concourait à le mettre mal à l'aise. Et plus ils approchaient de Hastrion, pire c'était. Comme le mage scrutait nerveusement les alentours, Niuk lui expliqua :

— Mauvais esprits changer forêt.

La petite troupe menée par le latoa retrouva la route de Hastrion et la rivière. Le chemin n'était pas entretenu : des herbes folles le recouvraient, la broussaille des talus dégringolait jusqu'en son milieu. On n'était pas passé par là depuis des lustres.

Une heure plus tard, ils abordèrent enfin les premières habitations, assez éloignées du centre même de la cité forestière. Les toits étaient effondrés, des plantes grimpantes et épineuses s'infiltraient partout, descellant les pierres.

— Mauvaise magie, répéta Niuk qui flairait sans cesse l'air, museau levé.

— Niuk, rien ne vous oblige à nous accompagner, maintenant. Le centre de Hastrion n'est plus qu'à un quart d'heure d'ici et vous en avez assez fait pour nous.

Le latoa eut l'air soulagé. Haldric et Jocquinius le saluèrent et il disparut dans la végétation avec une discrétion telle qu'il aurait pu aussi bien n'avoir jamais été là.

— Eh bien, allons-y, lança le mage en frappant le flanc de sa jument.

Haldric serra la mâchoire.

J'aurais mieux fait de rester à Corall-Medding, se dit-il.

Mais il était trop tard pour revenir sur ses pas.

* * *

Depuis le nid-de-pie de la Fleur de Nacre, la vigie lança un appel. Le capitaine du navire rejoignit Adrian et Julipen.

— Que se passe-t-il ? demanda l'empereur.

— Nous allons passer la ligne d'Opale, répondit l'homme, un Consolatais aux jambes torses qui avait perdu une main, écrasée lors d'un typhon. Là-bas, regardez.

Il indiqua le nord-ouest de sa main valide. Un voile laiteux se matérialisa sur l'océan avant de disparaître.

Palmiarn les avait rejoints sur le pont, la mine blême à cause du mal de mer.

— C'est quoi ? demanda-t-il alors que le phénomène se manifestait de nouveau au-dessus de la houle ample.

— Une ancienne frontière magique, répondit Julipen. Je n'en sais pas plus…

— On a de la chance ; on ne la voit pas toujours aussi bien, précisa le capitaine.

— J'aime pas trop ça, *aloud*, dit l'adolescent en serrant le bras d'Adrian.

— Aucune raison d'avoir peur, dit le capitaine. C'est pas plus gênant qu'un peu de brume en plein océan. Et c'est bien plus joli, vous verrez !

Deux heures plus tard, la proue de la *Fleur de Nacre* n'était plus qu'à un mille du phénomène. Tout l'équipage avait rejoint les hommes de quart pour contempler le rideau qui ondoyait maintenant comme une gigantesque écharpe aux reflets irisés et s'étendait en travers de l'océan de part et d'autre de l'horizon.

Adrian sentit un frisson remonter depuis ses reins. Puis, il eut la nausée à son tour. Le mât de beaupré s'enfonça dans le rideau avec un léger crépitement et aussitôt des corolles lumineuses s'épanouirent sur le gaillard d'avant, courant le long des manœuvres, gagnant le pont à mesure que le vaisseau pénétrait sous le phénomène.

Adrian crut qu'il allait s'évanouir. Il tomba en avant. Il hoqueta, vomit de la bile. Un ballet chaotique d'images se mit à tournoyer devant ses yeux.

— Adrian ! dit Julipen qui s'agenouilla auprès de lui. Adrian, qu'est-ce qui se passe ?

La *Fleur de Nacre* baignait entièrement dans la ligne d'Opale. Le vent avait faibli mais la houle ballottait toujours le vaisseau. Les souvenirs jaillissaient sans entrave dans l'esprit d'Adrian, ils se bousculaient pour obtenir une place de choix, au risque de détruire le cerveau de leur hôte. L'empereur poussa un hurlement et tout l'équipage se tourna vers lui. Des boules multicolores explosaient silencieusement sur le navire, mais c'est le passager malade qui attirait désormais toute l'attention.

Adrian s'évanouit une première fois. Palmiarn se précipita à ses côtés. Son aloud était soudain si pâle qu'il aurait tout aussi bien pu être mort. L'homme reprit conscience en lui saisissant une cheville et inspira bruyamment, comme un noyé qui retrouve l'air. Il lâcha Palmiarn, se tourna sur le dos, alors qu'approchaient Odasius et Olst. Puis une nouvelle décharge d'images le secoua avec une violence destructrice. Le passé disputait âprement sa domination sur le présent. Adrian se tenait, désarmé, au milieu de cette bataille de sensations, encaissant coup après coup.

Dans ce maelström des noms s'inscrivirent : Halaïa, Golan Tark, Haspalnod et bien d'autres encore. Il se cambra comme si on l'avait poignardé dans le dos alors que s'imprimait sur sa rétine la mémoire d'événements tragiques, dont il était le centre. Il perdit de nouveau connaissance, comme il l'avait fait à maintes reprises depuis qu'il avait quitté Arachnéon – chaque fois qu'un incident crochetait dans la pénombre de ses souvenirs pour en rapporter un trésor mais, incapable d'assurer sa prise, revenait bredouille.

Quand Adrian recouvra ses esprits, le navire avait franchi la ligne d'Opale. On l'aida à se relever. Le vent, plus fort de l'autre côté de la frontière magique, lui fit du bien. Ses jambes tremblaient encore et il prit appui sur le grand cabestan, au milieu du pont.

— Ça va aller ? s'inquiéta le capitaine.

— Oui. Merci. Je crois que… je crois que c'est terminé.

— Bon, j'aime mieux ça. J'ai jamais vu une réaction pareille…, commenta-t-il avant de s'éloigner.

Odasius lui demanda à son tour :

— Dis donc, je croyais que c'était moi qui jouais les intéressants ? Tu te débrouilles pas mal, dans le genre. Tu nous as gâché le plaisir du spectacle.

— Désolé… Ça n'était vraiment pas dans mes intentions.

— Dis-moi, *aloud*, pourquoi Julipen t'a appelé Adrian ?

Préférant ne pas répondre, Adrian se tourna vers la femme.

— Vous avez une idée de ce qu'est réellement ce… cette ligne ?

— Non, je vous l'ai dit. (À voir sa mine inquiète, Adrian comprit qu'elle ne mentait pas.) Et vous, qu'avez-vous ressenti exactement ?

— Je crois que cette fois, le sort qui maintenait encore ma mémoire en laisse s'est définitivement rompu là-dessous.

Julipen hocha lentement la tête.

— *Aloud*, insista le garçon, tu n'as pas répondu à ma question.

— Il a raison, renchérit le marchand. Et si, toi, tu ne veux pas répondre, je vais sommer Julipen de le faire.

Olst hocha la tête pour inciter son maître à révéler son secret.

— Eh bien, allons-y, commença Adrian. Je suis un Aresmass, fils du peuple voyant. Poussé par mon père, Haspalnod, j'ai gravi les échelons de l'armée puis j'ai renversé le roi, étendu le royaume corallais à la taille d'un empire. Je suis l'empereur Adrian.

Odasius le regarda avec incrédulité, puis, très vite, son visage se transforma alors qu'il acceptait la nouvelle. Il sembla terrifié, comme si, craignant d'être pris en faute, il tâchait de se souvenir de tous les instants passés avec l'ancien pensionnaire de la prison. Olst confirma en quelques mots cette annonce sidérante. Seul Palmiarn ne se montra pas impressionné : l'idée d'avoir un empereur pour protecteur lui était un vrai bonheur.

— Et maintenant, reprit Adrian, j'ai besoin d'aller me reposer. Essayez de ne pas trop médire sur mon compte, ajouta-t-il en plaisantant.

Seul dans sa cabine, il fit un bilan des souvenirs recouvrés.

Je suis un voyant. Voilà comment j'ai réussi à gagner tant de batailles. Pourtant, je n'ai pas su m'arrêter à temps. Je n'ai pas vu la fin de mon armée. Ou est-ce que je me suis moi-même aveuglé ?

Il repensa aux visions qu'il avait eues depuis son départ d'Arachnéon ; elles étaient apparues d'elles-mêmes.

Autrefois, je les contrôlais... Autrefois, j'étais... Non! J'avais *quelque chose que je n'ai plus aujourd'hui... Le Talaris! L'artefact joue un rôle essentiel dans le développement de mon don.*

Alors Adrian pensa à sa mère, Halaïa, Aresmass au pouvoir puissant mais bridé par son époux. Le don de son fils l'avait toujours inquiétée. Et plus encore l'ambition de son mari, Haspalnod. Adrian avait le souvenir de disputes épiques entre ses parents.

Que sont-ils devenus?

Connaître son nom, son identité, son passé soulevait encore plus de questions.

Il comprenait au moins pourquoi il avait intéressé Otum Guilek puis son maître Raark.

Je ne suis pas un homme comme les autres.

Non seulement il appartenait au peuple des voyants mais il était le plus grand d'entre tous. Otum avait découvert cela.

Est-ce que ça me permettra de retrouver Onahra? Julipen prétend savoir où elle se trouve mais ne me dira rien avant que nous soyons arrivés. Avant que j'aie fait la preuve de ma bonne volonté. Onahra... Nous aussi, nous nous sommes souvent disputés.

Finalement, l'impératrice ressemblait tant à sa mère... Onahra avait fini par reprocher à Adrian son insatiable soif de conquêtes. Puis il l'avait à son tour accusée de ne pas lui donner d'héritier. Il s'était éloigné d'elle, comme s'il avait cédé à un philtre de désamour.

Lorsqu'il avait été défait devant Havoc, il ne l'avait pas vue depuis plusieurs années.

Et maintenant elle a besoin de moi...

Elle avait réussi à entrer en contact avec lui mais le lien était brisé depuis plusieurs jours. Onahra n'était pas une femme comme les autres. Elle n'était pas une Aresmass et ses pouvoirs avaient toujours été pour lui un mystère.

Je me souviens du contact étroit qu'elle avait avec la nature. Elle contrôlait les éléments avec une facilité enfantine.

Dessiner des arabesques liquides au-dessus d'une rivière, accélérer l'éclosion d'un bouton de rose, dissiper les brumes sur les berges d'un étang... Les animaux les plus farouches l'approchaient sans crainte et les plus féroces mangeaient dans sa main.

Pourtant jamais elle n'avait abusé de ses dons en sa présence et son rang de première dame de l'empire ne lui avait servi qu'à faire le bien autour d'elle. Aider les plus démunis, soulager les malades, mais aussi engager les ingénieurs aux projets les plus généreux... Onahra avait ainsi été à l'origine de la distribution de l'eau dans Corall-Medding et d'autres grandes cités impériales; elle avait exigé qu'une eau propre et saine soit disponible pour tous et pas seulement pour remplir les thermes d'une poignée d'aristocrates.

— Je ne vois pas l'intérêt d'un si grand pouvoir, lui avait-elle dit un jour avec son assurance désarmante mais dénuée de toute agressivité, s'il ne sert qu'à accumuler des terres.

Il lui avait montré une carte d'Elamia pour lui indiquer ses dernières conquêtes.

— J'ai réuni ces royaumes, ces comtés, ces principautés qui guerroyaient sans arrêt. J'ai gommé les frontières, Onahra!

Il était si fier… Mais l'impératrice ne s'en était pas laissé conter.

— Une carte n'est qu'un dessin, avait-elle dit, et les frontières les plus solides sont à l'intérieur de chacun de nous. Ces frontières-là, tes hordes de brutes ne les gommeront pas, cher amour.

Cher amour… Adrian pouvait bien être le plus ambitieux et le plus puissant de tous les maîtres de Consolata, il ne savait pas résister à ces deux mots prononcés par la plus belle femme de l'empire. Car sa beauté elle-même était un pouvoir. Plus d'une fois Adrian l'avait conviée à la table d'âpres négociations; les diplomates les plus inflexibles abandonnaient alors leur rigidité, quand ils ne perdaient pas purement et simplement tout sens critique.

Elle était la plus douce et la plus intelligente des alliés.

— Je n'aimerais pas t'avoir pour ennemi, lui avait-il confié.

— Je ne te le conseille pas, en effet, avait-elle répliqué d'un air amusé.

Il l'avait aimée comme un fou. Les nuits d'amour n'avaient jamais perdu de leur intensité. Malgré son apparente ingénuité, Onahra l'avait toujours comblé avec une imagination délicieuse. Et elle n'avait jamais accepté d'être oubliée!

— Je ne suis pas ta chose, l'empereur, c'est bien compris?

— C'est bien compris.

— L'amour se fait à deux et il se vit à deux.

— Compris.

Encore qu'il se demandait si elle n'aurait pas été pour un ou une troisième partenaire… En un sens, Onahra était pleine de surprises. Parmi les rares éléments intangibles: elle ne supportait pas de s'ennuyer. Au lit comme ailleurs.

Mais Adrian s'était laissé emporter par sa soif de posséder.

— Arrête ces conquêtes, Adrian, l'avait-elle supplié. Il y a déjà eu tant de morts…

— Elamia doit battre d'un même cœur, avait-il rétorqué. La paix est à ce prix.

Toujours plus, toujours plus loin.

Quelque chose l'y avait poussé, comme une force irrésistible qu'il ne contrôlait pas et il avait en quelque sorte abandonné son épouse. S'était éloigné d'elle, comme malgré lui. L'idée était intolérable! Il avait lui-même disparu pendant si longtemps, sans jamais donner de ses nouvelles à quiconque… Il avait fallu la ténacité féroce et l'incroyable loyauté de son aide de camp, Olst, pour le retrouver après toutes ces années d'exil.

Maintenant, Onahra avait besoin de lui. Elle le lui avait fait comprendre, franchissant tous les obstacles pour l'appeler. Même si le contact était rompu, il n'avait pas perdu espoir de l'étreindre et de l'embrasser, jusqu'à en perdre le souffle. Sa gorge se serra et il ne put retenir ses larmes. Il frappa du poing le bois d'une cloison.

Je remuerai ciel et terre pour te retrouver et te libérer, Onahra ! Et s'il le faut, je reprendrai le pouvoir en Consolata…

Il regarda l'horizon depuis une écoutille ouverte. Se souvint du temps où il disait au fils d'un de ses meilleurs officiers :

— Tu vois, Lonedin, aussi loin que porte ton regard, la terre m'appartient. Et si tu marches jusqu'à cet endroit, alors aussi loin que portera ton regard, la terre m'appartient encore. Cent fois tu pourras recommencer ce voyage et tu seras toujours à l'intérieur de mes terres.

Oui, il acceptait la responsabilité qui lui incombait. Celle-là même que lui avaient rappelée Raark puis Julipen.

— Je te libérerai, Onahra, et je libérerai le monde de sa menace, quelle qu'elle soit.

* * *

Jocquinius dut très vite se rendre à l'évidence : Hastrion, la cité de forgerons et de bûcherons, n'était plus qu'une ville fantôme. Implantée sur plusieurs vastes clairières que joignaient entre elles des sentiers taillés sous des voûtes végétales sombres comme des tunnels, elle flanqua la chair de poule au moinillon. Les deux voyageurs progressèrent le long de la rue principale sans croiser âme qui vive. La pénombre grandissante ajoutait à l'atmosphère morbide.

Ils mirent pied à terre alors que la nuit tombait. La cité s'adossait à un escarpement rocheux d'où les bâtisseurs avaient tiré la pierre des constructions. Le soleil avait disparu derrière l'escarpement et la fraîcheur saisit le garçon qui avait oublié son capuchon dans le village des latoas.

— Je suis désolé, Haldric. L'endroit est moins accueillant que je l'espérais.

— Vous vouliez changer votre monture, n'est-ce pas ?

— Et en prendre une pour toi. J'aurais dû me renseigner, mais je suis parti un peu… *vite*, vois-tu ?

Surtout, le mage regrettait de s'être principalement occupé de ses étudiants et des projets liés à la vie de la capitale, depuis qu'il avait intégré le Conseil. Sans s'en rendre compte, il s'était peu à peu désintéressé des Territoires, ces moignons d'empire.

Ces Territoires, je me demande à quoi je dois m'attendre quand on les aura quittés…

Car ce jour arriverait bientôt. Port-Incaline n'était pas gouverné par le Conseil.

Ils choisirent de s'installer dans une maison dont la charpente n'était pas en trop mauvais état. Ils mangèrent de la viande séchée car le mage préférait éviter d'allumer un feu.

— Avec la fumée, justifia-t-il, on se ferait repérer de loin. On ne sait jamais… De toute façon, je ne suis pas sûr qu'on trouverait du gibier dans les parages. Même les animaux ont l'air d'avoir fui les lieux.

Haldric hocha la tête. Il aurait préféré continuer le voyage plutôt que de rester là : il avait l'horrible impression d'être tombé dans la gueule d'un loup dont il n'avait pas encore vu le moindre poil. Mais Jocquinius estimait que le cheval, qui portait une double charge maintenant, avait besoin de repos. Le mage déploya une matrice sur le seuil, puis il dit :

— Eh bien ! Haldric, il est grand temps que tu me racontes comment tu t'es retrouvé en plein Brindillion !

Le garçon aurait préféré prendre des notes pour ses cartes, croquer un paysage, mais les ordres d'un mage ne toléraient aucun délai. Haldric commença son histoire au moment où il avait repris connaissance dans les appartements de Jocquinius. Il était alors seul. Il avait mangé quelques fruits, regardé par la fenêtre puis, rassuré de se trouver à Haut-Temple, avait décidé d'attendre le retour de son hôte.

— Je me suis endormi. J'étais toujours allongé, les yeux fermés, quand quelqu'un est entré. Deux personnes en fait, deux hommes. Ils parlaient à voix basse, comme s'ils n'avaient pas voulu me réveiller mais je les entendais parfaitement.

Haldric se souvenait du moindre mot de leur échange :

— Tu es sûr que c'est chez Jocquinius ? avait demandé l'un d'eux.

— Oui, avait répondu l'autre. Eh ! Ne touche à rien… Sa gouvernante est assez maligne pour voir que des mages sont entrés chez son maître.

— Ne t'inquiète pas, Lakia. Que vaudra la parole d'une gouvernante quand son maître sera mort ? Personne ne la croira.

— Chut ! et si le gosse n'était plus inconscient ?

Le visage de Jocquinius se transforma à mesure que le garçon lui rapportait les paroles de Lakia et du second intrus. « Quand le maître sera mort ». Pourtant, quand pour ramener Halaïa d'entre les morts, il était allé chercher Antonin, ce dernier lui avait affirmé : « Nous n'avions pas l'intention de te tuer ». Antonin avait bel et bien menti.

Haldric poursuivit son récit.

— Ils sont donc entrés dans la chambre. Du coup, j'ai fait comme si j'étais toujours inconscient. « Tu vois », a fait celui qui n'avait pas de nom, « il ne s'est toujours pas éveillé. On ne va quand même pas laisser un pauvre petit moine de rien du tout se mettre en travers de notre route. » Voilà ce qu'il a dit. Et puis l'autre a ajouté : « Occupons-nous de Jocquinius et après on tuera celui-ci. »

— J'imagine que tu as pris la fuite après avoir entendu ça…, dit Jocquinius.

Haldric hocha la tête :

— J'aurais dû essayer de vous avertir.

— Ne t'en fais pas, mon garçon, je comprends ta décision. Tu avais vécu l'horreur à Scopolia, mais on ne t'a guère proposé mieux à Haut-Temple !

Maintenant c'est à moi de te raconter une histoire. Une longue histoire. Et autant te prévenir, elle n'est pas plus réjouissante que la tienne.

* * *

Le lendemain matin, Jocquinius envoya Haldric chercher de l'eau. Le garçon quitta la place centrale et marcha vers la rivière en contrebas. Le récit que lui avait fait Jocquinius la veille était si terrifiant qu'il se demanda s'il n'avait pas rêvé.

Jocquinius connaissait le monstre qui avait massacré les colonnes uliques ; il se nommait Gédaëlle. Il avait été créé par Golan Tark, le plus grand d'entre les Triniciens, assassiné par l'empereur.

Quand les compagnons de Jocquinius avaient appris, grâce au témoignage de Haldric, l'éveil de la bête, ils avaient voulu la contrôler. Jocquinius s'était opposé à ce projet dément et son refus avait failli lui coûter la vie, tout comme elle avait failli coûter la vie au seul témoin rescapé du massacre, Haldric en personne.

Ensuite, une vieille Aresmass était venue expliquer à Jocquinius que Golan Tark convoitait les trois Talaris, ces artefacts puissants offerts aux humains par les dieux eux-mêmes, des millénaires auparavant. Tark avait l'intention de revenir d'entre les morts pour conquérir Elamia et l'asservir. L'Aresmass avait confié à Jocquinius l'un des trois Talaris ; le vieux mage devait à son tour le donner à un certain Kordac qui saurait quoi en faire.

Selon toute vraisemblance, Golan Tark possédait déjà deux Talaris. Gédaëlle avait attaqué Haut-Temple la nuit même du départ de Jocquinius et avait dû s'emparer de la Pierre d'Ombre.

Si je n'avais pas assisté à la mort de tous mes frères, songea Haldric ce matin-là, *j'aurais pris Jocquinius pour un fou. Mais j'ai vu Gédaëlle. Je l'ai vue morte et je l'ai vue renaître.*

Et dire qu'il avait participé à la mission qui l'avait exhumée ! Un fardeau terrible à porter pour un garçon de son âge.

Si Gédaëlle s'est vraiment emparée de la Pierre d'Ombre, le moins que je puisse faire c'est d'offrir ma vie à Jocquinius.

Haldric descendit la rue principale, trouva deux seaux devant l'atelier d'un forgeron. Il ne vit pas dans l'ombre de la forge les squelettes de deux adultes. Il se pencha au-dessus de la berge, se passa de l'eau sur la figure. Elle lui picota le visage.

— Tiens, dit-il à haute voix, plutôt bizarre comme impression…

Le cheval avait hésité à en boire la veille au soir mais n'avait pas été malade. Quant à Jocquinius et au garçon, ils avaient terminé leurs gourdes.

Sur l'autre rive, un atelier s'était effondré dans le courant.

— Qu'est-ce qui a bien pu se passer ici ? Les maisons n'ont pas pu s'écrouler comme ça…

Il se posait encore la question lorsque le reflet d'une jeune femme se dessina à la surface de l'eau. Il sursauta, manqua de tomber dans le courant et renversa le seau déjà rempli.

Un rire cristallin commenta sa maladresse. Haldric se redressa. La jeune femme se tenait la main devant sa bouche.

— Je ne voulais pas me moquer de toi, dit-elle ensuite d'une voix douce.

Son teint était d'une grande blancheur et des cheveux d'un roux chatoyant encadraient son petit visage aux yeux verts. Elle portait une robe simple mais bien coupée. Le garçon la trouva aussitôt ravissante et, intimidé, il rougit.

— Qu'est-ce que vous faites ici ? lui demanda-t-il, avec une agressivité qui masquait à la fois sa surprise et son trouble.

— Oh, eh bien, je pourrais te poser la même question.

Elle souriait et son sourire était une invitation à la joie.

— Je suis venu avec un ami, répondit le moinillon. Enfin, un vieux monsieur. Je m'appelle Haldric. Et vous ?

— Ondeline.

Elle plissa son nez fin pour dire :

— Je n'aime pas mon prénom.

— Moi, je le trouve très chouette. Vous l'avez dit à vos parents ? Après tout, ce sont eux qui choisissent à notre place…

— Mes parents… (Son regard se voila.) Je n'en ai plus depuis très longtemps, tu sais. Je suis orpheline.

Puis elle prit la main du garçon et son visage s'éclaira de nouveau. Haldric sentit un flot de bonheur simple le submerger. Jamais une fille aussi belle n'avait serré sa main ou s'était même intéressée à lui. Jamais il n'avait vibré d'un tel bonheur. Quelque chose tiqua dans un coin de son esprit mais il n'arriva pas à y prêter attention et la lumière de sa joie nouvelle brûla cette petite tache sombre.

Chapitre 12

Iriane était entourée de six femmes.

Elle s'était réveillée une heure plus tôt dans une chambre suffisamment décorée pour comprendre qu'il ne s'agissait pas d'une geôle. D'étroites fenêtres perçaient les murs de pierre blanche et le soleil pénétrait dans la pièce en larges rais blonds. Des tapis dont les motifs variaient suivant l'orientation du regard, une tablette de marbre garnie d'un bouquet, une tenture figurant des licornes qu'apprivoisaient des femmes : l'endroit était d'une discrète élégance.

Le lit où elle s'était réveillée était cent fois plus confortable que les couches de Maison-Noire. Il n'aurait plus manqué qu'une bonne odeur de pain chaud pour que la pièce soit l'archétype de « l'abri sûr » cher à Iriane. Non, ça ne ressemblait pas à une prison : la porte de bois blanc aux belles ferronneries était entrouverte. Pourtant, Iriane n'aurait pu aller bien loin : la jeune fille était nue.

Elle fouilla la pièce à la recherche de ses vêtements. Ils n'étaient nulle part. Embarrassée, elle s'assit sur le lit, s'enroula dans le drap et repensa aux derniers événements. Son arrivée au camp au-dessus de la Medding. Sa rencontre avec l'officier aux propos ambigus. Puis l'attaque au beau milieu de la nuit. Les ragnes ! Des milliers, s'embrasant comme des torches dès qu'elles étaient menacées. Mettant le feu à la ville de toile. La cité au bord du fleuve, où étaient retranchés les soldats ennemis, avait subi le même sort. Iriane avait fui avant de tomber sur une petite troupe d'hommes en armes, au milieu d'un bosquet.

Je m'en sortais parfaitement jusqu'à ce que cette femme apparaisse.

Une femme dont elle n'avait entendu que la voix et deviné la silhouette. Un bref éclat de lumière avait aveuglé la jeune stagiaire de Maison-Noire qui avait reçu un coup sur la nuque avant de s'effondrer.

Atisha. Oui, le type l'a appelée comme ça.

À peine commencée, sa mission – entrer dans Estebellia et glaner des informations sur l'implication des prêtresses laménides dans le conflit – était tombée à l'eau. Elle pensa à la déception de son père, à celle de Paq. Quant à ses supérieurs, elle n'oserait jamais leur raconter sa déconfiture.

Si seulement ça n'avait pas été des ragnes…

Elle se leva, regarda par l'une des croisées ; elle dominait de dix mètres un jardin intérieur ceint d'une galerie ; les colonnes arboraient d'élégants motifs floraux. Au-delà, des toits de tuiles rouges et des tourelles blanches bloquaient la vue. Une harmonie à la fois simple et raffinée naissait des proportions, des formes, des couleurs et des matériaux.

Je suis à Estebellia.

En effet, l'excellente réputation des architectes et des artistes estebelliens était légendaire ; mais, s'ils avaient laissé leurs traces un peu partout à l'ouest de Consolata, nulle part ailleurs qu'à Estebellia leur réussite n'était si flamboyante. Iriane ne vit personne, n'entendit aucune conversation. Elle retourna vers le lit.

Au bout d'un moment, elle laissa tomber le drap dont elle s'était enveloppée et observa son corps nu. Il embaumait l'amande douce !

Quelqu'un a dû en profiter pour me laver et m'oindre.

L'idée était déplaisante : elle soulignait son impuissance, Iriane prenant conscience qu'elle avait été à la merci de ses ravisseurs. Elle continua son inspection ; des bleus marquaient ses avant-bras, ses jambes. Les muscles de ses cuisses fuselées à force d'exercices avec ses compagnons d'entraînement étaient endoloris par la course interminable dans la nuit. La jeune femme constata que les plaies de ses mains avaient été nettoyées.

C'était curieux de rester sans le moindre vêtement : elle avait fréquenté trop d'hommes à Maison-Noire ces derniers temps pour passer plus d'une minute nue sans remarquer les changements qui s'étaient opérés en elle. Si elle n'avait enduré ces saignements réguliers qui lui broyaient le ventre, Iriane aurait pu oublier qu'elle était devenue femme. Et les baisers de Litti s'étaient faits trop rares pour le lui rappeler.

Iriane n'entendit pas ses hôtesses arriver. La porte s'ouvrit sans grincer et très vite elles furent là, gracieuses mais sans excès. Iriane s'enroula dans le drap et, assise sur le lit, se recroquevilla, dos au mur.

— Vous n'avez pas le droit de me retenir prisonnière ! dit-elle aussitôt, oubliant toutes les leçons apprises pendant son entraînement.

Celle qui l'avait attaquée dans le bosquet était, avec ses cheveux blancs, la plus âgée ; elle prit la parole :

— Une prison ? (Elle embrassa la chambre du regard.) Moi, je ne vois qu'une chambre. Mais si vous parlez de votre corps, alors je ne peux rien faire pour vous libérer.

Iriane serra les mâchoires. Cette « Atisha » avait raison : sa nudité l'avait empêchée de quitter la pièce. Pire, elle la mettait mal à l'aise au point qu'elle n'avait même pas essayé de se jeter sur une de ces femmes pour la prendre en otage. Elle observa les six femmes, silencieuses mais aux visages d'une douceur amène. Leur regard trahissait leur intelligence et, vêtues de robes qui mettaient en valeur leurs formes sans ostentation, elles ne purent cacher bien longtemps leur identité à la jeune femme.

— Des prêtresses laménides, c'est ça… ? Je suis à Estebellia au beau milieu d'une demi-douzaine de prêtresses.

— Oui, vous êtes à Estebellia et oui, nous sommes des Laménides, lui dit une femme plus jeune, aux cheveux noirs serrés par un ruban de soie rouge.

Et maintenant vous faites quoi ? Vous sautez par la fenêtre, vous nous donnez des coups de pied comme à ces pauvres soldats ?

Son sourire n'appelait pas la moindre réplique acide et Iriane s'en tint là. Elles lui donnèrent des vêtements propres – mais pas les siens : une robe de coton grège, un court gilet de tulle. Puis elles lui proposèrent de partager leur repas.

Dix minutes plus tard, Iriane déjeunait dans le jardin, sur un banc. Seules trois femmes étaient restées ; l'une d'elles était assise sur l'herbe.

Ma mission n'est pas perdue, se réjouit secrètement la pensionnaire de Maison-Noire.

Iriane abandonna son agressivité. Elle resta sur ses gardes, toutefois elle comprit rapidement que ces femmes ne lui feraient aucun mal : ni tortures, ni privations.

— Alors, comment nous trouvez-vous ? demanda Beryll.

Elle avait des cheveux bouclés d'un blond roux. Ses yeux verts étaient pailletés d'or et surmontaient des pommettes hautes et dessinées.

— Comment je vous trouve ? reprit Iriane qui tenait une olive à l'origan entre ses doigts. Je vais être honnête, on parle beaucoup de vous, à Corall-Medding. Et les gens imaginent des prostituées. Vous êtes en fait plutôt… normales.

— Oui ? s'étonna Beryll.

— Non. C'est-à-dire…

Iriane changea de position, mangea son olive et dit :

— Vous êtes séduisantes.

— Merci, dit la doyenne. Nous avons l'habitude d'entendre ce compliment de la bouche des hommes mais venant d'une jeune femme, d'une authentique guerrière qui plus est, ça nous fait vraiment plaisir.

— Une authentique guerrière ? J'ai mis une raclée à vos hommes, mais vous n'avez eu aucun mal à me neutraliser.

— Eh, les atishas ont quelques tours dans leur sac, dit Paula, la plus jeune.

Avec son teint mat, ses cheveux très noirs serrés par un ruban incarnat et ses lèvres épaisses, elle avait tout d'une Estebellienne typique. Elle ne tenait pas en place et grimaçait sans arrêt. Iriane la trouva immédiatement sympathique.

— Atisha ? Ça signifie quoi exactement ?

— L'aînée, répondit la plus âgée.

De son regard bleu émanait une grande sagesse. Elle devait avoir près de soixante ans mais elle était à la fois plus séduisante et plus posée que ses sœurs.

— Il n'y a pas à proprement parler de hiérarchie parmi nous, continua cette Helenn. Une atisha est une sorte de guide, si tu veux. Une grande sœur. Elle facilite les contacts avec les prêtresses des autres pays.

— Des autres pays ? Vous voulez dire que vous êtes… enfin que votre ordre est implanté ailleurs ?

Les femmes se regardèrent avec un air amusé.

— Ce n'est pas un ordre, mais oui, nous sommes partout où il y a des femmes. Cela t'étonne ?

— Eh bien… oui.

Iriane décida de jouer la franchise. Quitte à se trouver au cœur d'une communauté de prêtresses, autant en profiter.

— En général, on est persuadé que les Laménides sont estebelliennes. Dans l'ombre du pouvoir.

— Rien que ça ! Le pouvoir à Estebellia c'est le régent, du moins depuis que le roi a disparu il y a quelque temps, vers Talaxania. Quant aux Comtés, ils ont leur relative autonomie. Non, Iriane, nous ne sommes pas le pouvoir. Mais Estebellia est l'un des rares endroits où nous ne sommes pas obligées de nous cacher.

— Vous êtes obligées de vous cacher ? Je croyais que vous étiez, eh bien, secrètes volontairement…

— Toujours « l'ombre du pouvoir », pas vrai ? dit Paula.

— Tu as beau être jeune, Iriane, je suis sûre que tu as déjà affronté l'autorité excessive des hommes.

Iriane fronça les sourcils.

— Tu sais, reprit Paula, cette autorité qu'ils affirment être naturelle, offerte par les dieux ou je ne sais quoi…

Cette fois, Iriane acquiesça.

Il n'y avait pas de femmes parmi mes formateurs, à Maison-Noire.

— Eh bien, reprit l'atisha, beaucoup d'hommes nous craignent, alors nous préférons être discrètes. Le plus désagréable, ça reste la méfiance des femmes.

— Tu verrais comme certaines nous haïssent ! Je t'assure, c'est délirant, elles nous mettraient sans scrupule au bûcher !

Iriane prit sur elle pour dissimuler son embarras.

Je crois que j'aurais fait la même chose.

— Tu n'avais pas une grande opinion de nous, n'est-ce pas ? demanda l'aînée comme si elle avait deviné les pensées de la guerrière.

— Franchement ?

— Si tu ne nous dis pas la vérité, nous t'arrachons les yeux, dit Paula, en montrant ses mains aux ongles longs imitant des serres. (Beryll lui lança une olive à la figure et Paula se tourna vers elle en grognant.)

— Alors oui, répondit Iriane, je ne vous voyais pas comme ça.

— Les femmes ont rarement du pouvoir en ce bas monde. La grossesse et l'allaitement en font au mieux des personnes affaiblies et très occupées, au pire des esclaves recluses.

— Quand elles ne meurent pas en couches, ajouta Helenn.

— Alors, quand l'une d'elles grappille les miettes de pouvoir que lui laisse un époux puissant, elle n'a peur que d'une chose : le voir partir avec une autre femme. Car alors elle ne serait plus rien et devrait repartir de zéro, à la recherche de nouvelles miettes. Du coup, nous représentons une menace puisque nous avons fait de la séduction l'une de nos armes.

— Du moins, c'est ce qu'elles croient.

— Et vous, que croyez-vous ? demanda Iriane.

— Probablement la même chose que toi. À en croire ton exploit de l'autre nuit, tu es une jeune femme volontaire, qui a accepté les rigueurs d'un entraînement difficile. D'après ce que nous savons, votre Conseil n'enrôle pas de force les femmes corallaises ; tu as donc fait ce choix courageux. Tu es partie te battre, à ta manière : l'espionnage est une forme de combat.

— Comment pouvez-vous affirmer que je suis une espionne ? s'enflamma Iriane. (L'atisha posa sa main sur le bras de la jeune femme pour apaiser sa colère soudaine.)

— Tu es parfaitement entraînée au combat, tu ne portes pas l'uniforme de l'armée du Conseil, tu quittes un campement militaire à deux pas des combats, tu imites presque à la perfection l'accent estebellien et tu sais adapter ton discours pour manipuler l'opinion de tes agresseurs… oui, tu pourrais bien être une espionne. Je peux me tromper, évidemment, et je ne te demande pas de me répondre sur ce point pour le moment. Là où je voulais en venir, c'est que tu penses certainement qu'une femme peut réussir là où les hommes se croient les meilleurs. Tout comme nous, tu as besoin d'eux mais pas au point de tout attendre d'eux, de les laisser agir à ta place.

— D'être leur créature…, ajouta Beryll.

— Les prêtresses sont des femmes libres et c'est ça qui dérange, dit Paula.

— Vous êtes si libres que ça ? demanda Iriane, pour s'éloigner du brûlant sujet de l'espionnage. On raconte pourtant que vous avez prêté allégeance à une déesse et que vous lui offrez des hommes en sacrifice.

Paula secoua la tête en soupirant. Helenn poussa un petit rire.

— Quoi d'autre encore ?

— Vous tiendriez vos pouvoirs de ces offrandes.

— C'est vrai, la déesse Laménie nous inspire et elle nous a offert des dons magiques, mais nous ne lui sacrifions aucun humain en retour.

— Nous n'avons pas besoin de tuer des hommes, reprit Beryll en glissant une boucle derrière ses oreilles ornées d'une fine opale. Ils s'en chargent très bien eux-mêmes.

— Si vous parlez de la guerre, commença Iriane, on ne peut quand même pas ouvrir la porte à nos ennemis, les laisser piller nos maisons et nous imposer un régime dont nous ne voulons pas. Il faut bien se défendre !

— Bien sûr ! Mais que fais-tu de l'agresseur ? Si tu interroges les deux camps, chacun te donnera une bonne raison de tuer son ennemi. Même quand l'ennemi est un voisin. Ou un proche…

Iriane repensa à sa conversation avec l'officier, sur le mirador dominant le fleuve ; il l'avait étonnée en usant de ce genre d'arguments. La jeune femme avait remis en cause la loyauté du soldat.

— Et puis, tu viens de Corall-Medding – je ne te demande pas de le confirmer, mais je pense que nous pouvons l'admettre sans te compromettre. (Iriane n'esquissa pas un geste.) Son gouvernement est constitué de la Hanse et de l'Ordre trinicien. Or, ces deux communautés saisissent la moindre occasion pour s'évincer mutuellement. (Elle a raison, songea Iriane.) Alors, dis-moi, qui est cet ennemi auquel il conviendrait de ne pas ouvrir les portes ? Tes propres concitoyens ?

— Vous avez l'air d'en savoir plus que moi sur les coulisses du Conseil, dit Iriane.

— Je voulais juste dire que tout n'est pas blanc ou noir. Rien n'est aussi simple. Par ailleurs, je suis persuadée que tu en connais aussi long que nous sur les coulisses du Conseil. Nous ne savons pas qui de l'Ordre ou de la Hanse t'envoie, mais je pencherais pour la deuxième option : tu t'es battue avec l'otchacan et cet art martial n'a pas la préférence des Triniciens.

— Je serais curieuse de savoir pourquoi…, demanda Iriane avec irritation, mais elle était surtout étonnée et déçue d'être si transparente depuis le début.

— L'otchacan a été inventé et s'est développé en Talaxania. Et les Triniciens n'aiment pas cette contrée.

— Vraiment ?

— À cause des petites bêtes ailées, ajouta Paula en battant des bras.

— Je ne comprends pas.

— Tu n'as jamais entendu parler des dragons de Talaxania ?

— Si, plus ou moins… Enfin, comme tout le monde… Et pourquoi les Triniciens n'aimeraient pas les dragons ?

— Ils résistent à la magie, Iriane. En particulier à celle des Triniciens.

— On dit qu'ils se sont affranchis de son pouvoir le jour où l'un d'entre eux s'est laissé abuser par les mages, il y a très longtemps. Quand l'Ordre n'avait ni clercs, ni prêtres, ni moines.

— Et comment s'est-il fait avoir ?

— Ils l'ont piégé. Ce dragon s'appelait Hosartan et on prétend que Haut-Temple s'est bâti autour de lui. Il aurait été le protecteur du Talaris.

— Le Talaris ?

— Oui, la Pierre d'Ombre.

Litti m'a parlé de ça.

— Je vois, dit Iriane. Cet artefact qui permettrait aux Triniciens de communiquer avec le monde des morts.

— Précisément. La mort est la grande affaire des Triniciens. Nous autres, c'est la vie qui nous intéresse. Il n'est pas question de tuer qui que ce soit pour le plaisir ou même pour un peu plus de pouvoir. Il n'est pas question de sacrifier qui que ce soit sur l'autel de Laménie. Me crois-tu ?

Iriane hocha la tête, tout en se demandant pourquoi ces prêtresses lui racontaient tout ça.

Pourquoi, sinon pour me convaincre qu'elles sont inoffensives. Elles me libéreront et j'irai prêcher la bonne parole auprès de la Hanse.

Restait à savoir si c'était par malice ou pour stopper la guerre du Fleuve. À moins qu'il y eût une troisième option qu'elle n'arrivait pas encore à percer…

— Quels sont vos pouvoirs, exactement ? demanda alors la Corallaise avec le plus d'ingénuité possible.

Paula regarda Helenn en grimaçant, comme si elle s'était pincé les doigts dans une porte.

— Eh bien, tu as pu en voir un petit échantillon, non ? répondit la doyenne.

— Petit échantillon ? (Iriane se massa le crâne.) J'appelle ça une grosse bosse... Je ne voudrais pas subir un exemple en bonne et due forme.

— Sûr ! fit Paula.

— Notre magie est liée à la nature, reprit Helenn. Nous en contrôlons certains éléments. J'ai abattu cette branche sur toi. Jamais je n'aurais pu t'infliger ce coup sans l'intermédiaire d'un élément naturel.

— Ça ne fonctionne que sur les plantes ?

— L'eau, la pierre, dans une certaine mesure le feu... Mère Nature est pleine de ressources et nous tâchons de nous servir de cette manne à bon escient, sans abus.

— Ah oui ? Vous seriez bien les seules à ne pas abuser du moindre pouvoir mis à votre disposition.

— C'est le propre de l'humain, hélas..., convint Helenn. As-tu déjà entendu parler des sorcières ondines ?

— Eh bien, elles ont le pouvoir de contrôler l'eau, répondit Iriane. On dit qu'elles séduisent un homme, l'envoûtent et se servent de son corps pour y pondre des œufs.

— Et ces œufs éclosent à l'intérieur de leur hôte, en le tuant, reprit Paula avec un air dégoûté. Après, les petits grandissent très vite en s'entre-tuant, avant de s'en prendre à leur mère.

— Les ondines, continua Beryll, ne se contentent pas de contrôler l'eau où elles évoluent, comme les rivières, les étangs, les torrents... Elles transforment tout leur environnement. Le saccagent. Et elles sont terriblement cruelles. Elles peuvent faire miroiter aux humains envoûtés qu'elles leur donneront de quoi maîtriser ce pouvoir sur l'eau et la nature.

— Ils sont capables de se battre pour ça, ajouta Beryll.

— Sous la coupe d'une ondine, ils pourraient même massacrer leurs propres enfants pour partager le pouvoir de la sorcière !

— D'accord, tout ça est terrible, commenta Iriane, mais je ne vois pas où vous voulez en venir.

— Les sorcières ondines ont aussi obtenu leur pouvoir de Laménie, notre déesse.

Iriane hocha la tête avant de dire :

— Et elles n'en font pas le même usage...

— Oui. Avec elles, c'est chacun pour soi. Elles épuisent la nature à leur seul profit, quitte à détruire leur progéniture s'il le faut. Elles veulent le pouvoir sur les autres, c'est une fin en soi. Nous ne sommes pas comme ça. Nous sommes solidaires les unes des autres. Et nous le sommes sans l'aide d'une hiérarchie.

— Mais alors, il n'y a pas de chef pour tempérer l'ambition ou la folie d'une d'entre vous... ?

—Certes, convint Beryll. Mais regarde le problème autrement : aucune de nous ne peut céder à la tentation d'atteindre le sommet d'une hypothétique hiérarchie et d'asservir ses semblables.

—Puisque cette hiérarchie n'existe pas…, compléta Iriane.

—Oh, mais tu comprends vite ! se moqua gentiment Paula.

Iriane lui adressa un sourire avant de poursuivre :

—Ce pouvoir lié à la nature, vous vous en servez toutes ? Réunies, vous pourriez constituer une armée redoutable !

—La guerre n'a jamais été notre passe-temps favori, vois-tu, répondit Paula. Et je te le répète, nous ne voulons pas détruire la nature.

—Ça ne vous a pas empêchées de casser une branche pour m'assommer avec…

—Sûrement une branche morte, justifia Beryll un peu mal à l'aise.

—Non, rectifia la vieille femme. Tu as raison, Iriane. J'ai cassé cette branche pour m'opposer à toi. Nous ne voulons pas la guerre et agissons de notre mieux pour ne pas abuser de notre pouvoir ; ça ne fait pas de nous des saintes. Il existe des impératifs et ils se déplacent suivant les circonstances. Cette nuit-là, je voulais voir ce qui se passait du côté du fleuve. Des ragnes étaient déjà apparues parmi les troupes estebelliennes.

—Vous connaissez ces créatures ? demanda Iriane, frissonnant à la simple évocation de ce fléau.

—Mal. Très mal. Surtout de cette taille-là. Des textes très anciens affirment que leur habitat est lié au royaume des morts. Elles vivraient sous terre, entre deux mondes. En aucun cas elles ne devraient apparaître comme ça, parmi nous, sans une bonne raison.

Et pourtant, j'en ai rencontré une étant gosse, se dit Iriane.

—Donc, vous étiez en mission, dit la jeune fille, et vous êtes tombée sur moi.

—J'étais accompagnée d'une dizaine d'hommes. Quand tu nous as croisés, nous étions *déjà* sur le chemin du retour.

—Mais ce n'est pas la route la plus courte pour Estebellia !

—Disons que nous sommes nous aussi tombés sur les ragnes, vois-tu…

—Et vous avez fui après avoir perdu quelques hommes, n'est-ce pas ?

—Oui, dit Helenn tristement. Mon pouvoir ne pouvait rien contre elles : dans le meilleur des cas, elles se sont embrasées. Alors, quand tu es entrée dans ce bosquet et que tu as commencé à mettre en pièces ce qui restait de mes gardes, je me suis dit deux choses. D'une part que tu étais une guerrière courageuse et efficace. D'autre part qu'il fallait mettre un terme à tes exploits si je ne voulais pas perdre tous mes compagnons. Je n'avais guère d'autre choix que d'utiliser mon pouvoir, même si le prix à payer était celui d'une branche cassée.

—Je peux comprendre, dit Iriane qui nota le terme de « compagnons ».

Je n'aurais jamais cru que les prêtresses puissent avoir autre chose que des esclaves…

— D'ailleurs, reprit Helenn, seules les atishas peuvent utiliser ce pouvoir.

— Et n'est pas atisha qui veut, c'est ça ?

— Si tu le souhaites vraiment, tu pourrais toi-même en devenir une, Iriane.

— Ne vous moquez pas de moi !

— J'en serai une bientôt, dit Beryll.

— Arrête de te vanter, d'accord ? répliqua aussitôt Paula.

Beryll rétorqua avec le sourire d'une aînée indulgente et aimante :

— Paula le sera sans doute quand elle aura mûri. Devenir atisha demande de la patience, des efforts, de l'amour bien sûr, l'amour de la nature et de tout ce qui la constitue. Ça demande un peu de chance, aussi.

— Beaucoup d'appelées, peu d'élues, je sais, râla Paula.

— Et pourquoi deviendrais-je une prêtresse ? demanda Iriane.

— C'est une bonne question, la félicita Helenn. Je vois donc que ce n'est pas l'acquisition de nouvelles armes qui semble te motiver.

Iriane comprit qu'elle venait de marquer un bon point.

— Autant ne pas y aller par quatre chemins, commença Paula ; on a besoin de personnes comme toi.

— Vous me connaissez à peine !

Et vous me prenez pour une espionne…

— Tu as beaucoup de qualités, dit encore Helenn…

— Et que ça ne te monte pas à la tête ! compléta Paula.

— Beryll a raison, reprit la doyenne. Oui, nous avons grand besoin de femmes comme toi. Il y a bientôt trente ans de cela, nous avons perdu une bonne partie de notre pouvoir. Nous avions nous aussi un Talaris : la Perle de Vie. Il nous a été… enlevé. (Sa voix avait à nouveau perdu sa coloration joyeuse.) Tout est devenu encore plus compliqué et instable que sous le règne d'Adrian.

Helenn se leva tandis que Paula ramassait avec Beryll les reliefs du repas.

— Maintenant, nous avons quelque chose à te montrer. Ou plutôt quelqu'un.

Quelques minutes plus tard, le petit groupe entrait dans une pièce sombre au plus profond de ce qui se révélait être un palais. Une lumière bleue irradiait depuis le centre de la pièce. Trois femmes assises en tailleur entouraient un corps en lévitation, baigné de cette lumière froide. Sous le corps, les branches d'un arbuste se contorsionnaient pour former un berceau végétal. Une grave solennité empesait l'atmosphère et le silence n'était troublé que par une vibration sourde. D'un geste de la main, Helenn invita Iriane à s'approcher du corps.

C'était celui d'une femme d'une trentaine d'années, vêtue d'une ample robe blanche qui flottait jusqu'au sol. La lumière teintait sa peau et en accentuait la pâleur. Parce qu'elle en avait vu des portraits, Iriane la reconnut aussitôt.

— L'impératrice Onahra ! s'exclama-t-elle.

Helenn posa son doigt sur sa bouche. Parfaitement concentrées, les trois veilleuses n'avaient pas cillé. Iriane resta là, sidérée par le spectacle de cette souveraine inanimée, inchangée malgré les années. Cette femme qu'elle révérait depuis son plus jeune âge, cette souveraine qui aurait sans doute pu sauver sa propre mère de la maladie tant on disait ses pouvoirs puissants.

Elle devrait avoir le double de cet âge, s'étonna-t-elle.

Il sembla à Iriane que la vibration gagnait son cœur et l'ébranlait au plus profond de son être. Une larme coula sur sa joue ; Paula y posa le doigt, avant de le porter à sa bouche. L'émotion étreignait tant la jeune Corallaise qu'elle crut que son âme la quittait pour rejoindre l'impératrice tel un papillon à l'agonie.

Après de longues minutes de contemplation, Paula, Helenn et Iriane quittèrent la pièce, tandis que Beryll prenait la place de l'une des veilleuses.

— Tu te demandes sûrement à quoi rime tout ça, dit enfin Paula lorsqu'elles furent retournées dans le jardin.

La gorge serrée, Iriane hocha la tête. Le soleil n'était plus le même désormais, l'harmonie des parterres fleuris était ternie par l'image de l'impératrice inconsciente. Souffrante. Mais elle avait retrouvé Onahra. Le destin avait voulu qu'elle croise la route de ses gardiennes, se dit-elle.

— Il y a vingt-cinq ans, commença la doyenne, l'impératrice nous a rejointes ici. C'était, comme tu dois t'en douter maintenant, une prêtresse. Une atisha.

Iriane encaissa l'information avec des yeux ronds. Avant d'arriver à Estebellia, elle idolâtrait l'impératrice et détestait les prêtresses. Et voilà que l'une et les autres étaient intimement liées, que les valeurs sur lesquelles elle avait appuyé sa motivation des derniers mois, à Maison-Noire, étaient rudement bousculées.

— Elle a commis un acte terrible en ces lieux mêmes. Elle en est morte.

— Mais je l'ai vue et elle était comme… comme endormie… Pas morte !

— Depuis ce jour, nous la protégeons. Nous maintenons son enveloppe corporelle en vie. Mais son âme est au milieu de Galameh.

— Autrement dit en enfer…, précisa Paula.

— Nous avons perdu notre Talaris et une bonne partie de notre magie est tournée vers Onahra, pour empêcher son corps de se dégrader. Seuls les mages triniciens auraient pu la ramener mais nous ne sommes pas dans les cryptes de Haut-Temple… Nous nous affaiblissons au moment même où nous devrions être les plus fortes. Car le monde est en danger, Iriane, comme il ne l'a jamais été.

Iriane était abasourdie par ces révélations. L'une après l'autre ses certitudes perdaient leurs fondements, et l'image nette et tranchée qu'elle avait du monde se nimbait de brume. Les questions se pressèrent entre ses lèvres :

— Pourquoi la maintenez-vous en vie ? Parce qu'elle fut l'une des vôtres ?

— Seule Onahra sait où se trouve notre Talaris.

— Je ne comprends pas…

— C'est elle qui l'a volé. Et en mourant Onahra l'a emmené avec elle au beau milieu du royaume d'Omok.

* * *

— Haldric devrait déjà être revenu, dit Jocquinius à sa monture.

La jument avait retrouvé sa nervosité ; le traitement qu'avaient dû lui appliquer les latoas n'avait plus d'effet.

— Il est parti voilà bien une heure… Je suis aussi inquiet que toi, ma grande.

Il caressa l'encolure du cheval puis décida de partir à la recherche de son jeune compagnon. Il prit soin cette fois d'emporter le Talaris. Il trouva les seaux au bord de l'eau. L'herbe avait été foulée mais il ne remarqua pas de traces de lutte.

— Je m'inquiète pour rien. Il est parti se promener. Juste une petite balade. Ou bien il a surpris un gibier.

Il arpenta la ville jusqu'à la mi-journée.

Dès qu'il eut quitté la rue principale, il trouva d'anciennes traces de combats : des cadavres dont il ne restait plus que le squelette, l'épée encore à la main. Chacune des armes que Jocquinius observa portait le sigle des forges hastriennes, une hache et un glaive croisés. Certaines maisons avaient brûlé ; toutefois la plupart d'entre elles s'étaient dégradées faute d'entretien. Il n'y en avait pas une en bon état.

— Les habitants ont quitté cette ville et on dirait bien qu'ils l'ont fait tous en même temps. À moins que…

Les épées forgées à Hastrion avaient eu une réputation légendaire. L'armée d'Adrian défaite et l'empire disloqué, la demande avait décru. La ville des forgerons aurait pu lentement décliner, animée pendant un temps par ses bûcherons. Un scénario différent avait mis fin à Hastrion. De manière brutale.

« Mauvais esprits », l'avait mis en garde Niuk, le latoa.

Ce matin-là Jocquinius alla de mauvaises surprises en découvertes macabres. Il tomba sur une ruelle jonchée de squelettes. Sur une placette on avait dressé des gibets où se balançaient des cadavres. Ailleurs, cinq petits squelettes étaient empalés sur une rangée de pieux en fer. Les enfants n'avaient pas été épargnés. Jocquinius entra dans une grande maison qui semblait être l'hôtel de ville. Il fouilla un peu partout dans l'espoir de trouver un registre, le compte-rendu des événements de la cité.

Rien.

Il y avait bien quelques volumes mais ils étaient calcinés.

Il sortit. Franchit une voûte d'arbres et se retrouva dans le quartier des bûcherons. Dans une cour, il vit des corps démembrés : les bras, les jambes gisaient à côté de grandes scies et de haches. Les cages thoraciques d'une vingtaine de squelettes étaient traversées par de grands coins en fer. Des exécutions en règle. Des dizaines de supplices.

— Par tous les dieux…, souffla Jocquinius.

Quelle armée était entrée dans Hastrion pour en massacrer les habitants ?

—Une bande de pillards organisée ? Non. Toutes les épées que j'ai observées portaient le sigle des forgerons hastriens.

Alors une autre hypothèse, bien plus effrayante, se présenta à lui : une folie meurtrière s'était emparée des habitants. Les jetant les uns contre les autres.

Un détail lui sauta à l'esprit : la rue principale ne comportait pas le moindre cadavre. Comme si on les avait volontairement dissimulés. Dans quelle intention ?

—Je n'aurais pas agi autrement si j'avais voulu qu'un voyageur passe son chemin sans se poser trop de questions… Ou si j'avais voulu l'attirer jusqu'au cœur de la ville !

Il retourna au pas de course là où Haldric avait laissé les seaux.

Un piège. On est tombés dans un piège.

Il arriva enfin sur la berge, hors d'haleine, et lança une matrice à la recherche des traces de pas. Dans la lumière magique, le mage découvrit des traces peu profondes. Impossible de savoir si elles étaient anciennes. Il commanda à la matrice de les suivre et progressa derrière la lentille lumineuse flottant à ras du sol. À un moment, elle les perdit de vue et stoppa. Jocquinius décida de poursuivre dans la direction qu'elle avait suivie jusqu'à présent : celle de la rive.

Le cours d'eau glissait sous une épaisse végétation, quittant le bourg. Jocquinius s'y enfonça. Il n'eut que quelques mètres à parcourir pour trouver son jeune compagnon. Immobile, il échangeait un baiser avec une femme. Et il se noyait : elle l'embrassait entre deux eaux, au beau milieu de la rivière.

—Haldric ! cria aussitôt le mage. Haldric, réveille-toi !

La réaction de la jeune femme fut immédiate. Elle se redressa entièrement, sans que ses pieds aient besoin de toucher le fond. Seules ses chevilles s'enfonçaient sous la surface. Jocquinius la reconnut aussitôt : c'était la même personne qu'avait rencontrée son élève Gauvan, autrefois.

Une sorcière ondine.

Ni ses cheveux ni ses vêtements n'étaient mouillés. Elle regardait Jocquinius avec une haine que n'aurait jamais laissé deviner la douceur de ses traits.

—Laisse-le, il est à moi ! cracha-t-elle.

Haldric avait recouvré ses esprits. Sa tête sortait de l'eau mais il ne savait pas nager et il se débattait en tentant de se rapprocher du rivage. Il ne touchait le fond que de la pointe de ses pieds.

—Haldric n'est à personne ! rétorqua Jocquinius. Je t'ai déjà rencontrée il y a longtemps. Tu avais emporté un de mes élèves.

L'eau se mit à bouillonner autour de la sorcière.

Jocquinius appela un sort et le tint prêt à se déployer.

—Où sont tes filles ? demanda Jocquinius.

—Tu veux parler de celles qu'a enfantées ton Gauvan ?

Jocquinius eut un frisson de dégoût : après avoir séduit leur victime, les sorcières pondent des œufs dans leurs entrailles.

— Elles ont ensorcelé ce village de gueux. Pour elles, ils se sont massacrés jusqu'au dernier ! Tu aurais dû voir ça…

Toussant et se débattant, Haldric s'accrocha aux branches qui se penchaient au-dessus du courant. Il commença à se hisser.

— … Et après je les ai mangées, avant qu'elles me mangent.

— Et tu es pourtant prête à recommencer, on dirait. (Une corolle liquide s'éleva autour de la sorcière.)

— Et toi, tu reviens là où le malheur t'a déjà frappé. Ça ne t'avait pas servi de leçon ?

Avant même que le mage ait eu le temps de réagir, un bras liquide jaillit depuis la corolle et heurta violemment Haldric. Il perdit sa prise et retomba dans l'eau. Un puissant courant l'arracha à la berge et le tira vers le milieu de la rivière.

Pourquoi ai-je attendu ? se lamenta Jocquinius. Très vite il déploya une matrice. Bras tendus devant lui, il l'orienta.

— Je t'ordonne de le laisser tranquille, dit le mage. Il n'y aura pas d'autre avertissement.

La sorcière éclata de rire, la tête basculée en arrière.

La corolle s'éleva jusqu'à sa poitrine, de l'écume blanchit la surface loin autour de la sorcière tandis qu'elle pliait les bras, ses longs doigts raidis et tournés vers la cime des arbres. Jocquinius n'attendit pas une seconde de plus. D'un mouvement des poignets et de deux syllabes, il ordonna à la matrice d'attaquer. Il y eut un craquement et des jets de lumière vive jaillirent de la sphère. Ils heurtèrent la corolle qui se vaporisa en une fraction de seconde. Derrière le nuage de vapeur, la sorcière n'avait pas cillé.

Pas assez fort, regretta le mage.

Il déploya une seconde matrice. Il sentit la bouffée de chaleur qu'irradiaient les deux matrices brûler son visage comme deux soleils miniatures. Mais la sorcière avait déjà contre-attaqué. Un mur d'eau balaya la berge. Jocquinius ne put rien pour l'éviter, pas plus que les matrices. La vague le jeta à terre. Le submergea, pénétrant ses narines, envahissant sa gorge. Ça avait un goût horrible et irritait la peau ; la sorcière avait pollué la rivière. L'eau reflua tout de même et Jocquinius se redressa en gémissant.

Il regarda du côté d'où était venue l'attaque. Plus de traces de la sorcière ondine. En revanche Haldric se débattait toujours pour échapper à la puissance du courant. Un violent choc à l'épaule manqua de mettre Jocquinius de nouveau à terre. Il se retourna en grimaçant ; la sorcière venait de le frapper avec un large bout de bois. Elle était aussi efficace hors de l'eau que dedans. Intelligente, fière, pleine de ressources : le mage ne pouvait que l'admirer. Le plus étonnant était sa beauté, simple et touchante. Quant à son regard il exprimait une telle générosité que…

— Non ! hurla-t-il pour échapper au charme. Non ! N'essaie pas de m'avoir, sorcière, je suis trop vieux pour tomber sous le charme d'une jouvencelle.

— Espèce d'idiot, jura la jeune femme, tandis que Jocquinius appelait une matrice.

Seulement, il n'eut pas le temps de l'invoquer complètement : une autre vague s'abattait sur lui. Effondré à deux pas de la berge, il sentit des doigts liquides le rouler comme un vieux tapis et l'entraîner dans la rivière.

Juste avant qu'il bascule, sa main saisit une racine ; son autre main la rejoignit dans l'effort. Il s'agrippa à la plante de toutes ses forces, tâchant de ne pas céder à la panique. L'eau grondait autour de lui. Il tendit son cou pour mettre sa tête hors du reflux et libérer ainsi sa bouche. Il devait lâcher une main. Une seule, pour commander les deux matrices lancées un peu plus tôt sur la berge. Le courant tirait toujours sur lui comme une centaine de bras accrochés à ses jambes. Il joua le tout pour le tout. Et perdit.

Le courant le recouvrit, l'arracha et Jocquinius se trouva au milieu d'une rivière aussi tumultueuse qu'un océan dans la tempête. Il lutta pour avaler un peu d'air mais n'avala qu'un peu plus d'eau. Loin de la tourmente qui l'emportait, Jocquinius aperçut les matrices immobiles, palpitant dans l'attente d'un ordre que le mage ne pouvait prononcer.

Puis tout s'arrêta. En une fraction de seconde, les tourbillons cédèrent la place à du clapotis. La tête hors de l'eau, Jocquinius vit l'ondine à terre. Une créature se jetait sur elle.

Niuk !

Prise par surprise lors du premier assaut du latoa, la sorcière évita la seconde charge : elle roula sur le côté et balança un violent coup de talon dans les côtes de Niuk qui venait de se recevoir lourdement. Le latoa fut projeté à un mètre. Une distance assez grande pour que le mage mène ses matrices à l'assaut de l'ondine sans risquer de toucher Niuk.

Le mage ouvrit une main, prononça une clef magique. Des éclairs jaillirent des deux matrices en crépitant follement et s'abattirent sur l'ondine. La sorcière poussa un hurlement inhumain et se précipita vers la rivière où elle disparut.

L'eau n'écumait plus et le courant s'était apaisé. Plus grand que Haldric de près d'une tête, le mage aida le garçon à sortir de la rivière. Ils s'en extirpèrent en ahanant et se laissèrent retomber sur le dos, à bout de souffle, tout près de Niuk, allongé lui aussi. Jocquinius mit la main dans sa poche et s'assura de la présence du Talaris.

— Merci, dit enfin le mage au latoa. Je ne sais pas pourquoi vous nous avez suivis, mais merci.

— Garçon oublier cape, expliqua le latoa qui saisit entre ses doigts griffus le capuchon du moinillon.

— Eh bien, c'est la première fois que l'étourderie d'un Trinicien me sauve la vie…

— Merci, Niuk, dit à son tour Haldric. Maître Jocquinius, cette femme… Qu'est-ce que… qu'est-ce que c'était ?

— Un contretemps, mon garçon. Rien qu'un fâcheux contretemps.

Une heure plus tard, le mage et le moinillon quittaient Hastrion, la ville fantôme, après avoir salué leur ami Niuk. Ils reprenaient leur longue route vers Port-Incaline tandis qu'autour d'eux la forêt abandonnait ses inquiétants oripeaux pour revêtir son apparence naturelle.

Chapitre 13

Du temps avait passé depuis que Onahra était apparue sur la terrasse de la Cabane. Golan Tark avait eu beaucoup de travail et l'impératrice, esseulée, était restée là en attendant que le sorcier lui donne des ordres. Il comptait sur elle une fois de plus et elle n'avait nulle part où fuir.

Dès qu'elle avait senti qu'Adrian avait recouvré la raison, de l'autre côté du monde, l'impératrice avait tenté de le contacter. Pour le mettre en garde et l'appeler au secours. Mais elle avait dû arrêter car Golan Tark l'avait conduite chez lui et elle craignait qu'il repère son manège.

Je n'ai plus qu'à espérer que mon époux m'ait entendue.

— Très chère impératrice, comme vous le savez, je vais avoir besoin de vous pour créer une diversion au sein de Galameh.

Ils se trouvaient à deux pas du Ventre, le lac aux eaux vivantes.

— Je ne suis pas obligée de vous obéir, rétorqua Onahra.

— Non ? Et pour eux ? Vos anciens sujets… Vous avez vu comme ils vous aiment encore ? dit Tark. Pourtant, avec ce que vous leur avez fait… (Onahra eut un frisson et elle baissa les yeux.)

— Je ne les ai pas tués…

— Oh, mais si ! Cent cinquante mille hommes, ma chère. L'armée de votre époux Adrian. Un sacré exploit.

— Ça ne s'est pas passé comme ça !

— Non ? Attendez que je me souvienne… C'est vrai, ça fait vingt-cinq ans, maintenant… Et vous avez conservé votre charmant minois de l'époque ! dit-il en posant deux doigts sur le menton de l'impératrice qui se dégagea.

— Rappelez-vous, Tark, c'est vous qui êtes venu me trouver. Vous êtes revenu d'entre les morts pour ça.

— J'étais venu vous proposer une sorte de marché…

— Un marché de dupes. Vous m'avez demandé ce que je souhaitais le plus au monde.

— Vous sembliez patauger dans une telle détresse. C'était pathétique…, railla le sorcier.

— Il n'y avait rien de pathétique ; je voulais simplement retrouver l'amour d'Adrian.

— Mmm… Il s'était éloigné de vous… Ces incessantes conquêtes… Je peux comprendre ça. Supprimer son armée était une bonne solution. Plus de soldats, plus de batailles ! dit-il en se frottant les mains.

— Ils sont tous morts ! Ce n'est certainement pas ce que je voulais.

— Oh, oh, oh ! Vous vouliez une chose sans en payer le prix ? Mais vous n'aviez plus l'âge de vous comporter en enfant gâtée, chère impératrice. Et, sans votre aide, je n'aurais rien pu faire. Ce sortilège jeté sur la plaine de Havoc… je n'y serais pas arrivé seul. Certes je l'ai composé, mais pour qu'il soit efficace, j'avais besoin de votre lien avec l'empereur. De votre amour.

— Dites plutôt que vous aviez aussi besoin du Talaris des prêtresses… Vous l'avez volé ! (Tark secoua lentement la tête.)

— C'est incroyable ce don que vous avez de faire porter le chapeau aux autres. Une sale manie impériale, j'imagine… Oui, je vous ai demandé l'artefact des prêtresses. Comme vous l'avez fort justement souligné, ma chère, il était indispensable à la réussite du sortilège. Et si mes souvenirs sont exacts, je n'ai pas tellement eu à insister pour que vous trahissiez vos sœurs prêtresses. Mais c'est vrai, l'amour s'affranchit de tout, y compris de la loyauté promise à ses pairs, ironisa le sorcier

Onahra ferma les yeux. Oui, elle avait volé le Talaris à la demande de Tark, persuadée qu'il le lui rendrait.

Tu as voulu *t'en persuader, Onahra*, se reprocha l'impératrice. *Mais au fond de toi tu savais déjà qu'il n'avait pas simplement l'intention de t'aider. Tu savais qu'il voulait l'artefact.*

Le mage trinicien était revenu de Galameh pour obtenir d'elle le Talaris. Onahra se souvenait encore de cette voix qui la hantait jusque dans sa chambre de Haut-Temple, alors transformé en résidence palatine du couple impérial. Une voix à la fois pressante et séduisante. Elle croyait résister aux propositions de Tark. Elle s'était d'ailleurs rendue à Estebellia pour demander conseil à ses sœurs prêtresses ; seulement, au lieu de les écouter, elle avait fini par voler la Perle de Vie.

Je n'ai fait que suivre les ordres de Tark, l'un après l'autre. Depuis le début.

La voix d'outre-tombe lui avait dicté le sortilège. Au fur et à mesure qu'elle prononçait les mots ensorcelés, le Talaris, une graine blonde pas plus grosse qu'un ongle et passée dans une chaîne en or, s'illumina. Posé sur une table, il perdit très vite sa banale opacité et projeta sur les murs des reflets semblables à ceux de l'eau d'un bassin.

Onahra n'avait pas imaginé que le rituel serait si douloureux. Elle eut l'impression que des tessons de bouteille lacéraient sa bouche, sa gorge, ses poumons. Tark l'avait mise en garde : elle ne devait s'interrompre sous aucun prétexte.

Nés du Talaris, des rubans aussi lumineux que des éclairs envahirent la pièce. Ils percèrent la protection des paupières, brûlant les yeux de l'impératrice. Des tourbillons cognèrent les murs avec la force de puissants jets de pierre. Onahra sentit bientôt un froid glacial s'emparer d'elle. Puis ce froid anesthésia la douleur et elle continua le rituel, sans avoir la moindre idée de ce que lui coûtait le sortilège.

Lorsque les prêtresses, alertées par le bruit, eurent forcé sa porte, Onahra était déjà morte.

Et vingt-cinq ans plus tard, elle devait affronter ce Golan Tark, au cœur même du royaume d'Omok.

—Je n'ai pas volé le Talaris, je comptais le rendre aux prêtresses, se justifia-t-elle.

—Un emprunt ?… Comme c'est touchant…

—Et il n'était pas prévu que je meure.

—Vous n'aviez pas posé toutes les questions, j'imagine, suggéra le sorcier avec une évidente mauvaise foi.

—Vous m'avez trompée du début jusqu'à la fin ; je n'ai jamais revu Adrian.

—Je ne pouvais pas prévoir que ce solide guerrier perdrait la tête à la première défaite venue.

—Pas une défaite, Tark, mais un massacre. Des centaines de milliers de morts.

—C'est vrai, consentit le sorcier, incapable de réprimer un sourire de contentement. Tous brûlés par un feu purificateur, ajouta-t-il, étendant ses bras en un geste circulaire.

—Vous avez fait d'une pierre deux coups : éliminer l'armée de l'homme qui vous avait condamné à mort…

—… J'appelle ça un assassinat…

—… Et vous emparer du Talaris.

—J'ai même fait mieux que ça, car vous oubliez votre… *mort*, Onahra. Adrian a disparu sans laisser d'héritier ni d'impératrice pour lui succéder. (Onahra poussa un soupir.) Que voulez-vous ? Je suis ambitieux et efficace. Ne soyez pas affligée par la mort de ces brutes sanguinaires : vous les avez rencontrées ici même et elles semblaient en pleine forme, vous n'avez pas trouvé ?

Onahra avait dû lutter pour ne pas montrer son effroi face à ces gueules cassées et brûlées, l'autre jour sur la terrasse.

—Une chose est sûre, reprit Tark sur un ton plus cassant, ils… *brûlent* de connaître l'identité de leur meurtrier. Alors, obéissez-moi ou je vous livre à eux.

—Je pourrais leur apprendre que vous étiez mon complice, essaya-t-elle.

—Ça ressemble à une bonne idée mais vous avez de nouveau la vue courte – et cette fois vous ne pourrez pas l'imputer à votre amour sans bornes, très chère. Je vous rappelle en effet que, grâce à moi, ces gens ont non seulement retrouvé leur objet fétiche mais en plus, ils vont retourner chez eux. En force ! Ils seront les nouveaux maîtres d'Elamia.

—À votre botte…

—Oh, il faut bien organiser tout ça, vous ne croyez pas ? Vous devez en savoir quelque chose, *impératrice*, dit-il en ponctuant le titre d'une grimace. Le pouvoir au peuple ? Qui oserait prétendre qu'un truc pareil puisse fonctionner… Mais nous avons déjà eu cette conversation une centaine de fois, j'en ai assez de discutailler. Si vous refusez de m'aider, je vous livre à cent cinquante mille hommes assoiffés de vengeance et je trouve quelqu'un d'autre pour effectuer le petit travail que je vous demande. Et, croyez-moi, ça ne sera pas trop difficile car je peux compter sur beaucoup de fidèles désormais.

Onahra n'insista pas plus. Elle voulait retrouver Adrian et Tark ne semblait toujours pas savoir que son époux était en vie. Et encore moins qu'il revenait en Consolata. Il la délivrerait, comme il délivrerait le monde de Golan Tark car elle ne voyait que lui pour s'opposer à la folie meurtrière du Trinicien.

Et je lui dirai la vérité sur la fin de son armée, la fin de l'empire.

Ils recommenceraient tout, depuis le début, et leur amour ne serait pas freiné par les contraintes d'un règne, les affres d'éternelles batailles. Pour le moment, elle décida de se soumettre une fois de plus au vieux sorcier. Elle avait attendu vingt-cinq ans dans cet enfer, elle pouvait bien attendre quelques semaines de plus.

Après tout, moi aussi j'ai besoin de Tark. Sinon comment quitter le royaume d'Omok ? Comment revenir d'entre les morts ?

Il n'y avait plus qu'à espérer le pardon d'Adrian.

* * *

Jamais Bren Jackal n'aurait cru perdre la vie si tôt. Surtout, il n'aurait jamais pensé que mourir puisse être si pénible. Piégé dans les entrailles de Hosartan, l'ancestral gardien de la Pierre d'Ombre, il s'était asphyxié. Ses poumons, déjà éprouvés par les sorts que Tark lui avaient dictés, l'avaient brûlé et il avait cru que sa tête explosait à mesure que l'air venait à manquer.

Il ne perdit connaissance que très peu de temps ; la route pour le royaume des morts s'ouvrit devant lui et la parcourir revint à être traîné, nu, sur une route toute de pierrailles et de tessons.

Un supplice.

Il entendit autour de lui les millions de cris de ses semblables. Des cris déchirants comme il en avait entendu maintes fois au cours de ses meurtres répétés. à cette différence près qu'ils s'additionnaient en une cacophonie effrayante. On aurait dit des meutes monstrueuses qui par vagues se jetaient à l'assaut en hurlant. L'instant suivant, les voix se sépararaient pour résonner, lointaines, comme au fond d'une vallée désolée.

Sur cette route s'élevaient des ombres pareilles à des fumées lentes. Elles s'enroulaient et se déroulaient, tournoyaient autour de Jackal. Chaque fois que l'une d'elles glissait sur son visage comme une écharpe de brume, elle déclenchait en lui d'effroyables visions, bien pires que la plus terrible des tortures infligées à ses innombrables victimes.

Une intense culpabilité le saisissait lorsque les ombres refluaient, comme s'il était responsable de ce qui lui était montré. Plus il s'éloignait de Val-des-Miracles, plus elles se rassemblaient pour ondoyer, curieuses, jusqu'à lui.

Il pensa que le Talaris, emporté dans son agonie, les attirait comme une flamme attire les phalènes.

Le mercenaire crut perdre la raison cent fois. À un moment, il aperçut les jardins de Ganalone, le dieu jumeau. Ils s'affichèrent derrière les ombres en une promesse de joie éternelle. Il les longea assez longtemps pour imaginer quelle serait sa vie en ces lieux.

J'y ferais ce que je voudrais. Et personne ne trouverait rien à redire… Pas même Ganalone.

Torturer et tuer. Aimer ou violer, selon ses désirs de l'instant. Il dépassa ce paradis pour s'enfoncer dans les nuées grasses et tourmentées de Galameh.

Aucun démon n'était là pour l'accueillir, car Tark y avait veillé. Mais à peine eut-il atteint le royaume d'Omok, noyé ce jour-là sous des trombes d'eau noire, que des morts le reconnurent.

— Eh, toi, je te connais, dit le factionnaire qu'il avait éventré devant les murs de Corall.

Un malaise saisit Jackal.

Je vais en croiser encore combien comme lui ?

Il n'eut pas le temps d'attendre une réponse : le vigile lui sauta dessus, avec une force surhumaine, celle dont il aurait dû faire preuve quand le jeu en valait la chandelle. Surpris et trop nouveau parmi les morts pour connaître ses atouts, Jackal tomba en arrière. La chute lui coupa le souffle et il fut surpris de constater que son âme devait endurer autant que le corps laissé à Haut-Temple. Très vite, le vigile appuya ses genoux sur ses épaules, le saisit à la gorge, plantant ses ongles dans son cou.

Eh, qu'est-ce qui se passe ? Je suis en train de mourir…

Soudain, la tête du factionnaire explosa au-dessus de lui. Un geyser de sang aspergea Jackal par intermittence. Aveuglé, il eut toutes les peines du monde à se débarrasser de son agresseur, agrippé à son cou.

Le mercenaire se dégagea enfin et se releva, à bout de souffle. Devant lui se tenait un adolescent au regard fou.

— Bren Jackal ?

— Oui. Tu es qui, toi ?

Le garçon le toisa, lèvres pincées. Il était petit, frêle, avait le teint cireux et ses cheveux partaient par plaques.

Tant de laideur sur si peu de place, songea Bren Jackal.

— Je m'appelle Jeremy. Mon Maître est désolé, pour votre voyage : c'était pas le plus court chemin et pas le plus agréable, mais comme ça, on est sûrs que personne vous a vu arriver. Enfin… aucun serviteur d'Omok. Suivez-moi. Et surtout, quoi qu'il arrive, marchez dans mes pas, l'endroit est pas si sûr que ça.

— Compris, acquiesça distraitement Jackal, tout à la contemplation de l'invraisemblable paysage.

Car autour d'eux s'élevaient des falaises noires, hautes de plusieurs kilomètres. Par endroits de fragiles constructions s'y agglutinaient comme des verrues brunes et on voyait parfois des silhouettes tomber de là-haut. Leur cri parvenait à Jackal bien après leur chute.

— Qu'est-ce qui lui est arrivé, à ce type, tout à l'heure ? demanda le mercenaire.

— C'est une drôle de question. Vous l'avez pas vu ?

— Si mais… Comment tu as fait ça ?

— C'est pas vraiment moi, c'est le Maître. Il m'apprend des sorts, pour me donner un coup de main. Mais ça marche qu'une fois, je peux pas m'en resservir.

Ils s'arrêtèrent au bas d'une avancée de la falaise ; l'adolescent mit le pied sur une marche que Jackal n'aurait jamais vue sans lui. Tout un escalier taillé à même la roche se déroulait, probablement jusqu'au sommet. Le mercenaire le suivit, imaginant que la paroi recélait une porte ou une grotte, à quelques mètres de là. Jeremy lui conseilla de ne pas regarder en arrière, pour éviter le vertige. Ils parcoururent les premiers mètres en silence.

— Je croyais qu'on ne mourait qu'une fois ? dit Jackal, un peu plus tard.

— Vous parlez encore de ce type qui vous étranglait ?

— Oui…

— Eh ben, on meurt autant de fois que c'est nécessaire, répondit Jeremy sur un ton qui déplut à Jackal.

Les marches succédèrent aux marches. L'ascension se révélait plus longue que le mercenaire l'avait prévu.

— On va loin comme ça ? demanda-t-il, les cuisses endolories.

— Presque jusqu'au sommet.

— Je ne tiendrai pas aussi longtemps…

— C'est un raccourci, plaida l'adolescent, sans ralentir.

Quelques minutes plus tard, Jackal avisa une seconde voie, plus directe, aux marches moins espacées et plus larges. Il crut que Jeremy l'emprunterait, au lieu de quoi le garçon obliqua sur la gauche pour cheminer à l'horizontale sur un chemin large comme un pied.

On se retrouve plus haut, songea le mercenaire en s'engageant sur la voie de son choix, le sourire aux lèvres.

Dix mètres plus loin il déchanta : il s'était enfoncé jusqu'à la cheville dans la roche, soudain semblable à des sables mouvants. Il essaya de retirer son pied, en vain. En fait, il continuait de s'enfoncer et l'autre pied fut pris dans la même gangue. Incapable de bouger, il sentit la panique s'emparer de lui puis, habitué aux situations extrêmes qu'entraînait son métier, il la chassa.

— Jeremy ! appela-t-il. Jeremy, j'ai un problème !

La roche lui arriva à mi-jambes. À l'intérieur, c'était froid comme de la glace. Au bout d'une minute, il n'eut plus de sensation dans les pieds.

C'est trop bête…

— Jeremy, bon sang, qu'est-ce que tu fiches ? s'énerva-t-il. Si je mets la main sur toi, je te…

— Vous m'avez appelé ?

Jeremy se tenait sous lui, à l'endroit précis où les chemins se séparaient. Jackal se retourna et pour la première fois regarda le fond de la vallée. Le vertige le saisit et si ses pieds n'avaient été pris dans la roche il serait tombé, attiré par le vide.

—Oui, je t'ai appelé. Comment on sort de là ?

—Je sais pas. J'en sais vraiment rien.

—Mais… Et je fais comment moi, maintenant ?

—Je vous avais dit de marcher dans mes pas. On va être en retard, le Maître sera contrarié.

Seule cette dernière possibilité sembla émouvoir le garçon.

—Eh bien, il sera contrarié. En attendant, je dois sortir de là ; je m'enfonce sans arrêt.

—Je vais aller le lui demander.

—Eh, j'en aurai peut-être jusqu'aux oreilles, d'ici là !

—La prochaine fois, vous m'écouterez au lieu d'en faire qu'à votre tête. Enfin, s'il y a une prochaine fois…

Pour qui se prenait ce gamin, à lui parler ainsi ? Jackal aurait rêvé de châtier son insolence. Mais il dut reconnaître que le fautif, c'était lui. Jeremy s'éloigna et disparut de son champ de vision. Bren Jackal glissait toujours plus profondément dans la falaise.

Une heure s'était écoulée et il en avait jusqu'à la ceinture. La pierre restait souple sur une étroite bande puis retrouvait son inaltérable densité. Pour se distraire, il pensa à une jeune fille avec laquelle il avait joué pendant trois jours et trois nuits. Elle s'était laissé séduire par le beau visage de Bren Jackal que barrait une balafre comme la signature d'une vie passionnante et pleine d'aventures. Combien étaient comme elle tombées dans le piège de sa beauté ? Il l'avait tant fourragée qu'elle n'avait cessé de s'évanouir. Lui-même avait fini par avoir mal ; mais son désir ne s'était éteint que lorsqu'il avait bu son sang comme à une fontaine après avoir tranché ses veines avec les dents. Il aimait repasser ces images, seulement, piégé dans la falaise, il ne sentait plus son sexe, cette arme avec laquelle il avait commis tant de viols.

Au moins, coincé comme je suis je ne risque pas de tomber, se dit-il pour se rassurer. Mais les heures s'écoulèrent sans nouvelles de Jeremy et la roche oppressa bientôt sa poitrine. Il regrettait de ne pas avoir demandé combien de temps prendrait le voyage du garçon. La nuit tomba sur la vallée, une nuit d'un rouge sombre, comme à l'ombre d'un volcan en éruption. Jackal commença à avoir peur. Il repensa à Gédaëlle, à sa force brute.

Qu'est-ce qu'elle est devenue ?

La créature magique avait vaillamment résisté aux attaques des mages, lui permettant de gagner la cache organique de la Pierre d'Ombre. Surtout, elle avait changé le destin du mercenaire. D'une certaine manière cette rencontre avait précipité sa mort. Certes, Golan Tark ne lui avait pas dit que cela se passerait ainsi. Normalement, une fois le Talaris entre ses mains, Jackal devait quitter Corall-Medding et suivre Gédaëlle jusqu'à un rendez-vous secret. Mais Hosartan, le gardien, l'avait étouffé.

Et ça ne m'étonnerait pas que ce Tark y soit pour quelque chose.

Il souleva la besace où se trouvait le Talaris.

Si ça continue comme ça, la Pierre d'Ombre va tomber.

Il eut les bras à l'horizontale, puis ils s'enfoncèrent à leur tour et la sangle de la besace l'étrangla. Hosartan l'avait étouffé et ça recommençait. Que lui avait dit Jeremy ?

« On meurt autant de fois qu'il est nécessaire. »

– JEREMY ! hurla-t-il.

Puis la roche toucha son menton, empêchant tout mouvement de sa mâchoire et il ne put plus prononcer un mot. Il entendit alors un petit bruit de reptation. Dans la pénombre rougeoyante Jackal vit des scorpions descendre depuis le sommet. Des dizaines. Leurs articulations rougeoyaient comme si des braises chauffaient sous la carapace de bronze.

Fichez le camp ! Allez, foutez-moi le camp…

Des bestioles, encore des bestioles. Alors c'était ça, la mort ? Une invasion de créatures munies de dards empoisonnés ? Curieux, le premier scorpion monta sur son crâne. Jackal secoua la tête et l'arachnide tomba dans le vide sans un bruit. Un autre lui succéda mais le prisonnier ne put s'en débarrasser car il s'accrochait à ses longs cheveux bruns comme l'avaient fait les horribles papillons, dans le ventre de Hosartan. Il y en eut un autre, et un autre encore. Ils gambadaient sur son visage, glissaient leurs pattes entre ses lèvres. Le dard du cinquième scorpion creva sa joue. La douleur lui arracha un gémissement. S'il avait pu ouvrir la bouche, il aurait hurlé. Ce fut comme un signal : de curieuses, les créatures devinrent excitées et elles ravagèrent la face de Bren Jackal.

Outre la douleur, le venin libéra des images proches de celles que les fumerolles lui avaient instillées, alors qu'il parcourait la longue route menant au royaume d'Omok. Elles laissaient supposer l'existence d'un monde en deçà de Galameh, plus terrible. Un enfer parmi les enfers, un noyau de douleur pure, vide de tout espoir. On ne pouvait rien y entreprendre, rien y aimer. Même la cruauté dont se repaissait Jackal n'y était pas admise. Les humains n'y avaient aucune place.

Jeremy arriva au moment précis où le mercenaire allait de nouveau s'étouffer. Plus tard, Jackal devait se demander s'il ne l'avait pas fait exprès : attendre le dernier moment pour intervenir… Le garçon attrapa la sangle du sac qui pendait à présent sous le nez de Bren Jackal. Puis il prononça un sort et la roche libéra Jackal.

— C'est malin, dit Jeremy.

Il désigna de l'index le visage boursouflé, l'œil en charpie.

— Il… il y a sûrement un moyen de changer ça ? Ce n'est pas réel… je veux dire, ici, ce n'est pas la réalité…

— Un défunt peut changer beaucoup de choses en Galameh. Il peut même changer son apparence une fois. Mais vous réjouissez pas trop vite… Ce sont des scorpions de feu qui vous ont piqué. Des créatures nées ici. Même pour le Maître elles sont mystérieuses. Désolé, mais c'est fichu.

Ce n'est pas possible…

La douleur lui donnait une migraine épouvantable, le poison circulait toujours en lui, inventant des images qui se superposaient au décor vertigineux de la vallée. Jackal toucha ses joues endolories ; ses doigts sentirent des bubons qui durcissaient déjà.

Je ne peux pas rester comme ça.

— Bon, on a encore du chemin à faire, dit Jeremy en tendant au mercenaire sa besace. Vous me suivez, cette fois ?

Jackal se contenta d'un hochement de tête.

Ils grimpèrent pendant une bonne heure. La fièvre s'empara de Jackal, menaçant son équilibre. À quelques mètres du sommet, Jeremy s'arrêta.

— C'est ici, dit-il.

— Ici ? Mais je ne vois rien.

Jeremy désigna le vide au-dessous d'eux. Près de mille mètres plus bas la vallée scintillait d'une lumière surnaturelle, comme si on y avait jeté de pleines poignées de diamants.

— Mais, c'est de là que nous venons !

— Il faut sauter. Le raccourci…, expliqua simplement le garçon.

— Non, je ne peux pas faire ça.

— Vous passez devant moi, je ne tiens pas à retourner vous chercher.

— Mais, je…

Jeremy le poussa et Jackal bascula en avant. Malgré les épreuves et la fièvre, ses réflexes de guerrier étaient assez aiguisés pour qu'il donne un coup d'épaule et, tendant le bras, attrape le garçon. Il l'entraîna dans sa chute, inévitable à présent. Jeremy ne put cacher sa surprise mais nul effroi ne déforma ses traits.

Ils dégringolèrent. La paroi noire défila. Puis le ciel rouge sombre s'afficha, le sol, la falaise… Jackal tournoyait, incapable de maîtriser sa chute. Il se mit à crier alors que le sol approchait à grande vitesse. Oui, il était en enfer et un dénommé Tark se fichait de lui, depuis trop longtemps maintenant, accumulant les pièges et les mensonges. Ses promesses n'étaient sûrement que du vent.

Vingt mètres avant de heurter le fond de la vallée, une tache lumineuse s'ouvrit comme une fenêtre derrière laquelle aurait brillé un soleil. Ils s'engouffrèrent dans la lumière aveuglante.

* * *

Le Sarment du temps était à portée de la main, soupira Golan Tark. La sorcière ondine qui avait failli avoir raison de Jocquinius lui avait rapporté la présence de ce mage au beau milieu de la forêt de Brindillion et de son précieux chargement, le Talaris aresmass.

—Tu m'as rendu un fier service, dit le sorcier à l'ondine, qui se trouvait bien loin de Galameh.

—Sans moi, tu n'aurais jamais su que ce Jocquinius qui t'intéresse tant était dans les bois, dit la créature avec une fierté excessive.

—Tu as pris du plaisir avec ce jeune moinillon ?

—Et comment ! C'est lui qui a parlé, qui a tout raconté.

—Jusqu'à te parler du Talaris que transporte le mage.

—Oui ! Ils ne tiennent pas leur langue. Ils sont si faciles à séduire... C'en est presque écœurant, à force ! Il aurait fait un très bon hôte pour mes petits œufs...

—Et tu aurais dû te battre à nouveau contre ta progéniture.

—Peut-être pas, qui sait ? Je crois que... qu'un jour je n'aurai plus à me défendre contre mes filles.

Il y avait une note de tristesse mêlée d'espoir dans la voix de la sorcière.

—Elles avaient fait du bon travail avant de se retourner contre moi, dit-elle.

—En décimant toute une ville forestière...

—Oui, elles ont réussi cet exploit. Mais note que je les ai bien aidées...

—Mes félicitations...

Et maintenant, tu es seule au milieu de nulle part, idiote.

—J'ai descendu la rivière le plus loin possible et je me cache en attendant des jours meilleurs. Regarde, je t'ai apporté de précieux renseignements, tu dois être content de moi, non ?

—C'est possible...

—Alors tu me feras la place promise, quand viendra l'heure de ta gloire ?

—C'est possible aussi.

Mais tu es une alliée proprement incompétente. Si je te laissais faire, je n'aurais vite plus personne à gouverner, songea Golan Tark.

L'ancien mage avait obtenu la complicité d'un certain nombre de créatures maléfiques dès l'époque de son règne au sommet de l'Ordre trinicien. Et il entretenait toujours ce contact entre les deux mondes.

Je m'occuperai de ce Jocquinius personnellement, décida-t-il. *Plus tard...*

Jeremy apparut soudain dans la Cabane, accompagné de Bren Jackal.

—Ah, cher mercenaire, je ne vous attendais plus ! dit Tark.

Pourtant habitué à côtoyer les monstres qui hantaient Galameh, le sorcier eut du mal à cacher son dégoût face à Bren Jackal. Le mercenaire était horriblement défiguré, depuis la piqûre des scorpions de feu.

—On a été retardés, dit Jackal.

Parler lui était difficile car les créatures l'avaient piqué dans la bouche, sur la langue.

—Jeremy m'a dit ça, en effet. Alors, montrez-moi mon petit présent.

Jackal lui tendit la besace.

— C'est dedans…

Tark saisit précipitamment le sac de toile et, impatient, plongea la main à l'intérieur.

— Eh ! fit-il en lâchant la besace qui tomba à ses pieds.

Grimaçant de douleur, il porta le dos de sa main à sa bouche.

— Maître ! s'exclama Jeremy inquiet.

Un scorpion rampa hors du sac.

— Saloperie, pesta le sorcier.

D'un coup de talon il écrasa la bestiole qui perdit aussitôt son rougeoiement. Face à lui, Jackal se fendait d'un rictus satisfait.

Il savait, pensa Tark. *Il ne m'a pas mis en garde sciemment.*

Les scorpions de feu étaient un mystère, y compris pour le sorcier. À moins d'être menacés ou dérangés, ils se tenaient à l'écart des âmes défuntes. Leurs piqûres étaient la source d'un millier d'histoires différentes. Peut-être avaient-ils été attirés par le Talaris pour s'être ainsi rués en masse sur Bren Jackal.

Je pourrai en observer les effets sur lui, songea le sorcier, renonçant pour le moment au plaisir de le supplicier sur un arbre à pleurs. Comme chaque fois, son optimisme inversait le moindre événement négatif.

Tark sentit le venin se répandre en lui. D'un trait de pensée il stoppa l'invasion empoisonnée, avant qu'elle atteigne les organes vitaux – sans toutefois parvenir à s'en débarrasser complètement.

Je verrai ça plus tard.

— Une mauvaise surprise, on dirait, dit-il simplement.

— On s'habitue, répliqua Jackal avec insolence.

— Il n'y en a pas d'autres, au moins ?

— Pas que je sache. Mais ils sont vicieux…

Le sorcier ne releva pas la raillerie ; il se pencha et secoua la besace pour faire rouler le Talaris sans avoir à glisser sa main sous la toile. Il saisit la gemme. Son cœur se mit à battre plus vite. Il se redressa, leva l'artefact devant ses yeux.

Enfin…

Ses yeux brillaient de satisfaction. La Pierre d'Ombre était enfin entre ses mains. Grâce à elle, ses projets allaient pouvoir prendre corps. Elle était la pièce essentielle pour ouvrir les portes sur Val-des-Miracles. Des portes qu'il préparait patiemment depuis des mois, comme il l'avait expliqué à Jeremy quelques jours plus tôt :

— Elles sont là depuis la nuit des temps mais il a fallu que je les mette au jour.

— Les mettre au jour, Maître ? avait demandé le garçon.

— Oui. Je me suis servi du Talaris des prêtresses. Grâce à sa puissante magie, j'ai lancé des pierres en des points précis.

— Des météorites…

— Exactement.

— Comme celle qui a réveillé votre création, c'est ça ?

— En effet, l'une d'elles a exhumé Gédaëlle. Ça m'a coûté une bonne partie de mon énergie et je n'aurais pas pu continuer ce… bombardement plus longtemps. Ces météorites ont une origine particulière : elles proviennent de l'île du Temps, mon garçon. Oui ! L'île du Temps ! Ne fais pas cette tête, ça n'a pas été… *sorcier*, cabotina Golan Tark.

— Mais l'île du Temps, c'est pas la maison des dieux ? s'était exclamé Jeremy.

— Peut-être qu'elle l'a été, il y a longtemps. Mais les dieux ont déserté Elamia. Ils ne sont plus que des mirages dans les yeux des humains.

— Les mirages d'Elamia…

— Parfaitement, mon jeune compagnon.

— Mais pourquoi vous avez détourné un fleuve, Maître ?

— D'une part, l'eau joue un rôle de tout premier ordre dans l'activation de ces portes. Sans elle, la magie n'opère pas, c'est aussi simple que ça. D'autre part, s'il n'irrigue plus Corall-Medding, le fleuve traverse de grandes cités. Et il irrigue désormais un lieu qui m'intéresse au plus haut point.

— Vraiment, Maître ?

— Tu découvriras cela en temps utile…, avait conclu le sorcier avec un geste impatient.

Et maintenant que les portes étaient prêtes, ces portes auxquelles n'avaient pas cru les Triniciens enfermés dans leurs cryptes de Haut-Temple, Golan Tark possédait l'artefact qui allait permettre le passage proprement dit de ses troupes. Les morts allaient revenir. Par millions.

J'aurai ma revanche.

Le doute n'avait pas sa place dans ses projets. Pas la moindre. La réussite était la seule option au point que jusqu'à présent, les imprévus étaient tous positifs, alimentant le plan et son succès inévitable. Il regarda le mercenaire droit dans les yeux.

— Bravo, Jackal ! Vous avez bien travaillé… Et je suis certain que nous allons accomplir de grandes choses ensemble.

Mais il faudra que je t'aie à l'œil, désormais.

* * *

Onahra gravit la centaine de mètres qui la séparait d'un sommet chapeauté d'une roche bosselée et crevée de trous circulaires. D'en bas, on aurait dit une sculpture abstraite, à la beauté étrange.

La courte ascension fut un véritable calvaire, dans une atmosphère étouffante de fournaise. La colline dominait les plaines Variantes, séjour préféré des démons.

Les démons d'Omok étaient les serviteurs d'un dieu invisible, dont le nom circulait entre les morts comme celui d'un poison sans antidote. Golan Tark avait corrompu certaines de ces créatures en leur offrant ce qu'elles souhaitaient le plus obtenir : un monde meilleur. Autrement dit, un monde débarrassé d'une bonne partie de ses occupants. Balabord était de ceux-là. Mais Tark ne lui faisait qu'à moitié confiance. S'il avait pu mener ses recherches puis ses premiers travaux dans une relative tranquillité, le sorcier savait bien que ça ne durerait pas. Et pour lancer les morts à l'assaut de Val-des-Miracles, le monde des vivants, il lui fallait avoir les coudées franches.

— Cela va être compliqué, avait-il dit à la femme, et s'il y a bien une chose dont je n'ai pas besoin, c'est d'être dérangé.

— Alors, vous comptez sur moi une fois de plus…

— Pour créer une diversion… Vous grimperez au sommet de Walachiel.

— Mais c'est juste en face de la retraite des démons !

— Précisément, impératrice, précisément… Vous allez leur donner de quoi s'occuper.

Onahra avait peur. Les plaines Variantes étaient une mer en fusion. De la lave, à perte de vue. La chaleur était insoutenable et les effluves soufrés troublaient sa vue, lui donnaient mal à la tête. Mais le pire n'était pas là. Le pire était les démons eux-mêmes, lunatiques, méfiants, provocateurs ou cruels ; impossible ou presque de prévoir leur humeur, d'anticiper leurs réactions.

Onahra serra dans sa main le Talaris des prêtresses, que lui avait prêté Tark. Elle se concentra et rien ne se passa, comme l'avait prévenue Tark.

Ça ne marchera pas sans l'aide de ses maudits sorts.

Elle en prononça un aussitôt, soulagée de constater qu'il ne provoquait pas la même douleur qu'autrefois, quand elle était en vie – ici, lancer un sort n'affectait pas le lanceur de la même manière. Les mots magiques de Tark étaient la clef qui ouvrait la bonde de ses propres pouvoirs. Ces derniers l'envahirent avec une frénésie telle qu'elle dut se contrôler pour ne pas céder à la jouissance d'être à nouveau en leur compagnie.

Alors elle ferma les yeux et fit appel à ses pouvoirs d'atisha.

Là.

Aidée du Talaris, l'impératrice n'eut aucune peine à retrouver la rivière souterraine que lui avait indiquée le sorcier. Elle coulait en retrait de la colline, canalisée par le minerai qui faisait barrage à la roche en fusion. Onahra se concentra et dans son effort en oublia la peur ; elle éprouvait enfin l'excitation d'un moment inédit, se demandant comment ses dons d'atisha allaient se manifester ici, en plein Galameh.

Elle rassembla ces eaux souterraines, nées du côté du Ventre. Les paumes ouvertes vers le sol, elle les commanda avec une maestria inconnue de l'autre côté du monde.

Onahra sentit la terre gronder sous ses pieds. Gonflée, accélérée à la vitesse de trombes apocalyptiques, la rivière frappait la roche dure en de fantastiques coups de boutoir. On aurait dit que des forges souterraines s'étaient mises en branle pour équiper toute une armée.

Des coups, encore et encore. Les bras d'Onahra tremblaient comme s'ils tiraient sur une corde pour déplacer un chariot rempli de plomb.

Enfin, le torrent creva la résistance minérale ; il enfonça sans difficulté les roches plus tendres et la terre avant de jaillir depuis le pied de la colline. L'eau se déversa dans les plaines Variantes, se vaporisant en une fraction de seconde.

— Vous utiliserez ensuite un sort qu'une ondine m'a enseigné, avait ordonné Tark.

Une ondine, songea l'impératrice avec dégoût. *Autrement dit une fervente de la déesse Laménie qui a dévoyé ses pouvoirs, a abusé de la nature au lieu de la servir… Ça ne marchera jamais.*

Pourtant, les deux magies s'accordèrent avec plus d'harmonie qu'elle l'avait cru possible. L'eau ne se vaporisait plus mais affluait en un débit toujours plus important à mesure que la brèche s'élargissait au pied de Walachiel.

Sous l'action de l'eau ensorcelée, la lave commença de refroidir et de se solidifier à une vitesse surnaturelle. La transformation se répandit depuis la colline comme une contagion. La lave siffla, craqua en se contractant ; un vacarme formidable qui s'ajoutait au bruit du torrent furieux.

Alors les premiers démons apparurent.

Nous y voilà…

Alertés par le bruit, ils quittaient un à un les poches brûlantes où ils avaient élu domicile. Certains s'élevèrent au-dessus de la lave, d'autres galopèrent sur la croûte mouvante. Onahra eut un frisson d'effroi en voyant ces monstres à la laideur accrue par les ondes de chaleur.

Tark, je te déteste.

Elle trouva dans sa haine l'énergie d'accélérer la transformation de la mer de feu. Des geysers délétères fusaient, gagnant l'horizon à mesure que le torrent ensorcelé poursuivait son œuvre. Une demi-douzaine de démons accouraient déjà. Dans dix ou quinze minutes, ils seraient là.

Plus vite !

Un septième monstre puis un huitième s'extirpèrent de la lave mais elle se solidifia autour d'eux et ils en furent prisonniers. Leurs hurlements de rage et d'impuissance résonnèrent comme une tempête au milieu du chaos. D'autres démons arrivaient de tous les côtés de Galameh, alertés par leurs congénères. Walachiel était maintenant soumise à de telles forces contraires qu'elle tremblait et menaçait de s'effondrer sur les plaines solidifiées. Onahra prit appui sur la pierre plantée au sommet de la colline.

Les pattes des démons terrestres furent à leur tour piégées par le changement soudain. Trois tombèrent en avant comme s'ils s'étaient pris les pieds dans une corde. Les créatures volantes filaient toujours vers Onahra, contournant les geysers en crachant leur colère.

* * *

Ils étaient près de trois mille hommes à avoir embarqué sur les puissants vaisseaux de guerre de Golan Tark.

Mes troupes. Les toutes premières, se dit le sorcier, le sourire aux lèvres.

Une brise régulière soufflait sur le Ventre, soulevant la cape rouge et noire de Tark et sa chevelure brune.

Plus un seul cheveu blanc, nota son aide Jeremy, plus mal à l'aise que jamais au milieu de tous ces hommes de mer.

— Je crois que cette fois tout est prêt, déclara un certain Hodgson.

Ancien officier d'Adrian, cet homme voûté et au regard triste sous une frange noir de jais striée de gris avait vaincu l'armada des îles Ferrone, réputée pour son excellence sur les mers australes.

— Comment se sentent les hommes ? crut bon de demander Tark.

— Pressés de passer…

— Mais sont-ils prêts à se battre ?

— La plupart d'entre eux étaient des soldats.

Sur le pont des navires, les hommes s'agitaient. Des gueules cassées sous les casques noirs, des corps brûlés sous les uniformes noir et rouge. Ceux qui n'étaient que cendres sur la plaine de Havoc s'étaient inventé en Galameh d'horribles silhouettes décharnées ; avaient-ils alors espéré provoquer l'apitoiement des démons et du peuple des morts ? Ce jour-là, ils portaient des uniformes créés par le sorcier : plastrons de cuir, manchettes garnies de clous, gantelets, hautes chausses… Glaives, lances, piques ou arbalètes les équipaient. Ils ne savaient pas que seule la moitié de ces armes étaient réelles. Et s'ils l'avaient su, ils n'auraient pas aimé connaître la raison d'une telle duperie.

Hodgson rejoignit la *Niranda*. Il attendait désormais un signe de Tark pour lancer la flotte. Il ne savait pas quoi penser de ces navires construits par magie. Depuis qu'il était en Galameh, il n'avait guère eu l'occasion de contempler des objets authentiques. Et cette fois, il s'agissait de bâtiments énormes, bien conçus malgré quelques défauts.

Surtout, se dit-il, *je ne sais pas quoi penser de Tark. Pas un marin, c'est sûr. Peut-être qu'il me nommera amiral… Adrian m'a toujours refusé cet honneur, pour une raison que j'ignore. J'espère que Tark se montrera plus généreux…*

— Je me demande pourquoi il a réparti les forces comme ça…, demanda-t-il à Mohad, ce héros qui avait vaincu un démon marin à la sinistre réputation de mangeur d'hommes, et commandait maintenant un bâtiment.

— C'est-à-dire ?

— Les plus mauvais en tête de la flotte, suivis des meilleurs, et enfin de moins bons éléments.

— Il a une idée derrière la tête. Une sorte de tactique secrète, voilà.

— Tu lui fais confiance ?

— Bien sûr ! Tu as vu ce qu'il m'a offert ?

— Ton trophée…

— Et pas une imitation. Cette mâchoire m'a coûté la vie, si on y regarde bien.

Hodgson avait quant à lui reçu la médaille de terre cuite sur laquelle était gravé le profil d'une petite fille qu'il avait sauvée. L'enfant, élevée en secret par une amie aubergiste, avait illuminé sa vie chaque fois qu'il avait mis pied à terre. Il l'avait vue grandir puis partir, à l'adolescence, avec un jeune marin qui lui ressemblait étrangement : même regard insolent, même silhouette sèche et menue, même menton creusé d'une fossette. C'était un peu comme si elle était partie avec lui et Hodgson n'avait jamais su comment interpréter le choix de la jeune fille. Il avait caché son existence à l'empereur ainsi qu'à bien des officiers de la flotte. Il avait si peur qu'il lui arrive quoi que ce soit... Elle était cette chaîne qu'il avait toujours refusé d'avoir au pied. Une merveilleuse chaîne, certes, mais pour un homme comme Hodgson, bardé de tant de responsabilités, il valait mieux ne pas avoir d'attaches.

La médaille l'avait accompagnée sur maints navires. Un talisman qui lui avait porté chance, était-il persuadé. D'ailleurs, il ne l'avait pas à bord le jour de sa mort.

Golan Tark était descendu jusqu'aux pontons où était amarrée la cinquantaine de vaisseaux. Il leva les bras en un geste lent et solennel : le signal attendu. Des ordres fusèrent sur les ponts. On largua les amarres. Excités de pouvoir toucher des cordages pour la première fois depuis des décennies, sinon plus, les marins se chamaillaient déjà. Baracaly, le bosco de Hodgson, s'époumona pour rétablir l'ordre et distribua quelques gifles aux plus jeunes. C'était un puissant gaillard roux, aussi haut que large. Son corps était constellé de tatouages ; la moitié d'entre eux représentait les femmes qu'il avait aimées, l'autre moitié les ennemis qu'il avait tués à coups de poing. Comme bien des hommes à bord, il avait un compte à régler avec ses assassins.

Le Ventre tira un à un les vaisseaux pour les éloigner des pontons.

— Alors, matelots ! beugla Baracaly. Y en a pas un qui connaît une chanson à virer ?

Des vivats éclatèrent puis un marin entonna un couplet aussi ancien que lui.

— Braillez-moi ça ! ordonna le bosco. Mettez-moi le feu au tillac ! ALLEZ !

Les voix de cinquante hommes reprirent le chant en chœur et Baracaly sentit le teck du pont trembler sous ses pieds. L'excitation l'avait gagné et il prit une profonde inspiration tandis qu'un frisson remontait le long de son échine.

Bon sang, qu'est-ce que j'aime ça ! Comment j'ai pu m'en passer pendant si longtemps, ça, c'est un mystère...

Des chants semblables montèrent à bord des autres vaisseaux. Les voiles prirent le vent en claquant comme des fouets. Des cornes mugirent et le vacarme de l'armada en manœuvre sur le lac se répercuta contre les falaises alentour, se faufila parmi les chemins, glissa entre les arbres et descendit jusqu'à Bois-des-Larmes.

* * *

Pour Halaïa, la douleur était devenue partie intégrante de son corps. Elle ne connaissait plus qu'elle, une compagne bavarde, exigeante et loyale : elle ne la quittait jamais – et elle ne la quitterait pour rien au monde, apparemment.

Une ramure de l'arbre à pleurs se fraya un chemin autour d'un genou en une poussée unique, pour ressortir au niveau du pli de l'articulation. Si elle avait pu bouger, Halaïa se serait cabrée comme sous l'effet d'une décharge électrique. Mais l'arbre qui croissait en elle telle une plante parasite l'immobilisait, et elle subit cet énième assaut végétal comme une humiliation. Jamais elle n'aurait cru pareille douleur possible.

Les Aresmass obtenaient la plupart de leurs visions durant leur sommeil. Son fils Adrian avait été une exception illustre : ses dons étaient si développés qu'il lui suffisait de se concentrer pour plonger dans l'avenir et démêler l'écheveau des possibles. Aucune drogue, aucune transe profonde ne lui étaient nécessaires. Juste de la concentration. Et l'aide du Talaris. Haspalnod avait obtenu des Cercles où il siégeait de pouvoir emprunter l'artefact. L'effet avait encore accru le pouvoir du jeune Adrian, affinant ses visions prophétiques : il lisait les trames du Canevas avec une facilité sidérante. Le futur empereur était doué. Il avait hérité de sa mère l'intensité de son don.

Alors que les clameurs de l'armada atteignaient Halaïa, la vieille Aresmass décida de s'enfuir. Elle sollicita son pouvoir avec une ferveur inédite.

Il y aura bien une place pour moi parmi tous les avenirs possibles.

Après une heure d'efforts d'une intensité inouïe, le Canevas du temps se matérialisa. Elle vit enfin des portes s'ouvrir, des dizaines de portes.

Lorsque Golan Tark pénétra dans Bois-des-Larmes, quelques heures après le départ de ses premières troupes, l'âme de Halaïa n'était plus là.

* * *

Les plaines Variantes s'étaient solidifiées sous l'action du torrent ensorcelé déchaîné par l'impératrice. Alertés, les démons accouraient de toutes parts, pour se rassembler au-dessus de leur refuge menacé. Cherchant à réparer le préjudice en marche. La diversion annoncée par le sorcier fonctionnait. Les démons avaient cependant repéré Onahra. Les plus proches n'étaient plus qu'à cinquante mètres de l'impératrice. Elle dressa un rideau liquide autour d'elle sous la forme d'une vaste bulle. Le vacarme s'étouffa un peu derrière la protection.

Les créatures volantes s'arrêtèrent à cinq mètres de Walachiel, la colline où se tenait l'impératrice. À sa grande surprise, Balabord était en tête.

Il ne devrait pas être là. Tark l'avait prévenu de ce qui se tramait.

— Impératrice ! hurla le démon corrompu. À quoi vous jouez, impératrice ?

Flottant au-dessus du torrent qui n'en finissait pas de jaillir au pied de Walachiel, il s'approcha… et traversa sans peine le rideau.

Ses longs membres décrivaient des gestes lents et pleins d'une majesté caricaturale.

— Je vous retourne la question, Balabord. Vous n'êtes pas censé être là.

Le démon haussa ses minces sourcils et saisit la natte rousse qui pendait de son crâne par ailleurs rasé.

—Ah ? Mais je suis l'alibi de Tark, vous n'êtes pas au courant ? Après vous avoir grondée, comme une méchante petite sorcière que vous êtes, je vais ordonner à mes petits camarades de s'occuper des plaines Variantes, puis j'en entraînerai d'autres à l'assaut de la flotte de votre Maître.

—Mais vous deviez vous tenir à l'écart de ses navires !

Onahra n'avait aucune idée de ce que le démon pourrait lui infliger mais elle se doutait que ce serait plus terrible qu'une punition de Tark. Balabord rejeta sa natte dans son dos. Il flotta jusqu'à Onahra, tendit le bras et tapota le front de la femme avec son index griffu.

—Vous êtes têtue, oui, sacrément têtue, impératrice de Rien. Rentrez chez vous maintenant. Vous avez fait votre part. Laissez-moi m'occuper du reste…

Un horrible sourire déforma son faciès et il fit demi-tour, franchissant la protection inefficace tendue par l'impératrice. Il rejoignit ses compagnons et, comme il l'avait annoncé, une partie de la troupe s'envola en direction du Ventre tandis que l'autre s'affairait déjà à réduire le débit du torrent ou à dégager les démons prisonniers de la lave.

* * *

Jeremy n'était pas à bord des vaisseaux. Il n'emprunterait pas le Passage avec les premiers défunts et cette idée le rendait presque fou de frustration.

—J'ai trop besoin de toi, affirma Golan Tark. Mon cher petit noyé…, ajouta-t-il en caressant les cheveux ébouriffés du garçon. Bientôt ton heure viendra. Et maintenant, laisse-moi seul, j'ai à faire. Va voir comment se porte ce crétin de Jackal, conclut-il avant de se tourner vers la Pierre d'Ombre, flottant au milieu de la pièce qu'éclairaient des centaines de cierges.

Il faisait incroyablement chaud dans la Cabane ce jour-là. Une température bien supérieure à celle qui régnait sur les rives du lac.

On dirait que… que la maison brûle, se dit Jeremy.

Il n'avait pu que constater l'abondante fumée noire montant des cheminées.

Il s'éloigna en direction de la chambre où se reposait le mercenaire : victime du venin injecté par les scorpions de feu, Jackal était dans un état qui empirait d'heure en heure et il s'était mis à délirer.

—Anna…, soupira le garçon. J'aimerais tellement être auprès de toi ! T'aurais vu toutes ces brutes aujourd'hui ! Des milliers d'hommes, avec des idées… De sales idées, j'en suis sûr. Évite-les, par pitié, Anna, te trouve pas sur leur chemin !

* * *

Les nefs filaient à vive allure, sous le vent portant. Les décors changeaient le long des berges, les plaines de cendres succédant aux escarpements bruns, les marais noyés de brumes aux bois de sapins brossés par le vent.

— À quoi ressemblera cette fameuse porte qui nous ramènera chez nous ? demanda Baracaly à Hodgson, capitaine de la *Niranda*.

— À de la lumière, je crois. Mais, avant de la traverser, nous verrons un colosse de pierre. Il se dressera au milieu du courant.

— Il faudra passer d'un côté ou de l'autre, c'est ça ?

— Nous le laisserons à bâbord, Baracaly. À bâbord.

— Là ! cria soudain la vigie, pointant du doigt la surface de l'eau. Les hommes se précipitèrent contre le bastingage et s'étonnèrent du spectacle. Des silhouettes humaines flottaient entre deux eaux, le visage affichant une éternelle béatitude.

— Des Absents, expliqua Hodgson.

— Ils me flanquent la chair de poule, répliqua le bosco en secouant vigoureusement la tête comme s'il venait de boire un breuvage répugnant.

Les étraves cognaient les corps qui s'enfonçaient avant de réapparaître un peu plus loin, inchangés.

— Moi, ils me fascinent, avoua Hodgson. Ils sont là depuis si longtemps.

— Ce sont les plus anciens de tous les morts que compte ce foutu bout d'enfer…

— Certains y pourrissent depuis plus de dix mille ans… On dit qu'ils possèdent des pouvoirs auxquels ne rêvent même pas les démons d'Omok.

— Déjà, s'ils ont celui d'oublier où ils sont…

Hodgson hocha la tête pensivement. Puis un autre cri retentit, transmis d'une vigie à l'autre :

— Démons à tribord ! Démons !

D'abord incrédules, les trois mille marins que comptait la flotte se tournèrent enfin vers le ciel qu'indiquaient cette fois les hommes grimpés dans les nids-de-pie. Alors la panique s'empara des ponts, comme une traînée de poudre.

— Par les sept dieux ! tonna le bosco, qu'est-ce que ça veut dire ?

Les démons approchaient à grande vitesse, vers les navires de tête.

— Armez les arbalètes, dit Hodgson avec sang-froid.

— Les arbalètes ! retransmit le bosco en hurlant. À armer !

À la fois gracieux et menaçants, les démons d'Omok, gardiens de Galameh, se séparèrent en deux groupes de trois.

— Ils vont attaquer sur deux flancs, comprit Hodgson.

Depuis qu'il était arrivé en Galameh, l'officier de marine n'avait guère eu l'occasion de voir les créatures s'en prendre aux âmes damnées. Chacun tâchait de ne pas avoir affaire à elles. Cette fois, il n'échapperait pas à une démonstration de leur puissance.

Les navires maintenaient leur allure véloce. Du haut du gaillard d'arrière, Hodgson vit le sommet du colosse de pierre jaillir d'un brouillard d'écume.

De l'écume… Je n'aime pas ça…

Il reporta son regard sur les premiers vaisseaux. Les démons fondaient déjà sur leur proie.

— Ils ne s'en prennent qu'à la tête de la flotte ! s'étonna Baracaly.

— Oui…

Le Maître a prévu ça, j'en suis certain…

Les conversations s'étaient éteintes sur le pont de la *Niranda*. On n'entendait plus que le froissement de l'eau sous l'étrave, les criaillements des démons, à deux cents mètres de là, et les hurlements des marins attaqués. Les hommes de Baracaly se tenaient en position de combat, disciplinés mais tendus à craquer. Là-bas, les démons déchirèrent les voiles d'un vaisseau, mirent en pièces le gouvernail d'un autre. On voyait des hommes sauter à l'eau, pour ne jamais remonter. Des nuées de traits noirs filèrent dans le ciel, en direction des démons, mais ils les traversèrent sans effet.

« Vous mettrez les moins bons éléments à l'avant », m'a ordonné le Maître.

Le vaisseau privé de gouvernail harponna le navire de tête. La mâture craqua, les haubans claquèrent, un troisième bateau les dépassa de justesse mais ne put éviter le mât qui s'effondra sur son pont, le crevant sur toute la largeur et stoppant net sa course. Les trois vaisseaux naufragés occupaient à présent la moitié du fleuve et représentaient une menace pour le reste de la flotte.

La *Niranda* manœuvra sans perdre de vitesse. Son flanc effleura une coque. La bôme d'un vaisseau harponné cogna le bastingage puis se désolidarisa du mât avant de tomber à l'eau sans avoir créé de dégâts majeurs. Baracaly beuglait ses ordres et les marins obéissaient efficacement. La main en visière et le cœur battant la chamade, Hodgson observa les démons qui se déchaînaient sur les bâtiments.

La *Niranda* dépassa les épaves qui se délitaient maintenant à une vitesse anormale : baignés d'une lueur verte, les navires ne sombraient pas, ils disparaissaient. C'était les vaisseaux factices de Tark. Des leurres, destinés à occuper les serviteurs d'Omok, un autre élément de la diversion constituée pour partie d'Onahra. Quant aux hommes tombés à l'eau, ils s'empêtraient dans les corps des Absents.

Les moins bons éléments à l'avant et à l'arrière…

Une vingtaine de vaisseaux purent passer sans éveiller l'intérêt des serviteurs d'Omok. Ceux qui fermaient la flotte eurent en revanche moins de chance.

Tark savait ce qui allait se passer, comprit Hodgson. *Mohad me l'a dit : « Il a une idée derrière la tête, une sorte de tactique secrète. » Il avait raison.*

— On dirait bien que Tark a sacrifié des équipages pour donner une chance aux meilleurs, dit à son tour Baracaly.

Hodgson ne savait pas s'il devait admirer le sorcier ou le détester pour avoir jeté en pâture tant d'hommes. Il n'eut pas le temps de s'interroger : le colosse de pierre était tout proche. Et, à en croire le bouillonnement d'écume, la brume et la violence du courant qui en baignaient le pied, il marquait le sommet d'une cascade vertigineuse.

Baracaly s'était déjà tourné vers lui, sondant son supérieur de son regard sévère.

— Il est trop tard pour tenter quoi que ce soit, Baracaly. Le Maître a dit de laisser la pierre à bâbord et c'est ce que nous allons faire…

Baracaly ne discuta pas. Il transmit les ordres et, tout comme Hodgson, pria Malperdonis, dieu de la chance, en silence.

* * *

Golan Tark brûlait des maculas par milliers. En se consumant, les petits papillons émettaient une fumée noire qui s'élevait dans le ciel et, à l'intérieur de la Cabane, tourbillonnait en âcres volutes autour de la Pierre d'Ombre.

Le sorcier avait abandonné son costume d'apparat et c'est nu qu'il officiait, sans témoins. Les bras étendus autour de lui, il assemblait des sortilèges de toutes sortes, dont certains remontaient à la création de l'île du Temps, lorsque le monde n'était encore peuplé que de dieux et de démons.

Tark exultait. Au lieu de le détruire comme elles l'auraient fait en d'autres lieux, les puissances mises en œuvre lui procuraient une jouissance sans bornes. Tout marchait à merveille. L'âme de Halaïa avait disparu mais il avait appris l'emplacement du troisième Talaris, celui des Aresmass, grâce à une sorcière ondine. Oui, tout allait pour le mieux.

Les murs de la pièce s'effacèrent pour laisser la place à des paysages déments. Des ombres s'agitaient parmi les ombres, les mêmes qu'avait aperçues Jackal en cheminant vers le royaume des morts, les mêmes qu'avait entrevues Jeremy autour du Maître.

Il y avait des lustres que la Pierre d'Ombre n'avait pas été ainsi sollicitée. Allait-elle résister ? Elle émit une lumière noire qui aspira les ombres et les fumées. Un grondement sourd monta de toutes les directions. Puis la lumière noire se concentra en un faisceau vertical, dense comme du marbre. Son austère beauté émerveilla Tark. Mais soudain, le faisceau s'inclina et frappa le sorcier à la poitrine.

Le choc le plia en deux, muscles bandés, en proie à la plus grande douleur. Le Trinicien n'avait pas prévu cette défense, car il ne l'avait pas créée. Le doute venait de l'atteindre de plein fouet et ce sentiment était l'ultime sortilège pour défendre l'artefact.

Non !

Tout allait s'arrêter. Il s'était imaginé devenir l'égal des dieux et réaliser des desseins encore plus secrets.

J'étais… si près… du but…

Ses rêves s'effondraient sous la torture des sortilèges émis par la Pierre d'Ombre. Tous ses efforts réduits à néant ! Il avait séduit l'impératrice pour l'obliger à lui apporter le Talaris des prêtresses laménides, il avait éveillé Gédaëlle, détourné le cours d'un fleuve, mis au jour des portes entre les mondes, mobilisé une armée… Jamais il n'avait pensé échouer. Pourtant l'échec était là. Quelle ironie ! Sa principale conquête était celle de sa défaite. Plus il y pensait et plus la douleur resserrait son étau sur lui. Il tomba à genoux, brisé.

« L'échec… n'est que… l'autre face de la réussite… »

Ces mots étaient écrits quelque part dans les précieux grimoires de Scopolia. Des grimoires que Gédaëlle avait détruits, comme elle avait détruit tous les textes se rapportant à Golan Tark. Mais les mots demeuraient intacts dans l'esprit du sorcier et ils se matérialisaient comme des formules magiques.

« La réussite n'est jamais acquise. Pas plus que ne l'est l'échec. »

Il devait admettre que les imprévus font partie du cours du temps.

Je n'avais pas prévu que Bren Jackal rencontrerait Gédaëlle. Je n'avais pas prévu que l'ondine croiserait ce mage dans la forêt. Je n'avais pas prévu d'être piqué par un scorpion de feu…

Cette piqûre, avait-elle une incidence sur la réussite du rituel ?

C'est possible. « La réussite n'est jamais acquise. Pas plus que ne l'est l'échec. L'échec n'est que l'autre face de la réussite et vice versa. *» Même les Aresmass ne peuvent lire l'avenir sans une certaine marge d'erreur. Même Adrian n'a pas vu sa défaite, à Havoc. Soit on agit, soit on ne fait rien mais, si on agit, il faut s'attendre à tout, au pire comme au meilleur : voilà l'unique certitude. Les pensées ne sont rien sans l'action et les rêves ne pèsent sur le monde que s'ils sont réalisés.*

Depuis le début de son aventure en Galameh, Tark avait su se montrer opportuniste. Ce vaste plan auquel il se référait constamment ne s'était en réalité constitué que peu à peu. Pièce après pièce. D'un imprévu à l'autre. D'échec en réussite et de réussite en échec. Il avait tenté d'ouvrir des portes des années plus tôt. Mais il était encore trop faible et, sans la Pierre d'Ombre, il n'était arrivé qu'à libérer quelques ragnes géantes, en amont de la Medding.

Lorsqu'il se souvint qu'il devait accepter l'échec tout autant qu'il appelait de tous ses vœux la réussite, la douleur d'origine magique lui laissa assez de répit pour reprendre son souffle.

Je n'ai pas encore gagné, mais je n'ai pas perdu pour autant. Rien n'est jamais acquis. J'étais le plus puissant parmi les Triniciens et un empereur m'a assassiné. J'aurais pu n'être qu'un sujet d'Omok parmi d'autres et j'ai accru mon pouvoir comme jamais. Rien n'est joué avant la fin de la partie.

La brûlure surnaturelle tiédit enfin. Une chaleur apaisante, celle qui baigne un corps après l'amour. Golan Tark se reprit et se releva. Il passa la main dans ses longues mèches trempées de sueur. Il n'était plus le même. Il reprit le rituel et, sans savoir s'il parviendrait à le mener à terme, s'y attela avec une ardeur nouvelle.

* * *

Le colosse de pierre divisait le fleuve en deux. C'était une silhouette décharnée, haute de vingt-cinq mètres, ployant sous le poids d'une tristesse sans nom. Un serviteur d'Omok l'avait sculpté en des temps d'ennui. L'eau grondait furieusement à ses pieds et blanchissait avant de se pulvériser en embruns.

La *Niranda* glissait vers le précipice qu'annonçaient le courant violent et les spirales d'écume. Sur le pont, les marins avaient compris ce qui se passait. Des dizaines d'yeux se tournaient vers le bosco, en quête d'un soutien. Bien qu'il n'eût plus le cœur à ça, Baracaly se mit à chanter. Dans le vacarme des chutes qui approchaient, les hommes n'entendirent que des bribes mais ils reconnurent pourtant la chanson de marins et la reprirent. Vociférant pour couvrir le tumulte des trombes et la peur qui leur broyait les entrailles.

L'étrave s'enfonça dans les remous. Les marins s'accrochèrent à ce qu'ils avaient sous la main. Certains tombèrent sous l'effet du roulis. La *Niranda* dépassa le colosse et disparut dans le nuage d'embruns. Une fraîcheur humide s'abattit sur l'équipage. Aussitôt, la proue du navire plongea vers le bas en un mouvement ample et sans rémission. Puis un carré de lumière noire aussi large qu'une cité se déploya sous le vaisseau.

Le corridor entre le monde des morts et celui des vivants venait de s'ouvrir.

Chapitre 14

Ce matin-là, Adrian se réveilla avec un mauvais pressentiment. La *Fleur de Nacre* n'était plus qu'à six jours de Port-Incaline et devait passer au large de l'archipel des îles Ferrone.

Ferrone… Hodgson avait vaincu pour moi son armada, au large de Port-Incaline.

Depuis qu'il avait recouvré la mémoire, c'était la première fois qu'il se trouvait si près d'un endroit clef de son règne. Tout à coup, les poils de sa nuque se hérissèrent.

Hodgson! Bon sang, c'était lui dans mon hallucination. Non, pas une hallucination, une vision… une trame… Hodgson… Qu'est-ce que ça veut dire? Pourquoi mon plus fidèle capitaine de flotte m'en voudrait-il à ce point? Et ce que j'ai vu quand j'étais dans le désert, va-t-il vraiment se réaliser, cet assaut de navires de guerre?

Il se concentra. Depuis le passage de la ligne d'Opale, où sa mémoire lui avait été violemment restituée pour une raison encore mystérieuse, il assemblait ses souvenirs et luttait pour qu'ils aient une chronologie, un sens.

Oui, c'était Hodgson mais un Hodgson pâle… Maladif… Fébrile même!

Lorsque Adrian quitta la cabine qu'il partageait avec une dizaine d'hommes, il croisa Olst; l'aide de camp faisait le guet devant la porte.

—Vous n'êtes pas resté là toute la nuit, quand même?

—Odasius et moi, on s'est relayés, Guide suprême.

—Ne m'appelez plus comme ça! Adrian ira très bien. Je vais sur le pont et je ne tiens pas à ce que vous me suiviez comme un petit chien.

Adrian regretta aussitôt la dureté de son ton, même si ses propos étaient sincères.

—Je ne peux pas vous appeler Adrian, dit Olst en baissant les yeux. Ne me demandez pas ça, je vous en supplie.

Olst avait passé trop d'années à servir l'empereur et encore plus à l'idolâtrer, alors qu'il était à sa recherche aux quatre coins d'Elamia, jamais il n'aurait pu appeler cet homme Adrian; et l'empereur déchu était trop intelligent pour ne pas comprendre cette requête.

—Mmm… Eh bien, Olst, je commandais les armées, n'est-ce pas?

—Oui, c'est exact.

—Alors, appelez-moi commandant.

Olst sourit. L'idée semblait lui plaire.

— Très bien, commandant.

— Rompez, Olst. Et par pitié, allez vous reposer.

* * *

Adrian arriva sur le pont où manœuvraient quantité de marins : la brise soufflait de face et la *Fleur de Nacre* tirait bord après bord pour remonter au vent. Les manœuvres fastidieuses s'enchaînaient et la nef gîtait fortement. L'empereur balaya l'horizon du regard. Le ciel blanchi par le soleil matinal était clément ; des nuages dérivaient loin au-dessus de l'océan, certains s'accrochaient aux sommets des lointaines montagnes ferronéennes.

La *Fleur de Nacre* approchait par l'ouest de l'archipel, distant de deux jours de navigation. Le navire le dépasserait par tribord, changerait de cap à quatre-vingt-dix degrés, attrapant les vents portants qui soufflaient depuis le sud et brossaient les côtes orientales des îles Ferrone. Le passage, nommé « les Crocs Noirs » en raison des nombreux récifs qui affleuraient, était délicat : les vents contraires se rencontraient au large de l'archipel, créant de dangereux courants que les hauts-fonds amplifiaient. Le ciel pouvait être aussi limpide que l'eau d'une source et la mer démontée comme en plein ouragan. Cet obstacle franchi, la *Fleur de Nacre* remonterait alors jusqu'à Port-Incaline.

Tout à coup, l'agitation du pont céda la place à des cris de surprise. Les hommes se précipitaient à la proue. Adrian s'approcha et rejoignit Palmiarn qui était déjà debout.

— Qu'est-ce qui se passe ? demanda Adrian.

— Regarde ! dit le garçon, penché au-dessus du plat-bord.

Adrian se pencha à son tour.

— Par tous les dieux ! s'exclama-t-il. Palmiarn, file réveiller Odasius. Vite !

* * *

Hodgson avait déjà navigué de nuit et s'était même faufilé, à bord de minuscules embarcations, au plus près de côtes ennemies sous un ciel sans lune.

Mais il n'avait jamais connu de telles ténèbres.

La noirceur qui étreignait la *Niranda* était si dense et si oppressante que la nef craquait de toutes parts, comme si elle allait se briser d'une seconde à l'autre. Le vent mugissait lugubrement et des marins pleuraient en silence, implorant Omok de leur éviter les pires châtiments. Certains se jetèrent par-dessus bord en hurlant, en proie à des visions terribles, et ceux qui tentèrent de les retenir tombèrent à leur tour. Un grondement sourd accompagna chacune des chutes, comme si une immense machinerie se mettait en branle pour broyer les malheureux.

Baracaly, le bosco de la *Niranda*, était lui-même sur le point de céder à la folie. Les femmes qu'il avait aimées et abandonnées quittaient ses tatouages pour se matérialiser dans les nuées de poix. Elles le harcelaient sans relâche depuis que la *Niranda* s'était enfilée dans le passage entre les mondes.

— Tes gamins, Baracaly, regarde tes gamins !

Elles lui montraient les enfants qu'elles avaient eus de lui. Chaque fois qu'il avait engrossé l'une de ces femmes, il avait pris la fuite après une nuit de beuverie. Et maintenant, elles lui jetaient sa progéniture au visage. Littéralement : les enfants tombaient sur lui en hurlant et le bosco tendait le bras au-dessus de sa tête pour éviter tout contact. Mais elles faisaient mouche à chaque coup.

Fichez le camp ! Allez, fichez le camp !

Seulement les anciennes maîtresses restaient là, gémissant et accusant, crachant et menaçant. Les bébés avaient l'allure de monstres difformes, au regard débile. Tous arboraient un bras droit sans main, irréfutable point commun avec leur père.

NOOON !

Lorsque ces petits monstres le heurtaient, Baracaly ressentait une brûlure qui irradiait depuis son bras, embrasant la moitié de son corps. La douleur était un supplice, mais le pire était la culpabilité qui sapait sa raison, seconde après seconde. Comme l'obscurité la plus totale aveuglait les marins de la flotte, personne ne voyait le bosco en proie à ses démons. Si Hodgson l'avait aperçu, il se serait chargé de le calmer – mais Baracaly était en cet instant plus seul qu'il ne l'avait jamais été.

De la lumière apparut loin au-delà de la proue : une étoile dont le clignotement glacial ressemblait en ces lieux de perdition et d'abandon à la lueur d'un phare annonçant un havre sûr. L'étoile se déploya et, peu à peu, sa lumière gagna le monde clos où la *Niranda* étouffait, réchauffa le cœur des mille marins rescapés des démons d'Omok, chassa les images démentes. Baracaly retrouva son souffle, ses esprits. Quant à ses tatouages, ils saignaient comme les stigmates de passions douloureuses. Il en voulut aussitôt à toutes ces maîtresses accusatrices.

Je jure que la prochaine, elle paiera pour toutes ces harpies...

Comme lui, ils furent des centaines à avoir, malgré eux, alimenté leur haine des vivants. Ils étaient plus déterminés que jamais à conquérir ce monde dont on les avait un peu vite évincés. Bientôt, ils auraient franchi les portes qui séparent la mort de la vie. Ils auraient quelques batailles à livrer, peut-être même une guerre, seulement le Maître leur avait donné en plus de leur fétiche des armes qui surprendraient quiconque se mettrait en travers de leur chemin. Des armes qui en viendraient à bout sans rémission.

Blafarde mais bien réelle, la lumière découpa enfin la silhouette de la *Niranda*, la dégagea de sa gangue noire. Les marins se reconnurent entre eux et poussèrent des hourras de soulagement. Il restait bien quelques lambeaux de ténèbres accrochés loin au-dessus des mâts comme des fumerolles hésitantes, mais un souffle aurait suffi à les disperser ; il en fallait plus pour tempérer l'enthousiasme revenu des pensionnaires du Ponton.

Bien qu'ému par la promesse de retrouver la mer des Aguries, Hodgson regarda vers la poupe. Une vingtaine de navires les suivaient.

Et derrière eux, une forme ailée, noire et ricanante.

— Un démon ! Un démon d'Omok ! hurla un marin.

Hodgson serra sa médaille fétiche et se demanda s'il avait désormais une chance de revoir la jeune fille qu'elle représentait.

* * *

Penché au-dessus de l'eau, Odasius psalmodiait comme un vieillard que la mort effraie, au soir de sa vie. Adrian posa sa main sur l'épaule de son ami.

— Je croyais que tu ne donnais pas dans ces « salades superstitieuses », railla-t-il.

— Oh, Adrian, tu *les* vois morts, commença le marchand, alors tu peux faire le malin. Moi, j'ai vu ces bestioles jaillir de partout, dans la madina !

Depuis plusieurs minutes, l'étrave de la *Fleur de Nacre* cognait les carcasses sans vie d'immenses insectes. Des milliers de ragnes, noyées.

— Elles sont mortes, tu n'as plus rien à craindre.

— Si elles sont mortes, c'est donc qu'elles ont vécu, mon ami.

— Eh bien… oui ! Où veux-tu en venir ?

— Au fait que je ne t'avais pas menti à propos de l'invasion de la madina ! cria le marchand en frappant du poing le bras d'Adrian. Et dire que tu avais mis en doute la parole d'un ami loyal. Ton sauveur ! Le sauveur de l'empereur ! Qu'est-ce que tu dis de ça ?

— Tu as sauvé un homme, Odasius, et c'est déjà beaucoup. Oublie l'empereur, veux-tu ? ajouta-t-il en s'assurant que personne n'avait entendu l'allusion à son rang, mais les marins anakans étaient trop occupés par l'apparition des créatures pour relever les propos du chamelier.

— Bon sang, tu ne m'ôteras pas de l'esprit que sauver un seigneur de guerre, le plus grand qu'ait connu Elamia, ça vaut bien sauver mille vies ! Tu ne vas pas me gâcher ce plaisir tout de même ? Tu me dois bien ça. Eh, tu me dois la vie, on est bien d'accord ?

— Tu n'es qu'un cabotin de la pire espèce. Et un profiteur.

— Un commerçant, mon cher empereur, dit Odasius en s'inclinant pour une révérence caricaturale, un commerçant.

Quelques minutes plus tard, les compagnons de l'empereur s'étaient réunis pour discuter de l'apparition de ces créatures dont ils ne connaissaient pas grand-chose. Des légendes affirmaient qu'elles avaient un lien avec le monde des morts : leurs galeries souterraines seraient situées à proximité des royaumes d'Omok et de Ganalone. C'était bien mince. Ils conclurent qu'elles devaient venir de bien plus loin au sud ; poussées par les vents et les courants, elles avaient sans doute dérivé jusque-là.

* * *

Le Maître n'avait pas prévu ça, j'en suis certain, se dit Hodgson alors que le démon approchait du dernier navire de la flotte.

Baracaly venait lui aussi de comprendre ce qui se tramait à l'arrière du bâtiment. Peut-être que le démon ne les tuerait pas tous mais il aurait le temps de causer de gros dégâts aux nefs : le bosco et son capitaine l'avaient vu à l'œuvre peu de temps avant de dépasser le colosse annonçant la cascade.

Hodgson ordonna à ses hommes d'armer arcs et arbalètes, espérant que leurs projectiles auraient plus d'effets que ceux des malheureuses victimes, noyées un peu plus tôt ce même jour malgré leurs efforts pour se débarrasser de la créature volante. Flèches et carreaux jaillissaient déjà depuis les navires qui suivaient la *Niranda*. Mais le démon était aussi agile que rapide et il évita les traits comme s'il avait deviné quelle trajectoire chacun d'entre eux emprunterait.

Hodgson serra les poings, furieux et impuissant.

— Bon sang ! On ne va pas y arriver ! Je croyais que le Maître avait pensé à tout ?

Au moment même où il allait s'abattre sur le navire de poupe, le serviteur d'Omok fut arrêté dans son vol par une autre créature.

— Balabord ! s'exclama Hodgson.

Il y eut un bref combat aérien, gracieux et terrible, au-dessus des navires, dans la lumière laiteuse qui baignait désormais le corridor séparant Galameh de Val-des-Miracles. Le serviteur corrompu l'emporta tandis que des gouttes de sang démoniaque maculaient les voiles.

Une minute plus tard, la *Niranda* franchissait le seuil du monde des vivants, en compagnie d'une vingtaine d'autres nefs. Hodgson savait que l'autre moitié de la flotte, celle qui avait résisté aux démons, allait apparaître sur la Medding, non loin d'Estebellia. Puis il en viendrait d'autres, et d'autres encore. Il en viendrait de toutes les portes que le Maître s'était ingénié à ouvrir.

Je fais juste partie des premières troupes.

Un banc d'essai, avant que les choses prennent un tour plus définitif. Un essai que l'ancien officier de l'empereur était bien décidé à transformer.

Une brise marine annonça aux marins leur retour dans l'univers qu'ils connaissaient si bien. Les voiles claquèrent avec un son nouveau, sec et sans équivoque, promesse des victoires à venir. Un millier de marins hurlèrent de bonheur.

— Les couleurs ! À HISSER ! beugla Baracaly pour couvrir le vacarme des guerriers.

Des pavois rouge sang barrés d'une croix noire glissèrent le long des drisses. Les autres bâtiments firent de même.

— Les couleurs sont hissées, capitaine, dit Baracaly. Et j'ajouterai que la *Niranda* se comporte à merveille.

— Oui, c'est une bonne mère.

Le bâtiment fendait la houle sans roulis excessif et filait à vive allure au vent portant. Les îles Ferrone se dessinaient à l'horizon, plein nord, premier objectif de conquête pour la flotte de Hodgson. L'autre moitié de la flotte avait passé le colosse par bâbord ; celle-là descendrait la Medding.

Bientôt, les nefs de Hodgson tomberaient au milieu du chaudron que courants, vents contraires et hauts-fonds alimentaient. Les marins les plus aguerris craignaient ces parages mais les hommes de Hodgson n'avaient peur de rien et surtout pas de la mort : ils savaient maintenant que l'on pouvait en revenir.

* * *

Bien qu'elle fût contrainte de louvoyer pour remonter contre le vent, la *Fleur de Nacre* avait deux jours d'avance sur la *Niranda*. L'équipage de la nef marchande était trop éloigné pour assister à l'apparition surnaturelle de la flotte sortie tout droit de Galameh, la Terre des Tourments. Toutefois, les marins remarquèrent d'étranges lueurs vertes allumant l'horizon, à l'emplacement précis où se trouvaient la *Niranda* et la vingtaine de vaisseaux qui l'accompagnaient. Palmiarn et Julipen notèrent ce phénomène pour lequel nul matelot n'avait d'explication à donner.

— Olst, commença l'empereur dans la cambuse, dites-moi tout ce que vous savez de l'amiral Hodgson. Vous l'avez connu, n'est-ce pas ?

— Il commandait une bonne partie de votre flotte mais ce n'était pas un amiral.

— Non, vous avez raison. Je ne l'ai pas promu amiral parce qu'il avait un secret. Un secret qu'il ne voulait pas me confier.

Et à l'époque j'avais la vanité d'exiger qu'aucun de mes hommes ne me cache quoi que ce soit.

— Vous connaissiez ce secret, commandant. C'est moi qui vous l'ai révélé.

— Oui, je m'en souviens. Hodgson avait une fille. Ou plutôt, il avait *recueilli* une petite fille.

— Elle s'appelait Niranda. Il la chérissait comme le plus précieux des trésors.

— Et ce devait être le cas.

— Il avait tellement peur qu'il lui arrive quoi que ce soit qu'il a préféré ne pas vous mettre au courant de son existence.

— Qu'est-ce que j'aurais bien pu lui faire, à cette gamine ? Je ne suis pas un ogre.

— Les enfants sont toujours un moyen de pression possible, commandant, affirma Olst sans la moindre hésitation.

Ai-je été si monstrueux que mes hommes se soient méfiés de moi à ce point ?

— Soyez franc, Olst, vous croyez qu'il a pu m'en vouloir au point de… je ne sais pas… souhaiter ma mort ?

— C'est une question difficile, commandant. D'autant plus difficile que Hodgson est mort il y a bien longtemps maintenant.

Adrian encaissa la nouvelle. Il n'avait pas le moindre souvenir de la mort de cet officier brillant. Secret, certes, mais brillant.

— Il est mort aux îles Ferrone, ajouta Olst.

— Ferrone… Cet endroit est un paradis sur terre, je m'en souviens.

— Un paradis qui s'est transformé en enfer pour Hodgson. Il est composé de deux îles principales, Manorque et Stella. La plus grande cité portuaire est sur Manorque mais le pouvoir est établi à Stella, dans un volcan éteint.

— Les doges gouvernent l'archipel.

— Les doges et, au-dessus d'eux, un prince, le plus souvent un membre éminent des Alnautes.

— Les Alnautes sont si étranges… Ils m'auraient été bien utiles, dans l'armée. Mais je n'aurais jamais pu les enrôler de force. Ils se seraient suicidés. Même sans les Alnautes, les Ferronéens avaient une armada redoutable.

— Ils s'en étaient servi pour conquérir Port-Incaline et d'autres grandes cités maritimes de Consolata, bien avant votre règne. Ils avaient même établi des comptoirs sur les côtes du Yebbah.

Le continent yebban… Moi-même, je ne suis pas allé si loin au sud. C'était dans mes projets…

— Quand l'armada et les comptoirs sont tombés, reprit Adrian, j'ai ordonné à la flotte de Hodgson de cesser le combat et j'ai signé un traité de paix avec Ferrone.

— Mais Hodgson avait autre chose en tête, commandant. Après la bataille de Havoc, il a rassemblé les amiraux dans l'idée d'organiser un raid contre Stella.

— Vraiment ? s'étonna Adrian. Mais dans quelle intention ?

— Faire tomber le prince et prendre sa place. Les amiraux qui ont refusé sont morts les uns après les autres.

— Assassinés…

— C'est probable. L'empire ne s'est pas effondré en un jour, commandant…

— Il y avait des restes intéressants, compléta Adrian.

— Beaucoup de monde voulait se tailler la part du lion. Et c'est encore le cas aujourd'hui. Hodgson a attaqué Stella. Ça a été la fin de la flotte, une vraie débâcle.

— Que s'est-il passé ?

— Les deux grandes îles sont entourées d'une myriade d'îlots, reprit Olst comme un étudiant ravi d'avoir enfin l'occasion de réciter sa leçon. Vous vous en souvenez sûrement : on ne peut approcher Manorque que depuis un unique chenal bordé de fortifications.

— Oui. Et pour Stella, c'est encore plus difficile. Elle est au beau milieu de tous ces cailloux.

— Impossible de l'atteindre sans un bon pilote ferronéen. Et mieux vaut attendre les marées les plus basses pour passer, avec un bateau à faible tirant d'eau. Hodgson était pressé d'en finir et il n'a pas eu la patience nécessaire. Et puis, il lui manquait trop d'officiers compétents.

— Puisqu'il les avait tués.

Olst confirma d'un hochement de la tête avant d'ajouter :

— Hodgson est mort au cours de cette invasion ratée.

Adrian réfléchit. Fallait-il parler à Olst de la trame révélée dans le désert ? Et de celle survenue dans la taverne de Port-Saouk ? Pas le choix.

— Olst, j'ai eu des… des visions.

Un océan lançant ses vagues contre les rochers d'une île paradisiaque. Des navires de guerre qui filent, toutes voiles dehors, vers les récifs, comme s'ils cherchaient à s'y précipiter. Et cette silhouette décharnée se tenant au milieu d'un champ de cendres, comme si une onde de chaleur passait devant ses traits et en modifiait l'apparence.

Olst va me prendre pour un fou.

Au lieu de quoi le regard de son fidèle serviteur s'illumina.

— Vraiment, commandant ? (Adrian hocha la tête.) Alors, c'est formidable ! Vous avez retrouvé votre pouvoir ! Peut-être que vous ne l'avez même jamais perdu ! Tout devient possible !

— Vous voulez dire : « tout va redevenir comme avant », n'est-ce pas ?

— Oui, commandant, répondit Olst sans la moindre hésitation.

— Non, rien ne sera comme avant. En tout cas, je ne le souhaite pas. Bref… J'ai… « vu » Hodgson. Il était comme malade.

— Mais il est mort, commandant, j'en suis certain ! Il est mort sur cet archipel !

— Alors, qu'est-ce que ça veut dire ?

Une troisième voix se fit entendre :

— Qu'il revient parmi les vivants.

— Julipen !

— Oui, Adrian ? dit la prêtresse qui s'appuyait au chambranle de l'écoutille ouverte. Vous avez l'air furieux. Ai-je dit quelque chose de vexant ?

— Personne ne vous a priée de prendre part à cette discussion, intervint l'aide de camp.

Depuis le début, Olst se méfiait de Julipen. Il n'arrivait pas à considérer l'importance qu'elle avait eue dans ses retrouvailles avec l'empereur. C'était une Anakane et les Anakans avaient réduit son maître – le Guide suprême ! – en esclavage, avant de le jeter en prison. De plus, il savait maintenant qu'elle était une prêtresse laménide – autant dire une prostituée doublée d'une espionne. Certainement pas le genre de personne auquel un empereur devait accorder sa confiance.

— Laissez-la parler, Olst.

— Merci, cher empereur. (Elle quitta son appui et entra dans la cambuse.) Vous avez donc eu cette prémonition, Adrian ?

— Oui. Je suis certain maintenant qu'il s'agissait bien de ça. Malgré moi, je me suis déplacé dans le Canevas. Si j'avais eu le Talaris entre les mains, j'aurais contrôlé ce voyage mais la trame, la prémonition si vous voulez, m'est… tombée dessus à un moment où je ne m'y attendais pas.

— Vous ne vous êtes jamais trompé ?

— Les prémonitions involontaires ont cette force d'imposer la vérité de notre avenir.

— Et on ne peut pas les infléchir ?

— Ça, c'est autre chose. En tout cas, on ne peut pas en changer tous les éléments.

— Alors, ce Hodgson est bel et bien revenu d'entre les morts.

— Une fois de plus vous savez une chose que je ne sais pas. Et vous traînez pour me l'avouer, Julipen. Est-ce que je vais devoir me mettre à genoux pour enfin tout connaître ?

— L'idée me plaît bien, dit-elle en regardant Olst pour le narguer sans méchanceté. Mais ne vous donnez pas cette peine, Adrian. Je viens de voir une lueur verte sur l'horizon. Pas une d'ailleurs, mais plusieurs qui se rejoignaient. J'ai interrogé mes sœurs prêtresses. (Olst secoua la tête comme s'il venait d'entendre les pires bêtises.) Celles qui savent où se trouve Onahra.

— Et alors ?

— La menace dont je vous ai parlé et dont vous a parlé Raark est devenue réalité. Un certain Tark serait derrière elle.

— Golan Tark ?! s'exclama l'empereur.

— Oui, c'est le nom que j'ai entendu.

— Vous ne le connaissez pas, Julipen ?

— Eh bien… non.

— C'était un mage trinicien. Le plus grand d'entre tous. Il était sans doute même plus que ça. Et je l'ai fait assassiner, il y a bien longtemps.

— Je l'ai tué de mes propres mains, compléta l'aide de camp.

— Je ne vous aurais pas cru capable de telles choses, dit Julipen avec une nuance sarcastique dans la voix.

— Je l'ai tué et je l'ai vu mourir ; vous racontez donc n'importe quoi, prêtresse.

Julipen haussa les épaules et reprit :

— Si j'ai bien compris, Tark manigance son retour depuis Galameh. Et ce que j'ai vu tout à l'heure sur le pont, avec Palmiarn, pourrait bien être une partie de sa nouvelle armée.

— Personne ne peut revenir de Galameh, insista l'aide de camp.

— Les Triniciens avaient ce pouvoir, intervint Adrian. Et c'est l'une des raisons pour lesquelles je les ai chassés de Corall-Medding d'où ils réalisaient cet exploit.

Sois honnête, avec toi-même, Adrian : tu as fait plus que les chasser de Corall-Medding ; tu les as pourchassés, tu en as même massacré quelques-uns.

— Et Tark était le plus grand d'entre tous, avec des pouvoirs largement supérieurs à tout ce que Consolata avait jamais connu.

— Mais je l'ai tué, commandant ! insista Olst comme si on venait de mettre sa parole en doute. Je l'ai tué de mes propres mains ! J'ai recueilli son dernier souffle et j'ai veillé auprès de son cadavre jusqu'à ce qu'il soit froid.

— Vous l'avez envoyé chez Omok, je vous crois, Olst. Mais comment savoir ce qu'il a fait une fois là-bas ? Essayons de croire ce que nous apprend Julipen : ça colle avec ma vision. Hodgson mort serait de retour, grâce à la puissance de Tark.

— Et dans quelle intention, commandant ?

— Mener une flotte au combat ?… Attendez une seconde… Et les ragnes ! Tout ce que nous avons jamais su de ces bestioles, c'est leur lien avec l'au-delà, ces légendes que racontaient les anciens. Oh bon sang, mes amis, s'il s'agit bien de ça, les morts ont quitté le royaume d'Omok et ils reviennent ici !

* * *

La nuit qui suivit la découverte des ragnes fut la plus longue qu'eût connue Adrian depuis bien longtemps.

Le Canevas m'a livré une trame et je n'ai rien compris au message.

Il s'en voulait de ne pas avoir compris la nature de sa prémonition, dans le désert. Les vaisseaux se précipitant sur l'archipel.

J'ai perdu trop de temps.

Hodgson, debout sur une montagne de cendres, dans le port de Manorque. C'était la réalité. Une réalité à venir.

Je dois le rencontrer ; il me reconnaîtra et tout redeviendra comme avant.

Il n'y croyait pourtant pas. Si Golan Tark était vraiment derrière un retour des morts de Galameh comme l'avait affirmé Julipen, il y avait de fortes chances que rien, jamais, ne redevienne comme avant. Adrian l'avait d'ailleurs dit à son aide de camp, un peu plus tôt. Trop de choses avaient changé depuis la défaite de Havoc. Et lui-même, pour commencer.

Golan Tark. Toute la nuit, le nom tourna dans son esprit, comme une fièvre. Il se souvint de leur dernière entrevue.

Ce vieux fou voulait lever une armée de morts pour se battre à mes côtés.

— Mes officiers ne seront jamais d'accord, avait à l'époque argué le jeune empereur.

— Nous n'avons pas besoin d'eux, insista le mage, d'une voix qu'il s'ingéniait à rendre aimable alors qu'elle n'était qu'autorité et véhémence.

— Que veux-tu dire, Trinicien ? Que je devrais les tuer ?

— Oh, cher empereur, commença Tark en penchant la tête, cauteleux, ce n'est pas à moi de décider des modalités de leur… *éviction* – si ce mot vous convient mieux.

— Sois franc !

— Eh bien, dit le mage en se frottant les mains, puisque je parlais de spectres, vos officiers seraient aussi utiles morts que vifs… Ils auraient… une résistance inimaginable.

— Ça suffit ! Mène tes expériences macabres sur une armée de rats, si ça t'amuse. Mais laisse mes soldats faire leur travail !

Adrian avait aussitôt prononcé l'ordre d'exil contre Tark. Le soir même, une trame s'était révélée à l'empereur alors qu'il se recueillait : il y vit le Trinicien tenter de l'assassiner à l'aide d'un spectre, une pitoyable créature animée avec la volonté farouche des morts de Galameh. Il n'y avait pas une minute à perdre.

Olst s'était alors occupé de trancher la gorge du traître. À l'évidence, ça n'avait pas suffi pour s'en débarrasser.

Ainsi, il aurait mené son projet à terme. Depuis le royaume d'Omok… Et ce n'est pas avec ce navire marchand que je vais pouvoir me battre contre une armée de morts.

L'idée qu'il pût y avoir parmi cette armée d'autres officiers jadis à ses ordres l'effleura et il l'écarta, pour se concentrer sur le proche avenir. Il voulait faire le point, seul. Comme au temps de son règne.

Odasius s'était renseigné auprès des matelots de la Fleur de Nacre : la nef marchande avait de l'avance sur le nuage vert, visible à l'horizon. Environ deux jours. Ce qui voulait dire que la Fleur de Nacre pouvait accoster quarante-huit heures avant Hodgson.

On débarque. Il faut convaincre les doges qu'une menace approche et préparer la défense. Sauf qu'il n'est pas prévu que notre navire fasse escale… Créons une avarie de toutes pièces ! Le capitaine sera contraint d'accoster quelque part sur l'archipel, et de préférence à Manorque.

L'aube n'avait pas chassé la nuit que l'empereur réveillait Odasius et Olst. Il leur expliqua ses projets, tandis que le chamelier consolatais se dandinait à cause de la fraîcheur matinale.

— Une avarie, c'est une idée dangereuse, commandant, dit l'aide de camp.

— Et je ne suis pas sûr d'avoir envie de me battre contre ce Hodgson dont tu parles, l'ami ! ajouta Odasius.

— Tu ne comprends pas l'ampleur de ce qui nous attend si nous ne réagissons pas, Odasius. Mais parlez, Olst. Quel est le danger ?

— Une avarie, alors que nous allons traverser les Crocs Noirs…

— Oui, vous avez raison. Une autre idée ?

Les deux hommes secouèrent la tête.

— Julipen, décida l'empereur.

— Excusez-moi, commandant, mais, vous êtes sûr que… ?

— Certain. Elle m'a déjà sauvé la mise, dit Adrian, en pensant au moment où elle lui avait dit comment utiliser les roses des sables, alors que les dragons le menaçaient. Elle trouvera peut-être quelque chose.

L'Anakane était déjà levée lorsqu'il vint la chercher. Ils discutèrent tous deux dans une coursive.

— Vous voulez que mes sœurs trouvent une solution à votre problème, n'est-ce pas ? dit la prêtresse.

— Non, Julipen. Je vous crois capable de faire face à ce défi seule.

— Une avarie est donc une solution dangereuse. Il ne faut pas fragiliser le navire avant d'aborder une zone agitée…

— Oui.

Elle tapota de l'index sa lèvre charnue.

— Si le navire ne doit pas être touché, il faut s'en prendre à son équipage.

— Julipen, vous ne voulez pas les tuer, quand même ?

Tout près de là, une écoutille s'ouvrit à cet instant précis. C'était un matelot qui venait réveiller le quart. Il ouvrit une autre écoutille et des marins ronchonnèrent lorsqu'il les réveilla. Adrian et Julipen allèrent un peu plus loin.

— Non, je ne veux tuer personne, reprit Julipen. Juste en rendre malades quelques-uns. Assez pour être obligés de les débarquer.

— Une prêtresse a ce genre de pouvoir ?

— On peut toujours essayer, répondit-elle, d'un ton sibyllin.

— Ça ne me plaît pas, Julipen. Mais le point de départ est bon : les hommes plutôt que l'embarcation.

— Eh bien, privons-les de rhum, plaisanta-t-elle. Il y aura une mutinerie et nous prendrons les commandes du navire !

— Nous n'avons plus le temps de rire. (L'expression d'Adrian changea tout à coup.) Non, attendez ! C'est une excellente idée !

Adrian se pencha en avant et, spontanément, l'embrassa sur le front.

— Vous êtes géniale, Julipen !

— Allez-vous m'expliquer ?

— Pas le rhum, mais l'eau ! Supprimons l'eau, mon amie !

Un grand sourire se dessina sur le visage de l'Anakane. Elle dit :

— De toute façon, ça fait trois jours qu'elle a un goût horrible, cette eau…

* * *

Le capitaine était un homme peu affable et qui passait son temps à râler contre les armateurs qui l'embauchaient. Il vint en personne annoncer à Adrian et Julipen, un peu plus tard dans la journée, la situation alarmante dans laquelle ils se trouvaient tous :

— Madame, messieurs, les trois quarts de nos fûts d'eau potable sont vides. Mais comme on nous fournit du matériel au rabais, je ne suis qu'à moitié étonné, pour tout vous dire. En tout cas, nous ne pourrons pas tenir jusqu'à Port-Incaline. Je suis désolé mais nous sommes obligés de faire aiguade.

— Aiguade ? demanda Palmiarn d'un air innocent, alors qu'il avait lui-même crevé quelques fûts pendant qu'Odasius créait une diversion en simulant un malaise devant le garde.

— « Faire aiguade » veut dire se ravitailler en eau fraîche, mon garçon.

— Et où diable va-t-on accoster pour prendre cette fichue eau ? se plaignit Odasius.

— L'archipel des Ferrone. On y sera ce soir, si Falcaar le veut bien.

* * *

Dieu des nuées, Falcaar épargna le navire lorsqu'il traversa les Crocs Noirs et Adrian lui en sut gré. S'il ne pouvait compter sur les dieux dans la bataille qui l'attendait, il préférait ne pas les avoir contre lui. La houle secoua juste assez la nef pour rendre malades Palmiarn et Odasius – cette fois pour de vrai. Loin en arrière, sans doute sous l'horizon, un halo d'un vert de plus en plus vif signalait la présence de la flotte de Tark. L'équipage s'émerveillait du phénomène sans rien connaître de sa nature, car les compagnons d'Adrian n'avaient pas vendu la mèche.

La *Fleur de Nacre* mit en panne à l'entrée du chenal menant à Manorque et une heure plus tard, un pilote monta à bord pour mener la nef à bon port.

Adrian n'était venu qu'une fois à Ferrone, pour signer le traité de paix et d'allégeance. Comme à l'époque, il nota la présence de fortins, construits au sommet des îlots plus ou moins importants ; ils semblaient parfaitement entretenus. Au temps du traité, les proches de l'empereur estimaient que c'était une folie de se rendre en personne sur l'archipel ; un comptoir consolatais aurait suffi comme cadre à la signature. Mais Adrian avait voulu rendre hommage à la bravoure des marins ferronéens. Et puis, il avait interrogé le Canevas du temps, et n'avait senti aucune menace peser sur son avenir proche. Ignorant ce dernier point, les doges avaient apprécié le geste de l'empereur, ce panache teinté de respect. Même si Adrian s'était engagé dans le chenal avec une partie de sa puissante flotte, il avait pris le risque d'être réduit en miettes par cette ligne de défense naturelle et fortifiée.

Bien que son activité ait diminué depuis la chute de l'empire, le port de Ferrone attirait encore de nombreuses nefs. Soit on se ravitaillait avant de descendre vers le Yebbah, soit on venait vendre les denrées que ne pouvait produire Ferrone, soit on exportait les trésors que les Ferronéens avaient extirpés des navires naufragés, comme l'expliqua Odasius au jeune Palmiarn.

— Des trésors sous-marins ? demanda le garçon, mais comment font-ils pour aller les chercher ?

— Oh, rien de plus simple : ils plongent et ils les remontent.

— Personne ne peut rester sous l'eau assez longtemps pour fouiller une épave, affirma Palmiarn en secouant la tête.

— Personne sauf quelques Ferronéens.

— Vous vous moquez de moi ! Je ne suis plus un gosse à qui on raconte n'importe quoi…

— Détrompe-toi, Palmiarn. Ils sont une poignée à réaliser cet exploit. C'est un don, vois-tu ? On les appelle les « Alnautes ». Ils peuvent se passer de respirer pendant des heures et ce sont d'excellents nageurs. Ils ont des pieds immenses, de vraies nageoires ! Une bonne partie de la richesse de Ferrone vient de ces hommes et de ces femmes.

— On dirait que vous les enviez ! remarqua Julipen.

Odasius grimaça :

— Passer mon temps sous l'eau à gratter la vase ? Brrr… Non, jamais !

— Je ne parle pas des moyens mais de la fin. La richesse de Ferrone…

— Ah ? Euh, oui, bien sûr. Qui ne les envierait pas ?

— Il y a pourtant d'autres richesses que celle de l'argent.

— Ah bon ?

Puis, se tournant vers Palmiarn :

— Tu en connais d'autres, toi ?

— La vie, répondit sans hésiter l'adolescent.

— Mmm, fit Odasius en se renfrognant.

Mais il dut admettre en son for intérieur que le garçon avait raison. Palmiarn avait échappé de peu à une exécution barbare, sur une place publique de la madina ; on ne pouvait mettre en doute la sincérité de sa réponse.

La petite troupe débarqua, aussitôt la *Fleur de Nacre* à quai. Il régnait une ambiance particulière sur Ferrone, une sorte de bonne humeur industrieuse, malgré l'heure tardive. Il faisait doux, la transparence du ciel laissait voir ses myriades d'étoiles et l'hospitalité des Ferronéens facilitait le travail de tous. Les femmes étaient belles et peu farouches, les habitations en bois sculpté de motifs végétaux étaient largement ouvertes, une invitation permanente à venir en saluer les habitants. Odasius huma l'air de la cité lacustre ; les odeurs de poisson cuit à l'étouffée dans des feuilles de palmier se mêlaient aux parfums floraux.

— Tu as vraiment conquis ce paradis ? demanda-t-il à Adrian.

— Je me demande si ça n'est pas ce paradis qui m'a conquis.

Et pour qu'il ne se transforme pas en enfer, j'ai intérêt à agir au plus vite.

Accompagné d'Olst et de Julipen, Adrian fit des pieds et des mains pour rencontrer de hauts responsables. Au bout d'une heure et demie d'efforts vains, le désespoir le gagna. Il était plus de minuit et le port s'apaisait enfin.

— Vous ne pensiez tout de même pas que les doges vous recevraient sur la foi de vos déclarations ? s'étonna Julipen.

— Je n'ai pas eu le temps de réfléchir à ça. J'étais un empereur, mais je ne suis plus qu'un simple voyageur. Personne ne me reconnaît.

— Vous ne vous êtes jamais dit que si l'on vous reconnaissait, ce serait encore pire ?

— Un empereur déchu serait une prise de choix, oui, sans doute… Eh bien, j'espère ne pas avoir laissé un trop mauvais souvenir ici.

Ils se tenaient tous les trois sur un ponton, près de la capitainerie. Dans la baie, de petites barques pêchaient au lamparo, entre les navires marchands ; tout près de là, d'autres pêcheurs se préparaient à les rejoindre.

— Julipen, est-ce que l'une de vos… vos *sœurs* habite ici ?

— Non, pas que je sache.

— Commandant, dit à son tour Olst, il faudrait se rendre directement à Stella.

— Vous savez comme moi que c'est impossible.

— Pourquoi ? demanda Julipen.

L'aide de camp soupira.

— Expliquez-lui, Olst, ordonna pourtant Adrian.

L'homme haussa les sourcils puis obtempéra : malgré plus de deux décennies de liberté, il ne lui serait pas venu à l'esprit de désobéir à celui qui demeurait, pour lui, le Guide suprême.

— Vous ne savez pas déjà tout ? dit-il à l'Anakane d'un ton fielleux. Je croyais que vous aviez espionné notre conversation dans la cambuse.

— Et moi, je croyais vous avoir signalé ma présence ; vous me l'avez assez reprochée ! L'avez-vous déjà oublié ?

Adrian s'amusa de les voir se chicaner, même si Julipen faisait preuve d'une distance dont était incapable son aide de camp.

— Stella est un volcan éteint, juché au beau milieu du lagon, dit Olst en prenant sur lui pour ne pas gifler l'insolente. Il est entouré de récifs et mieux vaut traverser à marée basse, si on ne veut pas fracasser sa coque sur les cailloux ou s'échouer sur les bancs de sable. Il faudrait attendre que le jour se lève et que quelqu'un accepte de nous emmener là-bas : les étrangers sont interdits sur Stella, à moins d'avoir une bonne raison de s'y rendre.

— Quand est-ce que la marée descend ?

— À la capitainerie, on nous a dit que le renversement était dans une heure.

— Parfait, dit Julipen. Trouvons une embarcation pour nous approcher et je m'occuperai ensuite de nous faire passer, par nos propres moyens. Et ne me regardez pas comme ça, vous deux, j'ai cru comprendre qu'il n'y avait pas une minute à perdre.

Ils durent réveiller Odasius qui dormait à la belle étoile sur un ponton en compagnie de Palmiarn et de deux autochtones, grasses, qu'ils enlaçaient. L'image de ce quatuor vaincu par le vin ou la fatigue était si paisible qu'Adrian eut du mal à croire à l'imminence d'une terrible invasion. Pas ici, pas maintenant.

— Nous avons besoin de ton argent, souffla à voix basse Adrian après avoir secoué son ami.

— Encore ? Je vais finir par croire que c'est une manie.

— Je t'ai dit que je te rembourserai la traversée...

— Arrête avec ça, l'empereur, répliqua Odasius en grimaçant tandis qu'Olst claquait la langue, choqué par la familiarité du chamelier. Prends ce que tu veux, je sais que tu en feras bon usage.

Avec les pièces que leur donna Odasius, Julipen obtint d'un pêcheur qu'il les conduise à proximité de Stella.

— Je rêve de voir l'île et son volcan avant de reprendre la mer, justifia-t-elle. Même de loin je serais comblée...

— Un caprice féminin, ajouta Adrian en haussant les épaules, mimant son impuissance face à tant de volonté et de séduction.

— Et comment rentrerez-vous sur Manorque ? interrogea le pêcheur.

— Pour le double de la somme, vous passerez bien nous prendre avant l'aube...

L'homme accepta l'offre et il prit Julipen et Adrian à bord. Malgré son insistance à les accompagner, Olst resta à terre. Adrian comptait sur lui pour protéger Odasius et Palmiarn, en cas d'échec de sa mission.

Il fallut une vingtaine de minutes de navigation à la rame pour aborder un large îlot verdoyant, que les deux lunes argentaient. Julipen et Adrian débarquèrent, environnés par des senteurs capiteuses et le bruissement d'insectes. La barque à lamparo s'éloigna, laissant les deux voyageurs seuls au milieu du lagon.

— Et maintenant ? s'inquiéta Adrian.

Julipen ne répondit rien ; elle longea la grève jusqu'à une pointe rocheuse qui s'élevait deux mètres au-dessus de l'eau. Au-delà, un bras de mer les séparait d'un minuscule îlot ébouriffé de végétation et de deux autres plus grands mais nus, à l'exception de quelques touffes clairsemées. Enfin, derrière ces récifs se dressait le volcan de Stella, gigantesque cône noir au sommet tronqué, si vaste qu'il masquait un pan du ciel. La femme anakane se tenait aussi droite qu'une statue de marbre face à ce spectacle poignant. Puis elle écarta les bras de son corps, ses jupes flottèrent dans la brise tiède du soir.

On dirait une… une déesse, se dit l'empereur.

Cette femme le troublait. Et même si Onahra ne quittait jamais ses pensées, ces dernières étaient dorénavant partagées avec Julipen – impossible de prétendre le contraire.

Il mit un peu de temps à comprendre ce que l'Anakane accomplissait, car elle n'avait rien voulu lui dire. Puis, lorsqu'il comprit, il en resta bouche bée. Certes, il savait que Julipen était une Laménide mais il n'aurait jamais cru que cet ordre mystérieux pouvait mettre en œuvre de tels prodiges. Cette découverte souleva aussitôt des questions liées à son règne : s'il ne connaissait pas ses sujets aussi bien qu'il l'avait cru, comment aurait-il pu les gouverner correctement ? Si les prêtresses avaient été à la solde d'un seul de ses ennemis, aurait-il mené à bien tant de conquêtes ? Quelque chose tinta depuis le tréfonds de sa mémoire mais, subjugué par les événements, il n'eut pas l'esprit à pousser plus loin ; autour de l'îlot, la mer refluait.

Comment peut-elle faire ça ? Elle doit au moins se servir de la marée ; c'est elle qui a posé la question de son renversement, tout à l'heure.

En effet, Julipen était en train d'ouvrir un passage vers Stella. Des rochers étaient apparus, des bancs de sable s'étaient découverts. La femme se tourna enfin vers Adrian. Malgré la clarté lunaire, il ne put voir son visage. Elle dit d'une voix changée, étrangement distante :

— Allez-y, Adrian… Maintenant… Je… je ne pourrai pas retenir la mer longtemps…

Il avança de quelques pas vers l'eau qui refluait très vite. Seulement, ni Adrian ni Julipen ne devaient rejoindre Stella par leurs propres moyens.

Tout alla très vite. L'empereur vit une silhouette humaine puis deux se matérialiser auprès de Julipen. La prêtresse n'eut pas le temps de pousser un cri que ces hommes s'emparaient d'elle, sans ménagement.

— Bon sang ! dit Adrian. Qu'est-ce que… ?

Il se précipita vers les agresseurs mais quelque chose l'entrava et il tomba lourdement en avant. Il n'eut pas le temps de se relever : d'autres silhouettes muettes se jetaient sur lui.

* * *

— La mer. Qu'avez-vous fait à la mer ?

Assis en tailleur, l'homme qui interrogeait Julipen ne portait qu'un pagne.

À la lueur des flambeaux, son regard d'un bleu profond sous ses cheveux d'ébène était moins agressif que plein d'incompréhension. Ils étaient six en tout et avaient entraîné Julipen et Adrian sous un abri végétal, au milieu de l'îlot, après leur avoir lié les mains dans le dos.

Les traits de l'Anakane trahissaient son épuisement lorsqu'elle répondit :

— Je n'ai rien fait que la mer n'aurait pu très vite annuler.

— Je ne comprends pas.

— Nous ne vous voulons aucun mal, dit Adrian tandis que Julipen baissait la tête, à bout de forces. C'est même le contraire.

— Alors pourquoi retirer la mer ? La marée s'en charge très bien. Vous vouliez découvrir des trésors, c'est ça ? Mais vous avez bouleversé beaucoup de choses avec votre magie...

Les autres hommes, aussi nus que le principal orateur, hochèrent la tête et l'un d'eux dit :

— Uprih a raison : votre magie est dangereuse pour nous autres.

Des Alnautes, devina Adrian. Il n'avait jamais rencontré ce peuple à la silhouette longiligne et musclée – du moins aucun de ses représentants ne s'était présenté à lui comme tel, à l'époque de la conquête de Ferrone.

— Des bouleversements encore pires que celui-là vont bientôt advenir, si on ne s'en occupe pas maintenant, expliqua l'empereur. Et pour répondre à votre question, non, nous ne voulons aucun trésor.

— Alors vous cherchez quoi ?

— À rejoindre Stella et à avertir le prince et les doges de la menace qui pèse sur votre archipel.

Les six Alnautes se regardèrent. L'un des hommes voulut prendre la parole mais cet Uprih qui semblait être le chef leva une main pour l'arrêter. Adrian remarqua les minces membranes entre les premières phalanges.

— Expliquez-vous, ordonna Uprih.

À son tour, Adrian échangea un regard avec son amie puis il raconta ce qu'il savait, allant jusqu'à mentionner le nom de Hodgson, mais omettant de préciser sa propre identité. Les Alnautes le laissèrent parler sans l'interrompre et ne purent masquer leur surprise. Lorsqu'il en eut terminé, Adrian demanda :

— Est-ce que vous me croyez ?

— Qui inventerait une histoire aussi ahurissante simplement pour fouiller une épave ? Oui, je vous crois. Mais pourquoi nous aider ? Qui êtes-vous ?

— Si je vous le disais, vous me prendriez pour un fou, répondit Adrian que ses poignets liés commençaient à faire souffrir. Je préférerais rapporter mon récit aux doges le plus rapidement possible, pour qu'ils mettent en place la défense de l'archipel.

— Les doges ne sont pas dignes de confiance et il leur faudra des mois juste pour vous laisser terminer votre récit. Et à la fin, ils auront inventé une autre histoire où cet ennemi que vous décrivez sera notre allié et où vous serez l'homme à pendre.

— Et le prince ? C'est un Alnaute, n'est-ce pas ?

— Oui, mais il a bien du mal à se faire entendre auprès du gouvernement. Les doges ne pensent qu'à retrouver la gloire d'autrefois et à conquérir à nouveau des comptoirs sur les côtes de Consolata. Qui êtes-vous ?

Cette fois, Julipen prit la parole :

— Adrian. L'empereur Adrian.

Aucun rire n'accueillit cette incroyable confidence. Même l'incrédulité qui suivit fut vite balayée.

— Alors, vous aussi, vous revenez d'entre les morts, tout comme ce Hodgson, décida l'Alnaute.

— Disons qu'il s'en est fallu de peu.

* * *

À l'aube ce n'était encore qu'une rumeur. Mais à onze heures, tout le port de Manorque était au courant : une armée de pirates s'apprêtait à débarquer sur l'archipel, animée des pires intentions. La nouvelle ne mit guère plus de temps à atteindre les villages de pêcheurs en retrait du grand port, circulant d'un îlot à l'autre tel un courant rapide, enflant comme une vague à l'approche des côtes.

Le nom de Hodgson fut prononcé. Si cet ancien officier impérial n'était pas arrivé à soumettre Ferrone lors de l'attaque menée pour son propre compte, on se souvenait encore de l'âpreté des combats. On se souvenait aussi que l'officier devenu pirate était mort dans cette équipée insensée : c'était donc un fantôme que les Ferronéens s'attendaient désormais à recevoir. Et plus que l'incrédulité, ce fut la panique qui les submergea.

— Bon sang ! tonna Odasius lorsqu'il eut retrouvé Adrian et Julipen, sur le port. T'as foutu un sacré bazar ! Ces braves gens coulaient des jours heureux et maintenant ils ne parlent plus que de pirates fantômes, en courant dans tous les sens !

— La veille d'une bataille est parfois pire que la bataille elle-même, dit l'empereur sans trop y croire.

Grâce à la trame reçue dans le désert des semaines auparavant, il avait une idée de ce qui les attendait. Ça n'était pas énorme et il manquait beaucoup de détails mais c'était mieux que rien et il comptait bien en profiter.

Après tout, c'est comme ça que j'ai bâti un empire, non ?

L'idée l'excita et ce sentiment le mit aussitôt mal à l'aise. Il n'était plus le même homme que vingt-cinq ou trente ans auparavant. L'humiliation subie dans les cages d'Arachnéon, la sinistre prison de Boroskariak, l'avait transformé.

Aurait dû *me transformer*, se surprit-il à penser, car les évidences tissées tout au long de ces années entre parenthèses semblaient vouloir s'effilocher, tiraillées en tous sens par les événements.

Deux Alnautes avaient raccompagné Adrian et la prêtresse sur une pirogue à balancier, la menant avec une agilité et une vélocité dont n'avaient pas fait preuve, à l'aller, le pêcheur et son jeune mousse. Les quatre autres s'étaient chargés de propager la nouvelle d'une invasion imminente. Stella ne fut pas épargnée mais les doges refusèrent d'accorder le moindre crédit à la folle rumeur.

—Il ne faudra pas trop compter sur notre flotte, dit à Adrian l'Alnaute nommé Uprih. Et la Garde azur ne quittera pas Stella.

—La Garde azur ? Il s'agit des soldats d'élite du gouvernement, n'est-ce pas ?

—Oui. Ils ne bougeront pas sans un ordre direct des doges.

Ou si Stella est attaquée.

—Alors sur qui pouvons-nous compter ? demanda l'empereur.

—Sur les Alnautes.

—Y en a-t-il dans les fortins qui longent le chenal d'accès ?

—Oui, et à l'heure qu'il est, ils doivent déjà être au courant, ainsi que tous les garde-côtes, Alnautes ou pas.

Vêtu maintenant d'une tunique blanche aux amples manches, Uprih accompagna Adrian, Julipen et Olst sur l'un des îlots fortifiés. Palmiarn râla de ne pas faire partie de l'expédition mais Odasius promit de lui raconter en détail l'attaque des ragnes dans la madina.

—Et je te parlerai aussi de mes gosses, ajouta le chamelier. Je suis sûr que tu t'entendrais bien avec eux.

—Tu m'en as déjà parlé plein de fois et je ne les ai jamais vus…

—Vraiment ? J'avais tellement de travail que je n'ai pas pris le temps de te les présenter, c'est un tort.

—C'est pourtant pas faute d'avoir dormi chez toi. Mais ils sont peut-être dans un autre coin de la madina. Ou dans une autre madina, se moqua l'enfant.

—Tu veux savoir ? Tu n'es qu'un petit effronté, Palmiarn, dit Odasius en lui frottant les cheveux.

Quelques minutes plus tard, l'équipe aborda un premier îlot. Le fortin rudimentaire était en adobe ; de puissantes arbalètes à dix carreaux et montées sur roues l'équipaient. Un trébuchet coiffait son toit en terrasse, que l'on atteignait par un escalier tournant le dos à la passe. Une potence équipée d'une corde, d'une poulie et d'un triangle de toile permettait d'y hisser les projectiles. Tous les fortins étaient construits sur le même modèle ; seule leur superficie au sol les différenciait.

Trois garde-côtes, à la constitution à la fois solide et gracieuse des Alnautes, saluèrent Uprih avec une révérence.

—Altesse, c'est un honneur pour nous de vous recevoir, commença l'un des gardes.

Altesse? s'étonna Adrian, alors que Julipen et Olst lui rendaient son regard ébahi ; il ne dit rien sur le moment, pour ne pas gêner Uprih.

Ils contrôlèrent les installations et Uprih confirma auprès des garde-côtes la rumeur qui était parvenue sur l'îlot. Adrian attendit de s'être éloigné des gardes pour avouer à son nouvel allié :

—Je suis embarrassé ; dois-je vous appeler « Altesse » ?

—Je ne vous ai pas appelé « Guide suprême ».

—Mais il y a longtemps que je ne suis plus empereur…

—Et moi, mon titre princier ne vaut pas grand-chose. Il permet surtout aux doges de s'assurer la fidélité des Alnautes.

—Ainsi que votre ardeur à fouiller les épaves coulées dans les Crocs Noirs, ajouta l'Anakane.

—Vous avez tout compris. Bon, maintenant que le protocole est réglé, parlons tactique, décida Uprih, avec la franchise un peu froide propre à son peuple.

Adrian demanda s'ils pouvaient tendre des filins en travers du chenal, pour fermer le passage ; Uprih lui apprit qu'ils avaient fabriqué, après l'attaque manquée de Hodgson vingt ans plus tôt, deux lignes de chaînes : chacune d'elles consistait en deux parallèles reliées par des lignes perpendiculaires. Une sorte de filet qu'il ne restait plus qu'à immerger et à fixer de part et d'autre de la passe. L'empereur accueillit cette nouvelle avec un large sourire. Il proposa ensuite que les hommes passent la demi-journée à s'entraîner au tir sur des cibles factices, lâchées dans la passe.

—Est-ce possible sans l'aval des doges ? s'assura-t-il.

—Un ordre du prince devrait suffire. L'entraînement des troupes est l'une de mes prérogatives. Les doges sont tellement persuadés qu'une guerre est aujourd'hui impossible qu'ils m'ont laissé ce… loisir.

—Très bien. Encore une chose, je pense qu'une partie de la flotte va tenter d'aborder Ferrone au sud de la passe.

—Au sud ? C'est impossible, il n'y a que des rochers ! Avec le récif et la barre de vagues, ils briseraient leurs navires !

—Eh bien, admettons qu'ils veuillent *justement* briser leurs navires contre ces récifs…

—Je ne comprends toujours pas. Ils se noieraient ! Il faut être un Alnaute pour s'en sortir.

—Certes ce ne sont pas des Alnautes mais ce sont tout de même des… des morts, Uprih.

Le prince soupesa cette affirmation. À côté de lui, Olst regardait vers le large, à la recherche de ce nuage verdoyant.

—Ce que vous êtes en train de me dire, c'est qu'ils ne vont pas se rendre si facilement, n'est-ce pas ?

—Eh bien…, hésita Adrian.

—Dites-nous précisément ce que vous avez « vu », proposa Julipen.

Comme aucun de ses compagnons ne semblait le prendre pour un illuminé, l'empereur se lança, après une longue inspiration. Il leur rapporta la trame avec ses images violentes : les Juste-morts se jetant contre les récifs battus par les vagues. Surnageant dans les courants et l'écume pour grimper sur la côte et gagner, d'un îlot à l'autre, la baie et le port.

—Tous ne passeront pas ce premier obstacle, dit Adrian, mais ils seront assez nombreux pour prendre le contrôle des fortins, si on ne s'occupe pas d'eux.

—Et c'est là que nous intervenons, nous autres Alnautes.

—Dans l'eau vous aurez un avantage indéniable…

— Dommage que nous n'ayons pas pu nous en servir à l'époque, contre votre empire… Mais bon… une fois l'armada détruite et les doges soumis, ça aurait été inutile de nous en prendre à vos soldats.

— Et contre Hodgson, lorsqu'il a tenté de reprendre Ferrone ?

— Notre peuple n'a pas eu à intervenir. Votre marin était si mal préparé et si impatient qu'il s'est en quelque sorte suicidé.

— Il ne recommencera pas les mêmes erreurs, je le crains, dit Olst.

— L'avenir peut être modifié ? demanda Uprih, plus anxieux que curieux.

— Je ne serais pas là auprès des vôtres si je n'en étais pas persuadé. Rappelez-vous, nous avons détourné notre navire pour venir vous aider.

— Oui, rien ne vous y obligeait. Sauf, peut-être, réparer des erreurs passées ?

Olst n'apprécia guère cette allusion à l'ancienne conquête de comptoirs ferronéens et à la soumission de l'archipel. Mais son maître acquiesça sans commentaire et l'aide de camp commença à admettre l'inéluctable : plus rien ne pouvait être comme avant. Lui-même avait perdu sa femme et ses enfants, après la chute de l'empire. Ils n'étaient plus là et ils lui manquaient, jour après jour. Il avait eu si peu le temps de profiter d'eux… Et ils étaient partis, emportés par la folie criminelle des hommes. Certes, Olst avait retrouvé l'empereur, mais il avait à jamais perdu la joie de ces moments privilégiés avec les siens. Alors, si cela ne devait pas revenir, pourquoi aurait-il attendu que le reste revienne ?

Ils passèrent la suite de la journée à mettre au point la défense du chenal, tandis que les lignes de chaînes étaient déroulées puis immergées et que les garde-côtes se préparaient au combat. Alertés par le prince, d'autres Alnautes et des « pieds-courts », comme il appelait l'autre peuple ferronéen, vinrent compléter les effectifs, afin qu'aucun fortin ne demeure inoccupé. Julipen aurait aussi son rôle à jouer, à condition qu'elle se soit remise de ses efforts de la veille. Elle promit à Adrian et surtout à Uprih de mettre toutes ses forces au service de la défense des îles Ferrone. Le prince Alnaute esquissa un mince sourire, comme s'il acceptait l'offre à contrecœur : il n'aimait pas l'idée que l'on se serve aussi directement de la nature.

Le soir tombait lorsque les nefs lancées depuis le royaume des morts apparurent à l'horizon. Elles seraient là à l'aube.

Chapitre 15

— Capitaine ! clama Baracaly, la marée est avec nous !

— Excellente nouvelle. Excellente…

Cette fois, pensa Hodgson, *je vaincrai Ferrone et elle sera à moi. Je veux voir ces maudits doges lécher le sel de mes pieds.*

— Que Mohad conduise dans la passe les dix navires équipés d'un hurleur, lança-t-il. Cinq autres bateaux doivent se tenir prêts à aborder l'archipel par le sud du chenal. Dès que j'en donnerai l'ordre, ceux-là jetteront leurs étraves sur le récif et gagneront l'archipel à la nage.

L'ordre n'étonna qu'à moitié Baracaly. Il savait que Hodgson le tenait du Maître. Et le Maître savait ce qu'il faisait : ils en avaient tous la preuve depuis le début de cette aventure.

Baracaly transmit les instructions de son chef à l'aide de fanions.

— Eh bien, je crois que cette fois, c'est parti, Baracaly.

— Oui, capitaine Hodgson ! Enfin…

Le *Palanga*, le navire de Mohad, portait à sa proue le fétiche de son capitaine, la gigantesque mâchoire d'un démon. Mohad ne savait pas qu'un sortilège la liait à sa volonté, Golan Tark s'étant bien gardé de le lui dire. S'il l'avait su, peut-être ne se serait-il pas lancé tête baissée dans cette aventure périlleuse – car, cette fois, Omok en personne l'accueillerait de nouveau en Galameh, un Omok furieux, prêt à faire subir à ses sujets fuyards des tourments bien pires que ceux qu'inventait Tark. Mais de cela, le fameux pêcheur anakan n'avait pas la moindre idée.

Tout ce qu'il croyait, c'est que le fétiche allait lui porter chance. Il avait d'ailleurs baptisé la nef de son nom, palanga. L'archipel des Ferrone, où il avait jadis posé pied dans l'espoir d'y acheter une carte marine du littoral anakan, n'était qu'une étape vers son pays. Une étape chaleureuse, certes, car il gardait un bon souvenir de ces rivages aux eaux claires et de ce majestueux volcan, de l'hospitalité de ses habitants, aussi. Mais une étape seulement.

Car un jour prochain, il reviendrait à Port-Saouk. Il reprendrait un verre – et même une bonne vingtaine – au comptoir de son amie Nejam, la tenancière de la taverne des *Deux Lunes*. Il n'imaginait pas qu'elle lui refuse un bon paquet de tournées, offertes par la maison. Il n'imaginait pas non plus pouvoir se passer d'une vengeance en bonne et due forme contre ceux qui avaient eu sa peau, aussi lâches que cruels, et l'avaient envoyé dans cet enfer nommé Terre des Tourments. Enfin, il n'imaginait surtout pas que l'archipel des Ferrone s'attendait à sa visite.

Aussi, quand il vit les premiers projectiles jaillir depuis les fortins bordant le chenal, moins d'une heure après avoir reçu l'ordre d'y pénétrer, il pensa qu'il s'agissait au mieux d'une salve de bienvenue, au pire d'un malentendu. Puis trois hommes se firent embrocher sous ses yeux par d'immenses traits et il fallut se rendre à l'évidence : conquérir Ferrone n'aurait rien d'une partie de plaisir.

Comme convenu, les Ferronéens laissèrent pénétrer loin dans la passe quelques navires, à l'endroit où ils n'auraient plus assez de place pour entamer un virement de bord. Cinq nefs parvinrent, à la rame et sous peu de toile, jusqu'à ce goulet étroit d'une vingtaine de mètres.

— C'est assez, estima Uprih qui ne put réprimer un frisson en entendant les chants guerriers monter de ces navires longs et fins, hérissés de piques et chargés d'hommes en armes. Je ne vais pas prendre le risque d'en laisser arriver à portée du port.

Il leva un fanion et les garde-côtes les arrosèrent de carreaux d'arbalètes puis de boulets enflammés. L'entraînement de la veille, bien que tardif, avait porté ses fruits ; quelques machines déficientes avaient été réparées et les hommes avaient ajusté leurs visées sur des barques vides. Les carreaux crevèrent les voiles, fauchèrent des pirates et le feu des boulets embrasa les bordées de trois bateaux. À bord, la clameur guerrière avait cédé la place à des cris de panique et de douleur.

En aval du goulet, cinq autres navires approchaient déjà. Ils commençaient à virer de bord, s'aidant de rames, lorsque les chaînes se relevèrent pour leur barrer la route, à l'avant et à l'arrière de la flotte. Ce deuxième groupe n'avait d'autre issue que d'affronter aussi le feu défensif des Ferronéens.

Debout dans une barque cachée par un rocher, Olst observait les équipages qui se démenaient à bord des nefs. Il flottait autour de chaque pirate des volutes vertes, comme la fumée d'une étrange et lente combustion. En revanche, d'où il se trouvait il ne discernait pas leurs traits. L'aide de camp aurait voulu savoir à quoi pouvaient bien ressembler des morts revenus à la vie, cependant pas au point de grimper dans la barque pour aller y voir de plus près.

La première salve partie, il fallut recharger les armes. Sur l'eau, on s'apprêtait à riposter.

— Hurleur ! Dégagez le hurleur !

Mohad, dont la nef accompagnait le second groupe coincé entre les deux lignes de chaînes, s'époumonait, passant outre au respect de la hiérarchie qui aurait voulu qu'il s'adresse d'abord à son bosco. Mais ce dernier gisait sur le pont, le visage emporté par un cordage qui s'était rompu avant de balayer la nef, aussi rapide qu'un fouet, aussi définitif qu'un sabre. La moitié de ses hommes s'affairait à éteindre un début d'incendie, l'autre moitié luttait en gémissant contre des ombres voraces sorties de nulle part : leur seconde mort se révélait moins évidente que ne l'avaient cru les uns et les autres et Galameh continuait de réclamer son dû.

Personne ne pensait plus à obéir à Mohad.

— Bordel ! Ce hurleur, vous attendez quoi ?

Mais la panique semblait souffler ses ordres comme un courant d'air éteint une bougie.

Bon dieu de Consolatais ! Autant faire les choses soi-même.

En quelques pas, Mohad atteignit une sorte de boîte qui lui arrivait à la poitrine, parfaitement recouverte d'une toile goudronnée. D'un coup de dague, il coupa les bouts qui maintenaient la toile en place et d'un geste ample la dégagea de ce qui se révélait être une cage.

À l'intérieur de la cage s'étira aussitôt une créature, comme si la lumière du jour l'avait tirée d'un long sommeil ; son corps ressemblait à celui d'un grand chien décharné, un squelette où pendouillaient des lambeaux violacés et bruns. Sa tête, allongée comme celle d'un rongeur, avait le même aspect squelettique. De la bave coulait abondamment de sa gueule en partie édentée et il haletait comme une bête malade.

— On va voir si t'es aussi mauvais que t'en as l'air…

Le hurleur se mit à tourner en rond, cherchant une sortie. Mais la cage en était totalement dépourvue, car il n'était pas question qu'il mette le nez dehors et s'expose aux tirs. Peut-être que sa morsure aurait instillé une mort atroce à celui qui aurait eu la mauvaise idée de le caresser, seulement le monstre créé par Tark n'était pas prévu pour ça et il ne se serait, de toute façon, pas battu efficacement.

Son utilité était ailleurs.

— Fais ton boulot, saloperie de hurleur, cracha Mohad avant de prononcer un mot, enseigné par le Maître, tout en lui indiquant de son bras tendu un fortin et un autre encore. Puis il mit le plus de distance possible entre la cage et lui.

La créature se mit à aboyer puissamment. Une sorte de cris rauques auxquels se mêlaient des grincements suraigus, si bien qu'on aurait cru entendre plusieurs bêtes hurler en même temps. Le monstre semblait souffrir et menacer à la fois, comme s'il avait été acculé – et en quelque sorte, se dit Mohad, c'était bien le cas. Le marin se boucha les oreilles, de peur que le hurlement crève ses tympans et fore un trou dans son cerveau.

Mais le hurleur aboyait des sortilèges. Le genre de sortilèges qui auraient arraché la bouche, la gorge et la poitrine de n'importe quel humain, mort ou vif, avant même qu'il ait terminé de les prononcer.

Uprih entendit un cri odieux provenant de l'un des navires, puis sentit une vague de chaleur sur son flanc droit. Il se tourna vers la construction en adobe d'où semblait venir ce brusque courant chaud. Tout à coup, l'air se troubla et l'image de la fortification, coiffée d'une catapulte armée, ondoya. L'un des garde-côtes le regardait, incrédule, puis il s'embrasa spontanément sans émettre le moindre son. Alors une onde de choc projeta Uprih en contrebas de l'îlot, tandis que des flammes vertes dévoraient la fortification, son armement et ses factionnaires avec le bruit d'une tempête.

— Ils utilisent des sortilèges ! cria Julipen qui se trouvaient sur la rive sud de la passe, en compagnie d'Adrian.

Deux autres îlots s'embrasèrent, avec la même soudaineté.

Les flammes de la trame, songea Adrian, horrifié de n'avoir pas su interpréter la vision.

— Comment font-ils ça ?

— Je crois que c'est arrivé quand ils ont mis ces sortes de cages à nu. Vous avez entendu ces… ces aboiements ?

— Oui. Ça m'a flanqué la chair de poule… On ne peut pas rester là, décida-t-il alors qu'une seconde salve ferronéenne s'abattait sur les navires, mais moins nourrie en raison des dégâts que les hurleurs venaient d'infliger aux défenseurs.

Au milieu du goulet deux nefs n'étaient plus que de formidables brasiers et elles s'enfonçaient dans la passe avec leurs hurleurs. Deux autres menaçaient de les rejoindre et une cinquième cherchait une issue à ce chaos, s'aidant de longues gaffes pour s'en éloigner. Un peu plus en aval, piégés par les filins et ralentis par des débuts d'incendie, cinq navires ripostaient avec des traits et des hurleurs. Les sortilèges manquaient parfois leur cible, explosant sur l'eau qui se mettait à bouillonner, créant des nuages de vapeur comme des pans de brume qui se teintaient de vert en passant sur les navires.

— Ils visent les fortins, expliqua Adrian. Filons d'ici !

Il prit Julipen par la main et ensemble ils dévalèrent l'îlot en direction d'une barque où l'attendaient Olst et un Alnaute.

— Uprih ! dit Julipen. Son fortin a été détruit !

— Il n'était pas à l'intérieur, dit l'Alnaute, comme s'il avait cherché à se rassurer lui-même.

Le feu était éteint à bord du *Palanga*. Mohad regardait le hurleur ; la bête avait lancé trois sortilèges avant de s'effondrer, inanimée. Elle se décomposait anormalement vite et bientôt le hurleur ne serait plus qu'un tas d'os recouvert de glaires jaunes et violacées.

— Pourrai même pas m'en servir comme appât…, se plaignit le marin anakan. Bon sang, je croyais que cette saloperie tiendrait plus longtemps !

Il dut toutefois admettre que grâce au hurleur, le *Palanga* n'était plus la cible de projectiles. Mais l'avenir n'était pas rose pour autant.

Mohad tenait la barre pour éviter le pire au navire. Il regarda autour de lui. À la proue, des bateaux étaient pris au piège d'un resserrement de la passe ;

ils brûlaient et sombraient. Son propre équipage était presque décimé et il ne restait pas assez d'hommes pour manœuvrer et se battre en même temps. Libérées de leurs écoutes, les voiles faseyaient comme de vastes drapeaux, inutilisables. Des hommes avaient bien essayé de scier la chaîne barrant la passe mais ils avaient été abattus par des archers ferronéens. La marée montante poussait le *Palanga* vers la ligne d'amont, où s'empêtraient déjà trois nefs. Mohad posa la main sur son ventre éviscéré, comme pour chercher dans le souvenir de son supplice une solution à son problème. Il prit la seule décision qui s'imposait.

Mohad tira la barre à fond vers lui. Le gouvernail se bloqua en fin de course et le *Palanga* amorça sa dérive vers les berges de la passe. Comprenant ce qui se passait, les marins se tournèrent vers la poupe où se tenait le barreur. L'un d'eux se précipita vers Mohad en criant :

— Tu vas nous échouer ! Arrête ça tout de suite, tu vas nous échouer !

Paniqué à l'idée de se noyer dans cet archipel hostile, le marin s'accrocha au bras de son capitaine et tenta de lui faire lâcher prise.

Mohad se débattit, puis poussa l'homme de sa main libre. Le marin tomba à la renverse ; d'autres soldats se décidèrent à les rejoindre. Avant qu'ils arrivent sur lui, Mohad dégaina son poignard. Il l'enfonça dans le cœur de son agresseur qui venait de se relever et se jetait de nouveau sur lui.

Le marin poignardé poussa un cri inhumain, qui ne devait rien à la blessure mais tout aux ombres qui dansaient déjà autour de sa tête. Pour se débarrasser d'elles, il s'arracha la peau du visage avec ses propres ongles. En vain. Son cri s'éteignit en un affreux gargouillis et il disparut dans une flamme noire qui se résorba aussitôt en chuintant. Galameh venait de réclamer son dû.

— Vous voyez ce qui risque de vous arriver ? tonna Mohad à l'adresse du petit groupe qui s'était approché de la barre.

Les marins ne bougeaient plus, soudain moins pressés d'en découdre.

— Vous croyez quoi ? Qu'on va reprendre la mer et attendre que ça se passe ? gronda le capitaine. Par tous les dieux, ce foutu sabot va couler d'une manière ou d'une autre ! Plus près on sera de la terre mieux ça vaudra. Nagez et battez-vous !

Toute velléité de mutinerie avait déserté le groupe. Oui, ils se battraient.

Moins de cinq minutes plus tard, la coque du *Palanga* cogna un récif. Un craquement sinistre annonçait le naufrage. Comme chevillée à un axe, la nef pivota, poussée par le courant de la marée montante, et présenta sa proue au large. L'eau monta très vite et les hommes se jetèrent dans la passe. Mohad attendit le dernier moment pour quitter son navire.

Hodgson vit la fumée des navires en feu monter au-dessus de l'archipel. Comme prévu avec Baracaly, il lança cinq autres nefs à l'assaut de la côte, au sud du chenal. Il sentit sur le pont de son propre bateau l'impatience mêlée d'inquiétude de ses hommes.

— Baracaly, faites-les chanter. Je veux qu'on les entende jusqu'aux palais de Stella !

—À vos ordres, capitaine… On les entendra même à Corall-Medding !

Puis Hodgson regarda les voiles. Le motif rouge qui y figurait l'intriguait. Le démon attaqué par Balabord alors que la flotte passait le corridor entre Galameh et le monde des vivants avait versé son sang sur les gréements. L'humeur rouge s'y était répandue comme sur un buvard, pour y dessiner avec une précision surnaturelle la silhouette du démon abattu lui-même. Bénédiction ou damnation ? L'ignorance troublait Hodgson. Dans un cas comme dans l'autre, il n'arrivait pas à se débarrasser de l'idée qu'il s'agissait d'un signe essentiel.

Se faufilant entre les rochers qui dessinaient un dédale marin où seul un Alnaute trouvait son chemin, la pirogue d'Adrian, Olst et Julipen s'éloigna de la passe et de son chaos ; le pilote Alnaute l'arrêta face au large et la compagnie prit pied sur un large rocher qu'elle escalada pour embrasser l'horizon du regard. Cinq navires s'étaient détachés de la flotte qui tournait en rond. Ils approchaient toutes voiles dehors. Fonçant droit sur la côte au vent portant.

Alors la trame disait vrai, songea l'empereur.

Le temps ralentit brutalement sa course. Le présent coïncidait avec la vision d'Adrian. Il eut la même sensation d'étirement que lorsqu'il avait affronté les dragons.

Soudain, Uprih jaillit de l'écume, au pied du rocher.

Et tout recommença.

Adrian sentit un frisson courir le long de son échine : l'Alnaute n'était pas dans sa prémonition. Il y avait donc une chance qu'ils changent, tous ensemble, le cours des choses.

—J'ai bien cru que vous aviez brûlé avec votre fortin, dit Adrian.

—Impossible. Il fallait que je donne le signal à mes compagnons, dit le prince avec une note d'humour un peu tordue et inhabituelle chez lui. Il replongea aussitôt dans l'onde.

Sous la surface, des Alnautes s'élancèrent à son signal à dos de dauphin. Ganao, le frère cadet du prince Uprih, était parmi eux. Il était trop jeune pour avoir connu la tentative d'invasion manquée de Hodgson et encore plus la défaite de l'armada ferronéenne. Toutefois les récits de son frère aîné avaient suffi à lui inculquer le respect de son archipel et à épanouir le désir de le défendre à tout prix. Quant aux doges composant le gouvernement des Ferrone, il les détestait encore plus que son aîné ; il en était venu, avec la fougue de son jeune âge, à se méfier de toute personne qui n'était pas un Alnaute – autrement dit les « pieds-courts ». Son peuple représentait un peu moins de la moitié de la population des Ferrone ; largement de quoi nourrir sa méfiance. Aussi Ganao vivait-il à l'écart du port de Manorque et passait-il le plus clair de son temps au milieu de l'eau, avec ses amis les dauphins. Mais sa récente aventure avec une Ferronéenne avait commencé de modifier sa perception du monde.

Il avait rencontré cette Jawena en pleine mer et il dut admettre que pour une pied-court, elle ne se débrouillait pas mal du tout question nage ;

elle s'enfonçait loin sous la surface pour y chercher des perles de coloac, un énorme coquillage. Elle était plus drôle qu'aucune de ses amies Alnautes et une heure en sa compagnie valait mieux qu'un après-midi à nager autour de ces épaves qu'il avait toujours trouvées tristes à mourir.

Quand Uprih lui avait expliqué ce qui menaçait l'archipel et ses habitants, il pensa d'abord au sort de Jawena alors que deux mois plus tôt il aurait été épouvanté à l'idée que les pirates s'en prennent à ses dauphins. Lui-même pensait s'en sortir grâce à son don – aucun pirate, même fantôme, ne nagerait aussi vite que lui – mais Jawena risquait gros. Ganao ne se fit pas prier pour participer à la mission mise au point par cet étranger charismatique aux cheveux gris. L'idée, audacieuse, lui plut immédiatement et il en aurait presque serré dans ses bras cet Adrian qui aurait pu être son père. Grâce à lui il allait mettre sa bravoure à l'épreuve et c'était bien plus intéressant que de vider les cales des épaves.

Ils étaient une dizaine d'Alnautes à se diriger vers les navires à pleine vitesse. Ganao ne se lassait pas du plaisir de fendre l'azur et se demandait bien comment on pouvait vivre en se contentant de barboter à la surface. Même Jawena n'était pas arrivée à le convaincre. Baignant dans son milieu naturel, il n'avait aucune conscience du danger ; seule l'excitation accélérait les battements de son cœur. Ses compagnons filaient auprès de lui, avec, enroulée en bandoulière, une longue corde munie de deux courts grappins.

Quand ils discernèrent dans les eaux claires l'étrave des nefs ennemies, les Alnautes se dispersèrent. Couché contre son dauphin préféré, un jeune mâle puissant, Ganao approcha du navire de tête.

Quel traînard ! pensa-t-il, ignorant des performances de cette machine conçue par le plus grand sorcier qu'ait porté Elamia.

À peine si Ganao arrivait à comprendre qu'on monte à bord de ces « escargots de mer », comme il les appelait. Se déplacer sur le dos d'un dauphin était tellement plus rapide et plus amusant ! Lorsqu'il parvint à hauteur de la poupe, sa monture fit demi-tour pour évoluer à proximité du gouvernail. Ganao lâcha le dauphin d'une main et de l'autre saisit le grappin qu'il tenta de glisser entre le gouvernail et la coque. Une opération ardue, même pour un Alnaute habitué à manœuvrer sous l'eau.

Loupé...

Le grappin descendit vers le fond, entraînant après lui le cordage. Le dauphin comprit aussitôt ce qui se passait et il ralentit pour laisser Ganao remonter le grappin. Ce qui prit une bonne minute. Une fois la corde enroulée, le garçon regarda devant lui, le navire était déjà loin !

Pas mal pour un escargot...

Ganao s'élança à nouveau et exigea de son dauphin une telle vitesse qu'il dut serrer sa monture au point d'en avoir mal aux bras et aux cuisses. Ils arrivèrent enfin derrière le gouvernail. Ganao remarqua qu'aucun coquillage ou algue ne s'était accroché au bois.

Un navire tout neuf.

Il recommença la manœuvre délicate et cette fois, le grappin tint bon. Il fallait agir vite, aussi laissa-t-il à son dauphin le soin de choisir un endroit où arrimer le second grappin, sur le fond marin. Il n'y avait pas une seconde à perdre : la longueur de la corde ne le permettait pas. Le dauphin coinça le grappin dans une anfractuosité. Ganao vit la corde se tendre… puis se rompre presque aussitôt ! S'il avait pu s'exprimer sous l'eau, il aurait hurlé sa rage. Son dauphin remontait déjà ; le garçon l'enfourcha et ils filèrent vers le navire.

La surprise manqua de le désarçonner ; non seulement le gouvernail avait été arraché mais il avait entraîné avec lui une partie du panneau arrière.

Gagné !

Ganao creva la surface et, la tête hors de l'eau et le poing levé vers le ciel, cria en exultant :

— JAWENA !

— On dirait bien que ça marche, commandant, dit Olst en voyant les navires changer brusquement de direction. L'un d'eux se coucha sur le flanc loin de la côte et un autre enfila son mât de beaupré dans les haubans comme dans un filet : le beaupré, ce mât qui saillait de la proue telle une lance, se rompit et le navire présenta son flanc aux déferlantes qui balayèrent aussitôt le pont. Des dizaines de marins se retrouvèrent à l'eau, dans l'écume bouillonnante. Un troisième bateau ne put manœuvrer pour éviter une ligne de récifs qui ressemblait à l'échine d'un monstre marin ; des lames de bois explosèrent sous la pression.

— Attendons encore un peu pour mesurer notre réussite…, tempéra Adrian.

Deux nefs continuaient toujours leur course folle vers la côte. Elles s'éventrèrent à quelques brasses des berges et les marins se jetèrent dans les vagues. S'accrochèrent aux cailloux battus par les flots. Des grappes humaines. Peu à peu, les morts s'approchaient de l'archipel. Ni le courant, ni les rouleaux, ni les rochers tranchants comme des lames ne semblaient empêcher leur progression. À peine s'ils la ralentissaient.

Julipen saisit la main d'Adrian.

— Ça ne va pas être aussi simple, s'inquiéta l'empereur.

— J'espère qu'Uprih pourra les arrêter.

Mais elle n'y croyait guère, car les assaillants, malgré leur apparence décharnée et maladive, faisaient preuve d'une surprenante motivation et d'une force aussi grande.

— Commandant, il reste beaucoup de navires au large, dit Olst.

— Oui. Et nous n'avons aucune idée de leur armement.

À peine avait-il prononcé ces mots qu'un mort jaillissait de l'onde. Julipen ne put réprimer un cri à la vue de son faciès osseux, baigné d'une lueur verte. L'une de ses orbites était vide. Des touffes de cheveux pendaient comme des paquets d'algues sur ses épaules cuirassées. Un second marin apparut, immense celui-là. Sans doute un Talaxien ; il se redressa en poussant un râle hideux.

Dans leurs tenues détrempées, ils parurent à Julipen aussi inquiétants que grotesques.

Deux cadavres déguisés…

Olst s'était déjà interposé entre les morts et l'empereur. Il avait dégagé de son fourreau en cuir un glaive forgé à Hastrion et le tenait en une posture qui ne laissait aucun doute quant à ses intentions.

— Retournez d'où vous venez…, cracha-t-il.

Les morts continuèrent d'avancer, tirant de leur ceinture de longs poignards aux lames courbes, un à chaque main. Olst enfonça sans difficulté son arme dans le ventre du Talaxien mais à sa grande surprise, le mort ne tressaillit pas : il saisit la garde du glaive avec un air de défi, obligeant Olst à tirer sur le manche.

— Fuyez, commandant ! dit alors l'aide de camp à l'empereur. Fuyez, je m'occupe d'eux !

Sa bravoure n'entama pas la résolution des deux marins. Déjà d'autres morts prenaient pied sur le rocher. L'Alnaute donna une épée courte à Adrian qui se souvint de sa chasse aux pillards dans Boroskariak, la cité du désert.

— Je reste, décida-t-il.

Le Talaxien ricana et dit d'une voix cassée :

— Vos armes, elles peuvent rien contre nous !

Puis il leva la sienne en la secouant avant d'ajouter :

— Elles sont pas du bon métal, qu'est-ce que vous croyez ?…

Il attaqua aussitôt Olst. L'aide de camp évita d'un bond la lame recourbée mais il se tordit la cheville dans une anfractuosité et tomba à genoux. Le faciès pâle de son assaillant s'ouvrit d'un horrible rictus. Il leva son arme au-dessus d'Olst tout en narguant du regard Adrian. L'empereur n'eut pas le temps de contre-attaquer ; sans le quitter des yeux, l'ennemi enfonça son poignard dans le flanc de l'aide de camp, tendant l'autre bras armé vers Adrian. Olst poussa un gémissement avant de se mettre à frissonner, comme si un vent glacial le fouettait.

Le mort n'avait pas lâché sa prise autour du manche. La lumière verte qui le baignait augmenta d'intensité puis gagna Olst pour l'envelopper de son linceul. Il y eut alors une sorte d'échange entre les corps, bref et définitif. Olst s'effondra enfin, vidé de toute énergie. Il semblait avoir perdu la moitié de son poids. Le mort avait quant à lui l'air plus menaçant. Les traits de son visage s'étaient remplis, sa peau s'était colorée et il avait redressé sa posture, comme si les muscles de son dos s'étaient tendus après des années de relâchement.

Il s'est… nourri d'Olst, comprit Adrian, horrifié par le spectacle. Il réalisait à peine qu'il s'agissait du dernier représentant de son armée, l'un des plus précieux.

— Couchez-vous, tous ! ordonna soudain Julipen.

L'Alnaute et Adrian obtempérèrent après un instant d'hésitation. L'atisha avait déjà levé les bras au-dessus d'elle. Tout à coup une vague plus haute que les autres s'abattit sur le rocher et balaya la partie où se tenaient une demi-douzaine de morts. Adrian leva la tête, vit la masse d'eau tourbillonner tout près, en un mouvement surnaturel. Des embruns lui masquèrent la vue et une autre vague succéda à la première. Julipen l'empêcha de gagner ses compagnons, dressant un mur invisible entre l'écume bouillonnante et eux.

— C'est fini, dit-elle.

Il ne restait plus un seul agresseur sur le rocher. Le cadavre d'Olst avait lui aussi été emporté. Les trois hommes se relevèrent tandis que d'autres morts approchaient en nageant maladroitement mais sans jamais se noyer.

— Tous dans la barque, dit Adrian. Nous ne pouvons rien faire ici : autant retourner au port.

Avant d'embarquer, Julipen remarqua une arme ennemie, coincée dans un pli de la roche. Elle se pencha pour la ramasser mais à cause des efforts fournis pour maîtriser la magie laménide, elle vacilla et manqua de tomber à l'eau. Adrian saisit son bras avant qu'elle bascule.

— Merci, dit-elle d'une voix faible.

— Non, c'est à moi de vous remercier. Vous m'avez sauvé la vie.

— J'aurais voulu sauver celle d'Olst…

— Laissez aux dieux et aux démons le soin de sauver tout un peuple.

* * *

Sous la surface de l'océan, Uprih, Ganao et leurs compagnons luttaient contre des envahisseurs toujours plus nombreux. Ganao tira sur le pied d'un des nageurs. Le mort se débattit en s'enfonçant. L'Alnaute tira encore jusqu'à ce que le nageur soit immergé. Une fois passé un moment de panique, celui où l'eau salée envahissait son corps, le revenant réalisa qu'il en faudrait plus pour qu'on le tue une seconde fois. La rage succéda à la peur. Le mort saisit Ganao au visage et commença à le serrer comme s'il avait voulu le broyer. L'Alnaute ne dut son salut qu'à son aisance dans l'eau. Il donna un coup de genou dans l'entrejambe du mort et s'éloigna à vive allure.

Uprih poignarda un revenant à plusieurs reprises mais ses coups n'eurent pas plus d'effet que s'il avait caressé un tigre en furie. Le prince alnaute s'attaqua à d'autres envahisseurs avec aussi peu de succès et il comprit dès lors l'ampleur du danger qui menaçait Ferrone et, au-delà, le monde.

Il faut se replier à Stella, se dit-il et il transmit comme il put l'ordre à ses compagnons.

Moins d'une heure plus tard, il retrouva l'empereur et ses amis sur un ponton de la baie de Manorque, désertée depuis l'annonce d'une invasion imminente. Le pont des navires amarrés était sans vie.

La petite équipe semblait éprouvée et pourtant la bataille venait juste de débuter. Uprih commença par féliciter le pilote qui avait mené l'empereur à bon port puis il fit part de son inquiétude :

— Ces ennemis, impossible de les… les tuer.

— Pourtant, commença Julipen, certains sont morts dans la passe.

—Attendez…, dit Adrian. Le feu les a détruits.

—Vous avez raison, dit Uprih. Ils ne sont pas invulnérables.

—Le mort, sur le rocher, il a parlé d'armes, non ?

—Oui ! reprit Adrian. « Vos armes ne peuvent rien contre nous, elles ne sont pas du bon métal. »

Adrian, qui avait pris le long poignard courbé trouvé par Julipen, le sortit de sa ceinture pour le montrer à la petite assemblée.

—C'est ça, dit Adrian. Seules leurs propres armes peuvent en venir à bout.

—Leurs propres armes et tout ce qu'ils ont amené avec eux, ajouta Uprih. Certains ont péri, piégés sous les mâts de leur navire ; j'ai vu des sortes d'ombres danser autour de ces blessés et les… les emporter.

Adrian rapporta l'horrible mort de son aide de camp et ajouta :

—Ils puisent notre énergie pour décupler leurs propres forces.

Odasius, qui avait conservé le silence jusqu'à cet instant, dit :

—Le feu et des armes dont nous ne possédons qu'un unique exemplaire, des morts capables de pomper notre énergie : on dirait bien que la lutte est inégale, mes amis.

—Ce poignard, on n'a qu'à le copier ! proposa Palmiarn.

—C'est une excellente idée, dit Adrian. Mais les meilleures forges d'Elamia sont dans la forêt de Brindillion et nous n'avons pas assez de temps devant nous.

Accablé par la mort de son aide de camp et la tournure des événements, Adrian luttait pour ne pas céder au désespoir quand Odasius s'écria :

—Là-bas ! Regardez !

Il désignait l'horizon de la baie, barré par une ligne de récifs qui formait un chenal ; deux navires galaméens approchaient. Encore quelques minutes et le vent du large porterait jusqu'au ponton les chants macabres des marins.

—Il est déjà trop tard, se lamenta le marchand en secouant la tête.

—Il y a peut-être une solution, dit Uprih après une longue inspiration. Stella…

—Oui, tout le monde est parti se réfugier là-bas, dit Odasius, quand ils n'ont pas tout simplement mis les voiles.

—Oh, je ne pense pas à cette île comme à un refuge, mon ami. Mais comme à une arme.

—Je ne comprends pas, dit Julipen.

—Stella est un volcan. Son feu déferlera sur notre envahisseur.

Il le dit sans joie, cela signifiait la disparition de l'archipel.

Hodgson lança les derniers navires à l'assaut des Ferrone en fin d'après-midi. La *Niranda* évoluait au milieu du convoi, à la rame, voiles ferlées.

—Capitaine, dit Baracaly, je ne sais pas si c'est une bonne idée de s'enfiler dans la passe alors que la nuit tombera.

— Vous avez peur de quoi, bosco, de mourir ? Je croyais que vous étiez au-dessus de ça, maintenant. Nous passerons et la proue de nos navires illuminera notre route, soyez-en certain, notre Maître a pensé à cela aussi.

— À vos ordres, capitaine.

En effet, née des proues galaméennes, une lumière surnaturelle alluma le chenal dès que la luminosité du ciel eut baissé. À l'aide de hurleurs, les nefs se frayèrent un passage parmi les épaves coulées un peu plus tôt dans la journée. Toute résistance avait cessé depuis les quelques fortins encore intacts. Ce succès grisa Hodgson et il chantait avec l'équipage lorsque la *Niranda* s'ancra dans la baie. Des hurleurs aboyèrent des sortilèges qui incendièrent la cité portuaire. Des centaines d'oiseaux multicolores s'éloignèrent dans le couchant en criaillant leur colère alors que les flammes léchaient la dense végétation, à seulement quelques mètres des dernières constructions.

Il n'y eut qu'une dizaine de victimes ferronéennes, des vieillards qui avaient refusé de quitter Manorque malgré la menace et les exhortations de leurs proches. Tout à son ivresse, Hodgson ne s'étonna pas de voir si peu de Ferronéens courir en tous sens. Il s'imagina que la plupart d'entre eux avaient fui dans les bois, effrayés par les chants guerriers, et qu'ils périraient bientôt.

Exultant, il gaspilla ses hurleurs une bonne partie de la nuit. La fumée des incendies se mêla à celle des nefs. Sur les rives, les marins qui avaient accosté à la nage se regroupaient et contemplaient le gigantesque brasier à distance respectueuse.

Sur l'île de Stella, le palais des doges se tenait à mi-hauteur des pentes du volcan éteint. Depuis ses terrasses on dominait l'est de l'archipel. Les flammes dévoraient Manorque sous les yeux d'observateurs privilégiés : Adrian, Julipen, Uprih, Odasius et Palmiarn. Cinq doges se tenaient auprès d'eux, les cinq autres ayant fui l'archipel.

Le Premier doge était un homme d'une soixantaine d'années. Pragmatique et loyal, il n'avait pas hésité à critiquer le traité de paix après la fin de l'armada ferronéenne. Plus jeune que lui, Adrian avait alors respecté le courage et le sens du devoir de cet homme d'exception, alors simple conseiller au sein d'un gouvernement prêt à toutes les compromissions mais aussi à tous les coups bas.

Malgré les décennies écoulées depuis leur rencontre précédente, les deux chefs se reconnurent aussitôt. Le Premier doge se nommait Valoann ; les cheveux bouclés, la barbe courte et le regard intelligent, il devait peser près d'un quintal.

— Je n'aurais jamais cru vous revoir, dit Valoann. Et surtout pas ici, en compagnie du prince.

— Je n'oserai jamais vous demander d'oublier le passé, dit Adrian. Mais j'aimerais préserver l'avenir avec votre aide.

— Vous n'êtes plus l'empereur et vous n'êtes plus en droit de me réclamer quoi que ce soit, dit le doge sans colère.

— Non, en effet.

— Mais la situation exige de regarder son ennemi d'hier avec des yeux neufs.

Uprih expliqua alors ce qu'avait accompli Adrian depuis la veille.

— Sans lui, conclut-il, nous n'aurions jamais su qu'une invasion se préparait.

— Je regrette de ne pas être arrivé plus tôt, modéra Adrian ; notre ennemi a déjà gagné Manorque.

L'empereur résuma brièvement la situation et ce qu'il savait de cette flotte galaméenne. L'un des doges soupira en levant les yeux au ciel, comme si l'histoire d'Adrian était la plus farfelue qu'il ait entendue. Les autres ne purent dissimuler leur effroi car la nouvelle d'une invasion de revenants était parvenue jusqu'au palais, provoquant la fuite d'une partie du gouvernement.

— Le feu est pour le moment notre seule arme, conclut Adrian.

— Il faut utiliser le volcan, dit Uprih.

— N'importe quoi ! lança le doge sceptique, sous le regard étonné de ses collègues. Il n'y a qu'à se battre. Nous avons lancé la Garde azur et je suis sûr qu'elle ne fera qu'une bouchée de ces lâches incendiaires. Est-ce que vous avez pensé à tous les trésors d'épaves que nous avons à vendre ? Une fortune ! Vous allez la jeter au feu, comme ça sur un coup de tête ? Excusez-moi, mais des ennemis, nous en avons connu d'autres ! Regardez-vous, dit-il à l'adresse d'Adrian, vous n'êtes plus qu'un simple mortel et votre empire un mauvais souvenir alors que notre archipel rayonne comme jamais ! Moi vivant, vous n'obtiendrez jamais l'autorisation d'ouvrir les Portes pourpres !

— Alors, il me reste à vous tuer, dit posément Valoann.

Moins outré que surpris, l'autre ravala très vite sa colère. Le visage crispé, il s'inclina respectueusement face au Premier doge et tourna les talons.

— Ouvrir les Portes pourpres signifie vraiment la fin de notre archipel, expliqua ensuite Valoann.

— Je le sais mieux que vous, dit Uprih, appuyé sur la balustrade dominant le panorama embrasé. La fin de notre monde.

Adrian et ses amis gardèrent le silence. Une longue minute s'écoula. En contrebas du volcan, on s'agitait dans la seconde cité des Ferrone. Une multitude d'embarcations s'apprêtait déjà à prendre la mer.

— Sonnons les cornes, prince Uprih. Et prions Malperdonis que cela fonctionne.

La Garde azur, l'élite des soldats ferronéens, ne put aborder les nefs galaméennes à cause de la trop forte lumière entourant les embarcations. Moins agiles que les Alnautes, les soldats gaspillèrent des forces pour gagner avec le plus de discrétion possible les rives où piétinaient les marins naufragés de Hodgson.

Les deux cents Ferronéens attaquèrent les revenants avec une violence inouïe, tranchant des membres, éventrant, égorgeant tout ce qui se dressait devant eux. Mais à leur grande surprise, l'ennemi semblait insensible à la plupart de leurs coups : son sang ne se répandait pas. Décapité, il continuait de s'agiter, droit sur ses jambes. Puis les premiers azuréens périrent sous le regard effrayé de leurs compagnons. Bien que vaillants, motivés et entraînés, ces soldats choisis parmi les plus valeureux des Ferronéens ne comprirent pas que l'on puisse mourir si horriblement : une lame courte et courbe, enfoncée dans une jambe ou un bras, suffisait à vider une montagne de muscles de sa substance vitale en seulement quelques secondes.

Malgré leurs aptitudes hors normes, les gardes azuréens furent très vite repérés. Une demi-heure après avoir lancé leur contre-attaque, ils furent acculés et peu à peu massacrés. Seule une demi-douzaine de gardes avait réussi à s'emparer d'une arme galaméenne. Ceux-là infligèrent quelques pertes parmi les marins de Hodgson mais il était trop tard pour renverser l'issue de la bataille.

— Nous laissons six heures à la population pour évacuer Stella et l'archipel, dit Valoann.

— Six heures ? s'exclama Palmiarn. Mais c'est horriblement long ! L'ennemi aura le temps d'arriver jusqu'au palais et de prendre un bon bain avant de nous pendre !

— D'après ce que j'ai compris, dit Odasius, il ne te pendra pas mais il consumera toutes tes forces.

— Six heures, c'est le minimum que nous devons laisser aux Ferronéens pour préparer leur départ, dit Valoann. N'oubliez pas qu'il s'agit d'adieux. Définitifs…

— De toute façon, avec l'incendie que Hodgson a déclenché, ajouta Uprih, ils ne pourront pas atteindre Stella et la plupart des îles habitées avant plusieurs heures.

— Et puis, nous avons tous besoin de repos, dit Adrian.

Lorsque les cornes sonnèrent depuis les hauteurs de Stella, il ne restait rien de la Garde azur.

— Vous entendez ce bruit, mon capitaine ? demanda Baracaly.

— Oui, ces charognards ont enfin compris que leur fin est arrivée.

— Des charognards ?

— Ils tiennent leur fortune des naufrages, non ?

— Oui, bien sûr, mon capitaine. Mais vous pensez que… qu'il y a un butin, quelque part ?

— Ah, je reconnais là l'ancien pirate ! dit Hodgson sans un sourire. Eh bien, oui. Un trésor formidable, Baracaly.

Bien plus grand qu'il n'y a de place dans ta tête, crétin.

À l'époque où il avait tenté de conquérir à lui seul les Ferrone, Hodgson convoitait leur formidable trésor, déjà bien entamé par Adrian quelques années auparavant. Mais depuis son séjour dans le royaume d'Omok, l'officier de marine avait compris les limites de sa passion pour l'or.

— Le Maître sera content de vous, dit Baracaly. Je suis persuadé qu'il vous nommera amiral.

— C'est le moins qu'il puisse faire.

Et après, je prendrai ma retraite. Avec ma petite Niranda, sur ce coin de paradis.

Un paradis qui se transformait peu à peu en enfer ; vorace, l'incendie engloutissait toutes les espèces animales, réduisait en cendres la végétation luxuriante.

Ce n'était qu'un avant-goût de ce qui attendait Hodgson et ses marins.

Julipen se ressourçait après les efforts de la journée. À deux reprises, des prêtresses d'Elamia entrèrent en contact avec elle. L'Anakane leur demanda de détourner des navires pour venir croiser au large des Ferrone, car la population insulaire ne survivrait pas longtemps dans les embarcations de sa fuite.

Une heure avant l'aube, Uprih était en pleine discussion avec un autre Alnaute et Valoann. Le Premier doge se tourna vers l'empereur :

— L'évacuation est difficile mais tout porte à croire qu'elle sera bientôt terminée.

— Ça vaut mieux, compléta Uprih. L'ennemi avance déjà sur les cendres.

Trois minutes plus tard, la petite troupe se réunit autour d'un déjeuner de fruits frais et de lait de coco. Personne n'avait d'appétit mais Adrian exhorta ses compagnons à prendre des forces avant de demander à Odasius de s'occuper de Palmiarn. Uprih leur offrit la compagnie d'un Alnaute pour les conduire loin de Stella.

— Et maintenant, occupons-nous de ces Portes pourpres, dit l'empereur après avoir salué avec émotion le marchand et l'adolescent.

Valoann, Uprih, Adrian et Julipen quittèrent le palais édifié à flanc de volcan. Le Premier doge ferma lui-même les lourdes portes de bois sculpté derrière lui et poussa un bref soupir.

— Je suis désolé, lui dit Adrian d'un ton compatissant.

— Ce n'est pas le palais que je vais regretter ; j'en avais assez de composer avec son gouvernement d'hypocrites. L'ironie dans tout ça, c'est que je reprochais aux doges de brader les Ferrone sous prétexte de restaurer leur lustre. Et voilà que je m'apprête à détruire l'archipel ! Mon propre univers…

Une larme brilla dans ses yeux mais ne coula pas.

— Le volcan finira bien par s'éteindre, dit Uprih. Alors nous reviendrons pour bâtir un monde meilleur.

— Mmm… vous êtes un optimiste, Votre Altesse. Tant mieux ! Moi, je serai trop vieux pour en profiter. Bon, assez pleurniché, allons-y.

Ils pénétrèrent dans un passage secret, découpé au milieu du grand escalier qui serpentait le long du volcan, et s'enfoncèrent dans les profondeurs de la montagne, s'éclairant de torches.

Ils marchèrent en silence pendant plus d'un quart d'heure, le long d'un tunnel étroit, et parvinrent dans une cavité plus large, en pierre noire.

— C'est ici, dit Valoann, indiquant une sorte d'autel sommaire au fond de la grotte. Je vais avoir besoin de vous pour soulever la table.

Ils glissèrent les torches dans des logements posés le long des parois et, tous les quatre, saisirent les bords de la dalle recouvrant le pied de l'autel. Ils tirèrent de toutes leurs forces, en vain. Uprih proposa de la faire glisser et ils renouvelèrent leur tentative. Centimètre après centimètre, la dalle bougea. Quand ils l'eurent enfin dégagée, ils découvrirent deux serrures au fond de l'autel creux.

— Vous avez votre clef, Altesse ? demanda Valoann.

Uprih la montra au Premier doge en hochant la tête et ajouta :

— Je n'ai pas oublié le mot.

Ensemble, ils enfoncèrent leur clef dans une serrure et, sur un signe de tête du doge, ils prononcèrent chacun un sésame différent en la tournant. Une faible lueur magique annonça le succès de la manœuvre, puis le fond de l'autel s'effaça.

— Écartez-vous ! ordonna Valoann.

Le groupe s'éloigna. Tout à coup, une chaleur infernale irradia depuis l'autel et une lumière intense baigna la grotte, dans un vacarme de tempête. Aveuglés, les uns et les autres clignèrent des paupières, les mains en visière. Dans un réflexe, Julipen voulut barrer le chemin à la chaleur.

— Impossible ! pensa-t-elle. Ce n'est pas un feu naturel...

Quand ils furent habitués à l'intensité lumineuse, les quatre compagnons découvrirent deux silhouettes rougeoyantes flottant au-dessus de l'autel. Elles étaient constituées de feu ardent, et leurs contours bougeaient sans cesse.

— Les Portes pourpres ! cria Uprih pour couvrir le bruit que produisait la combustion permanente des deux démons.

— Puissants gardiens de Stella, commença Valoann, l'heure est venue de libérer le feu de la montagne.

Les démons se séparèrent et tournoyèrent autour des humains. L'un d'eux prit la parole, d'une voix rocailleuse :

— Pour satisfaire ta demande, nous exigeons un sacrifice.

— Mais c'est... ça n'était pas prévu ! Nous vous avons offert de l'or depuis des siècles ! Les Ferronéens vous ont toujours donné une partie de leur trésor.

— Oui, et nous en avons fait bon usage. Mais ces offrandes vous assuraient notre protection, autrement dit le silence de la montagne. Maintenant, tu réclames son courroux et nous n'avons pas été payés pour cela.

— Il y aura des centaines d'hommes à tuer ! Êtes-vous si gourmands ?

— Des hommes ? Je crois qu'il s'agit plutôt de morts ! De pitoyables créatures sans aucun intérêt.

Adrian comprit que cet échange ne menait nulle part. Et le temps pressait ! Mais avant même qu'il eût trouvé une idée pour convaincre les Portes pourpres, Valoann tomba à genoux et dit :

— Alors, prenez-moi. Prenez-moi vite.

— Non ! hurla Uprih.

Il était trop tard, l'un des démons s'interposa entre le Premier doge et ses compagnons. La seconde créature se pencha sur Valoann et l'enserra entre ses cuisses et ses bras de feu. Le cri déchirant de l'humain résonna contre la pierre puis ses cordes vocales furent carbonisées.

Le jour allait se lever et Hodgson n'avait toujours pas dormi.

Je ne ressens pas les effets de la fatigue.

Était-ce lié à sa nature singulière ? Le Maître ne lui avait rien dit à ce sujet. Autour de lui, les marins semblaient certes las mais pas épuisés. Est-ce que cela viendrait plus tard ? Il se rendit compte qu'il ne savait pas grand-chose de ses forces, de ce côté du monde. Il pouvait juste constater que les marins qui avaient tué des humains avaient reçu un regain d'énergie vitale.

Face à lui, le gigantesque brasier qu'était devenue Manorque produisait plus de fumée que de flammes ; d'immenses panaches obliques montaient vers le ciel de moins en moins sombre. La marée allait descendre d'ici peu. Il donna l'ordre aux marins embarqués de rejoindre leurs camarades sur les rives. Ils traverseraient Manorque et gagneraient Stella en profitant du jusant. Et peu importent les courants et les récifs, tous ces pièges qui protégeaient Stella, ils n'avaient plus peur de l'eau à présent.

Un bruit attira l'attention de Hodgson et il leva la tête ; la mâture grinçait anormalement. Il vit les cordages qui saucissonnaient la grand-voile céder l'un après l'autre. Libéré, l'immense carré de toile se déploya et gonfla comme au vent portant, malgré la faible brise. Le motif carmin qui imprégnait la voile pâlit soudain ; il y eut un sifflement et une brume rouge apparut face au gréement, au-dessus des marins effarés. Les millions d'infimes gouttelettes s'agglutinèrent et la créature qu'avait combattue Balabord dans le corridor entre les mondes se matérialisa, effrayante et majestueuse.

Hodgson serra dans son poing son talisman.

Le démon, qui mesurait plus de deux mètres et flottait, bras écartés, entre ciel et terre, descendit jusqu'au capitaine des revenants. Son regard de reptile au milieu d'un visage humain était effrayant. Il ouvrit ses lèvres fines et craquelées, découvrant des centaines de crocs minces comme des épingles translucides, et dit :

— Vous n'allez pas vous en sortir comme ça, Hodgson. Ce sera bien plus difficile que vous l'imaginez. Et quand vous serez revenu à votre place, sous le talon d'Omok, je prendrai personnellement en charge votre châtiment.

Puis le démon battit une fois l'air de ses longs bras et s'éloigna très vite vers l'intérieur de l'archipel, crevant les panaches du brasier qui tourbillonnèrent lentement après son passage.

Valoann n'était plus que cendres. Les Portes pourpres posèrent ensemble leurs paumes enflammées contre la paroi derrière l'autel. La roche disparut par enchantement pour laisser place à un décor infernal : un lac de magma bouillonnait sous une voûte d'or pur. Julipen se demanda quelle magie rendait possible ce prodige car le métal précieux aurait dû fondre par cette chaleur insoutenable. L'une des créatures de feu se tourna vers Adrian, Julipen et Uprih, et ordonna :

— Maintenant, si vous tenez à la vie, fuyez !

À peine eut-elle prononcé ces mots que le magma s'éleva dans son immense cuvette souterraine. Encore une minute et il se déverserait dans la grotte.

— Par ici ! dit Uprih.

Ils tournèrent les talons et s'enfilèrent dans le corridor. La chaleur était après eux.

Le feu, pensa Adrian. *Encore et toujours le feu. Est-ce que des démons ont détruit mon armée ?*

Derrière lui, une langue de lave gagnait du terrain, accompagnée d'une forte odeur de soufre.

— Uprih, j'espère que vous connaissez le chemin de la sortie.

— Je le connais... Mais je ne connais pas la vitesse de la lave.

La plupart des Ferronéens avaient déjà embarqué sur des pirogues de toutes tailles, toilées ou à rames. Les barreurs avaient mis à profit leurs connaissances des courants pour s'éloigner le plus rapidement possible de l'archipel. Odasius avait rejoint le capitaine de la *Fleur de Nacre* sur une embarcation où tenait, serrée, une douzaine de passagers. Le marin se lamentait, inconsolable d'avoir perdu son navire. Il l'avait vu brûler dans la baie et si son second ne l'avait pas retenu, aidé de trois mousses, l'homme se serait jeté à l'eau pour rejoindre le voilier.

— Ma vie est ruinée, totalement ruinée, dit-il. J'ai perdu mon bateau et j'ai perdu sa cargaison. Dans le meilleur des cas je ne retrouverai jamais de travail et il y a de fortes chances que je me retrouve aux fers.

— Ne croyez pas ça, dit Odasius. (Il s'en voulait d'avoir participé à la mise en scène qui avait détourné la nef marchande de sa route pour la conduire aux Ferrone, escale imprévue et fatale.) J'ai des relations à Consolata et je ferai tout ce qui est en mon pouvoir pour témoigner de votre innocence et vous aider à retrouver un commandement.

Le marchand posait la main sur l'épaule du marin lorsqu'un grondement secoua l'aube naissante. Les passagers des centaines de pirogues se tournèrent vers Stella. La première gerbe de flammes jaillit du sommet tronqué de la montagne. La destruction de l'archipel avait commencé.

Les marins de Hodgson avaient débarqué depuis plus d'une heure sur les vestiges fumants du port de Manorque. Ils avançaient en direction de Stella, piétinant les cendres de ce qui avait été une jungle, progressant, circonspects et méfiants entre les troncs noircis. On aurait dit le prolongement de Galameh. Les meurtriers de soldats ferronéens étaient plus véloces grâce à l'énergie vitale absorbée sur leurs victimes ; les premières projections de lave s'abattirent sur eux, avant même qu'ils comprennent que le volcan venait d'exploser.

Entouré de quelques marins et une épée à la main, Hodgson progressait en retrait. Il avait perçu le grondement sous ses pieds et avait pensé que si le volcan de Stella se réveillait, ce serait vraiment une malchance terrible. Insupportable. Puis il vit les jets de lave tracer des arcs inquiétants et il comprit que les Ferrone résisteraient pour la seconde fois à sa tentative d'invasion.

Il continua d'avancer, mâchoires serrées. Les brandons s'abattaient à quelques centaines de mètres de là. Se rapprochaient. Il s'arrêta près d'un grand rocher creux, leva son épée vers le ciel et hurla sa rage.

À ce moment précis, trois silhouettes jaillirent du rocher.

Quelques minutes auparavant, Uprih avait hésité entre deux embranchements dans le passage souterrain. Il avait choisi celui qui s'ouvrait à droite mais le groupe avait dû rebrousser chemin après seulement quelques mètres car une pierre inamovible obstruait le passage. Ils s'étaient donc engouffrés dans le tunnel de gauche, celui de leur salut. Ils avaient franchi des portes taillées dans la pierre qu'Uprih avait refermées derrière eux afin de ralentir la progression de la lave. Après être descendus pendant de longues minutes dans une ambiance de fournaise, ils avaient commencé de remonter.

— La surface est proche ! s'était écrié Uprih. Bientôt nous serons à l'ouest de Stella, à quelques pas de la mer.

— Je ne crois pas, avait dit Julipen, l'atisha. Nous ne sommes pas en train de marcher vers l'ouest mais, au contraire, vers l'est.

Depuis un moment, Adrian avait un pressentiment indéfini qui concordait avec l'affirmation de Julipen.

— Non, vous vous trompez, prêtresse, affirma toutefois le prince alnaute.

Mais il déchanta en débouchant d'un rocher creux au beau milieu de la jungle calcinée. Devant eux, des revenants regardaient leur chef pousser un cri de rage. Puis Hodgson découvrit Adrian, Julipen et Uprih.

L'empereur reconnut instantanément son ancien officier de marine, baigné d'une lueur d'un vert phosphorescent à deux mètres de lui. Il y eut un sifflement au-dessus de leurs têtes ; un fragment de magma tomba derrière Hodgson.

L'instant coïncida avec la vision de l'empereur et le temps se figea à ses yeux, pour la quatrième fois depuis qu'il avait quitté la prison de la madina. Cette fois il décida de tirer parti de cette opportunité surnaturelle. Il observa la scène muette et immobile, à la recherche d'une solution.

Je peux me battre contre Hodgson, mais il y a ses soldats. Combien sont-ils ? À peine une dizaine. Il faut les maîtriser. Le feu, derrière Hodgson.

Le temps reprit sa course et Adrian donna ses ordres.

— Julipen ! Dressez un rideau de feu autour de nous ! Vite !

L'atisha réagit aussitôt ; elle utilisa la roche en fusion pour déployer un cercle incandescent qui entourait Adrian, Uprih, Hodgson et elle-même.

Adrian avait déjà dégainé son glaive.

Le revenant les regardait tous les trois, haineux.

— Qui êtes-vous ? demanda-t-il enfin, d'une voix malade.

— Hodgson, je suis votre Guide suprême, tenta Adrian. Cessez cette folie. Vous n'avez aucun droit sur les Ferrone.

Hodgson fronça les sourcils, en proie au trouble. Puis il fit enfin le lien entre cet homme aux cheveux blancs et le jeune empereur qu'il avait connu, admiré et servi, des années auparavant.

— Empereur Adrian… Je ne sais pas ce que vous fichez ici, mais vous n'avez plus d'ordres à donner à qui que ce soit. J'ai un autre maître, désormais.

Il posa la main sur son fétiche ensorcelé et rassuré dans ses convictions il se lança aussitôt à l'assaut de son ancien commandant.

Les glaives tintèrent deux fois. La force de Hodgson surprit Adrian. Au troisième coup, les lames se bloquèrent contre les gardes. Hodgson découvrait ses dents jaunies sous ses lèvres craquelées ; il écumait comme un chien enragé, à quelques centimètres d'Adrian. La lumière verte enveloppa le visage de l'empereur qui ressentit alors un picotement désagréable. Puis Hodgson poussa de toutes ses forces sur son arme, projetant Adrian en arrière.

L'empereur trébucha et tomba en perdant son glaive. Julipen poussa un cri et le rideau de feu hésita. Uprih se précipita pour récupérer l'arme et la lancer à son allié mais le marin était déjà sur l'empereur ; il le bloquait au sol, son talon enfoncé contre la glotte de son adversaire. Il leva son glaive à la verticale d'Adrian.

— Je vais te crever la face et tu salueras Omok de ma part ! lança le marin.

L'empereur attrapa tant bien que mal à sa ceinture la lame galaméenne, ramassée auprès d'Olst. Il l'enfonça dans le mollet de Hodgson qui poussa un cri de douleur.

Aussitôt, la lueur maladive diminua d'intensité et le marin lâcha son arme. Adrian empoigna la cheville de Hodgson et tira dessus de toutes ses forces. Affaibli, le marin chuta à son tour. Uprih lança son sabre à l'empereur tandis que Hodgson se redressait ; il était à genoux quand Adrian se plaça face à lui, la pointe de l'arme à quelques centimètres de sa gorge.

— Par pitié, dit le marin qui serrait de nouveau son médaillon ensorcelé dans la main. Je… j'ai une fille à retrouver, plaida-t-il.

— Moi aussi. Et tu t'es mis en travers de mon chemin.

D'un geste court et précis, il trancha la gorge de Hodgson qui porta aussitôt les mains à son cou. L'empereur avait déjà armé son bras ; mû par une force dont il avait oublié la puissance et la sauvagerie après une si longue captivité, il décapita le marin, cisaillant dans le mouvement trois doigts.

Adrian abandonna le sabre et se pencha pour ficher le poignard galaméen dans le cou déchiqueté de son ennemi. Un tourbillon de lumière verte s'échappa de la plaie béante et Hodgson s'éleva lentement de quelques centimètres, cambré et les bras pendants. Puis des ombres apparurent autour de la silhouette agitée de soubresauts et semblèrent dévorer le corps du revenant.

Effrayés par cette vision, les marins s'enfuirent en direction du volcan en éruption. Les projectiles tombaient un peu partout, désormais, dans un grondement de fin du monde.

— Nous sommes piégés ! s'exclama Uprih. Il est trop tard pour reprendre le souterrain et tous les bateaux ont été brûlés par l'envahisseur !

— Non, pas tous les bateaux, rectifia Adrian qui tremblait d'excitation guerrière et d'épuisement. Hodgson n'a sûrement pas coulé les siens…

Derrière eux, le feu de la montagne, libéré par les Portes pourpres, se déchaînait. Une immense coulée de lave roulait en semant la désolation sur son passage. Le palais des doges avait déjà brûlé, les plages de sable noir suivraient bientôt, puis l'archipel des Ferrone dans son entier.

Il fallut près d'une heure aux trois compagnons pour atteindre un navire galaméen. Il était abandonné de même que le reste de la flotte commandée par Hodgson. La *Niranda* les surprit par sa forme inhabituelle, élancée. Bardée d'armes, elle dégageait une agressivité animale. Une aura d'un vert pâle montait du tillac aux plus hautes vergues, déclenchant des frissons électriques sur la peau du trio et un début de nausée, des vertiges. « Impossible de tenir très longtemps à bord d'un tel engin », conclurent-ils.

— De toute façon, nous serions bien incapables de le manœuvrer, résuma Uprih.

Il n'y avait pourtant pas de temps à perdre : le volcan crachait des bombes incendiaires jusqu'à l'orée de ce qui était la veille encore une jungle. La baie serait bientôt la proie de ces projectiles. Adrian voulut fouiller l'entrepont à la recherche d'indices sur l'existence de Golan Tark mais la sorcellerie à l'œuvre sur la *Niranda* troublait ses sens aussi bien qu'une forte fièvre et il commençait d'avoir mal aux articulations comme sous l'emprise d'une grippe. Ils avisèrent une barque toilée qu'ils mirent à l'eau péniblement malgré un ingénieux mécanisme de rampe escamotable.

Par chance, la lueur d'outre-tombe était moins intense entre les bancs de nage de cette longue barque que sur la nef, et les trois compagnons purent résister à son influence. Seuls les poils de leur nuque et de leurs avant-bras se hérissaient à présent.

Quand ils eurent atteint la pleine mer, Uprih plongea, laissant Julipen et Adrian seuls à bord, prisonniers de la houle.

— Bon, sang, qu'est-ce qu'il fait ? demanda Adrian. Je suis incapable de manœuvrer ça tout seul !

— Il est allé chercher de l'aide, dit Julipen, convaincue de la loyauté du prince alnaute.

Moins d'une minute plus tard, il crevait la surface.

— Amarrez tous les bouts que vous trouverez et lancez-les-moi, vite ! ordonna-t-il.

À moins de dix mètres derrière eux, une bombe de lave tomba dans l'océan et vaporisa des gouttelettes d'écume. L'onde de choc secoua la barque, menaçant l'équilibre des deux passagers. Adrian et Julipen nouèrent tant bien que mal quatre cordages autour de taquets et les jetèrent à l'eau tandis qu'Uprih grimpait à bord.

— Pourquoi ? demanda simplement l'empereur.

Un craquement strident et reconnaissable entre tous lui répondit : un dauphin secouait la tête hors de l'eau, rostre entrouvert, suivi de deux congénères. Moins d'une minute plus tard, ils étaient une demi-douzaine à se relayer autour des quatre cordages qu'ils serraient entre leurs dents. Remorquée par ces mammifères, la barque s'éloigna rapidement de l'archipel en feu pour rejoindre le long convoi de survivants ferronéens qui filait au nord, en direction du continent de Consolata.

Épilogue

Lorsque Jocquinius arriva enfin à Port-Incaline, accompagné de Haldric, il comprit très vite qu'il n'aurait guère de mal à trouver Kordac : la réputation de son fils inconnu précédait de quelques jours son débarquement. Kordac ou Adrian ? Les versions divergeaient mais toutes vantaient le courage de cet homme d'une cinquantaine d'années qui aurait contribué à sauver le peuple des Ferrone.

Port-Incaline était une immense cité portuaire, prolongée d'une presqu'île habitée et terminée par un phare colossal. Pas moins de quatre bassins accueillaient des navires venant de tout Elamia. Les armateurs et leur richesse sans bornes avaient contribué à faire de la ville une merveille architecturale où se mêlaient quantité de styles sous un soleil franc. Les pins maritimes et parasols piquaient de vert l'ocre jaune des façades et le rouge des toits, et le chant des cigales concurrençait la clameur des marins et des marchands.

Le vieux mage et le moinillon firent halte dans une taverne juchée sur une colline dominant les bassins. Installés sous un claustra, ils burent une citronnade. Jocquinius décida d'interroger le patron de l'établissement, un homme aussi sec que les aiguilles de pin grillées par le soleil et qui s'agitait sans cesse.

— Qu'est-ce qu'un Trinicien est venu faire dans notre belle cité ? demanda le tavernier qui avait reconnu la bague à l'insigne de l'ordre.

Jocquinius regarda sa main pensivement et dit :

— Besoin de voir la mer, le climat est parfois étouffant à Corall-Medding.

— On dit que vos monastères ont été saccagés par un monstre et vos moines décimés, c'est vrai ?

Haldric aurait voulu parler de la bête, de la fin tragique de ses coreligionnaires, du courage de Gabriel, le palefrenier, des intrigues à la Chambre haute mais Jocquinius lui avait ordonné de garder le silence.

— On a beaucoup exagéré, répondit Jocquinius. En fait, un ours a réussi à s'introduire à Scopolia et il y a causé quelques dégâts, hélas.

— Et c'est tout ?

— Désolé de vous décevoir, mais vous savez ce que sont les rumeurs…, ajouta le mage pour clore le sujet rapidement. Mais, dites-moi, ce sauveur dont tout le monde parle, il s'appellerait comment, d'après vous ? Kordac ou Adrian ?

Le tavernier changea à deux reprises son torchon d'épaule avant de répondre :

— Adrian, c'est le nom d'un empereur, non ? Et il faudrait bien avoir la stature d'un empereur pour sauver tout un peuple…

— Il a vraiment sauvé les Ferronéens ? demanda Haldric.

— Eh bien, les navires les plus rapides sont arrivés hier matin avec des nouvelles aussi fraîches que les rougets de mon mareyeur. (Le tavernier se retourna pour s'assurer que l'on n'avait pas besoin de lui.) Ils ont embarqué des centaines de Ferronéens, au large de l'archipel. À ce qui se dit, une sorte d'envahisseur avait attaqué les Ferrone. Et, sans cet Adrian, personne n'aurait été au courant assez tôt pour fuir les îles.

Jocquinius tourna son regard au-delà des balustres blancs, comme s'il avait espéré trouver, depuis son poste d'observation, son fils parmi la foule des quais. Il savait déjà quelle serait sa première question.

Il lui fallut attendre encore deux jours pour rencontrer l'enfant qu'il avait eu, sans le savoir, avec Halaïa, l'Aresmass. C'était le soir et le soleil plongeait lentement dans l'horizon océanique, un incendie bien inoffensif comparé au feu qui avait ravagé les Ferrone. Comme des milliers de Ferronéens se pressaient autour du héros et de ses compagnons, Jocquinius prit son mal en patience. Il y eut une fête, assez triste car un peuple avait perdu son archipel. Pourtant les musiques que jouaient les Ferronéens étaient joyeuses car de toute éternité ils n'avaient composé que des airs entraînants, y compris pour accompagner les enterrements. Ce jour-là, les visages contrastaient crûment avec les chants et les arrangements de percussions et de cordes.

Tandis que Haldric regardait un groupe de musiciens, le mage s'approcha du héros qui se tenait dos à lui et à l'écart, un calice de vin à la main. Il mesurait exactement la taille du vieil homme et ses cheveux étaient aussi blancs que les siens. Dans la besace de Jocquinius, le Talaris émettait une douce vibration. Le mage héla le héros :

— Excusez-moi, mais vous appelez-vous Kordac ou Adrian ?

L'homme se retourna et, malgré les années, Jocquinius reconnut instantanément l'empereur, comme si l'instinct de l'homme traqué qu'il fut s'était éveillé. Il sentit le sang quitter sa tête et, au lieu de fuir comme il avait appris à le faire plus de deux décennies auparavant, il resta transi. Adrian tendit la main pour saisir le bras du mage.

— Vous ne vous sentez pas bien ? demanda-t-il.

— Je… (Jocquinius respirait à petits coups.)

— Attendez, venez vous asseoir.

Adrian aida le vieil homme à s'installer sur un tabouret puis lui proposa son calice. Jocquinius but avidement. Adrian porta la main à sa poche et constata que le fragment de météorite vibrait.

Raark m'a dit qu'il m'aiderait à trouver l'homme dont j'ai besoin. Ce serait lui ?

— Kordac ou Adrian, tout le monde me pose cette question ici, dit-il.

— Oh, j'ai ma réponse.

— Vraiment ?

— Je vous ai reconnu, Guide suprême.

Il n'y avait pas la moindre note de respect dans la voix du Trinicien aussi Adrian ne jugea pas nécessaire de demander à son interlocuteur d'oublier ce titre.

— Je vous ai pourchassé… (Le mage haussa les sourcils.) Ne dites rien : j'ai vu votre bague à l'insigne de l'Ordre trinicien. C'est du passé et vous ne craignez plus rien.

— Mmm, j'aimerais que ce soit vrai.

— Le danger ne viendra pas de moi, je peux vous l'assurer. Et j'aurai besoin de vous. Nous en aurons tous besoin.

Jocquinius n'arrivait pas à mesurer les implications de cette rencontre. L'empereur était son fils ! Halaïa s'était peut-être trompée en affirmant que l'homme auquel il devait donner le Sarment du Temps était son héritier. Pourquoi ne lui avait-elle pas dit la vérité ? La réponse était évidente :

J'aurais refusé de le rencontrer…

Tellement de questions se bousculaient dans sa tête. Devait-il donner l'artefact à ce guerrier sanguinaire ?

Pour être honnête, son regard n'est pas celui d'un homme assoiffé de conquêtes. Est-ce que j'arriverai à lui dire qu'il est mon fils ? Et qu'arrive-t-il au Talaris, pour qu'il se mette à trembler comme ça ?

— Servez-moi encore du vin, je vous prie, demanda le mage.

Adrian trouva un pichet et remplit le calice de Jocquinius qui but aussitôt à grandes goulées.

— Nous avons beaucoup de choses à nous raconter, reprit le mage après s'être essuyé la barbe du revers de la main. Vous venez de dire : « Le danger ne viendra pas de moi ». Vous avez une idée d'où il pourrait venir ?

— Il est déjà là.

— Aux Ferrone ?

— Oui. Un danger bien plus terrible que vous pouvez l'imaginer.

— J'ai une très grande imagination, vous savez ? Et j'ai des informations, aussi. Des informations alarmantes. Parlez-moi des Ferrone. Que s'y est-il réellement passé ?

— Une invasion. Lancée depuis Galameh, le royaume d'Omok.

Adrian s'était attendu à ce que le Trinicien pâlisse de nouveau mais il se contenta de hocher la tête.

— Je vous l'ai dit, Adrian, je suis bien renseigné.

— Je crois que… que nous étions faits pour nous rencontrer, dit-il en serrant la pierre dans sa paume. Comme je vous l'ai dit, nous aurons besoin de toutes les forces disponibles. Pourrons-nous compter sur le Conseil ?

— Je n'en suis pas sûr. Il y a des dissensions à l'intérieur de notre Ordre.

Alors qu'il venait de prononcer ces mots, la musique s'arrêta et une rumeur inquiète parcourut les quais. Après plusieurs minutes interminables, Julipen s'approcha d'Adrian pour la lui transmettre :

— C'est Corall-Medding, il ne reste plus rien de Haut-Temple.

— Qu'est-ce que vous racontez ? dit Jocquinius.

L'atisha se tourna vers le Trinicien, dont elle reconnut l'appartenance religieuse à sa bague.

— Hosartan s'est réveillé et la Pierre d'Ombre a été volée.

— D'où tenez-vous cette information ? Ça n'est encore qu'une rumeur imbécile.

Adrian comprit au regard de Julipen que ses sœurs prêtresses venaient de confirmer le drame. Adrian se tourna de nouveau vers le mage :

— Elle dit la vérité. C'est une atisha laménide et ses sœurs lui ont parlé.

— Oh, par tous les dieux…, dit enfin Jocquinius d'une voix lasse, la tête penchée et les mains pendant entre ses cuisses. J'étais venu vous rencontrer… Je devais vous confier un… un artefact. Je comprends pourquoi, maintenant ; vous étiez l'empereur voyant. Halaïa n'a pas voulu me le dire…

— Halaïa ? Vous avez vu ma mère ? s'exclama Adrian.

— Oui, je l'ai vue. Oh, si peu de temps… Elle n'a pas voulu me dire que tu étais l'empereur, ajouta-t-il sans se soucier de passer au tutoiement. Le Talaris… Elle voulait que tu l'aies… Tu saurais quoi en faire… Oui, voilà ses mots… « Il saura quoi en faire ».

— Le Talaris ! Vous avez le Talaris aresmass avec vous ?

— Oui. Ta mère me l'avait confié, répondit Jocquinius en levant les yeux vers l'empereur.

Ce dernier affichait un étonnant sourire et ses yeux d'homme mûr brillaient soudain d'une lueur espiègle.

— Alors, voilà de quoi m'a parlé Raark ! Tout espoir n'est pas perdu ! (Il s'accroupit et saisit les mains de Jocquinius.) Qui que vous soyez, vous venez d'accomplir le voyage le plus important de votre vie ! Grâce à vous, nous aurons désormais une longueur d'avance sur notre ennemi !

— Connais-tu vraiment celui dont tu parles ?

— Il s'appelle Golan Tark et vous le connaissez aussi bien que moi, car il était le plus grand parmi les Triniciens. Je l'ai fait tuer, autrefois. Je suis prêt à recommencer !

Odasius, Uprih, Ganao, Palmiarn et Haldric s'approchèrent de l'empereur à ce moment-là. Leur regard trahissait une profonde inquiétude. Un monstre avait dévoré les communautés monastiques, Boroskariak était la proie de créatures incendiaires, les Ferrone étaient englouties, Haut-Temple avait vécu et partout pointait la menace d'une invasion de barbares venus d'outre-tombe sous le commandement du plus grand sorcier qu'ait connu Elamia. Mais les yeux d'Adrian étaient emplis d'un tel espoir qu'ils voulurent oublier pour un temps les heures sombres à venir.

* * *

Iriane s'était plus vite habituée à la fréquentation des prêtresses laménides qu'elle ne l'aurait cru possible. Paula, qui devait avoir son âge, l'y aidait bien. La jeune prêtresse avait le genre de caractère qu'elle aimait trouver chez ses compagnons.

Et dire que je n'ai côtoyé que des garçons pendant tous ces mois à Maison-Noire...

Surtout, il y avait l'impératrice. Onahra!

Que n'aurait-elle pas donné pour veiller à son tour le corps impérial, pour entretenir avec une dévotion sans faille la silhouette menue que la folie avait coupée de son âme, vingt-cinq ans plus tôt...

— Pour ça, il faudra que tu acceptes de devenir une atisha, lui affirmait jour après jour Paula.

Depuis son arrivée à Estebellia, Iriane se débattait avec des sentiments contradictoires. Devait-elle s'enfuir pour informer la Hanse de ce qu'elle avait appris entre les murs blancs de la citadelle?

Ou bien je reste pour en apprendre un peu plus...

Le pouvoir des Laménides était fascinant; contrairement à la rumeur, elles n'étaient pas des prostituées démoniaques, sacrifiant des hommes à leur déesse tutélaire: elles avaient pour dessein la protection des êtres, et le mystère qui les entourait leur permettait d'échapper à la violence aveugle des hommes, ainsi qu'à la jalousie destructrice des femmes soumises.

Pour l'heure, Iriane apprenait des rudiments de magie enseignés par Helenn, la doyenne si douce et si aimante.

— Tu pourras choisir plus tard ta destinée, lui avait-elle proposé. Mais tu le feras en connaissance de cause...

Sa mission n'était pas la seule préoccupation d'Iriane; elle pensait à son père, à Litti bien sûr, à sa mère disparue trop tôt. Elle pensait aussi à l'avenir funeste qui se préparait si elle en croyait les prêtresses.

Ce matin-là, et comme chaque jour depuis son réveil dans la cité, la jeune Corallaise s'arrêta dans la chambre d'Onahra. Trois veilleuses gardaient l'impératrice. Si elle ne pleurait plus face à ce spectacle, Iriane était toujours aussi bouleversée par la vue de l'impératrice en dormition. Helenn affirmait qu'Onahra avait emporté un Talaris au sein même de Galameh, se condamnant à cet état végétatif.

L'impératrice, dans le royaume des morts!

Que dirait Litti, le jeune Trinicien, d'un tel événement? Voilà qui donnerait du grain à moudre à la détestation que l'Ordre entretenait à l'encontre des prêtresses.

Mais bien vite ces pensées s'effacèrent de son esprit: quelque chose avait changé dans l'ambiance particulière de la chambre. Iriane sentit un frisson remonter le long de sa nuque. Un crépitement électrique envahit la pièce. Alertées, les gardiennes quittèrent leur transe l'une après l'autre.

Le corps d'Onahra, en lévitation au-dessus d'un berceau végétal, se mit à trembler. Les prêtresses se levèrent; l'incompréhension se lisait dans leur regard.

Elles tendirent les mains devant elles, prononçant des sorts à voix haute. Le lacis de branches dont la magie soutenait l'impératrice s'embrasa. Un feu d'un vert surnaturel le consuma très vite et le tremblement d'Onahra s'accrut.

Des éclairs naquirent des flammes et s'abattirent sur les trois gardiennes qui s'écroulèrent, foudroyées.

Horrifiée et paralysée, Iriane ne songea même pas à fuir.

Les éclairs fouaillaient comme des vers fébriles les corps arc-boutés. Quant à l'impératrice, elle était nimbée d'un halo verdâtre qui ressemblait de plus en plus à une prison de lumière. Une bouche noire se matérialisa à la verticale de sa silhouette agitée de spasmes violents. En une fraction de seconde, Iriane comprit qu'Onahra était attirée vers ce vortex d'ombre.

— Non ! cria la jeune femme. NON !

Nul ne répondit à son appel. Au lieu de quitter la chambre à toutes jambes, elle se précipita vers l'impératrice qui disparaissait déjà.

Iriane franchit le halo pour agripper le bras d'Onahra. Aussitôt la bouche noire saisit l'opportunité de voler un second corps.

— PRENEZ-MOI ! hurla Iriane. Prenez-moi mais laissez Onahra !

Toute la force de sa dévotion n'y pouvait rien. Ses pieds quittèrent le sol et une nausée intense la secoua. Un froid glacial tombait du vortex, comme si les neiges des monts atrians engloutissaient Iriane. Mais ce n'était rien en comparaison de la terreur qui la submergea lorsque les parois du vortex l'entourèrent enfin.

Après des jours de fièvre et de délire, Bren Jackal se sentait bien. Incroyablement bien. Même la laideur repoussante de son visage, crevé par le dard des scorpions de feu, lui était devenue d'une plaisante familiarité.

— Jeremy, mon cher petit Jeremy, j'ai un service à te demander.

Le jeune serviteur du Maître avait soupiré avant de dire :

— Je vous écoute.

— J'ai eu un… petit moment d'absence, vois-tu.

— Je vois, rétorqua l'insolent.

Jackal ne releva pas ; d'une part il avait besoin de lui, d'autre part il se sentait si bien que rien n'aurait entaché sa bonne humeur. Il poursuivit :

— Pendant cette absence, j'ai eu des tas de rêves passionnants.

— Vraiment ?

— Je te les raconterais bien, mais tu m'as l'air un peu prude, mon garçon, et j'ai peur de te choquer.

— Si vous le dites…

— Mmm… Il existe un endroit en Galameh où j'aimerais que tu me conduises. Oh, pas la peine d'en parler au Maître ; il a d'autres chats à fouetter en ce moment que de s'occuper d'un malade comme moi.

Jeremy hocha la tête. Lui-même n'était plus très sollicité par le sorcier depuis que les premiers navires avaient quitté le Ventre.

Et puis, le Maître a pas voulu que je parte avec les premières troupes.

Le garçon voulait tant retrouver Anna, sa promise… Il ressentait de la rancœur envers le sorcier. Oui, Jeremy voulait bien accompagner Jackal le temps d'une promenade.

Ils parvinrent à l'endroit indiqué quelques heures plus tard. C'était un puits au fond d'une fosse que des anémones noires ceignaient, agitant avec une indolence maladive leurs centaines de flagelles.

Jackal se sentait si bien qu'il aurait pu être un autre homme.

Je suis… différent.

Le poison qui circulait dans ses veines devait être responsable de ce changement inespéré.

Il lui fallut moins d'une heure pour utiliser ce puits dont Golan Tark semblait ignorer le pouvoir. De la concentration, le souvenir de ses rêves, de l'énergie captée grâce au génie des scorpions de feu et il réalisa ses songes fiévreux.

— Qu'est-ce que vous faites ? avait demandé Jeremy en grattant ses touffes éparses de cheveux.

Jackal ne répondit rien. Après des efforts moins intenses qu'il l'avait imaginé, il obtint ce qu'il était venu chercher là.

Du puits montèrent des toussotements. On se noyait là-dedans.

— Eh, viens m'aider, le gosse, ordonna Jackal.

Jeremy approcha du puits ; dans l'eau noire se débattaient deux silhouettes. Le garçon était tout à coup désemparé, conscient de l'erreur commise en accompagnant Jackal. Il était trop tard pour reculer.

Ensemble, ils tirèrent hors du puits deux femmes à l'expression horrifiée. Elles dégoulinaient d'une humeur noire et frissonnaient de peur et de froid.

Ça ne va pas, pensa Jeremy. *Elles devraient pas être là. Ça ne va pas !*

Il sentait sans pouvoir l'expliquer que ces deux femmes n'étaient pas de même nature que les habituels pensionnaires de Galameh. Aussi curieux que cela lui parût, elles n'étaient pas mortes. Il porta la main à sa bouche, comme un enfant qui prend conscience trop tard de la gravité de sa bêtise.

Elles sont pas mortes ! Pas mortes, pas mortes !

Il connaissait l'une de ces deux femmes. Il l'avait rencontrée à plusieurs reprises – du moins son double, l'âme damnée de sa propriétaire.

Deux impératrices. Il y a deux Onahra en Galameh !

Ce détail ne troubla pas outre mesure Jackal, qui se passa les doigts sur les lèvres.

— Oh mesdames, je sens que nous allons bien nous amuser…, souffla-t-il avant de pousser un long soupir satisfait.

Iriane chercha la main d'Onahra. Lorsqu'elle l'eut enfin trouvée, son contact ne lui apporta aucun réconfort.

La Forteresse des Secrets

Elamia – livre deux

Remerciements

À ma mère, à qui je dois le goût des mots et un indéfectible soutien.
À Stéphane Thommeret et Henri Lœvenbruck, pour leur générosité, leur écoute et leurs encouragements.
À Gilles Rossire, qui a suggéré le titre de ce tome et a dû lire et commenter sans complaisance tous mes écrits.
À Leslie Palant et Magali Duez, qui ont patiemment écouté les différentes versions de *La Forteresse des Secrets* et m'ont soutenu aux pires moments de doute.
À Claire Deslandes, pour avoir mis le doigt sur les points délicats des deux tomes d'*Elamia*, sans accepter le moindre compromis et sans se départir de son sourire.
À toute l'équipe de Bragelonne qui se bat pour que mes livres soient écrits et publiés dans les meilleures conditions ; votre enthousiasme a changé ma vie d'écrivain !
À Caroline Wietzel et Philippe Vaurès-Santa Maria, qui m'accueillent si souvent à Paris, même quand je préviens à la dernière minute et ne fais que passer.
À Simone et Michel Giraud – votre maison est le plus beau refuge dont peut rêver un romancier d'aventures.
À Christophe Esnault, qui a relevé le défi de dessiner la carte d'Elamia.
Enfin, je voudrais remercier Stéphane Marsan : sans son exigence, sa confiance et, plus encore, son amitié, le cycle d'*Elamia* ne serait qu'un rêve enfoui sous les sables d'Anakann…

Prologue

Comme des milliers de ses compatriotes, Adala progressait courbé en deux, le long du chemin escarpé qui menait à l'un des sommets les plus élevés de Talaxania. Âgé d'une vingtaine d'années, il accompagnait son peuple vaincu à un rendez-vous dont il n'y avait que larmes et désespoir à attendre – dans le meilleur des cas…

Adala était un Alfad. Sa civilisation avait longtemps dominé le monde d'Elamia. Une domination sans partage. Car non contente de maîtriser les arts guerriers, elle avait su mettre en valeur les innombrables ressources magiques présentes en Talaxania. Les Alfads avaient été les premiers à en saisir toute la richesse et à les canaliser pour les transformer en énergie, en nourriture. En armes.

Le grand-oncle d'Adala avait été un chef militaire à une époque où il ne restait plus guère de contrées à conquérir. Seul un monde avait résisté. Avec une efficacité telle que les Alfads durent employer toute leur science, leur force et bientôt leur fortune afin d'en abattre les frontières. Des centaines de milliers de soldats, de femmes puis d'enfants furent sacrifiés aux portes de ce monde, en vain. Alors, les Alfads inventèrent une arme ultime. Avec aussi peu de succès.

Pour diminuer la morsure du froid, Adala utilisait, à l'instar de la colonne, une invention surnaturelle : un étui tissé avec la soie d'une créature extraordinaire et fixé à la ceinture diffusait de la chaleur. Toutefois, à mesure que le sommet approchait, la magie de l'étui perdait en intensité ; la fatigue des marcheurs aggravait le phénomène. Des enfants étaient déjà morts d'épuisement. Des vieillards, des femmes enceintes… Mais il fallait poursuivre, marcher sans prendre le temps d'offrir une sépulture aux malheureux. Naguère la fierté unissait ce peuple ; aujourd'hui c'était la peine et la certitude d'un festin funeste. Chacun luttait pour taire son angoisse mais il était impossible d'échapper aux cris des plus jeunes et aux geignements des malades.

Au troisième jour de l'ascension, une épidémie de suicides ébranla la motivation déjà contestée de la colonne. Ils se jetèrent ainsi par centaines dans le précipice qui bordait la sente enneigée. Adala vit l'un de ses amis d'enfance franchir le pas qui sépare la vie de la mort et il ressentit lui-même et durant plusieurs heures l'ivresse de la tentation morbide. Les chefs alfads, qui s'étaient répartis parmi les marcheurs, dépensèrent une bonne partie de leur énergie magique et charismatique pour arrêter cette saignée. *Comment faire pour maintenir les siens en vie quand l'effroi et la souffrance vous attendent au bout de la route ?* se demanda Adala.

Un peu plus tard, la faim brouilla ses pensées. Bien des mules avaient disparu au fond des ravins avec leur précieux chargement et il n'y avait plus rien à manger. Il piétina un corps comme l'on marche sur un paquet de tissus, indifférent au monde. Le sortilège qu'il avait appris à l'instar de ses compagnons s'effaça de son esprit et il ne s'en souvint qu'au hasard d'une rêverie fiévreuse.

Adala parvint enfin sur un immense plateau minéral, que d'effroyables bourrasques traversaient. Sous l'œil glacial d'une lune, des milliers d'Alfads étaient déjà rassemblés. Autant de traîtres qui s'étaient rangés du côté de l'ennemi des années auparavant. Une fois de plus, l'autorité des chefs permit d'éviter le pire : une lutte fratricide à un moment où l'on avait grand besoin de toutes les forces. Le jeune homme attendit sans un mot que les vingt mille âmes montées à ses côtés le rejoignent. Cela prit une nuit et une journée. Puis il y eut une grande bousculade où périrent des centaines d'Alfads.

Et enfin *elle* fut là.

Parce qu'il se trouvait loin du centre du plateau où elle était apparue dans un grand cercle de lumière, Adala ne put la voir. Mais ses mots frappèrent son esprit avec une violence terrible qui manqua de le terrasser. C'était un discours tout de menaces et d'humiliations. Entre deux insultes, la Mère des Tourments réclamait l'allégeance du peuple alfad tout entier, une soumission inconditionnelle. Tandis qu'elle parlait, un signal secret fut émis et les dizaines de milliers d'humains – les survivants d'une ultime guerre – présents sur la montagne saisirent les mains de leurs voisins. Adala serra ainsi les doigts d'une femme qui n'était plus que l'ombre d'elle-même et ceux d'un adolescent aux yeux hagards. Puis il prononça le sortilège patiemment mémorisé. Les voix des Alfads résonnèrent comme un chœur funèbre sur le plateau blanc et le prodige se réalisa.

Le désespoir se déversa en lui et ce fut comme pénétrer l'âme d'un mort au plus profond d'une tombe. Très vite, la paralysie lui ôta jusqu'à la volonté de lâcher la main de son voisin. Né de la foule, un voile de brume glacée s'éleva au-dessus des corps puis un éclat de lumière brûla les yeux de chacun. Loin en deçà de cet univers, Adala entendit un cri où se mêlaient la rage et la douleur. Définitivement aveuglé, il ne put voir le feu bleu qui gagnait les rangs en une vague de glace. Au coin de son œil une larme se figea. Un froid plus grand encore que celui des sommets envahit tout son être. Et plutôt que d'effacer toute sensation, il exalta sa terreur et l'invraisemblable douleur qui le frappait.

Il aurait aimé voir la Mère des Tourments souffrir à son tour, mais cette chance ne lui fut pas accordée. Seul son cri lui parvenait encore, celui d'une femme luttant pour se dégager du piège qui se refermait sur elle. Toutefois, Adala ne sut pas si le sacrifice des derniers représentants de son peuple était un succès : il mourut et avec lui des dizaines de milliers d'êtres humains ainsi que leurs secrets.

Chapitre premier

Deux mille ans plus tard.

Tout n'était que ténèbres autour d'Adrian.

Des ténèbres suffocantes comme des murs de poix qui l'écrasaient chaque seconde un peu plus. L'homme peinait à respirer et il sentait qu'il ne tiendrait pas longtemps dans ces conditions. Déjà des vertiges le saisissaient. Deux minutes, peut-être moins, et il mourrait. Ce n'était pas tant la peur qui le dominait, car après tout il avait été un empereur guerrier côtoyant la mort sur les champs de bataille, que la rage de partir avant d'avoir tenu sa promesse.

Onahra… Je dois retrouver mon épouse. Et sauver notre monde… C'est trop tôt. Trop tôt!

Indifférent à ses suppliques, le piège continua son travail. Les membres d'Adrian étaient comme saisis dans un étau de glace. Il aurait pu crier pour qu'on lui porte secours mais il était aussi seul et confiné qu'un cadavre dans son cercueil. Et là où il se trouvait, personne ne viendrait lui prêter main-forte.

Aujourd'hui, alors qu'il tenait le Sarment entre ses mains, tout allait de travers. Les pensées d'Adrian s'obscurcirent puis, au moment où il allait sombrer, de la lumière sépara les ténèbres et une forte chaleur l'envahit.

Le décor qui s'afficha devant lui était si extraordinaire qu'il en eut le vertige.

Où suis-je?

Adrian flottait dix mètres au-dessus d'une mer de lave. Déformée par les ondes de chaleur, elle s'étendait jusqu'à l'horizon. Il regarda à droite, à gauche: rien que la roche liquide portée au rouge et par endroits des plaques plus sombres dérivant dans le magma. Il se retourna et devina les contours d'une colline chapeautée d'une roche aux allures de sculpture. Il voulut aller là-bas mais n'avait aucune idée de comment se déplacer.

L'empereur se sentait différent et il regarda ses bras nus; pas d'ailes, bien sûr, mais ils lui semblèrent plus ligneux qu'ils l'étaient habituellement. La peau de ses mains était d'une blancheur de suaire et des taches de rousseur envahissaient ses épaules.

Quel est cet avenir? Est-ce qu'Elamia deviendra ainsi? Et moi?

Il discerna du mouvement au coin de son œil et il tourna la tête. Cela se rapprochait à grande vitesse.

Une créature humanoïde au visage émacié tendait vers Adrian ses bras terminés de griffes noires. De son crâne rasé pendait une natte d'un roux flamboyant et ses vêtements de cuir étaient lacés à travers la chair. Son regard affichait une extrême perversité qui désempara Adrian plus encore que l'avait fait Raark, le démon rencontré dans le désert quelque temps plus tôt et grâce auquel il avait découvert son incroyable destin.

— Que fais-tu ici ? demanda la créature.

Sa voix était déplaisante. On aurait dit de la craie crissant sur une pierre noire.

— Je… je n'en sais rien.

Adrian constata que sa propre voix possédait le même timbre désagréable.

La créature ne cacha pas son étonnement face à la réponse hésitante d'Adrian.

— « Je n'en sais rien, je n'en sais rien », se moqua-t-elle. Tu sais au moins à qui tu t'adresses ? Tu ne devrais pas être là, à tourner autour de Walachiel et des plaines Variantes. C'était peut-être notre repaire mais il y a du travail, alors autant s'y mettre tout de suite. Suis-moi.

* * *

Iriane était effrayée tant par ce qu'elle voyait que par ce qu'elle ressentait au plus profond d'elle-même. Un homme au visage horriblement déformé et au regard hostile se tenait face à elle. Un adolescent guère plus rassurant l'accompagnait. Tout autour d'eux un décor étalait ses cauchemars, sous le constant roulement du tonnerre. L'humeur noire qui imprégnait les vêtements et la peau de la jeune femme était froide et vivante : elle cherchait à s'insinuer par les yeux, le nez, la bouche, et Iriane s'essuyait constamment pour éviter l'intrusion.

Même la main de l'impératrice Onahra qu'elle serrait dans la sienne ne lui était d'aucun réconfort. Pourtant, cette défunte n'était rien moins que l'idole de la jeune femme. Elle avait symbolisé l'indépendance d'esprit, une puissance magique au service d'autrui. Un modèle.

— Oh, mesdames, je sens que nous allons bien nous amuser…, souffla l'homme avant de pousser un long soupir satisfait.

L'impératrice ne se sentait guère mieux qu'Iriane. Quelques minutes plus tôt elle se trouvait loin de là, puis quelque chose avait cédé dans son esprit et elle s'était retrouvée dans l'eau noire d'un puits, en compagnie de cette jeune femme. Elles se noyaient. Deux sinistres personnages les avaient sorties de là mais sans doute pour mieux abuser d'elles, si elle en croyait la mine de l'homme. *Je ne suis plus la même*, se dit-elle. Elle pouvait ressentir chaque parcelle de son corps avec une acuité inédite. Comme si auparavant elle n'avait été que le fantôme d'elle-même. Un sentiment de fragilité nouvelle s'imposait. Et l'impératrice n'aimait pas ça.

— Jeremy, dit Onahra, que faisons-nous ici ?

— C'est lui qu'a fait ça. C'est lui qui vous a amenées là.

— Oui, Jeremy, dit Jackal, mais n'oublie pas que tu m'as montré le chemin de bon gré.

Jackal s'avança et saisit Onahra par le poignet pour l'attirer à lui. La femme lâcha la main d'Iriane, résista à la poigne du mercenaire.

— Vous nous suivez, dit Jackal. On a des choses à faire ensemble. Des tas de choses passionnantes, vous verrez.

— Présentez-vous, d'abord.

Jackal haussa les sourcils, sincèrement étonné par l'aplomb de l'impératrice.

— Bah, si vous voulez... Je suis Bren Jackal. Du moins, j'ai été cet homme. J'ai donné un coup de pouce à Golan Tark et je me suis retrouvé ici. En Galameh. Voilà comment il m'a remercié. Je ne me suis pas amusé tous les jours, comme vous pouvez l'imaginer en regardant ce qui reste de mon visage. Mais maintenant, j'ai bien l'intention de rattraper le temps perdu. Vous en dites quoi ?

Voulant sauver la dépouille de l'impératrice du tourbillon surnaturel qui la menaçait, à Estebellia, Iriane avait été à son tour emportée. Et elle venait de déboucher en plein royaume des morts ! Ce « voyage » lui avait semblé durer quelques instants, mais des semaines s'étaient écoulées à Estebellia tandis qu'elle franchissait la frontière entre Val-des-Miracles et Galameh. L'impératrice n'était guère en meilleure posture : comment allait-elle pouvoir l'aider ?

— J'en dis que je choisis mon destin, affirma Onahra, et que vous ne vous mettrez pas en travers.

D'un brusque mouvement du bras, Jackal jeta l'impératrice à ses pieds, sans lâcher le frêle poignet.

— Oui, vous croyez vraiment ça ?

— Onahra ! s'exclama Iriane, puis, à Jackal : Fichez-lui la paix ! Vous savez seulement de qui il s'agit ?

— L'impératrice de Consolata, répondit Jeremy. L'épouse d'Adrian. Mais je crois que c'est plus le moment des présentations, ajouta-t-il en montrant du doigt les cieux tourmentés. On risque d'avoir de la visite.

Les bras en croix ou tendus le long du corps, des silhouettes humanoïdes tournaient à quelques dizaines de mètres au-dessus de la fosse où se tenait la petite compagnie.

— Qu'est-ce que c'est ? demanda Jackal qui venait de lâcher le poignet d'Onahra.

— Des démons, serviteurs du dieu Omok. Vaut mieux pas traîner ici. Suivez-moi.

À la suite de l'adolescent, ils quittèrent la fosse ceinte de plantes à l'allure d'anémones de mer noires et géantes.

Leur progression se révéla difficile. Ils trébuchaient sur des pierres sombres, dans un réseau de canaux asséchés dont seul Jeremy connaissait l'issue. Modelée et masquée par de monstrueux nuages, la lumière changeait constamment et rendait d'autant plus problématique l'appréhension du relief. Iriane se mit à tousser.

Ce n'est pas possible ! Je ne peux pas être... morte !

Ce jour-là, Zenaya, le vent soufflant du sud, charriait une odeur de soufre qui lui brûlait tant la gorge que les sinus. Jeremy nota la gêne de la jeune femme. Il avait presque oublié Iriane ! Par moments il lui semblait ne pas voir cette jeune femme séduisante.

Non, je ne peux pas. Je n'ai pas le droit. Anna, il n'y a qu'Anna.

Peut-être devait-il trouver là la raison pour laquelle cette Iriane échappait à son attention ? Ou bien, c'était encore l'un des mauvais tours joués par Galameh... La réalité prenait de drôles d'habitudes au royaume d'Omok. Comme avec Onahra. Le garçon pensa une fois de plus à l'impératrice. Elle venait de se matérialiser en compagnie d'Iriane tandis qu'une autre Onahra devait errer quelque part près de la Cabane.

Deux Onahra, il y en a deux en Galameh ! Qu'est-ce que le Maître va dire ? Et Omok ? Par tous les saints, Omok n'acceptera jamais ça !

Un cri le tira de ses pensées :

— Ils arrivent !

C'était Jackal.

Jeremy se retourna ; deux démons approchaient à la vitesse de rapaces fondant sur leur proie.

— Courez ! lança le garçon. Je connais un passage ! VITE !

À peine avaient-ils entamé leur course qu'un bruit métallique retentit derrière eux : l'un des démons frottait ses griffes, longues et tranchantes comme des lames. L'autre se tenait loin en retrait.

— Ne vous arrêtez pas ! ordonna encore Jeremy.

Mais Jackal avait stoppé sa course. Il faisait face à la créature longiligne qui flottait un mètre au-dessus du sol, à la verticale. Au-dessus des jambes serrées dans des bandelettes noires, le torse nu et famélique affichait sa blancheur lunaire. Le visage émacié à moitié dissimulé s'ouvrait jusqu'aux pommettes d'un rictus menaçant, strié de dents immenses et taillées en pointe. Sous le masque noir les yeux n'étaient que des fentes de lumière vive.

— Que fichez-vous ici tous les trois ? demanda le démon. Ce territoire est interdit, même pour un trio minable dans votre genre. Nous allons devoir vous punir.

Alors qu'il prononçait ces derniers mots, un nuage noir s'épanouit autour de sa silhouette comme une ombre mouvante ; dans cette ombre apparurent des dizaines de regards, tels ceux de loups pris dans la lumière d'une torche. On entendit des bruits de mâchoire sur de la chair humide, des grognements. Jeremy trembla : il savait que ces ombres pouvaient envoyer quiconque en un endroit si effrayant que Galameh, en comparaison, prenait des allures de villégiature paisible.

Mais il en fallait plus ce jour-là pour impressionner Jackal et il avait la ferme intention de ne jamais fréquenter ces contrées d'ultime perdition.

— Vous croyez me menacer avec *ça* ? s'enhardit le mercenaire. J'ai les moyens de les renvoyer d'où elles viennent, qu'est-ce que vous imaginez ?

La mâchoire du démon claqua comme celle d'un molosse et les ombres jaillirent vers Jackal avec un sombre ululement. Le mercenaire balaya l'air devant lui d'un mouvement circulaire du bras. Au lieu de le frapper les ombres percutèrent un mur invisible ; certaines s'évanouirent comme une simple fumée, d'autres filèrent vers les berges où elles explosèrent, répandant alentour une pluie de pierres.

Le démon lança une seconde vague, plus puissante. Le mercenaire para le coup avec le même succès et il partit d'un grand éclat de rire tandis que la créature hurlait sa rage et que des myriades de cailloux volaient en tous sens, dans un nuage de poussière toujours plus dense. Son acolyte l'avait rejoint ; il tournoya quelques mètres au-dessus de Jackal puis se posa, une main au sol, l'autre dans son dos. Il était plus massif, son torse était couvert de bandelettes blanches, certaines tissées d'or, et aucun masque ne partageait son faciès grossier et blême. Il se redressa lentement en poussant un soupir rauque. Les deux créatures lancèrent une attaque simultanée.

Les ombres étaient si denses et luisantes qu'on aurait dit une huile noire. Seulement Jackal était rapide. Certes il se défendait sans contre-attaquer – il en était incapable –, mais il le faisait si bien que les démons pestaient sans pouvoir approcher de leur proie à moins de deux mètres. C'était encore hors de portée de leurs griffes, lesquelles tintaient les unes contre les autres comme des hachoirs qu'un boucher aiguise impatiemment.

Bientôt les trois combattants ne furent plus que des silhouettes rapides, esquissées dans un poudroiement de poussière grise. Parmi le vacarme des ombres frappant les rives de l'ancien canal, griffes et mâchoires claquaient en projetant des étincelles.

Onahra et Iriane assistaient, impuissantes, au spectacle et rentraient la tête dans les épaules pour éviter les cailloux.

— Je comprends pas ! commença Jeremy qui allait et venait devant une paroi rocheuse. Le passage… je trouve pas le passage !

— Dépêche-toi ! ordonna Onahra. Quand ils en auront fini avec lui, ils s'en prendront à nous.

Jeremy tâtonnait la roche et se retournait sans cesse pour suivre ce qui se passait dans son dos. Aussi invraisemblable que cela lui parût, le mercenaire déviait toutes les attaques.

Il est devenu puissant. Trop puissant. Le Maître sera furieux contre moi.

Mais le Maître aurait bien d'autres raisons d'en vouloir au garçon : avoir conduit Jackal en des lieux interdits vaudrait bien d'être supplicié à Bois-des-Larmes. Il ne pouvait plus retourner auprès du sorcier. Devait-il le regretter ? Certainement pas : le Maître ne l'avait même pas autorisé à rejoindre les premiers équipages d'invasion !

Après tout ce que j'ai fait pour lui…

La chère et tendre Anna, que le garçon brûlait de retrouver, devrait se passer de lui pendant encore longtemps. Cette idée était plus insupportable que tout. Tout ? Non : il y avait Omok ; le dieu se chargerait peut-être en personne d'inculquer au garçon une leçon définitive. Car il existait pire que d'être mort, voilà l'une des vérités que l'on apprenait vite en Galameh. Jeremy frissonna et redoubla d'activité pour trouver la sortie. Ce fou de Jackal tenait bon, mais pour combien de temps ? Sa main s'enfonça soudain comme au travers d'un rideau de fumée et il tomba en avant.

—Là ! J'ai trouvé, vite !

Iriane hésita face à la paroi, mais Onahra la tira par la main et elles disparurent dans la roche qui émit un crépitement à leur passage. Une lumière laiteuse les environnait désormais, derrière laquelle la pierre se devinait comme à travers du tulle. Au moins, les émanations soufrées ne les agressaient plus.

—C'est de la magie ! s'exclama la jeune femme.

—Non : c'est le royaume des morts, dit Jeremy. Et tout est possible ici.

—Surtout le pire, dit Onahra.

—Oui, le pire du pire.

—Allez, filons d'ici.

—Sans Bren Jackal ? demanda Jeremy.

Il hésitait ; qui sait si le Maître ne serait pas contrarié qu'il l'ait laissé là. *C'est pas ma faute après tout s'il préfère se bagarrer avec les démons...*

Il n'eut pas à prendre de décision : le mercenaire déboucha dans le passage après avoir repoussé les attaques des démons et semé la confusion parmi eux.

—Vous ne comptiez tout de même pas partir sans moi ? dit-il. Et toi, Jeremy : tu abandonnerais ton compagnon ? Alors que vous me devez tous de ne pas avoir été abattus par ces saloperies. Quelle ingrati...

Il ne put terminer sa phrase : son visage se figea et il porta la main à son crâne déformé par le poison des scorpions de feu. Puis la peur passa dans son regard malade et il tomba à genoux en gémissant, la tête entre les mains. Il se renversa sur le dos, arc-bouté par de violents spasmes. De l'écume s'écoula de sa bouche et il perdit connaissance.

—Partons vite avant qu'il se réveille, dit Jeremy.

—Attendez, dit Iriane. Je... Il est en mesure de lutter contre ces créatures, non ?

—Il devrait pas. C'est pas normal, il devrait pas y arriver.

—Oui, mais il y arrive.

—Tu as une idée en tête ? demanda l'impératrice, intéressée.

—Je ne sais pas ce qui nous attend de l'autre côté de ce... ce passage, dit Iriane, mais je crois que je serais un peu plus rassurée si ce type était avec nous. Et vous êtes peut-être capable de le soigner, impératrice Onahra, ajouta l'adolescente, qui connaissait les pouvoirs de l'épouse impériale depuis qu'on lui en avait fait le récit, des années auparavant.

—Oh, il vous aidera jamais, rétorqua Jeremy, vous le connaissez pas !

En vain : convaincue, Onahra s'était déjà approchée du corps inanimé. Elle s'agenouilla auprès de lui et après une profonde inspiration pour chasser son dégoût, posa la main sur le visage de Jackal. Elle prononça quelques mots magiques, attendit sans déplacer sa main puis observa :

— Il y a… quelque chose d'autre en lui. Qui veut le posséder. On dirait une guerre, une guerre sans merci.

— Un venin : celui des scorpions de feu.

— Ce venin-là a quelque chose de différent. On dirait qu'il possède une… personnalité. Qu'il a une conscience.

— Vous pouvez le sauver ? demanda Iriane.

Se souvenant de l'enseignement de Maison-Noire, la jeune femme se concentrait sur des questions pragmatiques, afin d'éloigner la folie : elle assistait à tant d'événements insanes depuis quelques minutes que si elle les laissait marquer son esprit, l'effroi dévorerait sa raison comme un prédateur jamais rassasié. Un halo d'un bleu pâle s'étendit autour de l'impératrice en une corolle lente. Son périmètre crépitait doucement.

— Il s'éveille déjà, dit Onahra. Mais il va souffrir. Terriblement souffrir.

En effet, un instant plus tard Jackal poussa le gémissement d'un nageur qui crève la surface après une trop longue apnée. Le halo se dissipa comme une brume. Onahra aida le mercenaire à se redresser, mais la douleur sapa les efforts de Jackal, qui repartit en arrière. Cette fois, elle le laissa et dit d'une voix neutre :

— Je comprends ce que vous endurez. C'est une lame portée à blanc et elle vous perce le crâne. Puis le feu qu'elle a répandu en vous s'écoule dans votre cou, vos épaules, gagnant chacun de vos membres. On dirait même par instants qu'il devient vos bras, vos jambes, n'est-ce pas ? Mais le pire c'est la pointe dans votre tête. Juste derrière vos yeux, comme si elle allait les percer depuis l'intérieur…

— Qui… qui êtes-vous ?

— Oh, mais vous le savez déjà : Onahra. Il fut un temps où je servais Consolata, aux côtés de l'empereur Adrian. Golan Tark m'a tuée pour que je vienne l'aider en Galameh. J'étais impératrice et prêtresse laménide. Disons que les prêtresses possèdent quelques pouvoirs. Dont celui de vous soulager…

Elle avança de nouveau la main vers le visage de Jackal, articula un sort. Un long frisson secoua le mercenaire. Et, débarrassé de la torture incandescente, il regarda Onahra avec un mélange de respect et de crainte.

— Voilà, dit-elle en se relevant et tournant le dos à l'homme qu'elle venait de soulager.

— Combien de temps ça va marcher ? demanda Jackal, d'une voix affaiblie.

— Oh ça, je n'en sais rien, répondit-elle sans se retourner mais en prenant la main d'Iriane. Vous aurez sûrement d'autres crises et vous me supplierez de vous venir en aide. Et je serai là aussi longtemps que *vous* me viendrez en aide.

— Vous racontez peut-être n'importe quoi. Ce soulagement, c'est un hasard total et vous n'y êtes pour rien.

Cette fois, Onahra se retourna vers le mercenaire et leva lentement le bras, paume ouverte.

— Vous voulez le vérifier ? Je n'ai qu'un mot à prononcer pour laisser la douleur vous jeter à terre.

— Non. Non, vous ne le ferez pas, dit très vite Jackal. Vous affirmez me soulager, d'accord. Mais le poison lui-même ?

— Je ne le connais pas. Il continue son œuvre, sans doute.

Jackal grimaça et Onahra poursuivit :

— Comme je le disais quand vous étiez inconscient, je crois que c'est *vivant*. Un parasite, si vous voulez.

— Vous ne pouvez rien contre lui ?

— Je n'agis pas sur lui mais sur la perception que vous en avez. Parfois, cela suffit : éloigner la douleur aide un malade à surmonter son abattement, à dresser contre le mal les barrières que la souffrance avait fait tomber. Mais nous sommes en Galameh et il faut que j'apprenne la nature de ce… parasite si je veux l'éliminer. Et puis, ne vous plaignez pas : il vous donne des facultés intéressantes, non ?

Jackal hocha la tête, puis il dit :

— Vous avez parlé d'aide : vous voulez quoi ?

— D'abord, trouver un lieu où Tark ne viendra pas nous chercher, Iriane et moi. Ensuite, mettre au point le vol d'un objet auquel je tiens particulièrement.

— Un vol ? Ça devrait pas être compliqué ! intervint Jeremy, bravache.

— Ça serait simple s'il ne s'agissait pas du Talaris : je veux récupérer la Perle de Vie.

L'expression de Jeremy changea du tout au tout.

— Mais c'est impossible : le Maître la garde à la Cabane ! On pourra jamais la prendre sans se faire remarquer !

— Ce qui est impossible pour toi, mon garçon, ne l'est probablement pas pour notre nouvel allié. N'est-ce pas ?

Jackal tourna la tête de côté et, regardant la roche avec ce qui tenait lieu chez lui d'une mine boudeuse, il répondit à contrecœur :

— On verra ce qu'on peut faire. Je viens de découvrir ce… ces pouvoirs que je semble avoir contre les démons. Tant que vous empêchez cette saloperie de me dévorer le cerveau, je suis votre homme.

— Parfait, dit Onahra, plus assurée qu'elle l'avait été depuis bien longtemps : elle venait de voir comment mettre à profit une situation *a priori* précaire. Maintenant que nous avons trouvé un terrain d'entente, reprit-elle, nous allons enfin pouvoir entamer les présentations.

De longues semaines s'écoulèrent. Peu de ce qu'Iriane avait appris à Maison-Noire lui paraissait utile en ces lieux. Sa maîtrise de l'otchacan, le sport de combat où elle excellait, n'aurait aucune prise sur le genre de démons qui les avait attaqués l'autre jour. Même son puissant ami Paq, rencontré lors de sa formation dans les groupes secrets de la Hanse, ne pourrait s'opposer à ces monstres. Il restait à Iriane les exercices de maîtrise de soi. Endurer la peur, accepter l'inacceptable, une heure après l'autre.

Iriane pensa à son père. Il avait élevé seul sa fille depuis la mort de son épouse. Et Iriane ne s'était pas toujours révélée une petite fille facile : comment s'y prendre avec une enfant qui cherchait toujours la bagarre, ne partageait pas les jeux de ses copines de classe et donnait à son père, commissaire des fraudes, des leçons d'autorité ? Malgré tout il s'était montré patient, tolérant et aimant. Iriane ne lui avait laissé qu'une courte lettre pour tout adieu ; comment aurait-il pris son arrivée dans ce monde hostile, craint de toute éternité par les vivants ? Et Litti, son amant trinicien…

Ce n'est qu'un novice, pas un chantre et encore moins un mage : il serait incapable de me ramener chez moi !

Il lui manquait, même si son souvenir s'estompait à la lumière trop crue des événements récents. Qu'aurait-il fait en pareilles circonstances ? Il se serait trouvé aussi démuni qu'elle. Et sans doute plus encore, car c'était un garçon fragile, inquiet et indécis.

Il compte sur la magie pour l'aider à surmonter ses handicaps.

Une magie que la jeune femme n'aurait jamais imaginée si forte en Elamia. Iriane l'avait crue limitée aux Triniciens mais elle était partout ! Elle se souvint de sa conversation avec un marchand qui l'avait emmenée sur sa carriole alors qu'elle quittait Corall-Medding : « *À mon avis, la magie est toujours bien présente. Oh, plus discrète qu'autrefois, d'accord, mais je ne vois pas une seule raison valable pour qu'elle ait disparu.* » Une magie si puissante qu'elle avait surgi au beau milieu d'Estebellia pour ravir la dépouille de l'impératrice, entraînant Iriane à sa suite.

Elle tenta de résumer ce qu'elle avait appris. Tark, le grand Trinicien assassiné par l'empereur, était l'artisan du chaos en marche.

« Il m'a manipulée, lui avait expliqué Onahra. Il m'a forcée à lui donner le Talaris des prêtresses. Puis il s'est servi de lui pour supprimer l'armée impériale dans un gigantesque brasier. Ne me demande pas comment, s'il te plaît. »

L'impératrice avait relaté la tête basse cet épisode qui avait signé la fin de l'empire. Vingt-cinq années plus tard, le sorcier avait utilisé à nouveau la magie de la Perle de Vie, le Talaris des prêtresses, pour projeter des météorites sur la Medding, en détourner le cours et préparer l'immense chantier qui l'attendait.

Avec l'aide de Bren Jackal, le sorcier s'était approprié le Talaris des Triniciens, la Pierre d'Ombre. Tark avait enfin pu commencer à ouvrir les portes entre les mondes et envahir Consolata avec son armée de morts.

Des scorpions natifs de Galameh avaient piqué Jackal à de nombreuses reprises ; l'ancien mercenaire devait à leur venin son horrible visage et ses pouvoirs étonnants. Ces derniers lui avaient-ils permis de tirer la jeune femme et l'enveloppe corporelle d'Onahra hors de Val-des-Miracles ?

« Pas exactement, avait avoué Jackal : le poison m'a… m'a *dicté* le lieu et la manière. C'était comme une voix. Une voix à l'intérieur de moi. »

« Et moi, avait poursuivi Jeremy, je lui ai servi de guide jusqu'au puits. »

Avant d'accompagner Bren Jackal, le garçon avait secondé Golan Tark. Il connaissait bien des passages secrets et des raccourcis à travers Galameh.

D'ailleurs, c'est Jeremy qui leur avait fourni un refuge. Ils se trouvaient à la lisière entre le royaume d'Omok et celui de son frère jumeau, Ganalone. La plupart des morts se tenaient éloignés de la Frontière.

— Ils ont trop peur de passer chez Ganalone, expliqua Jeremy.

— Et pourquoi ça ? demanda Iriane. J'aurais cru qu'ils voudraient échapper à cet enfer, et filer vers un monde plus… plus *juste*, non ?

— Ici, personne veut de la mort. Et le royaume de Ganalone c'est l'éternité dans la tête de beaucoup de gens. Ce qu'on veut, c'est retourner en Val-des-Miracles. Retrouver ceux qu'on aime, se venger de nos assassins. Les Juste-morts, ils veulent pas de la paix de Ganalone.

— Et puis, il y a ces monstres, là-haut, précisa Jackal.

Au-dessus de la Frontière, des organismes vastes comme les montagnes qu'ils survolaient dérivaient au milieu d'éclairs. Des éboulements remodelaient en permanence la silhouette déchiquetée de l'horizon.

Les quatre compagnons étaient installés à l'intérieur d'une colline à des kilomètres de ces bouleversements minéraux. Avec de la patience et du savoir-faire, Jeremy avait aménagé l'endroit d'illusions saisissantes : tentures colorées, table, chaises, couches confortables… Il fallait qu'Iriane y croie pour en profiter : comme elle était parvenue en Galameh en vie et en son propre corps, les artefacts de Jeremy lui réservaient le genre de surprises qui attendent un voyageur abusé par des mirages. Plus d'une fois elle s'était retrouvée par terre alors qu'un instant plus tôt, elle était assise à table. Le comportement de Jeremy et de Jackal était lui aussi déplaisant : ils la heurtaient sans cesse comme s'ils ne la voyaient pas ; Iriane prenait cela pour une indifférence teintée de mépris. Le plus agaçant était tout de même de choir du mobilier.

— Je vais dormir par terre, décida-t-elle un soir. Comme ça, si je me souviens que ce matelas n'est qu'une sorte de… de rêve, je ne tomberai pas de haut.

— Comme tu voudras, dit Onahra. En attendant de te coucher, viens avec moi dehors, je voudrais te parler.

— Très bien, atisha.

Iriane appelait Onahra ainsi depuis qu'elle poursuivait à son tour l'enseignement dispensé par les prêtresses laménides. Des leçons qui devaient lui inculquer la compréhension du lien unique entre les humains et la nature. Sauf que la nature de Galameh était singulièrement déroutante, voire insaisissable.

Elles s'installèrent sous un abri naturel, une roche creuse qui les cachait de tout observateur venu du ciel.

— Je suis désolée que tu sois victime de tout ça, Iriane.

— Je suis auprès de vous et voilà tout ce qui compte pour moi.

— C'est gentil de me le dire, mais je sais que ça n'est pas vrai.

Comme souvent depuis qu'elles s'étaient rencontrées, Onahra prit le visage d'Iriane dans sa main et lui offrit un peu de l'énergie qu'elle pouvait transmettre.

— Tu es une jeune femme courageuse. Tu mérites mieux que cela.

— J'ai toujours rêvé d'aventure : je suis servie !

— Oui, mais ailleurs et avec d'autres compagnons d'infortune. Nous avons contracté une alliance contre nature.

— C'était la meilleure des choses à faire, atisha.

— Quel enthousiasme ! dit Onahra avec un large sourire, qui s'effaça bien vite. Ce Jackal n'attend qu'une occasion pour nous duper.

— Il ne pourra pas le faire : vous seule pouvez le soulager. Il ne peut se passer de vous !

— Mais il pourrait se passer de toi et tu le sais très bien.

Iriane hocha la tête.

— C'est pour ça que nous devons accélérer l'enseignement et prendre moins de répit. Il est impératif que tu saches le soulager à ton tour. Je ne te demande pas de le guérir. D'ailleurs il ne nous est utile que malade. Es-tu prête à travailler plus encore ?

— Eh, vous savez, la vie à Maison-Noire n'était pas franchement reposante ! s'insurgea Iriane.

— Eh bien, parfait. Je sais que tu n'es pas le genre à te décourager facilement.

— Quand allons-nous partir vers la Cabane de Golan Tark, récupérer le Talaris ?

— Bientôt, je l'espère. Je voudrais que tu saches un certain nombre de choses.

— Je vous écoute.

— Tu es arrivée en compagnie de… de ma dépouille.

— Je voulais vous retenir à Estebellia, et j'ai échoué.

— Comment aurais-tu pu réussir ? Tu dois trouver des défis à ta mesure, chère Iriane.

— Mais ne faut-il pas viser haut, quitte à ne parcourir qu'une partie du chemin ?

— C'est ce qu'on t'a appris à Maison-Noire, n'est-ce pas ?

— Oui. Enfin, un truc comme ça.

Quelque temps plus tôt, Iriane n'aurait rien révélé de son enseignement, y compris à Helenn, l'atisha qui l'avait prise sous son aile. C'était avant son arrivée en Galameh. Depuis, ses priorités avaient changé et protéger Maison-Noire n'était plus d'actualité. D'ailleurs, c'est elle-même qui, la première, avait évoqué l'école secrète de la Hanse.

— C'est une bonne idée, à condition de ne pas viser *trop* haut : l'échec est parfois un aiguillon pour avancer. Il peut aussi être un frein terrible. Tu n'aurais rien pu faire pour conserver mon corps à Estebellia. Personne n'y serait arrivé. D'ailleurs, mes sœurs ont elles aussi échoué. Et il y avait parmi elles les meilleures atishas de tout Consolata ! Et puis, j'étais déjà en Galameh, tu sais ? Mon *âme* y était. Mais d'après ce que je sais, et surtout d'après ce que je ressens, nous nous trouvons dans un cas de figure inédit.

— Que voulez-vous dire ?

— J'ai réintégré mon corps, Iriane. En Galameh, mes pouvoirs d'atisha étaient limités. Pour les utiliser, j'avais besoin des sorts que me confiait Golan Tark. Et encore, ils ne fonctionnaient que pour un temps donné. Grâce à eux, j'ai réussi à détourner la puissance d'un fleuve galaméen comme l'avait exigé Tark. Puis j'en ai perdu le contrôle.

— Vous avez sûrement mémorisé ces sorts.

— C'est inutile car Tark est trop malin pour céder définitivement de tels trésors. La longévité de ses sorts est limitée et dès qu'ils « s'éteignent », mes pouvoirs me sont de nouveau inaccessibles. Mais ça n'a plus la même importance, car je n'ai plus besoin des sorts du sorcier désormais. En retrouvant mon corps, celui que les prêtresses ont veillé durant toutes ces années à Estebellia, il s'est passé une chose extraordinaire : mes pouvoirs sont de nouveau là, intacts et disponibles. Comme s'il leur avait manqué une partie de moi-même pour être vraiment efficients.

Elle posa les mains contre son ventre et ajouta :

— Ils ne demandent qu'à s'exprimer, Iriane ! Ces derniers jours j'ai appris à les appeler. Discrètement : je ne veux pas que Jackal et Jeremy soient trop vite au courant.

— Alors, nous avons une chance de reprendre le Talaris !

— Oui, nous avons une chance d'y arriver. Une sur un million, peut-être. Ne fais pas cette tête, Iriane ! Je ne sais pas de quoi notre avenir sera tissé. Franchement, je n'en ai pas la moindre idée. Ce n'est pas très grave : mon époux était le plus grand voyant d'Elamia et ça ne lui a pas évité la déroute. J'ai encore deux nouvelles à t'apprendre. L'une est bonne, l'autre est mauvaise. Par laquelle veux-tu que je commence ?

— La mauvaise.

— Choix judicieux : le meilleur pour la fin, pour ne pas rester sur une impression désagréable.

— Je l'espère…

— Eh bien, si j'ai retrouvé une bonne partie de mes pouvoirs, je me sens en revanche plus fragile que je ne l'ai jamais été ici. Comme si beaucoup plus de choses pouvaient m'atteindre.

— Peut-on mourir à nouveau ?

— Je crois que oui, seulement je n'en ai jamais fait l'expérience. On dit surtout que l'on peut disparaître en un autre endroit, plus sombre que celui-ci. Bien plus sombre…

— Et la bonne nouvelle, atisha ? demanda très vite Iriane, voulant échapper à l'angoisse qu'elle sentait monter en elle.

— Tu te souviens de ce que le démon a dit quand il nous a attaqués ?

— Mmmm… Quelque chose comme : « Qu'est-ce que vous fichez ici ? »

— Rien d'autre ?

— Ah oui, je me souviens, il a dit que nous étions trois. Il ne devait pas savoir compter, précisa-t-elle avec un maigre sourire.

— Je crois qu'il savait parfaitement compter, seulement il ne voyait que trois personnes.

— Et pourquoi ça ?

— Parce qu'il ne *te* voyait pas, Iriane. Tu n'es pas comme nous autres : tu n'es pas arrivée en Galameh après une mort violente. Tu n'es pas *morte* : c'est la sorcellerie qui t'a amenée ici et rien d'autre. À mon avis ce détail doit avoir son importance, car même si j'ai retrouvé mon corps grâce à Jackal, mon âme errait déjà en Galameh depuis plus de vingt ans.

Iriane hocha la tête et dit :

— J'ai remarqué que Jackal et Jeremy se comportent souvent comme si je n'étais pas là. Ils n'arrêtent pas de me rentrer dedans… Ils oublient jusqu'à mon existence !

— Alors j'ai raison et c'est une chance formidable. Tu peux être sûre que nous allons en tirer profit, ajouta Onahra en tapotant la jambe d'Iriane.

Iriane sourit en pinçant les lèvres. Si elle était heureuse de pouvoir servir les projets de l'impératrice, cette femme dont elle avait tant chéri le souvenir son enfance durant, elle n'était en revanche pas certaine d'apprécier ce que sous-entendait l'emploi de sa « singularité ».

Chapitre 2

Slanian était né en Consolata vingt ans plus tôt. Comme tant d'autres, il avait fui sa cité de Daring que les morts avaient envahie un triste matin. Slanian travaillait alors avec ses frères dans une échoppe d'articles pour la fête des Chiffons. En prévision des festivités il confectionnait tout au long de l'année ces poupées de toutes tailles, à l'effigie de divinités mineures auxquelles on prêtait bien des pouvoirs et des vertus.

Ses frères n'avaient pu s'échapper ; Slanian les avait vus mourir alors qu'il s'était dissimulé, apeuré, sous un établi. Les lames de l'ennemi avaient pénétré leurs chairs et, pire encore, les morts s'étaient repus de leur énergie vitale en un festin malsain. Après leur départ de l'atelier, il n'était resté de ses frères que des poches vides.

Slanian avait erré de longs jours dans la campagne, répandant la nouvelle de l'invasion. Peu de personnes l'avaient cru et, passant pour un dangereux possédé, il avait même failli être pendu. Mais ceux qu'il avait convaincus l'avaient suivi jusqu'à la forêt de Brindillion où l'on racontait çà et là que se réfugiaient les fuyards de tout Consolata.

Ils furent un peu plus de deux cents à entrer aux côtés de Slanian dans Hastrion et à être accueillis par l'ancien empereur Adrian. Depuis, le jeune homme n'avait fait que s'entraîner, dans l'espoir sombre d'affronter les meurtriers de ses frères.

Et ce moment était arrivé.

La nuit tombait vite sur la grande forêt. Ses longs cheveux châtains serrés dans un catogan, Slanian montait la garde à l'entrée est de la ville forestière qui avait jadis abrité bûcherons et forgerons en une joyeuse communauté. On y avait forgé les plus puissantes et les plus belles épées de l'armée impériale. Longtemps après la chute de l'empire, la ville avait été dévastée par une dangereuse créature. Désormais, Hastrion retrouvait sa vocation première. Il s'agissait de reproduire les armes magiques qu'employait cet ennemi insaisissable, issu de l'au-delà. Lors de la bataille des Ferrone, Adrian avait rapporté l'une de ces lames ensorcelées, prélevée sur un ennemi. Jocquinius avait analysé et reproduit la magie à l'œuvre sur l'arme afin de venir à bout de l'étonnante résistance des Galaméens.

Slanian possédait l'une de ces lames et il était persuadé de savoir s'en servir. Ne s'était-il pas couvert les mains d'ampoules et le corps de bleus à force d'entraînement ? Il ne considérait ses journées bien remplies que si elles lui laissaient le lendemain la morsure des courbatures. Lui qui passait naguère son temps à boire du lait et dévorer d'immenses tranches de pain d'épice tartinées de beurre, avait déjà perdu le tiers de son poids. Ses frères aînés ne l'auraient pas reconnu !

Dans l'obscurité de Brindillion, il devina un halo vert. Il fit aussitôt le rapprochement avec cette lueur qui nimbait les meurtriers de ses frères. Son cœur se mit à battre à tout rompre. L'adrénaline, l'excitation de la vengeance approchant enfin son terme masquèrent la peur. Mais au lieu de donner l'alerte, Slanian voulut en découdre seul.

Je tuerai de mes propres mains celui qui passera cet arbre là-bas. Et si les mains ne suffisent pas, je me servirai de mes dents.

Ce n'était pas à un homme qu'il aurait affaire, mais à un petit groupe de morts. Un commando de six hommes et une femme.

Ils jaillirent enfin des taillis. La phosphorescence qui les nimbait éclairait étrangement leur visage aux fossettes proéminentes, aux joues creuses et aux orbites profondes. Ils semblaient glisser au-dessus des feuillages et entre le moment où Slanian les aperçut et celui où ils se jetèrent sur lui, il ne s'était pas écoulé trois secondes.

Le jeune Consolatais parvint à taillader le bras du premier mort et à trancher la joue du second. Il ne put aller au-delà de cet exploit : les quatre autres le plaquèrent au sol et la femme plongea ses dents dans son cou pour lui arracher une artère. Baigné de la lueur verte, Slanian sentit ses forces l'abandonner très vite. Son dernier regard fut pour Shay-Ima, la poupée-Soleil. On disait qu'elle offrait une vision prégnante à ses fidèles. Slanian peignait si bien ses yeux qu'on lui confiait toujours la création de son regard. Cette nuit-là les ténèbres occultèrent la vue du jeune artisan. Sa mort le projeta dans un monde de cauchemar que l'on nommait Galameh.

Pendant ce temps, les morts poursuivaient leur incursion dans Brindillion.

Ils tuèrent un deuxième homme puis un troisième avec la même facilité. Ils n'étaient plus qu'à cinquante mètres de la maison d'Adrian quand l'alerte fut donnée. Alors, les choses se compliquèrent.

Des Ferronéens s'opposèrent à eux, en grand nombre. Les morts attaquèrent avec une même tactique : deux ou trois d'entre eux se jetaient sur un homme pour le renverser, tandis que les autres encerclaient le malheureux pour faciliter le meurtre en cours. Le stratagème fonctionna deux fois. À l'issue des meurtres, ils montrèrent un regain d'énergie qui les fit grogner de contentement.

Puis ils perdirent un premier combattant. Sa tête roula dans les fourrés et des ombres bien plus denses que la nuit apparurent, dévorèrent le halo puis la silhouette tout juste tombée à terre. La femme poussa un cri qui suspendit un instant le combat, tant il glaça l'ardeur de tous ; il ne paraissait pas venir de sa gorge mais d'un autre monde, froid, souterrain et cruel. Puis les lames reprirent leurs droits. Pas un mot ne fut échangé. Les défenseurs submergèrent les assaillants. Seule l'intervention d'un vieil homme permit d'en épargner un.

—Qui es-tu pour vouloir sauver un de ces monstres? s'insurgea un Ferronéen qui tenait la gorge du Galaméen sous son épée.

—Mon nom est Jocquinius et je suis un mage trinicien.

—La mort est ton domaine, c'est ça?

L'homme était agressif, à la fois excité par le combat et sincèrement méfiant à l'égard du représentant d'un ordre qui avait partie liée avec l'au-delà. Les nombreux témoins n'avaient qu'une envie: lyncher l'ennemi.

—La mort est notre affaire à tous. Mais oui, tu as raison, les Triniciens ont toujours eu un contact privilégié avec Omok et son royaume. Et c'est pour cette raison que je te demande d'épargner cet homme: j'ai quelques questions à lui poser et sa parole pourrait nous être utile. Afin d'éviter d'autres drames.

Le prisonnier était étendu sur une table, les bras et les jambes liés en croix au milieu d'une pièce sans fenêtre, éclairée par quelques cierges. Il y avait longtemps que ce n'était plus un homme: tué près d'un siècle plus tôt, il figurait parmi les troupes de Golan Tark, lancées à l'assaut d'Elamia depuis l'au-delà.

—À quoi sert ton silence? demanda le mage Jocquinius, debout face à lui. Tu crois que ton maître viendra te chercher, maintenant? C'est lui qui t'a ordonné de venir nous espionner, n'est-ce pas?

Le mort décharné grimaça et feula plus comme un animal que comme un humain. Il lui manquait un œil et une partie de la joue, si bien qu'on voyait ses dents aiguisées comme des crocs, ses gencives brunes. Il dit enfin, d'une voix faible et grave:

—J'ai pas à te dire pourquoi je suis là. Et je me fiche de ce que tu peux me faire! Le Maître nous sauvera tous. Nous passerons de l'autre côté par millions et Val-des-Miracles sera à nous.

—C'est ce que ton maître t'a promis?

—Le Maître tient toujours ses promesses.

—Tu sais ce que je suis? demanda Jocquinius.

—Un Trinicien.

—Un *mage* trinicien. Notre Ordre a toujours voulu aider les défunts. Ton maître s'appelle Golan Tark et il était lui-même un Trinicien.

—Tu mens! l'interrompit le prisonnier.

—Golan Tark ne veut pas t'aider, il ne veut aider personne. Golan Tark se sert des Juste-morts pour assouvir ses désirs.

—Mensonges! Que des mensonges, espèce de chien! Il te retrouvera et te fera cracher la vérité jusqu'au sang!

—Et toi, que lui as-tu promis? demanda encore le mage comme s'il n'entendait pas les menaces et les insultes.

—J'ai promis de le servir. Je lui dois tout.

Il hésita et ajouta:

—Je lui dois la vie.

—Tu appelles ça vivre? Tu n'étais pas mieux en Galameh?

Le mort inclina la tête sur le côté et cracha une humeur jaunâtre.

— Galameh est un enfer. C'est pas un endroit pour les hommes. Et les hommes qui nous ont envoyés là-bas paieront. Ils paieront tous ! Le Maître l'a promis aussi.

— Et tu acceptes les promesses du premier bonimenteur venu ?

Jocquinius parlait d'une voix calme, sans mépris malgré la dureté de ses mots, choisis avec soin.

— Il m'a redonné ce que j'avais perdu, dit le mort avec fierté.

— Ton honneur ?

— Non ! Il a retrouvé mon médaillon.

— Je ne comprends pas.

— Le collier que vos hommes m'ont arraché tout à l'heure. Avec le médaillon au bout. Il est pas loin d'ici. Je le sens. Il m'accompagne comme il m'accompagnait… *avant*. J'y tiens plus que tout parce que mon épouse me l'avait offert. Mes assassins me l'avaient volé et le Maître me l'a rendu. Qu'il soit béni par les sept dieux pour ce geste.

— Un collier, dis-tu…

Jocquinius frotta sa barbe blanche et, une main dans le dos, tourna autour du prisonnier.

Comprendre la stratégie du sorcier Golan Tark, trouver d'éventuelles failles dans ses plans : depuis son retour de la côte, Jocquinius ne pensait qu'à ça. Un labeur permanent !

Un collier, se dit-il. Il sortit de la pièce et rejoignit les factionnaires à l'entrée de la maison de forgeron où ils étaient installés. Le mage récupéra auprès des gardes un lacet de cuir et son médaillon. Qu'avait-il de particulier ?

Un collier, un collier, se répéta-t-il. Un collier orné d'un médaillon. Lui-même n'avait aucun goût pour les ornementations et il ne portait rien sinon la bague de l'Ordre. *Un collier, ça ne m'évoque guère qu'une laisse. Un collier et sa laisse.*

— Bon sang ! s'écria-t-il.

Les gardes le regardèrent, interloqués. Jocquinius s'adressa à l'un d'eux :

— Prenez ce collier, s'il vous plaît. Et détruisez-le. Assurez-vous que le médaillon soit fondu.

Comme l'homme le dévisageait sans réagir, le mage ajouta :

— S'il vous plaît, MAINTENANT !

Le garde daigna enfin se lever et s'empara du pendentif. Depuis qu'il était arrivé à Hastrion en compagnie d'Adrian et de milliers de femmes, d'hommes et d'enfants, Jocquinius avait du mal à se faire respecter par les hommes nouvellement formés et tout acquis à l'ancien empereur : la méfiance à l'égard de l'Ordre avait cours auprès de tous.

Jocquinius retourna auprès du prisonnier, prit un tabouret et s'assit.

— Qu'est-ce que tu fiches ? lui demanda le mort.

— J'attends.

— Tu peux toujours attendre, chien. J'ai rien à ajouter.

— Pour le moment, non. Mais tout à l'heure tu supplieras sans doute.

De longues minutes s'écoulèrent. Jocquinius observait le prisonnier qui lui-même fixait de son unique œil un point dans la pénombre. Puis il s'agita, de plus en plus nerveusement. Un quart d'heure après le retour du mage dans la pièce, le mort commença à gémir. Cinq minutes de plus et il hurlait à la mort.

— Arrêtez ça, arrêtez ça ! supplia-t-il entre deux hurlements.

— Arrêter quoi ?

Pour toute réponse le Galaméen s'arc-bouta comme si un puissant courant électrique le traversait de part en part. Il perdit connaissance durant une minute puis s'éveilla, hébété.

— Où suis-je ? demanda-t-il, avant de regarder ses liens. (Sa voix avait changé, débarrassée de toute hostilité.) Qu'est-ce que…

— Tu es à Hastrion en tant que prisonnier de guerre, improvisa le mage, et je ne peux pas te libérer.

— Quelle guerre ? Je… je n'y comprends rien…

Jocquinius tenta de le rassurer du mieux qu'il put. Mais, au bout de quelques échanges, le Galaméen perdit connaissance. Une fumée noire l'enveloppa et il s'affaissa, comme si sa silhouette, déjà maigre, se vidait de l'intérieur.

Le garde vint annoncer à Jocquinius la destruction du collier.

— J'ai fait fondre le médaillon.

Le mage hocha la tête distraitement, aussi le garde insista :

— Je vous jure que c'est vrai ! Vous me croyez pas ?

— Oh ! que si. Et la preuve est dans cette pièce…

— Le prisonnier ! s'exclama le garde. Vous l'avez laissé partir.

— Non. Il est reparti chez lui. Vers le royaume des morts.

* * *

Par deux fois Adrian avait subi la vision de son corps flottant au-dessus de Walachiel, en Galameh. Il s'était évanoui et s'était retrouvé piégé dans cette épaisse noirceur avant d'être confronté à la créature nommée Balabord. Alors le voyant avait recouvré ses esprits.

« Les prédictions involontaires ont cette force d'imposer la réalité de notre avenir », avait-il expliqué à Julipen quelque temps plus tôt, sur le pont d'un navire.

Ce qui signifiait que cet événement arriverait. Il ne savait pas où ni quand ; il devait juste s'y préparer. C'était une idée insupportable !

Il décida de chevaucher le temps, à la recherche d'une réponse.

De tout le peuple aresmass, il avait été le seul capable d'utiliser le Sarment du Temps avec une telle efficacité. Haspalnod, l'homme qui avait élevé Adrian, s'était emparé de l'artefact pour l'offrir à son « fils » adolescent et lui donner la possibilité de devenir le plus grand voyant de Consolata. Et il l'était devenu ! Bien au-delà même de ses espérances. Haspalnod avait ainsi contribué à briser le tabou qui maintenait la cohésion de son peuple et celle d'Elamia tout entier :

utiliser les dons de voyance propres aux Aresmass pour s'arroger le pouvoir sur les hommes. C'était aller contre la volonté même des dieux !

Voilà comment était né l'empire d'Adrian : par la volonté d'un père avide de voir sa progéniture réussir où lui-même avait échoué, car Haspalnod avait rêvé de dominer le Cercle des tribus aresmass, sans jamais y parvenir. Alors il avait choisi de maîtriser le sort d'Elamia à travers son fils ; ce dernier ne lui en avait pas laissé l'occasion, même s'il avait écouté ses conseils au tout début de son règne. Quant au Cercle des tribus aresmass, il n'en était resté qu'un modeste représentant.

L'ancien empereur avait ouvert l'étui qui protégeait le Talaris aresmass, cette branche fossilisée qui produisait de singuliers effets temporels dès lors qu'elle n'était plus à l'abri sous l'étoffe. Il s'était concentré, puisant au plus profond de lui-même l'énergie nécessaire au voyage dans le temps, prolongeant la magie puissante de l'artefact. Une magie dont il ne connaissait pas l'origine.

Un sentiment d'invincibilité le gagnait au début de chacun de ses voyages. Comme s'il était le plus puissant de tous les hommes.

L'égal des dieux !

D'ailleurs, aucun parmi eux ne discutait son pouvoir, ni son exultation. Adrian se déplaçait au-dessus du Canevas, tel un aigle survolant des paysages changeants, dont une gaze colorée tamisait la lumière, en troublait les détails. S'il regardait vers le passé, ces paysages se teintaient de rouge. L'avenir se tramait en une infinité de bleus. Les trames s'assemblaient les unes aux autres pour constituer des événements ou se dénouaient à mesure que le présent inventait de nouvelles règles et s'assemblaient différemment. Quand des événements d'une grande instabilité se mettaient en place, des nœuds apparaissaient, parfois hauts et vastes comme des montagnes. Les humains fourmillaient dans cette vaste tapisserie, clignotant. Les démons aussi, bien qu'ils fussent plus difficiles à identifier.

Le Talaris permettait à l'empereur de se déplacer dans la direction qu'il souhaitait. Un véritable exploit, même pour un Aresmass. Un exploit que certains n'avaient pas hésité à considérer comme divin. Lire l'avenir n'avait pourtant pas évité au chef militaire une terrible défaite et le massacre de son armée dans un gigantesque brasier.

Interroger le Talaris aresmass ne lui apporta aucune réponse quant à ses visions spontanées.

Ce qu'il vit fut bien différent. Adrian tournoyait au-dessus de la cité de Tuckmill. Dans le souvenir de l'empereur, la ville fortifiée était entourée de faubourgs. Ceux-là avaient disparu sous une surface uniforme. De l'eau ? Probablement. Des toits émergeaient de cette surface qui glissait le long des murailles de la ville close. Une route à sec entrait à l'ouest de la cité, en sortait à l'est. Elle devait être surélevée par rapport aux alentours où s'étendaient vastes mares et îlots.

Au centre des fortifications une lueur verte palpitait lentement, sa domination contestée par le carmin de la bataille. Il avait du mal à saisir l'issue du combat tant les formes se mêlaient ; les ennemis prenaient l'apparence des alliés et *vice versa*. Le nombre limité de soldats, de part et d'autre, le surprenait. Des structures gisaient, détruites, au milieu de la route menant à l'entrée ouest de Tuckmill.

Mais il y avait plus étonnant. S'il se déplaçait plus vers l'avenir, Adrian assistait à une seconde bataille. Ou bien était-ce la même, vue à un autre moment ? Plusieurs motifs se tissaient et le voyant chercha celui qui représentait sa victoire. Là encore, c'était un brouillon de formes rapides qu'il devrait interpréter afin d'adapter la stratégie d'assaut. Il repéra un groupe de cavaliers quittant la cité conquise ; il fut projeté parmi eux. Au milieu de la cavalcade progressait un véhicule luxueux. Un personnage important qui prenait la fuite ou allait quérir des renforts. Il faudrait l'intercepter.

Toutefois Adrian avait beau aller et venir le long du Canevas, aucune résolution concernant la vision de Walachiel n'apparaissait. Il abandonna et voyagea à rebours, convaincu que la bataille de Tuckmill valait la peine d'être menée. Le voyant avait vite retrouvé la rapidité et l'agilité de sa jeunesse : il ne fallut pas beaucoup de temps pour tracer son chemin dans les courants aériens. Il retrouva le présent en poussant un souffle rauque. Comme chaque fois qu'il utilisait le Talaris, une ivresse particulière le troubla. Il garda les yeux fermés ; derrière ses paupières des myriades de points qui auraient pu être des armées d'humains, des cités en flammes où des monstres ailés dansaient sous des cieux changeants. Cette furie-là valait mieux que le vertige immobile qui le prenait dès qu'il ouvrait les paupières sur la pièce.

Alors il reposa le Sarment du Temps sur la table à côté de lui et une brève décharge électrique secoua son bras. Ses mains continuèrent à trembler alors que le Talaris émettait une faible lueur orangée. Il ouvrit les yeux après un long moment et il eut envie de se dépenser physiquement. Cette envie ne fit que croître, au point d'occuper toutes ses pensées. Il se leva, s'adossa à un mur, ferma à nouveau les yeux pour retrouver la transe et l'incessante agitation du Canevas – bien sûr il ne les trouva pas. Il était ici et maintenant, et il n'y avait rien d'autre à faire que se coltiner cette réalité-là, en attendant l'avenir. La rage monta en lui en une marée rapide et il donna un violent coup de poing contre un mur. La douleur explosa et la rage retomba quelques instants, avant de reprendre de plus belle.

Mâchoires serrées et tremblant d'une fièvre naissante, il tenta de chasser les images de combat qui affluaient. Corps à corps où il arrachait la langue de ses victimes à coups de dents. Crânes défoncés à coups de pommeau, jusqu'à répandre la matière cervicale sur le sol. Gorges tranchées à la pointe d'une dague. Et le désir impérieux d'accomplir ces actes, au plus vite… Adrian n'avait aucun contrôle sur cette rage et il sentait que la douleur qui ceignait son crâne ne se calmerait que s'il perpétrait ces massacres. Ou au cours d'un nouveau voyage dans le Canevas.

Alors Adrian se souvint.

Le Talaris prélevait son dû. Et les voyages dans le temps avaient un prix. Ils transformaient l'esprit du voyant en un noyau de violence brute qui ne demandait qu'à s'exprimer. De plus, ses accès enfiévrés l'affaiblissaient. Tant et si bien qu'il avait limité l'utilisation de l'artefact à la fin de son règne. Était-ce pour cette raison que Havoc s'était révélé un échec aussi magistral ? Il ne l'avait pas *lu* dans le Canevas ?

Depuis qu'il avait sauvé le peuple des Ferrone et annoncé l'arrivée de Golan Tark et de ses troupes, l'empereur déchu représentait l'espoir pour ceux qui avaient appris son intervention sur l'archipel. Maintenant, il ne savait quoi leur dire, sinon d'aller au-devant de moments cruels et violents. La liberté était à ce prix, sans doute...

Il se passa encore une heure avant qu'il soit prêt à recevoir de la visite. Le mage trinicien qui lui avait remis le Talaris avait demandé à le voir un peu plus tôt dans la journée. Il reçut ce vieil homme vêtu bien modestement au regard de son rang.

— Tu m'as dit que tu interrogerais le Sarment du Temps aujourd'hui, commença Jocquinius. Que t'a-t-il enseigné ?

— J'ai vu la bataille de Tuckmill. Et j'ai vu notre victoire. Nous allons prendre la cité et elle sera notre tête de pont vers de nouvelles conquêtes.

— Il ne s'agit pas de conquêtes mais de résistance. Nous nous battons pour sauver des vies.

— Oui, bien sûr. Sauver des vies. Mais il faudra bien conquérir les territoires acquis à Tark.

— Les libérer. Il faudra les libérer de l'emprise du sorcier et de son armée de morts.

— Vous jouez sur les mots.

Cette fois, l'empereur avait montré des signes d'agacement : l'ivresse du voyage dans le Canevas avait disparu et ce vieillard qui le tutoyait ne le distrayait plus.

— Les mots sont importants : ils portent le sens de nos pensées. Ou les trahissent. Tu savais les choisir précisément pour galvaniser tes troupes.

— Cela fait partie de la fonction de chef des armées. Nous n'avons plus le temps de chipoter sur des définitions, cher mage : l'heure des batailles a bientôt sonné. Grâce à l'arme récupérée sur un soldat de Tark et à votre connaissance de la magie, nous avons depuis plusieurs semaines commencé à équiper nos propres troupes.

— Es-tu certain que ces troupes soient prêtes ?

— Ce sont des hommes motivés. Il y a beaucoup de Ferronéens et ils veulent en découdre avec celui qui a contribué à détruire leur monde. Mais il y a aussi les citoyens de nombreuses villes qui ont fui les crimes perpétrés par les hommes de Tark. Leur motivation est plus grande que celle de bien des soldats de métier que j'ai emmenés avec moi, autrefois. Justement, il faut continuer de les entraîner et nous n'avons plus de temps pour les discours.

Jocquinius soupira. D'une certaine manière il devait admettre que cet homme, qui était aussi son fils, avait raison : le temps pressait. Le mage voulait conduire l'ancien Guide suprême à l'écouter et il savait que, pour le moment, il n'y était pas disposé.

— Parle-moi de ce siège, alors.

— Je crains que cela dépasse les compétences d'un mage trinicien, aussi brillant soit-il.

— Vraiment ?

— Je ne dis pas ça pour vous vexer.

— Mais pour m'écarter des décisions, n'est-ce pas ? Que crains-tu ? L'Ordre ne… n'existe sans doute plus, à l'heure qu'il est : Haut-Temple a été détruit et les monastères uliques dévastés. Il se peut que je sois le dernier mage en vie. Pourquoi ne profites-tu pas de ma présence à tes côtés ? Je t'ai apporté le Talaris, tu pourrais partager la confiance que je t'ai accordée.

— Vous ne saviez pas que vous deviez remettre le Talaris à un ancien empereur. Vous-même me l'avez avoué. Je suis certain que si vous l'aviez su, vous ne l'auriez jamais apporté.

— Franchement je n'en ai pas la moindre idée, répondit avec sincérité le vieux mage. Mais j'aimerais ne pas le regretter.

— Vous ne le regretterez pas. J'ai saisi le Talaris et j'ai… chevauché le temps.

— Chevauché le temps…

Jocquinius se souvint de l'effet du Talaris dégagé de son étui, lorsque Halaïa le lui avait montré. Un effet sur le cours même du temps.

— Oui, je ne vois pas de meilleure image. J'ai voyagé d'une trame à l'autre. J'ai vu l'avenir de Tuckmill et nous y étions, Jocquinius. Nous étions au sommet du donjon, victorieux.

— « Nous »… : tu veux dire que j'étais à tes côtés, dans ta vision ?

L'empereur hésita ; il venait de se rendre compte qu'effectivement il n'avait pas vu le mage dans les trames concernant Tuckmill.

— Eh bien, oui !

— Ça m'étonnerait : je n'ai pas l'intention de te suivre.

— C'est bien dommage, car la foule nous acclamait en libérateurs ! s'emporta Adrian avec assez d'exagération pour éluder son erreur.

Le moment était venu pour Jocquinius de placer son attaque :

— La même foule que celle qui t'attendait derrière les murs de Havoc, c'est ça ?

Adrian le foudroya du regard. Une envie de meurtre le secoua, vestige de la transe du Talaris, sans doute, mais aussi conséquence de l'insolence du vieillard ; il la repoussa, les poings fermés.

— Je n'ai jamais su ce qui s'est passé à Havoc. Pourquoi mon armée y avait été décimée par un mur de flammes. Des… des flammes vivantes.

— Tes visions ne t'avaient pas annoncé une telle défaite ?

— Je n'ai pas à vous répondre, mage.

— Il m'importe peu de connaître la réponse à cette question. Du moment que toi tu la connais. Et que tu en tires des enseignements.

Un silence s'installa, accompagné d'une grande tension. Adrian parla le premier :

— Qu'avez-vous exactement à me dire, Trinicien ?

— J'ai fait parler le prisonnier.

— Vous l'avez torturé ?

— Non. Je n'en ai pas eu besoin.

— Un homme qui ne parle pas sous la torture n'a rien d'intéressant à livrer.

— Ce n'est pas mon avis. Il existe parfois une alternative à la violence pure et simple. Et quand je dis « parfois », je pense « souvent ».

— Faites comme bon vous semble.

— Exactement. Je voulais comprendre d'où venait l'agressivité de ces hommes.

— Ce sont des soldats, un point c'est tout. On les a motivés à se battre.

— Sans doute. En même temps, je voulais savoir pourquoi ces morts ne se contentaient pas de « revenir » parmi nous. Ils auraient retrouvé leur place auprès de leurs proches : pourquoi participer à une invasion guerrière ?

— La propagande de Tark, ça suffit, non ?

— Non, je ne crois pas. Le prisonnier a parlé de ce que Tark lui avait offert. Et c'était un objet auquel il tenait plus que tout avant de mourir. Un médaillon, en l'occurrence.

Jocquinius expliqua l'expérience qu'il avait menée un peu plus tôt et il conclut :

— Tark a créé un sortilège pour lier ses troupes à lui, en se servant de leur attachement à un fétiche. Ainsi, leur agressivité et leur motivation sont le résultat d'un mélange de gratitude, d'esprit de revanche et surtout de sorcellerie…

Adrian hocha lentement la tête, prenant la mesure de ces révélations.

— Alors, dit-il, il suffirait de détruire les fétiches pour venir à bout de l'armée de Tark ?

— Les détruire tous est bien sûr impossible : cela implique que nous mettions la main sur chacun d'eux.

— Nous savons forger les lames qui viennent à bout de leur résistance. Pourquoi prendre le risque d'attraper ces fétiches ? Ce serait comme vouloir détacher le collier d'un tigre affamé !

— Plutôt que de vouloir à tout prix reprendre les terres que Tark a conquises et sacrifier des hommes et des femmes au combat, il faudrait éliminer ce lien magique.

— Et si j'en crois le ton de ta voix, Trinicien, tu n'as pas la moindre idée du moyen pour le briser.

Jocquinius ne releva pas le tutoiement, qui ne sonnait pas comme le signe d'une intimité nouvelle mais comme un moyen de le rabaisser, et dit :

— Ça vaut la peine d'essayer. Et de ne pas mener à la mort des milliers de nos semblables.

— Cesse de te voiler la face : il y a une guerre et nous devons la mener. Tu as vu de quoi sont capables nos ennemis ? Nous n'avons plus le temps d'attendre. J'aimerais pouvoir compter sur toi, Trinicien. Mais je ne te forcerai pas.

— Dois-je prendre ça comme une sorte de grâce ? Je n'ai aucun compte à te rendre. Ce serait même plutôt toi qui devrais me rendre des comptes : tu as décimé l'Ordre trinicien quand tu étais au pouvoir. Aujourd'hui, je pourrais te tuer, ici même. Tu n'aurais même pas le temps de dégainer cette épée dont le fourreau pend, à cinquante centimètres de ta main. Je ne le ferai pas. Je suis trop vieux pour la vengeance et j'ai mieux à faire.

— Un jour je te ferai payer ton insolence, Jocquinius.

— Vraiment ? J'espère que toi et moi vivrons assez longtemps pour voir ce jour arriver.

Sur ces mots, Jocquinius tourna les talons et quitta l'ancien hôtel de ville de Hastrion où s'était installé Adrian.

Mon fils… Et dire que cet homme arrogant et orgueilleux est mon fils… !

Il se souvint qu'il ne l'avait pas élevé : un homme tout aussi orgueilleux qu'Adrian s'en était chargé.

Que lui ai-je transmis, en fin de compte ? Y a-t-il seulement une once de moi dans son sang ?

Sur le chemin du retour, Jocquinius constata l'hostilité des réfugiés qui connaissaient son rang.

Les morts de Galameh envahissent Consolata et les Triniciens constituent les intermédiaires entre le royaume d'Omok et le monde des vivants.

Il pensait à ça lorsqu'il entendit un cri, à deux pas de là.

Haldric…, comprit-il non sans inquiétude.

Il se précipita vers la maison de forgeron qu'il habitait depuis quelques semaines en compagnie du moinillon. La porte d'entrée en était grande ouverte.

À l'intérieur, le mage trouva Haldric à terre ; un homme s'était assis sur lui, appuyant ses genoux sur les épaules de l'adolescent. Son poing levé au-dessus de la tête serrait une dague, prêt à crever le visage de Haldric. Deux hommes et une femme contemplaient le spectacle. Tous semblaient ivres de mauvais vin.

— Que se passe-t-il ici ? tonna Jocquinius à son arrivée, tandis que l'agresseur abaissait son arme, l'air vaguement gêné.

La femme répondit :

— Te mêle pas de ça, Trinicien.

— « Ça » ? C'est ainsi que vous appelez ce garçon ? Il se nomme Haldric et croyez-moi, il a enduré beaucoup plus de souffrances que vous quatre réunis.

— Et après ? fit un homme. C'est de la graine de Trinicien et les Triniciens ramènent les morts à la vie pour qu'ils nous massacrent, les uns après les autres.

— Ouais ! lança un autre en produisant à son tour une dague. L'empereur aurait dû tous vous détruire à l'époque !

Ils ont trop bu pour que je les ramène à la raison avec des mots, comprit le mage qui invoqua alors une matrice. Les mots quittèrent sa bouche à une vitesse folle, tandis qu'il assemblait les images mentales adéquates. La magie trinicienne se déploya aussitôt en une corolle incandescente, traversée d'éclairs.

— Bande d'imbéciles, commença Jocquinius, vous ne comprenez rien à rien ! L'ordre des Triniciens a été détruit en même temps que Haut-Temple, à Corall-Medding. Alors fichez le camp d'ici avant que son dernier mage vous fasse la démonstration de sa colère !

— Tu crois nous faire peur avec tes tours ? dit l'homme assis sur Haldric. Ils n'ont pas réussi à empêcher la chute de ton temple !

D'un geste de défi il releva sa dague au-dessus de la gorge du moinillon. Jocquinius ordonna à la matrice de lancer son feu et un bras de lumière vive fusa vers la poitrine de l'agresseur, qui tomba à la renverse, délesté de son arme. Il se redressa en gémissant, les mains sur les côtes. Comme dégrisé par la magie trinicienne, le petit groupe se décida enfin à sortir de la maison, sans quitter la matrice des yeux.

À l'aide de mouvements des mains, Jocquinius déplaça la boule devant la porte d'entrée, afin d'empêcher toute intrusion, puis il aida le moinillon à se relever.

— Je ne comprends pas, dit Haldric, choqué.

— Ils sont désemparés et ne trouvent que la colère pour évacuer leur impuissance.

— Mais pourquoi la tourner vers les Triniciens ? Nous n'avons pas envoyé cette armée, n'est-ce pas ?

— Non. Bien sûr que non : Golan Tark l'a fait. Mais souviens-toi, il a été un Trinicien… L'amalgame est facile.

— Alors que nous voulons les aider.

— Nous…, dit Jocquinius avec un soupir. Toi et moi. Probablement les derniers Triniciens encore en vie. (Il tendit les bras et serra les épaules de l'adolescent entre ses mains.) Écoute, nous n'avons plus rien à faire ici. Adrian rejette mon soutien et les réfugiés ne veulent pas entendre parler de nous. Nous partirons donc demain.

— Pour aller où, maître Jocquinius ?

— Tu ne vas pas aimer notre destination, je le crains.

— Je suis prêt à vous suivre partout.

— Même aux monastères uliques ?

Le moinillon eut un mouvement de recul, puis il demanda :

— Il le faut vraiment ?

— Nous devons bien commencer quelque part. Avec un peu de chance, Gedaëlle n'aura pas détruit tous les manuscrits dont j'ai besoin. Nous avons créé des caches depuis la disparition de Golan Tark et il n'était peut-être pas au courant de leur emplacement.

— Que pensez-vous y trouver ?

— Une solution à nos soucis, mon garçon. Avant de chevaucher vers le nord, nous irons voir un ami. Un ami commun. Sa présence à nos côtés pourrait être utile. S'il accepte de nous accompagner, bien sûr.

— Vous avez parlé d'un ami commun.

— Oui, quelqu'un qui a, comment dire… un *instinct de la magie* très développé.

— Attendez, je ne vois… Oh, Niuk ! s'exclama aussitôt le moinillon. Niuk le latoa !

Jocquinius hocha la tête. Face à l'enthousiasme de Haldric, il ne put réprimer un sourire ; c'était le premier depuis bien longtemps.

Chapitre 3

En temps normal, traverser Corall-Medding depuis Grève-Pieds jusqu'aux rives du fleuve n'était pas une mince affaire. Il y avait les escaliers par dizaines, la foule qui se pressait entre les murs trop proches, les marchands qui vous abordaient et tentaient de vendre de fabuleux trésors pour une bouchée de pain, les animaux plus ou moins domestiques qui jouaient avec vos nerfs et votre équilibre, les criminels qui profitaient d'un recoin sombre pour vous soutirer ce qu'ils pouvaient. Il y avait les odeurs, le bruit et la fatigue.

Mais depuis que les morts avaient envahi l'ancienne cité impériale, c'était une épreuve périlleuse. Et lorsque, en plus, on était aveugle, le risque d'y laisser sa peau était réel. Alors quand la pluie s'y mettait…

Litti avait accompagné le vieil aveugle jusque chez lui : l'homme, qui lui rappelait son professeur maître Jocquinius, mais un Jocquinius moins vaillant et plus vieux, habitait une bicoque empestant le beurre brûlé le long de la Medding. Le novice l'avait aidé à retrouver son chemin parmi les ruelles.

— Merci mon garçon, dit l'homme d'une voix faible.

— Oh, y a pas de quoi. C'est la moindre des choses même, dit le garçon gêné par la pénombre des lieux.

Ce qui avait commencé comme un crachin insistant s'était mué en une pluie battante, grasse et lourde. Bientôt l'eau dévalerait depuis les ruines de Haut-Temple, grossirait de rus en ruisseaux, emporterait des détritus dans sa folle dégringolade vers le fleuve, renverserait des passants, mettrait à bas des échoppes.

— Cette pluie…, soupira l'adolescent. Comme si on avait besoin de ça.

— On l'a échappé belle. À quelques minutes près, je n'aurais pas résisté à cette averse. Et puis, je me serais fait avoir par ce maudit couvre-feu.

Litti hocha la tête en silence, comme si l'homme avait pu le voir. Il se reprit :

— Vous vous en êtes sorti comme un chef.

— Oh, mais assieds-toi, assieds-toi, insista l'aveugle qui se déplaçait maintenant avec une facilité nouvelle.

Certes ses mains partaient à la recherche d'une arête de meuble, d'un pan de mur, mais ce n'était plus le tâtonnement paniqué que Litti avait repéré alors qu'il arpentait Grève-Pieds. L'adolescent avait demandé si l'aveugle voulait de l'aide et l'homme avait poussé un long soupir de soulagement en entendant une voix de vivant. Ils avaient fait le chemin ensemble, évitant le plus possible les patrouilles de Galaméens.

— Je ne vais pas m'attarder, dit Litti.

— Pas t'attarder ? Tu comptes vraiment retourner sous ce déluge ? Attends au moins que le gros de l'averse soit passé.

— Oui, vous avez raison.

Litti tira vers lui l'une des trois chaises dépareillées de la pièce principale. Le garçon savait ce que son père aurait dit d'un tel endroit : aussi sale que le cul d'une vache ! L'aveugle nettoya deux timbales, puis chercha un flacon de vin pour les emplir.

— Plus rien ne tourne rond ici ! pesta le vieillard. Et personne ne veut me raconter ce qui est arrivé.

— Vous voulez parler des morts ?

— Alors c'est bien ça, hein ? Moi, je pose des questions. Je sens que quelque chose ne tourne pas rond. Je ne vois rien mais je ne suis pas idiot, d'accord ? Mais la seule chose qu'on me dit, c'est : « Ils sont là, les Juste-morts sont là. » Je veux en savoir plus. Je pose d'autres questions. On me répond que j'ai bien de la chance de rien y voir. Tu crois ça, toi ? Qu'on puisse dire ce genre de chose à un vieil homme qui ne pourrait même pas s'extasier devant la bobine de ses petits-enfants…

— Vous êtes grand-père ?

— Grands dieux non ! Qu'est-ce qui te passe par la tête, mon garçon ?

Litti haussa les épaules.

Le bonhomme est un peu toqué, se dit-il. *Rien de méchant. Et moi, j'aimerais bien l'être… Au moins un peu. Pour oublier.*

Oublier ce qu'il avait vécu, ce qu'il avait vu. La chute de Haut-Temple, sa destruction en pleine nuit. La disparition sous les décombres de son meilleur ami, le novice Aepius. Le départ inexpliqué de sa chère Iriane.

Et l'invasion des morts-vivants.

— Toi, reprit l'homme en apportant les timbales, tu pourrais me raconter ce que tu as vu. Tu me le raconterais, n'est-ce pas ?

— Oui, vous n'auriez qu'à me le demander.

— Hum, il faudra que je réfléchisse à ça.

Il leva sa timbale et la tint en l'air, attendant que Litti lève la sienne à son tour.

— À Falcaar, qui nous a épargnés aujourd'hui, fit le vieillard.

— Oui, au dieu des nuées, reprit Litti en cognant la timbale de son hôte.

Ils burent une gorgée. C'était un vin aigre et Litti apprécia que l'homme ne voie pas sa grimace. L'aveugle posa sa timbale. Il y eut un silence et l'homme dit :

— J'ai réfléchi.

— Oui ?

De quoi parle-t-il ?

— Je te demande de me raconter l'arrivée de tous ces morts…

—Ah… Oui, bien sûr. Je ne suis pas un témoin privilégié, vous savez, mentit le novice. Eh bien, ça a commencé un matin. Ils ont débarqué par milliers et comme notre armée était sur le front de la guerre contre Estebellia, ils n'ont pas rencontré beaucoup résistance… Bon, il y a eu des moments terribles, mais ça n'a pas pris beaucoup de temps. Je crois que tout s'est décidé à la fin de la première journée. Ils ont mis en place un gouverneur après avoir exécuté les…

—Attends, attends : je demande que tu me racontes l'invasion de la cité impériale et tu me parles comme si tu me rapportais ton séjour au marché, au bras de ta mère. Tu dis : « Ça a commencé un matin », mais il ressemble à quoi, ce matin ? La couleur du ciel ? C'est un beau jour ? Tu es de bonne humeur ? Tu as le pressentiment de quelque chose de particulier ? Et avant ça, tu t'occupes comment ? Allons, mon garçon, fais un effort ! Moi, je ne suis pas là quand ils débarquent, je me repose à la campagne, à deux jours de marche. Et quand je reviens toute la pièce a été jouée et je me retrouve piégé en coulisses avec le reste de la troupe. Fais un effort, tu veux bien ? Nous avons tout notre temps, cette maudite pluie, elle n'est pas près de passer.

Litti reprit du vin. Le vieil homme avait raison. Il avait entamé un récit succinct qui le mettait à l'abri du souvenir. Il omettait l'essentiel. Cet homme avait le droit de savoir ce qui était arrivé à sa bonne vieille ville en son absence. Oui, l'aveugle avait raison, sauf sur un point : à Corall-Medding, personne n'était piégé en coulisses ; toute la population jouait la pièce heure après heure, jour après jour, une pièce qu'elle ne connaissait pas et dont elle désespérait de connaître la fin.

Alors Litti inspira profondément, ferma les yeux et chercha une image à laquelle se raccrocher pour retrouver son état d'esprit en ce jour funeste. Il balaya la ville, sonda des ruelles, huma l'air, dévisagea des passants par centaines. Il en reconnut certains, en oublia d'autres. Enfin un visage s'imposa : celui d'une petite fille qui aurait pu être sa sœur. Les traits de l'enfant se déformèrent sous l'effet de la peur la plus primitive. Il pouvait commencer, il était prêt.

—Le jour où les morts ont envahi Corall-Medding, je me suis levé de la même humeur que les autres jours : je n'étais pas triste, je n'étais pas abattu ni déprimé. J'étais en colère. Je suis un étudiant de Haut-Temple, et Haut-Temple n'était plus qu'un tas de gravats, détruit par Hosartan.

—Tu veux parler de ce dragon autour duquel a été bâtie l'université ?

—Oui. Celui-là même. Ça n'était pas une légende. Il existait bel et bien. Et il s'est réveillé pour mourir aussitôt, entraînant Haut-Temple avec lui.

—Mmm… Si je comprends bien, tu as donc choisi d'être trinicien.

—Je… J'ai toujours eu du mal à prendre des décisions. Entrer à Haut-Temple n'était pas mon choix, bien sûr. J'ai eu de la chance d'obtenir une bourse. Si on m'avait demandé mon avis, je ne suis même pas certain que j'aurais dit : « Chouette, je vais pouvoir intégrer la plus grande université de Consolata. » Je crois que j'aurais passé des semaines à me demander si c'était une bonne idée ! Mais voilà, j'y suis entré et je m'y suis plu. Tout y était nouveau, surtout quand on vient de la campagne comme moi. J'y ai rencontré d'autres garçons de mon âge, certains sont devenus mes amis. Bon, petit à petit l'habitude a remplacé l'étonnement, mais jamais je ne me suis dit : « J'en ai marre d'être ici, je voudrais essayer autre chose maintenant. » Haut-Temple prenait des décisions à ma place, je ne vais pas dire le contraire. J'avais juste l'impression que c'était chaque fois les bonnes décisions. Celles qu'un Litti un peu courageux, ou disons un peu entreprenant, aurait prises, ajouta le garçon avec un petit sourire. Et puis deux événements ont fait basculer ma vie : le premier, c'est que ma fiancée a disparu.

— Disparu ? demanda l'aveugle, qui écoutait le garçon la bouche entrouverte et opinait constamment du chef.

— Oui, elle est partie sans me prévenir. Je l'ai attendue à notre dernier rendez-vous et elle n'est jamais venue. Comme je la trouvais… *bizarre* ces derniers temps, je suis allé chez son père, prendre des nouvelles. Il m'a appris son départ pour une destination inconnue. Il en savait lui-même très peu : ça tenait sur une courte lettre qu'elle lui avait laissée. Tous les deux, on a bu. Et quand je suis remonté vers Haut-Temple, à peu près persuadé qu'on s'était rendu compte de mon absence et que j'allais me prendre un savon terrible, un second événement a bouleversé mon existence : l'université s'est écroulée sous mes yeux. Tout ce qui a compté pour moi ces dernières années a disparu, et ça n'a pris que quelques instants.

Le vieillard chercha la main du novice pour la tapoter affectueusement. Le garçon continua.

— Trouver où loger n'a pas été trop difficile : on voulait bien aider les survivants. Après tout, on était trop peu nombreux pour gêner qui que ce soit. Mais la colère, elle, prenait de la place. Je savais que Haut-Temple avait été détruit par le réveil de Hosartan, mais quelque chose avait bien dû le réveiller. Et c'est ce « quelque chose » qui m'a mis hors de moi ce matin-là.

» Alors oui, le matin où les morts ont attaqué la ville, je me suis réveillé en colère. Je ne sais pas le temps qu'il faisait là où vous étiez, mais ici c'était un brouillard à couper au couteau. La veille, le lit du fleuve s'était… empli.

— Oui, la Medding coule de nouveau chez nous.

— Ça a été comme un miracle. Même si l'eau a détruit et emporté pas mal de choses en déboulant comme un torrent. Et puis on s'est rendu compte que ce n'était pas tout à fait la Medding que nous connaissions. L'eau n'avait pas la même couleur ni la même odeur. On ne s'est pas trop inquiétés et la nuit est vite arrivée. Puis le jour s'est levé. Comme tous les jours depuis la fin de Haut-Temple, je suis monté vers les ruines pour essayer de comprendre ce qui avait pu se passer là-haut. Le dragon s'était éveillé et…

— Il était comment, ce dragon ?

— Eh bien, on aurait plutôt dit un immense ver. Il était monstrueux : plus grand que Haut-Temple. Mais je n'ai pas eu le temps de le détailler, parce qu'il a… il a explosé. Il y en avait partout. L'odeur était épouvantable. Je montais donc tous les matins dans les ruines. J'aidais à déblayer.

— Toute la ville s'y est mise, à ce qu'il paraît.

— Toute la ville, oui. Pas un quartier qui n'ait mis la main à la pâte.

Litti ferma les yeux une nouvelle fois. Il était retourné quelques semaines en arrière.

Un masque sur le visage pour ne pas sentir la puanteur des cadavres en décomposition, il soulevait un madrier avec un certain Milan. Milan était un colosse qui pesait le double de Litti. Il aurait pu étouffer un taureau entre ses bras. Pourtant, quand il entendit le bruit qui montait depuis le quartier de Medding, il ne put dissimuler son angoisse.

— C'est quoi ?

— Pose le madrier, d'abord, tu veux bien ? dit le novice qui n'en pouvait plus.

— Oh...

Ils déposèrent le bloc de bois et se tournèrent vers le fleuve. On devinait à peine les habitations édifiées le long des berges : le brouillard était trop épais. En revanche, on distinguait parfaitement la teinte anormale que prenait la nappe. Une teinte d'un vert lumineux. Elle suivait le cours du fleuve.

Quant au bruit, il n'était guère plus rassurant ; c'était celui de machines en marche. Et, par-dessus, des cris inhumains, des hurlements de bêtes féroces, en partie étouffés par le brouillard.

— Estebellia ? demanda Milan.

— Non. Je veux dire, on l'aurait su, d'une manière ou d'une autre. Qu'ils approchaient.

Un frisson parcourut l'échine du garçon. En effet, si aucun soldat ne les avait prévenus d'une arrivée imminente d'Estebellia, c'est qu'il n'y avait plus personne pour le faire. Quelles que fussent les forces qui s'amassaient au pied du mont Corall, elles avaient éliminé tout émissaire.

La lueur verte se répandait partout. En une minute, elle ceinturait Medding.

Et montait à l'assaut de Corall.

— Par tous les saints ! Falcaar nous a envoyé ses démons ! s'exclama Milan avant de prendre ses jambes à son cou.

Litti resta sur place. Il douta que le dieu des nuées ait envoyé ses propres troupes. L'idée lui sembla saugrenue, sans doute parce qu'il existait assez de menaces comme ça pour ne pas toutes les imputer aux dieux. Haut-Temple avait été détruit par un dragon ancestral et Hosartan n'était ni un dieu ni un démon.

Puis des explosions retentirent. Qui se rapprochèrent, montant de tous côtés. Les nappes de brouillard tourbillonnèrent, certaines se déchirèrent, laissant la lumière phosphorescente se déployer comme un nuage empoisonné. La ville, qui paraissait encore sommeiller, s'éveilla brutalement. La population, d'abord incrédule, sortit de chez elle. Ce fut très vite une foule compacte et effrayée qui s'amassa dans le dédale de Grève-Pieds. La panique la précipita à travers la grande cité en un chaos mortel.

Très vite il ne resta pas grand monde sur les ruines de l'université. Litti aperçut une petite fille esseulée à vingt mètres de là ; elle avait couru droit devant elle, et maintenant un tas de gravats coupait sa route. Elle se figea et regarda Litti comme si c'était une apparition.

— Eh, n'aie pas peur ! lui lança-t-il.

L'enfant aux cheveux blonds et aux yeux bleus leva le bras puis le tendit derrière elle, sans quitter Litti des yeux.

Le novice abaissa son masque et marcha vers elle, lentement, alors que le tumulte s'amplifiait dans la cité attaquée. Se rapprochait. Litti résistait à l'envie de courir le plus loin possible, même s'il comprenait qu'il était déjà trop tard pour fuir la folie en marche, ce cauchemar qui deviendrait sous peu le quotidien de ses concitoyens. Et la colère l'aidait ; elle dessinait ses motifs obsédants sous le glacis de la peur nouvelle. Il n'allait pas laisser une enfant subir une nouvelle folie destructrice, quelle qu'elle soit.

— N'aie pas peur.

Il s'agenouilla pour se mettre à sa hauteur, à cinquante centimètres d'elle.

— Dis-moi, tu t'appelles comment ?

— Graziella.

— Et tu as quel âge, Graziella ?

L'enfant se retourna pour voir ce qui se passait là-bas. Là où le fracas d'armes inconnues résonnait comme mille enfers.

— Sept ans.

— Sept ans. Tu as sept ans, Graziella. Où sont tes parents ? Tu les as perdus dans la foule, c'est ça ?

Elle hocha la tête avant de se tourner de nouveau vers lui.

Trouver une idée… Je ne vais pas aller là-dedans… Une idée, juste une, je vous en prie…

Il adressa une courte prière à Malperdonis, dieu de la chance. N'en attendant pas grand-chose. Fallait-il prier Tadanor, dieu de la guerre ? Et pourquoi n'existait-il pas de dieu des enfants ? Un protecteur tout-puissant qui les aurait abrités de ce qui mettait Corall-Medding en pièces, avec une violence qu'il percevait sans la voir vraiment.

— Viens dans mes bras. Tu veux bien ? D'abord tu noues ce foulard autour de ton visage, parce que ça sent mauvais par ici. Et puis tu montes dans mes bras et on va jouer à cache-cache en attendant que le bruit cesse. Après, juste après, on ira chercher tes parents. (Il ouvrit les bras.) Tu es d'accord ?

Graziella hocha la tête. Il noua très vite le foulard et l'attira contre lui. Il se releva alors qu'elle entourait son cou de ses bras frêles.

— Eh ! Tu es aussi légère qu'une poupée de la fête des Chiffons ! (Il tourna les talons et progressa vers les gravats.) C'est laquelle ta poupée préférée ?

— Myraya.

Il escalada des blocs de pierre, progressant vers le sommet d'un monticule plus haut que les autres. Des sortes d'aboiements monstrueux résonnaient plus bas. Ils étaient rapidement suivis d'explosions.

— Myraya ? Et pourquoi celle-là ?

— Elle ressemble à l'impératrice.

— Oh ! Et comment sais-tu qu'elle lui ressemble ?

— Ma maman me l'a dit. Elle m'a dit que l'impératrice était une femme très gentille.

Litti se mit à descendre de l'autre côté du monticule. Dessous, ils avaient étayé une galerie de fortune pour s'enfoncer là où les membres métamorphosés de Hosartan s'étaient logés durant des siècles.

— Tu sais, Graziella, j'ai une amie qui aime aussi beaucoup Onahra. Je crois même pouvoir dire qu'elle l'adore.

— Elle a connu l'impératrice ?

— Non. Non, je ne… je ne crois pas. (Il s'interrompit pour reprendre son souffle.) C'est un peu comme toi, tu vois ?

Il passa la petite fille dans son autre bras, s'aida de sa main libre pour continuer sa descente. L'odeur était de plus en plus forte, mais le monticule qui s'élevait au-dessus d'eux diminuait le vacarme de l'attaque.

— C'est un peu comme toi, reprit-il, on lui a dit tellement de bien de cette femme qu'elle l'aime beaucoup.

— Et c'est laquelle sa poupée préférée ?

— Ça, elle ne me l'a pas dit. Mais je le lui demanderai la prochaine fois que je la verrai, ça te va ?

Graziella hocha la tête, l'air toujours inquiet.

— Bon, dit Litti, ça ne sent pas très bon ici, mais on va être tranquilles en attendant que les grands aient terminé leur raffut.

Ils s'enfoncèrent dans la galerie et s'installèrent à même le sol. Il y avait là un peu d'eau et des fruits secs, le tout apporté par les volontaires qui déblayaient. L'odeur était moins terrible ici, car ils avaient évacué la plupart des corps de cette partie effondrée, la moins peuplée de l'université. Le sol tremblait par moments et de la poussière tombait dans la galerie. Litti se leva pour consolider leur abri. Il n'avait plus qu'à espérer que ces explosions dont il ne connaissait pas la nature cessent. Du moins, n'abattent pas la galerie sur leur tête.

— Tu sais ce qu'on faisait ici ? demanda enfin Litti.

— Papa dit que c'est là qu'on fait revenir les morts, et maman elle dit que c'est le château de l'impératrice. Ils se fâchent souvent à cause de ça.

— Mmm… Ils ont raison tous les deux, tu sais ? Ça te dirait que je t'explique pourquoi ?

Le jeune Trinicien lui raconta ce qu'il savait de Haut-Temple. Les cours dispensés par les clercs, les chantres et les mages. Les cryptes où les Triniciens ramenaient parfois des défunts après un rituel complexe et périlleux. Mais aussi la résidence palatine d'Adrian, quand l'empereur avait voulu réduire l'influence grandissante des mages. À sa propre surprise, il trouva des mots simples et enjoliva juste assez son récit pour que l'enfant s'intéresse à ces histoires de grandes personnes.

Puis Litti évoqua son enfance, les bêtises qu'il faisait avec ses camarades quand il habitait la campagne, parla de ses trois grands frères qu'il avait peu connus. Il lui parla aussi d'Iriane. De sa volonté et de son courage, omettant son départ, si douloureux.

— Un jour tu seras sûrement aussi forte qu'elle, Graziella.

Une heure s'écoula. Puis une autre. Le grondement des explosions cessa. Les abricots secs que le novice avait proposés à la petite fille lui avaient donné soif. Elle buvait sans arrêt et à ce rythme-là, ils n'auraient bientôt plus d'eau.

Pas malin, se dit le garçon. *Je ferais un mauvais père…*

Aurait-il seulement l'occasion de l'être un jour ? Avec Iriane… Quelle mère ferait sa jeune compagne ?

Le genre à s'absenter sans prévenir.

Elle lui manquait tant ! Et en ce moment plus qu'en aucun autre. Ils entendirent des pas. Quelqu'un montait sur les gravats derrière eux. Au-dessus. Litti serra Graziella contre lui et plaqua sa main sur la petite bouche.

— Chuuuut, lui souffla-t-il à l'oreille.

Puis, à voix basse :

— On dit que c'est un jeu. Et le jeu, c'est de pas se faire prendre.

Graziella hocha la tête.

Les pas étaient plus nombreux. On grogna. Ce n'était pas humain. Litti leva la tête ; une lueur verte filtrait entre les interstices. C'était là. Tout proche. Et ça n'avait rien à voir avec Estebellia ou n'importe quelle armée de Consolata.

La peur lui broyait l'estomac. Il se concentra sur Graziella qui tremblait entre ses bras.

Ses parents sont peut-être déjà morts, maintenant. Est-ce que je me rends ? Ou bien j'attends encore un peu et on tente de quitter la ville ?

Si seulement il avait su à qui il avait affaire… Ou à quoi. Il sentait juste une présence infiniment… mauvaise. Pas des soldats, ni des pillards. Les bruits de pas sur les gravats se rapprochaient. Une présence qui ne les aurait pas assassinés. Ni même torturés. Mais qui les aurait dévorés.

Non !

Il tenta de chasser les images qui naissaient dans son esprit.

Mais elles affluaient, encore et encore. Une marée d'images aussi lentes qu'effroyables. Elles le glaçaient depuis les tréfonds d'une mémoire commune, ancestrales et oubliées pour un temps, mais jamais effacées. Il serra un peu plus Graziella et sentit les larmes de l'enfant sur sa main. Ces visions lui donnaient envie de quitter son abri en hurlant. S'il n'y avait eu l'enfant, sans doute l'aurait-il déjà fait.

Où sont les dieux ? pensa Litti qui ne trouvait plus l'énergie de prier, comme si la présence la lui avait vampirisée. *Où sont ceux qui pourraient nous venir en aide ?*

Les pas cessèrent. Les grognements aussi. Ils étaient là ; ils ne bougeaient plus mais ils étaient là. Le novice luttait toujours contre les images qui le submergeaient quand il entendit du bruit derrière lui. Depuis le fond de la galerie.

Elle s'effondrait.

Graziella voulut bouger la tête, pour comprendre d'où venaient ces sons inquiétants. Litti posa son autre main sur sa tête, en une protection illusoire contre l'effondrement inéluctable du toit.

Décide-toi. Maintenant. Rester ou sortir. Rester ou sortir.

S'il courait assez vite pour échapper aux assaillants ? Oui, oui, peut-être. Il fallait essayer. Les étais cédaient les uns après les autres. Encore quelques secondes avant l'ensevelissement. Litti glissa à l'oreille de Graziella :

— On va sortir. Tous les deux. Dès qu'on est dehors je te prends dans mes bras. Et je cours, d'accord ? La course c'est mon truc, tu verras. Je vais courir et j'irai très loin avec toi, on retrouvera tes parents. Tu es prête, Graziella ?

L'enfant opina. Elle était à bout de nerfs mais elle voulait bien se taire. Tenir bon encore un peu.

Il la souleva et, plié en deux, gagna la sortie en ahanant. Le raffut dans son dos les rattrapait. Il avait échappé à la destruction totale de Haut-Temple, il n'allait tout de même pas périr sous ses ruines, des jours après ?

Un gros madrier tomba juste derrière lui et Graziella ne put retenir un cri. Quand ils furent dehors, Litti sut qu'il était trop tard.

Qu'ils étaient perdus.

— Quand tu es dehors, ils sont combien ? demanda l'aveugle.

Litti rouvrit les yeux ; ils étaient embués de larmes.

— Je voudrais oublier tout ça. L'oublier à jamais…

— Non, tu ne peux pas. Et ça servirait à quoi d'oublier ?

— À ne plus souffrir.

— On a besoin de ta souffrance. Tout le monde en a besoin.

— Mais pour quoi faire ?

— Pour résister à ce qui nous a envahis. Tu peux transformer ta souffrance en colère. Au moins assez pour que ça te donne la force d'agir. Tu es bien furieux le matin de l'invasion, à cause de la destruction de Haut-Temple, non ?

— Ça ne m'a pas servi à grand-chose.

— Tu n'aurais pas aidé cette enfant. Je ne suis pas né aveugle, tu sais ? Et quand ça arrive, je suis un adulte. Et je souffre. Un jour, j'en ai assez et j'hésite entre me tuer et me mettre en colère. Je me mets en colère. Je me dis que c'est une injustice. Que je ne peux pas continuer comme ça, à vivre en dépendant des autres et de leur pitié. Je renvoie en l'insultant la femme que mon frère a employée pour m'aider. J'en ai assez d'être celui qu'on aide, tout le temps. Qu'on aide et qu'on n'aime jamais assez pour lui préparer autre chose que tisane sur tisane et faire son ménage. Je détruis tout chez moi. Et comme tout est par terre, je me casse la figure et je me blesse !

Le vieillard éclata de rire.

— Qu'est-ce qu'il y a de drôle ? Vous avez dû vous faire mal !

— Oh oui, c'est sûr ! Un mal de chien, mon garçon, un mal de chien. Mais la leçon ne fait que commencer, car j'ai renvoyé tout le monde et je vais devoir me débrouiller seul. Alors je me relève, je retombe et ça dure une bonne partie de la journée et les gens qui frappent à la porte pour savoir ce qui se passe, eh bien je les insulte et après ils ne reviennent plus. Ce jour-là où je casse tout dans ma maison, j'apprends à vivre avec mes yeux morts. Avant ce jour de désespoir et de colère, je ne fais que compter sur les autres. Je compte sur les yeux des autres à chaque minute qui passe. Oui, je sais ce que tu penses : tout à l'heure quand tu me croises dans la rue, je compte sur tes yeux. Tu as raison. Il y a des circonstances, en même temps ; des circonstances atténuantes, si l'on veut. Alors, combien sont-ils ?

— Pardon ? demanda le garçon qui peinait parfois à comprendre la manière singulière de parler du vieillard.

— Combien sont-ils quand tu sors de ta cachette avec Graziella ?

— Oh… Ils étaient une bonne demi-douzaine. Ils étaient si… si maigres. Certains avaient des plaies ignobles. Elles ne saignaient pas et pourtant elles étaient ouvertes. Comme celles d'un cadavre à la morgue. Un halo vert entourait l'escouade. Je n'avais jamais vu ça. Je ne savais pas encore que c'était des… morts.

— Bon sang, ça fait bizarre de dire une chose pareille, non ?

— Oui… Enfin, c'est plus effrayant que bizarre. Et il y avait une sorte de… d'animal avec eux. Un peu comme un gros singe noir au poil très ras mais avec une gueule sans crocs et sans yeux. Tout de suite, j'ai su que les images qui m'avaient attaqué dans la galerie venaient de cette créature. Je ne pouvais pas la regarder sans être encore une fois attaqué par toutes ces images. L'un des types s'était agenouillé à côté d'elle, il la tenait par le collier et la caressait. Elle avait la langue pendante, une grosse langue noire.

— Et la petite ? Elle fait quoi à ce moment-là ? Elle les voit ?

— Elle pleurait en silence. L'un des Galaméens a dit : « Alors, comment t'as trouvé tes petits songes ? » Je n'ai rien répondu. Impossible de bouger de toute façon. J'avais bien compris que c'était une attaque et que la ville n'avait pas beaucoup de chances de l'emporter, vu la rapidité de l'assaut. Et le gros de nos troupes était loin de là, vers les Comtés et Estebellia. Mais je ne m'étais pas attendu à une armée de morts.

— Ils vous capturent ?

— Non. L'un des types m'a dit : « T'es pas un bavard, toi. Mais la petite sera peut-être plus causante quand on se sera occupés d'elle. » Cette fois, j'ai retrouvé ma voix. Je leur ai répondu qu'ils pouvaient toujours essayer, cette enfant resterait entre mes bras.

— Bravo ! Alors tu es bien un jeune homme courageux.

— Non, je suis un idiot. J'aurais dû leur dire que leurs images de cauchemar, oui, elles m'avaient bien flanqué la frousse. Mais ce n'est pas ce que j'ai dit. Au contraire, je les ai mis au défi de réaliser une chose qu'ils n'auraient aucun mal à faire. Ils se sont jetés sur moi, ils s'y sont pris à quatre. Et ils ont emporté Graziella qui hurlait. Ils m'ont donné des tas de coups sur la tête et ailleurs. La petite a hurlé jusqu'à ce que je m'évanouisse. Quand je me suis réveillé, elle n'était plus là.

Litti ne put retenir ses larmes. Le vieil homme reprit la main du garçon dans la sienne.

— Je voudrais oublier, juste oublier, dit le novice quand il parvint à calmer ses sanglots.

— Ne sois pas têtu. Tu es triste, tu souffres et tu es en colère.

— Je lui avais promis de retrouver ses parents.

— Tu fais ce que tu peux. Tu n'es pas un poltron qui se rend à la moindre menace. Et tu n'as rien d'un idiot. Ce n'est pas comme ce gouverneur qu'ils ont mis en place. Idiot et dangereux.

— Eh ! Je croyais que vous ne saviez rien de ce qui se passait ici !

— Ah oui, j'ai dit ça ? fit le vieil homme avec un sourire. Peut-être que je voulais en être sûr…

Litti secoua la tête ; l'aveugle l'avait bien eu. Oui, quelles que soient les raisons de son mensonge, il l'avait bien eu.

— Ils sont tous dangereux, reprit Litti après s'être essuyé le nez. Je ne comprends pas ce qui se passe ici : les morts devaient être contents de retrouver leurs proches. Mais je n'ai pas entendu parler d'une seule retrouvaille heureuse.

— Ce sont des Galaméens, des sujets d'Omok : ils ont la vengeance à l'esprit.

— Je ne sais pas… C'est vrai qu'il y a des exécutions publiques tous les jours.

— Grâce à ce cher gouverneur… Il ne reste plus rien du Conseil : la Chambre haute n'était plus, avec la destruction de Haut-Temple, et les morts ont exécuté les membres de la Chambre basse qui ne voulaient pas coopérer.

— Il ne reste plus grand-chose de la Hanse… Dites, vous en savez des choses ! À quoi jouez-vous ?

— Quand il ne pleut pas des trombes d'eau et que les morts n'ont pas pris leurs quartiers dans ma bonne vieille Corall, je me débrouille à peu près seul. J'ai juste besoin qu'on me raconte des histoires… Alors, tu penses que ces Juste-morts veulent quoi ?

— Ils ont annoncé que leur règne serait sans partage. Et que le pire était à venir.

— C'est certain qu'ils ne vont pas s'arrêter là.

— Et s'ils s'étaient installés ailleurs ?

— Dans d'autres cités… Sinon dans tous les Territoires et plus loin encore. Une invasion totale. Il y a des rumeurs. Voilà une chose que j'entends depuis plusieurs jours. Les Juste-morts envahissent Consolata.

— Oui, mais qui les commande ? On ne sait rien de leur chef.

— Quelqu'un de sanguinaire, en tout cas, dit le vieillard. Le genre de type à envoyer ses hommes enlever des enfants.

Cette fois, Litti serra le poing.

— On dirait que tout le monde baisse les pouces, ajouta l'aveugle. Tout le monde se tait. La ville est conquise et personne ne se plaint. À peine si on ose raconter ce qui se passe. Mais il y a des gens comme toi. Et tu n'es certainement pas le seul.

— Il y a eu tellement de morts, en si peu de temps… Ils avaient ces monstres. Des « hurleurs », ils appellent ça. Des sortes de chiens efflanqués : ils lancent des sorts et les bâtiments explosent comme sous le coup de dizaines de boulets. Ils ont aussi cet animal qui transmet des visions effrayantes. Et surtout, on dit qu'ils sont invincibles : nos lames n'ont à peu près aucun effet sur eux. Ils sont déjà morts, ils ne craignent plus rien.

— Je dirais qu'au contraire, s'ils ont trouvé la force de venir ici c'est qu'ils ne veulent surtout pas être là-bas. Ils ne veulent pas y retourner. C'est sûrement une faiblesse à exploiter. Avant qu'ils détruisent tout ce que nous aimons. Et tuent nos proches. Est-ce qu'on peut vraiment les laisser agir sans résister ?

— Non. Ou ça ne s'arrêtera jamais : le gouverneur ordonne de plus en plus d'exécutions.

— Alors, tu penses faire quoi, mon garçon ?

— Prendre une décision.

Litti marchait près du cimetière où il avait rencontré Iriane la première fois. Comme ce temps semblait lointain ! Il ne serait pas allé jusqu'à dire qu'il avait été insouciant à l'époque – l'avait-il seulement jamais été ? Mais il avait foi en l'avenir. Un avenir où l'Ordre trinicien aurait conduit sa vie, de préférence aux côtés de son amie.

Peut-être même que j'aurais rejoint le Conseil, avec un peu d'obstination.

Le Conseil qui gouvernait Corall-Medding et les Territoires, ces moignons d'empire, n'existait plus aujourd'hui. Et Iriane s'était envolée, comme l'oiseau farouche qu'elle semblait être parfois. En voilà une qui prenait des décisions ! Sans se soucier de quiconque… C'était même le problème : le garçon – et ses sentiments – n'avait guère pesé dans son choix de départ.

Des choix.

Le novice songea à sa rencontre avec l'aveugle quelques jours plus tôt ; elle l'avait durablement marqué. Est-ce que son ami Aepius aurait apprécié un tel homme ? Il l'aurait compris, en tout cas : depuis le début de leur amitié, Aepius s'était montré bien plus enthousiaste, spontané que lui. Et prendre des initiatives ne l'effrayait pas ! Oui, il aurait aimé les propos de l'aveugle : transformer la souffrance en colère. Utiliser l'énergie de cette dernière pour résister à l'ennemi.

Le genre d'ennemi dont on ne connaissait à peu près rien et dont il fallait tout apprendre. Quelles étaient leurs motivations ? Et leurs forces ? Après avoir supprimé les membres les plus influents de la Hanse, ce qui ne leur avait pris qu'une semaine d'enquête et d'assassinats, les dignitaires ennemis s'étaient installés dans l'arsenal, une île au centre de la Medding. Une barrière magique ceignait désormais le vaste ensemble et sa luminescence s'élevait de plus en plus haut dans le ciel, rivalisant certaines nuits avec l'éclat blême des deux lunes.

Cependant, l'occupant était partout dans la cité et il était difficile d'échapper à sa présence, de l'oublier bien longtemps. Ses exactions n'étaient pas si nombreuses qu'on l'avait craint et les pillages assez rares, mais il n'obéissait qu'à la loi qu'il inventait jour après jour et au mieux de ses intérêts.

Depuis l'entrée du cimetière, Litti vit des groupes de Galaméens aller et venir entre les tombes. Ils erraient, hagards.

Qu'est-ce que ça signifie ?

Difficile de croire que ces mêmes soldats avaient mis un terme à la gloire tout juste restaurée de Corall-Medding en seulement quelques heures. Quand ils se croisaient, ils se regardaient comme des étrangers pensant se reconnaître avant de prendre conscience que non, ils ne s'étaient jamais vus avant cet instant. Des escouades patrouillaient toute la journée et les Corallais s'en tenaient à l'écart. La ville fonctionnait au ralenti, les commerces surtout : peu nombreux étaient les citoyens qui acceptaient de passer plus de quelques minutes dans ces rues hantées par des revenants à l'air menaçant, aux intentions opaques.

Commandés par les morts, des chantiers s'élevaient un peu partout : apparemment, il s'agissait de rebâtir ce qui avait été détruit lors de l'invasion. Ils avançaient vite. Le nombre, la force et la sorcellerie les y aidaient. Tous les jours des centaines d'entre eux passaient les portes de la ville. Hommes et femmes qui déblayaient les ruines de Haut-Temple avec une efficacité que n'avaient pas montrée les Corallais eux-mêmes.

Pourtant, ceux qui erraient dans le cimetière avaient piteuse allure. Non que leurs congénères fussent plus fringants : tous avaient l'air de ce qu'ils étaient, des morts ramenés à la vie grâce à la sorcellerie. Mais ces étranges promeneurs semblaient vidés de toute énergie. Un spectacle aussi étonnant que déroutant ! Litti estima avoir découvert là une sorte de fragilité, une faille certes ténue et brève. Comment la mettre à profit ?

Il en était là de ses pensées lorsqu'une main se posa sur son épaule. Il tressaillit et se retourna. Un homme de grande taille et chauve se tenait devant lui. Ce n'était pas un mort : il ressemblait plutôt à un Talaxien. Une cicatrice récente entaillait son front et disparaissait au sommet de son crâne.

— Dis-moi, commença l'homme avec une voix profonde, presque chaleureuse malgré son étrangeté, tu n'es pas un ancien novice ?

— Pourquoi vous me posez cette question ?

Litti était sur la défensive ; il avait déjà vu des Corallais s'acoquiner au nouveau pouvoir, dans le simple espoir de sauver leur peau en dénonçant un voisin, un concurrent. Parfois même pour éprouver un pitoyable sentiment de pouvoir. De vie et de mort – du moins par procuration.

— Parce que tu ressembles à un étudiant que j'ai croisé à Haut-Temple. Un étudiant de maître Jocquinius.

— Et comment pouvez-vous en être sûr ?

— Je ne suis sûr de rien justement. Je te pose la question, voilà tout. Il y a eu très peu de survivants et je fais partie de ceux-là. Je cherche les Triniciens ; quand je pense en reconnaître un, j'établis le contact. Rien de plus.

— Oui, j'étais à Haut-Temple. Je m'appelle Litti. Vous êtes un clerc ?

— Non. Je suis un mage. Je m'appelle Yonastelli…

Un mage ! Litti écarquilla les yeux. Un mage avait réchappé à la fin de Haut-Temple ! Puis il pensa enfin à s'incliner en signe de respect mais l'homme le prit par le bras.

— Non. Non, pas ici. On se fait remarquer.

En effet, à l'entrée du cimetière deux gardes les regardaient avec circonspection.

— Filons d'ici, ordonna Yonastelli. Et sans courir, de préférence, bien que ce ne soit pas l'envie qui m'en manque, mon garçon.

Ils s'éloignèrent en direction de l'ouest. Le novice n'arrivait pas à croire qu'un mage trinicien ait survécu ! Il pensait qu'ils avaient tous été ensevelis sous l'effondrement des deux flèches. Il ne devait pas être le seul à en être convaincu. D'autres personnes étaient-elles au courant ? Existait-il d'autres Triniciens en vie ? Soudain, l'espoir raviva la flamme que l'aveugle avait allumée en son cœur, quelques jours auparavant.

Yonastelli l'entraîna dans une taverne aux infusions réputées. Il restait deux heures avant le couvre-feu et la partie désœuvrée de la population en profitait pour consommer en ces lieux que les morts ne fréquentaient guère. L'endroit, mal éclairé comme la plupart des tavernes de Grève-Pieds, embaumait les plantes et les épices.

Les conversations abordant la situation actuelle étaient plutôt marginales, comme si l'on craignait les mouchards. Il faut dire que les nombreuses exécutions tempéraient les velléités de critiques. Car au lieu de se contenter de décapiter, de garrotter ou de pendre leurs victimes, les morts semblaient se repaître de leur énergie vitale après leur avoir tranché la gorge. Le spectacle était odieux ; les suppliciés perdaient leur substance comme s'ils étaient vidés de l'intérieur en quelques secondes. Un flux énergétique passait de leur corps à celui du bourreau sous la forme d'un flux lumineux ; à la fin du supplice une silhouette ratatinée s'effondrait sur l'estrade tandis que le bourreau poussait un long soupir. Rassasié.

L'échange prêtait à l'assassin un inquiétant regain d'agressivité et d'énergie. Rien jamais n'empêcherait cette armée de se régénérer. Il fallait juste que leurs victimes soient en nombre suffisant.

Aussi parlait-on le moins possible de l'occupant en public et se concentrait-on sur les problèmes d'approvisionnement : combien de temps tiendrait-on, maintenant que le commerce était sévèrement réduit et que de moins en moins de produits entraient dans la cité ?

Le mage et le novice s'attablèrent un peu à l'écart, dans une atmosphère beaucoup plus tendue que celle assurant habituellement la réputation des établissements corallais.

Litti aurait dû attendre que son supérieur prenne la parole, mais il ne tint pas :

— Alors, il existe d'autres Triniciens en vie ? Pourtant j'étais sur le chantier et…

— Pas si fort, mon garçon. Oui, quelques-uns sont en vie. Ne te réjouis pas trop vite. Nous sommes très peu et parmi nous il y a des blessés. Je ne connais qu'un chantre et je crois être le seul mage. L'aire des décombres était vaste (Litti acquiesça.) et certains, comme moi, se sont extirpés du piège par eux-mêmes. Il existe aussi des Triniciens qui, pour une raison ou une autre, n'étaient pas à Haut-Temple cette nuit-là. Et puis, nous évitons de nous montrer en tant que tels.

— Je comprends, maître Yonastelli.

— Par ailleurs, si tu pouvais éviter de m'appeler maître Yonastelli… Le nom suffira amplement. Je veux dire, pour notre sécurité à tous deux.

— Très bien. Je ne sais pas si je vais y arriver tout de suite, mais je vais essayer.

— Non, tu ne vas pas essayer, tu le feras. Ce sera notre première leçon, Litti. Du moins si tu acceptes de me suivre.

— Ai-je le choix ? s'étonna le garçon.

— Bien entendu. Je pourrais utiliser le poids de mon autorité, mais celle-ci n'a plus cours, désormais. Nous sommes tous prisonniers de ces… morts. Alors soyons libres dans les quelques choix qui nous restent.

Libre dans ses choix… Ce n'était pas le genre d'idée avec laquelle Litti était à son aise.

Aepius s'en serait mieux sorti que moi. Lui qui rêvait d'aventures et de batailles !

Mais Litti avait en quelque sorte promis à l'aveugle de *prendre une décision*. Pour le bien des Corallais.

— Je vous suis, euh… Yonastelli.

— Bien ! fit le mage en souriant. Très bien.

Litti se sentit soulagé. Il avait décidé de quelque chose pour lui-même et la communauté. En même temps, ça n'était pas si difficile : suivre un mage trinicien, même s'il refusait qu'on lui donne du maître, était une chose à laquelle il était accoutumé depuis bien longtemps. Non, ce n'était pas encore le genre de décision qui affirmerait son indépendance d'esprit, décida-t-il.

— Que faudra-t-il faire ? s'enquit le novice.

— Dans un premier temps, nous allons prendre contact avec des alliés plutôt inattendus. Enfin… nous allons entretenir ces contacts, car ils existent déjà, pour être honnête.

— Qui sont-ils ?

— Des membres de la Hanse, si on veut. Étonnant, non ?

Le tavernier vint prendre la commande, tout en se lamentant de n'avoir pas grand-chose à leur proposer.

— Le commerce est devenu plus… difficile depuis quelques semaines, vous savez ? s'excusa-t-il.

— Oui, plus grand-chose ne passe les murs de la ville, dit Yonastelli. Vous aurez bien deux infusions ?

— Ah, ça oui ! Nous avons encore assez de plantes pour préparer les meilleures infusions de tous les Territoires !

— C'est bien pour cette raison que nous sommes entrés ici. Je vous laisse choisir à notre place, proposa Yonastelli. Du moins, si mon jeune ami est d'accord, ajouta-t-il en se tournant vers Litti.

— Je préférerais prendre une infusion de fruits rouges.

— Aucun problème, dit le tavernier avant de s'éloigner.

— Désolé, dit alors Litti à son maître, l'air piteux. C'est juste que j'adore les fruits rouges. Et qui sait s'il y en aura encore demain ?

En attendant les boissons, Litti raconta son étonnante rencontre avec l'aveugle.

— Je connais cet homme, dit Yonastelli à la fin du récit de Litti. Il a été chantre, à Haut-Temple.

Litti eut du mal à cacher sa surprise. En même temps, il avait perçu chez le vieillard une aura particulière. Du charisme. Peut-être même qu'il l'avait aidé pour cette raison.

Aurais-je été si prompt à proposer mes services si je n'avais pas senti ça *en lui ?*

— Un jour, reprit Yonastelli, il a voulu ramener sa fille de Galameh. Elle avait dix-sept ans. Ça s'est mal passé : il y avait trop de maculas dans la pièce.

— Vous voulez parler de ces sortes de… de papillons ? Ils sont liés au royaume d'Omok, c'est ça ?

— Oui. Ce sont des « taches de temps », en quelque sorte.

— Un clerc nous avait parlé d'eux, en cours. Je me souviens maintenant. Ils apparaissent quand on ouvre un passage entre Galameh et les cryptes.

— Exactement. Il faut surtout éviter qu'ils quittent l'espace confiné et contrôlé d'une crypte si on ne veut pas une altération du temps. On accroche une branche de fraxelle à la porte de la crypte parce que les maculas s'en tiennent habituellement éloignés. Mais je n'ai jamais pu vérifier ça, on dirait plutôt une superstition. Bref, les maculas ont envahi la crypte où Galann, ton aveugle, officiait.

— Une erreur dans le rituel ?

— Probablement. Galann a lancé un sort pour les repousser et ils se sont enflammés, brûlant ses yeux au passage et renvoyant définitivement sa fille dans le royaume d'Omok. Il est resté très longtemps en convalescence, sans prononcer un mot. Quand il s'est enfin remis, il a quitté l'Ordre.

— Personne ne fait jamais ça !

— Il faut croire que si.

Le tavernier apporta les infusions. Les deux Triniciens n'eurent pas le temps d'en profiter : des morts firent brusquement irruption dans la taverne.

Ils étaient deux. Habillés de noir et de rouge, le teint hâve et les cheveux épars, ils embrassèrent la salle d'un coup d'œil circulaire. Les conversations s'étaient aussitôt arrêtées : on s'attendait au pire.

— Toi, là-bas ! beugla un mort au visage couturé. (Il désignait une vieille femme installée au comptoir.) Tu viens avec nous.

— Moi ? Mais je… je n'ai rien fait ! Vous n'avez rien à me reprocher !

— Qui t'es pour savoir ce qu'on te veut ?

Rares étaient les Occupants aimables ou simplement neutres. On aurait dit qu'ils avaient tous un compte à régler avec les vivants. Des comptes anciens où la vengeance la plus immédiate et la plus définitive tenait lieu de dialogue.

La femme descendit de son tabouret et se tourna vers l'assistance, dans l'espoir d'un soutien. Elle dut bien vite déchanter. Déjà l'un des morts marchait vers elle. Il la rejoignit en quelques pas, son halo vert altérant au passage les couleurs de la pièce, modelant les volutes de tabac, prêtant aux clients un teint plus pâle qui exagérait leur malaise. Le mort saisit la femme par le bras sans ménagement et, comme elle résistait, lui écrasa son poing ganté et garni d'une arête de pointes en pleine face. On entendit le craquement du nez. Le sang jaillit et l'occupant retint la femme qui perdait connaissance.

Litti se tourna vers son maître. Il ne comprenait pas pourquoi il n'avait pas encore bougé.

Il va la défendre. Déployer une matrice et les éliminer. Il en a le pouvoir, j'en suis certain.

Mais Yonastelli demeurait impassible, comme s'il avait posé sur son visage un masque d'indifférence polie. Un masque qui choqua autant Litti que la violence de l'occupant.

Le mort traîna la femme dehors en la halant sous les bras. Sûr de son impunité et de sa puissance, son acolyte prit son temps avant de quitter les lieux, dévisageant les clients, table après table. Litti crut qu'il voyait à travers lui, comme s'il parvenait à sonder son esprit, mais ce n'était qu'une impression. Il fallut attendre encore une bonne minute après leur départ pour que quelques conversations reprennent. L'adolescent regarda son maître.

— Vous n'avez rien fait ! accusa Litti, oubliant la hiérarchie très stricte de l'Ordre. Pourquoi ?

Le tavernier passait de table en table, tâchant de rassurer les uns et les autres, expliquant sans grande conviction que la femme traînait une épouvantable réputation et que « cela devait bien arriver un jour ». Mais déjà des clients effrayés quittaient la salle pour rejoindre la sécurité relative de leur foyer alors que d'autres s'insurgeaient à grands cris, oubliant que les Galaméens pouvaient revenir à tout instant.

Le mage prit une profonde inspiration, les doigts de ses deux mains joints et les index posés sur sa bouche.

— Ça n'aurait servi à rien.

— Comment ça ? À rien ?

— Moins fort s'il te plaît. Ne gâche pas la confiance que j'ai placée en toi. Ne gâche pas tout.

Mais Litti avait perdu le respect qu'il accordait à son maître.

— Ah ça, c'est la meilleure ! Et qu'est-ce que vous faites de la confiance que j'ai placée en vous ? Elle ne compte pas ?

— Laisse-moi t'expliquer. Mais d'abord baisse la voix, ou nous allons avoir de sérieux ennuis.

Litti serra les dents. Mage ou pas mage, ce Talaxien allait lui fournir une explication valable pour ne pas s'être interposé entre la vieille cliente et les morts.

—Si je déclenche une matrice ici, devant autant de témoins, je fiche en l'air tous mes efforts de discrétion.

—Il s'agissait de sauver une innocente !

—Es-tu seulement certain qu'elle soit innocente ? Mais là n'est pas la question. Ce que je voudrais que tu comprennes, c'est que je ne suis pas seul. Nous sommes en train de nous organiser et je suis l'unique mage en selle, si on veut. Agir au vu et au su de tous serait me condamner très vite. Et condamner nos chances de victoire. Nous devons compter avec l'effet de surprise. Je ne veux pas sauver une femme, Litti : je veux sauver Corall-Medding. Cela va probablement prendre du temps et ça ne commencera pas dans cette taverne. J'en suis désolé.

Litti eut du mal à comprendre ce qu'il assimilait encore à du cynisme. Toutefois, il voulait bien accepter la bonne foi du mage.

Je n'ai rien d'autre à faire que l'accepter, de toute façon.

—Eh bien, buvons, dit Yonastelli qui levait son gobelet.

—Je déteste les fruits rouges.

—Ah ? Tu as dit que tu les adorais… En ce cas, pourquoi avoir choisi cette infusion ?

—Je voulais prendre une décision, aujourd'hui. Faire un choix qui n'appartienne qu'à moi.

—Alors tu y es arrivé. Félicitations, mon jeune ami, dit le mage avec tous les accents de la sincérité.

Litti ne releva pas. Sa décision lui semblait bien dérisoire maintenant qu'une femme de plus était entre les mains de l'envahisseur.

Chapitre 4

Julipen se présenta devant le quartier général d'Adrian. Deux gardes en armes, des Ferronéens, lui barrèrent le chemin, l'air agressif.

— Je viens voir Adrian, justifia-t-elle.

— Il ne reçoit personne. Vous avez une autorisation ?

— Parce qu'il en faut, maintenant ?

— Qu'est-ce que vous croyez ?! s'insurgea le garde.

— Ce que je crois, c'est que les amis n'ont pas besoin d'autorisation pour se rencontrer.

— Quel genre d'amie êtes-vous ? demanda l'autre garde, sur un ton conciliant.

— Eh bien le genre d'amie qui n'a pas besoin d'un bout de papier, justement.

— Vous avez sûrement un nom..., insista le garde avec maladresse.

— Pourquoi aurais-je un nom ? se moqua-t-elle. Vous en avez un, vous ? À quoi sert ce genre de chose ? Évidemment que j'ai un nom ! Dites-lui que Julipen est arrivée, vous voulez bien ? Ou est-ce que je dois *aussi* fournir un mandat pour confirmer que tel est mon souhait ?

L'homme soupira et s'éloigna tandis que le second Ferronéen la surveillait avec toujours aussi peu d'aménité. Elle soutint son regard, pensa user de ses pouvoirs pour lui jouer un tour, le ridiculiser. Se ravisa : inutile de se constituer des ennemis à l'intérieur même de la Résistance. Le garde revint deux minutes plus tard et l'autorisa enfin à entrer.

Julipen croisa d'autres gardes le long des couloirs où venaient d'être tendues de larges et coûteuses tapisseries. Elle reconnut sur l'une d'elles un haut fait militaire historique datant des prémices de l'empire : la conquête de Tuckmill. La pièce d'étoffe pourpre était disposée de façon que le visiteur lise cet épisode depuis son début incertain jusqu'à son dénouement héroïque. Une édifiante chronologie vouée à la gloire d'un homme et de sa légendaire armée.

Adrian...

Julipen et lui se côtoyaient depuis peu de temps mais elle avait le sentiment de le connaître depuis des années. Ils avaient traversé tant d'épreuves ensemble... Au début de leur relation, elle l'avait trouvé si fragile. Le genre d'homme qu'elle affectionnait : à la fois perdu et attentif, assez puissant pour changer le cours des événements et pourtant hésitant à accepter cette immense responsabilité.

Seulement Adrian avait changé. Il n'avait fallu que quelques heures. Sa victoire sur Hodgson, l'un de ses anciens officiers revenu d'entre les morts pour envahir l'archipel des Ferrone et massacrer sa population, n'avait pas suffi à transformer son comportement – pas d'une manière si évidente. En revanche, depuis qu'il avait utilisé le Talaris rapporté par un mage trinicien, un changement radical s'était opéré en lui. Comme si les années passées à oublier celui qu'il avait été s'étaient effacées par magie.

Et c'était bien de cela dont il était question : de magie.

Le Talaris des Aresmass entre les mains, celui qui fut Kordac était redevenu Adrian. L'empereur conquérant.

Et j'ai contribué à restaurer ce passé. D'une manière ou d'une autre j'y ai contribué.

Que savait-elle au juste de cet homme-là ? Un tyran éclairé, cultivant le paradoxe du bâtisseur sanguinaire. Il avait une vision altruiste de l'empire, à la condition que personne ne vienne la remettre en question. D'Anakann il n'avait assujetti qu'une mince frange littorale. Et encore, il avait délégué les rares batailles à des officiers de confiance. Le désert l'avait rebuté pour une raison inconnue mais qui avait sans doute à voir, s'était-on dit à l'époque, avec une prémonition de mauvais augure. Sinon quoi d'autre aurait pu arrêter dans sa course l'ambitieux et orgueilleux jeune homme ?

Je me souviens que mon père avançait cette hypothèse : Anakann est un continent maudit, hanté par les démons. Il y a si peu à y voler que le plus grand voleur de tous les temps n'aurait aucune raison d'y commettre ses forfaits. Ils étaient nombreux à penser comme papa…

Avant sa défaite à Havoc, Adrian n'avait jamais mis les pieds en Anakann, laissant les seigneurs de guerre, vrais maîtres des madinas intérieures, contrôler le continent. Comme partout ailleurs dans l'empire, l'armée y avait été majoritairement constituée d'autochtones, bien payés. Dans le commandement même, l'équilibre était subtilement réparti entre Corallais et population locale. Quand la destruction de l'armée impériale parvint aux oreilles des Anakans, le pouvoir se délita sans heurts majeurs et les maîtres historiques du désert reprirent leurs prérogatives, alors que les décideurs corallais se fondaient au sein d'une société à laquelle ils s'étaient depuis longtemps intégrés.

Lorsque les prêtresses avaient demandé à Julipen de le suivre, dès qu'elles avaient appris sa sortie d'Arachnéon, Julipen ne savait pas encore qu'il s'agissait de l'empereur Adrian. L'information ne lui était parvenue que plus tard, alors qu'ils s'étaient déjà rencontrés. À ce moment-là, Julipen était accompagnée de son frère et de son père. Ni l'un ni l'autre ne savaient qu'elle faisait partie des Laménides, ces femmes dont l'influence secrète et subtile s'étendait d'un bout à l'autre d'Elamia. Seule Talaxania échappait à leur regard, prétendait-on – et encore, personne n'aurait pu l'affirmer avec force. Quitter son père et son frère n'avait pas été aussi difficile qu'elle l'aurait cru : il y avait longtemps que Julipen voulait maîtriser sa vie ; et comme remplacer sa propre mère, morte des années auparavant, était une mission qui lui pesait chaque jour un peu plus…

un destin plus grand l'appelait et elle estimait qu'à son âge, il était plus que temps d'y répondre.

Sauf qu'elle n'aurait jamais cru avoir affaire à cet homme-là. La situation portait en elle-même toutes les graines de la complexité. Pourquoi avait-il fallu qu'en plus elle s'entiche de lui ? Les prêtresses savaient jouer de leur séduction pour parvenir à leurs fins. Ce n'était pas vraiment ce qui se passait.

J'ai l'impression d'être manipulée. Non, regarde la vérité en face, Julipen : qui te manipule, sinon toi-même ? S'il y a bien une chose que tu ne peux t'empêcher de faire c'est de… de protéger. C'est ça que tu appelles « maîtriser ta vie » ? Tu recommences, encore et toujours. C'était pareil avec Anténarc. Tu étais toujours après lui comme une mère après son fils. À lui donner des conseils. Des conseils qu'il ne voulait pas entendre. Et il est parti.

Les mots que son amant avait employés la blessaient encore : « Je n'ai pas besoin d'une seconde mère, mais d'une maîtresse, Julipen. Et si tu es ma *mère*, que seras-tu pour nos enfants ? »

J'ai remplacé Selly, Anténarc et mon père par cet homme.

Un homme, certes. Mais pas n'importe lequel : le plus grand empereur qu'ait connu Elamia.

Julipen se demanda à quoi avait dû ressembler son épouse, Onahra, elle-même prêtresse. À sa connaissance, aucune Laménide n'avait été si proche du pouvoir. Quelle avait pu être sa vie auprès d'un tel homme ? Quel fardeau avait dû être le sien pour supporter les longues absences, la paranoïa inévitable qu'engendre semblable responsabilité ? L'amour pouvait-il s'épanouir en des conditions que Julipen imaginait si hostiles ?

Est-ce que je l'aurais apprécié comme je l'apprécie aujourd'hui ?

Il n'existait pas de réponse à cette question. Et Julipen en revenait encore et toujours à ce même constat : Adrian avait changé d'une manière qui non seulement ne lui plaisait pas mais en plus l'inquiétait.

L'empereur était debout, au-dessus d'une table à cartes. Julipen le voyait de dos. Il laissait pousser ses cheveux blancs et portait une tenue qui soulignait la sécheresse de sa silhouette

— Julipen…, commença-t-il sans se retourner.

— Vous m'avez fait demander. Et j'ai eu bien du mal à entrer ici. On dirait… (Elle chercha ses mots.) On dirait le haut commandement d'un chef de guerre.

— Et c'est bien de ça qu'il s'agit, non ?

Sa voix elle-même a changé, se dit Julipen.

— En un sens oui.

— Je ne vois pas d'autre sens, chère amie. Qu'avez-vous à l'esprit ?

Il se retourna. Julipen aimait son visage, d'une touchante gravité. Toutefois son expression s'était modifiée, d'une manière subtile mais indéniable. Un éclat de folie traversait désormais son regard. Ironique, quand on sait qu'il s'appelait auparavant Kordac, autrement dit « le fou » dans la langue d'Anakann.

— J'ai à l'esprit que j'accompagnais un ami avant d'entrer dans cette forêt. Et maintenant, j'ai surtout le sentiment d'avoir un supérieur.

—Je suis désolé, Julipen. Mes gardes sont des hommes fidèles et je représente beaucoup pour eux.

—Vous représentez beaucoup pour à peu près tout le monde ici.

Elle avait sciemment choisi ces mots : « à peu près ». Adrian acquiesça d'un bref mouvement de tête, prouvant qu'il avait compris la pique.

—Il semble que je sois leur seul espoir : je n'ai contraint personne à me rejoindre dans cette forêt.

—C'est vrai.

—Nous partirons bientôt au combat et ils ont besoin d'un chef. C'est une fonction que j'ai déjà occupée, je veux bien croire que ça les rassure.

—Et ça vous rassure de le penser vous-même, non ?

—C'est une responsabilité à laquelle je ne peux me soustraire. Pourquoi êtes-vous venue me voir : en représentante des Laménides ou comme une amie ?

—Il m'est difficile de distinguer l'une de l'autre, Adrian. (Elle avait utilisé le prénom pour peser sur la nuance amicale.)

—Comme il m'est difficile de distinguer celui que je suis de celui que je fus. Mais poursuivez…

—Je crois comprendre que vous vous apprêtez à attaquer une cité. Vous avez un plan ?

—Un plan d'offensive vous voulez dire ?

—Disons, quelque chose de plus général…

Adrian plissa les yeux avant de répondre, d'un air inspiré :

—J'ai chevauché le temps, Julipen. Et je nous ai vus victorieux au sommet de la plus grande tour de la cité reconquise.

—Pas de ça avec moi, Guide suprême.

Cette fois, elle utilisa un ton cassant. L'empereur abandonna aussitôt son attitude fière.

—Vous ne voulez pas m'accorder votre confiance ?

—Avez-vous besoin de moi dans votre marche vers la cité ? Je me propose de vous accompagner.

—Ça signifie que les prêtresses auront toujours un œil sur moi, n'est-ce pas ?

—En un sens, oui.

—Elles peuvent m'aider ?

—Directement ?

—Au combat.

—Nous ne sommes pas des guerrières.

—Mais alors à quoi servent vos pouvoirs ?

—À ne pas avoir à nous en servir.

—Certaines situations exigent de changer ses priorités.

—Mais pas au point de changer sa façon de penser.

—Sur qui puis-je compter pour se battre ? Pas un Trinicien ni une prêtresse, apparemment…

—Il vous est déjà arrivé de compter sur vous et personne d'autre que vous ?

—Un empereur doit pouvoir compter sur ses sujets.

— Vous n'êtes plus empereur.

— Certes.

— À moins que vous comptiez le devenir à nouveau…

Il y eut un silence. Julipen ne sut comment l'interpréter. Elle ne voulait croire le pire, tout en se résolvant à admettre l'inévitable : les prêtresses concouraient à remettre un conquérant en selle. Ni plus ni moins.

— Votre… « chevauchée du temps » ne vous a rien appris là-dessus ?

Adrian fit un pas vers son amie et lui prit la main. Son expression avait changé, il était redevenu l'homme qu'elle avait connu dans les déserts d'Anakann.

— Julipen… Je… Je ne suis sûr de rien. Vous êtes une amie, n'est-ce pas ?

— Je suis l'amie de Kordac : je ne connais pas encore Adrian, répondit-elle d'une voix plus attendrie qu'elle ne l'aurait souhaité. Et j'attends de le découvrir.

— Vous lui laisserez une chance de vous plaire ?

— Évidemment. Une chance, peut-être deux. Mais guère plus.

Il hocha la tête avant de reprendre, serrant un peu plus la main de la femme :

— Je ne suis sûr de rien. J'ai besoin du Talaris mais il agit sur moi comme une sorte de… de poison. Et j'ai beau l'employer, il ne me donne aucun indice concernant des visions spontanées qui me concernent.

— Adrian : vous avez… peur ?

— Ça se voit tant que ça ?

— Vous ne voulez pas me parler de ces fameuses visions ?

— Non, je les oublie très vite, mentit Adrian. J'en garde une impression désagréable. Effrayante. (Il saisit l'autre main de Julipen.) Pourtant, il y a une chose que je sais : nous devons aller de l'avant. Je ne connais pas d'alternative. Montrez-m'en une et j'abandonnerai ! Regardez ce groupe de Galaméens qui nous a attaqués ; ils se sont infiltrés parmi nous et ont tué sans discernement. Sans l'aide de nos nouvelles armes, il n'y aurait aujourd'hui plus personne dans Hastrion. Tous les échos qui nous parviennent l'affirment : Consolata s'effondre sous la pression de Golan Tark et de ses troupes. Elamia lui-même est tout entier menacé. Je ne suis qu'une pièce du puzzle : celui de notre monde un jour recomposé. Nous devons compter les uns sur les autres, Julipen. Vous devez compter sur moi comme je dois pouvoir compter sur vous. Souvenez-vous de votre rôle sur les Ferrone. Sans vous, nous serions morts. Oui, j'ai besoin de vous et vous avez besoin de moi. Mettons à profit notre amitié : elle nous donne une avance formidable sur l'ennemi !

Julipen sentit un frisson parcourir son échine. Le discours du chef de la libération l'avait motivée et avait donné à son destin individuel la valeur d'une vie héroïque. Moins d'une minute plus tard elle quittait le quartier général d'Adrian, rassurée quant aux desseins de son compagnon de route et à son amitié.

Chapitre 5

Jocquinius et Haldric rencontrèrent Niuk au plus profond de la forêt de Brindillion. Le moinillon restait fasciné par ce petit être doté de tentacules dorsaux, dont le faciès ressemblait à celui d'une chauve-souris, au comportement parfois aussi déroutant que celui d'un enfant, et surtout par sa capacité instinctive à comprendre et utiliser la magie. Toutes sortes de magies, même celles qui demeuraient étrangères au mage. Le convaincre de les accompagner fut aisé, le latoa voulant comprendre ce qui avait contraint son peuple à quitter le Yebbah, son continent d'origine. Et Jocquinius lui proposait, ni plus ni moins, de lui fournir des explications et de mettre un terme à son exil forcé.

— Je ne vous promets pas un voyage de tout repos, Niuk, l'avertit tout de même le Trinicien.

— Comprendre. Nous tous : comprendre et défaire.

— Défaire, oui, j'espère que nous y arriverons. Comprendre serait déjà bien.

Niuk partagea la monture de Haldric. Les trois compagnons évitèrent les grandes villes. À maintes reprises, ils aperçurent au loin l'aura verdoyante qui signait l'établissement des troupes de Tark en une phosphorescence inquiétante. Il y eut un moment où ces ondes colorées étaient si fréquentes que le désespoir les gagna.

— À quoi bon ? demanda Haldric alors qu'ils se tenaient à l'écart du chemin menant à l'une de ces villes.

— Que veux-tu dire, mon garçon ?

— Ils sont partout. On ne peut rien faire, maître. Nous sommes trois et ils sont… ils sont si nombreux !

— Allons, allons… ils ne connaissent même pas notre existence. Un mage trinicien en pleine possession de ses moyens, un latoa sacrément doué en magie et un garçon courageux qui en a vu d'autres. Que faut-il de plus pour mener une mission à bien, aussi délicate soit-elle ?

— Je sais mais…

— Mais il n'est pas question de guerroyer, Haldric. Juste de rejoindre les monastères.

Les monastères… Le moinillon avait passé une partie de son enfance là-bas. Avant d'être contraint à la fuite, quand un monstre qu'il avait involontairement contribué à mettre au jour s'en prit aux religieux et les massacra tous.

Rien que de prononcer le nom de Scopolia, l'édifice où il avait vécu, le garçon sentait son estomac se révulser. Il revoyait encore et toujours la main du jeune Matelino disparaître dans la gueule du monstre tout juste sorti de son long sommeil.

Afin de pouvoir changer de monture sans attirer l'attention, Jocquinius et Haldric dissimulaient leur appartenance à l'Ordre. Quant à Niuk, il restait en marge du bourg où ils faisaient halte.

Les journées de chevauchée se succédaient au cœur de paysages changeants. En gagnant le nord, les villages s'espaçaient. Les cultures disparaissaient et les bosquets devenaient bois, les bois s'étendaient en vastes forêts. Chênaies et hêtraies cédaient la place aux pinèdes, noires et odorantes. La magie semblait se plaire en ces lieux de constante pénombre et le latoa se montrait plus inquiet que jamais, toujours sur ses gardes.

Puis les noires futaies s'éclaircirent et le ciel s'ouvrit largement au-dessus des cavaliers. Ils grimpèrent et dévalèrent des collines à la végétation rase où s'arrondissaient des roches blanches tachées de lichen. Quand le trio n'eut plus la possibilité de remplacer les montures, il bivouaqua de plus en plus souvent.

— Heureusement que vous avez emporté votre roboratif, dit Jocquinius au latoa.

— Grand voyage : nous, prendre précautions.

Ils rationnaient le breuvage aux propriétés magiques ; toutefois il était si puissant qu'ils en consommaient très peu chaque jour.

Les trois compagnons escaladèrent un plateau aride et, parvenus au sommet, embrassèrent le singulier panorama des monastères uliques.

Les six hautes colonnes minérales coiffées des édifices religieux se dressaient vers le ciel d'un gris de cendres. La végétation dévorait les dépendances couronnant le pied des colonnes. Quand il débordait de vie, l'endroit impressionnait par sa majesté singulière. Aujourd'hui que seule la mort étendait son empire, il glaçait les sangs des visiteurs.

— Il n'y a pas un bruit, remarqua Haldric d'une voix basse, comme s'il avait peur de réveiller quelque chose.

— Plus d'animaux, dit le latoa. Plus un seul.

— Comme quand on est allés voir le monstre, avec les autres moines…, se souvint le garçon.

Ils ne virent pas le faucon qui tournoyait au-dessus de leurs têtes. Les chevaux renâclaient. Les trois compagnons mirent pied à terre et descendirent le chemin escarpé qui menait au pied du plateau. Haldric se mit à trembler. Scopolia. Tous ses amis. Gabriel le palefrenier. La mort à leurs trousses. Il leur fallut un quart d'heure pour parvenir sous le monastère.

— Beaucoup de magie, dit Niuk. Magie partout.

— Je ne sens rien, dit le mage en fronçant les sourcils.

Ils longèrent les bâtiments, enjambèrent des cadavres qu'avaient rongés jusqu'à l'os toutes sortes d'animaux, des plus imposants aux plus petits. Des animaux qui avaient dû filer dès le festin achevé car le silence régnait désormais sans partage. Les trois compagnons parvinrent aux monte-charges ; le plus grand n'était plus en état de marche.

— C'est moi qui ai coupé la corde quand je me cachais là-haut, expliqua Haldric. Je suis désolé, maître.

— Mmm..., fit le mage en se grattant la barbe. Tu ne pouvais pas prévoir que nous reviendrions un jour, n'est-ce pas ? Bon. Il y a bien la petite nacelle mais elle ne pourra jamais me porter jusque là-haut. Eh bien, ça commence plutôt mal, mes amis.

Il poussa un soupir défaitiste. Scopolia était censé abriter les grimoires les plus importants et surtout les travaux de Golan Tark, le grand sorcier qui détenait l'avenir d'Elamia entre ses mains.

— Moi, pouvoir monter, dit Niuk. Moi monter et réparer.

Il redressa les tentacules qui naissaient dans son dos et les agita pour démontrer son agilité. Et n'attendit pas de réponse : il s'agrippait déjà à la roche et filait vers le sommet, d'une anfractuosité à l'autre, saisissant un buisson, une hampe, la corde halant la petite nacelle.

— Heureusement que nous l'avons avec nous, n'est-ce pas, Haldric ?

— Oui, maître. Mais je crois que je préférerais ne pas pouvoir monter là-haut.

Pourtant, il y mit pied une douzaine de minutes plus tard. Le garçon reprit une gorgée de roboratif, dans l'idée d'y trouver un peu de courage, tandis que le latoa grimaçait de satisfaction.

— Longtemps pas fait grande escalade ! Arbres oui, mais pierres non.

Du dos de la main il essuya la sueur qui mouillait ses poils, sous le nez écrasé. Jocquinius se pencha pour tapoter son épaule amicalement.

— Vous, déjà venu ? demanda Niuk.

— Bien sûr, répondit Jocquinius. J'ai même vécu ici. C'était il y a longtemps. Golan Tark n'était encore qu'un jeune mage et il était déjà doué. On aurait dit qu'il possédait le savoir d'un vieil homme. D'un très vieil homme, en fait. Avec l'énergie et l'intempérance de la jeunesse, c'était quelque chose à voir !

Parler, pensa Jocquinius. *Pour rassurer Haldric. Le pauvre : il est à deux doigts de s'évanouir !*

Leurs pas résonnaient dans les couloirs déserts que la lumière avare peinait à dessiner. Des courants d'air charriaient depuis les cuisines une pénible odeur de pourriture. Difficile de croire que des centaines de religieux animaient les lieux il y avait de cela seulement quelques mois. Une ambiance lugubre qui ne rappelait à tous que de mauvais souvenirs. Le mage poursuivit, tâchant de masquer son trouble à la vision de tant de cadavres où cette fois pendouillaient des lambeaux de chair car les gros charognards n'avaient pu monter au sommet de la colonne pour achever le festin.

— Tark trouvait l'Ordre timoré, continua Jocquinius. « Un ramassis de croûtons rassis » ! Il s'opposait à nos maîtres, avec une insolence incroyable. Il cumulait les punitions. Il a fini par s'opposer à nous. Pourtant il a gravi les échelons plus vite qu'aucun novice : il était trop puissant pour qu'on se passe de lui. Il a multiplié les voyages entre Haut-Temple et les monastères uliques. Pendant tout un temps il a disparu du côté de Talaxania. Il en est revenu encore plus arrogant et susceptible. Les Triniciens n'ont jamais eu de chef suprême, sinon nul doute qu'il le serait devenu. Et puis, il est tombé sur un os : l'empereur en personne.

— Lui, trop ambitieux…

— Oh, on aurait pu dire ça de l'un comme de l'autre, j'en ai peur.

Et on pourrait toujours le dire, hélas.

— Adrian a fait assassiner Golan Tark, n'est-ce pas, maître ?

— Exactement. Pas la plus brillante idée qu'ait eue notre cher empereur.

— Sorcier : danger mort ou vif.

— Mmm… vous avez raison, oui. En Galameh ou ici, Tark aura toujours été une menace. Il a mis le temps pour planifier son retour, plus de vingt-cinq ans, seulement ça en valait la peine. Je n'arrive pas à comprendre comment il a pu se tailler une telle place en Galameh… Ah, mais je crois que nous sommes arrivés.

Le trio se tenait face à une grande porte en bois sculptée de signes cabalistiques, inscrite dans une arche de pierre taillée où saillaient des crânes miniatures et des démons ailés. L'un des lourds battants était grand ouvert. Le latoa montrait des signes d'énervement : il retroussait ses babines et ses tentacules fouettaient l'air sans but. En tant que moinillon, Haldric n'avait jamais eu l'autorisation de fréquenter cette bibliothèque. L'heure avait enfin sonné de la visiter, mais le garçon se serait bien passé de ce privilège tardif. Aucun sortilège ne semblait plus en interdire l'accès. Jocquinius franchit l'ouverture d'un pas décidé et lança une matrice pour éclairer l'endroit.

— Par tous les saints ! s'exclama le mage d'un ton désemparé.

Après un instant d'hésitation, Niuk et Haldric pénétrèrent à leur tour dans la pièce. Il ne leur fallut pas plus d'une seconde pour comprendre le désarroi de Jocquinius.

* * *

La Cabane méritait de moins en moins son nom : le repaire de Golan Tark avait désormais l'allure d'un palace de plain-pied. Constitué au départ de rondins brun et vert, il affichait des couleurs que même la grisaille permanente de Galameh ne parvenait plus à ternir. Le bois en demeurait le principal matériau, mais il était à présent sculpté de formes inspirées des nombreux objets que le sorcier avait rapportés de Val-des-Miracles : créatures affamées et cruelles, se chassant ou s'entre-dévorant. Monstres arasant des montagnes. Homoncules à l'assaut de vierges captives. Tark ne s'occupait plus lui-même de ces décors exagérés, il les avait confiés à un artiste du nom de Talio Cerni comme il lui avait confié les plans de travaux en cours en Val-des-Miracles.

Des travaux de la première importance.

Cerni était estebellien. Cet homme marié avait exigé toujours plus de son épouse afin d'assouvir ses fantasmes picturaux. Un jour il alla trop loin. Après avoir été droguée, la femme s'éveilla dans un bain de sang, au beau milieu de ses draps. Cerni avait entaillé ses veines en plusieurs endroits et quand elle ouvrit les yeux, horrifiée et affaiblie, elle le trouva en train de dessiner à la mine de plomb le spectacle sanguinolent. Elle voulut se débattre, elle était attachée aux montants de son lit.

L'artiste ne s'excusa pas. Au contraire, il se montra contrarié qu'elle s'éveille si tôt.

— J'ai mal dosé le somnifère, on dirait.

Elle cria. Loin de s'émouvoir, Talio Cerni produisit une lance élégante qui tenait plus de l'objet décoratif que de l'arme. Sauf que la pointe en était assez aiguisée pour pénétrer les chairs sans difficulté. Ce qu'il fit aussitôt, sous un sein. Sa femme poussa un gémissement de douleur, mais finalement moins fort que ce à quoi il s'était attendu.

Comme si elle se contrôlait.

— Ou bien c'est la poudre que je lui ai administrée, dit-il à haute voix, avec le détachement d'un anatomiste.

— Ne fais pas ça, Talio ! Je t'en supplie ! Quelles que soient tes raisons, ne le fais pas !

Cette fois, la colère de Cerni explosa.

— Franchement, tu crois pouvoir réprimer mon inspiration, espèce d'idiote ?

— Arrête. Ou je vais être obligée de te tuer.

L'artiste la regarda en haussant les sourcils, incapable de dissimuler sa surprise. Elle semblait si sérieuse tout à coup. Puis il éclata de rire, tête renversée. Il n'avait rien entendu de si drôle depuis bien longtemps !

Son rire s'étrangla dans sa gorge. Il émit un gargouillis, hoqueta. Il porta les mains à son cou. Ses yeux se révulsèrent et il se pencha en avant pour cracher ce qui l'étouffait. En vain. Il tomba à genoux. Cracha encore, sans comprendre ce qui lui arrivait. Chercha de l'air, ne trouvant que du sang.

— Je t'avais prévenu, Talio. Je suis… désolée. Tu ne m'as pas donné le choix. Tu t'en es pris à une atisha et je ne pouvais te laisser me tuer.

Cerni passa en Galameh au prix d'une grande douleur et d'une frayeur plus grande encore. Des années plus tard, le Maître l'avait promu décorateur en chef de ses appartements. Et il lui avait d'ores et déjà confié l'édification de tours immenses, qui s'érigeaient dans les grandes villes conquises.

Les deux hommes étaient en pleine réunion dans la Cabane, réunion que Tark interrompit brusquement. Très amène une seconde plus tôt, le visage de Golan Tark s'était fermé.

— Attendez.

— Oui, Maître ?

Il y eut un silence. Assez long pour embarrasser l'artiste assassin qui saisit un compas pour jouer nerveusement avec les branches. Puis le sorcier tressaillit légèrement, comme à un signal perçu de lui seul.

— Laissez-moi, maintenant, dit-il alors. J'ai besoin d'être seul.

— Mais bien sûr, Maître. Je peux comprendre cela. Je…

— Taisez-vous et filez d'ici.

Le regard de Tark était sans équivoque. Cerni enroula les plans qui lui avaient demandé des mois de réflexion et sortit de la pièce richement décorée, courbant le dos en un excessif signe de respect.

Tark ferma les yeux. Quand il les rouvrit, il s'était déplacé et se trouvait dans la salle la plus secrète de la Cabane. Un filet d'eau provenant du Ventre, le lac au bord duquel se dressait sa résidence, divisait en deux la pièce noire et circulait le long d'une rigole. Tark s'installa dans un trône ayant appartenu à un roi talaxien.

Talaxania… Un jour tout recommencera depuis ces territoires de magie. Un jour prochain.

L'impatience le gagnait dès qu'il pensait aux terres d'est où les chaînes montagneuses succédaient aux steppes et aux marais baignés de brumes. Un pays certes ingrat mais où la magie régnait en maîtresse.

En son temps, en son temps.

Il se concentra, fit le vide autour de lui. Le signal. Storn, le faucon de Bren Jackal, le lui avait transmis. Sentinelle patiente et servile, le rapace tournoyait au-dessus des monastères uliques. S'approprier le rapace avait été facile, ce n'était qu'un tour de passe-passe en comparaison de ses immenses pouvoirs. Mais la magie la plus simple a souvent des applications brillantes. Les monastères demeuraient un lieu sensible, un éventuel point de ralliement pour des Triniciens missionnaires. Tark vit à travers les yeux du faucon. Quelqu'un approchait des colonnes minérales. Trois voyageurs.

Encore lui ! s'exclama Tark qui reconnut aussitôt Jocquinius. *Quel heureux hasard l'a mis sur mon chemin ? Aucune importance… Une seule question compte : porte-t-il encore le Sarment du Temps ?*

Le sorcier observa le trio jusqu'à ce qu'il pénètre dans le monastère perché des dizaines de mètres au-dessus du sol. Il ne le laisserait pas en sortir aussi facilement.

* * *

— Il n'en reste pas un d'intact ?

— Non. Pas un, Haldric. Pas un seul.

La bibliothèque n'était plus qu'un amas de cendres. Des centaines de couvertures gisaient au sol, à demi dévorées par des flammes surnaturelles qui n'avaient entamé ni les lutrins, ni les étagères, ni les murs. Une odeur particulière flottait dans la pièce; elle n'échappa pas au latoa: il reniflait sans cesse, cherchant à l'identifier. Ce n'était pas le papier brûlé, pensa-t-il: sans doute le résidu de la magie employée.

— Tous les grimoires sont détruits.

— Sorcier…, fit Niuk.

— Oui, c'est sûrement son œuvre, à travers Gédaëlle, j'imagine.

— Il y a aussi des grimoires à Lonetic et dans les autres monastères, avança Haldric.

— Je sais, oui. À mon avis, ils sont dans le même état. C'est une perte… colossale.

La voix de Jocquinius tremblait.

Encore combien de mauvaises surprises? Je voudrais être mort à l'heure qu'il est. Ce serait plus simple.

Il se tourna vers ses deux compagnons. Il ne pouvait cacher son désespoir. Pire encore, cet échec signait la victoire d'Adrian, du moins celle de sa philosophie guerrière, car les batailles restaient à mener.

— Je voulais retrouver les sorts qu'utilise Tark pour obtenir la fidélité des morts. Cette magie qui les lie à lui à travers des fétiches. Et me voilà sans même le début d'une piste.

— Il n'y avait plus rien à Haut-Temple? demanda Haldric.

— Non. Mon groupe de pensée avait déjà cherché et n'avait trouvé que ça, dit Jocquinius en produisant le carnet récupéré *in extremis* à Haut-Temple, alors qu'une créature monstrueuse y semait la mort et la dévastation. Un carnet écrit par un jeune Golan Tark.

Le latoa s'approcha de l'objet et le renifla.

— Magie. Magie, magie et encore magie.

— Vraiment? dit Jocquinius. Ça m'étonne: il n'y a rien de bien passionnant là-dedans, surtout une sorte de comptabilité personnelle. Et le reste, je ne l'ai pas compris.

— Magie, répéta Niuk, qui s'éloigna en secouant la tête.

— S'il vous plaît, maître, je peux regarder? demanda Haldric.

— Bien sûr! À défaut d'autre chose… J'aurais préféré te montrer les grimoires uliques.

Le moinillon saisit l'ouvrage et ne sut si le chatouillement qui parcourut ses doigts était dû à son émotion ou à cette magie dont parlait le latoa. Le cuir de la couverture craqua quand il l'ouvrit. Il feuilleta le carnet. S'arrêta sur quelques pages, déchiffra avec difficulté l'écriture serrée et penchée de Tark. Il y avait des chiffres, sommes et soustractions. Des colonnes de dépenses, apparemment. Parfois, quelques phrases sans queue ni tête, l'évocation de journées monotones, les vers maladroits d'un poète en herbe.

— Je n'y comprends rien, conclut-il, à la fois excédé, apeuré et désolé de ne pouvoir aider son maître. (Il sentit la colère monter en lui et ne put contenir les mots qu'elle lui dictait.) On nous a appris que la connaissance était un long chemin qui échappait aux impatients. Qu'il fallait prendre le temps de regarder autour de soi pour en trouver l'entrée. Et une fois sur ce chemin, il nous resterait encore à apprendre à lire les pancartes, les signes et les codes pour nous y retrouver. Autant dire que c'était bien trop dur pour nous ! Hors de notre portée ! Il y avait toujours un prêtre pour nous répéter que nous resterions moines ! Si seulement on avait bien voulu nous enseigner autre chose que des prières, j'aurais pu vous aider !

—Attends Haldric ! Attends une seconde…, dit Jocquinius en levant la main.

— Oh, je suis désolé, s'excusa le moinillon, se rappelant tout à coup qu'un Trinicien de haut rang se tenait devant lui. Je ne… je ne voulais pas m'énerver et…

— Non, non. Ce n'est pas ta colère. Tu as parlé de codes. La connaissance, les codes. Le carnet de Tark : et s'il était crypté ?

— Carnet plein de magie, Niuk est certain. Moi, toucher carnet ?

Haldric donna le volume relié au latoa qui s'en saisit pour le tourner et le retourner sans même le feuilleter, entre ses doigts noirs et couverts de poils.

— Pas un code. Niuk, pas déchiffrer. Mais magie.

Il s'agenouilla, posa le carnet fermé sur le sol couvert de cendres. Accroupi et les paumes jointes contre sa bouche, il articula d'étranges mots d'où les consonnes semblaient absentes. Puis d'un geste rapide il tendit ses petits bras, paumes ouvertes au-dessus du carnet qui disparut aussitôt dans un halo aussi lumineux qu'un éclat de verre pris dans le soleil.

— Niuk ! s'exclama Jocquinius, vous êtes en train de le détruire !

Le mage se pencha précipitamment pour l'attraper. Le halo s'effaça dès que le mage eut saisi le carnet. Ce dernier était intact. Niuk grogna, ses tentacules dressés au-dessus de la tête. Il avait l'air en colère et Jocquinius se demanda s'il devait préparer une matrice pour les défendre, le garçon et lui.

— Vous, bêtise. Magie pas finie.

Et soudain le mage comprit son erreur. Il ouvrit le carnet. Les mots avaient changé. Les colonnes de chiffres avaient cédé la place à des paragraphes de sortilèges et ce qui ressemblait à des récits de voyage. L'écriture elle-même était différente : moins brouillonne, plus appliquée bien qu'aussi serrée. Page après page, le prodige se reproduisait. Mais au tiers du carnet, toute trace d'écriture avait disparu.

— Vous bêtise, répéta Niuk.

— Oui, vous avez raison, mon ami. Je… je n'aurais pas dû mettre en doute la confiance que vous m'avez accordée et que je vous accorde en retour. Acceptez toutes mes excuses.

— Excuses pas remplacer pages.

Jocquinius soupira une nouvelle fois, en hochant lentement la tête.

— Il n'y a plus qu'à souhaiter que le sort du monde ne se joue pas dans ces pages.

Soudain, le latoa cracha et se mit à quatre pattes, le poil hérissé, l'air agressif.

—Niuk ! s'exclama le Trinicien. Je vous ai présenté mes excuses !

Mais Jocquinius se méprenait. À peine avait-il lancé ces mots que l'air quitta la pièce en sifflant, emportant les cendres en un nuage gris, étouffant la petite matrice qui les éclairait. Le mage comprit immédiatement ce qui se passait.

Un spectre… Par Omok, je me demande bien pourquoi cette fois…

Il se tourna vers Haldric, qui avait porté les mains à sa gorge. Il suffoquait.

L'air reflua en grondant sourdement, apportant la puanteur morbide de Scopolia. Jocquinius avait déjà commencé à appeler une matrice. Cette fois, il ne se tromperait pas de sort comme dans les couloirs de la prison, à Haut-Temple lors d'une précédente attaque.

—Allez, montre-toi, spectre ! lança Jocquinius tandis que la matrice s'épanouissait tout près de la porte. Montre-nous de *quoi tu es fait* !

Dans le couloir, l'air ondula comme sous l'effet de la chaleur. Jocquinius étendit la matrice pour qu'elle occupe la largeur de la porte. Une onde de choc la secoua aussitôt et la sphère magique ne parvint pas à en absorber toute la puissance : derrière elle les trois compagnons ne tinrent debout qu'à grand-peine, comme bousculés par une bourrasque. Les créatures allaient apparaître.

—Allez ! Viens ! insista le mage.

Un criaillement strident envahit l'atmosphère, bientôt suivi d'un autre et d'un autre encore.

Par tous les démons de Galameh…

Il n'y eut pas un spectre, ni deux ou trois, mais quatre. Flottant au-dessus du sol, ils fonçaient vers la bibliothèque, tels des paquets de pansements sales, surmontés d'une tête à l'allure menaçante et garnie de crocs translucides. On aurait dit deux paires de jumeaux monstrueux, recouverts de bandelettes et tout juste exhumés d'une fosse commune. Leurs cris suraigus se chevauchaient, éprouvant les nerfs de leurs victimes. Haldric se boucha les oreilles et marcha à reculons, jusqu'à toucher le mur du fond.

Jocquinius, lui, avança de trois pas pour se rapprocher de la matrice qui palpitait dans l'attente d'un ordre. Les deux premiers spectres étaient déjà là, dans l'encadrement de la porte, à moins d'un mètre de la sphère magique. Ils s'ébrouèrent telles des bêtes et du pus gicla contre les battants tandis que des lambeaux de bandelettes voltigeaient. Puis ils tentèrent de lacérer la matrice avec leurs griffes démesurées.

La puissance morbide des spectres entama celle de la sphère qui perdit de sa luminosité. Les bras tendus vers la matrice, Jocquinius lui ordonna de lancer une attaque en direction des deux autres spectres qui attendaient en retrait. Une forte chaleur irradia de la boule et des éclairs jaillirent vers les créatures. L'une d'elles s'embrasa mais l'autre évita l'assaut en glissant sur le côté. Pendant ce temps, les deux autres spectres lacéraient la matrice en criaillant, se nourrissant de son énergie.

Ceux-là sont plus puissants. Ils ne sont pas envoyés par des chantres, comprit Jocquinius.

Il prononça à une vitesse inhumaine les syllabes nécessaires à la création d'une matrice et les associa aux images mentales appropriées. Une seconde sphère se déploya à un pas de la première qui ressemblait désormais à une grosse boule de neige sale, tournoyant de plus en plus lentement sur elle-même. Le troisième spectre bouscula ses acolytes et se plaça entre eux, vociférant et plongeant ses bras démesurés dans la sphère à l'agonie. Il se disputa son énergie avec ses camarades, prédateur affamé.

Maintenant…

Jocquinius libéra toute la puissance de la nouvelle matrice sur l'ancienne. L'attaque du Trinicien frappa le spectre de plein fouet et, après avoir heurté l'un des siens, la créature s'écrasa contre un mur du couloir avec le bruit d'un paquet de linge humide. Du pus se répandit partout et les bandelettes churent au pied du mur comme de simples torchons.

Les deux survivants reculèrent : ils mesuraient enfin l'envergure de leur adversaire, un mage trinicien de grande expérience. Niuk s'était avancé à son tour, à quatre pattes, prêt à bondir. Il haletait bruyamment et ses tentacules s'agitaient comme autant de fouets. Les deux spectres poussèrent un effroyable hurlement et perdirent leur silhouette humanoïde. Il ne restait plus que des bandelettes flottant au milieu du couloir, se mêlant et s'entremêlant. Elles disparurent. En deux bonds, le latoa essaya de passer entre la matrice et les montants de la porte, pour s'assurer que les créatures avaient bien déserté les lieux.

— Attendez, Niuk, dit Jocquinius qui contractait la matrice afin qu'elle ne blesse pas son compagnon. Je ne suis pas sûr que…

Il y eut un sifflement rapide dans leur dos. Les alliés se retournèrent juste à temps pour voir un spectre se ruer sur Haldric. Le garçon n'eut pas même l'opportunité de crier. La créature plongea ses griffes dans sa cage thoracique et y saisit le cœur. Niuk lança un sort qui mit le feu au spectre mais il était déjà trop tard. Les forces du garçon déclinèrent très vite. Haldric chercha les premiers mots de la litanie contre la mort, ne les trouva pas. Des ombres se fermèrent sur lui, oblitérant sa conscience. Dans quelques instants, les portes de Galameh s'ouvriraient pour accueillir le moinillon dans son nouvel enfer.

— Nooooon ! hurla Jocquinius.

La colère le submergea alors que le spectre se débarrassait des quelques lambeaux embrasés. Le mage dirigea la matrice vers le centre de la pièce. Ses bras ligneux décrivirent des courbes d'une grâce et d'une précision étonnantes pour un homme de son âge. Puis d'un geste sec des poignets, il libéra la puissance de la matrice, prenant le risque de mettre le feu à son propre corps ainsi qu'à celui du latoa.

La fournaise gagna toute la bibliothèque. L'un des battants de la porte vola en éclats et répandit ses morceaux dans le couloir. Jocquinius abrita ses yeux derrière un bras. Des flammes blanches dévorèrent le spectre qui poussa un criaillement assourdissant. Niuk sentit l'extrémité de ses poils roussir et il s'éloigna de quelques bonds. Derrière lui, le dernier spectre venait de se matérialiser. Le monstre voulut plonger ses griffes sous l'omoplate du latoa, seulement les tentacules de Niuk saisirent l'imitation de bras, le tordirent jusqu'à ce que l'énergie qui l'animait s'en échappe. Alors le latoa se retourna, sauta à pieds joints sur la créature, la plaqua au sol. Très vite il lança un sortilège qui paralysa son assaillant. Niuk le lacéra jusqu'à ce que les bandelettes libèrent l'humeur purulente.

La chaleur se dissipa enfin et un calme sans paix reprit ses droits au monastère de Scopolia.

Dans le cratère où s'élevaient les hautes colonnes minérales, le vent s'était levé, brossant les buissons chétifs, soulevant la poussière, sifflant lugubrement contre la pierre. Sous les nuées cendrées, des nuages plus clairs s'élongeaient, s'effilochaient et se déchiraient comme des fantômes traînés contre leur gré vers leur ultime résidence.

Jocquinius et Niuk inhumèrent le garçon alors que l'après-midi touchait à sa fin. Jocquinius avait longuement prié pour lui attirer les faveurs de Ganalone et l'éloigner du royaume d'Omok.

— C'est odieux ! Il avait échappé à la mort en fuyant cet endroit et il a fallu que je l'y emmène de nouveau. Pour l'y enterrer ! Je… Comment accepter ça ?

Il essuya une larme de l'index. Il pleurait Haldric, qu'il connaissait peu mais qui avait eu le courage de le suivre d'épreuve en épreuve. Il pleurait la folie d'un monde dérivant vers le chaos. Il se sentait terriblement coupable.

— J'ai quitté Adrian pour sauver des vies et j'ai déjà tué un enfant !

— Vous pas tuer Haldric. Spectres oui !

— Ça revient au même. Au même !

Le latoa avait croisé les mains. Debout et les yeux fermés, il levait le menton en une posture d'une grande dignité. Il attendit que passe la colère du mage.

Le vent et la pluie les contraignirent à regagner Scopolia. Ils s'installèrent dans les dépendances, là où le palefrenier Gabriel séjournait naguère. Niuk assura que la magie était absente de la grande pièce au confort rudimentaire.

— Spectres, plus venir.

— Je me demande bien ce qui nous a attaqués tout à l'heure. Les spectres n'ont pas de vie propre. Quelqu'un doit les créer et les animer. Les incantations sont complexes, douloureuses et coûteuses en énergie. Un seul chantre ne pourrait en animer autant. Ça signifierait que plusieurs Triniciens seraient toujours en vie, quelque part ?

— Maison Triniciens détruite, rappela Niuk, auquel le mage avait raconté la fin de Haut-Temple.

— Peut-être existe-t-il des survivants. Mais pourquoi s'en prendre à nous ? Parce qu'ils seraient complices de Tark ?

— Piège.

— Pardon ? Qu'est-ce que vous voulez dire, mon ami ?

— Spectres, pièges qui s'ouvrent quand nous arriver.

— Oui ! Vous avez sans doute raison. Il faudrait une sacrée puissance pour qu'ils s'animent d'eux-mêmes. Une puissance contenue et retenue jusqu'à l'arrivée d'un visiteur. Tark pourrait accomplir un tel prodige, j'imagine. Il a acquis une telle… dimension. En même temps, je me demande l'intérêt de piéger un lieu s'il n'y a rien à y trouver. Vous avez vu comme moi l'état de la bibliothèque.

— Alors quelqu'un vouloir nous tuer, alors nous surveiller.

Jocquinius frotta sa barbe.

— C'est donc que nous sommes un danger pour Tark. Bonne nouvelle, n'est-ce pas ? Ce serait bien la première depuis longtemps ; si seulement Haldric avait pu en profiter…

Le latoa tordit son faciès peu avenant alors qu'un frisson descendit le long de l'échine de Jocquinius. Le mage sentit la présence du sorcier tout près de là, les surveillant comme s'il flottait au-dessus de leurs têtes.

Non. Juste le produit de mon imagination et de ma peur. Je ne ferai pas ce cadeau à mon ennemi !

Jocquinius passa une bonne partie de la nuit à étudier le carnet de Golan Tark. Niuk monta la garde aussi longtemps que le lui permit son organisme fatigué par les épreuves. Il s'installa en hauteur, perché sur une armoire afin de surprendre un éventuel intrus.

Minuit était passé d'une demi-heure lorsque Jocquinius découvrit les premières lignes évoquant Talaxania. Tark racontait comment il avait mis à profit son voyage en ce continent méconnu. À ce que Jocquinius comprenait, il n'y avait d'ailleurs pas eu un mais plusieurs voyages. Chacun d'entre eux entraînant le mage toujours plus profondément dans les terres noyées de brumes, sur les flancs des monts couverts de neige et de magie. Il était question de dragons, ces fameux dragons talaxiens dont peu de témoins rapportaient la rencontre directe, si bien qu'on les prétendait mythiques. Des lignes de sortilèges ou d'incantations confirmaient le travail du Trinicien rebelle.

Je ne les connais pas, songea Jocquinius. *Aucune indication pour les prononcer correctement. Ni sur leur utilisation, le contexte, les rituels…*

À plusieurs reprises, Tark expliquait qu'il avait appris ces sorts dans une certaine « Forteresse des Secrets, sur le toit de Talaxania ». Une forteresse où l'on enseignait une magie singulière… Quant à ce toit d'un monde : pouvait-il s'agir d'une montagne ?

Quel dommage que Yonastelli ne soit plus parmi nous, se dit le mage, songeant à son coreligionnaire talaxien.

Et il y avait cette « Mère », maîtresse de la Forteresse et dont le nom revenait si souvent :

« Les Triniciens ne sont que des enfants à côté de la Mère. » « La Mère m'a tout appris. » « Grâce à la Mère, je serai bien plus qu'un simple mage et grâce à moi, ses secrets sortiront de la Forteresse. » « La Mère reviendra pour étendre son empire sur les hommes à travers moi. »

Peut-être qu'il ne fallait pas prendre le mot au sens propre. Peut-être était-ce un code que n'avait pu décrypter la magie de Niuk. En tout cas, Jocquinius ne pouvait se tromper cette fois, car bien que très fine et tout aussi serrée depuis les efforts du latoa, l'écriture était à présent lisible. Le mage ne pouvait que constater son ignorance du passé de Tark. Comme beaucoup de novices entrés dans l'Ordre, le jeune Golan avait dû tirer un trait sur la vie de famille, voire sur son enfance. Une mère étendant son empire sur les hommes à travers lui : *c'est juste un fou, un fou dangereux, traumatisé par un passé qu'il a été contraint de mettre de côté durant trop de temps.*

La tempête grondait contre les pierres du monastère, le vent tourbillonnait dans le gigantesque cratère alors que les nuées se chargeaient d'électricité.

Le mage continua sa lecture. Ses yeux le brûlaient ; pourtant il ne s'arrêta que lorsqu'ils rencontrèrent les pages que son impatience avait malencontreusement effacées. Ses pensées l'agitèrent longtemps avant qu'il puisse trouver le sommeil. Il songea à Halaïa, sa maîtresse aresmass, retrouvée des décennies après leur séparation. Elle lui avait confié le Talaris, le suppliant de le remettre à un homme qui se révélait être son propre fils. Il songea justement à cet Adrian qu'il n'avait pas élevé et qu'il rencontrait au soir de sa vie. L'ironie de l'histoire avait voulu que ce fils soit l'artisan de l'affaiblissement des Triniciens : comme ils menaçaient son jeune pouvoir, il en avait diminué l'influence avant de les pourchasser ; aurait-il agi ainsi s'il avait su qui était réellement son père ? Aurait-il seulement été empereur ? Comment pesaient les parents dans les décisions qui dictent une vie ? Fils d'une voyante et d'un mage, qui aurait été Adrian si Jocquinius l'avait élevé ?

Je ne vais pas réécrire l'histoire, se dit-il, désorienté. *Je serais déjà bien chanceux d'arriver à écrire quelques lignes de notre avenir.*

Il songea à la fin de Haut-Temple, à la disparition de la Pierre d'Ombre entre les mains de Golan Tark. L'ancien Trinicien en avait fait un usage terrible et inattendu en ouvrant des portes entre Galameh et Elamia. Qui pouvait prédire jusqu'où irait Tark ? La question ne semblait pas même intéresser Adrian, qui ne pensait qu'en termes de batailles à mener, de territoires à conquérir. Comme s'il n'avait jamais changé, malgré la défaite de Havoc où son armée avait disparu dans un gigantesque brasier. Malgré la longue détention sur le continent désertique d'Anakann.

Tout semblait devoir recommencer. Sauf qu'un être singulièrement maléfique et puissant se dressait face à l'empereur.

Jocquinius s'endormit enfin.

Et un cauchemar aux allures de prémonition funeste agita son sommeil.

Il y était question de femmes aux pouvoirs extravagants s'attaquant à des forteresses réputées inexpugnables. Des éclairs aussi larges que des fleuves quittaient leurs mains et fendaient l'atmosphère pour mettre à bas les murailles ocre. Au centre de cette soldatesque aberrante se dressait une femme vêtue d'une robe noire, coiffée d'une mantille où pendaient de délicates pampilles rubis. Dans le délire du mage, le sommet de son crâne parvenait presque à la hauteur des remparts assaillis. Son simple regard était une menace et, bien que Jocquinius la survolât en songe, il eut le sentiment qu'elle voyait à travers lui, fouillant son esprit à la recherche des clefs qui ouvraient les tiroirs de sa conscience, comme si elle avait cherché à en voler les plus intimes secrets. Jocquinius s'éveilla en sursaut alors que le regard de la géante venait de toucher un îlot de souvenir si ancien qu'il avait acquis la pureté d'un diamant.

Qu'est-ce que c'était ? J'ai le sentiment d'avoir déjà entendu parler d'un tel être.

Quelle légende racontait cette vision onirique ? Il attendit que le songe se dissipe à la force de la réalité qui battait les colonnes uliques : un ouragan que fendait la foudre. La tempête, son vacarme et ses lumières avaient pu dicter son rêve. En partie seulement, devait reconnaître le mage. Car cette femme d'une puissance démesurée n'était nulle part dans les éléments déchaînés. Elle provenait directement du carnet de Tark.

Et d'un lointain passé qui tardait à refaire surface, comme un conte pour enfants trop vite et trop bien oublié pour ne pas détenir un fond de vérité effrayante.

La Mère.

Il monta la garde à son tour, pendant que Niuk se reposait. L'orage s'attardait au-dessus des colonnes. La foudre frappa plusieurs fois le sommet des monastères.

Enfin l'aube se leva et Jocquinius reprit une nouvelle fois la lecture du carnet, persuadé qu'il pourrait y trouver un élément plus tangible. Halaïa lui avait raconté bien des choses en lui confiant le Talaris ; mais elle n'avait peut-être pas *tout* dit. Niuk s'occupa de trouver à manger.

— Vous allez sortir avec ce *vent* ? s'inquiéta Jocquinius.

— Yebbah souvent orage et tempête. Pas problème pour latoa.

Deux heures s'écoulèrent à réduire le mystère des notes décryptées. Jocquinius était de plus en plus convaincu qu'un voyage en Talaxania s'imposait. Il faudrait fouiller là-bas, à la recherche de cette Forteresse des Secrets.

Niuk revint avec trois lapins, un serpent et quelques baies. Il expliqua qu'il avait dû s'éloigner : les animaux se tenaient loin du cratère et la tempête les contraignait à se réfugier. Jocquinius se chargea d'allumer le feu dans l'âtre. La chaleur du foyer était bienvenue car la température avait singulièrement baissé pendant la nuit. Ils trouvèrent des épices dans les pots alignés au-dessus de la cheminée et des aromates séchés pendus en tresses sur un clou. Jocquinius déboucha une bouteille de vin et n'en but que la moitié d'un gobelet car il était aigre ; Niuk ne voulut même pas y toucher. Au cours du repas, Jocquinius fit part de ses découvertes au latoa, qui écouta avec attention tout en suçant bruyamment les os de lapin. Jocquinius lui dit enfin :

— Seriez-vous prêt à m'accompagner en Talaxania ? C'est un long voyage : vous serez bien loin des vôtres et encore plus loin de la chaleur du Yebbah.

Le latoa pencha la tête de côté, mit un doigt dans son nez et entreprit de le récurer.

— Latoa aimer aventure. Niuk vouloir comprendre.

Sa voix manquait d'entrain et Jocquinius comprit que son compagnon n'acceptait pas de gaieté de cœur. Sa décision lui parut d'autant plus admirable.

* * *

C'était effrayant. Adrian avait beau savoir qui il était, les vingt-cinq années précédant la destruction de sa prison lui échappaient : il ne se souvenait de rien.

Et si la clef de tout s'y trouvait ? Je n'ai pas pu passer tant de temps prisonnier d'Arachnéon !

La clef de son avenir, par exemple, puisqu'il ne trouvait pas d'explication plausible à la trame qui le représentait en face d'une créature aussi inquiétante que l'était Otum, le pensaguilek rencontré dans le désert. Différente, certes, mais aussi inquiétante : un démon.

Tiens, voilà bien longtemps que je n'en ai croisé !

Il se souvint de Raark, le démon qui l'avait entraîné dans son nuage de lumière et de bruit, au-dessus des dunes d'Anakann. Raark lui avait livré des indices sur cette identité qui alors lui était un mystère. Le démon aux pouvoirs faramineux lui avait aussi parlé de sa femme, Onahra. Puis l'avait poussé à accomplir son destin, celui de sauver Elamia d'une terrible menace. Otum, l'un des serviteurs de Raark, l'avait sauvé de la gueule de dragons féroces en lui indiquant leur faiblesse. Ces êtres-là, fantastiques et dangereux, évitaient-ils donc Consolata ?

Ou bien ils ont obtenu de moi ce qu'ils voulaient : que je dirige la résistance à Tark.

Que savait-il des démons au juste ? On disait qu'ils étaient les enfants des dieux. Il n'en savait guère plus.

Son armée avait quitté la forêt depuis plusieurs jours et avançait en Consolata sans rencontrer de soldats ennemis. Seules des colonnes de réfugiés les rejoignaient, grossissant les troupes.

Adrian sortit de sa tente, rendit à ses gardes leur salut et fit un tour dans le camp. La température était douce et l'ambiance chaleureuse parmi les Libérateurs. L'entraînement intensif des volontaires évacuait leur angoisse et la victoire emportée sur le commando de Juste-morts quelque temps plus tôt leur avait prouvé que leur ennemi n'était pas invincible. L'arrivée constante de nouvelles recrues, principalement des paysans ou des marchands qui étaient parvenus à éviter les cités conquises, les rassurait. Parmi eux, certains n'avaient pas aimé l'empereur Adrian, il le sentait et parfois des mouchards lui rapportaient des conversations peu élogieuses ; apprécieraient-ils le chef de la Résistance ?

— *Aloud* ! s'écria Palmiarn lorsqu'il aperçut l'homme qui l'avait sauvé de l'exécution, à Boroskariak.

Il courut vers lui et se jeta dans ses bras.

— Palm… Qu'est-ce que tu deviens ? Je ne t'ai pas consacré beaucoup de temps, dernièrement. Tu t'en sors bien, à l'entraînement ?

Le visage de l'adolescent se rembrunit aussitôt.

— J'ai peur, *aloud*.

— Peur de te battre ?

— Des Galaméens. Et de ce qu'ils pourraient me faire.

Adrian posa ses mains sur les épaules du garçon.

— Écoute, c'est normal d'avoir peur, dit-il.

— Oui, mais… Mais j'ai eu de la chance une fois. Quand tu m'as choisi pour que je sois épargné. Pas sûr que j'en aie une seconde fois…

— C'est pour ça que tu t'entraînes. Pour que ta vie ne soit pas qu'une question de chance.

Les mots d'Adrian n'eurent aucun effet sur le garçon. Adrian essaya autre chose :

— Je ne te demande pas d'être en première ligne, Palm. Tu seras à l'arrière, mais je veux juste que tu sois prêt en cas de coup dur. Personne ne sait comment cette bataille se passera.

— Mais, je croyais que tu le savais ? Tu n'as pas eu de… de visions de notre avenir ?

Adrian poussa un long soupir. Puis, après s'être assuré que personne ne les écoutait, il dit :

— Tu n'es peut-être pas assez grand pour le combat mais tu l'es pour comprendre certaines choses. Oui, j'ai vu une victoire. Du moins, ça y ressemblait. Ce qui compte, c'est que nous en soyons tous persuadés.

— Mais tu… tu emmènes les hommes en leur mentant ?

— Bon, admettons que j'ai effectivement vu notre victoire à Tuckmill. Ça ne veut pas dire qu'il n'y aura pas de victimes de notre côté. Tu vois ce que je veux dire ?

— Tu peux désigner qui va mourir, c'est ça ?

— Non. Je ne vois pas chaque homme dans le chaos d'une bataille. Et même si c'était le cas, je n'irais pas raconter à un soldat qu'il va mourir au cours de la première percée.

— Il déserterait ?

— Pas forcément. Mais la peur le paralyserait. Pourtant, son combat pourrait servir la victoire, malgré sa mort. Connaître son avenir n'est pas un tel cadeau, tu sais. Même si beaucoup de charlatans font leur beurre avec la curiosité que nous avons de notre destin…

Palmiarn réfléchit et ne trouva pas grand-chose dans ces arguments pour le rassurer.

— Je sais, continua Adrian, que ce n'est pas ton monde : tu es d'Anakann et pas de Consolata. Pourtant, je peux t'assurer que notre ennemi ne s'arrêtera pas là. En fait, il est en marche partout en Elamia. Partout ! Est-ce qu'on va le laisser dicter sa loi ? C'est une loi de souffrance et de mort. Tu as vu ses soldats ? On dirait que leur âme ne leur appartient même plus !

Palmiarn hocha la tête. Adrian lui ébouriffa tendrement les cheveux avant de s'éloigner. Par moments, l'adolescent se demandait s'il s'agissait bien de l'homme qu'il avait connu à Boroskariak. Ce Kordac généreux et hésitant, fragile et courageux.

Odasius était le trésorier de la nouvelle armée. Entouré de dizaines de registres, de bouliers, de plumes et d'encriers, il accueillit Adrian avec une mine sombre. Adrian attendit qu'il ait congédié son intendant pour lancer :

— Eh bien quoi, mon ami ! Tu n'es pas heureux en affaire avec moi ?

— Ne dis pas n'importe quoi : je suis du mauvais côté de la barrière.

— Comment ça ? Les victorieux sont-ils forcément du mauvais côté ?

— D'abord, et malgré la confiance que j'ai en toi, la bataille n'a pas commencé. Même si je laisse ce, hum, *détail* de côté, la guerre n'est intéressante pour un homme dans mon genre que s'il fait du commerce. Or je ne vends rien, Kordac. Rien du tout ! Je me débats pour grappiller de quoi acheter des matières premières.

Le marchand se frotta le menton et ajouta :

— En fait, je ne serais pas contre quelques pillages. Ou au moins un bon impôt.

— Je croyais que nous avions parmi nous quelques bourgeois très argentés ?

— Oui.

— Eh bien, ça ne te suffit pas ?

— Non seulement ça ne suffit pas, mais, en plus, tes bourgeois ne se sont pas tous déplacés avec leur fortune.

— Ils auraient dû. Sont-ils si imprévoyants ? plaisanta Adrian pour détendre son compagnon.

— Si c'était le cas, je te demanderais bien volontiers de leur couper la tête : avec un peu de chance, ça réduirait mes migraines. Mais non : bien souvent leur seule richesse ce sont leurs terres. Des terres sur lesquelles ils ne prélèvent plus aucune dîme, puisque, précisément, ils les ont fuies. Je te l'ai dit, quelques pillages nous feraient le plus grand bien. Ou alors, la conquête d'une ville ?

— Je te la promets.

— Oui, mais dans combien de temps ?

— Tuckmill n'est plus qu'à quelques jours d'ici. Et nous sommes bientôt prêts.

— Nous manquons de tout, Kordac. De nourriture, de bois, de vêtements…

— Des armes, nous en avons assez, non ?

— Certes, mais si ça continue comme ça, personne n'aura plus assez de force pour les porter.

— Moi, je vois une armée, certes disparate, mais entraînée et de bonne humeur.

— Il faut plusieurs batailles pour faire un soldat. Tu le sais mieux que moi.

— Un homme qui se bat pour libérer son pays d'un pouvoir cruel et injuste est deux fois plus fort que le plus aguerri des soldats.

— Tu es si optimiste !

— Et toi, tu ne vois les choses qu'en noir. Aurais-tu peur, toi aussi ?

Odasius hocha la tête et soupira.

— Qui n'aurait pas peur, Kordac ? Tu as l'air dans ton univers, parmi ces épées, ces lances et ces flèches, au milieu de notre petite armée en campagne. Moi, je dois t'avouer que ça n'est pas mon truc.

— Dans la madina, tu étais à l'aise avec les soldats, Odasius. Un vrai chef militaire !

— On n'était pas en guerre, on pourchassait les pillards...

— Les chameaux te manquent ?

— Oui.

— Et tous tes enfants aussi...

— Oh, tu sais très bien que je n'en ai jamais eu. Alors arrêtons cette farce, tu veux bien ?

— Comme tu voudras.

— Mais ce qui m'inquiète le plus, c'est la nature de notre ennemi. Ces Galaméens. Et leur chef, Golan Tark : tu l'as connu, n'est-ce pas ?

— C'était un fou.

— Ne parle pas de lui au passé, Kordac ; il *est* toujours aussi fou, non ?

— Je l'ai fait assassiner. C'est peut-être ma plus grande erreur.

— Va savoir... En tout cas, pour un mort, il nous gâche bien la vie. Et ça me flanque la trouille.

— Palmiarn m'a dit la même chose, tout à l'heure.

— La mort n'a pas l'air d'un chouette truc, quand on pense à ceux qui en reviennent pour nous envahir.

— Je suis bien d'accord, Odasius. Et c'est justement pour cette raison que nous nous battons.

— Pourquoi est-ce qu'ils nous en veulent autant ? Pourquoi ils ne se contentent pas de *revenir* parmi nous ?

Adrian pensa à Jocquinius ; le vieux mage lui avait donné son point de vue sur l'état des Galaméens et leur alarmante loyauté au sorcier.

— Je crois qu'ils sont aussi fous que leur maître.

— Il y a bien une raison à ça.

— L'au-delà ne doit pas vraiment ressembler à l'archipel des Ferrone... Plutôt l'enfer que le paradis.

— Tu veux dire qu'ils auraient accumulé de la haine ?

— Possible…

— D'accord, mais on pourrait aussi imaginer qu'ils seraient heureux de revenir parmi nous, après une épreuve pareille…

— Alors Tark les a probablement ensorcelés.

— Il aurait fallu poser la question à ce mage, là. Celui qui nous a accueillis à Port-Incaline pour te donner cet objet magique. Comment s'appelait-il, déjà ?

— Oh, ce Jocquinius ?

— Oui, c'est ça. Il nous a quittés un peu rapidement et je n'ai pas eu le temps de te demander pourquoi.

Adrian dissimula sa gêne derrière les responsabilités de sa fonction et dit :

— Lui et moi, nous n'étions pas d'accord. Nous voyons les choses différemment… Je veux bien débattre, mais pas polémiquer.

— Et puis, je crois savoir que pendant ton règne, tu n'as pas été tendre avec l'ordre des Triniciens.

Adrian sourit :

— On peut le dire comme ça. J'ai du mal à leur faire confiance, aujourd'hui comme hier. Ils ont toujours guigné le pouvoir, ils ne peuvent tout simplement pas s'en empêcher !

— Hum, je vois, dit Odasius avec une pointe de sarcasme. Mais notre ennemi est un ancien Trinicien ; la connaissance de Jocquinius aurait pu nous être utile.

— Tu me dis ça maintenant ?

Odasius haussa les épaules.

— Tu n'avais pas demandé mon avis. Après tout, tu es le chef, Kordac. J'imagine que tu prends les bonnes décisions.

Adrian ne sut pas si une fois de plus le sarcasme motivait cette dernière réplique. Il préféra penser que non et demanda :

— Combien de temps on peut tenir, d'après toi ?

— D'après mes estimations, environ deux semaines. Au-delà, tout va devenir très compliqué. Et je ne parle pas du facteur mental, Kordac.

— Laisse-moi m'en occuper.

— Bien sûr.

— Il se passe quoi au-delà de deux semaines ?

— Plus de pétrole pour nos lampes.

— Nous sommes entourés de bois.

— Plus de réserves d'eau.

— Je connais une rivière pas loin d'ici.

— Si de nouvelles recrues arrivent, on ne pourra pas les habiller correctement.

— Nous abattrons des bêtes pour tanner des peaux.

— Le plus sérieux demeure la nourriture, évidemment. Je sais ce que tu vas me dire : « Nous chasserons. » Mais on ne pourra pas tout faire, et pas en même temps.

— Alors, pillons le prochain village !

Odasius sourit enfin, un sourire timide sur un visage harassé de fatigue, avant d'ajouter :

— On pourra peut-être épargner les habitants ?

— Tu crois vraiment que je suis un guerrier sanguinaire ?

— Bah, je ne t'ai pas connu autrefois mais on raconte beaucoup de choses terribles.

— C'est vrai. Qui sait : je t'aurais peut-être tranché la gorge...

Odasius sourit plus franchement. Mais son rictus céda aussitôt la place à l'inquiétude.

— Qu'est-ce qu'il y a ? demanda Adrian.

De sa main tendue, le marchand de la madina désigna l'épaule d'Adrian. Une tache rouge s'épanouissait sur la toile de coton blanc.

* * *

Quelque temps après l'échec de son attaque, Golan Tark rejoignit Bois-des-Larmes. Il n'avait pas obtenu le Talaris, certes, mais il avait au moins gagné quelque chose dans la mésaventure. Ou plutôt *quelqu'un* : toutes les prières de Jocquinius n'avaient pu éloigner le jeune Haldric de Galameh.

Bois-des-Larmes s'élevait de l'autre côté du Ventre. Ce jardin des douleurs était l'œuvre du sorcier et il aimait à s'y promener. Ici les arbres ployaient sous le poids de fruits singuliers : des suppliciés y enduraient des moments pires que la mort elle-même.

Mains dans le dos tel un promeneur arpentant les allées d'un verger, Tark s'approcha de l'arbre de Haldric. Nu, le garçon était traversé de rameaux. Il sentait le bois croître sous sa peau, contre ses os, millimètre après millimètre, et la douleur était si terrible qu'il regrettait de ne pas avoir été dévoré par Gédaëlle. Il avait tenté de s'adresser aux suppliciés, mais la plupart d'entre eux ne pouvaient plus parler, la bouche entravée par une branche plus grosse que les autres.

Il n'avait pas la moindre idée de ce qui se passait. Un démon l'avait accueilli à son entrée en Galameh. Prisonnier de mains à l'allure de serres, Haldric avait été emporté à travers le royaume d'Omok, d'une « porte » à l'autre. Puis ils avaient survolé un lac d'où le moinillon avait senti poindre un million d'yeux. Enfin la créature nommée Balabord l'avait jeté dans les branches d'un arbre sans feuilles et, à sa grande surprise, puis à sa totale frayeur, sa chair s'était tout entière fichée dans les ramures comme au travers d'un faisceau de pieux.

Des années plus tard, sembla-t-il à l'adolescent, un homme apparut au bout du chemin qui traversait ce bois cruel. Il avait fière allure, avec sa cape rouge, ses cuissardes et vêtements noirs. Quel âge pouvait-il bien avoir ? Pas plus de quarante ans. Son visage avenant affichait une autorité incontestable.

— Mon pauvre garçon, commença le sorcier. Te voilà en bien mauvaise posture.

— Qui êtes-vous ?

— Un ami qui te veut du bien ! Mais tu ne me croiras sans doute pas. Pourtant je peux faire beaucoup pour toi. Sais-tu que je suis le maître ici ?

— Vous n'êtes pas Omok. Je sais que vous n'êtes pas Omok.

— Tu en sais des choses !

Tark se plaça juste sous l'arbre, tendit la main et saisit délicatement le poignet de Haldric. Aussitôt, les branches cessèrent de croître en lui. La douleur n'avait pas disparu pour autant : elle s'était en quelque sorte stabilisée et ce simple fait pouvait bien tenir lieu de soulagement. De son pouce, Tark caressa la peau plus fine à l'intérieur du poignet. Dans sa position, le garçon ne pouvait croiser le regard de son interlocuteur.

— Tu sais beaucoup de choses et c'est bien normal pour un moinillon de l'Ordre trinicien.

— Vous connaissez l'Ordre ?

— Qui ne le connaît pas ?

— Alors vous êtes Golan Tark ! comprit enfin le garçon.

Le sorcier lâcha le poignet et recula de deux pas pour entrer dans le champ de vision de Haldric.

— C'est moi en effet. Mais pourquoi faire cette tête ? Ai-je l'air si méchant que ça ? Tu peux me répondre franchement. La franchise est d'ailleurs l'une des qualités que je préfère. Elle équivaut bien souvent à du courage, selon moi. Et qui pourrait reprocher quoi que ce soit au courage ? Alors, ai-je l'air si méchant que ça ?

— Je... Non, je crois pas.

— Est-ce moi qui t'ai mis dans cette position pénible ?

Haldric voulut secouer la tête mais les branches l'en empêchèrent. Les larmes coulèrent au coin de ses yeux.

— Non, répondit-il encore, la gorge emplie de sanglots.

— C'est Balabord qui t'a mis là et Balabord est un méchant démon, si tu veux mon avis. Il ne t'a pas fait trop de mal au moins ? Je veux dire, avant de te jeter... ici ?

— Il m'a fait très peur.

— Je le regrette, dit Tark en fronçant les sourcils. Balabord prend sa fonction un peu trop au sérieux. Mais c'est vrai qu'Omok ne l'a pas engagé pour converser avec les Juste-morts. Balabord est un démon, gardien de Galameh, voilà tout. Au moins me voilà rassuré : je n'ai pas l'air méchant à tes yeux. Ça m'aurait contrarié, tu sais ? On a dû te raconter beaucoup de choses à mon sujet. Beaucoup de mensonges, même ! Alors que je n'ai jamais souhaité que le bien de tous... Regarde où m'a conduit ma générosité : je suis à peine mieux loti que toi !

Tark haussa les épaules, paumes tournées vers le ciel. Il voulait prendre à témoin le jeune supplicié qui tâchait d'y voir clair par-delà le brouillard de la souffrance. Il espérait ne pas trop en faire même s'il s'estimait assez bon comédien pour convaincre le plus réticent des auditoires.

— Heureusement, reprit le sorcier, je suis ici depuis assez longtemps pour connaître quelques trucs. À dire vrai, je peux même t'aider à te sortir de ce... ce mauvais pas. Mais il ne faudra rien répéter à Balabord, d'accord ? Il cherche une information et je crains qu'il ne soit pas aussi indulgent que moi : il sera cruel avant même de te poser la moindre question. D'ailleurs tu le vois bien, n'es-tu pas ici, dans son horrible verger ?

Haldric poussa un gémissement d'approbation inquiète.

— Autant que je t'interroge moi-même. Et quand tu m'auras répondu, je ferai tout pour te libérer. Balabord saura m'écouter, crois-moi. Tu me crois ?

— Ou… oui…

— Très bien, mon garçon, très bien. Si j'avais été ton maître, à Haut-Temple ou ailleurs, j'aurais récompensé ta bonne foi. Tu ne m'en voudras pas si je m'assieds ?

Sans attendre de réponse, Tark s'installa sur l'herbe, s'adossant à un arbre où gémissait ce qui avait dû être une femme, des années auparavant. Ainsi, il ressemblait plus à un philosophe sur le point de donner une leçon qu'à un tortionnaire à deux doigts d'infliger un supplice.

— Dis-moi, mon garçon, as-tu une idée de l'endroit où je pourrais trouver le Talaris aresmass ? Sais-tu au moins de quoi je parle ?

— Je crois pas…, répondit Haldric dont les souvenirs s'embrouillaient au contact de l'effroi et de la douleur.

— Mmm…

Tark résista à l'envie de forcer le passage des branches en Haldric. Il dit :

— Il se trouve que ce vieux… mage avec lequel tu étais lorsque des créatures t'ont envoyé ici, ce vieil homme possède un objet magique de la plus haute importance.

— Le Sarment du Temps…, se souvint soudain le garçon.

— Oui ! Très bien, Haldric, c'est de cela dont je parle ! exulta le sorcier. Je vois que tu ne cherches pas à me mentir, tu es honnête. Une fois de plus, tu me prouves ta bonne foi : c'est bien, c'est même très bien. Alors Jocquinius détient bien cet artefact ?

— Non.

— Comment ça ?

— Il ne l'a plus.

L'expression de fausse sympathie de Tark céda la place à un froncement plein de colère et d'inquiétude mêlées. Il abandonna sa position, se redressa, serrant ses chevilles entre ses mains.

— Qui le détient ? Allons, réponds !

Les branches reprirent leur lente progression dans les chairs du moinillon. Il se mit à pleurer, incapable de retenir ses sanglots plus longtemps. Il n'était plus qu'un enfant effrayé, comme pris dans les mâchoires d'un piège en lieu et place d'un prédateur féroce. Et ce prédateur se tenait face à lui, montrant les crocs, prêt à bondir pour le dévorer.

— Adrian, le… l'empereur Adrian…

— Qu'est-ce que tu racontes ? Ne te fiche pas de moi !

Tark se leva. Il bouillait. Ne comprenait pas le sens de ce mensonge. Adrian n'était plus. Les flammes l'avaient emporté, lui et son armée, sur les plaines de Havoc. Le sorcier en savait quelque chose : il était l'instigateur de ce massacre. Un massacre accompli avec l'aide de l'impératrice Onahra elle-même, bien qu'à son insu. Pourquoi ce stupide moinillon, le dernier maillon de la chaîne trinicienne, inventait-il ça ? Il prit une profonde inspiration pour se calmer. L'adolescent sanglotait et si Tark continuait ainsi, il n'allait pas tarder à l'envoyer au plus profond de Galameh, sans même avoir eu le temps d'obtenir plus d'informations.

Le sorcier ferma les yeux et serra les poings de toutes ses forces. Il reporta sa colère sur le lac, provoqua un creux profond d'où une onde s'éleva puis s'éloigna. Le visage tourné vers le ciel, Golan Tark grogna comme une bête sauvage tandis qu'une vague énorme s'enroulait. Dans moins d'une minute, elle s'abattrait avec une violence formidable sur les rives du lac. Le sorcier sentit la colère refluer à mesure que la vague d'eau noire s'élevait. Il baissa la tête, ouvrit les yeux et, se composant une expression dénuée de méchanceté, regarda le moinillon. À nouveau les branchages s'étaient arrêtés.

— Mon garçon, mon pauvre garçon. Si nous voulons nous en sortir, toi et moi, si nous voulons échapper à Balabord et à ses amis, il va nous falloir répondre précisément, tu es d'accord ?

Adrian… Les Ferrone…

— Es-tu certain qu'Adrian est encore en vie ? reprit le sorcier. Tu sais, j'ai toujours cru qu'il était… *parti* chez Ganalone.

— Il… il est revenu par l'océan. Et on lui a remis le Sarment du Temps.

— Adrian est revenu… Alors il ne serait pas mort ? Tu l'as vu ?

Haldric hésita. Tark répondit à sa place :

— Oui, bien sûr. Tu l'as rencontré. Et il t'a fait une forte impression, même vingt-cinq ans après la fin de son règne. Eh bien, c'est… c'est une surprise. Une vraie surprise. Balabord sera sûrement très content d'apprendre ce détail. Adrian et le Talaris aresmass réunis… Comme au bon vieux temps, n'est-ce pas ?

Il s'approcha de l'arbre de Haldric. De nouveau il saisit sa main ; le bois traversait la paume. Une branche plus fine glissait sous un ongle qui se décollait.

— Pauvre petit moine. Tu ne savais pas ce qui t'attendait en rejoignant l'Ordre… Rien ne se passe comme tu l'avais prévu.

La colère était revenue.

— Malgré tes espoirs, malgré la présence du pouvoir autour de toi… Rien ne se passe comme prévu, pauvre, pauvre petit garçon…

La colère et la rage.

Elles submergèrent le sorcier au moment où la vague lancée un peu plus tôt explosait sur les berges du Ventre, en un vacarme qui se répercuta jusqu'au cœur de Bois-des-Larmes.

Adrian était sur les Ferrone. Pour une raison que j'ignore, il y était ! Voilà pourquoi Hodgson a échoué.

Tark plissa les yeux de toutes ses forces. L'espace d'un instant, il était redevenu un homme affaibli par les épreuves, les humiliations, son assassinat commandité par l'empereur plusieurs décennies auparavant. Haldric vit cette brève et soudaine transformation. Puis le sorcier poussa un cri terrible tandis que les embruns nés de la vague traversaient le verger en une brume glaciale. Alors toutes les branches des arbres à pleurs se développèrent à une vitesse anormale, déchiquetant les malheureux pendus là en un concert de craquements et de hurlements. Le bois crissa et gémit. Les arbres les plus puissants arrachèrent les plus faibles.

Les ramures se joignirent aux ramures et en moins d'une minute le verger bien ordonné se mua en une jungle. Au milieu de cette folle intrication végétale Golan Tark criait encore, épargné par le mouvement rapide de la végétation comme s'il s'était abrité sous une bulle. Il abandonna les lieux…

… pour se matérialiser près de la Cabane. Il constata les dégâts qu'avait causés sa vague : le rivage avait changé de dessin, des arbres avaient été déracinés puis emportés au loin, des pontons étaient détruits, six navires construits par ses soins s'amoncelaient comme des baleines échouées, ouvraient au ciel leurs flancs crevés. Des centaines de soldats, ses troupes d'invasion, gisaient inanimés telles des figures de proue à l'abandon parmi des milliers de planches. Certains suppliaient pour recevoir des soins, d'autres étaient dévorés par les meutes de créatures que le sorcier avait invoquées afin d'armer ses hommes, d'autres encore disparaissaient, recouverts d'une fumée noire peuplée d'yeux.

Quel gâchis !

Il n'avait aucune compassion pour ces hommes ; seulement, des soldats, le sorcier n'en aurait bientôt plus : il était de plus en plus difficile de trouver des fétiches et Jeremy n'en rapportait d'ailleurs plus.

La nouvelle du retour d'Adrian aggravait sévèrement la situation. Il n'avait jamais pu s'assurer de sa mort. Certes, l'empereur n'avait pas arpenté Galameh et il y avait peu de chances, après une telle défaite, qu'il échoue dans le royaume d'Omok. Mais comme il n'avait eu aucune nouvelle de lui durant les vingt-cinq dernières années, le sorcier avait cessé de le considérer comme une menace.

Comment imaginer qu'Adrian reviendrait, doté du Sarment du Temps… ?!

Le sorcier regarda le Ventre. Une étendue noire, vivante, et qu'il avait apprivoisée. Il s'en était servi pour emmener ses premières troupes loin de Galameh : le lac se prolongeait en un fleuve au bout duquel une porte s'ouvrait vers Val-des-Miracles. Les navires d'Hodgson avaient pris cette route nautique pour rejoindre l'archipel des Ferrone. D'autres troupes avaient suivi et s'étaient emparées de Corall-Medding, de Tuckmill, de Daring et de bien d'autres cités. L'invasion était en marche et les Talaris seraient bientôt tous entre ses mains.

Mais le fleuve du temps avait quant à lui suivi un autre chemin.

Adrian était à nouveau dans la partie.

Après la colère, le désespoir menaçait d'emporter l'ancien mage trinicien. Il lui fallut du temps pour accepter ce bouleversement dans ses prévisions. Il se souvint de son expérience alors qu'il manipulait la Pierre d'Ombre, dans la Cabane : le doute l'avait assailli et avait manqué de l'emporter. Tark n'avait dû son salut qu'à l'acceptation de l'échec.

Je n'ai pas encore gagné, mais je n'ai pas perdu pour autant. Rien n'est joué avant la fin de la partie.

Il répéta ces mots, encore et encore.

Une partie. Il jouait une partie où le sort du monde était en jeu. Il ne laisserait pas Adrian la gagner.

Il me faut *cet artefact. Si besoin est, j'irai le chercher entre ses mains. Je suis prêt à prendre ce risque.*

Golan Tark convoqua son jeune aide. Qui ne répondit pas. Voilà bien la première fois que le garçon ne réagissait pas immédiatement à ses appels et Tark sentit aussitôt que quelque chose clochait. Il convoqua Jackal avec aussi peu de résultat. Quant à Onahra, elle demeurait introuvable. Il se matérialisa à tous les endroits de Galameh qui lui étaient accessibles de cette manière surnaturelle, en vain.

Que se passe-t-il ?

Le doute resserra son emprise sur le sorcier comme un rapace crève les flancs de sa proie. Il entra dans la Cabane et s'installa dans la salle du trône. Voilà des jours et des jours qu'il ne s'était préoccupé du mercenaire et de l'impératrice. Et Jeremy avait moins de travail maintenant que les armées étaient en place. Ces dernières semaines, l'élaboration de la nouvelle phase de son plan en compagnie de l'architecte Cerni avait absorbé le sorcier.

J'ai passé tellement de temps à préparer l'invasion et à organiser l'occupation que je ne vois plus ce qui se passe autour de moi. Onahra, Jeremy, Jackal... Est-ce une coïncidence qu'ils soient tous les trois introuvables ? Le mercenaire est capable de n'importe quoi, même si la dernière fois que je l'ai vu, il n'était pas au mieux de sa forme. Je m'étais promis de suivre l'évolution de son état, de mesurer sur lui l'effet du venin des scorpions de feu. Et j'ai laissé courir...

Certes, il n'était pas le maître de Galameh, mais dans la partie qu'il menait ici et ailleurs, il possédait un atout majeur qu'il comptait bien produire.

Balabord.

Golan Tark appela le démon. Lequel, s'il répondit promptement, mit bien du temps à venir. Et quand il fut là, le sorcier dut affronter son orgueil, sa mauvaise foi et son manque de loyauté. Mais pouvait-il en être autrement avec un être aussi corrompu ?

Il lui demanda s'il avait une idée de l'endroit où se trouvaient ses « hôtes ».

— Depuis quand suis-je obligé de garder un œil sur tes protégés ? dit le démon au visage blanc et glabre, à la queue-de-cheval rousse.

— Tu ne vas pas te mettre à discuter ma moindre demande ?

— Et si tu t'occupais mieux de tes hôtes, sorcier ? De tes affaires en général. Regarde le chantier que tu as fait autour du Ventre. Un jour, des démons moins compréhensifs que moi viendront mettre le nez dans tout ça.

— Et tu seras là pour les en empêcher. Tu es l'ami de tous les démons de Galameh, je me trompe ?

— On ne peut pas en dire autant de ton mercenaire, ce Jackal…

— Comment ça ?

— Cet idiot a causé du tort à certains de mes compagnons, justement. Il est… plus fort qu'on ne pouvait l'imaginer.

Les jambes serrées dans des bas de soie noire et la taille dans un corset tissé d'or, la silhouette chétive de Balabord flottait légèrement au-dessus du sol. De la pointe d'un ongle, il gratta une rougeur sur son buste pâle et nu. Il s'était tu avec une évidente insolence.

— Explique-toi, dit le sorcier après quelques secondes de silence.

Balabord regarda l'ongle où s'était logée de la peau malade, le suça et répondit enfin :

— Je ne sais pas comment il a acquis ce pouvoir, mais il est capable d'arrêter nos attaques. Il bloque les ombres que nous lançons sur lui, elles n'ont donc aucun effet. Tu as peut-être une idée de la manière dont une telle chose est possible ?

— Si tu sous-entends que j'ai pu lui donner un sortilège pour s'opposer à vous, je t'arrête tout de suite. Attends… Il a été piqué par les scorpions de feu. Tout son visage a été crevé par leurs dards. Peut-être que leur venin…

— Possible. Je ne sais pas grand-chose de ces créatures. Elles étaient là bien avant nous et, par moments, je me demande si elles ne survivront pas à la fin des temps. Si ce jour-là arrive, bien entendu, ajouta le démon avec un large sourire qui découvrit ses dents aiguisées. En tout cas, j'en connais qui ont su profiter des nouveaux jouets de ton mercenaire.

— Il était accompagné, c'est ça ? Jeremy et Onahra.

Le démon claqua des mains, la tête penchée de côté.

— Bravo l'ami ! On ne peut pas te cacher grand-chose.

Mais Golan Tark avait envie de tout sauf de s'amuser des cabotinages de Balabord.

— Et ça fait longtemps ?

— Eh bien, le temps n'a pas la même valeur ici qu'en Val-des-Miracles, n'est-ce pas ? Tu as bien dû t'en rendre compte et…

— Ça suffit ! cria Tark. Tu me fatigues, Balabord. Viens-en aux faits. Pourquoi ne m'as-tu pas parlé plus tôt de leur fuite ?

— Parce qu'il s'agissait d'une fuite ? Je ne suis pas payé pour courir après tes protégés, sorcier. Où en es-tu de la promesse que tu m'as faite ? Moi et mes compagnons étions censés quitter Galameh…

— J'y travaille. Tu crois que cela peut être fait en un jour ?

— On dirait bien qu'il t'en faut beaucoup plus. Et notre patience a des limites.

— Pourquoi tu ne te débrouilles pas seul pour passer de l'autre côté ?

— Tu sais très bien que c'est impossible ! Nous ne tiendrions pas une journée sans que Galameh nous rappelle ! C'est bien pour ça que tu devais nous ouvrir des portes…

— Tout à fait. Je te l'ai dit, j'y travaille. Il nous faut bâtir des tours. Ensuite, la magie permettra de les relier les unes aux autres. À l'intérieur du périmètre qu'elles traceront vous pourrez vous déplacer librement. Mais pas avant, car…

—Blablabla… Je me fiche de savoir comment tu t'y prendras, pourvu que tu y parviennes, et vite.

—C'est un labeur de titan!

—Alors mets-y plus d'hommes. Ça n'est pas la main-d'œuvre qui doit te manquer, espèce de charognard.

Golan Tark soupira. Il en avait assez. S'il continuait sur ce registre, il n'aurait bientôt plus d'autorité sur cet être vil. Il s'enfonça confortablement dans son trône puis étendit les mains le long des accoudoirs. Il contrôla à distance l'ouverture d'une trappe d'où s'échappèrent des maculas, de plus en plus nombreux. Les étranges papillons voletèrent autour du sorcier en une danse dont la chorégraphie fluide échappait à la compréhension du démon.

—Que fais-tu? demanda Balabord, soudain inquiet de la concentration de ces insectes aux pouvoirs réels.

Mais le sorcier ne répondit pas. Son visage disparaissait maintenant derrière les innombrables papillons. Il souffla sur les ailes du plus gros d'entre eux et tout l'essaim s'envola vers Balabord à la vitesse de guêpes attirées par un morceau de viande.

Avant même que le démon ait pu réagir, les maculas se posèrent sur l'un de ses bras.

—Eh! fit Balabord en balayant les papillons qui s'en prenaient à lui.

Mais à chaque macula écrasé une partie de son membre disparaissait.

—Arrête ça! cria Balabord, paniqué. Tout de suite!

Tark laissa les maculas œuvrer. Des ombres, l'arme du démon, naquirent autour de Balabord. Le sorcier jouait un jeu dangereux: que l'insolent les libère dans la pièce et ce serait un chaos dont il avait peine à imaginer les conséquences. Oui, Tark en avait conscience. Il estimait cependant que le jeu en valait la chandelle. Une bonne leçon valait bien de prendre quelques risques.

—Range ton arme, dit alors Tark d'une voix calme. Tu vois de quoi je suis capable quand tu me mets en colère. Ne laisse pas les ombres s'en prendre à moi, ici: qui sait ce que les maculas deviendraient. Qui sait ce qu'ils feraient au reste de ton corps.

—Je t'en supplie, arrête! implora le démon.

—Ne les écrase pas, ou il ne restera plus grand-chose de toi.

Les maculas le démangeaient horriblement et résister à l'envie de les écraser était plus que difficile. Ils s'en prenaient à sa main. Le démon poussa un gémissement de bête blessée.

—Tu promets de te montrer un peu moins arrogant?

—Je te le promets!

—Et plus dévoué… Je t'ai déjà offert tant d'âmes sur un plateau, et encore plus de responsabilités. Souviens-toi à quel point tu t'ennuyais avant que je prenne les choses en main, ici.

—Promis, promis!

Le sorcier observa le jeu des ombres qui ceignaient Balabord d'un halo de lumière noire. Elles refluaient. Tark avait gagné. D'un geste de la main le sorcier ordonna aux maculas de retourner dans la trappe. Le démon tomba à genoux, la tête renversée en arrière, la bouche ouverte sur sa douleur – une douleur muette à présent. Il manquait à son bras des parties entières, comme si elles avaient été effacées par une gomme ensorcelée. Un trou large comme un œil ouvrait sa paume.

— Maintenant, tu vas me chercher ces sales petits fuyards. Ramène-moi Onahra et Jeremy. Mais tu feras ce que tu veux du mercenaire. Du moins, à partir du moment où tu le supprimes définitivement. On s'occupera de ton bras à ton retour. Va !

Le démon parti, Golan Tark se reposa plusieurs jours. La sorcellerie à l'œuvre pour contrôler les maculas exigeait son dû et Tark ne pouvait le négliger sans risque pour son équilibre. La colère elle-même l'avait épuisé et il restait tant à accomplir… Déjà, remettre les navires de guerre à flot. Les dégâts que la vague géante avait causés devaient être réparés. Et personne sinon lui ne pouvait s'en occuper.

Chapitre 6

Corall-Medding avait un nouveau gouverneur, et c'était un mort. Issu de Galameh, Octave Rayland contrôlait l'ancienne capitale d'empire avec une main de fer. Il ne connaissait pas la pitié et les jeux cruels avaient sa préférence.

— Vous ferez en sorte de réduire la Hanse à une bande d'escrocs pitoyable, lui avait ordonné Tark. Gardez-en quelques-uns sous la main : leur connaissance de la société corallaise et des infrastructures de la cité pourrait nous aider. Mais choisissez les plus corrompus.

— Et les Triniciens ?

— Écrasez-les comme des punaises.

Un programme qui séduisit aussitôt Rayland : son frère avait été battu à mort par un mage alors qu'il essayait de voler l'une de leurs potions. L'affaire avait été étouffée, mais pas au point d'échapper aux oreilles d'Octave, un marchand qui commerçait avec l'Ordre, bien avant la naissance d'Adrian et la constitution de la Hanse. Octave n'aimait pas son frère. Et puis, le voleur avait eu ce qu'il méritait. Seulement l'exécution sommaire d'un membre de sa famille était un affront qu'il se devait de laver. Rayland travestit l'histoire et fit de son frère une victime de la cruauté gratuite des Triniciens. Il rassembla des fonds auprès de ses confrères qui ne tenaient pas l'Ordre en très haute estime, s'en servit pour constituer un commando qu'il dirigerait et graisser la patte de clercs qui lui ouvriraient les portes de Haut-Temple le moment voulu. Hélas, l'argent ne parvint pas à étouffer les rumeurs dans ce sens-là, pas plus que les mages n'étaient arrivés à taire totalement le meurtre du frère.

Si bien qu'à son entrée dans Haut-Temple, Rayland et ses hommes furent accueillis par des clercs armés et avertis. Un mage les commandait. Le combat ne dura que quelques instants et Rayland fut envoyé en Galameh, au prix d'une douleur qui le hantait encore.

S'il avait vécu assez longtemps, il aurait peut-être créé la Hanse : il était un homme fédérateur, à l'autorité naturelle et jamais à court d'idées. Il l'aurait créée et l'aurait détruite aussi vite car son caractère sanguin mettait en péril la moindre de ses constructions. Par certains côtés, son long séjour en Galameh l'avait obligé à mettre de l'eau dans son vin. Par d'autres, il avait amplifié ses pires travers. Mais sa raison comme sa folie signaient le calvaire du peuple de Corall-Medding avec une égale violence.

Ce matin-là on lui amena une jeune femme. Elle s'était opposée à une colonne d'Occupants qui enlevait des vieillards, deux jours auparavant. On l'avait laissée croupir dans les cachots de l'arsenal. Elle n'était pas encore brisée quand elle entra dans le bureau du gouverneur. Il ne lui restait plus à vivre que quelques minutes de dignité.

— Comment t'appelles-tu ? demanda le gouverneur, seul en présence de la prisonnière menottée que les gardes avaient contrainte à s'agenouiller.

La jeune femme ne voulut pas se laisser impressionner par cet homme au visage bouffi et glabre, où pendouillaient de rares mèches grasses, et elle dissimula son effroi sous son insolence.

— Je n'ai pas à vous répondre. Vous n'êtes le chef de personne, ici ! Vous êtes une ordure et vos hommes aussi. Vous nous prenez tout ! Rendez-nous les nôtres et retournez d'où vous venez !

Rayland approcha, mains dans le dos.

— Je suis retourné d'où je viens, dit-il d'une voix amusée. Qu'est-ce que tu crois ? Corallais je suis, Corallais je reste.

Son visage se fendit d'un horrible sourire, découvrant un chaos de dents cassées et une langue d'un violet presque noir. Il ajouta :

— Je suis ici chez moi autant que tu l'es. Tu dis que nous vous prenons tout ; tu ne vois pas ce que nous faisons pour notre cité ?

Il s'agenouilla face à la jeune femme et saisit le menton délicat entre ses doigts boudinés et gercés.

— Tu ne le vois pas ?

La pestilence qu'exhalait le mort souleva le cœur de la prisonnière. Elle voulut détourner la tête mais il la maintint serrée fortement et elle ne put échapper à son faciès répugnant. Le pire était ses yeux, deux puits noirs et étroits. Elle sentit ses forces décliner très vite, comme si les yeux du gouverneur les aspiraient. Ça partait du bas-ventre puis atteignait les poumons, la gorge. Elle chercha son souffle, étouffa. Des points blancs dansèrent devant elle. Rayland relâcha son emprise magique juste avant qu'elle s'évanouisse.

— Ton nom ? demanda-t-il.

— Va… Valetta.

— Et tu es de quel coin, Valetta ?

— Grève-Pieds.

— À voir ton allure, je veux dire, sous la crasse des cachots, tu dois être une petite bourgeoise des quartiers est, tout là-haut.

Valetta était à quatre pattes, ne sachant quelle position prendre pour retrouver son souffle et quel ton adopter pour éviter le châtiment. Elle hocha la tête. Le gouverneur se releva, tourna les talons et marcha vers la terrasse ; il stoppa juste avant d'en franchir le seuil. À l'extérieur, le ciel était d'un vert surnaturel. L'arsenal concentrait le maximum d'énergie morbide et un halo permanent le coiffait. À l'instar d'un immense drapeau, il affirmait la présence crâne des troupes d'occupation, leur autorité incontestable. Leur victoire.

— Tes parents, ils font quoi dans la vie ?

— Ils sont morts. Haut-Temple…

— Ah oui… bien sûr… Quelle tragédie, non ? Mais tu vois que notre présence est loin d'être si néfaste : nos troupes ont déblayé les décombres en un temps record. Sans nous, vous y seriez encore, les cadavres se seraient décomposés et les maladies seraient à l'œuvre aujourd'hui. Et puis, avoue que Corall-Medding se portait mal : la Hanse et l'Ordre partageant un même pouvoir… quelle drôle d'idée ! Il ne pouvait rien en sortir de bon. Qu'en penses-tu ?

— Je… Je ne sais pas.

— Oui ? Tu ne sais plus grand-chose on dirait. C'est toujours comme ça, quand le pouvoir change de mains. Voilà ce que m'a appris le Maître. Qu'elle soit bonne ou mauvaise, la nouveauté fait si peur qu'on est prêt à tout pour l'étouffer. (Rayland se retourna.) Et si on apportait le bien ? Hein ?

— Les vieillards… Vous emportez les vieillards…

— Ah, oui. C'est vrai, tu voulais arrêter une colonne à toi toute seule. C'était courageux de ta part, petite Valetta. Inutile, mais courageux. Les vieillards… Qu'est-ce qu'ils vous apportent, sinon des ennuis ? Il faut s'occuper d'eux sans cesse, les nourrir, les torcher, et ils sont bien moins attendrissants que des bébés, tu ne trouves pas ? Ils passent leur temps à râler et il n'y a que le passé qui les intéresse. On vous rend service. On *se* rend service.

— J'aimais mes grands-parents, dit Valetta, comme pour elle-même.

— Les miens, je ne les ai pas connus. Enfin si, une grand-mère. Quand elle ne faisait pas sous elle, elle m'insultait. Si j'avais osé, et surtout si j'en avais eu la force, je l'aurais étranglée de mes propres mains. Et puis, Valetta, ces vieux ne nous ont jamais été aussi utiles. Il faut bien se nourrir, non ?

La jeune femme comprit aussitôt l'allusion du mort : comme ses congénères, le gouverneur ne se nourrissait pas de viande ou de légumes, il se repaissait de l'énergie vitale des vivants, au moment de leur assassinat. Sauf que ce Rayland semblait pouvoir le faire sans même tuer sa proie.

— Grâce à nous, Consolata sera enfin une terre de paix. Tu ne trouves pas ça extraordinaire ? Nous sommes les sauveurs de l'humanité !

Il riait presque. Valetta comprit l'ironie du gouverneur. Il ne croyait pas un mot de ce qu'il affirmait. La colère recouvrit la peur, le temps d'une nouvelle réplique :

— Vous êtes des envahisseurs. J'ai perdu des proches, jamais ils n'auraient fait ce que vous faites. Vous ne sauvez que vous-mêmes !

Rayland haussa les sourcils. Une fraction de seconde plus tard, Valetta sentit la douleur se frayer un chemin de sang en elle.

— Peut-être que tu as raison, dit le gouverneur. Peut-être que nous voulons nous installer là parce que c'est bien plus agréable que Galameh. Peut-être que nous sommes prêts à tous vous éliminer pour ne pas retourner là-bas.

Valetta perdit connaissance au bout d'une dizaine de minutes, avec le sentiment horrible qu'on l'avait vidée de son sang. Octave Rayland attendit qu'elle se réveille pour jouer encore avec elle. Il devait être prudent et lui laisser assez de forces pour ne pas la tuer dans la matinée. Valetta avait tant d'énergie à offrir… C'était autre chose que ces vieillards qui composaient son ordinaire : il avait ordre de garder en vie les plus jeunes Corallais, pour la réalisation d'un grand projet.

Le gouverneur avait du travail, beaucoup de travail. Et ses subalternes le dérangèrent dans son festin à maintes reprises. Pour des comptes-rendus qu'il avait lui-même réclamés. Pour des décisions à prendre concernant la circulation des biens et des personnes entrées dans leur zone d'influence, c'est-à-dire à ce jour une bonne partie des Territoires, ces moignons d'empire qu'avaient gouvernés ensemble Triniciens et marchands de la Hanse. Car tout Elamia n'était pas conquis. L'invasion progressait vite, mais il restait des batailles à mener. Pas de quoi soucier Rayland : les vivants étaient pris de court et, malgré le courage de certains, il leur manquait les armes adéquates pour renvoyer les Juste-morts en Galameh. Non, ce qui l'inquiéta vraiment ce jour-là fut l'état dans lequel il se trouva en fin de journée.

Il avait abusé de Valetta autant que possible sans la tuer. Il s'était repu de ses forces vives toutes les deux heures. Dès le deuxième repas, Valetta n'avait même plus la ressource de pleurer. À peine parvenait-elle à se recroqueviller pour protéger ses organes les plus sensibles, comme le font toutes les proies acculées par un prédateur. Elle gisait dans un coin du vaste bureau dominant l'île de l'arsenal. Pourtant, le gouverneur ne se sentait pas bien. Ça n'était pas la première fois qu'il avait la nausée depuis son retour en Val-des-Miracles. Que sa tête lui tournait de plus en plus. Et qu'il finissait par perdre conscience de ses actes tout en continuant d'agir.

Au début, il avait attribué ces malaises à une nécessaire et pénible adaptation à sa nouvelle condition. Son corps n'était pas celui qu'il habitait, vivant : son cadavre s'était décomposé depuis des décennies et une enveloppe composée de matériaux inconnus de ce côté du monde abritait l'âme de Rayland ; cette enveloppe peinait peut-être à s'accoutumer à Val-des-Miracles. Le Maître avait forcément pensé à ce détail : il pensait à tout. Seulement, les semaines passaient et les malaises étaient de plus en plus fréquents, et de plus en plus longs.

Le gouverneur n'était pas le seul à subir ces troubles. Des rapports quotidiens décrivaient pareils écarts chez ses hommes. Ils quittaient leur poste et, comme absents au monde extérieur, marchaient vers les cimetières, la morgue, les hospices. Alors ils erraient là, chaque jour plus nombreux.

Octave Rayland sentit venir ce moment d'errance. En un sursaut de conscience, il songea à prélever un peu plus de forces sur Valetta, mais le temps de traverser la pièce et il avait oublié ce simple projet. Il regarda autour de lui, se demanda ce qu'il faisait dans cette salle ornée de plans, de registres, de maquettes de navires fluviaux. Ce décor se mit à tournoyer et il se rattrapa de justesse au plateau en chêne massif d'une table à cartes. C'était comme une grippe foudroyante. Une douleur naquit derrière ses yeux. Rayland poussa un gémissement. Un autre feu s'alluma près de son cœur et son instinct lui dicta bientôt de quitter les lieux afin d'apaiser la souffrance.

Le gouverneur parcourut les couloirs de l'arsenal tel un fantôme hébété. Des gardes le saluèrent, l'un d'eux lui demanda s'il avait besoin d'aide. Rayland ne répondit rien, poursuivant son chemin. L'arsenal était l'un des lieux les mieux protégés de Corall-Medding ; pas moins de quinze minutes lui furent nécessaires pour en franchir l'enceinte. L'îlot comportait un petit cimetière de marins. Une main contre le cœur et l'autre sur la tempe, le gouverneur chemina entre les tombes. Des images de Galameh maquillèrent la vision du cimetière corallais. Rayland était retourné *de l'autre côté*, du moins le croyait-il dans sa fièvre. Et ce retour imaginaire le soulageait, lui qui pourtant ne craignait rien d'autre que de rejoindre le royaume d'Omok. Mais en ce moment précis, il n'était pas Octave Rayland, il n'était que l'ombre d'une ombre.

Il croisa sans les voir trois Galaméens, aussi perdus que lui. Tous en Galameh, comme un rêveur est l'éphémère habitant de son propre songe.

Quand Rayland recouvra ses esprits, il était assis au pied du mausolée d'un fameux armateur de batellerie. La nuit était tombée. Le halo coiffant l'arsenal était d'un vert encore plus intense. Le phare d'un havre fébrile et violent. Rayland se sentait plus faible que jamais, comme s'il n'avait pas eu l'opportunité de goûter à la force vitale des vivants, à son pouvoir de régénération. Il regagna avec peine l'arsenal et s'allongea sur une méridienne après s'être nourri auprès de Valetta. Le soulagement fut immédiat mais Rayland comprit qu'il ne pouvait pas taire ce problème plus longtemps. Après tout, le Maître avait pu négliger ce point précis. Ou même ne pas en avoir eu conscience.

Octave Rayland contacta Golan Tark le lendemain matin.

* * *

Adrian attendait la venue d'Otum. Ou plutôt sa survenue : le démon était maître en surprises. La nuit avançait et toujours pas d'autre signe du pensaguilek que le saignement de sa vieille plaie. Il joua avec les statuettes de divinités, figurines en terre cuite grossièrement façonnée que lui avait offertes un seigneur. Bientôt serait célébrée la fête des Chiffons, en l'honneur de déesses mineures et populaires. Bientôt ? Pas avant l'an prochain, selon toute vraisemblance, car il faudrait mettre un terme à l'invasion et à l'occupation avant de pouvoir parader dans la liesse, à Corall-Medding.

Quelques mois suffiront-ils ? Nous avons les armes, mais serons-nous assez nombreux ? Et des épées suffiront-elles ?

Il pouvait s'attendre à d'autres tours de la part de cet ennemi insaisissable, à l'abri de l'autre côté du monde.

Si je veux l'atteindre directement, il faudrait que je sois mort !

Il poussa un petit rire plein d'ironie. Mais l'ironie céda la place à un sentiment pernicieux, qu'il ne parvint pas à identifier. L'idée avait une résonance particulière, un accent de vérité inattendu et déplaisant. Il la repoussa, pourtant persuadé qu'elle resurgirait un jour, plus crûment. Pour le moment, il y avait Otum. Il changea le pansement qui s'auréolait déjà de rouge.

Le commandant se retint d'appeler le démon, pour ne pas éveiller l'inquiétude de ses gardes. Que penseraient-ils d'un homme qui invoque le nom d'un inconnu, au beau milieu de la nuit et dans la solitude de sa tente ?

Au mieux, ils me prendraient pour un cinglé.

À l'exception des Ferrone, il n'y avait pas encore eu de bataille et la fidélité – ou du moins la promesse de fidélité – que lui accordait son armée de fortune ne tenait qu'au souvenir du conquérant qu'il avait été. La plupart des Libérateurs ne l'avaient rejoint que sur la foi de témoignages incertains quant aux événements de l'archipel et parce qu'il n'existait guère qu'Adrian pour diriger une résistance crédible. En bref, il avait le sentiment que son commandement ne tenait pas à grand-chose.

Je dois faire attention : la moindre erreur de jugement et quelqu'un me ressortira la défaite de Havoc. Comme l'a fait Jocquinius l'autre jour. D'ailleurs où est-il à présent ? J'aurais peut-être mieux fait de le tuer !... Ou de l'écouter. Mais je n'ai pas le temps de regretter quoi que ce soit.

Comme d'avoir pris Julipen pour maîtresse.

Si seulement c'était ma décision ! Si seulement j'y étais pour quelque chose !

Elle était si séduisante, si aimante et si forte. Comment lui résister ? Ou plutôt, comment résister aux sentiments qui l'avaient assiégé dès leur première rencontre ?

Il faisait l'amour avec une femme qui n'était pas la sienne. C'était une trahison. Mais trahissait-on une épouse morte ?

Oui ! Onahra a tenté de me contacter à plusieurs reprises, depuis Galameh. Je ne sais pas comment elle s'y est prise, ni pourquoi elle a arrêté. Mais elle a compté sur moi. Et tout ce que je lui rends, c'est la pire des trahisons.

« Une trahison et un engagement, misérable pou ! »

Le pensaguilek venait d'apparaître dans sa tente mais la voix avait résonné dans sa tête, comme chaque fois.

— Otum.

— Tu n'as même pas l'air étonné ?

— J'ai des stigmates, dois-je te le rappeler ?

— Ah oui, c'est vrai. Peut-être pas une bonne idée, ces marques : elles me gâchent le plaisir de la surprise. Tu pourrais au moins faire semblant d'être effrayé.

— Si ça peut te faire plaisir, ma surprise a été grande quand le sang a commencé à couler.

— Mais je n'étais pas là pour en profiter.

— Eh bien non. Que fais-tu si loin de chez toi ? Encore en train de me voler quelque chose ?

Le cœur d'Adrian battait fort, même s'il masquait son émotion sous un ton badin, voire ironique.

— Ne m'en parle pas... Traverser l'océan a été détestable. Il y a cette ligne, là...

— La ligne d'Opale ?

— Je ne connais pas son nom et nommer les choses désagréables, c'est leur faire un bien beau cadeau. Une chose est sûre et certaine, j'ai détesté ça.

— Moi aussi…

— Vraiment ?

Debout face au commandant installé sur un divan, le démon se montrait sincèrement étonné.

— Eh bien oui. La mémoire m'est revenue d'un seul coup. Enfin… des bribes manquantes. J'ai vraiment eu le sentiment de franchir un seuil de… de conscience. Et j'étais le seul à bord dans cet état.

— Ah, c'est curieux.

— Pourquoi ?

— Pour rien, pour rien.

— Si tu sais quelque chose à ce sujet, autant me le dire.

— Tu n'as pas d'ordres à me donner, qu'est-ce que tu crois ? Je n'aurais jamais dû te sauver la vie, avec ces dragons. Tu méritais qu'ils te dévorent. Qu'ils te mâchent lentement, et tous les deux après t'avoir écartelé. Le premier aurait pris les jambes, l'autre les bras. Ils te…

— Raark n'aurait pas apprécié. Tu aurais voulu contrarier ton maître ?

— Raark est loin d'ici, se contenta de répliquer le démon.

— Tu es venu de ton propre chef ?

— Tu n'as que des questions à poser ?

— Une bonne manière d'entamer la conversation après des retrouvailles…

— Vous autres les humains, vous m'usez avec vos bonnes manières, vos beaux principes.

— Je suis sûr qu'il en existe parmi vous, des principes et des manières.

— Tu es sûr de trop de choses, pour un être en sursis.

— En sursis ? Tu viens pour me tuer, peut-être ? demanda l'homme, qui n'en croyait pas un mot mais ne put balayer l'inquiétude attisée par Otum.

— Ce serait t'accorder trop d'honneur.

— Ou contrarier un maître qui t'a ordonné de n'en rien faire. Écoute, Otum, je respecte ta force et je m'incline devant tes origines divines mais le temps presse et la guerre est déjà là. J'ai conquis des dizaines de royaumes, de principautés, j'ai vaincu des saisons de douleur et de larmes ; pourtant, la mission que je conduis aujourd'hui est la plus dure de toutes. La plus périlleuse aussi. Et comme tu l'as dit, je ne suis qu'un homme en sursis. Alors, es-tu venu en ami, en curieux ou en empêcheur de tourner en rond ? Ton voyage a été trop long pour que tu te contentes de me tourmenter, n'est-ce pas ?

Otum cracha comme un félin, dévoilant ses fines dents, effilées comme des aiguilles.

— Misérable pou, tu es toujours aussi insolent ! Tu sais que tes meilleurs gardes ne pourraient venir à bout de moi, même s'ils s'y mettaient tous ensemble ?

Adrian hocha la tête en silence, tandis que le démon s'était approché pour le dominer de toute sa hauteur. Il exhalait toujours cette même odeur d'eau croupie, où auraient macéré cent bouquets de fleurs.

— Raark n'est pas le bienvenu de ce côté de l'océan, reprit le démon. Il m'a demandé d'aller voir pour lui ce qui se trame en Consolata.

— Tu es venu seul ou avec tes amis ?

— Mes amis ?

— Oui, ceux qui étaient venus me taquiner quand je prenais un bain…

— Ah, oui, ces amis-là.

— Tu en as d'autres ?

— Le désert est grand, même pour un démon. Et l'éternité est encore plus vaste. Des amis peuvent aider à traverser ces étendues-là, tu ne crois pas ?

— Je ne connais pas l'éternité, mais j'étais bien content d'avoir des amis pour traverser le désert.

— Pour répondre à ta curiosité infamante, je suis venu seul. Ne l'oublie pas, je suis le meilleur parmi les pensaguileks.

— Je pense que tu me l'as prouvé, dit Adrian, cette fois sans ironie.

— Tu t'es montré brave, pour ne pas dire insensé. Sauter dans la gueule d'un dragon pour lui trancher ses poches à venin, ça n'est pas rien.

— Brave ou influençable ? Je ne l'aurais jamais fait si tu ne m'avais pas certifié que c'était le seul moyen d'en venir à bout.

— C'est toi qui m'as appelé au secours comme une pauvre femelle en détresse. Ça ne l'a pas tué mais je pense que ça l'a calmé pour un bout d'éternité. Je crois que cet exploit composera une belle légende anakane, l'humain.

— Si c'est pour m'offrir de tels compliments que tu as franchi un océan, sois le bienvenu, Otum.

Adrian hésita à tendre la main puis se dit qu'un démon, même mineur, ne s'abaisserait pas à un tel échange. D'ailleurs, Otum se détournait déjà du commandant pour humer l'air alentour. Avant de se rapprocher de l'endroit où Adrian conservait le Sarment du Temps, un coffret cadenassé. Otum y posa la main et l'éloigna aussitôt comme s'il s'était brûlé la paume sur une flamme. Il cracha et dit :

— Tu joues toujours avec l'ordonnancement du temps !

— Ce n'est pas un jeu, c'est une guerre.

— Il y a une guerre dans cette boîte ?

— Une arme pour inventer son issue.

— Formidable. Pour un pou, tu ne manques pas de ressources, dit le démon en retendant avec précaution sa main vers le coffret.

— Tu veux savoir ce que c'est ?

— Par exemple…

— Un Talaris.

— Un Talaris ?! s'exclama Otum, en s'éloignant d'un bon pas.

— Moins fort ! Tu vas inquiéter mes gardes.

Cette fois, Otum regardait la boîte avec un mélange de crainte et de respect, tout en frottant son menton squameux.

— Le Sarment du Temps, n'est-ce pas, l'humain ?

— Oui. Il a longtemps été auprès de moi, puis je l'ai perdu et on me l'a rendu quand j'ai accosté Consolata.

— Un Talaris…

— Ça semble t'intéresser encore plus que ma pierre.

— Tu te rends compte de ce qu'est un Talaris ?

— Oui, il m'a permis de créer un empire.

— Des perles aux pourceaux, dit le démon avant de cracher.

— Merci pour les pourceaux. Tu parles à un empereur, tout de même.

— Raconte-moi ton règne, l'humain. Tu ne devais pas faire peur à grand monde.

Cette remarque, lancée comme une moquerie facile, troubla pourtant Adrian. Il se leva, tourna le dos au démon et fixa les dessins d'un étendard pendu à un piquet. Un réfugié le lui avait offert à son arrivée dans Hastrion. Il n'avait pas vu ses couleurs depuis…

… *Depuis une autre vie.*

Son empire n'était plus et ses couleurs n'avaient plus lieu d'être. Elles décrivaient le passé. Quel passé exactement ? Derrière la question du démon s'ouvrait un gouffre, au fond duquel s'agitaient des formes affolantes, bourreaux et victimes.

— J'ai été un dictateur. J'ai tué, et j'ai fait tuer des gens. La vie et la mort de milliers d'êtres humains dépendaient de mes décisions. Quand j'y pense aujourd'hui, j'ai l'impression qu'il s'agit de l'histoire d'un autre homme.

— Mmmm ?

— Des exécutions sommaires, j'en ai forcément ordonné.

Adrian ferma les yeux. Des images s'animèrent en un défilé sanglant. Des condamnés criant leur haine de l'empereur pour dissiper la peur qui les broyait. Par moments, le quinquagénaire avait le sentiment qu'on avait placé ces souvenirs dans son esprit pendant qu'il dormait – un sommeil d'un quart de siècle.

— Oui, j'imagine que des gens ont eu peur de moi.

Il abandonna la contemplation de l'étendard. Les Libérateurs avaient inventé de nouvelles couleurs, en bleu et or ; elles seules devaient désormais compter.

— N'empêche, pour un misérable humain, tu t'es approprié une force qui te dépasse.

— Ce n'était pas moi, répliqua Adrian, comme pour lui-même.

— Comment ça ?

— Mon père. C'était mon père.

— Explique-toi.

— Je m'en souviens maintenant : mon père s'appelle Haspalnod – ou s'appelait : je ne sais même pas s'il est encore en vie.

— Si tu pouvais me passer les détails… Je n'ai pas fait ce voyage interminable pour m'ennuyer à t'écouter.

— Mon père voulait que je réussisse là où il avait échoué, c'est-à-dire dominer le Cercle des tribus aresmass. Comme il avait senti que j'étais un voyant plus doué que la moyenne, il a pensé que le Sarment du Temps me permettrait d'aller encore plus loin dans la maîtrise de notre don.

— Celui de lire dans l'avenir, c'est ça ?

— Oui.

Le démon grogna.

— Cet artefact, reprit Adrian, est dans mon peuple depuis la nuit des temps. Avant moi, personne ne s'en servait vraiment. Et surtout, personne ne devait l'utiliser à des fins personnelles. Et encore moins pour gagner des batailles.

— Et conquérir le monde, mmm ?

— Et encore moins pour conquérir le monde. Mon père a réussi à briser le tabou et le Cercle...

— Le Cercle ?

— Oui, le conseil de toutes les tribus aresmass. Le Cercle a donné son accord. Ou plutôt il a fermé les yeux. Voilà comment je suis devenu empereur : par un tabou brisé, l'ambition d'un père frustré, la faiblesse coupable d'un conseil de vieux sages tout aussi aigris.

— Tu n'as tiré aucune satisfaction de ton pouvoir ? Ça m'étonnerait !

— Je ne sais plus...

— Mensonge ! pesta Otum. Je lis autre chose dans ton esprit. Tu crois pouvoir me raconter n'importe quoi quand ça te chante ? Si oui, tu as intérêt à mieux dissimuler tes pensées !

— Eh, tu as l'air d'en savoir plus que moi sur mes émotions ! J'ai plutôt l'impression d'être passé de la satisfaction à la désillusion ou à je-ne-sais-quoi de paradoxal.

— Pourquoi voudrais-tu que le pouvoir soit aussi simple que de la joie en permanence, ou des déceptions à répétition ?

— Tu as raison. Finalement, aujourd'hui comme hier ça doit être aussi... bizarre. Mais assez parlé de moi. Tu ne m'as pas répondu : pourquoi es-tu là ? Tu es venu nous aider à gagner la guerre contre Golan Tark ?

— Je ne le connais pas, celui-là.

— Ton maître Raark ne t'en a pas parlé ?

— Si tu crois que j'écoute tout ce qu'il me dit, le pou ! Non, je ne viens pas pour t'aider, quelle drôle d'idée ! Un démon venir en aide à un homme ?!

— Tu l'as pourtant déjà fait, Otum.

Le pensaguilek poussa un autre grognement puis regarda à nouveau le coffret contenant le Talaris, comme on change de conversation. Adrian s'inquiéta :

— Tu n'es pas venu chercher le Sarment du Temps, j'espère !

— Tu veux redevenir empereur ?

— Non. Le Sarment est notre seul espoir de repousser les Galaméens chez eux.

— Tu ne comptes pas sur toi-même ? Tu ne comptes pas sur tes hommes ?

— Nous ne sommes que des « pourceaux », c'est toi-même qui l'as dit. Et nous avons besoin d'un peu plus que de notre courage et de nos épées, aussi magiques soient-elles, pour combattre un ennemi qui est bien plus qu'un être humain.

— Je ne vais pas prendre le Talaris, bien qu'il soit davantage à sa place entre mes mains qu'entre les tiennes. Je viens à la demande de Raark observer vos pitoyables gesticulations.

Si elles étaient pitoyables, elles n'intéresseraient pas ton maître, pensa Adrian, qui se garda bien toutefois de le dire, afin de ne pas froisser un peu plus la susceptibilité de son hôte impromptu.

Chapitre 7

Onahra en avait assez de discuter.

— Tu n'as pas le choix, Jeremy. Tu retournes avec nous à la Cabane.

— Le Maître, il va me faire du mal, beaucoup de mal !

— Tu n'auras qu'à dire que Jackal t'a obligé à le suivre.

— Oui, c'est ça, grande idée ! railla le mercenaire. Eh, tout est ma faute après tout, non ? De toute façon, je t'oblige à nous guider jusque là-bas. J'ai besoin de l'impératrice et tu as besoin de moi pour éviter les démons.

— Je leur parlerai ! plaida le garçon.

— À mon avis, maintenant qu'ils savent que nous avons fui, les serviteurs d'Omok ne seront pas très compréhensifs. Encore moins ceux que Tark a corrompus.

Jeremy baissa la tête, vaincu. Il chercha un nouvel argument pour dissuader ses compagnons, n'en trouva pas de plus convaincant.

— Eh bien, puisque nous sommes d'accord, allons-y, ordonna l'impératrice. Jeremy, tu vas nous guider jusqu'au palais de Tark. Bren Jackal, vous nous protégerez. Une fois sur place, nous nous débrouillerons pour trouver le Talaris, sur les indications de Jeremy.

— Ce « nous » vaut pour qui ? demanda Jackal.

— Pour Iriane et moi.

— Ah oui, Iriane…

Bren Jackal regarda la jeune femme qui avait évité de prendre part à la conversation. Puis son regard flotta, comme s'il pensait à autre chose, et il oublia aussitôt la pensionnaire de Maison-Noire.

Ils se mirent en route un peu plus tard.

— Il faudra passer par le Ponton, dit Jeremy sur le ton de l'avertissement.

— De quoi s'agit-il ? demanda Iriane.

— Les marins morts ont créé cet endroit, dit Jackal. Pas vraiment le coin le plus agréable de Galameh. J'ai conservé de meilleurs souvenirs de mes séjours sur le bord de mer, crois-moi.

— Moi, je déteste le Ponton, fit le garçon. Et je déteste les marins. C'est que des gens grossiers, ajouta-t-il, songeant à l'époque où il habitait un village de pêcheurs. Grossiers et dangereux.

— On se fout de ce que tu penses, le môme, dit Jackal.

Jeremy haussa les épaules et précisa :

— Il y a un passage par là-bas. Après, on aura plus qu'à suivre une rivière qui nous conduira jusqu'au Ventre.

Le voyage promettait d'être long et dangereux. Ils marchèrent pendant plusieurs jours. Lors de leurs bivouacs, Onahra continua d'enseigner à Iriane comment soulager Bren Jackal et exécuter quelques tours simples.

— Vous n'avez pas fini de parler seule ? lançait Jackal, avant de voir Iriane… puis de l'oublier presque aussitôt.

Jeremy geignait sans cesse. Iriane le trouvait de moins en moins inquiétant et de plus en plus pitoyable. Le soir, l'adolescent parlait tout seul d'une certaine « Anna ». « Je suis là, Anna. Je vais te retrouver », répétait-il dans son sommeil.

Un jour, la pensionnaire de Maison-Noire lui demanda de qui il s'agissait. Le garçon au teint blême et aux touffes de cheveux éparses rougit avant de répondre :

— C'est ma fiancée.

— Oh. Je vois. Et elle est ici ?

— Anna est de l'autre côté.

— Je suis désolée. Elle te manque sûrement…

— Ben, oui.

Ils progressaient le long d'un chemin bordé d'arbres aux épines noires et aux baies d'un rouge sanguin. Jeremy conseilla de ne pas y toucher : le simple contact avec la peau leur arracherait des cris de douleur. Le sol était sec et leurs pas soulevaient une poussière d'un gris de cendres. Iriane essuya la sueur de son front et dit :

— Moi aussi, j'ai un ami de l'autre côté.

— Il s'appelle comment ?

— Litti.

La jeune femme regretta d'avoir prononcé son prénom : qui sait ce que ferait Tark ou quelqu'un d'autre d'une telle information ?

— Il me manque aussi, poursuivit-elle. Et je ne peux même pas souhaiter qu'il soit là : ce n'est pas vraiment un endroit pour les amoureux, non ? Il est bien mieux… là-bas.

— Surtout que lui, il est pas avec des types malades.

— Qu'est-ce que tu veux dire ?

— Ceux qui m'ont tué, ils en veulent après Anna. Ils veulent… ils veulent…

Iriane regarda le garçon ; il serrait les poings comme pour y tenir prisonnière sa colère. Son visage était parcouru de tics nerveux.

— Ils veulent la tuer elle aussi ?

— Non ! Lui faire des choses mal.

— Comme quoi ? demanda Iriane en fronçant les sourcils.

— Ils veulent la… la toucher. La toucher comme il faut pas.

— Mmm… D'accord. Mais toi, tu ne l'as jamais embrassée ?

— Tu comprends pas ? s'énerva Jeremy. Anna elle est pas comme les autres filles. Elle est… elle est pure ! C'est comme une fleur, une fleur très belle et blanche, et tous ils veulent la salir ! Ils disent que je peux pas l'embrasser, que j'ai peur mais c'est pas vrai ! J'ai pas peur ! C'est juste que je veux pas, parce qu'il faut pas la salir ! L'amour c'est la chose la plus belle et quand on aime la fille la plus pure il faut pas la salir ! Pourquoi personne veut comprendre ça ?

Cette fois Jackal, qui marchait en tête, se retourna et lança :

— Eh, Jeremy ! T'as pas un peu fini ton cirque ? Tout le monde s'en fout de ton Anna. Peut-être qu'elle est morte aujourd'hui ! Depuis combien de temps t'es là ? T'as une tête de pauvre gosse malade mais si ça se trouve, il y a cinquante ans que tu traînes en Galameh ! Franchement, tu crois qu'elle est restée dans le même état ta chérie ? Elle a sûrement des gosses aujourd'hui. C'est peut-être même une grand-mère !

Il éclata de rire tandis que Jeremy disait à mi-voix :

— Je vais lui faire regretter tout ça. Il a gâché ma vie ici. Il va regretter.

Comme Iriane ne parlait plus, le garçon oublia sa présence.

À la tension de la conversation s'ajouta celle du paysage : le sentier s'étrécit et la présence des bois se fit plus oppressante. Les quatre voyageurs entendirent des bruits, craquements et feulements qui dénonçaient la présence furtive de créatures attachées à leurs pas. La lumière décrut à son tour, comme absorbée par les frondaisons.

Soudain, Jackal s'arrêta et se plia en deux. En un réflexe appris lors de ses cours d'otchacan, Iriane se mit en position d'attaque mais ne décela aucune présence sur la piste.

— Ça recommence, dit le mercenaire en geignant. Dépêchez-vous, la prêtresse !

— Je vous conseille d'utiliser un autre ton.

Mais Jackal n'avait plus la force de répliquer. Il était déjà à genoux, au milieu de la piste. Telle une soignante dévouée, Onahra s'approcha de lui, s'agenouilla à son tour, posa une main sur le dos courbé par la douleur et l'autre main sur son crâne. La patience de l'atisha étonna Iriane.

Je n'en aurais pas autant avec un type pareil, pensa-t-elle.

Quelle étrange alliance… En d'autres temps et surtout en d'autres lieux, ils se seraient livré les uns et les autres une guerre sans merci. L'ironie, c'est que précisément une guerre justifiait leur contrat. Une guerre pour sauver Elamia.

Et dire que j'ai eu l'idée de cette alliance…

L'heure n'était pas aux regrets : elle verrait plus tard si son idée était la bonne. L'impératrice avait fermé les yeux. Sa magie se propagea autour d'elle en un halo bleu. Alertés par la magie laménide, la forêt et ses occupants bruissèrent un peu plus. Bientôt des animaux quittèrent l'abri des arbres et avancèrent, craintifs et curieux, sur le sentier.

Jeremy fit une moue dégoûtée mais Iriane ne put réprimer sa fascination. En moins de cinq minutes s'étaient regroupées des créatures de toutes tailles, nues ou couvertes de poils, griffues ou à sabots. Certaines avaient des faciès horribles, d'autres étaient attendrissantes. Elles piétinaient à proximité du halo, comme si elles cherchaient à bénéficier à leur tour de son influence bénéfique. Jackal soulagé, Onahra cessa les soins ; sa magie se dilua lentement dans l'air et les animaux s'agitèrent à la recherche de ses ultimes traces, humant l'atmosphère avec l'avidité inquiète de carnassiers.

— C'est quoi ce bordel ? tonna Bren Jackal en se redressant.

Au son de sa voix, les créatures s'égaillèrent de chaque côté de la piste pour s'enfoncer à nouveau dans la pénombre angoissante des bois.

L'une d'elles néanmoins resta auprès de la compagnie. Plus petite que Jeremy, elle avait toutes les caractéristiques d'un humain mais leur exagération la rendait grotesque : ses jambes maigres semblaient ployer sous le poids de ses infirmités. Ses bras trop longs s'attachaient à des épaules avachies et les mains, auxquelles manquaient des doigts, se courbaient comme des appendices maladroits. Au lieu de cheveux, une crinière d'un jaune de foin naissait dans la nuque, couvrait les épaules et descendait sur le torse où pendaient quatre mamelles aux tétons bruns. Une paire de billes sans paupière perçait sa tête mafflue et une canine capricieuse déformait la bouche, au-dessus du menton proéminent et piqué de poils gros et noirs.

— Fiche le camp ! pesta Jackal. Allez, file ! insista-t-il en tapant du pied.

Tournée vers Onahra, la créature ne bougea pas.

— Je veux encore, articula non sans mal le bipède.

— Votre magie, dit aussitôt Iriane.

— Oui mais…

— Logan veut encore.

Jackal s'approcha de la créature, la gifla avec force du dos de la main et répéta :

— Je t'ai dit de foutre le camp.

Logan leva la tête vers lui. Ses petits yeux ne cillaient pas et son faciès demeurait inexpressif.

— Je veux encore.

— Laissez-le, décida Onahra.

— Et pourquoi je le laisserais ?

— Il n'y a rien à tuer ici. Vous le savez bien. Nous sommes tous… morts.

— Il y a pire que la mort, en Galameh. Et ça aussi, vous le savez. Bon, on continue ou on fait salon ?

— Logan dit de pas aller par là. Dangereux.

— Pourquoi est-ce dangereux ? demanda Onahra.

— Ils se rassemblent.

— Qui ? Qui se rassemble ?

— Les choses sans nom.

— Oh. Les choses sans nom, reprit Jackal, moqueur. Parfait. Eh bien si Jeremy a dit que notre chemin passait par là, je vois pas de raison de l'éviter.

Le mercenaire se mit en marche et ses trois compagnons le suivirent. Logan n'avait pas bougé. Cinq minutes plus tard, un massif rocheux de faible hauteur stoppait la piste. Jackal le grimpa d'un pas alerte puis se baissa brusquement pour se dissimuler.

— Plus un bruit ! ordonna-t-il à mi-voix.

Iriane rejoignit Jackal. Elle passa la tête au-dessus de la roche, lentement. Le rocher dominait un cirque minéral. Ce qu'elle vit en bas dépassa son entendement.

Des dizaines de démons tournoyaient au ras du sol, face contre terre, décrivant un immense cercle, plus dense en son centre qu'à sa périphérie. Les bras le long du corps, une natte ou un catogan saillant sur un crâne par ailleurs glabre, le torse nu, la taille serrée dans un corset tissé de fils d'or et les jambes gainées de noir, ils ressemblaient à des cousins plus ou moins éloignés de Balabord.

— Ils font quoi ? demanda Jackal pour lui-même car il ne percevait pas la présence de la jeune femme à ses côtés.

Le mercenaire sentait quelque chose s'agiter en lui. Il songea au venin des scorpions de feu. Celui-là même qui lui avait dicté l'emplacement du puits où il avait pu soustraire l'impératrice à Val-des-Miracles.

— Aucune idée, dit Iriane. En tout cas ils bloquent le passage.

Jackal lui adressa un rapide regard.

— Je sais ce que tu penses : Logan avait raison. Mais ferme-la, OK ?

— Je n'ai rien dit. Mais je le pense très fort…

Le mercenaire ne releva pas ; il descendit de son perchoir pour décrire la situation à Onahra.

— Alors on ne peut pas passer. Ce qui signifie qu'il va falloir faire demi-tour…

— Dangereux, répétait Logan derrière eux.

Iriane ne pouvait détacher son regard du spectacle, à la fois fascinant et effrayant, comme tant de choses en Galameh. Si elle devait réchapper d'un tel enfer, elle en conserverait le souvenir à vie. Une vie à jamais bouleversée par cette expérience. Depuis son départ de Corall-Medding, lorsqu'elle avait été missionnée par Maison-Noire, ses certitudes étaient sapées l'une après l'autre. Elle avait le sentiment que le bois imaginaire où son esprit trouvait refuge depuis l'enfance était consciencieusement détruit, arbre après arbre, par un bûcheron aussi anonyme qu'efficace.

Elle savait que les Triniciens, qui partageaient le pouvoir avec la Hanse, se vantaient d'entretenir des rapports privilégiés avec le monde des morts. Elle en avait douté, comme elle avait douté de l'existence d'un tel royaume. Certains membres de la Hanse propageaient cette idée que les Triniciens n'étaient que des imposteurs, avides de pouvoir. Ce n'était pas quelques sorts qui les convaincraient du contraire.

Mais Galameh n'était pas un conte noir destiné à effrayer les enfants à l'heure du coucher. Un cauchemar ? Il était assez long pour qu'elle doute de se réveiller un jour.

Si seulement je pouvais tenir une épée… Je ne sais pas si elle me serait utile, mais je me trouverais un peu mieux. Les leçons d'Onahra ne me sont pas assez familières pour que je me sente armée.

Litti recevait quant à lui l'enseignement de Haut-Temple, l'université des Triniciens. Ce qui ne signifiait pas que sa carrière se déroulerait au sein de l'Ordre : l'enseignement en était assez général pour suivre bien d'autres voies, comme celle que proposaient les marchands de la Hanse. Toutefois le peu d'indépendance d'esprit de Litti montrait sa prédisposition à un destin uniquement trinicien. Iriane lui en avait voulu mais à présent qu'elle se déplaçait au cœur du royaume qui justifiait l'existence même de l'Ordre, la jeune femme comprenait mieux la fascination qu'exerçaient les Triniciens.

Que dirait Litti face aux phénomènes qui se déroulaient, jour après jour, devant elle ?

Sa foi en serait renforcée. Mais c'est moi qui dois affronter ça… Qu'est-ce que ces démons peuvent bien faire ?

Iriane reçut une goutte sur le nez. Une autre l'atteignit, puis une autre encore. Elles étaient rouges. La jeune femme leva les yeux : il ne pleuvait pas. En quelques secondes elle comprit que les gouttes provenaient de la ronde folle, en contrebas. Il se passait quelque chose au milieu du cercle, une chose terrible. Les démons taillaient en pièces un être vivant dont elle devinait la silhouette épaisse et sanguinolente.

— Pas de chance. Le passage est là. Juste là.

C'était Jeremy, se parlant à lui-même.

Choquée par la scène, Iriane rejoignit les autres, bientôt suivie par le garçon.

— Vous ne pouvez pas nous en débarrasser ? demanda Onahra à Jackal, sans trop d'espoir.

— Je peux éviter d'être frappé par leurs armes, pas plus. Jeremy, tu ne connais pas d'autre passage ?

Le garçon leva les yeux au ciel, comme si le mercenaire avait posé la question la plus idiote de la journée.

Logan se tenait à la fois à distance du groupe et du côté de l'impératrice. Il dit alors :

— Logan connaît un autre passage. Mais Logan veut encore la magie.

— Y a pas d'autre passage, dit Jeremy.

— Tu connais Galameh par cœur ? demanda Jackal.

— Pas besoin. Ce que je sais, ça suffit.

Onahra n'attendit pas qu'ils se mettent d'accord et elle proposa à Logan :

— Je te donne un peu de magie quand tu nous auras sortis de là.

Logan passa un doigt dénué d'ongle sur sa dent mal plantée. Avec son regard inexpressif, il était difficile de savoir si la proposition l'intéressait.

— D'accord, dit-il enfin.

Et, sans attendre l'agrément du reste de la troupe, il s'enfonça entre les arbres.

Ils ne voyaient pas la piste que Logan empruntait : ils la devinaient. L'être étrange se déplaçait avec assurance en écartant de ses longs membres les branchages garnis d'aiguilles, en enjambant des souches. La silhouette de Logan se confondait presque avec la pénombre de plus en plus dense du sous-bois. Inquiétant alors qu'ils marchaient sur le chemin, l'incessant bruissement les environnait à présent comme la préfiguration d'une menace imminente. La robe légère d'Iriane et ses souliers lui semblaient de moins en moins adaptés à leur longue excursion. Que n'aurait-elle pas donné pour une culotte de peau et une paire de cuissardes !

— Marcher dans mes pas, avait dit Logan.

Jeremy avait jeté un œil à Jackal, mais le mercenaire ne semblait pas vouloir suivre son propre chemin : la dernière fois qu'il avait agi à sa guise, il avait récolté les piqûres de scorpions et il n'était pas près de recommencer.

Sans ralentir, Logan pointa du doigt une sorte de termitière sur le côté de la piste.

— Dangereux, expliqua-t-il. Vos pas dans les miens.

— On a compris, dit Jackal.

Le mercenaire se sentait fiévreux depuis des jours et des jours. Un lancinant mal de crâne sapait ses forces et sans crier gare une douleur d'une violence inouïe le jetait à terre. Il sentait qu'il ne tiendrait pas longtemps à ce rythme, malgré les soins que lui prodiguait l'impératrice. Le venin des scorpions de feu progressait inexorablement, le transformait en profondeur à son insu en une chose dont il préférait ne pas connaître la forme finale. Bien sûr, il avait le pouvoir d'écarter les attaques des démons inféodés à Omok. C'était un bien piètre soulagement en regard de ce qu'il était devenu et, s'il ne l'aurait avoué pour rien au monde à ses compagnons d'infortune, il ne pouvait que constater l'évolution tragique de son existence.

Je ne voulais pas en arriver là.

En Val-des-Miracles, ses opérations coup-de-poing en compagnie de ses hommes étaient un mode de vie acceptable, à défaut d'être aussi brillant qu'une carrière dans l'armée. Il y avait donné libre cours à son autorité naturelle, son sens de l'initiative et de l'improvisation. Sa cruauté. Puis il avait rencontré Gédaëlle et à travers elle Golan Tark. La promesse d'une vie meilleure avait été irrésistible. Il avait accepté la mission sans hésiter, bien qu'elle eût commencé par le massacre de ses propres hommes. Jackal avait ensuite volé le Talaris trinicien au cœur même de Haut-Temple. Et il était mort, étouffé dans les entrailles du dragon Hosartan, autour duquel était bâti l'édifice.

Mort ! Et au lieu de gagner le repos de mon âme, je souffre comme je n'ai jamais souffert !

Ce qui signifiait que l'enfer existait bel et bien. Un enfer dont il était loin d'être le maître. Et voilà le genre de découverte dont il se serait bien passé.

L'âme derrière le venin, celle qui lui avait indiqué comment trouver Onahra, ne s'était pas manifestée depuis bien longtemps. Quel pouvoir avait-il désormais ? Celui de repousser les attaques de créatures démoniaques ? Certes, mais il ne pouvait même pas les attaquer.

Si seulement je pouvais tuer *quelqu'un.*

Plonger sa lame dans une chair tiède et recueillir le dernier souffle de sa victime. Ce plaisir l'avait animé à des centaines de reprises. Justifiant même parfois de longues privations, un courage proche de la folie. À quoi bon maintenant ? Ils étaient tous morts, ici. Bien sûr, il y avait toujours la possibilité d'envoyer quelqu'un plus loin en Galameh ; il ne savait pas bien ce que ça signifiait exactement, mais c'était une option qui l'excitait déjà. Se défouler sur qui alors ? Onahra, il n'en était pas question tant qu'il n'avait pas trouvé le moyen de se guérir par lui-même. Jeremy ? Il avait encore besoin du garçon pour retrouver son chemin au royaume d'Omok. Logan peut-être. Il lui faudrait encore attendre un peu car lui aussi connaissait la géographie capricieuse de Galameh. Il avait une autre personne en tête, sans parvenir à fixer un visage ou un nom. C'était comme un vague souvenir qui lui reviendrait bientôt, il en était sûr.

Une femme. Une femme plutôt jeune, je crois.

Il se concentra avant d'abandonner ; puis il pensa à Tark.

J'aimerais que l'âme du venin me donne un coup de main pour le supprimer, celui-là.

Dans une trouée de lumière apparut un cabanon de pierre et de bois, cerné de broussailles. De la fumée s'échappait de la cheminée.

— Qui habite là ? demanda Iriane.

— Rester dans mes pas.

— Un homme habite ici ? demanda à son tour Onahra.

— Vieux guerrier. Très, très vieux. Beaucoup d'armes.

Beaucoup d'armes, se dit Iriane.

— Atisha, je me sentirais mieux avec une épée à ma taille.

— Vraiment ? Tu crois que cela te serait utile ici ?

— Je n'en sais rien. Disons que je me sentirais mieux.

— Logan, commença la prêtresse, nous voulons nous arrêter ici et rencontrer ce guerrier.

— Dangereux, dit la créature qui venait de s'arrêter brusquement.

— Qu'est-ce qui n'est pas dangereux ici, de toute façon ? Allez, Logan. Vous le connaissez sûrement, ce vieux guerrier.

— Vous savez ce que vous faites ? demanda Jackal à l'impératrice.

— Au moins autant que vous.

Logan scruta le sol devant lui à la recherche sans doute d'un piège, puis il obliqua en direction du cabanon.

Les buissons griffèrent un peu plus les jambes d'Iriane, s'accrochèrent à sa robe. En approchant, ils virent que la frêle construction se prolongeait d'une dépendance en bien meilleur état, comme si un effet d'optique la leur avait dissimulée. Ou bien était-ce une illusion magique, un tour supplémentaire que leur jouait Galameh ?

Onahra frappa à la porte dont le bois rongé par les vers semblait creux. Sous ses coups le battant s'entrouvrit.

— Il y a quelqu'un ? demanda la prêtresse.

Elle répéta sa question, en vain. Puis après avoir sondé la pénombre de la pièce, elle fit deux pas à l'intérieur, bientôt suivie d'Iriane tandis que Jeremy, Jackal et Logan attendaient à l'extérieur.

Un feu mourait dans l'âtre primitif, dégageant une odeur âcre, moins déplaisante que le vent sulfureux. Le sol avait été recouvert de planches sur lesquelles une table, un banc et un tapis en peau de bête étaient l'unique mobilier.

Iriane poussa la porte intérieure donnant sur la dépendance. La jeune femme ne put réprimer un soupir d'étonnement : des centaines d'armes de toutes sortes étaient entreposées là, en un décor étincelant. La pensionnaire de Maison-Noire s'avança dans la pièce pour admirer des pièces ouvragées et d'une facture sublime, d'autres plus frustes mais dont on ne pouvait douter de l'efficacité. La majorité d'entre elles étaient entretenues avec un soin maniaque. Iriane enserra un pommeau gainé de cuir, souleva l'épée qu'elle trouva équilibrée et plus légère qu'elle ne semblait. Elle traça quelques lacets dans l'air et n'eut guère le temps de profiter de ces sensations retrouvées : la porte claqua dans son dos et un homme armé d'une épée et portant cotte de mailles, heaume et gants se matérialisa devant elle.

Aussitôt il tenta de toucher Iriane à l'épaule. Vive, la jeune femme se mit en garde. Les lames tintèrent à plusieurs reprises.

— Qui que vous soyez, vous n'auriez jamais dû mettre les pieds ici ! tonna l'homme avant de lancer une nouvelle attaque d'estoc, avec une science consommée du duel. Une fois de plus, la jeune femme para le coup.

« Un très vieux guerrier », avait dit Logan.

Loin de céder à la panique, Iriane se laissa griser. Il y avait bien longtemps qu'elle n'avait pas eu l'occasion de se battre. Et le moins qu'elle puisse dire c'est qu'elle aimait ça. C'était comme revivre après des semaines d'engourdissement, celui d'une mort lente. Et n'était-ce pas exactement ça ? Prisonnière en Galameh… D'une inspiration, Iriane écarta cette image et, après un bond de côté, frappa de taille. Toucha le bras libre.

Blessé, son adversaire gémit, recula l'épée haute, trébucha sur un râtelier qui barrait sa retraite et se récupéra *in extremis*. Iriane le poursuivit, fut sur lui en quelques pas et appuya son attaque d'une fente profonde. Mais le duelliste possédait la ressource d'une longue expérience et Iriane ne vit venir la botte en contre-attaque qu'à la dernière seconde. La lame ennemie cogna la garde de son épée et elle ressentit le choc dans tout son corps. Dégrisée, Iriane recula. Un détail l'alerta : l'homme la voyait.

Il est peut-être différent des autres morts. Ou bien c'est moi qui ai changé en entrant ici ?

Ils croisèrent le fer, parcourant la pièce dans le tintement des lames. Cette fois, l'homme ne commit plus d'erreur et montra sa parfaite connaissance des lieux en évitant les obstacles que la jeune femme découvrait au dernier moment. C'était un expert et son adversaire comprit qu'elle ne s'en sortirait pas si aisément. Essoufflée, elle opta pour une autre tactique.

— Je ne suis pas venue vous voler mais vous demander un service.

— Vous êtes entrée chez moi sans y avoir été invitée. C'est une façon de s'y prendre pour demander un service ?

Iriane entendit du raffut de l'autre côté de la porte. L'impératrice devait tenter son possible pour rejoindre sa jeune élève.

— Personne n'a répondu à nos appels, justifia Iriane. Votre maison, on dirait plutôt un piège, non… ?

— Et comment vous appelez cette femme qui est en train de tout saccager à côté ?

— Je crois plutôt qu'elle essaie de m'aider…

— Elle ne pourra pas grand-chose pour vous. Je suis le maître ici. Et j'ai verrouillé l'endroit de telle manière que vous n'en sortirez que si je le souhaite. N'essayez même pas d'appeler votre amie, elle ne vous entendra pas.

— Et si je l'emporte, nous serons coincés ici, n'est-ce pas ?

— Exactement.

— Quelle importance cela a-t-il, de toute façon ? En Galameh nous sommes condamnés à l'éternité, non ?

— Oui. Mais je finirai par vous envoyer en un lieu bien plus dangereux que celui-là.

— Écoutez, j'ai simplement besoin d'une épée, dit-elle en baissant juste assez la garde pour prouver sa bonne foi au bretteur.

— Vous avez l'air de savoir vous en servir. Où avez-vous appris ?

L'homme ne donnait aucun signe de relâchement. Iriane abaissa un peu plus la pointe de sa lame, en une sorte de pari.

— Je vous répondrai volontiers. Mais quand vous aurez enlevé votre casque.

— Pourquoi je ferais ça ? Vous êtes ici chez moi…

Iriane joua le tout pour le tout et elle tourna la pointe de son arme vers le sol, écarta le bras de son flanc, relâcha la tension dans son autre bras ; l'homme n'aurait guère de difficulté à lui percer le ventre s'il le souhaitait.

— Vous êtes folle.

— Je n'ai plus beaucoup à perdre. Et j'ai besoin d'une arme pour traverser Galameh.

L'homme baissa la garde à son tour et retira son casque. Son visage était celui d'un très vieil homme. D'épaisses paupières aux cils blancs masquaient les prunelles d'un bleu éteint. Fripées comme un vieux fruit, les joues se creusaient sous les pommettes sèches. Une couronne de cheveux avares coiffait le crâne tavelé. Il aurait pu avoir mille ans, songea la jeune fille. Où trouvait-il l'énergie de se battre ainsi ?

— Répondez-moi, maintenant, ordonna-t-il. Où avez-vous appris à manier l'épée ?

— Maison-Noire.

— Je ne connais pas. Il y a si longtemps que je suis là… Une éternité, ajouta-t-il en un soupir. Que ferez-vous avec cette épée ? À part me menacer…

Iriane comprit qu'il acceptait de la lui céder. Elle regarda l'arme sur ses deux faces, tournant le poignet pour en détailler le pommeau entre ses doigts.

— Je me sentirai mieux, c'est tout. Je pense que vous devez comprendre ça.

— Il y a quelque chose en vous de différent. C'est comme si je ne vous… saisissais pas toujours.

Iriane ferma les yeux un instant, secouée d'un frisson.

Alors il est comme les autres. S'il m'avait vue comme un vivant me voit, il m'aurait déjà tranché la tête sans difficulté !

— J'espère n'être que de passage en Galameh.

Il hocha la tête puis dit :

— J'ai eu le même souhait. Et ça fait des siècles que je m'enfonce dans cet enfer de cendres et de peine. Bientôt je serai un Absent. Et toutes ces armes que j'ai accumulées ne me seront plus d'aucune utilité.

Il accepte, pensa Iriane.

— Que sont les Absents ? demanda-t-elle.

— Un nouvel état… Ce qui nous tient lieu de corps dans ce royaume damné devient une coquille vide. Les fleuves qui traversent Galameh en sont encombrés. Je ne sais pas où se retrouve notre esprit et j'ai peur de ça. C'est comme une… une nouvelle mort. J'ai appris beaucoup de choses ici. De quoi me mettre à l'abri des caprices de démons ou de tous ces geignards qui radotent leur mort. Je suis parvenu à me bâtir un toit où personne ne vient me déranger. Tout ça m'a pris du temps. Des siècles. Et il m'a fallu une sacrée volonté pour ne jamais abandonner. Mais ça ne sert à rien. La mort reste la mort et elle peut bien prendre différentes formes, elle ne vous rattache jamais à la vie. C'est triste à dire mais voilà bien la seule chose utile que j'aie apprise ici.

Iriane entendit la porte s'ouvrir derrière elle. Onahra fit irruption dans la salle d'armes.

— Tout va bien, atisha, dit Iriane sans se retourner.

Onahra constata que les duellistes discutaient, lames tournées vers le sol, aussi décida-t-elle de ne pas intervenir.

— Prenez cette épée et partez, dit l'homme.

— Merci.

— C'est moi qui vous remercie : vous m'avez donné l'occasion de me battre à nouveau. Si vous n'aviez eu ce don de disparaître par instants, cela m'aurait sans doute été plus facile. Mais les duels et leur conclusion ne s'embarrassent jamais de ce qui aurait pu advenir *si*…

— Je n'aurais jamais dû me retrouver en Galameh.

— Vous l'avez déjà dit et tout le monde répète ça ici.

— Oui, je sais. Mais c'est différent : je ne suis pas morte. Ce n'est pas la mort qui m'a conduite là mais de la sorcellerie. Voilà pourquoi je vous… échappe de temps en temps.

L'homme médita ces paroles. Puis il dit :

— J'espère que vous retrouverez bientôt le chemin de Val-des-Miracles. Je ne peux rien faire pour vous aider. Sinon vous donner cette épée.

— C'est déjà beaucoup.

— Et vous l'avez bien choisie : elle possède des propriétés magiques.

— Vraiment ?

— Prononcez ce mot : « Emaline ». Elle disparaîtra des yeux de vos agresseurs. Et sera toujours à vos côtés. Dites « Enilame » pour qu'elle apparaisse dans votre main. Pendant votre sommeil elle disparaît aussi.

Iriane contempla l'épée avec un nouveau regard. Transportée en Val-des-Miracles, une telle arme posséderait-elle les mêmes propriétés ? La voix d'Onahra coupa court à ses pensées.

— Je peux vous poser une question ?

— Je vous écoute.

— Si vous êtes en Galameh depuis longtemps, vous savez peut-être pourquoi des serviteurs d'Omok dépeçaient une créature, tout près d'ici, au pied d'une falaise…

— Ils tournoyaient autour d'elle ?

— Oui.

Le vieillard baissa la tête, l'air sombre.

— Ils dansaient une Ronde pourpre.

— Une Ronde pourpre ? demanda Iriane.

— Oui. Ils établissent les fondations d'une nouvelle cité. Dans le sang. Alors si c'est le cas il est grand temps que je quitte cette partie de Galameh… Les cités sont parmi les pires endroits de ce royaume, si vous voulez mon avis.

— En quoi le sont-elles ? demanda l'impératrice.

— Un concentré de geignards. Qui pourrait avoir envie de ça ? Le culte de la souffrance. C'est à celui qui sera le plus laid et le plus malheureux. Le plus à plaindre.

Iriane remarqua alors que le vieil homme n'arborait pas de cicatrice évidente, à l'inverse des Galaméens qu'elle avait croisés jusque-là.

— Il n'y a pas autre chose ? insista Onahra.

— Si, bien sûr que si. La délation y est l'un des moyens de communication les plus prisés. Et le mal-être des habitants est si fort que vous vivez dans une sorte de déprime permanente. Et cette déprime attire des créatures vraiment déplaisantes, précisa-t-il avec une grimace de dégoût et d'effroi.

— Les scorpions de feu ? demanda l'impératrice.

— Oh, grands dieux non. Bien pire que ça. Des genres de parasites. Ils transforment votre vie en un enfer.

— Comment les… les citoyens supportent ça ?

— Ils n'ont pas le choix.

— Pourtant ils pourraient partir…

— Une fois que ces parasites sont là, il est trop tard. En fait, on raconte que ce sont eux qui cimentent la communauté. Ils agrègent l'âme des morts et tissent entre eux des liens malsains – mais des liens quand même.

Quelques minutes plus tard, les deux femmes quittaient la maison du vieil épéiste. Iriane avait troqué ses vêtements contre une tenue plus adaptée aux circonstances : short de peau, ceinturon, chemise légère couverte d'un gilet en cuir, cuissardes… Elle avait trouvé cet équipement parmi les accessoires du vieillard.

Jackal exigea d'Onahra un récit complet de leur mésaventure tandis que Logan réclamait de la magie avec son entêtement habituel. Jeremy se montrait plus que jamais pressé de retrouver des lieux familiers, bien que l'idée de se rapprocher de la Cabane l'inquiétât toujours autant.

En chemin, Iriane s'amusa à faire disparaître et réapparaître sa nouvelle arme. Les premières tentatives se soldèrent par des échecs : l'épée se matérialisa loin de sa main et il y eut même une fois où elle tomba sur la tête de Logan qui grogna puis se massa le crâne. Une autre fois, l'arme sembla volatilisée pour de bon ; après un instant de frayeur, Iriane parvint à la rappeler.

— Arrête avec ça, pesta Jackal, ou je te la fais avaler, ta maudite épée.

Iriane ne tint pas compte de l'avertissement et recommença, encore et encore, jusqu'au moment où elle maîtrisa parfaitement le processus. Puis elle se demanda à quoi tout ce savoir lui servirait, si jamais elle parvenait à retourner *de l'autre côté.*

Que fera la Hanse de tout ça ? Et les prêtresses ?

Elle décida que retenir chaque détail de son aventure lui permettrait au moins de distraire son compagnon Litti.

Logan connaissait bien la forêt et il se révéla être un guide efficace. Il suffisait de marcher dans ses pas pour éviter les pièges que tendait cette partie de Galameh. La petite troupe dormit peu durant les quelques jours que dura la traversée sous une voûte végétale parfois si dense qu'il y régnait une inquiétante pénombre en pleine journée.

Au lieu d'embaumer l'humus et la résine de pin, l'air empestait le soufre et la pourriture. Par moments, Logan s'arrêtait pour gratter l'écorce d'un immense fût ; quand le tronc saignait une humeur jaunâtre, il la léchait et ne s'arrêtait que lorsque Jackal le dégageait de là d'un coup d'épaule.

Iriane se sentait épiée en permanence : il suffisait qu'elle approche d'un buisson pour en voir les rameaux s'agiter et entendre des bestioles détaler sur le sol recouvert d'un tapis d'aiguilles. Tout à coup, une bête sauta depuis une branche basse et s'accrocha à l'épaule de Logan. Le guide criailla comme un singe et s'agita en tous sens pour se débarrasser de son agresseur, en vain. La bestiole tenait du hérisson, à cette différence que son ventre était lui aussi garni d'épines. Elles s'enfonçaient dans la chair de Logan qui se mit à sauter dans tous les sens et à s'éloigner de la troupe en bondissant.

— Eh ! Tiens en place, on connaît pas le chemin ! lança Bren Jackal.

Iriane réagit très vite. Elle prononça le nom de l'épée qui apparut aussitôt dans sa main et s'écarta du chemin pour rejoindre Logan. D'un geste aussi rapide que précis, elle trancha le dos de l'animal qui tomba à terre. Iriane ne lui laissa pas le temps de fuir ni même d'agoniser : elle le coupa en deux.

— Ça va aller ? demanda-t-elle ensuite à Logan.

— Mal, répondit la créature, la main sur l'épaule ensanglantée. Reprendre le chemin, trop dangers ici.

Enfin, la voûte s'écarta et, bien que le ciel arborât sa grisaille coutumière, ils accueillirent avec soulagement le nouveau paysage. Loin en contrebas, la mer étalait ses mystères. Des nuages et des brumes noyaient l'horizon, si bien qu'il était difficile de distinguer le ciel de l'océan. À l'est, ces brumes envahissaient la terre ferme en nappes irrégulières que des flèches minérales crevaient. À mesure que l'on portait son regard vers l'ouest, le plan d'une vaste cité lacustre avec ses ponts habités, ses bassins et ses quais se dessinait plus distinctement.

— Le Ponton, annonça Jeremy.

— On s'en doute, espèce de crétin, dit Jackal qui grimaçait de douleur.

Onahra comprit qu'une nouvelle crise allait frapper le mercenaire. Elle s'approcha de lui alors qu'il se tenait la tête entre les mains en gémissant. La magie se déploya autour de son exigeant patient jusqu'à ce qu'il se trouve mieux.

— Encore… Logan veut magie, dit la créature.

Elle ouvrit la bouche sur les vestiges magiques, happa des fumerolles irisées et les mâcha comme des pains de sucre. Puis Logan regarda la troupe d'un air soudain craintif et fila vers la forêt.

— Pas trop tôt, dit le mercenaire, son horrible visage encore déformé par la douleur.

— Sans lui, nous ne serions pas arrivés jusqu'ici, rappela Onahra.

— Bon, très bien, merci Logan. Eh, il est parti, non ? Trop tard pour les remerciements ! Maintenant Jeremy, trouve-nous ce foutu raccourci, tu veux ?

Épaules voûtées, le garçon avait serré ses mains pour les tenir entre ses cuisses.

— Il faut descendre jusqu'à la ville.

— Quelque chose qui ne va pas, Jeremy ? demanda Onahra.

— Je déteste ces gens. Les marins… Je les déteste.

Il leur fallut une longue journée de marche pour rejoindre les premières habitations. Le raccourci serait bientôt à leur portée. Iriane soupira : l'emprunter signifiait aussi se rapprocher de Golan Tark. Mais dans les brumes du Ponton un danger se dresserait bientôt. Il ne leur restait plus que quelques heures de liberté, durant lesquelles la jeune femme pensa à son compagnon.

— On dirait une ville fantôme ! remarqua Iriane.

— Tu ne crois pas si bien dire, répliqua Onahra. Il n'y a que des morts pour habiter ici.

— Ils se sont bien cachés on dirait, dit Jeremy.

— Tu voulais qu'ils t'accueillent en grande pompe ? demanda Jackal. À ce que je sais tu n'as pas fait grand-chose d'héroïque jusqu'à maintenant.

— Vous suivre, c'est déjà pas mal, dit Iriane, mais le mercenaire n'entendit pas sa remarque.

Le jour déclina anormalement vite, entre les ruelles humides. Au lieu de claquer sous leurs pas, les pavés étouffaient les sons comme un sous-bois moussu. Un claquement et ils tressaillirent.

— C'était quoi ? demanda Jeremy.

— C'est toi qui es censé connaître l'endroit, dit Jackal.

— Des volets, sans doute, dit Onahra. Ils ont dû claquer dans le vent…

Sauf qu'il n'y avait pas de vent.

Ils entendirent alors une clameur lointaine, comme celle que déclenche le retour d'un champion parmi les siens.

Iriane matérialisa son épée. Le quatuor était sur ses gardes. Après quelques minutes, Jackal s'énerva :

— Pourquoi est-ce qu'on marche *précisément* vers ce boucan ?

— Le raccourci est par là. Je connais pas d'autre chemin. Vous avez une meilleure idée ? Allez-y. Je serais content de la connaître…

— Arrêtez, vous deux ! exigea Onahra. Vous avez quel âge pour vous comporter comme ça ?

Jeremy baissa la tête et Jackal haussa les sourcils. Puis la troupe tourna son attention sur sa progression. La nuit était tombée. Une forme vague, qui en aucun cas n'aurait pu être une lune bien qu'elle flottât loin au-dessus du Ponton, éclairait de son feu pâle le dédale de venelles. Des nappes de brume s'infiltraient entre les maisons ; si elles assuraient la discrétion du quatuor, elles l'empêchaient tout autant de voir loin devant lui et d'anticiper une agression. La nervosité monta d'un cran.

Les sons de la « fête » prirent une qualité irréelle, en heurtant la gaze blême de la brume. La compagnie perdit les notions de distance. Même Jeremy se montra désemparé. Ils dépassèrent plusieurs tavernes qu'annonçaient des enseignes disproportionnées : des artistes tourmentés y avaient figuré des meurtres sanglants, des attaques de monstres marins, des naufrages au cœur de flots furieux, des supplices sur le pont de navires marchands… Les couleurs criardes contrastaient avec l'uniformité charbonneuse des façades, comme si toute la fantaisie macabre du Ponton se concentrait sur ces panneaux dont les plus monumentaux touchaient la façade opposée ou grimpaient jusqu'aux toits. Iriane se demanda si leur gigantisme attirait vraiment la clientèle : les tavernes étaient vides.

Ou alors ils sont tous à cette fête ?

Cette seconde hypothèse était la bonne. La brume s'écarta et le vacarme festif explosa. Les quatre compagnons débouchèrent sur un vaste quai. Ils se plaquèrent contre un mur, pour ne pas être repérés. Une foule excitée se tenait là, tournée vers le bassin d'un port où se dressaient des navires aux coques noircies par d'improbables incendies, les proues surchargées de fantasmes de marins avinés. Les mâts nus montaient si haut dans le ciel de Galameh qu'ils devaient soutenir des voiles larges comme des îles. De la lumière montée du bassin en allumait les flancs ventrus telles les panses d'animaux oisifs et trop bien nourris. Ces nefs ressemblaient aux accessoires d'un théâtre démesuré et Iriane douta qu'ils puissent jamais prendre la mer.

Des clameurs enthousiastes soulevaient la foule en vagues successives. La jeune femme nota immédiatement qu'il y avait là plus d'hommes que de femmes. Ils brandissaient leurs poings en poussant des hourras pour saluer un exploit invisible.

— On fait quoi ? demanda Jackal.

— Le problème, c'est que le raccourci s'ouvre juste là, dit Jeremy.

— Juste là *où* ? s'énerva le mercenaire.

— Sous les pieds de la foule, là, devant.

— On va nous repérer, dit Onahra.

— Alors, on a fait tout ce chemin pour rien ? Tu pourrais aller voir ce qui se passe, Jeremy, non ?

Le garçon secoua la tête. L'idée de se retrouver au milieu des marins le répugnait. Il les détestait tant… Pire, il en avait une peur folle. Il ne conservait de ce peuple que le souvenir de personnages lunatiques, brutaux et imprévisibles.

— Ils pourraient me reconnaître. Certains m'ont vu juste avant que je… que j'utilise les sorts du Maître sur un de leurs proches.

— Il a raison, dit Onahra. Et il a déjà fait beaucoup en nous accompagnant jusqu'ici.

Jackal soupira d'agacement et Iriane suggéra :

— On pourrait attendre la fin de… des festivités.

— Bonne idée.

— À condition qu'elles ne durent pas une éternité.

Onahra leva les yeux vers une maison et dit :

— Et si on montait là-haut ? Déjà, on verrait ce qui se passe.

La porte de l'habitation n'était pas verrouillée. Tous quatre pénétrèrent dans un court vestibule et ils s'engagèrent l'un après l'autre sur l'escalier étroit qui lui faisait face. Les marches grincèrent comme le pont d'un navire. Les murs suintaient et il régnait une odeur de moisissure. Prudemment, ils grimpèrent jusqu'au deuxième étage, trouvèrent une pièce orientée vers la mer et se pressèrent contre les vitres.

— Bon sang, qu'est-ce qu'ils foutent ?

— Moins fort, Jackal ! ordonna l'impératrice.

— Je crois que c'est une sorte de pardon.

— Un pardon ? demanda Iriane.

— Oui. Ils demandent la bénédiction de Marvenn, le dieu des océans. Et puis de Falcaar et d'autres dieux.

— Ouais, sauf que le patron ici, c'est Omok !

— J'ai vu ça dans mon village, continua Jeremy sans prêter attention à la remarque du mercenaire. Mais on ne sacrifiait personne…

Sur le bassin, et à quelques brasses du quai, on avait amarré un ponton flottant qu'éclairaient une multitude de cierges, posés sur des barques. Sur cette scène, sept hommes et femmes nus avaient les poignets et les chevilles liés à des cordages, eux-mêmes fixés à des portiques de bois. Des bourreaux cagoulés manœuvraient ces cordages à l'aide de gros cabestans. À chaque tour de cabestan, la foule exultait, et les suppliciés, écartelés, gémissaient.

— C'est horrible ! souffla Iriane.

— Je vous avais prévenus, c'est rien que des barbares.

Après une minute, un bras se détacha. Le supplicié ploya en avant tandis qu'un flot de sang se déversait de l'articulation arrachée. L'un des officiants se précipita pour recueillir le précieux liquide dans une baille. D'autres membres cédèrent et le même manège anima la scène en une précipitation grotesque, sous les cris de joie des spectateurs. Le sang récolté fut acheminé à bord d'une barque, que des rameurs pilotèrent jusqu'à l'un des navires. Les rameurs grimpèrent à bord et aspergèrent le pont et la proue avec le contenu des seaux, alors que la foule se lançait dans l'interprétation d'un répertoire paillard.

Plus que jamais, Iriane voulait retourner chez elle. Au diable Maison-Noire et ses missions ! Ses rêves d'enfant les plus terribles n'avaient jamais inventé une telle succession d'horreurs et son entraînement, pourtant sévère et complet, ne l'avait pas préparée à ces visions démentes. Elle entendit trop tard les bruits de pas dans son dos. Tout alla très vite. Des masses s'abattirent sur la tête de ses compagnons. La jeune femme les vit tomber, sous les coups portés par d'horribles personnages aux pommettes saillantes, aux orbites creuses et au faciès balafré. Leurs agresseurs ne l'avaient pas encore vue, elle. Iriane profita de son don ; elle brandit son épée et frappa, atteignant un Galaméen à la gorge.

Les assaillants, qui déboulaient dans la pièce en un flot ininterrompu, perçurent enfin la présence d'Iriane, vivante anomalie parmi un peuple de défunts. Une présence clignotante, incertaine et qui les dérouta. Ils fondirent sur le souvenir toujours contesté qu'ils en avaient. La jeune femme évita une masse, trancha un poignet qui tentait de l'atteindre. Elle reprit de l'assurance en enfonçant sa lame dans le ventre imprudemment exposé d'un marin mais ne vit pas, dans son dos, le mort qui sortait d'un mur, une gaffe à la main. Il la cassa sur le crâne d'Iriane qui perdit connaissance.

Un instant avant son réveil, Iriane sentit une douleur envahir son corps. Alors elle ouvrit les yeux et découvrit l'impensable : elle était attachée sur le ponton flottant, pieds et poings liés au terrible mécanisme du supplice. Ses compagnons n'étaient pas en meilleure posture. Pire, Onahra était toujours inconsciente. La position essoufflait Iriane et des points blancs ne tardèrent pas à danser devant ses yeux.

Comment en étaient-ils arrivés là ? Jackal avait su s'opposer à la magie des démons, mais il n'avait rien pu faire contre l'attaque-surprise de marins singulièrement vindicatifs.

La douleur se stabilisa et Iriane comprit que le bourreau se désintéressait d'elle, comme si personne n'était harnaché sur le cadre. Elle était nue, exposée aux yeux de tous comme l'étaient ses compagnons. Cela constituait en soi un supplice, celui de la négation de la pudeur et de l'intimité, une véritable humiliation. Puis elle se souvint des mots de Helenn, l'atisha rencontrée à Estebellia : la nudité pouvait être une prison plus efficace qu'une cage en fer cadenassée. Le souffle court en raison de l'écartèlement, elle ferma les yeux et respira le plus profondément possible, refusant de céder à la panique et au désespoir.

Je suis nue mais je ne suis pas comme les autres. Je suis nue mais ils ne me voient pas.

La tension se relâcha un peu sur ses membres, sans doute à cause de la piètre qualité des cordages. Toutefois la douleur était toujours présente ; seulement, Iriane pouvait introduire un peu plus d'air dans ses poumons.

Grimpée sur une caisse posée à l'extrémité d'un ponton, une femme vêtue de frusques dégoulinantes harangua la foule. On aurait dit une prostituée sortant tout habillée d'un bain forcé. Iriane n'entendit pas ses propos, mais ils soulevèrent l'enthousiasme. Les bourreaux lâchèrent les cabestans pour applaudir la femme dont les jupons superposés s'animaient d'une vie propre, comme de vastes méduses échouées sur les jambes maigres. Ils entonnèrent à leur tour les chants paillards, en une pitoyable tentative pour suivre le rythme que les bras de la femme marquaient, tel le chef d'une chorale démente.

La jeune pensionnaire de Maison-Noire se souvint alors de son enseignement. Apprécier l'environnement, le contexte, même dans les pires conditions, plutôt que se laisser gagner par la peur absolue et aveuglante.

Elle regarda autour d'elle. À ses pieds, deux mètres en contrebas, leurs vêtements gisaient en tas. L'épée n'y était pas ! L'espoir gagna Iriane.

Calme-toi, calme-toi. Et réfléchis.

À sa droite, Jeremy et Jackal grimaçaient. À sa gauche, l'impératrice, toujours inconsciente. Iriane détailla les mécanismes qui les tenaient écartelés ; les cordages coulissaient de part et d'autre des suppliciés et se rejoignaient au-dessus de leur tête, avant de descendre vers le cabestan. Elle se contorsionna et leva les yeux pour estimer la distance entre ses mains et les cordages.

C'est possible. Mais je n'aurai pas le droit à l'erreur…

Maintenant qu'elle savait comment se tirer de cette situation dramatique, elle attendit encore peu, à la recherche d'une solution pour venir en aide à Onahra…

… et aux deux hommes. On a encore besoin d'eux.

Rien ne vint. Et il fallait faire vite, car les bourreaux abandonnaient le chant pour reprendre les poignées des cabestans.

J'improviserai ! Plus qu'à espérer que mon épée est bien là où il faut…

— Enilame ! articula-t-elle.

L'épée apparut dans sa main. Elle était plus lourde qu'Iriane ne l'avait estimé mais elle n'avait plus le choix, à présent. Elle orienta la lame de manière qu'elle touche les cordages reliés à sa main droite. Dans sa position précaire et inconfortable, les cisailler lui demanda un effort et une concentration extrêmes. La sueur perla sur son front, dans ses mains, menaçant du même coup sa prise. Mais elle insista et le chanvre céda. Son bras était libre. Alors qu'elle perdait l'équilibre, elle imprima à son bras libéré un mouvement circulaire et trancha le faisceau de cordages.

Iriane eut à peine le temps de rassembler ses jambes en tombant. Elle heurta les planches de la scène flottante et ne put éviter une roulade. Elle se releva dans un mouvement coulé, et la lame de son épée fendit l'air pour décapiter un bourreau. Puis la jeune femme sauta sur un cabestan, en trancha les cordages, bondit sur un deuxième cabestan, répandit les entrailles d'un marin qui tendait les bras vers elle comme s'il avait voulu arrêter une petite fille désarmée. Iriane libéra Jeremy et Jackal ; le premier chuta lourdement au pied du mécanisme, le second tomba à l'eau.

Il restait deux bourreaux à supprimer et une impératrice à libérer. Sur le quai, on venait de comprendre ce qui se passait. Les cris de colère succédaient aux encouragements enfiévrés. Il y eut une bousculade et des grappes de spectateurs plongèrent malgré eux dans le bassin. Un bourreau retira sa cagoule, découvrant un visage auquel manquaient un œil et une oreille, et produisit un poignard entre ses doigts de boucher.

— T'es où, saloperie ? Où est-ce que t'es, que je te crève ?!

Iriane entendit un « plouf » tout près ; c'était l'autre officiant, qui venait de se jeter à l'eau. Elle s'adressa alors à son camarade défiguré :

— Tu ferais mieux de le suivre, sinon je t'envoie dans un endroit que tu vas détester.

— Ouais, c'est ça !

L'homme fit un mouvement dans sa direction, lame en avant. Iriane lui trancha le bras et, après une boucle aussi gracieuse que fatale, lui ouvrit la gorge. Des ombres avaient déjà dévoré ses congénères ; elles fondirent sur sa misérable silhouette et l'engloutirent en sifflant. Iriane s'en écarta avec un air dégoûté et s'accrocha aux poignées du cabestan qui retenait l'impératrice prisonnière. Elle tira de toutes ses forces sur l'appareil, en vain.

Dans son dos, Jeremy lui dit :

— C'est pas comme ça, y a un mécanisme pour pas que ça bouge.

Le garçon lui montra la roue crantée qui retenait le mouvement, ainsi que le loquet qui permettait de le libérer.

— Mais, ajouta-t-il, faut retenir l'engin, sinon les cordes, elles vont se dérouler d'un coup et l'impératrice elle va tomber comme une pierre.

— Alors tu retires le loquet, je retiens le cabestan. À trois, d'accord ? Un, deux, trois…

Une fois l'impératrice au sol, elle la couvrit de ses vêtements, puis elle s'habilla. Jeremy avait déjà récupéré ses habits ; il lança les siens à Jackal, qui venait de grimper à bord de l'une des barques recouvertes de cierges.

Sur le quai, une gigantesque bagarre semait le chaos. Soudain quelqu'un poussa un hurlement strident, en montrant le ciel. Il ne fut pas entendu.

Iriane se concentra, tâchant de mettre en application les quelques leçons qu'elle tenait de l'atisha. Il était particulièrement ardu de réveiller la magie laménide en ces contrées où la mort régnait sans partage et elle dut faire appel à des « trucs » pour endormir, au moins provisoirement, l'influence négative du royaume d'Omok. Au bout de trente secondes d'efforts, l'impératrice s'éveilla en sursaut, comme un noyé qui retrouve son souffle.

— Tout va bien, atisha. Tout va bien…

Onahra grimaça, se massa les tempes, puis dit avec un maigre sourire :

— Vraiment ? Je n'en ai pas l'impression, chère Iriane.

— En tout cas, ça va mieux qu'il y a cinq minutes, modéra la jeune femme.

Iriane aida l'impératrice à se vêtir. Déjà, des morts avaient rejoint le ponton flottant et tentaient de s'y hisser.

Cette fois, un concert de hurlements apeurés monta du quai. La bagarre cessa brusquement alors que l'on regardait le ciel en direction de l'est.

— Par Omok…, fit Jeremy qui avait tourné son regard vers ce même coin du firmament.

— Qu'est-ce qui se passe encore ? demanda Jackal.

Dans la lueur pâle qui tenait lieu de lune, se dessina une silhouette reconnaissable entre toutes.

— Balabord !

Le démon corrompu fonçait sur le Ponton. Quand il parvint à la verticale des quatre fuyards, il poussa un cri de contentement.

— Vous voilà, espèces d'insolents ! Tark vous cherche depuis une éternité !

— Je croyais que ton maître était Omok ? lança Jackal.

Iriane nota le bras mutilé tandis que le démon continuait :

— Je n'ai qu'un maître et c'est moi.

Puis il écarta les bras et lança depuis la paume de ses mains deux éclairs noirs. Bren Jackal les contra.

— Vite ! dit Jeremy. Sautez dans une barque ! La porte s'ouvre sur la roue !

Onahra et Iriane mirent pied à bord d'une embarcation recouverte de bougies, si bien que l'ourlet de la robe impériale s'enflamma. Iriane piétina le tissu et parvint à éteindre les flammes, puis elle balaya le pont du plat de l'épée pour se débarrasser des cierges.

— Jeremy, monte ! ordonna Iriane.

Mais le garçon, accroupi, avait mis les bras autour de sa tête pour se protéger des salves de Balabord.

— Tant pis, on n'a pas le choix, dit Onahra.

Elle empoigna une perche et commença à peser dessus pour mettre l'embarcation en mouvement. Pendant ce temps, Balabord évitait les ombres dont Jackal arrivait désormais à diriger le rebond contre son champ de force. Le démon se mit à criailler comme un oiseau monstrueux et frustré. Iriane se tenait à l'avant de la barque, l'épée tendue vers le ciel au cas où il serait venu à l'idée du démon de fondre sur les deux femmes. Mais Balabord semblait se concentrer sur Jackal : la défense inattendue de l'humain était un affront à son ancestrale autorité, un affront qu'il se devait de laver au plus vite. Il volait autour du ponton flottant, lançant des salves à des intervalles de plus en plus éloignés, comme si l'énergie nécessaire à leur envoi diminuait.

Enfin, la barque toucha terre. Iriane se hissa la première sur le quai. Elle tendit la main à Onahra pour l'aider à grimper.

— Et maintenant ? demanda l'impératrice, une fois qu'elles furent l'une et l'autre sur la terre ferme.

— Jeremy a dit que la porte s'ouvre sur la roue.

— Ma pauvre enfant, je n'ai aucune idée de ce que cela signifie.

Elles se tournèrent vers la scène arrimée sur le bassin ; les attaques lancées par le démon avaient saccagé les potences et un incendie allumé par les myriades de cierges dévorait les planches. Au milieu de cet enfer, Jackal s'opposait à la colère d'un démon qui oubliait sa mission.

Iriane reporta son attention sur le quai, qu'elle arpenta. Elle ne vit aucune roue dépasser, ni la moindre trace de véhicule pouvant être équipé de ce genre d'outil. Ou bien s'agissait-il d'une roue de bateau, celle de la barre qui permet de diriger les navires ? Elle ne trouva pas plus cet objet. Puis elle se souvint des mots de Jeremy, quand ils étaient arrivés près du quai : « Le raccourci est sous les pieds de la foule. » Aussitôt, Iriane tourna son regard vers les pavés… et ne tarda pas à repérer une barre à roue, gravée dans la pierre.

— Ça y est, atisha !

Onahra franchit les quelques pas qui la séparaient de son élève.

— Là, dit Iriane.

— Excellent ! Mais il n'y a pas une seconde à perdre, maintenant : Balabord est sur le point de gagner la partie.

En effet, Jackal ne savait plus que faire pour éviter les flammes. Elles l'entouraient et bientôt elles auraient raison de lui, si le démon ne venait pas à bout de sa résistance. Quant à Jeremy, il avait disparu. Peut-être s'était-il jeté à l'eau ? À moins que l'incendie ne l'ait dévoré.

Les deux femmes se tenaient au centre de la roue. Aucune porte ne s'ouvrit dans le rougeoiement mouvant des flammes.

— Il doit y avoir un moyen ! s'énerva Iriane.

Onahra s'accroupit et dit :

— Oui. Ce doit être de la magie. Attends… À quoi sert cet objet, sinon à changer le cap d'un navire ?

L'impératrice posa la main sur l'une des poignées dessinée, fit mine de l'agripper et déplaça son poignet, comme elle si elle avait voulu effectivement tourner la barre à roue. Aussitôt, la lumière se modifia autour des deux femmes. Le décor du Ponton s'atténua comme un cauchemar qui s'éloigne puis céda la place à ces mêmes parois aux teintes laiteuses qu'elles avaient longées au début de leur fuite éperdue. Ce couloir paraissait s'étendre à l'infini, devant elles.

— Atisha, vous y êtes arrivée !

— Et tu n'y es pas pour rien, ma chère. Eh bien, allons-y.

Iriane laissa son cœur se réchauffer avant de se souvenir de leur destination : la Cabane. Autrement dit, le repaire de Golan Tark. Et une fois là-bas, si jamais elles y parvenaient, il leur faudrait reprendre possession du Talaris laménide : la Perle de Vie.

Les risques étaient grands que le sorcier mette tout en œuvre pour les en empêcher.

Chapitre 8

Depuis qu'il avait rencontré Yonastelli, le jeune Litti ne comptait plus ses progrès.

— Je ne sais pas si tu deviendras mage un jour, mon garçon, mais une chose est sûre, tu es courageux. Courageux et doué.

Les mots du Talaxien tournaient en boucle dans son esprit, comme une confirmation de ce destin.

Mes progrès, j'aimerais tant les montrer à Iriane… !

En réalité, il aurait aimé les montrer à tout le monde. Et Aepius aurait figuré en tête de liste. Hélas, non seulement il ne pouvait partager ses progrès, mais il devait en plus les cacher, les étouffer même.

— Mon garçon, lui avait dit Yonastelli, si l'envie te venait d'essayer une matrice sur un Galaméen, mords-toi l'intérieur des joues, ou les poignets. La pire des choses serait qu'ils nous découvrent maintenant.

— Nous sommes trop faibles ?

— Plutôt, nous ne sommes pas assez organisés.

Litti aurait apprécié le mage si Yonastelli n'avait passé son temps à le reprendre.

Et ce soin maniaque agaçait le garçon. Jocquinius n'était pas ainsi. Cependant, Yonastelli n'hésitait pas à complimenter son élève dès qu'il le méritait. Et apparemment, cela arrivait souvent, ces derniers jours.

Il fallait en profiter car les sources de réjouissances étaient de plus en plus rares. La vie à Corall-Medding devenait en effet difficile. Les tensions n'avaient fait que croître et se multiplier depuis l'invasion. Les morts ne semblaient pas avoir d'appétit au sens où les humains l'entendent : au moins la question de la nourriture ne se posait pas crûment.

En revanche il leur arrivait de tuer des innocents pour absorber leur énergie vitale et ce mode d'alimentation était rien moins qu'effrayant. Les mendiants et les vieillards étaient leur première cible. Les spectacles de rue étaient interdits, ainsi que les rassemblements de plus de quatre personnes. Un couvre-feu retenait les Corallais à l'intérieur de leur foyer. La plupart des activités commerciales avaient cessé et depuis le démantèlement de la Hanse, il ne s'échangeait plus rien avec les cités échappant à l'autorité des Galaméens. Le nouveau gouverneur contrôlait tout ce qui entrait et sortait de la cité. Le Conseil réduit à néant, des Corallais entreprenants avaient fait valoir leurs besoins – ceux de toute la population en fait. Les Occupants accaparaient même la matière première.

Le chaos laissé par la destruction de Haut-Temple et du dragon Hosartan avait très vite cédé la place à un vaste chantier qui intriguait les Corallais. Ce qui avait d'abord ressemblé à un large muret circulaire prenait de la hauteur et l'édification d'arcs-boutants laissait penser qu'une haute tour dominerait bientôt la Medding. Dans quelle intention ? Personne n'osait interroger les patrouilles de morts qui arpentaient la cité et le gouverneur terrifiait jusqu'aux grands bourgeois de la Hanse les plus habitués aux humeurs lunatiques des puissants.

Des progrès.

Litti s'était installé dans un quartier de Grève-Pieds où les morts venaient rarement. Il s'enfonçait au plus profond d'une maison abandonnée pour répéter inlassablement les exercices de Yonastelli en toute sécurité. Il devait vider son esprit des pensées parasites : Que se passait-il au-delà des murs de la cité ? Iriane était-elle encore en vie ? Comment sauver Corall-Medding alors que les forces de la Résistance étaient si minimes ? Aepius lui manquait terriblement. Ses parents aussi, plus que jamais.

Oublier. Se concentrer.

Le mage survivant lui avait enseigné les premières syllabes matricielles. Le sort le plus minime exigeait d'en retenir pas loin d'une cinquantaine ! Il devait les prononcer très vite, sans omettre de placer les accents aux bons endroits.

— Notre magie puise sa source en Galameh, avait expliqué Yonastelli quelques jours plus tôt. Au cœur même du monde des morts. Ne fais pas cette tête-là, mon garçon.

— C'est que… je me demande comment la magie galaméenne peut « passer » jusqu'ici.

— Passer ? Peut-être qu'elle *est* simplement ici. Enfin, si je le savais avec certitude, je ne serais pas un mage aux abois mais l'équivalent d'un dieu. Qui peut répondre à ces questions ? Il existe quantité d'explications dans les grimoires des monastères, mais je ne suis pas certain qu'elles t'éclaireraient vraiment. Je disais donc que notre magie puise sa source en Galameh ; ces mots que tu apprends sont autant de petites invocations.

— Comme si… si j'appelais un démon ?

— Comme si tu le priais de te céder un peu de son pouvoir, plus précisément. Pour que naisse la matrice il te faut encore associer ces mots à l'image mentale adéquate. Pour les matrices les plus puissantes, tu devras produire plusieurs images et les mêler pour créer de nouveaux motifs.

— Comment trouver ces images, maître Yonastelli ?

— Là est la difficulté, car je ne peux te montrer le moindre grimoire, la moindre illustration originale. Je vais devoir les dessiner. J'en ai d'ailleurs préparé quelques-unes.

Le mage avait montré trois feuilles à son élève. Sur chacune d'elles figurait une créature comme piégée dans un cercle de signes qui, après un examen plus approfondi, représentait les détails d'un paysage : buissons, ruisseau, chaîne de montagnes, taillis et cirques. Les subtilités graphiques abondaient et, à voir la mine fatiguée du mage, il ne faisait aucun doute qu'il avait passé de nombreuses heures à les produire.

— Les cercles représenteraient des paysages de Galameh.

— Une sorte de… de géographie ?

— Les échantillons d'une vaste carte. De ces dessins tu devras apprendre la moindre courbe, le plus petit retrait. Ils « marchent », car je les ai testés. Beaucoup de travail t'attend et nous avons peu de temps. Nous commencerons par réciter le sortilège avec le dessin sous les yeux. Puis tu reproduiras l'illustration encore et encore, jusqu'à pouvoir te passer du modèle. Comme si c'était toi qui l'avais créée. Et tu détruiras chacun de tes essais pour ne conserver que l'original, ici, dans cette maison.

Litti avait vite assimilé les syllabes et leur prononciation. Mémoriser le dessin s'était révélé beaucoup plus ardu. Le regarder en lançant le sort ne fonctionnait pas chaque fois, tant la concentration requise était intense. Alors de là à lancer une matrice au beau milieu d'une rue, par exemple… Ou pendant une bataille ! Les matrices de combat exigeaient de maîtriser quantité d'images mentales, se superposant les unes aux autres telle une folle intrication de vitraux.

Je n'y arriverai jamais, avait-il déploré à maintes reprises. *Même si je suis doué…*

Ce jour-là il s'entraînait donc dans sa « cachette » à produire une matrice primitive, une simple sphère lumineuse de petites dimensions, lorsqu'il crut entendre la porte d'entrée grincer. Puis ce fut le silence. Le novice n'attendait pas son maître. De toute façon, le mage l'aurait prévenu en frappant la porte de trois coups rapides, puis de deux autres espacés. En fait, il n'attendait personne.

Et si c'était un mort ?

Son cœur cogna à ses tempes. Il réfléchit très vite. Il n'y avait qu'un unique couloir et pas de sortie de secours. Rejoindre la porte d'entrée nécessitait de traverser toutes les pièces. Soudain, cette retraite présentait plus d'inconvénients que d'avantages. Litti décida de se poster derrière la porte du cellier où il s'entraînait, au plus profond de l'habitation. Il souffla le cierge, écarta le battant du mur pour se loger derrière et attendit. Des pas, certes étouffés mais bel et bien des pas. Qui approchaient. Enfin, l'intrus s'arrêta à l'entrée de la pièce. Sans hésiter, Litti prononça les yeux fermés le sortilège qu'il venait d'apprendre, l'accompagnant de l'image mentale appropriée, et une matrice primitive naquit devant la porte en une explosion de lumière.

Gagné !

Aussitôt Litti projeta des deux mains le battant de la porte qui s'écrasa contre l'intrus. Le novice bondit, contourna la silhouette éblouie et chancelante et fila vers la sortie.

Il lui restait deux pièces à franchir, un couloir à longer et il serait à l'extérieur.

Plus qu'à espérer que personne ne m'attend dehors…

Il entrait dans la dernière pièce quand quelque chose le faucha. Il partit en avant, heurta une table de la poitrine et tomba sur les lames poussiéreuses, le souffle coupé.

Il se retourna sur le dos pour voir son agresseur et se défendre. Un jeune homme bâti comme un roc se tenait au-dessus de lui.

— Eh, on ne m'avait pas prévenu que tu lançais des matrices ! dit le colosse en lui tendant la main.

— Je… (Litti grimaça de douleur en se redressant.) Qui es-tu ?

— Mes camarades m'appellent Paq. Je suis envoyé par la Hanse. Enfin… ce qu'il en reste. On était censés se rencontrer, ça te dit rien ?

— Oui, effectivement, ça me dit quelque chose. Mais pas ici et pas dans ces circonstances !

— S'il fallait toujours attendre que mes chefs se décident… Et puis j'étais trop pressé de voir la tête du petit ami d'Iriane.

— Tu connais Iriane ? s'exclama le novice.

— Une fille formidable, si tu veux mon avis.

— Alors tu sais ce qu'elle est devenue ?

— Mmm…, fit Paq en passant la main sur ses cheveux coupés ras. Je crois que je vais devoir t'expliquer un certain nombre de choses.

Litti écouta, ahuri, les révélations de ce Paq dont l'air peu commode contrastait avec l'affabilité. Le colosse lui raconta qu'il avait connu Iriane en un endroit appelé Maison-Noire. La jeune femme s'entraînait à devenir un « agent spécial de la Hanse ». Tant le combat rapproché que la manipulation psychologique ou la résistance à la douleur étaient au programme de Maison-Noire.

— Et elle ne m'en a jamais rien dit !

Le garçon était partagé entre la colère et la tristesse.

— Même son père, il en savait rien. Le secret c'est rudement important, quand on est une… comment dire…

— Une espionne : appelons un chat un chat.

— Oui, une espionne. D'ailleurs, elle m'a pas parlé de toi. C'est son père qui m'a appris, pour vous deux. Lui, il est avec nous maintenant. Avec la Résistance.

— Bon, fit un Litti excédé, tout ça ne me dit pas ce que tu fabriques dans cette maison.

— On m'a dit que je pouvais te trouver là. J'avais pas envie d'attendre qu'on nous présente. On va devoir travailler ensemble, alors autant savoir très vite à qui on a affaire, tu crois pas ?

Litti n'eut pas le temps de répondre. Du bruit monta de la rue. Des cris et des lamentations, des pleurs aussi, que couvraient des ordres injurieux. Paq s'approcha d'une fenêtre aux volets mi-clos et regarda par l'ouverture.

— Les salauds…, fit-il entre ses dents.

— Qu'est-ce qui se passe ?

Litti approcha à son tour. À l'extérieur, une colonne de vieillards était entraînée de force par des Galaméens.

— Il faut faire quelque chose !

— Non. On fait rien.

— Mais on…

— Rien, je te dis. (Paq avait saisi le bras de l'adolescent dans sa puissante pogne.) On va pas tout foutre en l'air maintenant.

— Mais ces pauvres gens, où est-ce qu'ils les conduisent ?

Litti connaissait la réponse à sa question mais il ne voulait pas admettre l'horrible vérité : ces gens serviraient de festin aux Galaméens.

— Un jour tout ça n'arrivera plus, dit Paq. Et ce jour, il est plus très loin, maintenant.

Paq serra le bras de Litti au point que ce dernier finit par gémir. L'ami d'Iriane relâcha son étreinte et donna une tape virile sur l'épaule de Litti. Dehors, l'étrange défilé s'achevait tandis que les quelques Corallais qui s'y étaient opposés gisaient sur le sol. L'impuissance des deux garçons face à l'injustice produisit son effet : ils dépenseraient toute leur énergie pour mettre un terme à l'occupation. Jusqu'au sacrifice de soi, s'il le fallait.

— On a du travail, toi et moi, commença Paq. Autant s'y mettre tout de suite, tu crois pas ?

— Il n'y a pas une minute à perdre.

* * *

Jocquinius détestait le rêve qu'il avait eu la nuit de la tempête. Pire encore, il y pensait sans cesse. Cette femme colossale conduisant des armées vers les remparts d'une cité : où avait-il bien pu en entendre parler la première fois ?

Si seulement j'avais pu interroger Yonastelli ; je suis certain qu'il connaît une légende à ce sujet. Ou un livre aux monastères uliques ? Et Halaïa… elle aussi aurait pu m'aider.

Mais l'Aresmass, son ancienne maîtresse, n'était plus. Elle avait rejoint Galameh, et Omok seul savait ce qu'elle y faisait. Était-elle auprès de Haldric, enlevé par des spectres dans la bibliothèque d'un monastère ? Ou bien le garçon avait-il pu rejoindre le royaume clément de Ganalone, où les âmes défuntes reposaient en paix ?

J'ai condamné cet enfant… Est-ce que je me le pardonnerai un jour ? Et quand bien même : le pardon a-t-il le moindre intérêt ? Ce n'est pas ça qui le fera revenir… Ni les cryptes de Haut-Temple, détruites dans le réveil de Hosartan.

— Vous tourmenté, dit Niuk derrière lui.

— Oui, et pas qu'un peu, mon ami. Je sais dans quelle direction aller mais je n'ai aucune idée de l'endroit à atteindre. Si je vous avais fait confiance au moment où vous décryptiez le carnet de Tark, je serais probablement moins dans le doute. Mais ce qui est fait est fait.

— Maintenant, chercher. Chercher et trouver solutions.

Le duo progressait vers l'est, ne s'arrêtant que pour changer de monture et prendre un peu de sommeil. Le souvenir de la mort de Haldric tourmentait

Jocquinius tout autant que sa mission. Par moments, il avait envie d'abandonner. Il n'avait aucune idée de ce que préparait Adrian et la simple pensée qu'il puisse conduire des centaines voire des milliers d'hommes à la mort le déprimait. Rarement s'était-il senti aussi désemparé. Désarmé. À quoi bon détenir tous ces pouvoirs ? Ils ne lui avaient même pas servi à sauver le jeune moine.

L'atmosphère de ce début d'été était chaude et lassante. Le breuvage magique du latoa leur permettait de tenir le rythme dément de leur voyage vers la contrée la plus mystérieuse de tout Elamia, pays supposé des dragons et de magies aussi puissantes que méconnues. Certains affirmaient qu'Ilone, l'île du Temps, s'y étendait, au beau milieu d'une mer intérieure. On trouvait en Talaxania des steppes que bordaient des marais incommensurables ; qui sait s'ils ne se prolongeaient pas au-delà des brumes qui en masquaient les confins, telles des armées de fantômes farouches et jaloux de leurs secrets… Les chaînes de montagnes n'étaient pas rien non plus et leurs cols étaient le décor de bien des histoires extraordinaires, de celles qui bâtissent les héros et brisent les destins.

Les Consolatais ne connaissaient pas en Talaxania de plus grande cité que Havoc, qui en marquait la marche. Au-delà, on n'avait guère découvert que les vestiges de l'antique civilisation alfad. Les montagnes conservaient leurs secrets, la brume des marais étouffait les témoignages. À l'instar du Yebbah, Talaxania demeurait un monde à explorer.

Havoc : le Trinicien et le latoa contourneraient la ville dès le lendemain. Et si jamais les morts n'y avaient pas élu domicile, ils s'y arrêteraient en quête d'informations. Pour le moment, il fallait oublier les courbatures qu'effaçait de moins en moins le roboratif magique. Jocquinius, dont l'humeur était plus sombre que jamais, ne cessait de voir des menaces et des mauvais présages partout ; la nuit lui parut s'étendre sur la plaine talaxienne comme l'ombre d'un grand prédateur quittant son affût.

Si je continue comme ça, ma vie elle-même sera le signe de ma défaite.

Il eut une pensée pour Adrian, l'empereur, son fils. Havoc avait été un massacre surnaturel, inexpliqué. L'armée détruite, son jeune chef s'en était tout aussi inexplicablement tiré, avant de traverser les mers pour rejoindre le continent anakan. Des pirates avaient capturé l'empereur défait. Les vingt-cinq années qui avaient suivi demeuraient un mystère de plus : Adrian avait tenté d'expliquer à Jocquinius comment ces décennies s'étaient égrenées dans la misère et la folie d'une prison nommée Arachnéon, il n'avait pas été convaincant, tant l'absence de détails avait recouvert son récit d'une brume aussi dense que celles de Talaxania.

Lorsque les cavaliers purent contempler la silhouette de la cité, Jocquinius eut un choc.

— Je connais cet endroit, Niuk.

— Jocquinius déjà venu ?

— Pas vraiment. C'est… c'est un rêve.

Il venait de reconnaître la ceinture de remparts qui protégeait Havoc du monde extérieur. Dans son cauchemar, la Mère l'attaquait. Il reconnut aussi le vaste donjon à trois tours dominant la cité de sa pierre rose.

— Je ne sais pas comment expliquer ça. Je n'ai pas l'habitude des rêves prémonitoires.

— Vous, raconter les images.

Jocquinius s'exécuta. Le latoa fronça ses épais sourcils et agita lentement ses tentacules tandis que le mage se demandait s'il n'était pas un voyant qui s'ignorait.

Mon fils est le plus grand voyant que Consolata ait connu, dut-il admettre. *Sa mère n'est peut-être pas la seule responsable de ce don ?*

— Peut-être pas vision avenir, dit enfin le latoa.

— Comment ça ?

— Vous déjà entendre histoire il y a longtemps.

Jocquinius hocha la tête et dit :

— Oui, c'est bien l'impression que j'avais eue à l'issue de ce rêve, de toute façon. D'avoir déjà entendu parler de cette femme. Cette… sorcière. Bon, on ne va pas s'arrêter en si bon chemin sous prétexte que j'ai eu une nuit agitée, l'autre fois.

— Non, nous pas s'arrêter !

Des centaines de dômes coiffaient les bâtiments les plus importants ; on aurait dit les gouttes d'une averse figées par quelque sortilège majeur au sommet de cylindres minéraux. Piégée dans les tuiles vernissées, la lumière donnait à ces bulbes des reflets irisés qui contrastaient avec la pierre mate et l'assemblage primitif des murailles de l'enceinte.

— Pas lumière verte, constata Niuk.

— Non. On dirait bien que Tark ne s'est pas encore emparé de Havoc. Ou alors, il y a déjà perdu une bataille.

Les deux compagnons auraient aimé approcher la ville par un chemin détourné, seulement elle se dressait au beau milieu d'une immense plaine. Aucun buisson n'était assez haut pour dissimuler un latoa, *a fortiori* un cheval et ses deux cavaliers.

Une heure plus tard, ils croisèrent une caravane ; les Talaxiens apprirent aux deux partenaires que la cité était ouverte aux esprits curieux.

— Mais ne confondez pas curiosité et sans-gêne, ajouta l'un des conducteurs, depuis sa carriole.

Encore une heure sous un ciel d'un bleu pur et ils franchirent sans encombre les quatre portes de Havoc. Personne ne prêta d'attention particulière à Niuk et pour cette simple raison, le latoa commença à se détendre ; ce qui lui tenait lieu de sourire ouvrit son visage et Jocquinius se baissa pour lui tapoter l'épaule.

— Nous voilà à pied d'œuvre, mon ami.

— Niuk pressé de comprendre.

Ils avisèrent une auberge. Avec son atmosphère bruyante et enfumée, ses bancs, tables et tabourets, elle aurait ressemblé à toutes les auberges du monde ; seulement, ses murs arboraient d'étonnantes mosaïques en pâte de verre, contant des histoires fériques ou ténébreuses, et les plafonds bas brillaient de ces carreaux dorés telle la retraite secrète d'un richissime notable.

Peut-être que l'endroit n'a pas toujours été une auberge, se dit Jocquinius.

Plus surprenante encore était la clientèle cosmopolite. Niuk y était le seul latoa, mais Jocquinius s'étonna à la vue de trois ou quatre races humanoïdes dont il n'avait jamais entendu parler.

Bien vite, les conversations eurent pour sujet l'invasion commandée par Tark. S'il avait pris soin de dissimuler son appartenance à l'Ordre trinicien, Jocquinius ne pouvait cacher son origine consolataise, et il dut répondre à pléthore de questions sur la situation.

— Je ne sais pas grand-chose, préféra-t-il mentir. Mon compagnon et moi avons fui dès que nous avons vu ces fichus revenants à l'horizon.

— Vous ne vous êtes pas battus pour défendre vos terres ? s'insurgea aussitôt un client, prenant à partie l'assemblée attentive.

Jocquinius vit le piège qu'il venait de se tendre. Il répondit très vite :

— Ils étaient si nombreux... Je ne vois pas ce que nous aurions pu faire, sinon chercher du secours, ailleurs. Nous comptons tous sur les villes libres, comme Havoc !

Le client ouvrit la bouche pour rétorquer quelque chose, puis laissa tomber, conscient de s'être fait avoir. Le peuple de Havoc était fier et tout aussi conscient de la chance extraordinaire d'avoir échappé aux armées d'Adrian. Une chance qui ne se renouvellerait sans doute pas.

Jocquinius ne regrettait pas d'avoir enlevé sa bague trinicienne ; au moins on ne pouvait pas l'accuser de ne pas avoir utilisé ses pouvoirs contre l'ennemi.

Le mage savoura un ragoût où fèves et oignons prenaient plus de place que les dés de viande, relevé d'une épice forte et parfumée et de feuilles de coriandre. Il eut toutes les peines du monde à contraindre Niuk de ne pas manger la gueule directement dans sa gamelle, bien qu'il ne fût pas certain qu'on leur prêtât encore attention.

Il interrogea l'aubergiste quant à l'opportunité de trouver un guide pour cette Forteresse des Secrets évoquée dans les carnets de Tark. L'homme, chétif à l'exception d'une belle bedaine, et au regard méfiant, ne plut guère à Jocquinius. L'aubergiste ne masqua ni son étonnement ni sa désapprobation.

— C'est une montagne maudite et inaccessible ! Je ne connais pas grand monde pour oser s'aventurer dans ce coin-là. Et je me demande bien ce que vous comptez y chercher...

— La curiosité est une noble qualité, rétorqua Jocquinius, se souvenant de l'avertissement poli du Talaxien croisé sur la route de la cité.

— Hum... oui. Je veux dire, c'est un voyage risqué. Il a intérêt à en valoir la peine, si vous voulez mon avis.

— Une promesse que j'ai faite, improvisa le mage. À un ami aujourd'hui défunt.

— S'il était du coin, il ne vous a pas fait un cadeau.

— Oh, il n'a rien exigé. La promesse d'un ami n'est pas forcément… *réclamée*.

— Évidemment, évidemment. Eh bien, oui, je connais un guide qui vous accompagnera peut-être. À condition de le payer à la hauteur de ses compétences.

— Cela va sans dire…

— Alors, vous comptez passer la nuit en ville, j'imagine ?

— Nous ne partirons pas avant que notre excursion soit correctement organisée. Et nous choisirons votre magnifique auberge, s'il vous reste des lits.

— Il m'en reste, oui, dans le bâtiment de l'autre côté de la cour, et ma femme vous y conduira dans un instant, si vous le souhaitez. Écoutez, je me charge de contacter votre guide. Vous le rencontrerez demain matin, dans cette même salle, ça vous convient ?

Jocquinius acquiesça.

— Ah, euh… fit l'aubergiste, un peu gêné, juste une question.

— Oui ?

— Votre… *compagnon*, là…

— Eh bien ?

— Il ne va pas faire d'histoires, hein ?

— Vous l'avez vu mal se tenir ce soir ?

— Non, non. C'est juste que… Enfin certaines races ont tendance à se… enfin vous voyez ce que je veux dire…

— Pas du tout, non.

— À changer durant la nuit. Enfin, c'est un exemple…

— Niuk ne se transforme pas durant la nuit.

— Non ? fit l'aubergiste, dubitatif.

— En fait, il s'est *déjà* transformé. Et c'est arrivé pas plus tard que la nuit dernière.

Leur guide était un Talaxien d'une trentaine d'années nommé Yapanoui. Taciturne, de grande taille, il affichait la minceur, le flegme gracile de son peuple et les mêmes yeux en amande. Il portait un turban fuchsia et violet d'où dépassaient près des oreilles des mèches brunes, et d'amples vêtements de couleurs vives.

— Pourquoi vous voulez aller vers la Forteresse des Secrets ? demanda-t-il. Si je vous pose la question, c'est qu'un de mes oncles a essayé de l'atteindre, il y a longtemps. Il est pas revenu, mais son client oui. Ils avaient rencontré un dragon, qu'il avait dit. J'ai jamais su si c'était vrai, mais je tiens pas à ce qu'il m'arrive la même chose.

Jocquinius répéta le mensonge servi au tavernier, ajoutant une histoire d'urne funéraire à déposer là-haut. Le guide ne parut pas convaincu, mais il n'insista pas.

— Si nous sommes d'accord sur le prix, commença Yapanoui, je vais m'occuper de louer les mules. La route est longue jusqu'à cette montagne et il nous faudra de quoi tenir dans le froid.

— Des provisions ? demanda le mage.

— Et des couvertures, des vêtements de rechange, de quoi monter une tente, assez de bois pour le feu, du…

— Très bien, très bien, l'interrompit Jocquinius. Faites ce que vous avez à faire. Nous sommes d'accord pour le montant de la course, alors autant s'y mettre tout de suite.

— Il faut sceller cet accord selon la tradition talaxienne.

— Ah, et quelle est cette tradition ?

Yapanoui cracha dans sa main et la tendit au mage qui la regarda, interdit.

— Il faut la serrer, monsieur.

— Oui ? J'ai un ami talaxien et il ne m'a jamais parlé de ça…

— Où habite-t-il ?

— Corall-Medding.

— La cité conquise par des morts, c'est ça ? dit le guide d'une voix étrangement neutre.

— En effet…

— Eh bien, il a perdu les coutumes de son pays d'origine, un point c'est tout. Et je trouve ça regrettable. Alors, marché conclu ? insista Yapanoui.

— Vous êtes sûr que je ne dois pas cracher dans la mienne pour valider le contrat ?

Surpris, le Talaxien haussa les sourcils. Comme il hésitait, Jocquinius continua, un grand sourire sous sa moustache :

— Je ne voudrais pas que vous nous plantiez en plein milieu d'un col enneigé sous prétexte qu'on aurait oublié vous et moi cette partie de vos coutumes, n'est-ce pas ?

— Vous avez raison, dit le guide visiblement déçu.

Jocquinius cracha dans la paume de sa main et serra enfin celle de Yapanoui, moins fier.

Puis le Talaxien leur donna rendez-vous quatre heures plus tard, le temps de réunir tous les produits nécessaires à la réussite de l'excursion, et s'éloigna entre les murs rouges de la rue. Jocquinius ne put retenir son rire en voyant l'homme s'essuyer la main avant de disparaître à l'angle d'une rue.

— Il s'est fichu de moi ! Il a inventé cette coutume pour se foutre de moi !

— Talaxiens beaucoup drôles.

— Mmmm… On peut dire ça, en effet. Eh bien, ça promet…

Havoc bruissait d'une intense activité, comme toute cité de cette importance. Bien qu'il eût beaucoup voyagé lors de son exil forcé et rencontré nombre de merveilles, Jocquinius ne se lassait pas de cette architecture exotique, généreuse en courbes et en couleurs. Il marcha sans but en compagnie de Niuk, parvint au seuil d'une rue bordée de temples plus fantaisistes les uns que les autres. Les sons avaient une autre qualité ici, comme étouffés par un prodige inexplicable. La lumière semblait elle aussi différente.

Plus… bleue?

Il s'engagea sur les pavés que battaient nombre de fidèles, âmes pieuses à la recherche d'un soutien moral, malades en quête d'une rémission miraculeuse, simples superstitieux ou marchands souhaitant réussir une opération juteuse avec le moins de risques possible. À mesure qu'il progressait dans cette allée des Vœux, la lumière se modifiait. Jocquinius leva la tête à la recherche de nuages expliquant le phénomène : pas un nuage n'affectait le bleu céruléen.

À quelques mètres de là, le mage remarqua un attroupement. Il s'approcha, s'assurant que le latoa le suivait ; Niuk progressait à petits bonds, tournant la tête de droite à gauche avec la curiosité émerveillée d'un enfant car il ressentait mieux que quiconque l'omniprésence de la magie.

Les fidèles s'amassaient autour d'un prédicateur, monté sur un tabouret. Il ne s'agissait pas d'un Talaxien et, avec son visage rond et plat, l'homme aurait pu être un Aresmass.

— Oui, nous sommes à la merci de son courroux ! Quand elle sera revenue parmi nous alors je ne connais pas un seul Elamien qui échappera aux tourments qu'elle nous promet ! Oui, vous êtes là à essayer d'en avoir toujours plus, de l'argent, des meubles, des gamelles bien remplies et du pouvoir, oui, du pouvoir. Regardez-vous jamais vers l'avenir ? L'AVENIR ! À quoi vous serviront tous ces biens quand notre futur ne sera que douleur et lamentations ? Oui, oui, OUI ! À quoi ?

— La mort nous attend tous, un jour ou l'autre, intervint un fidèle. Douleur et lamentations, tu dis ? Mais pas besoin d'une sorcière pour y avoir droit !

Le prédicateur fronça un peu plus les sourcils et montra du doigt l'intervenant, le bras raide, le regard d'une dureté caricaturale.

— La mort ? Ah, ce serait un bien beau sort, oui, en comparaison de ce qui nous attend ! La Mère des Tourments sera sans pitié et elle dévorera ton âme avec une lenteur éternelle !

— La Mère…, dit Jocquinius à mi-voix.

Se pouvait-il qu'il parle de la même personne ? Celle qu'évoquait le carnet de Tark ?

— Allons, qu'as-tu à nous vendre ? demanda un autre fidèle. Tu es un piètre prédicateur. Vends-nous ta maudite soupe et finissons-en, d'accord ?

Le prédicateur redressa le menton et croisa les bras sur sa poitrine en une posture outrée, avant d'expliquer qu'il ne vendait que l'espoir d'un monde meilleur, sous la forme de fioles contenant une eau bénite.

— Buvez cette eau, et la Mère vous reconnaîtra comme l'un des siens. Et vous ne subirez pas le sort des Alfads, il y a des siècles de cela…

— Les Alfads ? Ils n'ont jamais existé ! C'est une légende pour nous faire croire à un âge d'or !

L'échange dura ainsi une bonne dizaine de minutes, puis les arguments vinrent à manquer et l'intérêt des badauds décrut en proportion. Le mage attendit que la foule se soit dispersée pour aborder le prédicateur.

— Je vous fais un prix si vous m'achetez dix fioles, commença l'homme en désignant une caisse à ses pieds.

Jocquinius secoua la tête.

— Croyez-moi, vous en aurez besoin, insista le prédicateur.

— Je voulais vous parler de cette Mère…

— Eh bien quoi ?

— De qui s'agirait-il, selon vous ?

— Vous voulez m'acheter trois fioles ? Il en faut bien deux pour ce compagnon bizarre qui saute partout…

— Je vous en achète deux si vous me répondez. Pas une de plus et il se pourrait bien que je m'en aille avant, car j'ai déjà entendu votre mauvais discours, voyez-vous…

— Une prédication de la plus haute gravité, oui ! s'emporta l'homme.

Mais son exaltation retomba bien vite et il dit après un long soupir :

— Oh, cette foutue ville ne me réussit pas… Je n'ai pas vendu une goutte d'eau bénite depuis mon arrivée en Talaxania…

— La Mère ?

— Ah. Oh, c'est une vieille, une très vieille légende. Mon peuple la raconte depuis la nuit des temps.

— Vous êtes un Aresmass ?

— Une partie de mon sang l'est, oui. Nous sommes des descendants de la diaspora aresmass.

— Je croyais que ce peuple s'était toujours contenté de vivre en une communauté plutôt fermée, dans ses vallées… ?

— Oui, ben vous croyez ce que vous voulez. Vous voulez l'histoire de la Mère ou celle des miens ? J'ai des affaires en cours, oui, n'est-ce pas ?

— La légende, alors…

L'homme s'inclina légèrement tandis que son visage exprimait un « pas trop tôt ». Puis il dit :

— On n'a jamais su pourquoi la civilisation des Alfads a disparu.

— Et on n'a jamais été sûr de son existence.

— Et les vestiges ?

— Oui, c'est vrai. Quelques pierres. Monumentales, d'ailleurs…

— Les Alfads auraient inventé une quantité de choses incroyables : le mouvement perpétuel, une énergie qui ressemble à la lumière et qui permet de remplacer tout un tas de mécanismes et encore plus d'animaux, de chauffer les maisons et d'éclairer les caves.

— De la magie, en somme…

— Pas tout à fait.

— Ah bon ? Et quelle différence voyez-vous ?

— Cette énergie, elle était accessible à tous, oui. Elle aurait circulé librement. Pas besoin d'apprendre des sorts et tout ce charabia réservé aux puissants, façon Triniciens, ponctua-t-il avec une moue méprisante.

— Les Triniciens ne sont pas si puissants qu'on le croit, vous savez, dit le mage qui ne pouvait oublier la destruction des monastères uliques et de Haut-Temple.

— Oui, enfin, peu importe. Les Alfads ont disparu et ils ne seront plus là pour nous donner le secret de cette énergie.

— La Mère les aurait détruits, vous disiez.

— C'est ce que nous racontons entre nous. Elle est arrivée comme ça, d'un claquement de doigts, et elle s'en est prise aux Alfads, oui. Trop puissants, justement. Elle les a supprimés comme l'aurait fait un envoyé des dieux.

— Je ne comprends pas...

Cette fois, Niuk prit la parole :

— Punition. Dieux punir Alfads car trop puissants.

— Exactement ! Ben dis donc, il est malin votre ami, oui ! se moqua le marchand.

— Mmm..., fit Jocquinius en hochant lentement la tête. Cette histoire me dit quelque chose. J'ai dû l'entendre il y a longtemps.

— Pas impossible, si vous êtes un voyageur.

— Alors selon vous cette... cette Mère des Tourments reviendra ?

L'homme fit un piteux sourire :

— Elle est venue, elle reviendra, c'est aussi simple que ça ! Un démon de sa trempe, elle ne va pas rester cachée jusqu'à la fin des temps, si ? La Mère reviendra un jour. Ça m'arrange, oui, il faut bien que je vende mes fioles. D'ailleurs vous avez promis d'en acheter deux en échange de mon histoire.

— Encore une question.

— Trois fioles ?

— D'accord, d'accord. Va pour trois... Comment aurait-elle disparu, à votre avis ?

— La légende dit que les dieux ont rappelé ce démon et l'ont enfermé quelque part en Talaxania. Car elle est devenue à son tour trop puissante, oui, trop forte pour que les dieux dorment sur leurs deux oreilles...

Jocquinius acheta trois fioles et demanda si l'homme garantissait leur efficacité.

— Attendez que la Mère pointe le bout de son nez, répondit le bonimenteur. Si vous n'avez pas la patience d'attendre, vous pourrez toujours les boire : c'est une eau qui désaltère très bien, vous verrez, oui...

* * *

L'architecte Talio Cerni habitait une aile du palais qu'il avait lui-même dessinée, partagée en deux pièces seulement. Lorsqu'il avait rencontré le Maître, l'artiste n'avait pas vu de marbre depuis quarante ans. Puis un jour le Maître lui offrit ce cadeau minéral, si improbable au royaume d'Omok que l'Estebellien avait pleuré d'émotion.

Cerni en avait paré le sol de ses appartements et grâce à la magie propre à Galameh, il avait assemblé de complexes éléments polychromes en un temps record. Bien que coucher sur le papier les projets du sorcier l'occupât une bonne partie de ses jours et de ses nuits, il ne manquait jamais de s'extasier devant la beauté marmoréenne. L'artiste avait même en plusieurs endroits poli la pierre au point de la creuser un peu, à la manière des dalles d'un temple usées par les pas innombrables des fidèles. Cette légère dépression l'émouvait et, bien qu'artificiellement constituée, elle l'attachait à la notion du temps qui passe, ce temps si difficile à mesurer en Galameh où les jours se succédaient éternellement.

Cerni s'observa dans un miroir, contempla la plaie qui partageait sa gorge dans la hauteur avant d'y plonger les doigts pour l'ouvrir un peu plus. Comme chaque Juste-mort à son entrée en Galameh, il avait eu la possibilité unique de définir son apparence. Pour l'éternité. Il ne s'était toujours pas lassé de cette preuve de la « félonie conjugale ». Il se retourna et salua les cinq enfants qui s'amusaient au fond de la pièce immense lui tenant lieu d'atelier et de séjour. Son épouse n'avait jamais voulu lui offrir de descendants et il prenait plaisir à être entouré de ces « petites créatures », comme il les appelait. Les enfants le saluèrent en retour et reprirent leurs jeux, aussi violents que la mort qui les avait emportés.

Puis l'architecte enroula ses dessins et les prit sous ses bras avant de rejoindre le sorcier. Il se doutait que le Maître évoquerait avec lui ses projets colossaux et il n'était pas question de le décevoir. Si seulement il pouvait prendre conscience de toute l'étendue de son talent.

Je ferais un bon bras droit. Je le mérite amplement. Plutôt que ce morveux de Jeremy.

Il détestait ce garçon, qu'il trouvait à la fois maladroit, déplaisant, laid et, pour tout dire, incompétent.

J'imagine que le Maître l'a mis à cette place parce que le gamin est si bête qu'il se contente d'obéir sans rien dire.

Maintenant que l'invasion avait avancé, le sorcier aurait besoin d'un homme plus sûr, avec l'habitude des responsabilités. Cerni avait eu sous ses ordres des dizaines d'hommes de toutes corporations, de toutes origines et de tous tempéraments. De plus, il avait montré ses compétences d'observateur impartial à Estebellia. Dès que l'occasion le permettrait, il évincerait le gosse. Il trouverait un moyen. Il y en avait toujours pour quelqu'un qui avait passé sa vie à intriguer afin de maintenir son autorité sur les corporations qui cultivaient le secret, usant des inimitiés et des sympathies comme autant d'armes.

— Vous m'avez demandé, Maître ? fit un peu plus tard Cerni, en s'inclinant.

— Je vois que tu as pensé à prendre notre travail avec toi.

— Il me navrerait de vous décevoir.

— Crois bien que cela me navrerait tout autant, précisa Tark sans dissimuler la menace. Où en étions-nous ?

Cerni déroula ses dessins. Sur nombre d'entre eux figuraient des tours élancées, où semblaient s'enrouler des veines. Tark revoyait sans arrêt des détails du dessin. Cerni composait avec les exigences du Maître. Et devait constamment, et, cette fois encore, lui rappeler que Val-des-Miracles n'était pas Galameh : de tels édifices, si monumentaux, ne pouvaient tenir debout sans un minimum de rigueur scientifique.

— La magie utilisée pour les assembler est très puissante, rétorqua le sorcier. Celle qui les mettra en service le sera encore plus.

— Vous ne m'avez toujours pas dit à quoi ces tours serviront, Maître. Cela m'aiderait à mieux achever leur conception.

— Les travaux ont déjà commencé.

— Vraiment ? s'exclama l'architecte. Mais… mais il faut que je voie ça de mes propres yeux ! Que je supervise ces travaux ! Imaginez, Maître, qu'une erreur soit commise ?

— Mais vous irez, vous irez. À Estebellia…

— Oh merci, Maître ! Merci ! Alors cela signifie que la ville est entre vos mains… Votre plan est une réussite totale, Maître !

— Il nous reste beaucoup d'efforts à fournir. Déjà, à cause de cet incapable de Hodgson, je n'ai pas eu les Ferrone et elles devaient être une base pour assurer ma domination sur les mers : à l'heure qu'il est je n'ai aucun contrôle sur les navires circulant entre Consolata et Anakann.

— Il vous reste les continents, Maître, et ça n'est pas rien.

— Je n'ai pas Havoc non plus… Non, il reste de nombreux points d'Elamia qui ne seront pas couverts par le réseau que je mets en place. Il me faut construire un empire total : la moindre brèche dans l'édifice et ce sont des renégats qui s'engouffreront par milliers pour menacer notre règne.

— Un règne de paix !

— Oui. La paix pour ceux qui la souhaitent comme nous la souhaitons si ardemment. Nous serons sans pitié pour les autres.

— Le maillage entre nos positions doit donc être le plus serré possible.

— Jusqu'à ce que j'obtienne les pleins pouvoirs. Voilà pourquoi nous édifions ces tours : depuis leur sommet elles tisseront un rempart magique au-delà duquel nos ennemis ne pourront que s'agiter !

— Et les Talaris, Maître ? Quel rôle joueront-ils ?

— Les humains en ont assez usé. Triniciens, Aresmass, Laménides ne s'en servent qu'à des fins aussi égoïstes que minuscules. On en a fait un si piètre usage jusqu'à présent… Mais moi, je me suis servi du Talaris laménide pour lancer des météorites. Elles ont détourné un fleuve, exhumé une créature puissante comme une arme et entrouvert des portes entre les mondes. Celui des Triniciens a permis à mes armées de franchir ces portes.

— Le Talaris des Aresmass vous manque toujours, Maître ?

— Oui, mais pas pour longtemps, tu peux en être sûr.

Tark ne put dissimuler son impatience et la colère sous-jacente. Cerni frissonna. Il devinait que son propre assassinat, commis par son épouse, ne serait rien à côté des tortures infligées par le Maître, s'il venait à faillir.

* * *

L'après-midi était déjà bien avancé quand Jocquinius et Niuk quittèrent Havoc à bord d'une carriole bâchée. Ils roulaient en direction d'une chaîne de montagnes qui profilait son échine brune et tremblante dans une onde de chaleur estivale.

Ils bivouaquèrent alors que la cité avait disparu sous l'horizon depuis plusieurs heures.

— Profitez de la carriole tant qu'on peut, dit Yapanoui. Dans les montagnes, ce sera à même le sol…

Au début de la nuit, la chaleur accumulée sous la bâche pendant la journée indisposa le mage. Puis la fraîcheur s'installa, filtra entre la toile huilée et les planches ; Jocquinius ne tarda pas à frissonner et dut se battre contre les moustiques. Niuk resta dehors une partie de la nuit à chasser. Yapanoui dormit sur son banc, une couverture sur les épaules, indifférent au bourdonnement des insectes voraces.

Jocquinius ne s'endormit que pour rêver à nouveau de la Mère des Tourments. C'était une très belle femme, au regard dur et pénétrant, d'une rare intelligence, lui sembla-t-il. Et d'une perversité si grande qu'elle confinait à la folie. Les propos du prédicateur avaient aggravé son inquiétude.

Il s'éveilla quand il crut que la Mère avait « touché » son esprit ; le mage eut l'impression que quelqu'un, quelque part, avait effectivement pénétré le sanctuaire de ses pensées. Un élancement le fit grimacer et il porta les mains à son crâne, puis chercha sa gourde d'eau. Mais ce n'était qu'un rêve et il ne savait pas quelle importance lui accorder.

Il entendit Niuk ronfler et, au lieu de l'agacer, le bruit le rassura : la présence du latoa était rien moins que réconfortante.

Et il possède agilité et pouvoirs, songea-t-il en se remémorant le tragique épisode à Scopolia, quelque temps auparavant.

Il se rendormit, réconcilié avec Samara, déesse des songes.

Quand enfin ils parvinrent au pied des contreforts montagneux, plusieurs jours après avoir quitté Havoc, Jocquinius n'en savait guère plus sur leur guide.

— Je suis pas un mauvais bougre, avait commencé Yapanoui, mais les causeries, c'est pas pour moi.

Le trio débuta son ascension dans une ambiance morose. Jocquinius se demandait s'il avait bien fait de venir jusqu'ici. Les journées se succédaient sans résultat concret et rester auprès d'Adrian aurait été plus utile, malgré l'hostilité des Libérateurs à toute présence trinicienne. Le doute s'installa. Niuk ne parlait pas beaucoup et le mage comprit que sa famille lui manquait, comme lui manquaient des branches auxquelles s'accrocher pour jouer les acrobates. Néanmoins, jamais il n'afficha une quelconque mauvaise humeur, juste ce qui pouvait s'apparenter à de l'ennui et à de la nostalgie rêveuse.

Personne ne vint à leur rencontre au cours des premières journées sur la sente pierreuse. Le ciel se couvrit peu à peu. Ils durent mettre pied à terre le troisième jour de l'ascension. Jocquinius commençait à montrer des signes de fatigue, tandis que le Talaxien avançait d'un bon pas, tirant sur ses mules à grands cris.

Le froid tomba sur le chemin comme de la bouche d'un mort. Les voyageurs s'habillèrent en conséquence grâce à la prévoyance de Yapanoui ; il en coûta encore plus au Trinicien de progresser ainsi lourdement vêtu.

— C'est encore loin ? demanda-t-il au quatrième jour de marche.

— Tout au bout du ciel !

— Si loin ?

— Vous vous attendiez à quoi ? Je vous ai toujours dit que c'était pas tout près.

— Combien de temps, d'après vous ? insista Jocquinius, pressé de trouver ce lieu où, peut-être, il découvrirait la clef de la magie de Tark.

— Comptez encore deux jours. Si le ciel est avec nous.

— Alors nous prierons Falcaar de nous être clément.

Le vent se leva pour s'allier au froid en un acolyte cruel. La capuche doublée de fourrure protégeait à peine Jocquinius. La neige apparut bientôt. D'abord en congères qui avaient résisté à la saison nouvelle, puis en couches épaisses et tenaces au milieu du chemin. En moins d'une heure, un tapis blanc recouvrait le décor pour en masquer les formes, les obstacles, les dangers. Et dire que ce n'était pas encore l'hiver ! Ils pénétrèrent dans les nuages et ne virent plus à vingt mètres. L'humidité les glaça jusqu'aux os.

— Froid ! Rien sentir ! se plaignit Niuk, en tapotant son museau de son index gris.

— Merci d'avoir pensé à ces bottes fourrées, dit Jocquinius, criant presque pour couvrir le vent qui balayait les flancs de la montagne avec une violence croissante.

— Pas de quoi, fit Yapanoui. Ça fait partie du contrat.

— Celui que nous avons scellé avec notre salive, n'est-ce pas ? demanda le mage avec un sourire.

Le Talaxien ne daigna pas répondre ; il tourna la tête pour éviter la neige qu'une bourrasque détacha de la montagne, au détour du chemin. Niuk n'était pas à la fête. Yapanoui avait trouvé une tenue à sa taille et il avait dû découper le dos de la houppelande d'enfant pour laisser un passage aux tentacules. C'était trop peu pour endurer les intempéries. Le latoa gémit ; le Yebbah, son continent d'origine, ne connaissait pas ce froid-là et seul, Niuk ne pouvait modifier le climat comme il l'avait fait en compagnie des siens dans la grande forêt de Brindillion. Enfin, ils sortirent de la purée de pois. Un grand ciel bleu atténua leur calvaire.

— Eh bien au moins, il ne neige plus, concéda Jocquinius.

— Pas pour le moment. Le temps peut changer en moins d'une heure, ici.

— C'est aimable à vous de nous remonter le moral, cher Yapanoui.

Le Talaxien émettait un grognement qui semblait dire que l'optimisme n'était pas dans le contrat quand retentit l'écho de cris inhumains.

— Qu'est-ce que c'était ? demanda le mage.

— Je… J'en sais rien.

— Niuk pas aimer. Pas aimer du tout.

Les cris retentirent à nouveau, plus proches. La marche déjà lente de la compagnie ralentit encore. Les mules renâclèrent. Ils dépassèrent un nouveau coude et s'engagèrent sous un surplomb qui coiffait le sentier sur la moitié de sa largeur. Le vent s'engouffrait en sifflant dans cette galerie naturelle longue d'une trentaine de mètres.

C'est alors qu'ils virent les dragons.

Deux colosses d'écailles et de cornes qui volaient au-dessus d'une vallée noyée de nuages. Ils volaient et se battaient. La peur et la fascination s'agitaient en Jocquinius : au cours de ses nombreux voyages, il n'avait jamais rien vu de tel. Il voulut estimer leur taille. À quelle distance se trouvaient-ils ? Difficile à déterminer. Ils étaient à la mesure des montagnes qui les entouraient, géants parmi les géants.

Le corps du plus grand des dragons se parait d'un bleu azur intense, son ventre et ses ailes d'un bleu pâle. Il apparut très vite que son congénère, plus petit, l'attaquait sans relâche, avec une agressivité incroyable. Les écailles de celui-là tiraient vers un violet aux reflets métalliques ; ses ailes étaient comme chiffonnées et sa collerette déchirée. Tout à leur combat, ni l'un ni l'autre n'avaient encore repéré les voyageurs. Le dragon bleu cherchait à fuir ; l'autre se jetait à sa poursuite et attrapait dans sa gueule une patte large comme la colonne d'un temple. Stoppée dans son vol, sa proie se retournait en cherchant à crever les ailes de son assaillant avec ses griffes. Le manège recommença plusieurs fois, ballet aérien et irréel. Affolée par les cris et les grognements, l'une des mules tira si fort sur sa corde qu'elle jeta le Talaxien à terre, puis elle se précipita du haut de la montagne avec son chargement avant même que le trio pût tenter quoi que ce soit pour l'en empêcher.

Yapanoui cria et les dragons prirent enfin conscience de la présence des voyageurs. Leur tête immense se tourna vers eux et le dragon violet poussa un grognement si puissant qu'on aurait cru voir la montagne trembler sur ses fondations. En un réflexe, Jocquinius lança une matrice destinée à foudroyer les animaux de grandes dimensions en pénétrant leurs chairs. La forme magique s'épanouit devant lui, prête à lâcher son feu.

— Des dragons et maintenant un Trinicien ! s'exclama le guide qui s'était relevé et avait reculé sur le chemin pour retenir la seconde mule. Bon sang, vous auriez pu me le dire! Qu'est-ce que vous croyez? Votre magie, elle sert à rien contre eux!

La créature poussa un nouveau grognement et fonça vers le duo.

Yapanoui tourna les talons, entraînant avec lui la bête de charge.

— Attendez! ordonna Jocquinius. Attendez, vous n'allez pas nous abandonner *maintenant*?!

Le Talaxien avait déjà disparu, marchant d'un bon train accompagné de sa mule. Jocquinius voulut le rattraper; il trébucha et chut dans la neige profonde. Il peina à se relever, cherchant ses appuis dans une telle épaisseur. Le soleil disparut un instant et il sentit un souffle d'air. Le dragon venait de passer tout près, à gauche de la galerie naturelle. Il laissa derrière lui une odeur d'excréments.

Je comprends pourquoi de tout temps les Triniciens détestent Talaxania!

Jocquinius pria Malperdonis, dieu de la chance, de leur venir en aide et requit aussi la protection d'une déesse mineure des voyageurs. Puis il pensa à d'autres divinités et se dit qu'un dieu unique serait plus simple. Ou peut-être une prière commune? Il en parlerait aux Triniciens dès que… Mais l'Ordre avait disparu dans les décombres de Haut-Temple et dans la gueule de Gédaëlle. Et comme le lui avait dit Halaïa, les prières ne servaient plus à grand-chose dans un monde promis au chaos.

Niuk était couché par terre. Ses tentacules giflaient l'air, pour se protéger. Les cris retentirent encore: le dragon était reparti à l'assaut de son semblable.

— Niuk! Il faut sortir de là! dit Jocquinius après avoir déclenché une autre matrice.

Le latoa se releva. Les dragons volaient vers eux. Un vol irrégulier, entrecoupé de morsures, de coups de griffes. L'agilité et la nervosité du plus petit s'opposaient à la puissance et à la ruse du plus grand. Très vite ils furent là. Jocquinius voulut déclencher le feu de sa matrice. Au lieu de jaillir vers les géants, les éclairs se dissipèrent autour d'eux comme si un champ de force les protégeait.

— Magie pas marcher sur dragons! fit Niuk avant de plonger tête en avant dans la neige.

Les monstres volants percutèrent le flanc de montagne au-dessus de Jocquinius, qui se plaqua à la paroi. Un rideau de neige et de pierres s'écroula tout près de son dos. Une fois de plus, les voyageurs durent leur salut au surplomb… qui venait de s'effondrer sur une dizaine de mètres.

— On ne va pas s'en tirer comme ça éternellement, jugea Jocquinius.

Il attendit quelques secondes, franchit les quelques pas qui le séparaient du précipice et le plaçaient à découvert. Il regarda vers le ciel, puis vers la vallée; la couche de nuages n'était qu'à une dizaine de mètres de là. Rien.

Le mage se tourna vers Niuk.

— Je crois qu'ils sont partis. Il ne nous reste plus qu'à rattraper cet idiot de Talaxien: il a tous nos vivres!

— Si latoa le retrouver, latoa le…

Un hurlement interrompit Niuk.

Jocquinius se pencha de nouveau vers la vallée. Le dragon violet était sorti des nuages à une vitesse stupéfiante. La gueule ouverte, il n'était plus qu'à quelques mètres du mage qui n'eut pas le réflexe de retourner à l'abri du surplomb : il se courba et mit son bras devant son visage en un dérisoire geste de défense. Son pied glissa sur une pierre couverte de neige, il perdit l'équilibre et tomba sur le flanc. Le dragon le manqua, mais le vieillard glissait vers le précipice. Il s'accrocha désespérément à la roche. Ses jambes pendaient dans le vide. Les moufles lui avaient épargné la douleur de la pierre sur ses doigts mais ne lui permettaient pas une bonne prise.

Je ne vais pas tenir !

Du coin de l'œil il aperçut le second dragon qui maintenant rejoignait le plus petit au lieu de le fuir.

Si je ne meurs pas dans la gueule de cette bestiole, je vais m'écraser dans la vallée.

Il ne pensa pas à prier. Il se concentra sur l'effort à fournir pour se hisser sur le chemin. Il ferma les yeux. Ses muscles le brûlaient déjà. Il prit une profonde inspiration et donna tout ce qu'il put. La douleur lui arracha un cri. Pendu par les bras, il ne fit que trembler un peu plus. Sa main gauche lâcha prise et l'épaule droite encaissa le choc ; il crut qu'elle allait se détacher de son buste. La peur l'envahit dans toute sa sécheresse. Ses poignets le firent soudain souffrir, comme si on les lui broyait. Niuk venait d'y enrouler ses tentacules ! Un instant plus tard, le latoa le hissait sur le sentier en ahanant.

Jocquinius se retrouva à genoux, essoufflé et en sueur malgré le froid toujours aussi mordant.

— Par tous les saints, merci, Niuk !

— Trouver solution contre dragons, répliqua son compagnon.

— Oui. Une solution. C'est surtout le petit qui en a après nous. Il n'a pas l'air moins dangereux que l'autre, bien au contraire !

Ils se placèrent à l'abri du surplomb.

— Jamais laisser partir voyageurs. Briser montagne jusqu'à mort de Niuk et de Jocquinius.

— J'ai une idée ! S'il revient, on le piège.

— Piège ?

— Oui. Revenez sur vos pas, de l'autre côté du coude.

— Moi pas laisser mage seul.

Jocquinius déploya une matrice.

— Magie inutile contre dragon ! répéta le latoa.

— Filez loin derrière moi, Niuk, je vous en conjure. Et laissez-moi faire…

Le dragon violet apparut. Il avait délaissé son semblable pour s'occuper des deux malheureux voyageurs.

Par Omok, faites que la matrice tienne le coup…

Le dragon grogna en jetant la tête en arrière, puis il se posa sur l'amas de pierres formé par l'effondrement partiel du surplomb. Il replia ses ailes, se pencha plus près du sol pour faire tenir son corps sous la galerie et avança dans celle-ci à pas lents, en direction du mage qui ne bougea pas.

Le dragon cracha et la matrice perdit de son intensité. La retrouva.

— Viens me voir…, dit le mage à mi-voix, plus pour lui-même.

Le dragon cracha encore, avec le même résultat.

— Plus près. Allez, viens plus près.

La bête n'était plus qu'à une dizaine de mètres. Jocquinius discernait parfaitement la collerette hérissée de pics qui ceignait la tête ; elle était déchirée en plusieurs endroits. Des sortes de verrues blanchâtres suppuraient un peu partout sur la face énorme, plus pâle que le reste de son corps. Il croisa aussi le regard du dragon. Il y brillait une lueur de profonde folie. Le mage aurait pu tenir dans sa gueule écumante en compagnie de Niuk et de Yapanoui. Et c'est probablement ce que le dragon avait à l'esprit.

La bête gronda et le sol trembla, de la pierraille se décrocha du plafond. Jocquinius déclencha alors le feu de sa matrice, le dirigeant vers le sommet de la galerie et non vers l'animal lui-même. Les éclairs fusèrent de la sphère magique et entamèrent la roche. Surpris, le dragon redressa la tête d'un coup brusque et heurta douloureusement le plafond. Il comprit trop tard ce que lui réservait le mage et voulut se dégager en gagnant le ravin, mais il n'eut pas le temps de faire un pas que des blocs entiers s'écroulaient sur lui. Jocquinius lança une seconde salve. D'autres blocs se détachèrent, puis toute la galerie continua de s'abattre dans un grand nuage de poussière. Avant d'être enseveli à son tour, Jocquinius courut rejoindre Niuk qui se tenait en arrière, de l'autre côté de l'angle que formait le sentier. Le vacarme de l'éboulement se mêla aux grondements du dragon. Qui ne se releva pas.

Niuk franchit de nouveau le coude, prudemment, pour constater les dégâts. Le chemin avait disparu sous des tonnes de pierres. De l'éboulis, seuls émergeaient l'extrémité de la queue et le sommet de la collerette. La tactique de son compagnon était un succès et il exulta, bondissant sur place. De la poussière plein la bouche et les yeux, Jocquinius le rejoignit en toussant.

— Comment Jocquinius a fait ?

— Les matrices n'ont aucun pouvoir sur les dragons, mais sur la montagne, c'est une autre affaire !

— Mage est un héros ! Un héros !

Le latoa se jeta dans les jambes du Trinicien et l'enserra entre ses bras et ses tentacules.

— Eh, doucement l'ami, doucement ! Vous y êtes aussi pour quelque chose : sans vous je serais sûrement réduit à l'état de bouillie, à l'heure qu'il est.

Leur joie fut de courte durée : ils étaient sans vivres ni guide, au beau milieu d'un paysage dangereux. La victoire inattendue ne pouvait masquer l'échec de leur mission.

— Je crois que nous ferions mieux de rebrousser chemin.

— Nous pas survivre longtemps, si nous pas rattraper maudit Talaxien.

— Allons, mettons-nous en route, mon ami.

—Nous repasser dans nuages. Froid !

—Oui, je sais. Courage, cet idiot de Yapanoui ne peut pas être très loin. Je me souviens d'endroits où on peut voir les lacets du chemin, en contrebas ; nous l'appellerons dès que nous le verrons.

Ils se mirent en marche, l'esprit peuplé de la récente attaque et l'espoir en berne. Avoir vaincu une telle menace pour finir par mourir de faim ou de froid… Ou les deux ! Ils entrèrent dans l'épaisse couche d'humidité et y progressèrent durant une bonne heure. Quand le brouillard s'écarta enfin, une mauvaise surprise les attendait.

Le grand dragon était juché sur une aiguille rocheuse qui saillait à quelques mètres du sentier.

Jocquinius prononça aussitôt un sortilège matriciel, dans l'idée de pulvériser la roche où se tenait l'animal.

—N'essaie pas ça contre moi, Trinicien. Tu n'irais pas loin de toute façon.

—Dragon parler ? fit Niuk.

—Bien sûr que nous parlons. Tous les dragons de tous les clans sont doués de parole. Hormis ceux qui sont atteints du mal blanc.

—Le « mal blanc » ?

—Le dragon que vous avez vaincu en souffrait. Mais oublie ta matrice, Trinicien ; je ne veux pas vous tuer.

—Quelle garantie ai-je que tu es sincère ? demanda le mage, avec une bravoure un peu folle.

Le dragon allongea son cou démesuré vers le sentier ; sa tête n'était plus qu'à un mètre des voyageurs. Ses yeux aussi bleus que ses écailles n'exprimaient pas la même folie que son congénère. On aurait dit ceux d'un humain curieux.

—Vous n'avez aucune garantie, Trinicien. Mais n'oubliez pas que grâce à votre courage et votre ruse vous m'avez épargné un combat douloureux. Pourquoi irais-je tuer des alliés, même involontaires ?

Jocquinius aurait pu lui dire : parce que les dragons détestent les Triniciens depuis qu'ils ont enfermé Hosartan, mais il se contenta d'un « très bien », avant de faire disparaître la matrice. Son cœur, durement éprouvé, battait si fort dans sa poitrine qu'il lui parut sur le point de céder. La situation était si… folle !

Est-ce que je suis vraiment en train de parler avec un dragon ?

—Que faites-vous si loin de chez vous, Trinicien ?

Le mage se tourna vers Niuk et c'est ce dernier qui choisit de répondre.

—Nous chercher Forteresse des Secrets.

La tête du dragon s'éloigna brusquement.

—La Forteresse des Secrets ? Et pourquoi donc ?

—C'est une longue histoire, dit Jocquinius. De toute façon, elle n'a plus aucun intérêt : notre guide nous a abandonnés et nous n'atteindrons jamais notre but.

—Racontez-la-moi tout de même.

—Mage tout dire. Nous plus avoir de temps.

Alors Jocquinius raconta la fin du monde, selon Golan Tark. Il évoqua l'ouverture de passages entre le royaume des morts et celui des vivants, l'invasion d'une armée d'outre-tombe. Le mage parla des guerres à venir et de l'alternative aux combats meurtriers.

— Ces soldats sont animés par une haine farouche des vivants. Ils obéissent aveuglément à leur nouveau maître et j'ai trouvé la nature de cette obéissance : Golan Tark a créé un lien magique entre ses troupes et sa propre volonté. Une magie issue de Talaxania les ensorcelle. Niuk et moi avons découvert que la source de ce sortilège serait sur la Forteresse des Secrets. En venant ici, nous voulions défaire ce qui a été fait.

— Vous autres Triniciens ne pouvez pas lutter avec vos armes ?

— L'Ordre n'est plus qu'un tas d'ossements recouvert des ruines de Haut-Temple.

Le dragon fronça les arcades sourcilières.

— Et Hosartan ? demanda-t-il.

— Il a péri dans la destruction. Je ne sais pas ce qui s'est passé exactement : je n'étais pas là.

Le dragon baissa la tête, envahi par la tristesse.

— Je suis désolé, dit Jocquinius.

— Et moi je suis désolé que tu aies perdu tes amis, Trinicien.

Le dragon avait relevé la tête. Cette fois, ce fut au mage de froncer les sourcils.

— Je ne comprends pas... On raconte que le peuple des dragons déteste les Triniciens depuis le jour où ils ont emprisonné Hosartan pour édifier une université autour de son corps ?

— Hum... Ce sont surtout les anciens qui en veulent aux Triniciens. Et encore, pas tous ! Mais c'est aussi une longue histoire et je vois que vous êtes l'un et l'autre épuisés.

— Et presque morts de froid. À force de discuter, nous avons pris un peu plus de retard sur notre guide.

— Oubliez ce couard.

— Nous n'avons pas le choix : il détient nos vivres et le secret des chemins montagnards !

— Je vais vous trouver de la nourriture avant de vous mettre en présence de notre chef. Peut-être qu'il acceptera de vous renseigner.

— Oh, alors merci. Mille fois merci ! Mais, euh... as-tu un... un nom ?

— Oui. Ol-Tyron, du clan des Ol-Mentias.

— Et moi c'est Jocquinius. Mon ami latoa se nomme Niuk.

— Très bien ! Mais avant de me remercier laisse-moi te dire ceci : mon chef n'a pas ma tempérance. Et ce n'est pas forcément un cadeau que je te fais en te le présentant.

Jocquinius hocha la tête. Puis Niuk demanda :

— Nous prendre quel chemin ? Loin d'ici ?

— Oh, à pied il y en a pour trois ou quatre jours.

—Ah…

Jocquinius sentit le poids de la montagne s'abattre sur ses épaules et Niuk grogna de déception. Trois ou quatre jours… Même l'estomac rempli, ils n'auraient pas la force d'affronter le froid si longtemps. Surtout qu'il leur faudrait encore revenir sur leurs pas ! Le dragon les laissa quelques instants à leur désespoir, avant de dire avec une sorte de sourire :

—Mais il n'est pas question d'y aller à pied. Je connais un moyen plus rapide de gagner mon clan : il vous suffira de voyager sur mon dos.

Niuk avait beau se servir de ses tentacules pour s'agripper au cou du dragon et tenir le mage, Jocquinius serrait les écailles à s'en blanchir les jointures.

Chevaucher un tel animal n'avait pas fait partie de ses rêves les plus fous, ni même de ses pires cauchemars. Le vertige était si fort que le mage n'arrivait pas à profiter de l'incroyable spectacle, à l'inverse d'un Niuk plus enthousiaste que jamais.

Une heure plus tôt, ils avaient mangé du bouquetin que le dragon avait chassé. Il l'avait cuit en crachant des flammes. Niuk s'était étonné que le dragon violet ne les ait pas calcinés lors de ses attaques et Ol-Tyron lui avait expliqué que la maladie avait réduit à néant ce pouvoir.

Ils survolèrent des pics enneigés, longèrent des vallées désolées. Sur leur gauche, c'est-à-dire au nord, ils aperçurent les steppes talaxiennes. Mais de tous côtés les montagnes étendaient leur empire minéral, en or, rose et blanc dans le jour déclinant. Le vol sembla durer une éternité. À l'abri derrière la collerette d'Ol-Tyron, le duo ne sentait pas le vent cinglant. Le dragon perdit soudain de l'altitude et le mage eut le cœur au bord des lèvres. Le géant, qui planait plus qu'il battait des ailes, se mit à raser le flanc des montagnes, avant de s'enfoncer dans les nuages. Jocquinius adressa des prières bâclées à Falcaar et s'attendit à tout instant à percuter une paroi rocheuse, révélée au dernier moment.

De fait, les nuages s'écartèrent et Jocquinius découvrit avec effroi qu'Ol-Tyron fonçait droit vers un mur noir qui montait au ciel. Le mage poussa un cri et Niuk resserra son étreinte autour du vieillard, de peur qu'il fasse une bêtise et, dans la panique, se jette dans le vide.

Le mur approchait à grande vitesse.

—Accrochez-vous ! ordonna Ol-Tyron.

Des tourbillons invisibles secouèrent le géant, déviant sa route.

—Niuk, on va s'écraser ! dit Jocquinius.

Le latoa ne répondit rien, à son tour préoccupé par la tournure que prenaient les événements.

La paroi se rapprochait. Et le dragon ne ralentissait pas l'allure.

—Là ! fit Niuk, désignant du doigt un point sur le mur, légèrement à droite.

Jocquinius vit alors un dragon ; il semblait si petit… Le mage comprit que la paroi était en fait immense et qu'ils en étaient encore assez loin. Le dragon grossit dans leur champ de vision sans qu'Ol-Tyron montre le moindre signe de grimper vers le ciel pour échapper à l'attraction de ce mur, ni de se diriger vers le sol qui, de toute manière, se fondait dans la pénombre du couchant.

Jocquinius se dit que leur « monture » était peut-être aussi folle que l'assaillant dont ils s'étaient débarrassés un peu plus tôt. Sa déraison était juste un peu mieux dissimulée.

Alors c'est la fin ?

S'il n'avait pas eu si peur, il aurait été furieux. Il ferma les yeux, se préparant au choc en serrant de toutes ses faibles forces les écailles bleues, bordées d'un fin trait rouge sang.

Si bien qu'il ne vit pas la faille, certes étroite, qui traçait une ombre verticale sur le mur. Et par laquelle le dragon se glissa.

— Jocquinius regarder !

Le mage ouvrit les yeux.

— On est dans la montagne ! Par tous les dieux, on est dans la montagne, Niuk !

La joie d'être encore en vie plutôt qu'écrasé contre les rochers envahit Jocquinius et, comme un vin fort, l'euphorie chassa la peur.

— Niuk ! C'est merveilleux ! Merveilleux !

— Niuk savoir... Jocquinius pas trop s'agiter sinon tomber...

Ils volaient à travers une gigantesque caverne. Des stalactites et des stalagmites de plusieurs centaines de mètres composaient des colonnes aux formes fantaisistes, éclairées par les demi-globes phosphorescents de champignons non moins colossaux. Ol-Tyron avait ralenti l'allure ; il évitait les obstacles en prenant garde de ne pas renverser ses passagers. Deux autres dragons les dépassèrent, dévisageant le duo, virevoltant entre les colonnes avec une élégante agilité compte tenu de leur taille.

— Merveilleux..., répétait Jocquinius.

Ol-Tyron vira à quatre-vingt-dix degrés sur sa droite et traversa une seconde faille qui s'ouvrait sur un cratère large comme trois cités. Le mage commença à compter les dragons qui évoluaient là puis abandonna au dixième, car il en décollait et disparaissait sans cesse depuis des corniches disposées le long des parois circulaires.

Le dragon s'éleva vers le sommet du cratère et se posa enfin sur une large corniche. Les passagers posèrent pied avant de suivre, au pas de course, leur nouveau guide sous un porche naturel.

Ils aboutirent dans une salle aux dimensions tout aussi imposantes que le reste des lieux.

— Attendez-moi là, dit Ol-Tyron. Je vais voir si Ol-Morgas peut vous recevoir.

Les deux compagnons s'assirent sur une pierre tandis que le dragon s'éloignait vers les profondeurs de la caverne. Un dragon se posa sur la corniche juste derrière eux, avança son cou pour humer à distance le duo.

— Bonjour ! dit Niuk.

Le dragon recula la tête d'un coup, grogna et s'éloigna sans un mot.

Un autre vint, puis un autre encore. Sans jamais dépasser la corniche et se contentant de renifler la caverne avant de partir. Un moment, ils furent quatre, et l'un d'eux passa sous l'arche et s'avança jusqu'à l'endroit où se tenaient Niuk et Jocquinius.

Le mage affichait désormais un indécrochable sourire : la fatigue et le spectacle avaient pour le moment eu raison de son inquiétude. Tout allait trouver une solution rapide.

Formidable !

L'attente dura. Il y eut de plus en plus de dragons sur la corniche mais Jocquinius finit par s'endormir à même le sol, brisé par les émotions et la fatigue. Niuk bâillait sans pouvoir se résoudre à un sommeil surveillé par de telles bêtes, même si elles ne montraient aucun signe d'hostilité. La nuit était tombée depuis longtemps quand Ol-Morgas accepta de les recevoir.

* * *

— Ol-Tyron m'a raconté votre histoire, humains.

Le patriarche des Ol-Mentias parlait d'une voix grave et tremblotante. Dominant Ol-Tyron sur un trône de pierre blanche, il portait sous sa gueule des poils gris, ses écailles n'avaient pas le brillant de celles d'Ol-Tyron et ses gestes étaient ceux d'un vieillard, mais son regard avait conservé toute sa vivacité.

— Vous êtes venus chercher la magie de Talaxania.

— Nous pensons qu'elle est le secret d'une armée, Vénérable. Une armée qui veut détruire la vie en Elamia.

— Si c'est la vérité, vous n'êtes venus qu'à deux pour découvrir ce secret ? De quelle armée faites-vous donc partie pour mettre si peu de chances de votre côté ?

— Le commandant de la libération pense que les batailles et leur cortège de victimes innocentes sauveront Elamia.

— Hum… à vous entendre, cette stratégie vous répugne.

— Notre ennemi tire ses troupes de Galameh. Une richesse *a priori* inépuisable ! Il est impossible de savoir quand Omok s'opposera à cette utilisation de ses sujets. Si même il s'y oppose un jour !

— Alors, vous êtes partis tous les deux à la recherche d'une alternative à la violence.

— Nous étions trois. Un moinillon nous accompagnait. Mais son courage et son dévouement n'ont pas été suffisants pour le sauver de Golan Tark.

— Golan Tark…

— Vous le connaissez, Vénérable ?

— Bien sûr. Il est venu ici, autrefois. Il cherchait la même chose que vous : le secret de la magie talaxienne.

— Et il l'a trouvé. Ou quelqu'un le lui a donné.

— Il a sauvé l'un des nôtres. Atteint du mal blanc, tout comme cet Ol-Zelar que vous avez tué.

— Oh…

L'accusation n'était même pas voilée et Jocquinius accusa le coup. Niuk grogna et dit :

— Dragon attaquer Ol-Tyron, attaquer voyageurs.

— Oui, je sais. Ol-Zelar était condamné, de toute façon. La maladie était trop profondément ancrée en lui. Et il risquait de contaminer les nôtres ou d'en tuer plus directement, comme il a tenté de le faire avec Ol-Tyron.

— Vénérable, qu'est-ce que ce « mal blanc » ?

— Une chose terrible qui transforme son hôte en un dragon sanguinaire envers les siens, tout en sapant peu à peu ses forces. Elle dévore sa raison tout en lui donnant un sentiment de toute-puissance ! On dirait que les malades sont persuadés de pouvoir conquérir le monde ! Et croyez-moi, ils en ont bien l'intention… Aucun clan n'échappe à ce mal mystérieux. Il faut s'estimer heureux : les malades ne se liguent pas entre eux et ils sont incapables d'utiliser le pouvoir du feu. Pour être juste, Golan Tark n'avait pas tout à fait réussi à guérir l'un des nôtres. Il a atténué ses souffrances, mais le pauvre a fini par mourir.

— Alors vous avez rencontré Tark…

— Un humain étonnant. Plein de ressources. Il nous a promis un remède et nous l'attendons toujours. Pendant un moment, j'ai bien cru que tu me l'apportais…, ajouta le patriarche sur le ton de la déception. Tu es un Trinicien tout comme lui, après tout.

— Tark est mort il y a bien longtemps.

Jocquinius entreprit de lui raconter l'invasion de Consolata, commandée depuis Galameh par l'ancien mage trinicien.

— Voilà pourquoi il faut absolument l'arrêter, Vénérable, conclut Jocquinius. Et la connaissance de la magie talaxienne est le meilleur moyen de mettre ses armées à genoux, rapidement et avec le moins de pertes possible.

Le Vénérable grattait les écailles de son cou, tout à sa réflexion. Le regard d'Ol-Tyron allait et venait entre son patriarche et les voyageurs.

— Nous ne sommes pas les détenteurs de la magie talaxienne, dit le vieux dragon. Et nous ne pouvons rien faire pour vous.

— Mais je croyais que… ?

— Ça suffit ! gronda le dragon en un étonnant changement d'humeur. Nous nous sommes trop mêlés des affaires des humains et vous autres Triniciens nous avez assez trompés comme ça ! Qui sait si vous n'êtes pas à l'origine du mal blanc ? Après tout, il est arrivé en même temps que les humains dans nos montagnes ! Et puisqu'on parle de montagne, ne songez même pas à gagner la Forteresse des Secrets par vos propres moyens : vous n'y trouverez rien. De toute façon, je doute que vous parveniez là-bas sans guide… Vous resterez ici tant que vous en aurez besoin pour retrouver la force d'entreprendre le voyage du retour.

Ol-Morgas se détourna pour signifier la fin de l'entrevue et Ol-Tyron s'avança vers eux pour les accompagner hors de la salle.

Une minute plus tard, il dit aux voyageurs :

— Je suis désolé, mais le Vénérable a tout pouvoir ici. Il a sans doute une bonne raison de ne pas accéder à votre requête.

— Il m'en veut pour Hosartan, c'est évident. Mais qu'y puis-je ? Cette histoire remonte à la nuit des temps. Je n'étais même pas à Corall-Medding quand il est mort !

— Nous sommes parfois responsables des actes de nos semblables, Jocquinius, dit le dragon.

Le mage voulut s'opposer à cette vision des choses, mais il se ravisa.

— Oui, vous avez sans doute raison. Ne rien faire, c'est approuver.

— En quelque sorte, oui. Mais je ne t'en veux pas. Le passé est le passé et si on ne lui tournait jamais le dos, on n'avancerait pas.

— Ol-Tyron parler comme un sage !

Le dragon sourit avec une expression étrangement humaine. Jocquinius approuva d'un hochement de tête, avant de reprendre :

— Mais Ol-Morgas sait-il seulement où se trouve la clef de cette maudite magie ?

— Bien sûr ! Il avait même dirigé Golan Tark vers elle.

Chapitre 9

Depuis qu'elle s'était libérée des arbres à pleurs de Golan Tark, Halaïa filait à travers le temps, franchissant les époques comme on franchit une frontière que ne garderait aucun soldat. Le seul droit de péage qu'elle concédait était un rire, celui d'une enfant toujours émerveillée par l'inédit de ses découvertes.

Quand elle avait quitté le verger des tortures du sorcier, la vieille Aresmass, mère d'Adrian, ne s'était pas attendue à un tel prodige. Elle avait consacré la fin de sa vie à une mission sans équivalent : sauver le monde de la menace représentée par Tark. Pour cela, elle avait rencontré son ancien amant, Jocquinius, et lui avait donné le Sarment du Temps, sur les conseils de prêtresses laménides. « Tu le donneras à notre fils, un certain Kordac, avait demandé Halaïa. Il saura quel usage en faire. » Le vieux mage avait accepté la mission bien qu'il ne l'ait pas vue pendant plusieurs décennies, malgré les nombreuses questions laissées sans réponses, malgré la défiance des Triniciens à l'égard des Laménides.

Le lendemain, l'époux de Halaïa l'avait retrouvée à Corall-Medding et avait exigé d'elle qu'elle lui rende le Talaris volé aux tribus de son peuple. Comme la « traîtresse » avait résisté, l'homme l'avait éventrée avant de s'enfuir, bredouille. Halaïa avait aussitôt rejoint Galameh mais Jocquinius l'avait rappelée d'entre les morts. Hélas, sa résurrection avait été de courte durée et Golan Tark était venu la chercher durant la cérémonie. Le sorcier l'avait torturée pour la faire parler ; Halaïa avait tout de même réussi à déplier le Canevas du temps et s'était enfuie par une trame, ce qu'à sa connaissance nul être n'était parvenu à réaliser avant elle.

Peut-être mon statut de Juste-mort a-t-il permis ça ?

Elle se doutait surtout qu'elle ne pouvait pas être une Aresmass comme les autres : son fils n'avait-il pas été le plus puissant voyant d'Elamia ?

Depuis sa libération inespérée, elle naviguait donc au hasard sur le Canevas, ne croisant aucun de ses semblables. Elle découvrait des événements du passé, des anecdotes à venir ; un voile mince et laiteux s'interposait entre son regard et ces événements. Des événements sur lesquels Halaïa ne pouvait intervenir directement, pensait-elle, à la manière d'un témoin privilégié dont l'œil serait collé à une longue-vue. Pour l'heure elle résistait à l'envie de « revivre » les moments vécus jadis avec Jocquinius, lorsqu'il n'était encore qu'un tout jeune Trinicien ; en fait Halaïa évitait les trames de sa propre vie, de crainte d'en revoir les pires moments, comme la séparation inévitable avec Jocquinius, les colères de Haspalnod, son mari, exigeant de son jeune fils des performances inouïes, puis son assassinat par ce même homme que l'ambition avait métamorphosé en un monstre inhumain – un traître envers les siens.

Mais il arriva un moment où elle n'y tint plus, et l'Aresmass céda à l'envie de revoir sa mère. Où pouvait-elle bien se trouver parmi ces milliards de fils partant de l'infini et menant à un même infini ? Halaïa devait trouver les ressources en elle-même.

Lorsqu'elle atteignit la trame de sa propre vie, elle la remonta lentement, comme on lutte contre un fort courant. Les émotions qui avaient composé son existence la heurtèrent comme autant de gifles et elle fit son possible pour éviter d'ouvrir les yeux sur son passé dans l'espoir de ne pas revivre les années avec Haspalnod. Sa mère lui apparut enfin sur les terres désolées qu'habitaient les Aresmass, éternels nomades sur un océan vert où galopaient des chevaux sauvages. Malgré la distance, Halaïa se surprit à la trouver plus grande que dans son souvenir.

Je ne dois pas tenir d'elle !

Elle tourna autour de cette femme qui par ailleurs lui ressemblait. Sa mère marchait en direction d'une source, jaillissant entre des rochers. En contrebas s'étendait un sous-bois aux arbres d'un vert profond. Elle reconnut l'un des paysages qu'elle avait elle-même fréquentés avec Jocquinius, bien des années plus tard. La femme s'arrêta pour s'asseoir au bord de l'eau vive. Halaïa pouvait presque lire l'inquiétude sur ses traits.

Quelque chose se matérialisa, comme si l'eau prenait forme. C'était un être longiligne et aux traits humanoïdes. Le membre dressé entre ses cuisses ne laissait aucun doute sur son sexe. Sa peau était d'une teinte anormale, tirant sur le violet. Nu, il était totalement glabre, ne portant pas de cils ni de cheveux. La femme se leva dès qu'elle l'aperçut et marcha vers lui, sans crainte apparente. L'être quitta la rivière ; il se déplaçait d'une démarche à la fois majestueuse et puissante, gracieuse et virile.

Quand ils se rencontrèrent à mi-chemin, ils s'enlacèrent avec une ferveur qui ne cachait rien de leurs sentiments réciproques. Le choc fut intense pour Halaïa, qui n'y comprenait rien. « Kilarn… », soupira la mère de Halaïa. Quand les lèvres se mêlèrent en un baiser profond, que les caresses se firent plus précises, la voyante choisit de s'éloigner de ce spectacle troublant.

Elle se laissa dériver, l'esprit bouillonnant de questions jusqu'au moment où elle se sentit capturée par une sorte de courant. Elle approchait d'un lieu où le temps changeait sans cesse, comme si futur, présent et passé se télescopaient sans parvenir à s'imposer. Il existait des nœuds dans le Canevas, des trames qui tardaient à s'imposer et s'entrecroisaient à mesure que les options du passé se définissaient ; en général elle les évitait, même si son statut si singulier lui permettait de se sortir de ces « paquets » de temps.

Mais là, c'était bien plus violent encore.

Les saisons se succédaient dans le désordre et à une vitesse anormale.

C'était une île au milieu d'un océan que battaient des tempêtes brutales. Par moments, des bourrasques de neige accompagnaient les embruns à l'assaut du rivage cerné de hautes falaises. Tout à coup, un soleil de plomb tranchait le blizzard et les vagues s'affaissaient comme si elles n'avaient été que le récit exagéré d'un marin. Le Canevas se courbait en tous sens, rendant le voyage de l'Aresmass plus périlleux que jamais, sur le point d'être déchirée, cisaillée entre des moments contraires.

L'île du Temps! comprit-elle.

Au milieu de ces changements continuels, un phénomène stable attira son attention : une sphère d'une dizaine de mètres de diamètre courait le long de la surface liquide ; à l'intérieur de cette sphère une embarcation que poussait un vent régulier fendait un océan apaisé. Intriguée, Halaïa se concentra pour s'approcher. Elle vit un homme sur le pont du navire. Les cheveux au vent, il portait une cape noir et rouge. Elle le reconnut aussitôt.

Golan Tark!

Halaïa fut tentée de fuir, de reprendre sa course à travers le Canevas. Mais la curiosité l'emporta.

Quel est cet avenir ? Que fait-il ici ?

Parmi les trames du Canevas, il lui était encore difficile de différencier celles qui n'étaient que possibilités de celles de l'avenir en marche. Elle se tint en retrait de la sphère, même si elle pensait qu'il y avait peu de chances pour que l'homme la voie, car elle n'était pas tout à fait dans sa réalité.

On ne sait jamais…

Halaïa porta son regard dans la direction qu'empruntaient la sphère et le navire qui s'y abritait ; Tark se rendait à l'île du Temps. Les implications d'un tel voyage l'étourdirent. Le simple fait de détenir le pouvoir de rejoindre ce sanctuaire des origines était ahurissant. Tark avait-il tellement gagné en puissance ? Après Galameh, allait-il investir ce lieu que l'on prétendait être le berceau même des dieux ?

L'Aresmass resta à proximité de cette trame. Rien ne semblait devoir arrêter ou même ralentir le sorcier. Pas un dieu, pas un démon. De plus, Tark possédait une magie qui le mettait à l'écart des phénoménales marées temporelles agitant l'océan tout autour de la sphère qui englobait son embarcation. La silhouette du sorcier se mit à trembler, puis elle s'effaça comme un reflet incertain à la surface de l'eau. À sa place se matérialisa un autre individu ; c'était une femme, vêtue de noir. Il y eut un nouveau flottement. Les formes hésitèrent. Cette fois le bateau disparut. Rien n'était moins stable que cette trame ! Quand Halaïa tenta d'aller au-delà de ce moment, les marées du temps lui opposèrent une barrière infranchissable.

Que va-t-il faire une fois là-bas ? Se rendre maître du temps ? Réécrire l'histoire ? Chercher des armes ? Et cette femme : de qui peut-il bien s'agir ? Une complice ?

Une question les recouvrait toutes : pouvait-elle seulement se permettre d'attendre la réponse ? Les choses étaient donc encore pires que lorsqu'elle avait quitté cette vie, pires qu'au début de son voyage dans le Canevas du temps. Les mystères s'ajoutaient aux mystères, et pas plus le passé – celui de sa mère – que l'avenir ne s'annonçaient clairs et lisibles.

Je dois prévenir quelqu'un.

Libre, elle ne savait pas comment joindre les opposants de Tark et encore moins si c'était possible. Jusqu'à présent elle n'avait eu aucune prise sur les événements que décrivaient les trames.

Il faut l'arrêter. Je vais trouver un moyen. Il le faut!

Elle ne trouva aucun moyen de retourner en Val-des-Miracles. Mais il était un lieu et un temps auquel elle avait toujours accès. Son point de départ vers l'infini du Canevas.

Galameh.

De là, elle entrerait en contact avec des prêtresses défuntes. Elles sauraient peut-être l'aider, comme elles l'avaient lancée quelque temps plus tôt sur les traces d'Adrian. Il ne lui restait plus qu'à trouver la porte d'accès à ce monde honni.

Le monde de Tark.

* * *

De minces quartiers de lunes éclairaient Corall-Medding quand Litti et Paq se retrouvèrent à proximité d'un cimetière de Grève-Pieds. Le couvre-feu était sonné depuis plus de trois heures et les deux jeunes gens mettaient déjà leur vie en péril. Ce qu'ils allaient tenter les condamnerait plus encore. Pour peu qu'on les attrape. Mais de cela, il n'était pas question.

Ils se glissèrent à pas de loup dans l'enceinte, se dissimulèrent derrière un mausolée, progressèrent de stèle en stèle jusqu'à se rapprocher d'un point que semblaient apprécier particulièrement les Occupants, pour une raison inconnue. Un vaste caveau les attirait comme un aimant et les revenants s'en approchaient puis s'en éloignaient en émettant des gémissements de bêtes blessées.

Litti avait dans l'idée d'attendre qu'ils soient le plus nombreux en ce point précis.

De longues minutes s'écoulèrent. À un moment, quatre Galaméens se touchaient des coudes. Paq tapota l'épaule de Litti pour l'engager à agir, seulement le jeune Trinicien préférait attendre d'en avoir plus à sa portée. Le cœur de l'adolescent battait la chamade. Il ne devait pas rater son sort. Il répétait en boucle un sortilège qu'il avait appris une semaine auparavant.

« Je te conseille de ne pas l'utiliser avant plusieurs mois », lui avait dit Yonastelli, son maître.

Au moins, ce n'était pas un ordre, car Litti ne connaissait pas d'autre matrice capable de faire autant de dégâts sur un espace si faible. C'était même le sort le plus puissant qu'il maîtrisât. Allait-il se permettre d'attendre quelques mois de plus ? La situation était dramatique dans la ville et sans doute dans tout Consolata. Lancer une matrice moins puissante, c'était aussi mettre ses propres jours en danger car qui pouvait savoir ce qu'il adviendrait si les Galaméens en réchappaient ? Il fallait frapper fort. Voilà un choix qui n'appartenait qu'à lui ! Il espérait que la désobéissance ne le motivait pas. Non : seule l'efficacité de leur action de cette nuit justifiait sa décision. Alors il répétait le sort, encore et encore, tandis que défilaient les cinq images mentales qui devaient l'accompagner afin de déclencher le feu de la matrice.

Toujours à l'aide des mains, Paq signifia à son compagnon qu'il allait s'éloigner, pour voir ce qui se passait. Litti voulut lui dire qu'ils ne devaient pas se séparer et qu'il ne se passait rien de plus ou de moins que d'habitude, mais il préféra ne pas ouvrir la bouche pour ne pas attirer l'attention des errants. De toute façon c'était trop tard : Paq était déjà parti et son ami était trop têtu pour qu'on le retienne.

Quatre, cinq… Trois.

Les morts allaient et venaient, à pas lents.

De quoi étaient-ils constitués ? se demandait Litti. Leurs cadavres gisaient sous une tombe, quelque part, ou bien avaient été dévorés par des bêtes sauvages ; des flammes voraces les avaient consumés comme sur la plaine de Havoc. Alors de quoi étaient-ils faits ? Ce qui revenait à se demander s'ils résisteraient à son attaque. Une autre question le chiffonnait : s'il parvenait à les renvoyer en Galameh, ne reviendraient-ils pas aussitôt à Corall-Medding, sous l'impulsion de leur maître ? Une sorte d'armée constamment régénérée. Leur principale faiblesse était ces rassemblements, errements pathétiques d'ombres qu'aurait refusées le plus démuni des chefs de guerre. Pourquoi venaient-ils là, traînant les pieds et, dos voûté, geignant comme des vieillards que la raison aurait abandonnés ?

On en sait si peu sur eux…

Les mages et les chantres triniciens possédaient la science de la résurrection, un retour bref parmi les vivants et le plus souvent limité aux cryptes de Haut-Temple ou à ses souterrains secrets. Car s'ils savaient ouvrir un étroit passage entre les mondes, les Triniciens n'avaient jamais vraiment résolu la question du corps et de sa pérennité : les Galaméens que ramenaient les chantres se décomposaient inexorablement. Golan Tark semblait avoir trouvé une solution. Avait-il pensé à l'état dans lequel étaient plongés ses soldats qui arpentaient tous les lieux de mort ?

Il n'est pas infaillible, c'est tout.

Il fallait s'en convaincre. Sinon c'était la fin du monde tel qu'il l'avait connu.

Où est Paq ?

Litti abandonna son observation du mausolée pour chercher son camarade. Il se déplaça à quatre pattes vers la stèle suivante, d'où il pouvait observer toute une allée. Il s'appuya le dos à la stèle puis pencha très vite la tête vers l'allée. Personne.

Depuis qu'il avait rejoint la Résistance, Paq était devenu un ami. Ils étaient si différents l'un et l'autre ! Bien qu'elle fût loin de là, Iriane avait agi sur leur relation avec la force d'un lien familial. Entre les deux garçons, c'était à la vie à la mort. Ils dormaient l'un à côté de l'autre, étudiaient ensemble, prenaient leurs repas en commun. Ils se parlaient peu : ils n'en avaient pas besoin. Il leur arrivait de se chamailler, déjà parce que l'empreinte de leur formation respective restait vive : la Hanse pour Paq, l'Ordre trinicien pour Litti. Ensuite leur caractère, hésitant pour Litti, fonceur pour Paq, cherchait souvent une raison de jeter des bâtons dans les roues de leur entente. Mais le fer de leur amitié, trempé dans le bain de l'adversité, ne se laissait pas émousser si aisément.

Où est-ce qu'il est passé ?

Litti se gratta la saignée des coudes. Depuis quelque temps, des rougeurs apparaissaient sur ses bras, son cou, quand la nervosité le gagnait. Un clerc trinicien rescapé de la chute de Haut-Temple lui avait prescrit un onguent très difficile à élaborer car désormais on manquait à Corall-Medding des plantes nécessaires. Les démangeaisons agaçaient Litti et lui rappelaient la précarité de sa situation quand précisément il voulait l'oublier. De vilaines plaques pouvaient se former sur sa peau, qu'il lui arrivait de gratter jusqu'au sang. Litti aurait eu honte de se présenter ainsi à Iriane. Quand il la reverrait, le novice espérait que sa joie effacerait ces croûtes aussi disgracieuses qu'horripilantes.

Un Galaméen passa tout près et Litti se cacha juste à temps. Encore un errant.

Il s'agissait de leur première mission de cet ordre. Jusqu'à présent, ils avaient effectué des sorties pendant le couvre-feu, s'étaient rendus en des endroits interdits, souvent pour transporter des messages d'un résistant à un autre ou bien pour observer le comportement de l'envahisseur. Paq était parvenu une fois à quitter la ville et Litti avait approché le chantier où s'élevaient les anneaux d'une tour. Mais ils n'avaient jamais eu à tuer.

« On va leur faire peur, avait expliqué Yonastelli. Qu'ils aient conscience que la population ne se plie pas à leurs caprices comme un peuple d'esclaves. Et donner aux Corallais l'impulsion de la Résistance. » Car pour le moment, peu de gens s'opposaient à l'envahisseur. Quelle arme utiliser ? Les soldats de Tark résistaient à tout, semblait-il. La chute de Haut-Temple avait anéanti l'espoir avant même la survenue du danger.

Tuer l'ennemi. Un ennemi déjà mort… Quelle ironie.

Tout à coup, Litti entendit quelqu'un crier. Et reconnut aussitôt la voix : c'était Paq !

— Eh vous autres ! Venez par ici, bande de bâtards !

Par tous les dieux !

Litti retourna à la place qu'il occupait une minute auparavant. Il vit son compagnon, juché au sommet du mausolée, qui attirait les errants.

— Venez me chercher, allez !

Aussi folle que téméraire, la tactique de Paq fonctionnait : les Juste-morts du cimetière approchaient. Lentement, mais en groupe cette fois. Une colonne de cadavres ambulants, sous l'uniforme d'une armée d'invasion. Ils n'étaient pas huit, ni même douze. Ils étaient une trentaine. Et il en arrivait encore.

Fiche le camp, Paq ! Fiche le camp de là-haut !

S'il lançait la matrice maintenant, il risquait de toucher son ami. Quand ils furent un peu plus de trente-cinq à s'agglutiner contre les pierres du mausolée, bras tendus vers le sommet où le Corallais les narguait, Paq disparut d'un bond à l'arrière de l'édifice mortuaire. Litti lui laissa cinq secondes. Puis il prononça le sort. Les syllabes quittèrent ses lèvres à une vitesse incroyable tandis que les images mentales défilaient devant ses yeux. Il ne se passa rien. Litti serra le poing de colère et de déception mêlées. Il avait péché par ambition.

Comment est-ce que j'ai pu croire que ça marcherait? D'accord, j'y suis arrivé une fois. Mais c'était au calme et sans ennemis! Ça m'apprendra à prendre des initiatives.

Il lui restait la matrice, moins puissante, que Yonastelli lui avait intimé d'employer. Seulement il était trop tendu pour se représenter quelque image mentale que ce soit. Seuls le sourire d'Iriane et sa mine décidée s'affichèrent. Iriane, la jeune combattante de Maison-Noire! Elle avait tu son appartenance à ce groupe secret et s'était entraînée aux exercices les plus durs, mois après mois, sans se plaindre. Litti n'avait rien deviné de cette double vie. Elle avait minci, certes, ou plutôt elle s'était musclée et ses étreintes s'étaient faites plus fortes. Et dire que le garçon avait imputé cette intensité croissante à l'amour seul! Iriane… Nul doute qu'elle n'aurait pas abandonné la partie, ce soir-là, dans le cimetière. Elle aurait recommencé aussitôt, malgré l'échec de la première tentative.

Alors Litti reprit son souffle. Oublier les démangeaisons. Oublier le doute, l'indécision. Il n'avait pas beaucoup de temps devant lui : les cris de Paq avaient dû alerter les patrouilles et les errants commençaient déjà à s'éloigner du mausolée.

Des mots comme des salves chuintantes. Des gravures ancestrales mémorisées dans leurs moindres détails. Il y eut le son d'un crépitement, à quelques pas de Litti.

Ça marche!

Le volume de sa voix avait déterminé la distance à laquelle la matrice épanouissait sa corolle luminescente.

Un peu trop loin… Tant pis…

Il se dégagea de son abri de fortune pour bien voir la matrice et la diriger à distance, à l'aide de mouvements des mains. Cet exercice n'était pas le plus facile. *Tant pis*, se dit-il. Il n'avait pas le temps de faire beaucoup mieux. Les errants s'étaient retournés vers la sphère d'un mètre de diamètre environ, flottant à quelques centimètres du sol. La lueur de la matrice exagéra leur silhouette misérable, leur mine de malades à l'agonie. Ils étaient hébétés et de l'écume coulait au coin de leurs lèvres desséchées. Leurs yeux ne brillaient même pas dans leurs profondes orbites. Parmi eux, certains tendirent les bras vers la matrice ; on aurait dit qu'ils étaient affamés après des semaines de jeûne et que la sphère magique était un buffet garni. Litti attendit encore deux secondes que ceux-là approchent, tout en poussant vers eux la matrice. Enfin, il ferma les yeux et libéra le feu matriciel d'une simple impulsion mentale, accompagnée d'un bref mouvement de poignet.

Litti se coucha à même le sol. La matrice libéra toute son énergie en une explosion silencieuse qui décima les envahisseurs. Même à travers ses paupières closes, le garçon vit la lumière.

J'espère que Paq s'est mis à l'abri.

Juste à cet instant, il sentit la main de son compagnon sur son épaule.

— On fiche le camp, dit Paq à voix basse. Tout de suite !

Après s'être relevé, le jeune Trinicien jeta un regard par-dessus la stèle. Il ne restait plus un seul Juste-mort pour témoigner des événements.

— On a réussi, Paq !

— Oui, ben on se réjouira plus tard ; regarde qui arrive.

À quelques mètres de là, deux soldats de Tark frottaient leurs yeux éblouis par la matrice.

— On fonce…, souffla Paq, qui déjà s'élançait vers les gardes au lieu de tenter une fuite par la seconde sortie du cimetière.

— Ce type est *vraiment* cinglé, se répéta Litti en se lançant derrière lui.

Paq n'avait pas ralenti l'allure. Tête rentrée dans les épaules, un genou en avant, il percuta les gardes de plein fouet. Il tomba avec eux. Litti ne l'avait pas vu sortir son long poignard ; son coéquipier s'en servit pour trancher la gorge du premier garde alors que le second ne s'était pas encore remis du choc et de la chute. Paq détacha la tête de sa victime en quelques secondes. Des ombres mouvantes apparurent aussitôt autour de la silhouette désormais inanimée, plus denses que la nuit la plus noire. Et dévorèrent le garde tandis que Paq s'attaquait au second Juste-mort. Il n'eut pas le temps de le décapiter car les ombres filaient déjà vers l'agonisant qui gargouillait dans son propre sang. Il poussa un cri vite étouffé par ses agresseurs insaisissables, issus de nulle part.

Choqué par le spectacle, Litti avait stoppé net sa course. Il nota dans un coin de son esprit le phénomène qui entraînait les Juste-morts loin de Corall-Medding. Son maître le mage Yonastelli saurait sûrement de quoi il s'agissait. Pour cela, il fallait revenir sain et sauf auprès de lui et, dans la nuit corallaise, dominée par les soldats de Tark, ça n'était pas joué d'avance.

Ce n'est que bien plus tard que Litti prit conscience de la réalité de son destin : avec la réussite de son sortilège, il venait d'approcher la frontière qui sépare le novice du mage. Seule une infime portion des étudiants de Haut-Temple était promise aux rangs les plus élevés de l'Ordre. Et la célèbre université n'existait plus ! Son exploit était d'autant plus remarquable. En temps de paix, l'adolescent serait devenu la mascotte de tous ses camarades. Mais tous étaient morts. Aepius, son meilleur ami, avait lui aussi péri sous les décombres de l'université effondrée. Qui célébrerait son exploit ? Yonastelli ? Pas sûr : le mage était trop avare d'affection et de spontanéité pour montrer de la joie. Il se pouvait même qu'il gronde le garçon pour avoir pris une décision personnelle, plutôt que d'obéir précisément à ses ordres.

Paq connaissait Grève-Pieds comme on connaît sa propre maison. Alors que des cris retentissaient pour donner l'alerte, il entraînait Litti de cachette en raccourci. Le Trinicien avait du mal à tenir le rythme fou de son compagnon et une migraine s'installait, conséquence de son effort pour lancer la matrice.

— Litti ! lança Paq, c'est pas le moment de mollir !

— Je… j'ai mal.

— Qu'est-ce que je devrais dire ! Tu m'as cramé les yeux avec ce… cette arme.

— On appelle ça une matrice.

Ils reprenaient leur souffle sous une porte cochère. Cette fois ce n'était pas le portrait rassurant d'Iriane que son esprit entrevoyait, mais des ténèbres qu'habitaient les créatures représentées par les dessins précis de Yonastelli. Des monstres venus de l'au-delà. Il se demanda s'il ne s'agissait pas des images que lui avaient envoyées ces drôles de singes sans yeux, le jour de l'invasion, des représentations macabres pour amplifier sa peur et provoquer sa reddition. Elles avaient bien des points communs, mais c'était tout de même différent.

Est-ce que c'est le prix à payer pour devenir un mage ? Personne ne m'a jamais parlé de ça.

Il eut le temps de se dire qu'on évitait forcément d'évoquer cet inconvénient devant un apprenti, si l'on ne voulait pas qu'il abandonne avant de commencer.

Chapitre 10

En retrait derrière un rocher, Adrian et Uprih observaient Tuckmill comme on jauge un félin au repos mais prêt à bondir sans crier gare. La cité et sa ceinture de remparts gris se dressaient devant le Commandant, sous un halo de lumière verte. La Medding détournée de son lit avait noyé une partie du bassin au centre duquel se dressait Tuckmill ainsi que les nombreuses habitations qui entouraient les murailles de la ville close. Seules quelques fermes n'étaient pas complètement submergées. Une nouvelle route s'élevait au-dessus de l'eau, limitant l'accès aux portes à un unique chemin. Ainsi, sa prémonition s'avérait et le prince alnaute salua cette confirmation d'un lent hochement de tête.

Les Galaméens occupaient les lieux, aucun doute là-dessus. Jadis, Tuckmill avait été le bastion de seigneurs rebelles à l'autorité royale de Corall-Medding. Ils avaient pressuré leurs serfs jusqu'à les réduire à de simples bêtes affamées, à peine capables de travailler pour nourrir les ambitions toujours plus grandes de leurs seigneurs. Ils possédaient d'excellents éléments parmi leurs officiers de cavalerie et une belle partie de leur fortune avait servi à consolider la forteresse, réputée imprenable. Régulièrement, les seigneurs de Tuckmill allaient guerroyer aux confins du petit royaume, pillant et massacrant les populations locales. On racontait même qu'ils s'aidaient de sorcellerie pour accomplir leurs funestes desseins.

Jadis, quand le jeune Adrian avait accédé au commandement de l'armée royale, il avait tourné son regard vers cet « abcès inguérissable », selon les termes de son souverain. Une vision l'aida alors à établir sa tactique et il prit la cité en quelques jours, libéra les soldats enrôlés de force, abandonna aussitôt les seigneurs félons à la foule qui les lyncha sans procès ni pitié. Après quoi Adrian suggéra à son roi d'adoucir les impôts sur la paysannerie, au moins pendant quelque temps. Le roi considéra l'idée bonne, tant qu'il pouvait revenir sur sa décision une fois un semblant d'équilibre retrouvé. Adrian engagea les officiers survivants et se servit de leur savoir et de leur bravoure pour préparer son accession fulgurante au sommet du royaume. Un royaume qu'il transforma bien vite en empire.

Justement, que restait-il aujourd'hui de son empire ? Il avait proposé à ses compagnons de méharée, en Anakann, un système pour assurer leurs marchandises contre les aléas du voyage. Ce système qu'il avait en fait inventé au temps de son règne existait-il encore en Consolata ? Les aqueducs et tout le système de distribution d'eau dont il avait exigé la rapide construction étaient-ils encore en état de marche ? Les progrès qu'apportait un empereur, fût-il tyrannique, perduraient-ils après sa disparition ? Ou bien fallait-il tout recommencer de zéro chaque fois qu'un nouvel homme prenait les rênes du monde ? Si tel était le cas, ce serait un immense gâchis.

Où qu'il fût, Adrian n'avait jamais imposé aucune religion, aucun système de pensée pour être sûr que les améliorations qu'il pensait offrir ne seraient pas uniquement portées par des valeurs étrangères à celles du pays conquis. Pour la même raison, il avait pris soin de ne pas éliminer les élites locales mais bien plutôt de les convaincre de l'intérêt qu'elles avaient à rejoindre un empire neuf et progressiste. Le sien. Cela n'était pas allé sans grincements de dents ni sans quelques exécutions maquillées en assassinats crapuleux, mais dans l'ensemble Adrian estimait pouvoir s'enorgueillir d'un franc succès.

La Hanse et l'ordre des Triniciens n'avaient eu en charge que quelques anciens duchés et principautés nommés Territoires, car beaucoup de régions avaient retrouvé leur autonomie après la défaite de Havoc et la disparition de l'empereur. Depuis son arrivée dans Hastrion, Adrian avait bien sûr interrogé les hommes qui venaient de rejoindre les Libérateurs : le commandant d'une armée se devait de connaître l'état des lieux avant la guerre. Mais il n'avait guère eu l'occasion de creuser les comptes-rendus jusqu'à ce degré de précision. Surtout, leur ennemi était si différent et imprévisible que ces témoignages montraient vite leurs limites, et Adrian se contentait de succinctes descriptions de ses vestiges d'empire.

La Medding coulait de part et d'autre des remparts, donnant un aperçu de la puissance de leur ennemi.

— Ils sont où, vos morts ? demanda à voix basse le prince alnaute.

— Vous êtes si pressé d'aller au combat ?

— Je voudrais revoir le visage de mon ennemi : ça me rappellera pourquoi je suis parti si loin de chez moi.

Adrian sourit. Son ami avait quitté l'archipel des Ferrone parce que l'éruption d'un volcan l'avait détruit : le prince et le gouverneur n'avaient eu d'autre choix que de sacrifier l'archipel pour éliminer l'armada de Golan Tark, venue envahir ce paradis océanique.

— C'est étrange, vous ne trouvez pas ? reprit le prince.

— Vous pensiez qu'ils nous accueilleraient à bras ouverts, avec des gerbes de fleurs ?

— Bien sûr que non. Mais ils ne nous ont même pas attaqués dans les villages que nous avons traversés.

— C'est vrai, admit Adrian.

De fait, la campagne était vide et les hameaux désolés, comme si la nouvelle d'une terrible pandémie avait mis les humains en fuite. Certains villages avaient rejoint Hastrion avant l'arrivée des envahisseurs, les autres avaient été vidés de leurs occupants par les soldats de Tark. Comme ils ne rencontrèrent que peu de cadavres et de rares fosses communes, Adrian pensait qu'on les avait concentrés dans les cités. C'était comme si Golan Tark ne s'intéressait pas aux campagnes.

Ou bien qu'il les craint ! Il ne peut sans doute pas contrôler de grandes portions de territoire de manière satisfaisante.

À l'exception du commando qui avait pénétré Hastrion, quelque temps plus tôt, les Galaméens étaient invisibles. Adrian aurait aimé quelques échauffourées pour habituer ses hommes à l'ennemi. Au lieu de quoi, même si le moral était bon, la menace avait peu à peu pris pour visage celui des fantasmes.

— Il faudra partir en reconnaissance à la nuit tombée, expliqua Adrian. Cette inondation pourrait bien nous être utile.

— C'est-à-dire ?

— Personne ne s'attend à ce que nous entrions là-dedans ailleurs que par la route : trop d'eau.

— Et c'est ce que vous comptez faire.

— Il suffit de connaître quelqu'un pouvant s'aventurer sous la surface… Je crois que je connais ce quelqu'un… Pas vous ? insista Adrian avec un sourire complice.

— Très bien, fit Uprih, en changeant de position pour soulager ses jambes engourdies par la longue station accroupie.

— De mon… temps, reprit Adrian, il existait plusieurs ouvertures sur la façade sud, assez grandes pour laisser passer un homme. L'une d'elles se trouve à droite de cette tour que vous voyez, là-bas.

Uprih se pencha en dehors de l'abri. Il y avait toujours aussi peu de gardes sur les remparts. Il vit la tour que mentionnait Adrian.

— Vous pensez que cette ouverture est accessible ? demanda-t-il.

— Elle est peut-être en partie sous les eaux. Difficile de s'en rendre compte, d'ici. Mais avec un peu de chance, l'eau a rendu le mortier friable.

— Voilà bien une mission pour le peuple alnaute. Nous irons là-bas dès cette nuit.

Les deux hommes s'éloignèrent et retrouvèrent leurs montures. Ils chevauchèrent vers les bois où était établie l'armée des Libérateurs, à quelques kilomètres de là.

Chapitre 11

Ainsi qu'Adrian l'avait décidé, Uprih et trois Alnautes partirent donc en éclaireurs à la nuit tombée. La pénombre rendit difficile la lecture des murs depuis la terre ferme. Les Alnautes se mirent à l'eau. Habiles chasseurs d'épaves, ils pouvaient passer de longs moments sous l'eau ; mais pour quelqu'un qui n'avait connu que les mers chaudes baignant l'archipel des Ferrone, plonger sous la surface du fleuve était une épreuve désagréable. Une seconde paire de paupières, celles-ci transparentes, glissa devant leurs yeux, comme pour les grands reptiles.

En quelques brasses un homme trouva l'ouverture grillagée. Il remonta à la surface pour la signaler en silence à Uprih. Le prince ordonna à ses hommes de l'attendre. Il descendit à son tour, accrocha ses deux mains à la grille, la secoua dans l'idée de l'arracher ; elle bougea, le mortier ayant été dilué par la montée des eaux comme l'avait annoncé Adrian. Ce ne fut pas suffisant pour la détacher complètement, aussi attaqua-t-il les joints avec la lame de son poignard. Très vite, l'eau se troubla et il n'y vit plus grand-chose. Il saisit à nouveau la grille à deux mains, prenant appui sur ses pieds posés contre le mur, et tira de toutes ses forces. La grille céda enfin.

Uprih nagea dans ce qui sembla être une salle de garde inondée. Une lumière d'un vert intense éclairait l'endroit. Un couloir s'étendait au-delà d'une porte dont le battant de bois gisait par le fond. Uprih s'y engagea prudemment, alors que des démangeaisons électriques parcouraient ses membres. Il émergea enfin après quelques minutes de nage, à mi-parcours d'un escalier en pierre. Accroupi, il le gravit en se tenant à l'écoute du moindre son.

Très vite, il entendit des bruits de pas ; ils résonnaient sur le pavage de ces pièces humides. Les pas s'arrêtèrent et les hommes se mirent à converser.

— J'en ai marre d'être ici, dit la première voix. Marre de ces rondes qui riment à rien. Vivement qu'on parte !

— Tu parles, on y est, on y reste !

— Dis pas ça… Y a plus rien à faire.

— Et alors ? Le Maître veut qu'on soit là. Alors on fait nos rondes et on s'écrase.

— Mais la mine est abandonnée depuis une bonne semaine !

— T'oublies l'armée, là, dehors.

— L'armée ? On s'en fout ! Qu'on leur donne la ville et puis on en parle plus.

— Serais-tu lâche ?

— Eh, attention à ce que tu dis ! J'obéis au Maître et s'il me dit de me battre, je le fais sans discuter.

— On dirait pas.

— De toute façon, ils me font pas peur ces types, là, dehors. Ils peuvent rien contre nous.

Les pas claquèrent à nouveau tandis que l'un des soldats répliquait :

— Tu m'étonnes ! Ils peuvent toujours venir, on balancera les…

Les mots se perdirent au détour d'un couloir et Uprih n'entendit pas la fin de l'échange. Il grimpa tout en haut des marches, se plaqua contre le mur, son poignard forgé à Hastrion à la main. Il avait froid et il se mit à frissonner.

De quoi *allaient-ils parler ?*

Il se déplaça dans la direction des soldats, les sens en alerte, mais ils avaient disparu parmi le dédale qu'abritaient les murailles en partie immergées. Uprih s'arrêta au niveau d'une courtine baignée de la lumière verte. Le mur le plus éloigné s'était effondré. Le rayonnement était si fort dans la courtine que l'Alnaute, ébloui, n'arrivait pas à voir au-delà. Tout son corps était soumis à un intense picotement et il ne tarda pas à avoir la nausée. Il sentait qu'il se trouvait d'une manière ou d'une autre proche d'un nœud d'énergie ennemie. Il ferma ses paupières à demi pour filtrer la forte luminosité. Il lui sembla voir au fond de la courtine des silhouettes humaines. Au moins une centaine d'entre elles, regroupées les unes contre les autres.

Des prisonniers ? Et que font-ils là-dessous ?

Il s'attarda, distingua les visages ; ils étaient tous figés en une sorte d'hébétude. Les cheveux flottaient au-dessus des têtes comme s'ils étaient immergés. On aurait dit ces naufragés qu'il avait si souvent rencontrés au lendemain d'une tempête. C'était un spectacle terrible et il détourna le regard.

Cela valait-il la peine de continuer ? Il ne rencontrait que peu de soldats. Mais il se sentait trop mal pour aller plus loin. Et où était passé le reste de la population ? Enfermé probablement dans les mêmes conditions que ces pauvres êtres sans force, statues de chair et de sang. Ou bien d'ores et déjà assassiné ? L'information était l'une des choses les plus difficiles à obtenir depuis que Tark avait lancé son invasion.

Il tourna les talons.

Et tomba nez à nez avec trois soldats ennemis.

* * *

Adrian avait saisi le Talaris pour un voyage vers le futur. Il songea à Otum qui n'avait pas reparu, puis, entraîné par une trame impérieuse, il dépassa l'épisode militaire de Tuckmill et son regard de voyant s'arrêta sur un moment empli de violence et d'inquiétude. Comme malgré lui, il se rapprocha pour lire les détails sur la tapisserie du temps aux innombrables motifs.

La nuit était tombée et les lunes éclairaient la scène.

Julipen. Elle est prisonnière d'un homme en noir. Et autour d'elle, ce sont des ragnes. On dirait qu'elles… qu'elles vont la dévorer !

L'image tournoya. Se figea quelques instants plus tard.

Adrian était là, entouré d'arbres dans ce qui ressemblait à une clairière. Les contours de la scène disparaissaient dans la lumière. Un décor inconnu, un moment qui ne l'était pas moins. Julipen était immobile. Figée comme si elle était ficelée. Les ragnes, ces sortes d'insectes plus grands qu'un humain et apparus juste avant l'arrivée des troupes de Tark, avancèrent vers lui en crissant. Adrian se vit lancer le Talaris vers l'inconnu comme on lance un caillou pour assommer son ennemi. La scène se modifia et il vit Julipen se battre contre cette silhouette sans nom, dotée de pouvoirs magiques. Une nouvelle modification et cette fois la trame montra l'objet magique heurtant la tête de l'homme. Les ragnes brûlaient. L'instant suivant, elles étaient encore en vie et l'une des ragnes frappait de ses longues pattes le flanc d'Adrian. Il se regarda tomber à terre, le bas du dos probablement entaillé. Puis il aperçut une ombre, une nouvelle silhouette, furtive et rapide. Adrian était sur un brancard. Une armée attaquait une ville bordée d'un fleuve, ou plutôt piégée dans une inondation. Le chef militaire reconnut les couleurs de son camp mais il ne commandait pas l'assaut. Il y eut un éclair de lumière, des cris d'effroi. Beaucoup de douleur aussi… Puis le voyant quitta la scène, s'éloigna à une vitesse ahurissante de cet avenir confus comme on fuit un incendie.

Son cœur battait à tout rompre et il tremblait, dominé par la transe du Talaris. Il replaça l'artefact en son étui et sortit dans la nuit. Les gardes le saluèrent, il ne répondit pas. Il s'éloigna vers la lisière des bois, du côté de Tuckmill. Une rage terrible s'emparait de lui, grandissant comme un incendie. Trois sentinelles s'approchèrent alors qu'il se tenait à la frontière du camp. Là-bas, Uprih menait une mission de reconnaissance dangereuse.

L'une des sentinelles, un officier, l'aborda après l'avoir salué.

— Tout va bien, Commandant ? s'inquiéta l'homme.

Adrian ne répondit d'abord pas. Les trois hommes se regardèrent, essayant de percer dans la pénombre l'expression de son regard. Au bout d'un moment, Adrian ordonna :

— Donnez-moi une arme.

— Bien, Commandant. Une dague, un glaive ?

— Peu importe.

Adrian n'avait pas quitté des yeux le lointain, une attitude rare chez ce leader qui prenait garde de toujours regarder son interlocuteur dans les yeux.

La sentinelle tendit son glaive et l'empereur le saisit sans un remerciement.

— Et maintenant il me faut un cheval.

— Excusez-moi, Commandant, mais il n'est sans doute pas prudent de…

— Un cheval ! Tout de suite.

— À vos ordres, Commandant.

L'officier ordonna à l'une des sentinelles d'amener une monture. Trois minutes plus tard, Adrian s'éloignait en direction de Tuckmill.

* * *

La surprise fit perdre l'avantage à Uprih et un coup de poing l'atteignit au flanc. Il recula de deux pas, mais il n'avait pas lâché son poignard. Déjà, un deuxième homme se jetait sur lui, celui-ci armé d'un glaive. Uprih le cueillit sur sa lame, qui s'enfonça dans le ventre jusqu'à la garde, puis tira le manche vers le haut pour taillader les entrailles. Le Galaméen poussa un long soupir et ses yeux profondément enfoncés dans ses orbites noires exprimèrent tout son étonnement et son horreur : il n'était pas prévu que les lames des vivants produisent le moindre effet sur eux.

Des ombres apparurent autour de son visage décharné comme des flammes surnaturelles et le Galaméen émit un gémissement qui n'avait rien d'humain. À la vue du phénomène, les autres marquèrent un temps d'arrêt. Uprih en profita pour prendre ses jambes à son cou, peu décidé à risquer sa peau seul, en territoire ennemi. Les revenants se lancèrent à sa poursuite en appelant des renforts. Uprih entendit un sifflement et une brûlure irradia son oreille gauche : une lame avait emporté une partie de son lobe, manquant sa nuque de justesse. C'est alors qu'apparurent une dizaine de Galaméens.

— Regardez-moi cette vermine ! lança un homme qui devait bien dépasser l'Alnaute de deux têtes.

Uprih se retourna ; cinq ennemis approchaient. Il pourrait éliminer ceux-là mais pas les dix autres. Il était pris en étau. La peur instilla son poison pernicieux dans ses veines et il s'en débarrassa en poussant un cri de rage. Les Galaméens hésitèrent. Puis, au moment où les quinze allaient se ruer à l'assaut, un autre cri fit écho à celui d'Uprih. Les Galaméens se détournèrent d'Uprih. Le bruit d'épées qui s'entrechoquent résonna contre les pierres. Presque aussitôt, des fumées noires s'élevèrent au-dessus des envahisseurs.

Des renforts ! comprit l'Alnaute.

Il reporta alors son attention sur le second groupe d'ennemis et se jeta à leur rencontre, la lame haute. Il para un coup de taille et brisa le genou de son adversaire d'un coup de pied. Son pommeau cogna la tempe, qui craqua, tandis que sa lame arrêtait dans le même temps une nouvelle attaque approximative.

À cet endroit le couloir s'étrécissait et les Galaméens ne pouvaient attaquer de front ; Uprih en profita pour ajuster ses coups et mettre ses adversaires hors d'état de nuire, l'un après l'autre. Les deux derniers combattants de ce côté du couloir fuirent. L'Alnaute se retourna enfin et découvrit l'identité des renforts. Il n'y avait en fait qu'un seul homme. Et c'était Adrian.

La fureur de l'empereur était telle que Uprih lui-même aurait pris ses jambes à son cou s'il s'était trouvé face à un tel tueur. Il hésita une fraction de seconde à le rejoindre à cinq mètres de là. Puis il se jeta à son tour dans la mêlée, au milieu des ombres galaméennes, venues chercher les malheureux qui avaient eu la mauvaise idée de quitter le royaume d'Omok.

La rage du Talaris décuplait les forces d'Adrian. Quand son glaive crevait des viscères, c'était pour blesser mortellement un deuxième ennemi alors qu'il traversait les chairs de part en part. Il gémissait et grognait sans cesse, repoussant tous les coups, parfois à l'aide d'une seule main. Uprih n'avait plus grand-chose à faire. Ils repoussèrent les ennemis le long du couloir et, bientôt, ils ne furent plus que quatre à s'opposer aux deux Libérateurs. Derrière eux se déroulait l'escalier par lequel ils étaient arrivés.

— Filons d'ici, Commandant ! lança Uprih.

Il savait que des renforts galaméens ne tarderaient pas. C'était une question de secondes. Adrian ne répondit rien ; il continuait son massacre. Il fit tomber une tête puis se rua sur un autre homme, alors que les ombres les environnaient comme des fumées délétères. Le Galaméen tomba sur le dos. Adrian se jeta sur lui et, les genoux appuyés sur ses épaules pour le bloquer, il lui défonça le crâne malgré le casque qui s'incrusta dans les chairs du visage. Uprih entailla le torse d'un soldat qui perdit son épée et se tint immobile contre le mur, le regard empli de terreur.

— Allons-y ! insista le prince alnaute.

Mais Adrian, qui ne s'était pas encore relevé, enfonça son glaive dans l'aine du blessé qui poussa un hurlement de douleur avant de s'écrouler. On entendit des bruits de bottes ; les Galaméens arrivaient en masse.

— Commandant ! ADRIAN !

L'empereur se redressa et regarda Uprih. Ses yeux étaient rouges, ses traits tendus par une colère démente. L'Alnaute ne l'avait jamais vu dans cet état.

— Il faut partir, Adrian. Tout de suite.

Le Commandant opina. Les deux hommes dévalèrent l'escalier et plongèrent. Une lance s'enfonça sous la surface, tout près de leur dos, les manquant de peu. Uprih lançait de fréquents coups d'œil vers son compagnon pour s'assurer qu'il ne se noyait pas. L'obscurité était presque totale, pourtant Adrian nageait dans la bonne direction, sans montrer un signe d'épuisement.

À peine avaient-ils crevé la surface que des projectiles s'abattaient autour d'eux.

Comment a-t-il fait pour tenir si longtemps sous l'eau ? se demanda l'Alnaute.

— Merci, Adrian, se contenta-t-il de dire.

Le voyant lui retourna un sourire qui aurait pu passer pour inquiétant, dans la pénombre.

Les Galaméens manquaient leurs cibles et essuyaient à présent le tir d'arbalètes du commando qui attendait Uprih et Adrian.

Quelques minutes plus tard, les deux hommes faisaient un rapport en présence d'un certain lieutenant Reniard et de Julipen.

— Il y a donc bien toute une population à libérer, dit Reniard, quand Adrian et l'Alnaute eurent achevé leur récit, un bol de vin fumant à la main.

— Si seulement elle est encore en vie… Il est peut-être déjà trop tard.

— Cette histoire de rayonnement… Ça veut peut-être dire que Tark se sert de la population pour créer une sorte de… d'énergie ? demanda Julipen.

— Oui, c'est possible. Mais de l'énergie pour quel usage ?

—Les soldats ont aussi parlé d'une mine. Je me demande ce qu'ils ont bien pu extraire.

—Pourquoi en parles-tu ?

—Ils ont dit que la mine était abandonnée depuis quelques jours. Et ils ont ajouté qu'il n'y avait plus rien à faire dans cette ville. Peut-être existe-t-il un lien entre cette énergie et la mine ?

—Peu importe, décida Adrian, au grand étonnement de ses compagnons.

Il n'y a que le combat qui l'intéresse, songea Uprih qui décidément peinait à comprendre le caractère lunatique de son ami.

—À l'aube, reprit Adrian, nous lèverons le camp pour nous installer en retrait d'une colline qui domine Tuckmill. Ensuite, il faudra construire les machines de guerre.

Uprih constata que la sorte de fièvre meurtrière qui avait saisi le conquérant ne déformait plus ses traits. La rage avait cédé la place à une fatigue extrême et il frissonnait fortement.

—Il faudra vous reposer avant cela, mon ami.

—Oui, sans doute.

Mais déjà, la trame qui mettait en scène l'agression de Julipen s'imposait à son esprit. Alors que les hommes quittaient la tente, Julipen resta auprès du Commandant, à sa demande. Il était assez bouleversé par sa vision pour que son amie décèle aussitôt son trouble.

—Que se passe-t-il ? demanda-t-elle.

—Julipen, je…

Il s'interrompit et prit les mains de la femme dans les siennes. Il avait voulu lui parler, la mettre en garde, mais les mots lui manquaient désormais. Voilà bien longtemps qu'elle ne l'avait vu aussi peu sûr de lui. Toute arrogance l'avait quitté, il était redevenu le Kordac des premiers jours, un homme à l'identité perdue, pas plus averti de son avenir que de son passé.

—Vous avez vu quelque chose, n'est-ce pas ? Tuckmill : ça ne se passera pas si bien que vous le prétendez et c'est pour ça que ce Jocquinius n'a pas voulu nous accompagner.

—Non. Ce n'est pas Tuckmill. Je m'inquiète, c'est tout.

—Et tu m'appelles pour que je te rassure ?

Adrian sourit – un sourire empli de tristesse – et caressa la joue de son amie. Il remit une boucle brune en place puis pressa sa paume contre la nuque de Julipen.

Comme si souvent dans ces moments-là, ni l'homme ni la femme ne surent de qui vint l'intention. Leurs visages s'avancèrent l'un vers l'autre, leurs bouches s'entrouvrirent et se touchèrent. Ce fut un long baiser qui chassa les ombres d'Onahra et d'Anténarc et, s'il ne put effacer le spectre de la guerre, il entraîna le couple loin de ses préparatifs. Pourtant, Julipen s'étonna de la pudeur de son amant : il la touchait avec une délicatesse qui tenait autant de la retenue que de la timidité. Ce fut même elle qui dut l'entraîner vers le lit, le déshabiller. La première, elle laissa sa main glisser vers son ventre et elle l'entendit respirer fort comme un adolescent que saisit un trop-plein d'émotion.

— Aurais-tu peur de me faire l'amour ? demanda-t-elle enfin.

Il s'empourpra et décida d'avouer une vérité embarrassante.

— Il y a si longtemps que je n'ai pas connu ça…

Elle lui sourit, posa le dos de sa main sur sa joue pour la caresser.

— Nous avons tout notre temps, dit-elle.

Il aurait voulu lui dire que non, ils n'avaient pas tout leur temps car la guerre était là avec son cortège de violences, d'imprévus et de renversements soudains.

— Je ne sais même pas si j'ai connu une femme à Boroskariak, dit-il plutôt. Une prostituée ou qui que ce soit… Tu vois je… j'ai peur de te décevoir. Excuse-moi, mais dans mon souvenir les prêtresses laménides ont une réputation, eh bien…

— De maîtresses expertes ?

Il hocha la tête, gêné.

— Et notre prétendu savoir nous rendrait terriblement exigeantes ?

— Peut-être…

— Imagine que ce soit le contraire : s'il nous enseignait la patience et nous tenait à l'écart de l'appréhension…

— Tu n'as pas peur, n'est-ce pas ?

— Peur de tes baisers, de tes caresses ? (Elle posa longuement ses lèvres derrière son oreille. Il frissonna et elle le regarda de nouveau dans les yeux.) Qui pourrait avoir peur d'une telle chose ?

— Je parle du reste.

— Le… « reste ». Bien sûr… Oui, moi aussi j'ai peur de te décevoir, figure-toi ! Mais qui a dit que nous devions nous découvrir en une nuit ? À moins évidemment que nous n'ayons que celle-ci…

Il sourit à son tour. Elle avait raison : imaginer que tout ne se jouait pas à cet instant précis le rassura. Pourtant il voulut parler, encore et encore, pour retarder ce moment où les conversations s'effacent sous les soupirs. Elle posa un index sur sa bouche pour lui intimer le silence et il n'eut d'autre choix que d'embrasser ce doigt, puis la paume offerte et le poignet près duquel tintaient des anneaux damasquinés.

Les heures s'écoulèrent dans la découverte intime de l'autre. Enfin ils firent l'amour avec la tendresse et le savoir d'un couple uni depuis des années, la curiosité et l'émotion de nouveaux amants. Le plaisir dévora leurs forces et ils s'endormirent enlacés. Adrian s'éveilla le premier, de nouveau obnubilé par la trame. Il contempla le corps dense et nu de cette femme de dix ans sa cadette. Allongée sur le flanc, le teint mat, elle lui parut la grâce même, une grâce dénuée d'afféterie et de fausse pudeur mais au contraire fière. Allait-il la perdre ?

Si j'en crois la trame, la sauver de cet inconnu signifie aussi être atteint par ces saloperies de ragnes…

Son ventre se noua. Maintenant qu'il était averti de l'avenir, il pouvait le rejeter et ne pas intervenir. Choisir une autre voie, quelles qu'en soient les conséquences – et la première d'entre ces conséquences serait la mort de son amie. Loin d'éclaircir les choses, la prémonition soulevait bien des questions.

Si j'interviens, je serai gravement blessé ; comment assurer le commandement de notre armée dans cet état ? Comment chasser l'ennemi ? Et Julipen : pourquoi ses pouvoirs sont-ils inefficaces contre les ragnes et leur « maître » ?

Au moins, il avait évacué la rage de la transe. Le bref combat dans Tuckmill, sa violence n'étaient plus qu'un souvenir aussi ténu qu'une cendre dans le vent. Julipen ouvrit les paupières à son tour. Ses cheveux dénoués glissaient sur une épaule, couvraient un sein. Elle se redressa en s'appuyant sur un coude, posant sa tête dans le creux de sa main. De l'autre, elle caressa le ventre d'Adrian et descendit plus bas, avec un sourire. Une douce chaleur envahit l'empereur ; il choisit de remettre ses questions à plus tard et de profiter de l'instant présent.

Ce n'est qu'à l'aube qu'il décida de l'interroger, alors qu'ils s'apprêtaient à se séparer.

— Julipen, existe-t-il des circonstances où tes pouvoirs ne marchent plus ?

— Pourquoi cette question ?

— Réponds-moi, je t'en prie.

— C'est en rapport avec Tuckmill... Mes pouvoirs : tu crains qu'ils me fassent défaut, c'est ça ?

— Nous avons déjà eu cette conversation l'autre jour. Je préfère connaître les éventuelles faiblesses de mes alliés.

— Bien sûr..., fit-elle, pas dupe du mensonge. Disons qu'une atisha droguée aurait du mal à se défendre. Comme tout un chacun, d'ailleurs !

— J'ai connu bien des soldats que la drogue ou l'alcool aidaient à se battre. Et j'en connais encore...

— Tu ne me les présenteras pas, d'accord ? exigea-t-elle en souriant.

— Comme tu voudras.

Elle avait tenté de détendre l'atmosphère car elle n'aimait pas le ton d'Adrian.

— Il existe d'autres circonstances où notre magie est inopérante. Comme le serait toute magie... Si les trois Talaris étaient réunis, par exemple. Du moins c'est ce qu'on prétend. Tu pensais à cela ?

— Non, je pensais à quelque chose de plus... de plus individuel.

— Vas-tu enfin me dire ce que tu as vu ?

— Connaître l'avenir peut être un poids terrible. Tu parlais de circonstances particulières où votre magie serait inopérante.

— Tu sais que nos pouvoirs sont liés aux forces occultes à l'œuvre dans la nature. Notre Talaris concentre cette magie. Un peu comme s'il était à la fois à son origine et le garant de sa continuité. Il en va de même avec les deux autres Talaris : celui qui les porte multiplie les pouvoirs qui lui sont propres. Enfin... s'il parvient à les utiliser correctement. Par exemple, tu es le seul homme à avoir su contrôler le Talaris aresmass et il a accru tes dons bien au-delà de ce que tes semblables paraissent capables de faire. Mais nous pouvons nous passer de nos Talaris pour utiliser la magie, heureusement.

— Je vois ce que tu veux dire : les Triniciens peuvent lancer des matrices où qu'ils soient. Les Aresmass ont des visions en dehors de leur vallée, quand ils daignent la quitter.

— Et les Laménides, poursuivit Julipen, n'ont pas besoin d'avoir la Perle de Vie dans leur poche pour jouer des éléments du Yebbah à Consolata, d'Anakann aux Ferrone.

— Mais il y a des exceptions, n'est-ce pas ?

Julipen hocha la tête, puis elle dit :

— Il existe des… « trous » où la magie n'opère plus.

— Des trous ?

— Oui. Nous les appelons les Vides étranges. Et je n'ai aucune idée de leur origine ou de leur raison d'être. Si seulement il y en a une.

— Tu sais où ils se trouvent ?

— Il n'en existe pas de carte, si c'est le sens de ta question. Ils se déplacent constamment.

— D'accord. Mais… (Il hésita, frotta sa barbe naissante.) Mais les sens-tu ?

— Cela arrive, oui. Il n'y a pas de règle, hélas. Ils peuvent être de toute taille : le diamètre d'un puits, l'étendue d'un canyon… On raconte que certaines personnes peuvent prédire avec exactitude où ils vont apparaître. Peut-être que la réunion des trois Talaris étend ces vides à l'échelle d'Elamia tout entière. Où veux-tu en venir, Adrian ? Tu as vu l'un de ces Vides étranges ?

Le chef des armées préféra opter pour un demi-mensonge plutôt que de relater l'impuissance de Julipen face aux ragnes et à leur mystérieux dompteur.

— Disons que j'aimerais mieux savoir où mes visions risquent de me faire défaut.

— Il ne s'agit que de ça, tu en es sûr ?

— C'est déjà pas mal, tu ne crois pas ?

— Un point pour toi, Adrian, dit-elle en s'approchant de lui.

Elle ne savait si elle pouvait encore l'embrasser : le soleil s'était levé sur une nouvelle journée et les échanges de la nuit, pour aussi émouvants et intenses qu'ils fussent, étaient derrière eux. Néanmoins elle leva la main vers son visage, caressa de l'index la peau derrière l'oreille. Adrian prit son poignet, l'écarta de son cou pour rapprocher la paume de sa bouche. Il embrassa le creux de sa main, puis dit d'une voix peu sûre :

— Julipen, je… Onahra est sans doute en Galameh mais je…

— Chut ! Ne dis rien. Je t'en prie, ne dis rien.

Il acquiesça. À l'extérieur, le camp s'agitait, commençant à démonter les tentes, se préparant à une nouvelle journée de marche.

— Veux-tu être mon ami ? demanda Julipen.

— Je pensais l'être déjà.

— Oui, tu l'es. Et j'aimerais tellement que tu le restes. Promets-moi de ne jamais me mentir. Je veux dire, volontairement.

— Je te le promets.

— Attends la suite, cher Adrian ! Attends avant de promettre.

— Je t'écoute.

Il n'avait toujours pas lâché le poignet de sa maîtresse.

— Promets-moi de ne jamais me mentir pour satisfaire ton ambition personnelle. Je sais que nous allons traverser des épreuves terribles. La guerre. La mort. Les trahisons, sans doute. Je sais aussi que ma… formation de prêtresse te posera problème à un moment ou un autre car tu te sentiras espionné. C'est sûrement déjà le cas.

— Non, je t'assure…

— Tttt… Tu t'en es toi-même déjà inquiété : « Les prêtresses garderont un œil sur moi ? » Je peux comprendre que cela te dérange. Mais pas au point de me cacher tes intentions. Alors, promets-moi de ne jamais me mentir.

— Saurais-tu garder des secrets ? Ou bien es-tu obligée de tout répéter à tes supérieures ?

— Mes supérieures ? La hiérarchie des Laménides n'est pas une chose aussi rigide que celle des militaires. Ou des Triniciens… Non, je n'ai pas de comptes à rendre au sens où l'entendrait un chef des armées. Mais attends : n'es-tu pas en train d'échanger ta promesse contre la mienne ? demanda Julipen avec un air faussement outré.

Adrian embrassa la prêtresse sur le front puis déclara :

— Je n'ai d'autre ambition que de sauver Consolata des armées de Tark.

Et de retrouver Onahra, compléta Julipen pour elle-même.

— Je promets de ne pas te mentir, dit Adrian. Encore une chose : ne sors pas seule la nuit, d'accord ?

— C'est un avertissement ?

— L'avenir peut encore changer. Nous en avons les moyens. Je t'ai vue aux prises avec des ragnes, Julipen.

— Alors c'est ça : des ragnes… Ne m'en dis pas plus. J'en fais mon affaire, mon ami. Avec ou sans magie, crois-moi. Si tel est ce que t'a dicté le Talaris, ne t'inquiète plus.

Le ton bravache de la prêtresse ne put tromper Adrian : la peur l'accompagnerait désormais, jusqu'à la réalisation de la prémonition. Puis elle demanda des nouvelles de l'attaque à venir. Il lui fit part des découvertes d'Uprih et des difficultés liées à la configuration des lieux. L'eau était partout et seule une route permettait d'approcher les portes principales de la ville fortifiée.

— Tu auras besoin de moi, affirma-t-elle. De mes pouvoirs d'atisha. Tu te souviens des Ferrone, bien sûr…

— Tu avais écarté les eaux pour nous permettre de franchir un bras de mer.

— Oui.

— Tu as donc changé d'avis.

— Non, je ne pense pas. Et ne va pas croire que cette décision est liée à ce que tu viens de me révéler.

— Bien sûr que non.

Ils passèrent l'heure suivante à mettre au point une stratégie commune. Adrian ne put s'empêcher de penser à Onahra. Son épouse ne l'avait jamais suivi au combat. Elle avait même fini par s'opposer à sa vision conquérante et guerrière du monde. Qu'aurait-elle fait en pareil moment ? Il n'avait pas eu de contact avec elle depuis si longtemps qu'il doutait en avoir jamais eu.

Chapitre 12

La situation était gravissime à Estebellia.

Averties de l'imminence d'une invasion, les troupes engagées dans la guerre du Fleuve qui les opposait à l'armée corallaise avaient en partie regagné la cité. Dans leur repli, elles avaient affronté l'armée de Tark après que des atishas eurent éliminé les ragnes les plus agressives, les autres s'étant consumées comme bien souvent lorsqu'elles étaient acculées.

Cela avait été un carnage. Bien des hommes étaient morts au combat, mais des envahisseurs avaient pu être renvoyés d'où ils venaient. La Medding coulait loin de la grande cité du sud et, à l'inverse d'une cité impériale saisie de stupeur le matin du débarquement ennemi, Estebellia put commencer les préparatifs de défense. La violence des combats n'en fut que plus grande. Les murailles blanches se tachèrent de rouge, puis de brun quand le sang eut séché au soleil. L'huile bouillante versée sur les assaillants souleva des panaches d'une terrible puanteur.

Les hurleurs ennemis mirent un peu de temps à arriver depuis le fleuve. C'était d'horribles chiens aux flancs maigres, à la gueule osseuse. Ils aboyèrent des sorts jusqu'à l'épuisement total. À la fin de leur courte vie, leur gueule crachait sang et humeurs que les sortilèges leur arrachaient. La sorcellerie des hurleurs frappait les remparts, mettait le feu aux courtines.

Le pouvoir estebellien avait toujours accepté la présence déclarée de prêtresses laménides et ces dernières, ici, n'avaient pas à taire leur formation. Il s'en trouvait donc un plus grand nombre que n'importe où ailleurs dans le monde. Elles aidèrent à la défense de la cité, contrant le plus souvent la violence des hurleurs. Puis il fallut se rendre à l'évidence : elles ne viendraient pas à bout des troupes de Tark. Elles risquaient même de payer un lourd tribut à cette bataille.

Helenn, doyenne parmi les Laménides présentes à Estebellia, ordonna le repli vers le palais fortifié où elles séjournaient. Il serait moins difficile à défendre que les remparts de la cité, moins coûteux en vies aussi. Certains habitants suivirent les prêtresses à l'intérieur de la citadelle, principalement des femmes et leurs enfants.

Dans le secret d'une salle, les Laménides avaient conservé le corps intact et sans vie d'Onahra dans l'espoir de trouver le secret de sa mort… et de sa possible résurrection. Mais un phénomène aussi imprévu qu'inconnu avait emporté dans un vortex la dépouille impériale en même temps que la jeune

Iriane. Aucune des prêtresses présentes n'avait pu s'opposer à cet enlèvement. Ensuite, les Laménides avaient patiemment œuvré pour préparer le retour des deux femmes : une enquête menée un peu partout en Elamia et par des dizaines de prêtresses avait permis de reconstituer une partie de la sorcellerie à l'œuvre le jour de l'enlèvement. Tout était prêt pour leur retour.

Enfin, il faut l'espérer, se dit la jeune Paula en arrivant dans la salle pour se ressourcer, après avoir couru une bonne partie de la journée, de la veille et de la journée qui la précédait. Elle-même ne possédait pas les pouvoirs d'une atisha et elle n'aurait pu se battre contre les Galaméens. Alors elle avait contribué à préparer le siège à venir. Pour la première fois de sa vie, la peur l'avait envahie, contestant sa bonne humeur et son optimisme coutumiers.

Elle s'allongea sur l'une des nattes déroulées à même le sol, tout près du berceau végétal au-dessus duquel l'impératrice flottait quelque temps auparavant. Et trouva aussitôt le sommeil.

À l'extérieur, les prêtresses s'organisèrent sans tarder tandis que le reste de la ville et de ses territoires sombrait dans le chaos et cet obscurantisme qui n'attend que les fléaux pour se répandre comme une peste : pillages, règlements de comptes, coups bas et lâcheté... La première tâche qui incomba aux prêtresses fut de dresser une barrière supplémentaire autour des murailles blanches du palais. Elles déchaînèrent les éléments : les vents s'amassèrent au sud-est de la ville, au pied de la colline où se dressait le complexe palatin, soulevant des tonnes de terre et de cailloux. Un deuxième rideau fut constitué de flammes, un troisième de terre et un quatrième ressemblait à s'y méprendre à de gigantesques cascades.

Ce dispositif supprimerait des assaillants, en retarderait d'autres. Les Laménides les plus anciennes comprenaient qu'il en faudrait bien plus pour éliminer toute cette armée de morts dotée d'armes inédites.

* * *

Cerni regarda son ventre. Depuis l'adolescence, il avait souhaité une silhouette replète et s'y était attelé avec autant d'entrain qu'il en mettait à couvrir des carnets de dessins. Longtemps il avait évalué la réussite d'un homme à son tour de taille, lui qui n'avait pas toujours mangé à sa faim jusqu'à ce qu'un peintre de la cour découvre ses talents de dessinateur, au hasard d'une balade. Cerni n'était alors qu'un très jeune berger et il griffonnait à ses heures perdues à l'aide d'une pointe noire volée. L'artiste qui cheminait par là à la recherche de décors pour ses prochains portraits commandés remarqua ce berger qui, adossé à un rocher, esquissait habilement la pâture.

Pour Talio, se fournir en matériel avait été une préoccupation parfois aussi grande qu'emplir son estomac et il avait accepté avec soulagement la protection de l'homme.

Plus tard, ce même homme s'ingénia à gâcher l'existence de son élève avec des exigences chaque fois plus étranges, dans lesquelles, affirmait-il alors, il puisait une bonne part de son inspiration. Peu à peu, le jeune Cerni avait glissé dans le monde cruel et fascinant de son professeur, et arriva le jour où il se demanda comment il avait pu vivre autrement qu'avec ces idées en tête, où l'art et le macabre composaient une discipline nouvelle, pleine de promesses et de cadavres douteux. Talio le berger devint Cerni l'artiste. Il excella dans son domaine, en découvrit d'autres. Il apprit ainsi l'architecture, la sculpture et tout une palette d'activités où ses dons se révélèrent à la hauteur des attentes du maître vieillissant. Cerni aida son professeur à mourir ; c'est-à-dire qu'il le tua selon un rituel complexe et mis au point par le duo qui en riait à l'occasion de banquets, après s'en être murmuré les détails une énième fois. Cerni gagna de l'argent, beaucoup d'argent, et prit autant de poids.

Mais son embonpoint finit par le gêner. Chaque fois qu'il se baissait pour ramasser une plume tombée de la table de travail, lorsqu'il courait après son chapeau soulevé par le vent, dans son lit en cherchant le sommeil. Il faisait tailler des culottes toujours plus grandes, qu'il devait remplacer deux saisons plus tard. Il s'essoufflait rapidement, suait beaucoup. Pendant un temps il avait aimé se passer la main sur le ventre, comme l'on caresse un gros chat. Puis il surprit l'une des domestiques qui parlait de lui à son insu comme d'un « porc puant ». Il fouetta lui-même l'impudente jusqu'à l'évanouissement, mais la punition n'effaça pas l'humiliation du regard dégoûté. Ses rondeurs l'écœurèrent à son tour et ce qu'il avait cru symboliser la réussite signa à ses propres yeux le début de sa décadence. Sa femme l'assassina avant qu'il pût y faire quoi que ce soit.

À son arrivée en Galameh, il avait pu choisir son apparence ; comme tant de Juste-morts avant lui, il n'avait pensé qu'à exagérer les stigmates de son agonie. Et maintenant il était trop tard pour changer sa silhouette. Seul Maître Tark paraissait à même de modifier son apparence et, depuis qu'il l'avait rencontré en Galameh, le génial sorcier n'avait fait que rajeunir.

Cerni préféra ne pas accorder trop d'importance à son embonpoint après en avoir souffert. Car le Maître l'avait chargé d'une passionnante mission : voir où en étaient les travaux à Estebellia. Franchir le corridor entre les mondes n'avait pas été très agréable. Il y avait eu la menace des serviteurs d'Omok : tous n'étaient pas corrompus et il s'en trouvait toujours pour stopper les convois et renvoyer les passagers dans les cavités brunes de Galameh. Sans parler des autres passagers, une vingtaine de brutes excitées à l'idée de franchir le passage, bien sûr, et surtout à l'idée de se battre pour retrouver une place digne en Val-des-Miracles.

À quoi estimaient-ils la dignité ? se demandait l'architecte.

Ce sont des porcs ! Ils seront les mêmes là-bas.

Ce qui le frappa en premier lorsqu'il arriva chez les vivants fut la violence de la lumière. Tout était si… blanc ! Il eut aussitôt un mal de crâne terrible. Il lui fallut une demi-journée pour s'habituer à ce jour intense, où chaque couleur brillait avec l'éclat de la foudre.

Tout est si gris en Galameh ! Même mes marbres n'ont pas autant d'intensité.

Ils avaient débarqué dans un port de fortune, aménagé parmi les ruines d'une ville emportée par le nouveau cours du fleuve. Aucun cheval ne les conduirait à Estebellia car les bêtes fuyaient ces Galaméens, étrangers sur la terre même qui les avait vus naître et les avait portés. Au lieu de quoi, des monstres au lainage épars et roux, bâtis comme des aurochs avec des têtes d'ours, tiraient les chariots.

Le convoi croisa des ragnes. Certaines d'entre elles les avaient précédés en passant les portes des mondes et les guerriers de Tark s'amusèrent à les massacrer. La campagne sembla bien vite monotone au peintre. L'été avait jauni l'océan immobile, dont les innombrables collines formaient une houle végétale que surmontaient des boqueteaux de cyprès. De grands carrés de vignes ne tarderaient pas à pourrir çà et là. Quant aux nombreux oliviers, dont certains étaient millénaires, ils résisteraient au manque de soins.

On voulut piller des fermes ; elles étaient abandonnées et des envahisseurs les avaient déjà visitées. Le convoi passa la nuit dans un village édifié au sommet d'un promontoire plus haut que les autres. Un officier caricatural voulut converser avec Cerni ; ce dernier le rembarra avant de grimper au sommet d'une tour carrée. L'architecte la trouva bien fruste en comparaison de ce qu'il se proposait d'édifier. Tout juste admira-t-il les mascarons qui en ornaient les flancs. Sous le toit de tuiles, il embrassa le paysage des Comtés, un pays somptueux qui inspirait quantité de peintres. Mais l'été y était trop brûlant et le soleil y étouffait jusqu'aux couleurs. Chaque année, Cerni avait attendu l'automne avec impatience, pour contempler les cieux changeants et suivre les larges taches d'ombre qui modifiaient constamment les nuances sur le dos des collines. Sans doute parce qu'il avait séjourné longtemps dans la Terre des Tourments, il jugea la vue magnifique et se laissa gagner par une humeur mélancolique. Il savait pertinemment qu'il ne reprendrait jamais le pinceau car le Maître lui confiait des tâches bien trop lourdes pour qu'il puisse s'accorder le temps de composer une toile.

Après plusieurs jours de voyage, la troupe arriva enfin en vue d'Estebellia. Des panaches de fumée montaient lentement au-dessus de la cité. Cerni eut le cœur serré et il se demanda si les fameuses richesses artistiques qui faisaient la réputation d'Estebellia avaient subi d'irrémédiables dommages. Autour de lui, les hommes commencèrent à grogner à l'instar des monstres qui tiraient les chariots. Les conversations s'arrêtèrent. À l'approche des portes, l'architecte serra son fétiche, un couteau de peintre avec lequel il avait « suicidé » son mentor.

Ils franchirent la première ceinture de remparts. Des cadavres aux ventres gonflés jonchaient le sol, ainsi que des centaines de flèches, d'armes blanches, de boucliers. Quelques Galaméens montaient une garde approximative, car il ne viendrait aucun ennemi depuis l'extérieur, à présent. Le convoi dépassa la seconde muraille et les hurleurs commencèrent à s'énerver à leur tour, flairant sans doute leur mort prochaine. De nombreuses façades s'étaient effondrées sur les pavés.

Ces crétins, ils ont fait un carnage.

Ce n'était plus la ville qu'il avait connue.

— On attend là, ordonna le capitaine de la troupe.

Des Galaméens vinrent à leur rencontre et expliquèrent la situation. La ville était en majeure partie entre leurs mains, mais des poches de résistance ralentissaient la construction de la tour prévue dans les plans de Tark et de son architecte. Un grand retard était pris.

— Le pire, c'est dans un palais, par là-haut, dit un soldat épuisé par les combats. Je crois bien qu'ils ont des prêtresses là-dedans.

— Des prêtresses laménides ? réagit Cerni, dont l'épouse avait été l'une d'elles. Elles sont nombreuses ?

— Assez pour résister à notre siège depuis pas mal de temps. C'est leur magie… Elles sont derrière plusieurs murs de feu, d'eau et de pierres.

— Maudites soient-elles… Le Maître m'envoie ici pour voir où en sont les travaux. Il va être déçu, très déçu.

Son interlocuteur haussa les épaules d'un air désolé et dit :

— On fait ce qu'on peut. On en viendra à bout, c'est sûr, mais pour le moment on perd surtout beaucoup d'hommes.

— Et les habitants, ils sont où ?

— On les regroupe où on peut, quand on peut.

— Et puis, ajouta un autre homme, on s'en… sert pas mal. C'est-à-dire qu'il faut bien se nourrir.

Aussitôt, Cerni ressentit la faim. Une faim dont il avait oublié la morsure depuis très longtemps : de son vivant il avait toujours eu l'estomac plein dès le moment où il avait rencontré son professeur, et Galameh avait ceci de particulier que la notion d'appétit n'existait que pour ceux qui voulaient se donner la peine d'y penser. De plus, le royaume d'Omok inventait assez de préoccupations pour qu'il ne soit plus question de s'alimenter. Cette faim-là était immense ; c'était comme grimper une montagne par un long sentier et découvrir une fois au sommet le vide incommensurable sous ses pieds. Un tel vertige saisit le peintre et il eut un bref moment d'absence. Quand il comprit ce qu'il se passait, il demanda :

— Et vous vous nourrissez comment, ici ?

Ce n'est que le lendemain de son arrivée à Estebellia que Talio Cerni approcha les murailles magiques dressées par les Laménides. Absorber l'énergie vitale d'un prisonnier après l'avoir égorgé lui avait procuré une grande jouissance et il n'avait qu'une envie : recommencer. Cependant Tark ne l'avait pas envoyé en Val-des-Miracles pour festoyer et il se rendit au pied du promontoire où s'élevait la pierre du palais ; là, des colonnes de soldats attendaient leur tour pour tenter de passer de l'autre côté. Ils étaient de moins en moins nombreux à tenter le coup malgré la férocité que les sortilèges de Golan Tark induisaient en eux, et pour la plupart ils se contentaient de tirer des flèches ou de lancer toutes sortes de projectiles depuis des balistes et des trébuchets. Ils manquaient de recul pour dépasser les protections mouvantes. Quelques cages de hurleurs étaient en place et les bêtes étiques tournaient en rond comme des animaux fous – ce qu'elles étaient sûrement.

Le spectacle du premier rideau magique était impressionnant. Et incroyablement bruyant : des myriades de pierres et de débris s'entrechoquaient en permanence, soulevées par des courants d'air d'une grande puissance. On devinait à peine les autres dispositifs et pas du tout la façade du palais. Au-dessus du premier rideau jaillissait la pointe de flammes extravagantes et des ondes de chaleur troublaient la vision que l'on avait de cette folie.

Un officier ordonna à une dizaine de ses hommes de franchir les défenses. Talio Cerni les vit s'avancer non sans avoir hésité. Ils avaient dû voir périr leurs camarades et peinaient à comprendre l'insistance meurtrière de leur chef. Pourtant, ils obéirent. À deux mètres du phénomène magique, ils se mirent à courir tous ensemble, de front. C'est à ce moment que le hurleur aboya son sortilège. Un aboiement qui ressemblait à un cri de souffrance absolue. Un souffle d'air ouvrit une brèche dans la première barrière magique juste au moment où les soldats allaient la heurter. Ils crièrent tandis que le hurleur s'effondrait, recru de fatigue. Aussitôt après leur passage, la brèche se referma.

On attendit un peu. Les hommes ne réapparurent pas. Il n'y avait pas de moyen de savoir s'ils étaient passés à travers toutes les défenses laménides.

— On pense qu'il y a deux ou trois rangs de défense, dit le Galaméen à Cerni.

— Et s'il y en avait plus ? Ça ne sert à rien, vous gaspillez des hommes. Les prêtresses sont bien plus malignes et puissantes que vous ne pouvez l'imaginer.

— Qui êtes-vous pour le savoir ? s'insurgea le soldat.

— J'en ai épousé une, crétin, dit Cerni.

Le soldat haussa les sourcils. Il savait que Tark en personne avait envoyé Cerni à Estebellia, aussi se retint-il de l'assommer avec le pommeau de son épée, pour punir son insolence.

— Alors, on ne passera jamais, dit-il plutôt, tournant son regard vers la citadelle magique.

— Elles ne peuvent pas tenir comme ça éternellement.

— C'est-à-dire ?

— Elles n'utilisent pas de sort à proprement parler. Leur magie dépend d'elles-mêmes, de leur contrôle sur les éléments. Ce qui signifie qu'elles doivent se relayer, là-bas derrière. Il y aura bien un moment où elles seront épuisées. Et puis, il y a la faim. Il suffit de s'armer de patience.

— Mes hommes n'en ont pas.

— Tant pis pour eux. Continuez le carnage, alors. Mais ça m'étonnerait que le Maître soit content de ça. Et puis, il y a la tour à construire. Vous feriez mieux de concentrer vos forces là-dessus. Son édification est une priorité absolue.

L'officier hocha la tête, lèvres pincées. Il rêvait d'en découdre avec les prêtresses, pas de conduire des travaux de maçonnerie. Son fétiche lui dictait une loyauté absolue à son maître et à ses messagers, quoi qu'il lui en coûte. Il n'avait d'autre choix que d'obtempérer et les travaux reprirent à une vitesse accrue.

* * *

Il fallut une journée pour déplacer l'armée jusqu'à la colline dominant Tuckmill. À la nuit tombée, les hommes du génie travaillèrent au montage de deux tours d'assaut et de balistes, aidés par deux cents guerriers. Les lunes ne se montraient pas, si bien qu'il faisait assez noir pour œuvrer sans trop s'exposer.

Le jeu de construction, préparé dans la forêt de Brindillion, avait lieu hors de portée de tirs d'éventuels archers. Tout de même, les hommes d'Adrian travaillaient à l'abri de mantelets, montant jusqu'aux épaules des plus grands, ou derrière des fermes abandonnées que l'inondation n'avait pas submergées.

Les Libérateurs scrutaient sans relâche les murs de la cité. Les ennemis ne se montraient pas et les soldats d'Adrian se mirent à penser qu'ils n'existaient pas ou se terraient au plus profond de la ville fortifiée.

Au petit matin, on poursuivait la construction des tours d'assaut. Les balistes étaient presque toutes montées. Les hommes avaient commencé à abattre les fermes abandonnées ; des bêtes de somme tiraient sur des cordes accrochées aux murs par des grappins. Les murs avaient été préalablement fragilisés : on avait versé de l'eau en grande quantité à leur sommet, sous les toits ; le mortier sablonneux s'était en partie écoulé au pied des parois. Mais l'aide des bœufs n'était pas suffisante et il fallait attaquer à la masse. Les cailloux les plus gros étaient entassés sur des carrioles. Ils nourriraient les balistes.

Malgré la fatigue, l'enthousiasme et l'excitation illuminaient les visages des Libérateurs : la proximité des machines de guerre et de la ville à prendre donnait enfin sa vraie dimension à leur voyage. La plupart de ces hommes n'avaient jamais connu la guerre, mais leur courage était une qualité qu'Adrian ne pouvait mettre en doute : il en avait fallu pour rejoindre la Résistance en traversant maints dangers, jusqu'à ce havre provisoire de Brindillion, où tous avaient travaillé d'arrache-pied pour leur avenir et celui d'Elamia tout entier. Car aucun d'entre eux ne venait de Tuckmill, et sans rechigner ils accompagnaient leur chef au combat dans une cité dont ils ne connaissaient rien. Ils avaient conscience que le chemin de la Libération ne passait pas en premier lieu sur les terres qu'ils avaient quittées le cœur lourd, laissant souvent derrière eux des proches assassinés par les armes et les sorts des Galaméens : Adrian et lui seul décidait de la stratégie à adopter et ils acceptaient ses choix sans broncher.

Le Commandant s'installa au milieu du tumulte des masses cassant la pierre. Il prit un outil et commença à frapper. Il se sentait dans un état étrange, entre fatigue et excitation, sourde angoisse et optimisme forcé ; il ne savait s'il devait imputer ces impressions contradictoires à sa nuit avec Julipen, à l'absence de contact avec son épouse défunte, aux voyages dans la trame ou à tout cela à la fois.

La lourde tête de fer s'abattit sur le moignon entamé d'un mur. Le choc secoua Adrian, se répercuta dans tous ses muscles, ses membres. La pierre n'avait pas bougé d'un pouce. L'empereur souleva encore l'outil et en deux temps l'amena au-dessus de sa tête, avant d'accompagner sa chute d'une impulsion des bras. La masse heurta le mur avec non moins de violence. Cette fois, la pierre avait bougé d'un centimètre. Il recommença, encore et encore. Une première pierre tomba, une autre encore et un éboulis le força à s'écarter. Il entendit des claquements métalliques quelque part derrière lui, qui très vite se multiplièrent. Adrian se tourna : les hommes martelaient leurs propres outils tout en le regardant. Un homme cria :

— Pour notre Commandant, HOURRA !

Des centaines d'hommes répondirent à ce ban. Le bruit remonta la colline derrière eux et les soldats postés là-haut relayèrent les hourras, bientôt suivis par l'ensemble de l'armée établie de l'autre côté, en contrebas.

Sa légitimité ne faisait pas de doute parmi les résistants. Pour le moment. Adrian sentit encore l'excitation de l'instant l'envahir et il ne voulut pas résister à cette vague.

C'est ce moment que l'ennemi choisit pour quitter l'abri de la forteresse et attaquer cette armée aussi insolente qu'imprudente.

Tout à leur enthousiasme, les soldats d'Adrian n'avaient pas vu les Galaméens s'installer sur le chemin de ronde des remparts, dans les tourelles d'angle. Alors que sifflaient dans l'air des milliers de flèches, les portes de la cité s'ouvrirent, déversant des centaines de soldats. Pire : deux hurleurs lançaient déjà leurs imprécations.

Les pointes s'abattirent à proximité des tours d'assaut, fauchant quelques charpentiers et ouvriers, claquant contre les mantelets, tintant contre les boucliers métalliques accrochés aux constructions. Les sorts des hurleurs explosèrent, le premier au milieu de l'eau qui fut pulvérisée comme une bruine sur toute la largeur du bassin, le second entre deux maisons où s'affairaient des soldats ; ils prirent feu instantanément.

L'effet de surprise fonctionna à plein et les Libérateurs, pris de panique, refluèrent dans un indescriptible chaos. Certains trébuchèrent sur les gravats des maisons abattues, d'autres se réfugièrent dans les ruines, d'autres encore se noyèrent dans les vastes mares.

Adrian se mit en devoir de trouver un olifant. Curieusement, il n'avait pas peur ; l'excitation le gagnait comme une marée trop longtemps contenue par une digue artificielle. Il arracha l'instrument des mains d'un jeune soldat et sonna l'appel tandis que Reniard, Uprih et trois autres hommes se rassemblaient autour de lui pour le protéger.

Ils coururent alors vers la colline derrière laquelle le campement était établi. Adrian entendit un énorme craquement. Il tourna la tête pour voir une tour d'assaut à terre. La seconde oscillait dangereusement, tirée par les Galaméens. Le Commandant ne laissa pas le découragement l'envahir. Certes, les tours seraient inutilisables et barraient le chemin principal vers les portes de la muraille. Certes, les balistes étaient à présent hors de portée ; mais l'ennemi avait stoppé sa course-poursuite. Quant aux hurleurs, ils avaient probablement épuisé leur maigre potentiel et n'avaient pas survécu à leurs aboiements, se noyant dans leur propre sang.

Adrian retrouvait des émotions anciennes, celles d'un chef de guerre en pleine possession de ses moyens. Le Talaris et ses transes répétées avaient dû balayer ses derniers doutes.

Alertés par les sentinelles et l'appel d'Adrian, les archers se massaient déjà au sommet du promontoire. Le Commandant les rejoignit ; il haletait mais ses hommes ne lurent sur son visage rouge et en sueur qu'une intense détermination. De l'autre côté, l'ennemi ne semblait pas si bien organisé qu'il l'avait laissé paraître. Des soldats s'étaient abrités derrière les tours effondrées en travers du chemin et en partie disloquées. D'autres prenaient position parmi les ruines, haranguant les Libérateurs, la tête des charpentiers déjà fichée sur des piques.

Les couleurs de sa nouvelle armée en main, Adrian prit la parole :

— Regardez ces lâches ! Regardez-les bien et ne tremblez pas car ils n'en valent pas la peine. Ils s'en sont pris aux nôtres à Daring, à Corall-Medding, à Tuckmill et ailleurs. Mais nous n'allons pas les laisser nous dicter leur loi de sang d'un bout à l'autre de Consolata ! Mes amis, l'heure de la vengeance a sonné !

Il porta les couleurs au-dessus de sa tête, à bout de bras, et Uprih poussa un cri de guerre, bien vite repris par les Alnautes de la troupe. Toute l'armée hurla dans la foulée sa détermination en un gigantesque chœur, aussi sauvage que sincère. Cette fois l'ennemi se tut, les piques sinistres ployèrent et les soldats qui s'étaient aventurés au-delà de la ligne des maisons se replièrent sans quitter des yeux la ligne impressionnante des Libérateurs. Moins de cinq minutes s'étaient écoulées depuis la sortie des Galaméens.

Julipen avait rejoint son amant. En quelques mots ils révisèrent la stratégie décidée plus tôt, dans le secret de la tente de commandement. Puis Adrian enfourcha un cheval et entraîna sans plus attendre la cavalerie à sa suite. Il descendit la colline sur son flanc sud tandis que Reniard ordonnait aux archers de lancer leurs traits plein est.

Les flèches s'abattirent au moment où Julipen, les bras en croix, en appelait aux forces de la nature. En quelques secondes les eaux de l'inondation bouillonnèrent. Deux cents cavaliers fonçaient vers la limite de la terre émergée. Les montures soulevaient des gerbes sous leurs sabots. Tout à coup, l'eau se retira sous la cavalerie, s'enroulant vers le nord en une vague toujours plus grosse, rapide tel un mascaret. La vague se brisa sur les habitations et recouvrit la route où se tenaient les Galaméens, les balayant tels des fétus de paille. Une brume noire surgit pour emporter les malheureux vers les tréfonds de Galameh, flottant au-dessus des flots et se mêlant à la lueur verte des survivants.

Julipen utilisa jusqu'aux moindres ressources de son savoir pour empêcher l'eau de refluer sur les terres que franchissait la cavalerie. Elle se ferma au tumulte et aux cris, observant la progression du Commandant qui venait d'obliquer et remontait à présent vers les portes est de la citadelle. L'ennoyage avait transformé le sol en une vaste surface de boue terriblement glissante et jonchée de débris de toute sorte et de toute taille. Bientôt des chevaux trébuchèrent, jetant à terre leurs cavaliers.

Chevauchant en tête, Adrian aperçut un groupe d'ennemis montés qui sortait de Tuckmill par les portes levantines, de dimensions modestes. Le cortège empruntait une route surélevée. Le temps marqua une pause : le voyant venait de rejoindre le moment de sa vision. Il se sentit comme à l'abri d'une bulle, observateur impartial et indiscutable alors que le monde s'était figé en un moment d'éternité.

Adrian survolait la scène tel un oiseau de proie aussi agile que patient. Au centre des Galaméens juchés sur d'étranges montures qui ressemblaient à des cadavres de chevaux dotés de regards belliqueux, se tenait une sorte de carrosse. Avec sa toile noire et brillante, ses flancs ronds et des cornes qui s'enroulaient de part et d'autre de l'habitacle, il ressemblait à un énorme scarabée. Adrian avait estimé que ce devait être le véhicule d'un personnage important prenant la fuite ; un gouverneur ? Le voyant observa les portes de la cité : elles étaient toujours grandes ouvertes, probablement parce que la fuite n'avait pas été annoncée et qu'il ne se trouvait personne pour les refermer. Deux cavaliers pouvaient s'y engouffrer de front. Puis le Commandant reconnut une maigre volée de flèches lancée depuis les remparts sud.

Alors le temps reprit sa course.

Sous le choc, Adrian manqua de tomber de sa monture. Il se rattrapa tant bien que mal et hurla : « Flèches ! » tout en levant son bouclier. Un projectile frappa la protection, un autre passa par miracle entre la crinière et les rênes. Tous n'eurent pas sa chance et des flèches s'enfoncèrent dans les chairs de ses compagnons de chevauchée.

D'un geste du bras, Adrian ordonna que le groupe se scinde. Une centaine de cavaliers obtempérèrent et gagnèrent comme prévu les portes laissées ouvertes. Une douzaine d'autres cavaliers se lancèrent à la poursuite du carrosse, quittant le bourbier pour grimper sur la route aménagée par l'ennemi.

La rage combative qui avait saisi Adrian après son voyage dans le Canevas réapparut, comme une entité parasite qui aurait repris possession de son hôte après un répit. Adrian fit un massacre parmi les Galaméens et, quand il arriva enfin à la hauteur du carrosse, emporté par quatre chevaux, il trancha la capote d'un grand mouvement de bras accentué par la vitesse de sa course. La toile huilée se déchira complètement, révélant un petit homme ventripotent et apeuré. Le Commandant tenta de le passer par le fil de son glaive. Le Galaméen se recula à l'extrémité de la banquette, hors de portée du cavalier, crachant des sortilèges inefficaces mais qui lui mettaient la gorge en sang. Adrian abandonna à la troisième tentative ; il entraîna sa monture vers les chevaux de tête, décidé à les tuer.

La première créature s'effondra, une jugulaire ouverte, emportant une autre bête dans sa chute. Le carrosse se renversa et fut traîné sur le flanc durant une vingtaine de mètres avant de se disloquer contre un rocher. Les ombres galaméennes ne laissèrent pas à Adrian le temps d'interroger le fuyard. Dans sa furie le Commandant ressentit une profonde frustration et il la passa sur les étranges chevaux ligotés dans leurs harnais et leurs brides, au milieu des suffocantes fumées nées du royaume d'Omok.

Moins d'une heure après la fin du gouverneur ennemi, Tuckmill était libéré.

Les soldats d'Adrian avaient éliminé les Galaméens, peu nombreux et totalement désorganisés après le départ de leur chef. Des hommes évoquaient une créature humanoïde et effrayante qui, aux côtés des Libérateurs, aurait massacré à elle seule plus de deux cents ennemis ; Adrian comprit qu'il s'agissait d'Otum et n'en dit rien.

Julipen entra dans la cité pacifiée et se rendit aussitôt auprès des habitants piégés par la sorcellerie de Tark. La proximité du champ d'énergie lui donna la nausée et elle prit sur elle-même pour ne pas succomber à l'influence délétère. Déjà éprouvée par son travail lors de la bataille, elle mit ce qui lui restait de forces dans cette nouvelle épreuve. Le jour déclinait quand elle en vint enfin à bout. Un grand poids quitta ses épaules au moment où la luminescence verte se dissipa. La dernière chose qu'elle vit fut le sourire hésitant d'un enfant. Puis un voile gris enveloppa sa conscience. Elle s'évanouit d'épuisement et on la conduisit loin de la ville, dans le campement.

Les habitants délivrés n'étaient guère en meilleur état. Ceux qui avaient la force de parler ne se souvenaient de rien et nombre d'entre eux mettraient plusieurs jours à quitter le demi-sommeil dans lequel un sort puissant les avait plongés.

On explora en vain la mine évoquée par les Galaméens. Visiblement, le fleuve détourné avait contribué à excaver des monceaux de terre. Dans quelle intention ? Il ne restait pas un Galaméen pour répondre aux questions des Libérateurs. Le voyant songea à Jocquinius ; le vieux mage affirmait avoir découvert l'origine de la loyauté des soldats ennemis. Il avait obtenu l'information en interrogeant un Galaméen capturé. L'empereur aurait aimé avoir le vieillard à ses côtés.

Plusieurs centaines de soldats avaient péri dans la bataille. On célébra à la fois leur mort et la libération de Tuckmill en une fête pleine d'espoir : l'envahisseur pouvait être éliminé des villes conquises et leurs habitants sauvés. Julipen ne put profiter de cette liesse car elle demeurait inconsciente, flottant entre les mondes. La sérénité qu'affichaient ses traits tempéra quelque peu l'angoisse de son amant. Il se sentait parfaitement démuni. Médecins et prétendus magiciens ne purent tirer l'atisha de son sommeil.

On leva le camp et prit la route, direction l'est et Corall-Medding. Galvanisée par la victoire, la troupe chanta souvent. Bien que certains de ces chants le missent en vedette, le Commandant ne put se résoudre à partager cet entrain. Il se demanda si la trame qui racontait l'agression de Julipen serait encore d'actualité, maintenant qu'elle gisait inanimée. Pour approcher la réponse à cette question, il lui fallait chevaucher le temps et payer le prix du Talaris. Il se sentait lui-même trop faible pour tenter ce nouveau voyage et affronter ensuite la transe qui décuplait ses forces avant de les saper tout autant.

Chapitre 13

Les informations échangées avec Octave Rayland et les autres gouverneurs étaient claires : les revenants aspiraient à retourner en Galameh, comme si le sort des fétiches perdait de sa force. L'emprise du royaume d'Omok était telle qu'elle avait franchi les corridors entre les mondes comme une laisse un peu longue, mais au bout de laquelle un maître tirait. Et ce maître n'était pas l'ancien Trinicien mais un dieu.

C'était plus qu'une mauvaise nouvelle : c'était presque les prémices de la défaite ! Les tours ne seraient pas prêtes à temps et il n'en avait pas assez édifié pour couvrir l'ensemble du territoire d'Elamia.

Je ne sais même pas si leur pouvoir sera suffisant pour retenir mes hommes en Val-des-Miracles !

Avant qu'il soit trop tard, Golan Tark devait trouver une solution. Et il n'en connaissait qu'une. Il l'avait préparée sans songer qu'il devrait l'exploiter si tôt.

Tormaga. Le moment est venu de retourner la voir. Elle seule pourra m'aider.

Le sorcier ne pouvait échapper à cette évidence. Sur qui d'autre pouvait-il compter ? Ses alliés ne se trouvaient à ses côtés que par peur ou intérêt, ou pour ces deux raisons à la fois.

Tormaga n'était pas en Galameh. Elle était en Val-des-Miracles. Le voyage serait dangereux mais indispensable. D'ailleurs, les gemmes extraites à Tuckmill devaient bien enfin trouver leur utilité !

Partir… Le sorcier avait fini par s'habituer aux contraintes du royaume d'Omok. Il s'y sentait chez lui et il devait une bonne partie de ce confort et de son pouvoir à la Mère : la magie talaxienne qu'elle lui avait enseignée avait fait des miracles, ici.

Golan Tark appela Jeremy. Le garçon approcha, l'air effrayé, soumis. Le sorcier sourit intérieurement et se dit qu'il devait changer ça. Restaurer le respect et effacer la terreur : le gamin pourrait profiter de son absence pour changer de maître. Il était assez faible et idiot pour en arriver là !

— Je vais devoir m'absenter. Partir loin d'ici. Tu garderas la Cabane.

L'adolescent ne put dissimuler son étonnement.

— Oui, Jeremy, je vais rejoindre Val-des-Miracles, mais je reviendrai très vite.

— Maître, je ne sais pas si je mérite cet honneur…

— Non, en effet. Sauf qu'il ne s'agit pas d'honneur mais d'une mission. Tu m'as trahi mais sans le savoir. Je connais beaucoup de gens ici qui aimeraient prendre ta place. Et pourtant, je ne la leur confie pas. Tu sais pourquoi ?

— Non, Maître.

— Tu es plein de ressources et maladroit. Tu apprends. Depuis notre première rencontre, tu n'as guère commis d'erreurs. Aucune n'était aussi importante que celle d'accompagner Jackal sans m'en avertir. (Jeremy baissa les yeux.) Mais je l'ai dit, la faiblesse t'a conduit à ce manquement. La faiblesse est un grave défaut que l'on peut corriger. Ce n'est pas le cas d'un esprit vicieux, tourné vers le mal et la volonté de nuire. Tu peux corriger ta faiblesse et je compte la mettre à l'épreuve.

— Merci, Maître.

Cette fois Tark sourit. Un sourire glacial.

— Je te confie un sort. Quiconque tentera d'entrer pour forcer les secrets de la Cabane devra être supprimé sur-le-champ. Seuls nos alliés sûrs pourront continuer d'y séjourner ou d'y passer.

— Oui, Maître. Et, heu… si c'est un démon ?

— Utilise le sort : il le retiendra jusqu'à mon retour. Et alors je pourrai m'expliquer avec lui.

Un peu plus tard, Tark se préparait à franchir le corridor entre les mondes. Il regarda les gemmes qu'on lui avait apportées de Tuckmill. La première fois qu'il avait entendu parler d'elles, c'était il y a plus de vingt-cinq ans. Tormaga les avait évoquées et alors Tark avait longtemps cherché. Quand il les avait trouvées, il avait été trop tard : Adrian l'avait fait assassiner avant même qu'il ait pu les extraire et les utiliser.

Il quitta la Cabane à la nuit tombée et s'avança sur un ponton du Ventre. Dans le ciel anthracite, de rares étoiles brillaient d'un éclat de rubis. Son navire, le *Vonek*, était de petite taille, à la fois rapide et maniable. Le bois provenait des forêts du Yebbah et l'acier des forges de Hastrion. On pouvait encaisser des coups de vent et des tirs ennemis sans inquiétude. Sur le Ventre, Tark n'avait nul besoin d'une voile et d'un gouvernail : le lac et lui entretenaient une relation privilégiée et les courants prirent aussitôt en charge l'embarcation dotée d'un entrepont.

Le *Vonek* emprunta un chenal souterrain. L'obscurité absorba le navire et son pilote. L'appréhension ne cessa de croître en Golan Tark. Revoir la Mère après tout ce temps… Il lui devait déjà beaucoup. Après ce voyage, la dette serait encore plus élevée.

Je n'ai pas le choix.

Le passage s'ouvrit bientôt et le *Vonek* déboucha entre deux pierres qui saillaient tels deux crocs sur les eaux tumultueuses d'un lac. Le vent soufflait fort.

Il n'y a pas d'été sur ces sommets, se dit-il.

La petite mer se creusait d'une houle courte, vicieuse. Le sorcier s'accrocha fortement à la barre du navire après avoir réduit la toile au strict minimum.

Indocile, le lac des Orages n'était pas le Ventre. En d'autres temps, Tark aurait apprécié cette lutte contre les éléments. Ce jour-là, il se sentait terriblement vieux. Franchir le corridor avait mis au jour sa véritable nature, celle d'un mort ancien qui n'a plus sa place en ces lieux. Car la vie elle-même lui était une agression. Certes, il y avait le vent froid qui le giflait cruellement, mais ce qu'il ressentait était pire, bien pire qu'une morsure. Odeurs, couleurs, bruits… tout conspirait à le rendre malade.

Ses hommes avaient-ils tous éprouvé une même souffrance, lors de leur arrivée en Val-des-Miracles ? Le sortilège du fétiche les avait sans doute protégés. Pour un temps. Surtout, il sentait le venin des scorpions de feu s'agiter en lui, cherchant à franchir la barrière qu'il lui opposait.

Quand il lui avait remis le Talaris des Triniciens, Jackal avait fait en sorte que Tark soit piqué par ces créatures mystérieuses, présentes en Galameh depuis la nuit des temps : l'une des créatures était cachée dans le sac que lui avait livré le mercenaire.

Si le sorcier n'était pas intervenu, le venin l'aurait transformé en un être difforme, comme il avait altéré Bren Jackal. À présent, le poison voulait se répandre en lui et le passage entre les mondes avait réveillé cette entité à la fois primitive et intelligente.

Ce n'était pas le moment de flancher. Pas ici, pas maintenant. Le sorcier venait chercher de l'aide, pas une condamnation définitive.

Golan Tark aperçut le rivage et y repéra le havre qu'il cherchait. Par chance, le vent soufflait dans la bonne direction et il ne s'y prit qu'à trois fois pour s'engager dans la passe qui menait à une anse. Débarquer du *Vonek* lui arracha un gémissement de douleur. Essoufflé, détrempé, il s'assit sur un rocher, les bras posés sur les genoux.

Bon sang, secoue-toi ! se gronda-t-il. *Tu n'as pas fait tout ce chemin pendant trente années pour t'arrêter sur la rive d'un lac perdu !*

Il attendit encore un peu, les yeux clos. La vie continuait de l'agresser comme des millions d'aiguilles lancées à l'assaut de ses sens. On perçait ses tympans, lui crevait les yeux, on brûlait ses narines, frottait la peau de ses mains et de son visage avec une lime à bois.

Je vais m'habituer. J'ai été vivant, moi aussi.

Il lutta pour oublier cette enveloppe morbide qui lui tenait lieu de corps, dans l'espoir qu'elle ne serait pas son cercueil. Car périr de nouveau signifierait un départ sans retour vers les tréfonds des enfers : tout le savoir et la puissance qu'il avait accumulés ne lui seraient d'aucun secours. Le sorcier dut produire un effort supplémentaire pour éviter que le venin l'envahisse. Depuis qu'il avait été piqué, il ne s'y était guère intéressé malgré sa promesse de l'étudier. Et voilà que le poison se rappelait à son bon souvenir, le premier instant de faiblesse venu…

Le sorcier tourna son regard vers le ciel ; nulle trace de dragons. Le mal blanc les avait-il tous décimés ?

J'espère bien que non. Dans le cas contraire, j'aurais bien du mal à traverser le Feu de Glace…

Il se leva, faible sur ses jambes. Il comprit qu'il avait oublié jusqu'au sens du mot douleur. Il restait bien des progrès à faire sur ces enveloppes corporelles créées en Galameh.

Je n'y ai pas assez prêté attention.

Tout était perfectible, y compris ses propres créations. Il n'en était qu'au début. Le sorcier commença à escalader un étroit sentier et s'éloigna du lac.

* * *

Installé à l'abri d'une niche, au milieu des cavernes du clan Ol-Mentias, Jocquinius rêvait encore de la Mère quand le froid le tira de son sommeil. Sans ouvrir les yeux, il chercha sa couverture. Ne la trouva pas. Il sentit qu'on le poussait dans le dos. Il ouvrit les yeux ; dans la pénombre à peine éclairée par un bouquet de champignons luminescents, il devina Niuk, profondément endormi. Alors il se retourna et vit la face énorme d'Ol-Tyron, bouchant presque l'entrée de la niche. Il faillit pousser un cri de surprise.

Le dragon recula et d'un signe lui intima l'ordre de le suivre. Depuis combien de temps étaient-ils là ? Trois jours ? Quatre ? Comme le Vénérable le lui avait proposé, Jocquinius reprenait des forces avant de redescendre dans la vallée. Du moins était-ce la raison qu'il aurait invoquée si on lui avait posé la question de son séjour prolongé.

Lors de sa première rencontre avec le vieil Ol-Morgas, il n'avait obtenu aucune réponse quant aux sources de la magie talaxienne. Il en fallait plus pour dissuader le Trinicien. Pour le moment, il se contentait de se promener dans les galeries et les caves immenses du clan des dragons. Mais Niuk observait toute trace de magie, dans l'espoir de glaner ces informations que lui refusait Ol-Morgas. Les dragons semblaient s'habituer à eux, tout au moins ceux qui avaient croisé à plusieurs reprises les deux voyageurs. Il arrivait qu'on leur parle, mais le principal lien social qu'il entretenait était avec Ol-Tyron.

Le dragon lui dit à voix basse :

— Un homme est venu ici, tout à l'heure. Et je crois que tu le connais.

— Vraiment ? Je ne savais pas que votre clan accueillait tous les voyageurs de passage dans les montagnes !

— Non, bien sûr que non. Celui-là est un individu très particulier. C'est un Trinicien et il se nomme Golan Tark.

Jocquinius regarda Ol-Tyron bouche bée. Puis il se passa la main sur le visage. Ses pensées filaient à grande vitesse, se détachant de la glu du sommeil tout aussi vite.

— Il est mort. Ce sorcier est mort et il est en Galameh.

— Oui, eh bien crois ce que tu veux mais moi je l'ai vu en compagnie d'Ol-Morgas. Et il vient de partir pour la Forteresse des Secrets.

— Par Omok !

— Moins fort !

Ol-Tyron regarda à droite, à gauche et derrière lui, puis revint à Jocquinius.

— Moins fort…, répéta-t-il.

Jocquinius hocha la tête et demanda :

— Sais-tu ce qu'il venait faire ici ?

— Demander notre aide pour gagner la Forteresse.

— Et il a obtenu cette aide ? Mais c'est absurde, Ol-Morgas a assuré que…

— Chut ! Et suis-moi. Il faut que je t'explique deux ou trois choses.

— Très bien. Et Niuk ?

— Explique-le-lui. Mais je préférerais qu'il reste ici : ça paraîtra moins curieux, on te croira en balade quelque part dans les grottes.

Jocquinius réveilla son compagnon et en quelques mots résuma la situation, avant de lui promettre de revenir très vite.

Ol-Tyron entraîna le mage vers l'une des corniches qui surplombaient le cratère à des centaines de mètres au-dessus du sol. Le vent mugissait sur ces hauteurs vertigineuses, noyées de nuit : on ne risquait pas de les entendre parler.

— Alors ? demanda Jocquinius en frissonnant.

— Alors Golan Tark est venu demander qu'on l'emmène là-haut.

— Oui, je crois que j'ai compris ça, s'impatienta Jocquinius. Mais pourquoi Ol-Morgas a accepté ? Il ne sait pas qui est Tark ? Je lui ai tout expliqué ! Bon sang, ce… cet homme veut détruire notre monde et je ne doute pas qu'il détruira le vôtre dans le même temps ! Comment ton patriarche a-t-il pu accepter de l'aider ?

— Il lui a proposé un marché qu'il n'a pas pu refuser. D'ailleurs, à la place du Vénérable, j'aurais moi aussi accepté.

— Quel est ce marché ?

— Un remède contre le mal blanc. Tark a tenu sa promesse. Et ce remède a l'air d'être efficace. Ce sont des gemmes de Pratt. Nous ne savions pas où les trouver et les recherches que nous avions faites en Talaxania n'avaient rien donné.

— Et lui les a trouvées…

— Oui. Loin d'ici, du côté de Tuckmill.

— Tuckmill !

— Tu connais cet endroit ?

— Une bataille doit avoir lieu là-bas, Ol-Tyron. Si ça se trouve, elle a même déjà commencé. Si Tark est allé sur la Forteresse des Secrets, c'est probablement pour trouver un sort qui manque à sa panoplie.

Jocquinius était furieux. Le monde lui échappait, comme il lui avait toujours échappé.

— Il y a quoi exactement, sur cette montagne ? reprit Jocquinius.

— Si je te le disais, tu ne me croirais pas.

— Ah ? Avec ce que je vis depuis quelque temps, je suis prêt à croire beaucoup de choses.

— Tormaga.

— Tormaga ?

— Oui. Un démon qu'on appelle aussi la Mère des Tourments.

— Oh ! non…

Jocquinius était abattu.

— Alors, c'était ça, dit-il. Il vient la chercher afin qu'elle se batte à ses côtés. Ou bien c'est elle qui est à l'origine de tout !

— Non, tu n'y es pas. Pas du tout.

— Comment ça ? C'est pourtant évident ! Il l'a écrit dans un carnet il y a des décennies de ça ! Il devait en rêver depuis si longtemps ! La Mère, la Forteresse des Secrets !

— Écoute-moi…

— Voilà ce qu'il avait en tête ! Ramener la Mère et qu'elle détruise notre civilisation comme elle a détruit celle des Alfads !

— ÉCOUTE-MOI !

Jocquinius s'arrêta aussitôt. Le dragon avait repris toute sa dimension aux yeux de l'humain. Mais le colosse se radoucit et dit :

— Excuse-moi, mais tu ne veux pas m'écouter. Est-ce que vous fonctionnez toujours comme ça vous autres ? Je veux dire, les humains ? Ça ne m'étonne pas que vous soyez en guerre, alors. Si vous commencez par vous énerver sans vous écouter… Bien. Malgré tous les pouvoirs extraordinaires dont tu m'as parlé, ton Golan Tark ne peut pas ramener Tormaga.

— Non ?

— Non. Car elle est emprisonnée. Une prison que les dieux eux-mêmes auraient créée.

— Mais alors, pourquoi Tark irait-il la voir ?

— Je n'en sais rien. Tu as parlé d'un nouveau sort dans sa panoplie. Pourquoi pas ?

Jocquinius acquiesça puis demanda :

— Pourquoi demande-t-il votre aide, exactement ?

— Parce que nous sommes les seuls à pouvoir franchir les portes de sa prison.

Jocquinius chevauchait Ol-Tyron depuis quelques minutes. À la grande frayeur du mage, le dragon rasait le flanc bleu sombre des montagnes.

— Je ne veux pas qu'on me voie aller là-bas, avait justifié Ol-Tyron.

Tark y avait été conduit un peu plus tôt. Il existait donc une bonne chance de le croiser en route ou de le rencontrer sur place. Jocquinius n'avait aucune idée de ce qu'il allait faire. Il devait d'abord connaître les motivations de Golan Tark : que voulait-il obtenir de Tormaga ? Puis il se disait que ce n'était qu'un prétexte pour ne pas imaginer un affrontement direct avec le sorcier revenu d'entre les morts. Jocquinius était partagé entre l'excitation et la confusion. L'ennemi déclaré de l'humanité contre lequel il était parti en guerre était tout près ! Il venait de quitter sa tanière, et c'était inespéré !

Et à la fois, cet homme avait dû acquérir une telle puissance pour conduire l'invasion d'Elamia qu'il effrayait le vieux Trinicien comme il aurait effrayé toute personne sensée.

— Nous arrivons, dit Ol-Tyron. C'est juste derrière cette chaîne montagneuse.

Le dragon perdit de l'altitude puis, une fois parvenu à une cinquantaine de mètres de la montagne, remonta lentement la paroi verticale. Il s'arrêta au-dessous de la crête rocheuse, tendit le cou.

— Je ne vois pas Ol-Lohan.

Il s'éleva, dépassa la crête et progressa au ras du sol.

Face à lui, un dôme de lumière bleue tremblotait dans la nuit talaxienne. De là où ils se trouvaient, il était impossible à Jocquinius d'en évaluer la dimension. À mesure qu'ils approchaient, le mage en saisit l'immensité. Bientôt, il boucha l'horizon de Jocquinius, puis son champ de vision.

— Accroche-toi à moi, Jocquinius, nous allons traverser le dôme. Et surtout, reste bien à l'abri de ma couronne.

Le mage se coucha contre la bête majestueuse et resserra son étreinte. Il y eut d'abord un bruit soyeux, tandis que le dragon s'enfonçait dans la lueur bleutée.

C'est tout ?

Le mage était presque aussi déçu que rassuré. Puis il ressentit un grondement dans tout son corps et comprit que le bruit provenait d'Ol-Tyron. Le grondement devint rugissement. La lumière changea brutalement de couleur et une chaleur puissante entoura le mage.

Le feu… Le feu du dragon !

La chaleur devint vite insupportable. Jocquinius aurait voulu se débarrasser de son lourd manteau, mais il se dit qu'il devait au contraire être une protection efficace, tant la peau de ses mains et de ses joues était à la torture, à présent. Un bruit assourdissant recouvrit le rugissement des flammes et un froid soudain succéda à l'incendie.

Comme le lui avait recommandé Ol-Tyron, Jocquinius restait sous la protection de l'épaisse collerette. La tête tournée de côté, il vit la lumière se modifier à nouveau : un bleu très sombre semblait lutter contre le rougeoiement né de la gueule du dragon. La glace s'opposait au feu et le feu luttait contre la glace. Le vacarme était si fort que le passager résista non sans mal à l'envie de se couvrir les oreilles. On aurait dit l'écroulement de cités entières sous le mugissement d'un millier de tempêtes.

Puis le froid se dissipa, le grondement et les bruits nés du dôme s'atténuèrent. Ol-Tyron dit enfin :

— C'est terminé, on est passés.

Il se posa peu après et Jocquinius descendit du dos d'écailles en contemplant le paysage :

— Si tu peux passer, pourquoi est-ce qu'un autre dragon ne passerait pas avec Tormaga ?

— Pour deux raisons : d'une part, nous ne venons de passer que la première barrière ; la seconde est infranchissable, même pour nous. D'autre part, nous sommes les gardiens de cette prison et il ne viendrait à aucun clan l'idée de trahir notre engagement auprès de nos commanditaires.

— Non ?

— Non. Ce sont des dieux. Qui aurait envie de les contrarier ?

Jocquinius encaissa.

— Maintenant, reprit Ol-Tyron, je vais te laisser te débrouiller. Ol-Lohan est quelque part par là et autant éviter qu'il me voie. Dans quelques mètres tu trouveras l'un des sept chemins creusés dans la glace qui conduisent à la prison de Tormaga. Emprunte-le jusqu'au bout et surtout sois discret. Tormaga ne pourra pas utiliser sa magie contre toi, grâce aux murs de sa prison. Mais qui sait de quoi Golan Tark est capable, avec la présence du démon pour le conseiller…

— Tark pourrait me tuer sans problème, j'imagine.

— C'est possible. Ses pouvoirs sont peut-être limités par sa nouvelle nature. Mais en tant que Trinicien, tu en sais beaucoup plus que moi sur le passage d'un monde à l'autre. Allez, va. Je t'attends ici.

— Eh bien, à tout à l'heure.

Jocquinius fit quelques pas, puis il s'arrêta et se tourna pour dire :

— Je ne sais pas si je reviendrai, Ol-Tyron. Alors merci. Merci pour tout.

Le dragon inclina son cou et le mage hocha la tête avant de poursuivre son chemin.

Chaque sentier décrivait un long arc de cercle, si bien qu'on ne pouvait en voir l'extrémité ; deux hommes pouvaient marcher de front sur la roche gelée. Ses rives de glace s'élevaient au-dessus du mage et il eut l'impression de progresser le long du lit asséché d'une rivière. La glace avait la transparence du verre et on pouvait voir au travers des parois bleues sur quelques mètres, comme sous la surface d'un océan immobile. Un malaise qui n'était pas de la peur s'insinua en lui. Quelque chose – ou quelqu'un – exerçait une influence malsaine alentour.

Au bout de quelques minutes de marche, il entendit des voix. L'une était nette, sans doute Tark ; l'autre, comme étouffée et rauque, était dotée d'intonations sarcastiques.

La Mère.

Le malaise se mua en nausée. Il prit sur lui pour ne pas toussoter. Il ralentit l'allure, s'arrêta. Écouta.

— Je te félicite, Trinicien. Cette histoire est passionnante et je vois que tu as fait des progrès depuis notre dernière rencontre. Non seulement tu as ramené les morts en Elamia, mais tu l'as fait depuis Galameh. Bravo !

— Votre enseignement m'a permis ces prodiges, Mère. Toutefois, comme je vous l'ai dit en arrivant ici, tout ne se passe pas aussi bien. Adrian n'a pas été éliminé et il semble organiser un mouvement de résistance.

— L'empereur Adrian ? Alors il n'a pas péri avec son armée ?

— Non. Pourtant, j'avais obtenu l'aide de l'impératrice pour venir à bout de ses hommes, mais le sortilège l'a épargné, lui et lui seul.

— Mmm… Il y a un autre souci, disais-tu ?

— Oui : les Galaméens me sont certes fidèles, mais ils ont des moments d'absence. Ils se mettent à errer comme des pantins sans volonté et tournent autour des endroits où la mort est omniprésente. Mon bras droit à Corall-Medding a lui-même été victime de ces longs vertiges. Il semble que dans ces moments-là il soit obsédé par l'idée de retourner en Galameh.

— Et il n'est pas possible de les raisonner ?

— Il faudrait les attacher, je crois, car ils deviennent vulnérables.

— Les attacher, dis-tu… Et ils ont déjà une laisse.

Il y eut un silence. Jocquinius n'en revenait pas. Il apprenait dans le même temps des nouvelles terribles et d'autres encourageantes : Tormaga était du côté de Tark et l'aidait dans sa quête du pouvoir, mais les Galaméens montraient un nouveau point faible dont il faudrait profiter. Il songea à tourner les talons et retrouver au plus vite Adrian, car il venait de comprendre que jamais Tormaga ne lui confierait le secret de la magie des fétiches. Une conspiration de plus à laquelle il assistait, impuissant : il se souvint de ce jour où son groupe de pensée, à Haut-Temple, avait dévoilé sa volonté de renverser la Hanse. Chantres et mages unis dans un projet aussi irréaliste que dangereux : se servir d'une créature à la violence aveugle pour discréditer ces marchands avec lesquels l'Ordre partageait le pouvoir. Jocquinius n'avait rien pu faire pour les dissuader. Et c'est cette créature même qu'ils pensaient utiliser qui avait signé leur fin, ravageant Haut-Temple tout comme elle avait décimé les monastères uliques.

Alors je ne suis qu'un témoin sans le moindre pouvoir ?

Il ne devait pas oublier le succès de la mission confiée par Halaïa : donner le Talaris aresmass à l'empereur déchu, de retour en Consolata. Et il avait trouvé la nature de l'agressivité ennemie : un sortilège d'origine talaxienne. Ça n'était pas rien ! Mais que faire maintenant qu'il se trouvait en présence de deux alliés surpuissants ? Tark était-il réellement affaibli par son passage de ce côté des mondes, comme le suggérait Ol-Tyron ?

Tormaga reprit la conversation et, bien qu'il ne la vît pas, Jocquinius imagina une femme très vieille, décharnée comme un cadavre mais où brillait un regard aussi intelligent que vicieux. La Mère, démon oublié, dont le pouvoir contenu par les cages d'une prison surnaturelle trouvait refuge entre les mains d'un sorcier talentueux et dément.

— Il faut que tu obtiennes le Sarment du Temps, dit-elle. Ce doit être ta priorité. Quand il sera en ta possession, tu iras sur Ilone.

— Vous voulez parler de l'île du Temps ?

— Parfaitement, mon cher sorcier.

— Je n'ai aucune idée de sa localisation.

— D'une certaine manière, elle n'est pas très loin d'ici. En Talaxania.

— Je pensais qu'on ne pouvait pas l'atteindre…

— Tu n'y es pas arrivé grâce à la Perle de Vie ?

— Tout ce que j'ai fait, c'est en détacher des fragments pour les projeter comme les pierres d'un trébuchet.

— Et ça n'est pas rien, cher sorcier. Apprendre fait partie de la vie, mon enfant, non ? Hum… mais j'oubliais, tu es *mort* !

Tormaga éclata d'un rire rauque, celui d'un être dévoré par la maladie, les regrets et la vengeance. Jocquinius aurait voulu voir la tête du sorcier, mais c'était trop dangereux et il avait quelques informations à écouter avant de filer pour prendre Tark de vitesse.

— Ilone s'étend au-delà des marais de Tharang, en Talaxania. Il te faudra un bon navire, mais surtout le Talaris arcsmass. Sans lui, les marées temporelles t'emporteront dans une éternité de souffrances.

— Le Talaris est entre les mains d'Adrian.

— Eh bien, débrouille-toi pour le récupérer au plus vite !

— Très bien, Mère. Et une fois sur Ilone, que devrai-je faire ?

— Tu devras…

Un cri poussé derrière Jocquinius interrompit Tormaga. Le mage se retourna ; les pattes posées sur la glace de part et d'autre du chemin, un dragon dominait Jocquinius, à vingt mètres de là, les ailes écartées et arborant un rictus agressif. Ol-Lohan, le guide de Golan Tark. Le dragon tendit brusquement le cou vers le mage qui recula et trébucha, se récupéra de justesse.

Où est Ol-Tyron ? se demanda le mage. Et avant de céder à la panique, il prononça un sortilège matriciel.

— Ça ne sert à rien contre moi ! fit le dragon. Que fais-tu ici ? Et comment es-tu arrivé ? Seul un dragon a pu te conduire à travers le Feu de Glace.

En deux pas, l'animal rejoignit le mage qui fut condamné à reculer jusqu'à la sortie du sentier. Et à se retrouver en compagnie de Golan Tark.

Ça ne sert à rien contre toi mais nous ne sommes pas seuls.

— Le vieux mage ! s'exclama Tark.

Jocquinius tourna la tête à droite ; nulle trace de Tormaga derrière la paroi parcourue d'une vibration électrique. À gauche, Ol-Lohan avait disparu. Où était-il passé ? Pourquoi n'intervenait-il pas ? Le mage se concentra et ouvrit le feu matriciel sur Tark. Un réseau d'éclairs fusa depuis la sphère en crépitant. Golan Tark tendit le bras vers les jets de lumière, paume ouverte, et ils se dissipèrent.

Une autre matrice, vite !

Golan Tark recula. Il n'aurait rien eu d'un être effrayant s'il n'avait pas exprimé une telle haine dans son regard. Elle semblait à elle seule être un pouvoir surnaturel.

— Je ne sais pas comment tu m'as trouvé, vieux fou, commença Tark, mais tu ne pensais tout de même pas me supprimer aussi facilement ?!

On entendit au loin des cris inhumains. Sans doute Ol-Lohan était-il parti à la recherche de la monture de l'intrus. Et, l'ayant trouvée, en venait aux griffes et aux crocs pour s'expliquer.

Il y avait plus urgent que s'inquiéter du sort des deux Ols. Jocquinius ne voulut pas se prêter au jeu de l'argumentation avec Tark. Il avait déjà émis une nouvelle matrice, née d'un sortilège différent. En s'épanouissant, sa lumière masqua le visage du sorcier. D'un geste du poignet, Jocquinius projeta le feu magique.

Cette fois, les éclairs frappèrent leur cible au thorax, et Golan Tark expira violemment avant de se plier en deux. Jocquinius avait espéré que le sortilège le traverserait de part en part – il en fallait plus pour en venir à bout. La matrice se rechargeait quand le sorcier cracha :

— Tu vas payer pour ça… !

— Payer ? Mais je ne te dois rien, Tark.

Jocquinius ne vit même pas de matrice naître devant l'ancien mage. À peine s'il discerna les lèvres de Tark prononcer un sortilège silencieux. Pourtant l'air se mit à trembler autour de Jocquinius et il sentit une forte dépression dans ses poumons, comme si son corps implosait. Il poussa un cri de douleur et tomba à terre.

Tark approcha du mage et se tint au-dessus de lui. Il n'avait pas l'allure du futur maître d'Elamia mais celle d'un vieil homme sur la table d'une morgue. Jocquinius se dit que le voyage entre Galameh et la Forteresse des Secrets l'avait affecté, puis il essaya de voir Tormaga, en vain ; le démon semblait s'être retiré plus loin dans sa prison.

— Ce cher Trinicien ! dit Tark, les mains sur les hanches. Tu peux me dire ce que tu fais là ?

— Je viens mettre fin à tes folies, Tark.

— Ah, vraiment ? Tu m'étonnes. Je croyais les Triniciens bien plus couards que ça…

— Tu es toi-même un Trinicien. L'as-tu oublié ?

— Je n'ai rien oublié, Jocquinius. Surtout pas la frilosité de nos frères à l'égard de mes expériences passées. J'aurais pu faire de l'Ordre la plus grande puissance du monde connu. Au lieu de quoi j'ai toujours dû me battre seul.

— Même Adrian n'a pas voulu de tes projets. Tu aurais dû te poser la question de leur intérêt, plutôt que de nourrir ta haine avec tes regrets.

— Adrian, cet imbécile. Ça a bien failli lui coûter la vie : j'ai été à deux doigts de l'éliminer définitivement sur la plaine de Havoc. Je n'ai pas dit mon dernier mot. Tu vas disparaître, toi aussi. Déjà, tu n'aurais jamais dû donner le Talaris à l'empereur. Depuis quand un Trinicien fait-il le jeu d'un simple mortel ?

— Quand le sort d'Elamia l'exige. Et celui de l'humanité tout entière.

Tark éclata de rire.

— Quelle prétention ! On dirait le discours d'accession d'un novice au magistère : aussi pompeux et désuet. Tu comptais sauver notre monde à toi tout seul ?

— C'est vrai que tu n'es pas capable de le détruire « à toi tout seul ».

Jocquinius estima que Tark avait suffisamment baissé sa garde pour lancer une nouvelle attaque. La matrice qu'il choisit n'était pas très puissante, mais elle serait plus rapide à lancer.

De fait, Tark fut pris de vitesse. La lumière matricielle l'éblouit : il mit un bras devant ses yeux tandis que Jocquinius libérait déjà les foudres magiques. Elles percutèrent le sorcier et le projetèrent à plus de cinq mètres de là. Tark tomba lourdement sur le dos, soulevant un nuage de neige. Le mage profita de ce répit pour se redresser. Ses entrailles le torturaient, seulement il n'avait pas le temps de s'y attarder. C'est un genou encore en terre qu'il utilisa une autre matrice, plus puissante, pour foudroyer le sorcier. Une centaine d'éclairs jaillirent de la seconde sphère lumineuse avec un sifflement animal.

Ils n'atteignirent pas leur cible : les parois de la prison de Tormaga se déformèrent comme un courant huileux et une protubérance s'en détacha à grande vitesse, coupant la route à la magie trinicienne à mi-chemin du sorcier. Malgré la surprise, Jocquinius n'attendit pas pour relancer le feu matriciel… qui subit le même sort.

Par tous les démons de Galameh !

Tark se relevait déjà.

— Tu vois, l'avenir n'est pas de ton côté, Trinicien : cet endroit a une tolérance limitée à la magie. Sinon, je t'aurais déjà vaincu !

Ses lèvres bougèrent très vite et Jocquinius n'eut même pas le temps de tisser une protection autour de lui. La douleur explosa dans sa poitrine.

— Alors, reprit Tark, il faut savoir utiliser les armes adaptées à un tel environnement. Mais tu ne le savais pas, Trinicien. J'ai toujours dit que la connaissance est la première des armes. Mais assez joué, j'ai du pain sur la planche. Tu m'as suffisamment retardé dans mes projets. MEURS !

À peine avait-il prononcé ces mots qu'un cri inhumain retentit tout près. Blessé, à demi conscient, Jocquinius eut à peine le temps d'apercevoir Ol-Tyron qui fondait sur Golan Tark.

* * *

La première chose que vit Jocquinius en s'éveillant fut la gueule énorme et bleue d'un dragon. La tête recula très vite :

— Excuse-moi, je t'ai fait peur ? demanda Ol-Tyron.

— Je… Où suis-je ?

— Dans la prison de Tormaga.

Jocquinius poussa un long soupir.

— Que s'est-il passé ?

— J'ai dû intervenir. Empêcher Tark de te tuer.

— Merci.

— Ne me remercie pas : tu ne vas pas être content d'apprendre que Tark est parti sain et sauf.

— Tu sais au moins ce qu'il a en tête ?

Le mage avait employé un ton lourd de reproche.

— Il a tenu sa promesse auprès de mon peuple. Je n'ai pas le droit de l'attaquer, j'avais juste le devoir de te défendre.

Jocquinius se releva en regardant le dôme opaque où vivait Tormaga. Il gémit. Il avait l'impression que l'on avait roué de coups. De l'intérieur.

Je suis trop vieux pour tout ça.

Il s'était déjà fait la remarque et, à l'évidence, cela ne l'empêchait pas de se prendre chaque fois pour le tout jeune mage épris d'aventure qu'il n'était plus depuis très longtemps.

— Combien d'heures se sont écoulées depuis son départ ?

— Quelques minutes, tout au plus. Dépêche-toi, on va le rattraper. Et comme ça, tu verras quel chemin il utilise pour passer de l'autre côté.

Derrière lui, une voix rauque intervint :

— Le rattraper ne servirait à rien.

Jocquinius se retourna et ne vit qu'une silhouette longiligne derrière le dôme luminescent. Tormaga. Ses traits étaient hélas illisibles mais le malaise qu'avait ressenti le mage s'accrut soudain. C'était comme se réveiller avec un serpent venimeux sous les draps. À cette différence que ce serpent-là s'infiltrait en vous. Jocquinius était partagé entre la peur et la colère.

— Pourquoi, Tormaga ? Te rends-tu seulement compte de ce que tu fais ?

— Oh, oh, oh, quelle insolence, Trinicien. Quelle insolence ! Certes, mes pouvoirs sont inefficaces derrière les parois de ma prison, mais ne te méprends pas : j'ai bien plus d'amis qu'on le croit et l'éternité devant moi. Mais pour répondre à ta question, oui, je le sais. Je sais mieux ce que je fais que tu ne peux simplement l'imaginer. Un jour prochain, je serai à la place de Golan Tark. Et vous autres, les humains, vivrez une éternité de tourments ! Sais-tu seulement que…

— Jocquinius ! intervint le dragon. Tormaga essaie de gagner du temps. Partons, VITE !

Le mage hésita un court instant. Puis il grimpa sur le dos d'Ol-Tyron. Deux minutes plus tard, ils avaient retrouvé l'air glacial des sommets.

Le dragon volait plus vite que le mage l'aurait cru possible.

— Pourquoi fais-tu cela ? cria Jocquinius, pour couvrir le bruit du vent qui sifflait à ses oreilles. Pourquoi tu poursuis Tark ? Je croyais que tu ne voulais rien tenter contre lui…

— Je te l'ai dit : comme ça, tu verras comment il rejoint son domaine. Et puis, ce n'est pas moi qui veux le supprimer ; je me contente de t'accompagner.

— Mais si j'arrivais à le…

— J'ai entendu ce que compte faire Golan Tark, l'interrompit le dragon. Il aide mon peuple, alors je ne le tue pas. Il serait sûrement bon que d'autres s'en chargent.

— Merci, Ol-Tyron. Et que s'est-il passé tout à l'heure ?

— J'ai bousculé le sorcier et l'ai tenu à l'écart de toi. Avant je m'étais… disputé avec Ol-Lohan.

— Je suis désolé. Je suppose que tout ça est ma faute.

— Ol-Lohan est un jeune prétentieux. Par moments, je me demande s'il n'est pas né avec le mal blanc vissé en lui ! Quand il t'a vu, il est venu me trouver, à l'entrée de la prison. Il était furieux contre moi et il n'y a pas eu moyen de discuter. Je lui ai fait comprendre qu'il ne fallait pas tout mélanger.

— Et après ?

— Si Tormaga n'avait ordonné à Tark de me laisser tranquille, je crois qu'il aurait essayé sa magie talaxienne sur moi.

— Tormaga l'en a empêché ?

— Oui. La Mère n'a aucun intérêt à se mettre les clans à dos. Nous sommes autant ses gardiens que ses protecteurs. Et puis, nous lui avons tenu compagnie pendant si longtemps… Sans nous elle serait devenue complètement folle.

— Ah bon, ça n'est pas le cas, tu trouves ?

— Je… je ne sais pas. On dirait que ce monde est en train de changer. Attends, accroche-toi.

— Je ne fais rien d'autre depuis qu'on est sortis de la forteresse !

— Accroche-toi *mieux*, alors.

Résigné et endolori par le combat avec Tark, Jocquinius serra ses cuisses autour de la bête, étreignant le cou fortement. Aussitôt, l'horizon bascula : Ol-Tyron s'engageait dans un piqué vertigineux, les ailes repliées le long de ses flancs. Le cœur du mage lui remonta dans la gorge. Jocquinius adressa une prière muette à Malperdonis.

Pourquoi je pense moins à Omok qu'à ce damné Malperdonis ?

Omok était en quelque sorte son dieu tutélaire, celui aux pieds duquel il s'était prosterné jour après jour, perçant certains de ses mystères, tutoyant les serviteurs de son royaume ténébreux. Que restait-il de tout cela aujourd'hui ? Jocquinius mit cette question de côté, accaparé par la panique qui dictait à chacun de ses membres de quitter le dos du dragon pour mettre un terme à ce vol. Un jour il raconterait cette aventure en plein ciel. À Niuk, par exemple. Pour le moment, il n'avait qu'une envie : retrouver le plancher des vaches. Si le dragon continuait à cette vitesse, ils y seraient bientôt, sur le sol ; en piteux état. Ol-Tyron modifia de quelques degrés l'angle de sa chute. Puis il redressa son cou.

— Attention ! lança-t-il.

Il déploya ses ailes. Ol-Tyron s'éleva de plusieurs mètres en une fraction de seconde tout en perdant de la vitesse. Ils traversèrent une couche de nuages. Jocquinius glissa sur le côté et poussa un cri. Ses mains endolories cherchèrent une prise plus sûre, mais il glissait inexorablement. Il allait tomber.

— Ol-Tyron ! cria-t-il.

Mais tout à son vol, son compagnon ne l'entendait pas. Les cuisses de Jocquinius ne le maintenaient plus en place. Il fallait trouver quelque chose, et vite. Quel sortilège pouvait l'aider à ne pas s'écraser cent mètres plus bas ? Aucun. Il tomba… sur l'une des pattes griffues d'Ol-Tyron.

— Eh bien, mon ami ? fit le dragon en refermant délicatement ses doigts autour du mage. Où crois-tu aller comme ça ?

Puis il aida le malheureux voyageur à se remettre « en selle » avec une délicatesse que n'aurait pas laissé supposer sa stature, et dit encore :

— Je suis désolé ; tu es si léger…

Jocquinius ravala un hoquet nauséeux.

— Mais j'aurais été assez lourd pour m'écraser comme une pierre.

— Je ferai attention, désormais.

Jocquinius remercia Malperdonis ; ses prières n'avaient pas été vaines. Ol-Tyron dit soudain :

— Là-bas ! Je les vois…

— Enfin…

Le dragon pointa du doigt une tache sombre et mouvante.

— Ils sont encore loin.

— Ils vont vers le lac. Je n'arriverai jamais à les rattraper.

— Tu peux essayer ?

— On y va !

Ol-Tyron battit des ailes, en mouvements amples. Jocquinius courba le dos pour se mettre à l'abri de la couronne. L'écart se réduisit. En contrebas, Ol-Lohan se posait sur les rives d'une vaste étendue mercurée. Le vent était retombé depuis l'arrivée du sorcier ; ni écume ni houle n'en déformaient la surface. Quand Ol-Tyron parvint au-dessus du lac, Tark avait déjà embarqué et bordé une voile. Derrière le *Vonek*, Ol-Lohan souffla une énorme boule de flammes.

— Bon sang, il va mettre le feu au navire ! s'exclama Jocquinius qui descendait de sa monture.

— Non, regarde : la chaleur a créé un mouvement d'air !

Effectivement, la voile se gonfla et l'embarcation s'éloigna sur l'eau apaisée du lac. Ol-Lohan recommença la manœuvre avant de se tourner vers son congénère, à une dizaine de mètres de là.

— Ne te mêle pas de ça ! ordonna Ol-Lohan. Ces histoires entre humains, ça ne nous regarde pas !

Puis il adopta une posture d'attaque, comme s'il s'apprêtait à bondir sur le mage.

— Jocquinius, dit Ol-Tyron, je préfère que tu ne restes pas là. Éloigne-toi, et tâche de voir où Tark file. Moi, je vais redonner une petite correction à cet idiot.

Le mage acquiesça. Il lança un sort matriciel et en dirigea le feu vers le *Vonek*. Mais il était épuisé ; ses lèvres tremblaient et il dut s'y reprendre à plusieurs fois. L'un des éclairs frappa une bordée. Il aperçut Tark se coucher sur le pont. L'avait-il touché ? Après ce nouvel effort, Jocquinius se sentit vidé de ses forces. Tout près de là, les deux dragons se jaugeaient, grognaient, se tournaient autour et tentaient de mordre l'adversaire au cou. Des rochers explosèrent sous les coups de griffes d'intimidation. Ol-Lohan fut le plus rapide ; il se jeta sur Ol-Tyron et le renversa sur le dos, puis, une patte écrasant son ventre, il tendit la gueule pour donner un coup de crocs. Mais il stoppa son geste, leva la tête au-dessus de lui et relâcha aussitôt Ol-Tyron.

— Eh ! fit-il. La montagne ! ELLE NOUS TOMBE DESSUS !

Jocquinius tourna son regard vers les sommets. Un gigantesque éboulement entraînait neige, glace et pierres vers les rives.

Golan Tark…, pensa le mage.

— Vite ! On file d'ici ! lança Ol-Tyron.

Le dragon se redressa très vite, aida Jocquinius à grimper sur son dos et d'une forte poussée de ses jambes colossales prit l'air, suivi d'Ol-Lohan. Une seconde plus tard, l'avalanche recouvrait le havre en tonnant.

Ils volèrent en direction du sorcier alors que des panaches de poussière montaient derrière eux, à l'assaut du lac et de la montagne. Une vague s'éleva et s'enroula vers le *Vonek*. Ol-Lohan exhorta son congénère à abandonner la poursuite, au nom de tous les clans et de leur survie.

Jocquinius regardait, surpris, ce dragon qui ne les attaquait plus. Que se passait-il ? Ol-Tyron ne ralentissait pas, bien décidé à conduire son cavalier impromptu à l'entrée des portes de Galameh, à la poursuite du sorcier.

— Ne t'inquiète pas, dit Ol-Tyron, qui semblait avoir lu dans ses pensées. Le Vénérable t'a offert l'hospitalité, si bien qu'Ol-Lohan ne tentera rien qui puisse mettre tes jours en danger. Nous ne sommes pas des tueurs, tu sais ?

— J'ai cru comprendre que dans les dunes d'Anakann, les dragons étaient moins magnanimes…

— Ce sont nos cousins. Quand les dieux ont exilé les démons, ils les ont suivis et ils ont eux aussi perdu la mémoire en franchissant l'océan. Ça les a rendus fous.

Jocquinius ressentit une violente douleur dans tout le buste. Tark venait de lancer une attaque ciblée. Le mage s'affaissa sur le dragon.

— Qu'est-ce qui se passe ? demanda aussitôt Ol-Tyron.

— Tark… Trop près. Nous sommes trop près…

Ol-Tyron ralentit. Jocquinius était à présent incapable d'utiliser sa magie, surtout à cette distance. Il se concentra pour refouler la douleur. Ol-Lohan accéléra, se mit à la hauteur du *Vonek* et souffla une nouvelle boule de feu pour propulser le navire. Les deux rochers n'étaient plus qu'à quelques brasses. L'air changea de qualité à l'approche de l'embarcation, se teintant de bleu entre les pierres. La proue du navire s'avança dans le champ électrique, provoquant une explosion de lumière blanche. Jocquinius ferma les yeux et Ol-Tyron poussa un gémissement. Quand ils rouvrirent les yeux l'un et l'autre, le *Vonek* avait disparu. La vague était déjà là, elle submergea les rochers. Après son passage, il ne restait plus trace de l'énergie magique. Quant au sorcier, il était retourné en Galameh.

Lorsqu'ils arrivèrent au clan des Ol-Mentias, ils furent aussitôt convoqués par le Vénérable.

Le vieux dragon était à l'évidence furieux. Niuk se tenait près de là, assis en tailleur. Ses tentacules s'agitaient nerveusement comme la queue d'un chat.

— Je veux des explications ! exigea Ol-Morgas.

— Ol-Tyron veut tuer notre sauveur ! accusa Ol-Lohan.

— Non, je n'ai fait que protéger notre invité. Tark l'a attaqué.

— Pourquoi l'as-tu conduit sur la Forteresse des Secrets ? De quel droit ?

— Il m'a sauvé la vie, l'autre jour. Jocquinius se posait des questions au sujet de Tormaga alors je l'ai aidé à trouver les réponses, c'est tout.

— C'est tout ? Tu as l'art de passer à côté du plus important, Ol-Tyron ! Serais-tu devenu complètement fou ? Ou bien idiot ?

Le dragon baissa la tête comme un enfant pris en défaut par son père. Jocquinius décida de défendre lui-même sa cause.

— Vénérable, je vous ai raconté l'œuvre de Tark, son invasion violente d'Elamia, soutenue par une armée de morts. Il ne va pas s'arrêter là.

— Et après ? Ce sont vos histoires. À vous, les humains. Les démons qui vous ont créés auraient mieux fait de rester couchés ce jour-là.

Niuk intervint :

— Inutile de se tourner vers le passé.

— Oui, reprit Jocquinius, tout le monde est concerné : Tormaga assure son aide à Golan Tark. Rien de ce qu'il a accompli jusqu'à présent n'aurait été possible sans elle. Et la Mère compte expliquer à Tark comment rejoindre Ilone.

— Mensonge ! tonna Ol-Morgas. Jamais elle n'aurait livré un tel secret ! L'île du Temps est un sanctuaire inviolable, alors pourquoi dire où elle se trouve ?

— Il suffirait à Tark de posséder le Talaris aresmass pour éviter les effets des marées temporelles et atteindre ainsi Ilone sans danger.

Ol-Morgas laissa un long silence s'installer, puis il se leva, toussa et marcha d'un pas lent vers une large ouverture pratiquée dans la caverne. De là, on pouvait voir le sommet du cratère frappé par le couchant et une large frange de ciel, chargée de nuées gris et rose. Niuk regardait la queue du dragon avec curiosité, comme s'il se demandait l'usage qu'il ferait d'un tel appendice. Ol-Morgas appuya la paume d'une patte contre la roche et grogna sourdement, comme un vieillard qu'une douleur ancienne taraude.

— Il y a longtemps que nous habitons ces montagnes, dit-il enfin, d'une voix plus lasse que jamais. Mais nous n'avons pas toujours vécu ici. Autrefois, nous vivions dans les marais. Les montagnes étaient notre terrain de jeu et lorsque les dieux ont exilé les démons, ils nous ont confié la garde de Tormaga, nous contraignant à nous installer dans cet univers familier, été comme hiver. Bien des siècles avaient passé quand le mal blanc a commencé à décimer nos clans, nos familles. Tous ces dragons cherchant à tuer, à dominer avec une telle rage et un tel égoïsme… Les humains ne se comportent guère plus mal. Avec le mal blanc, c'était la fin de la paix. La fin de l'éternité. Plus rien ne pouvait être comme avant.

» Tark nous a apporté de quoi soigner les nôtres. Il nous l'avait promis et il a tenu sa promesse, de longues années plus tard. Pourquoi a-t-il fait tout cela ? Pas pour nous faire plaisir, à l'évidence, mais pour passer du temps auprès de Tormaga et conquérir ce monde de fous. (Il se tourna vers Jocquinius et poursuivit.) Les Talaris… Je voudrais bien savoir pourquoi les dieux les ont inventés. À moins que ce soit Ilone elle-même… On dirait qu'ils sont destinés à nous détruire plus qu'à autre chose. Peut-être sont-ils une sorte de mise à l'épreuve ? J'aimerais le croire. Trinicien, tu dis que Tark voguera vers Ilone dès qu'il sera muni du Sarment du Temps, n'est-ce pas ?

— Je… J'ai perdu connaissance à un moment. La Mère a dû expliquer à Tark ce qu'il devra faire une fois sur Ilone. Cela a à voir avec son armée de morts : il n'a plus tout contrôle sur elle et j'ai compris que les soldats se mettaient à errer autour des cimetières. Golan Tark cherchait une solution à ce problème et Tormaga la lui a apportée.

Ol-Morgas poussa un autre grognement, tandis que Niuk secouait la tête devant la gravité de ses informations.

— Je ne pouvais pas retenir l'homme qui met un terme à des siècles de souffrances…

— Et c'est le même homme qui ouvre une ère de ténèbres sur Elamia ! fit Jocquinius. Bon sang, allez-vous *réagir* ?

— Il nous a promis de revenir avec d'autres gemmes de Pratt, dit le Vénérable, tourmenté par des responsabilités et des intérêts contradictoires.

— Et vous l'accueillerez à bras ouverts une fois de plus ? Si ça se trouve, votre monde ne sera plus celui que vous connaissez et le mal blanc ne sera qu'un mauvais rhume en comparaison !

— Si Golan Tark revient, Ol-Lohan s'occupera de le conduire auprès de Tormaga.

— Par tous les dieux, soupira Jocquinius. Je croyais rencontrer l'espèce la plus sage de tout Elamia et voilà que…

— Ça suffit ! cria Ol-Lohan. Vous avez assez insulté le Vénérable. Fichez le camp d'ici.

Ol-Tyron ne réagit même pas pour défendre le point de vue des visiteurs : la réaction du chef de son clan l'avait dépité.

— Allez, Niuk, partons d'ici, décida Jocquinius, pour montrer qu'il prenait l'initiative plutôt que d'accepter l'obéissance.

Une réaction dérisoire face à la puissance d'une espèce plus vieille que l'homme, plus puissante aussi, mais sa déception était telle qu'il ne pouvait agir autrement.

Les deux compagnons s'éloignèrent dans les cavernes, suivis d'Ol-Tyron.

La nuit était tombée dans le dédale qui creusait les flancs du cratère. Partout on parlait du remède apporté par Tark. Au grand dam de Jocquinius, le sorcier mort était un héros parmi les Ol-Mentias. Son action et sa renommée dépasseraient les limites du clan et marqueraient l'Histoire.

Est-ce qu'il faudra compter les dragons parmi les alliés de Tark à l'avenir ? Ou est-ce que son voyage sur Ilone sera suffisant pour mettre un terme à toute résistance ?

— Niuk, je crois que notre mission est un échec.

— Non, échec pas possible, commença le latoa. Ol-Tyron nous aider, non ?

Le dragon baissa la tête pour la mettre à hauteur des deux compagnons. Son visage était triste mais une lueur d'amusement brillait dans son regard digne.

— La nuit tombe sur Talaxania mais les ténèbres n'auront pas leur place en Elamia. Nous partirons dès que votre état le permettra.

Chapitre 14

Le raccourci déboucha sur la rive occidentale du Ventre.

Onahra détestait Galameh mais cet endroit en particulier recueillait tout son dégoût. En tant que prêtresse laménide, son lien avec la nature était intense, consenti, réciproque et réfléchi. Selon les critères d'Onahra, le lac était une invention *contre* nature. Elle doutait qu'un dieu ait pu créer un tel lieu. Peut-être était-il l'œuvre de plusieurs démons – elle aurait bien vu Balabord dans le rôle de l'alchimiste fou, capable de transformer de l'eau en cette… chose aussi abjecte qu'effrayante.

Le Ventre avait une histoire et elle n'en connaissait que sa partie la plus récente : Golan Tark l'utilisait à ses propres fins. Avec sa connaissance de la magie, le sorcier parvenait à contrôler les forces à l'œuvre dans le lac. Avait-il passé un marché avec lui ?

Un sentier longeait le Ventre, quelques mètres au-dessus des eaux noires et paisibles. Un calme trompeur : tant de choses s'agitaient sous la surface ! Combien de massacres en avaient nourri les entrailles ? En Val-des-Miracles, une telle entité aurait eu raison de toute vie en très peu de temps. Et elle se serait étendue pour en dévorer encore plus, comme une lèpre vorace.

Une déformation apparut. Ce n'était pas des rides mais quelque chose de concerté. Une présence et une mise en garde. Une menace. Onahra ne put s'empêcher de fixer cette déformation. Le Ventre et ce qui l'habitait l'appelaient. Elle fit un pas vers lui. La déformation dessinait un œil, puis deux, puis une centaine, regards privés de visage mais pas de souvenirs. Le corps d'Onahra, celui qu'elle avait récupéré malgré elle et qui valait mieux que l'enveloppe créée en Galameh, réagissait à cet appel. Onahra s'arrêta au bord du talus qui plongeait dans l'eau. Les regards se firent implorants. *Viens avec nous Onahra, rejoins-nous. Viens découvrir le mystère de nos origines, apprends la richesse de notre avenir.*

L'impératrice lutta contre cette dangereuse séduction. Oui, un avenir meilleur était possible, se dit Onahra, et il devait commencer là, dans ces eaux étranges. Galameh n'était pas si terrible qu'on l'affirmait ; il s'agissait de se trouver au bon endroit, avec les bonnes personnes. Les bons compagnons. Le Ventre était plein de cette vie prometteuse et il la lui racontait à travers ses innombrables regards. La prêtresse descendit le talus.

Une atisha… Ses nouveaux amis sauraient faire bon usage de ses pouvoirs retrouvés en même temps que son corps.

—Ça ne va pas, atisha ? demanda Iriane.

Onahra se fendit d'un maigre sourire… qu'Iriane ne put voir. Puis l'impératrice marmonna un remerciement à un souhait de bienvenue prononcé par le Ventre.

—Atisha !

Iriane avait rejoint sa maîtresse sur la rive de sable noir. La jeune femme ressentit un profond malaise. Une présence tardait à se montrer, à dire son nom. Les touffes d'herbe jaune et gris s'enroulèrent autour de ses chevilles, elle aperçut du coin de l'œil une longue racine filer depuis le talus vers les jambes de sa maîtresse, laquelle était figée dans une posture d'extrême fascination.

Iriane la secoua, en vain. D'autres racines approchèrent comme de gros serpents, rampant sur la berge couleur de charbon. La jeune femme se débarrassa des touffes d'herbe en les piétinant. Quand l'impératrice allait-elle comprendre ce qui se passait ?

—Atisha ! Il y a… *quelque chose* !

La vue d'Onahra se troublait. Les végétaux touchèrent sa peau et marquèrent un instant d'hésitation : il n'était pas normal de rencontrer ce genre de chair en Galameh.

—Au nom d'Adrian, réveillez-vous !

À ces mots l'impératrice secoua la tête. Les racines reculèrent. Elle posa les mains sur ses tempes.

—Ne traînons pas ici, atisha : c'est trop dangereux.

L'impératrice grogna.

—Oui, tu as raison.

Elle semblait vidée de ses forces et Iriane dut l'aider à grimper le talus pour retrouver le sentier.

—Que s'est-il passé, atisha ?

—Il y a une présence, dans le lac. Et je crois qu'elle a senti que j'étais différente. Elle a voulu y voir de plus près en m'entraînant par le fond !

L'impératrice frissonna et ajouta :

—Eh bien, j'imagine que ce maudit lac nous a lancé un avertissement ; il faudra être prudentes.

Plus que nous ne le sommes déjà ? se demanda Iriane. *Ça promet !*

Elles marchèrent durant une bonne heure, main dans la main pour se donner du courage, se faufilant sous des voûtes végétales aux couleurs ternes, dépassant des roches criblées de trous où pouvaient se dissimuler toutes sortes de créatures. Pourtant, aucune d'entre elles ne se montrait : pas un Logan pour troubler l'inquiétante monotonie des lieux, pas un chant d'oiseau pour égayer l'atmosphère pesante.

Onahra tenta de contacter ses sœurs laménides, ce qui lui demanda un effort supplémentaire à un moment où elle n'aurait rien tant apprécié que du repos. Rien n'y fit.

Et son époux ? Il y avait si longtemps qu'elle avait réussi à le rencontrer en esprit… Et encore, ç'avait été à sens unique car il n'avait pu s'adresser à elle.

Où es-tu, mon amour ?

Elle désespérait de le retrouver un jour. Pour cela, il aurait fallu qu'il meure ! Et elle ne pouvait pas le souhaiter, car le sort d'Elamia était entre ses mains. On avait besoin de lui, en Val-des-Miracles. Pendant un instant, les pensées de l'impératrice s'affranchirent des obstacles entre les mondes. Si on lui avait demandé à quoi ressemblait ce voyage mental, Onahra aurait répondu : « À de la lumière. De la lumière intelligente et pleine d'amour… » Elle n'aurait su mieux décrire le phénomène.

Puis le contact fut rompu et la prêtresse laissa échapper un geignement. Iriane ne s'était rendu compte de rien. Parvenues à découvert, les deux femmes levèrent le nez, à la recherche d'un serviteur d'Omok. Certes, elles étaient débarrassées de Jackal, attaqué par Balabord alors qu'elles cherchaient un raccourci sur un quai du Ponton, mais sans lui les démons ne feraient qu'une bouchée des deux femmes. La Cabane était tout près, désormais, gigantesque palais de plain-pied.

Le cœur d'Iriane se serra dans sa poitrine. Tout ou presque reposait sur elle et sa capacité à ne pas être vue des Galaméens. C'était bien peu, se désolait-elle.

Jeremy me voyait, lui. Pas tout le temps, mais si cela avait été Tark, il aurait largement eu de quoi me tuer dix fois.

Elle savait encore trop peu de choses concernant la magie des prêtresses. Pas de quoi lutter contre un sorcier. La jeune femme regarda sa maîtresse ; l'atisha semblait épuisée. Pourrait-elle compter sur elle en cas de coup dur ?

C'est déjà *un coup dur !*

— Comment trouver le Talaris ? demanda-t-elle. Jeremy n'est pas là pour nous l'indiquer.

— Tark a sûrement une salle des rituels, quelque chose dans ce genre-là.

— Oui, sûrement.

— Je suis persuadée que tu la trouveras sans trop de difficulté. S'il le faut, tu n'auras qu'à suivre Tark à travers son palais : il ne te verra pas.

— Suivre Tark… Dis comme ça, ça a l'air simple et sans danger.

— Je suis désolée, Iriane. Je n'en sais pas plus et tu vas devoir te jeter dans la gueule du loup, en quelque sorte. Heureusement, tu n'as rien du mouton sans défense !

Iriane émit un petit rire. Si elle n'était pas un mouton, elle n'était pas une louve pour autant. Elle avait rejoint les rangs de Maison-Noire pour en découdre. Elle ne pensait cependant pas avoir à affronter le plus grand sorcier qu'ait porté Consolata. D'ailleurs, elle n'était pas censée l'affronter mais marcher dans ses pas s'il le fallait. Elle devait « simplement » le voler. Un tel adversaire aurait pu exciter la combativité d'un de ses camarades, flatter son ego de guerrier et d'espion. Iriane ne ressentait pas la moindre excitation, ni la moindre curiosité. Elle avait juste peur, et ce sentiment familier prenait une place de plus en plus grande dans son ventre et sa gorge, comme un animal de compagnie trop bien nourri.

Les deux femmes restèrent un long moment non loin de la Cabane, cachées derrière des rochers suintant une eau sale et tiède. Onahra enseigna à Iriane une nouvelle leçon ; elle ne serait pas d'un grand secours mais il s'agissait de relâcher un peu la pression, de retrouver un semblant de sérénité avant la mission. Iriane se montra aussi attentive et perspicace que les autres fois. Elle n'eut pas l'opportunité de vérifier ses connaissances : il était l'heure de partir. Onahra serra Iriane dans ses bras puis la pensionnaire de Maison-Noire s'éloigna, d'abord à pas lents, puis à grandes enjambées quand elle se trouva à mi-chemin de la Cabane.

Parmi l'enseignement reçu d'Onahra, Iriane avait appris à repérer des sortilèges. La Cabane était-elle piégée ? Près des lourds vantaux d'entrée, elle mit la leçon en application.

Il n'y a rien ! s'étonna-t-elle.

Ce ne pouvait être de la négligence de la part du sorcier. Tark était-il si sûr de lui pour ne pas éprouver le besoin de protéger l'entrée de son palais ?

Ou bien est-ce que ma maîtrise de la magie laménide n'est pas assez puissante ? Pas le temps de me poser la question.

Elle posa la main sur le vantail… Sa main le traversa. Les portes monumentales n'étaient qu'une illusion ! En un pas, elle les franchit. Et se trouva dans un vestibule peu profond et sombre. D'autres portes se dressaient face à elle. Noires et brillantes, elles étaient bel et bien solides. Iriane les poussa, lentement. Elles grincèrent et la jeune femme maudit ce bruit craint par tous les éclaireurs, les espions et ceux dont la vie dépend d'une discrétion absolue. Très vite elle se faufila de l'autre côté, se plaqua contre un mur et attendit quelques secondes afin de s'assurer qu'elle n'avait éveillé l'attention de quiconque.

Personne ne vint. Ses yeux s'habituèrent à la pénombre. Les dalles, larges et noires, étaient taillées dans une pierre mate. De part et d'autre du vestibule, des couloirs s'enfonçaient dans les profondeurs du palais, tandis que face à elle deux colonnes encadraient une porte sculptée de motifs étourdissants, bas-reliefs où des chapelets de démons se poursuivaient et s'attrapaient en un ballet impromptu. Tark avait du goût. À un autre moment, elle aurait apprécié ce chef-d'œuvre, mais elle avait d'autres priorités que les arts décoratifs : elle devait faire un choix parmi trois possibilités.

Elle tenait de Jeremy que le plan intérieur de la Cabane était mouvant : Tark s'amusait à reconstruire sa résidence, comme il jouait à réinventer sa vie depuis l'au-delà. À l'aide de la magie laménide, Iriane contrôla chaque direction. Un violent mal de crâne l'affligea quand elle tourna son attention à droite. Aucun espoir de ce côté-là. Il restait deux possibilités. Elle n'eut pas à choisir : les portes s'ouvraient entre les colonnes.

Un homme à la gorge déchiquetée et à la mise sophistiquée sortait de là, des plans sous les bras. Iriane retint son souffle. L'architecte ne la vit pas et il passa son chemin, sans refermer la porte derrière lui.

Alors ce sera ce chemin-là.

Elle pénétra dans une vaste pièce aux murs sombres, éclairée par des sphères flottant à quelques mètres au-dessus du sol. Des meubles luxueux décoraient cette salle d'apparat. Deux hommes et une femme discutaient, assis dans de profonds fauteuils. Iriane s'approcha sur la pointe des pieds. La conversation s'arrêta soudain quand l'un des hommes, auquel il manquait un bras, se tourna brusquement vers l'adolescente qui stoppa net.

— Que se passe-t-il ? demanda la femme, une Anakane dont les traits taillés à la serpe évoquaient un caractère dur.

— Je croyais avoir vu quelqu'un…

Le troisième personnage était un homme replet, portant une couronne de cheveux blancs. Il dit :

— S'il y avait quelqu'un, Cerni l'aurait vu !

— Oui, tu as sans doute raison. Bon, qu'est-ce qu'on disait ?

— Que Cerni ne s'est jamais aussi bien porté.

— Évidemment, avec les responsabilités que lui a confiées le Maître !

— Il n'a jamais eu un chantier si grand.

— Pas un mais plusieurs ! Des tours dans chaque grande cité, en plus des aménagements des quartiers généraux.

— Une sacrée tâche… Mais Cerni n'a pas voulu me dire à quoi tout ça allait servir. Vous avez une idée ?

— Non, tu l'as vu, il est muet comme une tombe dès qu'il s'agit de ses projets pour Tark.

— Moi, il m'a parlé, dit la femme avec une fierté teintée de malice.

— Bravo ! Eh bien ?

— Le Maître compterait tisser une sorte de… de réseau entre les grandes villes. Un filet, c'est le mot qu'a employé l'architecte.

— Pour les protéger ?

— Cerni a compris que le Maître voulait fermer de larges territoires à toute influence extérieure.

— Des tours n'y suffiraient pas. Il doit y avoir de la magie là-dessous.

— Évidemment ! Les terres fermées par ce maillage seraient plus difficilement accessibles et plus encore les villes d'où serait envoyée l'énergie nécessaire, depuis ces tours, justement. Voilà, c'est tout ce que je sais !

— Maintenant, dis-nous comment tu as fait pour convaincre Cerni de te confier tout ça, insista l'homme replet.

Iriane décida de passer derrière l'homme qui l'avait vue, par mesure de précaution, et se dirigea vers le fond du salon où s'ouvraient des portes plus petites. L'une d'elles était ouverte et la jeune femme décida de passer par celle-là, afin de ne pas éveiller les soupçons en manœuvrant un battant clos.

Un maillage entre les villes, une protection magique… J'ai appris pas mal de choses importantes. Il ne reste plus qu'à les transmettre aux principaux intéressés, « de l'autre côté ».

« Il ne reste plus qu'à… » Cette pensée la déprima et elle fit un effort pour la chasser. Elle se trouvait dans un couloir plus étroit qui distribuait plusieurs pièces.

Je vais devoir les passer toutes en revue.

En premier lieu, elle passa la main devant chacune d'elles, concentrée. Si le Talaris était là, il y avait de bonnes chances qu'il émette une énergie particulière. Et précisément Onahra lui avait appris à ressentir cette effluence.

— Que faites-vous ici ?

La question fit tressaillir la voleuse, qui se retourna. Un officier en tenue de combat se tenait à deux mètres de là, la main sur le pommeau de son épée gardée pour le moment au fourreau. Iriane hésita à appeler son arme. Le soldat était bâti comme un roc. Avec son front bas et ses arcades sourcilières proéminentes, ses oreilles minuscules et son cou de taureau, son nez cassé et sa tignasse grasse, il avait tout d'une brute avec laquelle il ne ferait pas bon discuter. Iriane résista à l'envie d'employer l'otchacan pour mettre ce colosse à terre – ou du moins essayer. D'ailleurs, l'homme se reprenait déjà. Les sourcils froncés il scrutait le couloir, son regard passant désormais à travers l'intruse.

— Je… voilà que j'ai des visions maintenant, dit-il pour lui-même. Bon sang… J'ai passé trop de temps dans ce maudit palais.

Il tourna les talons et Iriane reprit son exploration, couloir après couloir, porte après porte.

Onahra sentit une présence toute proche. Une présence amie, une palpitation qu'elle connaissait. Il lui fallut un peu de temps pour mettre un nom sur la douce chaleur qui enveloppait soudain son esprit.

Elle se tourna de tous côtés afin de la trouver. Nulle silhouette n'apparaissait. Arriverait-elle à se matérialiser en ce monde, où resterait-elle où elle avait fui ? Onahra savait qu'elle ne pourrait exiger de la vieille femme son retour à ses côtés. Le récit de sa mort, de sa brève résurrection puis de son martyre avait alimenté maintes conversations en Galameh. Elle était plus loin qu'aucune Aresmass n'était allée avant elle.

Onahra n'avait guère eu l'occasion de fréquenter sa belle-mère, car lorsqu'elle avait rencontré celui qui deviendrait son époux, la jeune femme avait suivi le soldat un peu partout, avant de se consacrer avec beaucoup de générosité à ses tâches de première dame du royaume, puis de l'empire.

— Halaïa, vous êtes ici ?

— Je ne peux pas m'approcher plus. Je ne veux pas. Tark n'est plus très loin, maintenant. Combien de fois arriverai-je à lui échapper ? Une devrait suffire.

— Je comprends. Je me contenterai de ce contact. Où étiez-vous partie ?

Halaïa lui expliqua que si Galameh semblait un monde extraordinaire, inattendu et inimaginable pour un mortel, les contrées qu'elle traversait désormais étaient bien plus étonnantes. Elle-même ne savait pas exactement comment elle les survolait, sinon à la force de sa pensée, se demandant si son fils accomplissait un même prodige de son vivant.

— Mais je viens justement vous faire le récit d'un de ces voyages. Ou plutôt, de ce que j'y ai observé.

— Je vous écoute, très chère mère.

— Tark va se rendre sur Ilone.

— L'île du Temps ?!

— Précisément.

— Vous avez vu cela ? Comment pourrait-il y arriver ? D'une part, il faudrait savoir où elle se trouve, d'autre part on dit qu'en ces lieux le temps est comme… déchiré. Un humain n'y survivrait pas cinq secondes !

— Je ne sais pas comment Tark parviendra à obtenir ces informations et le pouvoir d'aller là-bas, car je n'ai pas encore trouvé la trame qui raconte cet avenir. Tout ce que je peux affirmer, c'est qu'il y existe un avenir où Golan Tark vogue, protégé par une sorte de sphère magique, pour rejoindre l'île du Temps.

— Et que fera-t-il une fois là-bas ?

— Pas la moindre idée. Je veux dire, les marées temporelles à l'approche d'Ilone sont si puissantes que je n'ai pas pu la survoler pour voir où menait cet avenir. Je crois – j'espère – que l'avenir peut être modifié. Il faut absolument empêcher Golan Tark d'atteindre Ilone ou bien je crains qu'il trouve là-bas un moyen d'asservir notre monde pour l'éternité.

— Que pourrait-il aller chercher d'autre sur l'île du Temps que l'éternité, justement ?

— Oui, ce serait une arme terrible entre ses mains.

— Entre les mains de n'importe qui… Regardez ce qu'est Galameh !

— Vous avez raison, atisha. L'éternité n'est pas une bonne chose pour les humains. Faites vite : je ne sais pas comment atteindre les habitants de Val-des-Miracles. Peut-être parviendrez-vous à transmettre cette information à quelqu'un, là-bas. Ils doivent savoir. Le Canevas doit être modifié ! Sinon, son existence même sera menacée !

Le contact fut rompu au moment où Onahra vit le *Vonek* accoster, avec à son bord Golan Tark. Le navire était endommagé et la prêtresse s'interrogea sur les causes de ces dégâts. Était-il passé de l'autre côté ? Ou bien avait-il eu des problèmes avec des démons récalcitrants ? Une chose était sûre, il n'était pas là quand Iriane était entrée dans la Cabane. Et la jeune femme tardait à revenir de sa mission. Onahra avait tenté d'établir un contact mental ; la nature particulière du palais devait fermer l'accès à l'esprit de sa jeune élève. Que pouvait-elle faire pour aider Iriane ? Et les informations que venait de lui transmettre la vieille Aresmass… Il fallait agir. Elle en avait le pouvoir, elle en avait le devoir.

Le sorcier grimpa les marches qui séparaient le ponton de la grande terrasse. Sa démarche était sûre et il ne manquait pas d'allure avec son uniforme de toile sombre, sa cape rouge et noir. Il émanait de sa silhouette une forte énergie, une forme incontestable de charisme bien qu'il fût celui du mal. Même à une telle distance, Onahra ressentait la vibration maléfique et puissante.

Fréquenter Jackal m'a fait oublier à quel point ce sorcier est dangereux ! Je n'aurais pas dû confier cette mission à Iriane ! Il faudrait que je le retarde.

Elle sortit de sa cachette juste au moment où Tark avait disparu derrière un pignon du palais.

— Tark ! cria-t-elle, espérant qu'il l'entendrait.

Elle ne se sentait pas de courir pour le rattraper. Elle renouvela son appel, les mains autour de la bouche en porte-voix.

Je dois être folle…

Elle n'eut pas à attendre plus d'une seconde : le sorcier avait fait quelques pas en arrière pour regarder dans sa direction.

Il ne doit pas savoir que j'ai réintégré mon corps. Et surtout, il ne doit pas se douter de ce que ça signifie pour moi. Pour mes pouvoirs.

— Cette chère impératrice…, dit-il.

La voix portait jusqu'aux oreilles d'Onahra, comme s'il se trouvait à côté d'elle alors qu'il se tenait à vingt mètres de là. L'atisha ne bougeait pas. Les bras le long du corps, elle se concentrait sur les forces naturelles et surnaturelles qu'elle pourrait utiliser comme l'on plonge un gobelet dans une source.

— Vous m'avez fait faux bond, continua le sorcier. Vous savez le sort que je réserve aux fuyards ?

— Non. J'ai hâte de le connaître.

— Mmm… Un instant j'ai cru que ce n'était pas vous. Mais votre insolence est votre indiscutable signature. Elle me manquait, figurez-vous.

Il marchait vers elle à présent, poings fermés.

— Je suis désolée de vous en avoir privé. Avouez cependant que je ne suis pas partie très longtemps.

Tark regarda en l'air, en inspirant profondément. Il aurait tout aussi bien pu humer l'air que calmer son impatience.

— Je suppose que c'est déjà *trop*, commenta-t-il.

L'atisha avait enfin trouvé la source de sa magie. Certes, les forces étaient en ces lieux corrompues par l'œuvre d'Omok, de ses serviteurs et des humains qui en avaient arpenté la géographie durant des millénaires. Mais c'était assez pour retarder le sorcier et lui donner une bonne leçon.

Lentement elle leva le bras vers son visage, tout en serrant le poing. Elle ferma les yeux, prit une longue inspiration, bloqua l'air dans ses poumons. Onahra était tout entière à l'écoute de son corps et de l'énergie qui le traversait, l'irriguait et assemblait à une vitesse phénoménale des armes magiques. Quand l'impératrice expira, le combat avait déjà commencé.

Une alarme sonna dans son esprit : Iriane venait de tomber sur quelque chose. Et ce quelque chose pouvait bien être la Perle de Vie. Pour s'en assurer, elle devait encore pousser une porte. Elle saisissait la poignée quand elle sentit une main se poser sur son épaule. Elle sursauta en poussant un petit cri, car elle n'avait rien entendu approcher.

— Jeremy ! Que… qu'est-ce que tu fais ici ?

La mine du garçon était encore plus triste que d'habitude. Il faisait peine à voir. La folie de son regard empêchait cependant tout attendrissement.

— C'est à toi que je devrais poser la question. Mais je crois que je connais la réponse.

Pourquoi me voit-il ? Parce qu'on a passé tellement de temps ensemble ? Il se sera habitué ?

— T'es bizarre, comme fille, continua-t-il. Des fois, tu disparais. Je veux dire, je sais pas où tu vas. C'est comme si je t'oubliais, tu sais ? Comme si je t'avais jamais vue.

— Oui ?

Iriane ne savait que faire. Le bousculer et entrer dans cette pièce ? Attendre de voir où il voulait en venir et compter éventuellement sur son aide pour la suite ? Il connaissait bien le palais, il pourrait lui être utile en cas de soucis, par exemple si la Perle de Vie se trouvait ailleurs. Avant tout, il fallait l'empêcher de prévenir son maître de sa présence.

— Oui, comme si je t'avais jamais vue. Et j'aime pas ça. J'aime pas les gens trop bizarres. Ils font toujours des trucs tordus. Comme ces types qui ont… (Il avait baissé la tête.)… fait des choses moches à Anna.

— Je suis sûre que tu auras l'occasion de la venger.

Jeremy releva la tête. Iriane essaya de lire son regard. Peine perdue. Il eut un moment d'absence et la jeune femme en profita pour tourner la poignée, ouvrir la porte et s'avancer dans la pièce.

— C'est pas là, dit Jeremy.

Elle s'était arrêtée. C'était pénible, cette façon qu'il avait de l'oublier puis de la retrouver.

Je n'arrive pas à me résoudre à me débarrasser de lui. Pourtant ça changerait quoi ? Il est… mort !

L'ironie constante de Galameh, où les morts vous rendaient la vie impossible.

— Qu'est-ce qui n'est pas ici, Jeremy ? dit-elle en soupirant.

— Le truc que tu cherches. Il est pas là.

— Et je cherche quoi, d'après toi ?

— J'avais oublié, mais ça m'est revenu. L'impératrice et toi, vous venez pour la Perle de quelque chose.

— La Perle de Vie. Oui, je viens pour la reprendre.

— Elle appartient au Maître.

— Non, il l'a volée. Elle appartient aux…

Elle s'arrêta avant de prononcer le nom des prêtresses. Leur réputation d'espionnes et de filles de joie n'aurait pas les faveurs du garçon.

— Elle appartient à des femmes que je connais. Des femmes respectables, Jeremy, qui se battent pour le bien, qui se battent contre des types comme ceux que tu détestes tant.

Il hocha lentement la tête, passa la main entre ses mèches éparses.

— Je m'en fiche, dit-il enfin. Je m'en fiche qu'elle soit entre les mains du Maître ou pas.

Iriane fronça les sourcils. Elle n'arrivait pas à suivre Jeremy et sa pensée tortueuse, malade.

— Tu vois, continua le garçon, il y a eu des choses nouvelles pour moi, ici. Je croyais que je pouvais compter que sur le Maître. Du temps avec lui, j'en ai passé. Il s'est occupé de moi et j'ai pu vivre un peu mieux. Mmm… Vivre… (Il secoua la tête en se pinçant les lèvres.) Tout va de travers ici. Pourquoi je ne suis pas mort, tout bêtement ? Pourquoi on est obligés de supporter ce… cet enfer ? Tark s'est occupé de moi mais c'était juste parce que ça l'arrangeait bien.

— Tu es une sorte de serviteur qui n'a pas choisi son maître, voilà tout. Tu ne seras ni le premier ni le dernier.

Où allait cette conversation ? Fallait-il le croire quand il disait que la Perle de Vie n'était pas dans cette pièce ?

— Tu m'as sauvé, tout à l'heure. Au Ponton.

— Je n'allais pas te laisser accroché là-haut !

— T'aurais pu. Tu savais où il était, le raccourci. Je l'avais dit avant qu'on soit pris. T'aurais pu me laisser en plan là-haut.

Tu es déjà mort, Jeremy, ça aurait changé quoi ?

— La mort, c'est pas un chouette truc, tu sais. J'ai passé un sale moment, quand les copains ils m'ont balancé de la falaise. Mais y paraît que c'est rien à côté de la deuxième mort.

— La deuxième mort ?

— Oui. Quand on t'envoie plus loin encore. Dans un endroit horrible. Et là, plus question de filer un jour chez Ganalone.

— Le frère d'Omok…

— Des fois je me demande si ça existe, le paradis. On dit que les gens contents de leur mort, ils vont chez Ganalone. Mais nous, s'il nous arrive un truc bien moche, ici, on *s'enfonce* dans Galameh. Je croyais que le Maître, il m'empêcherait de connaître ça, mais c'est toi qui m'as sauvé. Alors, la Perle de Vie, je m'en fiche et tu peux bien la prendre. Referme cette porte et suis-moi.

Ils longèrent le couloir jusqu'à un angle droit. Ils entendirent des bruits de course derrière eux, des voix parlant avec agitation. Jeremy se retourna et demanda à deux gardes ce qui se passait.

— C'est le Maître : il est dehors et il se bat contre sa prisonnière, l'impératrice !

Les gardes s'éloignèrent aussitôt, leurs armes cliquetant contre leurs jambières.

Jeremy reprit sa marche, s'arrêta, se demandant soudain ce qu'il faisait là. Iriane comprit qu'elle lui échappait de nouveau ; elle l'appela et il ne répondit pas, s'apprêtant à tourner les talons, en proie à ses questions.

— Ah, oui. Iriane…

Il sourit. Ce fut la première fois qu'elle le vit ainsi. Il demeurait monstrueux et pitoyable, il semblait juste moins malheureux et c'était assez pour transformer son visage. Pourtant, Iriane sentit sa gorge se serrer : Onahra aux prises avec le Maître, sa mission réclamait la plus grande urgence.

Si j'arrive à lui donner le Talaris, elle pourra éloigner Tark.

Il fallait s'en persuader.

— C'est encore loin ? demanda-t-elle à Jeremy.

— On y est.

De son doigt tendu il désigna une porte à double battant, semblable aux autres. À cette différence qu'Iriane sentit aussitôt la présence agressive d'un sortilège destiné à en interdire l'accès.

— Il y a un piège, dit-elle. Je le sens.

— Je vais passer le premier, proposa-t-il.

— Excellente idée.

Il franchit le seuil. Il ne se passa rien. Jusqu'au moment où il porta la main à ses tempes, en gémissant. Il retourna dans le couloir, chassé de la pièce par la douleur.

— Impossible de tenir là-dedans. C'est comme si ma tête allait exploser !

— Attends, je vais essayer.

Avec un peu de chance, la protection est dirigée contre les morts et eux seuls.

Elle s'avança à son tour dans la pièce… et ne ressentit rien de particulier.

— Ça marche ! fit-elle.

— Ben, non, justement, le sort, il marche pas.

— Je me comprends…

Tark ne devait pas imaginer qu'un être vivant franchirait cette porte !

— Bon, et maintenant ? Il faut faire vite !

Jeremy lui expliqua où trouver l'artefact. La pièce était de petites dimensions et la poussière recouvrait un fatras amoncelé sur des étagères. Iriane fouilla parmi ce bazar, ouvrant des boîtes, des coffrets, des tiroirs. Une longue minute s'écoula sans qu'elle trouve quoi que ce soit. Dehors, la prêtresse s'opposait au sorcier. Iriane imaginait un combat sans merci. L'impératrice avait un besoin urgent du Talaris. Son élève oublia un instant ses doigts affairés à soulever tous ces objets sans intérêt et chercha en elle. Une lumière mentale clignota sur le côté gauche. Moins de dix secondes plus tard, Iriane tenait entre ses mains la Perle de Vie.

— Aide-moi à sortir du palais, Jeremy. Il n'y a plus une minute à perdre !

Sur leur chemin ils croisèrent des Galaméens qui demandèrent à Jeremy pourquoi il n'était pas auprès de Tark. Le garçon répondit que le Maître lui avait confié la responsabilité de garder la Cabane. Alors que le duo allait enfin sortir du palais, Cerni leur barra la route.

— Ce cher Jeremy, commença l'architecte. Qu'es-tu allé faire du côté des appartements du Maître ? Hein ? Il ne te soigne pas assez bien, pour que tu aies le besoin de traîner par là-bas ?

— Si vous m'avez vu là-bas, c'est que vous y étiez aussi. Moi, je suis le responsable, pas vous.

— Oh, oh, oh, voyez-vous ça ! Ce cher petit Jeremy de rien du tout, des responsabilités. Bon sang, tu ne les mérites pas et tu ne les as jamais méritées ! Tout ce que tu as réussi à faire, c'est laisser s'échapper ce malade de Bren Jackal. Et de partir avec lui !

— Il m'a obligé, dit piteusement l'enfant.

— C'est bien le problème. Tu n'as aucune force de caractère.

— Laissez-nous passer, ordonna Jeremy.

— Nous ? Qu'est-ce que… ? Attends, je vois quelqu'un avec toi, non ? Tu…

Jeremy ne laissa pas à Cerni le temps d'achever sa phrase : il prononça le sortilège que Tark lui avait confié avant son départ pour la Forteresse des Secrets. L'architecte pâlit un peu plus.

— Espèce de fou ! accusa-t-il en se pliant en deux, les mains sur le ventre. Je… Le Maître a besoin de mon art… (Il était à genoux.) Pour qui te prends-tu, sale petit… ?

Ses mots se perdirent dans un horrible gargouillis tandis que ses entrailles s'étaient ouvertes, répandant une humeur jaunâtre en même temps qu'une odeur pestilentielle.

Le garçon prit le bras d'Iriane. C'était la première fois qu'il la touchait. Il eut du mal à ne pas traverser la chair, car la jeune femme était paradoxalement comme un fantôme sans consistance. Ils empruntèrent un autre chemin, qui menait aux terrasses dominant le Ventre.

Une petite foule s'était rassemblée là, comme au jour où Tark avait prononcé son premier discours devant les futurs officiers de la conquête. À peine Iriane fut-elle dehors qu'elle sentit l'appel mental d'Onahra. Ce fut comme une gifle.

« Fuis, Iriane, fuis ! »

Une immense douleur accompagnait les mots de l'impératrice. Il fallut se frayer un passage parmi les curieux pour enfin voir ce qui attirait ainsi leur attention.

L'adolescente vit la femme qu'elle admirait le plus au monde flottant à un mètre au-dessus du sol, non loin de Tark qui contrôlait, avec une intense concentration, le supplice. Arc-boutée, la tête renversée en arrière et le corps secoué de spasmes, on aurait dit qu'elle subissait l'assaut d'un puissant courant électrique. Ses cheveux avaient commencé à brûler d'un feu lent.

« Onahra…

— Tu ne peux rien pour moi.

— Même avec la Perle de Vie ?

— Même avec elle. Fuis, je te l'ordonne ! Il faut que tu retournes à Estebellia. Tark va rejoindre Ilone. Dis ça aux prêtresses. Tark ira sur Ilone. »

Le sorcier ne gagnait pas sans y laisser un peu de lui-même : ses mains étaient brûlées et son épaule s'était brisée sous le choc d'une attaque. À ses pieds, sa cape n'était plus qu'une harde à demi consumée. L'effort demandé le laissait tremblant des pieds à la tête. Malgré tout, le sorcier était libre et la prêtresse captive. Des ombres mouvantes apparaissaient déjà derrière Onahra ; dans quelques instants, elles la dévoreraient et le festin s'achèverait en un lieu que nul homme ne saurait imaginer.

Les larmes roulèrent sur les joues d'Iriane. Elle ne s'était pas sentie si démunie depuis très longtemps et elle était en train de perdre un être cher. Elle quitta des yeux le sinistre spectacle et demanda à Jeremy s'il saurait retrouver le chemin du puits d'où elle avait émergé, une éternité auparavant.

— Je t'emmène là-bas, c'est plus simple. Faut partir maintenant, avant que le Maître revienne et découvre qu'il lui manque ce... ce bijou.

Toute à sa précipitation, Iriane n'avait même pas pris le temps de contempler l'artefact ; pour le peu qu'elle en avait vu, son apparence n'avait rien d'exceptionnel. En revanche, sa présence dans sa poche laissait un fourmillement sur la peau d'Iriane. De plus, son corps acquérait une présence nouvelle, comme si elle en découvrait soudain les moindres recoins, les plus infimes palpitations. Une sensation dangereusement envahissante, si l'on n'y prenait garde – les événements tragiques détournaient Iriane de ce danger.

Le duo s'éloigna à vive allure. Jeremy guettait sans cesse le ciel, toujours à la recherche d'un éventuel démon. Trois d'entre eux tournoyèrent au loin mais aucun ne s'approcha assez pour repérer les fuyards. Iriane essuyait les larmes qui brouillaient sa vue. De raccourcis en passages secrets, Jeremy guida la jeune femme jusqu'au cratère où s'ouvrait un puits.

— J'espère que ça va marcher, même sans Jackal, dit Iriane.

Mais déjà, elle sentait un appel.

— C'est la Perle de Vie ! Elle connaît le chemin, on dirait...

— Alors, il faut que tu te dépêches et que tu te jettes là-dedans.

Iriane se pencha au-dessus du puits. Une eau noire semblable à celle du Ventre semblait attendre qu'elle y saute à pieds joints.

Elle se tourna vers Jeremy. Il avait l'air plus inquiet que jamais, ne cessant de regarder par-dessus son épaule. C'était étrange : en d'autres lieux et en d'autres temps, elle aurait proposé au garçon de la suivre. Mais qu'adviendrait-il à un mort hors de Galameh ? Avait-il sa place parmi les vivants ?

Non, je ne crois pas. On le rejetterait. Et lui n'aurait de cesse de retrouver Anna. Je n'ai aucune envie d'être responsable des tourments de son amie !

— Jeremy... Merci.

— Hein ? Ah, pas de quoi. Je crois que t'as pas ta place ici. Alors c'est mieux que tu partes.

Elle prit la main de l'adolescent dans la sienne et le regretta aussitôt car son contact était désagréable, comme un poisson froid au travers duquel elle s'enfonçait. Très vite, ses doigts se rejoignirent : elle ne serrait plus rien. Ils étaient définitivement des étrangers l'un pour l'autre. Jeremy eut un piteux sourire, puis il demanda :

— J'ai une question.

— Oui.

— L'impératrice, il y en a deux ?

— Je ne comprends pas…

— Eh ben… quand vous êtes arrivées ici, Onahra et toi, il y avait déjà une impératrice en Galameh.

— Ne t'inquiète pas pour ça. Je n'en connais qu'une et s'il devait y avoir un… un double, je suis sûre que toi et moi on l'aurait vu.

— D'accord.

Jeremy sembla soulagé. Qu'il crût ou non à l'explication d'Iriane, il avait décidé que ce serait désormais la bonne. La jeune femme résista à l'envie de lui demander ce qu'il allait faire maintenant. Elle lui fit un petit signe de la main et sans attendre de réponse, sauta dans le puits.

Visqueuse et noire à l'instar du bitume, l'eau s'empara de la jeune femme et la recouvrit alors que dans un réflexe de survie elle tentait de surnager. Elle sombra avec à l'esprit les derniers mots d'Onahra : « Tark va rejoindre Ilone. »

Chapitre 15

Tark était furieux. Son plan n'avançait pas comme il l'avait espéré. Il était même truffé de trous. Certes, il savait que le doute était une donnée parmi d'autres et que l'échec faisait partie du chemin de l'apprentissage. Mais il perdait patience et la défaite n'était pas une option envisageable. De plus, il avait le sentiment que tout le monde le lâchait. Ce n'était pas très étonnant.

Un tyran ne doit compter que sur lui-même et tous ne rêvent que d'une chose, prendre ma place.

Déjà, ses alliés avaient pour la plupart été forcés de le suivre.

Ils ont attendu la première occasion pour m'abandonner. Tant pis, je me débrouillerai sans eux. Ou contre eux, s'il le faut !

La Perle de Vie avait disparu ainsi que Jeremy, à nouveau. Difficile de ne pas penser que les deux événements étaient liés. Quant à son architecte, il demeurait introuvable. Les derniers témoins l'avaient vu dans la Cabane, quelques minutes avant son retour de Val-des-Miracles.

Ou bien est-ce lui qui m'a pris le Talaris des Laménides ?

Quelle déception ! La Perle de Vie lui avait permis bien des prodiges. Grâce à elle il avait avancé ses premiers pions sur l'échiquier de sa victoire programmée. Et puis, son voyage à la Forteresse des Secrets l'avait épuisé. Il n'avait pas pensé devoir retrouver la Mère si tôt dans son aventure. Si tôt ? Leur rencontre datait de plusieurs décennies ! Sans elle, jamais il n'aurait pu se lancer dans cette conquête rapide. Tormaga lui avait tant appris... À première vue, on aurait dit qu'elle s'amusait des desseins de Tark, des tours pendables qu'il promettait à l'humanité tout entière. Tormaga avait trop longtemps et trop mal vécu sa détention pour ne pas exprimer le besoin de rire aux dépens des autres. Pourquoi n'avait-elle pas suivi l'exil des autres démons ?

— J'étais trop souffrante pour accompagner mes frères dans les déserts d'Anakann, lui avait jadis expliqué la Mère.

Tark avait eu du mal à croire cette version des faits : les dieux pouvaient-ils montrer tant de mansuétude, à l'heure du châtiment ? Mais Tormaga pouvait bien inventer les histoires qu'elle voulait, tant qu'elle lui offrait ce dont il avait besoin.

— Alors vous êtes le seul démon encore vivant à l'est du monde, avait-il dit sans relever l'incohérence de ses propos.

—Mmm... Le seul, vraiment ? Non, je ne crois pas. En fait, je suis même certaine qu'il en existe au moins un autre. Il s'appelle Kilarn et il possède son propre monde. Sa propre... dimension.

—Et où est ce monde ? avait demandé le jeune Golan Tark.

—On le nomme la Veine de Kilarn. Ses entrées sont secrètes, bien entendu. Mais il en existe une près de l'océan.

Tormaga avait indiqué l'emplacement de l'une des portes.

—Un jour, tu auras sûrement envie d'aller voir de quoi il retourne. Tu sais, cher Trinicien, on dit que c'est le meilleur des mondes... À condition d'en être le maître, évidemment.

Du temps avait passé depuis cette première et longue rencontre avec la Mère. Depuis, le sorcier avait poussé un fleuve hors de son lit ; si elle avait dit vrai, il se jetait au beau milieu de cette fameuse porte.

Tormaga savait tant de choses passionnantes ! Il se souvint de leur dernière entrevue, alors que ce vieux fou de Jocquinius gisait tout près, inconscient – si ce dragon ne s'était pas interposé, il l'aurait massacré.

La Mère lui avait encore appris quelques « trucs », et non des moindres. Comme le réseau de tours qu'il avait planifié était incomplet, elle lui avait offert un sortilège pour étendre l'influence de celles déjà en place. Surtout, Tark savait désormais qu'il lui fallait se rendre à tout prix sur Ilone.

—Il y a deux ou trois choses que tu feras une fois là-bas. Alors, cette histoire de soldats nostalgiques ou je ne sais quelle autre faiblesse sera sans importance. Rien ne se dressera entre l'ancien monde et le nouveau. Elamia n'aura plus qu'un seul et unique maître.

Le sorcier avait écouté attentivement les instructions de Tormaga. Cela promettait d'être difficile. Difficile et périlleux, même pour un être extraordinaire comme Tark. Mais avait-il seulement le choix ?

Ilone, domaine des dieux. L'île du Temps avait-elle été créée par eux ou bien Ilone les avait-elle enfantés ? Bien des philosophes s'étaient interrogés, aucun n'avait apporté de réponse définitive. Tark lui-même avait questionné Tormaga. La Mère lui avait répondu :

—Quelle importance ? On se fiche de l'histoire ancienne.

Afin d'aller sur Ilone sans y laisser sa peau à coup sûr, Golan Tark avait une mission à accomplir : récupérer le Talaris aresmass, ce Sarment du Temps qui lui avait si souvent échappé. Il quitta à regret la Cabane et se dirigea vers le *Vonek* qui avait subi quelques dommages lors de son premier voyage de l'autre côté.

Ce Trinicien est stupide et si... inconscient ? Non, il n'est pas stupide. On dirait même qu'il est le seul à faire preuve de courage dans ce monde. Il a réussi à convaincre un dragon de le conduire auprès de Tormaga. Et je ne sais même pas comment il a eu vent du lien qui m'unit à la Mère !

Tark retourna l'argument en sa faveur : c'était fort gratifiant d'avoir un ennemi à sa mesure. À sa mesure, vraiment ? Sans doute pas. Et puis, le sorcier ne cessait de progresser, accumulant les connaissances occultes. Jocquinius ne faisait qu'utiliser encore et toujours les mêmes armes. Viendrait le jour où ces armes seraient parfaitement obsolètes. Où *toute arme* serait inefficace. L'idée arracha un sourire à Tark et la colère s'éloigna. L'espace d'une seconde, il songea qu'il aurait aimé partager ce moment de satisfaction avec quelqu'un, lui qui était plus seul que jamais. Mais il se ravisa : la solitude lui valait de ne partager le pouvoir avec personne. Et ses alliés avaient tous failli.

Il monta à bord du *Vonek*. L'odeur de roussi était encore prégnante parmi les bordées. Le Ventre l'emporta loin de la Cabane. Il faudrait choisir le bon chenal afin de se trouver à proximité du campement d'Adrian. Tark pensa soudain au venin des scorpions de feu. Espéra qu'il ne lui jouerait pas de mauvais tour, une fois passé le corridor.

Qui vivra verra, se dit-il.

Une bien étrange pensée pour un être mort depuis près de trente ans.

* * *

La nuit était tombée sur le campement des Libérateurs. Une nuit chaude et lourde qui agaçait tant les hommes que les bêtes. Tout l'après-midi on avait vu grossir au sud d'énormes nuages en forme d'enclume, d'abord blanc et bleu puis de plus en plus sombres.

Julipen, inconsciente depuis la conquête de Tuckmill, reprit connaissance dans la nuit, tirée de son sommeil par une sorte d'appel. À ce moment-là, le garde qui veillait sur elle était sorti uriner, aussi se leva-t-elle sans témoin. La tête lui tournait mais il ne lui fallut que quelques secondes pour se souvenir des récents événements.

D'où pouvait bien venir ce signal ? De ses sœurs laménides ?

Je n'ai pas la force de les interroger maintenant.

Elle vida le contenu du pichet d'eau placé à côté de sa couche puis elle décida de quitter la tente et de faire un tour dans la nuit chaude, un châle sur les épaules, de fines sandales aux pieds. Elle croisa le garde chargé de sa protection.

— Madame ! Vous voilà revenue parmi nous !

— Je n'ai jamais été très loin, mon ami.

— Oh, mais il faut que j'aille prévenir le Commandant tout de suite !

— Non, n'en faites rien. Pas tout de suite. Il doit… il doit être en train de se reposer à l'heure qu'il est. Je passerai le voir moi-même.

— Mais, je… il m'a ordonné de…

— Ne vous inquiétez pas pour ça : s'il y a un problème je prendrai tout sur moi, d'accord ?

L'homme se laissa convaincre de mauvais gré. Mais l'atisha avait joué un rôle si important dans la libération de Tuckmill qu'il se sentit dans l'obligation de lui obéir.

Julipen s'éloigna, prenant soin de ne pas se faire remarquer, ce qui n'était pas chose facile car la plupart des femmes étaient restées à Hastrion. La prêtresse ressentait le besoin d'être seule un moment. Le temps de faire le point… et de trouver ce signal qui se manifestait par intermittence. Quelque chose comme une présence qui perturbait le flux des puissances naturelles auquel les meilleures atishas étaient sensibles.

Elle dépassa un taillis de bouleaux ; en l'espace de quelques semaines, Julipen avait vu plus de plantes que depuis sa naissance. Tout était si différent ici. Elle n'aurait jamais cru que le monde puisse être si vert ! Moins piétinée par les soldats, l'herbe était plus épaisse, à présent. Julipen dénoua ses sandales, les ôta et continua sa balade pieds nus jusqu'aux limites du campement. Elle ne put échapper à une patrouille.

— Madame ! s'étonna l'un des hommes. Je croyais que vous étiez blessée ?!

— Oui ? Eh bien je suis en pleine forme, merci.

Elle n'avait pas envie de parler. Juste de se retrouver avec elle-même. Un second soldat poursuivit :

— Mais ça fait des jours que vous êtes sans vie, non ?

Il se tourna vers une autre sentinelle et ajouta :

— Elle était inconsciente !

— Vraiment ? On raconte n'importe quoi, vous savez.

— Ah… (L'homme avait l'air déçu.) Bon, en tout cas, attention. À la vitesse où vont les nuages, la pluie ne devrait pas tarder à nous tomber dessus !

— Oui, c'est probable. Je ne vais pas loin.

— Pas loin, c'est déjà *trop* loin. Vous savez tout aussi bien que moi qu'on est en guerre.

— Ça, je ne risque pas de l'oublier ! dit-elle avec un grand sourire. Je voulais juste profiter du calme et de… de toute cette herbe ! Je viens d'un pays où elle est si rare…

— Anakann, hein ? Il y fait aussi chaud qu'on le dit ?

— Pire encore.

— Ah… déjà que moi je supporte à peine cette chaleur. Avec toute cette humidité, y a de quoi vous rendre fou.

À ce moment précis, un éclair barra le ciel. Le roulement de tonnerre leur parvint après dix bonnes secondes, que Julipen et le soldat passèrent à compter.

— Bon, il est pas encore sur nous, mais c'est pour bientôt.

— Quand il sera là, il fera moins chaud, vous verrez.

Les sentinelles la laissèrent passer. De toute façon, un halo vert signait les soldats ennemis : on ne pourrait pas la prendre pour quelqu'un d'autre. Ils lui conseillèrent toutefois de ne pas traîner. Julipen n'en avait pas l'intention.

Aussi courte fût-elle, la conversation l'avait agacée. Elle constata combien son engagement auprès d'Adrian était aliénant. Le suivait-elle pour sauver le monde ou parce qu'elle l'aimait ?

Et pourquoi pas pour ces deux raisons ?

Elle se demanda si elle ne cherchait pas inconsciemment à prendre la place d'Onahra.

Au diable toutes ces questions ! trancha-t-elle.

Les abords du camp franchis, le signal se mua en une présence anormale. Ç'aurait pu être un animal, du gibier. Quelque chose d'assez gros et en détresse. Elle tourna la tête vers le camp ; il se trouvait à vingt mètres de là, proche et rassurant. En cas de problème, elle pourrait revenir sur ses pas et retrouver l'abri d'une armée en campagne. Sans compter qu'en tant qu'atisha, elle était à même de se défendre.

Elle décida d'aller y voir de plus près. Venir en aide à un daim ou à un loup isolé la calmerait peut-être. Le ciel gronda. Plus elle s'enfonçait dans la nuit, plus les ondes que l'animal émettait se troublaient. À la détresse se mêlaient des éléments moins tangibles. Julipen pressa le pas, les sens en alerte. Elle poussa un gémissement de douleur en heurtant une racine et décida de renfiler ses sandales. Elle s'accroupit, passa les chaussures et les noua. Quand elle se releva, elle comprit son erreur. Mais il était trop tard.

Un corps d'insecte de la taille d'un humain monté sur des pattes d'araignée : aussitôt elle reconnut les ragnes géantes ; le navire qui l'avait conduite sur le continent quelques semaines auparavant avait rencontré des milliers de ces créatures, flottant mortes à la surface de l'océan. Les trois bêtes se mirent à crisser horriblement, frottant les ouïes qui perçaient leur cou démesuré. Julipen n'eut pas le temps de penser à la mise en garde d'Adrian, à sa prémonition. À peine s'était-elle ouverte aux forces présentes autour d'elle afin de les invoquer qu'une ombre se détacha des arbres. C'était un homme vêtu d'un manteau qui tombait jusqu'aux talons de ses bottes. Il s'avança dans les derniers rais de lumière lunaire, avant qu'ils soient engloutis, et retira sa large capuche. C'était un vieil homme aux traits rongés de l'intérieur par quelque horrible maladie.

— Qui êtes-vous ? demanda-t-elle.

— Tuez-la, ordonna calmement l'homme aux ragnes, accompagnant l'ordre d'un mouvement des bras vers la femme.

La prêtresse concentra son attaque vers la première des bêtes : de la terre s'éleva du sol et fut propulsée dans sa gueule, au point de l'aveugler. La ragne poussa un cri strident, secoua son énorme tête d'insecte. Julipen rassembla et concentra autour d'elle les courant aériens qui arpentaient les collines. Le tourbillon souleva la créature et la jeta au sol ; l'une de ses pattes arachnéennes se brisa sous son propre poids. Pendant ce temps, les deux autres avaient stoppé leur attaque ; elles se masquaient tant bien que mal les yeux à l'aide de leurs pattes antérieures trop fines pour remplir ce rôle.

— Intéressant, dit l'agresseur, tandis que le tourbillon diminuait de force. Intéressant. Je ne pensais pas avoir affaire à une atisha en venant ici. Vous serez donc la deuxième à subir l'étendue de mes pouvoirs.

Il leva la main vers Julipen, qui voulut devancer ce mystérieux assaillant en lançant une attaque. Peine perdue : ses dons furent réduits à néant par la magie du vieil homme. Il tendit son autre bras, articula quelques syllabes sans même les prononcer et l'atisha ne put faire un geste. La douleur jaillit presque en même temps, de partout à la fois. Elle eut l'impression d'être ficelée avec du fil barbelé à même la peau et ne pouvait déjà plus bouger un seul doigt.

Le vieillard approcha, laissant les ragnes en retrait autour de celle tombée à terre.

Julipen aurait pu se dire qu'elle n'était qu'une imbécile, pour ne pas avoir tenu compte de l'avertissement donné par son amant ; elle était trop effrayée pour ça. Elle comprit très vite qu'elle avait affaire à Golan Tark. Toute cette histoire de Vides étranges, ces lieux où la magie n'avait pas de prise, était une erreur : Tark et lui seul était responsable de sa défaite.

— Une Laménide…, reprit le sorcier qui n'était plus qu'à deux pas de Julipen. Non, je ne vais pas te tuer. Tu viens forcément du camp militaire, puisque la campagne est vide. L'empereur a pris des prêtresses avec lui pour mener sa petite guerre ? Très bien, parfait !

Il posa un doigt sous le menton de la prêtresse, exerçant une pression qui la força à lever la tête. Ce simple mouvement provoqua une décharge de douleur dans le cou de Julipen, avant d'irradier toute la colonne vertébrale. Si elle en avait eu la possibilité, elle se serait jetée au sol en hurlant pour évacuer le stress et la souffrance. Il continua à pousser son visage jusqu'à ce qu'il parvienne à un angle anormal. Julipen ne pouvait presque plus voir le sorcier.

— Je n'ai pas l'intention de te faire du mal, dit Tark.

La prêtresse ne pouvait qu'en douter. N'avait-il pas ordonné qu'on la tue, quelques secondes plus tôt ? Rien de ce qu'elle avait connu auparavant ne l'avait préparée à cet instant. Ou alors la peur et la souffrance obscurcissaient la part d'enseignement dont elle aurait eu besoin pour se tirer de ce mauvais pas.

— Tu vas m'aider et je vais t'aider, n'est-ce pas ? Il faut que je sache si tu le veux bien, car je ne pourrai rien faire sans ton accord. Tu peux parler et me répondre, il suffit que tu le désires vraiment.

Le sorcier avait éloigné son doigt du visage de Julipen, basculé en arrière à la limite de la rupture des vertèbres cervicales.

— Le désires-tu vraiment ?

Ces mots aussitôt prononcés, les liens se resserrèrent autour de la femme, et la douleur, qu'elle avait crue à son sommet, augmenta encore. Julipen était sur le point de s'évanouir. D'instinct, elle savait que l'homme la réanimerait pour prolonger la torture. Encore et encore. Désirait-elle parler ? Oui, de toute urgence. Pour l'implorer d'arrêter le supplice, pour discuter, mettre un terme à tout ça. Elle tenta d'ouvrir la bouche. Les muscles de ses mâchoires s'embrasèrent et le feu dévora instantanément tout le visage, avant de se concentrer autour des sinus. Ce fut comme être lentement transpercée par une broche portée au rouge. Des larmes jaillirent et sa vue se troubla.

— Tu dois faire un effort, Laménide. Et me parler. Cette magie que j'emploie, je ne la contrôle que jusqu'à un certain point. Comment dire… Je peux l'allumer mais ensuite, elle est dotée d'une vie propre et sans ton aide, je ne saurais la contraindre à reculer. Telle est la magie talaxienne, très chère. Une vraie merveille, qui a ses exigences, bien sûr, comme une maîtresse qui connaît trop bien le prix de sa beauté. (Il sourit à son bon mot, découvrant une bouche aussi noire que la nuit, exhalant une odeur fétide.) Alors, veux-tu m'aider ?

Julipen sentit sa raison vaciller. Sa volonté, celle de se battre et de mettre un terme aux projets d'invasion de Tark, était en passe d'être supplantée par celle de retrouver la parole pour diminuer la pression du supplice.

Un mince filet d'air alimentait ses poumons, assez pour qu'elle ne perde pas connaissance. Son cœur palpitait comme un petit animal acculé. Ses oreilles bourdonnaient comme sous l'assaut de guêpes. Les larmes avaient humecté ses yeux trop brièvement ; à présent ils étaient secs et brûlants, comme si on les avait passés au sable. Tout son corps était meurtri par le barbelé imaginaire qui s'enfonçait toujours plus profondément sous la peau.

Loin, très loin, dans un autre espace et un autre temps, Julipen entendit l'orage éclater au-dessus de la plaine. Elle n'était déjà plus de ce monde-là, elle vibrait de douleur au cœur d'un univers sans âme. Un court instant, elle tenta de rassembler les forces magiques qu'elle avait appris à reconnaître et à maîtriser, des forces présentes à l'état brut dans la nature et ses habitants ; elle ne parvint qu'à ouvrir une nouvelle porte sur son appréhension de la douleur, comme si elle en prenait une conscience encore plus aiguë. Elle lui apparut dès lors dans toute son horreur : une violence inouïe, tournée contre son organisme, usant de la moindre cellule pour la transformer en un creuset de douleur pure.

Il n'y avait rien d'autre à faire que tenter de retrouver l'usage de la langue et des cordes vocales, dans l'espoir d'apporter une réponse satisfaisante à son tortionnaire. Elle aurait donné beaucoup pour que cesse le supplice. Elle aurait donné sa vie – mais de cela il n'était hélas même pas question. Et elle devinait que mourir reviendrait à hanter un territoire où Tark évoluait à son aise : le royaume de Galameh.

D'interminables minutes passèrent ainsi, au rythme chaotique du flash des éclairs et des coups de tonnerre. La tête renversée, Julipen s'accorda une courte prière, dans l'espoir que la foudre viendrait jusqu'ici et la frapperait de plein fouet. Elle plutôt que lui, car elle voulait bien croire que le sort talaxien poursuivrait son funeste ouvrage en l'absence de son géniteur. Oui, elle l'aiderait si seulement il voulait bien diminuer l'intensité du supplice. Est-ce qu'il ferait cela pour elle ? Si seulement elle avait pu l'implorer à genoux…

Des images passèrent devant ses yeux. Des images du passé. Le désert avec Adrian, son incroyable combat contre les dragons, la fuite de l'archipel des Ferrone, sous le brasier monumental de son volcan. Des images plus anciennes comme la naissance de son frère et la mort quelques heures plus tard de sa mère. Les interminables disputes avec son père, jusqu'au moment même de son départ pour Consolata et leur séparation, revêtaient un caractère paisible désormais, transfigurées par le jeu trompeur de la nostalgie. Les préparatifs dans la forêt de Hastrion, les moments de doute d'Adrian, les premières rencontres avec des prêtresses à Boroskariak, la bataille de Tuckmill… Les images s'agrégeaient pour former une boule mémorielle qui enfla rapidement avant d'être propulsée à très grande vitesse vers le présent où elle explosa en une myriade d'éclats de verre.

— Oui…, dit-elle enfin, vous aider.

— Aaaaah, soupira Tark.

Il passa la main devant le visage de Julipen et la douleur, toujours présente, reflua suffisamment pour qu'elle puisse baisser la tête.

— Nous allons nous aider mutuellement. Vous allez me conduire auprès d'un ami et je tâcherai de convaincre la magie de vous laisser un peu de répit.

* * *

Adrian retrouva le Sarment du Temps. Le voyant voulait approcher Corall-Medding, malgré le prix qu'il aurait forcément à payer à la sortie du voyage. Il y parvint avec une facilité qui l'étonna et un intense sentiment de liberté et de puissance l'envahit, occultant la rage qui ne manquerait pas de le dominer un peu plus tard.

La nuit et le jour absorbaient et coloraient les murailles en une rapide alternance. Une tour se dressait fièrement en lieu et place de Haut-Temple. Adrian se laissa conduire vers l'avenir, jusqu'à se trouver à la verticale d'un bouleversement : une explosion de lumière dans un quartier sud, suivie d'un mouvement de troupes ; les soldats ennemis abandonnaient leur poste devant les portes méridionales de la cité.

Une brèche dans la défense. Parfait !

La satisfaction d'Adrian fut de courte durée : une trame l'attira, tel un tourbillon soudain dans un courant régulier. Il se trouvait au pied de cette nouvelle tour, puis aussitôt à l'intérieur de celle-ci. Le spectacle défia sa raison : baignés d'une lueur verte et allongés sur d'étroites couches superposées, des milliers d'enfants étaient enchaînés. On aurait dit une ruche monstrueuse dont les occupants étaient à demi endormis. La trame ne laissa pas Adrian entrevoir leur avenir. Au lieu de quoi, il se trouva à nouveau en compagnie d'un démon au-dessus d'un océan de lave, avant d'abandonner, choqué, cet invraisemblable voyage.

Le Commandant quitta la tente. Il était abruti et ses jambes tremblaient sous lui. Voûté, le Sarment au bout de son bras ballant, il fit quelques pas, plus comme une âme en peine qu'à l'instar d'un héros guerrier. Un soldat vint à sa rencontre et Adrian reconnut à peine l'un des hommes qui se relayaient au chevet de la prêtresse laménide.

— Commandant, c'est l'atisha. Elle s'est réveillée et…

Ce fut comme une gifle. Adrian se redressa, glissa le Talaris dans une poche et demanda avec fébrilité :

— Il y a longtemps ? Elle était comment ? Elle parlait ?

— C'est-à-dire que…

— Aucune importance, je vais la voir sur-le-champ.

— Vous ne la trouverez pas tout de suite.

— Quoi ? Comment ça ?

La colère pénétra chaque cellule de son corps sans qu'il puisse rien faire pour la refouler.

— Elle est sortie. Elle… elle voulait marcher un peu alors je…

Le Commandant saisit le soldat par le col.

— Tu l'as laissée partir ? Seule ? Mais je t'avais donné des ordres, crétin !

L'homme ne répondit rien ; le regard transformé de son chef le terrifiait. Bien qu'Adrian fût plus âgé d'une trentaine d'années et qu'il mesurât une tête de moins que lui, le garde ne put lutter contre la force qui le souleva de terre et l'envoya mordre la poussière.

Quant au voyant, il venait de comprendre ce qui était en marche. Il interrogea des soldats en faction d'une voix qu'ils reconnurent à peine ; personne n'avait vu Julipen. Cela lui prit encore une dizaine de minutes pour obtenir des renseignements valables. La fureur l'emportait dans ses bras de flammes. Il bouscula les sentinelles qui se mettaient en travers de sa route, fonçant vers son destin.

La trame. Julipen attaquée par des ragnes que commande un inconnu. Son impossibilité de se défendre, malgré ses pouvoirs d'atisha. Et lui au milieu du drame, jouant sa propre vie pour sauver celle de son amie.

Ma maîtresse… Julipen est ma maîtresse. Voilà qui n'était pas dans le plan, n'est-ce pas ?

Il aurait pu en rire, cette nuit-là. Un rire de dépit. Il se refusa à demander l'aide des sentinelles qui se souciaient de le voir marcher si vite, à cette heure. La trame n'avait pas révélé d'autres acteurs et le voyant craignait de ne pas pouvoir maîtriser la situation s'il en changeait certains éléments à la dernière minute.

Un éclair illumina la nuit et le ciel tonna. Adrian ne se posa même pas la question de sa survie, car, comme sa prémonition l'avait clairement annoncé, il risquait gros en allant défendre la prêtresse. Ce choix, il l'avait fait depuis longtemps. Depuis qu'elle lui manquait chaque nuit passée sans elle, chaque fois qu'il ne pouvait recueillir son avis.

Depuis qu'il l'aimait.

Quelques minutes plus tard, il se trouva face à deux ragnes. Elles encadraient un homme encapuchonné et Julipen – ce ne pouvait être qu'elle, bien qu'il ne vît pas ses traits – qui tenait les bras collés à son corps, comme s'ils étaient maintenus en place par des liens invisibles. Aussitôt, le temps stoppa sa course : la trame coïncidait parfaitement avec le présent. Englué dans cette fraction temporelle, Adrian continuait de réfléchir et d'observer. Le visage de Julipen était frappé par une détresse sans nom. Les ragnes l'attaqueraient, il en était sûr. Il devait agir avant qu'elles soient sur lui. Il avait cette épée courte. Il pourrait… Mais déjà le temps reprenait sa course, imposant à Adrian une réaction aussi rapide qu'improvisée.

— Adrian ! fit l'homme.

Un éclair illumina la scène et le Commandant vit le visage horrible de l'inconnu. C'était Tark, amaigri, malade, effrayant.

Ça ne pouvait être que lui, constata tristement l'empereur.

Les ragnes crissèrent et se ramassèrent sur elles-mêmes, prêtes à bondir. Adrian dégaina son épée et attaqua le premier. Il trancha une patte de l'animal le plus proche, à l'articulation. Une matière jaune gicla. La bête bascula sur le côté tandis que d'un revers de la lame Adrian labourait le thorax. La ragne s'embrasa en hurlant, réflexe suicidaire de défense. Adrian évita de justesse les flammes et se tourna vers la seconde ragne. Mais celle-ci, plus méfiante, empêcha son agresseur d'avancer trop près, fouettant l'air de ses pattes antérieures crénelées comme celles d'une mante religieuse.

Adrian tenta quelques fentes. La bête recula. Sans la quitter des yeux, il dit à Tark :

— Libère Julipen, et je te promets un jugement équitable.

Le sorcier éclata de rire, serrant la prêtresse contre lui.

— L'équité, c'est ton nouveau cheval de bataille ? On est en guerre, empereur, et l'équité n'y a pas sa place, tu le sais mieux que moi. Et maintenant, je te conseille d'arrêter de gesticuler, si tu veux garder ta précieuse… « recrue » en vie.

— Que viens-tu chercher ici ? demanda le guerrier.

— Comment, tu n'en as pas la moindre idée ?

— Ne me dis pas que tu reviens d'entre les morts juste pour te venger !

— Oh, par tous les dieux, non. Il est trop tard ! J'ai des projets bien plus intéressants et que tu sois en vie ou non n'y changera rien. Donne-moi le Sarment du Temps, c'est tout ce que je te demande et tu auras la vie sauve.

Nous y voilà, songea Adrian.

Il savait quoi tenter, maintenant que la trame s'éclaircissait à mesure qu'il la vivait.

— Viens le chercher, proposa-t-il.

Il dégagea de sa tunique l'artefact, toujours dans son étui.

Tark frappa dans ses mains, à l'évidence surpris. Il n'avait pas imaginé cela si facile.

— Tu ne te déplaces plus sans lui ? Comme c'est aimable à toi ! Voilà qui va m'éviter de traîner dans ton camp de minables soldats.

— Le moins aguerri de ces hommes est plus courageux que toi, Tark.

— Tais-toi ! Tu n'as aucune idée de ce que j'ai enduré en Galameh. Et ce par ta faute.

Tark avançait déjà. D'un simple geste de la main, il maintint la ragne en place. Le vent froid qui précède toujours le front d'un orage traversa à cet instant le campement, fila plus bas, soulevant les pans du manteau de l'ancien Trinicien.

— Jette cette épée, Adrian. Ma magie est très puissante, comme tu peux le constater sur cette pauvre prêtresse, mais j'aimerais autant ne pas me fatiguer à l'employer. Allez, tu crois encore que tu as le *choix* ?

Obéissant à l'ordre, Adrian se débarrassa de l'épée et changea le Talaris de main, puis le sortit de son étui.

— Qu'est-ce que tu fais ? demanda Tark qui n'était plus qu'à un mètre.

Adrian sentit la vibration particulière de l'artefact privé de l'étoffe qui en atténuait les effets secondaires. Il fallait agir très vite. Le Commandant arma son bras et lança l'artefact de toutes ses forces vers le visage du sorcier. Ce dernier ne put l'éviter et l'objet le frappa violemment sur le front, provoquant un éclair de lumière blanche. Puis tout alla très vite. Momentanément libérée de l'emprise du sorcier encore sous le choc, la ragne repartit à l'attaque. Elle frappa le dos d'Adrian, qui s'effondra en poussant un cri de douleur. Il crut qu'elle l'avait brisé en deux. L'animal s'approcha, leva une patte pointue et tendue comme une lance avec l'intention de crever le ventre de l'homme. Mû par la force du désespoir, Adrian roula sur le côté pour l'éviter mais pour efficace qu'il fût, cet exploit aggrava la souffrance.

— Maudit ! cracha Tark en se tenant le crâne.

Ses lèvres articulèrent des paroles muettes. Une puissante chaleur monta à l'intérieur du crâne de l'empereur, tandis que les premières gouttes tombaient des nuées. Pour autant, il ne quitta pas des yeux le sorcier, décidé à voir la trame s'exécuter jusqu'à son terme. Avait-il seulement eu la moindre influence sur le cours des choses ? Tout était-il en train de s'achever ici et maintenant ? L'incendie de son crâne le ravageait très vite. Il eut le temps de voir l'inquiétude succéder à la colère sur les traits de son vieil ennemi. Puis une silhouette bougea très vite dans un angle et un voile noir s'abattit sur sa conscience en même temps que l'averse.

Chapitre 16

Le ciel était chargé de nuages que traversaient des vents glaciaux et bien qu'il fût lourdement vêtu et à l'abri derrière la collerette du dragon, Jocquinius était pétrifié de froid. Derrière lui, Niuk n'était guère plus réchauffé et si cela continuait ainsi, le mage pensa qu'il en mourrait.

— On ne peut pas se rapprocher du sol ? demanda-t-il.

— Encore ? Nous nous sommes arrêtés il y a moins d'une journée ! répliqua Ol-Tyron.

— C'est le froid, mon ami, le froid…

— Je vais plus vite à cette altitude. Et il y a moins d'obstacles, et donc moins de risques pour tout le monde.

— Eh bien imaginez que vous prenez le risque de nous perdre, Niuk et moi.

— D'accord, je descends, consentit le dragon.

À présent, des nappes de brouillard s'enroulaient et se déchiraient sous les ailes d'Ol-Tyron avec une lenteur majestueuse, avant de se rassembler en couches plus épaisses. Bien qu'il volât plus bas, ses passagers n'entendaient pas le bruissement permanent des marais, étouffé par ces longues écharpes livides que crevait ici et là la végétation, en îlots d'un vert sombre.

Le dragon évoluait sans crainte dans cet univers qu'avaient fréquenté les siens des siècles durant. Jocquinius estima qu'il se serait déjà perdu cent fois : on ne voyait plus l'horizon et il était à peu près impossible de déterminer où la terre ferme disparaissait. Quant au soleil, il était la plupart du temps masqué par des nuages bas.

— Au moins, il fait bon ! s'étonna Jocquinius.

La douceur de l'atmosphère contrastait agréablement avec le froid de l'altitude.

En milieu de journée, Ol-Tyron s'arrêtait pour se reposer des interminables heures de vol. Il se posait alors sur le faîte d'un arbre plus imposant que les autres, humait l'air et, après s'être assuré l'assentiment de ses deux compagnons de route, s'enfonçait dans le brouillard pour atterrir quelques mètres plus bas.

— Ça ne te gêne pas de ne rien y voir ? demanda une fois Jocquinius, fatigué de scruter le voile blanc, et de tressaillir dès qu'un volatile – oiseau ou mammifère – apparaissait à moins d'un mètre de sa tête avant de disparaître aussi vite.

Pour toute réponse, Ol-Tyron émit un grognement puis il détourna la tête. Sa gorge enfla et il enroula le cou… avant de le détendre brusquement, gueule ouverte. Une boule de flammes jaillit et une forte odeur de soufre envahit la langue de terre où ils avaient trouvé refuge, tandis qu'une multitude de battements d'ailes claquait de toutes parts. La chaleur chassa l'humidité, dissipa la brume alentour.

— Mmm…, j'aurais pu en faire autant, ronchonna Jocquinius qui n'avait pas songé à employer une matrice.

— Ça ira comme ça ? demanda le dragon avec une sorte de sourire.

— Merci, Ol-Tyron.

— Flammes très belles ! s'enthousiasma Niuk. Très belles, très belles !

Puis il grimaça et, la main sur le ventre, dit :

— Faim.

— Je vais m'en occuper, proposa Ol-Tyron.

— Latoa savoir chasser.

— C'est vrai, confirma Jocquinius. Et il le fait très bien. Mais il y a quoi à manger ici, exactement ? Je ne vois que du brouillard et de temps en temps un oiseau.

— Ami mauvaise humeur. Ami inquiet.

— Disons que je ne vois rien pour me réjouir. Trouver Tark ici ? Autant chercher une aiguille dans une botte de foin !

— On peut rentrer, si tu préfères, proposa le dragon sans conviction.

— Niuk aimer Talaxania !

Jocquinius secoua la tête.

— Et puis rentrer où ? Je n'ai plus de chez-moi !

Il se mit à rire tristement.

— Les Ols n'ont pas pour habitude d'accueillir des humains, mais j'imagine qu'ils pourraient faire une exception.

— Latoas aimer mage, dit à son tour le petit compagnon.

Un sourire de reconnaissance sincère effaça l'air désespéré de Jocquinius.

— Merci, mes amis. Merci. Vous avez raison : l'amitié vaut d'être vécue.

Un peu plus tard, le latoa et le mage s'endormirent sous l'aile à demi repliée du dragon. Peu à peu la brume se rassembla autour de leur abri et tourbillonna avec une lenteur fantomatique près du foyer qu'ils avaient allumé.

* * *

« Il n'est pas né le roi qui piégera mon âme,
Et de moi tout obtiendra.
Il n'est pas né le roi qui du fil de sa lame
Tout mon amour précipitera. »

— Bon, tu voudrais qu'on reparle de mes enfants, mon ami ? Tu te réveillerais si je te promettais d'en reparler ?

— Quoi, vous avez des enfants, Odasius ?

— Je ne vous en ai jamais parlé, très chère ?

— Pas que je sache… Ah, attendez, je crois qu'il revient enfin à lui.

Lorsque Adrian quitta les limbes, trois visages familiers se penchaient au-dessus de son chevet. Julipen, Odasius et Uprih. La pluie crépitait contre la toile huilée des tentes et des éclairs illuminaient la scène.

— Il est mort ? demanda aussitôt Adrian, alors qu'une douleur terrible lui barrait le bas du dos.

Il préféra l'ignorer, pour ne pas alarmer ses compagnons. Quant à la ritournelle, elle s'éloigna ; il l'avait déjà entendue, dans le désert, en des circonstances analogues.

— Si tu veux parler de Tark, commença Odasius, j'ai une mauvaise nouvelle pour toi : il était déjà mort quand il t'a sauté dessus.

— Mmm… c'est toute l'ironie de la situation, j'imagine.

— Un ennemi mort qui va et vient entre deux mondes, selon sa propre volonté, dit Julipen.

— Drôle de voyageur, non ? fit Odasius.

— Moi, il ne me fait pas rire, ajouta Uprih, qui avait toujours du mal avec le second degré.

— Que s'est-il passé ? J'ai l'impression que quelqu'un est venu juste à temps pour me sauver.

— Je n'ai rien vu, mentit Julipen. J'étais complètement étourdie par le sortilège qu'il m'avait lancé.

— Alors, ça n'était aucun de vous ?

— Non.

Julipen raconta que le sortilège s'était défait après l'intervention du mystérieux sauveur. Elle s'était penchée sur Adrian et, constatant qu'il ne se réveillait pas malgré ses efforts, était allée chercher du secours. Uprih était accouru en compagnie de trois hommes, puis on avait réveillé Odasius.

— Et je suis dans quel état ? demanda-t-il. Demain, nous allons reprendre la route vers Corall-Medding et j'aimerais chevaucher en tête.

Ses amis se regardèrent, soucieux. Uprih décida de prendre la parole.

— Écoute, il vaudra mieux rester allongé quelque temps.

— C'est une plaisanterie !

Pourtant, il sut immédiatement que c'était la vérité. Il essaya tout de même de se redresser, et il poussa un cri tant la douleur était forte. Il retomba sur le dos, lutta pour refouler les larmes. Un quatrième visage apparut, au regard intelligent et déterminé. Il devait avoir une quarantaine d'années et avait suivi l'empereur depuis Port-Incaline. Adrian reconnut l'un des médecins du campement.

— La blessure est assez profonde, Commandant. J'ai fait ce que j'ai pu, mais je dois dire que notre amie Julipen a été d'un plus grand secours. J'ai recousu la blessure après qu'elle a eu réparé les dégâts musculaires. Seulement je crains que vous ne deviez demeurer immobile quelque temps.

Adrian était abasourdi. Il avait survécu à une rencontre avec le démon Raark, s'était débarrassé de deux dragons particulièrement vindicatifs, avant de tenir tête à une armada bien décidée à détruire un archipel et ses habitants. Il s'était infiltré dans une cité envahie avant de la libérer ; fallait-il qu'il soit cloué au lit par deux misérables créatures, que l'on disait traîner du côté des portes entre les mondes ?

— Je ne peux pas rester allongé là alors que nous devons prendre une ville.

— Vous l'avez constaté vous-même : vous ne pouvez pas vous redresser.

— Je vais t'aider à accélérer la guérison, dit Julipen. Mais d'ici là, il faudra te montrer raisonnable.

— Et notre ennemi, il l'est, lui, raisonnable, peut-être ?

— En revanche, nous n'avons rien pu faire pour votre épaule et elle saigne encore.

Otum !

— Vous avez besoin de repos maintenant. Nous allons vous laisser.

Un éclair craqua. L'orage semblait tout de même devoir s'éloigner. Ce n'est que bien après le départ de ses amis qu'Adrian reçut à nouveau de la visite. Il ne comprenait pas comment le pensaguilek s'y prenait pour éviter les gardes postés en permanence à l'entrée de sa tente. Il n'était pas là, et l'instant d'après il était là et il fallait se contenter de ça.

— C'est toi qui es venu me sauver, n'est-ce pas ? demanda enfin Adrian.

— Tu t'es comporté comme un imbécile !

— Vraiment ? Je croyais que tu allais me féliciter pour mon héroïsme ! Après tout, j'ai affronté le plus grand ennemi d'Elamia en combat singulier…

Otum cracha sur le sol recouvert de tapis.

— Non seulement tu as perdu, mais tu lui as donné le Talaris !

— Par tous les saints !

Adrian s'agita pour fouiller ses vêtements mais il était nu sous un drap et il ne parvint qu'à se faire encore plus mal. Le démon avait raison, il était tombé sans connaissance avant d'avoir pu le récupérer.

— Cesse de t'agiter, il est trop tard, misérable pou ! Pourquoi tu le lui as donné ?

— Je ne le lui ai pas donné… Je… j'ai voulu l'assommer avec. C'était dans une trame. Je l'avais vu. Ça pouvait marcher. Il n'y avait que ça à tenter !

— Pour sauver ta maîtresse.

— Pour sauver une vie, oui. Et une alliée puissante.

— Va pour l'« alliée puissante », bien que je n'y croie guère. Mais tu n'avais pas d'épée ?

— Tark tenait Julipen à sa merci et il m'avait ordonné de la jeter. Je pensais gagner du temps.

— *Gagner* du temps ? Tu l'as perdu en même temps que le Talaris, oui ! Quel fameux conquérant tu fais ! Et c'est toi qu'on a choisi comme Libérateur ? Tu viens de perdre ton arme principale !

Adrian ferma les yeux. Il souffrait, mais la douleur n'était rien comparée au terrible sentiment d'échec. L'humiliation était totale et sans commune mesure avec le désagrément d'avoir perdu une manche contre le sorcier. Otum avait raison : il avait sauvé la femme qu'il aimait plutôt que l'alliée aux pouvoirs magiques précieux. De plus, en s'atténuant, la transe du Talaris exacerbait sa déprime et provoquait un manque.

Le Talaris. Un vieil homme avait bravé bien des dangers pour le lui apporter. La terre se dérobait sous ses pieds. Et où qu'il regardât pour trouver un nouvel appui, il ne voyait que ténèbres en mouvement. Si bien qu'il ne sut plus si c'était lui qui tombait ou si le vide montait à lui.

Il eut envie de mourir, sur-le-champ. Que pouvait-il bien lui rester d'autre à faire ?

— Otum. Tu vas faire quelque chose pour moi. Ce sera le seul service que je te demanderai jamais. Tu vas me… Je ne peux pas rester ici. Ni ailleurs. Tu comprends ?

Sa voix n'était plus qu'un filet d'air sans tessiture, comme si la vie s'était tarie autour de cette voix.

— Qu'est-ce que tu racontes ? Tu veux te tuer ?

Adrian hocha la tête une fois.

— Eh bien, tu te débrouilleras seul ! Et dire que je t'ai sauvé… Tu as idée de ce que ça m'a coûté ? Les pouvoirs de ton sorcier m'ont fait passer un sacré mauvais moment. J'aurais mieux fait de t'abandonner à ton sort. Quand je pense que Raark comptait sur toi ! Je ne l'ai jamais vu se tromper autant sur quelqu'un. Décidément, le monde ne tourne plus rond.

— Je t'en supplie, Otum. Fais-le.

Le démon se mit à arpenter la tente. Il s'arrêta soudain, prêta l'oreille et se glissa derrière une toile. Un garde apparut alors près des tentures qui séparaient la pièce principale du vestibule de toiles. Il avait sorti son glaive du fourreau et il était sur le qui-vive.

— Il y a un problème, Commandant ? Il m'a semblé entendre des voix…

— Non… Rien… Tout va… tout va bien. Laissez-moi, je vous prie. Demain… la journée sera longue.

Le soldat salua et jeta un coup d'œil circulaire avant de quitter les lieux. Il se passa encore quelques secondes avant la réapparition du démon, qui huma l'air comme un chien. Il dit enfin, sur le mode télépathique qu'il avait emprunté dès leur première rencontre, dans une grotte d'Anakann :

— *J'ai essayé de récupérer le Talaris, seulement je te l'ai dit, ton sorcier connaît des magies terribles. Ça me fait mal de le reconnaître, mais tu as été brave. Ou alors, tu es complètement fou. Je pencherais pour cette seconde possibilité. Après tout, je t'ai ordonné de te jeter dans la gueule du loup, et tu l'as fait sans broncher.*

— *Un dragon. C'était un dragon, Otum. Pas un loup.*

— *Que crois-tu ? C'est pire !*

— *Qu'allons-nous faire, à présent ? Dès que je serai en mesure de me déplacer, je ferai ce que me dicte mon honneur.*

— *Quel drôle d'honneur que celui qui dicte à un guerrier de se donner la mort après un premier échec ! Tu as libéré une ville : ça ne compte plus ? Et ton armée, celle que tu t'es visiblement évertué à constituer puis à motiver : tu vas l'abandonner maintenant ? Remarque, ça ne m'étonnerait guère d'un humain. Davantage de toi, mais guère d'un humain.*

— Est-ce que je dois prendre ça pour un compliment, Otum ?

— La peste soit des humains ! Vous avez l'esprit tordu. Et tu as beau être différent, ton esprit est aussi entortillé que les intestins d'une vieille chamelle !

— Suis-je si différent ?

— Ne joue pas la comédie, tu le sais parfaitement. Ton peuple est voyant. Mais jamais parmi les tiens on n'a chevauché le temps avec une telle… facilité.

— Ces voyages ne m'ont pas apporté que du bonheur. Et utiliser le Talaris provoque des effets indésirables. De toute façon, j'aurais été plus heureux ignorant.

Otum secoua la tête et tira un trait avec son bras en un geste théâtral.

— Comment peut-on dire une chose pareille ?! Le savoir est tout, l'humain ! Sans la connaissance, point de salut ! Envies-tu donc l'aveugle ? Certes, il ne voit pas le bandit se balancer sur le gibet, le corps en charpie ; mais il ne voit pas non plus le brigand qui arrive au bout du chemin pour le détrousser ! Il ne voit pas mourir la femme qui accouche, mais il ne voit pas celle dont la poitrine palpite à chaque respiration !

— Tu es un poète, Otum. Le premier démon poète que je rencontre.

— Ne te fiche pas de moi, tu veux bien ? Je te rappelle qu'il y a une minute, tu me suppliais de te tuer. Ce qui, soit dit en passant, serait la meilleure idée pour retomber sur Golan Tark : tu n'es pas sans savoir que les suicidés ont de bonnes chances de se retrouver chez Omok plutôt que chez Ganalone ?

— Alors, que dois-je faire ? Je n'ai pas été capable d'utiliser mon don à bon escient et, en plus, j'ai offert mon bien le plus précieux à mon pire ennemi.

— Ça, on peut dire que tu as fait fort… Et pourquoi devrais-je te donner des idées ? Je ne suis là qu'en observateur.

— Un observateur qui s'est joint à la bataille, à ce qu'il paraît. Deux cents hommes rien qu'à toi !

— Pfff… Ce n'était rien : ces Galaméens font de pitoyables guerriers.

— D'ailleurs, que dirait Raark si tu n'avais pas aidé celui en lequel il plaçait ses espoirs ?

— Il m'enverrait dans les Fosses de Putréfaction.

— Et d'ailleurs, pourquoi est-ce qu'il tient tant à me voir réussir ? Quel rôle veut-il jouer dans cette histoire ?

— Je ne pense pas que les desseins d'un démon de la dimension de Raark te regardent en quoi que ce soit.

— Eh bien moi, je crois que si, dit Adrian à haute voix. Sans ses injonctions, je ne me serais probablement jamais retrouvé de nouveau à la tête d'une armée. De toute évidence, il avait besoin de moi. Or il se trouve que je pourrais bien avoir besoin de toi, désormais.

Mais Otum avait une nouvelle fois dressé l'oreille. Il disparut bien vite, sans un mot, alors que Julipen entrait sous la tente. Elle approcha de l'empereur, posa sa main sur le front brûlant.

— Tu parlais tout seul et tu as de la fièvre. Tu ne veux donc pas essayer de dormir ?

— J'aimerais bien. Pour tout dire, j'aimerais m'endormir pour ne jamais me réveiller.

— Ne dis pas n'importe quoi. On a besoin de toi ici.

Elle marqua un silence avant d'ajouter :

— *J'ai* besoin de toi. Et il y a Palmiarn : ce n'est pas ton fils, mais tu as des responsabilités envers lui. Il attend ton retour. Surtout, ce n'est pas le moment de penser à tout ça.

— Ce n'est jamais le moment… Tu sais, je ne me suis jamais senti si vieux… Si vieux et si ridicule.

— Je ne t'ai pas connu avant, alors tu peux raconter ce que tu veux, je m'en fiche. Tout ce que j'ai vu, c'est un homme qui est venu au secours d'une amie. Tu connaissais ce moment, tu l'avais *vu*. Alors, je pense que tu aurais pu l'éviter pour ne pas prendre le risque d'être blessé. Tu as préféré me venir en aide et c'est une chose que je ne pourrai jamais oublier. Ne compte pas sur moi pour t'encourager à baisser les bras maintenant que je sais de quoi tu es capable.

Soudain la lumière disparut : un voile gris tombé devant les yeux d'Adrian venait de l'effacer. Quand elle réapparut, il n'était plus au même endroit. Il se trouvait face à ses hommes et il était en train de prononcer un invraisemblable discours ; il s'écouta parler et comprit qu'une partie de sa troupe venait d'être massacrée dans une petite ville fortifiée du nom de Govent. Plusieurs centaines d'hommes. La population semblait n'avoir pas survécu, pas plus que les Galaméens. Puis il se sentit basculer en arrière et tout fut baigné d'une eau noire. Enfin, il reprit connaissance dans la tente.

— Eh ! fit Julipen. Comment te sens-tu ? Tu es devenu extrêmement pâle et tu t'es évanoui.

Adrian chercha la main de la femme et la serra dans la sienne. Un muscle de son dos se contracta près de la blessure, arrachant au guerrier un gémissement de douleur.

— C'est rien, dit-il. Rien du tout. Je suis tellement fatigué…

Julipen passa le dos de la main sur la joue du Commandant, l'embrassa sur le front puis elle chanta une chanson de son pays.

Quelques jours plus tard, et alors que l'armée avait repris sa marche vers Corall-Medding, une cité fortifiée apparut au sommet d'une colline. Ses murailles noires, deux fois moins hautes que celles de Tuckmill, étaient coiffées d'une aura verte. Adrian demanda où ils se trouvaient.

— Govent, lui répondit Reniard. C'est une ville à libérer, Commandant.

Chapitre 17

Litti n'aurait jamais cru se retrouver un jour face à son père.

À la naissance de Litti, l'homme possédait une exploitation agricole. Certainement pas de quoi rouler sur l'or mais, au moins, il avait de quoi nourrir sa femme et ses trois enfants. Stefano était un homme inquiet, toujours convaincu que, d'une manière ou d'une autre, le monde courait à sa perte et qu'il serait dans les premiers convois. Cette inquiétude permanente, il l'avait transmise à son petit dernier, tandis que ses autres garçons, de neuf, onze et douze ans les aînés de Litti, s'en étaient affranchis en s'inspirant de l'enthousiasme forcené de leur mère. Litti avait peu connu ses frères, car ils étaient partis tôt de la ferme comme s'ils avaient compris tout le mal que pourrait leur causer l'influence paternelle. Quant à sa mère, elle était morte d'une infection pulmonaire sans avoir transmis un soupçon d'optimisme à Litti.

L'inquiétude du père avait ceci de positif qu'elle le rendait prévoyant. Menacé par la ruine, il avait eu l'idée d'inscrire son fils au programme de bourse accordé par Haut-Temple : depuis que l'Ordre trinicien avait retrouvé sa place prépondérante en Consolata, il avait décidé de monnayer un enseignement que seuls les nantis pourraient offrir à leur progéniture. Afin de ne pas passer à côté de bonnes recrues plutôt que par générosité, Haut-Temple offrait ainsi chaque année des cycles de cours. Litti et une poignée d'autres prétendants avaient été choisis parmi plusieurs milliers. Au cours de sa deuxième année de noviciat, son père mettait fin à ses jours.

Accaparé par ses cours, la vie protégée de Haut-Temple, Litti avait surmonté rapidement le deuil d'un père déjà bien loin de ses pensées. Et il y avait eu Iriane pour dissiper le manque d'affection. Si on l'avait interrogé sur cette disparition et son effet sur lui, il aurait éludé la question en arguant qu'il y avait bien des orphelins sur cette terre et certains plus à plaindre que lui. Puis il aurait refoulé la gêne ressentie, cette culpabilité propre aux enfants qui ne se sont pas laissé le temps d'explorer les terres grises du deuil, et serait parti étudier.

Aussi quand son père se présenta face à lui, dans une rue de Grève-Pieds, Litti fut saisi par un mélange de stupeur et de remords. Le Galaméen errait dans la rue, sans doute à destination d'un cimetière.

— Papa ! fit Litti.

Avant de comprendre son erreur : le couvre-feu avait sonné et il n'était pas censé se trouver là. De plus, depuis son exploit à proximité d'un mausolée, les forces ennemies ratissaient la cité à la recherche de résistants.

À son appel, l'homme s'arrêta et leva les yeux.

C'était bien le père de Litti, mais il était en piteux état. Et une seconde après l'avoir reconnu, le garçon se demanda s'il ne s'était pas trompé. On voyait autour du cou la morsure de la corde au bout de laquelle il s'était pendu. De sa tignasse rousse il ne restait pas grand-chose. Le pire était son regard : toujours aussi vert, il affichait une tristesse absolue. Stefano leva la tête, sembla regarder au travers de Litti. L'homme reprit sa marche lente, le dos voûté. Litti resta planté au milieu de la voie, au risque de se faire prendre. Puis il sentit qu'on lui agrippait le bras. Il tressaillit.

— Litti… Es-tu devenu fou ? demanda Yonastelli.

Le mage l'accompagnait dans la nuit de Corall-Medding. Il tira sur son bras et le ramena dans l'ombre d'un porche.

— C'était mon père.

— Eh bien ?

— Et… et il ne m'a pas reconnu.

— Ton père est mort, Litti. Il ne s'agissait pas vraiment de lui, tu le sais très bien.

Comme d'habitude, le mage lui faisait la leçon, en jouant sur les mots. Le garçon en avait assez. Il regrettait l'époque de Jocquinius. Où était le vieux mage aujourd'hui ? « En mission », avait répondu laconiquement Yonastelli.

— Alors c'était qui ? s'énerva le garçon.

— Une partie de ce qu'a été ton père anime cette enveloppe. Et je ne suis pas sûr qu'il s'agisse de la partie que tu aimerais retrouver.

— La vérité, c'est que vous n'en savez rien.

— Cesse de te comporter comme un enfant. Bon sang, Litti, tu as fait une énorme bourde l'autre fois.

— Vous me le rappelez tous les jours, maître.

— Et pour cause ! Tu n'as pas l'air de te rendre compte de la gravité de ton acte.

— J'ai utilisé une matrice adaptée à la situation.

— Justement, tu n'as pas à juger d'une situation. Du moins, pas pour le moment. Tu es en apprentissage, Litti ! Faut-il que tu brûles toutes les étapes ? Tu n'étais pas si insolent à Haut-Temple.

Mais Haut-Temple n'existe plus, pensa le garçon.

— J'ai supprimé tout un paquet d'ennemis ! s'exclama-t-il.

À ces mots, Litti comprit que son père aurait pu figurer parmi ce groupe de revenants. Voulait-il l'envoyer plus loin en Galameh ? Les créatures de fumée qu'il avait vues apparaître autour de ses victimes laissaient deviner toute l'horreur de leur destin.

— Oui, tu les as supprimés. Seulement le sort que je t'avais ordonné d'utiliser était plus discret et il aurait été plus difficile à reconnaître. Là, tu as laissé une belle signature ! Maintenant, le gouverneur cherche des Triniciens partout. Et il finira par les trouver si tu continues à te faire remarquer !

— Mais c'était mon père…, répéta-t-il, cette fois pour lui-même.

Litti était persuadé que Yonastelli était jaloux du succès de son élève. D'ailleurs, il ne lui apprenait plus de nouvelle matrice depuis quelque temps. Le garçon s'était révélé doué. Et, fort de son succès, il se montrait étonnamment entreprenant, lui naguère si hésitant. Trop content d'avoir mis la main sur un novice, Yonastelli avait compté sur sa seule autorité pour s'assurer la fidélité du garçon. Mais Litti avait besoin de plus que de ce rapport de maître à élève. Il savait que Jocquinius aurait tissé des liens d'une autre nature. Voir son père ce soir, et constater à quel point sa perte l'affectait après l'avoir refoulée toutes ces années, lui apprit qu'il désirait autre chose que ce rapport. Il le désirait ardemment. Il n'avait pas pour autant l'intention de se rebeller : Litti n'était pas fou à ce point. Il avait encore énormément à apprendre, et en l'absence de Jocquinius ou de tout autre mage, il « ferait avec » Yonastelli. Mais cela n'aurait qu'un temps. Car il apprenait vite.

Pour le moment, il obéissait. Paq n'était pas avec eux et le colosse lui manquait. Il entretenait avec lui une amitié dictée par les circonstances mais qui irait au-delà de la guerre. Si jamais celle-ci avait une fin… ou s'il la voyait ! Litti était pressé de lui raconter son étrange rencontre de ce soir. Finalement, il valait mieux qu'il soit avec Yonastelli, sinon il aurait suivi son père — ce qu'*était devenu* son père – à travers toute la ville. Et se serait peut-être fait prendre.

Tout à coup, ils entendirent des cris étouffés, des sanglots. Qui approchaient. Puis une lueur phosphorescente signala l'arrivée d'une colonne de Galaméens.

Une chance qu'ils portent cette marque autour de la tête ! C'est encore mieux qu'un drapeau…, songea Litti en suivant Yonastelli plus loin sous le porche.

Litti se pencha prudemment pour voir le spectacle ; une colonne de prisonniers était encadrée par des revenants. Enchaînés, les captifs pleuraient, avançaient en trébuchant. Ce n'était pas les vieillards de l'autre jour, avec Paq.

C'était des enfants.

Une bonne cinquantaine d'entre eux. Quelques mères criaient et suppliaient qu'on libère leurs petits. D'autres avaient déjà abandonné, étaient mortes depuis longtemps ou venaient d'être tuées en tentant de s'interposer. Quand l'une d'elles s'approchait trop près de la colonne de petits prisonniers, un garde la frappait avec le pommeau d'une épée ou lui donnait un coup de pied.

— On ne peut pas les laisser faire, dit Litti à mi-voix.

— Non, nous ne bougeons pas.

Litti esquissa un mouvement, le mage saisit son bras pour l'arrêter.

— On ne bouge pas, répéta-t-il. Ni toi ni moi ne sommes assez forts pour libérer les gosses.

Litti bouillait. Combien de fois allait-il devoir se contenter de regarder sans intervenir ? Il pensa à la petite Graziella, qu'il avait aidée, durant quelques minutes au matin de l'invasion. Il n'avait pas pu la protéger bien longtemps. Et maintenant qu'il pouvait manipuler des matrices puissantes, on lui interdisait de venir au secours de ses camarades ! L'intérieur de ses bras se mit à le démanger horriblement. Il prit sur lui pour ne pas les gratter jusqu'au sang, serrant les dents et prenant de profondes inspirations.

Pourquoi des enfants ? se demanda-t-il, comme si expliquer l'horreur pouvait en atténuer la réalité. *Ils enlèvent de plus en plus de gamins. On dirait qu'ils préparent quelque chose.*

Ils ne purent qu'attendre la fin du sinistre défilé. Le plus dur pour le garçon fut encore de se dire que son père participait à cette folie. Il songea que le père d'Iriane n'avait pas à subir une telle humiliation. Du moins, s'il était encore en vie…

* * *

Le voyage d'Iriane lui sembla durer une éternité. Une fois submergée par les eaux noires du puits, elle perdit connaissance puis s'éveilla dans un cauchemar tout aussi sombre. Des images terribles de meurtres, de souffrances et d'agonies ponctuèrent sa longue chute. Par moments, son propre corps disparaissait, comme dévoré par les ombres qui tissaient autour d'elle un réseau de plus en plus dense où l'air même était comme retenu prisonnier. Elle crut s'asphyxier, ne retrouva son souffle qu'*in extremis*. Tout au long de ce qui lui parut être une journée, elle aperçut un monde très différent. C'était comme regarder un paysage verdoyant à travers une lucarne après en avoir essuyé l'épaisse couche de suie. Le décor avait la couleur apaisante des rêves enfantins, où les bras des parents aimants sont la destination finale. Iriane voyait aussi des rondes joyeuses et elle était persuadée qu'en prêtant l'oreille, elle aurait entendu des chants célébrant une joie bucolique. S'agissait-il du royaume de Ganalone, le frère jumeau d'Omok ? On disait que son domaine était celui d'un éternel bonheur, celui d'une mort acceptée de bonne grâce. Mais Iriane demeurait du mauvais côté de la lucarne et n'eut pas de réponse à cette question ni à aucune autre, alors que la suie recouvrait le verre.

Il y eut encore un long moment d'obscurité. Puis les ténèbres s'écartèrent pour laisser la place à une lumière éclatante. La jeune femme dut fermer les yeux pour ne pas être aveuglée alors qu'elle se mettait à tourner sur elle-même de plus en plus vite. Au début elle tenta de lutter mais ses efforts se soldaient par une nausée persistante. La force centrifuge vida le sang de sa tête et elle s'évanouit une nouvelle fois.

Soudain, toutes les forces qui s'étaient farouchement disputé son corps l'abandonnèrent. Iriane encaissa un choc violent et se sentit plus lourde qu'elle ne l'avait jamais été. Elle ouvrit les yeux pour constater qu'elle était allongée sur un sol pavé.

Aussitôt, plusieurs silhouettes féminines se penchèrent au-dessus d'elle. Iriane n'arrivait plus à bouger le petit doigt, alors que la gravité reprenait ses droits. La pensionnaire de Maison-Noire sentit une main se poser sur sa joue et reconnut la voix qui lui dit :

— Bienvenue en enfer, chérie.

— Paula…

Il fallut à Iriane une journée entière de sommeil pour récupérer un tant soit peu de son voyage. Paula et Beryll, les deux jeunes Laménides qu'elle avait rencontrées quand elle était arrivée à Estebellia plusieurs semaines auparavant, l'entouraient. À l'exception du mot d'accueil de Paula, on lui épargna durant tout ce temps la réalité de la situation estebellienne en la conduisant au plus profond du palais, non loin de la salle où elle avait disparu puis réapparu.

À son réveil, Helenn, doyenne des atishas estebelliennes, résuma les derniers événements et détailla la défense des Laménides. Elle n'eut pas à parler du manque cruel de nourriture et maintenant d'eau : tout était rationné et il ne se passerait pas une semaine avant que les premières prêtresses commencent à mourir. Déjà, une douzaine des réfugiés qui les avaient accompagnées étaient morts, faute de soins adéquats malgré les pouvoirs des Laménides. On avait dans un premier temps remisé les corps dans une salle éloignée, puis, à cause des odeurs et du risque d'épidémie, il avait fallu se résoudre à les lancer par-dessus l'enceinte, au milieu des rideaux de pierres, d'eau et de flammes. C'était une chose terrible que de priver ces pauvres gens de sépulture, mais il en allait de la survie de tous.

— Bref, c'est pas la joie ici, résuma une Paula amaigrie, sale et aux traits tirés.

Iriane écouta ce récit bouche bée. Paula avait eu raison, c'était bien d'enfer qu'il s'agissait, même si son séjour en Galameh l'avait disposée à accueillir de telles informations sans s'effondrer complètement.

— Quelles nouvelles nous apportes-tu ? demanda alors la doyenne des atishas.

— Eh bien, je crains qu'elles ne soient guère plus réjouissantes. Il y en a tant, je ne sais même pas par laquelle commencer !

— Onahra, proposa aussitôt Paula avec impatience.

Iriane baissa la tête.

— Elle s'est battue contre Golan Tark. Je veux dire, devant moi. Elle me protégeait.

— Et alors ? Elle n'a pas pu t'accompagner jusqu'ici ?

— La dernière fois que je l'ai vue, Tark était sur le point de l'envoyer au plus profond de Galameh.

— Non ! fit Helenn, avant de plonger le visage entre ses mains.

Il y eut un long silence, ponctué des sanglots des plus jeunes prêtresses.

— Onahra empêchait Tark de s'intéresser à ce qui se passait chez lui, dit enfin Iriane.

— C'est-à-dire ?

— J'étais dans le palais du sorcier. Je lui ai repris la Perle de Vie : la voici.

Iriane écarta le col de sa chemise, saisit le collier entre ses doigts et le passa par-dessus sa tête pour le donner à la doyenne. Helenn posa le pendentif dans le creux de sa main et le montra à Paula et à deux autres prêtresses.

— Félicitations, Iriane, dit enfin l'atisha. Grâce à toi, nous allons peut-être enfin pouvoir nous attaquer sérieusement à ces maudits envahisseurs !

— Je ne vous ai pas donné *toutes* les mauvaises nouvelles…

Iriane rapporta la conversation qu'elle avait surprise, quand elle fouillait la Cabane à la recherche du Talaris : Golan Tark édifiait des tours, comptant tisser une sorte de réseau ensorcelé entre les grandes villes.

— Tark voudrait fermer de larges territoires à toute influence extérieure. Et l'énergie nécessaire serait émise depuis ces tours.

— Les Galaméens en ont commencé une, ici. Nous avons réussi à en retarder les travaux, mais je crois qu'ils ont repris de plus belle depuis quelques jours.

Il n'y eut pas de discussion pour savoir qui porterait la Perle de Vie. Helenn était la doyenne mais surtout la plus expérimentée de toutes les atishas. Les prêtresses se décidèrent très vite : il fallait que la doyenne sorte de là et parte chercher des renforts. Déjà, Helenn comptait pouvoir communiquer avec d'autres Laménides et prendre ainsi connaissance de la situation sinon dans son ensemble, du moins avec un peu de recul.

— Nous devrons abaisser nos défenses sur l'aile sud.

— Ce ne sera pas facile…, commenta Beryll. Je ne pense pas que nous ayons assez de force pour contrôler les éléments au point de créer un simple passage : ce qui signifie qu'il faudra faire tomber tous les rideaux à la fois !

— Ces crétins de hurleurs arrivent bien à entamer nos défenses : prenons exemple sur eux ! Plutôt que de nous ingénier à former un passage, forçons-le !

— Excellente idée…, fit Beryll en souriant.

Elle comprenait qu'elle avait encore beaucoup à apprendre avant d'être une atisha à part entière.

Moins d'une heure plus tard, Iriane et Helenn se trouvaient dans un étroit corridor face à une porte en bois de la taille d'un enfant et bardée de fer. Quatre verrous la maintenaient fermée. On entendait les éléments déchaînés par les Laménides gronder sourdement derrière la porte. De temps en temps, une pierre frappait le bois.

— Nous allons prier notre déesse de nous soutenir dans cette épreuve, dit Helenn, avant de former un cercle avec Iriane, Beryll et Paula et de leur prendre la main.

— Je ne connais pas de prière, avoua Iriane. Et je ne connais guère votre déesse.

— Ce n'est pas *notre* déesse, mon enfant : c'est *une* déesse parmi d'autres et elle n'appartient à personne, expliqua posément Helenn. Il se trouve que nous nous sentons proches d'elle et que nous lui devons une partie de notre compréhension du monde, voilà tout. Mais ne t'inquiète pas : pense simplement à un paysage que tu aimes plus que les autres, dans lequel tu te sens bien, et concentre-toi sur cette image au point d'oublier où tu te trouves.

— D'accord.

Toutes quatre fermèrent les paupières. Iriane songea qu'elle n'avait pas raconté son initiation auprès d'Onahra.

Onahra…

En lieu et place d'un décor apaisant, Iriane ne parvint qu'à visualiser Galameh. C'était étrange… Cet enfer invraisemblable lui semblait n'avoir existé que dans un cauchemar dont elle s'était enfin sortie. Pourtant elle y avait vécu des moments assez terribles pour qu'ils demeurent à jamais gravés dans sa mémoire, si ce n'est sa chair. Et les rencontres ! Jackal, Jeremy, les serviteurs d'Omok, le vieux soldat, les marins cruels du Ponton. Golan Tark lui-même. Voilà des gens qu'elle n'était pas près d'oublier. Son périple en Galameh s'afficha comme une carte dessinée à l'encre grise sur un parchemin décrépit. Il n'y avait pas de couleurs sur cette carte, et les noms y étaient à peine lisibles ; et pour ne rien arranger, ils changeaient constamment de place.

Beryll rompit le lien la première : il était temps de partir. Il n'y eut pas d'adieux, pas de larmes, juste des sourires qui ne pouvaient effacer la tragédie en cours. Iriane portait la tenue empruntée en Galameh : ample chemise et culottes de peau. Une longue tunique de toile grise fendue sur chaque côté, un large pantalon et un gilet noirs, voilà tout ce qui habillait la silhouette à la fois menue et autoritaire de Helenn. Tout comme Iriane, elle avait passé une gibecière et une gourde en bandoulière.

— Couvrons-nous le visage, ordonna la doyenne.

Les quatre femmes s'enroulèrent dans une large écharpe de lin. Paula ouvrit un verrou après l'autre. Elle pesa de toutes ses forces contre le battant : la pression était grande à l'extérieur. Beryll vint l'aider et à elles deux elles firent céder pas après pas un peu de terrain à la porte. De la poussière s'engouffra dans le corridor, heurtant d'abord le mur. Iriane tourna la tête, tout en se protégeant le visage derrière le bras. Ce n'était qu'un violent appel d'air, aussitôt remplacé par le vent. La porte était tout à fait ouverte à présent et un sifflement continu emplissait le couloir.

D'un signe de tête, Helenn s'assura que tout le monde était prêt. Puis elle tendit le bras devant elle, face aux éléments, tandis que Beryll faisait de même.

— À trois, Beryll ! cria l'atisha. Un… deux…

— … trois !

Une explosion souffla la matière en mouvement de l'autre côté de la porte. Helenn se précipita aussitôt dans le trou qui béait, Iriane courut à sa suite. Malgré le stress et la course, la jeune femme ne put rester indifférente au spectacle : à moins d'un mètre au-dessus d'elles une quadruple arche d'une dizaine de mètres de profondeur s'animait en brun, jaune et bleu. Iriane eut le sentiment de traverser à toute allure un tunnel aussi improbable qu'éphémère. Devant elles, un ultime rideau n'avait pas été atteint par le souffle magique des prêtresses. Les deux recluses fonçaient vers lui tandis que les autres rideaux se refermaient déjà dans leur dos. Si Helenn n'agissait pas très vite, les pierres de toutes tailles que les courants d'air soulevaient, emportaient et projetaient comme s'il s'agissait de grains de sable, les réduiraient en charpie. Dans cinq pas elles seraient au milieu de ce tumulte minéral.

Iriane prit sur elle pour ne pas ralentir, car rebrousser chemin n'était plus une option. Ce serait tellement idiot de périr par la faute d'une arme amie ! Avec le recul, elle admettrait qu'elle n'était pas à une ironie près, dans une histoire qui se jouait des évidences et des destins avec une nonchalance criminelle.

La jeune femme sentit quelque chose dans son cou, comme une brûlure. Puis sur sa jambe et sur cent points également répartis. Elle ne prit pas la peine de regarder de quoi il s'agissait. Helenn avait de nouveau tendu le bras devant elle. La main de la doyenne pénétrait le mur mouvant et Iriane crut entendre un cri quand un second souffle en écarta brusquement les pierres.

Enfin, elles furent de l'autre côté, sur un placître ombragé qui sentait la pierre humide : l'eau du puits qui en marquait le centre devait suinter sous les pierres. La terre soulevée par la magie s'était déposée partout en une fine couche ocre. Pas un soldat ennemi en vue ; l'envahisseur n'avait pas encore dû trouver l'endroit, que l'on gagnait par un dédale de ruelles.

— Vite, décida Helenn, la voix étrangement modifiée.

Elle entraîna la pensionnaire de Maison-Noire dans une ruelle étroite, puis elles se glissèrent sous un porche. La doyenne s'appuya contre un mur et se laissa enfin aller. Elle était livide et se tenait le poignet ; il était rouge.

— Atisha !

La main n'était plus qu'un amas de chair sanguinolent.

— Je… Je n'y suis pas arrivée assez vite.

Le dernier rideau défensif lui avait broyé la main.

— Asseyez-vous, atisha.

La vieille femme se laissa glisser le long du mur. Elle gémissait de douleur.

— Le Talaris…, dit encore Helenn. Il avait trop de force et j'ai eu comme… comme une absence. Trop longtemps sans l'avoir eu près de moi…

Iriane se souvint des leçons d'Onahra. Elle posa sa main sur le front crispé de Helenn et puisa en elle l'énergie nécessaire pour soulager la douleur de la blessée. Cela lui prit un peu de temps, mais quand elle y parvint enfin, la doyenne lui demanda, étonnée :

— Que fais-tu ?

— Ce que l'impératrice m'a enseigné.

Bien qu'elle ne fût pas femme à se laisser emprisonner par les préjugés et les *a priori*, Helenn considéra sa compagne d'un nouveau regard. Puis elle dit avec un maigre sourire :

— Bien sûr… Onahra ne pouvait pas laisser passer une occasion pareille.

— Elle pensait que ça pourrait m'être utile.

— Qu'elle en soit remerciée. Mais surtout, merci à toi, Iriane. J'ai cru que j'allais m'évanouir. La douleur est une drôle de chose, mon enfant : elle nous permet de retirer la main du feu avant qu'elle soit calcinée. Mais à présent, je sais que je n'aurai jamais plus l'usage de ces doigts, alors pourquoi souffrir puisque c'est en vain ?

Iriane acquiesça, avant de suivre les instructions de Helenn pour protéger ce qui restait de sa main et éviter toute infection. Il était peut-être déjà trop tard. Il leur fallait trouver de l'eau. Il y avait un puits sur la petite place où elles avaient débouché.

— Elle ne risque pas d'être intoxiquée ? demanda la jeune femme.

— Je pourrai m'en assurer si tu m'en apportes un seau.

— Et si elle l'était ?

— Eh bien, il y a un ou deux trucs qui sont à la portée d'une atisha, mon enfant. Allez, va : chaque minute compte !

Iriane se précipita vers le puits, souleva le couvercle en bois qui, par chance, protégeait l'eau de la poussière, tira sur la chaîne pour remonter le seau, jetant des coups d'œil alentour afin de s'assurer que personne n'arrivait. La vision du système défensif était ahurissante, même de ce côté du palais où la façade était étroite, interrompue de part et d'autre par les murs de bâtiments adjacents ou par un pont habité qui formait une arche au-dessus d'une venelle.

Ce n'est qu'à ce moment-là qu'Iriane prit conscience de ses blessures. Des dizaines de petites coupures, causées par les cailloux volant en tous sens. Le sang avait commencé à imprégner le col de sa chemise.

Elle renifla le contenu du seau et décida qu'il ne sentait pas mauvais. Retournée auprès de Helenn, elle déchira sur ses instructions un pan de sa tunique et nettoya méticuleusement la plaie qu'était devenue sa main. Helenn perdit connaissance et Iriane la ranima avec de l'eau et de la magie. La doyenne avait réussi à stopper l'hémorragie mais elle avait perdu beaucoup de sang et se sentait extrêmement faible. Elle mâchait des feuilles réputées abaisser la fièvre qu'elle sentait monter et d'autres pour se droguer : Iriane ne pourrait s'occuper d'elle en permanence. Quand l'atisha vit l'état de sa partenaire, elle s'alarma ; la jeune femme la rassura et promit de s'occuper d'elle-même dès qu'elle en aurait terminé avec la main déchiquetée. Helenn voulut encore expliquer à l'adolescente comment confectionner un bandage, mais Iriane l'avait appris à Maison-Noire.

Le soleil était tout à fait couché et l'éclat des lunes frappait la nuit de leur sceau d'argent. De là où se trouvaient les femmes, on entendait le vacarme que créait la magie véhémente des prêtresses ; il résonnait comme un éboulement lointain et permanent.

— Il faut que tu m'aides à me relever, demanda Helenn.

— Vous êtes sûre d'avoir assez de force pour marcher ?

— Prétendrais-tu que je suis une vieillarde sans ressource ? fit gentiment la doyenne des Laménides.

— Non, atisha ; certainement pas.

Iriane obéit, prenant un bras de la vieille femme pour le passer autour de ses épaules. Une fois debout, Helenn grimaça, se tint la tête de sa main valide et poussa un long soupir. Il fallait s'éloigner, maintenant : elles avaient perdu un temps précieux.

Comme Jeremy avait semblé tout connaître de Galameh et de ses raccourcis, la doyenne progressait dans la ville en guerre avec facilité. Helenn ouvrait des passages secrets, poussait des portes que l'on aurait crues closes, passait sous terre ou au-dessus de rues que des feux d'un vert inquiétant allumaient parfois. Elles devaient s'arrêter régulièrement, le temps pour l'atisha de reprendre quelques feuilles, quand la douleur se réveillait. Iriane constata qu'elle ne bougeait presque plus le bras, comme si ce n'était pas juste la main qui avait souffert de la traversée du rideau surnaturel.

Plus d'une fois elles manquèrent de se trouver en face de l'ennemi. Il n'y avait plus de hurleurs mais elles virent, tenus en laisse, d'étranges animaux à tête de singe, humant l'air sur leurs quatre pattes. L'espace d'un instant Iriane eut une vision semblable à celles qui l'avaient hantée alors qu'elle franchissait les mondes, à son retour ; elle s'arrêta, dangereusement proche des patrouilles de morts. Helenn attrapa son bras pour la tirer de sa torpeur.

— Ce sont ces animaux, expliqua-t-elle dès qu'elles se trouvèrent hors de portée des ennemis. Ils projettent des images terrifiantes dans l'esprit des gens…

— Quelle idée bizarre !

— Non, c'est efficace : les clandestins finissent par sortir de chez eux.

Rue après rue, passage après passage, elles gagnèrent l'enceinte orientale d'Estebellia. Malgré son automédication, ses pouvoirs et l'aide d'Iriane, Helenn était de plus en plus mal. Elle avait hypothéqué son corps afin de sortir de la ville au plus vite. Et maintenant elle payait le prix fort de ses excès, tout comme elle comprenait combien ses émotions, son âge et la folie de son projet avaient mis en péril son existence même : Helenn avait essayé de crever les défenses laménides une seconde fois, tandis que le mur de pierres mouvantes demeurait étanche, et l'atisha n'y était arrivée qu'au dernier moment, sa main plongée dans le chaos. Quelque chose n'avait pas fonctionné normalement,

Si tant est que la normalité ait une quelconque place dans les heures que nous vivons.

Des incendies déclarés plus au nord, là où les troupes de Tark étaient entrées en premier, soufflaient leur panache âcre à travers toute la ville, irritant la gorge et les yeux des deux femmes. Heureusement, Estebellia était surtout bâtie en pierres, contrairement à Grève-Pieds où le torchis constituait l'essentiel des constructions. Iriane se prit à penser à Litti ; avait-il subi les outrages de l'invasion ? Était-il en vie ? Elle ne pouvait se résoudre à l'imaginer mort.

Des explosions sporadiques troublaient une cité par ailleurs anormalement calme, à l'instar d'une cité fantôme. Les insectes s'affirmaient les créatures les plus bruyantes : les mouches bourdonnaient autour des dizaines de cadavres qui jonchaient le pied de barricades abandonnées. Iriane peinait à comprendre la situation. On aurait dit que les Galaméens concentraient leurs forces autour de la citadelle où s'étaient retranchées les Laménides et une partie de la population. Et que le reste des habitants était parti ou mort.

Joyeux tableau, ironisa la jeune femme pour elle-même.

Ce n'était pas Galameh, mais ce n'était guère plus vivant. Toutefois, et bien qu'elle eût le cœur serré au spectacle d'une ville déjà brisée par l'ennemi, Iriane ne se laissait pas envahir par la tristesse ou une mélancolie excessive. Déjà, elle n'avait pas eu le loisir d'apprécier une capitale qu'elle avait si longtemps honnie, fût-ce par erreur. Ensuite, son séjour dans le royaume d'Omok était une expérience à l'aune de laquelle elle mesurerait toutes les tragédies à venir.

Non, ce qui la peinait le plus et l'inquiétait était Helenn. Après plus d'une heure de marche, l'atisha trébuchait de plus en plus souvent.

Que Lanoë soit loué, songea Iriane en arrivant près d'une enceinte d'Estebellia. *Dans quelques minutes nous serons dehors.*

Mais le dieu des causes désespérées ne pouvait rien pour la vieille femme ni pour Iriane. S'il se tenait quelque part en Elamia, ce devait être bien loin de ces lieux qui avaient attiré tant d'artistes.

— Il faut sortir d'ici, insista Helenn.

— Je ne vois pas de porte.

Iriane laissa courir sa main contre le mur et ne sentit que les joints entre les pierres. Elle entendit alors les pas réguliers d'une patrouille claquer sur les pavés. Combien pouvaient-ils être ? Déjà, la sinistre lueur verte apparaissait au coin de la ruelle qui longeait la muraille. Helenn respirait rapidement, trop rapidement. Elle était essoufflée, épuisée et par instants la souffrance la submergeait, bravant les défenses magiques que dressait pourtant la doyenne devant ses nerfs.

— Atisha, je ne trouve rien !

— Il faut…

Deux hommes apparurent à cinquante mètres de là. Les femmes s'étaient glissées dans l'ombre, à l'abri des rayons lunaires. Mais Iriane craignait que la respiration haletante de Helenn les trahisse au moment où le duo passerait devant elles. Deux autres soldats se matérialisèrent au même endroit. Autant le premier couple ne disait rien, autant le second parlait fort. En revanche, ni l'un ni l'autre n'était sur ses gardes, comme si la bataille était gagnée et que l'on se battait loin de là pour un accessit lors d'une lice.

— Il faut, reprit l'atisha, poser la paume contre une pierre ronde et saillante. Et l'enfoncer…

Elle avait prononcé ces mots sans précaution, puis elle se mit à tousser, pliée en deux.

Le duo de tête s'arrêta aussitôt.

— Eh, là-bas !

Les silhouettes sortirent leurs glaives des fourreaux. Et avancèrent à pas comptés. Derrière eux, le second duo fit de même.

— Et merde…, pesta Iriane.

— Je… je ne vais pas avoir assez de force, s'excusa Helenn qui venait enfin de comprendre la gravité de leur situation.

— Tant pis. Je m'en occupe.

Les hommes n'étaient plus qu'à un mètre. Le visage baigné d'un halo verdâtre, ils fouillaient la pénombre.

Pourvu que ça marche même à voix basse…

— Enilame…, souffla-t-elle.

Son épée se matérialisa aussitôt dans son poing. Elle jaillit d'un bond de son abri et d'un même geste trancha la gorge de l'homme de gauche et le nez de son acolyte qui poussa un cri de douleur et de surprise mêlées. Il avait lâché son arme ; il se prit la face entre les mains en braillant :

— Salope ! Je vais te crever !

L'épée d'Iriane revenait déjà, à deux mains cette fois. Sa lame décapita le Galaméen.

— Essaie, dit-elle calmement, après avoir fait un bond en retrait, laissant des volutes d'un noir plus profond que la nuit et piquetées d'yeux dévorer les cadavres encore chauds.

Ici aussi…, constata-t-elle.

Les deux autres hommes étaient là, mais ils hésitaient. L'un d'eux hurla littéralement pour appeler des renforts.

— Vous attendez quoi ? leur demanda Iriane qui n'avait même pas eu le temps de s'échauffer.

Un Galaméen de petite taille avança d'un pas prudent vers elle ; il tenait une hache courte qu'il fit tournoyer de rapides moulinets du poignet. Iriane se jeta en une fente précise, mais sa lame fut contrée par la hache. L'arme ennemie parut s'enrouler autour de son épée comme un lasso et la fuyarde ne put la retenir. Elle la vit s'envoler. L'homme était déjà sur elle. Iriane sauta à pieds joints pour éviter le coup. Elle retomba les poings serrés et les abattit sur le crâne de son agresseur, et sans lui laisser le temps de réagir lui donna un coup de genou dans les parties. L'homme se plia en deux tandis qu'Iriane se jetait en une roulade vers son épée. Elle la manqua, se releva puis se baissa à nouveau pour en saisir le pommeau. C'est alors qu'elle vit le second Galaméen. En plongeant vers son épée elle l'avait oublié ; l'homme avait dressé son glaive et s'apprêtait à l'abattre sur le crâne d'Iriane. Elle interposa son bras armé entre son visage et la lame.

Mais l'ennemi se figea. Dans la pénombre, la jeune femme ne put voir ses traits ; elle entendit juste un horrible gargouillis et le son étouffé d'une explosion. L'homme s'écroula sans avoir eu le temps de mener à bien son sinistre ouvrage.

Iriane n'attendit pas une seconde de plus pour rejoindre Helenn. Déjà, on entendait les renforts arriver.

— Bravo, Iriane, dit la prêtresse. Et maintenant, suis-moi.

L'atisha avait trouvé le mécanisme secret. Les deux femmes s'y engouffrèrent et la porte se referma derrière elles. C'était un couloir étroit, garni de toiles d'araignées. Iriane ouvrait la marche en tenant la main valide de Helenn et balayait les toiles avec son épée.

— C'est vous qui l'avez tué, n'est-ce pas ? demanda l'adolescente.

— Le soldat ? Oui.

— Merci…

— Et cette épée, d'où sort-elle ? Je n'ai jamais rien vu de tel.

— Un souvenir de Galameh.

— Par Laménie…

Enfin, elles trouvèrent la sortie. Des broussailles masquaient le passage et Iriane dut les déblayer à grands mouvements de bras.

À l'extérieur de la cité, elles ne virent aucune troupe. Elles ne voulaient pas pour autant s'attarder près de l'enceinte.

— Je connais une ferme où nous devrions être tranquilles, dit Helenn.

— Loin d'ici ?

— Il faudrait marcher toute la nuit.

Iriane maugréa et demanda :

— C'est trop loin, n'est-ce pas ?

Helenn poussa un soupir.

Si seulement nous avions des chevaux.

Elles avisèrent alors une petite construction en pierres, au beau milieu des vignes. Elle n'était qu'à quelques minutes de marche. Iriane aida Helenn à avancer jusque-là. Il n'y avait pas de porte et la pièce unique, percée d'une croisée, accueillait quelques barriques vides, des outils. Iriane poussa quelques fûts devant la porte par mesure de précaution et vint s'asseoir aux côtés de la doyenne laménide, sur la terre battue. Il faisait ici bien plus frais que dans la cité et la jeune femme se mit à frissonner.

— Vous n'avez pas froid ? demanda-t-elle aussitôt.

— Si… Tu sais ce qui me ferait plaisir ?

— Non.

— Un thé…

— Cette boisson de Talaxania ? Je n'y ai jamais goûté. Ça ressemble à une infusion, non ?

— Oui, c'est le même principe. Des feuilles, de l'eau chaude. Mais le thé est bien plus raffiné, à mon avis.

Malgré le ton badin, la voix de la vieille femme ne pouvait dissimuler son épuisement. Pour supprimer l'agresseur d'Iriane, elle avait puisé dans des ressources déjà bien maigres.

— Vous êtes allée là-bas ?

— Talaxania ? Oui. C'est une terre de magie. Un continent dans le continent. Il faut aller au-delà de Havoc, dans les montagnes ou plus au nord, dans les marais et les tourbières.

— Il y a des prêtresses ?

— Il y en a partout, Iriane. Pas forcément en très grand nombre, mais nos intérêts sont semblables, quelles que soient nos origines. J'aimerais tellement y retourner…

Iriane ne voyait pas le visage de la prêtresse, mais à son ton elle devinait sa détresse.

— Vous irez un jour, atisha. J'en suis certaine.

— Non. Non, je ne pense pas. Tant de choses à faire avant…

— Vous allez… *joindre* d'autres prêtresses ?

— C'est déjà fait, pendant que nous marchions jusqu'ici. La situation n'est pas brillante à Corall-Medding. On dirait que tout y est déjà joué, contrairement à Estebellia.

Litti…

— Les Laménides s'y sont battues ?

— Il n'y a pas d'atisha là-bas et les quelques prêtresses sont sans pouvoir, sinon celui de communiquer par la pensée, ce qui n'est pas rien. Mais il y a une bonne nouvelle, poursuivit l'atisha ; je crois comprendre qu'une résistance s'est constituée autour d'un homme. Toute une armée, en fait. Et elle s'est équipée pour venir à bout de l'envahisseur.

— Qui est cet homme ?

— L'époux d'Onahra.

— Adrian ? Mais c'est impossible ! Ce doit être une erreur.

— Non. Tout se passe comme nous l'avons souhaité.

— Comment ça ? Je ne comprends pas… Atisha, je ne comprends rien du tout !

— Calme-toi, mon enfant. Calme-toi. C'est une bien longue histoire et je ne suis pas sûre de pouvoir en venir à bout cette nuit. Alors si tu veux bien m'écouter avec la plus grande attention, je ferai mon possible pour t'éclairer. Que tu travailles ou non pour la Hanse n'a plus d'importance aujourd'hui et plus nombreux nous serons à savoir que l'histoire ne sera pas écrite par la main de Tark, plus l'espoir retrouvera le chemin de nos cœurs.

— Pardonnez-moi, Helenn. Je vous écoute.

La doyenne lui raconta alors comment les prêtresses avaient suivi l'empereur après sa terrible défaite, embarquant avec lui vers Anakann. Lorsque Tark avait détruit la prison où Adrian avait été enfermé, dans le désert, et que le captif s'était retrouvé libre et amnésique, une Laménide l'avait accompagné durant son voyage de retour. Helenn but longuement à sa gourde puis expliqua aussi qu'une Aresmass et un Trinicien avaient rapporté le Sarment du Temps à Adrian, si bien que l'ancien empereur avait de quoi préparer une contre-attaque s'il acceptait de mener ce combat contre l'envahisseur.

Iriane n'en croyait pas ses oreilles et en d'autres temps elle aurait cru que la Laménide se moquait d'elle.

— Alors nous allons rejoindre Adrian ? demanda Iriane une fois le récit achevé.

— Nous allons chercher de l'aide et en offrir à ceux qui en ont besoin. Enfin, quand je dis « nous », tu n'es pas obligée de me suivre, jeune fille.

— L'enseignement que j'ai reçu d'Onahra ne fait pas de moi une Laménide, mais je comprends mieux quelles sont vos motivations aujourd'hui. Et ce sont les mêmes que les miennes.

— Très bien. Adrian et son armée s'éloignent de Tuckmill, qu'ils ont libérée. Corall-Medding devrait être leur prochaine destination, si les dieux le veulent bien. Alors laisse-moi t'apprendre une chose ou deux avant que nous dormions un peu.

— Voulez-vous que je refasse votre bandage avant tout ?

— Non, Iriane. Non.

Il y avait une nuance dans l'expression de Helenn qu'Iriane n'aima pas, sans qu'elle pût mettre le doigt dessus. Malgré sa fatigue extrême, l'atisha lui rappela quelques éléments fondamentaux de la magie laménide. Elle lui expliqua comment faire corps avec son environnement.

« La nature se fraie un chemin même dans les pierres de la plus grande cité. L'air circule partout, l'eau n'est jamais très loin, le feu n'attend qu'une étincelle pour se propager. »

La leçon dura jusque tard dans la nuit. Après ça, Iriane n'eut plus la force de monter la garde. Les deux compagnes s'endormirent en même temps, à même le sol.

Seule l'adolescente devait se réveiller.

* * *

Une dizaine de serviteurs d'Omok s'étaient réunis devant la Cabane, Balabord en tête. Tark devait admettre en son for intérieur que le spectacle de ces créatures glabres, au teint lunaire et vêtues de noir sous leur torse nu était impressionnant. Elles flottaient entre ciel et terre et affichaient une expression de colère à peine contenue. Une véritable démonstration de puissance.

— Où en es-tu de tes promesses ? demanda Balabord.

— J'ai construit de nombreuses tours, mais pour le moment il m'a été impossible d'en élever autant que je l'aurais souhaité. As-tu idée de ce que représente l'invasion d'un monde ?

— Ce n'est pas mon problème, mais le tien. Quand pourrons-nous passer de l'autre côté ?

— Bientôt. Très bientôt. J'y pense sans arrêt ; j'aurai besoin de vous, là-bas.

— Nous aurons tous besoin les uns des autres, sorcier. Et nous respecterons nos engagements si tu respectes les tiens. Pour le moment, nous autres serviteurs d'Omok sommes les seuls à faire des efforts, ici. Combien de navires avons-nous laissé passer en fermant les yeux ou en détournant l'attention de nos collègues ?

— Je t'en remercie, Balabord. Je vous en remercie tous. Mais je vois que ton bras va mieux !

— Je ne t'ai pas attendu pour le soigner. Tu vois, tes trucs n'ont qu'un effet limité sur moi.

— À la bonne heure ! s'exclama hypocritement le sorcier. Maintenant, j'ai beaucoup à faire, mes amis. La situation est difficile de l'autre côté et votre aide sera la bienvenue. Imaginez un monde loin d'Omok, loin de Walachiel, loin de ces geignards de Galaméens…

— Il y aura encore des morts, sorcier : ton armée est composée de cette sale engeance !

— Pour commencer, il n'y a pas qu'eux. Et puis, ils se comportent différemment, croyez-moi. Après tout, je leur ai donné ce qu'ils souhaitaient le plus au monde : la liberté en Val-des-Miracles. Voilà ce qui vous attend, mes amis !

— Garde tes discours pour tes pitoyables humains. Nous savons très bien à quoi nous attendre. Et le plus tôt sera le mieux. Omok va finir par se poser des questions.

Vraiment ? se dit Golan Tark qui n'avait encore jamais vu le dieu. Il se demandait s'il s'occupait encore de son royaume. Où pouvait-il bien se trouver ? Existait-il réellement ?

Avant toute chose, il avait un petit compte à régler avec Jeremy.

* * *

Iriane ne se souvenait pas avoir autant pleuré.

Elle marchait depuis quatre heures, à présent. Seule. La rosée s'était évaporée et elle regardait la campagne comme s'il s'agissait d'un tableau accroché dans une salle glaciale, une geôle dont elle ne voyait pas les murs.

Quand elle s'était réveillée, le jour pointait à l'horizon, sous la gaze pâle de la brume. Tout de suite elle sut que quelque chose n'allait pas : au coin de la bouche déformée de l'atisha avait coulé un filet de salive à présent sec ; ses yeux étaient entrouverts et la position du cou si inconfortable qu'elle aurait dû se retourner. Surtout, Iriane constata que la cage thoracique ne bougeait plus.

— Non. Non !

La jeune femme posa ses doigts sur la gorge – il n'y avait plus de pouls.

— Non… Ce n'est pas… *juste*…

Pendant un long moment elle avait fermé les yeux, à genoux, tête renversée en arrière.

— Pourquoi ? répéta-t-elle encore et encore. Pourquoi ?

Puis les sanglots se frayèrent un chemin en elle, les larmes coulèrent. Et elle hurla sa peine, au mépris de sa sécurité en ces lieux où rôdait l'ennemi.

Il fallut se décider à quitter l'endroit. Elle refusa d'abandonner la femme aux corbeaux et aux mouches et elle s'empara d'une pioche et d'une pelle pour creuser une tombe. Elle souleva la terre derrière la cabane durant deux heures et coucha la dépouille.

— Je ne connais pas de prière, Helenn.

Elle devina qu'elle pouvait s'adresser à Laménie et à Ganalone. Qu'ils l'accueillent auprès d'eux et lui rendent la mort plus douce. Helenn pouvait-elle être en Galameh ? Parce qu'elle connaissait l'endroit, cette perspective était ignoble. Qu'aurait dit Litti à ce moment-là ? Il aurait sûrement su trouver les mots.

Les Triniciens sont les prêtres de la mort, après tout.

Elle pensa à son amant, à tout ce qu'elle lui raconterait le jour de leurs retrouvailles. Ce qu'était le monde après la mort. Elle pensa à sa mère, disparue trop tôt d'une terrible maladie. Peu de temps après son décès, une amie de la famille avait appris à Iriane qu'une femme et une seule aurait pu la sauver. Et cette femme était Onahra. Peu à peu l'impératrice était devenue l'idole d'Iriane, sans qu'elle sût jamais qu'elle appartenait à l'ordre libre des Laménides. Au lieu de quoi la jeune fille entretint sa détestation de toute forme de pouvoir occulte et s'en remit à sa force physique, à sa motivation puis, plus tard, à ses compagnons et enseignants de Maison-Noire.

À sa manière, Maison-Noire n'était bien sûr rien d'autre qu'un groupuscule ; mais il appartenait à la Hanse des marchands à laquelle son père était affilié. La Hanse veillait au destin des Territoires au côté des Triniciens, mais la méfiance réciproque était assez grande pour que l'on crée de part et d'autre des entités autonomes, en cas de trahison.

Alors qu'elle quittait Corall-Medding pour sa première mission, Iriane avait une conception du monde partiale : seule la Hanse et son idée du commerce, de l'échange, pouvait assurer sereinement l'avenir des Territoires. Les Triniciens n'étaient là que pour s'arroger le pouvoir par la force de leur magie, un jour ou l'autre. D'ailleurs n'avaient-ils pas toujours essayé de s'imposer, même au temps de l'empereur ? Pour Iriane, les marchands composaient un monde ouvert, accueillant, et les Triniciens symbolisaient un univers de coteries et de manipulations secrètes. Sa rencontre avec Litti n'avait fait que confirmer ses convictions, malgré son amour. Finalement, n'avait-elle pas espéré le changer ?

Mais la mission d'Iriane ne s'était pas déroulée comme prévu. Elle avait été capturée par les Laménides, ou plus exactement elle s'était laissé séduire. Découvrir qu'Onahra était l'une d'elles avait été un choc et une première remise en question. Quand la jeune femme avait été littéralement attirée en Galameh, alors même qu'elle tentait de protéger la dépouille de l'impératrice, les vestiges vacillants de ses certitudes s'étaient définitivement effondrés.

Bien plus tard, Iriane avait retrouvé avec une joie sincère ses compagnes laménides. Et voilà que le destin venait de lui voler la plus généreuse et sans doute la plus douce d'entre elles ! Comment aurait-elle pu accepter cela sans s'émouvoir ?

Pleurer n'était pas un comportement brillant pour un stagiaire de Maison-Noire, habitué à souffrir les pires traitements, à endurer sans faillir des violences physiques et morales. Ses maîtres s'étaient montrés impitoyables et les larmes n'avaient plus cours à l'entraînement. Elle se souvint de la nuit où elle s'était cassé deux côtes en sautant d'un toit à un autre : manquant sa réception, elle avait heurté une gouttière, avant de glisser et de se rattraper *in extremis* par les mains. Le sergent Ibrini l'accompagnait cette nuit-là. Plutôt que de l'aider à redescendre de là-haut, il l'avait injuriée – à mi-voix car le quartier dormait, sinon Iriane ne doutait pas qu'il eût braillé à la rendre sourde. La douleur était si intense qu'Iriane s'était très vite laissée tomber dans la carriole stationnée trois mètres plus bas et à demi emplie de branchages. Des branchages qui certes avaient en partie amorti sa chute mais aussi lacéré ses jambes et ses mains. En tombant, elle s'était foulé la cheville. À peine était-elle descendue de la carriole qu'Ibrini l'avait giflée. Elle avait pleuré, alors il l'avait giflée une seconde fois. Il ne l'avait aidée à marcher qu'à portée de voix de Maison-Noire. « Si tu crois que le fait d'être une femelle m'inspirera un peu plus de pitié ou de commisération, détrompe-toi, l'avait mise en garde le sergent des cohortes hanséatiques. Je serai même encore plus dur qu'avec tes copains, car je n'ai pas de goût particulier pour les marie-la-douleur. » Il avait fallu un peu de temps à l'adolescente pour comprendre combien Ibrini et les autres l'aimaient. Dans l'intervalle, elle avait appris à ravaler ses sanglots. Et elle était persuadée que Litti n'aurait su montrer une telle endurance – par ailleurs, elle n'aurait jamais exigé ça de lui.

Ce qu'elle avait appris des Laménides contredisait en bonne partie son entraînement à Maison-Noire. Ressentir toutes les subtilités de ses émotions, s'y attarder, les nourrir pour en tirer une force, les vivre pleinement à la seule condition qu'elles ne mettent pas en péril celui ou celle qui les exprime : voilà qui était bien différent de la règle d'austérité et de réserve imposée par les formateurs hanséatiques. Un changement parmi de nombreux autres… Où cela s'arrêterait-il ? Pas à la fin de ses sanglots, en tout cas.

Après la mort de Helenn, elle avait hésité à rebrousser chemin pour en avertir les Laménides. Elle se dit que le jeu n'en valait pas la chandelle. La doyenne et elle avaient pour mission de quitter la ville et de se mettre en rapport avec d'autres Laménides, de quérir leur soutien et d'éloigner de l'envahisseur le Talaris si chèrement repris. Retourner à Estebellia revenait à tirer un trait sur cette mission. En bref, s'avouer vaincue avant même le début de la bataille. Alors, Iriane avait décidé de reprendre la route. Non sans avoir passé autour de son cou la Perle de Vie, le Talaris confié aux Laménides il y a bien longtemps.

Déjà, elle en ressentait les effets. Des sanglots l'agitaient encore alors que le soleil était au zénith, derrière des trains de nuages bas et paisibles. Seulement ces sanglots-là lui parurent moins tristes qu'indispensables, comme une purge lente et régulière. Presque une onction. Une onction de larmes. Les doigts de Paula essuyant l'eau sur ses joues, à Estebellia, lui revinrent à l'esprit. La jeune prêtresse avait ensuite posé son doigt humide sur ses lèvres pour en sucer l'humeur lacrymale. Plus que jamais la pensionnaire de Maison-Noire comprenait ce geste. Il avait été une manière affectueuse et sensuelle d'approuver les émotions qui la traversaient à ce moment précis, de les partager intimement. De les reconnaître.

Plus tard au cours de cette première journée de marche, Iriane aperçut des Galaméens, signalés par un nuage de poussière au-dessus de la route.

Ils étaient quatre et montaient à cheval, par groupes de deux. Un halo vert, moins visible sous le soleil qu'au milieu de l'obscurité, signait leur identité. La jeune femme s'était déjà cachée derrière les broussailles qui bordaient le chemin. Elle se débarrassa de ses sacs et des gourdes et attendit que les hommes approchent.

Ce n'était pas des chevaux. Pas à proprement parler. Ces bêtes-là, avec leur gueule écumante, leurs côtes saillantes, leur robe d'un gris éteint et leur regard inexpressif, venaient de Galameh. La tête était plus courte et de grandes canines dépassaient des babines.

Iriane jaillit de sa cachette, l'épée au clair. Les deux premières montures se cabrèrent. La guerrière trancha une patte antérieure de la plus proche, au niveau du genou. L'animal tomba sur son moignon et roula au sol, écrasant son cavalier. Déjà Iriane s'en prenait au deuxième Galaméen qui tentait son possible pour maîtriser sa monture affolée. Elle l'y aida en tranchant l'encolure puis, dans un même mouvement, en frappant l'aine du soldat. Ce n'était pas suffisant pour le tuer sur le coup, mais l'homme au faciès décharné avait lâché les rênes pour saisir sa jambe touchée. Iriane l'attrapa d'une main par la ceinture et n'eut guère à forcer pour qu'il tombe à terre. Elle enfonça alors sa lame dans l'oreille d'un coup précis. Il y eut un curieux bruit de succion quand elle retira son épée du crâne. Un geyser de sang verdâtre gicla par intermittence.

Le troisième Galaméen avait fui. Il restait un homme. Il tournait autour d'Iriane, cherchant un passage pour la tailler en pièces. Iriane, elle, avait dans l'idée de profiter de l'aubaine d'un moyen de transport plus rapide et moins fatigant que ses deux jambes. D'ailleurs, elle n'avait attaqué le quatuor que dans cette intention ; sinon, elle serait passée au large.

Les lames tintèrent. Iriane exhorta son adversaire à mettre pied à terre pour venir se battre « comme un homme », mais le Galaméen grognait plutôt comme une bête féroce et paraissait incapable de prononcer le moindre mot. Durant un court moment, l'homme lui tourna le dos alors que sa monture pivotait sur elle-même en renâclant. Promptement, Iriane saisit l'opportunité en projetant sa lame de toutes ses forces. Elle heurta la tête du soldat qui tomba de selle. Il restait un poignard à la jeune femme et elle le lança vers sa victime, mais il ne frappa qu'un gantelet de métal. Iriane était désarmée et l'homme restait au sol, groggy et gémissant. La jeune femme tâcha de ne pas prêter attention au bourdonnement puissant qui l'entourait, ces ombres nées de Galameh et venues rendre la justice d'Omok. Elle se baissa pour ramasser son poignard, s'installa à califourchon sur le cavalier, appuyant ses genoux sur les épaules étiques, saisit d'une main la longue touffe grasse qui lui tenait lieu de chevelure et de l'autre trancha la gorge à deux reprises.

Un ballet macabre et noir entourait les corps. Iriane s'éloigna et partit à la poursuite de la monture qui avait déjà parcouru une cinquantaine de mètres, avant de ralentir puis de s'arrêter. Il ne fallut pas moins d'une demi-heure pour convaincre l'animal de se laisser caresser.

Il sent la mort, se dit Iriane, avant de se rendre compte qu'il exsudait l'odeur de Galameh, celle-là même que l'adolescente avait connue. Une demi-heure de plus fut nécessaire pour réussir à le chevaucher. Quand cela fut fait, Iriane retourna chercher les sacs et les gourdes. Enfin, elle pouvait reprendre sa route vers le nord. Le combat et son afflux d'adrénaline l'avaient étourdie. Elle se sentait ivre et affaiblie, vaguement nauséeuse. Combien d'hommes avait-elle renvoyés en Galameh depuis la veille ? Le contrecoup de sa fureur agressive la frappait de plein fouet et elle dut se bagarrer, cette fois contre elle-même, pour le chasser et ne voir qu'efficacité et instinct de survie là où l'animalité et la cruauté voulaient s'imposer.

Plus tard, son ventre se mit à gargouiller ; elle comprit que la faim s'installait et qu'elle serait probablement là pour longtemps.

— Et toi ? demanda-t-elle à sa monture, qu'est-ce que tu manges ? J'espère que ce n'est pas de la chair humaine, parce qu'à en croire tes crocs, tu ne dois pas te nourrir que d'herbe.

Chapitre 18

— Jeremy, commença Golan Tark qui avait retrouvé son jeune factotum, tu m'as déçu par deux fois. Tu gardais la Cabane et le Talaris des Laménides a disparu.

— Je suis désolé, Maître, mentit le garçon.

Il n'était pas désolé le moins du monde. La vérité, c'est qu'il s'en fichait. Quelqu'un avait volé la Perle de Vie ; il n'était plus tout à fait sûr de savoir qui, mais il avait l'impression d'avoir agi comme il le fallait. Ou plutôt, comme il en avait envie. Du temps avait passé depuis l'épreuve dans les eaux du Ventre, sous les yeux d'un Maître alors bien solitaire. Jeremy avait manqué de se noyer une seconde fois, comme lorsque ses copains l'avaient poussé dans la mer, du haut d'une falaise. Jeremy avait traversé l'épreuve du lac avec succès et le Maître lui avait dès lors confié toutes sortes de missions. Si Jeremy y pensait sérieusement, il se disait que sa participation aux projets du sorcier avait permis la réussite de ses entreprises. Tous ces fétiches qu'il avait aidés à retrouver… Et les rencontres avec les futurs chefs militaires de l'invasion, gouverneurs et officiers : il ne pouvait même pas les compter !

Tout ça pour quoi, finalement ?

Car peu à peu le sorcier l'avait déçu, en le tenant à l'écart de la grande invasion, en ne lui accordant pas toute la confiance qu'il pensait mériter. Alors, le précieux artefact pouvait bien disparaître. Lui ou quoi que ce soit auquel tînt le maître des lieux.

— Et tu n'as aucune idée de qui pourrait l'avoir volé ?

— Non, aucune.

Cette fois, Jeremy était sincère et le sorcier parut l'accepter.

— Ce ne serait pas Cerni ? Il a disparu, lui aussi.

— Aucune idée, Maître.

Golan Tark poussa un long soupir. Jeremy se pinça les lèvres entre le pouce et l'index. Il trouvait que son maître avait encore changé d'apparence. Cette fois il n'avait pas rajeuni, pas vraiment. Ses cheveux avaient perdu leur lustre. Ses joues avaient disparu et la peau de son visage collait à son crâne au point d'en épouser parfaitement l'ossature. De plus, le sorcier paraissait incroyablement fatigué. Quoi qu'il eût fait, cela avait absorbé beaucoup de son énergie.

— Maître ?

— Oui, qu'est-ce qu'il y a ?

— Vous ne m'avez pas parlé de votre voyage…, se risqua-t-il à demander, pensant s'attirer la mansuétude grâce à l'intérêt qu'il portait à son œuvre.

— Mon voyage ? (Tark sourit.) Je suis allé voir une connaissance. Une vieille connaissance. As-tu déjà entendu parler des dragons de Talaxania ?

— Vous les avez rencontrés ?

— Oui. Et ce n'était pas la première fois.

Jeremy eut du mal à cacher son étonnement et, au final, son admiration.

— Des dragons…

— Ce sont eux qui m'ont conduit à Tormaga. Je dois beaucoup à cette femme. Hum… Une bonne partie de mes pouvoirs sans doute.

— Je croyais que c'étaient les mages de Haut-Temple et des monastères uliques qui vous avaient tout appris ?

— En partie seulement. Non, je dois dire que l'usage de la magie talaxienne a fait la différence.

— Je connais pas de Tormaga.

— On l'appelle aussi la Mère des Tourments. C'est un démon.

— Il y a des démons en Talaxania… ? Je croyais qu'ils avaient tous disparu pour errer en Anakann !

— C'est plus ou moins exact. Les dieux lui auraient épargné l'exil imposé aux autres démons car, m'a-t-elle raconté il y a longtemps, elle était incapable de se mouvoir. Je ne sais pas si c'est vrai, mais là où elle est enfermée, elle n'avait guère de chances de s'échapper pour courir après le moindre artefact…

— Mais vous l'avez trouvée.

— Je ne l'ai pas cherchée. Et je dois notre rencontre aux dragons. Je sais, cela te semble extraordinaire, voire impossible, ajouta le sorcier non sans fierté. Pourtant, cela a été. Le démon est en contact étroit depuis des siècles et des siècles avec ceux qu'on appelle les Ols, c'est-à-dire les clans de dragons. Ils n'ont jamais pu délivrer Tormaga, si tant est qu'ils aient essayé, mais ils l'ont aidée à trouver le temps moins long en lui rendant de fréquentes visites.

Le Maître se montrait heureux d'évoquer ce passé et Jeremy se dit qu'il avait gagné la partie : son protecteur avait déjà oublié ses reproches. Le garçon prolongea son avantage.

— Mais dites-moi comment vous l'avez rencontrée, Maître ?

— J'étais à la recherche de la magie talaxienne, en pleine montagne. Pour faire simple et parce que nous n'avons pas beaucoup de temps devant nous, disons que je suis tombé sur un dragon malade et que je l'ai soigné. Le Vénérable, qui est le plus ancien d'entre tous les dragons, m'a dit : « Vos pouvoirs ne sont rien à côté de ce que peut réaliser Tormaga. » Grâce au Vénérable, j'ai pu entrer dans la prison de Tormaga et j'ai fait la rencontre qui a changé mon destin et celui d'Elamia tout entier. Car même mort, je suis en mesure de dominer notre monde…

— Les moments passés avec cette Tormaga… Ça a dû être quelque chose.

— N'importe quel Trinicien n'aurait pas pu entendre ses paroles sans devenir fou. Mais laissons cela de côté. J'ai encore une mission pour toi, annonça

Tark abruptement. (Jeremy leva les yeux et ne put dissimuler son étonnement.) Je sais à quel point tu voudrais partir en Val-des-Miracles. Je ne suis pas certain que ce soit une bonne idée, mais je veux bien comprendre que tu brûles de retrouver cette Anna qui te manque tant. Tu iras là-bas.

— Vraiment, Maître ?

— Bien sûr ! T'ai-je déjà menti ?

— Non, Maître.

— Bien, très bien. Tu devras d'abord passer à Govent. J'ai un message à transmettre au gouverneur. Tu penses pouvoir t'affranchir correctement de cette mission ? Tu sais, ça n'est pas aussi évident que tu l'imagines, de passer de l'autre côté. Il y a des… désagréments.

— Pas un problème pour moi, Maître. Les désagréments, comme vous dites, j'en ai ma dose ici et depuis le début. Alors je suis prêt à aller voir ce qui se passe ailleurs.

Le sorcier posa une main sur l'épaule du garçon et lui sourit.

— Formidable. Avant de te livrer ce message oral, il faut que je te précise ceci : il s'agit d'un sort, à utiliser quand les troupes d'Adrian seront entrées dans la ville.

— Adrian ?

— Oui, l'empereur. Govent est sur sa route et puisqu'il a attaqué Tuckmill, je ne vois pas pourquoi il n'essaierait pas de s'en prendre à Govent. Tu devras attendre ce moment-là pour livrer le sortilège au gouverneur. Sinon quelqu'un pourrait l'employer autrement et là, je serais réellement très contrarié. Tu n'aimerais pas que je sois contrarié, Jeremy, n'est-ce pas ?

Le garçon secoua la tête.

— Je sais que tu ne feras pas d'erreur. Pas cette fois. Tu vas partir au plus vite.

Golan Tark se garda bien d'en dire plus à son jeune serviteur. Il lui cacha en tout premier lieu l'inquiétante vérité : non seulement il n'avait plus assez de fétiches pour recruter de nouveaux soldats, mais ces mêmes fétiches perdaient rapidement de leur pouvoir. Il devait au plus vite envoyer un homme à Corall-Medding, porteur d'un sort confié par Tormaga ; il le placerait dans la tour avant l'arrivée d'Adrian.

Quant à moi, je dois rejoindre l'île du Temps ; j'emploierai l'enseignement de Tormaga pour devenir immortel. S'il le faut, je reprendrai moi-même la Perle de Vie. Je fais confiance à ces vivants ; il s'en trouvera toujours un pour traîner avec ça autour de son cou, tout près de moi ou de l'un de mes serviteurs… Alors, plus aucune magie ne devrait s'opposer à moi, et ma misérable soldatesque peut bien disparaître ! Je serai le maître incontestable et définitif de tout Elamia ! J'asservirai les démons comme j'ai corrompu ce Balabord et ses sbires. Même cette folle de Tormaga sera à ma botte !

* * *

Tormaga était prisonnière. Quantité de versions avaient couru au sujet de son enfermement. La plus courante affirmait que son état ne lui avait pas permis de suivre les autres démons en exil. Beaucoup de gens croyaient cette hypothèse. Ou plutôt *voulaient* y croire. Car elle donnait les dieux, ceux-là mêmes que les humains courtisaient, pour des êtres doués de mansuétude.

En fait, les dieux n'avaient rien à voir là-dedans. D'ailleurs, s'ils avaient eu vent de la puissance de Tormaga, de sa perfidie et surtout de son ambition, ils ne l'auraient jamais laissée en paix où que ce soit. Pas même en prison, isolée de tous comme elle l'était à présent.

Une fois elle avait raconté son histoire à l'un de ces dragons qui lui tenaient compagnie. C'était un jeune et son idéalisme naïf l'exaspérait : il avait pour les humains une écœurante passion. Sans doute parce qu'il ne les avait jamais rencontrés.

— Seuls les Alfads peuvent être accusés de mon triste sort, sais-tu ça ?

— Qui sont les Alfads ? avait demandé le dragon. Un peuple ?

— *C'était* le peuple élu, une civilisation à eux seuls. Elle est née en Talaxania, dans les marais de Tharang. Ils devaient être les héritiers directs d'un dieu, à moins qu'ils n'aient tiré leur magie d'Ilone elle-même. Une chose est sûre, les Alfads avaient un don particulier pour la magie. Si bien qu'ils n'ont pas tardé à essaimer. Ils sont allés très loin, peut-être même jusqu'aux forêts du Yebbah.

— Ils étaient si forts ?

— À l'époque, les humains n'étaient dans l'ensemble que des groupes de populations nomades. Seuls quelques peuples avaient commencé à bâtir des villages en bois. Leurs armes étaient rudimentaires, le plus souvent des pierres nouées à la pointe d'un bâton. Certains connaissaient quelques tours. Une magie très simple, toujours unique. Les Alfads, eux, savaient élever des villes de pierres, forger le bronze puis le fer. Et ils utilisaient une magie qui les contenait toutes : magie du temps, de la vie, de la mort, et celle, plus étrange encore, inclassable, de Talaxania. Ils s'en servaient pour toutes sortes de choses. La guerre était le premier de ces usages.

— Alors ils étaient invincibles…

— Eh bien, pas vraiment, vois-tu ?

Comme chaque fois qu'elle conversait avec un visiteur, la Mère était assise sur un trône de pierre qu'elle avait elle-même façonné, y sculptant les têtes des chefs alfads. Ceux qu'elle détestait le plus, les deux plus puissants en somme, se trouvaient à l'extrémité de chaque accoudoir. Tormaga y posait les mains, s'amusait à recouvrir leur visage, à pincer les nez minuscules entre ses longs doigts.

— Mais le Vénérable m'a parlé des Talaris ; les dieux ne les avaient pas encore confiés à des humains, plus sages que les démons ?

— Quoi ? Plus sages que les démons, les humains ? Tu plaisantes !

— Pourtant les dieux ont confisqué les…

— Foutaises !

La voix résonna sous le dôme et le jeune dragon eut un mouvement de recul, se demandant si c'était finalement une bonne idée de rester là. Mais la curiosité était plus grande et il écouta la suite de l'histoire.

— Les dieux ont créé les démons, et les démons ont créé les hommes. Mais les Alfads et eux seuls ont fabriqué les Talaris.

— Mais c'est n'importe quoi !

Tormaga secoua la tête lentement. Le dragon ne voyait qu'une silhouette floue. Bien sûr, le jeune Ol ne la croyait pas. Bien sûr… Elle poursuivit tout de même.

— Laisse-moi te raconter la suite, tu veux bien ?

— Oui, excusez-moi.

— Quand j'aurai terminé mon histoire, je suis certaine que tu ne voudras plus jamais monter ici.

— Oh, mais bien sûr que si ! Nous sommes là pour vous tenir compagnie !

— Mmm… Et vous assurer que je ne mette pas le nez dehors.

— Les Ols ne connaissent pas la magie qui vous retient prisonnière.

— Ou plutôt, vous l'avez oubliée…, dit-elle à mi-voix.

— Pardon ?

— Rien. Vraiment. Alors voilà la suite.

Tormaga raconta que les Alfads se trouvèrent face à un démon nommé Kilarn. Il possédait un territoire qui n'était apparu qu'aux Alfads grâce à leur magie. Un monde sous le monde. Son domaine était vaste et, pour peu que l'on parvînt à en trouver les portes, aussi riche que plaisant. Ce démon qui avait échappé à l'exil forcé refusa d'abdiquer et de se soumettre.

— Alors ça a été la guerre. Du moins, une bataille de plus. À cette différence que les humains ont perdu beaucoup de soldats sans même avoir entamé les défenses de Kilarn. Ils ont battu en retraite et ont cherché une nouvelle tactique.

— Ils l'ont trouvée ?

— Et comment. Ce qui leur manquait n'était pas tant une tactique qu'une arme. Cela leur a pris deux générations pour la concevoir et deux de plus pour la créer.

— C'était quoi alors ? Une arme magique ?

— Ce n'était pas un objet, ni un sortilège. Ni un objet ensorcelé. C'était moi.

Le jeune Ol ne bougeait plus. Il cligna les paupières et grogna, puis tapota nerveusement le sol gelé avec une patte.

— Allons…, ne fais pas cette tête-là. Tu me devines plus que tu me vois mais moi, je te distingue très bien. Tu t'attendais à quoi ? À ce que je sois une pauvre victime innocente, enfermée suite à l'erreur d'un juge ?

— Non, je…

— Tu ne veux pas savoir ce qui s'est passé ensuite ?

— Si.

Le jeune dragon avait perdu son entrain. Quoi qu'il eût compris à ce moment-là, cela l'effrayait.

— Les Alfads m'ont créée dans l'idée de faire de moi l'arme ultime contre ce démon récalcitrant. Il m'a fallu me battre contre Kilarn. Je suis donc arrivée aux portes de son monde. Un monde fascinant, bien plus intéressant que le nôtre, si tu veux mon avis, cher jeune Ol. Tellement plus…

— Vous ne l'avez pas vaincu ?

— Grands dieux non ! Si seulement les Alfads m'avaient donné les armes adéquates… Si seulement ils m'avaient transmis l'enseignement nécessaire… Non, je n'ai pas vaincu Kilarn. Mais en plus, il m'a cruellement blessée.

— Vos créateurs se sont occupés de vous…

— Occupés de moi ? Tu plaisantes ! Ils ont préféré oublier Kilarn et m'oublier par la même occasion. Une erreur fatale. Cela m'a pris du temps pour me remettre d'aplomb. Plusieurs décennies. Mais alors, ma détermination a été totale, mon jeune ami. Mes créateurs ont eu la mauvaise idée de me laisser un peu trop… d'autonomie ? Ils n'ont rien pu faire pour apaiser ma soif de vengeance.

— Vous avez tué les Alfads, c'est ça ?

— Mmm… Disons que j'ai éliminé leur civilisation.

— Mais pourquoi ? C'est… c'est monstrueux !

— Vraiment ? Et ce qu'*eux* planifiaient, c'était un merveilleux champ de pâquerettes ? Ils m'ont créée pour s'approprier par la force un territoire. Avaient-ils réellement besoin de ça pour vivre heureux, tes *gentils* humains ? Allons, fais-moi plaisir et réponds…

— Non je… je ne crois pas. Mais vous, vous les avez tous tués !

— Oh, ça ne s'est pas fait en un jour.

Tormaga expliqua comment elle avait d'abord éliminé quelques chefs. Elle brûla des villes par dizaines. Certains virent en elle une déesse noire et voulurent devenir ses serviteurs. Tormaga accepta et se fit nommer la Mère, car elle avait décidé d'épargner ceux qui réclameraient sa « protection ». Au début, ils furent peu. Puis, à mesure que la Mère accumulait les victoires, ils furent plus nombreux à se réclamer de sa dictature.

— Alors tes chers humains se sont dressés les uns contre les autres. Alfads contre Alfads, que dis-tu de ça ?

— C'était votre faute, vous les y aviez contraints.

— Évidemment… Toujours est-il que j'aurais dominé ce monde pour l'éternité s'ils n'avaient commis l'irréparable.

— C'est-à-dire ?

— Ils ont créé cette prison et m'y ont piégée. Là non plus, ça ne s'est pas fait en un jour. Les rares grands sorciers encore en vie ont d'abord constitué les Talaris, accordant à chacun une part de leur magie mais en laissant de côté la magie talaxienne. Chaque artefact a été confié à une population différente, dans le plus grand secret.

— Pour se trouver des alliés et leur donner les moyens de vous combattre ?

— Non. À ce moment-là les Alfads avaient abandonné l'idée d'arriver à me tuer. Ils voyaient à long terme. Ils savaient qu'eux-mêmes allaient disparaître et ils avaient programmé cette fin.

— Programmé ?!

— Je t'ai dit tout à l'heure qu'ils m'ont piégée. En fait, les derniers Alfads qui me résistaient encore m'ont proposé leur reddition, à une seule condition. Je n'étais pas disposée aux conditions en ce temps-là – après tout j'étais bien trop puissante pour avoir à me soucier de ça, non ? Sauf que cette condition était purement formelle : ils voulaient que nous nous rencontrions à un endroit précis, en présence de tous les Alfads. J'ai accepté : la Forteresse des Secrets était finalement assez loin des marais où ils m'avaient créée et je ne voyais pas trop ce qu'ils auraient pu tirer de neuf de ces montagnes. Et puis, l'idée d'affirmer mon empire devant les représentants d'un peuple que j'avais pratiquement éliminé était assez grandiose, n'est-ce pas ? Tu vois, moi aussi j'étais naïve, cher dragon…

— Que s'est-il passé ensuite ? demanda le jeune Ol sans relever le sarcasme.

— Les Alfads étaient là. Tous. Tu me diras, cela ne représentait plus que dix ou vingt mille âmes. J'étais moi-même accompagnée d'une dizaine de milliers d'hommes, de femmes et…, eh bien de très peu d'enfants. Ça n'avait pas été une mince affaire pour arriver là-haut et la plupart des petits étaient morts en route. Mais ça faisait une sacrée procession ! Donc, nous étions tous à l'endroit même où nous nous trouvons. Sauf qu'évidemment, il n'y avait pas le moindre dôme. En revanche, du vent il n'en manquait pas, tu peux me croire… D'autres encore sont morts de froid. J'aurais pu les sauver : ça n'était pas grand-chose pour moi de créer un feu ; mais je n'avais pas la moindre pitié et ces gens pouvaient bien mourir à mes pieds, j'aurais mis les miens sous leur cadavre encore tiède pour les réchauffer.

— Comment pouvez-vous dire une chose pareille ? Chaque être vivant mérite le respect !

— Le respect pour ces traîtres ? Tu plaisantes ! Ils avaient rompu avec leur propre peuple pour aller du côté du plus fort – moi en l'occurrence. Et ils m'idolâtraient en toute connaissance de cause ! Respecter des gens pareils ?! Bref… Deux hommes présidaient aux destinées des ultimes résistants. Ils m'ont expliqué qu'ils n'avaient trouvé qu'un moyen de venir à bout de leur création. J'ai dû répliquer quelque chose comme : « Oui, et c'est de vous en remettre à mon pouvoir », et je me suis mise à rire. Tout ça n'avait aucun sens, je commençais à regretter d'avoir perdu tant de temps à monter là-haut et j'étais prête à en finir rapidement, puisque je les avais tous sous la main. Mais ils m'ont répondu que ce moyen signifiait précisément la fin de leur peuple. Puis les deux sorciers se sont pris la main et les gens derrière eux ont fait de même. C'était touchant, vraiment. Les sorciers ont dit : « Qu'il en soit ainsi » et ma vie a basculé.

— Ils… ils se sont sacrifiés ?

— Jusqu'au dernier. Tu entends ça ? JUSQU'AU DERNIER ! Les Alfads qui s'étaient rangés de mon côté sont partis dans un gigantesque Feu de Glace magique. Et je me suis retrouvée prisonnière.

Le dragon resta silencieux, choqué par ces révélations qui modifiaient sa conception de l'Histoire et donc du monde tel qu'il le connaissait. Les valeurs mêmes qu'il croyait défendre étaient obsolètes. Lui et les siens ne veillaient plus sur un démon victime d'un caprice divin mais ils surveillaient un être monstrueux afin de s'assurer son emprisonnement à vie. Tormaga lui raconta comment les Alfads, peu avant leur sacrifice, avaient convaincu un Vénérable de prendre la relève, une fois son peuple disparu, et de conserver le secret absolu sur la véritable identité de leur prisonnier – mais cette partie-là n'intéressait plus le jeune Ol. Il ne savait pas s'il devait croire ce qu'on venait de lui raconter ; il y avait tant d'incohérence avec ce qu'il avait appris !

— Mais alors, si les dieux n'ont pas exilé les démons à cause des Talaris, pourquoi l'ont-ils fait ? Oui, hein, pourquoi ?

— Les démons ont dû devenir embarrassants. Tout comme je l'étais pour les Alfads. Mais je me trompe peut-être. Si tu vois un dieu, pose-lui la question !

Tormaga éclata de rire et le dragon s'éloigna : d'un bond, il sauta au sommet de l'immense bloc de glace circulaire, entaillé de chemins en arc de cercle.

— Eh ! l'appela alors la Mère. Tu ne reviendras pas, n'est-ce pas ?

— Jamais.

— Tu vois, je te l'avais dit…

Le sourire qui déforma les traits de Tormaga était sans joie. Le jeune Ol avait quitté la Forteresse des Secrets et la Mère ne l'avait jamais revu. Plus tard, un autre dragon lui rendit visite et voulut parler de « cette histoire d'Alfads ». Il expliqua que l'un des siens avait rapporté une invraisemblable conversation entre la Mère et lui. Si invraisemblable que personne ne l'avait crue. « Et vous avez bien fait », acquiesça-t-elle.

* * *

Reniard avait passionnément étudié l'art militaire, mais n'avait pas eu l'occasion de le pratiquer, dans un monde provisoirement pacifié. Âgé d'à peine quarante ans, il regrettait de pas avoir connu l'armée de l'empereur. Même si elle avait fini sa course folle de conquêtes dans un océan de flammes surnaturelles, dont personne n'avait jamais pu expliquer l'origine. Il n'était pas à Corall-Medding quand la guerre du Fleuve avait éclaté ; en fait, il était originaire d'une petite principauté en marge des Territoires gouvernés par le Conseil corallais et qui rêvait d'intégrer ce pouvoir central afin de bénéficier de sa protection et d'échanges commerciaux favorables. Seulement cet État nommé Sarajhin n'avait pas grand-chose à proposer, sinon quelques deniers.

Quand les morts avaient envahi Consolata, il avait fui car il n'existait pas une armée – et pas même l'embryon d'une force d'opposition – pour protéger son pays natal. Reniard était brave et intelligent et, très vite, en voyant la puissante sorcellerie de l'ennemi, il avait su qu'il était aussi dangereux qu'inefficace de s'y opposer. Aussi prit-il la fuite, dans l'idée qu'il rencontrerait bien en chemin d'autres hommes lucides et qu'ensemble ils mettraient au point un plan de contre-attaque, avec ou sans magie. Il n'avait pas imaginé se trouver auprès du plus grand chef militaire qu'eût compté Elamia.

Govent n'était ni prise ni défaite. Elle semblait juste vide, ou à peine occupée. On voyait parfois des soldats sur le chemin de ronde de l'enceinte.

À la grande surprise de Reniard, les portes occidentales s'ouvrirent. Au lieu de donner l'alarme, il regarda, subjugué, des masses de muscles colossales quitter l'enceinte. L'officier ne bougeait pas ; des créatures au pelage court, noir et roux, à la petite tête encastrée dans les épaules et aux pattes antérieures énormes et garnies de longs poils se bousculaient à la sortie des remparts. Elles n'avaient pas de queue et leur échine osseuse saillait exagérément. Deux fois plus grandes qu'un humain, elles dévalèrent la colline puis, une fois arrivées à son pied, tournèrent les talons et galopèrent vers le fleuve où elles se noyèrent, l'une après l'autre.

L'une de ces bêtes pourtant ne changea pas de direction. Elle fonçait vers le campement, à quelques centaines de mètres de la cité. Reniard distingua un peu mieux le faciès noir et plat de l'animal, le trait jaune des canines saillant des babines tombantes telles celles d'un bouledogue. Il était en revanche trop loin pour lire le regard et les intentions. Reniard dégaina lentement son glaive, dégagea son bras de son flanc et attendit. Il n'entendait pas encore le son du galop. Puis la bête s'arrêta brusquement, trébucha, se redressa pour renifler l'air en une attitude presque humaine. Elle poussa un hurlement pathétique, celui d'une bête effrayée. Soudain, une lumière verte l'enveloppa. La bête se dématérialisa en flocons lumineux qui s'éparpillèrent au gré du vent.

Il ne s'était pas écoulé une minute depuis l'ouverture des portes. Celles-ci s'étaient déjà refermées et il ne restait plus un seul animal sur la plaine quand des hommes accoururent auprès de Reniard.

* * *

Il n'y avait pas grand monde pour accompagner Jeremy de l'autre côté du monde. En fait, les soldats venaient à manquer, désormais. Même si certains Galaméens s'étaient chargé de transférer des fétiches depuis Val-des-Miracles, ce n'était pas suffisant et le Maître dispensait son énergie ailleurs, comme dans sa lutte contre Onahra – où l'avait-il envoyée ?

Une fois le lac quitté, l'embarcation navigua toutes voiles dehors le long d'un fleuve aux eaux noires. La dizaine d'hommes et de femmes qui accompagnaient le garçon scrutait le ciel anxieusement. Ils guettaient les serviteurs d'Omok. Mais ceux-ci ne se montrèrent pas, comme s'ils se désintéressaient maintenant de cet anormal trafic sur les coulées galaméennes.

Jeremy, lui, n'appréhendait guère que ses retrouvailles avec Anna. Encore fallait-il qu'il la trouve… Une autre personne le préoccupait ; il n'était pas sûr de savoir qui. On aurait dit un souvenir très ancien, qui lui échappait dès qu'il s'y attardait. La seule image persistant au-delà d'une fraction de seconde était celle d'une paire de bottes en peau et d'une épée clignotant dans la lumière, comme si elle apparaissait et disparaissait.

À un moment, le navire arriva en vue de chutes et, bien qu'avertis du phénomène, les passagers se mirent à crier. Certains voulurent se jeter à l'eau où flottaient les corps inanimés des Absents, ces Galaméens morts depuis si longtemps qu'ils avaient fini par se détacher de leur enveloppe corporelle.

Puis le navire sombra dans un grand carré de lumière noire. Après, ce fut encore pire.

Des ténèbres oppressantes s'amoncelaient alentour telles des montagnes en mouvement. Un vent glacial passait du sifflement au mugissement en brèves rafales annonciatrices de tourments marins et les bordées craquèrent comme la carcasse d'une baleine. Les passagers qui n'avaient pas eu l'idée de fermer les yeux virent s'agiter devant eux des fragments de leurs souvenirs les plus épouvantables, menaçant d'emporter leur raison avec l'écume que soulevait l'étrave. Une terreur primitive s'emparait des âmes et annulait de son intensité les horreurs vécues en Galameh.

Il semblait que cela n'aurait jamais de fin.

Puis de la lumière apparut, blême d'abord, se teintant de jaune ensuite, en nappes brumeuses qui s'amassaient à l'horizon. Alors le navire déboucha sur la Medding, dans le décor surprenant de berges infestées de ragnes pourrissantes ou calcinées. Mais le plus violent était incontestablement l'intensité des couleurs. Jeremy poussa un gémissement de douleur : la lumière de Val-des-Miracles lui forait un trou imaginaire dans le crâne.

Il fallut encore descendre le fleuve. Le courant les y aida. Les eaux de la Medding étaient mêlées à celles de Galameh et leur alliance donnait vie à une insolite végétation, luxuriante, aux feuilles larges et grasses, aux racines puissantes et plongeant sous la surface telle une mangrove. De nouvelles espèces animales avaient déjà vu le jour ; elles menaient un combat d'autant plus féroce que deux univers étaient à présent en concurrence.

Ils traversèrent une ville que la Medding avait à demi noyée en son nouveau lit. Des nuées de corbeaux nettoyaient les ossements de soldats, de part et d'autre du fleuve. Le lendemain, le navire dépassa la fourche qui au nord montait vers Corall-Medding et à l'ouest filait vers Tuckmill. Mais il n'irait pas jusque-là : sa destination était Govent.

Quand enfin ils arrivèrent, la nuit était tombée pour la troisième fois depuis qu'ils avaient largué les amarres. Le fleuve passait au large de la colline où s'établissait la cité. Sous les lunes, ils devinèrent le campement plus qu'ils le virent et les oriflammes bifides, en haut des hampes. Ils grimpèrent vers la place forte par l'est et furent immédiatement reconnus de leurs pairs.

Jeremy se présenta au gouverneur, un certain Farogani, à la silhouette sèche, à l'expression du visage tendue et à l'humeur déprimée.

— Il n'y a plus rien à faire ici, maugréa-t-il. Je me demande pourquoi le Maître tient tellement à ce qu'on y reste.

— J'ai vu des sortes de mines, en arrivant. C'est quoi ?

— On cherchait des gemmes, selon les ordres du Maître. Je n'ai aucune idée de leur emploi. Tout ce que je sais, c'est qu'on n'a jamais mis la main sur un filon. Au bout du compte, toute cette histoire nous a coûté pas mal de prisonniers…

— Les gens, ils sont où ? On n'entend rien ?

Farogani soupira en pinçant les lèvres. Ce gamin, il ne l'aimait pas. Il n'aimait personne, d'ailleurs. Tout ça l'épuisait et il en avait assez. Si seulement il avait pu en finir maintenant... Il ne dormait jamais et quand il fermait les yeux, c'était pour voir le visage effaré des prisonniers qu'il avait condamnés à périr en une lente agonie. Leur énergie vitale avait servi à alimenter les monstres qui excavaient nuit et jour à la recherche du précieux minerai. Une fois leur labeur accompli, les bêtes avaient tourné en rond en geignant, puis en grognant. Elles avaient commencé à se jeter la tête contre les murs, quatre d'entre elles s'étaient tuées à ce jeu. Sans ordre de la part du Maître, Farogani s'était enfin décidé à les libérer. Il raconta tout ça à Jeremy et conclut ainsi :

— Voilà, tout est comme ça, destruction après destruction. On nous avait promis un monde meilleur, un monde à nous... Et puis mes hommes, ils errent du côté du cimetière, je te jure, gamin, ça fait drôle de les voir dans cet état. On dirait qu'ils regrettent Galameh...

— Et vous, vous regrettez ?

Le gouverneur haussa les sourcils, regarda un point invisible et les traits de son visage se relâchèrent tout à fait. Ses lèvres se mirent à trembler. Dégoûté, Jeremy se détourna de l'homme et attendit qu'il se reprenne, tel un enfant gêné par les sanglots incontrôlés d'un parent. Mais Farogani ne bougea plus et Jeremy décida de quitter la salle sans fenêtre où le Galaméen gouvernait naguère.

De fait, toute la cité semblait à l'abandon. Ses habitants avaient été soit massacrés et jetés dans le fleuve, soit regroupés en un point de la citadelle pour être utilisés comme de vulgaires sacs d'énergie sans âme. Comment pouvait-on faire ça ?

Le garçon avait l'impression qu'un déclic s'était produit quelque part en lui, un déclic qui aurait ouvert la bonde d'un flot ininterrompu de questions, de doutes. En fait, il se sentait différent des autres. De *tous* les autres. Il fit alors une découverte qui le laissa bouche bée :

J'ai pas de fétiche... Le Maître m'a pas donné de fétiche ! Je peux pas être comme tout le monde !

L'idée lui plut assez pour déclencher un sourire.

Il a pas eu le temps... Ou il a rien trouvé comme fétiche !

Il gratta sa tête d'enfant noyé et chercha comment profiter de cette particularité... et ne trouva rien.

Pas grave, ça viendra.

* * *

Adrian refusa qu'on lance une attaque contre Govent. Lui-même luttait contre la douleur de sa blessure et contre d'autres puissances qui avaient partie liée à la transe du Talaris. Il avait réuni son état-major mais les mots lui manquaient pour évoquer les projets à court terme. La perte du Sarment du Temps l'obsédait et aggravait ses accès de fièvre. Il n'y avait qu'une idée réconfortante : puisque la réunion des trois Talaris entre les mains d'un seul homme était censée éliminer la magie d'Elamia, comment se faisait-il que Julipen pouvait utiliser la sienne sans limites ? Mais cette lueur d'espoir n'était pas suffisante pour bannir les ombres de l'esprit d'Adrian.

La nouvelle de son état s'était répandue dans toute la troupe. Le doute s'était installé après la liesse de la victoire de Tuckmill. Le comportement du Commandant contre ses propres hommes, la nuit de son agression par Tark, n'arrangeait pas les choses, alimentant bien des rumeurs.

Peu après l'apparition fugace des créatures, des hommes vinrent se plaindre auprès de Reniard qu'on ne lançât pas la libération de Govent. Si Adrian n'était pas en état de commander, alors autant régler la question entre officiers. Le leader de cette revendication n'était nul autre que l'homme molesté par le Commandant quelques jours auparavant.

Ce n'est qu'un peu plus tard que Reniard eut vent des intentions d'un petit nombre d'officiers : ils forceraient les portes de Govent ce jour même. Reniard tenta de les en dissuader, d'abord en usant de la raison – le danger était trop grand pour s'aventurer dans la cité sans le soutien de toute l'armée –, puis en employant la menace : ce qu'ils comptaient faire s'apparentait ni plus ni moins à une rébellion. Et ce type de désobéissance serait sévèrement puni, comme dans toute armée.

— Bah, pourquoi te préoccuper de ça ? demanda le félon, un certain Thimir. Si le danger est aussi grand que tu le dis, alors la punition viendra de l'ennemi, non ?

— Tu as bien conscience, en me faisant part de ton projet, que tu me permets d'immédiatement en référer au Commandant ?

— Va ! Fais-le… Pas de problème pour moi. Adrian, il est là parce qu'on l'a choisi, tu le sais aussi bien que moi, Reniard. Cette fois, c'est pas un empereur conquérant auquel on doit se soumettre, mais c'est un chef déchu qu'on a décidé de prendre avec nous parce que personne d'autre n'était disponible, en quelque sorte.

Furieux, Reniard prit sur lui pour ne pas trancher la tête de cet homme sur-le-champ. Mais il ne pouvait se le permettre sans l'avis d'Adrian, qu'il alla aussitôt consulter.

Le voyant eut une réaction inattendue :

— Eh bien, laisse-les donc faire, décida Adrian avec un abandon qui choqua Reniard.

— Enfin, Commandant, si vous laissez ces hommes agir à leur guise, qui vous obéira par la suite ?

— Ce n'est pas la bonne question, mon ami. Tu devrais plutôt te demander : « Qui viendra en aide aux Corallais ? » Govent est condamnée.

— Alors, je dois les laisser faire ?

— Tu as bien compris les mots de notre Commandant, dit Odasius. En général, il sait ce qu'il dit, non ?

Julipen posa la main sur le bras du marchand, qui ne s'entendait guère avec Reniard.

— Dis-leur qu'ils vont mourir, reprit Adrian. Que cela soit bien clair et fais-le savoir à toute la troupe avant leur départ. Que tout le monde sache que chaque homme qui posera le pied dans cette cité ne reverra plus jamais les siens de ce côté du monde.

Deux heures après cet entretien, un bon demi-millier d'hommes entraîna des balistes vers la colline où se dressait la citadelle. On arma les balistes et on tira. Comme depuis leur arrivée, aucune réponse ne parvint depuis les murs de la cité envahie. Pas une créature, paniquée et au galop, n'en sortit. Pas une flèche ne fut tirée de là-haut. Les tirs reprirent de plus belle, tandis qu'on se dirigeait vers l'une des portes avec l'un des deux béliers montés sur six roues pleines. C'était une machine énorme et une centaine d'hommes n'était pas de trop pour la manipuler.

Aucune réaction n'émergea de Govent et les hommes de Thimir cédèrent à la griserie d'une victoire facile. Les chants guerriers que ces jeunes gens entonnaient étaient pour la majorité d'entre eux les premiers de leur vie. Suspendu par un berceau de cordages, le bélier fut tiré en arrière et relâché comme une balancelle, à plusieurs reprises pour donner de l'ampleur au mouvement. Il cogna la porte une première fois. Ce ne fut pas assez pour en venir à bout. Les dix premiers soldats alliés quittèrent le champ de bataille à ce moment-là, quand le tir imprécis d'une baliste les atteignit, les tuant sur le coup. L'ardeur de leurs compagnons faiblit un long instant et on appela des remplaçants, si bien qu'il fallut reprendre le mouvement de balancier de zéro. Au cinquième coup de boutoir, les deux vantaux s'écartèrent et les soldats accompagnèrent cette petite victoire d'un hurlement de satisfaction.

Dans une désorganisation criante, les assaillants abandonnèrent leurs postes pour se ruer vers cette simple ouverture.

— Ils sont fous ! souffla Reniard qui observait la scène à distance. Ils ne sont pas assez nombreux pour entrer tous en même temps ! Ils vont se faire massacrer en convergeant vers ce point unique !

* * *

Le lendemain de l'arrivée de Jeremy, des soldats sonnèrent l'alarme : l'ennemi se ruait vers les portes de la cité. L'adolescent entendit le bruit des projectiles contre les murs, puis les coups de bélier. Il était temps de rejoindre ce gouverneur dépassé par sa tâche. À peine l'eut-il retrouvé, que les premiers ennemis entraient dans la place en braillant leurs chants ridicules. Le garçon était impressionné, mais il n'avait pas peur à proprement parler : il était persuadé que sa différence nouvellement découverte le mettait à l'abri d'un retour vers Galameh. Et puis, il y avait cette botte secrète, confiée par le sorcier.

— Je dois vous livrer ce sortilège, dit-il au gouverneur qui était prostré sur un tabouret avec le regard d'un fou. Vous m'écoutez ?

Jeremy résista à la tentation de secouer son interlocuteur. Des officiers déboulèrent dans la pièce, paniqués :

— Ils ont des armes ! Des armes qui éliminent nos hommes !

Le gouverneur tourna la tête vers le soldat et le regarda avec l'étonnement souriant d'un enfant découvrant un poussin tout juste éclos.

— Bon sang, gouverneur, ils vont nous massacrer ! C'était pas prévu ! Ils pouvaient pas nous avoir avec leurs armes !

Comprenant qu'il ne s'adressait plus à un supérieur mais à un homme perdu à lui-même et au monde, le soldat quitta la pièce.

— Bon, on va se débrouiller tout seuls, dit Jeremy.

Il prit le gouverneur par le bras, tirant dessus jusqu'à ce que l'homme daigne se lever, ce qu'il fit enfin. Le garçon l'entraîna dans le couloir et chercha l'endroit où déboulaient ces bruyants ennemis. Posté sur une galerie, il finit par les trouver. Il hésita à confier le sortilège à son destinataire : qu'en ferait-il ? Et surtout, qu'allait-il arriver à ces centaines de guerriers venus libérer leur peuple ?

— Oh, et puis zut… Voilà la formule que le Maître m'a confiée. Vous saurez bien quoi en faire.

Jeremy prononça distinctement les huit mots qui ne signifiaient rien pour lui sinon l'obéissance à son protecteur. Il eut mal à la gorge dès la première syllabe, et quand il eut achevé le sortilège il avait la bouche en sang. Il comprit trop tard que le Maître l'avait manipulé en l'envoyant à Govent. L'air se contracta très vite autour de lui. La lumière se déforma, toute couleur disparut en un instant. Quand elles réapparurent, une odeur pestilentielle les accompagnait. Jeremy sentit une présence dans son dos. La main sur la gorge, les traits déformés par la douleur, il se retourna et un frisson d'effroi le parcourut. Il y avait bien quelque chose sur le mur. Qui n'était pas là une seconde auparavant.

Cela mesurait cinq mètres de long et rampait depuis le plafond comme un scutigère géant, avec ses quinze paires de pattes longues et fines. Sa tête aveugle n'était que le prolongement de son corps étroit, armé de boucliers annelés, jaune et gris. L'une de ses deux antennes toucha le visage de Jeremy qui poussa un cri. Tout alla très vite.

La bête se précipita sur le garçon et creva son visage avec deux pattes, tandis que d'autres pénétraient les chairs du gouverneur. Avec ses mandibules courtes et puissantes elle broya la gorge et aspira en quelques secondes la matière singulière qui composait les Galaméens. Elles étaient une dizaine comme elle à avoir surgi du néant. Dans la forteresse, les chants de guerre cédèrent la place au silence, puis à des cris de panique et de douleur.

En moins d'une quinzaine de minutes, les créatures avaient dévoré les soldats des deux camps. Les bêtes se regroupèrent et essayèrent de pénétrer sous les dômes de lumière verte où agonisaient les habitants de Govent. Certaines s'y ruèrent ; elles firent un festin des agonisants puis se recroquevillèrent, desséchées par la sorcellerie de l'endroit. Les autres s'entre-dévorèrent : à l'instar de tous les êtres issus de Galameh, elles semblaient vouées à une autodestruction rapide. Comme si le monde des vivants, bien que tentant, ne serait jamais le leur.

La nouvelle du massacre descendit jusqu'au campement à la puissance du flash lumineux puis des cris d'effroi qui l'avaient suivi. Une ambiance de plomb tomba alors sur la troupe. Comme personne ne revenait de là-bas et que le silence avait succédé au tumulte guerrier, on avait compris que c'en était terminé des insurgés.

Sous la tente d'Adrian, l'état-major s'était réuni pour décider des prochaines mesures à suivre. Personne n'osa évoquer Havoc ; le rapprochement entre les deux massacres était pourtant présent dans tous les esprits. Ce fut Odasius qui très vite creva l'abcès.

— Madame, messieurs, cher Adrian, je sais très bien que nous pensons tous à la défaite de l'empereur. (Reniard claqua la langue, tant la familiarité du marchand l'exaspérait.) Mais je voudrais rappeler que cet empereur n'est plus. Et aussi que cette fois, notre Commandant nous avait avertis du danger qu'il y avait à pénétrer dans Govent. Alors, avant d'entrer dans le vif du sujet, ayons cette idée en tête : ceci n'est pas une défaite, car Tark a perdu tous ses hommes et nous n'avons laissé dans ces remparts que ceux qui ont voulu s'y rendre. Je me trompe ?

— Eh bien…, dit Julipen à mi-voix tandis que Reniard, Uprih, le médecin et trois capitaines se fendaient d'un large sourire.

— Merci, mon ami trésorier, dit Adrian. Tu gères toujours aussi bien mes intérêts.

— À votre service…

Julipen prit très vite la parole :

— Tu ne peux pas laisser la troupe comme ça. Il faut aller leur parler, cette fois.

Le médecin avança d'un pas et dit :

— Il ne peut pas se lever ! C'est encore trop tôt. Vous ne voulez pas qu'il fasse un malaise devant des milliers de soldats ?

— Il a raison, Julipen.

— Je sais. On pourrait te porter sur une chaise, non ?

— Ça ne ferait pas très « commandant en chef des armées de libération », dit Odasius.

Il s'ensuivit un échange animé où les points de vue divergèrent. On se décida enfin pour un brancard aménagé : on y cloua un dossier contre lequel on cousit un large coussin, et on recouvrit d'un tapis la toile grossière.

— Enlevez le tapis, ordonna Adrian : je ne suis pas un empereur en visite diplomatique.

On le porta sur l'une des estrades qui servaient lors des entraînements, sur laquelle on avait monté des barriques recouvertes d'une toile, afin de surélever l'orateur blessé.

Des hourras explosèrent spontanément à la vue d'Adrian, et les membres de son état-major comprirent qu'ils avaient eu tort de croire à un déficit durable de confiance et d'admiration.

Après tout, songea Reniard, *ceux qui doutaient sont morts à présent.*

Adrian improvisa son discours, cherchant dans les regards et les attitudes de la troupe les signes de ses faiblesses ou, au contraire, de sa force. En parfait orateur, il adapta son rythme en fonction des réactions.

Juste avant qu'il rappelle les faits, le temps s'immobilisa comme chaque fois que le présent rejoignait une prémonition. La boucle se bouclait. Son armée était là, ce n'était pas celle de ses conquêtes, mais l'Histoire s'écrivait jour après jour et rien ne permettait d'affirmer qu'aucune nouvelle recrue ne rejoindrait ses rangs. Comme s'il était sorti de son corps, il observa la scène et ses acteurs. Pouvait-il compter sur chacun de ces hommes et de ces femmes ? Plusieurs centaines d'entre eux avaient déjà décidé d'agir par eux-mêmes – et cela leur avait coûté la vie.

Il faut avancer, se dit-il. *Je ne peux pas toujours me demander qui va me trahir ou qui va penser différemment. Je n'ai plus le Talaris, alors je vais devoir attendre les visions de l'avenir. Non, je vais agir sans les attendre ; ce sera plus sage.*

Le temps reprit sa course et ce brusque changement de vitesse lui causa un vertige. Il rappela alors à la troupe qu'il avait prévu le sacrifice de Govent et avait préféré laisser les insurgés assumer leur choix.

—Je ne dirai pas qu'ils se sont eux-mêmes punis, car en ces temps sombres où nous sommes tous contraints de produire des efforts terribles, la punition n'a pas de sens. Mais l'erreur de jugement de ces hommes, dictée par les circonstances, doit nous rappeler combien le combat que nous menons est juste. Cette erreur et son aboutissement tragique nous montrent à quel point nous devons être solidaires.

Des applaudissements accompagnèrent ces mots et il attendit un peu avant de lever une main pour intimer le silence ; ce simple mouvement provoqua un élancement et son visage, déjà baigné de sueur, se crispa. Quand le calme fut revenu, la douleur avait à peine reflué.

—Nous nous sommes rassemblés, poursuivit-il, pour renverser un tyran. Il y a un prix à payer et tous nous avons déjà commencé à mettre la main à la poche. Demain ne sera pas différent d'aujourd'hui et il se peut qu'après-demain ne soit guère moins coûteux. Mais il faut continuer à payer car notre courage et notre amour d'Elamia sont notre fortune. Et cette fortune-là est inépuisable !

La troupe applaudit à tout rompre. Adrian sut qu'il avait gagné cette première partie. Il décida d'en entamer une nouvelle et avança un premier pion. Il fut question de départ et de voyage. D'entraînement et de capitale : Corall-Medding serait leur prochaine destination.

Il expliqua qu'il n'arriverait pas la même chose là-bas qu'ici. Cette ville était trop peuplée pour qu'on y exécute l'ensemble de ses habitants. Il fallait bel et bien la libérer. Il affirma qu'il savait comment s'y prendre, car un voyage dans le Canevas lui avait livré de précieuses indications.

—Nous ne sommes pas seuls : je pense qu'une résistance s'est constituée *à l'intérieur* de la cité. Mes compagnons, j'attendais cette nouvelle depuis longtemps, et il existe de fortes chances que cette résistance nous aide à pénétrer dans Corall-Medding.

— Tu as été bon, l'autre jour, dit Otum. Ton discours devant ton armée.

— Où te caches-tu encore ?

— Je ne me cache pas, j'observe. Un bon observateur passe du temps au milieu de la tourmente.

— Ah, très bien. Tu prends du recul.

— Exactement.

— Pendant un moment, j'ai cru que c'était la peur…

— La peur ? Fais attention à ce que tu dis, le pou ! Tu avais l'air moins fier dans l'œil de Raark.

— Mmm…

Adrian se remémora ces moments incroyables, dans le désert : Raark, le démon des sables et maître d'Otum, l'avait attiré au cœur du cyclone avec lequel il se déplaçait, des dizaines de mètres au-dessus du sol. Otum avait raison, il n'avait pas été précisément rassuré dans cette situation. D'autant que le démon, un être démesuré et ailé, avait tué des méharistes au moment même où il conversait avec lui.

— Et de quoi aurais-je peur, d'abord ?

— De notre armée ?

— « Notre » armée ? À qui d'autre appartient-elle ? Donne-moi son nom, comme ça j'irai m'adresser à moins insolent que toi, l'humain.

— Eh bien, elle appartient à elle-même.

— Ah, ah, ah ! Une armée qui s'appartient à elle-même ! Je n'aurais jamais imaginé une chose pareille… Tu as de l'humour, t'en rends-tu compte ? Je ne sais pas si tu le fais exprès, mais tu as de l'humour.

— Peut-être qu'un jour tu arrêteras de te payer ma tête, Otum. Et puis, je sais que tu t'es battu aux côtés de cette armée, à Tuckmill. Mais tu m'as fait un compliment en entrant ici, et je ne t'ai pas remercié. C'est même le second compliment que tu m'accordes depuis ton arrivée en Consolata. Alors merci.

Le démon pencha la tête de côté. Impossible de savoir ce qu'il avait à l'esprit, tant son visage était différent de ce qu'Adrian connaissait.

— Que comptes-tu faire à présent ? demanda le démon.

— Eh bien, tu le sais, non ? Nous partons à Corall-Medding délivrer la cité.

— Tu ne vas pas te défiler comme à Govent, n'est-ce pas ?

— Je ne me suis pas défilé et tu le sais très bien. Si je lançais mes hommes là-dedans, je les perdais tous.

— Aaaah…, fit Otum d'un air satisfait. Je vois que tu redeviens toi-même : ce sont *tes* hommes. Oui, tu as sûrement bien agi en évitant ce massacre. Et puis, l'ennemi a été éliminé.

— Ce n'est qu'une demi-victoire : nous n'avons pas à proprement parler libéré la cité.

— Il y a longtemps que je suis sur cette terre. Chaque fois que je m'éloigne du désert profond pour m'approcher des humains, je remarque que rien n'est très tranché.

— Et dans le désert profond ?

— Oh, Raark n'a pas pour habitude de jouer la subtilité.

Cette fois, Adrian crut reconnaître un sourire chez son compagnon.

— Justement, Raark : que dit-il de tout ça ? Tu… communiques avec lui ?

— Voilà bien une chose qui ne te regarde pas.

— Non ? Je me tenais juste au courant. Ton maître m'a lancé dans cette histoire en m'aiguillant sur qui j'étais, et sur ce que je pouvais faire pour empêcher l'invasion. Je pensais qu'il aurait peut-être un avis sur ce qui se passe…

— Ou ne se passe pas. Attendons de voir : nous ne sommes qu'au début de cette aventure.

— Tu appelles ça une aventure ?!

— On s'amuse bien, non ?

— Non. Non, vraiment pas. C'est un jeu pour toi ?

— Eh bien, essaie d'imaginer ce que peut être la vie dans un désert vaste comme un continent, avec un maître sévère et indifférent à tes problèmes…

— Tu n'as pas de compagnons ? Je croyais avoir rencontré quelques-uns de tes collègues dans les thermes de Salenn…

Le pensaguilek cracha.

— Des moins que rien. Ils m'ennuient. Non, je me trouve plutôt pas mal ici. Et puis, il y a un homme que j'aimerais bien revoir. Si on peut appeler ça un homme…

— Tark ?

— Un authentique pou, de la plus misérable espèce. Si je retombe sur lui, je ne le laisserai pas s'échapper, cette fois.

— J'ai une question, Otum : pourquoi ton maître ne s'attaque-t-il pas directement à lui ? Je ne suis qu'un humain avec des pouvoirs limités…

— Tu as le temps de ton côté. Enfin… tu l'avais.

— Tu veux parler du Talaris ? On ne me l'avait pas encore apporté quand Raark m'a parlé.

— C'est juste. Alors, admettons que Raark ne veut pas se mêler directement, comme tu dis, de vos affaires.

— Et pourquoi ça ? Il tue bien mes semblables sans distinction…

Otum ne releva pas ce qu'il considérait habituellement comme de l'insolence. Il dit plutôt :

— Il ne m'a rien raconté à ce sujet. Imaginons qu'il n'a pas intérêt à le faire.

— À cause des dieux ?

— Je ne sais pas si les dieux ont quelque chose à voir avec Elamia, à présent.

— Continuons de les prier, qu'ils nous donnent la force d'accomplir notre mission.

— Tu parles comme un homme pieux ! Pour quelqu'un qui a contribué à débarrasser Consolata de tout un ordre religieux…

— Les Triniciens ? Dis-moi, tu as l'air d'en savoir pas mal à mon sujet. Plus qu'avant, on dirait.

— Je me renseigne… Et ton esprit est plein de souvenirs, l'humain.

— J'oubliais que tu pouvais y mettre ton nez sans même me demander l'autorisation.

— Oui, tu oublies beaucoup de choses. Mais il n'est pas venu le jour où les démons demanderont la permission aux humains de faire quoi que ce soit !

Chapitre 19

L'épuisement était le quotidien d'Iriane et son entraînement à Maison-Noire lui permettait de tenir. Un jour après l'autre, puis d'heure en heure et enfin à chaque pas. L'animal galaméen qu'elle montait avait perdu son agressivité et semblait s'accoutumer à sa cavalière, bien qu'elle fût d'une nature bien différente de la sienne. La fatigue ne l'atteignait pas et, au bout du compte, Iriane tentait de suivre son rythme, au prix de sa forme.

Elle décida tout de même de s'accorder une demi-journée de repos, près d'une rivière. Elle se sentait sale, aussi décida-t-elle de se baigner. Il n'y avait personne alentour ; en fait elle n'avait pas croisé âme qui vive depuis bien longtemps. Une fois déshabillée, elle marcha jusqu'au milieu du lit : avec l'été le niveau avait baissé et l'eau n'atteignait pas les genoux d'Iriane. La Perle de Vie pendait toujours à son cou. La jeune femme s'aspergea la poitrine et la fraîcheur de l'eau lui coupa le souffle. Elle insista, se mouilla le visage, les épaules, puis décida de s'asseoir dans le courant. Déjà elle se sentait mieux, même si les courbatures ne disparaîtraient pas de sitôt.

Elle posa alors ses mains derrière elle, se cambra, tournant son buste et son visage vers le soleil. La saison sèche s'achevait et l'étoile était déjà moins haute dans le ciel ; il lui faudrait encore quelques semaines avant qu'elle perde de son intensité et ne parvienne plus à chasser les nuées automnales et les brumes. Sa morsure, moins cruelle qu'au cœur de l'été, eut la force d'une caresse sur la peau de la jeune femme. Le bruit obsédant des sabots entendu tout au long des journées s'éloigna peu à peu. Elle ouvrit un œil pour s'assurer que sa monture ne s'éloignait pas trop ; l'animal la regardait avec insistance.

— Eh, il y a quelque chose qui ne te plaît pas ? Moi, je me trouve plutôt pas mal, non ?

Sa nudité et sa silhouette de femme ne lui étaient plus étrangères comme au temps de son arrivée à Estebellia et de sa première rencontre avec les Laménides. Iriane se laissa de nouveau gagner par la langueur. Elle s'assit en tailleur, les mains sur ses genoux immergés. Le temps s'écoula moins rapidement que l'eau sous ses doigts. Il lui sembla qu'elle flottait dans un non-lieu d'un orange chaud où s'immisçaient parfois, mais de plus en plus rarement, quelques sons. Un point s'échauffait entre ses seins et elle n'y prêta pas attention, jusqu'au moment où cette chaleur devint plaisir. Iriane avait l'impression de n'être plus là mais dans une sorte de rêve éveillé où tous ses sens étaient abolis, ou plus exactement étouffés.

Puis toutes ses sensations déboulèrent à la fois et ce fut comme être jetée dans une eau glaciale, depuis le sommet d'une cascade en furie. Son cœur lui sembla exploser dans sa poitrine comme un fruit trop mûr tombé d'une table. Iriane inspira fortement et ouvrit les yeux.

Tout était différent autour d'elle…

… et rien n'avait changé.

C'était la même rivière, courant entre deux mamelons d'un jaune clair, le même ciel où paissaient sans empressement des nuages épars, les mêmes pierres se mirant dans l'eau.

Mais tout avait gagné en intensité. C'en était presque douloureux. Iriane ne bougea pas, clouée à sa place par le spectacle. La campagne était plus jaune, la rivière plus claire. Chaque brin d'herbe se détachait de son voisin et l'eau bruissait de cent manières distinctes. Les pierres arboraient leurs veines et leurs micas avec une sorte d'impudeur silencieuse. Elle voyait les poissons se nourrir quand bien même ils étaient dissimulés derrière une touffe d'algues. Dans l'air virevoltaient les pollens d'une ultime floraison et leurs grains se posaient sur les pattes d'une libellule, d'une abeille. Le nez d'Iriane classait la multitude de parfums et d'odeurs que poussait la brise. La jeune femme regarda sa monture et décela la part de fatigue et celle de paix; son inquiétude aussi, comme s'il percevait l'état nouveau et singulier de sa maîtresse.

Qu'est-ce qu'il m'arrive?

C'était extraordinaire et angoissant.

Elle posa la main sur la brûlure qui n'avait pas cessé, entre ses seins. La Perle de Vie: elle était posée là. Alors Iriane fut rassurée car elle était persuadée que le Talaris de ses amies les prêtresses ne pouvait lui causer le moindre mal.

Elle leva les mains devant elle, les regarda et vit ses veines battre au rythme de son cœur sous la peau, puis elle les éloigna, bras tendus à l'horizontale et paumes tournées vers la surface. Elle imagina qu'elles faisaient corps avec la rivière et n'eut guère d'effort à fournir pour y parvenir tant elle était devenue sensible à son environnement – comme jamais auparavant.

Par tous les dieux…

L'eau montait vers ses paumes. Lentement, mais elle s'élevait en deux cônes transparents.

Plus vite!

Et l'eau toucha ses mains.

Iriane eut un éclat de rire. L'eau retomba. Une folle excitation gagna la jeune femme.

— Comment j'ai pu faire ça?

Elle recommença. Avec la même facilité elle déforma la surface animée de la rivière, cette fois en imprimant une pression à distance. L'eau sembla contourner deux pierres invisibles, avant de grimper très vite vers les mains d'Iriane, qu'elle percuta avec un bruit cristallin, éclaboussant légèrement le jeune prodige.

— Qu'est-ce que je peux faire d'autre?

Elle se leva, sentit la fraîcheur sur la peau de ses jambes, de ses fesses et de son bas-ventre alors qu'elle rencontrait l'air à nouveau.

— Je ne sais pas…

Elle tendit un bras devant elle, se concentra et, en l'espace d'une fraction de seconde, fit tournoyer l'air autour de son membre. Le léger sifflement était une mélodie qu'elle s'employa à développer. Iriane tourna sur elle-même, redressa son bras à la verticale, modifia la vitesse de l'air, le fit passer autour de son autre bras et, orientant l'un et l'autre, agit sur le son qu'il émettait. Soulevés, ses cheveux humides s'agitèrent à leur tour. Elle voulut donner à sa mélodie un peu plus d'épaisseur, une tonalité plus grave. À nouveau, elle y parvint sans difficulté et s'enveloppa tout entière d'air en mouvement. La surface de l'eau se creusa sous la pression de ce tourbillon, des gouttelettes giclèrent alentour. Il y eut de plus en plus de vent, mugissant aux oreilles d'Iriane.

Elle exultait. Jamais elle ne s'était sentie aussi bien de sa vie. Jamais aussi vivante. Jamais si puissante. Un mur d'eau tourbillonnante masquait sa silhouette en une colonne multicolore. Iriane chanta et son chant se mua en un cri monté depuis les tréfonds de sa conscience, un cri qui appartenait aux origines du monde. Le son de sa propre voix la fit vibrer des pieds à la tête. Il lui semblait qu'elle pouvait hurler ainsi jusqu'à l'infini. Une force tirée du sol sous ses pieds la nourrissait d'une énergie primitive et essentielle, intarissable. Puis, tel un motif ténu qui peu à peu impose sa tonalité à l'orchestre, des sons atteignirent Iriane. Elle y prêta attention et, ce faisant, perdit le contact avec l'énergie tellurique qui entretenait son cri.

Ses poumons se vidèrent et sa voix s'amuït. Le tourbillon liquide s'effondra. Iriane regarda autour d'elle ; des dizaines d'animaux, rongeurs, mammifères et volatiles se tenaient tout près, certains craintifs, d'autres plus hardis. Aussitôt Iriane se souvint d'Onahra, en Galameh, et de leur voyage à deux pas d'une forêt : en soignant Jackal, l'impératrice avait attiré quantité d'animaux.

— Eh bien, mes amis, que faites-vous ici ? Je croyais l'endroit désert !

Tous la regardèrent avec un air curieux. Iriane claqua dans ses mains et en une brève bousculade tout ce petit monde s'égailla.

La jeune femme quitta la rivière et s'assit sur une pierre de la berge ; elle resta un long moment à contempler l'horizon, la main serrée autour de la Perle de Vie. Elle se demanda si ce pouvoir qu'elle avait sur les éléments se manifesterait sans le Talaris.

Reposée, elle partit à la recherche de nourriture. Comme les jours précédents, elle cueillit du raisin dans une exploitation abandonnée. Les grains étaient gorgés de jus et de sucre ; la jeune femme regretta qu'il n'y ait plus personne pour vendanger une si belle production. Elle avait besoin d'autre chose que de fruits et elle poursuivit un gros rongeur. C'était peut-être un lapin : elle ne l'avait pas vu mais avait juste senti sa présence avec une telle précision qu'elle avait visualisé sa taille. Seule sa silhouette lui échappait. Le filer fut un jeu d'enfant. Lorsqu'elle arriva à sa hauteur, Iriane se rendit compte qu'elle était toujours nue et n'avait aucune arme à la main. Elle pouvait appeler son épée, qui cependant lui parut inadaptée à la chasse.

Alors avec la rapidité d'un félin elle se jeta sur l'animal qui s'abritait derrière un rocher au pied herbu.

Allumer un feu lui fut bien plus facile que de tuer le gros rongeur. Elle avait dû fermer son esprit à la détresse qu'il émettait et qui était aussi brillante qu'un phare au milieu de la nuit. Elle lui avait rompu le cou entre ses doigts, trouvant sans erreur possible le point de faiblesse et de rupture.

Elle le mangea sans joie; toutefois, et malgré sa capacité nouvelle à percevoir chaque pulsation de vie, chaque nuance, elle savait que sa survie passait par la chasse. Elle avait une mission à remplir et elle ne pouvait se permettre de tergiverser à un moment où l'on avait tant besoin de sa motivation, de son efficacité.

De mes pouvoirs...

C'est un peu plus tard ce jour-là qu'elle « reçut » pour la première fois une voix.

Cela ressemblait d'abord à un chant lointain, dans une langue inconnue. Comme elle se concentrait dessus, il gagnait en netteté et approchait. Quand cela fut près, Iriane comprit qu'il s'agissait du mode de contact privilégié des Laménides. Elle l'entendait, mais pourrait-elle seulement y répondre?

* * *

La nouvelle était si excitante que Julipen se mit à siffler. Et elle sifflait très mal, à en croire les grimaces des soldats qu'elle croisa ce jour-là.

— Elle va nous faire tomber la pluie, dit un homme.

— Une pluie de crapauds, lui répondit son partenaire.

Une femme apostropha la prêtresse qui cheminait vers la carriole d'Adrian:

— Il y a de quoi être gaie, madame?

— Je ne sais pas. Oui et non. Et j'ai envie de dire que le oui l'emporte.

Pour une fois, on ne lui fit pas de problème pour rejoindre cet homme qui était son amant – même si leur dernière étreinte remontait à la nuit des temps, lui semblait-il.

Adrian souffrait sur les cahots du chemin. Il avait l'air plus fatigué que jamais et n'avait rien du chef guerrier en route pour la victoire. Il était seul sous la toile de la carriole. Julipen lui prit les mains et elle se pencha pour lui poser un baiser sur le front. Un cahot et la femme se trouva contre son amant, lèvres contre lèvres. Ils s'embrassèrent longuement et quand enfin Julipen s'éloigna, il lui demanda:

— Tu l'as fait exprès, non?

— Non. La route avait envie que nous nous embrassions, c'est tout.

— Qu'est-ce qui te met en joie? demanda-t-il.

— Je ne suis pas joyeuse. Pas à ce point. J'ai des nouvelles terribles et d'autres, excitantes. Lesquelles veux-tu entendre en premier?

Il opta pour les mauvaises nouvelles et elle évoqua le siège d'Estebellia, et la possibilité que Tark se rende à un endroit déterminant pour la suite des événements.

— Mais je n'ai pas compris de quoi il s'agissait exactement.

— Qui t'a informée, je peux le savoir ?

— Voilà la bonne nouvelle : notre Talaris est revenu de Galameh.

— Avec Onahra ? s'enthousiasma aussitôt Adrian.

L'excitation de Julipen venait d'être balayée.

Bien sûr, il l'aime encore. Comment pourrait-il en être autrement ?

— Non. Une jeune femme l'a rapporté de là-bas. C'est une nouvelle prêtresse, et je crois qu'elle ne le sait même pas. Elle semblait novice dans l'utilisation de notre mode de communication. Pourtant, personne n'était là pour lui en montrer l'usage. Mais tu ne peux pas comprendre ça, excuse-moi.

— C'est un reproche ?

— Non, c'est juste que tu ne peux pas *tout* savoir. En fait, cette jeune femme porte le Talaris et je crois qu'il a révélé chez elle des pouvoirs dignes d'une atisha de la plus belle trempe.

— Et elle est allée en Galameh ? Elle est donc morte ! C'est une alliée de Golan Tark, rien de plus. On ne va tout de même pas tomber dans le piège.

— Tu n'y es pas du tout, Adrian. C'est bien plus extraordinaire que cela. De toute façon, nous en saurons bientôt plus : je vais à sa rencontre pour l'amener auprès de nous. Je pense qu'elle est épuisée. Notre échange a été rompu. Mais je sais où elle se trouve.

— Tu veux en faire une alliée de plus ?

— Si tu m'autorises à la rejoindre…

— Tu as besoin de ma permission à présent ? C'est nouveau…

— Disons que je respecte ta position de chef de l'armée ; il me paraît normal de te demander si elle peut gagner tes rangs. Et ne te méprends pas, c'est aussi pour sa sécurité : je ne veux pas qu'elle arrive ici pour que tu la mettes aux fers.

— Excuse-moi d'insister, mais si c'était une espionne de Tark ?

— Il n'a pas eu besoin de petite main pour récupérer le Sarment du Temps, il me semble…

— Un point pour toi. Et si je te refuse d'intégrer cette inconnue parmi nous ?

— Tu n'as refusé aucune recrue jusqu'à présent. Si tu devais refuser, je partirais tout de même à sa rencontre ; je verrais alors bien où nous pourrions aller, elle et moi.

— Amène-la donc ici. Si elle revient de Galameh – si elle a pu faire cette chose invraisemblable –, j'aimerais savoir ce qu'elle y a vu.

Tu veux dire qui *elle y a vu, mon bel amoureux ?*

Chapitre 20

Lorsque Litti avait été accepté à Haut-Temple, il n'avait pas imaginé devenir mage un jour. L'idée lui en était venue plus tard, avant de s'effacer lorsqu'il eut pris la mesure de ce destin exceptionnel. Chantre ? C'était à peine plus plausible. La connaissance de la magie trinicienne était indispensable et une maîtrise parfaite de la voix incontournable. Le garçon estimait qu'il chantait affreusement mal et les quelques prières qu'il avait ânonnées n'avaient eu aucune grâce, incapable qu'il était de tenir la note, de contrôler son souffle ou de moduler ces variations qui font la beauté de l'instrument. Clerc ? C'était plus probable. La formation reçue à Haut-Temple était assez complète pour devenir négociant, commercer avec les royaumes étrangers et participer directement à la vie de la cité et des Territoires en intégrant la Hanse des marchands. D'ailleurs, si Haut-Temple formait des jeunes, c'était autant dans l'intention de faire entrer de l'argent dans ses caisses que pour peser sur les décisions du Conseil qui, avec ses deux Chambres, présidait aux destinées de Corall-Medding : s'immiscer dans les affaires de la Hanse, petit à petit, grâce à de jeunes esprits éduqués parmi les Triniciens. Évidemment Litti, à l'instar de ses camarades d'étude, n'avait pas vu les choses ainsi et s'était contenté de l'opportunité extraordinaire qu'il y avait à recevoir l'enseignement des Triniciens.

Mais partager leurs pouvoirs…

Voilà une chose à laquelle rien n'aurait pu le préparer.

Il devait se rendre à une réunion secrète, dans un quartier méconnu de Grève-Pieds ; les Corallais avaient constaté que les Galaméens préféraient les rives de la Medding où coulait encore de cette eau qui les avait conduits là, et où se dressait l'arsenal, poste de commandement du gouverneur, ainsi que les deux plus vastes cimetières où erraient des soldats de plus en plus nombreux. Bien sûr, les patrouilles étaient obligatoires dans les hauteurs ; elles étaient rapides et peu méticuleuses. Et puis, la nourriture circulait de plus en plus mal et les citadins perdaient des forces, mouraient de faim : pourquoi passer tellement de temps à s'assurer qu'ils étaient bien chez eux ?

Les incursions pour enlever des enfants avaient elles aussi diminué. Les Corallais ne savaient à quoi imputer cette accalmie. Certains voulaient croire que l'envahisseur avait découvert la compassion et, après avoir effrayé d'éventuelles ardeurs résistantes, s'en remettait à la bonne volonté de la population. Où qu'ils fussent, les petits ne tarderaient pas à retrouver le chemin de la maison. Cette idée prévalait.

Mais pas dans l'esprit de Litti, et encore moins dans celui de Moured Cartali. Ce résistant, ancien membre de la Hanse, avait perdu ses trois filles en l'espace de deux semaines. Son épouse l'avait quitté dès le deuxième enlèvement, car il ne s'y était qu'à peine opposé, de crainte d'éveiller les soupçons de l'ennemi quant à ses activités occultes. Et il savait que sous la torture, il ne tiendrait pas longtemps. Lorsqu'il avait appris que la dernière était entre les mains de l'ennemi et que sa femme, en s'opposant à l'enlèvement, y avait laissé la vie, il avait compris qu'il avait atteint ses limites.

Ça ne devait pas se passer ainsi.

L'invasion n'aurait jamais dû avoir lieu et il n'aurait jamais eu à rejoindre la Résistance, avec deux de ses compagnons négociants. Cartali voulait en finir. Il voulait retrouver ses filles et les emmener loin de Corall-Medding. Il devait bien exister un endroit où les envahisseurs n'avaient pas pris pied. Un village, une île. Une grotte, n'importe quoi pourvu qu'il pût s'occuper de ses filles, leur raconter assez d'histoires extravagantes et drôles pour qu'elles oublient les heures terribles passées loin de leurs parents. Cyrille, l'aînée, n'avait pas loin de quatorze ans ; toujours foncièrement gaie et courageuse, elle l'aiderait dans cette épreuve. Pour cela, Moured Cartali devait retrouver ses petites.

Il était allé voir Octave Rayland. Sans en parler à ses compagnons, bien entendu. Rencontrer le gouverneur n'avait pas été évident et il avait fait preuve d'une force de persuasion qu'il ne se connaissait pas. L'affronter avait été encore bien plus pénible. Le Galaméen était dangereux et fou. Intelligent, à sa manière perverse. Quand Cartali était entré dans son bureau de l'arsenal, deux corps de jeunes femmes gisaient, inanimés, dans un coin. Le résistant s'était aussitôt dit qu'elles étaient plus âgées que ses enfants. Pour se rassurer.

À plusieurs reprises lors de l'entretien, Cartali avait senti que le gouverneur le fixait anormalement. Ses forces l'avaient abandonné un bref moment. Puis cela avait recommencé, quatre ou cinq fois. Il s'était senti affaibli, comme au sortir d'une grippe. Moured Cartali avait perdu le peu d'assurance qui l'animait à son arrivée et la peur avait introduit son poison dans les moindres recoins de son cerveau. Pour autant, il n'avait pas perdu de vue la motivation de cet entretien.

— Alors, avait dit Rayland. Ils sont où, ces amis qui causent tellement de tort à mes hommes ?

Litti connaissait à peine Cartali. Arrivés un peu après lui, Yonastelli et le garçon s'installèrent à une table, dans la grande pièce sans fenêtres et munie de deux ouvertures dont l'une à double battant. Ils étaient une douzaine d'hommes et de femmes, réunis à la demande de Panorg, un ancien de Maison-Noire. Âgé d'une bonne quarantaine d'années, il portait une épaisse crinière poivre et sel. Ses sourcils fournis protégeaient un regard à la fois dur et intelligent.

Bien qu'il fût solidement bâti, sa musculature pouvait aisément passer inaperçue sous des vêtements un peu lâches, contrairement à Paq qui s'était installé à deux places de là.

C'était la deuxième fois seulement que tant de résistants se réunissaient en un même lieu, pour des raisons évidentes de sécurité. Litti n'aimait pas ça et il avait une sorte de pressentiment, qu'il mit très vite sur le compte de l'anxiété. Et puis, son maître le rendait nerveux : à cause de sa manie de chercher le mot juste, il était si difficile d'avoir une conversation spontanée avec lui. Le garçon ne comprenait pas pourquoi le mage avait cessé de lui transmettre de nouvelles matrices. Était-il jaloux de sa réussite inattendue ?

Panorg commença la réunion en évoquant les camarades disparus. Litti n'en connaissait aucun car lorsqu'il n'était pas accompagné de Yonastelli ou de Paq, il agissait seul. Sans doute avait-il croisé ces gens lors d'une autre réunion. Il pensa que son action était solitaire, bien qu'il fît partie d'un groupe secret et censément solidaire. Tout de même, il y avait beaucoup de disparus : pas moins de quinze en une semaine.

— C'est un combat difficile et juste que nous menons, poursuivit Panorg.

Litti ne pouvait croire qu'on les ait rassemblés là pour évoquer les victimes de la Résistance : le risque était bien grand et l'heure des commémorations serait mieux venue la guerre achevée. Mais Panorg continuait en détaillant les actions qu'avaient menées les morts et Litti se ferma au discours, tandis que Yonastelli claquait la langue d'impatience. Le regard de l'adolescent erra d'un résistant à l'autre. S'arrêta sur Cartali.

Bon sang, il a l'air de se sentir mal…

L'homme transpirait et il était pâle. Il lui semblait amaigri depuis leur dernière rencontre. Le garçon remarqua que ses yeux allaient d'une porte à l'autre, alors que ceux de ses camarades se posaient sur l'orateur. À un moment, Litti entendit Panorg prononcer le nom de Cartali. Il n'avait pas entendu, aussi demanda-t-il à son voisin de lui répéter les derniers mots de l'orateur.

— Apparemment, l'idée de cette réunion vient de lui, de Cartali.

Le négociant souriait sans ouvrir la bouche. Un sourire contrit. Un coup de poing frappa l'estomac de Litti. Il se pencha vers Yonastelli et lui dit à l'oreille :

— On ne devrait pas être ici, maître. Il y a… quelque chose d'anormal.

Il remarqua que Cartali l'observait maintenant ; son sourire avait disparu.

— Tu me parleras plus tard, dit le mage sans détourner son attention de l'orateur.

Le garçon avait des fourmis dans les jambes ; il n'avait qu'une envie : se lever et fuir l'endroit au plus vite.

Pars, bon sang ! File de là…

Les battements de son cœur s'accélérèrent. Il décida de préparer une matrice. Il se représenta un dessin retranscrit par le mage, prononça dans sa tête le sort jusqu'à ce qu'il devienne aussi évident qu'une comptine. La concentration l'aida à se calmer. Il eut l'impression d'être là tout en étant ailleurs. L'image mentale se surimposait à la silhouette toujours plus nerveuse de Cartali.

À un moment, l'orateur voulut laisser la parole au négociant, mais celui-ci refusa en secouant la tête. Un bruit retentit dans un couloir. Panorg se tut aussitôt et se tourna vers la double porte. Une fraction de seconde plus tard, elle sortait de ses gonds et des soldats se précipitaient à l'intérieur de la salle.

Bien qu'il se fût préparé, Litti sursauta. Mais il n'attendit pas pour déployer la matrice. C'était le chaos autour de lui. Les Corallais criaient, certains avaient sorti leurs épées, d'autres trébuchaient et tombaient entre un banc et un mur en bloquant le passage à leurs camarades. Les Galaméens avaient déjà tué deux personnes avant même que la matrice de Litti n'ait lancé son feu. Des éclairs jaillirent de la sphère lumineuse et frappèrent au hasard, au grand dam du jeune Trinicien. Au moins, ils éloignèrent deux soldats qui s'apprêtaient à se jeter sur lui.

Où est Yonastelli ?

De fait, le mage avait disparu, sans même que son élève s'en rende compte. Litti passa sous la table et une fois arrivé de l'autre côté, voulut lancer une nouvelle attaque ; un résistant le bouscula et il comprit qu'il prenait trop de risques pour ses alliés. Il n'était pas assez lucide pour trouver une autre matrice. Il fonça vers la seconde porte, déjà ouverte, alors qu'une vingtaine de Galaméens perpétraient un massacre. La matrice le suivait. Un ennemi voulut la trancher à l'aide de son glaive ; son geste imprécis poussa son avant-bras dans la boule de feu magique et le mort poussa un cri alors que son membre était dévoré.

Litti s'élança dans la pénombre d'un couloir. Ses sandales se prirent dans une dalle descellée et il tomba lourdement en avant. Il poussa un gémissement de douleur et il se relevait quand quelqu'un lui sauta sur le dos. Ils roulèrent ensemble et Litti se débattit pour se débarrasser de son agresseur, frappant n'importe où. Il le toucha enfin et entendit un geignement, alors que la silhouette relâchait son étreinte. Litti se dégagea, s'accroupit et se leva, étourdi. Il prononça une matrice, la manqua. Recommença avec une matrice plus simple. La boule incandescente éclaira le couloir et l'adolescent reconnut son agresseur.

— Paq !

— Oh ! par tous les démons de Galameh, Litti ! Vite, partons d'ici.

— C'est exactement ce que je compte faire.

Il aida son ami à se redresser ; ce dernier frappa affectueusement son épaule et ils se mirent à courir droit devant eux.

Après cinq interminables minutes de course, ils atteignirent enfin une porte qui jouxtait un escalier en colimaçon. Paq tenta de l'ouvrir, en vain.

— On prend l'escalier, ordonna-t-il.

— Attends ! Je vais essayer.

— Eh, si moi je n'y arrive pas…

— Dis, qui t'a quasiment mis KO y a pas dix minutes de ça ?

— D'accord. Mais je savais que c'était toi, je voulais pas te faire de mal.

— Bien sûr. Tu crois vraiment que je vais l'avaler, celle-là ?

— Eh ben vas-y, essaie.

Litti lança une matrice puis dirigea le feu surnaturel contre la porte, qui prit feu.

— Alors ? dit Litti crânement.

— Alors quoi ? reprit Paq, montrant les flammèches qui s'étouffaient déjà.

Ils entendirent du bruit derrière eux. Litti se précipita dans l'escalier.

— Qu'est-ce que je disais…, fit Paq dans son dos.

Les poumons de Litti le brûlaient. Lancer tant de matrices à si peu de temps d'intervalle l'avait en plus sérieusement fatigué. Les volées de marches se succédaient sans devoir jamais s'arrêter et il lui fallut ralentir l'allure.

— Tu crois qu'on est en visite ? le tança Paq.

Litti n'avait pas la force d'une réplique. Il ne courait plus, se contentant de monter les marches deux par deux. Il s'arrêta soudain et Paq manqua de lui rentrer dedans.

— Qu'est-ce que tu fiches ?

Litti était plié en deux, les mains posées sur les cuisses. Il déclencha une matrice dangereusement près de son ami.

— Eh ! T'es malade ?

— Ça va les occuper un petit moment…

Le garçon reprit l'ascension. Le bruit de bottes frappant la pierre se rapprochait et une lueur verte gagnait la cage d'escalier.

Enfin, les deux compagnons parvinrent à un palier qui distribuait trois portes. Une seule d'entre elles n'était pas verrouillée. Paq l'ouvrit sans la franchir : il s'approcha plutôt d'une croisée ouverte dans un mur du palier tout en demandant à son ami :

— À quoi elle sert ta magie si tu la contrôles pas ?

— Tu veux parler de la matrice dans l'escalier ?

— Ouais.

— Elle est extrêmement chaude. Ils vont se brûler à tenter de la dépasser. Mais elle ne tiendra pas longtemps : je suis trop loin d'elle pour l'entretenir ou la contrôler.

— Bon. On va passer par là.

— Pourquoi pas par la porte ?

— Parce que c'est justement ce que vont croire ces saloperies de morts.

Litti n'aima pas du tout être là-haut.

Ils progressaient l'un et l'autre le long d'un parapet de la largeur de deux pieds. Le sol se trouvait une douzaine de mètres plus bas. Malgré la nuit, d'où ils se tenaient ils pouvaient voir la tour construite par les Galaméens. Ils l'avaient édifiée en un temps record, sûrement aidés par de la sorcellerie. Litti se demanda à quoi elle pouvait bien servir, puis il fut pris de vertige et ferma les yeux, le ventre plaqué contre la paroi.

— Je t'avais dit de pas regarder en bas, lui rappela Paq qui avançait sans difficulté. T'arrives, ou faut que je vienne te chercher ?

Malgré la fraîcheur nocturne, la sueur coulait dans le cou de Litti.

— Je... Je ne vais pas y arriver.

— Pff..., soupira Paq qui retourna vers son compagnon.

Le parapet s'était étréci ; il y avait tout juste la place pour y poser les pieds.

— Bon, reprit Paq à mi-voix. On va y aller, OK ?

Litti ne répondait rien. Il serrait les paupières à s'en faire mal.

— Regarde-moi, Trinicien. Regarde-moi !

L'étudiant ne bougeait plus ; ses muscles étaient si tendus qu'il se mit à trembler. Il résistait à l'envie de se jeter de là-haut, sachant qu'il ne tiendrait pas longtemps le coup et s'abandonnerait à la tentation du vide. Se rapprocher du sol, voilà qui avait un sens. Paq décida de s'y prendre autrement. Il adopta une voix haut perchée pour dire :

— Je m'appelle Iriane... Litti ? Je suis une fichue belle nana, tu sais ? Tu veux pas venir me retrouver de l'autre côté ?

Cette fois, le Trinicien ne put réprimer un sourire.

— Je crois que j'ai oublié son visage, dit-il.

— Oh, non, chéri, t'as pas fait ça ! Oublié ma tête ? Et moi qui pensais que...

Un cri l'interrompit :

— Là ! Ils sont là !

C'était un Galaméen, penché par l'ouverture qu'ils avaient empruntée.

Paq ne prit plus le soin de maquiller sa voix et de parler doucement.

— Litti ! tonna-t-il. Allez, on dégage ! Prends ton souffle et c'est parti !

Il appuya son large bras contre le dos du garçon.

— Tu tombes et moi, je te rattrape, OK ? Alors tu crains rien, et on est partis...

Litti hocha la tête et il reprit sa marche. Deux Galaméens étaient déjà sur le parapet. Dans sa précipitation, le second glissa ; il eut le réflexe de s'accrocher à la chemise de son compagnon mais ce ne fut pas suffisant pour l'empêcher de tomber et il entraîna l'autre dans sa chute. Il y eut un bruit mat quand ils heurtèrent la ruelle, bientôt suivi par des cris d'effroi quand les ombres de Galameh apparurent pour les emporter.

D'autres soldats avaient pris la relève, mais, cette fois, Paq et Litti avaient rejoint un toit d'ardoise, percé d'une lucarne. Accroupis, les partenaires rejoignirent cette ouverture que le colosse fracassa d'un coup de talon. Il tira sur ce qui restait de l'encadrement et constata qu'il ne pouvait s'y glisser.

— Écoute, dit-il, toi tu passes par là. Moi, je vais me faufiler par cette fenêtre, là-bas, dit-il en désignant un encorbellement. Ça marche ?

— C'est dangereux, Paq !

— Tu crois ça, toi ? Mais c'est vrai, t'es un putain de Trinicien, ajouta-t-il avec un sourire.

— Et toi, un caïd de Maison-Noire.

— Exact. Allez, on se retrouve à l'intérieur.

Litti se faufila tant bien que mal par la lucarne, s'ouvrit la main sur un clou et se laissa tomber à l'intérieur. La chute résonna dans son crâne et il eut aussitôt mal aux genoux et aux reins. À peine avait-il posé les pieds qu'une explosion de bois et de verre brisés retentit derrière lui. C'était Paq qui débarquait à son tour dans la pièce.

— Bravo pour la discrétion…, railla Litti.

— C'est vrai, j'oubliais que ces charmants soldats sont tombés dans la rue en sifflotant une berceuse. Bon, t'as repéré quelque chose ?

— Tu plaisantes ? C'est tout juste si tu n'es pas arrivé avant moi.

Paq ne répliqua rien ; il plaquait les mains contre le mur, à la recherche d'une aspérité. Qu'il trouva. Trente secondes plus tard, ils quittaient une maison abandonnée et s'éloignaient à grands pas de leurs compagnons de route décimés par la trahison de l'un des leurs ; leur seule consolation, alors qu'ils scrutaient les rues sombres pour éviter une patrouille, était de retrouver leurs modestes appartements. Mais quand ils approchèrent de leur lieu de résidence, ils durent déchanter : la lueur verte des Galaméens baignait la rue.

Comme il l'avait si souvent fait ces dernières semaines, le duo se coula dans l'ombre d'un porche.

— Je ne comprends pas, commença Paq. Si Cartali nous a trahis comme tu le dis, il savait pas où on habite.

— Peut-être que si, après tout. Ou bien, quelqu'un lui en a parlé ?

L'intérieur des bras de Litti se mit à le démanger.

— On va où, maintenant ? Et si on allait se battre ?

— Pour quoi faire ?

— Alors, c'est toi qui me retiens, maintenant ?!

— Je n'en sais rien.

Litti se sentait abattu. Il se gratta jusqu'au sang, sans même s'en rendre compte.

Où aller… Yonastelli a disparu. Peut-être qu'ils l'ont embarqué et que je n'ai rien vu. Je viens de perdre mon professeur. Le seul mage que je connaissais encore. Le seul ?

— Attends, Paq.

Litti avait cessé de se gratter ; il serrait l'avant-bras de son ami.

— Quoi ?

— Je crois que je connais quelqu'un qui pourrait nous aider.

— C'est pas les maisons vides qui manquent, si c'est vraiment ça qui t'inquiète. Il y a de moins en moins à manger dans cette ville et de plus en plus de morts !

— Je ne te parle pas d'une maison. Je te parle d'une personne. Un homme qui a été puissant.

— Ouais ? Puissant comment ?

— Un ancien mage trinicien.

— Te fous pas de moi, d'accord ?

— Ce n'était pas mon intention.

— Alors, c'est qui ?

— Suis-moi.

J'espère seulement qu'il est encore en vie.

Une demi-heure plus tard, et après bien des détours, Litti frappait à la porte de Galann. Comme la nuit était bien avancée, l'homme tarda à répondre. Au bout d'un moment, il dit enfin, derrière sa porte :

— Qui que vous soyez, fichez-moi le camp. Y a rien d'intéressant ici.

— C'est moi, c'est Litti !

— Oh… Tu viens rendre visite à ce vieil aveugle ? Entre, entrez tous les deux.

Il y eut un bruit de verrou et la porte grinça en s'ouvrant. Le garçon se demanda comment le vieux mage avait deviné la présence de Paq – et de personne d'autre. Il en apprendrait beaucoup plus au cours des jours à venir.

* * *

L'armée d'Adrian poursuivit sa route vers Corall-Medding. Où étaient donc passés les soldats galaméens ? Se concentraient-ils tous dans ces cités coiffées d'une lueur verte ? Le Commandant avait ordonné qu'on libère Corall-Medding en premier lieu. Les éclaireurs indiquaient à l'armée les villes déjà conquises et au large desquelles il fallait passer. Certains soldats auraient aimé en découdre pour venger les suppliciés, mais on respectait d'autant mieux les décisions du Commandant, voyant qu'il avait prédit le massacre de Govent.

Les villages que les Libérateurs traversèrent étaient abandonnés. Vidés de toute vie. Parfois, quelques cadavres étaient empalés à l'entrée d'un bourg, sur une place. Aucun animal – mammifère, oiseau ou insecte – n'avait entamé les chairs mortes, comme si ces dépouilles les avaient répugnés. On aurait dit qu'ils venaient d'être suppliciés, alors que les traces au sol affirmaient clairement l'ancienneté des massacres. Le pire était les regards, sous les paupières tranchées.

Ces corps étaient un mystère de plus pour inquiéter les soldats…

Parfois, des réfugiés rejoignaient les troupes en marche et bientôt les effectifs perdus à Tuckmill et Govent furent remplacés, puis dépassés. Odasius fit son possible pour entretenir ces milliers d'hommes et de femmes en marche, imposant à tous une gestion rigoureuse des aliments et des matériaux.

— Tu t'en sors très bien, lui dit un jour Adrian, alors qu'ils se trouvaient à quelques jours de Corall-Medding.

— Oui, c'est ça, bien sûr. Le plus dur est devant, tu le sais, ça ?

— Qui ne le saurait pas ? Nous avons une bataille à mener.

— Je parle de l'hiver. Voilà bien le plus grand ennemi qu'une armée puisse trouver sur son chemin.

— L'hiver ne fait pas de différence entre les hommes : nos ennemis seront aussi touchés.

— Sauf qu'ils seront en ville, eux. À l'abri des murs de nos maisons.

— Nos maisons ? Tu parles comme un Corallais !

— Non, je parle comme un être vivant. Ce « nous » s'oppose aux Galaméens, c'est tout.

— Très bien. De toute façon, le siège sera terminé bien avant l'hiver. Eh, nous avons une saison entière devant nous !

— Je n'aime pas l'automne…

— Si seulement ta mauvaise humeur pouvait tomber en même temps que les feuilles mortes, mon ami.

— Ne compte pas trop là-dessus, tu veux bien ? J'ai assez de ressources pour une génération de plaintes. Parlons de ton dos, plutôt ; comment te sens-tu ?

— Sans la magie de Julipen, je serais alité jusqu'à la fin de mes jours.

— Le médecin dit que tu pourras monter à cheval d'ici peu.

— Je pourrais déjà le faire, mais je ne tiens pas à ce qu'on me voie peiner comme un vieillard.

— Tu n'es plus si jeune, je te le rappelle…

— C'est vrai que je suis plus âgé que toi.

— Parfois, je me pose la question. Je veux dire, ton optimisme est celui d'un adolescent plein d'énergie ! Je t'envie, l'ami. Et te félicite ! Et puis, je trouve que tu as bien meilleure mine qu'après Govent.

— Merci ! Ne le dis à personne mais je crois que l'éloignement du Talaris me fait du bien.

Et c'était vrai ; la transe et le manque qui en découlaient avaient disparu. Quant aux soins prodigués par Julipen, ils avaient sur lui un effet confirmé jour après jour. Il tâchait de se concentrer sur ces bienfaits et de mettre de côté l'humiliation de la perte du Talaris.

Il voulait aussi partager la joie de Julipen : sa maîtresse avait fini par retrouver cette Iriane avec laquelle elle était entrée en contact. La jeune femme lui avait fait une forte impression. Ses traits accusaient une fatigue évidente et pourtant, Adrian n'y avait décelé aucun désespoir, bien au contraire.

Iriane lui avait raconté une partie de ses extraordinaires aventures, omettant, selon le vœu de Julipen, sa rencontre avec Onahra. Cette enfant avait du cran, un cran incroyable. Elle rapportait le Talaris des Laménides et bien que ce ne fût pas le Sarment du Temps, Adrian avait décidé que c'était une arme de moins entre les mains de son ennemi, et une de plus du côté des Libérateurs. Ça n'était pas rien ! Même si ce n'était pas tout à fait l'optimisme adolescent dont parlait Odasius. D'autant plus qu'Iriane apportait une nouvelle peu rassurante : Golan Tark avait le projet de rejoindre Ilone.

— Je ne sais pas ce que ça veut dire, avait commenté Julipen, mais ça ne me plaît pas.

— Si cet endroit existe vraiment, c'est la maison des dieux.

— Tu crois que Tark y serait le bienvenu ?

— Notre ennemi est fou, mais pas au point de se jeter volontairement dans la gueule du loup. Si seulement j'avais le Talaris…

— Tu ferais quoi de plus ?

— J'irais lire l'avenir de notre monde…

— Tu l'as déjà fait et tu n'as rien vu concernant Tark et Ilone. Ou bien tu ne m'en as rien dit.

— Non, je n'ai rien vu, Julipen.

— Et tu n'oublies pas le mal que ce… cet objet t'a fait subir.

— Non, je ne l'oublie pas. Le Sarment donne, mais il prend aussi. Il y a toujours un prix à payer, non ?

— Oui, sans doute. La note est parfois un peu trop élevée.

— La Perle de Vie prend-elle autant ?

— Difficile à dire. Mais Iriane affirme qu'elle a coûté la vie à la doyenne des atishas.

— Tu as l'air d'en douter.

— Oui ? La vérité, c'est que je n'en sais rien.

Julipen aurait aimé lui expliquer que la Perle de Vie était restée longtemps loin des prêtresses. Mais c'était prendre le risque d'évoquer Onahra.

Une fois seul, Adrian sortit une pierre de sa poche ; il l'avait trouvée dans les rues de Boroskariak, après la chute d'une météorite qui avait ravagé la ville. La pierre était un fragment du projectile soulevé grâce à la sorcellerie de Tark.

Il se remémora alors sa rencontre avec le démon Raark dans le désert – ni plus ni moins un demi-dieu, au regard de sa puissance.

— La météorite provient d'Ilone, l'île du Temps, lui avait dit la créature ailée, dans son nuage où explosaient des orages constants.

— J'ai déjà entendu parler de cet endroit… comme étant une légende.

— Oh, je peux t'assurer qu'Ilone existe bel et bien.

— D'accord, mais par quel miracle aurait-elle pu atterrir dans le désert ?

— Ce n'est pas un miracle, Kordac. Mais le résultat d'une attaque. Bientôt ce sera une guerre. Une guerre sans précédent. Il y aura des morts. Des morts par millions.

— Qu'est-ce que j'ai à voir là-dedans ?

— Certains parmi les démons affirment que nous avons besoin de toi. Tu serais même notre unique espoir…

Ce souvenir lui insuffla un surcroît de volonté. Vingt-cinq ans plus tôt, il n'avait pas su protéger son armée d'une tempête de flammes. Et tant sa vie que l'avenir du monde s'étaient alors mis entre parenthèses. Aujourd'hui il lui était offert d'écrire un nouveau chapitre de son histoire et de celle d'Elamia. Avec ou sans Talaris, il n'était pas question qu'il laisse cette occasion lui échapper.

L'armée approcha de Corall-Medding comme si elle conduisait l'automne en ses rangs. L'air du soir était humide et portait déjà des parfums frais et boisés. Il restait quelques semaines avant que les feuilles se teintent de jaune puis brunissent et tombent, vidées de leur substance ; toutefois on ne pouvait se défaire désormais de l'idée que l'été était derrière soi.

Comme si souvent, rien dans le décor de la nature ne permettait de penser que des armées étaient sur le point de s'affronter. Cette fois, l'armée des Libérateurs fut divisée en deux campements distincts. L'un déploya ses tentes à l'ouest de la cité, sur un large promontoire comme aux abords de Tuckmill. Le second camp ne fut établi qu'à la nuit tombée, dans un bois au sud et dans la plus grande discrétion. On s'étonna de la tour altière qui narguait les soldats en s'élevant en lieu et place de Haut-Temple. Élancée, elle grimpait vers le ciel, soutenue par cinq arcs-boutants, et s'achevait en une couronne noire, comme les griffes d'une bague à laquelle manquait encore la pierre.

L'armée d'Adrian était trop nombreuse pour passer inaperçue. La poussière soulevée par l'installation du premier camp, le plus vaste, s'éleva longtemps au-dessus de la plaine.

— Je peux aller en émissaire, proposa Uprih à son ami le Commandant. Exiger leur reddition.

— Non. Non, Uprih, je suis désolé. Je sais que vous aimeriez quelque chose d'héroïque, mais je ne veux pas perdre un homme de plus inutilement.

— Vous êtes certain qu'ils me tueraient ?

— C'est un risque que je refuse de prendre. Nous enverrons un détachement dès que nos armes seront en place. Et vous n'en ferez pas partie, prince.

— Alors, je peux peut-être m'infiltrer dans la ville par le fleuve.

— Nos éclaireurs ne nous apportent pas de bonnes nouvelles de ce côté-là : le niveau du fleuve est bas et l'eau semble polluée. En fait, on dirait bien qu'il ne s'agit pas vraiment de la Medding mais d'un autre fleuve qui aurait pris sa place.

— Ou y aurait mêlé ses eaux, compléta Julipen.

Uprih regarda la prêtresse laménide. Il la trouvait belle avec ses yeux noirs, sa chevelure épaisse et sa silhouette à la fois pleine et gracieuse. Il ne pouvait s'empêcher de penser qu'elle entretenait une liaison secrète avec le Commandant. Ce qui ne lui posait aucun problème, bien qu'il ne comprît pas la raison d'un tel secret : la femme d'Adrian était morte depuis bien longtemps.

À leur première rencontre, sur les Ferrone, Julipen avait accéléré l'effet de la marée descendante. Il n'avait jamais vu un tel prodige. Malgré cela, elle n'avait pu empêcher l'ancien empereur d'être sévèrement touché par les ragnes.

Si seulement elles étaient plus nombreuses comme elle…, avait songé le prince alnaute.

Bien sûr, il y avait cette Iriane. Uprih avait tout de suite senti ce qu'elle avait de différent. Malgré son jeune âge, la fuyarde faisait montre d'une force de caractère peu commune, s'il en croyait Julipen. Sans même parler de ses pouvoirs, décuplés par la présence du Talaris laménide. Une recrue de taille.

* * *

— Foutez-moi des patrouilles permanentes sur la première enceinte ! beugla Octave Rayland à trois de ses officiers. L'ennemi est à nos portes. Et vous savez comme moi qu'il ne tient qu'à une chose : nous foutre dehors à coups de pompe dans le derrière !

— Nous n'aurons jamais assez d'hommes, geignit l'un des officiers. Il y a les patrouilles internes à effectuer.

— Eh bien réduis-les !

La tour est achevée mais il faut attendre qu'elle soit en route avant de pouvoir se relâcher un peu.

— De toute façon, on a quasiment jugulé la Résistance, non ?

— Oui, gouverneur. Nous lui avons porté un coup fatal, je pense.

Grâce à la trahison de l'un des leurs, les insurgés n'étaient plus. Les têtes étaient tombées lors d'une réunion qui n'aurait jamais dû avoir lieu.

— Alors faites votre boulot, soldat, ordonna Rayland.

Les trois officiers quittèrent les lieux après s'être inclinés. Le gouverneur se retrouva seul. Certes, la Résistance avait été éliminée, mais jusqu'à présent elle n'avait pas causé grand tort à son gouvernement.

Rien de plus que des piqûres d'insecte.

Son souci était ailleurs. À l'intérieur même de ses forces. Bien qu'il en eût parlé au Maître, le problème de l'errance de ses hommes demeurait entier. Le Maître comptait-il seulement se pencher sur la question ? Rayland n'en avait pas la moindre idée. Il fallait continuer à régler les affaires courantes, s'assurer de la bonne marche des travaux d'édification de la tour, du nombre suffisant d'enfants enlevés… Il y avait largement de quoi s'occuper. À plusieurs reprises Rayland s'était lui-même trouvé embarqué par une force qui le dépassait et emmené comme malgré lui dans les allées des cimetières corallais.

Les cimetières, c'est le domaine des Triniciens.

Justement, des Triniciens, il n'y en avait plus. Lorsque Rayland avait posé la question de l'utilité de la tour, on lui avait répondu : « Le pouvoir des Triniciens n'est rien en comparaison de ce qu'autorisera cet artefact géant ! »

« Artefact. » Octave Rayland n'avait aucune idée du sens de ce mot. S'il l'avait un jour entendu, alors il l'avait bel et bien oublié.

Tout se passe bien. Tout va pour le mieux.

Il voulait s'en convaincre ; le Maître pourrait bien débarquer un jour ou l'autre ; alors il devrait être aussi motivé que possible.

Le gouverneur tourna en rond une bonne demi-heure, incapable d'assumer ses responsabilités. Il décida ensuite de grimper sur les remparts pour se rendre compte par lui-même de l'importance des troupes postées à l'extérieur. Tenteraient-elles une attaque éclair ? Installeraient-elles un siège ?

Peu importe. Le tout, c'est qu'elles ne déboulent pas avant la mise en marche de la tour.

Rien d'autre ne devait compter.

Chapitre 21

La nuit bruissait de sons si étranges que Jocquinius se demanda s'ils étaient bien tous d'origine animale. Et si ces animaux-là ne présentaient pas une menace potentielle. Pourtant, le mage avait voyagé et connu toutes sortes de dangers – et certains étaient bien discrets, d'autres parfaitement silencieux. Heure après heure, les marais de Tharang infusaient leur mystère, derrière le voile mouvant des brumes.

Niuk se montrait moins nerveux ; comme Jocquinius faisait confiance à l'instinct de son compagnon, il finit par se détendre et s'endormir. Tormaga occupa ses rêves tourmentés, cette nuit-là comme tant d'autres.

Il s'éveilla plusieurs fois. À un moment, la pénombre avait changé de qualité ; une lueur laiteuse se diffusait uniformément. Le jour n'étant pas encore levé, Jocquinius demanda à Ol-Tyron qui ne dormait que d'un œil :

— Qu'est-ce que c'est ?

— Talaxania et ses marais sont une contrée de magie.

À peine avait-il prononcé ces mots qu'une lueur verte se manifesta.

— Tark !

La lueur, diluée dans la brume, glissait très lentement vers la droite. Par moments, une sorte de plainte aiguë en provenait. Il n'y avait pas une minute à perdre. Le mage réveilla Niuk ; le latoa grogna avec une telle férocité que Jocquinius crut qu'il allait le mordre. Les deux voyageurs se hissèrent sur le dos du dragon qui s'éloigna aussitôt du sol d'un bond puissant et prit de l'altitude en trois amples battements d'ailes. Le mage s'était habitué à ces envols rapides, qui le plaquaient contre le cou d'Ol-Tyron.

Jocquinius se concentra sur des matrices, espérant qu'elles montreraient plus d'efficacité que lors de la dernière confrontation.

* * *

Golan Tark avait à nouveau franchi la porte entre les mondes. Il espérait que ses hommes menaient à bien leur mission, tant à Corall-Medding qu'à Daring et dans les autres cités où il avait établi ses armées. Un ajustement serait apporté sous la forme d'une boîte contenant un sortilège confié par Tormaga.

Je n'ai même pas le temps de vérifier leur efficacité par moi-même.

Bientôt, le mécanisme magique des tours serait déclenché. Un large périmètre autour des cités serait inviolable et les démons de Galameh pourraient l'arpenter à loisir. Voilà ce que lui avait garanti Tormaga.

Moi-même, je devrais pouvoir m'y installer sans craindre les effets de l'éloignement.

Mais rien n'était moins sûr. Le poison des scorpions de feu s'arrêterait-il de progresser en lui, avec des conséquences dont il n'avait pas la moindre idée ?

Et puis je ne vais pas me contenter de ces quelques villes : je veux tout Elamia. Havoc, les Ferrone, le Yebbah… Ces lieux sont encore hors de ma portée.

Il regrettait d'avoir promis à Tormaga de laisser Havoc de côté. Il aurait trahi cette promesse s'il n'avait pas été certain qu'elle l'aurait su. Et il avait encore besoin d'elle.

Il n'ignorait pas d'autre part que les démons d'Anakann ne le laisseraient pas faire : il viendrait bien un moment où ils contesteraient son pouvoir. Pour toutes ces raisons, il était urgent de gagner Ilone. Là-bas il trouverait de quoi lever tous ces obstacles. Tormaga le lui avait assuré.

Le *Vonek* déboucha sur les marais de Tharang. Tormaga lui avait indiqué où chercher Ilone : au-delà des marais s'étendait une mer. Le Sarment du Temps l'aiderait dans sa navigation, pointant le cap sur une destination qu'aucun homme n'avait jamais dû atteindre avant lui. Dès qu'il aurait rejoint la mer libre, il sortirait le Talaris de son étui et filerait à la rencontre de son avenir, de son passé et de son présent. Tormaga l'aidait une fois de plus à marcher vers la victoire absolue. Pourquoi lui rendrait-elle de tels services ?

Elle a une revanche à prendre, et elle la prend à travers moi, voilà tout.

Tout à sa réflexion, Tark posa la main sur le bastingage du *Vonek*. Et il eut aussitôt un vertige. Il sentit un flux passer de sa main au navire, comme un courant brûlant qui lui arracha un cri. Puis la membrure craqua. Si fort que le sorcier pensa que la coque partait en pièces.

Le tremblement continu augmenta, de la poupe au beaupré qui saillait à la proue. Les drisses claquèrent le long des mâts. Les gémissements du bois ressemblaient à des cris d'animaux. Durant ces longs instants, Tark ne put détacher sa main du bastingage. Sa nausée, déjà présente à sa sortie de Galameh, s'accentua et il se sentit vieillir de trente années en un instant. Il perdait ses forces à chaque seconde écoulée. Alors tout s'arrêta brusquement, jusqu'à ce qu'une voix résonne dans sa tête, articulant des mots dans une langue inconnue. Il ne fallut pas longtemps au sorcier pour comprendre que le *Vonek* – ou quoi que ce fût qui eût pris sa place – s'éveillait à la conscience.

Le bateau vivait.

Tark regarda sa main ; au lieu de la pâleur d'une chair cadavérique, elle brillait comme du fer porté au rouge. Tout son bras diffusait cette même luminescence et la douleur était vive. Ce même bras que le scorpion de feu avait piqué, quand Jackal lui avait donné la Pierre d'Ombre.

Qu'est-ce que ça signifie ?

Il n'en avait pas la moindre idée. Une fois de plus, il s'en voulut d'avoir négligé cette piqûre ; il était parvenu à en limiter les effets, sans prendre le temps d'étudier le venin inoculé. Passer en Val-des-Miracles facilitait sans conteste la progression du mal en lui et rongeait son énergie vitale, révélant une faiblesse dangereuse.

Plus qu'à espérer que le voyage vers Ilone ne dure pas des mois !

Le *Vonek* réagit à ces pensées en craquant près de l'étrave. C'est à cet instant que surgit du brouillard un monstre ailé. Le dragon frôla la mâture, des pans de brume tourbillonnèrent et la bête disparut.

* * *

Ol-Tyron poussa un cri terrible qui fit frémir ses passagers. Pendant quelques secondes, la faune des marais cessa tout bruit, comme si elle venait de se souvenir de l'espèce impériale qui avait régné sans partage sur un monde immergé.

— C'était bien lui ! s'exclama Jocquinius.

— Sorcier ! confirma Niuk qui se penchait dangereusement en arrière.

Ol-Tyron battit une fois de ses larges ailes aux membranes rouges puis il prit un peu d'altitude et vira de bord en replongeant vers la surface du marais nimbé de vert. Jocquinius prépara une matrice, simple, stable et destinée à immobiliser l'embarcation de Tark. Une fois épanoui, le sort dissipa le brouillard autour de lui. Le dragon cracha son feu et le voile se déchira encore plus loin, révélant un décor inouï, où les arbres formaient des globes presque parfaits, au sommet de troncs entortillés tels d'épais cordages. Une ville entière aurait pu tenir au sommet de certains de ces arbres. Jocquinius et Niuk n'eurent pas le temps d'apprécier ce singulier spectacle : le sorcier était tout près.

Jocquinius déclencha le feu de la matrice. Les éclairs jaillirent vers le navire qui progressait lentement parmi les innombrables chenaux. Juste avant que la magie trinicienne le touche, le *Vonek* déploya un bouclier aux reflets verts. Les éclairs rebondirent sur la surface magique et se dispersèrent au-dessus du fatras de racines et de tourbe. Tark regardait la singulière équipée, main tendue.

L'air trembla à quelques mètres du trio et se déforma, puis une vague de chaleur intense les atteignit.

— Moins une ! fit le mage.

Mais je vais devoir trouver autre chose… et vite !

— Ol-Tyron, tu ne veux pas… ?

— Non ! Je peux t'aider mais je ne l'attaquerai pas, répliqua le dragon. Du moins, pas directement.

Depuis leur départ, ils avaient eu cet échange des dizaines de fois. Le mage se concentra sur une matrice plus puissante. Parviendrait-elle à percer le bouclier ? Ol-Tyron passa plus bas cette fois, et Jocquinius lança l'attaque sur le côté plutôt qu'à la verticale du navire. Mais le dragon changea de direction sans prévenir.

— Eh ! fit le mage.

Le feu matriciel avait manqué sa cible. Jocquinius vit alors une sorte de langue liquide foncer vers eux et il comprit la réaction d'Ol-Tyron, qui entama un autre virage pour éviter le projectile, lequel termina sa course contre un arbre immense, à cent mètres de là. Les branches explosèrent et l'île où elles s'étendaient s'embrasa aussitôt.

— On ne va pas y arriver comme ça ! dit le dragon.

— Tark utilise des armes que je ne connais pas.

— Niuk casser bouclier ! Ol-Tyron repasser et Niuk s'occuper bouclier.

Une fraction de seconde plus tard, la proposition était mise en œuvre. Cette fois, ce ne fut pas un mais trois projectiles semblables au précédent qui s'envolèrent vers eux. Ol-Tyron fonçait droit dessus.

— Accrochez-vous ! ordonna-t-il.

D'un coup de reins puissant, il s'inclina et perdit de l'altitude pour se trouver à moins de deux mètres des flots. Les tirs passèrent au-dessus du trio en sifflant. Jocquinius entendit Niuk prononcer des sorts aussi inconnus que ceux partis du *Vonek*. Il vit alors l'aura qui entourait le bateau trembler et pâlir. Quoi qu'ait fait Niuk, ça marchait ! Il lança à son tour une matrice tandis que Tark courait sur le pont de son navire, en direction de la proue. Le bouclier ne s'était pas tout à fait effacé quand les éclairs fusèrent depuis la matrice, mais certains réussirent à franchir la protection. Le bois du *Vonek* explosa en plusieurs endroits, puis le bouclier se redéploya comme par réflexe, emprisonnant sur le pont un panache de fumée verte.

— Tark va étouffer là-dessous ! exulta Jocquinius.

— Ne me demande pas de me réjouir, dit Ol-Tyron.

— Nous bonne équipe !

Le dragon effectua un long virage et s'enfonça dans un pan de brouillard. Lorsqu'il en émergea, le *Vonek* n'était plus ce navire élégant qu'ils avaient attaqué. C'était un monstre de poutres, de cordes et de toiles. Les mâts tournoyaient autour d'un corps ventru, comme des bras cerclés de métal. Et le trio en était tout proche. Trop proche. L'un de ces bras heurta violemment le dragon et Niuk fut éjecté de sa monture. Jocquinius ne put voir où son compagnon chutait. Quant au dragon, il poussa un cri de douleur et replia une aile, si bien qu'il perdit le contrôle de sa trajectoire.

— Ol-Tyron ! cria Jocquinius qui voyait le sol marécageux se rapprocher à toute allure.

Le dragon se redressa au dernier moment. Le bord de son aile accrocha un arbre et il partit en crabe, alors que Jocquinius serrait la collerette devant lui de toutes ses forces. Il voulut parler au dragon, mais ce dernier ne l'écoutait plus ; il fonçait vers le *Vonek* métamorphosé, assemblage aussi improbable que dangereux. Où diable Tark pouvait-il se tenir dans cette architecture verticale et baignée d'une luminescence verte ?

Il y avait pire : la nature se mettait de la partie, et des pieds de mangrove où pendaient des traînes d'algues filèrent vers le ciel.

Tark ?

Impossible de le savoir. Si le mage n'agissait pas très vite, la végétation mettrait en péril leur mission. Il matérialisa une matrice et ouvrit le feu aussitôt devant eux. Au même moment, et à la grande surprise de Jocquinius, Ol-Tyron mit en œuvre son pouvoir séculaire. Une boule de flammes jaillit de sa gueule grande ouverte et se déroula jusqu'au monstre dont les voiles claquaient derrière lui comme les ailes d'un énorme insecte. Le bouclier magique ne ceignait que le corps de bois, aussi les membres qui fauchaient l'air et tentaient de toucher le dragon s'embrasèrent-ils. Un gémissement secoua l'air et les bras enflammés s'agitèrent en tous sens, sans parvenir à éteindre l'incendie. Ol-Tyron cracha une seconde fois. Le bouclier s'affaissa et les flammes se précipitèrent à l'assaut du corps exposé, comme si elles avaient été animées de leur propre volonté. Le *Vonek* vacilla et s'effondra dans l'eau. Il ressemblait à nouveau à un navire, mais cette fois en piteux état.

— Niuk ! dit aussitôt Jocquinius. Il faut aller le chercher !

Il ne leur fallut pas plus de cinq minutes pour retrouver le latoa, qui avait regagné la berge d'un îlot et manifestait sa présence à l'aide d'une lueur rouge magique. Il était tombé sur un tapis de mousse mais il luttait contre des branches qui essayaient de le capturer, comme autant de bras ligneux. Le latoa s'aidait de ses tentacules pour les éloigner. Comme il n'arrivait à rien et allait être submergé par l'assaut végétal, il se décida à employer la magie. Les ramures les plus agressives le relâchèrent et se recroquevillèrent. Jocquinius brisa les plus grosses branches à l'aide d'une matrice ; le bois et la mousse se volatilisèrent alentour et pendant quelques secondes on ne vit plus rien qu'un nuage brun et vert. D'un souffle puissant des naseaux, le dragon dispersa ces débris en suspension et Niuk apparut enfin, couché sur le dos.

Jocquinius sentit le sang se glacer dans ses veines. Ol-Tyron se posa sur ce qui restait de l'îlot et le mage accourut auprès de son ami.

— Par tous les démons de Galameh, restez avec nous, Niuk !

— Pas Galameh. Pas maintenant…

Niuk ouvrit les yeux et reprit en souriant :

— Pas maintenant, mon ami !

— Niuk…

Le latoa se redressa et le mage le serra dans ses bras avant de dire :

— Une bonne équipe, oui, assurément…

Ils rejoignirent alors l'épave du *Vonek*. Le bouclier magique, qui semblait agir de lui-même, avait étouffé le plus gros de l'incendie en l'empêchant de s'alimenter en air. Il n'y eut pas de nouvelle attaque.

— C'est fini, dit Ol-Tyron.

— Non. Tant que je ne verrai pas l'enveloppe corporelle de Tark dévorée par les flammes noires de Galameh, ce ne sera pas fini entre lui et moi.

— Tormaga…, ajouta Niuk.

— Oui, vous avez raison : il y a aussi Tormaga.

Jocquinius lança le feu matriciel contre le *Vonek*. Il n'y eut pas de réaction. Ils tournoyèrent autour du navire immobilisé de longues heures durant, puis ils décrivirent des cercles de plus en plus larges, chassant les rideaux de brume qui tombaient sans cesse sur cette scène. Au moins, la nature avait cessé de combattre au côté de leur ennemi. Le sorcier ne se manifesta pas et aucune enveloppe corporelle n'était visible autour de l'épave : il devait avoir disparu.

En revanche, Niuk observa qu'au-dessus du cloaque un mât du *Vonek* ne cessait de disparaître et de se reconstituer, de disparaître encore et de se remettre en place. Il le fit remarquer à Jocquinius.

— Peut-être encore magie, dit le latoa.

— Oui. Mais peut-être pas celle contre laquelle nous venons de nous battre.

L'excitation dans la voix du mage étonna Ol-Tyron.

— Tu as trouvé quelque chose ? demanda-t-il.

— Pouvons-nous nous poser ?

— Bien sûr. D'ailleurs, le coup porté par ce… ce navire commence à me faire souffrir.

Cela prit un peu de temps à Jocquinius pour atteindre le *Vonek*. À califourchon sur une membrure pêchée plus loin, il approcha prudemment de l'embarcation détruite. Une matrice palpitait entre les décombres flottants et lui.

Je suis trop vieux pour tout ça. Trop vieux.

Il n'avait pas avalé une goutte de fluxus, le roboratif trinicien, depuis des semaines, et la potion du latoa n'était plus qu'un souvenir. Quand pourrait-il enfin relâcher un peu de la tension qui l'étreignait depuis des mois ? Après avoir contourné un tiers de la coque en partie submergée, le mage avisa une large brèche. Elle ouvrait sur l'obscurité. Il leva la tête pour repérer le mât au comportement anormal qu'avait signalé Niuk. Quand cela fut fait, il se demanda s'il ne ferait pas mieux de rebrousser chemin.

Allez. Ce n'est pas le moment de flancher.

Il prit une profonde inspiration et « poussa » la matrice devant lui avant de se remettre à pagayer. Il passa par la brèche et frissonna avec la sensation d'entrer dans la gueule du loup.

La pestilence des entrailles de bois ensorcelé le frappa de plein fouet. La sphère matricielle éclaira les alentours. Tout n'était que chaos : un enchevêtrement de poutres où pendaient des paquets d'algues et des matières moins identifiables. Les bruits résonnèrent comme au plus profond d'une grotte à demi noyée.

Il tourna en rond, se faufilant tant bien que mal entre les poutrelles qui lui barraient le chemin, glissant sous des rais de lumière qui striaient la pénombre en traversant les planches disjointes.

Où est ce fichu mât ?

La matrice crépitait de plus en plus fort, comme si elle luttait pour se maintenir. Enfin, le mage aperçut ce qu'il cherchait : le mât traversait le pont et semblait se ficher dans l'eau fangeuse. Il en approcha au plus près, tandis que la matrice clignotait.

Il se souvint des explications de Halaïa, quand il l'avait retrouvée à Haut-Temple :

« Il a une action sur le cours du temps. Une action imprévisible et plutôt limitée… »

Le Talaris aresmass. Le Sarment du Temps.

Golan Tark l'avait forcément pris avec lui, en voulant rejoindre Ilone. Et maintenant, il flottait tout près de ce mât qui se comportait comme une illusion. Il l'avait donc pris à Adrian !

Jocquinius dut abandonner sa matrice au bénéfice d'une magie plus simple, uniquement destinée à l'éclairer. Même cette bulle de pouvoir peina à s'établir durablement contre l'influence du Sarment. Fouiller les ténèbres. Jocquinius frotta ses yeux fatigués à maintes reprises, du dos de la main. Il avait froid et son dos n'était que douleurs. Et si le Sarment se trouvait sous la surface ? Comment le retrouver dans cette eau trouble ?

Il déclencha une matrice et l'enfonça sous l'eau mais ça ne servit pas à grand-chose : il aurait fallu écarter les débris en suspension et le mage n'aurait su comment s'y prendre. Il allait laisser tomber. Après tout, Tark n'était plus. Si seulement ils avaient pu voir les ombres de Galameh s'en prendre à lui pour le ramener en enfer !

— Il faudra se contenter de son absence…

Le son de sa voix résonna lugubrement dans cet espace clos.

À peine avait-il prononcé ces mots qu'il sentit une présence dans son dos. Une lueur. Il voulut se retourner mais quelque chose lui ôta sa planche et l'instant suivant, le mage était à l'eau. Puis on appuya sur son crâne pour le maintenir sous la surface et la panique s'empara du vieil homme.

* * *

Debout sur le dos du dragon, Niuk regardait l'épave étendue à une vingtaine de mètres de là.

— Jocquinius parti longtemps. Pas aimer ça.

— Il ne faut pas s'inquiéter : notre ami est bien plus puissant que son allure le laisse penser. Et l'endroit est sûr, maintenant. Du moins, à peu près : je crois que Golan Tark n'est pas près de réapparaître.

— Mmm… Tark mauvais humain.

* * *

Jocquinius agrippa le bras qui voulait le noyer. Il se débattit du mieux qu'il pût. Ses pieds rencontrèrent le fond ; il y prit appui, se redressa. Se débattit encore. Impossible d'employer une matrice : la bouche pleine d'eau, il ne pouvait prononcer correctement le sort.

Tark. Tark était là et il était en train de le noyer. Pourquoi n'utilisait-il pas ses pouvoirs de sorcier ? Jocquinius n'avait pas le temps ni l'esprit à trouver une réponse. Des points blancs dansaient déjà devant ses yeux. Il puisa dans ses dernières forces pour se défaire de la prise mortelle, poussant cette fois en biais plutôt qu'à la verticale.

Ça fonctionna, et il sortit enfin la tête de l'eau. Il avait pied et, hoquetant, il reprit son souffle, les poumons en feu. Devant lui Golan Tark le regardait comme une bête sauvage, ses yeux brillant d'une phosphorescence surnaturelle.

— C'est ça que tu étais venu chercher ? demanda le sorcier qui brandissait le Talaris sous un trait de lumière.

Gagner du temps…, se dit très vite le mage, haletant et constatant que l'artefact était recouvert de son étui.

— Comment t'y es-tu pris pour le voler à mon fils ? demanda-t-il.

— Adrian est ton fils ? Par tous les démons de Galameh, celle-là est trop bonne !

Il éclata de rire, mais d'un rire qui s'étrangla dans une toux rauque, le brisant en deux.

Le mage n'attendit pas que son ennemi poursuive. Il déclencha aussitôt une matrice et en propulsa le feu contre le sorcier. L'attaque le heurta de plein fouet et Tark fut soulevé hors de l'eau, projeté contre le mât qui, quelques minutes auparavant, subissait l'influence du Talaris.

Tark lutta pour se redresser. Il n'avait pas lâché le précieux artefact.

— Je vais te tuer, Trinicien. Mais d'abord explique-moi cette histoire d'empereur et de fils. PARLE !

Jocquinius voulut lancer un nouvel assaut. Tark fut plus rapide cette fois et sa contre-attaque dissipa le feu matriciel en une gerbe aveuglante. Mais à peine le sorcier avait-il jeté ses forces dans le sortilège que quelque chose tomba sur lui.

Jocquinius vit une multitude de bras s'agiter autour de Tark.

Pas des bras, non ! Les tentacules de Niuk !

Le latoa poussa un cri aigu en s'agrippant aux épaules du sorcier. L'eau écumait autour de leurs silhouettes, si bien que la confusion ne permettait pas de savoir qui prenait le dessus. Jocquinius avait à nouveau préparé une matrice, mais il ne pouvait l'utiliser sans risquer de tuer Niuk. De toute façon, ce serait la dernière matrice : il était à bout de forces. Tout à coup le latoa bondit à la verticale de Tark et, tel un singe agile, s'agrippa à une poutrelle hors de portée du sorcier. Jocquinius n'attendit pas une seconde de plus pour foudroyer Tark affaibli par ses séjours en Val-des-Miracles et le poison des scorpions de feu.

Le sorcier lança un cri terrible alors que des fumées plus noires que du goudron apparaissaient autour de lui et l'enveloppaient. En quelques secondes, Tark avait disparu, laissant derrière lui le Talaris que Jocquinius s'empressa de récupérer.

— Je crois que nous avons gagné cette bataille, mon ami, conclut Jocquinius.

— Pas gagné la guerre ?

— Je n'en sais rien. En tout cas, je vous dois une fière chandelle, Niuk !

Un peu plus tard ce jour-là, Niuk et Jocquinius s'employèrent à soigner le dragon ; le coup porté par le *Vonek* l'avait sérieusement blessé et une longue estafilade saignait.

— Avec l'humidité de ces marais, la plaie pourrait rapidement s'infecter, expliqua le mage.

Jocquinius ne voulait pas s'appesantir sur sa victoire : il était incapable de décider si elle était réelle ou illusoire, définitive ou provisoire. Tark avait certes rejoint Galameh, capturé par des créatures intangibles connues des Triniciens et craintes par tous ; mais cela signifiait-il que le sorcier cesserait de nuire ? Qu'en serait-il de ses soldats, lâchés à travers le monde : leur loyauté et leur cruauté allaient-elles s'évanouir ? Et il y avait cet avertissement de Tormaga : « Un jour prochain, je serai à la place de Golan Tark. Et vous autres, les humains, vivrez une éternité de tourments ! »

— Tu as vaincu ton ennemi, dit enfin Ol-Tyron au Trinicien. Tu n'as pas l'air plus satisfait que ça…

— Je suis épuisé. Comme je ne l'ai jamais été. Et je fêterai notre victoire quand je serai certain que nous sommes à l'abri du danger.

— Le serez-vous un jour ?

— Que veux-tu dire ?

— Eh bien, si Golan Tark ne figure plus sur la liste des menaces immédiates, cette liste est-elle blanche pour autant ?

— Non. Bien sûr que non. Tout de même : je serai rassuré que les armées de Tark ne soient plus une menace pour les habitants d'Elamia. Et puis, je dois vous avouer à l'un et à l'autre que cet objet (Il brandit le Talaris aresmass.) était censé se trouver entre les mains d'Adrian, le chef de notre armée. Si Tark l'avait en sa possession, je crains qu'Adrian ait perdu beaucoup en le lui abandonnant.

Un silence pesant s'établit entre les compagnons. Jocquinius le rompit, en se forçant à un peu plus de légèreté :

— Si notre ennemi est bel et bien tombé, nous pourrons célébrer la fête des Chiffons à l'automne, comme chaque année !

— La fête des Chiffons ? demanda Niuk.

— Oui, nous célébrons des divinités. On leur donne la forme de poupées de chiffon pendant un défilé. C'est un moment de liesse dans tout Consolata ! Il faudra que vous voyiez ça, l'un et l'autre…

— Je ne sais pas de quel œil tes concitoyens verraient un dragon parmi les spectateurs.

— Un dragon ? fit Niuk. Latoa voir un héros, pas un dragon !

— Merci, mon ami. Eh bien, allons voir ce monde de plus près, proposa Ol-Tyron.

— Excellente idée ! s'exclama Jocquinius.

Quelques minutes après, le trio s'envolait en direction de Consolata. Émerveillé par les sensations du vol et l'incroyable spectacle des paysages qui défilaient sous les ailes du dragon, le vieux mage se laissa gagner par la bonne humeur. Il accepta enfin sa victoire sur Tark. Quelle que fût la teneur de leur avenir, ça n'était pas rien ! Et puis, il avait rencontré deux amis. Deux êtres extraordinaires avec lesquels il n'aurait jamais cru possible d'avoir un tel lien. Ainsi était la guerre : elle séparait les êtres et pouvait créer dans le même temps des relations irremplaçables. Le mage décida de rester sur cette impression positive.

* * *

Il ne fallut que quelques jours à Iriane pour retrouver sa forme. La présence du Talaris était un soutien inestimable. Mais l'aide de Julipen s'avérait encore plus précieuse. Comme il avait été bon de retrouver une Laménide après ces journées solitaires, loin d'Estebellia rongée par les Galaméens !

Si on m'avait dit qu'un jour je les accueillerais à bras ouverts !

Plus jeune qu'Onahra et Helenn, plus mature que Beryll et *a fortiori* que Paula, Julipen était aussitôt devenue une sorte de sœur aînée chaleureuse, dévouée, attentive. Il faut dire que la jeune pensionnaire de Maison-Noire progressait très vite.

— Tu ne vas pas tarder à me dépasser, Julipen lui avait-elle même assuré.

— Ce n'est pas une course, n'est-ce pas ?

— Non, tu as raison. Ça n'a rien d'une course. Et nos pouvoirs magiques sont certes utiles mais ils ne valent pas grand-chose sans la connaissance du caractère humain.

— Et dans ce domaine, je suis certaine qu'il me reste énormément à découvrir. Sans même parler d'apprendre…

— Pas impossible ! avait dit Julipen avec un grand sourire. Les hommes sont sans doute autant bourrés de défauts qu'ils sont bouffis de suffisance.

— Rien que ça ?!

— D'accord, j'exagère un peu et je généralise. Mais ne t'y trompe pas : nous sommes dans un monde gouverné par les hommes et ça n'est pas près de changer. Ils sont trop sûrs de leur emprise sur nous pour ne pas oublier de se protéger de tous côtés.

— Et il n'existe pas de protection efficace à cent pour cent.

— C'est le genre de choses que l'on apprend à Maison-Noire ?

— C'est le genre de choses que l'on apprend en vivant, tout simplement.

— Exactement !

Iriane était plus que douée. En outre, sa formation l'aidait à gagner du temps car la jeune femme savait ce qu'était la concentration. Les changements produits par le Talaris sur elle étaient bien plus importants que ce que Julipen en savait. Non seulement il révélait les pouvoirs enfouis en elle mais il la modifiait en profondeur. Lorsqu'elle « plongeait », comme elle disait, dans le flux d'énergie que dispensait la Perle de Vie, Iriane avait le sentiment de vivre un long voyage intérieur, dont chaque étape la grandissait. Un voyage qui n'avait pas la violence de son passage entre les mondes, bien au contraire : il l'apaisait, la ressourçait, lui livrait le meilleur d'elle-même.

Julipen avait plus d'une fois porté la Perle de Vie depuis l'arrivée de la jeune femme ; il n'avait pas produit les mêmes effets sur elle. En fait, tout comme Helenn avant elle, l'artefact la troublait. Elle n'aurait su dire si sa puissance était trop grande pour qu'elle puisse s'en servir, si son long séjour en Galameh l'avait « désaccordé » ou encore si Iriane possédait un talent particulier qui lui permettait d'en tirer profit – elle commençait à pencher pour cette solution.

Il faudrait en user à bon escient. Julipen avait hésité lorsqu'elle avait écouté le compte-rendu d'Iriane : la mort de Helenn, l'emprisonnement volontaire des prêtresses… Ne valait-il pas mieux galoper vers Estebellia pour aider les Laménides à sortir de ce guêpier ?

Mais Adrian avait lui aussi besoin d'elle.

Nous irons dès que Corall sera libérée.

Et si jamais elle ne l'était pas ?

Elle voulait faire confiance au voyant.

Le Commandant savait que le moment de sa vision, cette trame où des soldats quittaient soudainement les remparts sud, était pour aujourd'hui. De nouvelles tours d'assaut furent rapidement montées, grâce à l'expérience acquise à Tuckmill. On poussa les balistes à une cinquantaine de mètres de la longue muraille qui ceignait la partie basse et derrière laquelle coulait la Medding. Ce ne serait pas la plus difficile à franchir. Après, il faudrait encore traverser le fleuve à demi empli d'une eau en partie galaméenne et s'attaquer à l'arsenal édifié sur un îlot : à voir l'intensité du halo vert qui le coiffait, ce devait être un point névralgique du commandement ennemi. Dès qu'ils virent la capitale des Territoires, les hommes d'Adrian mirent beaucoup d'ardeur au travail, sous un ciel gris. Un vent d'altitude poussait ces longues caravanes célestes et indolentes ; la pluie ne serait pas pour tout de suite.

Le matin des premiers tirs, le chef de l'armée se leva et marcha seul, aidé d'une canne.

— Le Talaris vous a révélé une belle journée ? lui demanda Reniard.

Adrian se contenta de hocher la tête en souriant. L'artefact était entre les mains de Golan Tark ; comment l'avouer à son lieutenant ? C'était impossible.

Une demi-douzaine de cavaliers avancèrent vers les portes de la ville, munis d'une lettre cachetée annonçant l'intention de cette armée légitime de reprendre Corall-Medding. Une volée de flèches les accueillit et ils rebroussèrent chemin après avoir perdu l'un des leurs.

* * *

— Nous enterrerons cet homme ce soir ! s'exclama le chef de guerre. Et il aura droit aux honneurs qui reviennent aux braves. Que Ganalone l'accueille parmi les siens !

Les vingt balistes tirèrent à intervalles réguliers, sans rencontrer d'autre résistance que les flèches galaméennes.

— Pas de hurleurs, cette fois…, constata Uprih.

— Non. Soit ils n'en ont plus, soit ils attendent que nous soyons entrés pour s'en servir.

— Restons optimistes, dit Reniard.

Cinq heures après que les premiers projectiles eurent atteint leur cible, une brèche s'ouvrait dans la muraille extérieure. Trois mille hommes issus du campement ouest s'y précipitèrent en hurlant. Les tambours et le martèlement des chevaux lancés au galop résonnèrent jusqu'à l'horizon.

Tandis que les premiers soldats d'Adrian franchissaient cette brèche, l'oriflamme bleu et or fièrement dressée au-dessus d'eux, un homme entrait discrètement par l'est, sur un navire galaméen. Il se nommait Noriad et il était mort depuis peu.

La nervosité de ses compatriotes le frappa. Elle avait gagné la grande cité et elle semblait rider jusqu'à la surface anormalement lisse de la nouvelle Medding. Pour avoir servi auprès de Bren Jackal et connu de nombreux coups durs, il savait ce que signifiait la tension précédant un combat.

Un unique sac en grande partie vide en bandoulière, il débarqua sur l'îlot de l'arsenal. L'armée de libération était déjà freinée par les Galaméens. Il entendit les cris, douleur et rage mêlées, auxquels s'ajoutaient le fracas du métal, le hennissement des chevaux, les ordres que l'on tentait d'imposer alors que l'instinct de survie et une forme implacable de haine étaient les uniques priorités. Noriad remarqua un cimetière ; quelques hommes traînaient là comme de pauvres hères au lieu de se battre à l'entrée de la cité ou sur les remparts. Lui-même était depuis trop peu de temps en Val-des-Miracles pour souffrir de ce mal du pays qui sapait les forces de Tark.

Il se dirigea d'un pas pressé vers un grand bâtiment cerné de dizaines de soldats surarmés et, quand il arriva à leur hauteur, caressa le poil d'une créature qui avait l'air d'un singe hargneux et sans yeux. L'espace d'un instant, des images odieuses affluèrent dans l'esprit du mercenaire puis elles disparurent dès que le maître de la créature lui eut donné un coup sur la tête. On laissa passer Noriad et il rejoignit le bureau du gouverneur, mais celui-ci s'était absenté. Le Galaméen comprit à la mine désolée de son interlocuteur qu'une raison inavouable expliquait cette absence et il n'insista pas.

— Alors conduisez-moi vers la tour, ordonna-t-il à une jeune recrue. Ordre du Maître.

L'ancien mercenaire longea des ruelles en grande partie vides. Des ordures jonchaient les pavés et quelques cadavres de Corallais pourrissaient dans les quartiers abandonnés. Il remarqua que pas un Galaméen ne gisait parmi ces corps ; il ne savait pas ce qu'il advenait d'eux quand ils venaient à mourir une seconde fois. Le Maître ne lui en avait pas parlé, tout comme il avait laissé dans l'ombre bien des détails. Noriad lui en savait gré ; il n'était pas dans ses intentions de tout savoir. À quoi bon ? Une seule chose l'intéressait : retrouver Jackal, son ancien chef. Celui qui l'avait condamné à Galameh, en s'alliant avec cette bête monstrueuse apparue alors qu'ils attaquaient un fort. Retrouver Jackal et tâcher de comprendre pourquoi il s'était débarrassé de tous ses hommes. Comment pouvait-on en arriver là ? En l'espace de quelques heures… Noriad l'interrogerait et après il jouerait avec lui. Le Maître le lui avait promis.

Pour l'heure, il montait en direction de l'ancien emplacement de Haut-Temple. Une tour à la fois organique et minérale s'y élevait. On disait qu'un certain Talio Cerni l'avait dessinée, sur les instructions de Golan Tark. Comment avait-on pu bâtir un tel édifice en si peu de temps ?

— On y a mis beaucoup d'énergie, expliqua la recrue. Et autant de magie… Et puis, on a tous tellement envie de servir le Maître au mieux…

— Vraiment ? demanda Noriad qui n'éprouvait pas semblable fascination pour le sorcier.

— Eh bien oui ! s'étonna le soldat. Il a retrouvé un objet auquel je tenais plus que tout. Et depuis ce moment-là, je sais que rien ni personne ne m'empêchera de servir le Maître.

— Tu as une chance folle.

Noriad avait dit cela d'un ton neutre : il aurait aussi bien pu être ironique que sincère.

L'homme avait en effet entendu parler des fétiches. Tark ne lui avait rien offert de tel. Il voulait juste s'occuper plutôt que d'errer sans fin en Galameh, à écouter les jérémiades constamment renouvelées de ses habitants. La mort n'était pas un souci pour Noriad. Il avait juste un féroce appétit de vengeance.

— Pour la tour, reprit le mercenaire, où avez-vous trouvé cette magie ? Vous êtes tous capables de la… produire ?

— Oh, eh bien, on s'est servis à la source, dit le soldat en clignant de l'œil.

— Je ne comprends pas.

— Ces foutus Corallais : ils ont de l'énergie à revendre. Je sais pas si c'est le fait d'être encore en vie, si vous voyez ce que je veux dire…

Noriad n'eut pas le temps de répondre : une boule à la luminosité aveuglante venait d'apparaître au milieu de la rue, vingt mètres plus haut.

— À terre ! cria la recrue.

Noriad se jeta en avant, en une roulade à peine maîtrisée. Son épaule craqua. Il entendit un sifflement passer au-dessus de sa tête. Il essaya de regarder d'où venait l'attaque, tout en se protégeant derrière un amoncellement de barriques. La luminosité avait décru et il ne voyait rien, encore ébloui. De l'autre côté de la rue, le soldat, tombé au sol, se recroquevillait sur lui-même. Il était vraisemblablement touché. Noriad posa la main sur son sac pour s'assurer que la boîte contenue là s'y trouvait toujours. Alors il sortit un kriss de sa ceinture, une arme qu'il avait volée en Galameh chez un vieillard habitant une maison dans les bois. L'homme s'était bien battu avant de céder à l'expérience de Noriad et à sa rage froide. Une fois emporté par les ombres, l'épéiste avait laissé derrière lui toute une armurerie, une véritable collection de trésors.

Il tâcha d'oublier la douleur dans son épaule et se tint prêt. La lumière se matérialisa une deuxième fois ; Noriad voulut sauter de l'autre côté de la rue mais il donna son impulsion trop tard : les barriques volèrent en éclats et il fut projeté en arrière, perdant son kriss. Quelle pouvait donc bien être cette arme magique ?

Étendu sur le dos, il cherchait son souffle. Les yeux entrouverts, il ne voyait pas le ciel mais le bord d'un toit. L'enveloppe de matière morbide qui lui tenait lieu de corps émettait des signaux de douleur en quantité.

Il comprit qu'il n'en avait plus pour longtemps. Il se ramassa sur lui-même, dans l'attente d'un nouveau choc, quand soudain le claquement de bottes sur les pavés retentit.

— Là-bas ! cria une voix. Un homme à terre !

Quelques secondes plus tard, ils étaient cinq Galaméens pour l'aider à se relever.

— Vous pouvez dire que vous avez de la chance ! commenta l'un des soldats.

— Ah oui ? Je croyais que cette ville était sous contrôle...

— Ben, y a des insurgés. Le gouverneur les avait pourtant tous éliminés...

— Faut croire que non. C'était quoi, ce qui m'a attaqué ?

— Nous pensons qu'il reste des Triniciens en vie.

— Des Triniciens ? Bon sang, je pensais qu'eux aussi avaient tous été supprimés !

Son interlocuteur haussa les épaules et personne ne trouva de commentaire à faire.

— Bon, reprit Noriad. Emmenez-moi à la tour. Je dois arriver là-haut avant l'armée ennemie.

— Ne vous inquiétez pas pour ça, voulut le rassurer le soldat.

Mais Noriad avait perdu toute trace d'assurance désormais.

* * *

Après avoir attaqué deux Galaméens qui arpentaient Grève-Pieds, Litti dut renoncer alors qu'une patrouille approchait. Il ne voulait pas gaspiller ses forces sur si peu d'hommes alors qu'une armée amie aurait sûrement besoin de son aide. Le garçon disparut dans une maison abandonnée ; elle empestait la charogne et il eut la nausée. La main sur le visage, il grimpa les étages et entama à l'aide d'une matrice peu gourmande une cloison de torchis qui séparait une chambre d'un autre bâtiment.

Il œuvrait seul aujourd'hui. Depuis que Galann, l'aveugle, l'avait abrité, le garçon ne comptait plus ses progrès. L'ancien mage avait conservé quelques dessins de matrices, une bonne vingtaine. Travailler avec lui était à la fois bien plus agréable et efficace qu'avec Yonastelli. Litti n'avait plus envie de précipiter ses connaissances mais plutôt de les intégrer au point qu'elles lui deviennent aussi naturelles que l'acte de respirer.

L'autre maison était plus sombre. Litti n'ouvrit pas les volets mais prononça une matrice qui épanouit un halo assez diffus pour éclairer les lieux. L'adolescent n'avait presque aucun effort à faire pour le diriger. Il retrouva la rue après s'être assuré qu'elle était déserte. En quelques pas il se trouva sur un étroit balcon public qui offrait un point de vue sur les événements en contrebas ; on devinait l'agitation guerrière et des radeaux traversaient un bras du fleuve, certains en direction de l'arsenal, d'autres filant plus loin, vers le pied des vieilles murailles de Grève-Pieds.

Il entendit des pas descendre en toute hâte dans sa direction. Il passa par-dessus le balcon, s'accrocha à la rambarde, hésita avant de sauter les trois mètres de hauteur. Il n'eut pas le choix quand il s'aperçut que les Galaméens l'avaient vu. Dans leur précipitation, les morts jetèrent leurs lances vers lui mais Litti avait déjà sauté et les armes se fichèrent dans un tronc d'arbre, crevèrent la croisée d'une façade, se cassèrent sur les pavés.

Litti déclencha une matrice à hauteur de la rambarde : brûlante comme un petit soleil, elle retarderait les soldats, le temps qu'il s'éloigne. De patrouille en patrouille, il dégringola Grève-Pieds par la face sud, la plus abrupte. Les venelles y étaient de sombres saignées, même en plein jour. La famine avait ravagé une partie de la population et il était plus que temps qu'une armée force les portes de la cité.

Peu à peu, il parvint près de l'un des cimetières corallais. Une lueur verte, moins visible en plein jour que la nuit, baignait l'endroit : malgré la bataille en cours, ils étaient plus d'une centaine de Galaméens à errer en cet endroit qui surplombait une enceinte.

Litti s'avança prudemment, jetant de fréquents coups d'œil en arrière.

Des centaines de soldats, sans défense…, se dit-il. *Je ne peux pas laisser passer cette occasion.*

C'est alors qu'un homme le héla.

Litti se retourna et sentit sa motivation se diluer sous l'acide de ses émotions. Son père lui faisait face, le glaive sorti du fourreau. Et cette fois, l'homme était en pleine possession de ses moyens.

— Papa ! C'est moi. C'est Litti, ton fils ! tenta le jeune Trinicien.

L'homme fronça les sourcils. Il avait piètre allure, comme la plupart des Galaméens ces derniers temps : ses traits étaient tirés et son corps donnait l'impression de s'être vidé de sa substance. Sa peau était d'une extrême pâleur et l'on voyait les veines, bleu-vert, palpiter autour des orbites creuses. Pourtant le garçon ne se trompait pas de personne.

— Qu'est-ce que tu fiches ici ? lui demanda l'homme, sur la défensive. Tu n'es pas censé être à Haut-Temple, en train d'étudier ?

— Mais papa, tu sais très bien que l'université a été détruite !

L'homme le regarda de côté, les yeux plissés, cherchant à savoir si ce garçon voulait le duper.

— Qu'est-ce que tu racontes ? Grâce à Haut-Temple, ta vie sera meilleure que la mienne. Tu n'as rien à faire ici, dans la rue. Rentre là-haut. (Il ponctua ces mots d'un geste rapide du poignet.)

— Il n'y a plus d'université… Vous… vous avez construit une tour à la place. Regarde, on la voit d'ici. Dans ton dos.

L'homme hésita. Puis il dit :

— Je ne vais pas me retourner. Non, je ne vais pas le faire. Tu pourrais me jouer un tour. Tu es peut-être un mage, maintenant. Avec des pouvoirs. On dit qu'il en reste en ville, qu'ils ne sont pas tous à Haut-Temple. Après tout, c'est bien pour ça que je t'ai envoyé là-bas, non ?

Litti n'arrivait pas à croire ce qu'il entendait ; d'une certaine manière, c'était pire que ce qu'il voyait, car la folie imprégnait les propos de ce père comme un poison délétère.

— Souviens-toi : tu m'avais dit que grâce à l'éducation des Triniciens, je saurais me débrouiller avec les « vrais maîtres de ce monde », comme tu disais. Mais Haut-Temple n'existe plus. Dis-moi que tu le sais !

— Je ne sais rien de tout ça. Tout ce que je vois, c'est un sale gosse qui désobéit et répond à son propre père. Tu as la chance d'avoir décroché une bourse et au lieu de ça, tu traînes dans les pires quartiers de la ville, en essayant tes pouvoirs sur mes compagnons.

Nous y voilà, pensa tristement Litti.

— On essaie de me tuer, papa. Et toi, tu ne veux pas de ça, n'est-ce pas ?

— Je ne veux pas d'un môme qui traîne dans les rues au lieu d'étudier. Un môme qui cherche à épater la galerie en semant la violence autour de lui.

— Tu ne crois pas ça, papa ?!

— Tu sais ce que je crois ? Je crois que tu es du côté de ces types, là en bas. Qui cherchent à détruire ce que *nous*, on apporte.

Litti sentit les larmes monter à ses yeux.

— Vous apportez quoi ? demanda-t-il. Allez, papa, dis-moi ce que vous autres nous apportez. Parce que je ne vois que la mort et la destruction.

— La paix. Regarde cette armée qui essaie d'entrer : on peut pas dire qu'elle apporte la paix, si ?

— Et tous ces gens que vous avez tués ? Et tous ces enfants !

— Je ne sais pas de quoi tu parles…

— Regarde la tour, papa. Retourne-toi, je t'en supplie !

Les sanglots déformaient sa voix, à présent. Avec une expression de déception, l'homme secoua lentement la tête et, de sa main libre, s'empara d'une dague. Il marcha vers Litti en disant :

— Maintenant, je vais être obligé de te punir…

— Papa…

Litti évita de justesse la fente de son assaillant, mais ne put échapper à la pointe de sa dague : elle lui entailla le bras. L'adolescent gémit et fit deux pas en arrière, tenant son bras blessé, avant de se retrouver acculé à un mur.

— Reste ici, petit salopard. Ta mère t'a toujours trop couvé, si tu veux mon avis. Et maintenant je vais te mettre du plomb dans la tête, rattraper le temps perdu.

Litti avait beau se dire que cet homme n'était plus son père, les mots qu'il lui jetait au visage étaient cent fois plus douloureux que l'estafilade sur son bras. Il sut qu'il n'avait plus d'autre choix que de renvoyer son père d'où il venait et il réalisa un exploit inédit pour lui : il prononça une matrice qui s'ouvrit dans le dos de l'agresseur, dont la lame s'était levée au-dessus de lui. Litti se jeta au sol et se mit aussitôt en boule, alors que la matrice projetait des langues de feu sur son père.

L'homme tomba à genoux et resta un instant dans cette position, la bouche grande ouverte sur la surprise et l'effroi. Puis il s'affaissa sur Litti, qui poussa un cri et se débattit pour se dégager du cadavre que des ombres venaient déjà chercher, en sifflant tels des serpents. Assis, le garçon les regarda dévorer son père comme des fumées acides et resta prostré un long moment après la disparition totale du Galaméen.

Il le fallait… Je n'avais pas le choix…

La culpabilité effectuait déjà son travail de sape sur la conscience ébranlée du parricide.

Il leva enfin les yeux et vit le cimetière. Il se mit sur ses jambes et traversa la rue pour apporter sa contribution à la libération de Corall-Medding.

* * *

La petite Graziella n'avait aucune idée du jour où elle était arrivée là. Était-ce il y a un an ? deux ? Ou bien quelques mois… Cela lui semblait aussi long que le plus long de ses cauchemars. Ses doigts pinçaient la peau de son bras comme le lui avait appris son père, et elle ne se réveillait pas. Alors elle priait, encore et encore. Myraya, l'une des déesses de la fête des Chiffons, occupait la plupart de ses prières. Elle priait quand elle en avait la force et c'était de plus en plus rare.

Le cauchemar avait débuté quand les méchants avaient envahi sa ville. Dans la cohue de la panique, elle avait perdu ses parents. Un garçon s'était occupé d'elle, tandis qu'elle débouchait sur la place où s'amoncelaient les ruines de Haut-Temple. Il avait été gentil avec elle et ensemble ils s'étaient cachés dans une galerie sous les décombres. Le garçon – il s'appelait Lili, non, ça c'était un prénom de fille, ou Lippi – lui avait donné à manger et à boire. La peur s'était éloignée. Puis le cauchemar avait repris quand des images horribles avaient assiégé son esprit. Ils avaient dû quitter l'abri de la galerie en toute hâte et alors ils avaient été séparés et plus jamais Graziella n'avait eu d'ami ou de parents pour prendre soin d'elle.

Où était Myraya ? Ne pouvait-elle pas venir maintenant la libérer de ses chaînes ? La nourrir, lui offrir un lit, un vrai. Pas ces espèces de planches superposées sur cinq niveaux et réparties dans la grande pièce circulaire. Avant d'être emprisonnée là, elle avait séjourné en divers endroits. D'abord seule, puis accompagnée d'enfants toujours plus nombreux. Ça pleurait et braillait dans tous les sens ! Graziella avait appris à se plaindre le moins possible : elle avait vite compris que les geignards, comme disait sa mère, disparaissaient entre les mains de trois gardiens particulièrement mauvais. Après, on ne les voyait jamais plus. Non, il valait mieux se faire toute petite, ce qui n'était pas le plus difficile pour l'enfant.

On l'avait nourrie dans son cachot. Les journées s'étaient succédé dans la lueur artificielle de torches et la puanteur des excréments. Il y avait eu une épidémie et on l'avait déplacée en compagnie d'une centaine d'autres enfants. Pourquoi personne ne venait les libérer ? Voilà la question qui était sur toutes les bouches. Où étaient les adultes ? Que faisaient-ils ? Certains avaient été tués sous les yeux mêmes de leurs petits. Ces derniers étaient le plus souvent muets et amorphes, murés en eux-mêmes. Graziella se réfugiait dans ses pensées, s'évadait en des rêves de princesse sauvée par un prince charmant, mais ça ne marchait jamais longtemps. Et puis, elle préférait être aux aguets, pour ne manquer aucune information et aussi pour ne pas être la victime de ses camarades les plus cruels : des bandes s'étaient constituées et quand leurs représentants en avaient encore la force, ils s'attaquaient aux plus démunis pour leur voler des vêtements, leur couper des cheveux trop beaux pour ne pas devenir une monnaie d'échange. Mais la principale motivation de ces agressions était surtout l'ennui mêlé à la terreur de l'avenir.

On déplaça à nouveau Graziella et ses amis. Cette fois, ce fut dans cette tour si grande qu'elle devait bien toucher au moins l'une des deux lunes. D'ailleurs, la lumière astrale inondait parfois le sommet de l'édifice, lançait sa flèche d'argent à travers l'immense conduit et baignait les centaines de corps emprisonnés là.

C'est à partir du moment où elle se trouva dans la tour qu'elle commença à perdre ses forces. Il y avait cette lueur verte : elle était partout et Graziella n'avait pas mis longtemps à comprendre qu'elle la dévorait lentement. Cependant, elle avait cela de positif : la faim et la soif avaient disparu. La petite fille pouvait passer des journées entières enchaînée sur sa couche sans avoir envie de manger ou de boire quoi que ce soit. Mieux encore, plus personne n'était malade et les épidémies n'étaient qu'un souvenir parmi une multitude.

Parfois, ses forces lui revenaient. Mais c'était pour repartir aussitôt, comme un bac percé que l'on emplit mais qui toujours se vide. Elle avait fini par perdre connaissance de plus en plus souvent : tout devenait gris autour d'elle, même le halo vert, et l'argent lunaire s'effaçait devant ce gris envahissant. Pendant ces moments-là, l'enfant n'avait plus peur. C'était comme si on avait retiré la boule qui lui tordait le ventre. Elle flottait alors dans un pays souriant, où des parents fêtaient jour après jour votre anniversaire et trouvaient autre chose à célébrer si jamais vous leur montriez votre lassitude.

C'est lors de l'un de ses rares moments de lucidité qu'elle vit un homme entrer dans la tour. Il était grand et fort, et en bien meilleur état que la plupart de ses geôliers. Toutefois son visage atrocement blessé ne laissait aucun doute sur ses origines : l'homme était galaméen. Il entra avec une grimace de dégoût sous la sorte de dôme lumineux qui coiffait les jeunes prisonniers. Il se faufila entre les couches pour atteindre le centre de l'édifice, sortit d'un sac un objet qui ressemblait à un coffret, puis il tendit le bras devant lui et retira sa main : la boîte aux parois noires flottait par elle-même au-dessus du sol. Ensuite, il quitta la tour et Graziella ne devait jamais le revoir.

* * *

Quelque chose bougea en l'esprit d'Adrian, comme la tresse qui secoue une clochette, et il comprit que le moment de la vision approchait. Il avait passé l'heure précédente à rejoindre le camp sud, monté à l'insu de l'ennemi, et il souffrait mille douleurs que Julipen s'ingéniait à étouffer.

Les cavaliers n'attendaient plus que son ordre pour lancer l'assaut. Sur les flancs du Commandant se tenaient Reniard, Uprih et des gardes alnautes. Juste en retrait, Julipen et Iriane tenaient les rênes de leurs montures. L'animal de la jeune femme rendait nerveux ses congénères vivants, mais lui-même affichait une sérénité nouvelle. Iriane avait insisté pour le monter alors que tous voulaient l'abattre. « Il ne sera pas effrayé par ses maîtres galaméens, au moins », avait-elle argumenté, convainquant Adrian.

Pour la jeune femme, se trouver en présence de l'ancien empereur était un événement incroyable de plus dans une longue série de nouvelles bouleversantes. Elle résistait tant bien que mal à l'envie de lui parler d'Onahra. Elle aurait tant aimé lui dire combien elle l'aimait encore, depuis le royaume maudit d'Omok… Lui raconter les exploits d'une femme aimante et tout entière dévouée à son peuple, par-delà la mort. Julipen l'avait dissuadée de s'engager sur ce terrain-là et elle s'en tenait à ce conseil.

À présent, elle attendait l'instant de l'assaut avec la fébrilité du reste de la troupe. On savait que la porte ouest avait été enfoncée et que l'armée rebelle progressait dans Medding, probablement au prix de lourdes pertes. Adrian avait affirmé qu'une attaque-surprise menée depuis le sud permettrait de pénétrer loin dans la cité et d'en atteindre le centre névralgique. Julipen et sa jeune élève se rendraient du côté de l'arsenal où la lumière verte était la plus intense et où devait se tenir le commandement.

Iriane s'en remettait à cette tactique sans chercher à la discuter. La Perle de Vie autour du cou, elle était à l'écoute des vibrations qu'irradiait le monde vivant, des vibrations qui émettaient plus un long hurlement qu'une douce harmonie : la nervosité et l'appréhension des violences à venir imposaient leur mélodie primitive, presque barbare.

Elle fixa Adrian, qu'elle voyait de trois quarts dos. Julipen l'avait soigné et soulagé d'une bonne partie de sa souffrance. Les muscles de son cou étaient raidis par la douleur et la tension du moment, sous les cheveux gris ses traits étaient tirés et il accusait son âge. Il avait pourtant tenu à chevaucher en compagnie de la cavalerie et personne ne s'y était opposé : sa vision était le seul guide de l'armée rebelle pour cheminer vers la victoire. L'homme serrait dans la main droite une lance dont la hampe frottait le flanc de sa monture ; il commença à la monter lentement le long de l'animal. Dans quelques secondes, l'assaut serait donné.

* * *

Litti n'était pas au bout de ses surprises. Il vit un vieillard posté à l'entrée du cimetière ; l'homme tenait une canne de la main gauche. De sa main droite, il palpait le mur et marchait à tout petits pas, sur le côté. Litti le reconnut aussitôt.

Qu'est-ce qu'il fait ici ?

Le garçon s'approcha de lui et l'ancien mage lui dit aussitôt, sans se retourner et à mi-voix :

— C'est toi mon garçon, n'est-ce pas ?

Litti posa sa main sur son épaule.

— Que faites-vous ici, Galann ? C'est la guerre, il y a une bataille en bas, à Medding.

— Je sais. Mais il y a des morts dans ce cimetière, et je ne parle pas de ceux qui y sont enterrés. Et toi et moi, on peut les renvoyer d'où ils viennent. Je ne sais pas s'ils seront plus heureux là-bas qu'ici, mais on dirait bien qu'ils n'attendent que d'y retourner, non ?

— Oui, on dirait bien.

— Alors, mettons-nous au travail.

Litti guida Galann vers l'entrée du cimetière ; toutefois il sentait que le vieil homme connaissait le chemin. Qu'il le *voyait.* Car ses pas étaient de moins en moins hésitants.

Le duo s'avança au milieu des premières tombes. Les Galaméens ne s'apercevaient même pas de leur présence. Le vacarme de la bataille et les incendies en cours ne les préoccupaient nullement : ils marchaient sans but entre les stèles, le dos voûté, la mâchoire pendante, le regard vague. Trop grands sur les corps amaigris, les uniformes avaient l'allure de guenilles sur des mendiants. Certains soldats ne portaient même plus d'armes. Ce spectacle ahurissant fendit le cœur de Litti. À côté de lui, Galann avait déjà lancé une matrice. Son intensité lumineuse était telle que l'adolescent comprit l'étendue de sa puissance. Il n'avait encore jamais rien vu de semblable.

— Il faut partir dès que je la lance, expliqua Galann. Sinon elle te détruit et elle me détruit aussi.

Galann demanda à Litti de prononcer une matrice particulière ; le garçon s'exécuta alors que les images adéquates s'imprimaient dans son esprit, comme un voile peint devant l'image du cimetière hanté de plus d'une centaine de

Galaméens. À l'aide de mouvements des poignets et des bras, il dirigea la matrice brûlante et la poussa vers le centre des lieux tandis que Galann en faisait autant, dans une autre direction.

— Et maintenant, partons d'ici, dit le vieux mage.

Ils tournèrent les talons, Litti prenant le bras de son maître, et se trouvèrent nez à nez avec deux soldats qui étaient entrés derrière eux. Ils étaient tout aussi perdus que leurs congénères. Galann abattit sa canne sur la tête de l'un d'eux et le mort tomba à genoux, la main sur la tempe. Litti bouscula son partenaire qui s'écarta avec un regard de totale incompréhension.

— Vite ! insista Galann, maintenant qu'ils étaient débarrassés de l'obstacle. Quittons l'enceinte du cimetière ! La matrice va se désagréger si je ne la déclenche pas très vite.

Ils se retrouvèrent dans la rue longeant la cité de stèles.

— Comment vous avez fait ça : toucher le mort avec votre canne ? Vous n'êtes pas aveugle ?

— Il existe d'autres outils que les yeux pour voir, mon jeune ami.

— Mais, quand je vous ai rencontré, le premier jour, vous étiez perdu sous la pluie ! Alors, vous avez fait semblant de ne pas retrouver votre chemin ?!

— Parfois, j'ai besoin de compagnie, Litti. Maintenant à terre, mon garçon. Et ferme les yeux !

Ils s'adossèrent à un mur du cimetière.

Galann utilisa l'énergie de la matrice lancée par l'adolescent pour déclencher le feu de la sienne, comme l'étincelle d'un silex allume l'alcool d'une lampe. Il y eut un formidable éclair, qui chassa la pénombre des paupières closes de Litti. Puis l'explosion retentit, assourdissante. Des pierres tombèrent en pluie autour d'eux. Galann partit d'une longue quinte de toux, profonde et épuisante.

Litti avait rouvert les yeux ; en s'essuyant le front de la poussière de l'explosion, il demanda :

— Ça va aller ?

Le vieillard grimaçait de douleur.

— Aide-moi à me relever, dit-il enfin.

Il toussa encore et ajouta :

— Emmène-moi loin d'ici.

* * *

D'où ils se trouvaient, Adrian et les siens ne purent manquer l'éclat de lumière blanche provoqué par l'explosion du cimetière.

Maintenant…

Adrian leva la lance loin au-dessus de sa tête et poussa un long cri. Un cri de guerre qu'il pensait avoir oublié et qui était revenu entre ses lèvres sans même qu'il l'ait prémédité. Le hurlement chassa pour un temps la tension et la souffrance, mieux encore que les magies de sa maîtresse. Deux mille hommes relayèrent son cri et l'assaut débuta dans le tonnerre des sabots et du cliquetis des armes.

Dans la griserie du galop, Iriane se demanda s'il lui serait donné la chance de revoir Litti. Avait-il succombé à la chute de Haut-Temple ? Elle ne voulait pas le croire. Il n'y aurait pas d'instant plus extraordinaire que de retrouver son ami au cours de la libération de la ville. Elle espéra aussi que son père avait survécu à l'invasion des Galaméens.

Est-ce trop demander ?

Les portes de Corall-Medding approchèrent très vite, dans l'horizon tremblant et noyé de poussière de la cavalcade. Comme l'avait annoncé l'empereur voyant, les gardes ennemis avaient quitté leur poste, soit qu'ils eussent été tués par le phénomène qui avait explosé juste derrière les remparts, soit qu'ils se fussent enfuis.

On posa des échelles le long des murailles, des grappes d'hommes les gravirent avant même que la poussière de la chevauchée soit retombée. Ils ouvrirent les portes de la ville sans rencontrer de résistance.

— Tout se passe comme tu l'avais dit, commenta Julipen en séchant la sueur de son front auquel collaient les mèches brunes de ses longs cheveux.

Au lieu de sourire ou de montrer le moindre signe de satisfaction, Adrian était extrêmement tendu.

Les enfants..., pensait-il sans cesse. *Les enfants.*

Les soins de Julipen, de plus en plus profonds, l'avaient drogué, sans pour autant apaiser son inquiétude croissante. Une fois dans la cité, il sentit enfin le lien entre cette tour insolente et l'image des enfants prisonniers.

— Là-haut, ordonna-t-il à Reniard, à Uprih et à sa garde rapprochée.

Ils chevauchèrent aussi haut dans la cité que le leur permettait Grève-Pieds. Des soldats voulurent les ralentir et les armes forgées à Hastrion sur le modèle de celle d'un ennemi abattu aux Ferrone prouvèrent leur efficacité. Adrian n'eut pas le temps de s'apitoyer sur l'état d'une ville occupée par un envahisseur cruel : la rage du Talaris ne se manifestait plus avec la même intensité, mais la colère était toujours présente et il donnait de l'épée avec fureur.

Les Galaméens qui se dressaient sur leur route vers Corall ressemblaient de moins en moins à des êtres vivants et de plus en plus à des cadavres ambulants, à cette différence près qu'ils étaient animés d'une rare violence. Mais partout où ils tombaient, des ombres comme des brumes noires enveloppaient les corps et les engloutissaient, avant de disparaître à leur tour.

Au pied d'un étroit escalier, il fallut quitter sa monture. Adrian regarda autour de lui, cherchant Julipen et Iriane du regard ; elles n'étaient pas là, comme prévu.

Ses yeux rougis le brûlaient et le sang battait à ses tempes, comme s'il endurait une forte fièvre.

— Ça va aller, Commandant ? s'inquiéta Reniard.

— Bien sûr.

Il ajouta un sourire à cette affirmation mais il ne convainquit pas grand monde.

— Votre blessure ? demanda à son tour Uprih.

— Julipen a fait des miracles, mon prince. Au fait, l'avez-vous vu quitter notre compagnie ?

— Oui, elle a obliqué vers l'arsenal, comme vous l'aviez ordonné, Commandant. Elle viendra au rapport dès que possible.

— Sauf si elle doit apporter du soutien à nos troupes. Et j'imagine qu'elles en ont besoin…

Il n'avait pas achevé sa phrase que des ennemis déboulaient depuis les escaliers qui les dominaient.

* * *

Julipen et Iriane se frayaient un chemin au cœur d'un chaos indescriptible. Nombreux auraient été les hommes pour dire qu'une femme n'avait pas sa place en ces lieux de furie, et encore moins deux.

Les Galaméens qui tombaient sous leurs coups auraient plutôt déclaré qu'il était injuste d'affronter pareilles ennemies. Julipen partageait désormais la monture de l'adolescente, laquelle se déplaçait entre les guerriers avec l'aisance d'un familier. Mieux encore, les coups portés par les morts ne semblaient guère l'atteindre. Ce qui n'était pas le cas de ceux qu'assenaient les deux femmes et plus particulièrement Iriane.

Son épée magique aurait pu chauffer au rouge, tant elle cognait le métal des armures, fendait les heaumes et les casques, entaillait des os et brisait des lames. Des étincelles jaillissaient comme l'ultime lumière portée sur la seconde mort des envahisseurs, avant que des brumes percées d'yeux vils ne les recouvrent et ne les emportent dans la nuit de Galameh.

L'arsenal paraissait encore bien loin. Tout autour d'elles, des dizaines d'hommes vivaient leurs derniers instants en un torrent de cris, de souffrance et de peur. La Perle de Vie s'affola de tant de vie gaspillée, et avec une telle débauche d'énergie. Iriane sentit un cœur battre près du sien, affolé et incertain. Des images se matérialisèrent dans son esprit, des mouvements rapides de matière, telles des humeurs pompées et projetées sous les lumières changeantes d'un feu d'artifice. Une flèche invisible perça son crâne et elle ploya en avant.

— Iriane !

La monture hésita, alors que sa cavalière avait relâché son emprise.

Julipen posa la main sur la nuque de sa nouvelle recrue et cette dernière recouvra ses esprits.

— Emmène-nous loin de là, lui intima la Laménide.

— Bien, atisha.

Un énorme Galaméen fendit la foule et approcha. Il eut la mauvaise idée de crier pour signaler son arrivée :

— Eh ! Vous fichez quoi sur ce canasson ? Il est à nous !

Iriane donna un violent coup de pied dans la face du guerrier ; le nez explosa, projetant du sang et du cartilage. Puis elle engagea sa monture dans une ruelle perpendiculaire durant une bonne vingtaine de mètres.

Le tumulte de la bataille et ses odeurs musquées s'estompèrent un peu.

— Que se passe-t-il ? demanda Julipen. Tu veux arrêter ? Ça ne sert à rien d'aller plus loin si je dois te perdre. Adrian nous a demandé de lui rendre compte de l'avancée de nos troupes, pas de nous sacrifier, d'accord ? Laissons tomber l'arsenal, nous n'y arriverons jamais.

— D'accord, atisha. C'est juste que le… la Perle de Vie…

— Oui ?

— Elle est vivante et… je ne sais pas comment le dire, mais…

— Essaie, Iriane. Essaie et vite !

— Je crois qu'elle ressent tout. Qu'elle réagit à tout.

— Parce que tu y es tellement sensible, tu en souffres. Ce n'était peut-être pas une bonne idée de l'emporter avec nous.

— Si. Enfin, je crois… C'est comme si elle ressentait toutes les variations d'énergie et me les transmettait.

Julipen posa à nouveau sa main sur la nuque de la jeune femme et l'étreignit gentiment, infiltrant sa magie roborative.

— Merci ! dit Iriane.

— On va retrouver Adrian au pied de la tour, maintenant. Et tâchons d'éviter de rencontrer trop d'ennemis cette fois, ajouta Julipen qui n'aimait pas se battre et encore moins tuer, mais plutôt protéger.

Iriane n'osa pas lui dire qu'elle aimait le carnage laissé derrière sa lame. Ses mois d'entraînement à Maison-Noire, ses semaines passées auprès d'Onahra, tout cela prenait sens tout à coup. Il ne lui restait plus qu'à retrouver son amant et son père pour vivre pleinement ce sentiment dérangeant d'achèvement, que le Talaris amplifiait.

Elle tira sur les rênes pour relancer sa monture et dans un angle l'horizon se dégagea soudain ; Iriane vit brièvement la tour et un flot d'images d'une violence inouïe la submergea.

— Oh mon Dieu…

Sa voix avait exprimé une telle angoisse, un tel désespoir que Julipen sentit son courage l'abandonner en un instant.

— Que se passe-t-il encore, Iriane ?

La jeune femme restait muette, tandis que la bête soufflait bruyamment.

— Allez, parle ! Je t'en supplie…

Iriane prit une profonde inspiration.

— Il va se passer une chose terrible.

— Quoi ? Iriane. Quoi ?

L'adolescente se mit à parler comme pour elle-même :

— Non, ce n'est pas possible. Ce doit être une erreur. Je… je n'ai pas dû comprendre…

Elle se tourna vers la maîtresse du Commandant et dit :

— Il faut trouver un abri, quelque chose de profond, très vite. Il y a tellement de… d'énergie… Je crois que nous allons tous mourir.

* * *

Adrian et une cinquantaine d'hommes arrivèrent enfin auprès de la tour, presque au sommet du mont Corall où s'appuyait naguère Haut-Temple. Il n'avait jamais aimé la cité et encore moins l'université, symbole de la puissance trinicienne. Tout de même, c'était étrange de retrouver la ville sans Haut-Temple. Quant à l'édifice qui s'élevait à sa place, il était au moins aussi impressionnant vu de près que depuis le campement. Quelle énergie avait-il fallu employer pour le bâtir en si peu de temps ! L'empereur déchu reconnut les pierres qui avaient composé sa résidence palatine, quand il avait renvoyé les Triniciens. Les arcs-boutants et la couronne qui la coiffait lui prêtaient une silhouette comme il n'en avait jamais vu auparavant. Elle semblait aussi en partie organique, comme si des vers énormes s'étaient englués là, palpitant au ralenti. Mais Adrian n'eut pas le temps de l'admirer : les gardes qui en barraient l'accès paraissaient un peu plus frais que leurs homologues, moins vidés de leur substance en quelque sorte.

— Restez au milieu de nous, Commandant ! pria Reniard.

Il formait avec Uprih et quatre soldats un cercle de fer. Les épées s'entre-choquèrent, des hommes tombèrent. Le cercle se relâcha, puis il y eut une brèche. Adrian en fit jaillir sa lame, hurlant pour effrayer son adversaire et s'accorder un regain de force. Il escrimait sans élégance et avec l'urgence d'un homme qui sent son destin à quelques pas de lui. Son plastron de cuir clouté le protégea d'un coup qu'il n'avait pas vu venir, sur sa droite. Il para une attaque de son bouclier et presque aussitôt perça la jambe de l'ennemi qui venait de toucher son vêtement. Le Galaméen ploya en avant et Uprih le cueillit sur sa dague, qu'il remonta dans les entrailles en poussant un « han » décidé. Le sifflement de dizaines d'ombres montées de Galameh sonnaient autour des Libérateurs comme d'entêtantes menaces. Pourtant, elles se concentraient sur les revenants, qu'elles dévoraient avidement avant de s'en retourner.

La rage, la préparation et la science du combat eurent raison de la plupart des gardes, les derniers s'éloignèrent en courant ou adoptèrent cette mine hébétée, absente, que les combattants leur avaient déjà vue, au pied de la ville.

— La porte, maintenant ! cria Adrian.

Sa blessure se réveillait. Il regarda son flanc ; du sang perlait à travers la plaie durement éprouvée par les duels innombrables. Il eut une pensée pour le pensaguilek.

Otum, où es-tu ?

Il n'y eut pas de réponse. Le démon jouait à nouveau son rôle d'observateur neutre, quelque part. Si seulement il avait pu prendre part au combat, comme à Tuckmill ! Il avait accompli des prouesses, là-bas…

Devant lui, ses hommes essayaient de forcer la porte. Il leur tourna le dos et embrassa le point de vue exceptionnel sur Grève-Pieds, Medding et la campagne environnante. Un léger voile vert filtrait les couleurs, plus particulièrement au-dessus de l'arsenal. Deux panaches de fumée brune s'élevaient depuis l'entrée ouest de la ville, en face des balistes. On voyait une colonne de Libérateurs quitter le campement pour rejoindre leurs compagnons.

Où sont les habitants ?

En montant là, Adrian n'avait croisé aucun Corallais. Se terraient-ils tous dans leurs maisons ? Combien avaient été tués par l'ennemi ? Emplissaient-ils des prisons, pris comme otages ? Il était persuadé que la tour détenait la clef de ces mystères. Il se tourna vers elle ; ses compagnons tentaient de la forcer, en vain. Finalement, elle s'ouvrit de l'intérieur : alertés par le bruit des coups, des gardes l'avaient entrebâillée. À la vue de ces soldats armés, quatre d'entre eux se ruèrent au-dehors. Adrian parvint à les contourner et il s'engouffra à l'intérieur.

Des enfants.

Par milliers, entassés sur des bâtis en bois, enchaînés et le regard vide de toute expression. La lueur verte était ici plus intense que partout ailleurs.

Le temps s'arrêta : la vision d'Adrian s'inscrivait dans le présent. Et cette fois, le voyant n'avait aucune idée de la suite des événements. Il regarda alentour, à la recherche d'un indice qui lui aurait permis de résoudre cette énigme avant que des innocents n'en pâtissent définitivement.

Mais il n'y avait rien à trouver et tout à subir. Le temps reprit sa course, entraînant dans son courant le voyant aussi démuni qu'un fétu de paille.

Uprih déboucha aux côtés du Commandant.

— Par tous les dieux ! souffla-t-il. Quel est le monstre qui a pu commettre une telle horreur ?

— Le sorcier que nous combattons.

Adrian porta la main à sa gorge. Il avait la nausée et des fourmillements gagnaient tous ses membres. L'Alnaute ressentait la même chose.

— C'est comme à Tuckmill…, dit-il.

— Eh bien, ne perdons pas de temps. Il faut les libérer, vite !

— Là-bas ! fit soudain Uprih.

Il tendait le doigt en direction du centre de la pièce circulaire.

Une boîte montait lentement vers le sommet de la tour. Tandis que Reniard pénétrait à son tour dans l'édifice, un déclic métallique se réverbéra étrangement dans les lieux, prit de l'ampleur, gagna un registre plus grave, et se mua très vite en grondement. Un mince trait de lumière rouge découpa la boîte en deux parties, puis il s'agrandit et des faisceaux d'une luminosité aveuglante jaillirent à la verticale de l'objet en lévitation.

Les mains plaquées sur les oreilles, Adrian et ses hommes tombèrent à genoux. La lumière creva leurs paupières et brûla leurs yeux. Le grondement augmenta. Cela monta pourtant encore. Les enfants poussèrent un long gémissement à l'unisson, certains trouvèrent la force de hurler avant que la boîte n'absorbe toute l'énergie disponible dans la tour. Une fraction de seconde plus tard, une formidable explosion libéra toute cette énergie.

Alors moururent enfants et Libérateurs.

* * *

Iriane et Julipen avaient trouvé abri dans une cave, auprès d'une famille en partie décimée par l'occupation et les enlèvements à répétition. C'était des adultes affamés et effrayés qui les regardèrent débouler là comme s'il s'agissait de Galaméennes venues les exécuter. Julipen tenta de les rassurer, mais ils se pelotonnèrent dans un coin de la pièce qu'éclairaient à peine trois cierges.

— Ça ne va pas suffire ! dit Iriane. L'abri… *Il n'est pas suffisant !*

— Alors, nous allons bâtir notre propre protection.

L'atisha expliqua en quelques mots ce qu'elle attendait de son élève. Iriane hocha la tête, le regard empli de terreur. D'une main elle serra la Perle de Vie et de l'autre les doigts de Julipen. L'atisha se concentra. Iriane sentit un flux d'énergie passer entre leurs mains, émis depuis le Talaris. Puis une sphère invisible se déploya autour d'elle et de Julipen, dont seule la propriété d'étouffer les sons signala l'existence.

Trois secondes plus tard, la vague magique partie depuis la tour atteignait le quartier et la maison où les deux femmes se tenaient. Elle s'infiltra dans la cave. Les pauvres habitants ne purent rien pour s'en protéger : à peine avaient-ils lancé un cri que leurs vêtements brûlaient, leur chair se décomposait, avant que leur squelette ne soit à son tour réduit en une poussière que l'onde emporta.

* * *

— Là-haut ! fit soudain Litti.

— Quoi, qu'y a-t-il ? demanda l'aveugle.

— Il y a… quelque chose qui dégringole la ville ! Une vague monstrueuse ! De la… lumière ?!

Le garçon n'avait pas achevé sa phrase que le vieillard avait lancé une matrice. Une seconde suivit aussitôt.

— Serre-toi contre moi, mon enfant !

Un réseau d'éclairs joignit les deux sphères matricielles, constituant une bulle au-dessus des Triniciens. Ils s'adossèrent à un mur, blottis l'un contre l'autre.

En approchant, la vague grossissait, recouvrant les toits et semant la mort sur son passage comme une nappe de poison épaisse, lumineuse, aussi délétère que rapide.

Au sommet de la tour s'était amassée de l'énergie. Elle constituait un noyau rouge qui tournoyait sur lui-même. Litti aperçut le phénomène.

— À terre…, fit le garçon, avant de se recroqueviller pour encaisser le choc.

La vague s'effondra dans leur ruelle en grondant. C'était une matière translucide et luminescente, à l'instar de celle qui entourait les Galaméens et l'arsenal, mais plus dense, parcourue de veines éphémères plus sombres et rouges. La pierre des façades se corrompit à son contact et la vague en emporta la poussière en son sein.

Litti sentit de la chaleur sur ses cuisses et ses chevilles, avant de comprendre qu'il faisait sous lui. Il ferma les yeux.

L'énergie dégagée par la tour heurta la protection des Triniciens avec une force telle que les matrices faiblirent. Le grondement filtrait à travers le réseau magique. Litti ouvrit les yeux et eut l'impression de se trouver sous une poche d'air, au milieu d'un courant extrêmement violent, où crépitaient des éclairs. Galann avait déjà tenté son possible pour redonner un peu de force à ses matrices. À l'intérieur de leur sphère, la pression montait, appuyant sur les tympans, comprimant les poumons. Le vieux Trinicien se vidait de son énergie vitale pour lutter contre le phénomène.

Cela ne semblait pas avoir de fin.

* * *

Grimpé sur un mirador du campement, Odasius observait la bataille en cours. Il vit apparaître une boule de lumière au sommet de cette incroyable tour, alors qu'une sorte de vague démesurée dévalait la cité comme de la lave. Son cœur se mit à battre la chamade et il se demanda aussitôt combien de compagnons il allait perdre en cette journée. Il n'était pas le seul témoin : autour de lui retentissaient des cris d'étonnement et, bientôt, d'effroi. Quand la vague eut atteint la Medding et recouvert l'arsenal, elle s'éleva au-dessus de l'enceinte, s'abattit sur les Libérateurs qui attendaient leur tour pour monter à l'assaut ou servaient les machines de guerre. Ils disparurent sous le phénomène et pas un ne se releva. Alors la panique gagna le campement, et ceux qui trouvèrent un cheval sautèrent dessus pour s'échapper, tandis que les autres s'agrippaient à leurs bottes pour prendre leur place sur les montures.

Odasius, lui, ne bougeait pas. Bouche bée, il contemplait le phénomène et, au-delà, le noyau de lumière au sommet de la tour : il émettait à présent un rayon rubis qui traçait une droite vers l'est, et disparaissait sous l'horizon.

Où est-ce que ce truc peut bien aller ? se demanda-t-il.

Puis son attention se reporta sur la vague. Elle s'éloignait de la cité comme une onde de choc au vaste diamètre et roulait vers le camp, inexorable.

* * *

Depuis qu'il était redescendu de la montagne, Yapanoui n'avait plus entendu parler de ses clients, le mage et son drôle de compagnon. On lui avait posé des questions, bien entendu, car le guide talaxien avait eu la mauvaise idée d'évoquer son expédition vers les sommets. Il avait alors répondu qu'une tempête les avait séparés et qu'il s'en était sorti de justesse.

— J'ai même perdu une mule dans l'affaire ! Et la moitié de mon salaire…, ajoutait-il à l'intention des sceptiques qui l'imaginaient déjà en meurtrier.

Un soir de beuverie, il se hasarda à parler des dragons – il n'y eut pas grand monde pour le croire.

En réalité, la culpabilité le rongeait. Il n'avait aucune sympathie pour le duo et il en voulait au vieil homme de lui avoir caché sa véritable nature, celle d'un mage trinicien ; toutefois, et avec le recul, Yapanoui considérait sa fuite vers la vallée comme un acte d'une terrible lâcheté. Son existence avait été constituée de petites magouilles et il avait escroqué bien des étrangers : après tout la vie n'offrait guère de quoi s'en sortir en toute honnêteté. Mais il ne se serait jamais imaginé en fuyard, abandonnant des hommes promis à une mort certaine, des êtres dont il avait, finalement, la responsabilité.

Le Talaxien traînait de plus en plus souvent dans l'allée des Vœux. Il errait parmi les prédicateurs, en quête d'un réconfort spirituel ou d'un miracle qui eût soulagé sa conscience. Il priait dans l'un des innombrables temples, laissait des offrandes toujours plus généreuses. Rien ne soulageait sa conscience.

Il comprit alors qu'il devait regagner le cœur de la montagne, parcourir le même chemin et affronter les dragons. C'était absurde, sans doute, et s'il devait y laisser la vie, pourquoi pas ? Il n'avait pas de famille à nourrir, ses amis n'étaient pas plus fiables que lui et personne ne le regretterait : son comportement aggravait les soupçons qui pesaient sur lui, comme un meurtrier qui jamais ne s'accoutume à son forfait et vit dans le remords.

L'automne approchait et le climat vers la Forteresse des Secrets était encore plus rigoureux que lors de sa fuite. Il n'y avait pas de temps à perdre.

Accompagné d'une mule et de son chargement, il était en montagne depuis deux jours lorsqu'il vit un trait lumineux filer depuis l'ouest vers les cimes talaxiennes. Large et aveuglant, il traçait une route céleste. Yapanoui n'avait jamais rien vu de semblable, et il se mit à regretter sa folle idée. Il fit un rapide effort d'orientation et dit à voix haute :

— Si je ne me suis pas trompé, ce… ce rayon file droit sur la Forteresse !

Sa détermination faiblit soudain. Il entendit les mots de ce prédicateur : « Elle revient ! La Mère revient depuis le sommet de nos montagnes ! »

Jusqu'alors, Yapanoui l'avait pris pour un fou. Il tira sur la bride de sa mule et lui fit faire demi-tour. Puis il la claqua fortement sur la cuisse en disant :

— Allez, plus vite ! On n'a rien à faire ici, ma belle.

* * *

Tout n'était que ténèbres autour d'Adrian.

Il avait déjà vécu ce moment. Cette trame…

Il mourait. Il avait échoué à libérer Corall-Medding, à repousser les soldats de Golan Tark. Pour la seconde fois de son existence, sa propre armée avait été emportée. Des milliers d'hommes, morts.

Les pensées d'Adrian s'obscurcirent puis, au moment où il allait sombrer, de la lumière sépara les ténèbres et une forte chaleur l'envahit.

Le décor qui s'afficha devant lui était si extraordinaire qu'il en eut le vertige.

Où suis-je ?

Le torse nu, maigre et blanc, les jambes vêtues de noir, Adrian flottait à plusieurs mètres au-dessus d'une mer de lave. Il regarda ses mains, ses bras ligneux et ne se reconnut pas. Quelqu'un approchait, entre ciel et terre. Une créature humanoïde au visage émacié qui tendait vers Adrian ses bras terminés de griffes noires. De son crâne rasé pendait une natte d'un roux flamboyant et ses vêtements de cuir étaient lacés à travers la chair.

— Que fais-tu ici ? demanda la créature d'une voix déplaisante.

— Je… je n'en sais rien.

Adrian constata que sa propre voix possédait le même timbre désagréable.

— « Je n'en sais rien, je n'en sais rien », se moqua-t-elle. Sais-tu au moins à qui tu t'adresses ? Tu ne devrais pas être là, à tourner autour de Walachiel et des plaines Variantes. C'était peut-être notre repaire mais il y a du travail, alors autant s'y mettre tout de suite. Suis-moi.

Épilogue

Quand Jocquinius, Niuk et Ol-Tyron se rapprochèrent de l'ancienne capitale d'empire, ils s'étonnèrent de ce rayon rouge qui traçait sa ligne lumineuse à travers Consolata. C'était le second qu'ils croisaient en chemin.

— Je n'aime pas ça, dit Jocquinius. Je n'aime pas ça du tout !

Le phénomène lui sembla pour le moins inquiétant. Tark avait peut-être disparu dans les marais talaxiens, mais qu'en était-il de son influence funeste ? La légèreté qui avait prévalu durant le voyage se dissipa.

— Sorcellerie, précisa Niuk comme pour confirmer l'impression de son ami le Trinicien. Mauvaise sorcellerie.

— Oui, et si mon sens de l'orientation ne me fait pas défaut, dit Ol-Tyron, je dirais que ce rayon se dirige droit vers Havoc. Comme le premier…

Sa voix était sombre, car il se demandait dans quelle mesure son peuple était concerné. Une menace pesait-elle sur les siens ? Il y avait le mal blanc, mais Tark avait apporté de quoi l'éradiquer. Était-ce le sorcier lui-même ? Non, il avait besoin des Ols pour franchir la prison de Tormaga : il n'essaierait pas de leur nuire. Alors, quoi ?

Enfin, ils parvinrent au-dessus de Corall-Medding. Aussitôt ils comprirent qu'un drame terrible venait de se produire. Des panaches de fumée montaient un peu partout. La ville et la campagne environnante étaient d'un gris uniforme, comme recouvertes d'un manteau de cendres. La végétation avait perdu ses feuilles en un automne précoce. Aucun oiseau ne parcourait le ciel. Pas un mammifère ne cherchait de l'herbe à brouter, une proie à dévorer. Il n'y avait plus rien que de la terre stérile et des pierres sèches. Seul le trait de lumière, qui naissait à la verticale d'une tour immense édifiée en lieu et place de Haut-Temple, apportait quelque nuance à cet univers de désespoir.

Jocquinius sentit une boule se former dans sa gorge. Il devinait au plus profond de lui que toute trace de vie avait disparu.

— Que s'est-il passé ? demanda Ol-Tyron.

— Je n'en ai pas la moindre idée…

Ils tournèrent au-dessus de la ville dévastée durant une heure et ne virent pas Iriane et Julipen, Litti et Galann qui erraient parmi les ruelles mortes, à la recherche d'un survivant.

— Partons d'ici, dit enfin Jocquinius.

Il sentit la petite main de Niuk se poser sur son épaule. Puis Ol-Tyron s'écria :

— De la vie, là !

Lorsque Iriane vit au loin la silhouette d'un jeune homme, elle remercia les dieux qu'il ne fût pas galaméen : aucune luminescence verte ne le coiffait. Puis, l'espace d'un instant, elle crut reconnaître Litti. Elle serra le bras de Julipen puis le lâcha.

— C'est idiot.

— Quoi ?

— Je… Cet homme, là-bas.

— Un survivant, enfin !

— Oui, mais j'ai cru que je le connaissais ; je me suis trompée.

Cette fois Julipen saisit la main de la jeune femme, puis salua de l'autre le survivant qui venait à leur rencontre dans les rues d'un gris de cendres. À côté de l'homme évoluait une seconde silhouette, plus grande mais à la démarche moins sûre, sans doute un vieillard.

— S'il reste deux survivants, commença l'atisha, peut-être y en a-t-il…

— Oh, par tous les dieux ! s'écria soudain Iriane. LITTI !

Iriane ne s'était pas trompée. Elle lâcha la main de la prêtresse et courut vers son ami.

Sur le moment, le garçon ne comprit pas ce que lui voulait cette jeune femme qui se jetait dans ses bras. Sa raison, mise à mal durant les heures sombres, éprouvait de la difficulté à recoller les morceaux de sa mémoire. Celle des jours avant la guerre. Plongée dans son cou, le serrant à l'étouffer, Iriane fondit en larmes. Alors Litti laissa les émotions le submerger, sous le regard de Julipen.

— Tu peux me dire ce qui se passe, jeune homme ? demanda l'aveugle.

Tandis que les jeunes gens s'embrassaient à en perdre le souffle, riant et pleurant à la fois, Julipen répondit :

— Je crois que l'amour vient de reconnaître les siens.

Elle parlait sans joie car l'armée des Libérateurs n'avait pas encore donné signe de vie depuis le déferlement de la vague. Et Adrian demeurait introuvable.

— Oh…, fit simplement Galann. Mais… Il y a quelque chose d'autre. De… d'immense.

Julipen venait elle aussi de sentir une présence au-dessus d'elle. Elle leva la tête et à son tour ne crut pas ce qu'elle voyait. Traçant de grands cercles dans le ciel, un dragon approchait. Une boule lumineuse brillait à son côté. En une fraction de seconde, l'atisha se prépara au combat.

— Attention ! cria-t-elle.

L'air se chargea d'électricité alors que des éclairs magiques tombaient du ciel.

* * *

— Vous avez failli nous tuer ! accusa Jocquinius, l'index dressé sous le nez de Julipen. Vous avez failli nous tuer !

— Eh bien, mettez-vous à ma place ! Un dragon et une matrice en train de nous bombarder…

— Soigner dragon, dit Niuk, l'air mauvais.

— C'est ce que je fais, que croyez-vous ?

Bien qu'il lui répugnât d'approcher le géant ailé, surtout depuis qu'elle en avait vu attaquer les siens dans le désert, l'atisha avait posé ses mains sur la tête du fabuleux animal.

— Je crois qu'il est juste sonné, dit-elle au bout d'un moment.

— Il vaudrait mieux, Ol-Tyron est un allié et un ami.

— Nous sommes désolés, maître Jocquinius, dit Litti. C'est vrai que votre matrice…

— Eh bien, quoi, mon garçon ? Cette matrice avait pour fonction non pas de vous attaquer mais de mettre en évidence une énergie galaméenne. Au cas où. Hum. Je ne savais pas les prêtresses laménides si promptes à la bagarre. Vraiment pas.

Ils s'étaient réunis autour d'Ol-Tyron qui gisait, inconscient, sur le flanc.

— Que savez-vous des Laménides, d'abord ? demanda Iriane, froissée.

Eh, se dit-elle aussitôt. *Voilà que je prends leur défense, maintenant.*

Elle avait bien changé. Ce que lui confirma le froncement de sourcils de Litti.

— Serais-tu l'une d'elles ?

— Peu importe. Nous avons un ennemi commun, alors si on pouvait mettre de côté nos préjugés…

Un grognement profond signala le réveil du dragon.

— Oui, dit alors Ol-Tyron. Plus de préjugés. Bien assez mal au crâne comme ça.

Le premier à éclater de rire fut Galann. Puis les autres le suivirent et ils rirent ensemble, moins pour la réplique du dragon que parce qu'il fallait se défouler, évacuer l'horreur de la situation avant qu'elle ne s'insinue au plus profond d'eux-mêmes, comme un poison mortel.

— Et Adrian ? demanda enfin Jocquinius. Il menait cette bataille, j'imagine.

Julipen baissa les yeux. Elle avait voulu éloigner la confrontation avec cette réalité : son amant avait disparu.

— Je ne sais pas, répondit-elle. Il devait monter vers cette tour…

Les regards de la compagnie se tournèrent vers la construction qui se dressait comme un index de pierre et de chair mêlées au sommet du mont Corall. Un faisceau rouge jaillissait toujours de son extrémité pour disparaître au levant.

— Alors nous devons monter là-haut, décida Jocquinius. Ol-Tyron, tu veux bien m'y conduire ?

— Bien sûr.

— Je viens avec vous, dit Julipen. Je… Il faut que je sache.

La spontanéité de sa réaction, l'intensité de sa peine avouaient mieux qu'une confidence ses sentiments pour le Libérateur.

— Eh bien, si Ol-Tyron est d'accord, je ne vois pas de problème.

Le dragon se posa au pied de la tour, où une puissante effluence magique se diffusait encore. Julipen tenta de l'analyser pour en comprendre l'origine.

— Je ne connais pas cette magie, dit-elle enfin.

— Talaxania, affirma Jocquinius.

Elle le regarda, étonnée.

— J'ai passé un peu de temps là-bas, dernièrement, voilà tout. Golan Tark emploie les magies galaméennes et talaxiennes. C'est une longue histoire et je vous la raconterai tout à l'heure. Essayons de voir si on peut entrer là-dedans.

Il marcha vers la porte ouverte ; de l'embrasure une lumière rougeoyait, seule couleur dans une cité désormais grise. Le sol vibrait et la vibration, profonde, remontait jusque dans leur crâne. Jocquinius ne put s'approcher à moins de trois pas. Il déclencha une matrice, laquelle tremblota avant de s'éteindre. Il s'y prit à quatre fois, avec le même insuccès.

— Laissez-moi essayer, proposa Julipen. La magie laménide est peut-être plus adaptée.

— Vraiment ? J'en doute.

Julipen haussa les sourcils face à ce vestige de réticence trinicienne.

— Pourtant, sans elle je n'aurais pu survivre à ce qui a dévasté cette cité ni sauver Iriane.

— Oui. Vous avez raison. Et je vous demande pardon. Il faut que j'apprenne à mieux vous connaître. À mieux connaître les Laménides.

— J'accepte vos excuses.

Alors elle se concentra. Mais, troublée par la radiation et éprouvée par la protection qu'elle avait dû tendre durant la vague meurtrière, elle dut très vite abandonner.

— Je peux essayer à mon tour, dit le dragon. Mais il vaudrait mieux vous éloigner.

— Excellente idée. Nous viendrons derrière toi.

La femme et le vieil homme se placèrent à l'abri du dragon qui souffla enfin son feu. Les flammes franchirent la protection magique et s'engouffrèrent dans la tour. Quand Ol-Tyron cessa, la lueur était assez ténue pour laisser passer le duo.

— Bravo, mon ami ! le félicita Jocquinius.

Julipen fit un grand sourire de reconnaissance avant d'ajouter :

— Chevaucher sur votre dos était déjà un grand honneur. Merci mille fois pour ce nouveau service.

— Je ne sais pas si toutes les prêtresses… comment dites-vous… *Laménides* ?…

— Oui.

— Je ne sais pas si elles sont toutes comme vous, mais j'aurai plaisir à les aider.

— Eh bien, mes amis, interrompit Jocquinius, il est temps d'aller y voir de plus près, non ?

Le ventre de Julipen se noua à nouveau. Elle voulait croire qu'Adrian était à l'intérieur. Même mort : tout était préférable à cette disparition de tous les corps, qui lui était comme une négation de la vie même.

Elle fit quelques pas à l'intérieur de la tour, baignée de rouge. Il y faisait un froid glacial et il n'y avait aucune trace de vie. La vibration était décuplée et semblait provenir des hauteurs de la construction. Ils eurent l'impression que leur tête allait exploser, soumise à une terrible pression.

— Il n'y a rien à voir ici, dit Jocquinius en grimaçant de douleur. Retrouvons nos amis.

Quand ils eurent grimpé sur le dos du dragon, le mage ajouta à l'intention de Julipen :

— Je suis désolé.

Des larmes embuaient le regard de Julipen. Jocquinius ne trouva pas la force de lui expliquer qu'il avait lui-même perdu un fils. Le désespoir s'abattit une fois de plus sur son cœur, gommant les effets de la victoire sur Tark dans les marais de Tharang.

Bien qu'ils s'y soient attendus, la nouvelle de la disparition d'Adrian déprima les compagnons. Galann comprit que leurs forces allaient les abandonner en même temps que l'espoir et il demanda aussitôt que chacun raconte son histoire.

— Il faut faire le point, mes amis, expliqua-t-il. Commençons par là.

Ils occupèrent ainsi les deux heures suivantes à se raconter leurs extraordinaires aventures : le voyage d'Iriane en Galameh, celui de Jocquinius et de son étonnant compagnon latoa aux monastères uliques et au pays des dragons. Litti résuma les jours d'occupation à Corall-Medding et Julipen évoqua le retour de l'empereur avant d'expliquer, la gorge serrée, comment Tark s'était emparé du Talaris d'Adrian.

— Où qu'il soit, Tark n'en fera rien, dit Jocquinius en produisant l'artefact. Nous le lui avons repris dans les marais de Tharang. Mais j'avoue que je ne sais absolument pas comment l'utiliser.

— Nous avons donc deux Talaris en notre possession, dit Galann. Et le troisième ?

— La Pierre d'Ombre est en Galameh.

Jocquinius rappela comment le sorcier s'était emparé de l'artefact des Triniciens. Durant tous ces récits, il y eut quelques sourires et beaucoup de larmes. Le plus surpris à l'écoute de ces histoires fut le dragon. Il savait que le monde des hommes était bien différent du sien, mais sa cruauté le choqua. En comparaison, le mal blanc n'était pas grand-chose. Lui qui avait vécu au milieu des courants aériens au cœur de paysages grandioses, caressant les montagnes, entouré de compagnons de vol…

— Je ne savais pas, dit-il enfin quand les uns et les autres en eurent terminé.

— Tyron pas savoir quoi ? demanda le latoa.

— Les Vénérables ont toujours fait en sorte que nous nous tenions à l'écart des humains. Mais pas en nous parlant de toutes… toutes ces horreurs. Non. Je pensais que vous étiez au mieux des créatures sans intérêt. Je ne comprends pas : comment peut-on vivre si peu de temps et se donner tant de mal pour que ce temps-là soit si… précaire ?

— Les dragons vivent des siècles, expliqua Jocquinius à la petite assemblée.

— Je ne sais pas, répondit Julipen. Peut-être que… peut-être cela a-t-il à voir avec l'intensité de ces moments trop brefs ?

— L'homme veut remplir sa vie comme un grenier à grains, dit Galann. Mais ces grains ne sont parfois que de la mort-aux-rats.

— Je reconnais bien là la sagesse de l'ancien Trinicien, commenta Jocquinius avec un sourire. Mais je pense qu'il va nous falloir reprendre le combat. Je ne peux pas croire que nous soyons les seuls survivants. Ol-Tyron, que dirais-tu de survoler le campement d'Adrian ? Après tout, nous n'avons fait le tour que de Corall-Medding.

Que de Corall-Medding. Mais c'est déjà bien assez horrible !

— Très bien, je vais y aller. Et après ? Qu'allons-nous faire ?

Jocquinius regarda ses compagnons. Ils avaient tous l'air épuisé, cachant comme ils pouvaient le désespoir qui les étreignait d'un étau de glace. Seuls l'étonnement et la joie de se retrouver maintenaient la pression à l'écart de leur raison. Il n'en faudrait pas beaucoup plus pour que l'incendie dévore ce qui leur restait de motivation. Lui-même était abattu. Quelle décision prendre, à présent ?

— Il faudrait savoir à quoi sert ce rayon, exactement.

— Celui que la tour émet ? demanda Iriane.

— Oui, celui-là. Nous en avons vu d'autres en route, convergeant tous vers Talaxania.

— Je crois que la Perle de Vie y réagit encore. Moins qu'au moment où la vague a dévalé depuis le sommet de Corall, mais elle y réagit encore. Et je peux vous assurer que c'est désagréable.

— Sortons de cette ville déprimante et tâchons de nous reposer, proposa Galann qui paraissait le moins affecté par les événements. Nous en avons tous bien besoin. Nous réfléchirons après. Nous n'avons pas l'éternité devant nous, mais quelques heures de répit ne seront pas de trop.

— Les dragons vivent des siècles, commença Ol-Tyron. Mais je crois qu'ils se sont tenus trop longtemps en retrait. J'irai parler aux miens dès que possible. Il ne faut pas se voiler la face : celui qui a commis un tel massacre sera un jour ou l'autre une menace pour les nôtres.

— Des dragons avec nous ? fit Galann. Mmm… Je suis content d'avoir tenu jusqu'ici pour vivre un tel moment.

Jocquinius ne dit rien, bien qu'il ne pût partager l'enthousiasme de l'ancien Trinicien ; il avait rencontré un Vénérable, et le vieux chef dragon ne s'était guère montré compréhensif. Malgré sa longévité, Ol-Tyron n'aurait pas l'éternité devant lui pour le convaincre de s'engager contre les forces ennemies.

— Peut-être avez-vous définitivement… « écarté » Tark, proposa Litti. La destruction de Corall-Medding serait la dernière manifestation de son pouvoir ?

— J'aimerais bien y croire. Mais l'activité de cette tour ne m'inspire rien de bon. (Il poussa un long soupir.) Il faut que je vous parle de la Mère des Tourments.

* * *

Sous le double dôme qui la retenait prisonnière, Tormaga exultait. Elle avait pris place sur son trône, sculpté à l'effigie des chefs alfads qui avaient sacrifié leur vie et celle de leur peuple tout entier pour l'emprisonner à jamais.

— À jamais ? L'éternité est un bien grand mot pour ces idiots d'humains… Ils vivent à peine plus longtemps qu'un chien et ils prétendent regarder l'avenir !

Elle éclata d'un rire rauque, qui contrastait avec ses traits d'une beauté angélique. Puis elle se mira dans un miroir de glace ; ses yeux bleus pétillaient comme au premier jour sur son visage d'une pâleur de neige, encadré d'une chevelure d'un noir de jais. Les pampilles de ses boucles d'oreilles s'accordaient à l'éclat de sa bouche, à la fois fine et longue. Elle sourit ; seules ses dents jaunies et sa langue brune semblaient reproduire la corruption de son âme.

Les mains aux ongles longs et peints de rouge posées sur les accoudoirs, elle patienta. Tark avait bien travaillé. Pour elle. Son ambition à lui avait été la meilleure des garanties. Sa rencontre aurait pu être un coup de chance, sur une échelle temporelle humaine. Seulement Tormaga avait attendu des siècles et il était plus que temps que les choses bougent enfin.

Les rayons d'énergie partis depuis les grandes villes conquises convergèrent et frappèrent la forteresse de glace. Le premier dôme, que seuls les dragons pouvaient traverser, se dissipa en grondant comme une montagne qui s'écroule. Le second dôme, *a priori* impénétrable à la magie talaxienne et ne cédant pas aux immenses pouvoirs de Tormaga, offrit une plus grande résistance. Sa couleur se modifia et il passa du bleu à l'orange, puis au rouge et enfin au blanc. Tormaga s'abrita de la chaleur sous un sortilège. La barrière se fendit comme du verre en craquant horriblement. La Mère tourna la tête vers le plafond qui s'arrondissait à quelques mètres au-dessus d'elle ; elle prit une profonde inspiration et souffla l'air de ses poumons de toutes ses forces. La paroi magique explosa en une myriade d'éclats argentés qui montèrent à grande vitesse vers le ciel en tintant comme un milliard de clochettes.

Mugissant avec la force d'un ouragan, le vent des cimes s'engouffra sur le plateau, désormais dégagé de tout obstacle, de ce qui fut une prison.

Tormaga serra les poings et respira l'air pur de la montagne, où tourbillonnaient des flocons de neige qui se déposèrent sur sa chevelure noire en gemmes éphémères. Des mèches s'agitèrent sur son front, ses boucles se balancèrent au gré des rafales, ses joues se teintèrent de rose sous la morsure du froid.

Elle poussa un cri, monté du plus profond de son être, de sa colère, de sa frustration, un cri si long qu'aucun humain n'aurait pu tenir le souffle sans perdre conscience, et la montagne tout entière trembla.

Elle se leva, franchit les quelques pas qui la séparaient de la ligne que délimitait auparavant le dôme magique. La dépassa. Un long frisson parcourut l'échine de la Mère des Tourments.

— Mon heure est enfin venue, dit-elle. Je vais pouvoir reprendre les affaires là où je les ai laissées… Éliminer les humains. Supprimer les démons. Et me débarrasser de ce maudit Kilarn par lequel tout a commencé.

Vêtue de sa robe de deuil, Tormaga s'éloigna de son trône. Des larmes roulaient sur ses joues.

La Mère des Tourments

Elamia – livre trois

Pour Louna, Alice et Pauline

Remerciements

Si l'exploration d'*Elamia* fut souvent une navigation solitaire, Caroline Blanchet m'a permis de braver bien des tempêtes et de traverser les brouillards les plus sournois ; merci d'être restée à mes côtés lors de cette ultime expédition.

Stéphane Marsan, Henri Lœvenbruck, Stéphane Thommeret et Gilles Rossire m'ont aidé à maintenir le cap : vos conseils et vos critiques valent toutes les mappemondes…

Au cours du voyage, nombreux sont les amis qui m'ont accueilli chaleureusement. À Bordeaux, Fréjus, Londres, Naples, Paris, Rennes, Saint-Malo, Vauvert… vous m'avez tous apporté l'écoute nécessaire au moment opportun, quand ce n'était pas le gîte et le couvert !

Ma gratitude va bien sûr vers le vaisseau amiral Bragelonne : son équipage soutient cette aventure au long cours avec toute la force de sa passion, depuis le début.

Je voudrais aussi saluer les libraires, bénévoles et lecteurs rencontrés lors des salons et des festivals, dans toute la France : ces escales en vos pays m'ont donné des ailes chaque fois que le courage de reprendre l'écriture venait à me manquer !

Enfin, je remercie du fond du cœur Louna, ma petite sirène : durant ces années tu n'as jamais perdu le sourire, alors que le gros temps assombrissait trop souvent mon humeur.

Prologue

Otum n'aimait pas ça : cette boule qu'il ressentait à l'estomac et ce violent mal de crâne n'annonçaient qu'une chose : l'arrivée très prochaine de son père. Oh, il y avait peu de chances qu'il ait traversé l'océan entre Anakann et Consolata… Il viendrait plutôt à lui par l'esprit, et ce n'était guère plus rassurant car Raark détenait assez de force pour punir l'un de ses fils à distance. Et s'il ne le faisait pas, la promesse d'un châtiment à son retour était suffisante pour angoisser le pensaguilek.

Otum se trouvait en Consolata. Il n'aimait pas ce continent, tellement plus froid et surtout plus humide que l'Anakann où il vivait. Il aimait encore moins la mission que le démon majeur lui avait confiée : observer un humain, lui venir en aide en cas de danger. Rapporter à Raark ce qu'il avait noté de particulier. Il ne s'agissait pas de n'importe quel humain, mais de l'ancien empereur des mondes. Quelqu'un d'imprévisible, pour ne pas dire instable, et qui semblait avoir plusieurs personnalités. Beaucoup de ressources aussi, ce qui pouvait tenir lieu de qualité tandis qu'Otum y voyait une difficulté de plus. Comme si tout ça ne suffisait pas, il voyageait dans le temps ! Bon sang, ses frères pensaguileks ne le croiraient jamais. Ou peut-être que si : ils l'avaient rencontré dans un caravansérail.

Pour l'heure, Otum se sentait mal à l'aise et un peu honteux. Il avait failli à sa mission. L'humain avait disparu. Un personnage auquel il avait fini par s'attacher, il fallait l'admettre bien qu'il lui en coûtât.

L'appel de Raark se précisa. Le démon n'allait pas tarder à le retrouver sur ce continent lointain. Encore quelques secondes de répit. Otum les mit à profit pour renifler l'herbe. Quel étrange parfum ! Il ne s'y habituait pas. Encore moins à celui de ces fleurs. Il avait dû s'éloigner pour les humer car il n'y avait plus rien autour de Corall-Medding. Rien du tout. Un désert totalement déprimant. Anakann abritait un milliard de fois plus de vie !

Le démon s'allongea sur le dos, ses longs bras le long du corps. Regarda passer un oiseau de proie. Ça devait être bien de survoler le monde, se dit-il. Voilà un pouvoir qu'il ne possédait pas. Il en avait d'autres, évidemment, mais s'y était habitué au fil des siècles. Raark, lui, arpentait les nuées sans problème. C'était même le siège de son royaume. Tout à coup, une voix le sortit de sa divagation inquiète. Le maître l'avait enfin trouvé.

— Alors, tu n'as pas réussi à sauver celui que tu étais censé surveiller ? demanda Raark.

— Pardonnez-moi, père, répondit Otum. Je pensais mieux faire. Mais Adrian est un homme têtu. Et vous savez comme moi combien les gens têtus sont inventifs.

— Tu te crois inventif ?

— Je suis têtu. Vous l'avez toujours affirmé, père.

— Adrian t'a échappé. Dois-je savoir autre chose ?

— Eh bien… vous en voilà débarrassé, n'est-ce pas ?

— Tu ne comprends rien.

— Il a échoué à Corall-Medding ! Je vous assure que j'ai fait tout ce qui était en mon pouvoir pour l'aider, père. Et avant cette bataille, j'ai dû intervenir pour le tirer des griffes de ce sorcier.

— Golan Tark ? Oui, je sais. Mais nous avons perdu un Talaris dans cette mésaventure.

— Ce curieux bout de bois qui perturbe le temps ?

— Oui.

— D'où vient-il, exactement, père ?

— Il s'agit d'une longue histoire… et la conséquence d'un pari stupide entre les dieux et nous.

— Je ne comprends pas.

— Sais-tu qui a créé les démons majeurs, mon fils ?

— Les démons comme vous, Solensis ou Tanagaki ?

— Oui.

— Les dieux vous ont donné naissance !

— Et les hommes ?

— Les dieux les ont créés aussi.

— Non, les démons. Mais pas à la manière dont les dieux nous ont enfantés. Nous n'avions pas le savoir ni la puissance nécessaires pour reproduire l'exploit des dieux : créer en un instant une espèce nouvelle, viable, résistante. Intelligente. Les dieux nous ont tout de même mis au défi de parvenir à cette création.

» Un défi… Les dieux l'ont d'ailleurs appelé le Jeu de la création. Comme nous n'étions pas dotés de pouvoirs divins, nous avons choisi une méthode lente et indirecte.

— Et ça a marché !

— Ô combien… La première espèce de ce monde douée d'imagination, capable de se représenter la mort, d'inventer des outils toujours plus performants, de créer un langage complexe… Il nous a suffi d'un coup de pouce à la nature. Une graine, semée dans la nuit des temps. Et de beaucoup, beaucoup, beaucoup de patience. Autant te dire que les dieux n'ont pas apprécié notre réussite. Et quand la civilisation des Alfads a commencé à s'étendre, à confirmer les succès de notre création, nos pères ont voulu changer les règles du jeu.

— Vous avez accepté ?

— Crois-tu que nous avions le choix ?!

— Quelles étaient ces nouvelles règles ?

— Les dieux ont confié aux Alfads un secret de magie. Un sortilège puissant. Complexe à mettre en œuvre mais certainement pas au-delà des talents alfads. Avec un peu d'imagination, de quoi élaborer une créature à leur image. Les dieux ont toutefois fait promettre aux Alfads de ne l'employer que si leur survie était menacée.

— Sinon ils les punissaient ?

— En quelque sorte. Mais pas directement. Les dieux ont des idées bien plus perverses, figure-toi. Tel était le pari : si les humains ne touchaient pas à la magie pour leurs propres bénéfices, alors nous autres démons étions sacrés vainqueurs de ce Jeu de la création.

— S'ils y touchaient ?

— L'exil. Les hommes sont comme nous : avides de pouvoir. Ils n'en ont jamais assez. La tentation était trop grande !

— Ils s'en sont servis pour quoi faire ?

— Ils voulaient la Veine de Kilarn ; ils ont créé Tormaga pour la conquérir. Une arme à visage humain.

— Ils ont échoué : Kilarn est toujours le gardien d'Ilone.

— Oui, mais il était déjà trop tard : ils avaient signé leur fin avec cette nouvelle arme. Dans leur folie, les Alfads ont eu cette sagesse : créer des artefacts qui un jour devraient permettre à l'humanité de se protéger de Tormaga. L'ironie dans tout ça, c'est que ces artefacts, les Talaris, ont justement été utilisés pour la libérer !

— On dirait bien que, une fois de plus, il s'est trouvé un humain assez malin pour surprendre tout le monde, non ?

— Et il s'appelle Golan Tark. À se demander si les dieux n'avaient pas prévu son intervention depuis le début. Nous ne le saurons sans doute jamais.

— Alors la partie est définitivement perdue, conclut Otum, découragé.

— Si tel était le cas, pourquoi t'aurais-je demandé de suivre Adrian ? Et pourquoi aurais-je pris la peine de lui parler, dans le désert ? Kilarn a été plus malin. Il a profité du fait de ne pas avoir été exilé pour préparer l'avenir.

— Les dieux l'ont oublié ?

— Il fallait un gardien pour Ilone. Il en existait sept, mais les six autres sont partis en Anakann, eux aussi. Exilés par les dieux dans ce désert que les humains ont fini par explorer et conquérir, même si cela s'est révélé plus modeste qu'en Consolata.

— Et qu'a donc fait Kilarn de si malin, père ?

— Il a séduit une femme aresmass. Ils se sont aimés et accouplés.

— Comment est-ce possible ? Coucher avec un être humain : quelle horreur !

— Tu veux parler de séduction, Otum ? Y comprends-tu seulement quelque chose...

— Bah, je ne me suis jamais posé la question.

— Tu devrais... Tu ne trouverais probablement pas de réponse mais tu comprendrais en chemin bien des choses. C'est une question universelle.

— Oui, père. Je veux bien le croire. Mais s'accoupler avec un être humain… Je n'ai pas envie de comprendre ça !

— Kilarn savait ce qu'il faisait. Grâce à lui, nous avions un allié au plus près du Talaris. Et à l'insu des dieux.

— De qui parlez-vous ?

— D'Adrian, évidemment ! Il est le descendant de Kilarn.

— Non ! C'est impossible !

— Et pourtant si.

La révélation causa à Otum un terrible sentiment de culpabilité.

— Ça veut dire que j'ai *marqué* un démon ? L'un des nôtres ?

— Oui, tu l'as marqué, effectivement.

— Je regrette, père. Je regrette vraiment ! J'aurais dû m'en douter, il était si différent… Et dire que je n'ai pu le protéger à Corall-Medding !

— Tu comprends enfin…

— Comprendre, comprendre… Je suis toujours si lent à comprendre ! Et tout est si… compliqué ! Le désert est plus simple, lui. Tellement plus simple !

— Ça ne sert à rien de t'apitoyer sur ton sort, Otum. Utilise ton énergie autrement.

— Que va-t-il se passer maintenant, père ?

— Tormaga nous menace tous. Elle menace l'espèce humaine en premier lieu : elle va sûrement puiser de la force en masse chez les hommes en les tuant, pour préparer son voyage.

— À travers Consolata ?

— Vers la Veine de Kilarn, puis de là vers Ilone.

— Kilarn l'arrêtera, n'est-ce pas, père ?

— J'aimerais le croire. Rien n'est moins sûr, cependant. Si elle parvient jusqu'à l'île du Temps, elle pourra retourner assez loin en arrière pour nous supprimer. Elle aurait aussi les moyens de modifier l'avenir et d'installer les conditions d'un règne sans partage.

— Dans tous les cas nous serions perdants.

— Et les dieux auraient gagné.

— Alors toute cette histoire n'est qu'un jeu entre vos créateurs et vous ?

— On peut voir les choses ainsi. À cette différence que la partie nous échappe à tous. Ne l'oublie jamais : nous n'avons guère plus de cartes en main que les dieux eux-mêmes.

— Pourquoi n'interviennent-ils pas ?

— J'aimerais bien le savoir… La plupart d'entre eux sont partis loin d'Elamia. Peut-être attendent-ils la dernière minute pour intervenir ? Ou bien ils ont tiré un trait sur l'Elamia que nous connaissons.

Otum secoua la tête puis demanda :

— Et les démons : pourquoi n'intervenez-vous pas ? Vous pourriez arrêter Tormaga, non ?

— « Vous » plutôt que « nous » ? Tu ne ferais pas partie des combattants, Otum ?

— Euh… Si, évidemment, père.

— Même mineur, tu es un démon, ne l'oublie pas. D'ailleurs tu as déjà mis un pied dans la bataille.

— Vraiment ?

— Tu t'es impliqué. Tu as remis la main sur Adrian, dans le désert.

— Ah, oui. C'est vrai. Mais vous ne le surveilliez pas avant que je le rencontre ?

— Nous l'aurions retrouvé, tôt ou tard. Disons que tu nous as fait gagner du temps.

— Merci, père. Quand je parlais d'intervenir, je ne pensais pas à ça. Sauf le respect que je vous dois, aucun démon n'a l'air de vouloir se battre contre Tormaga. Pas même l'affronter en duel !

— Nous nous battrons le moment venu, s'il le faut. Pour l'heure, il reste bien des choses à accomplir. Il faut d'abord t'assurer des intentions des survivants, à Corall-Medding.

— Ça ne devrait pas être trop difficile.

— Prends garde de ne pas marquer n'importe qui, cette fois ! Il serait malséant de t'en prendre au père de l'empereur.

— Oui, père.

— Quant à la carte Adrian, si elle a changé de main, elle n'est pas perdue pour autant.

— Que voulez-vous dire ?

— Il est en Galameh. Je le sais car des démons me l'ont dit. Je ne pense pas qu'Omok soit au courant de sa présence. Et s'il l'était, il est possible qu'il n'ait aucune idée de ses origines.

— Un descendant de Kilarn… Que faire de cette « carte » ? Peut-il seulement revenir parmi les vivants ?

— C'est une bonne question ; hélas, je n'en détiens pas la réponse. Je ne connais personne d'assez sûr là-bas pour retrouver Adrian et lui prêter main-forte. Il faudrait que j'y envoie quelqu'un.

— Vous avez une idée de qui, père ?

Otum regretta aussitôt d'avoir posé cette question. S'il avait existé en Consolata un lieu assez loin pour que Raark ne puisse communiquer avec lui, il l'aurait rejoint sans tarder. Cette chance ne lui était pas accordée.

Chapitre premier

Juché sur Ol-Tyron le dragon, Jocquinius survola le campement de l'armée de libérateurs. Il n'y avait pas un signe de vie. Comme à Corall-Medding, d'où avait déferlé la vague meurtrière, les corps eux-mêmes avaient disparu. C'était comme si les soldats avaient abandonné le camp en laissant tout derrière eux.

— Il n'y a plus personne, dit le vieux mage. Personne…

— Je suis désolé, répondit son ami ailé.

Ensemble, ils avaient renvoyé Tark dans le royaume des morts. Mais cette victoire était bien amère à présent.

— Où sont-ils passés ? demanda Ol-Tyron.

— Je n'en ai pas la moindre idée. Ils sont… morts. Tous.

La vague qui était partie d'une tour au sommet de la cité avait donc roulé au-delà des murs de la ville. Non seulement elle avait réduit à néant l'attaque menée par Adrian pour libérer l'ancienne cité impériale, mais elle avait supprimé toute vie sur des kilomètres à la ronde.

— Tu veux que je me pose pour aller voir de plus près ? Julipen avait parlé d'un second campement, dans les bois.

— Non. J'en ai assez vu. Ce camp était encore plus près de la ville, de toute façon. À quoi bon ?

Ils rejoignirent leurs compagnons. Iriane, Litti, Julipen, Niuk et Galann les attendaient à la lisière de la ville, dans ce décor d'un gris de cendres. Assez terne et désolé pour rappeler à Iriane les pires chemins de Galameh.

« Il n'y a plus rien » furent les seuls mots que Jocquinius prononça les heures suivantes.

Il s'enferma dans une pièce et refusa tout contact. Malgré ses efforts, il n'était pas arrivé à sauver tous ces gens. Son peuple. Il y avait tant de morts… Des dizaines de milliers. Des millions ? Et dans quel dessein ? L'envahisseur – le sorcier Golan Tark – n'était plus là pour profiter de ce monde à l'agonie ! Jocquinius n'avait plus qu'une envie : partir vers les vallées aresmass où il avait connu Halaïa, il y avait si longtemps. Halaïa… la mère de son fils, l'empereur Adrian. Abruti de peine et de désespoir, le mage décida de prendre quelques jours pour recouvrer un peu de forces après les épreuves qui l'avaient conduit à travers tout Consolata, de l'océan aux marais de Talaxania. Après cela, il partirait. Un exil définitif.

Lorsque Niuk, le latoa avec lequel il avait vécu toutes ces aventures, s'inquiéta de lui, le mage répondit :

— Je vais partir, Niuk.

— Nous besoin de vous.

— Besoin de moi ? Mais pour quoi faire ? Regardez autour de vous, Niuk : le monde n'est plus et il n'y a plus d'êtres humains pour en parcourir les ruines. J'ai perdu tous mes compagnons triniciens. J'ai perdu ce fils que je venais tout juste de connaître. Et je n'ai pas su sauver les Consolatais. Alors, non, vous n'avez pas besoin de moi.

— Reste vos amis.

Jocquinius hocha lentement la tête.

— Oui. Vous êtes là, c'est vrai. Mais je ne peux plus rien pour vous. Je suis désolé. Pour moi, c'est terminé. Maintenant, si vous ne voulez pas voir un vieillard pleurer, je vous demanderai de me laisser.

— Niuk comprendre. Niuk retrouver ses amis dans la forêt.

— Oui, bien sûr. Alors je vous souhaite bon voyage, mon ami. Des vœux : voilà bien tout le pouvoir d'un Trinicien.

À peine avait-il prononcé ces mots que la terre se mit à trembler. De la poussière tomba des murs, des objets chutèrent de leurs étagères. La vibration s'intensifia.

— Sortir d'ici, vite !

Le toit de la maison s'écroula alors qu'ils venaient d'en franchir le seuil. Toute la ville était soumise à ce tremblement, depuis le sommet du mont Corall jusqu'aux rives de la Medding. Jocquinius retrouva ses compagnons, rassemblés au milieu de la vaste cour de l'arsenal. Le rayon rouge qui jaillissait de la cime de la tour bâtie par les troupes de Golan Tark et filait au-delà de l'horizon s'était aminci ; il vibrait comme une gigantesque corde lumineuse.

— Que se passe-t-il ? demanda Julipen.

Iriane avait serré la Perle de Vie dans sa paume. Son visage était crispé comme si une terrible douleur menaçait de la terrasser. Litti saisit sa main libre et l'émotion de la jeune femme passa en lui avec une telle violence qu'il la libéra aussitôt.

— Iriane ?

L'ancienne pensionnaire de Maison-Noire secoua la tête et ferma les paupières, s'enfermant en elle et en sa souffrance tandis que le latoa agitait nerveusement ses tentacules. La terre tremblait sous leurs pieds et ni les uns ni les autres ne savaient où aller. Une poussière grise s'éleva, comme portée par une force de lévitation. Une secousse jeta Galann, l'ancien mage aveugle auprès duquel Litti avait naguère trouvé protection, à terre, dans cette brume surnaturelle. Litti et Julipen se penchaient pour l'aider à se relever lorsque l'immense tour s'effondra avec une lenteur étonnante. Au même moment le rayon, plutôt que de s'interrompre, flotta en l'air et se tortilla tel un immense serpent de feu.

Instinctivement, ils rentrèrent la tête dans les épaules. Le grondement de la catastrophe roula jusqu'à eux et ils restèrent ainsi figés comme de pauvres animaux acculés par un prédateur, incapable de décider par où fuir. Julipen la première eut le réflexe de tisser une protection autour d'eux, comme elle l'avait fait lorsque la cité avait été dévastée. Mais ce ne fut pas nécessaire. Une fois la tour écroulée, le calme sinistre qui avait précédé le tremblement de terre s'étendit à nouveau sur la ville et la poussière cendrée retomba sur les rues désertes.

Quelques dizaines de maisons s'étaient effondrées mais, dans l'ensemble, la ville avait résisté. La corde lumineuse se dissipa en crépitant au loin.

— C'est fini, commenta Galann. Cette fois, c'est bien fini.

— J'espère qu'il en est de même partout en Elamia, dit Julipen. Je n'ai toujours reçu aucun message de mes sœurs laménides.

— Attendez, ordonna Iriane dont les traits affichaient toujours le même tourment intérieur.

— Quoi encore ? demanda Jocquinius. Tout est fini. Terminé, ronchonna le mage.

— Là-haut. Il faut aller là-haut.

— Au sommet de Corall ? Aucune envie de remettre les pieds par là, dit Litti qui avait assisté à l'effondrement tragique de Haut-Temple.

— J'y vais, décida la jeune élève.

Et elle se mit en marche vers Grève-Pieds, ainsi nommée en raison de ses venelles montueuses et des innombrables escaliers qui la sillonnaient.

— Iriane ! appela l'adolescent.

Mais elle ne répondit rien ni ne se retourna. Le Talaris laménide toujours serré dans son poing, elle quitta le square.

— Vous irez plus vite avec moi, suggéra le dragon.

Cette fois, elle s'arrêta et se retourna. Ses traits s'étaient un peu détendus et elle souriait.

— Bien volontiers.

— Alors je viens, soupira Litti.

Il ne leur fallut que quelques minutes pour rejoindre le sommet et se poser au pied de ce qui avait été une tour. Là, s'ouvrait un trou gigantesque. Une véritable bouche d'ombre, creusée dans la montagne. Litti s'en approcha. Il se pencha et ne put en voir le fond. Du bout du pied il poussa un caillou qui rebondit deux fois contre la paroi abrupte puis disparut dans les ténèbres. Aucun bruit n'annonça qu'il avait touché le sol.

— J'ai l'impression que ça n'a pas de fond, commenta-t-il sans se retourner vers Iriane. Tu entends ça ? Je me demande bien où ça peut conduire. Au pied de la montagne, tu crois ? Ou plus bas…

Iriane ne répondit pas. Elle gémissait, une main posée sur le crâne. Une force terrible balayait son cerveau avec la puissance d'un ouragan : des myriades de voix cherchaient à pénétrer le sanctuaire de son intimité, de ses pensées. Si bien qu'elles n'étaient plus qu'un chaos où dominait l'effroi de ne plus pouvoir mettre un terme à ce tumulte. Qui criait ainsi à la porte de son esprit ?

Des peuples entiers ou une poignée de fous entraînés à la sorcellerie ? La porte céda et les voix se précipitèrent en masse comme si leur survie en dépendait. Ce n'est que lorsque l'adolescente fut à terre que son compagnon comprit qu'il se passait une chose épouvantable et il courut vers elle.

— Iriane, ça va ? Iriane ?

La bouche entrouverte et les yeux révulsés, la jeune femme ne bougeait plus. Sa main n'avait pas quitté la Perle de Vie et il ne put l'en détacher, pas plus qu'il ne parvint à réveiller son amie.

— Par tous les dieux…, souffla Litti.

La peur lui broyait le ventre. La peur de la perdre alors qu'il venait tout juste de la retrouver.

Ol-Tyron s'était approché ; il tendit son long cou vers le couple.

— On ne peut pas la laisser là, dit le dragon. Allons retrouver nos amis, ils sauront sûrement quoi faire.

* * *

Soucieuse, Julipen était au chevet de sa jeune élève. La magie laménide nimbait l'adolescente d'une lueur irisée. L'atisha était concentrée et ses mains traçaient de lentes arabesques près du visage crispé mais aux paupières à présent closes.

— Elle n'a toujours pas lâché le Talaris, remarqua Jocquinius à voix basse.

Ils s'étaient regroupés dans un entrepôt au toit crevé et avaient allongé la jeune femme sur de la paille. Ol-Tyron se tenait à l'extérieur, guettant un ennemi qui semblait ne plus devoir se montrer. Litti était à la torture ; Galann avait posé la main sur l'épaule du garçon. Les paupières d'Iriane s'entrouvrirent enfin et ses lèvres se mirent à trembler. Litti fit un pas vers elle afin qu'elle le vît. D'une voix très faible, la jeune femme prononça ces mots :

— Elle arrive… la Mère… Elle arrive pour envahir la Veine de Kilarn.

Elle s'interrompit pour saisir la main de l'atisha et inclina la tête – à peine – pour ajouter :

— Elle nous tuera tous !

— La Mère des Tourments…, reprit Jocquinius. Tormaga. Mais qui est Kilarn ? demanda-t-il avec moins de patience qu'il n'aurait fallu.

Cette fois Iriane s'adressa à Litti comme s'il l'avait interrogée :

— Je… Je ne sais pas. La Perle… elle…

Iriane ferma les yeux et, après une inspiration saccadée, dit :

— Un dé… monde… Un démonde…

— Un *démonde* ? Je n'y comprends rien, dit Jocquinius.

— Et ce puits ? demanda Galann. Le Talaris a-t-il une idée de ce qui s'y trouve ?

— Un passage.

— Un passage ? Mais vers où ? ajouta Litti qui n'avait vu que des ténèbres sans fond.

À peine avait-il prononcé ces mots que la jeune femme s'arc-bouta, bouche ouverte.

— Iriane ! cria Litti en s'avançant à la toucher.

— Recule ! ordonna Julipen avec une autorité que ni les uns ni les autres n'auraient osé contester.

Surpris, Litti obéit et déjà l'atisha recommençait ses passes autour de la silhouette tendue d'Iriane. Après une longue minute pendant laquelle les magies tracèrent des volutes rapides et luminescentes, la jeune femme se détendit sur la paille. Ses yeux se fermèrent à nouveau et son souffle devint plus régulier.

— Que se passe-t-il ? Je veux savoir ce qui se passe ! exigea Litti.

Quand les volutes eurent diminué, Julipen répondit :

— Iriane est partie, loin.

— C'est ce fichu bijou, pesta le garçon. Il faut le lui enlever !

— Essaie toi-même, proposa l'atisha.

Litti tenta de desserrer le poing fermé autour de la Perle de Vie. En vain.

— Niuk, peut-être magie.

Tout le monde se tourna vers le petit être gris, au faciès grimaçant de chauve-souris, et dont les tentacules plantés dans son dos s'agitaient selon son humeur. Les latoas avaient un don inné pour la magie et s'ils en usaient comme un jeu, ils savaient en revanche l'employer à bon escient dans les cas extrêmes.

— Très bonne idée, confirma Jocquinius.

Le latoa s'approcha à son tour de sa démarche bondissante, sur ses courtes jambes arquées. À l'aide de ses tentacules couverts de poils, il se souleva sur les caisses avec agilité et délicatesse, afin de ne pas blesser la jeune femme. Il inclina la tête à la manière d'un chat curieux, puis il tendit ses doigts griffus au-dessus de la malade et les agita lentement.

Jocquinius se demanda quel type de magie il emploierait cette fois. Lui-même avait dû céder le secret d'un sort trinicien en échange de sa liberté. Cela lui paraissait si vieux ! Il était alors persuadé que les latoas ne pouvaient reproduire la matrice donnée, cette association d'un sortilège prononcé à une vitesse fulgurante et d'une image mentale extrêmement précise. Mais cela n'avait posé aucune difficulté pour ce peuple en exil. De la même manière, la magie s'écoula de ses doigts avec autant de naturel qu'un souffle d'air.

Tous les regards convergèrent dès lors vers la main d'Iriane. Et de fait elle s'entrouvrit, lentement, tremblante. Julipen posa la paume sur le front de la jeune femme inconsciente pour s'assurer qu'elle ne souffrait pas trop. La main fut enfin déployée, révélant la Perle de Vie qu'Iriane avait rapportée d'entre les morts au péril de sa vie. L'artefact émit une forte lumière, comme si un éclat de soleil s'y était reflété. Un râle si grave qu'il ne pouvait être émis par une adolescente quitta la bouche d'Iriane.

— Je suis Kilarn.

C'était la voix d'un autre. Les compagnons tressaillirent et le latoa quitta son perchoir tandis que la main d'Iriane était toujours ouverte, tremblant comme si elle avait été soumise à une terrible tension. Julipen n'avait pas quitté le chevet de la souffrante ; elle ne put que constater cette tension, sans parvenir à l'atténuer.

— Qui es-tu, *Kilarn* ? demanda Galann.

Le vieil aveugle, auquel Litti devait le salut, semblait le seul à conserver toutes ses facultés et une humeur égale.

— Cela n'a pas d'importance pour le moment. Nous n'avons pas beaucoup de temps avant que le contact soit rompu : utiliser le Talaris me demande trop d'énergie. Tormaga est en route et elle voudra prendre mon royaume. Ne me demandez pas pourquoi elle le convoite mais je vais vous dire comment : elle a beau être extrêmement puissante, il lui manque de quoi lutter contre moi.

— Comment le sais-tu ? s'interposa Jocquinius, habitué à converser avec les démons lorsqu'il officiait dans les cryptes de Haut-Temple.

— Je l'ai déjà battue, il y a bien longtemps. Elle était jeune et inexpérimentée. Aujourd'hui, elle a accumulé le savoir nécessaire. Mais l'énergie lui fait défaut et elle la trouvera en tuant des dizaines de milliers d'êtres humains. Elle a déjà commencé : c'est à elle que vous devez le massacre de toutes les cités où Tark a implanté ses tours.

— Comment faut-il s'y prendre ?

— Tormaga a été créée par une magie qui lui a ensuite été enseignée. Et ses créateurs se trouvent au fond du puits qui s'ouvre au sommet de ce mont.

— Là où était la tour ?

— Précisément. Ils détiennent le secret d'une arme contre Tormaga.

— Et pourquoi ne viennent-ils pas régler le problème eux-mêmes ?

— Sachez déjà qu'ils sont morts… Mais l'explication serait trop longue : nous n'avons plus de temps pour une histoire que vous ne croiriez même pas. Rencontrez ces gens. Ils comprendront. Ils vous aideront.

— Et pourquoi ferions-nous une chose pareille ? s'enquit Jocquinius avec une grande lassitude. Vous êtes un démon et les démons ont toujours voulu notre perte !

— Si vous ne m'aidez pas pour l'empêcher de me chasser de mon domaine, faites-le pour prévenir la disparition de l'espèce humaine. Tormaga est sortie de sa prison et celui qui l'a aidée, ce Golan Tark, n'est qu'un sbire sans ambition à côté d'elle. Si vous ne…

Une toux profonde secoua Iriane et interrompit les explications de Kilarn. En un spasme violent, elle se recroquevilla. Elle semblait sur le point de se briser de l'intérieur, sous la force des contractions. Julipen accompagna le mouvement du mieux qu'elle pût.

— Elle est repartie…, dit-elle après un petit moment.

Les magies laménides se déployèrent de nouveau en courants diaprés.

— Et je n'arrive pas à la ramener.

* * *

Jocquinius était épuisé. Jamais son moral ne s'était trouvé aussi bas, même après la chute de Haut-Temple, même après la déception de la rencontre avec son fils Adrian, même après la mort du jeune moine Haldric, jeté vers l'au-delà par une poignée de spectres vindicatifs. Et voilà que la jeune Iriane succombait à son tour à la folie qui voulait tout emporter ! Pourtant, la jeune femme avait fait preuve d'un courage et d'une résistance extraordinaires pour survivre dans un monde soumis au chaos. Elle avait même survécu à un voyage en Galameh ! Iriane était une précieuse alliée. Mais son esprit s'était enfoncé en un monde d'où même Julipen ne parvenait à l'extraire.

Oui, Jocquinius était las et se sentait incapable d'anticiper quoi que ce soit. C'était comme sortir d'un torrent glacial en furie, après être tombé depuis de hautes cascades. Trop d'événements lui échappaient, trop d'informations aussi : comment interpréter les propos de ce Kilarn, qui parlait à travers Iriane ? Cela changerait-il seulement quelque chose à leur situation ?

Jocquinius n'aspirait plus qu'à la paix, si possible éternelle, tout du moins oublieuse. Alors qu'il se faisait ces réflexions, une violente odeur l'assaillit. On aurait dit…

Des relents de tannerie !

Un bruit de pas, dans son dos. Le mage lança une matrice et une voix rocailleuse répliqua :

— Est-ce ainsi que tu accueilles les amis de ton fils ?

— Qui es-tu ? demanda Jocquinius à la haute créature humanoïde qui se dressait devant lui, apparue de nulle part.

Sa peau squameuse, nue, était sillonnée d'une lueur phosphorescente. Ses yeux n'exprimèrent aucun sentiment humain lorsqu'elle répondit :

— Je te l'ai dit : un ami de ton fils.

— Comment pourrais-je te croire ?

— La parole du fils de Raark ne te suffit pas ?

Otum ! se dit le mage.

Car Jocquinius commençait à comprendre. Adrian lui avait raconté la folle rencontre avec Raark, le démon d'Anakann. Dans les tourbillons d'un orage phénoménal, créé par une créature elle-même titanesque. Aux yeux des Anakans, Raark était un être de légende que l'on ne pouvait rencontrer qu'une seule et unique fois, car la mort était inévitable. Non seulement Adrian avait été attiré dans ses nuées ensorcelées sans dommage, mais l'humain avait conversé avec la progéniture des dieux. Raark avait ainsi mis l'amnésique sur la piste de son identité en lui révélant l'ampleur de son destin. Quant à cet Otum, Adrian avait été confronté à lui un peu plus tôt, dans une grotte du désert. Quel était son rôle ? Devait-on le considérer comme un ennemi ou un allié potentiel ? En ces heures d'incertitude extrême, Jocquinius décida d'opter pour la prudence, sans négliger l'ouverture.

— Mon fils est mort, dit-il.

— Disons qu'il est ailleurs.

— Il est mort avant même que j'aie eu l'occasion de le connaître, ajouta Jocquinius, comme pour lui-même.

— Tu es trinicien, n'est-ce pas ?

— Oui, et après ?

— Je croyais que les Triniciens étaient les grands prêtres de la mort… Qu'ils étaient capables de conduire les humains méritants *de l'autre côté*…

— Je ne vois pas où tu veux en venir.

— Vous êtes les premiers à savoir qu'il existe un monde dans l'au-delà, non ? Alors ne me dis pas simplement que ton fils est mort, comme si tout était terminé pour lui.

Jocquinius marqua un temps d'arrêt. La matrice avait diminué d'intensité. Cet Otum avait raison ; où était Adrian sinon en Galameh, dans le royaume du dieu Omok ?

— De toute façon, je n'ai rien de commun avec cet homme.

— Je ne suis pas de cet avis.

— C'est que tu ne me connais pas bien.

— Moi, je trouve que tu partages avec lui un trait de caractère évident.

— Ah oui ? Et lequel ?

— La couardise.

— Comment oses-tu ?! Je… Adrian est parti se battre contre un ennemi puissant et qu'il connaissait à peine !

— Et il a failli abandonner en cours de route. À peine avait-il perdu une arme qu'il voulait mettre fin à ses jours. Abandonner en cours de route, à la première difficulté venue ! Et tu es en train d'envisager la même chose, misérable pou. Je t'observe depuis un bout de temps. Qu'attends-tu, exactement ? Que le monde s'écroule sous tes pieds ?

— Le suicide ? C'est impossible ! Adrian n'aurait jamais pensé à une chose pareille !

— Ah bon ? Tu viens pourtant d'affirmer qu'il est mort avant que tu aies eu l'occasion de le connaître. Je me trompe ?

Jocquinius soupira.

— Un point pour toi, démon.

— Un point ? Je mérite mieux que cela. Mais pour que tu en aies conscience il faudrait sans doute que je te conte mon histoire. Et tu es sur le point de partir pour les vallées aresmass.

— Comment sais-tu cela ? Lirais-tu dans mes pensées ?

— Ce genre de détail t'intéresse encore ?

Pour la première fois depuis le début de leur conversation, Jocquinius sourit.

— Je t'écoute, démon.

— Appelle-moi Otum. Si cela n'est pas trop te demander, misérable humain.

— Cela va sans doute t'étonner, Otum, mais mon nom n'est pas Misérable Humain : je m'appelle Jocquinius.

Le pensaguilek cracha comme un félin mais ce fut une intimidation de pure forme ; quelque chose lui plaisait en cet humain. Sa grandeur d'âme ?

Il ne pensait pas être un jour sensible à cela. Le désert ne préparait pas vraiment à ce genre de rencontre, comme si la sécheresse du paysage avait déteint sur le comportement des voyageurs, voulait-il croire.

Otum se lança aussitôt dans le résumé de sa relation avec Adrian, depuis leur rencontre dans le désert d'Anakann jusqu'à son rôle dans le sauvetage de l'ancien empereur, menacé par Golan Tark, puis lors de la bataille de Corall-Medding durant laquelle le démon avait massacré tant d'ennemis.

— Comptes-tu toujours nous quitter, Trinicien ?

L'abandon du « misérable pou » n'échappa pas à Jocquinius. Aussi arrogante que fût cette créature des sables, elle paraissait douée d'une sociabilité remarquable.

— J'aimerais savoir quel est ton rôle, Otum. Ta motivation dans toute cette histoire. Pour qui travailles-tu ? Pour toi ?

— Je suis le fidèle serviteur d'un démon qui ne ferait de tes… *magies* qu'une bouchée. Il m'a envoyé ici en observateur.

— Un observateur un peu impliqué…

— Je me passe très bien de tes commentaires. Tout ce que tu dois savoir, c'est que le monde est sur le point d'être réduit en poussière.

— Comme si je ne le savais pas…

— NON ! Tu n'en as pas la moindre idée, Trinicien. Je ne parle pas d'une guerre interminable, que mènerait une poignée de misérables poux. Je parle d'un enfer brûlant qui ravagerait Elamia jusqu'à sa disparition complète. Même Galameh ne serait pas épargné !

* * *

La nuit tira sur Corall-Medding un rideau d'argent. Aucun cri animal ne troublait le silence. Même au temps du couvre-feu, quand les Galaméens contrôlaient la ville, les rues étaient plus bruyantes. À l'exception du petit groupe, il n'y avait pas de survivants en ces lieux aussi gris désormais que les paysages de Galameh.

Litti n'arrivait pas à dormir malgré son épuisement. Les émotions étaient tombées sur lui comme autant de coups de masse, mais savoir Iriane plongée dans le coma le tenait éveillé.

— Tu dois te reposer, lui dit Galann. Dormir.

— Comment le pourrais-je ?

Ils se tenaient sur le seuil d'une maison à pans de bois ; à l'intérieur, Julipen veillait sur Iriane.

— Tout le monde doit dormir. À un moment ou un autre.

— Je veux être là quand elle se réveillera.

— Et si elle se réveille dans une semaine ?

— Ne dites pas ça, s'il vous plaît. Pourquoi m'a-t-elle déjà été retirée ?

— L'injustice, c'est ça ? dit le vieillard d'une voix douce.

— Oui. C'est… c'est profondément injuste.

Le garçon pensa à son père qui s'était ôté la vie. Il pensa à la mort de son ami Aepius, lors de la destruction de Haut-Temple. Il avait aussi perdu le solide Paq, camarade d'Iriane à Maison-Noire. Et la petite Graziella ? Cette enfant qu'il avait tenté de sauver lors de l'invasion de la cité… Et le père d'Iriane ? Tué, lui aussi. La vie devait-elle être si dure, tout le temps ? Si… injuste ?

— L'injustice des uns est la justice des autres, mon garçon. Et je peux affirmer sans me tromper que nous sommes tous des perdants dans cette guerre. Combien de villes ont été rayées de la carte ? Corall n'est sûrement pas la seule…

— Et cette pensée est censée me consoler ?

Litti bouillait.

— Non. Tu as raison d'avoir de la peine. Et d'être inquiet tout autant.

— Mais vous avez l'air si serein !

— Je suis vieux. J'ai peut-être des pouvoirs, oui, mais je suis vieux. J'ai fait mon temps, Litti. La justice et l'injustice ne me tarabustent plus. Je n'attends rien de l'une ni de l'autre. La chance, la guigne… Malperdonis a autant de pouvoir que Soltara ! Ce sont deux dieux inutiles, voilà mon avis.

— Des dieux inutiles ? On ne m'a pas appris ça, à Haut-Temple !

— Non ? Quel dommage… Tu sais, les Triniciens sont des gens barbants, voilà tout. Je suis bien mieux *loin* d'eux qu'*avec* eux… Regarde Jocquinius : où est-il ?

Galann avait raison sur ce point : le vieux mage qui avait donné des cours à Litti n'était guère présent. Il était arrivé sur ce dragon en compagnie de Niuk et, depuis, il ne faisait que se lamenter. Il baissait les bras, malgré des exploits dont aurait pu se vanter un jeune chevalier fougueux et téméraire. C'était comme si Jocquinius avait tout donné.

— J'aimais bien les cours de cet homme. Il était différent.

— Et il l'est toujours. Tu vois, je suis injuste envers lui. Où s'arrête la justice, où commence l'injustice ? Ne te préoccupe pas de cela. Vis, mon garçon. Et la vie nous commande de faire ce que conseille ce Kilarn.

— Vous pensez sérieusement qu'il faut descendre dans ce puits ?

— Tu as une autre idée ?

— Et les parois… Je l'ai vu, ce trou. Impossible de s'accrocher à quoi que ce soit.

— Il faudra des cordes, alors.

— Des cordes ? Et de combien de mètres ? Non, c'est impossible. Ce Kilarn n'a qu'à défendre son monde seul. Moi, je dois m'occuper d'Iriane.

— Je crois qu'elle est entre de bonnes mains. Cette Julipen est tout à fait compétente.

— Ah oui ? Pourtant, Iriane est toujours dans le coma.

— Sans elle, Iriane serait peut-être morte, qui sait ? Réfléchissons plutôt à une solution pour descendre rencontrer ce peuple. Des cordes. Bien. Quoi d'autre ?

Tout à coup, une ombre large recouvrit les deux hommes. Une troisième voix dit alors :

— Un dragon, qu'en pensez-vous ?

* * *

Le lendemain, Julipen se mit en quête d'une monture tandis que Litti récupérait de quoi rénover une carriole. L'idée était d'emmener Iriane loin de là, à Estebellia pourquoi pas, afin d'y trouver de l'aide pour la sortir de son coma.

L'atisha s'était éloignée de trois kilomètres de la cité, à l'opposé des deux campements militaires décimés eux aussi. Il lui avait fallu résister à l'envie d'emprunter la Perle de Vie ; elle pressentait qu'elle était plus utile autour du cou de la jeune Iriane, toujours inconsciente.

Assise en tailleur au sommet d'un rocher, elle ouvrit ses esprits au « monde en le monde », ainsi que le dénommaient certaines prêtresses. Cela revenait à se mettre à l'écoute de la nature, de son langage secret. Julipen commença par un effort de méditation. Elle devait oublier les tourments présents et passés, et ils étaient nombreux. N'étant pas femme à se laisser dominer par l'adversité, elle parvint rapidement à un état peu éloigné de celui requis par les voyants aresmass et les chantres triniciens pour accomplir leurs prodiges.

Les battements de son cœur s'espacèrent, sa respiration ralentit. Elle se mit à flotter à quelques centimètres du sol. La lueur orangée que filtraient ses paupières closes céda la place à du bleu. Au lieu de la chaleur coutumière accompagnant ces instants de communion avec le monde, elle ressentit un vide terrible qui la glaça jusqu'aux os.

Je suis au milieu de la banquise… !

Des courants froids et puissants l'entraînaient loin de là, vers un maelström effrangé d'icebergs. Elle savait qu'il n'en était rien, pourtant la sensation ne la trompait pas : toute vie animale et végétale s'était tue à des kilomètres à la ronde. Seuls quelques filaments magiques s'étiraient de loin en loin, mais ce n'était pas à proprement parler la vie.

Puis une mélodie joua dans le lointain. C'était plus un chant funèbre qu'une gigue, mais il n'y avait que ça à entendre et Julipen s'y attacha comme un vaisseau perdu à la lumière d'un phare.

Elle parvint à se détacher de l'attraction du maelström, remonta le courant et le quitta pour s'enfoncer dans une contrée presque aussi inhospitalière que l'était Galameh. Au moins elle y trouva de la vie, bien que celle-ci fût corrompue sinon contre nature.

C'est étrange… je n'ai jamais rien senti de tel…

L'atisha affina sa perception pour tenter d'allier son voyage mental à la réalité géographique. Cela ne lui fut guère plus évident ni moins étrange. En fait, elle était déroutée, au propre comme au figuré : où se trouvait donc cet îlot de vie – une vie singulière et inquiétante ? Il aurait tout aussi bien pu se trouver entre deux mondes. Julipen poussa plus avant sa concentration. Dégagea son inquiétude du champ des interprétations. Oublier où elle se trouvait ; oublier qui elle était. Faire abstraction du temps lui-même, qui s'écoulait dans ses veines, propulsé par l'horloge de son cœur.

Alors des silhouettes apparurent – ou bien étaient-ce de simples lignes qui se dilataient et s'écartaient comme le sillage d'un navire ? Certaines se révélaient trop complexes pour simplement témoigner du passage de Julipen en ces lieux.

Ce sont bien des silhouettes.

Avec un peu plus d'attention, elle reconnut des mammifères. Ce qu'il en restait, après le passage de cette vague qui avait décimé toute forme de vie sur des milliers d'hectares. L'écho de leur présence sur cette terre. Le désespoir submergea l'atisha. Comme pour toutes les prêtresses laménides, la nature était à la fois le lieu où elle puisait et exprimait sa magie et le sanctuaire sacré de toute force. Cela avait été détruit en quelques minutes et elle ne savait pas si le phénomène était réversible.

Non sans un grand effort, Julipen évita ces formes déprimantes pour ne pas perdre l'intensité de sa concentration.

Enfin, elle se rapprocha de ce qu'elle cherchait.

Ça n'est pas si loin… À Corall-Medding ? Non, au sud.

À l'endroit précis où s'était élevé le campement secret d'Adrian et d'où il avait lancé la seconde vague d'assaut contre l'envahisseur galaméen. Au beau milieu des bois.

Alors il faut que j'y aille, décida-t-elle avec angoisse.

Au même instant un appel puissant retentit avec le vacarme d'une explosion dans une pièce aux murs de fer. Sa transe était déjà perturbée. Julipen eut l'impression d'avoir reçu un coup de masse sur le crâne avant d'être jetée nue dans un torrent glacé.

Une douleur dans les reins la secoua. Elle gisait au pied du rocher, le souffle coupé par une chute sur le dos. Elle gémit, se retourna sur le flanc pour se redresser, haletante. Une silhouette entra alors dans son champ de vision. Un homme qu'elle n'aurait pas pensé trouver là.

— Vous n'avez pas l'air bien en point, atisha.

— Jocquinius !

— Prenez ma main, voulez-vous ?

Le mage l'aida à se relever. Il avait plus de force qu'elle ne s'était attendue à en trouver chez un vieillard. Il lut aussitôt dans ses pensées :

— Je ne suis pas encore tout à fait bon à mettre dans la tombe.

— Les Triniciens sont *aussi* télépathes ?

— Mmm… Disons que vous ne cachez pas vos pensées, Julipen.

Elle lui sourit, ravie de trouver un compagnon de qualité à un moment aussi angoissant.

— À quoi bon les cacher ?

Jocquinius passa les doigts dans sa longue barbe avant de répondre :

— Parfois, je me dis que je ferais mieux de cacher les miennes.

— Vraiment ?

— Dire ce que je pense ne m'a pas valu que des bons moments, voyez-vous ?

— Pourtant, je suis certaine que votre opinion est de grande valeur.

— Jugez-vous toujours aussi vite les gens, Julipen ?

— Allez savoir…

Mais en amitié mon intuition me trompe rarement, cher mage.

— Dites-moi plutôt ce que vous faisiez au pied de ce rocher, Julipen.

— Et vous ce que vous faites ici.

— J'ai demandé à Litti où vous étiez partie.

— Je crois que le garçon s'inquiétait de vous voir si peu présent ces dernières heures.

— Oui, je peux le comprendre. Et vous, je vous inquiétais ?

— J'avais fort à faire avec Iriane, vous savez… Alors vous êtes venu m'espionner ? demanda-t-elle sans malice.

— Je n'aimais pas l'idée de vous savoir seule.

— C'est aimable à vous, commenta-t-elle avec un sourire qui intimida le vieil homme.

— Eh bien, voyez-vous, ça n'est pas comme si nous étions nombreux.

Julipen hocha la tête. Elle avait perdu le peu de légèreté retrouvée à l'arrivée du mage.

— Une poignée d'humains pour sauver le monde, c'est ça ?

— C'est à peu près ça. La situation semble désespérée, non ?

— Oui. Ne l'est-elle pas ?

— Je ne pense pas qu'il faille désespérer, non.

Il se souvenait des mots de ce curieux démon, Otum. À sa façon détournée, il lui avait montré qu'il ne fallait pas céder au découragement. Agir valait mieux que s'appesantir sur les difficultés. Après tout, Jocquinius n'avait fait que ça toute sa vie : bouger, vibrer. Vivre.

— Nous ne savons rien de ce qui se passe au-delà de ces terres, reprit-il. Peut-être en avez-vous davantage à me dire, atisha ? Vous êtes venue ici pour chercher une monture, n'est-ce pas ?

— Au départ, oui. Maintenant, je dois dire que trouver n'importe quelle forme de vie me suffirait.

Elle lui expliqua ce qu'elle avait vécu lors de sa transe. Jocquinius écouta attentivement. À la fin du récit de Julipen, il prit conscience qu'il avait refusé de survoler les arbres où Adrian s'était préparé à l'assaut. Il dit à Julipen :

— Nous irons ensemble dans ce bois. Voulez-vous que nous demandions à Ol-Tyron de nous y conduire ?

* * *

Bien qu'il eût perdu une partie de son feuillage, le bois de hêtres était trop dense pour permettre au dragon de s'y poser sans risquer de blesser son équipage. Aussi se contenta-t-il de survoler les lieux, afin de repérer un éventuel danger et de signaler au duo où se trouvait ce que Julipen avait perçu pendant sa méditation.

Non seulement l'Ol sentit quelque chose s'ébattre entre les arbres, mais il remarqua qu'une partie importante de ces derniers n'avait pas été altérée par la sorcellerie. Un second passage au-dessus de la hêtraie confirma la bonne nouvelle.

Le mage et la prêtresse durent avancer à pied avec ces maigres et surprenantes informations. Les arbres aux fûts noircis composaient une atmosphère sinistre. Le silence était si déroutant que Jocquinius se demanda à plusieurs reprises s'il n'était pas en train de rêver. Il prononça un sort et visualisa une image mentale ; une matrice s'ouvrit à deux mètres du duo. Chargée de signaler toute présence hostile, elle grésilla à plusieurs reprises, comme si elle peinait à s'établir.

Est-ce qu'il s'agit de cet Otum ? s'interrogea le mage.

Julipen se tourna vers le mage pour savoir si une telle hésitation était habituelle ; la mine préoccupée de Jocquinius ne fit rien pour la rassurer et elle voulut se préparer elle-même au combat. Seulement la nature, sur laquelle ses pouvoirs s'appuyaient, était en si piteux état qu'elle n'arriva à rien sinon à émousser son attention et accentuer son anxiété, et l'atisha abandonna.

Soudain les arbres gris et noirs cédèrent la place à des spécimens en parfaite santé. À cet instant, la matrice s'éteignit en un souffle et Jocquinius eut beau employer toute la subtilité de son art, il n'arriva pas à la relancer. Ni elle ni aucune autre matrice. Alors ils entendirent les bruits.

La nature, tout près, avait repris ses droits. Ou bien elle ne les avait jamais perdus, comme Julipen commençait à s'en douter. Le couple vit les premiers animaux – des oiseaux principalement. Des tentes apparurent ; ils se trouvaient bien dans le campement installé par Adrian. L'air lui-même avait changé de qualité, exhalant des parfums d'humus plus variés et plus riches que l'uniforme odeur de cendres émanant de Corall-Medding.

— Je ne comprends pas…, dit Jocquinius à voix basse.

Il tressaillit quand un gros mammifère traversa son champ de vision.

— Par tous les saints, c'était quoi ?

— Notre dîner, mon ami. Du moins, si l'un de nous l'attrape !

— Vous voilà bien *légère* tout à coup.

— Il y a de la vie, ici !

— Oui, j'avais remarqué, merci. J'ai aussi remarqué que mes pouvoirs sont totalement inefficaces…

Ils se rapprochèrent du petit village de toiles tendues entre les arbres. Jocquinius se montrait bien plus prudent que Julipen, craignant qu'un sort d'une nature inconnue lui explose au visage. *Car pourquoi ces lieux auraient-ils été épargnés sinon pour piéger des survivants ?* se demanda-t-il dans un accès paranoïaque.

L'atisha souleva le couvercle d'une caisse pour y découvrir des bocaux de terre cuite. Ils étaient scellés et les insectes qui pullulaient dans les environs n'avaient pu s'introduire dans les conserves.

— Des vivres ! Enfin une bonne nouvelle…

—Allez-vous m'expliquer ce qui se passe ?

Julipen tendit le doigt vers le fond du campement. Une demi-douzaine de chevaux paissaient ; ils étaient à peine plus nerveux que ne le sont ces bêtes en des circonstances normales.

—Un *Vide étrange*. Voilà ce qui se passe…

—Attendez… De quoi parlez-vous ?

—De ces « trous » de magie. Vous n'avez jamais entendu parler des Vides étranges ?

—Cela ne me dit rien.

—Je ne leur connais pas d'explication. Il semble qu'il existe en Elamia des lieux sur lesquels la magie n'a aucune prise. J'avais entendu parler d'eux sans avoir pu en vérifier l'existence.

—Comment pouvez-vous être sûre qu'il s'agit bien de ça ?

—Nos pouvoirs se sont comme éteints d'eux-mêmes à notre approche et il s'agit du seul endroit alentour d'où la vie n'a pas disparu.

—Comme si elle n'avait pas été touchée par la vague ensorcelée…

—Exactement. Ça fait pas mal d'indices en faveur de cette hypothèse.

—Alors, je suppose qu'il faut se réjouir…

—Oui et non : j'aurais été vraiment satisfaite si ce phénomène avait épargné quelques vies humaines.

—Je crains qu'Adrian n'ait lancé tous ses hommes à l'assaut.

Julipen hocha la tête. Adrian. Il n'était pas là. Il n'était *plus* là, vraisemblablement envoyé en Galameh avec des dizaines de milliers d'autres personnes.

Je ne dois pas y penser.

Elle tâcha de fermer son esprit à la douleur de la disparition. Viendrait le jour où elle s'abandonnerait à la souffrance ; pour l'heure, elle n'en avait pas le droit. Iriane avait trop besoin d'elle, pour commencer. Tout à coup, les chevaux rescapés s'enfuirent en hennissant.

—Eh ! s'exclama Jocquinius.

Par réflexe, il tenta de matérialiser une matrice. Ses efforts restèrent vains.

Alors apparut une créature comme celle qu'Iriane avait montée lors de l'assaut de la cité. Un cheval galaméen. Il se tenait à la lisière du Vide étrange, comme s'il craignait d'y entrer.

—Ne vous inquiétez pas, dit Julipen à l'adresse du mage. Je connais ces bêtes.

—Ah oui ? Vous m'étonnez, très chère…

—J'y compte bien. Quel intérêt si vous saviez déjà tout de moi ?

Jocquinius regarda cette femme avec stupéfaction. Ce caractère, cet humour… Elle lui fit songer à Halaïa jeune.

* * *

Quelques heures plus tard, ils s'étaient installés dans la hêtraie. Galann lui-même avait suivi la petite troupe qui se préparait au départ. Litti s'ingénia à abattre un cercle d'arbres morts aux abords du campement afin qu'Ol-Tyron puisse se poser sans se blesser. Le dragon fit des allers et retours entre la cité et le bois, chargé de matériel. L'urgence était d'achever la construction d'une carriole assez confortable pour plusieurs jours de voyage. Puis Ol-Tyron chassa et rapporta des sangliers. Au moins, le feu de sa gueule ne subissait pas les aléas du Vide étrange.

Litti et Ol-Tyron suggérèrent à Jocquinius de descendre dans le puits géant, ouvert au sommet de la cité morte.

— L'idée vient de Galann, justifia le dragon.

Jocquinius ne prit même pas la peine de réfléchir ; depuis sa rencontre, gardée secrète, avec Otum, il se trouvait dans de nouvelles dispositions d'esprit.

— C'est une excellente idée. Vous pouvez compter sur moi.

Litti ne put réprimer un sourire en constatant cet heureux changement dans la motivation de son maître. Il résista à l'envie d'en connaître les raisons et se dit que le vieil homme avait dû affronter un moment de doute comme lui-même en avait connu.

Voilà une bonne chose de réglée ! se dit-il. L'état de sa compagne était un sujet d'inquiétude bien suffisant.

Iriane dormait et ne montrait pas de signes de souffrance ; elle paraissait même retrouver quelque couleur, comme si ce nouvel environnement lui convenait mieux. Mais comment la nourrir ? La Perle de Vie y pourvoyait-elle ? Ses compagnons quant à eux s'étaient jetés sur la nourriture et la boisson du camp. Galann accusa même un peu d'ivresse et il se mit à chanter inconsidérément autour d'un feu de camp autour duquel tous s'étaient réunis. Au bout d'un moment, Litti but à son tour le vin aigre trouvé là.

— Bien moins élaboré qu'un vin estebellien, commenta Jocquinius avec des airs de connaisseur.

— Bah, on s'en fiche, décida Galann. Ce qu'on demande au vin, c'est de nous échauffer les sangs… et les esprits !

— Oui, mais s'il a bon goût, c'est encore mieux…

— Dans le désert, dit Julipen, on ne boit pas de vin la journée. À cause de la chaleur.

— Et le soir, il doit faire aussi chaud, non ? demanda Litti.

— Détrompe-toi : les nuits sont glaciales !

— J'ai du mal à le croire, s'emporta le garçon, qui en était à son troisième gobelet. Qu'est-ce qui me dit que vous ne racontez pas n'importe quoi ?

— Litti ! gronda Jocquinius.

— Eh bien c'est vrai, maître : qu'est-ce que j'en sais ? Le désert glacial, ne me dites pas que vous y croyez, vous ?

— Quel intérêt aurait Julipen à nous mentir ?

— J'en sais rien, je… (Litti ferma les yeux.) Je suis désolé.

Il reprit une longue rasade de vin et s'essuya la bouche avec le dos de la main.

— C'était quoi, cette chanson ? demanda-t-il à Galann.

— Laquelle ?

— Celle où il est question d'un soldat qui pleure sa moitié et noie son chagrin dans l'alcool…

— Oh, oui, un air que j'ai appris il y a fort longtemps.

— On la reprend ?

— Oui, mais ça serait plus réussi si on la chantait tous ensemble, non ?

— Je chante très mal, s'excusa Jocquinius.

— Aussi mal que moi ? dit Ol-Tyron, qui se tenait en retrait mais dont le long cou se déployait au-dessus du groupe.

L'assemblée se prolongea loin dans la nuit, malgré la fraîcheur et malgré l'anxiété : chacun savait que le groupe devrait bientôt se séparer et quitter ce qui ressemblait de plus en plus à un havre de paix, au milieu d'un monde mort.

Qu'est-ce qui les attendrait sur la route ? Ol-Tyron s'était éloigné pendant quelques heures et n'avait rencontré que désolation, puis il était revenu protéger ses amis. La vague meurtrière s'était-elle déroulée sur tout Consolata ? Si oui, trouveraient-ils d'autres Vides étranges ? Et, surtout, Iriane s'éveillerait-elle enfin ?

Ils s'accordèrent une journée et une nuit supplémentaires. Après quoi, Julipen emmènerait la jeune femme vers Estebellia. Et comme l'avait proposé Galann, Jocquinius, Litti et Ol-Tyron descendraient à la rencontre des Alfads. Ils se retrouveraient en ces mêmes lieux dès que possible.

* * *

Au sommet de Corall-Medding, le cratère mesurait bien trente mètres de diamètre. Hosartan, le dragon ancestral et sacrifié autour duquel avait été bâti Haut-Temple, avait enfoncé ses membres dans cette même roche. Hosartan était mort à l'instant où Haut-Temple s'effondrait. Jocquinius se demanda s'il trouverait dans la pierre des traces de son existence. Il n'eut pas le temps de chercher une réponse : Ol-Tyron s'élança dans le gouffre.

Le dragon n'avait guère la place de voler. Il se contenta de descendre à une vitesse vertigineuse, en une large spirale qui retourna l'estomac de Litti. Il s'accrochait au mage, son professeur, lequel profitait avec bonheur de cette nouvelle chevauchée.

— Maître, j'ai peur ! avoua-t-il tout de suite après le départ.

— Oui. Tu me sers aussi fort qu'une jouvencelle qui s'accroche à sa duègne.

— Je sais, maître Jocquinius, je sais ! Mais si je ne le faisais pas, je me jetterais dans le vide.

— Pas une bonne idée, en effet. Alors serre-moi donc et qu'on n'en parle plus. Moi non plus, je n'étais pas très fier la première fois. Tu aurais vu ces montagnes, ces défilés !

— Mais là on ne voit rien, justement !

Et c'était vrai : leurs yeux ne s'étaient pas encore habitués à la pénombre de cette large cheminée qui menait ils ne savaient où.

Après quelques minutes de descente, le conduit s'étrécit brutalement. Le sol se rapprocha très vite. Ol-Tyron évita de peu la catastrophe. Il s'arc-bouta sans violence afin de ne pas désarçonner ses amis ni les sacs de vivres, contrôla son effort avec une précision telle qu'il parvint à reprendre un peu de hauteur avant de replonger vers le sol moussu, si proche.

— C'était moins une…, confia-t-il, une fois posé.

— Vous êtes un voilier extraordinaire, complimenta Jocquinius après avoir mis pied à terre.

— Ce n'est pas l'avis de tout le monde, dit le dragon en montrant Litti qui se détourna et, après deux haut-le-cœur, vomit.

Le mage eut tôt fait d'explorer l'arène étroite sur laquelle ils se trouvaient. Il y faisait chaud et un parfum de silex imprégnait l'air humide. Son centre était percé d'un autre orifice de près de cinq mètres de diamètre. Il diffusait une lueur verdâtre. Ol-Tyron y glissa la tête puis son long cou. S'enfonça. Seule l'extrémité de sa queue fut bientôt visible pour les Triniciens. Puis elle disparut à son tour après une ultime boucle dans l'air.

— Je n'aime pas ça, dit Litti. Pas du tout.

Quand Ol-Tyron en ressortit, il dit :

— On peut passer par là. C'est un tunnel assez court. Il y a une sorte de plate-forme, puis la cheminée s'élargit de nouveau.

— Assez large pour y voler ?

— Je pourrai planer jusqu'en bas. Pour ce qui est de remonter… Nous verrons en temps utile !

— Et si ce Kilarn nous avait raconté n'importe quoi ? douta soudain Jocquinius. Si les Alfads n'étaient pas en bas ?

— Maître, je crois que nous n'avons rien d'autre à tenter.

— Mmm… Tu as raison, Litti. Il faut continuer.

Litti repéra un amas de petites boules phosphorescentes, aux allures de champignons, les écrasa distraitement. Un épais nuage de spores noires s'éleva en vibrant. Puis le nuage se fixa en partie sur sa jambe, glissant sous la toile du pantalon, et il ressentit une vive brûlure.

— Eh ! Qu'est-ce que c'est ? cria-t-il.

Jocquinius se retourna vers le garçon et comprit ce qui se passait.

— Tu as réveillé quelque chose, Litti !

Toutes les sphérules s'ouvraient à présent, libérant chacune des dizaines de minuscules créatures volantes. Elles se dirigeaient invariablement vers Litti qui, paniquant, battait des bras et des jambes. Le mage lança très vite une matrice de petite taille et la poussa au-dessus des champignons jusqu'à les en coiffer. De la fumée monta sous la matrice qui brûlait le refuge des agresseurs. Sentant leur abri menacé, les minuscules insectes quittèrent Litti et se précipitèrent au-devant du danger, plongeant dans le feu brûlant de la matrice.

— Remontez sur mon dos, vite ! ordonna Ol-Tyron. Vous vous faufilerez par ce trou avec moi.

Agrippés du mieux qu'ils pouvaient aux écailles d'Ol-Tyron, ils empruntèrent le conduit en forte pente.

Litti se retourna pour s'assurer que les bestioles ne les suivaient pas. Ils parvinrent à un surplomb dominant une nouvelle cheminée bien plus vaste que la précédente.

Ce fut à nouveau la chute impressionnante, illuminée cette fois par des millions de champignons phosphorescents de grande taille qui proliféraient sur la paroi circulaire.

J'espère qu'ils ne contiennent pas la même chose, songea Jocquinius qui préféra ne pas le dire.

Des pics rocheux jaillissaient à la perpendiculaire de ces parois qui s'écartaient, comme autant de perchoirs pour des oiseaux hors normes. Ol-Tyron aurait pu être l'un d'eux. D'ailleurs, il choisit de se poser sur l'une de ces formations, vierge de champignons.

— Je reprends mon souffle, expliqua-t-il, contrôler la descente me demande beaucoup d'efforts !

— Sans parler des émotions que nous offre ce cher Litti.

— Je suis désolé…, dit le garçon.

— Montre-moi ça.

Litti roula une jambe de pantalon ; sa peau était couverte de petites cloques.

— Ça fait mal ? demanda le mage.

— J'ai l'impression d'avoir été transpercé par un millier d'aiguilles portées au rouge.

Jocquinius attrapa l'une des sacoches qui pendaient devant lui et en sortit deux boîtes d'onguent. Il expliqua ensuite au jeune Trinicien dans quel ordre et comment les appliquer.

— Merci, maître. Je connais ces préparations : on les a étudiées à Haut-Temple.

— Parfait.

J'espère qu'elles seront suffisantes, pensa le mage, *et que ces petites saloperies volantes ne diffusent pas de venin.*

Jocquinius avait déjà perdu tous les élèves de l'université trinicienne ainsi que Haldric, ce moinillon par lequel tout avait débuté. Il dit à Ol-Tyron :

— Si vous étiez seul, ce serait plus facile, non ?

— Sans voyageurs, vous voulez dire ? Oui, bien plus facile : je n'aurais pas à prendre toutes ces précautions. Je pense même que je ne serais jamais descendu là !

— À mon tour d'être désolé, Ol-Tyron.

— Allons, ne le soyez pas, je ne me plains pas. Et je dois avouer que cette aventure est excitante.

Les lieux étaient en effet fascinants. Le diamètre était si important qu'il aurait fallu une bonne minute de vol au dragon pour aller d'une extrémité à l'autre. Les champignons phosphorescents avaient cédé la place à une nacre irrégulière qui diffusait sa propre lumière.

— Vous avez déjà vu des grottes aussi vastes, mon ami ? s'enquit Jocquinius.

— Celles de mon clan sont de belles dimensions, mais là nous sommes battus.

— Dites-moi, Ol-Tyron, que voyez-vous en bas ? Moi je ne discerne pas grand-chose et vos yeux sont meilleurs que les miens.

— Je vois une sorte d'étendue mouvante.

— De l'eau ?

— Un liquide en tout cas : vous n'entendez pas une sorte de clapotis ?

— Il faut être un Ol pour percevoir ce genre de détail à une telle distance.

— Je vous propose d'aller y voir de plus près. Jocquinius, Litti, vous êtes prêts ? Alors allons-y.

Le dragon s'élança et reprit sa folle descente, dans l'espoir de rencontrer des Alfads et d'obtenir d'eux la clef du salut d'Elamia.

Chapitre 2

Le vent soufflait sur les sommets de Talaxania. Et il soufflait fort. Celle que les humains avaient nommée la Mère des Tourments progressait à petits pas dans la neige. Vêtue de noir, le visage abrité derrière une mantille qu'agitaient les bourrasques, elle riait tout en jouant avec les innombrables plis de sa robe de dentelle et de soie, en en soulevant les jupons. Le froid mordant des cimes lui était une caresse, elle qui avait passé tant de siècles confinée dans sa prison de glace où ne passait pas le moindre courant d'air.

Lorsque la neige gênait par trop sa progression, elle prononçait un sort qui vaporisait les flocons. D'immenses volutes montaient ainsi sur les flancs de la montagne. Lesquelles ne tardèrent pas à attirer les Ols, gardiens de la Forteresse des Secrets, déjà alertés par le trait de lumière qui avait traversé le monde pour rejoindre la prison des cimes.

Un dénommé Ol-Lohan fut le premier à s'approcher de la fugitive. Elle lui apparut derrière un geyser, ses yeux bleus laissant deviner la folie qui l'animait.

Le choc de l'apparition lui fit perdre un temps précieux : à peine eut-il compris de qui il s'agissait qu'il se trouva sous son emprise. Le dragon sentit aussitôt une partie de sa volonté l'abandonner. Tout juste avait-il la force de se maintenir en vol et de poser quelques questions, motivées par la peur.

— Que faites-vous ici ?

— Ah, ce cher Ol-Lohan… Je reconnais ta vilaine collerette ; c'est *toi* qui as conduit Golan Tark jusqu'à moi, la dernière fois.

— Oui. C'était moi, en effet.

— Quelle bonne idée !

— Une bonne idée ? Je n'avais pas le choix… Nous lui devons beaucoup.

— Ah oui ? À cette crapule de Tark ? J'en doute. Il n'a fait que répondre à mes ordres, tu sais ?

— Que faites-vous ici, Tormaga ? Que *me* faites-vous ?

Le dragon s'était posé sur une aiguille rocheuse, à quelques mètres de la fugitive. Elle avait créé autour d'eux une brume qui les dissimulait à quiconque aurait volé à plus de deux mètres.

— Vois-tu, vilaine bête, j'en avais plus qu'assez de vos conversations rasoir. As-tu idée de ce que représentent deux mille ans en votre compagnie ? Vous ne vivez rien ! À l'abri dans vos montagnes, vous n'avez rien vécu du tout, dragons du clan des Ol-Mentias ! Vous n'avez fait que m'écouter. Combien d'histoires ai-je dû inventer pour vous distraire ? Les guerres – *mes* guerres –, je les ai racontées des millions de fois. (Elle poussa un profond soupir.) La vérité sur mon identité, mes origines, j'ai dû la garder pour moi la plupart du temps. Et quand je l'ai racontée, on ne m'a pas crue.

Ol-Lohan grogna. Le sortilège que Tormaga lui avait imposé d'un seul regard circulait en lui comme un venin. La douleur naquit dans sa nuque. Petit soleil noir qui ne tarderait pas à rayonner alentour. Il écoutait. Lui aussi, après des millénaires de vigilance tranquille, il écoutait le verbe de Tormaga.

— Mmm…, fit la Mère avec un sourire. J'étais une arme, hideux lézard. Une arme créée par un peuple, les Alfads. Comme tant d'armes extrêmement puissantes je me suis retournée contre mes créateurs. J'ai cru qu'il serait facile de les vaincre et j'ai commis une erreur. Je l'ai payée durant deux mille ans : en se sacrifiant les Alfads ont bâti ma prison.

— Ce n'est pas l'histoire que je connais, articula Ol-Lohan dont le cou commençait de ployer sous la douleur.

— Ce n'est pas l'histoire que tu *voulais* connaître. Vous autres Ols êtes toujours restés à l'écart des affaires du monde. C'est si facile ! Vous vous êtes donné une unique tâche, surveiller ma prison. Puis le temps a passé et vous l'avez oubliée, vous contentant d'une visite épisodique pour vous divertir. Vous êtes si loin de tout, Ol-Mentias ! Et en premier lieu, loin de comprendre ce qui nous intéresse tous. Ce qui nous passionne et nous motive. Ce qui fait de notre existence des heures de passion et de réflexion, de fureur et de repli avant la prochaine attaque. Nous autres les humains. Tu comprends ça ?

Le dragon grogna encore.

« Nous autres les humains » ? Tormaga, tu n'es pas humaine.

À quoi bon le lui dire ? Ol-Lohan utilisait son énergie à limiter la souffrance : il avait l'impression que des dizaines de ruches s'étaient vidées dans son crâne et que leurs occupantes se frayaient un chemin de feu en lui.

— Maintenant, continua Tormaga, toi et moi, on va faire un bout de chemin ensemble. J'en ai marre de toute cette neige. Et puis, ça me plaît bien de former un ignare de ton espèce.

Elle tendit la main vers lui, paume ouverte.

Malgré la distance, le dragon perçut nettement l'agressivité dans ce simple geste. Il souleva sa lourde tête et ouvrit la gueule pour pousser un cri, qui s'étouffa dans sa gorge ; la douleur s'accrut.

— Allons, allons… combien de temps comptes-tu tenir comme ça ? Aujourd'hui tu souffres en imaginant que ça sera de courte durée. Et demain, tu te diras sans doute la même chose. Après-demain, tu douteras et dans quelques jours, la folie pointera le bout de son nez parce que tu comprendras l'étendue de mon emprise sur toi.

La pression se fit plus forte autour du gigantesque crâne. Un étau serré à moins d'un tour de manivelle du point de rupture.

—Combien de temps ont tenu tes semblables ?

—Je… Je ne comprends pas…

—Ah, ah, ah, en plus j'ai affaire à un imbécile ! Ou à un innocent ? C'est à peu près la même chose, si tu veux mon avis. Le mal blanc : tu crois qu'il est arrivé comment dans les clans des Ols ? Par hasard ?

—Vous… vous auriez…

—On fait ce qu'on peut pour s'occuper, l'ami.

—La magie… elle… elle ne pouvait pas passer les murs de votre prison…

—Ah, oui, c'est vrai. Bravo ! Tu as parfaitement raison. Alors disons que je n'ai pas inventé cette maladie qui ravageait les tiens : j'ai plutôt appris à tes congénères à la contracter et à se la transmettre. À leur insu. Je te passe les détails : cela m'a pris quelques siècles et aujourd'hui je suis pressée. Sache que le sort que j'emploie sur toi a la même origine. Je vais monter sur ton dos, horrible créature. Ensemble, nous descendrons vers Havoc.

Il fallut encore quelques minutes à Tormaga pour que le dragon la laisse approcher ; il résistait et la femme éprouvait la mesure de ses propres pouvoirs, redécouvrant ses limites hors les murs de sa prison. Quand enfin elle se trouva sur son dos, Ol-Lohan sentit sa raison céder : le contact de la Mère sur ses écailles était comme la morsure d'un brasier. Elle contrôla cette brûlure, en joua comme un cavalier joue de ses rênes et de ses étriers, avec plus de cruauté cependant.

Lorsque le dragon eut compris qu'il n'était pas de taille à lutter, elle lui ordonna de prendre son envol.

—Avant de gagner Havoc, dit-elle une fois en l'air, arrêtons-nous saluer ce cher Ol-Morgas.

—Que lui veux-tu ? demanda le dragon.

—Oh, je ne lui veux rien de spécial. Il ne présente guère d'intérêt, pour le vrai. Du moins plus maintenant.

—Qu'est-ce que ça veut dire ?

—Ce que ça veut dire n'est pas de ton ressort. Vole, hideux dragon. Vole sans poser de questions : j'ai assez parlé pour le moment.

* * *

Les robes de Tormaga se prolongeaient en une traîne qui concurrençait en ampleur et en beauté la queue d'Ol-Lohan. L'équipage insolite qui filait à travers les vallées profondément encaissées ne resta pas longtemps inaperçu et cinq dragons s'en approchèrent. Quand ils eurent reconnu la fugitive, ils voulurent s'interposer, exhortant leur camarade à retrouver la raison.

Tormaga ordonna à Ol-Lohan qu'il crache son feu sur eux. Écrasé par la magie de la Mère, l'esclave fit son possible pour ne pas céder. Pourtant ce n'est pas sa volonté qui retint les flammes dans sa gorge mais le sortilège lui-même, tout comme le mal blanc avait privé les dragons de leur feu.

Il faudra que je rectifie cela, se dit-elle, persuadée d'être capable de réviser une magie aussi ancienne que celle de Talaxania.

Elle ne perdit pas une seconde à parlementer avec les Ols qui voltigeaient autour d'elle, enchaînant les acrobaties dans les tourbillons, qui s'engouffraient entre deux montagnes. Très vite elle articula un sort d'invocation d'une brutalité inouïe. Quittant ses lèvres très rouges, il se matérialisa sous la forme d'une aile noire, vaste comme les cinq dragons qu'elle prit pour cible. Huit points brasillèrent tels les yeux d'une énorme araignée. Conscients du danger sans parvenir à l'identifier, les Ols s'éloignèrent en une habile volte-face. Celui qui fermait la marche se retourna pour lancer une langue de flammes vers l'ombre démoniaque. Les flammes virèrent au vert et s'éteignirent en crépitant comme de simples mèches étouffées entre les doigts. Puis l'aile s'élongea à une vitesse prodigieuse, rattrapa le cracheur. Les huit points s'élancèrent à leur tour vers la zone de contact entre l'ombre et le dragon. Ce dernier poussa un ultime cri d'effroi alors que ses chairs se vidaient en quelques secondes de leur substance.

De lui il ne resta très vite plus qu'une poche d'écailles vide car même le squelette avait été dissous par la matière noire. Déjà, celle-ci fonçait vers les quatre fuyards. Elle en rattrapa trois et leur imposa la même fin, dégradante et douloureuse malgré sa brièveté. Avant de pouvoir atteindre le cinquième Ol, la force invoquée par Tormaga n'eut plus assez d'énergie pour se maintenir de ce côté du monde et elle se dispersa en millions de gouttelettes d'un rouge visqueux et sombre qui maculèrent la neige.

La disparition des siens fut à Ol-Lohan une douleur de plus à endurer. Quel était ce monstre que Tormaga avait matérialisé à l'aide de quelques syllabes ? Comment avait-il pu en si peu de temps venir à bout de ceux qu'il aimait, des amis, des frères ? Allait-elle en sa folie condamner tous les Ol-Mentias au même destin ?

Je ne peux rien faire…

Le fait même de penser lui était devenu une torture. Il songea brièvement au moyen de lutter contre le venin qui sapait sa volonté, rabotait son libre arbitre, pelait ses forces pour n'en laisser qu'un mince noyau.

Oui, un moyen… Il doit exister un moyen… Lequel ?

La question avait déserté ses esprits lorsqu'il parvint, contraint et forcé, au seuil de son clan, dans les grottes creusées des milliers de mètres au-dessus des vallées.

* * *

Ils ne furent pas nombreux à s'opposer à Tormaga : elle avait soumis les gardiens du clan. L'effort que représentait un tel contrôle commençait à peser sur la femme, mais elle faisait son possible pour n'en rien laisser paraître.

À en croire la mine déconfite du Vénérable Ol-Morgas, elle y parvenait très bien. Le doyen des dragons se tenait sur son trône de pierre avec moins de majesté et d'autorité que de peur et de fatigue. Il dit :

— Je ne sais pas comment tu as pu te libérer de tes chaînes après si longtemps. Mais je sais que tu vas retourner là-haut très vite ou bien…

— Ou bien *quoi*, grand-père ?

Tormaga s'amusait. Elle aurait pu supprimer le Vénérable à la seconde même où elle avait franchi le seuil de son antre, ce qui aurait été à ses yeux d'un intérêt douteux. Elle avait connu l'ennui jour après jour pendant des siècles et des siècles ; elle n'était pas décidée ce jour-là ni les suivants à se priver du plaisir de jouer avec ses victimes. Tormaga était même prête à prendre quelques risques et à gâcher un peu d'énergie vitale, pourvu qu'elle n'eût pas à revivre les affres d'un quotidien saturé de monotonie.

— Ou bien, reprit le Vénérable, je commanderai à la montagne de s'effondrer sur toi !

— Oh ! Je ne te savais pas poète… Car qui d'autre qu'un poète peut réciter de telles inepties ? *Commander à la montagne*… Regarde tes pitoyables sujets : ils ne t'obéissent même plus ! Alors une montagne…

— Tu ne pourras pas maintenir les gardiens longtemps sous ton emprise, Tormaga ! Alors libère-les tout de suite et nous ferons notre possible pour que ton séjour en prison soit moins pénible.

Le vieillard a raison : je ne les tiendrai pas éternellement sous ma coupe. Mais s'il croit que je vais les lâcher dans les minutes qui viennent…

Tormaga tenta d'estimer les limites de sa résistance. Difficile…

— Ma prison, dis-tu, n'existe plus.

— Nous en rebâtirons une.

— Ah oui ? Tu sais ce qu'il en a coûté aux Alfads de l'édifier ? Le sacrifice plein et entier de tous les leurs. Tu serais prêt à sacrifier ton peuple pour me jeter entre quatre murs ?

— Si tel est notre destin, alors oui.

— Mais tel n'est *pas* votre destin, grand-père, car tu n'as pas la moindre idée des sorts à employer pour poser la première pierre de quoi que ce soit. Tu ne saurais même pas par où commencer ! Déjà, regarde où tu habites : une grotte ! Tu n'as rien trouvé de mieux pour abriter les tiens que de les entasser dans une grotte ! Alors édifier une prison aussi complexe que celle qui m'a retenue durant deux mille ans… Cesse donc de jouer les héros, tu n'es qu'un pitoyable dragon.

Tormaga était parvenue à ses fins : provoquer Ol-Morgas. Malgré la promesse faite de s'occuper de la prisonnière des cimes, le Vénérable cracha son feu vers la femme. La Mère des Tourments avait anticipé son attaque, trop grossière pour la menacer. Néanmoins le feu du vieillard ne serait pas perdu : déjà à l'abri d'une bulle protectrice, Tormaga le captura, le manipula en une fraction de seconde et lui conféra de nouvelles propriétés.

C'était maintenant un anneau incendiaire qui tournoyait à grande vitesse autour de sa silhouette majestueuse. Il tourna de plus en plus vite, gagnant en épaisseur à chaque tour. Bientôt, il emplit toute la salle du trône. Le Vénérable dressa sa queue entre son visage et les flammes. Peine perdue : ces dernières l'atteignirent quand même et sous la chaleur surnaturelle ses écailles se dilatèrent, se fendirent, ses yeux qui avaient vu tant de merveilles parmi les paysages somptueux de Talaxania et assisté à tant de naissances se liquéfièrent. Avant même de hurler il sentit le brasier brûler son larynx. Son cerveau bouillonna mais il était déjà mort.

L'effort de Tormaga l'avait obligée à abandonner son contrôle sur les colossaux gardiens ols, postés à l'entrée du domaine ; ils accoururent pour sauver ce qui restait à sauver. Le spectacle qui s'offrit à eux les déconcerta. Les flammes avaient modifié la lumière dans tout le domaine minéral : stalactites et stalagmites se paraient désormais de reflets orange et vert. Quant au bruit, il était phénoménal au point qu'une guerre semblait avoir spontanément débuté au cœur même de la montagne.

Tormaga demeurait invisible derrière l'anneau tourbillonnant. Le plus vaillant d'entre les gardiens avança de quelques pas supplémentaires en direction du phénomène. La chaleur était terrible, bien supérieure à celle qu'un unique dragon pouvait produire. Une évidence le frappa : les Ols ne s'en sortiraient pas comme ça.

— Un contre-feu ! cria-t-il. Il faut lancer un contre-feu !

Pour hâtive qu'elle fût, sa proposition convainquit les gardiens et la dizaine de dragons qui avait osé s'approcher. L'idée était d'étouffer le phénomène meurtrier. L'action valait mieux que l'attente insupportable et ils crachèrent donc d'épais jets de gaz qui explosèrent à proximité de l'anneau incendiaire, pour lui soustraire tout combustible. Les Ols connaissaient cette tactique depuis la nuit des temps et elle les avait sauvés en bien des occasions. Cette fois, elle allait les condamner.

Là encore, Tormaga s'appropria l'arme de son ennemi. Les explosions nourrirent le sort et c'est un feu encore plus vorace, encore plus brûlant qui balaya la dizaine de combattants. Une fumée pestilentielle gagna les couloirs troglodytiques, paniqua les derniers Ols qui n'avaient pas idée de la tragédie en cours. La Mère des Tourments progressa lentement dans la montagne, consumant ceux qui se mettaient en travers de son chemin, acculant les fuyards qui avaient choisi la mauvaise direction, au mauvais moment. Bientôt, l'incendie s'échappa par les cheminées naturelles ; des panaches s'élevèrent à flanc de montagne tandis que les survivants du clan des Ol-Mentias s'éloignaient à tire-d'aile, effrayés par la violence et la soudaineté de l'attaque.

Quatre heures après l'assassinat du Vénérable, les Ol-Mentias avaient perdu les trois quarts de leurs représentants. Leur habitat n'était plus qu'une coquille vide et noircie, qui empestait la mort. Tormaga consacra une heure de plus à traquer les malheureux qui n'avaient pu fuir. Parmi eux figuraient des petits et des malades ; leurs supplications n'eurent aucun effet sur la Mère des Tourments, trop contente de trouver un nouvel exutoire à sa si longue frustration.

L'anneau de feu avait perdu de son intensité et la meurtrière ressentait à nouveau les effets de la fatigue. Elle abandonna le sortilège à lui-même et celui-ci se dépouilla des flammes jusqu'à n'être plus qu'une boule de suif, voletant maladroitement dans les grottes ols.

La sueur poissait le front de Tormaga et sa mantille adhérait à son visage. Elle haletait, marchait à pas lents comme un guerrier après un long duel. Pourtant, rien n'aurait décroché son sourire de ses traits fins ni terni l'éclat de ses yeux bleus.

Rien.

Et surtout pas la mine défaite de son destrier Ol-Lohan, un esclave abasourdi par la douleur et la conscience du drame auquel il avait assisté de loin, incapable de se mouvoir, impuissant à y jouer le moindre rôle : son impitoyable maîtresse l'avait cloué sur place à l'aide d'une magie plus cruelle que des pointes traversant ses pieds.

Elle le chevaucha et le gratifia d'un léger soulagement.

— Je regrette que tu n'aies pas assisté à ce massacre, Ol. C'était un sacré feu d'artifice ! Tout de même, je me pose une question… Tu sais quoi ?

Ol-Lohan n'avait pas la force de répondre à sa maîtresse. Les larmes coulaient abondamment le long de son museau et le désespoir s'installait en lui. Tormaga n'attendit pas la relance :

— Je me demande comment vous avez pu survivre si longtemps.

— Je ne comprends pas…

— Oui, comment vous avez pu tenir le coup, vous autres Ol-Mentias, alors qu'il m'a été si facile de vous décimer ?

Le ton suggérait que la question était sincère. Odieuse certes, mais sincère : Tormaga aurait accordé de l'attention à quiconque lui aurait proposé une réponse. Cette femme était encore plus folle qu'Ol-Lohan ne l'avait cru. Il aurait voulu réduire sa tête en bouillie entre ses pattes. Il se concentra sur ses serres, les imaginant crevant les yeux magnifiques. Un projet, un défoulement, une vengeance.

Il en était arrivé là, lui qui avait défendu Golan Tark quelques jours plus tôt, contre Ol-Tyron lui-même. L'un des siens ! Quelle folie…

— Je suis certaine, reprit Tormaga, que je pourrais venir à bout des autres clans en aussi peu de temps.

Les Ol-Garance, Ol-Valdec et Ol-Donan… Oui, elle pouvait bien les supprimer avec la même réussite ; n'existait-il donc aucun espoir de la contrer ? Sans doute. Cet espoir ne viendrait pas des dragons. Ce n'était plus possible.

La cruelle maîtresse bâilla. Le massacre l'avait fatiguée, sans même parler de l'air cinglant et glacial des hauts sommets.

Ol-Lohan ne s'était pas attendu à un aveu de faiblesse, si mince fût-il.

— Ne te méprends pas, l'avertit aussitôt Tormaga comme si elle avait lu dans les pensées de sa monture. Fatiguée ne veut pas dire désarmée. Pendant que nous descendrons vers Havoc, je vais relâcher un peu de mon pouvoir. Juste assez pour que tu imagines ce que pourrait être ta vie sans douleur. Quand nous serons en bas, tu survoleras la cité à distance respectable. Prends ton temps pour ce vol : je ne suis pas si pressée que ça. Et ne t'avise pas de me jeter à bas. N'essaie même pas, tu m'as comprise ?

— Oui.

— Oui, *qui* ?

— Oui, Tormaga…

Un aiguillon de douleur pure traversa le crâne d'Ol-Lohan et il s'en fallut de peu qu'il replie ses ailes en un geste réflexe et condamne son vol à une chute vertigineuse.

— Oui, *Maîtresse* ! tonna Tormaga. Voilà comment tu m'appelleras désormais : Maîtresse.

L'aiguillon disparut.

— Oui… Maîtresse.

— Si nous rencontrons d'autres Ols, tâche de te dissimuler. Je suis sûre que tu connais parfaitement ces montagnes et je n'ai pas envie de gaspiller mon temps à brûler tes congénères. Bien entendu, je n'hésiterais pas à les tuer si tu faisais en sorte de nous placer face à eux, compris ?

— Très bien, Maîtresse.

— Parfait. Alors prenons des voies détournées vers le territoire des hommes. Voler m'amuse beaucoup ! Quel bonheur de pouvoir étendre les bras, se jeter dans le vide et voguer d'un courant à l'autre. Tu as une chance folle… du moins tu en as eu jusqu'au moment où tu m'as rencontrée.

Tormaga rit deux secondes, un rire qui déprima un peu plus le dragon. En tout cas elle avait dit vrai : la pression se relâcha suffisamment pour qu'il imagine ce que pourrait être sa vie sans douleur. Ce qu'*avait été* sa vie.

Celle d'un être libre. Libre et inquiet : à la différence d'Ol-Tyron, Ol-Lohan avait toujours cultivé une sorte d'anxiété latente. Si on lui avait alors demandé ce qui le tarabustait, il n'aurait su répondre précisément. Peut-être cela était-il lié au mystère de ses origines : il ne se connaissait pas de parents et n'avait pas le moindre souvenir de sa naissance ni même de sa prime jeunesse. Des compagnons avaient avancé cette hypothèse : il était un Ol-Valdec égaré. Ça ne semblait pas impossible : il possédait leur collerette épaisse qu'avait moquée Tormaga, ainsi que les mêmes arcades sourcilières proéminentes. Il était aussi râblé, bien qu'une telle silhouette ne fût pas tout à fait rare chez les Ol-Mentias.

Il n'avait que deux fois rencontré des Ol-Valdec. Ils ne s'étaient guère montrés amicaux et Ol-Lohan ne s'était rien senti de commun avec eux. Des rustres… S'il était issu de ce clan, alors il n'avait pas conservé de liens affectifs innés. Le doute avait persisté, un doute que le Vénérable n'avait pas souhaité lever, malgré ses questions.

Très tôt Ol-Lohan avait trouvé refuge dans une loyauté, un zèle que d'aucuns jugeaient excessif. Comme s'il avait cru nécessaire de prouver son allégeance à un clan qui l'avait accueilli tel un orphelin à la position précaire.

Le cerceau de fer s'étant relâché autour de ses nerfs, Ol-Lohan repensa à Golan Tark ; le dragon l'avait conduit auprès de cette folle et s'était même bagarré contre Ol-Tyron pour protéger ce fidèle de Tormaga. Au nom de la loyauté de son clan, donc. D'une promesse faite par les Ol-Mentias il y avait si longtemps. Qu'avait-il cru défendre alors ? Quelles valeurs prétendument ancestrales méritaient que l'on mette les siens en péril ?

Havoc. La grande cité talaxienne était leur prochaine destination. Ol-Lohan ne s'y était jamais rendu. Ce qu'il connaissait d'elle tenait aux récits qu'on lui en avait donnés. Le dernier grand établissement humain avant les chaînes montagneuses qui barraient la route aux explorateurs les plus téméraires. Une cité cosmopolite où saillaient autant de dômes qu'il y avait de peuples. Les temples y étaient aussi nombreux que les magies. Les trésors ? Ils attiraient quantité de personnages douteux, que les autorités se faisaient fort de surveiller et d'emprisonner souvent même avant que la moindre culpabilité eût été avérée.

Havoc. Dernier bastion de la résistance à l'empereur voyant. Adrian avait perdu son armée aux portes de la ville, dans un brasier que lui aurait envié Tormaga elle-même. Cent cinquante mille hommes en armes, disait-on, consumés en quelques minutes. Ultime bataille impériale et point de départ de la chute d'Adrian.

Tout à fait le genre d'histoire qui tenait les dragons à l'écart des affaires humaines.

Sauf que, à présent, les clans ols n'avaient d'autre choix que de rejoindre cette fresque de bruit et de fureur. Et Ol-Lohan le premier.

Le dragon proposa à Tormaga de s'arrêter en chemin. La nuit était tombée depuis une bonne heure et, bien que sa vue fût exceptionnelle selon des critères humains, Ol-Lohan était si durement éprouvé qu'il ne discernait plus le relief avec précision : ils risquaient de s'écraser contre une aiguille, une arche suspendue.

Il dut s'y prendre à quatre fois pour que la meurtrière l'entende enfin : elle était perdue dans une contemplation profonde de son destin, comme une reine se soûle avec le commentaire cauteleux de ses courtisans.

— Comme bon te semblera, le reptile, persifla Tormaga. Je suis sûre que le lever de soleil sur cette partie du monde vaudra l'attente.

* * *

Ce n'était pas de l'eau. Ol-Tyron vit le voile mouvant d'une brume luminescente. Il décida très vite de s'y enfoncer car aucune issue n'était apparue le long des parois. Kilarn, qui avait parlé à travers Iriane, leur avait dit d'aller au fond. Il était aussi trop tard pour mettre sa parole en doute.

À peine avait-il plongé dans le phénomène qu'il le regretta. De minuscules éclairs grésillèrent le long du bord d'attaque de ses ailes. Des démangeaisons troublèrent ses sensations. Comme il s'y était attendu, il ne voyait rien dans cette purée de pois mais sa langue, organe d'une extrême sensibilité, ne lui indiquait que le vide. Il essaya de parler à ses compagnons ; il n'entendit pas sa propre voix.

Ce fut comme être privé de l'ouïe, de la vue, de l'odorat et de son sixième sens à la fois.

Puis il perdit la notion du temps. Il dut produire un effort de concentration particulier pour ne pas oublier de se maintenir en l'air : il ne percevait plus l'écoulement de l'air contre ses ailes, plus rien à l'exception de la démangeaison qui parcourait tout son corps.

L'espace et le temps disparurent. Il ne fit ni jour ni nuit. Le dragon était suspendu dans un ailleurs indicible. Un éther qui résumait tous les passés et annonçait tous les avenirs.

Bientôt il fut seul.

Plus seul qu'il ne l'avait jamais été. Sa mémoire se mit à diffuser des images nostalgiques de son clan. Fiers Ol-Mentias dominés par la figure paternelle et bienveillante du Vénérable… Pourquoi les avait-il quittés ? Ol-Tyron n'était plus sûr de le savoir. Peut-être l'ennui que le jeu et quelques chasses dissipaient de plus en plus mal ? Le doute s'insinua, gâcha l'évidence de sa nostalgie comme une goutte d'encre tombée dans l'eau claire.

Le mal blanc.

Cette étrange affection qui avait commencé de décimer les siens. Tous clans confondus. D'où venait-elle ? Était-elle le prix à payer pour des siècles de paix, à l'écart du monde ?

Golan Tark.

Cet homme avait apporté à deux reprises de quoi soigner les Ols malades. Il n'avait rien demandé en échange.

Si : qu'on le conduise auprès de Tormaga. La prisonnière des cimes.

Un second homme avait exprimé le même souhait. Et Ol-Tyron y avait accédé, compromettant ainsi sa loyauté au clan Ol-Mentias.

Jocquinius. Tel était le nom de cet homme. Un vieillard, plein de ressources. Il voulait empêcher le monde de courir à sa perte.

Sauver Elamia ! Les Alfads ont créé Tormaga et je suis en route pour les rencontrer !

Le temps réapparut dès qu'il eut conscience de sa mission. L'espace se recomposa à son rythme et Ol-Tyron retrouva ses sensations. L'odorat, le sixième sens qu'était sa langue. Il se sentait plus léger. Quelque chose allait de travers. Un profond sentiment d'abandon le saisit.

Les siens. Où étaient-ils ? Les Ol-Mentias… C'était comme s'ils avaient disparu. S'étaient éteints. Jusqu'à cet instant il n'aurait su dire qu'il les avait ressentis au plus profond de lui. Pourtant il le vivait désormais comme une évidence : d'une manière ou d'une autre, ils n'étaient plus là. Mais il y avait autre chose. Un abandon supplémentaire, en ces temps où chaque force comptait, chaque individu avait un rôle important à jouer, une haute responsabilité à tenir.

Il comprit. Jocquinius et Litti n'étaient plus sur son dos.

* * *

— Maître ? Maître Jocquinius ?

— Oui, Litti. Je suis là. Calme-toi.

— Là où ? Je ne vous vois pas. Et où sommes-nous ?

— Je n'en sais rien, mon garçon.

— Et Ol-Tyron ?

— Il n'est pas avec toi ?

— Non. Je ne comprends pas… Peut-être qu'on est… tombés de son dos… Que nous sommes morts ! Ce… Ça pourrait être le paradis ?

Un univers de lumière. Partout où se portait leur regard, les Triniciens ne percevaient que cette blancheur lumineuse, si vive qu'ils ne pouvaient qu'entrouvrir leurs paupières. Une grande et sèche chaleur succédait à l'humidité du puits.

— Non, dit soudain une voix masculine. Vous n'êtes pas morts.

Les Triniciens invoquèrent aussitôt une matrice. Il ne se passa rien, un coup d'épée dans l'eau.

— Tenteriez-vous une sorte de… de *magie* ? demanda une seconde voix, féminine celle-là.

— Qui êtes-vous ? demanda Litti à la fois apeuré et impatient.

Il avait l'impression d'être aveugle. Non, ce n'était pas le paradis. Il essaya de lancer un nouveau sort ; plus pragmatique, Jocquinius avait abandonné, préférant conserver ses forces.

— Nous sommes Tugdual et Awena.

— Je m'appelle Jocquinius. Et le garçon qui m'accompagne se nomme Litti. Êtes-vous des Alfads ?

Il y eut un silence. La même lumière baignait toute chose. Cependant deux silhouettes aussi vagues que des draps pris dans le vent s'animèrent devant les Triniciens. Était-ce à deux pas ? Ou bien plus loin ? Impossible d'estimer la taille de leurs interlocuteurs.

— Oui, nous sommes bien des Alfads.

— Du moins ce qu'il en reste, dit la voix féminine. Vous êtes venus nous délivrer ?

— Awena, dit l'homme. Personne ne peut nous délivrer, vous le savez fort bien.

— Oui, Tugdual. C'est que…

— Oui, je sais. Il y a si longtemps…

— Vous êtes prisonniers, dit Jocquinius, mais nous avons réussi à entrer dans votre geôle.

— Certes. Par notre volonté. Nous contrôlons une partie de cette face du monde.

— Serions-nous… *morts* ?

— Non, on ne peut pas dire ça.

— Et notre compagnon ?

— Le dragon ? Il n'a pas pu franchir la porte entre votre monde et le nôtre. Sans doute quelque chose en rapport avec sa nature si singulière…

— Quelle est cette « face du monde » dont vous parlez ? Cette prison ?

— Je vous répondrais volontiers, mais commençons par le début. Que venez-vous faire ici ?

— Oui, bien sûr. Un certain Kilarn nous a indiqué le chemin.

— Kilarn ! Grands dieux…, fit Awena.

— Qui est-il ?

— Le gardien d'Ilone, répondit Tugdual.

— Ilone ! Vous voulez dire l'île du Temps ?

— Il en est l'ultime vigile. Les six autres ont disparu il y a bien longtemps.

Ilone, songea le mage. Le nom lui rappela sa rencontre inattendue avec Halaïa, dans ses quartiers de Haut-Temple.

— Il nous a affirmé que vous pourriez nous indiquer comment lutter contre Tormaga.

— Tormaga ! s'exclama Tugdual. Alors voilà pourquoi il vous a envoyés ici…

— Pourriez-vous m'expliquer ?

— Tout cela est si loin…, commença Awena. Nous avons offert notre vie, faudrait-il vraiment *remettre* ça ?

— Oui. Car, à l'évidence, notre sacrifice n'a pas suffi. Laissez-moi raconter cette histoire, au moins.

Awena s'inclina.

— La Veine de Kilarn est le dernier monde avant Ilone. Un monde parallèle où existent quelques portes. Et ce serait un paradis. Nous le croyions. Nous étions la plus grande civilisation qu'ait connue Elamia, une civilisation de conquérants, et la Veine restait à prendre. Dans notre vanité nous pensions mériter un tel monde.

— Bien entendu, Kilarn a résisté et nous avons perdu.

— Il en fallait plus pour que nous abandonnions. Nous avons brisé un tabou et créé une arme pour en venir à bout.

— Brisé un tabou ? demanda Litti.

— Oui. Nous avons employé un secret confié par les dieux eux-mêmes.

— Nous pensons, reprit Awena, qu'ils nous l'avaient confié pour récompenser nos efforts et notre respect envers leur grandeur. Les dieux nous avaient offert ce secret à une condition : ne s'en servir que si notre survie était menacée.

— Nous avons agi comme si nous avions oublié cet engagement. Car notre survie n'était pas engagée, à ce moment-là. Juste le désir insatiable de conquêtes.

— Quelle était la nature de ce secret ?

— Une magie extrêmement puissante. Nous avons créé Tormaga grâce à elle et l'avons envoyée se battre contre Kilarn.

— Et nous avons essuyé une nouvelle défaite. Mais les conséquences ont été plus tragiques que la première fois : non seulement nous n'avons pas conquis la Veine, mais nous avons signé les termes de notre propre éradication.

— Tormaga nous a complètement échappé et notre création s'est retournée contre nous. Seuls les plus sages parmi les Alfads ont compris que nous ne survivrions pas à son hégémonie meurtrière. Qu'il n'y aurait aucune négociation.

— Rien jamais n'a pu raisonner cette folle, compléta Awena.

— Pourtant, elle était en prison quand je l'ai vue ! s'exclama Jocquinius.

— Cette prison nous a coûté la vie « en haut ».

— Je ne comprends pas…

— Nous nous sommes sacrifiés. Tous les survivants alfads. Un ultime tour de magie, si vous préférez. Nous nous sommes retrouvés ici, piégés dans ce monde qui n'est pas Galameh, ni le vôtre. Mais ce sacrifice a permis de créer une prison ensorcelée autour d'elle.

— Il semble qu'elle ait trouvé un moyen de s'en échapper, deux mille ans plus tard. Du moins si Kilarn dit vrai.

— Et je ne vois pas pourquoi il nous mentirait.

— Non, en effet. Toujours est-il que nous l'avons emprisonnée. Avant cela, nous avons une seconde fois brisé le tabou de la magie des dieux. En fabriquant une nouvelle arme. Plus puissante que Tormaga.

Ainsi sont les hommes, pensa Jocquinius. *Pour se prémunir d'une arme, ils en inventent une autre, plus puissante encore. Et donc plus dangereuse.*

Il n'y avait pas de fin à cette escalade. Lui-même allait-il y ajouter un degré ?

— Une arme, reprit Tugdual, que nous avons séparée en trois énergies. L'une dédiée au temps, l'autre à l'au-delà, et la troisième aux forces de la nature.

— Les Talaris ! dit Litti.

Tugdual hocha la tête.

— Mais alors, commença Jocquinius, cela signifierait que vous seriez à l'origine de l'ordre des Triniciens ?

— Nous savons très peu de chose de ce qui est advenu… après nous. C'est à vous de nous le raconter, je crois.

— Oui, bien sûr, acquiesça Jocquinius. Eh bien ma foi, comment le résumer ? Nous avons peu de temps.

Le mage prit une profonde inspiration. Et se lança dans l'histoire de son Ordre. La Pierre d'Ombre et son rôle dans le voyage des âmes vers l'au-delà. L'avènement de l'empereur voyant et son utilisation du Sarment du Temps.

Il raconta encore le rapprochement des mages avec les marchands de la Hanse, l'extraordinaire retour de Golan Tark, la fin de Haut-Temple, l'invasion des Galaméens… Il parla aussi des prêtresses laménides et de la Perle de Vie.

Il lui fallut plus d'une heure pour venir à bout de sa connaissance des faits, une connaissance qu'il résuma du mieux possible, s'en tenant aux événements majeurs et surtout à ceux qui avaient partie liée avec l'urgence du moment.

Quand il en eut terminé, le silence se fit. Les respirations elles-mêmes semblaient suspendues.

Tugdual prit la parole.

— Alors nous avons commis une nouvelle folie avec ces Talaris, puisque Golan Tark s'en est servi pour libérer Tormaga.

— Oui…, ajouta Awena. C'est comme si… comme si Tormaga nous avait commandé de les créer à notre insu. Pour s'en servir deux mille ans plus tard !

— Cette magie ne vous avait-elle pas été confiée par les dieux ? demanda Litti.

— C'est ce que nous avons dit, en effet.

— Eh bien, plutôt que Tormaga, les dieux ne pourraient-ils pas être derrière tout ce… toute cette histoire ?

Tugdual fronça les sourcils et demeura silencieux un long moment.

— Voilà une hypothèse intéressante. N'était-ce pas la vôtre, un temps, Awena ?

— Merci de le reconnaître, Tugdual. Oui, j'ai été l'une des rares à m'opposer au projet Tormaga. Précisément parce que nous mettions la magie des dieux en jeu. Mais ne revenons pas deux mille ans en arrière. La question est aujourd'hui de savoir comment réparer tout ce mal. Il faudra employer les Talaris.

— Awena, vous savez que cela signifie s'en remettre à la magie divine une troisième fois ?

— Je sais. Et je ne vois rien d'autre à tenter.

— Nous pourrions dire que cela ne nous regarde plus…, proposa Tugdual. Quelle est notre responsabilité, désormais ? N'avons-nous pas payé le prix fort pour notre… entêtement ?

— Le prix fort n'est pas suffisant, à ce qu'il semble.

— Il faut en référer à notre Conseil… Nous ne pouvons à nous deux décider de l'emploi des Talaris.

— Si ces artefacts peuvent venir à bout de Tormaga, sachez que nous en possédons deux, dit Jocquinius.

Awena ne put dissimuler son étonnement. Tugdual réagit avec plus de nuance.

— Je suis désolé, dit-il avec sincérité. Avant d'aller plus loin, nous devons réunir le Conseil des Anciens.

— Eh bien qu'attendez-vous ? s'indigna Litti.

— Mon garçon ! le gronda Jocquinius.

— Non, il a raison. Nous avons vécu trop longtemps à l'écart de tout et de tous. Si cette histoire n'est pas terminée, aussi longue soit-elle, nous devons en finir avec elle, maintenant.

— Et qu'allons-nous faire en vous attendant ? demanda Jocquinius.

Il n'y eut pas de réponse.

Les silhouettes avaient disparu, comme deux fantômes qui regagnent en un souffle leur sépulture. La lumière décrut brusquement. Les deux hommes purent enfin voir où ils se trouvaient.

C'était une plaine immense et d'un blanc immaculé. Plus qu'une sensation de pureté, elle diffusait le sentiment frustrant d'une grande désolation. Un désert dont la luminosité leur avait brûlé les yeux quelques secondes auparavant. La chaleur se fit plus présente, accablante. Litti n'avait jamais rien vu de tel et l'expérience vagabonde de Jocquinius l'avait mis une unique fois en présence d'un lieu approchant.

— C'est incroyable ! fit Litti.

— Et insupportable : je ne tiendrai pas longtemps ici.

— Et si nous étions prisonniers ?

— Je préfère ne pas y songer, mon garçon. Si seulement je pouvais boire…

Ils attendirent. Litti constata qu'il ne projetait pas d'ombre.

— Est-ce que ce lieu existe vraiment ? demanda-t-il.

— Il existe assez pour m'assécher le gosier.

— J'aurai vu tellement de choses… Des choses complètement folles.

— As-tu déjà vu un mage s'asseoir par terre, au beau milieu de nulle part ? rétorqua Jocquinius en se baissant jusqu'au sol.

Il s'assit en tailleur, passa ses mains dans le sable ; les grains étaient aussi doux que de la soie. Le mage le porta à ses narines : il ne sentait rien. Il fila entre ses doigts et disparut avant d'avoir touché terre.

— Oui, c'est peut-être une illusion, conclut Jocquinius.

Une illusion dans laquelle il dut patienter de longues minutes. La luminosité s'intensifia et les Triniciens comprirent que les Alfads revenaient vers eux. Jocquinius se leva en maugréant, se tenant le dos.

— Nous ne pouvons guère vous aider, commença Tugdual.

— Comment cela ? Il est impossible de compter sur vous ? Vous disiez pourtant tout à l'heure que…

— Attendez notre réponse avant de vous emporter ! Êtes-vous toujours si impatient ?

— C'est qu'il y a une menace en marche… Une menace à laquelle vous n'êtes pas étrangers.

— Oui, nous le savons, *merci*, ironisa Awena.

— Écoutez, Triniciens : les Talaris pourraient vous aider à lutter contre Tormaga.

— Pourraient ? Vous n'avez rien de plus sûr ?

— Non. Nous vous l'avons dit : nous sommes hélas les créateurs d'une chose qui nous dépasse.

— Ce n'est pas une chose. C'est un monstre et une arme.

— L'avez-vous déjà rencontrée ? demanda Awena. J'imagine que non… Parce que vous ne seriez pas là pour nous parler d'elle.

— Détrompez-vous : je suis allé sur le seuil de sa prison.

— Vraiment ? Voilà qui est intéressant…, dit Tugdual sur un ton qui n'excluait pas une certaine fascination. Pour y parvenir vous avez dû gagner la confiance des Ols…

— Nous connaissons Tormaga, continua Awena. Nous savons quel monstre elle peut être. Nous avons aussi compris que notre vanité aurait pu être la vôtre : il suffit d'entendre l'histoire des hommes depuis notre sacrifice pour savoir à quel point la sagesse n'a guère évolué.

— Donc, reprit Tugdual, les Talaris pourraient vous aider. Vous le saviez déjà : chacun d'eux possède un potentiel que vous avez appris à maîtriser au cours des âges. Ce ne sera pas suffisant. Les meilleurs d'entre vous auront beau s'opposer à Tormaga armés d'un Talaris, ce ne sera pas assez.

— Il faut les réunir, compléta Awena.

— Les réunir ? dit Litti. Mais la Pierre d'Ombre est sûrement en Galameh !

— Alors l'un d'entre vous doit se rendre dans le royaume d'Omok pour la rapporter ici.

— C'est de la folie…, dit Jocquinius. Imaginons que nous les ayons réunis ; comment les employer ensemble ? Il a fallu des siècles pour comprendre l'usage de chacun d'eux !

— Le Conseil des Anciens ne nous a donné aucune information à ce sujet.

— Eh bien retournez leur poser la question ! s'emporta Litti.

— Jeune Trinicien, le Conseil ne sait rien de plus, voilà ce que je voulais dire. Et voilà aussi pourquoi nous ne pouvons guère vous aider. Réunissez les Talaris et mettez-vous à l'écoute du monde.

— À l'écoute du monde ? reprit l'étudiant. C'est quoi ce charabia ?

— Litti ! tonna Jocquinius. Ça suffit.

Litti se renfrogna. Il était terriblement déçu. Fatigué, impressionné et abattu. Rien ne se passait comme il l'avait espéré. Rien. Même ses retrouvailles avec Iriane étaient gâchées.

— Merci, Awena, dit le vieux mage. Merci, Tugdual. Réunir les Talaris et nous mettre à l'écoute du monde, quoi que cela signifie… Et maintenant, comment remonter… parmi les nôtres ?

— Laissez-vous porter. Fermez les yeux et laissez-vous porter. Cette prison ne sera pas la vôtre.

— Bonne chance, ajouta Tugdual.

À peine avait-il prononcé ces mots que leurs fragiles silhouettes disparurent. Les deux voyageurs ressentirent une vive douleur derrière le crâne, comme si on avait essayé de les assommer. Ils perdirent connaissance un bref instant. Quand ils retrouvèrent leurs esprits, ils étaient à nouveau sur le dos du dragon.

— Eh ! s'exclama Ol-Tyron, surpris.

Il fit une embardée et Litti n'eut pas le temps de s'accrocher à la monture ou au second passager.

— Maître ! cria-t-il.

Il continua de glisser contre le cou de l'animal, tête la première. Les écailles de l'Ol ne lui offrirent aucune prise. Jocquinius comprit ce qui se passait derrière lui ; il saisit le capuchon de Litti, ne vit pas que le col étranglait maintenant le garçon. Sa main tenta d'agripper la sangle d'une sacoche. La trouva. Des points blancs dansèrent devant ses yeux. Il voulut crier à Jocquinius de le lâcher : s'il ne s'écrasait pas, il périrait asphyxié ! Ses doigts serrèrent un peu plus la sangle. Sa jambe glissa mais par chance son pied se prit dans une sacoche. Une seconde prise, dont il profita aussitôt en se hissant de quelques centimètres. Assez pour amoindrir un peu la pression sur le col et reprendre son souffle.

— J'étouffe…, dit-il à Jocquinius, qui lâcha aussitôt sa prise, saisit la pèlerine du garçon plus bas en poussant un gémissement tant la position lui était inconfortable : le vieillard eut l'impression que son dos allait céder.

Ol-Tyron comprit à son tour ce qui se passait et il inclina son vol. La gravité n'attirait plus Litti vers le sol mais le plaquait contre le cou de l'animal. Il s'écorcha les mains pour remonter en selle, centimètre après centimètre. Il y parvint juste à temps : le dragon dut de nouveau redresser son vol pour ne pas s'écraser sur la paroi toute proche.

Quelques secondes plus tard, Ol-Tyron se posait une nouvelle fois sur les aiguilles rocheuses qui se tendaient parallèlement au sol.

— Je n'y comprends rien, dit Ol-Tyron. Où étiez-vous passés ? Vous avez disparu pendant quelques secondes et j'ai cru que vous étiez tombés tout au fond.

— Quelques secondes ?

— Oui. Je descendais pour aller retrouver vos corps, pensant bien retrouver deux cadavres aplatis…

— Mais pour nous, ça a duré bien plus que quelques secondes ! dit Litti qui épongeait sa sueur avant de regarder l'état de sa jambe, enflée d'une multitude de cloques.

Il se demanda quel aspect elle aurait eu sans les onguents de son maître.

— Nous avons eu le temps de rencontrer les Alfads, poursuivit Jocquinius.

Le mage raconta leur improbable rencontre avec deux membres de la civilisation disparue. Assez improbable pour se demander s'il l'avait réellement vécue. Lorsqu'il eut terminé, le dragon proposa de s'éloigner au plus vite des lieux et de gagner la sortie.

— Il faut réunir ces Talaris dès maintenant.

Il poussa sur ses pattes colossales et déploya ses ailes. En deux battements il attrapa un courant chaud qui le porta vers le goulot minéral par lequel il s'était faufilé un peu plus tôt. Le franchir dans ce sens exigea beaucoup d'adresse et de témérité des trois compagnons.

La manœuvre fut un succès et ils posèrent pied de l'autre côté, sains et saufs. Jocquinius allait féliciter le dragon quand une horrible vision l'interrompit. Deux nuages noirs se déplaçaient rapidement au-dessus de leurs têtes. Les spores vivantes que Litti avait réveillées étaient maintenant des dizaines de milliers. L'un des deux nuages changea brutalement de direction. Il fonçait vers le trio.

* * *

Depuis que ses compagnons étaient partis, Galann s'interrogeait. Pourquoi le monde générait-il de telles monstruosités ? Autrement dit, quel intérêt avaient les hommes à préférer les conflits à la paix ? Alors qu'il était un mage bien établi dans l'Ordre, la question lui aurait semblé pathétiquement enfantine. Aujourd'hui il en allait différemment : le monde venait d'être secoué par des crimes sans équivalent. Ce qui avait eu lieu à Corall-Medding s'était produit ailleurs, il en était certain.

Il avait quitté l'ordre des Triniciens lorsqu'il en était un membre éminent. Les querelles intestines, l'ambition personnelle… tout cela composait le quotidien de Haut-Temple et des monastères uliques. Et à l'époque d'Adrian, avant que l'empereur tente de supprimer toute la hiérarchie, l'union sacrée n'avait pas résisté à l'épreuve de l'exil. Quant à l'instauration des deux Chambres qui veillaient au sort des Territoires, après la chute de l'empire, elle signait le départ de nouvelles luttes pour le pouvoir.

Golan Tark ne pouvait endosser à lui seul cette ambition démesurée. Galann était persuadé que si l'unité et des desseins moins personnels avaient conduit les Triniciens, Haut-Temple n'aurait pas été abattu.

— Et maintenant, toute la ville n'est que poussière ! dit-il pour lui-même.

Galann ne savait pas combien de temps il tiendrait sous la protection de ce Vide étrange où la magie était abolie. L'ancien mage était aveugle et ne pouvait employer ses pouvoirs pour pallier ce handicap. Ses compagnons étaient partis depuis plusieurs jours. Rester seul ici revenait à se suicider. À moins que Jocquinius réapparaisse bien vite.

— Allez, avoue que tu n'y crois guère !

Le Sarment du Temps demeurait sous la tente où Jocquinius avait élu domicile. Galann l'avait saisi, trop curieux pour résister à la tentation. Hors de son étui, l'artefact n'était qu'un bout de bois fossilisé. Et sans pouvoir dans cette partie du monde ! Il se refusa toutefois à l'emporter hors de la hêtraie, par loyauté envers Jocquinius, bien que pour Galann, l'objet symbolisât la vanité et la vacuité des ambitions humaines, et rien d'autre.

Et si le mage ne revenait pas ? Il restait assez de vin, aussi aigre soit-il, pour se soûler deux semaines durant. Galann pourrait oublier sa propre fin dans l'ivresse. Une solution acceptable.

— Eh bien, nous verrons ! dit-il avec ironie.

Il claqua ses cuisses et se leva péniblement, quitta l'abri du Vide étrange : il voulait voir de ses propres yeux – du moins, avec l'aide des pouvoirs qui lui permettaient de dépasser son handicap – la lisière de cette végétation généreuse. Il n'eut qu'une dizaine de mètres à parcourir pour se trouver au milieu des arbres détruits par la vague d'énergie meurtrière. Aussitôt il ressentit tout le tragique de ce décor de cendres. Jusqu'où s'étendait-il ? Est-ce que seuls les Vides étranges avaient été préservés ?

— Je ne le saurai jamais. Et à quoi bon, de toute façon ? Ma vie est ici…

Il rit à cette seule pensée. Puis se dit qu'il pourrait attacher quelques cruches sur son dos et remonter dans Grève-Pieds pour y terminer ses jours.

Juste au moment où ces idées noires le troublaient, le ciel s'obscurcit. La lumière réapparut aussi vite, disparut à nouveau comme si des nuages rapides occultaient le soleil à tour de rôle. Il leva la tête. Ce n'étaient pas des nuages qui tournoyaient au-dessus des bois de Medding.

* * *

Les nuages de spores étaient tout proches. On ne les entendait pas et ils donnèrent fugitivement à Litti l'impression d'une mort silencieuse. Il déclencha une matrice en même temps que Jocquinius. Les sphères magiques se développèrent tels deux œufs de lumière. Litti n'avait pas le savoir ni la maîtrise du vieux mage et il avait lancé un sort moins puissant, quoique à même de provoquer de graves brûlures.

Le premier nuage se densifia : plus étroit, il adopta la forme d'un trait qui fonça vers l'équipage. Litti ouvrit le feu.

— Attends ! cria Jocquinius.

Trop tard. La foudre quitta la matrice, s'envola à la rencontre du trait venimeux. Et la manqua : comme si une conscience commune les animait, les créatures évitèrent l'attaque. L'éclair poursuivit sur sa lancée et frappa d'autres champignons, agglutinés contre une paroi. Une courte explosion vint à bout d'une dizaine de ces végétaux mais elle libéra dans le même temps deux fois plus de spores. Un nouveau nuage s'en dégagea.

— Par Omok ! s'écria Litti, comprenant son erreur.

Ol-Tyron s'élança et les deux Triniciens s'agrippèrent comme ils le purent pour ne pas chuter.

— Je vais les prendre de vitesse ! expliqua le dragon.

Peine perdue : les spores abandonnèrent leur configuration en flèche pour s'étendre en un anneau qui les entoura aussitôt, et les deux autres nuées semblaient attendre leur tour en retrait. Ol-Tyron cracha son feu en même temps que Litti le sien. Les flammes du dragon corrompirent la magie trinicienne et c'est affaiblie que cette dernière traversa le nuage mortel.

Constatant leur maladresse, Jocquinius leur ordonna :

— Occupez-vous de ceux qui arrivent de notre droite, je me charge des autres !

— Compris…

Ils reprirent leur attaque. Les flammes de l'Ol carbonisèrent la moitié d'une nuée. Les rescapées battirent en retraite et rejoignirent les autres formations comme pour y chercher des renforts. Jocquinius eut plus de peine à diriger son attaque ; l'éclair de la matrice ne condamna que les premiers rangs car il craignait de répéter la même erreur que Litti.

Manquant d'espace, Ol-Tyron se maintenait difficilement en vol. Au-dessus de lui, les spores se rassemblaient, formant un bouchon qui obstruait la cheminée. Soudain, un nouveau trait noir quitta cette nuée dense et se précipita à l'assaut. Ol-Tyron s'inclina dangereusement, perdit le peu d'altitude qu'il avait gagnée. Jocquinius voulut relancer le feu matriciel ; il avait perdu de vue la sphère magique et il manqua son coup. Les spores atteignirent la queue du dragon, cherchèrent sans le trouver un passage sous les écailles qui leur opposaient une protection efficace. Un millier d'autres filaient déjà vers les deux hommes. Qui s'ébrouèrent aussitôt comme si leurs vêtements avaient pris feu.

Le vol du dragon était de plus en plus désordonné. Il frôla une paroi, racla la pointe d'une aile contre les pierres qui émergeaient de la masse des champignons.

Un grondement profond attira son attention vers le sommet ; il le reconnut sur-le-champ. Là-haut, l'épaisseur de la nuée s'amenuisa brusquement tandis qu'une lueur d'un orange vif brillait derrière elle : une partie du nuage venait d'être réduite en cendres. Ce qui restait du « bouchon » se dispersa, laissant la place à deux immenses créatures ailées.

— Des Ol-Mentias ! s'exclama le dragon. Des Ol-Mentias sont avec nous !

Les spores peinaient à se regrouper en une formation dangereuse, comme si cette attaque aussi soudaine qu'efficace avait tué les généraux d'une armée, désorganisant ses troupes. La voie était libre.

* * *

Les trois Ols, les deux Triniciens et l'aveugle se retrouvèrent à la nuit tombée sous la protection du Vide étrange, près de l'ancienne cité impériale.

Jocquinius et Litti en étaient quittes pour des chapelets de cloques, que le mage désinfecta puis apaisa avec des onguents. Jocquinius se demanda s'il avait croisé ces individus majestueux lors de son séjour dans les montagnes talaxiennes. Humains et dragons se regardaient avec un mélange de curiosité et de respect, que mâtinait un peu de méfiance.

Ol-Nito était à la fois plus petit et plus fin qu'Ol-Tyron et sa carapace tirait vers un émeraude plus ou moins vif selon l'orientation de la lumière. Il raconta les événements terribles qui les avaient, Ol-Drumond et lui, conduits ici. Quand il en eut terminé, Ol-Tyron ne put dissimuler sa profonde tristesse et des larmes coulèrent de ses grands yeux.

— Combien y a-t-il de survivants ? demanda Jocquinius, qui avait posé sa main contre le cou de son ami ailé en un geste de sympathie.

— Parmi les Ol-Mentias, sans doute moins d'une dizaine. Ol-Drumond et moi avons réussi à quitter les grottes assez vite.

— Et les autres clans ?

— Je n'en sais rien. Je ne pense pas que Tormaga s'intéresse particulièrement aux Ols. C'est comme si elle avait juste voulu se venger de ses gardiens.

— Et seuls les Ol-Mentias lui tenaient compagnie, n'est-ce pas ?

— Oui, tout à fait.

— Vous ne pouviez pas demander de l'aide aux autres clans ?

— Tout est allé si vite ! Et nous n'allions pas mettre en danger d'autres Ols. La fuite était la seule solution…

— Parmi les quatre autres clans, trois n'ont jamais trop compris ni accepté notre mission ancestrale, ajouta Ol-Drumond dont la carapace d'un rouge vif était composée d'écailles si étroites et fines qu'elle paraissait lisse. Quant au quatrième, il vit beaucoup trop loin de nos grottes.

— Folie, folie, folie…, répétait Galann pour lui-même en secouant la tête.

D'abord surpris par l'apparition des deux dragons, il avait vite compris qu'ils ne lui voudraient pas plus de mal qu'Ol-Tyron. Galann leur avait alors brièvement raconté ce qu'il savait et les exilés avaient décidé de partir à la rencontre de leur compagnon, dans cette cheminée qui s'ouvrait au sommet du mont Corall.

— Où sont allés les autres ? demanda Ol-Tyron.

— Certains sont descendus vers le sud, d'autres s'enfoncent plus à l'est…

— J'ai bien peur d'avoir perdu leur trace, regretta Ol-Drumond.

— Vous pouvez communiquer ?

— Si on veut, répondit Ol-Tyron. Pas au point d'avoir le genre de conversation que nous tenons en ce moment même. En fait, il s'agit plus d'une présence. Une sorte de signal qui nous indiquerait où l'un de nous se trouve.

— Dommage…, dit Jocquinius. J'aurais bien aimé connaître la situation à Havoc.

— À mon avis, il ne fait pas bon traîner là-bas. Si les dragons n'ont pu s'opposer à Tormaga, que feront des hommes désarmés ?

— Je ne sais pas. J'aimerais mieux le savoir ! Nous avançons dans le brouillard.

— Comme des aveugles, ajouta Galann. Voilà ce que vous pouvez dire, très cher mage.

* * *

Le lendemain de leurs aventures dans le monde des Alfads, Litti se sentit encore plus déprimé que la veille. Iriane était partie et il resterait sans nouvelles d'elle pendant une durée indéterminée – peut-être n'en aurait-il même jamais plus ! Les Alfads leur avaient parlé, certes, mais pour leur dire de mettre la main sur un objet qui se trouvait chez Omok. Et c'était sans compter ces cloques douloureuses !

— Maître, demanda-t-il sous la tente, alors que Jocquinius venait de se redresser et s'apprêtait à se lever.

— Oui, mon garçon ?

— Comment allons-nous faire ?

— Faire quoi ? Sauver Elamia ? Nous sauver nous ? Ce qui reviendrait au même, je le crains…

— Rapporter un objet de Galameh.

— À supposer que nous y parvenions, je n'ai pas la moindre idée de l'usage que nous devrions en faire.

Le mage s'étira. Il avait prononcé cette phrase avec un détachement qui surprit Litti.

— Et c'est tout ? demanda le jeune homme.

— Et c'est tout *quoi* ?

— Vous n'avez pas un plan ?

— Non.

— Mais enfin, il va bien falloir faire quelque chose !

— Oui : t'entraîner un peu mieux ; ton utilisation de la magie trinicienne était fort peu… efficace hier.

Litti poussa un long soupir avant d'avouer :

— Oui. Ce n'était pas très malin.

— Il te reste beaucoup à apprendre avant de devenir mage. Même si Yonastelli semble t'avoir entraîné loin sur le chemin de la connaissance…

— Vous allez m'enseigner de nouveaux sorts ?

— Oui.

— Tous les dessins ont été détruits ! Ceux des monastères uliques comme les reproductions de maître Yonastelli…

— Tu n'as pas besoin de connaître toutes les matrices. Nous allons déjà voir comment employer à bon escient celles que tu maîtrises. Et si nous trouvons de quoi écrire ici, je pourrai moi-même reproduire quatre ou cinq images mentales qui te serviront beaucoup. Pourvu que tu aies la patience et la sagesse nécessaires à leur utilisation…

Jocquinius avait ajouté cette précaution par pure forme : patience et sagesse n'étaient plus de mise dans un monde aussi sauvage que celui qui les accueillait désormais.

— Et je crois posséder quelques dessins chez moi, dit soudain Galann, qui se trouvait à l'entrée de la tente.

— Vous nous espionnez, très cher ? demanda Jocquinius.

— Vous parlez un peu fort, voilà tout.

— Mmm… Oui, sans doute.

— C'est vrai ? s'exclama Litti.

— Que vous parlez un peu fort ?

— Mais non ! Que vous avez des dessins de matrices !

— Probablement. Comment en être sûr, sinon en allant chez moi ?

— À la bonne heure ! dit Jocquinius. Mais avant de commencer, j'ai une requête à adresser à nos amis dragons.

— Quel genre, maître ?

— J'aimerais assez qu'ils rejoignent nos deux amies.

— Vous voulez parler d'Iriane et de Julipen ?

— Que dirais-tu si l'un d'eux les emportait à Estebellia ? Tout le monde gagnerait du temps, non ?

Le visage de Litti s'éclaira. Deux notes d'espoir venaient enfin de tinter dans le chant lugubre des dernières heures.

Chapitre 3

Ol-Lohan rêva.

Il rêva de liberté. Le dragon volait au-dessus de ce lac des cimes où Golan Tark avait débouché puis était reparti ; cette fois, l'étendue d'eau n'était qu'un terrain de jeu où ses congénères traçaient des motifs éphémères, à la pointe de leurs ailes. C'était à celui qui dessinerait le plus beau et le plus complexe réseau d'ondes.

À quelques dizaines de mètres, décrivant des cercles lents, des adultes bienveillants contemplaient les évolutions de leurs cadets avant de juger leurs performances. Parmi ces adultes se trouvaient les parents d'Ol-Lohan. Impossible de déterminer leur clan à cette distance.

Puis Ol-Lohan manqua une manœuvre et il chuta dans le lac glacial. Ses ailes immenses ramèrent pour le maintenir à la surface mais il n'y parvint pas. L'eau pénétra par ses naseaux. Il voulut crier, sa gueule s'emplit d'eau à son tour. Il se noya tandis que ses parents, là-haut, n'esquissaient pas le moindre geste pour le sauver.

Il s'éveilla avec un mal de crâne atroce. Ce n'était rien pourtant en comparaison de ce qui l'attendait ce matin-là.

— Eh ! gronda Tormaga. Qu'est-ce que tu fais ?

La Mère des Tourments était assise sur un rocher quelques mètres au-dessus du dragon, à l'abri d'une niche naturelle. On aurait dit une idole d'une beauté surnaturelle que seules gâchaient ses dents jaunies et sa langue noire. Quel pèlerin serait monté jusque-là pour l'idolâtrer ? Dans leur folie, des hommes auraient sûrement trouvé de quoi célébrer une créature aussi cruelle, songea Ol-Lohan.

— Je dormais… Maîtresse.

— Oui, j'ai vu, merci ! Et j'ai entendu… Tu ronflais horriblement. Eh bien maintenant, l'aube s'est installée, non ?

Un trait blême colorait l'Orient, tandis que partout ailleurs dans le firmament d'épais nuages conservaient encore la noirceur nocturne.

— Oui, Maîtresse. Il fera bientôt jour.

Tormaga se redressa et, sur ses pieds nus et adroits, franchit les quelques mètres qui la séparaient de sa monture. Parvenue à sa hauteur, elle posa la main sur lui. Aussitôt, le dragon eut un réflexe de repli, alors qu'une douleur cuisante s'épanouissait entre ses épaules pour gagner son long cou et, de là, sa nuque.

— Ah, je vois que tu avais oublié notre… lien. Je t'ai laissé un peu de répit et maintenant que le jour se lève, je rétablis les termes de notre relation. Cela te convient-il, lézard ?

La douleur avait comme scellé les mâchoires de l'Ol. Pourtant, une vague de souffrance plus intense lui parcourut l'échine et il sut, derrière le brouillard de sa peine, qu'il devait répondre très vite afin de ne pas endurer pire encore.

— Oui, Maîtresse. Cela… cela me convient, Maîtresse.

— À la bonne heure.

Tormaga sauta derrière sa collerette et lui intima l'ordre de s'envoler. Le dragon poussa sur ses pattes avec moins de force qu'il n'en était capable : il ne devait pas jeter à terre sa cavalière. Tel était le contrat. Elle seule pouvait éteindre le feu qui le ravageait minute après minute. Il déploya ses ailes membraneuses qui claquèrent dans le vent. Tormaga poussa un cri, mélange de peur et d'excitation. L'air soutint enfin l'animal soumis.

Ol-Lohan inspira profondément. Le froid matinal ne le soulagea pas tout à fait mais c'était mieux que rien. Il entrouvrit la gueule, tendit sa langue fourchue ; elle était aussi sensible que le plus fin des nez. Grâce à elle, il estimait la qualité de l'air, repérait des proies, mesurait même la maladie d'un congénère. Certains affirmaient que les plus sensibles de ces appendices pouvaient lire le temps. Ol-Lohan n'en savait rien. Pourtant il aurait plus que jamais aimé connaître son avenir. Pour l'heure, la douleur opposait un mur infranchissable à cet horizon.

Obéir.

Il l'avait toujours fait avec zèle. Nul besoin de le torturer pour l'y contraindre.

Il traversa des nuages. De l'humidité se déposa sur ses minces antennes et ses moustaches. Elle se transforma en givre et il secoua la tête pour s'en débarrasser. D'habitude, il aimait cette sensation qui le réveillait au petit matin. Il n'y trouva aucun réconfort.

Sous les nuages se déroula une vallée étroite, telle une langue verte. Des parcelles y étaient cultivées et des parterres de fleurs multicolores donnaient une lumière inattendue à ces lieux austères. Pourtant, l'endroit paraissait désert, à l'exception d'un refuge en pierre. De la cheminée montait une fumée grise.

— Qui habite là ? demanda la Mère des Tourments.

— Un ermite, Maîtresse.

— Un ermite ? Tu veux dire, un exilé volontaire ?

— Oui, Maîtresse. Je crois qu'on peut appeler ça ainsi.

— Quelle drôle d'idée… S'isoler dans les montagnes. Décider de ça. Faut-il être complètement fou ! Ou idiot… Va te poser là-bas.

— Près de l'abri, Maîtresse ?

— Bien sûr !

— Vous… vous n'allez pas le tuer, Maîtresse…

— Eh bien, le lézard ! Qu'est-ce que ça peut te faire ? Il s'agit d'un humain, non ? Et depuis quand le sort de ces pitoyables créatures t'intéresse-t-il ?

La voix de Tormaga était chargée de morgue. Mieux valait ne pas provoquer la cavalière.

— Il ne m'intéresse pas, Maîtresse. Je… je pensais simplement que vous étiez pressée de… d'arriver.

— Alors ne pense plus ! Ça vaudra mieux pour toi et ça m'évitera d'avoir à tout t'expliquer.

Tormaga venait d'avoir une idée. Cruelle et macabre.

Un petit jeu pour moi et une épreuve pour ma monture.

Ol-Lohan se posa à une vingtaine de mètres de ce qui ressemblait à une minuscule maison. Il fit en sorte de se présenter face à l'ouverture, afin que l'habitant les voie. S'il ne pouvait influencer les décisions de Tormaga, il laissait au moins une chance à l'ermite de préparer la rencontre. Ça n'était pas grand-chose, cependant le dragon avait le sentiment que cette minuscule résistance était un peu de mou sur sa laisse.

Il ne voulait pas que l'ermite meure. « Il s'agit d'un humain, non ? » avait fait Tormaga, sans laisser Ol-Lohan répondre. À peine Tormaga s'était-elle éloignée de sa monture que le montagnard quitta sa maison.

Ce n'était ni un homme ni une femme.

— Qui es-tu pour troubler ma quiétude ? lança l'individu trapu, couvert de longs poils beiges et doté de quatre bras.

Piquée au vif, Tormaga fronça les sourcils et grogna. Elle leva le bras droit, paume ouverte, et invoqua un sort-démon. L'air se troubla à deux mètres d'elle, comme si une onde sismique s'était propagée depuis sa main. Une forme bâtarde apparut, dont les membres étaient des moignons et la tête des plaies suturées à la hâte. Elle ressemblait aux spectres galaméens.

La forme se jeta au-devant de l'ermite, des crochets suintants au bout de ses moignons. Elle n'avait pas parcouru trois mètres qu'elle ulula sinistrement, se ramassa sur elle-même avant d'exploser, laissant une béance noire qui tarda à se résorber.

Tormaga demeura interdite et l'ermite reprit :

— Je t'ai posé une question et tu me réponds par une injure ? J'étais de mauvaise humeur, ce matin ; maintenant, je suis en colère.

L'herbe grasse se souleva autour de Tormaga et l'air s'assombrit. La Mère leva les yeux pour constater que le ciel se bouchait de masses violacées. Elle reporta son attention sur l'ermite.

— Tu es ici chez moi, reprit ce dernier. Je ne t'ai pas demandé de me rendre visite. Tu comptais faire quoi avec cet Ol ? Je contrôle tout ici. Comme un maître en son domaine. Ne prends pas cet air étonné : tu avais à peine survolé cette vallée que j'ai appris ta présence. La montagne me parle, les nuages me parlent. L'herbe me parle…

— Et les lapins aussi, n'est-ce pas ? railla Tormaga. Toutes les petites bêtes de la vallée sont tes amies…

L'ermite secoua la tête, sourcils froncés. Il ne connaissait pas l'humour, encore moins l'ironie.

— Je pourrais les embrocher un à un tes « amis », ajouta Tormaga avec un sourire éloquent. Et je terminerais par toi. À la pointe de la broche… ! Ça me ferait un délicieux déjeuner, bien qu'un peu… *gras*.

Cette fois, l'air tourbillonna autour de l'intruse. Un courant extrêmement rapide qui arracha sa mantille, décrocha les pampilles de ses boucles d'oreilles. La bouscula avec assez de violence pour la jeter au sol. Elle se reçut sur les genoux. Sa traîne noire et ses jupons flottaient autour de sa silhouette élégante au point de la masquer. D'où se trouvait Ol-Lohan, on aurait dit une corolle sombre, que secouait une bourrasque. L'attaque de l'ermite soulagea un peu le dragon de l'emprise de Tormaga et il en profita pour s'éloigner de quelques pas.

Très vite pourtant la Mère des Tourments reprit la laisse en main. Un éclat de douleur le frappa derrière la tête, comme si elle lui avait lancé un « Reste là, toi ! » Ol-Lohan se tassa, ailes repliées sous lui. Il ne prêta pas attention aux éclairs que fomentaient les énormes formations couleur d'ecchymose au-dessus de l'arène rocheuse : il avait mal, si mal qu'il aurait pu se trouver au fond de l'océan, en plein désert ou parmi les siens que cela n'aurait rien changé à sa détresse.

— Qui es-tu ? demanda Tormaga.

— Je ne t'entends pas.

L'ermite s'était avancé de quelques pas. Ol-Lohan le vit du coin de l'œil. Il le connaissait. Mal, mais il l'avait déjà rencontré. C'était un être bourru, n'appréciant la compagnie qu'à des moments courts et choisis, passant le plus clair de son temps à méditer au-dessus du vide quand il ne bougonnait pas en ressassant d'obscurs souvenirs connus de lui seul ; pourtant jamais il ne s'était pareillement mis en colère. Il avait dû sentir le danger en Tormaga, sa vilenie extrême.

Je n'aurais pas dû venir par là, regretta le dragon.

Tormaga avait exigé qu'il emprunte des chemins détournés pour minimiser les risques de croiser d'autres Ols.

— Je ne te connais pas, répéta la Mère des Tourments. Qui es-tu ? D'où tiens-tu tes pouvoirs ?

— Ça fait beaucoup de questions. Je suis celui que tu viens déranger et injurier. Mon nom est Jalinn, mais quelle importance ça a pour toi ?

Le tourbillon ralentit autour de l'intruse, ses vêtements retrouvèrent leur place. La mantille s'était envolée au loin mais Tormaga rappela les précieuses perles rouges de ses boucles d'une simple pression mentale. Elle les serra entre ses poings fermés. De la lumière en naquit en pulsations de plus en plus rapides, si bien que l'extrémité de ses bras se teinta de cette luminescence.

— Arrête ça tout de suite ! ordonna Jalinn.

Tormaga releva la tête vers son adversaire. Le visage au front bombé et aux yeux rapprochés de Jalinn portait une expression de colère enfantine.

— Meurs…, fit Tormaga entre ses dents.

En un mouvement d'une grande agilité elle projeta ses pampilles ensorcelées vers l'ermite. Elles fusèrent tels deux projectiles enflammés. Jalinn était aussi rapide que son adversaire : il leva une main et les pampilles le contournèrent comme si un champ magnétique protecteur l'avait entouré. Elles achevèrent leur course dans sa maison. La construction explosa, projetant des millions de pierrailles. Si Jalinn n'avait pas maintenu le champ protecteur une seconde de plus, son dos et sa tête auraient été criblés d'éclats.

Tormaga pesta : il ne serait pas si facile de vaincre ce curieux personnage dont elle ne savait toujours rien et qui ne voulait rien révéler. La connaissance l'aurait aidée à le supprimer et l'ignorance était, comme elle l'avait jadis enseigné à Golan Tark, un frein au pouvoir. Mais elle n'avait pas dit son dernier mot. Il lui restait une arme à laquelle Jalinn ne résisterait pas, car il n'imaginait même pas son existence.

— Pourquoi détruis-tu ma maison ? demanda Jalinn avec une désarmante naïveté.

Lui qui avait si longtemps vécu à l'écart des passions de ses contemporains ne pouvait plus comprendre une telle cruauté.

Tormaga s'était relevée.

— Il faut une raison pour s'amuser, maintenant ? Je suis la véritable maîtresse de ce monde, et quand je veux jouer, je joue. Sans rendre de comptes à qui que ce soit.

Le ciel tonna au-dessus de la vallée. Les cimes disparaissaient dans les nuées à présent. On aurait dit qu'une nuit précoce était tombée. Des éclairs jaillirent d'un nuage et disparurent aussitôt dans un autre.

— Tu n'es la maîtresse d'aucun monde. Et moi, je suis le maître de cette vallée.

— Allons donc… Regarde plutôt ce que j'en fais, de ta vallée.

En quelques syllabes, Tormaga invoqua l'aile d'ombre qui avait réduit à néant les compagnons d'Ol-Lohan. Ce furent des syllabes déchirantes, comme les cris d'un animal blessé, à l'agonie. Le sort-démon se matérialisa dans le ciel, occupant un tiers de la vallée, ajoutant de l'ombre à l'ombre. Les mêmes paires d'yeux rougeoyèrent aussitôt et la créature se mit en mouvement, fonçant vers le sol à gauche de Tormaga. Lorsqu'elle entra en contact avec lui, l'herbe se dessécha immédiatement et les champs que cultivaient Jalinn devinrent aussi stériles que la terre après le passage d'un incendie. Les fleurs se racornirent, les buissons perdirent leurs feuilles.

Tormaga ne tourna pas le regard pour apprécier l'œuvre du sort-démon. L'ermite ne put dissimuler son effroi. Il trouva néanmoins la ressource de commander aux nuées et un éclair tomba du ciel. Il frappa l'aile noire avant même que le tonnerre n'atteigne l'oreille des combattants. Le sort-démon ne put s'opposer à la fureur céleste et il se recroquevilla comme une feuille dans un feu vif.

Jalinn avait marqué un point ; il aurait pu le savourer s'il avait conservé la tête sur les épaules. Mais celle-ci roula à terre. En un ultime mouvement les yeux de l'ermite se tournèrent vers son agresseur : Ol-Lohan lui-même venait de lui trancher le chef à l'aide de ses serres aiguisées.

Ol-Lohan n'avait été qu'un instrument aux mains de Tormaga. C'était comme si elle lui avait montré que l'origine de ses douleurs était Jalinn lui-même. Et le dragon avait trouvé une réponse « adéquate », tandis que le sort-démon avait détourné l'attention de l'ermite.

Maintenant que Jalinn gisait mort à ses pieds, le brouillard de sa folie passagère se dissipa aux yeux d'Ol-Lohan : il regardait sans comprendre le corps décapité.

Le dragon ne connaissait pas grand-chose de cette créature ; il en savait assez pour affirmer son innocence.

— Bravo ! cria Tormaga. Bravo le lézard !

Elle applaudissait en marchant vers lui, sous les nuées qui grondaient encore et se retiraient, spectateurs déçus par l'issue du combat. Sa monture avait passé l'épreuve avec succès. Quant à elle-même, elle avait affiné ses techniques de combat tout en affermissant son emprise sur le dragon.

Ol-Lohan la regarda. Il était immobile. Incapable du moindre mouvement. Ses jambes étaient des racines ancrées dans la terre de Jalinn. Le dragon pouvait sentir la peine de cet humus profondément lié à l'ermite. Une terre orpheline. Chaque graine, chaque insecte, chaque tige pleurait l'étrange jardinier.

Le dragon regardait la démente et se demandait pourquoi elle le félicitait. Il se sentait si fébrile et nauséeux… Le mal blanc : était-ce donc ça ? Les dragons qui en étaient atteints poursuivaient leurs congénères, ivres d'une violence injustifiable.

J'ai tué Jalinn.

Tormaga était proche. Elle riait à gorge déployée, les mains serrées contre sa poitrine.

— Quelle victoire ! s'exclama-t-elle. (Puis elle passa son index contre son cou d'un geste éloquent.) Tranché net ! Tu as de la ressource, pour un Ol…

J'ai tué Jalinn. Parce qu'elle me l'a ordonné.

La fureur prenait la place de la surprise et de l'incompréhension.

Je ne sais pas comment elle s'y est prise. Mais je lui ai obéi.

— D'accord, je t'ai un peu aidé, confirma Tormaga. Regarde-moi ça !

Elle s'arrêta. Donna un coup de pied dans le crâne de l'ermite. La tête roula entre les pattes d'Ol-Lohan.

— J'avoue avoir douté à un moment ; mais tu n'as pas démérité et je vais peut-être réussir à faire quelque chose de toi, hideuse créature !

— Pourquoi ? demanda-t-il. Pourquoi tuer Jalinn ?

La Mère des Tourments changea d'expression : la plus grande sévérité marqua ses traits. Aussitôt une douleur d'une acuité terrible frappa le dragon, comme une lame plongée derrière sa collerette. Terrassé, il tomba sur le flanc, froissant son aile sous lui. Une nouvelle vague succéda à la première, encore plus pénible, s'étendant plus loin le long de son échine jusqu'à l'extrémité de sa queue.

— Tu me déçois, répliqua Tormaga. Au moment même où je commençais à te trouver des qualités, tu me déçois. C'est moi qui devrais poser cette question : pourquoi ? Pourquoi as-tu oublié l'essentiel ? POURQUOI ?

Étendu sur le sol desséché, dans la froideur d'une vallée rendue aride en quelques instants, Ol-Lohan ne voyait que la tête décollée de sa victime. Jalinn. Son regard interrogateur figé pour l'éternité. La question de Tormaga résonnait en Ol-Lohan comme une musique funèbre. Celle qui aurait accompagné sa propre mort. Pourquoi avait-il oublié l'essentiel ? Ce qu'était l'essentiel… Un bout de vallée perdue en Talaxania ?… Des amis réduits en cendres ?… La douleur : tel était l'essentiel. Elle ne lui échappait pourtant pas ! Elle était là, encore et toujours. Il ne risquait pas de l'oublier : sa maîtresse…

— Maîtresse…, dit-il en un souffle.

— Pardon ? Parle plus fort, je ne t'entends pas.

— Maîtresse, répéta le dragon, étourdi de peine.

Il y eut un léger relâchement dans le supplice.

— D'accord, concéda Tormaga. Va pour cette fois. Ça n'est pourtant pas compliqué, tu n'as qu'un mot à retenir ! Tu vois la peine que tu t'infliges à toi-même pour avoir oublié un mot aussi simple ? Ne t'avise pas de l'oublier à nouveau. Ou bien tes ailes mêmes te paraîtront un incendie accroché constamment à tes flancs.

La Mère des Tourments dépassa le dragon, grimpa sur l'amas de pierres de ce qui fut le refuge de Jalinn pour s'y asseoir.

— Maintenant, je suis fatiguée. La journée vient à peine de commencer et je suis déjà fatiguée. Tu peux croire ça, dragon ?

Ol-Lohan était toujours au sol. Il articula péniblement une réponse ponctuée de l'indispensable « Maîtresse », mais Tormaga n'y prêta pas attention.

— Invoquer ces sorts-démons me prend trop de force. Et si je veux rejoindre l'île du Temps en pleine possession de mes capacités, j'ai intérêt à m'économiser. Les Alfads ne m'ont pas appris la mesure. Tu sais ça ? La mesure est une notion bien ennuyeuse mais elle est indispensable à la conquérante que je suis. Il me faut un moyen de conserver de l'énergie. En quantité. Et j'ai une idée pour ça. Ou plutôt j'ai quelqu'un. Oui, quelqu'un… Il faudra aller le chercher.

Le dragon essaya de suivre le monologue de la démente. Non qu'il s'intéressât à ses propos : il voulait juste s'assurer qu'elle n'attendait pas de réponse de sa part. Pour rien au monde il n'aurait voulu manquer le « Maîtresse » exigé. Car lui aussi avait besoin de repos et le prix à payer pour un oubli était trop important. Même si la brûlure insane le taraudait encore, elle avait assez diminué pour lui permettre de ne plus haleter. Voilà un répit dont il fallait profiter. Il ne parvint tout de même pas à desserrer les mâchoires.

Puis, au bout d'un temps qui lui parut trop long, Tormaga se tut enfin. Ol-Lohan n'osa pas se retourner. Il la sentait derrière lui. *En* lui. Et c'était suffisant. La pression baissa encore d'un cran. Le dragon relâcha les muscles de son cou et entrouvrit la gueule pour laisser sa langue pendre. Ce que sentit l'organe lui déplut : le parfum de la déliquescence et de la mort.

J'ai tué Jalinn.

Bientôt il fut midi. Aucun insecte, aucun charognard n'avait approché le corps sans vie du jardinier, dont les quatre bras s'étendaient autour de lui. De là où il se trouvait, Ol-Lohan ne pouvait voir que la nuque de la tête tranchée. En séchant, le sang avait noirci sur les poils beiges. Le dragon peinait à se concevoir comme l'exécuteur de l'ermite. Pourtant un jour – bientôt – il ferait pire que cela. Bien pire.

Pour l'heure, l'instant de la décapitation sauvage s'était éloigné dans une brume oublieuse et salutaire.

Le dragon s'endormit enfin, d'un sommeil agité, dont les songes furent manipulés par la douleur magique.

* * *

Havoc se dressait au pied des premiers contreforts talaxiens. Bien qu'elle fût écrasée par les proportions monumentales du paysage, la cité n'en dégageait pas moins une majesté exotique.

Ses dômes polychromes s'élevaient en multipliant le feu du couchant. La maîtrise et le goût des artisans havociens égalaient ceux des Estebelliens. La variété différenciait Havoc. Estebellia étalait fièrement la joliesse de son unité. Havoc prenait ce qu'il y avait de meilleur parmi tous les peuples qui se retrouvaient en ses murs, des peuples venus pour commercer ou débuter des aventures incertaines vers les marais de Tharang ou au cœur des chaînes où de rares villages produisaient des denrées plus rares encore.

Cité-État, la Talaxienne contrôlait des territoires plutôt déserts mais non dénués de richesses : minerais et bois précieux, quelques biens manufacturés avec tout le génie de ses artisans. Havoc accueillait moins d'autochtones que de voyageurs et nombreux étaient ceux qui y posaient définitivement leurs sacs, apportant avec eux le savoir de plusieurs générations. Adrian l'avait bien compris et s'il ne s'était pas attaqué à Havoc en tout premier lieu, c'était surtout parce qu'elle était établie loin à l'est.

Le jeune empereur voyant n'avait pas conquis Havoc ni les Havociens. Son armée avait brûlé dans un brasier infernal. Soldat après soldat. Dévorant les meilleurs officiers et les simples fantassins avec la même indifférence. Adrian n'avait jamais su d'où venaient ces flammes infernales. Aucun projectile n'avait été lancé depuis les murs de la cité. Aucun orage n'avait pris possession des cieux. Le phénomène n'avait rien eu de naturel. À quoi l'imputer ? Adrian n'avait pas eu le temps de s'interroger : la folie avait ravagé son esprit conquérant et il s'était enfui vers l'ouest, avant de prendre la mer et d'être vendu comme esclave en Anakann.

Adrian n'avait rien su des origines de ce massacre. Les Havociens n'en surent pas davantage. On remercia le dieu de la guerre – le même que celui devant lequel Adrian s'était incliné le matin de la bataille – sans se demander pourquoi il aurait choisi d'épargner la cité et de supprimer cent cinquante mille hommes en quelques minutes.

L'allée des Vœux fut le siège de festivités qui se prolongèrent une année durant. La sorcellerie, la magie… toutes les effluences occultes qui président aux destinées des Elamiens bénéficièrent d'un regain d'intérêt à une époque où le commerce prenait l'allure d'un dieu unique et omnipotent.

De toute éternité la magie était forte en Talaxania. Havoc avait beau n'être qu'un petit point sur la carte de ce monde méconnu, elle n'échappait pas à cette réalité, commerce ou non, matières premières recherchées ou non.

L'allée des Vœux.

Lorsque Ol-Lohan déboucha des nuages bas qui recouvraient les contreforts, il en ressentit la singularité : l'air n'avait pas la même qualité au-dessus de ce quartier. Par instants, la transparence y était plus grande. Une minute plus tard, un voile opaque la recouvrait.

S'il n'avait pas été dévoré par la sorcellerie de sa Maîtresse, la cité l'aurait fasciné. Elle était si différente de ce qu'il avait pu imaginer… Plus vaste, plus colorée. Bien que les montagnes talaxiennes fussent riches d'innombrables paysages, il n'avait rencontré que de rares constructions humaines, le plus souvent des villages de tentes ou des refuges de pierres empilées avec plus ou moins d'adresse tel celui de Jalinn.

À quoi ressemblerait une telle ville bâtie à l'échelle des Ols ?

Il n'eut pas le temps de l'imaginer : Tormaga lui donna un nouvel ordre.

— Je voudrais que nous arrivions par l'ouest. Par le couchant, en fait.

— Oui, Maîtresse.

— Ça fera une belle apparition, tu ne trouves pas ?

— Oui, Maîtresse.

— C'est tout ? Tu n'as rien à ajouter que ce « Oui, Maîtresse » ?

— Je… Que souhaitez-vous que je dise, Maîtresse ?

Ol-Lohan trembla par anticipation.

— Je ne sais pas… Je ne vais tout de même pas te dicter la moindre de tes paroles, si ?

— Non, Maîtresse.

— En effet, je ne le ferai pas. Tu es mon esclave et j'entends que tu restes à ta misérable place. Mais je me souviens d'une époque pas si lointaine où vous autres Ols veniez me tenir compagnie et me raconter des histoires. Tu te souviens de cette époque ?

Oh oui… Je m'en souviens et c'était comme… comme le paradis… Sauf que je ne le savais pas.

— Je m'en souviens, Maîtresse.

Ol-Lohan s'inclina, prit un courant ascendant, contrebalança son vol à l'aide de sa longue queue. Une manœuvre qu'il aimait exécuter habituellement mais qui, ce soir-là, ne lui apportait qu'un peu plus de souffrance, comme chaque fois qu'il déplaçait un muscle, bougeait une articulation. Respirait.

— Tu t'en souviens et tu dois te dire : « C'était le bon temps ».

— Non, maîtresse, je ne me…

— Ne me mens pas ! Vraiment, Ol, je te conseille de ne pas me raconter n'importe quoi. J'ai beau être un peu… excessive dans mes réactions, je sais encore faire la différence entre le mensonge et la sincérité. Ton passé, c'était le bon temps, un genre d'âge d'or. Enfin, tu en es convaincu, n'est-ce pas ?

Ol-Lohan ferma les paupières pour répondre :

— Oui, Maîtresse. J'aimais bien ma vie.

— Ta vie d'avant. Avant que tu me rencontres. Et pourtant, je peux t'assurer que tu ne vas pas t'ennuyer avec moi.

Le dragon dépassa la cité, cent mètres au-dessus des plus hauts dômes. Est-ce qu'on l'avait déjà repéré depuis le sol ? Si oui, les Havociens étaient-ils en mesure de le toucher avec une arme ? Que savait-on des Ols en bas ? Les craignait-on ? Sûrement.

— Je réitère ma question, lézard : tu ne trouves pas que ça ferait une belle apparition, toi et moi dans le couchant ?

Ol-Lohan tâcha de se représenter la scène. Un être aux ailes vastes monté par une femme dont la beauté n'avait d'égale que la majesté…

… et la cruauté.

— Oui, Maîtresse. Ça fera une belle apparition, peut-être quelque chose d'effrayant aussi.

Il se contracta dans l'attente d'une « gifle » ; rien ne vint sinon ces mots :

— Exactement. Ta sincérité t'honore. Il était temps : je commençais à désespérer et me demander si je n'avais pas choisi le pire parmi les dragons. Mais non. Certes tu es un lézard horrible, mais tu arrives à te servir de ton cerveau minuscule. Parfois…

La douleur diminua un peu, quittant ses épaules, ses reins. Sur le coup, Ol-Lohan en fut extrêmement reconnaissant à sa cavalière. Son vol en bénéficia aussitôt. Tormaga lui dit alors :

— Ne pense pas que j'aie voulu te récompenser. Crois-tu vraiment le mériter ?

Une boule se forma dans l'estomac de l'Ol.

— Non, Maîtresse, répondit-il. Je ne le méritais pas.

— Je t'ai juste soulagé pour que tu te présentes sous ton meilleur jour face à nos futures victimes. Tu te serais vu, mon pauvre lézard ! Tu volais aussi piteusement qu'un canard dans le blizzard.

Ol-Lohan entama un ultime virage. Lent et majestueux, sans doute pas tout à fait digne du meilleur voilier parmi les Ol-Mentias, mais compte tenu des circonstances ce fut admirable… et insuffisant pour offrir la moindre satisfaction au dragon. Tormaga avait éliminé d'une phrase la minuscule poussière gratifiante. Qu'allait-il donc devoir accomplir pour mériter sa reconnaissance ?

Il eut peur de connaître la réponse et se concentra sur le champ étroit laissé libre entre la peur de l'avenir et la souffrance qui enserrait son crâne, ses jambes, sa queue.

Les remparts de Havoc n'étaient plus qu'à trente mètres de là. Le dragon discerna des sentinelles qui s'agitaient. S'il n'avait pas souffert un tel supplice, il les aurait vues distinctement, jusqu'à compter les clous de leurs casques. Il comprit que l'on montrait du doigt l'étrange duo.

— Prends de la hauteur, ordonna Tormaga.

Sur le faîte d'une tour, on orientait déjà une baliste. Peine perdue : à cette distance personne ne serait assez rapide pour intercepter un Ol en vol à l'aide de la seule mécanique. Le dragon obtempéra pourtant à l'ordre de sa cavalière.

— Va nous poser sur le dôme le plus haut, ajouta-t-elle.

— Bien, Maîtresse.

Ol-Lohan regarda l'agitation au-dessous. Havoc devait être aux abois. Qui gouvernait la cité-État ? La nouvelle d'un dragon dans les parages lui était-elle déjà parvenue ? Quelles décisions prendrait-il ?

Le dragon n'eut aucune peine à repérer le plus haut dôme de la cité. Il était d'or et ce qui restait du soleil en cette fin d'été trouvait là une concurrence sans pareille. Ol-Lohan aurait voulu expliquer à sa maîtresse combien il serait difficile de se poser sur la surface lisse, arrondie et, qui plus est, piquée d'une hampe où s'accrochait un double croissant de lune.

— Crache un peu de feu, veux-tu ? exigea Tormaga.

Le dragon eut la mauvaise surprise de constater son impuissance.

— Eh bien, fit la cavalière, qu'attends-tu ?

— Je ne peux pas, Maîtresse.

— Tu ne peux pas ?

— Je suis désolé, Maîtresse, ça ne… ça ne marche pas.

Le dôme approchait ; Ol-Lohan se redressa, tendit les pattes.

— Ah. Oui, bien sûr. Je crois que nous avons un problème avec la « laisse ». Le contrôle que j'ai sur toi : il doit empêcher tes glandes à feu de fonctionner normalement. Tout comme le mal blanc…

Le dragon agrippa la hampe lors de son passage, la plia. Se blessa la patte. Les croissants incrustés d'émaux se détachèrent et s'effondrèrent sur les passants, en tuant trois et en blessant deux autres.

— Qu'est-ce que tu fiches, lézard ?

— Il fallait que je fasse de la place, Maîtresse. Je vais devoir tourner encore une fois.

— Oui, eh bien tourne, c'est ça. Tourne et pose-toi. Tâche de faire comme si c'était prévu. Comme si tu maîtrisais parfaitement la situation.

Je ne maîtrise rien du tout, pensa le dragon. *Et je ne suis pas sûr de faire illusion.*

Non seulement il faisait illusion, mais il terrifiait les Havociens, pourtant habitués à rencontrer des êtres parmi les plus étranges que comptait Elamia. Leurs cris fusaient de toutes parts, à présent. Un Ol était descendu des montagnes mystérieuses de Talaxania. Un dragon monté par une femme. Comment éviter la panique ? C'était impossible… Ol-Lohan se posa enfin au sommet de la cité. Il avait honte, terriblement. Sur son dos, Tormaga souriait.

— Nous ne sommes qu'à deux pas de l'allée des Vœux, dit-elle. Tu as vu ce quartier quand nous sommes arrivés ?

— J'ai vu un endroit qui changeait tout le temps, Maîtresse.

— C'est bien de ça qu'il s'agit. Tu veux savoir ce qui m'intéresse là-bas ? Dans cette allée des Vœux ?

— Dites-moi, Maîtresse.

— Oui, je pourrais te le dire. Est-ce que tu comprendrais ?

— Je ferais de mon mieux, Maîtresse.

— Tu as intérêt. Tout intérêt. Parce que je suis la plus grande figure qu'ait jamais portée Elamia. Alors le moins que tu puisses faire, c'est te montrer à la hauteur, mon ami. Si l'allée des Vœux m'intéresse, c'est que je dois y invoquer un ancien roi.

— Un ancien roi, Maîtresse ?

— Un roi devenu démon. Quelqu'un qui s'est trop amusé avec la magie, sans prendre les précautions nécessaires.

La conversation s'arrêta tandis que l'on tentait d'atteindre le duo depuis les ruelles qui bordaient l'édifice : des flèches fusaient désormais.

— Quel accueil ! dit Tormaga en déployant un champ protecteur autour d'elle et de sa monture.

— Je crois que nous leur faisons peur, Maîtresse.

Et moi aussi, j'ai peur, pensa Ol-Lohan. *J'ai perdu les miens là-haut, dans les grottes. Ce sera bientôt mon tour…*

— Alors tant mieux. Et ça n'est que le début.

Cette fois, Tormaga n'invoqua pas l'aile noire aux quatre paires d'yeux, elle se « contenta » de lancer une pluie de sphères de jais. Les grêlons noirs tombèrent vers la rue avec la légèreté de flocons. Toutefois, il leur suffit de toucher les Havociens pour traverser leurs vêtements puis brûler leurs chairs comme de l'acide. Très vite il n'y eut plus un archer en état de menacer Tormaga et la ruelle se vida de toute présence, à l'exception des gisants dont les plaies laissaient échapper de minces fumerolles odorantes. Un trio de chiens aboya vers le dôme avant de s'enfuir, la queue entre les pattes.

— Très bien, conclut Tormaga. Maintenant ils savent de quoi je suis capable.

Elle est si puissante, pensa Ol-Lohan. *Elle pourrait décimer la cité en moins d'une journée.*

La question était de savoir pourquoi la Mère des Tourments ne s'attelait pas aussitôt à ce projet, elle qui était capable de tuer… *et de faire tuer…* pour le plaisir. Pour le moment, il n'avait pas le courage d'y réfléchir. Tenir en place avec une telle douleur était une gageure qui mobilisait toute son énergie.

Le dragon tournait la tête vers l'ouest lorsqu'il aperçut un énorme carreau d'arbalète voler vers lui. Il avait été lancé depuis les remparts.

— Eh ! fit Tormaga tandis que sa monture quittait le dôme en un bond puissant.

Le carreau heurta la tangente du champ protecteur. Le frottement magique l'échauffa assez pour mettre le feu au bois et porter la pointe au rouge. Dévié, il obliqua et creva en route la vitre d'un palais avant de terminer sa course dans un mur qu'ornait une tapisserie. Celle-ci s'enflamma.

— Repose-toi immédiatement, le lézard ! ordonna la cavalière.

Ol-Lohan dut accomplir une lente révolution autour du quartier avant de pouvoir prendre pied sur le dôme doré. Quand il y parvint enfin, de la fumée s'échappait par la vitre brisée du palais.

— Ne recommence jamais ça ! ajouta Tormaga.

Une fois de plus, la douleur fulgura en lui. Il gémit et ploya sur ses pattes, mâchoires serrées.

— Ça suffit, dragon ! Tu veux vraiment qu'on te prenne pour un couard ? Je t'ordonne de te redresser ! Tiens-toi bien !

Pour autant, elle ne relâcha pas son étreinte de feu sur les nerfs de sa monture. Au contraire : elle donna un tour de vis supplémentaire.

— Redresse-toi ou tu le regretteras amèrement.

Pouvait-il le regretter davantage ? Ol-Lohan avait l'impression qu'une ceinture de plomb en fusion mordait ses reins. Pourquoi cette punition ? Et maintenant elle exigeait de lui un port royal tout en le paralysant. Chaque seconde augmentait le supplice ! La douleur s'établissait précisément là où il devait marquer son effort. Il prit une profonde inspiration et, poussant sur ses jambes, gagna la position demandée au prix d'une souffrance qui lui sembla arracher son bassin du reste de son corps. Il grogna à nouveau, peinant à retrouver son souffle. Des points blancs dansaient devant ses yeux. Il ne devait pas tomber. Il devait absolument rester en place pour ne pas endurer pire encore.

— Pourquoi tu me pousses à bout, dragon ?

— Je… ne… voulais pas, Maîtresse. La… la flèche…

— Oui, je l'avais vue. D'ailleurs ça n'était pas une flèche mais un carreau. Tu ne connais pas la différence ? Je dois t'apprendre aussi *ça* ?

— Non, Maîtresse. Je… je suis désolé.

— Cette arme ne nous menaçait pas. Rien ne nous menace ici. Dans l'allée des Vœux ce sera différent. Ici nous ne risquons rien. Bien. Maintenant ils vont nous envoyer quelqu'un d'important. Je le leur souhaite…

L'incendie avait pris dans le palais. Au-delà de sa perception altérée par la souffrance, Ol-Lohan entendait les crépitements. Il y eut des cris. La ruelle s'anima à nouveau. Enfin les flammes crevèrent le toit de l'édifice. La nuit tombait et Tormaga laissait le dragon livré au martyre. La contraction de ses muscles et de ses tendons aggravait le mal : c'était comme souffler sur des braises.

L'incendie se propageait alentour lorsque enfin on héla Tormaga depuis un balcon voisin.

Quatre hommes casqués et en cotte de mailles encadraient une femme corpulente, coiffée d'une tiare. Deux des gardes tendirent leur arc. Les deux autres firent écran avec leur corps mais la femme les écarta : à l'évidence elle voulait affronter le danger avec une bravoure peu commune.

— Qui êtes-vous ? demanda cette femme d'une voix rauque et autoritaire.

— Vous n'en avez pas la moindre idée ? répliqua Tormaga.

— Certains parmi nous affirment que vous êtes la Mère des Tourments.

— Oh. Et vous n'êtes pas de cet avis ?

— Jusqu'à présent, cette Mère était surtout une légende très ancienne.

— Jusqu'à présent, oui. Je trouve que ça a du bon quand les légendes quittent leur nid de poussière, non ?

La femme hésita ; le ton de la cavalière la surprenait et elle ne savait comment l'interpréter.

— J'imagine que cela dépend de la légende en question. Toujours est-il que je suis dame Laylane, la Grande Intendante.

— Autrement dit, la vraie patronne de cette ville.

— J'ai été élue par mes pairs.

— Ah oui, vraiment ?

Ol-Lohan se demandait à quel moment la sorcière – il n'y avait pas d'autre mot – allait terrasser l'Intendante. Il aurait aimé lui dire de fuir. Crier à tout Havoc le danger définitif que représentait Tormaga. Il ne pouvait qu'assister à cette mise à mort générale, condamné au mutisme.

— Quelle chance vous avez ! railla la Mère des Tourments. Élue par vos pairs… Moi, personne ne m'a choisie pour devenir la Maîtresse de cette cité.

— Que nous voulez-vous ? Nous avons de l'or, quelques richesses… Nous sommes prêts à entendre le montant de votre rançon.

— Formidable ! Tu entends ça, le lézard ?

— Oui, Maîtresse.

— Le montant de ma rançon va vous paraître un peu… démesuré, je le crains.

— Nous pouvons vous offrir vraiment beaucoup. Mais personne n'est le maître de la ville : elle n'appartient qu'à ses citoyens.

— Quel dommage… Je croyais qu'elle appartenait à qui voulait bien se donner la peine de la conquérir.

Tormaga semblait s'amuser avec l'enthousiasme d'un enfant jouant sa première pièce devant un public choisi.

— La conquérir ? dit dame Laylane. L'empereur Adrian lui-même n'y est pas parvenu.

— On m'a raconté cette histoire tragique. Mais… (Tormaga regarda autour d'elle d'un mouvement théâtral.) je ne vois rien ! Pas la moindre flamme ! Enfin, à l'exception de cet incendie qui se propage un peu vite, vous ne trouvez pas ?

— Nous saurons en venir à bout. Les Havociens sont pleins de ressources.

— Je n'en doute pas. J'en suis même persuadée et je vais d'ailleurs vous donner la preuve de ma bonne foi.

Elle tendit le bras en direction du balcon, doigts écartés. Nerveux, les hommes bandèrent un peu plus la corde de leur arc. Ils attendaient un ordre pour tirer, sachant sans doute déjà que le moindre projectile serait détruit ou détourné avant d'avoir atteint Tormaga.

L'un des gardes s'écarta d'un pas de la Grande Intendante ; si sa maîtresse l'avait regardé, elle aurait lu son extrême confusion : tout son visage était crispé par un conflit interne. Mais dame Laylane tournait son attention sur le dragon et la femme qui le chevauchait, se demandant comment tant de beauté côtoyait une telle méchanceté. Elle avait le sentiment de vivre un moment crucial de Havoc et d'avoir un rôle à tenir pour l'Histoire.

Car dame Laylane s'était battue pour arriver à sa place. Elle avait même été la première femme à s'imposer au sommet de l'Intendance. Certes, ses origines n'étaient pas modestes et son père et ses oncles étaient parmi les commerçants et les décideurs les plus en vue. Mais il en avait fallu plus, bien plus, pour occuper le fauteuil de Grande Intendante. Chaque jour avait dès lors apporté son lot de difficultés, de déconvenues, de drames même ; aucun n'avait atteint le degré de cette journée. Son règne serait-il marqué par le sceau de l'infamie ? Havoc brûlerait-elle sous son intendance ? Ses habitants deviendraient-ils les esclaves de ce tyran en jupons ?

Non. Je vais régler cette crise comme j'ai réglé les précédentes, décida-t-elle. *Nous nous arrangerons comme nous nous arrangeons toujours.*

Elle en était encore persuadée quand elle sentit une pression sur son flanc. Le froid qui se répandit très vite en elle ne contredit tout d'abord pas son extrême détermination : elle sauverait Havoc. Puis elle s'effondra, rattrapée de justesse par l'un des gardes. Le troisième, bousculé par la chute, décocha sa flèche – et elle se perdit dans le ciel havocien. Le quatrième garde se tourna pour comprendre ce qui se passait. Il vit la dague de son compagnon sortir des entrailles de dame Laylane. Les deux hommes échangèrent un bref regard. Celui du meurtrier affichait son effroi, comme s'il n'avait pas été responsable de son geste et avait assisté, impuissant, à l'assassinat.

Quelques instants s'écoulèrent, incertains. Puis les flammes redoublèrent d'intensité derrière Tormaga. Dépassés par une situation que leur entraînement n'avait pas anticipée, et aidés par la pression mentale de la Mère des Tourments, les quatre gardes s'entre-tuèrent. Encore vivant, l'un des hommes passa par-dessus le balcon pour s'écraser sur les pavés, vingt mètres plus bas.

— Oui, vos Havociens sont décidément pleins de ressources, répéta Tormaga. Et maintenant, si nous discutions le montant de cette rançon ? Dame Laylane ? Je ne vous entends pas… Faudrait-il que je m'adresse à quelqu'un d'autre ?

Tormaga éclata d'un rire qui glaça les sangs d'Ol-Lohan.

* * *

L'incendie ne fut circonscrit que deux jours plus tard. Deux journées durant lesquelles Tormaga survola les lieux, poursuivit les corps embrasés, souffla sur les flammes pour les raviver quand elles semblaient mourir.

Puis la Mère des Tourments en eut assez de jouer et elle se présenta au siège de l'Intendance, un immense édifice de brique, à l'allure de basilique et coiffé d'une demi-douzaine de dômes. La plus grande agitation régnait dans les salles dallées de marbre polychrome, décorées de vastes tapisseries : on tâchait de faire face à la tragédie de l'incendie et on mettait en place l'élection d'un nouvel Intendant.

Tormaga avait laissé Ol-Lohan sur le parvis, bientôt peuplé d'une myriade de miliciens en armes. Aucun d'eux pourtant ne tentait quoi que ce soit contre le merveilleux animal : le récit de ses exploits avait depuis longtemps fait le tour de la ville, s'amplifiant à chaque étape, si bien que le dragon était désormais l'assassin d'un millier d'hommes – et un seul souffle aurait suffi.

À la simple vue de cette femme magnifique, à la silhouette longiligne et que soulignaient robe et jupons noirs miraculeusement intacts malgré le voyage, le personnel de l'Intendance se figea.

La peur. Voilà tout ce que ces humains sont capables de m'opposer.

— Je ne sais pas ce que vous cherchez, commença-t-elle, mais si c'est le nouveau maître de la cité, je suis là !

Quelques Havociens prirent la fuite vers le fond du palais. D'autres s'agenouillèrent, implorant la clémence de cette créature à la beauté démoniaque. La magie se manifestait plus souvent à Havoc qu'à Corall-Medding et sa réputation de cosmopolitisme n'était pas usurpée. Toutefois rien à ce jour n'avait égalé en étrangeté cette femme et son dragon.

— Qui est le chef des milices, ici ? Il ne s'est pas brûlé les moustaches en jouant les héros, au moins ?

Un homme s'avança ; il était vêtu d'un plastron en cuir sur sa tunique de toile rouge et son pantalon était enfoncé dans des bottes fourrées et lacées. Bien que ses traits fussent mous, son regard et sa stature conservaient la détermination qui l'avait conduit à ses hautes responsabilités, après deux décennies à servir la cité. Il n'avait pas sorti sa dague de son fourreau, jugeant inutile un sacrifice supplémentaire.

Parfait, estima Tormaga. *En voilà au moins un qui réfléchit un tant soit peu.*

— Qu'êtes-vous venue chercher ici ? osa tout de même demander Yarn, le chef milicien.

— Si je vous réponds : « de la compagnie », vous me croirez ?

— Vous avez tué tellement de monde que j'aurais du mal à avaler ça.

— Pourtant, je peux vous assurer que j'étais terriblement seule, durant toutes ces années. Je ne suis pas entrée ici avec l'intention de tuer qui que ce soit ; à moins d'y être contrainte, bien sûr. Vous me comprenez ?

— Quand vous dites « ici », vous parlez de Havoc ou du palais de l'Intendance ? demanda-t-il. La nuance a de l'importance – vous me comprenez ?

Il avait levé le menton en une pose de défi. Derrière lui, les implorants s'étaient déjà relevés, regrettant l'arrogance de Yarn, et ils s'éloignaient à reculons pour aller se réfugier au plus profond du palais de l'Intendance.

Tormaga se contenta de sourire, avant de demander :

— Qui doit remplacer dame Laylane ?

— Nous devons organiser une élection. C'est ce que nous faisions quand vous êtes… entrée.

— Oubliez cette élection. Qui assure l'intérim, habituellement ?

— Habituellement ?

Yarn poussa un soupir moqueur :

— Le Vice-Intendant Polinyus. Mais il est parti à la chasse. Il y a trois mois.

— Vous n'avez pas l'air de l'apprécier, ce Polinyus, je me trompe ?

Yarn hésita avant de répondre. Sa loyauté lui dictait de ne pas s'étendre. Sa conscience exigeait, en ces instants critiques, de dire la vérité. Il trancha :

— C'est un lâche. En fait, il ne tient même pas son arc pour abattre des fauves, et le récit de ses chasses, il est tout juste capable de l'inventer.

— Voyez-vous ça… Eh bien dorénavant, vous prendrez la place de Vice-Intendant.

Le milicien changea de position, mal à l'aise. Il sentait le piège s'ouvrir devant lui et n'avait aucune envie de s'y jeter à pieds joints.

— Et s'il revient ?

— La saison des chasses s'arrête quand ?

— C'est le Vice-Intendant qui en détermine les dates…

— S'il revient avant que j'aie fini mon petit travail ici, disons qu'il aura un… accident de chasse.

— En pleine ville ?

— Et pourquoi pas ? Dame Laylane a bien eu de petits soucis avec sa garde rapprochée… Bon, ne jouez pas au plus malin avec moi. Tout ce que vous avez à savoir, c'est que vous venez d'être promu Vice-Intendant, et donc Grand Intendant par intérim.

— Ça ressemble à un cadeau empoisonné, dit l'homme en frottant ses tempes de ses doigts calleux. Est-ce que je dois vous remercier ?

— Vous pouvez toujours commencer par là.

— Alors, merci.

Le visage de Tormaga abandonna sa joliesse comme l'on retire un masque, pour ne plus exprimer qu'une sévérité lourde de menace.

— Maîtresse. Merci, *Maîtresse* : désormais vous prendrez directement vos ordres de moi. Allez, montrez-moi comment vous dites ça.

Yarn inspira profondément, avec une évidente nuance d'exaspération. S'il avait peur, ce n'était pas tant pour lui-même que pour l'avenir de la cité tout entière. Car la mort n'était pas un problème pour Yarn : il l'avait côtoyée trop souvent pour s'en inquiéter. Tout comme dame Laylane avant lui, il se dit qu'il tenait peut-être là l'occasion de faire sa place dans l'histoire de Havoc, de Talaxania, et au-delà d'Elamia tout entière. Il opta pour l'obéissance – un comportement qu'il connaissait bien, après tout.

— Merci, Maîtresse.

— Pas mal. Pas mal du tout. Maintenant, montrez-moi comment vous vous faites obéir : vous allez promulguer une loi qui contraint toutes les femmes entre, disons quinze et trente ans, à quitter leur foyer et à se réunir à l'entrée de l'allée des Vœux. Vous avez trois jours pour y arriver.

— Mais je… On ne décide pas de lois comme ça ! Il faut… il faut voter ! Réunir le Conseil d'intendance et voter !

— Ah oui ? fit Tormaga avec un air de profond ennui. Bon, dites à toutes celles qui refuseraient d'obtempérer que je m'occuperai personnellement de leur trancher les seins, avant de brûler leur maison.

Chapitre 4

S'il s'était regardé dans un miroir, Adrian ne se serait pas reconnu. L'ancien empereur de Consolata avait perdu ses cheveux poivre et sel, son regard gris-vert et sa peau hâlée parcheminée comme celle d'un quinquagénaire. Il arborait désormais une unique natte rousse plantée haut sur son crâne, et dans son visage d'une pâleur lunaire ses yeux étaient aussi noirs que deux billes de charbon.

En fait, il ressemblait à la créature qui volait devant lui.

Oui, elle vole tout autant que moi !

— D'où sors-tu ? lui demanda celle-ci. Je ne t'ai jamais vu par ici.

Adrian aurait voulu répondre que lui non plus ne s'était jamais vu par ici. Autrement dit, au-dessus d'un océan de lave, flottant tel un grain de poussière et sans produire le moindre effort. La créature employait un ton agressif, déformant sa bouche pour articuler chaque syllabe et révélant ainsi sa dentition taillée en pointe. Adrian choisit de temporiser, afin de se permettre d'en savoir plus.

— Oui, je sais. Je viens de loin. Je crois même m'être perdu en chemin.

La créature fronça ses sourcils minces comme un cheveu.

— Je pensais que nous habitions tous les plaines Variantes. Je n'ai jamais entendu parler d'une chose pareille. Mais Galameh réserve tellement de surprises, pas vrai ?

— Oui, oui, c'est sûr.

Galameh ! Il aurait voulu hurler.

Galameh, je suis en Galameh. Ce qui signifie que je suis…

Il ne put s'empêcher de tourner la tête. Les larmes montèrent à ses paupières closes.

Mort.

Un vide terrible creusa son ventre. Il eut un vertige, comme si l'annonce de sa condition était plus choquante que sa situation en compagnie d'un être étrange, survolant une mer incandescente.

— Eh, qu'est-ce qui t'arrive ? demanda la créature, avec plus d'agressivité que d'inquiétude.

Mort, mort, mort… Et mes amis ? Que leur est-il arrivé ? Corall-Medding… La bataille… les enfants sous la tour… L'explosion… Ils sont morts, eux aussi ?

— Je t'ai posé une question, insista son hôte.

— Oui, je… Le voyage. Il m'a épuisé.

— Eh bien, il faudra que tu me racontes ça. Mais pour le moment, on a du boulot, toi et moi. Eh, tu ne m'as pas dit comment tu t'appelles !

L'empereur déchu poussa un soupir. Quel nom pouvait-il bien se donner, à présent ? Celui d'un régnant qu'il n'était plus depuis longtemps ? Celui d'un chef de guerre qui avait mené les siens au massacre à deux reprises ? Non.

— Kordac, répondit-il. Je m'appelle Kordac.

— Tiens, drôle de nom.

— Il signifie « l'Étranger ».

Et le fou…

— Moi, c'est Balabord.

— Suis-je censé répliquer : « Enchanté » ?

Il se contenta de hocher la tête et de répéter :

— Balabord. D'accord. Et de quel boulot il s'agit ?

— Poursuivre nos pensionnaires, pardi ! Tu viens vraiment de loin, toi, pas de doute ! Omok ne t'a donc jamais rien enseigné ?

— Omok ? Je ne sais pas. Il y a si longtemps…

Bien, les réponses commencent à venir.

— Remarque, je ne l'ai pas vu depuis une éternité, dit Balabord. À tel point que je doute par moments l'avoir rencontré un jour. Et puis, Golan Tark a pris tellement de place dans ce monde…

Golan Tark ? Il le connaît ?

— Qui est ce… cet homme ?

— Oh, comment le résumer… Une crapule ? Non. Il est bien plus dangereux que ça. Il était devenu si puissant. Je me demande bien comment il y est arrivé. Je veux dire, à l'insu d'Omok. Je crois que, vivant, il était une sorte de sorcier. Une fois en Galameh, il a su se rendre indispensable. Tu sais ce qu'il m'avait promis ?

— Non.

— D'avoir mon domaine en Val-des-Miracles !

— Val-des-Miracles ?

— Mais tu es vraiment ignare, toi !

— Désolé…

— C'est ainsi que l'on nomme le monde des vivants.

— D'accord. Il t'avait donc promis une place là-bas. Je comprends que tu aies tellement eu envie d'y aller. Il n'a pas tenu sa promesse ?

— Disons que j'attends toujours de ses nouvelles.

Kordac voulut s'assurer la connaissance qu'avait Balabord des événements. C'était un bon moyen de ne pas se concentrer sur sa position aussi tragique que déstabilisante.

— Tu crois qu'il a réussi à y retourner, lui ? De l'autre côté…

— Oh, bien sûr qu'il y est arrivé. Il avait tellement de ressources. Il faudra que je te montre où il habitait.

— S'il était si puissant, ça devait être un endroit étonnant, j'imagine.

— On peut le dire, oui… Pas vraiment un antre. Un authentique palais. C'est de là qu'il a mis au point ses armes, recruté son armée.

L'armée de Golan Tark… Des morts issus de Galameh et qui avaient envahi Consolata. Qu'était-elle devenue ? Il lui faudrait des informations. Savoir ce qu'il était advenu de Julipen, d'Odasius, de Palmiarn et des autres. Étaient-ils tous morts en même temps que lui ? Il pouvait continuer d'interroger Balabord. Ce qu'il fit, alors que le démon l'entraînait au-delà de ces plaines Variantes.

Alors que le démon répondait à ses questions, Kordac fut surpris de constater à quel point il volait avec facilité. Était-ce le sort de tous les morts ? Probablement pas ; Balabord l'avait d'emblée reconnu comme l'un des siens. Un démon, un serviteur d'Omok. Par quel cruel prodige était-il devenu l'un d'eux ? Il n'avait pas été un être humain comme les autres, développant des pouvoirs de voyant qu'aucun autre Aresmass n'avait déployés avant lui. Cela avait-il un lien avec son état actuel ?

En somme, ai-je des origines démoniaques ? Ai-je toujours été le serviteur d'un dieu, sans même le savoir ?

Ce qui l'interrogeait sur le libre arbitre : quelle place tenait le destin dans son existence ? Avait-il été maître d'un seul de ses choix ?

J'ai décidé d'éliminer Golan Tark, quand il n'était qu'un Trinicien arrogant et ambitieux. Et voilà où cela m'a conduit : en Galameh.

L'ironie de sa situation ne pouvait lui échapper.

Les paysages de Galameh se succédèrent, déprimants ou violents, décors effrayants des explications de Balabord.

— Golan Tark devait nous permettre de circuler librement en Val-des-Miracles. En échange, il me fallait avec l'aide de quelques démons autoriser l'accès des armées de morts au passage que le sorcier avait créé.

— Comment a-t-il pu ouvrir un tel passage ?

— Sa connaissance est immense. Et Omok se désintéresse de son propre royaume depuis bien longtemps. Tark a reçu notre aide. Il a reçu celle d'objets magiques volés de l'autre côté.

Les Talaris…

— Des artefacts ? demanda Kordac avec une innocence feinte.

— Oui. Ça lui a pris du temps, du moins à l'échelle humaine : son plan a débuté il y a plus de vingt ans, avec l'aide d'une Juste-morte. Il l'avait attirée ici et elle est venue avec un de ces objets.

— Ce devait être une femme importante, pour détenir un tel artefact.

— Hum, tu ne crois pas si bien dire : c'était l'impératrice Onahra en personne, maîtresse de Consolata.

Onahra !

Kordac eut l'impression qu'on lui arrachait le cœur. Assassinée par Golan Tark, un sorcier mort, assassiné sous ses ordres. C'était… inconcevable ! La douleur se fraya un chemin de feu en ses pensées et il s'arrêta, incapable d'avancer.

— Eh, qu'est-ce qui t'arrive encore ? demanda Balabord.

Le visage de Kordac se crispait sous l'effet du choc. Il prit une profonde inspiration pour tenter de se contrôler. Le démon insista :

— Tu connaissais cette femme ? Tu l'as rencontrée en Galameh ? Non, impossible, elle n'a guère quitté Tark.

— Non, je ne l'ai pas rencontrée en Galameh. Parle-moi d'elle, tu veux bien ?

— À condition qu'on reprenne notre route, l'ami : je te l'ai dit, nous avons du travail.

— Très bien. Très bien.

Non, rien n'est bien. Tout va de travers. Tout ça n'est qu'un long, un trop long cauchemar.

Le duo se remit en chemin entre ciel et terre, deux silhouettes étiques voguant parmi des courants tièdes, chargés de poussières grises et de pensées sombres.

— Cette Onahra, reprit Balabord, lui a offert une certaine Perle de Vie. Quelle ironie, tu ne trouves pas ? Mourir pour donner la Perle de *Vie*… Bref, il s'est servi d'elle comme il s'est servi de nous tous. Il sait se montrer si persuasif…

Onahra est ici. Ici !

Julipen le savait-elle ? Son épouse lui avait donc parlé depuis ce monde d'effroi, alors qu'il se réveillait de sa prison d'Arachnéon…

— Où est-elle à présent ? Où sont-ils, elle et Tark ?

— Cela t'intéresse tant ?

— Je suis une sorte d'étranger et ton histoire est passionnante.

— Attends… Ce ne serait pas Omok en personne qui t'envoie nous interroger ?

— Aurais-tu quelque chose à te reprocher, au point d'avoir peur ?

— Hum… En tant que serviteur, je crains mon maître. Quoi d'étonnant à cela ?

— Rien, en effet. Et pour répondre à ta question, non, je ne suis pas envoyé par Omok. Veux-tu ma parole ?

— Non. Non, ça ne servirait à rien : je ne sais pas quelle valeur a la moindre parole, en ce bas monde. Tout est corrompu, en Galameh. Même les serviteurs ne sont plus aussi… *fiables* qu'ils l'ont été. Je ne parle même pas des Juste-morts…

— Alors, Tark et Onahra ?

— Plus de nouvelles. Les dernières que je détiens sur Onahra étaient un combat contre le sorcier.

— Elle s'est opposée à lui, finalement ?

— Oui. De manière assez inattendue. Peut-être en a-t-elle eu assez de le servir. Je peux la comprendre… Ils se sont battus et elle a perdu.

— Et… ?

— Eh bien, il existe de fortes chances qu'elle ait été contrainte à l'exil intérieur. La mort dans la mort, si tu veux. Au fond des Tombeaux de Galameh…

— La mort dans la mort… Ce n'est pas le royaume de Ganalone, n'est-ce pas ?

— Pas vraiment, non. Est-il possible d'en savoir si peu ?! Pourtant, tu as tout d'un démon d'Omok. Qui es-tu exactement ?

Balabord s'était arrêté ; il se tenait face à Kordac, ses mains ligneuses posées sur sa taille qu'un laçage de cuir traversait. Une attitude de défi.

Trouver quelque chose… N'importe quel mensonge un tant soit peu crédible.

— J'aimerais le savoir, Balabord. Je ne connais que mon nom. Le reste, je ne le comprends pas.

Le démon grimaça, sceptique. Kordac poursuivit :

— L'amnésie… Tu as déjà entendu parler de ça ?

— Mmm… La mémoire effacée, c'est ça ?

— Oui.

Balabord frotta l'un de ses longs ongles noirs contre sa lèvre supérieure, le serra entre ses dents aiguisées sans le couper.

— Difficile à croire. En même temps, je ne vois pas l'intérêt que tu aurais à mentir. Ou plutôt, le mal que ça me ferait. Je n'ai rien à me reprocher, ajouta le démon en accompagnant ces paroles d'un geste ample et précieux du bras.

— Ta vie ne me regarde pas, Balabord. Je préférerais connaître la mienne.

— Bah, si tu étais déjà un serviteur, il n'y aura pas grand-chose à connaître. Amnésique, dis-tu ? Voilà qui est étrange, parmi les démons. Surtout à Galameh : il n'y a pas un sujet du royaume pour avoir oublié son passé.

— Je ne comprends pas…

— Les Galaméens passent leur temps à ressasser leur mort ! Ils la racontent et la racontent encore… À te donner la migraine, je te jure ! Pour ne pas dire la nausée. Je soupçonne même Omok d'avoir déserté les lieux à cause de ça.

— À cause du récit des défunts ?

— De leurs constantes jérémiades. Ils se plaignent sans arrêt. L'injustice de leur mort. Ils ne font guère que ça. On peut même dire que ça les retient mieux ici que nos rondes, nos menaces et nos punitions. Mais tu dois savoir tout cela, non ?

— Montre-moi ce qu'il y a à faire. Nous verrons pour le passé plus tard : je suis certain qu'il me reviendra.

— Et s'il ne te revient pas, on demandera à nos amis de te donner un coup de main.

Il n'y eut aucune sympathie dans ces quelques mots. Seule transparut la promesse de violences.

— Pour le moment, reprit Balabord, il faut aller prêter main-forte à nos compagnons : les morts ne passent plus de l'autre côté et cet aspect de notre univers ne convient pas à une poignée de rebelles féroces et déçus. Ils ont décidé d'empêcher l'édification d'une nouvelle cité.

— Ils sont armés ?

— Si on veut. Ils ont un potentiel de nuisance impressionnant, pour une poignée d'humains dénués de tout pouvoir surnaturel.

—Alors en route…, proposa Kordac avec un enthousiasme feint.

Il espérait qu'un regain d'action l'aiderait à supporter la difficulté du présent.

Une cité, des rebelles, un potentiel de nuisance impressionnant… Voilà qui promettait d'être surprenant. Alors qu'il cheminait cette fois parmi des décors d'une monotonie désespérante, Kordac comprit qu'il ne pouvait exister pire condition que la sienne. Ou plutôt si : il aurait pu être un simple mort, alors qu'il vivait le privilège d'une position haute parmi les défunts. Il tenait en quelque sorte le haut du pavé. Il fallait profiter de cette opportunité.

Pour retrouver Onahra. Et sauver le monde, si seulement ce projet est encore d'actualité.

* * *

Le temps de cheminer jusqu'à leur destination, Adrian se demanda à quoi pouvait ressembler une cité galaméenne. Habiter les enfers…

L'empereur avait de son vivant transformé Haut-Temple en une résidence palatine. Il n'avait jamais vraiment aimé l'édifice trinicien ; au moins avait-il l'avantage d'inspirer le respect à ses sujets, de dominer largement les environs et de s'élever loin de la Medding qui empestait les mois d'été. Quant à ses murs de belles pierres taillées, ils abritaient son gouvernement, son état-major et sa cour. La ville elle-même, avec ses deux facettes si différentes, l'une bordant le fleuve et l'autre s'agrippant à la montagne, ne manquait pas d'attraits.

Ce qui se dressait face à lui n'avait rien à voir avec ce qu'il avait connu jusqu'ici : la cité en construction était une tour cylindrique, d'une vingtaine de mètres de diamètre, s'élevant à plus de cinquante mètres. Ses parois vibraient, comme si elles étaient couvertes de toiles battant au vent.

Balabord tendit le bras vers un attroupement, à mi-hauteur.

—Il y a de la bagarre là-bas, dit-il, laconique, avant de filer vers l'édifice planté au centre d'une plaine que bordait un large plateau boisé.

Kordac le suivit. Et découvrit avec horreur la composition de la tour. Ce n'étaient pas des toiles. Mais des dizaines de milliers de corps humains enchevêtrés. Qui respiraient, tremblaient. Malgré sa répulsion, Kordac s'approcha encore. Il était à moins de dix mètres de l'édifice, plus proche du sol que du sommet. Les visages ne portaient aucun trait, pas d'yeux, ni de bouche. Juste un orifice qui devait laisser passer l'air.

Les corps étaient si entremêlés qu'il était impossible de distinguer les membres des uns de ceux des autres. Par endroits, les chairs se fondaient, partageant un même réseau de veines et de nerfs. Parcourant cette intrication, de grosses artères saillaient et distribuaient un sang noir.

—Qui sont ces gens ? demanda le nouveau venu.

—Des Absents…

Kordac s'attarda sur cette vision absurde. « Absents » ? L'absence de regard suggérait cela mais ce n'était pas une explication suffisante.

— C'est-à-dire ? insista-t-il.

— Encore une chose que tu as oubliée ? Il s'agit des morts présents en Galameh depuis des siècles et des siècles. Peu à peu ils perdent l'esprit. Il ne reste que l'enveloppe qu'ils s'étaient constituée à leur arrivée ici. Ce sont juste des corps sans âme, Kordac.

— Ils ont l'air de souffrir…

— Ah bon ? Et après ?

— Rien.

Mieux valait ne pas insister : il était déjà suffisamment singulier. Il demanda plutôt :

— Il se passe quoi, plus haut, exactement ?

— Eh bien, les Absents constituent la base de la tour. Nous complétons ces étages par des Juste-morts. Et il arrive qu'ils ne soient pas d'accord. Ça arrive même de plus en plus souvent. Viens, on va mater ces rebelles.

Kordac suivit le démon non sans appréhension. Des cris terribles fusaient de là-haut. Deux congénères étaient aux prises avec des grappes d'humains. Les seconds se débattaient, agrippaient les bras de leurs gardes, mordaient, criaient. Les premiers s'ingéniaient à repousser les résistants vers l'intérieur de la construction.

— Ne te sers pas de tes pouvoirs ! ordonna Balabord. Si tu lances les Ombres contre ces geignards, ils vont disparaître dans les Tombeaux. Non seulement nous avons besoin d'eux pour terminer la tour, mais elle risquerait de s'effondrer.

Les Ombres. Des pouvoirs. Je n'ai aucune idée de la manière de les utiliser, de toute façon.

Balabord se jeta dans la bagarre. Kordac le regarda, en retrait. Entre les cris, il entendit les revendications des rebelles. Ils exigeaient de rejoindre Val-des-Miracles, comme tant de leurs pairs.

— On veut voir Maître Tark !

— MAÎTRE TARK, MAÎTRE TARK ! crièrent à l'unisson des centaines de voix.

— Le seul maître ici, c'est Omok, rétorqua Balabord. Et nous sommes ses serviteurs ! Alors obéissez et rentrez dans le rang !

Mais loin d'obtempérer, les morts étaient de plus en nombreux à quitter leur position et la rébellion gagna du terrain vers le sommet telle une traînée de poudre, comme si l'arrivée de Balabord avait décidé les réticents à s'engager. En quelques secondes, tout l'édifice se mit à hurler. À chanceler aussi. Une grappe d'une cinquantaine de corps se détacha du faîte, heurta l'un des démons de plein fouet. Le choc dématérialisa le serviteur d'Omok qui se transforma en une nuée de chauves-souris.

— Par Omok ! souffla Balabord.

L'inquiétude de son ton n'échappa pas à Kordac, qui recula un peu plus. Les chauves-souris attaquèrent la tour en piaillant horriblement, aggravant la cohue verticale.

— Non ! fit un démon qui se projeta vers la nuée volante pour tenter quelque chose.

Déjà précaire, la situation dégénéra un peu plus. Les chauves-souris dévoraient les membres des morts, rompant les attaches et les liens déjà mis à mal, qui retenaient les Galaméens entre eux. Un nouveau mouvement de panique se propagea et un autre groupe se détacha, passant dans sa chute tout près de Balabord. Le démon, qui s'était élancé pour éloigner les mammifères volants, devint leur proie. Tout un étage fut précipité vers le sol ; des corps frappèrent un second serviteur qui explosa sous la violence du choc. Un millier de chauves-souris se matérialisèrent encore.

Des morts profitèrent de la confusion extrême pour saisir et attirer Balabord à l'intérieur. Le démon disparut aux yeux de Kordac.

Pour la première fois, l'ancien empereur se sentit impliqué dans les événements. Aussi étrange et déplaisant fût-il, Balabord était pour le moment son seul allié. À tout le moins un guide dans un monde hostile, un monde dont il savait trop peu de chose. Kordac avait besoin de lui. Pour retrouver son chemin. Pour savoir qui il était.

Et pour rejoindre Onahra.

Il lui fallut moins de trois secondes pour comprendre où étaient ses intérêts. Il se rua à son tour vers la façade de chair, écartant à grands moulinets des bras les volatiles excités. L'un d'eux le mordit au dos de la main et Kordac poussa un cri. Mais il continua de forcer le passage.

Des centaines de doigts le palpèrent, le griffèrent, le pincèrent. Il se débattit de toutes ses forces pour s'infiltrer dans cette défense. Il sentit la colère monter. Alors une énergie inédite se manifesta en lui. Comme un feu né à l'arrière de son crâne et qui aurait gagné ses épaules, ses bras, pour se concentrer au bout de ses mains. Il pouvait presque le visualiser. Était-ce le pouvoir dont lui avait parlé Balabord ?

Kordac le retint, comme le démon le lui avait conseillé. Enfin, il se trouva à l'intérieur de la tour. C'était une sorte de palier donnant sur une multitude de pièces sans portes. Il y régnait une chaleur moite, étouffante. Les cris de révolte et de souffrance se réverbéraient étrangement en son sein. Le sol était instable, garni d'un réseau veineux aussi épais que les racines d'un arbre centenaire. Des ossements saillaient ; ils traçaient à la verticale une structure où s'agglutinaient et s'intriquaient des membres difformes. Qui séjournerait là ? La construction et ses habitants étaient-ils une seule et même réalité ? Habiter pareils murs… Kordac lutta pour ne pas se laisser vaincre par la folie de cette vision.

Balabord gisait, inconscient, à deux mètres de lui, couché sur le flanc. Des chauves-souris voletaient autour de sa silhouette, menaçantes. Des morts se détachèrent littéralement des parois et s'approchèrent de Balabord en rampant.

— Fichez le camp ! cria Kordac.

En pure perte : les Galaméens le regardèrent avec curiosité et reprirent leur reptation vers le serviteur d'Omok, tandis que d'autres progressaient vers lui. L'énergie accumulée par la colère demanda à quitter ses mains avec une irrésistible urgence. Comme mû par un marionnettiste, Kordac tendit le bras vers les morts les plus proches. Une langue de feu noire jaillit de ses doigts en ululant et frappa les Galaméens. Des ombres environnèrent aussitôt les victimes et les dévorèrent à une vitesse stupéfiante.

Bon sang, qu'est-ce que c'est que cette horreur ? se demanda Kordac.

Mais l'arme était si efficace qu'il n'attendit pas de réponse avant de lancer une nouvelle salve. Elle fit de nouveau mouche et emporta d'autres morts loin de la tour. Cette fois, les Galaméens stoppèrent leur progression. Bien qu'ils n'aient jamais vu ce « serviteur », ils comprirent qu'il représentait une menace réelle.

— Reculez ! ordonna Kordac.

Après une seconde d'hésitation, les morts s'éloignèrent de Balabord. Tendant un bras vers les plus proches d'entre eux, Kordac franchit les quelques pas qui le séparaient du serviteur d'Omok. Il se pencha au-dessus de lui.

— Balabord ! fit Kordac. Réveille-toi !

Un craquement sinistre résonna en hauteur. Kordac leva les yeux ; il manquait une bonne moitié du plafond et on pouvait voir, d'étage en étage, jusqu'au ciel chargé de nuages. Des corps se mirent à pleuvoir à l'intérieur de la construction, heurtant les paliers, rebondissant contre les parois quand ils ne s'éventraient pas avec un bruit atroce sur des os saillants. L'un de ces morts chuta jusqu'à lui ; l'ancien empereur l'évita de justesse mais ne put échapper à l'aspersion d'os, de chair et de sang. Un autre tomba, puis un autre encore. Kordac eut un haut-le-cœur et se retourna vers le démon qui, cette fois, gémit et bougea un peu.

Kordac le prit par l'épaule et le secoua.

— Tout va s'effondrer ! BALABORD !

Le serviteur roula sur le dos, cligna des yeux.

— Que…

— La tour, elle s'effondre !

Cette fois, Kordac tendit la main. Balabord la saisit et s'en servit pour se hisser avant de subir un vertige ; Kordac passa le bras du démon autour de son épaule et marcha vers l'extérieur. Dans leur dos, des corps s'effondraient et explosaient en ignobles paquets de matières. Le sol ondulait maintenant, rendant la progression des deux hommes plus difficile. Des nuées de chauves-souris voletaient et piaillaient, donnaient des coups de leurs petites dents aiguisées. Kordac en chassa deux qui s'attaquaient au cou de Balabord.

Des hurlements inhumains fusaient de partout à la fois. Le sol s'affaissa juste derrière eux, rompant des artères qui se mirent à gicler en tous sens. La lumière explosa sur le palier ; un pan entier de mur organique venait de s'écrouler. Le sol pencha dangereusement en direction d'os taillés comme des pieux.

Kordac perdit l'équilibre sur le sang qui giclait à ses pieds et s'affaissa lourdement sur Balabord. Le sol ploya un peu plus. Le duo glissa vers les pieux alors que les chauves-souris revenaient à l'attaque, excitées par le sang et les cris de panique.

Kordac saisit ce qui ressemblait à une liane. La prise était glissante et il comprit qu'il s'agissait d'une veine. De l'autre main il tenait Balabord.

— Vole…, dit Balabord d'une voix faible.

— Quoi ?

— Vole ! Sou… soulève-toi…

Il a raison, pensa Kordac. *Je volais en arrivant ici. Mais comment ?*

Sa main glissait le long de la veine. Le plancher accusait une telle pente que bientôt il serait à la verticale.

Tout à coup, Kordac se sentit plus léger, comme si on le soulevait par les jambes. Il baissa la tête et vit effectivement le démon s'élever, l'emportant lentement avec lui. Balabord grimaçait dans l'effort tout en chassant les volatiles qui s'en prenaient à lui. Il ne tiendrait pas longtemps.

Concentre-toi. Allez !

À son tour son corps se souleva. Il aurait pu trouver la sensation excitante si seulement il en avait eu le temps. Et la disposition d'esprit ! Pour le moment, il fallait sauver sa peau et quitter les lieux au plus vite.

Balabord tendit le bras vers le mur extérieur et un trait d'ombre en jaillit. Kordac fit de même tout en avançant.

— Attention, au-dessus ! cria-t-il soudain.

Balabord s'écarta. Un corps passa tout près, frappa le sol en craquant puis roula sur la pente du plancher avant de se ficher dans la structure en os.

Les Ombres avaient déjà terminé leur besogne, ouvrant un passage dans l'intrication de chair humaine. Balabord s'y précipita tête baissée, suivi de près par Kordac. Une main agrippa la longue natte rousse du serviteur d'Omok ; Adrian frappa de toutes ses forces sur le bras qui tentait d'arrêter son guide et la main lâcha les cheveux. Enfin, ils étaient dehors.

— Éloignons-nous !

Les deux rescapés parcoururent une centaine de mètres avant de s'arrêter puis de se retourner pour contempler la catastrophe en cours. La tour avait déjà perdu un tiers de sa hauteur. Encore quelques secondes et il n'en resta plus que la moitié. Un cri suraigu vrilla les tympans de Kordac tandis que l'effondrement se poursuivait, atteignant les Absents, et qu'un anneau d'une indéfinissable matière noire se mettait à tournoyer sur les vestiges de l'édifice.

Puis il n'y eut plus qu'un nuage de cendres en suspension où étouffèrent les chauves-souris nées des démons.

— Eh bien, c'était moins une…, dit Balabord en renouant sa natte.

— Merci, dit Kordac.

— Merci pour quoi ?

— Pour le vol : je n'y pensais pas et si tu n'avais rien dit, je me serais sûrement empalé.

— Quel drôle de démon tu fais… Mais c'est à moi de te remercier. Si tu n'étais pas venu me chercher, je ne sais pas ce que je serais devenu. J'aurais peut-être achevé ma carrière dans les Tombeaux ou comme ces malheureux.

— Qu'est-ce qui leur est arrivé ?

— Ils ont changé d'état et d'autres créatures ont réclamé leur âme. Apparemment, elles y sont parvenues… Ce genre d'incident se produit rarement. Quant à la cité…

Balabord secoua la tête en grimaçant.

— Eh bien ? insista Kordac.

— Ça n'arrivait *jamais* avant.

Le démon marqua un nouveau silence.

— Avant quoi ? dut demander son compagnon d'infortune.

— Avant Tark. Il a changé beaucoup de choses ici. Il a acquis assez de pouvoir pour entraîner les Galaméens en Val-des-Miracles.

— Il a fait ça tout seul ? Il lui a forcément fallu des complices, tu ne crois pas ?

— Bah, va savoir…

Kordac perçut des traces de culpabilité dans la mine du démon. N'avait-il réellement rien à se reprocher ?

— Parfois, dit Balabord, je me demande quel rôle joue Omok là-dedans. Il s'est passé tant de choses ici… Et il n'est jamais intervenu. Oui, je me demande.

— Pourquoi tu ne lui poses pas la question directement ?

C'est moi *qui demande ça ? Je dois être devenu fou !*

— Tu te souviens d'Omok ou tu l'as oublié, lui aussi ? Parce que si tu t'en souvenais, tu ne tiendrais pas ce genre de propos. Bon, je suis épuisé, dit le démon, pas toi ?

Il voudrait changer de conversation qu'il ne s'y prendrait pas autrement.

— Si. Arrêtons-nous quelque part, si tu veux bien.

— Je connais un endroit très agréable : le Ventre.

— Quel drôle de nom ! Je suis sûr que c'est à cause de la forme de ses rochers, ou quelque chose comme ça.

— Ah, ah, ah !… En fait, il s'agit du nom d'un lac. Son eau est vivante. Tark a fini par l'asservir. Suis-moi.

Ils voyagèrent durant une bonne heure avant de rejoindre l'ancien refuge du sorcier. À leur arrivée, Kordac s'étonna du palais édifié sur les rives du lac. Un palais qui avait toutefois perdu les deux tiers de sa taille : en disparaissant au plus profond d'Elamia, le sorcier avait laissé échapper son influence sur son repaire, lequel avait retrouvé sa taille originelle, sans les ailes qui n'étaient que des illusions élaborées par la magie.

— Voilà la Cabane. Un nom un peu trop modeste pour celui qui se voulait le nouveau maître de Galameh, tu ne trouves pas ?

— Oui, sans doute. Alors Tark habitait là ?

— Lui et sa cour. Il y a lancé ses grandes manœuvres. Regarde, tu vois ces grands squelettes bruns, sur la berge ? Voilà ce qui reste des navires qu'il a construits. Le Ventre les entraînait sur un fleuve. Lequel débouchait en divers endroits d'Elamia.

— Dis-moi, Balabord, tu en sais des choses sur ce Tark.

— Oui ? C'est-à-dire qu'il a pris beaucoup de place, ces derniers temps.

— Que sais-tu d'autre ?

— J'en ai déjà trop dit.

— Et Omok pourrait le savoir, c'est ça ?

Nulle menace dans la voix de Kordac ; plutôt une forme de complicité née de l'épreuve traversée ensemble plus tôt.

— Jure-moi de ne pas être un espion d'Omok.

— Je croyais que la parole donnée ne valait pas grand-chose, ici.

— Mmm..., maugréa le démon. Très bien, au temps pour moi. Allez, posons-nous par là.

Ils s'assirent au pied d'un arbre à une centaine de mètres de la Cabane.

— J'aimerais tellement savoir qui tu es, Kordac. D'où tu viens... Je ne t'ai jamais vu dans les plaines Variantes. Je ne t'ai pas plus croisé près du Ponton, la cité des marins, ni à la frontière qui sépare Galameh du royaume de Ganalone.

— Je n'y suis jamais allé. Enfin, je n'en ai pas le souvenir...

— Et tu sembles ignorer tout ce qui fait la force d'un bon serviteur d'Omok. La mémoire ne te revient donc pas ?

— Tu es vraiment curieux, Balabord.

— Qui ne le serait pas à ma place ?

Au moins, il n'évoque plus ses amis pour me « décider » à parler.

Kordac regarda le lac. Son eau noire était lisse comme une immense nappe de pétrole.

— Si je te proposais un marché ?

— Un marché ? s'étonna le démon. De quel ordre ?

— Je te raconte ce dont je me souviens et tu m'aides à retrouver quelqu'un.

— Nous y voilà... Tu n'es pas parmi nous sans raison. Je le savais !

— Détrompe-toi : je ne suis pas arrivé ici pour une « raison » précise. Il se trouve que je suis là bien malgré moi et que je tiens à profiter de cette opportunité.

— Dis-moi, tu ne vas pas te mettre à geindre comme ces insupportables humains ?

— Je ne suis pas à franchement parler ravi de me trouver en Galameh, mais non, rassure-toi, je ne vais pas me mettre à pleurnicher.

— À la bonne heure. Alors, vas-y.

— Tu m'aideras ?

— Je t'aiderai. Qui veux-tu retrouver ?

— Onahra. Dis-moi, tu as déjà entendu parler de l'empereur Adrian ?

Kordac passa l'heure suivante à raconter qui il était, d'où il venait et comment il avait échoué en Galameh. Il avait promis à Balabord de ne pas pleurer et il prit sur lui-même pour ne pas céder. À mesure qu'il évoquait ses dernières heures parmi les vivants, une tristesse profonde doublée d'angoisse l'empoignait. Oui, il trouvait injuste de n'avoir pu sauver tous ces enfants, là-bas, prisonniers de cette tour au sommet du mont Corall. Oui, il trouvait injuste d'avoir pour la seconde fois perdu tant d'hommes sur un champ de bataille, surtout que, ce jour-là, il venait libérer une ville de son tyran. Oui, il estimait injuste d'avoir été si longtemps séparé de son épouse puis d'avoir perdu sa maîtresse, cette Julipen qui avait tant fait pour lui et en si peu de temps.

Pourtant, il ne se plaignit pas. Quand il eut terminé son récit, Balabord marqua une pause, jouant avec sa natte.

— Voilà bien l'histoire la plus incroyable que j'aie entendue depuis longtemps.

— À ce point-là ?

— Qu'est-ce que tu crois ?

Soudain, Kordac trouva une ressemblance entre Otum et le serviteur d'Omok. Non pas physique mais de caractère. L'un et l'autre partageaient cette arrogance que tempérait leur curiosité à l'égard de l'ancien empereur. Leur curiosité et leur respect.

— Je pensais, reprit Kordac, que Galameh serait plein de ces histoires folles…

— Peut-être. Sauf que je ne les écoute plus. Mais regardons les choses en face : si tu dis vrai, tu es le premier empereur de cette importance à échouer ici. Et sous cette forme ? N'en parlons même pas !

Balabord éclata alors de rire en claquant sa maigre cuisse.

— Je n'imaginais pas produire un tel effet sur un gardien de Galameh…

— Non ? Désolé, l'ami. Je me demande si ça n'est pas nerveux. Tout va si vite, en ce moment ! On dirait que l'univers s'apprête à changer. Tu sais, je vais être honnête avec toi : j'ai bien failli sortir d'ici.

— De Galameh ?

— Oui, de Galameh : Tark me l'avait promis. En échange de… eh bien, de quelques menus services. Cette tour dont tu m'as parlé : selon lui, elle devait ouvrir un passage et nous assurer, à nous autres démons, un séjour sans danger de l'autre côté. Pendant un long moment, j'y ai cru, ajouta-t-il avec mélancolie.

— Tu penses que ça t'aurait plu ?

— Moins de geignards, oui, ça m'aurait vraiment beaucoup plu ! Mais je vois ce que tu veux dire. Val-des-Miracles n'a jamais été mon monde. On dit que l'herbe est toujours plus grise ailleurs.

— Verte.

— Pardon ?

— L'expression c'est : « L'herbe est toujours plus verte ailleurs. »

— Ah ? Pas ici en tout cas, je t'assure !

Kordac sourit.

— Oui, c'est vrai, tout est si… gris en Galameh.

— Ça te déplaît ?

— Et comment ! Mais je ne vais pas me mettre à me plaindre.

— Il vaut mieux : il y a de fortes probabilités que tu y passes un bon bout d'éternité.

— Je préfère ne pas y penser, vois-tu ?

— Ça passe plus vite qu'on ne le croit ! Enfin… je n'en sais rien. Tark a apporté pas mal de nouveauté. C'était très difficile de travailler pour lui et à la fois si différent… Je n'ai pas vu Omok depuis quelques millénaires, tu sais ?

Kordac hocha lentement la tête. Quelques millénaires. Il eut le vertige. Des milliers d'années prisonnier de cet enfer. Quel pire destin imaginer ? Il y avait ces fameux Tombeaux…

Oui, il y a pire. Et c'est Onahra qui est en train de le vivre !

— Eh, ça ne va pas ? s'enquit Balabord.

— Ce… ce n'est rien.

Il se força à sourire avant d'ajouter :

— Sûrement ma nouvelle condition : du mal à m'habituer à ce nouveau corps.

— C'est vrai, tu ne devrais pas être un serviteur d'Omok ! Voilà une pièce manquante…

— Je suis le premier surpris, je t'assure.

— Attends, laisse-moi réfléchir.

Le démon ferma les yeux et, en une pose théâtrale, entreprit de se gratter une croûte sous l'oreille. Il décolla un bout de peau sèche, la pinça entre deux ongles et la porta à sa bouche. Il rouvrit les yeux.

— Tu as du sang démoniaque dans les veines, dit enfin Balabord. Je ne vois que ça.

— Du sang démoniaque…

— Oui. Il doit y avoir un démon parmi tes ancêtres.

Kordac pensa aux événements vécus en Anakann. Sa rencontre dans le désert avec Otum, la marque du démon sur son épaule. Puis l'enlèvement dans le nuage de Raark, maître d'Otum ; cette immense créature qui, à la semblance d'un dieu, disposait de la vie des uns et des autres. Raark connaissait les événements en cours et il avait lancé l'amnésique sur la piste de sa mémoire. Pourquoi un tel être se serait-il intéressé à un mortel ? Avait-il reconnu la nature singulière du voyageur ? Quand Adrian avait recomposé une armée de libération, Otum s'était introduit dans sa tente et l'avait à nouveau interrogé, nargué, rôdant autour du Sarment du Temps comme un chien autour d'un os. Décidément, il intéressait Raark !

J'étais le porteur du Talaris. J'avais ces pouvoirs…

Parmi le peuple voyant des Aresmass, Adrian était le plus doué. Son père, Haspalnod, lui avait donné le Sarment du Temps et l'enfant en avait fait une arme : grâce à elle il avait pu voyager vers l'avenir à sa guise, choisissant les trames qui l'intéressaient dans l'enchevêtrement infini du Canevas et ainsi mettre au point ses stratégies de conquête. Ses pouvoirs étaient-ils le fruit d'une ascendance démoniaque ? Comment le savoir avec certitude…

— Je n'ai pas de réponse à cette question, Balabord. M'aideras-tu quand même à retrouver Onahra ?

— Rejoindre les Tombeaux ?! Mais tu es complètement fou !

Il a peur, se dit Kordac. Ce qui signifiait que l'endroit était aussi terrible qu'il le craignait lui-même. En Galameh, il était en position de force malgré son ignorance ; dans les Tombeaux, perdrait-il ses capacités extraordinaires ? Celles du serviteur d'un dieu…

— Dis-moi juste comment les atteindre.

— Eh bien, il faudrait que je te tue.

— Je suis déjà mort !

— Tu sais très bien ce que je veux dire, n'est-ce pas ?

Kordac déglutit. Tant en Val-des-Miracles qu'au royaume d'Omok il avait vu les Ombres s'attaquer aux Galaméens. L'expérience paraissait effrayante et douloureuse.

— Mais il y aurait peut-être une solution, maintenant que j'y pense, reprit Balabord qui s'amusait aux dépens de son compagnon.

Kordac n'eut pas le temps de le déplorer : une explosion retentit tout près. Balabord était déjà en l'air, sur le qui-vive.

— La Cabane…, dit-il en pointant du doigt l'édifice en bois.

Kordac tourna à son tour le regard vers le palais du sorcier. Une lumière puissante filtrait à travers les rondins sculptés de la façade nord.

— L'endroit est toujours habité ?

— Sans doute quelques courtisans. Allons voir ce qui se passe !

* * *

Walterin et Numiel erraient dans la résidence de Tark depuis des semaines. Ils figuraient parmi les derniers courtisans à espérer le retour prochain de leur maître. Walterin était replet et ses cheveux roux étaient rongés par une tonsure naturelle. Sa robe descendait jusqu'à ses orteils boudinés. Complètement chauve, Numiel le dépassait d'une tête et ne semblait pas savoir quoi faire de ses longs bras.

De leur vivant, l'un et l'autre étaient des commerçants estebelliens, affables et nantis. Leur commerce les avait opposés au point de saboter mutuellement leurs affaires : Walterin avait lâché un sac de rats malades dans l'arrière-boutique de Numiel, ce qui avait fait mauvaise impression auprès des clients à l'heure de l'ouverture. En représailles, Numiel avait empoisonné les barriques de vin de Walterin qui dut déplorer trois morts parmi sa clientèle.

Les commerçants portèrent plainte ainsi que les clients et leur famille. L'affaire fit grand bruit car c'était la première fois que la concurrence prenait de telles proportions à Estebellia. Comme ils n'en étaient pas à leur coup d'essai et que leur guerre, que relayaient avec une même énergie leurs épouses, annonçait une escalade sans fin, l'un et l'autre furent condamnés à mort et exécutés ensemble sur la place publique.

Il n'y avait plus rien à vendre en Galameh, les ennemis d'hier devinrent amis. Comme tout bon Galaméen, ils racontaient à l'envi leur tragique destin, ajoutant à chaque nouvelle version un détail éloquent, exagérant le nombre de victimes que leur guerre avait causé. Ils vivaient ensemble, partageaient une même rancœur à l'encontre de leurs juges, rêvaient de les retrouver autour d'une table pour leur faire avaler des rats empoisonnés.

Puis Golan Tark était arrivé dans leur pitoyable existence de Juste-morts et ils s'étaient mis à son service, parcourant Galameh de long en large pour lui fournir les matériaux dont il avait besoin, rencontrer les hommes qu'il projetait de recruter.

Un jour ils franchiraient le seuil entre Galameh et Val-des-Miracles. Toutefois il était hors de question de le faire sans leur maître.

Un maître qui tardait à réapparaître. Si bien que Walterin et Numiel arpentaient sans cesse les couloirs de la Cabane, ne voulant pour rien au monde manquer le moment où son propriétaire s'y réinstallerait.

Ce jour-là ils se disputèrent au sujet d'une porte.

Walterin voulait forcer l'entrée d'une pièce : l'attente interminable et son insatiable curiosité l'y poussaient. Numiel assurait qu'il s'agissait là d'un authentique crime perpétré à l'encontre du Maître.

— Avoue, dit Walterin, que tu as peur des conséquences.

— Le Maître saura que je n'ai rien fait et que j'ai défendu son intimité.

— À d'autres ! Je parle des conséquences magiques : tu crains que cette porte soit piégée.

— Eh bien… Et si c'était la pièce elle-même qui était piégée ? Je n'ai aucune envie de me retrouver au fin fond de Galameh.

— Moi non plus, crois-moi. Mais j'ai déjà vu le petit Jeremy entrer par là.

— Et après ? Tu l'as vu récemment, toi, le garçon ?

— Non. Quel est le rapport ?

— Peut-être a-t-il été puni, justement.

— Ne raconte pas n'importe quoi. Il venait là régulièrement et poussait cette porte sans dommage pour lui, la Cabane ou nous autres courtisans.

— Tu l'as espionné ? Tu as espionné un digne serviteur du Maître ?

— Ne prends pas ces airs de Vénus effarouchée, tu veux bien ?

— Il avait peut-être un code secret pour y pénétrer sans être inquiété…

L'échange dura ainsi cinq bonnes minutes jusqu'à ce que Numiel se range aux arguments – et à la curiosité – de son compagnon. Ce fut même lui qui poussa la porte. Pour trouver de l'autre côté une pièce sombre à l'exception d'une boule qui brillait faiblement. Son aura étrange attira irrésistiblement les deux commerçants.

— Qu'est-ce que c'est que ça ?

— On dirait que ça a… des facettes. Je me trompe ?

— Non, tu ne te trompes pas. C'est la plus grosse pierre précieuse que j'aie jamais vue !

La gemme avait la taille d'un crâne humain. Elle flottait au-dessus du sol creusé de rigoles où s'écoulait lentement une humeur verte et épaisse.

— Tu crois que…, commença Numiel, oubliant déjà toutes les réserves formulées avec tellement de vigueur quelques instants auparavant.

— Ça a l'air si… vrai !

Habitué aux illusions qui composaient bien des décors et des objets de Galameh, Walterin s'extasiait avec sincérité.

—Oui, un énorme diamant noir, commenta Numiel en tendant la main vers la gemme.

Plutôt que les reflets de la pièce et de son propre visage, il vit des myriades d'âmes dans les facettes. Des âmes torturées, à la fois victimes et bourreaux, proies et prédatrices.

Une forme d'effroi que Numiel n'avait pas connue depuis longtemps – en fait depuis son voyage vers Galameh, lorsqu'il avait longé d'invraisemblables chemins peuplés d'ombres vindicatives – s'empara de lui. La fascination et l'appât du gain lui disputaient encore la primauté de ses sentiments et il continua d'avancer jusqu'à poser la main sur l'artefact.

Il eut alors l'impression de perdre en un instant cette force qui n'était plus la vie mais le cadeau empoisonné d'un dieu. C'était comme être aspiré de l'intérieur. Il aurait voulu crier mais il était trop tard. Comprenant que son ami était en danger, Walterin se précipita sur lui pour le secourir. À peine avait-il posé les mains sur le dos de Numiel que les âmes voraces de la Pierre d'Ombre s'emparèrent de lui aussi. Dans le mouvement, il bouscula Numiel, lequel tomba en avant et entraîna dans sa chute le Talaris maintenu en l'air par un mince filet ensorcelé.

La Pierre toucha le sol et libéra en une fraction de seconde une formidable quantité d'énergie. Celle-ci absorba les malheureux, assécha les rus qui alimentaient la pièce et libéra des centaines de papillons aux ailes pâles, les maculas.

* * *

Balabord arriva le premier sur les lieux. Et vit aussitôt l'éclosion meurtrière dont il avait fait les frais, quelque temps plus tôt.

—Attention ! cria-t-il quand Kordac l'eut rejoint.

—Qu'est-ce qu'il y a ?

—Les maculas !

Comme le nouveau venu haussait les épaules en signe d'incompréhension, Balabord précisa :

—Les papillons, là, qui volent partout, ne me dis pas que tu ne les vois pas ? !

—Si, bien sûr. Il y en a partout !

Effectivement, les maculas voletaient en tous sens. Après l'horrible spectacle des chauves-souris nées des démons, ils semblaient à la fois décoratifs et inoffensifs.

—Justement ! Qu'ils te touchent et ils mangeront ta chair comme de l'acide…

Balabord n'avait pas l'air de plaisanter ; Kordac changea son regard sur les insectes et recula… avant de constater qu'il s'en trouvait autant derrière lui que devant.

Les deux démons volaient dans le couloir menant à la pièce où avaient disparu Walterin et Numiel, les courtisans.

— N'essaie même pas de les chasser avec la main, l'avertit encore Balabord.

— Nos… pouvoirs ne marchent pas ?

— Les Ombres ? Je préfère ne pas essayer, on a déjà assez semé de chaos aujourd'hui ! Allez, filons d'ici.

— Attends…

— Quoi ?

Kordac se fraya un chemin parmi l'invasion volante pour s'approcher de l'entrée de la pièce. Il avait l'impression de nager à proximité d'un banc de méduses. Cette même beauté vénéneuse.

— Tu ne sens pas… quelque chose de bizarre ? demanda-t-il.

— Exprime-toi plus clairement, tu veux bien ? dit Balabord, nerveux.

Kordac vit la gemme au milieu de la pièce, flottant à nouveau, à quelques centimètres seulement du sol. Et se baissa juste à temps pour éviter trois maculas.

— Il y a une… énergie particulière là-dedans.

— Oui : je le sens aussi. Mais j'aimerais mieux ne pas traîner ici.

— Je vais voir…

— Bon sang !

Kordac entra dans la pièce. L'artefact l'attirait à son tour, avec sa beauté sombre, sa lumière surnaturelle. Il tendit la main vers ses innombrables facettes… et se sentit touché par le désespoir qu'il crut lire dans les reflets. Nul effroi ne le saisit, plutôt une forme d'empathie. Il prit le Talaris entre ses mains. Quelque chose se déforma en lui. Comme si un recoin de son cerveau, plus poussiéreux que le grenier d'une ferme à l'abandon, se retournait pour montrer une nouvelle face. Cette face fut comme un éclat de verre grossissant que percuta un flash lumineux. Un courant immatériel passa entre le Talaris et lui : il eut l'impression qu'Omok en personne venait de se pencher par cette lucarne taillée dans un matériau ensorcelé. Un million d'images déferlèrent en lui, aussi brèves que puissantes, racontant des milliers d'histoires, de destins.

— Eh ! fit Kordac en se jetant en arrière.

Son réflexe le mit en contact avec six maculas : un mince croissant de chair disparut de son épaule, comme s'il avait été gommé. Kordac poussa un cri de surprise et de douleur mêlées. Il recula et regarda, inquiet, son épaule. Précisément celle qu'Otum avait marquée.

Il reprit l'artefact entre ses mains et s'éloigna prudemment de la pièce.

— Pourquoi tu emportes ça ? lui demanda Balabord.

Kordac ne lui donna pas de réponse. Il poursuivit son chemin et sortit de la Cabane. Lorsqu'ils furent à l'extérieur, Kordac se tourna vers Balabord et l'interrogea à son tour :

— Tu es toujours d'accord pour me rendre le service que tu m'as promis ?

* * *

L'allée des Vœux désignait tout un quartier, bien que son artère principale en fût l'élément le plus actif et aurait mérité à elle seule toute une littérature. Ici, le ciel changeait sans cesse. Une minute il neigeait, à la suivante un soleil digne de l'Anakann séchait et l'eau et les âmes qui l'arpentaient. Ces constants incidents climatiques transformaient les couleurs, les parfums et les sons de l'allée.

Aucune habitation à proprement parler ne se dressait là. Des temples et des grottes votives, des chapelles et des moulins à prières se succédaient dans un complet désordre architectural. Le quartier était toujours le siège d'une intense activité : des prédicateurs de toutes nations y délivraient leur message tonitruant, des visiteurs superstitieux en arpentaient les allées. Il n'y avait qu'une période de l'année où l'on évitait d'y mettre les pieds : les quelques jours d'hiver, pendant lesquels les fêtes religieuses consacrées à une multitude de dieux provoquaient des phénomènes magiques de grande magnitude – du moins à l'échelle de l'allée des Vœux.

Celui qui voulait mettre fin à ses jours fréquentait alors ces lieux. En général, il y retrouvait quelques-uns de ses camarades en désespoir et avant qu'ils aient pu deviser de la nature de leur mal-être, la magie réduisait leur misérable existence à l'état de souvenir. Le plus souvent il ne restait plus rien des malheureux, pas même un carré d'étoffe calciné. Parfois, on ramassait un organe fossilisé, un membre couvert d'une humeur jaunâtre ou brune, quelque *ex-voto* habilement bricolé.

Depuis que Tormaga s'y était installée, le danger de mort y était permanent. Près de dix mille jeunes femmes avaient d'abord été menées à l'entrée de cette ville dans la ville, selon les ordres de la Mère des Tourments. Beaucoup étaient mortes dès le premier jour et il devint très vite difficile de convaincre les Havociennes de s'y rendre. Alors on les y traînait de force, et il fallait bien avouer que le nouvel homme de poigne de la cité, Yarn, s'y entendait pour obtenir cette « chair fraîche », comme la nommait sa cruelle supérieure.

Car il s'agissait ni plus ni moins de cela : Tormaga « consommait » les malheureuses. Rapidement si elles étaient inefficaces, sans se presser quand elles remplissaient leur rôle. En quelques heures, un climat de terreur s'installa sur le campement des femmes. Un sentiment parfait pour la créature : la violence des émotions procurait ce regain d'énergie dont elle avait grand besoin.

Tormaga se tenait au centre du quartier, sur une sorte de square pelé où s'élevait ce qui ressemblait à une chapelle funéraire et avait été l'antre d'un sorcier. À peine plus haute que la Mère des Tourments, la chapelle était un cube gris, maculé de coulures. L'érosion avait effacé les inscriptions et le faciès des mascarons grimaçants. Le sorcier se nommait Caliste et il avait jadis été un roi singulièrement cruel. Son utilisation de sorcelleries ancestrales l'avait peu à peu transformé en un être avide et tyrannique, maître d'un territoire talaxien de petites dimensions mais riche en minerais précieux.

Chassé par des sorciers concurrents, il n'avait pas reparu depuis des siècles et des siècles. La plupart des Havociens et des voyageurs ne le connaissaient que grâce à la situation centrale de son ultime résidence. Au contraire des phénomènes aussi miraculeux que spectaculaires qui se manifestaient auprès de certains temples, il ne se passait jamais rien d'évident dans les parages de Caliste : un handicapé pouvait perdre subitement sa jambe de bois, un enfant l'équilibre et se retrouver face à terre, défiguré, un richissime commerçant se trouvait ruiné le lendemain de sa visite sans avoir eu le temps de comprendre ce qui lui arrivait… Dans tous les cas, l'hôte de ces lieux avait disparu des mémoires.

Pas de celle de Tormaga.

Elle connaissait ses intéressantes caractéristiques. Et elle comptait bien se servir de lui.

Pour l'heure, il fallait le ramener ici et maintenant. Ce qui n'était pas une mince affaire, le roi sorcier ayant été défait et repoussé en des territoires qui n'étaient pas Galameh. Pour ouvrir la porte de sa prison et l'invoquer, Tormaga avait donc besoin de toutes ces femmes. Elle en prélevait la force vitale à l'aide de procédés cruels.

— Ne criez pas, commençait la mère des Tourments. Si vous m'obéissez en évitant de me casser les oreilles, je vous promets d'être clémente.

Tormaga mentait, bien sûr. Si ses victimes ne criaient pas, sa clémence se limitait à les achever d'un coup de talon dans la nuque. Elle l'avait donné si souvent, ce coup, que ses chaussures et le bas de ses jupons étaient couverts de matière cervicale, d'os et de sang. Malgré l'effort demandé par une telle sélection, la créature continuait ce massacre systématique sans arrière-pensée. Elle espérait simplement ne pas avoir besoin de passer par les armes l'intégralité de la population havocienne à ce rythme lent, un individu après l'autre : elle avait une destination à rejoindre et le plus tôt serait le mieux.

Plus d'un millier de femmes étaient déjà mortes entre ses mains. Autour de la tombe de Caliste des volutes vertes s'enroulaient lentement, traversées d'éclairs qui craquaient avec un son d'os brisés. Quatre jeunes femmes se tenaient, nues, à deux pas de l'édifice. Tormaga leur avait ôté toute volonté : leur corps ne leur appartenait déjà plus. Leur visage exprimait encore la peur mais moins que celui de leurs compagnes, à l'entrée de l'allée des Vœux.

— Mes chères amies, vous allez bientôt pénétrer dans le saint des saints.

Les volutes se concentraient devant l'unique porte de la chapelle. Elles en avaient déjà mangé la pierre et elles s'attaquaient depuis deux jours à réduire les magies qui en scellaient l'accès.

— Mais avant toute chose, je dois vous préparer à ce magnifique voyage.

Les femmes lui tournaient le dos. Tormaga s'avança, flatta les nuques de sa main libre. Dans l'autre, elle tenait quatre sondes pointues comme de longues seringues. Après ce premier passage, elle embrassa le cou de la plus jeune ; puis, d'un mouvement assuré et tant de fois répété, elle enfonça le poinçon à la base du crâne. La jeune femme ouvrit la bouche, incapable d'émettre un son, et se mit à trembler. Tormaga appuya sur le manche de l'instrument jusqu'à l'enfoncer à moitié. Elle répéta l'opération avec les trois autres suppliciées.

Du sang s'écoula par les sondes et, avant même qu'il ait touché terre, les volutes glissèrent vers l'écoulement pour le transformer en gaz. Les femmes s'avancèrent alors d'un pas mécanique et disparurent derrière les fumées accumulées là.

Tormaga essuya machinalement l'une contre l'autre ses mains ensanglantées. Elle était lasse : tout cela prenait tellement de temps et de force !

Au moins, ce Yarn a fait du bon boulot.

Elle se demandait ce qui pouvait bien motiver cet homme. Il n'avait reçu aucune promesse. La peur ne semblait pas avoir de prise sur lui. À sa connaissance, il n'avait personne à sauver en échange des femmes qu'il livrait. Pour autant, Tormaga ne l'aimait pas – elle n'aimait personne. Elle respectait la qualité de son travail. En d'autres temps, Yarn aurait fait un bon compagnon, à l'instar de Golan Tark.

Tark...

Lui avait été exceptionnel. La motivation ? Il n'en avait pas manqué. Il nourrissait de telles ambitions ! Déjà, il lui en avait fallu pour convaincre les Ols de le conduire jusqu'à elle et se rendre jusqu'à la Forteresse des Secrets. Il aurait pu prendre la place d'Adrian au sommet de Consolata, si seulement le jeune empereur ne l'avait pas assassiné.

Même en Galameh, il avait su rebondir, se réinventer et devenir plus puissant qu'il ne l'avait jamais été. Bien qu'incomplet, l'enseignement qu'elle lui avait prodigué avait produit des miracles entre ses mains. Tark ne manquait pas d'idées. Oui, à bien des égards, il était exceptionnel. Au point de devenir dérangeant.

Elle lui avait suggéré de voyager à travers les marais de Tharang, à la recherche d'un chemin inédit vers Ilone. Elle se doutait bien qu'il s'y perdrait. Après tout, il avait déjà rempli l'essentiel de sa mission : construire ces tours qui, une fois mises en action, détruiraient la Forteresse et la libéreraient. Il pouvait bien se perdre dans les brumes éternelles de cette mer dont on ne connaissait pas les limites. Ilone s'y trouvait-elle ? L'île possédait plusieurs accès et certains chemins étaient plus avérés que d'autres. Plus sûrs ? À voir ! Kilarn détenait les clefs de tous les accès. Bientôt le Gardien serait à sa botte. Il implorerait son pardon. Que ferait-elle alors ?

Je n'aurai que l'embarras du choix.

Il fallait s'occuper de Caliste. Avant même qu'elle vienne au monde, le roi avait mis au point quelques techniques dont elle aurait bientôt besoin.

Devant Tormaga, les volutes avaient stoppé leur lente révolution. Elles recouvraient entièrement la chapelle. L'air se raréfia soudain, avec un bruit de puissante aspiration. Un froid glacial glissa sur le square et la terre se mit à trembler. Des fissures coururent depuis l'édifice masqué. Elles dégagèrent des geysers dont s'écarta la Mère des Tourments. Les failles s'étendirent bientôt dans toutes les directions, traversèrent l'allée des Vœux, ébranlèrent des temples, renversèrent des stèles et des obélisques.

Pour échapper à ce chaos, Tormaga s'éleva d'un mètre au-dessus du sol, les poings serrés sur sa poitrine en un geste de prière. Elle prononçait des incantations brûlantes qui engagèrent un combat contre la glace omniprésente.

Des centaines de mètres derrière la créature, le campement de toile des prisonnières s'effondra. Dans la panique, une bousculade effroyable tua les plus faibles. Des crevasses engloutirent les autres en un fracas de cris, de pierres entrechoquées et de gaz libérés dont certains explosèrent au contact de l'air. Un blizzard surnaturel se leva, balaya la scène et recouvrit de givre les nombreux cadavres qui dès lors revêtirent l'aspect émouvant de statues de glace.

Autour de la chapelle, le vide bloquait le passage au vent et aux cris. Derrière la fumée brune, la porte se fendit en une fois. Depuis son édification, le temple n'avait jamais été visité ; d'ailleurs, il était impossible d'y entrer. L'air qui s'en échappa en sifflant avait croupi durant plusieurs millénaires. Il occupa bientôt le vide du square et Tormaga se mit la main devant le visage en grimaçant.

Quelle horreur…

Car c'était bien là la seule chose qui la choquât : les gémissements de douleur et les pleurs qui succédèrent au sifflement ne lui tirèrent pas la moindre émotion. Après tout, elle avait elle-même conduit ces femmes au-devant de Caliste. Le roi sorcier ne s'était pas amusé depuis longtemps. Il n'avait pas *mangé* depuis longtemps. Tormaga était la mieux placée pour comprendre cela.

La Mère des Tourments en avait fini avec ses incantations. Elle était épuisée. Contrôler le dragon lui avait demandé beaucoup d'énergie. S'occuper de la prison du roi déchu avait exigé d'elle plus encore. Il lui faudrait se régénérer ; le meurtre serait un bon moyen d'y parvenir. Tormaga ne pouvait emmagasiner toute l'énergie dont elle avait besoin. Aussitôt captée, elle devait être employée. Dans le cas contraire, elle serait gâchée. C'était précisément là que Caliste devait intervenir. Du temps des Alfads, sa capacité extraordinaire à retenir d'importantes quantités d'effluences magiques faisait l'admiration de tous ceux qui s'étaient penchés sur la question. Puis elle était tombée dans l'oubli.

Il ne restait plus à Tormaga qu'à attendre la sortie du roi déchu. Ce qui devait lui prendre plusieurs heures : une sorte de réserve sans doute due à son long enfermement retenait le démon dans sa chapelle.

Après cette longue attente, et tandis qu'un silence de mort était tombé sur la place, Tormaga vit deux lueurs briller dans la pénombre de l'édifice crevé. Deux fentes lumineuses. La Mère des Tourments ne pouvait rien faire pour le sortir de là : les ultimes volutes appartenaient désormais à Caliste, tels autant de gaz empoisonnés. Elle devait donc le convaincre. Le séduire ? Elle était prête à cela.

— Montre-toi, Caliste. Allez, viens. Sors de ta retraite ; je pourrai t'offrir d'autres femmes.

— Ce n'était pas une retraite. C'était une condamnation à perpétuité.

La voix était à la fois rauque et faible. La phrase s'acheva en une terrible quinte de toux. Caliste n'avait pas adressé la parole à quiconque depuis bien longtemps. Depuis des milliers d'années.

— Viens, mon roi. Je t'ai libéré.

— Qui es-tu ? Encore un démon qui me joue un tour ?

— Est-ce qu'un démon te ferait de si beaux présents ?

Tormaga entendit un bruit mouillé.

Il se lèche les babines.

Le roi répondit :

— Quatre pucelles, c'est ça ton idée du beau présent ?

— Tu oublies celles que j'ai dû sacrifier pour ouvrir ta prison.

— Qui que tu sois, tu aurais pu me les laisser : je me serais chargé de leur… éducation.

— Et comment te les aurais-je laissées ? La porte de ta maison était fermée à double tour et j'avais beau frapper, personne ne se présentait pour l'ouvrir.

— Un point pour toi.

Le roi se remit à tousser. Si fort qu'il donnait l'impression de s'étouffer dans ses glaires. Tormaga l'entendit ensuite haleter. Quand il eut repris son souffle, il dit :

— Et toi, tu n'en vaudrais pas la peine ?

— Je te dirais bien de sortir pour constater par toi-même. Mais je te conseille surtout d'oublier tout de suite cette idée.

— Ah, et pourquoi ça ? Pourquoi abandonner alors que je pourrais bien être sur le point de refaire ma vie ? Hein ? Je pourrais même sortir d'ici d'un bond et me jeter sur toi pour assouvir une… une petite envie.

De nouveau, le son d'une langue passée sur les lèvres et une déglutition bruyante.

— Caliste, sois raisonnable : si j'ai eu la force d'ouvrir ta prison, tu imagines bien que je serais assez puissante pour venir à bout de toi sans peine.

Le sorcier toussa. Il semblait ne jamais devoir s'arrêter. Tormaga commençait à s'ennuyer ; elle contempla ses ongles rouges, en rogna un pour l'égaliser. Pouvait-elle se passer du roi sorcier ? Il l'horripilait déjà tant qu'elle avait envie de le torturer comme elle torturait ce lézard nommé Ol-Lohan. Elle tenta de manipuler l'esprit de Caliste mais sa magie ne lui fut d'aucun secours. Pire, elle mettait en péril toute son entreprise de séduction :

— Qu'est-ce que tu essaies de faire ? gronda le démon qui ressentit intimement la tentative.

La lueur de ses yeux clignota. Disparut. Le bruit de pas qui s'éloignent. Puis qui reviennent. Un piétinement.

— Tu fais quoi, tu es qui ? Tu as du pouvoir.

— Beaucoup…

— Mais pas assez pour m'ouvrir le crâne en deux.

Pas comme ça, en tout cas, se dit Tormaga.

— On m'appelle la Mère des Tourments.

— Eh, c'est un nom de démon, ça ! J'ai assez donné avec vous autres. Fiche-moi la paix.

— Je ne t'ai pas emprisonné : je t'ai libéré.

— Oui, et à peine as-tu ouvert ma porte que tu essaies de me briser !

— Je voulais juste savoir ce que tu avais à l'esprit.

— Ne recommence jamais ça. Ça fait… mal. Et puis, ça ne marche pas.

Écoute, je n'ai pas passé autant de temps au fond de ce trou pour qu'on me vide la tête dès que la porte s'ouvre.

— Pardonne-moi, dit Tormaga d'une petite voix.

— Quoi ? Je n'ai rien entendu.

— Je te présente mes excuses, Caliste. Je n'avais pas l'intention de te torturer. Juste de connaître tes intentions. Je veux dire, à quoi ça sert de rester là à attendre si tu n'as pas le cran de sortir ?

— Pas le cran ?

— Eh bien oui. C'est l'impression que tu donnes.

— Dis-moi, tu es seule, n'est-ce pas ?

— Ici ?

— Oui, là, *devant*. Il n'y a personne à proximité ?

— Je suis seule. En fait, l'allée des Vœux est vide.

— L'allée des Vœux ?

— C'est ainsi qu'on nomme le quartier où ta chapelle a été édifiée.

— Ah. L'allée des Vœux. Des gens viennent là, d'habitude ?

— Des femmes jeunes, Caliste ?

— Bah, toutes sortes de gens. Je ne suis plus si regardant…

— Habituellement, oui, il y a du monde, beaucoup de monde. J'ai dû… faire place nette pour permettre ton retour.

Nouvelle quinte de toux, moins aiguë que la précédente. Parler semblait soulager l'ancestral prisonnier. Il fit deux pas en avant, se trouva sur le seuil de la chapelle ébranlée. Il se tenait si mal qu'il donnait l'impression de mesurer bien moins que sa taille réelle. Sous ses longues mèches éparses son crâne blanc luisait. La tête ronde était fendue d'yeux d'enfant ; ils étaient incongrus sur la face aux traits épais, comme deux gemmes posées sur des épluchures. Sa bouche était grasse et son menton imberbe fuyant.

Vêtu d'un manteau en peau de bête dont les poils longs paraissaient vivants, le roi sorcier regarda à droite, puis à gauche. Revint sur Tormaga. Il toussa deux fois, cracha des glaires où se tortillaient des vers.

Tormaga hocha la tête lentement, comme l'aurait fait une mère pour encourager son bébé à la rejoindre par ses propres moyens pour la première fois. Caliste fit quelques pas maladroits. Ses jambes torses et maigres soutenaient mal son corps trop gros.

— C'est bien, Caliste. Très bien.

Elle masqua son dégoût du mieux qu'elle put. Jusqu'à présent, elle ne s'était pas rendu compte à quel point le dragon était un allié majestueux, imposant le respect autant que la peur. Tout à coup, elle avait peine à imaginer ce roi déchu comme compagnon de route. Seuls ses yeux ne la répugnaient pas ; ils ressemblaient à un mensonge de douceur sur cette corruption. Elle reporta son attention sur le manteau.

— Secoue-le, dit-elle alors.

— Quoi ?

Caliste s'était arrêté.

— Secoue ton manteau, s'il te plaît.

— Oh.

Caliste en brossa une manche, passa à l'autre, puis il en saisit les bords et l'agita. Chaque fois, une pluie de vers en tomba. Caliste leva les yeux vers la femme, en quête d'approbation ; elle lui adressa un sourire pincé, avant d'ordonner :

— Mieux que ça, Caliste. Mieux que ça. J'ai l'intention de conquérir un monde à tes côtés : je ne tiens pas à partager le pouvoir avec tes… tes petits compagnons.

Le roi hocha piteusement la tête. Le temps des caprices et des menaces avait passé : il était décidé à suivre les conseils, à obéir à celle qui venait de le libérer. Il enleva le vêtement, le secoua vigoureusement, puis en retira les larves récalcitrantes entre le pouce et l'index.

— Parfait. Je crois que nous allons pouvoir passer aux choses sérieuses.

— Tu as parlé de conquérir un monde ?

— Effectivement. Ce sera la première étape de notre collaboration. Qu'en dis-tu ?

— Il y aura des pucelles ?

* * *

La nuit tombait-elle jamais en Galameh ?

Kordac avait l'impression que seul le jour dictait sa loi en ces lieux maudits.

— Est-ce que tu sais seulement ce que tu fais ? demanda Balabord.

Ils se tenaient tous deux au fond d'un large cratère inhospitalier : sur son pourtour se balançaient des arbres noueux à la dense chevelure d'un brun foncé ; on eût dit une armée d'orcs attendant que sonnent les cors de l'assaut. Ils avaient frémi à leur approche et Balabord avait assuré Kordac que seul un démon pouvait approcher ces lieux protégés ; le nouveau venu n'en aurait pas douté une seconde.

Le sol était garni de pierres ponces qui roulaient sous les pieds, et continuaient même de rouler comme une fontaine minérale. De la poussière tourbillonnait, aussi agressive que des vapeurs de soufre. Au centre de cette immense cuvette se dressait un portique de pierre taillée, deux fois plus haut que Kordac. Il était posé sur une estrade de roche polie.

— Oui, je sais ce que je fais, répondit Kordac.

Il n'en était rien. D'ailleurs, sa voix trahit son peu d'assurance.

— Oui, bien sûr. Et moi je dois être au moins aussi inconscient que toi.

— Je ne pensais pas trouver quelqu'un de sensé aux enfers, plaisanta Kordac.

Le ton n'y était pas mais Balabord apprécia. La compagnie de cet être singulier – un empereur déchu, probable descendant d'un démon – n'était pas pour lui déplaire. Ses propres collègues, il les connaissait depuis trop longtemps pour leur trouver un quelconque intérêt. Et les Galaméens n'étaient pour lui que des troupeaux qu'il fallait sans cesse rassembler, punir, éduquer… En somme, un pensum. Non, Kordac était bien différent. Il ne nourrissait pas une ambition aussi dangereuse et démesurée que Tark. Il ne le poussait pas à accepter la plus vile des corruptions : trahir Omok en reniant ses devoirs. L'inconnu voulait juste retrouver son épouse. Voilà bien la première fois qu'une telle demande lui était formulée. Jusqu'à présent, les Juste-morts se moquaient des Absents ou des êtres envoyés dans les Tombeaux : ils s'intéressaient trop à leur propre malheur, qu'ils chérissaient comme un animal de compagnie, pour s'inquiéter de cela.

— Oh, il n'y a pas que des fous ici, répliqua le démon. Mais dis-moi, que comptes-tu faire de ce… cet artefact ? À ta place, je craindrais qu'Omok ne tombe dessus et veuille te punir de posséder un tel trésor.

— Il appartient aux Triniciens.

— Oui, ces maudits prêtres…

— Tu les connais ? s'étonna Adrian.

— Évidemment ! Dois-je te rappeler que les Triniciens ont commercé avec la mort ?

— Non, bien sûr.

— Et seul le royaume d'Omok leur est accessible.

— Parce que le royaume de Ganalone n'intéresse personne.

— Parce que personne ne veut quitter Hemalag ! C'est un royaume merveilleux, bien différent de celui-ci.

— Tu y es déjà allé ?

— Peut-être… Mais alors il y a si longtemps que je l'ai oublié. Tu vois ce que je veux dire ? railla Balabord.

— D'accord, l'ami. Message compris.

Tu garderas ce souvenir pour toi, Balabord. À chacun son jardin secret ! Sauf que je ne peux t'en dire plus : la question de mes origines demeure un mystère pour moi aussi, ami démon.

— Alors, reprit Balabord, tu vas rendre le Talaris aux Triniciens ?

— Pour cela, il faudrait que je repasse de l'autre côté, n'est-ce pas ?

— Exact. Je te rappelle que tu es un démon, maintenant. Enfin, peut-être l'as-tu toujours été. Et les démons comme moi ne peuvent vivre de l'autre côté.

— Tu en es certain ?

— Je n'ai jamais eu envie d'essayer, figure-toi. Bon, Tark savait comment procéder. L'un de ses acolytes aussi, un certain Bren Jackal. Je ne sais pas comment il s'y est pris, mais il est parvenu à ramener quelqu'un de Val-des-Miracles. Enfin il me semble. Crois-moi si tu veux, mes souvenirs à ce sujet sont… vagues. Comme si on avait cherché à les effacer de ma mémoire. Et je te jure que je ne plaisante pas !

— Je te crois. Passer de l'autre côté… Si moi je n'y arrive pas, il faudra au moins que le Talaris le puisse. Pour le moment, je vais chercher Onahra. Que dois-je faire ?

— Me suivre. Ça devrait suffire dans un premier temps.

Balabord grimpa sur l'estrade. Une brise se mit aussitôt à souffler, comme si elle avait attendu les pas du démon pour se lever.

— Tu m'accompagnes ? demanda Kordac, surpris.

— Bah, le chemin serait trop long à t'expliquer. Et puis je m'ennuie. Allez, rejoins-moi.

La gemme serrée contre son flanc, Kordac posa un pied sur l'estrade et s'y hissa. La brise gagna un peu d'ampleur. Balabord prit une longue inspiration.

— Et maintenant, dit-il, ne me quitte pas d'une semelle, d'accord ?

— D'accord.

Les démons s'engagèrent l'un après l'autre sous le portique.

* * *

— C'est toi qui as fait tout ça ? demanda Caliste.

— Oui, plus ou moins.

— Eh bien, quel bazar…

— Il fallait bien ça.

Le couple venait d'arriver à l'entrée de l'allée des Vœux. Des milliers de corps gelés et couverts de givre gisaient là. Les toiles des tentes effondrées composaient un immense linceul ; dans ses plis, la glace brillait.

— Il fallait bien ça pour me sortir de ma prison ?

— Précisément.

— Eh bien, eh bien…

Caliste se pencha, dégagea un pan de toile pour contempler une cuisse. Un sourire lubrique tendit les lèvres grasses du roi déchu.

— Qu'est-ce que tu leur trouves ? demanda Tormaga.

— Elles m'ouvrent l'appétit. Dois-je chercher plus loin ?

Il reposa la toile et ajouta :

— Mais je les préfère bien vivantes.

— Celles qui sont entrées tout à l'heure : elles étaient à ton goût ?

— Une agréable mise en bouche. Bien qu'elles soient un peu… détériorées.

— Désolée, mon cher gastronome. Je devais les préparer pour qu'elles puissent franchir la porte.

— Bien sûr, je comprends.

Tormaga remarqua que la voix de Caliste était plus assurée : moins rauque, elle ne le faisait plus tousser.

— Et maintenant, qu'attends-tu de moi ? l'interrogea-t-il.

— Une chose que je crois savoir être dans tes cordes.

Tormaga la lui expliqua. Tout du long, Caliste hocha la tête en se pourléchant. Quand elle en eut terminé, il demanda :

— Et c'est tout ?

— Peut-être qu'il restera une ou deux choses à accomplir. Rien de bien sorcier. Alors ?

— Mmm…

Caliste fit mine de réfléchir, comme s'il ne voulait pas montrer qu'il mourait d'envie de dire oui. Tous ces siècles dans les ténèbres de sa geôle avaient fait de lui une sorte d'enfant trop vite poussé en graine. Il avait besoin d'un guide pour ses premiers pas dans un monde nouveau. D'une mère. Celle-ci, malgré ses grands airs et son manque patenté d'affection, ferait l'affaire en attendant qu'il recouvre son autonomie. Après, il verrait. Il avait des projets pour elle.

Le couple passa les grilles de l'allée des Vœux. À l'extérieur, le blizzard et surtout le tremblement de terre avaient jeté à terre plusieurs édifices. Des incendies s'étaient déclarés, de la fumée montait des abords. Seuls les habitants touchés sortaient dans les rues — et alors c'était pour hurler, à la recherche d'aide ou pour exprimer la douleur de leurs blessures. Parmi eux, ceux qui virent Tormaga rebroussèrent aussitôt chemin.

Ce n'est qu'au bout d'une centaine de mètres que le couple rencontra Yarn, le Vice-Intendant. Casqué mais sans autre protection, le visage noir de suie, il était entouré de deux gardes du corps à la puissante musculature.

— Ah, ce cher Yarn. Comment va le monde aujourd'hui ?

Une fois de plus, le Vice-Intendant qu'elle avait elle-même nommé à ce poste soutenait son regard sans ciller. Il ne manquait pas de courage, même si ce dernier était vain.

— Des maisons se sont… effondrées, répondit-il. Il y a beaucoup de morts et plus encore de blessés. La cité va très mal. Vous allez nous aider à la redresser ?

Tormaga secoua la tête lentement, avec un air désolé.

— Non, non, non, je ne vais pas pouvoir faire ça, Yarn. Oh ! J'ai oublié de te présenter mon nouvel allié. Yarn, je te présente Caliste.

Quelque chose se brisa en Yarn, et ce pouvait être une forme ténue d'espoir. Il comprit qu'il n'obtiendrait jamais rien. Il hocha brièvement la tête pour le saluer, puis revint à Tormaga.

— C'est un ancien roi, quand même, dit-elle. Tu pourrais faire un effort et t'incliner devant son rang.

— Un ancien roi, ça ? fit Yarn tout en s'inclinant avec une hypocrite ostentation.

— Tu n'as jamais entendu parler de moi ?

— Si bien, sûr. Un roi sorcier. On raconte que des démons vous ont enfermé et que plus personne, jamais, n'est venu s'incliner devant vous. Est-ce vrai ?

À ses côtés les deux gardiens tremblaient ; ils n'avaient qu'une envie, détaler. L'insolence de leur chef les effrayait tout autant que l'allure répugnante de ce démon sorti des profondeurs du temps, et que son invocatrice.

— Yarn, commença Tormaga, tu m'as l'air de bien sombre humeur, tout à coup. Tu ne devrais pas : tu as accompli des miracles et toutes ces jeunes femmes que tu as apportées ont permis à notre Caliste de sortir de sa… retraite prolongée.

— Elles sont toutes mortes, n'est-ce pas, Maîtresse ?

— Il faudrait aller voir. Peut-être y a-t-il une ou deux rescapées ? En fait, je n'en ai pas la moindre idée et le campement était en mauvais état. Très mauvais. Dis-moi, Yarn, tu n'aurais pas mégoté sur la qualité de l'équipement, tout de même ?

La Mère des Tourments se tapota les lèvres avec un doigt parfaitement manucuré.

— Vous ne leur avez pas laissé la moindre chance…, accusa le Vice-Intendant avec humeur.

— Eh ! Attention, petit homme. Ma patience a des limites, même en un jour heureux comme celui-ci.

— Permettez-moi de ne pas partager votre joie, Maîtresse.

Tormaga poussa un long soupir. Cet idiot ne comprenait pas où se trouvaient ses intérêts. L'avait-elle jugé trop vite ? Il avait certes bien travaillé, lui permettant de gagner un temps précieux. Et c'était pour en arriver à cette acrimonie ?

— Non, je ne te le permets pas. Sois joyeux, veux-tu ? D'ailleurs, j'aimerais que tu m'applaudisses. Et tes petits bâtards de soldats minables aussi. Allez ! Applaudissez, mes enfants.

Les deux gardes se regardèrent et applaudirent avec maladresse. Quant à Yarn, il ôta son casque et le posa contre sa poitrine, le tenant à deux mains.

Caliste claqua la langue en signe de désapprobation. Les soldats havociens se décidèrent à rebrousser chemin en même temps. Ils firent deux pas en arrière et, après un demi-tour, se mirent à courir et disparurent au coin de la rue. Tormaga ne leur prêta pas la moindre attention ; seul Yarn l'intéressait.

— Cher Vice-Intendant, ne serais-tu pas en train de te rebeller, par hasard ?

— Si vous le permettez, Maîtresse, j'aimerais pouvoir continuer à sauver les vies que vous avez condamnées.

— Très bien. Je vois. Tu voudrais mourir. Je connais ça, le truc habituel. Sais-tu combien d'humains ont tenté le coup avant toi ?

— Je ne comprends pas, Maîtresse.

— Tu ne comprends pas ? Vraiment ? Alors je vais t'expliquer, et cette leçon vaudra aussi pour mon ami Caliste, n'est-ce pas ?

Plutôt que de se tourner vers le roi démon, elle posa la main sur son épaule tombante, ne quittant pas des yeux le Vice-Intendant. Et elle reprit :

— Tu préfères mourir que me servir. Comme ça, tu espères en avoir terminé avec moi. Eh bien, je ne vais pas te donner cette chance, car je ne laisse personne prendre de décision à ma place.

Alors qu'elle prononçait ces paroles, Yarn sentit une douleur naître dans sa nuque. En deux secondes, elle avait gagné tout son buste. Il tâcha de ne rien laisser paraître de sa souffrance. En vain. C'étaient de terribles contractures qui l'enserraient dans un étau de fer. Les muscles de son visage et de son buste ne lui appartenaient plus. Au moment où il pensait ne pouvoir les bander plus encore, ils se tendirent presque jusqu'au point de rupture.

Tormaga n'avait pas bougé. Yarn tomba à terre, le visage figé en un rictus effrayant. La contraction gagna ses bras. Il entendit les premiers craquements. Une épaule s'était démise, l'avant-bras céda. Son cœur lui-même n'échappait pas au supplice : il s'arrêtait quelques instants et reprenait follement. S'arrêtait de nouveau. Des côtes se brisèrent, des tendons se déchirèrent. L'homme grogna, incapable de crier.

Au-dessus de Yarn, Caliste avait haussé ses maigres sourcils. Le roi se penchait légèrement vers l'avant, les mains croisées dans son dos. Il trouvait le supplice intéressant mais un peu long : jamais il n'aurait eu cette patience.

Pourtant, ce n'était pas la patience qui motivait Tormaga. Elle pensait avoir besoin de l'homme pour la guider quelques jours dans la cité. Caliste aussi devait connaître ses pouvoirs et sa motivation. Elle joua encore quelques minutes avec le Vice-Intendant : son larynx se fermait et empêchait l'air d'arriver jusqu'aux poumons. Elle relâchait la pression sur l'ensemble de la musculature quand il s'évanouissait et relançait les contractures pour le réveiller. À un moment, elle entendit craquer le dos et s'arrêta juste à temps pour éviter de briser la colonne vertébrale : paralysé, Yarn ne lui aurait plus servi à rien.

— J'en ai assez, dit Caliste.

Il ne se lassait pas du spectacle mais l'espace d'un instant s'était vu en lieu et place de Yarn, et cette vision lui déplaisait fortement.

— Tu en as assez ?

— Oui : si on passait à autre chose ?

Cette fois, Tormaga quitta Yarn des yeux et plongea son regard dans celui du roi sorcier.

— Peut-être que tu as faim, non ?

— Manger ? Excellente idée.

Chapitre 5

Trois jours après son départ des bois de Medding, Julipen vit avec soulagement un changement se manifester. À la terre grise, déserte et aux arbres aussi noirs que nus succédait peu à peu un paysage certes pauvre en rencontres humaines, mais vert.

— Enfin ! s'exclama-t-elle. Un jour de plus et je n'avais plus rien à donner à ces pauvres bêtes.

Les chevaux tiraient la carriole à tour de rôle. Les quelques cours d'eau qu'ils avaient croisés ne les avaient guère désaltérés : après quelques gorgées ils s'en étaient éloignés et Julipen s'inquiéta qu'ils fussent aussi empoisonnés que l'était la Medding : depuis l'invasion des troupes de Tark, le fleuve était plus turpide qu'à l'habitude, si elle en croyait les commentaires du vieux Galann.

Oui, enfin les couleurs revenaient sur ce continent si différent du sien, l'Anakann, où le monde n'était que pierres et sable.

Anakann…

Les oasis y contestaient l'unité ocre jaune le temps d'une trop brève rébellion. Julipen avait vécu à Boroskariak, la grande madina. Un lieu où l'on savait inventer l'ombre, de patios en recoins, de venelles en claustras. Atisha « clandestine », comme bien des prêtresses en ces terres où les femmes n'avaient guère leur mot à dire, elle avait vécu auprès de son frère et de son père. Ce dernier n'était pas un homme plaisant et Julipen l'avait quitté sans regret afin de remplir une mission pour ses sœurs laménides. Son frère ? Il était si jeune… Au point qu'elle l'avait pris en charge comme une mère. Parfois le garçon lui manquait, quand les événements l'autorisaient à s'attarder sur son souvenir.

Non, ce qui lui faisait réellement défaut, ce n'étaient ni les dunes anakanes, ni la cité affaiblie par la chute de météorites et les absences répétées de ses chefs de guerre, ni sa famille.

— Adrian… Où es-tu ? As-tu retrouvé celle que tu n'as jamais cessé d'aimer ?

Ils avaient été amants. Et la mort les avait séparés. Fallait-il voir là quelque punition ? Quand elle se laissait aller à la mélancolie, Julipen se le demandait. Puis, en tant que prêtresse de Laménie, elle abandonnait cette croyance stupide. Sa déesse tutélaire ne poussait pas à la superstition mais à la liberté individuelle. Liberté de pensée, liberté de choix. Laménie était plus une force contribuant à l'expression de soi, loin, très loin des idées reçues, qu'une figure maternelle et tyrannique, exigeant un respect craintif de ses fidèles.

Liberté d'aimer.

— Où es-tu, mon amour ? Tu n'as pas eu le temps de me présenter ton monde.

Un monde qu'il avait conquis par la force. Elle ne devait pas l'oublier. Libre d'aimer, mais en toute connaissance de cause. Adrian avait été un conquérant et le sang avait coulé de sa lame et de celles de ses innombrables soldats.

Elle l'avait aimé.

C'était le passé.

Et le présent n'était que douleur, inquiétude. Incertitude. Où trouver la force de continuer ? Adrian n'était bien sûr pas le premier homme qu'elle perdait. Julipen n'était plus une très jeune femme, vivant les affres inédites d'une déconvenue sentimentale. Pour autant, sa relation avec l'ancien empereur… *l'ancien prisonnier des geôles d'Arachnéon*… avait été aussi brève qu'intense. Et inattendue : lorsque ses sœurs l'avaient priée de suivre à la trace cet homme, elle n'avait pas imaginé devoir en tomber amoureuse. Le sentiment l'avait emportée et elle n'avait pas su ni voulu y résister.

Pour sûr, je l'ai suivi à la trace ! Et pour quoi faire, au bout du compte ? Rien, sinon arpenter ce fichu continent avec une jeune femme dans le coma.

Julipen devait apprendre à vivre sans Adrian. Ce ne serait sans doute pas le plus difficile : la vie partagée avec lui ne représentait qu'une courte parenthèse, aux accents de campagne militaire. Mais comment effacer l'homme de sa mémoire ? Comment oublier l'intensité de ces moments fous, où se joue le destin des peuples et se noue un amour naissant ? Comment espérer vivre une relation aussi forte, un jour ? Et si cela devait arriver, comment ne pas la mesurer à l'aune de celle-ci ?

Depuis qu'elle avait quitté Jocquinius, Ol-Tyron, Litti et Galann, Julipen ne cessait de s'interroger. Et, s'interrogeant, de souffrir. Car aucune réponse n'apportait le sourire à ses lèvres, la lumière en ses pensées, la joie dans ses veines.

L'atisha se sentait si seule… Elle restait sans nouvelles des autres Laménides, comme si toutes les prêtresses, sur l'ensemble des continents d'Elamia, avaient disparu. Ou qu'une force magique d'une incroyable puissance faisait écran à leurs communications – et cette hypothèse était à peine moins effrayante que la première, tant les Laménides tiraient une bonne partie de leur force de cette capacité à échanger en tout temps et en tout lieux. Si bien que même au cœur du désert, elle n'avait jamais connu la solitude.

Cet après-midi-là, elle tenta d'estimer le chemin parcouru. Elle déplia la carte que lui avait donnée Galann et qu'avait modifiée Litti.

Encore deux bonnes journées avant de toucher les rives du fleuve.

Celle du nouveau cours de la Medding, déplacé lorsqu'une météorite s'était abattue en amont, provoquant une guerre de territoire entre les gouvernements de Corall-Medding et d'Estebellia.

Deux jours. Après quoi il faudrait trouver un moyen de traverser le fleuve. Elle comptait sur ses pouvoirs d'atisha pour écarter les eaux et franchir à gué. En espérant qu'elles ne soient pas rétives à sa magie, comme cela arrivait parfois.

Chaque chose en son temps et un problème après l'autre.

Avait-elle d'autre choix que de fragmenter les soucis ? Les laisser conquérir son esprit la rendrait folle en moins d'une minute. Ou, au moins, la paralyserait. Ainsi, plutôt que de sauver le monde, elle devait tirer Iriane de sa dormition. Et le plus simple était de se faire aider des Laménides, aux dernières nouvelles présentes en nombre à Estebellia.

Voilà ce qu'il convenait de faire. Un problème après l'autre.

Par exemple, il fallait s'arrêter pour manger, boire, et surtout prendre soin d'Iriane. S'assurer de la stabilité de son état.

Julipen vit une ferme au loin. Elle hésita à s'en approcher : ses éventuels habitants montreraient-ils de l'hostilité à l'encontre d'une étrangère ? Julipen savait se défendre mais n'avait aucune envie de se battre. Lors de l'assaut mené sur Corall-Medding, elle avait eu sa dose de combats rapprochés pour un bon bout de temps.

Sans compter que l'endroit est peut-être occupé par des Galaméens.

De ceux-là, l'atisha avait aussi eu son content. Elle choisit donc de se tenir à l'écart de l'habitation. Elle arrêta la carriole contre le bosquet d'un champ en friche.

— De toute façon, si j'en crois l'état des lieux, il n'y a plus grand monde pour se préoccuper des cultures.

Tandis que les chevaux paissaient avidement, Julipen quitta le banc du véhicule. Elle s'étira en gémissant : son dos était à la torture et elle avait tout autant mal aux fesses. Sans quitter Iriane du regard, elle consacra une minute à ces étirements, accomplit quelques exercices respiratoires et se débarrassa ainsi du mieux qu'elle put des tensions musculaires accumulées tout au long de la route. Puis elle s'occupa d'Iriane.

L'adolescente était plongée dans un sommeil qui ne lui tirait pas le moindre mouvement, comme si aucun rêve ne l'agitait.

Ni aucun cauchemar. Ce qui vaut mieux, après tout.

L'atisha la massait régulièrement pour éviter les escarres. La nettoyait du mieux qu'elle pouvait.

Jocquinius avait tenu à ce qu'elle emporte quelques onguents de sa fabrication.

— Je n'en ai pas besoin, vous savez ? Une atisha peut soigner un malade sans leur aide.

— Vraiment ? avait raillé le vieux mage. Quelle chance vous avez. Alors que nous autres sommes obligés d'utiliser le meilleur de ce que la nature nous offre pour soigner les nôtres.

— Nous prenons aussi ce que la nature nous offre de meilleur, Jocquinius.

Le mage tenait la petite sacoche emplie de pots devant lui ; il la secoua comme on agite une sébile.

— Permettez-moi d'insister, Julipen.

La prêtresse avait cédé, comprenant que c'était pour le Trinicien une manière d'impliquer son ordre dans le sauvetage d'Iriane, la détentrice d'un Talaris puissant et avec lequel elle semblait pouvoir accomplir plus de prodiges qu'une armée d'atishas. Une façon pour Jocquinius d'être là.

Aussi Julipen ne manquait pas d'oindre Iriane de la précieuse préparation. Quand elle se fut assurée de la bonne santé relative d'Iriane, elle s'occupa des bêtes. Pénétrant aussi loin que possible dans leur âme, l'atisha perçut leur bien-être retrouvé. À l'évidence, cette herbe, ce paysage, cet air leur étaient bénéfiques tout autant qu'à elle.

Elle regarda le ciel au-dessus d'elle ; l'automne approchait, mais un bleu profond dominait. Une profonde inspiration lui apporta ce parfum si particulier de la fin de l'été, où se mêlent l'humus et l'herbe sèche. Elle baissa la tête et la tourna vers l'horizon : de la poussière montait au-dessus de la route.

Des cavaliers.

L'adrénaline envahit ses veines, son cœur se mit à battre plus vite. Impossible de voir de quoi il s'agissait à cause de la pente.

Les ennuis arrivaient.

* * *

Julipen regarda autour d'elle. Aucun abri hormis cette ferme, à quelques centaines de mètres. Depuis son arrivée, elle n'y avait constaté aucun mouvement. Cela voulait-il dire qu'elle était inhabitée ?

Et est-ce que j'ai seulement le temps de l'atteindre ?

Trop de questions, trop de temps perdu.

Elle recouvrit Iriane de la couverture, laissant juste assez d'espace pour ses narines. Grimpa sur la carriole et força les chevaux à reprendre la route. Les animaux renâclèrent un peu puis obtempérèrent, leur maîtresse étant sans doute la personne la plus douce qu'ils aient connue depuis que leur dur métier avait débuté.

Toujours la poussière. Le panache, poussé par une brise légère, dérivait lentement vers l'est.

Perpendiculaire à la route, sèche et dure comme de la pierre, une sente étroite menait aux trois bâtiments qui composaient la ferme. Julipen tira sur les rênes pour presser le cheval. Qui s'engagea enfin sur la sente. Il y eut un cahot et la carriole fit une embardée. Sans avoir eu le temps de pousser un cri, Julipen tomba en avant. Son épaule cogna le bois du véhicule, elle fit un tour sur elle-même, se retrouva le nez dans la poussière, entre les bras de l'attelage.

Elle poussa un gémissement de douleur et quand elle se releva péniblement, en crachant de la terre, ce fut pour constater l'étendue des dégâts. Elle avait tourné trop vite et une roue s'était enfoncée dans le fossé tapissé d'herbes hautes. L'axe était brisé.

C'est pas vrai !

Julipen contourna la carriole ; Iriane était tombée ! Elle jeta un coup d'œil vers la route. Des piques montaient dans le ciel. Julipen aperçut des crânes plantés à leur sommet. Elle n'attendit pas de découvrir la physionomie des cavaliers et se précipita vers Iriane qui gisait, toujours inconsciente, au pied de la voiture.

— Si jamais il y a un moment pour te réveiller, c'est maintenant, mon enfant ! Iriane, je t'en supplie…

Aucune réaction.

— Eh bien, je n'ai pas le choix…, regretta Julipen.

Elle se pencha pour attraper le bras de la jeune femme et, bandant tous ses muscles, la hissa à sa hauteur. Iriane n'était pas grande et le dur entraînement de Maison-Noire avait séché toute graisse de sa silhouette, ce qui atténua un peu la difficulté. Il lui fallut toutefois bien des efforts pour la poser en travers du cheval libre.

Puis, à l'aide d'une lame, Julipen dégarnit le harnais et libéra la bête harnachée. Et se mit en chemin vers les habitations, tirant sur la bride des deux montures, courant à petites foulées.

Les trois bâtiments formaient un U. Une charrette à bras en piteux état gisait comme un squelette au milieu de la cour envahie par les mauvaises herbes. Personne. Pas même une volaille pour caqueter avec impatience, un porcelet pour déambuler nonchalamment.

Julipen parvint à hauteur du premier bâtiment avant d'avoir pu identifier les cavaliers. La construction massive la dissimula à la route. Hélas, la carriole plantée au croisement des chemins pouvait attirer l'attention de la compagnie – si jamais elle ne l'avait pas encore vue, ce qui était peu probable.

— Il y a quelqu'un ? cria Julipen en approchant de l'édifice principal, en torchis et pans de bois.

Aucune réponse. Elle poussa la porte à double battant. Entra dans la pénombre. Une odeur pestilentielle l'assaillit et elle entendit le vrombissement d'une multitude de mouches.

Par la déesse !

Il devait y avoir un cadavre là-dedans. Ou plusieurs.

Elle repoussa les images d'une famille éventrée par des soldats en maraude et invita les chevaux réticents à entrer. Le corps d'Iriane passa tout juste dans l'ouverture, ses talons et ses cheveux frottant la pierre.

La main sur la bouche, Julipen lutta contre le haut-le-cœur. Fouilla la pénombre. Au fond de la pièce principale gisaient deux carcasses. Probablement pas des humains.

C'est déjà ça…

Julipen saisit le plateau d'une table ; elle hala le meuble jusqu'à la porte pour la bloquer. Elle y posa tout ce qu'elle put trouver en un minimum de temps et s'installa ensuite derrière une lucarne qui donnait sur la cour. Elle haletait. La sueur coulait sur ses sourcils noirs, tombait dans ses yeux ; elle l'essuya du revers de la main.

Alors, dans le prolongement du premier bâtiment, elle vit les premiers cavaliers. Ils avaient ralenti. Ils s'arrêtaient à hauteur de la carriole.

Oh non…

Julipen venait de reconnaître les montures. Ces caricatures pitoyables de chevaux.

Des Galaméens. Combien étaient-ils ? Au moins une douzaine. Non : plus encore. À leur tête, un homme plus grand que les autres. Bien plus grand. Un géant. Descendu de sa monture, il portait une armure de cuir clouté qui paraissait décupler sa stature. Julipen le vit soulever la pique loin au-dessus de ses épaules en un geste lent. Puis, une fois que son bras fut tendu, il l'abattit violemment vers le sol. La pique s'y enfonça profondément, bien que le sol fût sec.

Très bien. Me voilà avertie…

Le chef se tourna lentement vers la ferme. Il leva le bras droit avec cette fois encore une lenteur exagérée et tendit le doigt en direction du bâtiment principal. Julipen eut l'ignoble impression qu'il n'était qu'à deux mètres d'elle. Comme si elle avait plongé dans son regard chargé de haine. Le bras resta longtemps tendu. Il l'abaissa et tourna le dos à la ferme. Alors il remonta en selle et, suivi de quelques cavaliers, s'éloigna vers le nord. Vers Corall-Medding.

Quant aux autres, ils avançaient déjà au pas dans la sente menant à la cour.

Des Galaméens… Pourquoi ne sont-ils pas restés chez eux ?

Julipen écarta ces réflexions pour se concentrer sur la défense à adopter. Les cavaliers avaient déjà parcouru la moitié du chemin qui les séparait d'elle et d'Iriane.

Si seulement elle n'était pas si fatiguée ! Et si seulement Iriane était consciente : ensemble, elles avaient accompli des prouesses dans les rues de Corall-Medding.

Concentre-toi ! Une idée, vite !…

Elle s'enfonça en elle-même à la recherche de ressources cachées que seules les atishas savaient reconnaître, appeler et employer. Le lien avec l'environnement naturel. Les forces élémentaires de l'air, de l'eau, du feu et de la terre. La prêtresse les trouva, pour l'heure affairées à équilibrer le monde. Il fallait les solliciter et, pour cela, établir un lien entre les courants primordiaux qui l'irriguaient, elle. Il lui restait si peu de temps… Et les flux résistaient ! Quelque chose avait corrompu la nature environnante. Cela pouvait-il être la mort toute proche, qui empestait dans son dos ?

Non, ça serait bien la première fois… Ou alors un reste de l'influence de cette vague descendue de Corall-Medding ? La douleur dans mon épaule ?

Sa concentration s'envolait aussi vite qu'une poignée de pétales dans le vent.

Iriane !

Elle se retourna ; la jeune femme était toujours en travers du dos du cheval. La Perle de Vie oscillait lentement dans le vide au bout de son lacet et brillait comme une braise. Le Talaris réagissait à quelque chose. Aux Galaméens qui approchaient ? Et si l'artefact lui-même compromettait les efforts de l'atisha, comme il avait mis en danger la doyenne des Laménides estebelliennes ? Julipen allait-elle le vérifier de la plus cruelle des façons ?

Les Galaméens n'étaient plus qu'à quelques mètres. Ils étaient dans un état bien pire que ceux qu'elle avait rencontrés dans la cité impériale. Leurs joues étaient hâves, les yeux saillaient dans les orbites. Ils avaient perdu leurs cheveux. Ils progressaient le dos voûté, comme s'ils étaient parvenus au terme de leur séjour en Val-des-Miracles avant même d'avoir engagé le combat.

Des cadavres ambulants… Ils sont déjà morts…

Julipen recula. D'une tape, commanda aux chevaux de s'éloigner. Deux secondes plus tard, les soldats frappaient à la porte. D'abord avec le poing. Puis avec le pommeau de leurs glaives. Enfin, avec une masse d'arme cloutée. Après le choc, Julipen entendit le crissement des pointes qui mordaient le bois de la porte. Nouveau choc. Des éclisses jaillirent du battant, à l'intérieur. De minces rais de lumière filtrèrent par les orifices. La masse s'enfonça encore.

Curieusement, aucun des soldats ne disait mot. Pas même l'ordre de se rendre. Une insulte ou un juron. Rien. Comme une meute d'animaux têtus, sur le point de venir à bout de l'abri d'une faible proie : à quoi bon parler ? L'appétit partagé était un langage suffisant et les Galaméens se nourrissaient de l'énergie vitale des vivants.

Les coups s'alourdirent. Les Galaméens avaient dû abandonner la masse et heurter le battant de l'épaule. La table bougea d'un centimètre.

Ça n'est pas moi, la proie. Hors de question !

Juste au moment où cette pensée s'imposait, elle entendit un bruit provenant d'en haut.

Le grenier ! Je n'ai pas pensé au grenier !

Des pas au-dessus de sa tête. Et un grand craquement. Les chevaux hennirent, se bousculèrent. Dans leur panique l'un d'eux heurta Julipen qui tomba à la renverse. Iriane gisait elle aussi sur le sol de terre battue. Il y eut un bruit mat et lourd, suivi très vite du sifflement d'une épée. Julipen vit l'une des montures tomber sur les genoux. Un autre sifflement et la tête accusa un angle anormal.

La silhouette du géant galaméen apparut alors que le cheval en partie décapité tombait sur le flanc. Un grognement : c'est tout ce dont le mort fut capable. Le second cheval s'agitait entre Julipen et le géant. Il y eut encore du mouvement. Julipen peinait à voir ce qui se passait. Elle se releva tant bien que mal, étourdie. Tout près, les soldats continuaient de marteler la porte. Les pieds de la table grincèrent, cédant quelques pouces.

À genoux, le glaive serré dans sa main blessée, l'épaule endolorie, l'atisha invoqua une nouvelle fois ces forces en lesquelles elle plaçait tant d'espoir. Le Talaris allait-il encore détruire ses efforts ?

Iriane… Où est-elle passée ?

Le cheval trébucha sur son congénère mort et donna une ruade. Un gémissement de douleur. Le Galaméen était touché ? Un nouveau sifflement.

La monture poussa un hennissement tragique : le géant avait manqué son coup mais avait emporté une oreille. La bête se mit à bondir en tous sens. Julipen se plaqua au mur extérieur, près de la lucarne. Trop près.

Une main ennemie traversa l'ouverture et agrippa le bras de l'atisha. Julipen cria, saisit aussitôt le poignet ennemi pour y enfoncer ses ongles. Mais le soldat ne broncha pas. Au contraire : il serrait de plus en plus fort, comme un étau de métal. La douleur contraignit Julipen à lâcher son glaive. Néanmoins ses ongles griffaient toujours et elle arracha des lambeaux de peau putrescente. Elle paniquait. Dans la pièce, le cheval fou donnait du fil à retordre au géant. Pour combien de temps ?

Nouveaux chocs dans la porte. La table glissa de dix centimètres. Les objets amoncelés s'écroulèrent bruyamment du plateau. Julipen eut l'impression que son sang se mettait à bouillonner dans ses veines. Il y eut un déclic en elle, non pas fortuit mais résultant de son application à convoquer les puissances de la nature, jusqu'alors en vain. Dans un élan qu'elle ne put contrôler, l'atisha déclencha des forces d'une ampleur terrifiante de l'autre côté de la porte.

Un vent venu de nulle part mugit comme si un million de spectres le soufflaient de leurs poumons malades. Des cris retentirent, par-dessus l'entrechoquement de pierres et de bois. Emportée par un mélange de peur et de fureur, l'atisha poussa un long cri. Le Galaméen lâcha prise ; Julipen se plaqua au mur, hors d'atteinte et hors d'haleine. La folie des éléments se prolongeait à l'extérieur. À l'intérieur, le géant maîtrisait les événements. Il venait d'abattre le second cheval. Une partie du toit s'effondra, creva le plafond entre le Galaméen et Julipen. La lumière du jour inonda son visage. Une face sans la moindre lueur de bonté, d'espoir. De vie. Et la grimace qui déforma ses traits aurait pu être tout autant un rictus cruel que l'expression d'une douleur éternelle.

Bien campé sur ses jambes, il se tenait bras écartés à hauteur de la poitrine. Son immense épée touchait presque ce qui restait du plafond. Il rassembla les bras pour saisir l'arme à deux mains. Mais s'arrêta à mi-course et se figea. Laissa tomber l'épée sans quitter Julipen des yeux. Il toussa, expectora un liquide noirâtre en deux spasmes. Il s'effondra sur les genoux ; derrière lui se tenait Iriane, son épée magique encore humide des entrailles galaméennes. Avant même que la face du géant eût touché terre, les Ombres du royaume d'Omok se jetèrent sur le soldat pour le dévorer.

* * *

Julipen laissa les éléments en furie défaire ce que Tark avait créé : des soldats assoiffés de vengeance, prêts à traverser les enfers pour assouvir leurs pulsions.

Puis le vent s'apaisa brusquement comme un diable qui rentre dans sa boîte. Les deux femmes demeurèrent silencieuses un bon moment. Peinant à croire ce qu'elles venaient de vivre, se demandant si elles étaient vraiment là, ensemble. Iriane prit la parole la première, alors qu'elles avaient mis pied dehors, au milieu des résidus de l'ouragan.

— Vous voulez savoir ce qui s'est passé, atisha.

Ce n'était pas une question. Forcément, Julipen *voulait* savoir. Litti voulait savoir et Jocquinius aussi. Ils étaient tous loin, si loin…

Julipen se contenta d'un hochement de tête.

— Je crois que… le Talaris a réagi. C'est un artefact : une partie de lui est vivante.

— Ce n'est pas un simple objet, même s'il est magique, c'est ça ?

— Oui, je crois qu'on peut le dire ainsi.

— Maintenant, ça ne nous dit pas grand-chose. Pourquoi es-tu tombée inconsciente ? Pourquoi t'es-tu réveillée ici ?

Iriane hocha la tête à son tour. Puis elle proposa :

— Parce qu'il le fallait ? D'une manière ou d'une autre. Je ne sais pas…

— On se contentera de cette « explication ».

Alors, Julipen tendit les bras et Iriane s'y jeta, comme une petite sœur retrouve le giron de son aînée après de pénibles épreuves. L'adolescente sentit les larmes monter et elle ne voulut pas les refouler. Ce furent de gros sanglots. Ils lui parurent emporter au loin cette fureur qui l'avait animée quand elle avait foudroyé le géant à l'aide de l'épée magique galaméenne.

— Allons, allons, ma petite fille, dit à voix douce l'atisha, tout en caressant les cheveux bruns d'Iriane. Tu as été forte. Très forte…

— Je… je ne voulais pas. Je n'aime pas ça.

— Chuuuut, dit Julipen.

L'atisha savait qu'Iriane mentait. Oh, ce n'était pas un mensonge volontaire. Ni un désir de dissimulation. Simplement l'adolescente avait peine ce jour-là à accepter sa violence. Et sa terrible efficacité.

— Tu nous as sauvées, insista l'atisha. Oui, tu nous as sauvées.

Quelques heures avaient passé depuis le combat. Julipen raconta les derniers événements, depuis l'évanouissement d'Iriane jusqu'à la rencontre avec les Galaméens, en passant par la découverte du Vide étrange. Elle voulait n'omettre aucun détail. Quand elle en eut terminé, elle précisa :

— Je ne devrais pas le dire pour ne pas ajouter de la peine à tes épreuves, mais Litti était terriblement malheureux en te voyant partir. Il a voulu venir mais s'est vite rangé à l'avis de Jocquinius : il était plus utile ailleurs qu'à ton chevet.

— L'avis de Jocquinius, et le vôtre, n'est-ce pas ?

— Oui, Iriane.

— Mais ne vous inquiétez pas, je sais tout ça.

— C'est-à-dire ?

— J'ai… senti toutes ces émotions. Comme si j'étais éveillée mais sans pouvoir agir sur la réalité. C'était horrible, Julipen ! J'étais paralysée, incapable de vous faire comprendre que j'étais bel et bien là. On se plaint si souvent de notre impuissance, de la force aveugle du destin. Mais quand on est témoin de sa propre vie sans même arriver à bouger le petit doigt… !

Elle secoua la tête, encore ébranlée par les journées de paralysie qu'elle venait de traverser. Elle prit une profonde inspiration, passa la main dans ses cheveux pour glisser une courte mèche derrière une oreille ; elle avait retrouvé cette énergie volontaire qui la caractérisait depuis que, petite fille, elle s'était perdue sur les quais de la Medding.

Elle ajouta alors :

— Nous avons le pouvoir de changer les choses, atisha. Ne laissons pas ce pouvoir aux mains de nos ennemis.

— Je n'en ai pas l'intention. Mais je dois pourtant te rappeler un détail, qui a son importance : nous n'avons plus de monture.

— Vraiment ? Et ça ? fit Iriane en montrant du doigt une bête galaméenne qui hésitait à approcher, cent mètres plus loin.

* * *

— Je déteste ces animaux, maugréa Julipen.

— Et en plus, ils sentent horriblement mauvais, non ?

Elles trottaient l'une à côté de l'autre sur les montures tout aussi dociles qu'elles étaient répugnantes : leurs flancs noirs et étiques se couvraient d'une sorte de pellicule qui ressemblait à un résidu placentaire. Les mouches et les taons s'en approchaient avec voracité. Iriane avait tenté de bouchonner les animaux avant de les monter ; il n'avait pas fallu trois minutes pour qu'ils produisent de nouveau cette humeur et s'en couvrent totalement. Leur tête osseuse se terminait en une gueule étroite, garnie de crocs. Ce devaient être des carnivores, même s'ils ne manifestaient pas la moindre envie de manger.

Avaient-ils un jour été des chevaux ? Galameh les avait-il transformés ? Les animaux se retrouvaient-ils là-bas, après leur mort ? Ou bien étaient-ce des créatures de Tark ? D'Omok ?

Julipen comprenait qu'elle n'aurait jamais toutes les réponses à ses questions. Bien qu'elle fût déjà allée assez loin dans la découverte du monde, grâce à sa formation et à cause des événements, ces mystères resteraient entiers, quand ils ne s'épaissiraient pas.

— Je me demande, commença Iriane, si c'est vraiment une bonne idée d'aller à Estebellia ? Ne serions-nous pas plus utiles ailleurs ?

— Auprès de Litti, par exemple ?

— Pardonnez-moi, atisha, mais il me manque. Je ne sais même pas si…

Elle laissa sa phrase en suspens.

— S'il est encore en vie…, compléta Julipen. Il était en pleine possession de ses moyens quand je l'ai quitté. Et puis ce… Kilarn, je ne vois pas quel intérêt il aurait eu à lancer nos amis dans un piège. Mais pour répondre à ta question, oui, tu t'es réveillée avant que nous ayons atteint Estebellia. Toutefois, j'aimerais savoir ce qu'il est advenu de mes sœurs.

— Oui, bien sûr.

Iriane pensa aussitôt à Beryll et à Paola, deux jeunes Laménides qu'elle avait rencontrées à une époque où elle pensait que les prêtresses n'étaient que des courtisanes et des intrigantes. C'était il y avait si longtemps, avant toutes ces épreuves, tous ces morts…

Puis Julipen expliqua son impuissance à contacter des Laménides.

— Je n'arrive pas à savoir si la magie qui a déferlé depuis la tour a rompu le contact. Ou si toutes les Laménides sont mortes.

— Ou inconscientes, ou dans un lieu rétif à la magie, comme un Vide étrange.

— Oui. J'aimerais savoir.

Quand Iriane avait quitté Estebellia, éternelle rivale de Corall-Medding, les Galaméens avaient assiégé le palais où s'étaient retranchées bien des Laménides et une partie de la population. La jeune femme l'avait quitté au péril de sa vie, franchissant la protection infernale qu'avaient mise en place les prêtresses. La doyenne estebellienne des Laménides n'avait pas eu autant de chance et elle y avait perdu la vie, accusant le Talaris qu'elle portait alors autour du cou de l'avoir distraite à un moment crucial. Elle était morte dans les bras d'Iriane.

Mon savoir était trop minime pour guérir ses blessures.

Iriane serra la Perle de Vie entre ses doigts. Était-ce un fardeau ? Non, sans doute pas : le Talaris avait bouleversé ses perceptions. Infusant une force nouvelle en elle, inexprimable et irrécusable.

Était-ce parce qu'elle l'avait rapporté des enfers galaméens ? Il s'accordait à elle comme elle s'harmonisait à lui. Par moments, elle le sentait vivre, tel un pouls battant contre sa poitrine. Il parlait un langage qu'elle ne comprenait pas encore, mais ce n'était qu'une question de semaines, peut-être de jours, avant que l'échange soit parfait entre elle et lui.

Quelle place aurait Litti dans cette relation ? Le Talaris bien sûr ne deviendrait pas un concurrent ni ne s'interposerait magiquement au garçon. De cela elle était certaine. Plutôt, Iriane craignait de ne pouvoir expliquer à son amant ce que l'artefact lui apportait. Comment vivre avec un être aimé si on ne peut partager avec lui une chose aussi essentielle que celle qui change à jamais votre perception du monde ?

Pourtant elle devait bien constater un point primordial : cette folle et périlleuse aventure avait remis en question quantité de valeurs ; mais jamais son amour pour Litti n'avait perdu en intensité.

Le jour tombait. Les bêtes se montrèrent nerveuses à l'approche de la nuit. Au sud, d'énormes enclumes célestes jouaient des coudes. Le vent les charriait vers le nord et elles s'élèveraient bientôt au-dessus des deux voyageuses.

— On pourrait s'arrêter là-bas, proposa Iriane.

Elle désigna un vaste plateau plein ouest au pied duquel s'amoncelaient des éboulements.

— Il y a sûrement une grotte où s'abriter, une faille assez large pour y tenir à deux.

— Et les bêtes ? demanda Julipen.

— Vous avez vraiment envie de passer la nuit avec elles pour vous chauffer les pieds ?

— Je n'aimerais pas les perdre…

— On fera au mieux, atisha. Mais ça ne me plairait pas de me retrouver sans abri sous cet orage.

— Ces rochers sont loin à l'ouest. Il y a des arbres partout : on pourrait s'abriter dans l'un des bosquets, tu ne crois pas ?

— Sous un arbre ? Avec un orage sur la tête ? Vraiment pas une bonne idée.

— Non, tu as raison ; rien de tel pour être foudroyées. Bon, tant pis, faisons ce détour.

Le détour en question leur prit une demi-heure de chevauchée supplémentaire. Les bêtes se montrèrent de plus en plus nerveuses, sinon difficiles à tenir.

Les nuées enflaient constamment. Elles étaient si grosses d'orage qu'on aurait dit un monde en formation. Une sorte de miroir de Consolata, en sombre, chaotique et vénéneux. L'électricité gagna l'atmosphère. Le vent se leva sur le front orageux, froid, vicieux. Des grondements de plus en plus profonds secouèrent la campagne déserte.

Pendant quelques minutes les deux cavalières arpentèrent les éboulements, en quête d'un havre. À deux reprises, Julipen faillit tomber de sa monture qui se cabrait en poussant d'horribles criaillements. À la troisième, elle dut mettre pied à terre. La bête s'enfuit en donnant maintes ruades. Iriane revint sur ses pas pour prendre l'atisha avec elle. Il y eut un éclair. La bête tourna en rond, impossible à maîtriser. Elle se cabra, éjectant Iriane qui se réceptionna sans se blesser grâce à son entraînement.

— Et maintenant ? demanda-t-elle, alors que l'animal galopait vers une destination inconnue.

— Maintenant nous sommes vraiment coincées au milieu de nulle part.

Julipen se sentait mal à l'aise : elle se souvenait de la tempête qui avait précédé sa capture par Tark, à quelques pas du campement militaire d'Adrian.

— Avec un peu de chance, elles reviendront quand l'orage aura passé.

— Oui ? Je ne parierais pas sur leur loyauté : elles n'ont pas hésité à se faire monter par les meurtrières de leurs maîtres, non ?

Un éclair suivi d'un craquement rapproché fut la seule réponse. Le vent soufflait violemment, à présent. Les deux femmes courbèrent l'échine et s'éloignèrent un peu plus vers l'ouest, le long des pierres.

— En tant qu'atisha, vous n'avez vraiment aucun pouvoir sur ces éléments ?

— J'aimerais bien ! À dix, je ne dis pas, mais là…

Il y avait tellement d'électricité dans l'air que leurs cheveux se hérissaient.

Un éclair frappa le sommet du plateau, un bloc se fendit en deux et répandit ses éclats alentour. Le tonnerre gronda si fort qu'Iriane eut l'impression que son corps se disloquait. Elle posa la main sur le Talaris ; il palpitait sereinement, comme s'il était normal que le monde se déchaîne autour d'eux. Cette fois, la Perle de Vie ne parvint pas à apaiser Iriane.

— Là-haut ! hurla Julipen pour se faire entendre dans le vacarme assourdissant.

Elle ne prit pas la peine de désigner l'endroit repéré et elle s'engagea dans l'escalade. Iriane la suivit. Les pierres roulaient sous les pieds de l'atisha et l'adolescente reçut un caillou sur l'épaule.

— Eh ! fit-elle à l'adresse de Julipen, qui s'arrêta et se tourna vers elle.

— Ça va ? demanda-t-elle.

— Oui, oui, ce n'est rien ! Continuons !

Un autre éclair. Il jaillit à trente mètres de là, sur leur droite. Cette fois, le Talaris réagit. Du moins Iriane le crut-elle. Une pulsation assez forte pour qu'elle la ressente dans son cœur sans avoir à serrer l'artefact entre ses doigts.

Du danger… ? Voilà ce qu'il essaie de me dire ?

Les cieux s'ouvrirent pour répandre une averse d'une puissance formidable. En moins de trente secondes les deux femmes furent trempées jusqu'aux os. Il fit si sombre qu'on aurait cru la nuit prématurément tombée.

Bon sang ! se dit Iriane. *Où est cette faille ? A-t-elle seulement vu quelque chose ?*

La paroi était presque verticale. Iriane passait de bloc en bloc, des pierres rendues glissantes par le déluge qui ne faiblissait pas. Une multitude de torrents de boue se forma depuis le sommet du plateau. Ils dévalèrent la pente, grossissant à chaque mètre parcouru. Quand les premiers atteignirent les deux femmes, ils avaient assez de puissance pour menacer leur prise.

L'un des torrents s'écoula sur la tête de Julipen et l'aveugla. Ses mains glissèrent et son épaule, déjà malmenée dans la chute de la carriole, cogna une pierre. Elle poussa un cri de douleur : l'os venait de se déboîter de son logement. Elle resta étendue sur le flanc, incapable du moindre mouvement, comme si le choc l'avait clouée aux cailloux. L'eau boueuse rebondit sur sa tête, pénétra ses narines. Julipen étouffait. Elle qui avait vécu si longtemps dans le désert et la pénurie d'eau, elle se noyait sur la terre ferme. Son pied chercha un appui pour se dégager de sa situation ; il glissa et la cheville heurta à son tour un angle aigu. Nouveau cri de douleur.

Iriane comprit que Julipen était en mauvaise posture. Elle accéléra sa progression, agrippa les anfractuosités avec plus d'efficacité malgré la pénombre, retrouva le souffle qui commençait à lui manquer. Il n'était pas question d'abandonner ici.

De perdre Julipen.

Un autre éclair vrilla le ciel. Iriane parcourut les trois derniers mètres qui la séparaient de l'atisha avec la souplesse et l'agilité d'un chat. Le Talaris lui envoyait des impressions contradictoires.

Ou bien c'est moi qui n'arrive pas à faire la différence.

Arrivée à hauteur de Julipen, elle se saisit d'une pierre plus grosse que les autres et la cala au-dessus de la blessée, de manière à dévier le courant terreux qui se déversait sur son visage.

— Voilà, Julipen, dit-elle près de son oreille. Il y a déjà bien assez de la pluie, non ?

— Me… merci…

— Où avez-vous mal ?

— L'épaule. J'ai… Je crois que je me suis démis l'épaule.

— Attendez, laissez-moi voir ça.

Iriane voulut basculer légèrement Julipen ; l'atisha poussa un cri en se contractant.

J'espère que rien n'est cassé… Il faudrait que je la soulage de sa douleur, pour commencer.

Iriane se remémora les leçons apprises. Elle n'avait pas eu beaucoup de temps pour s'entraîner depuis que Julipen et Onahra lui avaient enseigné une partie des secrets laménides. Mais la Perle de Vie décuplait ses propres ressources. Elle appliqua la paume de sa main contre la tempe de Julipen ; la prêtresse était si perturbée par la précarité de sa situation qu'elle était incapable d'employer sa magie efficacement. Celle d'Iriane fit effet rapidement. Des flocons irisés et des perles lumineuses tournoyaient autour du crâne de l'atisha puis se résorbaient.

Quand elle se fut assurée que la panique de Julipen n'était plus, Iriane remit l'épaule en place, en tirant de toutes ses forces sur le bras, au péril de son équilibre sur les rochers. Anesthésiée, Julipen gémit un peu. Sous l'averse, Iriane était en sueur ; en l'espace d'une minute, elle avait fourni beaucoup d'efforts, tant physiques que mentaux. Dans la tourmente, sa tête lui tourna et elle se plaqua dos aux pierres pour reprendre son souffle.

C'est alors qu'elle le vit.

Une masse énorme, comme un navire céleste aux larges voiles tendues de chaque côté de ses flancs.

Ol-Tyron ? se demanda-t-elle.

Elle ne reconnut pas le dragon ami de Jocquinius et elle eut un sursaut d'angoisse. Julipen lui avait raconté ses déboires dans le désert, quand elle avait été attaquée par deux dragons vindicatifs.

Iriane vit un éclair tomber des nuages. Le dragon l'évita avec une telle aisance et une telle grâce qu'il semblait deviner le trajet de la foudre. Le voilier les avait vues : il tournait en rond en retrait du plateau. L'adolescente porta la main à la Perle de Vie. L'artefact palpitait, lui envoyant quantité de signaux rassérénants.

Il est venu nous chercher ?

Iriane étendit les bras et commença à les agiter, pour se signaler. Puis elle se rendit compte que le Talaris brillait aussi fort qu'une gemme prise dans le soleil.

— Atisha ! Je crois qu'on est venu nous chercher !

Mais la prêtresse avait déjà compris ce qui se passait ; elle dit alors :

— Parfait. J'aimerais juste ne pas avoir à redescendre tout ça…

* * *

Plutôt que le soulagement, c'est la peur qui gagna le duo : le dragon avait beau faire son possible pour éviter le cœur de l'orage, il en était toujours trop près.

L'animal s'appelait Ol-Nito. En quelques mots de sa voix profonde il avait assuré les femmes de sa loyauté envers les alliés et précisé que Jocquinius l'avait missionné auprès d'elles pour gagner du temps.

— En revanche, avait dit le dragon, la jeune femme n'était-elle pas censée être inconsciente ?

— Je l'étais, mais nous irons tout de même à Estebellia prendre connaissance de la situation, si vous le voulez bien.

Iriane trouvait toujours étrange de s'adresser à un animal aussi grand et puissant – pour ne pas dire dangereux. Quant à Julipen, encore sous l'effet de la magie d'Iriane, elle conservait un peu de la méfiance contractée lors de l'attaque de sa méharée.

Peu de temps après leur envol, elles survolèrent le fleuve détourné. La pluie avait cessé et elles purent voir, alors que la nuit tombait, une ville partagée par les flots. Nulle trace de vie : les inondations violentes et la guerre entre les deux cités avaient jeté la population sur les routes depuis bien longtemps.

Ol-Nito vola toute la nuit. L'orage n'était plus qu'un mauvais souvenir quand l'aube se leva. Il proposa alors de s'arrêter, ce dont les cavalières lui surent gré : elles n'avaient pu dormir pendant la chevauchée et après les événements elles étaient tant épuisées qu'affamées. Il les déposa au milieu d'un océan de collines pelées dont des vignes rompaient la monotonie. Les femmes mangèrent du raisin arrivé à maturité, ainsi que du cochon sauvage, chassé par le dragon. Elles s'endormirent une heure à l'ombre d'une cabane à outils. Iriane ne put s'empêcher de songer aux derniers instants de la doyenne des prêtresses estebelliennes : elle était morte dans un endroit similaire. Si bien qu'avant de se laisser aller, elle attendit que Julipen se soit endormie avec une expression sereine.

Un peu moins de deux heures après leur arrivée, Ol-Nito gronda pour les réveiller. En un sursaut, Iriane fut sur pied. Elle invoqua dans la seconde son épée magique puis se ravisa avant de se confondre en excuses :

— Je suis désolée, vraiment ! Mais je n'ai pas l'habitude d'être réveillée par un dragon…

— Je crois que je comprends, dit Ol-Nito, ses grosses arcades sourcilières froncées.

Il était moins grand qu'Ol-Tyron, moins massif aussi. Pour un peu, Iriane aurait dit qu'il était… féminin. Quelque chose dans l'arrangement de ses traits, les proportions de sa silhouette. Elle ne remarqua pas de mamelles mais n'avait aucune idée de la manière dont cette espèce se reproduisait et nourrissait sa progéniture. Elle savait juste que les Ols vivaient longtemps, bien plus que les humains, qu'ils savaient cracher le feu et que leur loyauté aurait fait l'envie de bien des chefs de guerre consolatais. Il ne ressemblait en rien aux brutes sanguinaires anakanes. Qui était Ol-Nito exactement ?

Il y avait plus urgent que de répondre à ces questions ; le dragon leur raconta ce qui s'était passé dans les montagnes talaxiennes. Le massacre perpétré par Tormaga, leur fuite. Il détailla ensuite l'expédition de Litti et de Jocquinius, qui s'était bien terminée grâce à l'intervention d'Ol-Nito et d'Ol-Drumond.

Iriane était partagée entre la joie d'apprendre que Litti était en vie et en bonne santé et l'inquiétude de savoir la Mère des Tourments si dangereuse et si proche de la réussite.

Abasourdie, Julipen dit après un petit moment :

— Vous avez bien fait de nous laisser dormir avant de nous raconter tout ça : je n'aurais jamais trouvé le sommeil.

— Si je comprends bien, il nous faut retrouver un Talaris, la Pierre d'Ombre.

— Et les réunir tous trois, reprit Julipen, sans la moindre idée de ce qui se passera exactement.

— Oui. Voilà ce que Jocquinius nous a expliqué.

— Certains prétendent que la réunion des trois Talaris annulerait toute magie. Alors, je ne vois pas comment ça fera d'elle une arme contre Tormaga.

— Peut-être que sans magie, notre ennemie serait totalement inoffensive, proposa Iriane.

— Attends... Puisqu'elle est un être de magie, Tormaga disparaîtra purement et simplement à l'annulation de celle-ci !

Julipen exultait presque. Iriane tempéra aussitôt cette humeur.

— Enfin, nous n'en savons rien. Et puis, je ne suis pas certaine que j'aimerais voir disparaître la magie.

— Ne dis-tu pas ça parce que tu viens de goûter à son pouvoir ?

Iriane tordit la bouche avant de répondre :

— C'est possible. Avant, quand je suivais l'entraînement de Maison-Noire, je me méfiais de la magie comme de la peste. Je la considérais même comme un obstacle à la liberté.

— La liberté telle que la concevait la Hanse des Marchands.

— Oui, j'avais leur idéal vissé en moi. Ou leur idéologie, appelez ça comme vous voudrez. Comment aurait-il pu en être autrement ? Mon père était un membre de la Hanse et j'ai suivi la formation secrète de ses troupes d'élite ! Tout a été remis en question quand j'ai rencontré les Laménides, à Estebellia. Et la magie, celle que vous m'avez enseignée et celle du Talaris, fait partie de moi. À ma place, vous ne verriez pas sa disparition d'un mauvais œil ?

— Peut-être qu'elle serait de courte durée : juste assez pour nous offrir la possibilité de supprimer Tormaga. Et même : son annulation serait pleinement justifiée par la fin de cette folle dangereuse.

— Oui. J'imagine...

Julipen nota qu'Iriane n'était pas convaincue. Ce n'était pas encore grave, cela pourrait se révéler dangereux à l'heure des choix. D'autant que si l'on en croyait Ol-Nito, Tormaga était à même de contrôler les esprits.

— En attendant, poursuivit Julipen, nous devons tout de même rejoindre Estebellia pour connaître le sort de mes sœurs.

Iriane se tourna vers le dragon et expliqua :

— Les prêtresses laménides existent un peu partout dans le monde. À Estebellia, elles étaient plus nombreuses qu'ailleurs et surtout bien acceptées dans la société.

— Nous n'avons pas toujours eu la vie facile, précisa Julipen avec un sourire. Voyez-vous, cher Ol-Nito, les femmes sont bien souvent écartées du pouvoir. Et beaucoup de monde se figure que les Laménides *sont* un pouvoir occulte.

— Un pouvoir occulte ? demanda le dragon. Vous vous cachez ?

— Nous ne nous cachons pas par malice mais par instinct de survie ! Certaines d'entre nous ont été exécutées. En Anakann, il ne fait pas bon avoir du pouvoir, lorsqu'on est une femme.

— Et c'est pareil ailleurs, en fait, ajouta Iriane.

— Pourquoi ça ?

— Je ne sais pas, répondit Julipen. Peut-être parce que, en général, les hommes ont une plus grande force physique et qu'ils n'enfantent pas : ils sont trop contents d'avoir des concurrents en moins dans leur quête de pouvoir pour vouloir ensuite leur céder quoi que ce soit !

— Les… *humaines* ne se rebellent pas ?

— C'est en cours !

— Peut-être qu'un jour les hommes nous considéreront comme leurs égales. Et ils nous laisseront la possibilité de partager les décisions prises pour tous, au nom de tous.

— Regardez ce qui se passait à Corall-Medding et dans les territoires : les femmes représentent la moitié de la population et pourtant, il n'y avait que des hommes à siéger dans les deux Chambres !

Le dragon hocha sa tête immense, dont les fines écailles prune étaient ourlées de vert tendre. Ses grands yeux en amande brillaient d'une intelligence curieuse. Ce n'était pas la première fois que Julipen entretenait une conversation avec une créature d'une espèce radicalement différente : son séjour en Galameh l'avait confrontée à des personnages tout aussi singuliers. Aucun ne lui avait paru témoigner d'une telle douceur et d'une telle puissance à la fois. Le plus étrange était de penser que les dragons vivaient sur Elamia depuis la nuit des temps et qu'ils n'avaient jamais entretenu le moindre rapport avec les hommes – à l'exception notable de Golan Tark !

Le trio s'envola tandis qu'Iriane s'interrogeait sur celui qui s'était exprimé à travers elle, ce Kilarn. Qui était-il vraiment ? Un démon gardien de l'île du Temps, selon les Alfads qu'avait rencontrés Jocquinius. Quelles étaient ses motivations réelles ? Et cette communication : cela se reproduirait-il ? Devrait-elle encore perdre conscience ? La magie du Talaris et les circonstances exceptionnelles avaient dû lui permettre d'établir ce faible contact avec le petit groupe de survivants. Un allié, étrange, lointain et inconnu. Il fallait espérer qu'il ne s'agisse pas d'un nouveau piège.

Ils approchèrent Estebellia en fin de journée. Comme la nuit était claire et que le dragon volait très bien quelle que soit la lumière, on préféra attendre le couchant pour un survol de reconnaissance.

Heureusement qu'aucune des deux femmes n'était estebellienne, car le spectacle d'une si belle et si grande ville en partie détruite était déjà déprimant en soi sans devoir y ajouter la perte de son foyer. La dévastation ne fut pas sans rappeler à Julipen l'état de Boroskariak, la madina anakane, après la chute de météorites. Il y avait eu une guerre là-dessous ; les bâtiments détruits par les machines de guerre et les sortilèges galaméens dressaient leurs chicots de pierre face aux deux lunes.

L'air sifflant à ses oreilles, Iriane songea à son rude entraînement d'espionne : bien qu'il fût très complet, il ne l'avait pas préparée à l'observation depuis le ciel ! Si bien qu'elle ne savait où regarder en premier : elle dévorait littéralement la vue qui s'offrait à elle, depuis ce poste privilégié et mouvant. Ça devait être comme regarder le monde depuis le très haut mât d'un navire – non, plus fou encore. Elle nota quelques feux sporadiques, plus probablement des incendies en voie d'extinction que des foyers entretenus par des survivants.

Elles virent une tour semblable à celle qui avait englouti Adrian et littéralement effacé la population de Corall-Medding. À cette différence qu'elle n'était pas achevée : son faîte culminait aux deux tiers seulement et son pourtour était irrégulier.

Est-ce que ça signifie qu'elle n'a pas fonctionné… ?

Cette idée était comme un éclat de lumière sur un océan noir.

Julipen prit la décision de survoler le palais où s'étaient réfugiées les prêtresses. Elle demanda l'aide d'Iriane pour le situer et en deux minutes elles se trouvèrent à sa verticale. Le rideau de protection magique qu'avait dû traverser Iriane n'était plus. L'ennemi était-il parti ? N'avait-on plus besoin de cette triple ligne de défense ? Ou bien fallait-il comprendre que toutes les prêtresses étaient mortes ?

Ou encore qu'elles sont parties…, songea Julipen.

Juste au moment où elle désespérait de ne plus avoir de contact mental avec ses sœurs, une alarme sonna à son esprit. Un signal, qui ressemblait plus à une question codée qu'à un appel franc. Au même instant, Iriane serrait le bras de Julipen et lui soufflait à l'oreille :

— Il y a quelqu'un en bas !

* * *

La Perle de Vie avait senti une présence. Amie ou ennemie ? Moins de trente secondes plus tard, le trio se posait sur un rempart du palais fortifié. Le contact s'était établi avec plus de force et Julipen avait reconnu l'une des leurs derrière le signal de reconnaissance. Le signal était altéré, mais comme rien ne fonctionnait plus depuis que les tours étaient entrées en fonction, elle ne s'en inquiéta pas.

Une jeune femme approchait déjà en courant. Cette silhouette… Iriane reconnut son amie.

— Paola !

Elles tombèrent dans les bras l'une de l'autre en une étreinte d'une joyeuse intimité. Puis elles se regardèrent dans la clarté lunaire telles deux sœurs que les épreuves n'avaient pas réussi à séparer. Elles avaient connu des parcours bien différents mais elles se ressemblaient. Iriane était la fille d'un inspecteur des fraudes. Très tôt elle avait perdu sa mère et s'était réfugiée, après cette terrible épreuve, dans une sorte de violence canalisée par la pratique d'un art martial, l'otchacan. Une pratique qu'elle avait maîtrisée au point d'être remarquée par un officier de la Hanse. L'homme l'avait intégrée au programme secret et terriblement sélectif de Maison-Noire. Élevée par un père aimant, Iriane avait dû le quitter sans préavis et partir en mission commandée. Capturée par une Laménide – rien moins que la puissante doyenne Helenn ! –, elle avait alors fait la connaissance de la pétulante Paola.

L'Estebellienne était quant à elle née loin au sud de la grande cité d'arts. Bien née, même : son père était un riche armateur. Cadette d'une fratrie de trois garçons, son caractère indépendant, son effronterie intelligente, ses facilités dans les travaux intellectuels et les pratiques sportives avaient attiré l'attention d'une certaine Mirianda, épouse du maître avitailleur de l'armateur. Une Laménide… Elle l'avait prise sous son aile, avec l'accord tacite de la mère de Paola. Née avec une cuillère en argent dans la bouche, Paola ne rechignait néanmoins jamais à se frotter aux difficultés. Quant à son insolence, elle lui permettait de proposer de nouveaux points de vue aux atishas trop assurées de leur intelligence.

Selon toute probabilité, le père d'Iriane était mort avec le reste de la population corallaise ; Paola demeurait sans nouvelles de ses parents depuis des mois. L'une et l'autre s'étaient forgé une carapace qui les mettait, pour le moment, à l'abri du chagrin.

Quelle joie c'était de se retrouver ! Le Talaris encore glissé sous sa chemise montrait des signes d'excitation inquiète – du moins est-ce ainsi qu'Iriane aurait résumé sa perception si elle en avait pris le temps. Toutefois, elle était trop joyeuse pour s'en soucier vraiment et elle s'occupa des présentations.

Paola se montra impressionnée par le dragon. Ol-Nito s'inclina avec cette majesté un peu naïve propre à son clan, se tint à l'écart comme s'il était gêné par une extrême timidité, puis les trois femmes gagnèrent l'intérieur du palais fortifié, trop étroit pour un animal de sa stature.

— Attention à vous ! conseilla Ol-Nito alors qu'elles allaient disparaître derrière une porte.

— N'ayez crainte ! Nous sommes entre amies !

Ol-Nito fit une réflexion qu'elles n'entendirent pas. Des torches éclairaient les couloirs de tuffeau ; cette pierre très blanche et au grain fin permettait aux artistes estebelliens une grande richesse décorative : des frises aux motifs végétaux ornaient les murs et la lueur à la fois rasante et mouvante des appliques donnait vie à ces bas-reliefs.

Julipen ne put que s'étonner de cette abondance qu'elle retrouva sur le mobilier et les tapisseries. Les trois femmes – Julipen à la traîne – débouchèrent dans une salle que connaissait Iriane : la dépouille d'Onahra y avait été veillée avant d'être emportée en Galameh, Iriane à ses trousses. La jeune femme pensait à Helenn, à sa mort dans ses bras ; elle devrait en parler aux Laménides. Sans doute étaient-elles au courant : la doyenne les avait peut-être averties à distance de son état, juste avant de sombrer.

Beryll, rencontrée en même temps que Paola, était aussi là. Entre ses longues mèches blondes, ses joues étaient creusées comme par un long jeûne et ses yeux clairs étaient cernés. Elle serra les deux mains de la novice avec un profond soupir de soulagement.

— Alors tu es revenue..., dit la jeune atisha.

— Tu vas nous raconter ton aventure ? Et la Perle de Vie, et les autres Talaris...

Il y avait d'autres femmes, ici. À la lumière tremblante des torchères Iriane remarqua leur état de fatigue avancée. Elles s'étaient approchées et faisaient cercle autour des nouvelles venues. D'une pâleur extrême et amaigries, elles n'étaient que l'ombre d'elles-mêmes.

— Bien sûr que nous allons vous raconter tout ça. Mais nous avons d'abord quelques questions à vous poser, de la première importance. Julipen, préférez-vous vous en charger ?

— Si mes sœurs le veulent bien..., dit Beryll.

Ce ton... Beryll montrait un agacement qui étonna Iriane : l'impatience était plus le genre de Paola. En l'absence de la doyenne Helenn, Beryll devait être une sorte de chef, ici : aucune des sœurs n'émit le moindre avis.

— Nous t'écoutons, dit-elle alors.

— Eh bien, je vous jure que nous sommes rassurées de vous savoir en vie ! Que s'est-il passé ici après le départ d'Iriane ? Il y a d'autres survivants ? Les Galaméens sont toujours en ville ? Nous n'avons vu personne... Et puis pourquoi n'ai-je pu recevoir de contact mental pendant tout ce temps, vous avez une idée ? Parce que je vou...

— Eh ! Doucement ! l'interrompit Paola, les deux mains tendues devant elle. Ça fait beaucoup de questions à la fois !

— Oh, excusez-moi. Je suis si excitée de vous voir ! Voilà des jours que nous n'avons rencontré aucun humain...

— À ce point ?

— Oui, vraiment.

— La Perle de Vie ne vous a rien indiqué ?

— Ce n'est pas si simple, répondit Iriane.

— L'as-tu avec toi ? demanda Beryll.

Elle regardait avec insistance le cou d'Iriane ; seul le lacet dépassait de la chemise et de la tunique. Le pendentif était toujours à l'abri sous l'étoffe. Iriane n'apprécia pas cette insistance, d'autant que le Talaris diffusait une chaleur inhabituelle. Il ne brillait pas ; elle le sentait néanmoins battre fébrilement contre sa poitrine tel un second cœur inquiet.

— Eh bien, je...

— Oui ou non ? demanda Paola, avec son impatience coutumière.

Iriane lui sourit :

— D'après toi ?

La douzaine de Laménides s'était approchée d'un pas. Elles demeuraient silencieuses. À la lumière médiocre et vacillante de la pièce leur regard luisait étrangement.

— Nous ne sommes pas là pour jouer, mes sœurs, rappela Beryll. Iriane et Julipen vont nous raconter leur voyage et nous dire ce que sont devenus les Talaris.

Helenn… Pourquoi ne me parlent-elles pas d'Helenn ?

— Nous n'avons pas la Perle de Vie avec nous, tenta Iriane, motivée par une idée soudaine.

— Iriane ? fit à voix basse Julipen, étonnée.

Beryll leva le menton, ses traits se déformèrent sous l'effet de la colère.

* * *

Perché sur le rebord d'un rempart, Ol-Nito contemplait la cité déserte. Il se sentait mal à l'aise. Il n'aurait su dire en quoi exactement l'amie d'Iriane lui déplaisait ; il avait juste senti quelque chose de singulièrement dérangeant. Littéralement senti : sa langue avait perçu en elles comme l'odeur d'une maladie, un pourrissement même. Il en connaissait si peu sur les humains qu'il se trompait peut-être… Depuis que Tormaga s'en était prise à leurs foyers, qu'elle avait détruit les siens et par là même une bonne partie de son existence, Ol-Nito n'avait fait que courir, sans prendre le temps de réfléchir.

Les rares survivants Ol-Mentias étaient partis dans toutes les directions ; il avait suivi le chemin de l'ouest, au hasard. Puis, tous ses sens en éveil, il avait senti la présence d'Ol-Tyron, telle une balise dans la tempête. Alors, Ol-Drumond et lui avaient accéléré l'allure, prenant à peine le temps de se reposer.

Ils avaient ensuite sauvé Ol-Tyron et les humains au fond de ce cratère et il avait très vite fallu repartir chercher les deux femmes en route vers le sud. Une chance encore qu'il les ait trouvées, car elles avaient quitté la route principale : l'orage avait troublé son odorat mais Ol-Nito avait senti la présence de l'artefact accroché au cou de la jeune femme. Un signal qui n'était pas sans lui rappeler celui qui le liait aux dragons de son clan. Il y avait de la vie en ce bijou !

Une surprise de plus dans un monde à découvrir. Tout était si nouveau… Effrayant à cause de Tormaga, excitant grâce à ces rencontres dont son existence montagnarde, recluse, l'avait jusqu'à présent tenu à l'écart. Tout changeait si vite aussi… Toutefois il n'était pas certain d'aimer ce qui se tramait dans cette ville. Il flairait d'autres vies, terrées dans les bâtiments, ici et là. Le dragon n'osait pas les héler : à cette distance il n'aurait su déterminer s'il s'agissait d'amis ou d'ennemis et sa timidité ne lui autorisait pas un tel comportement.

Alors il se contentait de surveiller les rues les plus proches, dos au palais fortifié où s'étaient engouffrées ses cavalières, humant l'air.

J'espère qu'elles se montreront prudentes…

D'après ce qu'il avait compris, Iriane et Julipen devaient contribuer à l'élimination de Tormaga. Ol-Nito avait juste besoin de les savoir sympathiques – et de cela il était assuré, après ces quelques heures de vie commune.

Alors qu'il se faisait ces réflexions, il ressentit une douleur vive à la base de sa queue. Il tourna la tête et vit une pique enfoncée sous ses écailles. Il l'attrapa aussitôt avec la gueule et la dégagea, puis lécha la petite plaie. Elle avait un goût amer qui n'était pas seulement celui de son sang. Il y eut une douleur, plus bas : une autre pique ! Il l'arracha aussi vite et prit dans un même élan son envol, tournant la tête derrière lui pour percevoir son agresseur, grâce à son sixième sens. Une femme. Elle exsudait la même odeur que cette Paola !

Il avait eu raison de se méfier. Il vira sur l'aile pour voir ses ennemis et en guise d'avertissement cracha une salve incendiaire. Comme tous les dragons, il avait la possibilité d'en contrôler chacun des éléments : ainsi, entre leurs crocs, le feu était-il aussi malléable que la glaise dans les mains d'un sculpteur estebellien. Cette fois, il opta pour une boule qui explosa à quelques mètres de lui : de quoi impressionner ses agresseurs sans tuer qui que ce soit.

Il vit un petit groupe s'égailler le long des remparts, dans deux directions opposées. Il voulut en savoir plus ; déjà, le poison qui enduisait la pointe des piques agissait et troublait sa vue. Il pouvait en analyser le parcours dans ses veines, ses organes. Une nausée apparaissait. Son organisme sophistiqué s'activait pour en bloquer les effets les plus dangereux.

Il espéra qu'il avait retiré les armes à temps et que le poison n'était pas adapté à son système singulier et jura de ne pas se faire avoir une troisième fois. Il poussa un long cri qui se répercuta dans toute la ville, d'écho en écho, terrifiant. Son idée était à la fois d'effrayer les lanceurs de piques et d'avertir ses deux cavalières.

Plus de doute possible, maintenant : elles sont en danger !

* * *

À l'instant précis où retentit le cri d'Ol-Nito, Beryll abaissa le menton : des yeux reptiliens avaient remplacé ses iris bleus. La peau des paupières se craquela, la bouche s'élargit pour laisser voir des crocs aiguisés comme des aiguilles tandis que le nez délicat s'écrasait en un mufle dégoulinant de morve.

La transformation fut extrêmement rapide ; pas assez toutefois pour prendre de vitesse Iriane, qui avait déjà fait un pas en arrière. La créature se jeta sur elle. La jeune femme donna un coup de coude en avant avec un court élan. L'articulation heurta la cage thoracique de Beryll. Un craquement sinistre : des côtes s'étaient brisées sous l'impact. La créature poussa un cri rauque, recula en se tenant la poitrine. La transformation était achevée, celle des autres « prêtresses » commençait à peine, avec d'horribles bruits de chair et d'os écartelés.

— Enilame ! cria Iriane.

Aussitôt, son épée magique apparut en son poing. Elle en menaça son agresseur et dit :

— Je ne sais pas si tu es encore Beryll ou si tu l'as jamais été. Mais fais un pas et je te tranche la tête !

La créature grogna et sans prévenir fit un bond vers Iriane. La lame ensorcelée traça une courte arabesque et la bête fut décapitée avant même d'avoir touché terre.

De son côté, Julipen était acculée à un mur. Trois « prêtresses » horriblement défigurées la menaçaient, le dos voûté, les griffes sorties. L'atisha glissa une torche hors de son applique en fer forgé et commanda au feu. Une langue incandescente s'en détacha et embrasa les longs poils collants qui avaient remplacé les cheveux peignés ainsi que les tuniques légères. Les créatures abandonnèrent leur intimidation et, criaillant horriblement, se déchiquetèrent la gorge et les tempes en tentant d'étouffer les flammes.

Quatre créatures étaient hors de combat. Il en restait bien huit.

Julipen avait épuisé son arme en une passe. Pas Iriane ! La tête de « Beryll » n'était pas retombée que son épée fendait l'air à la recherche d'une autre victime. Elle termina sa courbe dans le gras d'une cuisse qu'elle découpa jusqu'à l'os. La femme s'écroula sur le côté en se tenant la jambe qui crachait un geyser de sang vert. Iriane sentit un coup de griffe sur son omoplate ; elle poussa un cri de surprise avant de basculer : le torse en avant, elle jeta violemment son pied en arrière. Son talon tendu brisa le tibia de son agresseur. L'adolescente se redressa en un mouvement coulé et le revers de son épée se ficha dans les côtes de la créature pour atteindre son cœur. La lame ressortit aussitôt de la poitrine, dessina un cercle parfait qu'Iriane arrêta en empoignant le manche à deux mains, à hauteur de son visage. Alors elle abattit son épée à la verticale pour l'achever. Elle prit le temps de jeter un coup d'œil vers Julipen.

L'atisha voulut s'emparer d'une seconde torche mais deux créatures furent plus rapides et elles l'éteignirent en la piétinant. Julipen était trop loin pour détourner efficacement l'énergie des derniers flambeaux, accrochés à l'opposé de la pièce, sans risquer de blesser son alliée. En un instant Iriane comprit ce que désirait son amie ; elle se précipita donc vers un mur non défendu, en décrocha les deux torches et les lança à travers la pièce en criant :

— Julipen, c'est pour vous !

Les flambeaux tournoyèrent au-dessus des deux ennemis. Sans attendre d'en avoir saisi le manche, l'atisha en détourna la faible énergie pour mettre un terme à l'existence de l'horrible binôme. Une odeur de chair carbonisée envahit la pièce ; Iriane toussota, écœurée. La lumière avait changé de direction : elle ne provenait plus des murs mais du sol où se consumaient les agresseurs.

Cinq monstres demeuraient en lice. Constatant l'hécatombe, elles hésitaient à présent, sans fuir pour autant. Hélas, elles se trouvaient entre le duo et la sortie principale.

— On fait quoi ? demanda Julipen, essoufflée et surprise par la cruelle efficacité de son élève.

Devant elles les créatures ne parlaient pas ni ne se concertaient. Qui les commandait ? Quelle énergie les animait ?

Soudain, un bruit sourd ébranla le mur extérieur, suivi d'une chute de pierrailles.

— Qu'est-ce que c'était ?

Julipen tourna la tête vers la croisée dont la moitié supérieure s'ornait de vitraux. Illuminé malgré la nuit, le verre ondoyait.

Je dois être épuisée ou bien on m'a ensorcelée, se dit Julipen.

Le verre se liquéfiait ! Et en moins de cinq secondes, il n'y eut plus de vitrail.

— Attention ! cria Iriane, en mettant son bras devant son visage.

Julipen n'allait pas laisser passer une occasion pareille : opportuniste, elle capta ce qu'elle put de la langue de feu et la jeta sur les cinq « prêtresses ». Trois d'entre elles s'embrasèrent spontanément et les deux autres firent deux pas vers Iriane, quelques flammèches sur leurs vêtements.

— Par là ! cria-t-on depuis la croisée qui venait de fondre.

La tête d'Ol-Nito s'y encadrait ; elle recula et une portion du long cou apparut.

En six pas Julipen parvint à la fenêtre. Elle grimpa non sans difficulté sur le dragon.

Furieuse d'avoir ainsi été trompée par ses « amies », Iriane voulait toujours en découdre. Elle profita de la panique des dernières créatures pour les réduire au silence : Enilame trancha la tête de l'une et les entrailles de l'autre.

— Je déteste qu'on me mente, d'accord ? dit Iriane.

Mais une demi-douzaine d'autres créatures déboulaient dans le couloir. Iriane tourna les talons et sauta à son tour sur le cou d'Ol-Nito.

Une fois en l'air, le trio se raconta ses mésaventures.

— Comment vous sentez-vous ? demanda Julipen à la fin du récit d'Ol-Nito.

— Pas très bien. Nauséeux…

— Posons-nous quelque part, je vais voir ce que je peux faire.

Une fois sur le sol d'une place déserte, Julipen passa sa main depuis les blessures jusqu'au cou de l'animal, puis la laissa glisser vers la tête. La magie laménide circulait ainsi jusqu'aux nerfs de l'animal. Julipen trouva le poison et en comprit la composition. Il ne lui fallut que peu de temps pour le neutraliser et le soulagement fut immédiat pour le dragon.

— Merci, dit-il enfin.

— Pas de quoi. Merci à vous de nous avoir sorties de ce mauvais pas !

— Le plus difficile était de tenir accroché contre le mur ! J'ai bien cru que j'allais emporter toute la façade dans mes serres…

— Iriane, montre-moi ton épaule : tu saignes, non ?

L'atisha employa sa magie du mieux qu'elle put et ajouta :

— Pour l'un comme l'autre, il faudra qu'on trouve de l'eau afin de nettoyer ces plaies, car je ne sais pas si mes talents seront suffisants.

— Eh ! fit soudain Iriane. Je crois que notre trio attire les curieux.

Elle avait matérialisé son épée. Elle serra la Perle de Vie entre ses doigts pour tenter de comprendre les intentions, ou du moins la nature, des quatre personnes qui s'avançaient prudemment sur la place, désarmées.

— Paola ? demanda la jeune novice. Est-ce vraiment toi cette fois ?

— J'aimerais en être sûre, ce coup-ci, insista l'atisha. D'accord ?

— Autant tout à l'heure, commença le dragon, je sentais le… le *pourrissement* de ces créatures, autant là je ne sens rien de particulier.

— La Perle de Vie ne m'indique rien non plus. J'aurais dû l'écouter tout à l'heure, ça nous aurait évité ce guet-apens.

— Considérons-le comme un entraînement, jeune Laménide, proposa Julipen avec un sourire tendu : des trois elle était la seule à ne pouvoir se fier à rien pour jauger le quatuor qui approchait.

Si, je peux me fier à mes compagnons. C'est déjà beaucoup !

Le quatuor en question stoppa à dix pas environ. Trois portaient des glaives et des boucliers. La quatrième tenait ses bras légèrement écartés de sa longue tunique fendue.

— Iriane ? C'est toi ?

— Oui, Paola. Je suis de retour.

— Laménie soit louée…

* * *

Certes la jeune Estebellienne ne paraissait pas au mieux de sa forme, mais elle n'accusait pas la même fatigue extrême que son double monstrueux. Elle était accompagnée de trois hommes hébétés : le dragon doué de parole les subjuguait.

— Alors, tu peux me dire ce qui s'est passé ici ? demanda Iriane.

— Après ton départ et la mort d'Helenn – elle nous avait envoyé un signal pour nous annoncer son état, Iriane –, on était toutes abattues. Tu sais qu'il n'y a pas vraiment de chef chez nous, mais perdre Helenn en pleine guerre… On a attendu quelques jours, sans trop savoir quoi faire. La situation n'évoluait pas et le siège nous coûtait vraiment beaucoup de forces.

— Avec ce rideau de protection ? Tu sais que c'était quelque chose à voir, de l'intérieur ! Une vraie folie.

— Qui a coûté la vie à Helenn.

— Quand nous avons traversé le rideau de pierre elle a eu un instant d'inattention. Elle l'a mis sur le compte du Talaris qu'elle portait autour du cou. Un instant qui a suffi à broyer sa main.

Paola hocha la tête, l'air sombre, et reprit :

— C'était une protection efficace mais comme je le disais, on la payait le prix fort. En plus de notre doyenne, une dizaine d'atishas sont mortes d'épuisement.

— Par tous les saints…, souffla Julipen.

— Notre seul soulagement, c'était de savoir que les Galaméens en perdaient beaucoup plus. Et puis il y a ce… ce truc qui a dévalé la tour.

— La tour construite par les Galaméens ?

— Oui, c'est ça. Enfin, qu'ils ont essayé de construire : ils ne l'ont jamais terminée.

— Ils y sont arrivés à Corall-Medding, hélas, précisa Julipen. Mais continue, Paola.

— Oui, je disais qu'une sorte de vague verte a roulé sur toute la ville. Et au-delà…

— Vraiment ? s'étonna Julipen. À Corall cette vague a… Elle a tué toute la population. Nous ne sommes que quelques survivants, Paola.

Les trois hommes échangèrent enfin quelques mots à voix basse tandis que l'Estebellienne ouvrait des yeux ronds.

— Je ne peux pas le croire !

— C'est vrai, confirma Iriane. Nous avons pu nous protéger, grâce à la magie, ainsi que trois Triniciens. Les autres n'ont pas eu cette chance. Toute trace de vie a disparu sur des kilomètres à la ronde…

— Quelle horreur… Eh bien, rien de tel ici.

— Golan Tark était aussi dangereux qu'il en avait l'air. Alors, la sorcellerie de la tour : elle a eu des effets dans cette ville ?

— Elle a tué les enfants qui en étaient prisonniers et les soldats galaméens. Peut-être parce qu'elle était incomplète…

— Alors, vous avez gagné la bataille ! s'enthousiasma Iriane.

— Pas vraiment : elle a dévalé sur la moitié de la cité et je peux vous assurer qu'elle n'a pas oublié notre abri.

— Le palais ?

— Oui. Ça a été… Je ne sais pas comment le décrire.

Un fantôme passa dans les yeux de Paola. Celui qui avait dû la hanter durant ces instants terribles.

— Je me suis sentie partir, reprit-elle. Ou plutôt, j'ai vu une partie de moi quitter mon corps.

— Un ectoplasme ? demanda Julipen.

— Quelque chose comme ça. C'est sorti de mon ventre et ça s'est reformé devant moi : une créature monstrueuse, au sang vert.

— Je crois qu'on les a rencontrées, dit Julipen.

— Oui, on leur a réglé leur compte. Et l'une d'elles te ressemblait étrangement, juste avant de se transformer.

— Elle s'est retournée vers moi, reprit Paola, et je l'ai vue droit dans les yeux. Comme je vous vois là… Enfin, façon de parler, parce que son regard était plein de haine. Alors, elle est devenue comme moi.

— Elle t'a « copiée », c'est ça ?

— Je me suis vue en face et ça a pris, quoi, cinq secondes pour qu'elle me copie ? Quelle horreur… J'ai eu l'impression qu'elle me volait littéralement un bout de cerveau !

Iriane hocha la tête : la ressemblance était parfaite et s'il n'y avait eu le Talaris pour diffuser des signaux d'inquiétude, elle ne se serait pas posé la moindre question.

— La même chose est arrivée à toutes les Laménides du palais et à tous ses réfugiés. D'autres sont apparues dans cette partie de la ville mais leur nombre est difficile à estimer.

Paola raconta le chaos qui avait suivi. Les batailles rangées. Les actes de bravoure. Les sacrifices. Les morts si nombreux. En tenant ces créatures à distance, Beryll avait permis à Paola et bien d'autres de prendre la fuite mais n'avait pu résister bien longtemps.

Une bonne partie de la cité avait donc été épargnée par cette vague. Hélas, bien des Estebelliens avaient déjà succombé au premier assaut des soldats de Tark. Les survivants avaient pour la plupart pris la fuite vers le sud. Il ne restait plus grand monde dans la cité et ceux-là étaient prêts à en découdre quotidiennement, fouillant la ville à la recherche des intrus.

— Je ne sais quoi penser de cette histoire, Paola. Au moins, tu es en vie et je m'en réjouis.

Puis, se tournant vers les trois hommes qui accompagnaient son amie :

— Et je vous remercie d'être restés auprès d'elle.

— Oh, vous savez, commença un petit homme d'une quarantaine d'années, les Laménides ont été si bonnes avec nous. On ne fait qu'être là !

— Tout de même, reprit Paola, vous auriez pu fuir, vous aussi.

— Pour aller où ? C'est notre ville, ici. Et vous nous aidez à la maintenir à flot.

Les deux autres acquiescèrent et pendant de longues minutes on rapporta des faits de guerre : la résistance s'était organisée parmi les survivants et on s'en prenait à ces créatures, nées des Estebelliens eux-mêmes, avec un succès plus ou moins grand. On estimait que plus de la moitié des ennemis avaient été éliminés. Beaucoup se terraient dans le palais fortifié. D'autres avaient pris possession de l'arsenal et d'une partie des greniers municipaux. Les hommes, qui figuraient parmi les meneurs de la résistance, s'enflammèrent au récit de leurs exploits. Ils ne doutaient plus de l'emporter : ce n'était qu'une question de semaines. Iriane constata avec plaisir que le désespoir n'était pas à l'ordre du jour.

La nuit était déjà bien avancée. On décida de se retirer plus à l'est, pour se reposer, manger et peut-être dormir un peu. La petite troupe se tint toutefois à l'écart des lieux où séjournaient en plus grand nombre les résistants, pour ne pas les effrayer avec Ol-Nito et ne pas avoir à perdre du temps en longues explications.

Les soirées estebelliennes étaient encore tièdes et une couverture suffisait pour traverser la nuit. Ol-Nito se tenait à l'entrée d'une ruine, comme un colossal gardien. Allongées sous le toit à moitié intact, les femmes devisèrent encore. Iriane dressa un rapide tableau de la situation après avoir résumé les événements, y compris l'attaque des grottes des Ols par Tormaga.

— D'après vous, c'est quoi ces créatures ? Des émanations de Tark ? Des servantes de Tormaga ? Une simple erreur due à l'interruption de la construction des tours ?

— Je ne sais pas. Et quelle importance, après tout ? Ce que je sais, c'est qu'elles étaient assez averties et intelligentes pour se préoccuper de la Perle de Vie et des autres Talaris.

— Ça nous rappelle aussi que nous devrons nous méfier de tout et de tous : le danger ne viendra pas directement de Tormaga.

— Eh bien, on peut voir les choses ainsi : de même qu'un chasseur de tigres doit se méfier des serpents qui hantent la jungle, nous devrons prendre garde à quantité d'autres dangers, en plus de la Mère des Tourments.

— Eh, quelle sagesse, Iriane ! Tu parles comme une vieille atisha !

— Ne te moque pas de moi, dit Iriane avec un sourire.

— Bah, je ne me permettrais pas… Et maintenant, que comptez-vous faire ?

— Combien d'atishas sont en vie ?

— Ici ? Nous sommes une vingtaine de prêtresses.

— Elles pourraient nous rejoindre…

— Pour lutter contre Tormaga ? Mais la bataille n'est pas terminée, ici ! Tu as entendu ces hommes, tout à l'heure. Et j'en connais beaucoup comme eux qui ne voudront pas abandonner nos concitoyens.

— Non, bien sûr. De toute façon, il manque encore un élément à notre défense : le Talaris des Triniciens, toujours en Galameh, intervint Julipen.

— Il faudra bien s'en passer…, dit Iriane.

— Pour le moment, nous n'avons effectivement pas le choix. Que faire ? Si seulement nous pouvions rétablir le contact mental entre nous, regretta Julipen. C'est un terrible silence qui a succédé à nos échanges.

— Peut-être encore ces maudites tours…, suggéra Paola.

— Possible, oui, acquiesça Julipen. Difficile de mesurer leurs effets : on dirait bien qu'on en découvre un nouveau chaque jour…

— Tark était un sacré stratège, dit Paola.

— Grâce à l'aide de Tormaga, si j'en crois notre ami Jocquinius, ajouta Julipen.

— J'ai l'impression que la magie a perdu son équilibre, dit Iriane. Que tout cela n'est pas forcément intentionnel.

— Toujours est-il que nous manquons cruellement de monde pour lutter contre Tormaga, insista Julipen. Les Ol-Mentias sont avec nous, ce qui est une excellente nouvelle. Sauf que les malheureux n'ont pas pu faire grand-chose pour défendre leur territoire.

— D'après Ol-Nito, ils ont été pris par surprise, dit Iriane. Les choses se passeraient peut-être différemment avec le recul et la préparation. Paola, peut-être pourrait-on parler à quelques prêtresses demain ? Qu'en pensez-vous, Julipen ?

— Oui, ce serait une bonne idée. Paola, tu ferais ça ?

— Atisha, je crois qu'il faut leur signaler votre présence avec nous, de toute façon.

— Ça redonnera un peu d'espoir à tout le monde, dit la Corallaise, j'en suis certaine.

— Eh bien ! Tu as l'air si différente, Iriane.

— À ce point-là ?

— Oui. Je ne sais pas… La maturité, et puis, d'après ce que tu m'as raconté, de sacrés pouvoirs, non ?

— Elle a énormément progressé depuis notre première rencontre, confirma Julipen.

— Je me demande si les Laménides n'ont pas plus changé ma vie que Maison-Noire. Sans parler du Talaris…

— Et de ton expérience en Galameh.

— Oh. Oui. Évidemment. Je crois que je cherche à l'oublier.

— Je te comprends, dit Paola : ça ne doit pas être le plus agréable.

— J'espère ne plus avoir à y mettre les pieds. Quand même, je n'ai pas rencontré que des types abominables, là-bas. Il s'en est même trouvé pour m'aider !

— Et tu as vu Onahra…

— Oui. C'est horrible de penser qu'elle est encore… J'allais dire : « en vie » ! Ce séjour a complètement changé ma façon de voir la mort. C'est comme si… Comme s'il y avait pire que le néant.

— Arrête, je déteste penser à ça, se plaignit Paola. Je veux dire, imaginer le vide, l'absence de toute sensation, c'est impossible. Et quand j'ai l'impression d'y arriver un peu, ça me rend malade pour la journée entière ! Onahra, tu penses qu'elle est où, là, maintenant ?

— Comment le savoir ? Elle est censée s'être enfoncée au plus profond de Galameh. J'ai un espoir, après tous ces malheurs : qu'Adrian la retrouve. Où qu'elle soit !

— Prions les dieux que cela arrive, dit Paola.

— Prions les dieux que cela soit *possible*, rectifia Julipen. Je connais Adrian et s'il a la moindre occasion de pouvoir rejoindre cet enfer dans les enfers, il la saisira. Avec ou sans dieux à ses côtés…

Chapitre 6

Kordac n'aimait pas du tout ce qu'il voyait.

— Impressionnant, non ? dit Balabord. On est en sécurité, ici. Mais ça ne va pas durer.

Kordac aurait voulu dire : « Je n'ai jamais vu une chose pareille », mais alors il lui aurait fallu le répéter à chaque pas depuis son arrivée en Galameh. Ils dominaient une immense vallée verdoyante, qui allait s'étrécissant. L'horizon était fermé par d'immenses colonnes si rectilignes et régulières qu'elles semblaient sculptées par un dieu. Elles montaient assez haut dans le ciel d'un bleu intense pour attirer des nuages qui s'enroulaient paresseusement à leur sommet.

Là-haut, des silhouettes de large envergure se mouvaient dans les airs avec une quiète majesté. À en croire la taille des monuments, ces volatiles devaient bien s'étendre sur une trentaine de mètres... Le pied des colonnes était ourlé de forêts qui ondoyaient comme des algues sous l'océan. Des cours d'eau serpentaient jusqu'au plateau où se tenaient les deux démons, un sommet garni d'une belle herbe grasse et de bruyère qui embaumait. Des oiseaux se posaient çà et là au milieu de la végétation, chantaient et s'envolaient pour se poser un peu plus loin.

Kordac n'aimait pas ce qu'il voyait parce qu'il pensait qu'on jouait avec lui. Avec ses espoirs.

— Qu'est-ce que ça veut dire, demanda-t-il, c'est une illusion ?

— Ah, c'est ce que tu crois vraiment ?

— Bien sûr.

Balabord haussa les épaules, puis dit :

— Je suis déçu. Et si je te jure que ce monde existe ?

Kordac soupira. Il fallait trouver du sens à cette nouvelle vie, ce nouveau monde. Une vie qui était la mort, un monde qui était les enfers. Il dit enfin :

— Je suppose que je serai obligé de te croire.

— Trop aimable..., dit Balabord, s'inclinant en une gracieuse révérence.

— Mais je ne comprends toujours pas. Je croyais que les Tombeaux étaient bien pires que le reste de Galameh ? Moi, je vois une sorte de paradis !

— Oui ?

— Oui.

Kordac quitta l'estrade de pierre où ils venaient de déboucher, fit quelques pas et s'assit dans l'herbe. Il posa la Pierre d'Ombre à côté de lui puis saisit de la bruyère entre ses doigts, porta l'efflorescence à ses narines et la huma.

—Le paradis…, répéta-t-il. Je n'aime pas ça du tout.
—Ne prends pas trop tes aises : on va bientôt y aller.

* * *

Ils marchaient au fond de la vallée. Ils avaient descendu le promontoire en glissant sur un courant aérien puis Balabord avait conseillé d'abandonner leur don quelque temps, sans donner plus de précisions.

Sur la peau de l'ancien empereur, le soleil était chaud sans être brûlant. Le chemin qu'ils empruntaient était gravelé ; les cailloux crissaient agréablement sous leurs pas, comme le long d'une balade. Pendant un moment, Kordac se remémora les marches en compagnie de son aide de camp et de son chef d'état-major, après avoir voyagé dans le Canevas grâce au Sarment du Temps. Ensemble ils préparaient la bataille à venir, dont Adrian avait lu sinon l'issue du moins les options possibles afin de choisir celle qui mènerait à la victoire. Il était alors aux commandes d'une armée puissante, conquérante et invaincue. Puis l'instant du souvenir disparut et céda la place à un malaise grandissant.

—Si tu me disais où nous allons ?
—Au-delà de ces montagnes…
—Tu parles des colonnes ?
—On les appelle les piliers de Hemalag.
—Quoi ?! Tu veux dire que…
—Qu'on est dans le royaume de Ganalone ? Évidemment ! Je pensais que tu l'avais compris.

Balabord se jouait de l'ignorance et de l'inquiétude de son nouveau compagnon.

—Je ne comprends toujours pas, Balabord
Il s'était arrêté, le cœur battant la chamade.
—Tu ne comprends pas *quoi* ?
—Arrête de cabotiner ! On dirait…
—On dirait quoi ?
On dirait Otum…
—Non, rien.
—Bon, alors, que veux-tu savoir ?
—Tout ! Comment avons-nous pu passer ici ?
—Tu l'as vu par toi-même, non ?
Kordac soupira, excédé.

Bon. Il faut que je me calme, que je joue son jeu. Ça ne sert à rien de m'énerver, il n'attend que ça…

—Oui, je l'ai vu. Il a suffi de passer par ce portique. Justement, c'est bien ce qui me surprend : d'une part je pensais que le royaume de Ganalone était inaccessible. D'autre part, je croyais que les Galaméens capturés par ces… ces ombres se retrouvaient dans un endroit pire encore. Tu n'as pas parlé des Tombeaux… ?

— Tu es si pressé de les retrouver ?

— Non. Je… J'aime bien cet endroit.

— Pas moi : je le trouve mièvre. Et ça n'est qu'un début, ajouta Balabord avec une mine de dégoût.

— Les Tombeaux sont chez Ganalone ?

— Si l'on veut. Ils n'en sont pas loin. Mais marcher me donne soif et parler m'assèche le gosier. Allons plutôt boire.

Balabord quitta le sentier. Il foula l'herbe qu'égayaient des rochers ronds et des parterres de fleurs sauvages. Un ruisseau coulait tout près ; Balabord s'agenouilla et plongea sa main dans l'eau claire, en but dans la coupelle de ses mains. Il poussa un soupir de soulagement exagéré, comme une invitation à Kordac à faire de même. Le voyant n'avait pas ressenti la soif jusqu'à présent ; la vision de cette eau d'une grande clarté et qui bruissait comme un froissement de soie lui fit envie. Il se pencha à son tour au-dessus du ruisseau et le précieux liquide lui parut plus savoureux que le meilleur des nectars. Il en but et en but encore.

— Je ne comprends toujours pas, dit-il après un moment.

— Moi non plus, je ne sais pas comment ils s'y prennent pour avoir une eau si bonne, dans le coin.

Puis il partit d'un grand éclat de rire qui donna à Kordac l'envie de le gifler.

— Allons-y, ordonna le serviteur d'Omok.

Un peu plus loin, ils croisèrent les premiers humains depuis leur arrivée en ces lieux. Une fois de plus, Kordac ne put dissimuler son étonnement :

— Comment ont-ils pu arriver jusqu'ici ? Je croyais que seuls les démons pouvaient emprunter ce portique sans se faire attaquer par les arbres qui bordent le cratère…

— Qui te dit qu'ils ont pris le même chemin ?

Il tira sur le coude de Kordac, l'obligeant à s'écarter du sentier. Il expliqua :

— S'ils nous voient de trop près, ils vont s'inquiéter et nous faire des histoires. Mieux vaut passer au large.

Une dizaine de mètres parut suffire. Kordac regarda le petit groupe disparate. Une vingtaine d'hommes et de femmes de tous âges, qui parlaient avec animation, le sourire aux lèvres à ce qu'il semblait. Quand ils aperçurent les deux démons, ils interrompirent leur conversation, regardant à leur tour le duo. Ils affichèrent une mine haineuse qui rappela à Kordac ses premières heures dans la madina, après sa libération accidentelle de la grande prison.

— Eh oui, fit Balabord, nous ne sommes pas aimés par ici.

Quand ils eurent dépassé le groupe, Kordac entendit le babil des conversations reprendre. Il regarda par-dessus son épaule ; les voyageurs avaient retrouvé leur bonne humeur.

Le duo croisa de plus en plus de ces groupes. Tous affichaient la même gaieté. Une gaieté qui inquiétait Kordac. Il se sentait toujours plus mal et se tenait prêt à user de ses pouvoirs démoniaques.

—Ah, commença Balabord, si l'envie te prenait d'utiliser tes dons, oublie-les dès maintenant…

—Ça ne marcherait pas ? demanda-t-il.

—Disons qu'ils ne produiraient pas l'effet escompté.

—C'est-à-dire ? Parles-tu toujours par énigmes ? Tu ne me donnes qu'une partie des informations et je dois deviner le reste ! Je suis venu ici pour sauver une femme, *ma* femme, pas pour jouer aux devinettes, Balabord.

—Tiens, tiens, tiens, on se rebelle ?

—Non, on se fatigue. On s'use à devoir tout interpréter.

Le démon poussa un petit soupir satisfait.

—Nous sommes chez Ganalone, d'accord ? Tu l'as bien compris, ça, n'est-ce pas ?

Kordac hocha la tête.

—Alors, reprit Balabord, si l'on considère que les Ombres *projettent* en quelque sorte les Galaméens ici, à quoi ça nous servirait de les utiliser ?

—Attends… Ça veut dire que tous ces gens que nous croisons viennent de Galameh ?

—Eh, mais tu fais des progrès remarquables, compagnon !

Kordac ne saisissait toujours pas exactement toutes les implications de ces informations. Onahra était dans cette partie de l'univers – très bien. Cela aurait dû le rassurer. Pourtant, son inquiétude était intacte.

Ils marchèrent ainsi durant deux heures. Les colonnes minérales se rapprochaient dans le couchant. Au-dessus d'eux les immenses silhouettes ressemblaient à des dragons sans queue. Kordac les trouvait moins majestueux qu'effrayants désormais, car il conservait le souvenir de son bref séjour dans la gueule d'un monstre, en Anakann.

Le paysage changea ; des pins remplaçaient les bosquets d'arbrisseaux ; ils poussaient sur des mamelons qui précédaient ces bois d'où jaillissaient les colonnes. Des groupes s'étaient assis un peu partout, comme des pèlerins attendant le discours de quelque prédicateur tardif.

—Et maintenant ? demanda Kordac.

—Viens, on va trouver un endroit où passer la nuit.

Ils dévalèrent le mamelon qu'ils venaient de gravir et s'installèrent dans un abri rocheux. Tapissé de mousse, il semblait avoir été conçu pour y dormir confortablement. Il y restait encore de la place ; des Galaméens approchèrent pour le partager mais quand ils virent la nature des occupants, ils tournèrent les talons.

—Ils gardent de mauvais souvenirs de nous, quel dommage…, s'amusa Balabord.

La nuit tomba très vite car le soleil disparut derrière les colonnes. Balabord se cala sur un flanc, tournant le dos à Kordac. Une minute plus tard, il ronflait et le voyant se trouva bien seul. Un profond sentiment de lassitude l'envahit, doublé de la conscience aiguë de sa solitude. Ce n'était pas la présence d'un démon qui y changerait quoi que ce soit : les êtres qu'il aimait lui manquaient et ils lui manqueraient toujours. Le marchand Odasius, le jeune Palmiarn…

Et Julipen… Où es-tu ? Que fais-tu ? Je n'ai pas eu le temps de te dire adieu.

Il n'avait pas passé beaucoup de temps auprès de sa maîtresse mais ces instants étaient inoubliables. S'ils n'effaçaient pas son amour pour Onahra, ils lui apprenaient que l'on pouvait aimer plusieurs fois, avec une intensité comparable. Aurait-il suivi Julipen jusqu'en Galameh ? Probablement. Il pouvait la suivre en Val-des-Miracles, si cette chance lui était donnée.

Si je décide de la prendre !

Pourrait-il retourner là-bas un jour ? Tant de questions… D'après Balabord les démons avaient attendu la promesse de Tark pour séjourner sans risque chez les vivants. Adrian était devenu un démon. Ou bien il l'avait toujours été. Ce qui signifiait que ses parents, Haspalnod et Halaïa, l'étaient aussi ? Ou qu'il avait été adopté ? Il restait la possibilité qu'un démon figure parmi ses ancêtres.

Est-ce que je suis assez singulier pour franchir les mondes sans risque ?

Il pensa aux Galaméens contre lesquels il s'était battu, tant sur l'archipel des Ferrone que sur le continent consolatais. Il serait semblable à l'un d'eux à présent.

Au moins, je n'aurais pas de fétiche comme les soldats de Tark.

Il pensa ensuite au mage Jocquinius ; il avait méjugé cet homme parce qu'il avait une vision différente du combat à mener. Se pouvait-il qu'il ait eu raison ?

Le sommeil ne venait pas, bousculé par ce tumulte de questions, de souvenirs et de sentiments.

Quel étrange destin que le mien ! Mon père m'a confié le Sarment du Temps contre l'avis de ma mère… et du Cercle des tribus aresmass. J'étais doué, je le suis devenu plus encore. Au point d'être invincible ! J'ai lu l'avenir de mes batailles et les ai ainsi préparées mieux que mes ennemis. J'ai pris la place du roi et j'ai étendu son royaume, et de conquête en conquête j'en ai fait un empire. Je ne pouvais plus m'arrêter ! Et dans quel dessein ? Je ne le sais même plus… Onahra en avait assez de me voir partir. Elle me reprochait tous ces morts !

L'examen de conscience l'ébranlait et des larmes perlèrent à ses yeux.

C'était comme si… comme si j'avais cherché à fuir quelque chose. J'ai assouvi l'ambition de mon père. Et au lieu de le remercier, je me suis constamment éloigné de lui. Pourquoi ? Avais-je peur de me rendre compte de ce que je lui devais ? Ou de lui reprocher d'avoir brisé le tabou, d'avoir volé cet artefact comme il avait volé mon enfance ? Et ma mère : lui ai-je assez dit que je l'aimais ? Quelle place avait-elle dans toute cette folie ?

Adrian avait quitté sa tribu aresmass. Il avait quitté l'univers aresmass. Il était devenu un Corallais mettant son don de voyance au service du pouvoir. Du sien. Au service de la violence, de l'asservissement, des décisions arbitraires, du meurtre de masse. Toutes ces valeurs qui tenaient les tribus nomades de son peuple éloignées des cités, du commerce, des luttes politiques, des affaires religieuses… Il devait y avoir un sens à tout ça. Un sens à son destin si différent de celui des humains.

J'étais un humain. Je suis un démon. Le fils d'un dieu, en somme.

Servait-il Omok ? Devait-il le servir depuis le début ? Était-il né dans ce dessein ? Manipulé, depuis sa naissance… La pensée était vertigineuse. Elle lui donna la nausée. De plus son épaule, celle qu'un macula avait touchée et en partie « effacée », lui faisait mal. Il se leva et quitta l'abri, où il ne pouvait tenir debout, pour prendre l'air. Dehors, une phosphorescence issue des nuages éclairait le paysage.

Quelqu'un l'y attendait. Quelqu'un qu'il connaissait bien…

— *Tss, tss, tss,* fit une voix dans sa tête. *Te voilà encore en possession d'un objet qui te dépasse…*

— *Otum ! Que… Comment es-tu arrivé ici ?*

— *Oh, oh, oh, est-ce à toi de poser les questions, misérable pou ? Toi qui nous as abandonnés en pleine bataille ? Tu es sûr de ne pas être celui dont on attend des réponses ?*

— *Otum…*

Le démon à l'haleine de fleurs décrépites, le fils de Raark, l'inlassable voyageur se dressait dans toute son inquiétante splendeur face à Kordac.

— *Tu as bien changé, l'empereur…*

Kordac nota l'abandon des injures. Pour une raison qui lui échappait, il était singulièrement heureux de ces retrouvailles. Il répondit :

— *Sans doute, sans doute. Comment me trouves-tu ?*

— *Depuis quand un démon donne-t-il son avis sur le physique des malheureux mortels ?*

— *Je crains qu'il faille te rendre à cette évidence, Otum : je suis moi-même un démon.*

Otum cracha tel un félin, comme à son habitude.

— *Je n'aime pas ça, pas ça du tout. Tu as compliqué ma vie, le sais-tu ?*

— *Je suis sûr de l'avoir rendue un peu plus passionnante, non ?*

— *Mmm… Ça me contrarierait fortement d'avoir à l'avouer.*

— *Mais tu ne m'as toujours pas dit comment tu étais arrivé là.*

— *J'aimerais le savoir, le voyant, j'aimerais le savoir… Mon maître Raark connaît bien des secrets.*

— *Et il ne te les confie pas, c'est ça ?*

— *On peut le dire ainsi. Bah, je peux le comprendre : plus on vit dans l'ignorance, moins on a de chances de renverser son destin.*

— *Et renverser ton destin reviendrait à renverser ton maître, Otum ?*

— *On ne renverse pas son père !*

— *Oh… Ton père… Je… Je ne savais pas.*

— *Tu ne sais rien. Tu as tant à découvrir ! Pourtant, tu as dû faire beaucoup de chemin pour en arriver là.*

— *Pour arriver ici, tu veux dire ? Oui, du chemin j'en ai fait. Et je crois que ça n'est pas terminé.*

— *Enfin,* reprit Otum, *je constate que tu possèdes un nouvel objet de choix.*

— Tu te répètes. Celui-là, je l'ai emprunté de ce côté du monde. Tu as le flair pour repérer les artefacts.

— Et toi tu n'as aucun flair. Sinon, tu ne te fourrerais pas dans de tels ennuis !

— Tu ne sais pas comment tu es arrivé ici, soit. Mais sais-tu pourquoi Raark t'a envoyé ?

— Tu espères qu'il m'a demandé de te ramener, hein ? Pff... Je lis en toi comme dans un livre ouvert.

— Je ne savais pas que tu aimais la lecture, Otum. Ni que l'on trouvait des livres dans le désert.

— Cesse de me railler ! Ta nouvelle identité te rend bien insolent !

— Il faut bien que je lui trouve quelque avantage.

— Eh bien sache que Raark tient à ce que tu réussisses ta mission, voilà.

— Ma mission ?

— Oui, ta mission.

— Mais laquelle, Otum ? Je ne sais même pas pourquoi je suis là !

— Vraiment ?

Le démon se gratta le menton, plissant ses paupières squameuses. Constatant son hésitation, Kordac expliqua :

— J'ai... j'ai succombé lors de l'attaque de Corall-Medding, tu t'en souviens ?

— Oh ! que trop bien ! Cette bataille a été un vrai gâchis !

— Je n'avais pas planifié de me trouver en Galameh. Quelle pourrait bien être ma mission ?

— As-tu déjà entendu parler de Tormaga ?

Otum résuma la situation en quelques minutes. Tark avait libéré la Mère des Tourments. Celle-ci s'apprêtait à envahir le monde, laissant un sillage de feu et de sang derrière elle. Alors elle se dirigerait vers l'île du Temps pour en prendre possession, non sans avoir éliminé un certain Kilarn entre-temps. Otum donna aussi quelques détails sur le rôle des Alfads dans cette longue histoire. Et sur les Talaris.

— Il faudrait les réunir, le voyant. Et tu en détiens un, si je ne m'abuse...

— C'est bien possible, en effet. Il faudrait que je te le donne, c'est ça ?

— Bah, ça serait plus simple. Mais tu ne voudras jamais, je me trompe ?

— Tu ne comptes pas le prendre de force ?

— Tu ne comptes pas sauver le monde ?

Soudain, Kordac entendit du bruit derrière lui ; il se retourna et vit Balabord qui s'extrayait de l'abri en grognant. Le voyant tourna la tête vers Otum : le démon avait disparu sans un au revoir.

— Qu'est-ce que tu fais debout ? demanda Balabord. Tu n'as pas dormi ?

— Non, impossible. Je... Je suis trop nerveux. Je vais tenter de retrouver le sommeil.

— Eh bien c'est trop tard : il faut y aller maintenant. Suis-moi. Et n'oublie pas ton précieux paquet.

Kordac récupéra la Pierre d'Ombre puis il suivit Balabord qui avançait d'un pas pressé en direction des bois. Le voyant leva la tête ; les gigantesques volatiles semblaient encore plus gros. Il lui fallut un peu de temps pour comprendre qu'ils s'étaient rapprochés du sol.

— Fais attention où tu mets les pieds, lui conseilla Balabord.

Le conseil était pertinent : des dizaines de pèlerins gisaient à même le sol, sur les talus voire au milieu du chemin. Tous dormaient du sommeil du juste, sous les nuages phosphorescents, vraisemblablement épuisés par une longue marche et les émotions. Tout à coup, un détail sauta aux yeux de Kordac :

Ces Galaméens... Ils n'ont plus de cicatrices !

En effet, les stigmates que les Juste-morts appliquaient à leur physionomie pour mettre en évidence les causes de leur décès n'étaient plus. Fini les gorges lacérées, les cages thoraciques ouvertes aux quatre vents, les moignons purulents, les faciès vérolés. Oui, ils dormaient tous profondément quand les deux démons se glissèrent sous les premiers branchages. Kordac jeta un dernier coup d'œil en arrière ; à présent les créatures ailées volaient assez bas pour qu'on entende le sifflement étouffé de l'air contre leurs flancs fuselés.

Une terrible intuition frappa le démon tandis que la végétation se refermait derrière lui et qu'il s'engouffrait dans la nuit forestière.

Le chemin traçait des lacets sous les voûtes et ils marchèrent encore un long moment entre les arbres. Le parfum entêtant de la résine les environnait. De larges éclats de pierre reflétaient avec une étonnante efficacité le peu de lumière qui parvenait là. Kordac n'aurait pas été étonné qu'ils produisent leur propre luminosité. Soudain, un millier de ces éclats se rassembla et fila entre les arbres, comme une nuée de minuscules lucioles. La forêt bruissait de sa population nocturne. Le ululement d'une chouette sonna sur la droite. Hemalag ressemblait tant à Val-des-Miracles...

Kordac comprit qu'ils longeaient l'une des colonnes. Il leva la tête ; la végétation était trop dense à présent pour qu'il puisse voir le ciel. La pénombre s'épaissit et les éclats disparurent. Kordac voyait à peine où il mettait les pieds. Le chemin était assez large pour que trois hommes y circulent de front, des ronces et des fougères poussaient en abondance sur les bas-côtés. Il n'y avait plus un bruit à présent, comme s'ils s'étaient trouvés dans un jardin artificiel et non au centre d'une profonde pinède.

Qu'est-ce que ça veut dire ?

Kordac n'osa pas poser de questions. En fait, il aurait aimé ne plus respirer du tout, car non seulement l'endroit l'inquiétait mais le moindre de ses mouvements lui paraissait résonner terriblement dans ce silence. Il pensa au démon de Raark, qui avait le don de se rendre invisible : était-il dans les parages ?

Otum, tu peux me parler ?

Pas de réponse. Ce qui ne signifiait pas l'absence du démon : il pouvait très bien ne pas avoir envie de communiquer.

Marchant sur la pointe des pieds, Kordac continua de suivre Balabord. Il y eut un coude puis la voûte s'écarta et laissa la place à une lumière aveuglante.

— Stop ! ordonna Balabord.

Kordac tressaillit et manqua de lui entrer dedans. Le démon s'engagea alors sur le côté après avoir écarté quelques branchages. Kordac plissa les yeux avant de le suivre, étonné qu'il n'y ait plus de ronces. La forêt avait cédé la place à ce qui paraissait être une immense sphère lumineuse. Quelques pas plus loin, Balabord se souleva de terre et longea à la verticale l'une des colonnes. Kordac le suivit durant une vingtaine de mètres. Le serviteur d'Omok se posa sur un surplomb qui formait une plate-forme ; Kordac le rejoignit.

— Le spectacle va pouvoir commencer, dit-il.

Kordac préféra ne pas poser de questions, persuadé qu'il aurait droit à une mauvaise devinette ou à une raillerie supplémentaire.

Il n'eut que peu à attendre : dans le lointain montaient des cris. Des cris de panique. Ils suivaient le même chemin que les deux démons. Puis le bruit de courses éperdues s'ajouta aux hurlements.

— Aaahh…, fit Balabord. Voilà nos petits voyageurs. M'est avis qu'ils ont eu une grosse frayeur, dans la vallée…

— Ces… ces choses dans le ciel…

— Eh bien ?

— Elles les ont attaqués, c'est ça ?

— On les appelle les Rabatteurs…

Mains sur les hanches, Balabord poussa un autre soupir satisfait.

Alors ils furent là. Les premiers fuyards. En une cohue terrible, car la lumière les clouait sur place tout autant qu'elle avait surpris Kordac un peu plus tôt. La bousculade dégénéra rapidement et les premiers arrivants furent projetés au sol, puis écrasés, piétinés, asphyxiés. Très vite, ils furent plus d'un millier à se ruer les uns sur les autres. Alors un horrible bruit de succion se manifesta tandis que la sphère lumineuse se fendait sur toute sa hauteur. Une odeur pestilentielle se diffusa avec la violence d'une agression.

— Par tous les dieux ! s'exclama Kordac.

— Pas besoin d'autant : un seul devrait suffire !

La fente s'élargit un peu. La lumière était trop intense pour laisser voir ce qui se tramait à l'intérieur. Un sifflement annonça un changement soudain. Trois tentacules immenses jaillirent des entrailles de lumière, fouettant l'air nocturne. Kordac eut un mouvement de recul. Il était adossé à la paroi. Acculé. Balabord, lui, ne bronchait pas.

Plus larges à leur extrémité, les fouets tournoyèrent au-dessus des grappes d'humains effrayés. Puis l'un des tentacules s'abattit sur les malheureux, en saisit au hasard une demi-douzaine. Il s'enroula vers la sphère alors que les deux autres langues partaient à leur tour pêcher.

— C'est quoi cette horreur ? trouva la force de demander Kordac.

— Les Tombeaux, mon ami, les Tombeaux. Ça a de la classe, non ?

Toujours en retrait, Kordac secouait la tête. Le premier tentacule revenait déjà, vide. Plongeait à la recherche de nouvelles proies. Balabord se retourna, vit le malaise de son compagnon.

— Ne me dis pas que tu préfères la vallée ?

Il semblait sincèrement surpris. Puis il ajouta :

— Remarque, ça ne m'étonne pas tant que ça. Tu es si différent de nous autres…

— Je ne comprends toujours pas. Tous ces gens : ils n'étaient pas censés se retrouver en Hemalag ? Ou bien ça n'était effectivement qu'une illusion ?

— Hemalag *égale* paradis, c'est ça ?

— Je… Je le croyais en tout cas.

— Encore une fadaise diffusée par ces ignares de Triniciens… Disons que nous sommes bien chez Ganalone. De quoi donner un avant-goût de « bonheur » à nos récidivistes. C'est vrai, ils avaient l'air heureux, tout à l'heure, tu ne trouves pas ?

— Cela te pose un problème, Balabord ? Le bonheur des autres…

Balabord se fendit d'un immense sourire. Il saisit sa tresse et en renoua l'extrémité tout en disant :

— Et juste au moment où ils se croyaient enfin en sécurité, vlan ! Nos petits volatiles leur flanquent une frousse de tous les diables. Une sévère déconvenue, pas vrai ?… Et ils finissent le voyage là-dedans.

Il avait lâché sa chevelure rousse et indiquait l'antre où étaient méthodiquement précipités des dizaines d'humains vociférants.

— Et après ? demanda Kordac, plus que jamais angoissé par le sort de son épouse.

— Après ? Mmm… On va y faire un tour, ça te dit ?

* * *

— Bienvenue dans les Tombeaux, l'ami !

Les deux démons avaient quitté leur promontoire et s'étaient envolés loin au-dessus du massacre, à une hauteur vertigineuse, tout près des nuages lactescents. De là-haut, la sphère n'avait pas perdu de son éclat mais la distance permettait d'envisager son environnement : elle était enfoncée au tiers dans un cratère, telle une perle dans un écrin minéral. Quelles étaient ses dimensions ? Une centaine de mètres de diamètre ? Elle brillait comme une lune qui se serait abattue sur Elamia.

Puis Balabord l'avait conduit à l'opposé de la fente ; il s'était enfoncé dans la paroi qui, de près, ressemblait à la chair d'une larve. Kordac n'avait eu d'autre choix que de le suivre. La chair s'était refermée autour de lui et il avait cru étouffer. Il avait commencé à se débattre, incapable d'avancer ou de reculer. Pris au piège. Dans ses efforts désespérés pour s'en sortir, sa main avait manqué de lâcher la Pierre d'Ombre. Quelque chose avait agrippé son bras et l'avait tiré sèchement en avant : Balabord.

Une chaleur moite et qui empestait le soufre avait aussitôt saisi le voyant.

Ils se trouvaient face à de multiples corridors rougeoyants et palpitants aux allures d'artères, à peine plus hauts qu'un homme. Il y pendait des lambeaux agités par des courants d'air pestilentiels.

On entendait des grincements lointains, des bruits de succion. Kordac eut le sentiment désagréable de se trouver au cœur d'un organisme.

Et dire qu'Onahra est ici...

— J'adore cet endroit..., dit Balabord en contrepoint.

Mais le ton n'y était pas, cette fois. Le serviteur choisit l'un des corridors et s'y avança avec moins d'entrain.

— Ne me quitte pas d'une semelle, précisa-t-il.

— Pas l'intention...

Quelques minutes plus tard, ils débouchaient dans une immense cavité dominée par une lueur orangée et où régnait une forte humidité. Des poches translucides s'ouvraient ici et là, comme les vestiges de cocons éventrés par leurs occupants. Des geignements emplissaient l'air mais on ne voyait encore personne. Balabord fit quelques pas, s'arrêta, aux aguets. Quelques pas encore. Il regardait par terre. Kordac sentit une déformation sous ses pieds.

Ils étaient là. Les Galaméens chassés par les Ombres puis par ces gigantesques reptiles volants. Recroquevillés sur eux-mêmes, à l'intérieur de cellules emplies d'une viscosité orangée.

— Quelle horreur !

— Chut ! Sois plus discret, veux-tu ? Tu ne voudrais pas finir dans une de ces tombes, si ? Bon.

— Onahra : elle est ici ?

— Cherche ! répondit le démon.

Il y avait tellement de corps... À y regarder de plus près, Kordac comprit qu'ils s'étageaient sur plusieurs épaisseurs. Combien exactement ? Il se déplaça fébrilement à travers la salle animée d'un constant gargouillement. Des corps nus aux visages déformés par la douleur, la peur, le désespoir...

— Impossible ! Je ne la trouverai jamais ! Il y en a trop !

— Il faut bien ça, pour fournir l'énergie nécessaire.

— Nécessaire à quoi ?

— Oh, à toutes sortes de choses... Déjà Hemalag, la région que nous en avons vue, et le reste du royaume *tiennent* en partie grâce à cette énergie. Car depuis que les dieux nous ont quittés, il faut bien trouver des astuces pour maintenir leurs mondes en place.

— Attends... Ça voudrait dire que ce paradis est entretenu par ces pauvres gens ?

— Qu'est-ce que tu crois ? On n'a rien sans rien, l'ami.

Kordac secoua la tête. Tout ça était...

... absurde. J'aurais cru trouver du sens dans les royaumes divins ! Et surtout, de la justice.

Il sentit alors une vibration dans sa main et contre son flanc ; le Talaris : il avait changé de teinte et luisait comme si une lampe l'avait éclairé de l'intérieur. Et il vibrait ! Ce fut au tour de Balabord de poser une question :

— Qu'est-ce qui se passe ?

— D'après toi, Balabord ?

— Tu réponds par une question, ça n'est pas du jeu !

— Ah bon ? Pourtant, c'est toi qui m'en as appris les règles.

Le serviteur d'Omok poussa un soupir de dépit.

— Excuse-moi, tempéra Kordac qui ne voulait pas non plus se mettre son guide à dos. Je cherche à comprendre, moi aussi.

Le voyant approcha la Pierre d'Ombre de son visage et y plongea le regard. Derrière les innombrables facettes, le ballet des âmes défuntes avait repris, fascinant. Pour la deuxième fois depuis qu'il en avait pris possession, un flash lumineux partit du plus profond de l'artefact pour affleurer à sa surface. À nouveau Kordac eut l'impression qu'Omok en personne regardait en lui. Cela n'avait duré qu'un bref instant. Kordac était étourdi par le choc de ce contact mental. Il se frotta les yeux, abandonnant la contemplation du Talaris.

— Tu vas me dire ce qui se passe ? insista Balabord.

— Si seulement je le savais.

Se pouvait-il qu'Omok ait connaissance de son existence et surtout de sa présence en ces lieux ? Et si oui, que ferait-il d'un tel savoir ? Deviner les intentions d'un dieu... Quelle prétention !

— Bon, viens avec moi, ton Onahra ne peut pas être ici : elle n'est pas passée depuis assez longtemps de l'autre côté et là, nous sommes avec les... doyens des Tombeaux.

Kordac n'osa pousser un soupir de soulagement. Il suivit Balabord, prenant garde où il mettait les pieds de peur d'écraser un visage, une main, espérant ne pas découvrir pire spectacle. Ils quittèrent cette première salle où l'effroi s'ajoutait à la douleur, la cruauté au désespoir.

Un souffle chaud passa dans la nouvelle artère qu'ils empruntaient. Il charriait une autre puanteur, plus âcre. Le corridor s'inclina et ils montèrent. Le Talaris ne cessait d'émettre une vibration, de plus en plus profonde. Bientôt ce fut un bourdonnement.

— Je crois, commença Balabord, que Tark utilisait cet artefact pour faire passer les Juste-morts en Galameh.

— C'est la fonction qu'il occupait dans les cryptes de Corall-Medding. Les Triniciens l'employaient pour la résurrection des morts.

— Oui, oui, bien sûr. Je me souviens d'ailleurs de la dernière personne ramenée à la vie par ces mages. J'étais là quand Jocquinius a ouvert une porte entre nos mondes.

— Jocquinius ?! Tu le connais ?

— Un brillant Trinicien. Évidemment, il ne pourrait pas grand-chose sans l'aide des chantres, mais finalement, il a un caractère peu commun au milieu de cette bande de prétentieux. Et toi, comment le connais-tu ?

— Oh, c'est une longue histoire. Et qui était cette personne qu'il ramenait dans les cryptes ?

— Qu'il a *essayé* de ramener. Car ça s'est plutôt mal passé. Tark a interrompu le processus. C'était une Aresmass, elle s'appelait Halaïa.

— Non ! C'est impossible !

Kordac s'était arrêté. Son nouveau visage de démon galaméen affichait son trouble extrême. Le choc d'une intenable révélation.

— Eh bien, qu'y a-t-il encore ? Tu la connaissais ?

— Oui. C'était ma mère.

— Oh…

Cette fois, Balabord ne tenta pas la raillerie ou la condescendance pour jouer avec son compagnon : il était sincèrement étonné.

— Je suis désolé.

Kordac prit une profonde inspiration. La tête lui tournait. Le Talaris semblait sur le point de céder à une pression intérieure. Il trouva néanmoins la force de demander :

— Que s'est-il passé ? Je veux dire, que sais-tu, exactement ? Et cette fois, pas de devinette, Balabord, s'il te plaît…

— Cette femme… ta mère… (Soudainement hésitant, Balabord secoua la tête.) Je ne suis pas certain que tu vas aimer ça ; tu ne préfères pas oublier ? Après tout, tu es ici, à présent et…

— Je t'en prie, Balabord. Dis-moi la vérité.

— Hum… Eh bien, d'accord. Très bien. C'est très simple, vois-tu : son époux l'a assassinée.

Quelque chose céda dans l'esprit de Kordac. Il n'aurait su dire quoi. Des croyances ancrées depuis sa naissance. La légende des parents aimants.

— Que sais-tu d'autre ?

— Tu veux vraiment qu'on reste dans ce couloir ?

— Balabord…

— Oui. Je comprends. Bon, voilà ce que je tiens de Tark. Cette Halaïa avait donné un objet précieux à Jocquinius. Un artefact. Tark le voulait, il en avait besoin pour la suite de ses projets.

— Tu as une idée de ce qu'était cet objet ?

Adrian le savait déjà. Il voulait une confirmation.

— Un artefact qui avait un effet sur la course du temps.

— Le Sarment du Temps, Balabord. Le Sarment du Temps.

— Si tu le dis… L'époux a…

— Mon père. Dis-le, ne crains rien pour moi.

— Hum. Ton père voulait récupérer cet artefact avant qu'elle le donne à ce Jocquinius.

— Et il l'a tuée.

— Et il l'a tuée, en effet.

Connaît-on jamais ses parents ?

— Ensuite ? Tu as dit que le processus avait mal tourné…

— Tark est intervenu et il a littéralement volé ce que les vivants nomment l'âme. L'âme d'Halaïa. Comme ça elle n'a pas pu retourner en Val-des-Miracles.

Que sa mère n'ait pu, une fois assassinée, revenir dans les cryptes convenait à Kordac : il savait que les revenants payaient un prix terrible à cette résurrection de toute façon provisoire. En revanche, savoir que cette femme si douce et intelligente s'était trouvée entre les mains de Tark… Et s'il avait cherché à se venger sur la mère de son assassin ? Même si l'ancien Trinicien n'était pas mort des mains mêmes de l'empereur, ce dernier avait commandité son meurtre.

— Tu veux en savoir plus ? poursuivit Balabord.

— Vas-y.

— Tark l'a suppliciée pour obtenir d'elle la localisation de cet artefact.

Dans la main de Kordac, le Talaris grondait à présent. Comme accordé à la colère de son nouveau propriétaire. Balabord y jeta un coup d'œil inquiet.

Les nuées luminescentes qui s'agitaient dans la gemme se dissipaient, pour ne laisser paraître qu'un point unique. Des lignes s'assemblèrent. Ce fut d'abord un visage sans traits, comme de la cire. Puis les formes naquirent : la fine rondeur des pommettes, l'arête du nez. La courbe des yeux apparut en même temps que le dessin des lèvres. Les cheveux longs jaillirent en dernier mais Kordac avait déjà résolu l'énigme animée.

Onahra…

— Kordac ? fit Balabord. Tu comptes passer la nuit ici ?

— Attends. Il se passe quelque chose.

— Il se passe tout le temps quelque chose ! Qu'est-ce que tu me racontes ?

Balabord s'était approché.

— Pourquoi tu le regardes comme ça ? demanda-t-il.

— Tu ne vois personne ?

— Non. Pourquoi, je devrais ?

Le visage de l'impératrice. Elle était à peu près telle que dans son souvenir. Un mélange de douceur et de détermination. Balabord ne la voyait pas. Pas plus qu'il ne vit les mots s'animer sur les lèvres de la prêtresse.

— Elle me parle, dit Kordac comme pour lui-même.

— Quoi ? Qui ? Bon sang, tu perds la tête ! Allez, viens ; on la trouvera là-haut. Enfin si jamais on la trouve, car ce n'est pas le monde qui manque.

Kordac écarta l'ordre d'un geste bref.

Elle me parle…

Il se souvint aussitôt de son « éveil » en Anakann. Les paroles d'Onahra qui l'avaient guidé quand il était amnésique. Elle s'était adressée à lui à travers les mondes. Est-ce que cela se reproduisait ?

Il aurait aimé passer les mains à travers l'énorme gemme pour toucher ce visage qui lui avait tant manqué.

Sur le pont des mondes, Adrian. Sur le pont des mondes.

Ces quelques mots, presque susurrés. Tout à coup, l'expression quiète du visage impérial se modifia radicalement : la surprise et très vite la peur en marquèrent les traits. Alors l'image s'effaça dans un tourbillon.

— Onahra !

— Eh, doucement, Kordac. On ne veut pas d'ennuis, ici.

Le voyant se tourna vers le démon.

— Je te suis.

Ils continuèrent leur ascension. L'air s'épaissit et Kordac eut l'impression de respirer du sirop.

— Sur le pont des mondes, ça ne te dit rien ? demanda-t-il.

— Non. Les devinettes commencent à t'intéresser, on dirait. Ou bien je déteins sur toi ?

Ils pénétrèrent dans une salle plus vaste que la première, bien qu'elle adoptât la même physionomie. Cette fois, il n'y avait pas de corps prisonniers d'une matière visqueuse, sous les pieds des démons : les Galaméens étaient suspendus dans ces poches aux allures de cocons qu'ils avaient vues plus tôt. Ils étaient si nombreux... Kordac fit quelques pas. Il était tendu, à la fois angoissé de ne pas pouvoir retrouver celle qui venait de lui envoyer un message et stressé par la configuration et l'allure des lieux.

Le pont des mondes !

Cela lui revint brusquement : Onahra avait coutume d'appeler ainsi un pont qui enjambait une rivière, dans son pays natal. Elle venait y jouer petite et bien plus tard elle y avait conduit son époux. Qu'est-ce que cela pouvait bien signifier aujourd'hui ? Qu'elle se trouvait là-bas ? Ou dans une sorte d'équivalent galaméen ?

Il sentit un contact sur son épaule droite. D'un bond il s'écarta, puis leva les yeux : une main ployait vers lui. À l'extrémité de cette main Kordac distingua un corps suspendu par des fils blancs et gris qui ressemblaient à de la soie d'araignée. Des tuyaux à la semblance d'artères filaient depuis la nuque et les entrailles et disparaissaient en un enchevêtrement organique dans un autre cocon. Tous les Galaméens suspendus là étaient ainsi reliés les uns aux autres en une chaîne repoussante.

— Ne sois pas si nerveux, lui conseilla Balabord.

— Facile à dire...

Kordac embrassa une nouvelle fois le décor, à la recherche d'un indice.

Sur le pont des mondes... Et si Onahra n'était pas là ?

— Balabord ? Est-ce qu'il t'arrive de te tromper ?

— Comme tout le monde, j'imagine. Enfin, moins que d'autres, se rattrapa le démon. Pourquoi ?

— Onahra : elle ne peut pas être ailleurs ?

— Ailleurs que dans les Tombeaux ? Peu de chances...

— Mais il y en a quand même.

— On trouve toujours des exceptions.

L'un et l'autre parcouraient la salle, tête levée, à la recherche de l'impératrice. Un travail harassant. L'esprit de Kordac dériva peu à peu, incapable de se concentrer sur chaque Galaméen, sur les milliers pendus là. Il était fatigué. Les démons dormaient-ils, dans ce monde ?

Il regarda au loin. Son cerveau épuisé interpréta la juxtaposition de corps, les assemblant pour créer des formes qu'il effaçait aussitôt avant d'en redessiner de nouvelles.

Je ne la retrouverai jamais. Cette quête n'a aucun sens.

Ils fouillèrent l'endroit pendant encore une bonne heure. Puis Kordac vit une forme parmi l'enchevêtrement. Un arc de cercle constitué d'artères. Il n'était pas difficile d'y voir un pont. Fébrilement, Kordac rejoignit cette composition, distante d'une vingtaine de mètres.

Il observa les corps au-dessus de cet arc violacé. Ils étaient recroquevillés sur eux-mêmes, les genoux touchant le menton.

Alors elle fut là.

— Tu as trouvé quelque chose ? demanda le démon.

— Viens m'aider, viens tout de suite !

Balabord se souleva de terre pour le rejoindre plus vite. Quand il s'approcha, Kordac lui demanda :

— Comment on s'y prend ?

— Laisse-moi faire. Et prie le ciel qu'Omok ne sache rien de tout cela.

— Prie-le aussi, Balabord, car il pourrait s'en prendre à toi tout autant.

— Et comment ! Merci de me le rappeler…

Balabord s'éleva puis, une fois à hauteur de l'impératrice inanimée, entreprit de dénouer et de détacher le réseau qui la retenait prisonnière. Il s'y prit avec une grande délicatesse, ce que ne manqua pas de noter Kordac. Quand il en eut terminé, il demanda au voyant de l'aider à descendre la femme jusqu'au sol.

Une pellicule humide, comme un reste de placenta, recouvrait Onahra, collait ses cheveux. Son teint était aussi pâle que celui d'un cadavre mais elle respirait. Il y avait si longtemps…

Celui qui fut le plus jeune et le plus grand empereur qu'ait connu Elamia avait enfin retrouvé sa compagne. Une femme qu'il avait follement aimée mais dont il s'était peu à peu éloigné pour mener ses incessantes guerres.

Jusqu'à la défaite de Havoc…

Il ne l'avait jamais revue depuis. Il sentit les larmes monter alors que des images d'un passé heureux défilaient, se superposant à la réalité de l'impératrice défunte. Les moments de paix et de bonheur partagés avaient-ils été si nombreux que ça ? Impossible de le savoir car sa mémoire réinventait le passé. Lui qui avait voyagé dans l'espace et le temps avec une même facilité, au point de créer l'avenir de Consolata après l'avoir lu dans ses songes magiques, il n'arrivait plus à distinguer la vérité historique de la réinterprétation nostalgique. Qu'importe ! Il était tout à son émotion de la retrouver, comme si son éveil dans la prison détruite d'Arachnéon n'avait dû le conduire qu'à cet instant.

Oui, toutes ces aventures périlleuses, aussi folles que la course dans la gueule d'un dragon, les conversations avec un démon d'Anakann, la défense d'une tour constituée d'êtres vivants… étaient autant d'épreuves destinées à le conduire à cette femme.

Kordac s'agenouilla, posa un doigt sur les lèvres blêmes. Aussitôt celles-ci se colorèrent et depuis ce point où s'échangent les baisers et passe le souffle de la vie les couleurs gagnèrent tout le visage. Les yeux s'ouvrirent et le choc se lut dans le regard d'Onahra.

— Qui êtes-vous ? demanda-t-elle avant de se redresser et de cacher sa poitrine sous un bras. Balabord je le connais, mais vous ?

Elle ne me reconnaît pas. J'ai changé, je ne suis plus le même. Je suis un… un démon.

— Adrian, répondit-il tout de même, dans l'espoir qu'elle reconnaisse quelque chose de lui, sa voix peut-être.

La femme se tourna vers l'autre démon :

— Balabord, qu'est-ce que c'est que cette histoire ? Et quel est ce… cet endroit ?

Elle se mit à frissonner et son visage se déforma sous l'effet d'une douleur soudaine.

— Nous sommes dans les Tombeaux, et cet homme est bien celui qu'il prétend être. Je sais, ça a l'air… impossible. Mais c'est pourtant vrai.

Onahra prit une profonde inspiration ; elle ne croyait pas un mot de ce que Balabord racontait, mais comme ce dernier se montrait plus clément que jamais, elle décida de ne pas insister.

— N'y a-t-il pas moyen d'être vêtu décemment ? demanda-t-elle.

— Oh, si, bien sûr, répondit le serviteur d'Omok.

D'un geste de la main il créa des vêtements pour l'impératrice. Lesquels n'étaient qu'illusion, comme l'essentiel de ce qui composait l'univers singulier de Galameh.

— Cela conviendra-t-il à Son… « Altesse » ? ne put s'empêcher de railler Balabord.

La Laménide portait désormais une ample robe noire, cintrée sous la poitrine d'un simple lacet de soie.

— Tu as du goût, pour un démon. Bon, eh bien ce sont les Tombeaux m'as-tu dit ; mais que sont-ils exactement ?

— Tu n'as le souvenir de rien ? demanda Kordac.

Elle le regarda en haussant les sourcils ; pourquoi lui parlait-il avec ce ton attendri ? Était-il complètement fou ? Elle préférait ne pas le savoir : côtoyer deux démons était bien assez inquiétant comme ça sans devoir y ajouter la connaissance de leurs motivations. Elle tâcha toutefois de répondre à sa question, sinon pour le contenter, du moins pour retrouver le chemin de la mémoire. Mais à peine avait-elle perçu l'image de la jeune Iriane et de leur quête commune en Galameh qu'un frisson parcourut son échine. Quelque chose lui sembla vibrer sur sa nuque, comme un souvenir pénible que l'on avait cru écarter et qui revient en une image d'épouvante.

— Onahra, ça ne va pas ? demanda Kordac.

Elle eut un haut-le-cœur. Le souvenir paraissait vouloir s'incarner et pourtant elle ne parvenait pas à mettre un nom sur lui. Elle tomba à genoux, serra ses tempes entre ses mains.

— Onahra !

— Je… C'est là… Là, tout près…

— Quoi ?! De quoi parles-tu ?

Un spasme secoua l'impératrice.

— Pas encore… Je ne sais pas encore…

Le plafond vibra, comme si un orage encore lointain en secouait les horribles dessins de chair.

— Par tous les dieux…, souffla Onahra. Il est là.

Elle releva la tête péniblement, grimaçant de douleur et de désespoir. Derrière elle, une voix connue s'exprima au milieu des êtres suspendus :

— Onahra… Tu pensais vraiment en avoir terminé avec moi ?

Le trio se retourna. Les pieds au sol mais encore relié au réseau des cocons, un homme qu'ils connaissaient bien les regardait sans aménité.

Golan Tark.

— Comment cela se peut-il ? s'inquiéta Kordac.

— Réveiller Onahra a dû le réveiller lui aussi : ces deux-là sont liés.

Un lien de violence et de frustration mêlées.

Maintenant qu'il était libéré, Tark n'avait pas l'intention de se faire prendre une nouvelle fois. Du moins, pas sans entraîner avec lui celle qui l'avait trahi. Avant même de comprendre les détails de la situation, il se prépara au combat.

Un halo éclatant irradia autour de sa silhouette vêtue de noir à l'instar de ses trois ennemis. Dans son dos, ses liens organiques cédèrent à cet instant et tombèrent sur le sol avant de ramper loin de lui comme des serpents qui s'enfuient. Le halo devint aveuglant, et lorsque Balabord projeta les Ombres vers celui qui fut son corrupteur il était trop tard : elles furent soit dissipées soit déviées vers le plafond de cocons.

Des corps se détachèrent et s'effondrèrent au contact des Ombres tandis que Tark s'élançait vers le trio. Trois d'entre ces morts en attente tombèrent sur Balabord, le jetant au sol. Onahra poussa un cri et s'écarta. Kordac lança à son tour les Ombres voraces. Lesquelles voltigèrent comme une nuée dense et véloce en direction du sorcier. Une fois encore, le plus important quanta d'énergie fut dissipé et seule une infime partie s'infiltra sous l'armure magique. Pas assez pour arrêter Tark mais suffisamment pour le ralentir et lui donner à réfléchir.

Tout autour d'eux des corps tombaient avec un horrible bruit mat, grappes blêmes et remplies de substances qui s'épanchaient. Très vite, une mare poisseuse se répandit. Tark prononça un sort silencieux et un mur invisible frappa Kordac qui bascula lourdement en arrière, sa tête heurtant le sol.

— Arrête ça ! hurla Onahra.

— Arrêter quoi ? fit le sorcier. Il est trop tard, l'impératrice. Et nous ne sommes nulle part. Tu ne le vois donc pas ?

Il marchait à présent, sans hâte. Sûr de lui. Balabord se redressait sur sa droite et Kordac, étourdi, s'appuyait sur un coude. Le voyant se sentait vidé de toute force. Son compagnon démoniaque eut le temps de lâcher une nouvelle nuée noire ; elle parvint à entamer le bouclier qui protégeait Tark, mais pas au point de le mettre à terre. Hélas, les Ombres libérées s'en prirent aux corps accrochés au-dessus de la scène, qui s'écroulèrent encore plus nombreux, poches d'organes dénuées de conscience.

Balabord comprit trop tard que son idée était aussi inefficace que dangereuse. Car déjà certains Galaméens se redressaient, l'air absent, grognant et bavant. Des dizaines d'entre eux, réveillés par les effluences magiques qui sillonnaient la salle et rebondissaient sur les parois, s'infiltraient sous les cocons et circulaient dans les artères.

Ils s'interposèrent entre les belligérants. L'un d'eux bouscula Kordac, le forçant à reprendre pied. Les grognements montèrent de partout. On aurait dit que la caverne elle-même s'éveillait, dans la chaleur moite des organes répandus et des veines qui pulsaient les humeurs à travers toute la salle. Cette fois, Tark s'en prit à eux car ils gênaient sa progression vers le trio, retardaient ses projets de vengeance, de meurtre. Une onde de choc en jeta une dizaine à terre et la tête de trois d'entre eux explosa comme un fruit trop mûr. Des cris succédèrent aux grognements, horribles, entre la bête blessée et le prédateur excité. La colère gagnait tous ces êtres en survie, comme si une même pensée les unifiait et leur prêtait vie, une vie pitoyable, entièrement tournée vers la douleur et la faim. La prédation.

Derrière Kordac, un Galaméen se jeta sur lui, oubliant qu'il avait affaire à l'un de ses gardiens supposés, authentique serviteur d'Omok et petit seigneur des lieux. Le voyant vit une mâchoire se projeter vers son visage et il ne l'arrêta qu'*in extremis* en serrant ses mains autour du cou. Saisissant les épaules du voyant, celui qui avait été un vieil homme respectable gronda, les yeux rougis et révulsés. Les doigts de Kordac glissèrent sur la peau couverte de glaires translucides et il lâcha prise pour donner un violent coup de poing sur le nez de son agresseur. Kordac entendit le cartilage céder et une pluie rose l'aspergea. Il donna un nouveau coup, et un autre encore, brisant la pommette, l'arcade sourcilière. Jusqu'à ce que le mort relâche enfin la pression sur ses épaules.

L'ancien empereur se releva… pour voir Onahra aux prises avec trois morts. Il se souleva de terre et lévita vers elle. Un Galaméen tenta d'attraper sa cheville au passage et, en un réflexe qui l'étonna lui-même, Kordac lâcha une salve d'Ombres. Elles renvoyèrent le mort vers la vallée où les démons avaient commencé leur voyage quelques heures plus tôt.

Onahra avait commencé à se défendre ; elle employait ses pouvoirs d'atisha et, si elle avait mis un peu de temps pour en retrouver l'usage, sa puissance était incontestable. Si bien qu'à l'arrivée de son époux, elle avait déjà mis hors d'état de nuire deux agresseurs et le troisième paraissait en bien mauvaise posture.

Kordac frappa celui-là à la nuque avec une force que commandait sa colère.

— Filons d'ici ! ordonna Balabord.

— Et Tark ?

— Regarde…, répondit le démon en tendant le bras vers le sorcier qui s'enfuyait.

D'autres morts tombaient des plafonds et le sol n'était plus qu'un amas de cadavres, de viscosités… et de mains qui se tendaient pour stopper le trio dans sa course. Le voyant se souvint des Galaméens dans la cité, comment dans leur rébellion ils avaient failli mettre un terme à son séjour en cet enfer.

Kordac attrapa le bras d'Onahra et demanda à Balabord de l'aider ; ensemble, ils la soulevèrent pour échapper à cette armée qui se levait, sans autre but que de frapper aveuglément. Certains se battaient déjà entre eux. Le chaos désorganisait irrémédiablement les Tombeaux.

— Qu'avons-nous fait ? se plaignit Balabord qui jetait un dernier coup d'œil à la salle.

Les cocons eux-mêmes se décrochaient, vidés de leurs occupants.

Voler dans les corridors étroits était trop risqué ; le trio toucha terre et reprit sa course.

— Il faut sortir, vite !

Poursuivis par les cris déchirants des Galaméens et le vacarme d'un monde qui s'effondrait, ils retraversèrent la salle des gisants.

Ceux-là au moins n'ont pas l'air de broncher, se dit Kordac.

Franchir la paroi organique menant à l'extérieur fut aussi déplaisant qu'à l'aller.

Cette fois, il faisait jour. La sphère vivante palpitait en amples mouvements, comme une respiration lente. Tous trois reculèrent, sans quitter les Tombeaux des yeux. Très vite, ils furent acculés à la roche du cratère qui recevait cette prison tel un écrin minéral.

— Là-haut, décida Balabord.

Il fallut de nouveau porter l'impératrice. Ce n'est qu'une fois posé sur la lèvre du cratère que Kordac se rendit compte de son oubli.

— La Pierre d'Ombre ! Je l'ai laissée là-dedans !

— Oh non…, gémit Balabord. Tu ne vas pas y retourner ? Tu ne *peux pas* y retourner !

Il y eut un bruit derrière eux et ils firent demi-tour comme un seul homme.

— C'est ça que tu cherches, démon ?

Golan Tark se dressait, tenant l'artefact entre ses mains levées à hauteur de sa poitrine, comme il aurait présenté un calice à une assemblée de fidèles. La Pierre avait rétréci, comme si son séjour dans les Tombeaux avait prélevé un peu de son volume. Tark reprit :

— Je te l'échange contre cette femme.

Il ne sait pas qui je suis…, se dit Kordac. *Il ne sait pas que je suis son assassin.*

— Qui es-tu pour te permettre le moindre échange avec un serviteur d'Omok ? demanda Balabord.

— Comment, tu n'es plus avec moi, l'ami ?

— Je ne l'ai jamais été.

— Vraiment ? Pourtant, je me souviens d'une époque où tu étais plus… coopératif. Ou devrais-je dire « corrompu » ?

— Tu m'as trompé. Tu nous as tous trompés ! Pourquoi ferais-je quoi que ce soit pour toi ?

Tark abandonna sa posture et appuya la gemme contre son flanc.

— J'aurais dû te tuer moi-même, dit Kordac à son tour. Te tuer de mes propres mains !

— Que dis-tu ? Et qui es-tu, exactement ?

— Adrian. Ce nom te dit quelque chose ?

— Ce petit empereur de rien du tout ? Il s'en est fallu de peu que j'en vienne à bout, de l'autre côté. S'il n'avait reçu l'aide d'un… d'un démon !

— J'avais le Sarment du Temps en main. Et tu avais kidnappé Julipen car sans ce stratagème, tu n'aurais pas eu le cran de t'en prendre à moi.

Cette fois, Tark resta interdit.

— Tu… tu dis être Adrian ?

— Je le suis, effectivement.

Tark secoua la tête. Tout à coup, il n'était plus sûr de rien et la morgue qu'il avait spontanément recouvrée se dissolvait, comme si elle n'avait jamais dû se manifester. Balabord profita de cet instant de trouble pour s'élever d'un bond rapide. Alors apparut un troisième démon. Il n'était pas galaméen et se trouvait aussi loin de chez lui qu'il pouvait l'être.

Tark reconnut aussitôt celui qui avait déjà compromis son succès quand il était revenu en Val-des-Miracles chercher un Talaris dans le campement militaire d'Adrian.

Son entrée en scène créa une diversion au moment où Tark lançait un sortilège. Ce dernier s'étouffa à mi-parcours, et quand il heurta Balabord, il n'était plus qu'un rai de poussière sans le moindre pouvoir. Otum donna un coup d'épaule au sorcier qui partit en arrière.

— Laisse ! cria Kordac qui était déjà sur son vieil ennemi. Il est à moi !

Les deux Consolatais tombèrent sur la pierraille, Kordac enfonçant ses genoux dans la cage thoracique de Tark. Le sorcier expira tout l'air de ses poumons en un souffle rauque. Le Talaris roula plus loin. Golan Tark s'apprêtait à prononcer un nouveau sort malgré son état mais son ennemi de toujours avait saisi une pierre grosse comme le poing ; il l'enfonça violemment dans la bouche du sorcier et lui cassa les dents dans sa fureur. Kordac ne relâcha pas sa poussée. La langue de Tark se retourna vers le fond de sa gorge. Le sorcier étouffait. Ses mains cherchèrent le cou de l'empereur, le trouvèrent. Serrèrent la chair avec une force peu commune. Tark ne se rendait pas. Il ne se rendrait jamais. Très vite, des points noirs dansèrent devant les yeux de Kordac.

Alors celui qui fut un empereur conquérant, mais aussi un voyant et un valeureux soldat d'une redoutable efficacité, lâcha sa prise d'une main, arqua son bras en arrière et, l'index et le majeur tendus, projeta ses doigts griffus dans les yeux de son ennemi. Ils s'y enfoncèrent alors que Tark hurlait sa douleur, un cri que la pierre, maintenue en place dans sa bouche ensanglantée, retint et mua en un grognement tragique. Des spasmes l'agitèrent. Ses doigts se détendirent puis abandonnèrent leur strangulation. Au contraire, Kordac ne cessa d'appuyer tant sur la pierre que sur ses griffes. Il ne lâcherait pas prise, ni dans ce monde ni dans un autre. Onahra s'était approchée. Elle regardait sans la moindre pitié cet homme qui l'avait entraînée en Galameh et avait obtenu d'elle la folie et l'exil de son propre époux.

L'atisha tendit brusquement le bras en avant, paume ouverte ; des spires d'un bleu intense en jaillirent et s'infiltrèrent sous le crâne de Golan Tark.

Le sorcier s'arc-bouta une ultime fois.

Puis son corps se détendit, ses bras tombèrent le long de ses flancs. Kordac relâcha enfin la pression et retira ses griffes du regard honni, Onahra referma le poing.

L'empereur se leva, éprouvé par les émotions et les efforts physiques. Il titubait.

— Je crois que c'est fini, dit-il, sans parvenir à quitter son ennemi des yeux.

— Oui, on dirait bien en effet, ajouta Otum.

Au moment où il prononçait ces mots, une boule noire comme tissée de fumée s'assembla autour de la bouche cassée. Elle s'étira au-dessus du visage, d'abord lentement puis plus vite, et elle fila vers les nuages. Tout le temps que dura le phénomène, Kordac crut apercevoir des images incrustées dans ces volutes de ténèbres, les images de ce qu'avaient été la vie et la mort de Golan Tark. Enfin le corps se dessécha en quelques secondes et s'effondra sur lui-même, ainsi qu'un château de sable aux fondations sapées par la marée montante.

— Qu'est-ce que ça veut dire ? demanda Kordac.

— Son âme s'est dissoute. Totalement. Il n'est plus en Galameh ni en Hemalag. Il n'est… plus.

Onahra s'était approchée du voyant.

— Adrian ? dit-elle d'une voix chargée d'émotion. Est-ce vraiment toi ?

L'empereur se tourna vers elle. La douceur de ces traits, la détermination de ce regard malgré le trouble… C'était bien elle ! Alors que lui-même avait tant changé… Il avait l'allure d'un démon. Il *était* un démon. Est-ce qu'elle l'accepterait un jour pour ce qu'il était devenu ?

Il allait lui répondre quand Otum intervint :

— Eh, regardez en bas ! Les Tombeaux ! Il se passe quelque chose ! Quelque chose… de terrible !

Le couple impérial et Balabord se tournèrent vers l'immense sphère organique ; elle s'était fendue en maints endroits, sur toute la hauteur. De ces plaies colossales s'écoulaient des torrents de substances écœurantes.

— On ne reste pas là ! décida Balabord.

Le quatuor quitta les lieux sans chercher à comprendre ce qui se passait. Cette fois, Kordac n'oublia pas de ramasser la Pierre d'Ombre, sous l'œil curieux d'Otum.

* * *

Kordac, Onahra, Otum et Balabord étaient dans la vallée lorsque les Tombeaux explosèrent. Le vacarme de la déflagration fondit sur eux tel un oiseau de proie. Se répercuta en multiples échos. La forêt fut balayée par une formidable onde de choc qui coucha la plupart des arbres comme de simples fétus. Des éboulements roulèrent le long des colonnes en un tonnerre effrayant et l'une d'elles perdit son sommet comme un roi perd sa tête sous la lame du bourreau. Les reptiles volants, plus imposants que la plus grande des baleines, s'enfuirent en poussant des cris aussi profonds que des cornes de brume. L'effondrement de la cime provoqua un tel fracas et un tel soulèvement de poussière qu'on aurait dit la fin d'un monde. Quel dieu pourrait rester englué dans sa langueur ancestrale après un tel déchaînement ?

Onahra vit la vague de poussière déferler sur toute la vallée. À cette distance, elle semblait se dérouler au ralenti, comme dans un cauchemar. Par chance, l'impératrice « volait » grâce à ses deux gardiens. Le ciel s'obscurcit au moment où ils posèrent pied sur le vaste plateau. Cette partie de Hemalag était soumise à de profonds bouleversements. Plus rien ne serait comme avant maintenant qu'ils étaient passés par là.

Balabord se montrait particulièrement angoissé ; Kordac se demanda s'il tiendrait le coup. Pire, s'il tiendrait sa langue au cas où son supérieur lui réclamerait des comptes.

Omok en personne.

Cela arriverait-il ?

Le trio monta sur l'estrade de roche taillée. Passa sous le portique après s'être retourné une dernière fois vers le spectacle de destruction. Quand ils furent de l'autre côté, Otum avait disparu.

Ce n'est que bien plus tard, sur les rives du Ventre, qu'ils parvinrent à se parler. C'était étrange de se trouver en ces lieux où Onahra avait connu une seconde mort. Toutefois elle avait tenu à s'y rendre, pour exorciser ces instants terrifiants où elle n'était plus qu'une marionnette soumise aux sortilèges de Tark. Elle fut surprise de constater les nouvelles dimensions du palais : il avait perdu de son ampleur avec le départ de son maître.

— Allez-vous enfin me dire ce qui se passe ? demanda Onahra.

— Il se passe que je n'ai pas grand-chose à raconter, répondit Balabord. Ce serait plutôt à vous de me dire qui était ce… démon, là, tout à l'heure.

— Une vieille connaissance, dit Kordac. Il vient d'Anakann et je ne sais pas ce qu'il fait ici. On dirait que… qu'il est venu m'aider. J'aimerais savoir où il se trouve en ce moment.

— Le portique, Kordac : c'est un lieu de passage entre différents mondes. S'il savait comment arriver ici, il savait sans doute comment en partir.

— Oui, mais pour aller où ?

— Je comptais sur toi pour m'apporter cette réponse, Kordac. Mais je vois que c'est manqué. Bon, il y a des retrouvailles en cours, je me trompe ? Je vais vous laisser voir tout ça ensemble : je ne voudrais pas vous gâcher ce plaisir…

Le démon s'éloigna. Lui-même était perturbé par les événements qui avaient conduit à la fin des Tombeaux. La prison serait-elle reconstruite ? Si oui, en combien de temps ? Sinon, qu'adviendrait-il des Galaméens dévorés par les Ombres ? Il n'avait pas le courage de se rendre de l'autre côté du portique pour constater l'étendue des dégâts.

Si ça se trouve, ça n'est pas terminé…

Il espérait toutefois n'avoir pas inauguré une ère de dévastation ; selon lui, Tark avait suffisamment causé de tort à l'équilibre de Galameh. Tark et ses petits camarades. Dont lui-même avait fait partie. Qu'avait-il obtenu de ce jeu de corruption avec le sorcier trinicien ? L'ennui et l'aigreur étaient de bien mauvais conseillers. Quant à l'irruption de ce démon d'Anakann, elle ne lui disait rien qui vaille. Non, décidément, rien ne tournait rond.

Derrière lui, les deux époux n'osaient se regarder. Adrian avait commencé son incroyable récit. Depuis la fin de son armée sur les plaines de Havoc jusqu'à son arrivée en Galameh, en passant par sa rencontre avec le mage Jocquinius, les premières batailles, la lutte contre cet ennemi dément, surgi de ce qu'il était convenu d'appeler les enfers. Il évoqua l'existence de Julipen sans mentionner qu'ils avaient été amants.

Onahra écouta cette épopée d'abord avec curiosité puis avec un terrible sentiment de culpabilité quand elle eut compris à quel point elle avait brisé le destin du conquérant. Un homme qu'elle ne reconnaissait pas. Ou bien s'était-il approprié la mémoire d'un autre ? Mais alors, dans quel dessein ? Non, ce ne pouvait être qu'Adrian, aussi insensé que cela lui semblât.

Elle tourna la tête vers lui, plongea son regard dans ses yeux de démon. Il lui fallait à son tour dévider le fil de sa destinée. Ces heures terribles qui l'avaient conduite à condamner son propre époux à la folie puis à la mort.

—Si tu voulais me sauver en arrivant ici, commença-t-elle, c'est sans doute que tu ne savais pas tout le tort que je t'ai causé.

—Quel tort ? Je me souviens que tu n'étais pas toujours d'accord avec moi, surtout les derniers temps. Et il est possible que tu m'aies mis en difficulté devant un ambassadeur ou un officier, par ta perspicacité…

—Ou par mes doutes.

—Oui, par tes doutes. Mais m'avoir *réellement* causé du tort ?

—Eh bien ces doutes dont nous parlons, ils se sont transformés en certitudes.

—Je ne comprends pas…

—J'étais certaine que par ta faute, le monde courait à sa perte, Adrian. Notre monde. Celui qui entourait notre couple, notre union et peut-être au-delà celui auquel on donne le nom d'Elamia.

Kordac la regardait avec un masque d'incompréhension et d'inquiétude.

—Explique-toi, je t'en prie, dit-il.

—Je ne suis pas la sainte que tu imagines. Ton armée, j'ai contribué à la faire disparaître.

Onahra n'aurait jamais cru possible cette confidence. Et pourtant ils étaient là, l'un et l'autre, à régler des comptes vieux de vingt-cinq ans.

— Ce n'est pas vrai, dit Adrian en secouant la tête. Comment aurais-tu pu faire une chose pareille ?

— Je ne l'ai pas faite seule. Seulement, si je ne l'avais pas souhaitée, elle ne se serait jamais produite. Oh, dis-toi qu'elle m'a coûté la vie. Mais qu'est-ce qu'une existence au regard de milliers d'autres…

Adrian la somma une fois encore de lui expliquer ces propos déments. Onahra lui raconta comment Tark s'était adressé à elle depuis Galameh et l'avait manipulée pour qu'elle contribue à détruire l'armée impériale. À l'aide d'un sort laménide. Car oui, elle était une atisha, l'une de ces prêtresses occultes dont les plus valeureuses et les plus estimables côtoyaient en secret les cercles du pouvoir. Complété par la magie de Tark, le sortilège avait dévoré dans les flammes l'armée du jeune conquérant. N'épargnant que ce dernier. Puis, dévorée à son tour, Onahra avait perdu la vie et entraîné en Galameh le Talaris des prêtresses, cette Perle de Vie dont Tark s'était aussitôt rendu maître.

L'impératrice lui narra encore les dernières épreuves que Tark lui avait ordonnées, avant qu'elle se rebelle enfin avec l'aide de la jeune Iriane.

Adrian était effondré. Quand cela se terminerait-il ? Il venait enfin de retrouver son épouse, la femme qu'il avait le plus aimée au monde, pour l'entendre dire qu'elle avait signé sa perte ? Il se leva, choqué. Quel sens trouver à tout cela ? Y en avait-il seulement un ?

Il regarda la Pierre d'Ombre. Ce n'était pas « son » Talaris mais celui des Triniciens. Niché dans un conduit secret dans les profondeurs de Haut-Temple, ils l'employaient pour ramener les morts à la vie.

Lui-même avait manipulé le Sarment du Temps. L'artefact était dans les tribus aresmass depuis si longtemps… Il n'avait aucune idée de la date précise. Son père l'avait « emprunté » au Cercle, le conseil qui accompagnait les communautés nomades plus qu'il n'y présidait. Cet emprunt avait été le point de départ d'un méfait sans précédent : le bris d'un tabou. Car Haspalnod avait exigé de son fils qu'il règne sur Consolata, le vaste continent central d'Elamia. Le Sarment devait l'y aider grandement. Or, il était interdit aux Aresmass d'utiliser leur don de voyance afin d'usurper le pouvoir.

Pourtant Adrian ne s'était pas gêné, sous la férule de son géniteur. Consolata avait connu une ère nouvelle.

Et maintenant ? Quel était son avenir ? Il se retourna vers Onahra.

— Je croyais tout comprendre parce que je voyageais dans le temps.

— Tu es parti loin. Loin de tout.

— Loin de toi, n'est-ce pas ?

— J'avais peine à partager cet incessant désir de conquêtes. Tu disais vouloir abaisser les frontières, réunir les hommes.

— Mais j'ai commencé par désunir mes proches.

— Tu semblais à la fois fuir une chose et vouloir en attraper une autre. Sans cesse. C'était comme si… comme si tu n'avais eu ta place nulle part.

Adrian réfléchit quelques instants avant de proposer :

— Peut-être parce que ma place était ici. Et nulle part ailleurs…

— Balabord ne t'a pas aidé à y voir plus clair ?

— Il ne sait rien. Finalement, je suis une anomalie où que je me trouve !

— Une puissante anomalie, Adrian : tu m'as sauvée des Tombeaux.

— J'avais Balabord à mes côtés.

— Tu as toujours su t'entourer. C'est la force des grands de ce monde.

Les grands de ce monde… Adrian ne pouvait nier en avoir été un. Pourtant, il se sentait démuni. Dans sa vanité retrouvée il avait mené une armée de libérateurs à l'assaut des bastions tenus par les armées de Tark, sans écouter les conseils mesurés de Jocquinius. Il avait emporté quelques batailles. Et cette heure de gloire avait été de courte durée : aux geôles d'Arachnéon succédait l'enfer de Galameh.

Il regarda ses nouvelles mains armées de griffes. Finalement elles symbolisaient ce qu'il avait toujours été ; le doute seul était la nouvelle donne. Le doute d'avoir fait les bons choix et de les avoir faits pour lui et non pour satisfaire Haspalnod, son père. À présent il y avait son épouse. De nouveau sa principale alliée.

— Si j'ai bien su m'entourer ? Je t'avais toi, Onahra. Ensemble nous avons défait Tark.

— Nous l'avons supprimé. Définitivement, j'espère. Dis-moi, quelle est cette gemme que tu portes ?

— Oh… Le Talaris trinicien.

— La Pierre d'Ombre, n'est-ce pas ?

— Tu la connais ? Je suppose que c'est ta formation de prêtresse…

— Ne sois pas si méprisant, veux-tu ?

— Excuse-moi. Mais comment suis-je censé recevoir toutes ces informations ? C'est comme si je devais reconstruire tout notre passé…

— Ne te donne pas cette peine, Adrian. Je le sentais. Je veux dire, dans les Tombeaux, j'ai senti la présence du Talaris.

— Il m'a permis de savoir où tu te trouvais.

— Oui. Je… Je t'ai parlé à travers lui. Ces artefacts sont un mystère. Et j'ai l'impression qu'ils le demeureront à jamais.

— Ils semblent avoir une action bien plus grande que nous ne le pensions sur la nature des choses, dit Adrian.

— Ils sont à la fois bien moins et bien plus que nous ne l'imaginions.

— Différents, en quelque sorte…

— Oui, différents, acquiesça Onahra. Comme s'ils n'étaient pas de notre monde. Ils ne connaissent pas de frontières.

— Tu sais quoi ? J'ai même le sentiment qu'ils les abolissent.

— C'est étrange de penser que toi et moi avons porté deux de ces artefacts. Qu'ils ont joué un tel rôle dans nos existences. Et qu'à travers eux, nous avons modifié les destinées d'Elamia.

— Les dieux pourraient-ils se trouver derrière tout ça ? demanda Adrian.

— Si l'un d'eux pointait le bout de son nez, je lui poserais la question ! badina l'impératrice.

— Dans tous les cas, nous formerions un drôle de couple élu, non ?

— Le démon et la revenante…

Adrian sourit et l'espace d'un instant la femme reconnut dans ce nouveau visage les traits disparus de son époux. Elle eut un pincement au cœur, comprenant qu'elle n'avait jamais cessé de l'aimer, persuadée qu'une faille secrète avait justifié son éloignement progressif, d'une guerre à l'autre.

Elle s'était approchée d'Adrian ; elle tendit sa main vers la sienne et il la saisit. Un long frisson les parcourut l'un et l'autre. Le décor du Ventre s'effaça et, emportés par la douce sorcellerie de la mémoire, ils se trouvèrent des années en arrière auprès de ce pont, la « porte des mondes », où la jeune Onahra aimait tant flâner.

Adrian avait posé le Talaris ; il saisit la seconde main et la serra contre son cœur. Pouvait-elle le voir tel qu'il était en lui-même et non comme ce démon serviteur dont il avait revêtu l'apparence en débarquant ici ? Leurs lèvres s'approchèrent, lentement. Soudain, Onahra ressentit une légère pression sur le front. Elle porta la main à son visage et fronça les sourcils.

— Onahra ! Ça ne va pas ?

À ses pieds, la Pierre d'Ombre s'était à nouveau mise à briller avec une vive intensité.

Chapitre 7

Une brume laiteuse s'attardait contre les pierres blanches d'Estebellia. Iriane s'éveilla la première. Elle venait de rêver d'Onahra. Cette femme qui avait été son héroïne d'enfance, à une époque où Iriane ignorait son appartenance à l'ordre libre des Laménides. Une impression particulière la déroutait : ce rêve avait la qualité de la réalité. Comme si elle avait vu un moment de sa nouvelle existence.

C'est le propre des rêves réalistes, voilà tout… Il n'y a pas à chercher plus loin !

Mais cette explication ne lui convint pas. D'ailleurs, elle se sentait plus bouleversée qu'à l'issue d'un simple songe.

Iriane se redressa et frissonna. Une infusion aurait été parfaite ! Et puis elle avait faim. Elle se leva, tâchant de faire le moins de bruit possible. Julipen et Paola dormaient encore à poings fermés, bien emmitouflées dans leur couverture. Iriane salua Ol-Nito. Allongé comme un immense félin, le dragon inclina gracieusement son cou.

— Avez-vous bien dormi ? lui demanda-t-elle.

— Oui, merci. Mais nous autres Ols ne dormons pas comme les humains.

— C'est-à-dire ?

— Nous ne faisons que de petits sommes. Et quand nous nous maintenons en état d'alerte, comme maintenant, nous pouvons très bien ne pas dormir du tout. Mais je crois avoir fermé les yeux deux ou trois fois quand même, admit le dragon avec un sourire. Et vous ?

— Eh bien je… j'ai rêvé.

— À en croire votre mine, ce rêve n'a pas l'air d'avoir été très… heureux.

— J'ai rêvé d'Onahra, l'impératrice. En fait, j'ai plutôt l'impression d'avoir été en contact avec elle, du moins de l'avoir vue. Elle parlait… Elle disait quelque chose comme : « Retrouve-moi sur le pont du monde ».

— Y a-t-il une possibilité qu'elle se soit adressée à vous ?

— Je ne sais pas…

L'idée du dragon était intéressante. Iriane serra la Perle de Vie dans sa paume. L'artefact était chaud comme la main d'un enfant.

— Et vous ne connaissez pas de pont sur le monde ?

— Non, vraiment pas.

Iriane voulut relâcher la Perle de Vie mais n'y arriva pas, comme si ses muscles étaient irrémédiablement contractés autour de l'artefact.

— Ah, si seulement je pouvais la revoir… Ce qui signifierait retourner en Galameh. Ou au moins entrer en contact avec elle !

Iriane pensa à la grande prêtresse laménide, prisonnière de Golan Tark. Elle y pensa avec une intensité dont elle ne se savait pas capable et, l'espace d'un instant, ce fut comme si elle avait modelé à l'aide de ses mains un pain de glaise pour y représenter l'impératrice.

Puis elle eut un vertige et elle tituba, se rattrapa de sa main libre au flanc du dragon.

Elle ferma les yeux. Un flash de lumière la secoua et elle eut l'impression qu'on perforait son crâne de part en part. Puis ce fut le fracas de millions de voix s'exprimant en même temps, dans autant de langues. Il y avait des appels au secours, des gémissements, des explosions de joie aussi. Surtout, ces voix montaient à l'assaut d'Iriane et de son équilibre mental. Elle allait être engloutie par cette vague sonore qui se déroulait vers elle, inexorablement.

— Ça… ça recommence ! eut-elle le temps d'articuler avant de sombrer.

Ses compagnes furent très vite alertées par le dragon. Julipen se porta auprès de sa jeune élève et développa à nouveau les magies laménides.

— C'est grave ? demanda Paola.

— J'aimerais bien le savoir… En un sens oui, c'est grave, car la transporter dans cet état nous met tous en danger. La dernière fois, nous avons bien failli être assassinées par un commando galaméen.

— Et elle était revenue à elle toute seule, n'est-ce pas ?

— Le Talaris a dû la réveiller. Ou l'imminence du danger ? Ou bien les deux… Mais c'était moins une ! Je me demande si Kilarn va s'adresser à nous comme il l'avait fait après l'évanouissement d'Iriane, à Corall-Medding…

À peine avait-elle formulé cette interrogation qu'Iriane entrouvrit les paupières. Pourtant, Julipen la sentait toujours aussi loin, inatteignable.

— Parle, Iriane !

Aucune réponse.

— Que se passe-t-il ? s'inquiéta Paola.

— Je n'en sais rien.

Des arabesques colorées virevoltaient autour du visage de la jeune Corallaise et leurs reflets dansaient sur les prunelles claires. Ses lèvres bougèrent. Une voix s'exprima. Ce n'était pas celle d'un démon, mais d'une femme :

— Je suis Onahra, dit cette voix.

— Par la déesse ! s'écria Paola. L'atisha ! Onahra l'atisha !

— Qui es-tu ? demanda l'impératrice.

Julipen fit les présentations les plus étranges qu'il lui fût donné de vivre.

— Pourtant, reprit l'impératrice, je sens Iriane. N'est-elle pas là ?

— Vous vous exprimez à travers elle.

— Oh… Je… Est-ce qu'elle est inconsciente ?

— Je le crains.

Julipen constata que son cœur battait à tout rompre. Elle écarta cette sensation pour se concentrer sur Iriane et s'assurer que ses fonctions vitales fonctionnaient à peu près normalement.

— Que se passe-t-il en Val-des-Miracles ?

Julipen lui dressa un tableau de la situation aussi fidèle que le lui permettait sa connaissance des événements. Elle s'en tint à l'essentiel car elle craignait que le contact soit aussi bref qu'avec Kilarn, et acheva son récit par la nécessité de réunir les trois Talaris. Lorsqu'elle eut terminé, Onahra dit :

— Adrian est à mes côtés. Il a trouvé la Pierre d'Ombre et je la tiens entre mes mains. C'est même grâce à elle que nous communiquons, je pense.

— Et grâce à la Perle de Vie. Je crois qu'il y a un… un lien entre les Talaris. Attendez ! Je… Iriane revient à elle !

En effet, la jeune femme poussa un long soupir et le contact fut aussitôt rompu entre Julipen et Onahra. Mais pas entre la jeune pensionnaire de Maison-Noire et l'impératrice !

— Iriane ! s'exclama Onahra. Comme je suis heureuse de te savoir en vie !

— Et en piteux état, atisha.

Iriane fit un signe de la tête à ses compagnes pour leur faire comprendre qu'elle se sentait bien. Puis, s'étant redressée sur son séant, elle mima une conversation en cours pour que ses amies comprennent qu'elle n'avait pas « perdu » Onahra. Puis elle demanda à l'impératrice :

— Adrian vous a sauvée des griffes de Tark ?

— Oui, en quelque sorte, Iriane.

— Puisse-t-il nous tirer de celles de Tormaga !

La jeune femme lui expliqua ce qu'elle savait de la Mère des Tourments et de ses projets.

— Tark aura vraiment été nuisible jusqu'au bout…, conclut l'impératrice.

— Et maintenant, il nous faut décider quoi faire.

Iriane se sentait pleine d'entrain à présent. Elle interrogea Onahra sur la possibilité d'un voyage entre les mondes comme elle aurait demandé la date de départ du prochain navire pour Port-Incaline. Et elle ne s'étonna pas plus que cela lorsque la grande atisha lui répondit, après un moment :

— Quelqu'un va m'aider ici à accomplir la traversée.

Elle lui donna quelques précisions supplémentaires et quand Iriane lui demanda de qui elle tenait ces informations, l'impératrice lui répondit qu'il s'agissait d'un personnage qui les avait poursuivies, quelque temps auparavant. Un serviteur d'Omok. « Beaucoup de choses ont changé, en Galameh. »

Il fallait rompre le contact, car Iriane devait se mettre en route au plus vite, en direction de Corall-Medding. Lorsque Iriane relâcha la Perle de Vie, un grand froid l'envahit. Elle crut qu'elle allait s'évanouir à nouveau, tant le déchirement de la séparation la violenta. Ses amies la retinrent alors qu'elle partait à la renverse.

— Il faut que tu manges, proposa Paola. Et tout de suite !

Avec la complicité du dragon, elle fit chauffer une infusion puis elle lui donna du gruau. Elles se sustentèrent toutes les trois et ce n'est qu'une fois cette collation ingurgitée qu'Iriane leur rapporta l'échange.

— Alors tu vas revoir l'impératrice, dit Paola d'une voix étonnamment triste.

— Oui, tout comme toi ; ça ne te réjouit pas ?

— Non, parce que je vais rester ici.

Julipen dit :

— Il n'y a pas de place pour trois personnes sur le dos du dragon, mais moi je peux rester, Paola.

— Non, Julipen. C'est gentil, mais non. Il va y avoir de la bagarre ici et je ne me sens pas de laisser tomber mes concitoyens. Et puis, Iriane aura sûrement besoin de vous plus que de moi.

— Oh, elle commence à se débrouiller très bien toute seule !

— Pas à ce point-là, Julipen, répliqua Iriane. J'ai encore besoin de votre enseignement.

Alors vint le temps des adieux. Paola ne put dissimuler sa tristesse et des larmes embuèrent ses yeux.

— Nous avons eu si peu de temps, Iriane.

— Nous nous reverrons, Paola. Je te le promets.

— Ne promets rien que tu ne puisses tenir ! Mais tu as raison : nous savons toi et moi qu'il y a un « après ». Et si nous ne nous voyons pas ici, alors ce sera… là-bas. Après tout, c'est un territoire que tu connais, non ?

Elle avait essayé de sourire ; son expression n'en parut que plus amère.

— Oui, je connais un peu. Pour tout te dire, j'espère te revoir *avant* Galameh.

— Et puis, commença Julipen, Galameh n'est pas une halte obligatoire : le royaume de Ganalone attend les âmes apaisées.

— Alors je propose que nous priions Laménie : que la paix succède à ces temps obscurs !

— Excellente idée, dit Iriane. Galameh n'est pas un endroit très recommandable pour des retrouvailles.

Quelques minutes plus tard, Ol-Nito s'envolait au-dessus de la brume qui recouvrait Estebellia.

Un long silence s'installa, troublé par le sifflement du vent dans les oreilles des voyageuses.

— Iriane, je peux vous poser une question ? dit enfin le dragon, qui comprenait avec toute sa sensibilité l'émotion qui étreignait la jeune femme.

— Je t'écoute.

— Des Ols, en avez-vous vu en Galameh ?

— Tiens, non. Pas un seul.

— J'imagine que ça ne veut pas dire qu'il n'y en a pas.

— Sans doute que non.

— Mais pour tout te dire, je n'en ai guère vu mourir. Du moins, avant l'arrivée de Tormaga…

Cette fois, Julipen prit la parole.

— Et s'il existait un au-delà particulier pour les Ols ?

— Bah, je le saurai bien assez tôt.

Julipen songea que les mystères de la mort généraient les mêmes interrogations chez toutes les espèces douées de raison. Iriane y avait trouvé des réponses ; cela la rendait définitivement différente. Exceptionnelle, même. Pour la première fois lui vint l'idée que la jeune femme présiderait un jour aux destinées de Consolata, sinon d'Elamia.

* * *

Le portique qui s'ouvrait sur le royaume de Ganalone connaissait une activité sans pareille. Issus des Tombeaux détruits, ils étaient des centaines de milliers à le franchir. Les foules s'amassaient dans l'attente d'une place près de la porte magique, des bagarres naissaient un peu partout, foyers de violence qui répandaient leur folie d'un rang à l'autre puis s'éteignaient aussi subitement qu'ils avaient commencé.

Les âmes montées sur le haut plateau où se dressait le portail entre les deux mondes des morts n'étaient pour la plupart que de pitoyables imitations d'humains. Leur fuite des Tombeaux avait sérieusement entamé leur enveloppe corporelle. Et la périlleuse escalade avait un peu plus abîmé les chairs, sans parler des attaques lancées par les Rabatteurs ou celles des rares serviteurs qui s'aventuraient dans les environs.

Le franchissement du portique achevait de déliter toute silhouette tangible. Les âmes qui aboutissaient en Galameh étaient des fumées qui avaient beaucoup à voir avec les Ombres elles-mêmes. Les gardiens plantés autour du cratère galaméen les laissaient passer car c'est à peine s'ils les voyaient.

Les morts filaient ainsi, animés par la volonté farouche de se recomposer, quelque part. De trouver une lueur d'espoir, un tant soit peu d'énergie.

C'était une invasion silencieuse qui se répandait dans Galameh et dont l'hostilité croissait à chaque mètre parcouru, à chaque seconde écoulée dans la douleur d'une condition instable et d'une non-reconnaissance absolue : ces morts-là n'étaient rien ni personne et ils entendaient bien ne pas prolonger cet état bien longtemps.

* * *

— Alors je t'ai à peine retrouvée que je dois déjà te quitter ?

Onahra esquissa un maigre sourire.

— Je te proposerais bien de venir avec moi…

— Mais Balabord affirme que les démons ne survivent pas longtemps en Val-des-Miracles.

Le démon prit la parole.

—Oui, j'ai dit ça. Mais c'était avant. Avant que Tark ait tout chamboulé. Avant que les Tombeaux s'ouvrent. Rien ne t'empêche d'en prendre le risque.

Il y avait tant d'inconnues dans l'équation qui conduisait de vie à trépas, et retour… Onahra ne savait même pas ce qu'il adviendrait d'elle, une fois retournée chez les vivants par le chemin qu'avait créé Golan Tark. Vieillirait-elle de cette manière accélérée qui avait modifié les traits du sorcier quand il était allé chercher le Sarment du Temps ?

—Allons, le temps presse, dit Adrian.

Ses retrouvailles avec son épouse n'étaient pas à la hauteur de ce qu'il avait espéré. Ou plutôt, elles étaient différentes. Il avait cru pouvoir tirer un trait sur les vingt-cinq années écoulées. Mais il était un autre homme et, en avouant son crime, Onahra devenait à ses yeux une autre femme. Peut-être que cette nouvelle séparation n'était pas un mal. Quelles règles avaient désormais cours, chez un couple de défunts, réglant de vieux comptes au beau milieu d'un monde dévasté et peuplé de morts dangereux, de démons gardiens aux intentions troubles ?

L'ancien empereur voyant n'aurait su donner de réponse. Omok aurait été d'une plus grande aide…

La Pierre d'Ombre à l'abri d'une sacoche de toile, la femme grimpa à bord d'une large barque. Cette fois, le Ventre ne halerait pas l'embarcation aussi Balabord et Kordac se chargèrent-ils de la manœuvre à l'aide de cordages sur lesquels ils tirèrent, volant au-dessus des eaux noires du lac, puis le long du fleuve. Ils guettèrent l'arrivée de démons loyaux qui mettraient en péril leur entreprise, comme cela s'était produit lors des premiers passages de Juste-morts. Aucun ne vint jusqu'à eux, comme si tous savaient que Tark et ses manigances avaient disparu.

Il y a du travail du côté des Tombeaux… ou de ce qu'il en reste ! songea Adrian.

Plusieurs heures après leur départ des rives du Ventre, le courant prit la relève. L'empereur descendit vers l'impératrice. Une crainte terrible l'étreignit.

Je ne la reverrai jamais.

Il prit son menton entre ses longs doigts pâles, la regarda dans les yeux en retenant ses larmes. Il lui dit alors :

—Quoi que tu penses de moi, de ce que j'ai été et de ce que je suis devenu, sache que je n'ai jamais cessé de t'aimer.

Il posa un baiser sur les lèvres fines et l'atisha se laissa faire, les paupières closes, puis entrouvrit la bouche en poussant un soupir qui disait autant son amour contenté que la frustration de sa brièveté.

Ce fut Balabord qui les sépara en rappelant Kordac à l'ordre : bientôt des chutes dévieraient le cours du fleuve et précipiteraient Onahra vers Val-des-Miracles. L'ancien empereur quitta la barque et, quelques minutes plus tard, la regarda glisser dans le bouillonnement d'immenses cascades puis disparaître alors que s'ouvrait un carré de lumière aussi vaste qu'une cité.

Pas plus Kordac que Balabord ou Onahra ne virent la longue traîne de fumée noire qui serpentait depuis le Ventre et filait à la suite de l'impératrice, vers un autre monde.

Celui des vivants.

Chapitre 8

Au moment précis où la Pierre d'Ombre pénétrait en Val-des-Miracles, le Sarment du Temps émit une vibration qui se répercuta fortement dans les membres de Litti, au point qu'il trébucha et tomba sur les genoux. Il eut l'impression qu'un tremblement de terre l'avait ébranlé mais un rapide coup d'œil périphérique lui indiqua qu'il n'en était rien.

— Eh bien, mon garçon, que se passe-t-il ? demanda Jocquinius.

L'adolescent avait emporté le Talaris avec lui ce jour-là, mû par une curiosité à laquelle ne voulait ni ne pouvait répondre son maître. Ils progressaient à travers Grève-Pieds comme chaque jour, pour étudier les dessins de matrices que Galann avait avoué détenir chez lui.

— Je… Rien, maître. J'ai juste trébuché.

— Il y avait autre chose, je l'ai bien senti. La terre a vibré.

— Oui ? J'ai senti ça aussi.

Le mage, qui marchait toujours en tête bien qu'il eût du mal à avancer dans le dédale montueux et couvert de poussière grise, revint sur ses pas et aida l'adolescent à se relever.

— Merci, maître.

Litti s'épousseta, prenant soin de ne pas laisser échapper le Talaris enfoncé dans la poche de sa cape. Il ne comprenait pas pourquoi le mage l'empêchait d'approcher cet objet magique.

Si ça se trouve, j'arriverai à en tirer quelque chose ! se persuadait Litti.

De là à se prendre pour un empereur en puissance…

Jusqu'à présent, il avait résisté à son envie de défaire le Talaris de son étui de toile. À en croire Jocquinius, il ne pouvait rien arriver de bon en mettant l'objet à nu. « Des effets imprévisibles ! » avait-il même affirmé. Le vieil homme n'en faisait-il pas un peu trop ?

Ils reprirent leur escalade. Jour après jour, Litti s'habituait imperceptiblement au spectacle de désolation qui s'offrait à lui. En fait, il avait compris qu'il souffrirait moins de cette sinistre vision en s'imaginant avancer dans une ville nouvelle. Une ville qui n'existait pas encore vraiment. D'ailleurs, avec cette cendre qui recouvrait tout, on ne reconnaissait plus Corall-Medding. Et puis, les tours de Haut-Temple n'étaient plus là pour lui rappeler les années passées. L'absence de cadavre lui était elle aussi d'une aide certaine pour refouler les conséquences d'un phénomène de cette ampleur sur son psychisme.

Une demi-heure plus tard, ils reprirent leurs exercices. Les dessins de Galann étaient de très bonne qualité et Jocquinius alliait la patience aux encouragements, la compétence à la sévérité. Certes, il se passerait du temps avant que Litti maîtrise autant de matrices que ses aînés – et d'abord fallait-il qu'on les recompose, ce qui pourrait demander des années de travail. Toutefois Litti avait bien conscience de recevoir le meilleur enseignement dont il pût rêver.

Il oublia l'incident du Talaris. Il oublia même l'avoir emporté avec lui. De toute façon, Jocquinius ne lui laissait guère de répit et le novice n'aurait pu l'observer à sa guise. Si bien que lorsqu'il enfila sans précaution sa cape, l'artefact tomba de sa poche et rebondit jusqu'aux pieds du vieux mage.

— Eh bien, eh bien, dit celui-ci sans se démonter. N'est-ce pas le Sarment du Temps ?

Le visage empourpré, Litti demeura coi.

— On dirait bien qu'il a sauté tout seul jusqu'ici, non ? Voilà le souci avec la magie : on ne sait jamais trop à quoi s'en tenir avec elle.

Litti n'osait lever les yeux vers son maître, mais au ton de sa voix, il comprenait qu'il n'était pas fâché contre lui. Le Talaris gisait toujours près de Jocquinius.

— Tu as une idée de ce qui s'est passé, mon garçon ?

— Je ne…

— Regarde-moi quand tu me parles, veux-tu ? dit-il sans colère.

— Oui, maître Jocquinius. Je… C'est moi. Je l'ai pris avec moi.

Le mage hocha la tête lentement et ajouta :

— Et peux-tu me dire pour quelle raison ?

— C'est-à-dire que…

Il chercha ses mots, espérant pouvoir créer spontanément un mensonge plausible. Rien ne lui vint et il jugea plus simple de dire la vérité :

— La curiosité, maître. J'ai pensé que j'aurais peut-être une minute ou deux pour le… l'observer.

— L'essayer, n'est-ce pas ?

— Oui, l'essayer, pourquoi pas ?

Le mage se gratta la barbe pensivement. Il avait négligé de parler du Talaris à son élève – son jeune compagnon, car il s'agissait bien plus de cela. Jocquinius se pencha enfin pour ramasser le précieux artefact, le regarda sous toutes les coutures comme s'il le voyait pour la première fois. Puis il s'adressa à Litti :

— Dis-moi, mon garçon, est-ce à lui que l'on doit cette… chute, tout à l'heure ?

— Il s'est mis à… à vibrer d'un coup et c'est comme si le sol avait tremblé sous moi.

— Voilà qui est bien étrange. Je n'ai aucune idée de ce qui a bien pu se passer.

Le mage regarda autour de lui ; ils se trouvaient sur une terrasse qui dominait la Medding et la campagne environnante. De là ils pouvaient voir le bois où était installé le campement. À cette distance toutefois ils ne pouvaient constater la bonne santé des arbres, qu'un Vide étrange avait sauvegardés de la destruction par la vague ensorcelée. Ils dominaient aussi trois ruelles qui aboutissaient sur une place, quatre marches au-dessous de la terrasse.

— Vous cherchez quelque chose ? demanda Litti.

— Je m'assure que rien n'a… changé. Je veux dire, qu'il n'y a pas une mauvaise surprise au coin de ces rues.

Jocquinius résista à son tour à l'envie de dénouer l'étui qui protégeait le Talaris et contenait ses effets sur le cours du temps. Quelque chose l'intrigua.

— Vois-tu la même chose que moi, Litti ?

— Il… on dirait qu'il brille, non ?

Jocquinius hocha la tête ; de la lumière passait au travers de la toile, c'était évident. Débarrassé de sa protection, le Talaris ressemblait à un sarment fossilisé. Pas tout à fait le genre d'objet que l'on se serait attendu à voir luire. Que se passait-il donc ?

— Qu'est-ce que ça veut dire, maître ?

— Je n'en sais rien. Peut-être pourras-tu m'aider à comprendre ?

Le mage raconta alors ce qu'il savait sur l'artefact – autrement dit peu de chose. Il rapporta l'incident survenu lors de la visite d'Halaïa, quand elle lui avait remis l'objet magique : les objets ainsi que les animaux les moins évolués avaient succombé à son influence sur le déroulement du temps et une même scène s'était rejouée sous les yeux du mage et de son ancienne maîtresse aresmass.

Ce récit n'aida pas Litti à comprendre pourquoi le Talaris brillait désormais. Jocquinius se gratta de nouveau la barbe, puis il se décida :

— Je vais retirer cet étui. Et nous verrons bien…

Jusqu'à présent il avait toujours conservé l'artefact à l'abri, bien qu'il l'ait eu longtemps entre les mains. Il songea à Adrian – son fils – et au rôle qu'avait tenu le Sarment du Temps dans ses conquêtes, puis dans la libération de Consolata. Il était plus que probable que l'empereur tienne ce don de sa mère, une Aresmass, plutôt que de lui.

Jocquinius dénoua l'étoffe grossière et, après une hésitation, en sortit le Talaris avec beaucoup de précautions. Le Sarment irradiait une lumière palpitante et orangée. Il ne se passa rien d'autre sinon que Jocquinius fut troublé par une impression de déjà-vu. Il la trouva assez déplaisante pour recouvrir bien vite l'artefact.

Jocquinius se sentait mal à l'aise.

— Je crois que nous allons rentrer, décida-t-il.

Les deux Triniciens descendirent la ville. Ils avaient laissé des traces de pas dans la cendre ; partout ailleurs les ruelles étaient vierges de tout passage. Ils s'arrêtèrent chez Galann remettre les rouleaux de dessins à leur place et quittèrent la cité fantôme en franchissant l'un des ponts enjambant la Medding. Le fleuve charriait une eau phosphorescente, semée de bulles dont les plus volumineuses, aussi grosses que des œufs d'autruche, explosaient bruyamment. Les Triniciens se hâtèrent pour ne pas recevoir de projections. Ol-Tyron les attendait tout près ; le dragon les conduisit jusqu'au campement verdoyant.

Litti raconta à Galann les enseignements du jour, omettant l'épisode du Talaris. Le vieillard aveugle ne fut pas dupe et il comprit au ton de ses compagnons que quelque chose n'allait pas. Cette nuit-là, Ol-Tyron et Ol-Drumond restèrent longtemps en vol ; ils tracèrent de larges cercles autour des bois et s'en éloignèrent parfois pour s'assurer que rien de fâcheux ne se préparait alentour.

À l'aube, Ol-Tyron repéra sur le fleuve une aura verte. Elle se déplaçait en direction de la cité.

* * *

Onahra fut accueillie chaleureusement par les survivants. Litti mit un genou en terre et elle lui ordonna de se relever aussitôt. Jocquinius la regardait avec fascination car sa beauté était intacte et elle n'arborait aucun de ces stigmates propres aux Galaméens. Galann souriait en laissant voir ses dents manquantes et Ol-Tyron dominait cette rencontre silencieusement.

L'impératrice ! pensa Litti. *Et dire qu'Iriane n'est pas là pour la voir...*

— Je crois que cela vous appartient, dit-elle très vite à Jocquinius.

— Merci, Onahra, dit le mage en s'inclinant, avant de prendre la Pierre d'Ombre.

L'impératrice nota son étonnement et elle devança sa question :

— Oui, la Pierre a rétréci. Ne me demandez pas pourquoi ! Nous avons failli la perdre.

— Et elle brille. Tout comme le Sarment du Temps...

— La magie est en train de se manifester d'une manière nouvelle, on dirait.

— Nouvelle et puissante... Mais asseyez-vous, Onahra : vous avez l'air épuisée.

De fait, les traits d'Onahra se creusaient de minute en minute. Comme si Galameh avait stoppé un processus inéluctable en tout autre lieu. Un processus qui reprenait sa course.

L'impératrice expliqua alors sa venue : ses retrouvailles avec Adrian. Son contact avec Iriane.

— Elle est encore en vie ! s'exclama Litti.

— En vie et en bonne santé, oui, mon garçon.

Sur le coup, l'humeur de Litti fut si joyeuse qu'il eut l'impression que ses yeux jetaient des étincelles.

Jocquinius était pour l'heure comblé par le retour du Talaris trinicien et son inquiétude, née la veille sur les hauteurs corallaises, était tapie quelque part, loin dans son esprit.

— Il manque encore la Perle de Vie, dit-il, et nous serons « au complet » ! Mais pour le moment, ajouta-t-il, je crois avoir un million de questions à vous poser !

Onahra sourit :

— J'oubliais presque avoir affaire à un Trinicien ! La mort est votre métier…

— En quelque sorte.

— Et arrêtez de me regarder ainsi, mon ami ! dit Onahra sans acrimonie. Cela ne sied guère à un homme de votre rang.

— Je suis désolé, impératrice… C'est que… Enfin, comment dire ça… Les défunts que j'avais ramenés jusqu'à présent dans le secret des cryptes n'étaient pas aussi bien…

— Conservés ?

— Oui… Et vous semblez en meilleure forme que ces maudits envahisseurs galaméens.

— Vous m'en voyez ravie.

L'un et l'autre passèrent deux heures à évoquer Galameh ; Onahra expliqua que sa propre enveloppe corporelle était passée de l'autre côté, grâce à un certain Bren Jackal qui l'avait attirée là-bas. Si bien qu'elle avait réintégré son corps, redonné vie à sa dépouille. Jocquinius écouta, fasciné, les détails de cette existence au milieu des Juste-morts. Plus incroyable encore fut sa description des Tombeaux. Galann était tout près ; il se levait parfois, marchait quelques minutes, revenait s'asseoir en silence. Son visage était impénétrable et Litti n'aurait su dire ce que le vieillard pensait de tout cela. Lui-même était partagé entre fascination et dégoût, émerveillement et effroi. Son père n'avait choisi la voie trinicienne pour lui que par pragmatisme : Haut-Temple dispensait alors un enseignement très coûteux et offrait à des boursiers triés sur le volet des cours d'une grande qualité. Lors de son inscription, Litti n'avait pas imaginé qu'il aurait commerce avec la mort. Pas à ce point ! Quant à son héroïque destin, il ne l'aurait jamais cru possible. Un destin que son camarade Aepius aurait, lui, accepté de bon cœur.

Si seulement la chute de Haut-Temple ne l'avait pas enseveli vivant…

Maintenant il n'avait d'autre choix que d'accepter la réalité : il était un Trinicien et bientôt il détiendrait la puissance d'un mage.

La journée s'écoula ainsi, à écouter l'étrange récit de cette femme revenue des enfers galaméens. Lorsque la nuit s'installa, l'aura verte qui ceignait Onahra se fit plus intense, rappelant des mauvais souvenirs à ses auditeurs. Ils tâchèrent de n'en rien montrer afin de ne pas vexer leur hôte.

Ils complétèrent ainsi la connaissance qu'ils avaient de ce monde, connaissance déjà bien accrue grâce au témoignage d'Iriane. Il ne restait plus qu'à attendre le retour de celle-ci. Alors les Talaris seraient réunis et l'on pourrait penser au moyen de lutter contre Tormaga.

Le malaise qu'avait ressenti Jocquinius dans les hauteurs de la cité ne se dissipa pas pour autant. Il en comprendrait très bientôt la source.

Et il serait trop tard.

* * *

Havoc se préparait à l'hiver.

Un hiver de larmes et de sang.

La ville ne connaissait guère l'automne. Massée au pied de contreforts montagneux, elle arbitrait les masses d'air chaud montées du sud et les grands courants froids de l'est. Un arbitrage qui jetait contre les dômes et les flèches de la cité de grandes quantités d'orages, de grêlons et de neige.

Pour l'heure, le froid glacial provenait d'une femme et de ses humeurs. Elle s'appelait Tormaga et depuis qu'elle avait pris possession des lieux, il ne se passait pas une minute sans que des frissons d'épouvante en secouent les habitants.

Tormaga avait déjà assassiné la Grande Intendante, massacré des quantités de jeunes femmes et s'apprêtait probablement à en tuer beaucoup plus. Que resterait-il de Havoc après son passage ?

Dans les rares auberges qui osaient encore ouvrir leurs portes, on se mettait à regretter la défaite d'Adrian, vingt-cinq années plus tôt. Le monde aurait été différent s'il n'avait pas été battu ce jour-là. Un monde sans Tormaga.

Et il y avait Caliste. Ce petit roi devenu puissant grâce à la sorcellerie avant de disparaître dans l'oubli du plus grand nombre. Voilà que la sorcière descendue des montagnes l'avait réveillé. Bien des Havociennes avaient été tuées pour ressusciter ce petit homme aussi laid que dangereux.

Ce jour-là, il déambulait aux côtés de la Mère des Tourments, se plaignant de la fraîcheur.

— Tu n'es jamais content, petit roi. Pourtant hier je t'ai offert plus de vierges que tu n'en as connu dans toute ton existence.

— C'était hier, Tormaga.

— Ton appétit est-il si grand ?

— Qu'est-ce que tu crois ?

— Que tu es trop gourmand.

— Selon quels critères ?

— Selon les miens : je t'ai donné beaucoup et tu n'as encore rien fait pour moi.

Caliste poussa un court soupir. Il ne rêvait que d'une chose, faire l'amour à cette femme. Après quoi il la découperait en morceaux, la mangerait et s'approprierait ses pouvoirs. Ou plutôt, il absorberait son énergie. Il n'en aurait aucun usage, comme la plupart du temps, car en bien des aspects il n'était qu'un ventre, mais l'idée lui plaisait.

Bien sûr, cela lui serait impossible. D'une part, parce qu'elle ne l'autoriserait jamais à la toucher. D'autre part, parce que Caliste ne résisterait pas aux magies à l'œuvre dans le corps de Tormaga : c'était une chose de capter l'énergie des humaines, c'en était une tout autre d'absorber sans défaillir l'incroyable puissance de cette sorcière. N'était-elle pas l'arme la plus puissante conçue de mémoire d'homme ?

Ils parvinrent sur une place déserte et dégagée. Tormaga s'arrêta, claqua des doigts au-dessus de sa tête ; quelques secondes plus tard Ol-Lohan se posait.

— Nous allons faire un tour, toi et moi, dit-elle au roi déchu.

L'homme maugréa. Il détestait cet animal et il aimait encore moins devoir le chevaucher pour se retrouver en plein ciel.

La place d'un homme est sur le sol.

Ol-Lohan se serait lui aussi bien dispensé d'un tel service. Seulement Tormaga n'avait pas desserré son emprise sur lui. Elle lui laissait assez de force pour qu'il puisse obéir sans s'évanouir – et encore, il luttait pour ne pas succomber à la douleur permanente qu'elle lui infligeait, par peur de faillir : car il savait désormais qu'elle n'aurait aucune pitié en cas de faiblesse. Il n'avait rien à attendre de cette femme. Il n'avait rien à attendre de la vie elle-même. Si seulement il avait pu mettre un terme à ses jours ! La magie de Tormaga le privait de cette possibilité, cette fuite. Il était condamné à une éternité de souffrances. La Mère des Tourments : comme elle portait bien son nom…

Où étaient les siens ? Le clan des Ol-Mentias. Il percevait l'écho de quelques survivants. Son état ne lui permettait toutefois pas de les localiser avec précision. Et il était dangereux de se signaler.

Il porta les deux voyageurs jusqu'à une arène dressée au sud-est de Havoc. La construction en pierre pouvait accueillir des dizaines de milliers de spectateurs. Son portail principal s'ornait de mosaïques représentant les exploits sportifs et guerriers de héros légendaires. Le dragon le survola et Caliste se prit à imaginer sa silhouette parant l'édifice.

Sur la piste étaient réunis des milliers de personnes.

— Pose-toi là, ordonna Tormaga en indiquant le grand balcon d'où les notables assistaient habituellement aux spectacles ; seuls Yarn et six miliciens étaient conviés ce jour-là. Le Vice-Intendant n'était plus le même depuis que Tormaga le torturait : ses joues s'étaient creusées, son teint avait pâli et il avait terriblement maigri.

— Eh ! s'exclama Tormaga en descendant de sa monture, tu n'as pas l'air en grande forme, Yarn ; que se passe-t-il, tu n'es pas content de me voir ?

Yarn s'inclina gauchement.

— Si, Maîtresse. J'ai fait ce que vous m'aviez ordonné.

Les six miliciens, des brutes avinées qui habitaient loin de Havoc et vivaient de mercenariat, tremblèrent face à l'ennemie. Ils étaient bien payés et ils espéraient échapper au sort réservé à leur chef.

Yarn se releva et tendit le bras en direction de la piste. Un brouhaha montait de la foule rassemblée au milieu de l'arène et maintenue au calme par des dizaines de gardes armés établis sur deux rangs.

— Ces gens sont bien impatients, remarqua Tormaga en lissant son corsage noir.

Puis elle poussa un cri.

Un cri si haut et d'une telle intensité que le silence se fit aussitôt dans l'arène. La foule se tourna vers le balcon. La Mère des Tourments se mit à parler et sa voix se répercuta à travers tout l'édifice sans effort.

— Mes amis, vous voici réunis dans ce formidable temple édifié à la gloire de vos valeureux champions.

Les bras écartés et les paumes tournées vers le ciel, elle pivota lentement sur elle-même avec une fierté de propriétaire.

— Vraiment, vos artisans ont fait montre d'un talent extraordinaire. Serez-vous à la hauteur de ces héros et de ces ouvriers ?

Quelqu'un cria parmi les prisonniers. Tormaga tendit l'oreille, la main arrondie autour de son pavillon en une caricature d'attention.

— Je ne t'entends pas, l'humain. Voudrais-tu t'approcher et me faire part de tes commentaires ?

L'homme ne bougea pas. Il s'en fallut de peu qu'il ne soit dénoncé par les siens, tant chacun était prêt à toutes les bassesses pour sauver sa peau.

— Très bien, reprit Tormaga. Je disais donc : serez-vous à la hauteur de ces grandes figures de votre histoire ? Mourrez-vous avec autant… d'élégance ?

Tormaga attendit un peu de voir la réaction de la foule. Il ne se passa pas trois secondes avant que cette dernière comprenne ce qui allait lui arriver. Il y eut une bousculade ; elle s'étendit rapidement à l'ensemble des prisonniers puis s'élargit en direction des gardes. Lesquels n'eurent d'autre choix que d'employer leurs armes pour ne pas être submergés.

La suite des événements réjouit autant Tormaga qu'elle révulsa Yarn et les miliciens. Quant à Ol-Lohan, il dut y prendre une part active.

Tormaga le chevaucha. À peine s'était-elle juchée sur son dos qu'il eut la sensation qu'un pieu le transperçait. Il poussa un cri déchirant, fit une embardée. Sa cavalière s'y était attendue et elle ne fut pas désarçonnée.

— Le lézard, vas-tu faire attention ?

— Oui, Maîtresse. Je… J'ai eu…

— Mal ? Bien sûr que tu as eu mal ! Crois-tu que je peux me tromper de sort à ce point ? Te baigner de douleur, tel est mon but et telle est ma joie, gros serpent !

Elle éclata de rire, puis elle ajouta :

— Et maintenant, grille-moi tout ça.

— Griller quoi, Maîtresse ?

Ils tournaient autour de l'arène, décrivant un large cercle en bordure des gradins vides. Sur la piste, la confusion était à son comble : de rares gardes tentaient encore de rassembler les prisonniers en les menaçant de leurs armes ; quelques carreaux avaient déjà été tirés et des cadavres jonchaient le sol, qu'ils fussent morts piétinés ou assassinés par les miliciens. Des colonnes fuyaient vers l'une des six sorties de l'édifice, que Yarn avait eu pourtant ordre de boucler.

— Mais griller ces fuyards ! Allons, ne m'oblige pas à répéter cet ordre. Ne me contrains pas à te faire souffrir un peu plus.

Un vertige frappa le dragon. Tuer ces innocents, voilà ce qu'elle attendait de lui ? Des êtres sans défense, brûlés vifs ? Il secoua la tête, désemparé.

— Maîtresse, je…

— Eh bien, quoi, le reptile ? Cela te pose un problème ? Ne te fais pas de souci, ces gens ne valent rien du tout. Regarde comme ils courent ! Ne sont-ils pas pitoyables ?

Des corps de plus en plus nombreux gisaient immobiles dans des mares de sang. D'autres s'agitaient en poussant des gémissements qui montaient à peine jusqu'aux oreilles du dragon. Sa langue si sensible captait en revanche l'odeur de la terreur et de la mort.

Puis il eut si mal qu'il crut que ses pattes se détachaient de son corps. Il ne put contenir un geignement alors que la sensation remontait vers son bassin. Tormaga posa la paume de sa main contre le cou d'Ol-Lohan et un feu vorace naquit de ce simple geste. Cette fois le dragon hurla, incapable de se contenir. Seul son instinct de survie l'empêcha de se précipiter au sol. La douleur embruma ses esprits comme la fumée d'un incendie meurtrier au centre duquel il aurait été piégé.

— Libère-toi, dragon, dit Tormaga, d'une voix plus posée, presque douce. Libère ton feu : rien ne t'apaisera autant. Crois-moi, rien ne te soulagera tant que de donner libre cours à ton pouvoir ancestral.

Des larmes coulèrent sur les joues du dragon. Quand les flammes quittèrent sa gueule il ne sut pas vraiment si elles lui appartenaient ou si elles naissaient d'un songe.

Tormaga lui intima l'ordre de se poser auprès de Caliste, sur le balcon. Le dragon était fiévreux ; il se tassa plus loin, tournant le dos au massacre fumant.

— Caliste, dit la Mère des Tourments, j'espère que tu n'as pas perdu de temps.

Le roi déchu était en transe et les mots de la sorcière se désagrégèrent comme des lettres de poussière avant de toucher son esprit.

L'âme des suppliciés filait vers Galameh, dégageant des torrents d'énergie pure, invisible aux yeux d'un simple mortel, bien tangible pour qui savait lire les effluences surnaturelles. Caliste avait tendu ses petits bras devant lui ; ses doigts écartés tentaient de crocheter une prise virtuelle. Le menton posé contre sa poitrine, il respirait bruyamment. Fâchée de n'avoir pas obtenu de réponse de la part de Caliste, Tormaga poussa un soupir de dédain et alla s'asseoir derrière lui sur le grand fauteuil de pierre taillée, recouvert de coussins et de tapis.

Elle avait bien éprouvé un sentiment de crainte et de jouissance mêlées quand les prisonniers avaient commencé à s'enflammer : ce moment lui avait rappelé le sacrifice des Alfads, des millénaires auparavant, au sommet de cette montagne talaxienne. Maintenant que tous étaient morts, elle s'ennuyait. Elle jeta un regard empli de mépris vers Yarn et ses hommes, dont plus de la moitié avaient vomi leurs tripes à la vue du cruel spectacle. Et dire qu'ils se prétendaient mercenaires, prêts à toutes les cruautés ! Le Vice-Intendant se tenait aussi raide que ces hampes où l'on accrochait les couleurs des champions, au-dessus de lui.

Un long moment s'écoula, à la fin duquel Caliste hurla, comme s'il s'éveillait d'un cauchemar.

— Alors ? demanda Tormaga en se levant précipitamment.

Caliste se retourna vers elle. Ses yeux d'enfant brillaient d'une lueur nouvelle, moins fébrile que satisfaite, alors que ses traits ne pouvaient dissimuler son extrême fatigue. Il semblait toutefois s'être redressé, comme s'il avait gagné quelques centimètres. Sa chevelure n'était plus aussi grasse ni aussi clairsemée. D'une certaine manière, Tormaga avait sa réponse.

— Très bien, dit-elle. Puisses-tu contenir toute cette puissance assez longtemps pour que j'en fasse bon usage.

— Et si je la gardais pour moi ? demanda le roi déchu en haussant un sourcil.

— Si tu la gardais pour toi tu n'en ferais rien et elle te brûlerait aussi sûrement qu'un excès de nourriture corrompt l'estomac d'un porc vorace de ton espèce. Tu le sais très bien, non ?

Caliste hocha la tête sans se départir de ce sourire qui lui prêtait la mine d'un adolescent lubrique. Tormaga ajouta :

— Si tu avais été capable d'utiliser ce genre de ressource, tu n'aurais pas fini tes jours dans cette misérable prison, je me trompe ?

— Un point pour toi, chère Maîtresse, un point pour toi.

— Et je te rappelle que sans ma magie, tu aurais été incapable d'un tel exploit.

— Peut-être que oui, peut-être que non, dit Caliste, la tête s'inclinant en rythme de droite et de gauche.

Tormaga avait raison : si Caliste possédait le pouvoir d'emmagasiner de l'énergie magique – et le passage de vie à trépas en générait de belles quantités –, il n'aurait pu en capter autant sans l'aide des quelques sortilèges talaxiens qu'elle lui avait confiés.

Quand même, Tormaga, je trouverai peut-être un moyen de l'utiliser pour mon unique bénéfice. Un jour ou l'autre…

Caliste avait été roi ; il n'imaginait pas devoir obéir indéfiniment à une sorcière, aussi belle fût-elle.

— Et si on tentait de voir si ça marche *maintenant*? proposa Tormaga.

Pour toute réponse, Caliste montra son ventre d'un geste théâtral des deux mains. « Sers-toi », semblait-il dire.

La femme prononça un sort de son invention, mêlant plusieurs magies dont certaines remontaient à la création du monde. La température s'abaissa de plusieurs degrés sur le balcon et l'air s'éloigna de la femme en sifflant comme une poignée de serpents. Elle tendit un bras dans la direction de Caliste alors que l'autre pointait vers les malheureux calcinés. Son corps fut pris de longs frissons. Puis un feu bleu embrasa ses mains et un flux d'énergie jaillit vers la piste ensanglantée. Une fraction de seconde plus tard, il ne restait rien au centre de l'arène. Les chairs et les os s'étaient dissous dans le sable. Tormaga dirigea ensuite son faisceau vers l'une des hautes enceintes finement ouvragées et la pierre se vaporisa sous l'effet de la sorcellerie. La femme stoppa aussitôt et se surprit à ne pas ressentir la moindre fatigue.

Elle offrit alors à Caliste un grand sourire plein d'une gratitude inédite.

— Tu comptes t'arrêter là ? demanda le roi. Parce que je me sens encore plein d'énergie, tu sais ?

À l'évidence, Caliste disait vrai.

* * *

— Yarn, que dirais-tu si je rayais cette ville de la carte ?

— Mon avis vous intéresse-t-il vraiment, Maîtresse ?

— Non, tu as raison : je m'en moque éperdument. C'est juste que… Enfin j'aurais trouvé amusant que tu me répondes : « J'aimerais ça ». Tu vois ? « Oui, Maîtresse, j'aimerais que vous rayiez Havoc de la carte. » Là, tu m'aurais surprise. Ou alors, tu aurais pu dire : « Non, non, ne faites pas ça, je vous en supplie ! » Geindre comme une bête servile et apeurée. D'ailleurs, tu n'es pas autre chose, à l'heure qu'il est. Tu n'es *plus* grand-chose.

— C'est vrai, Maîtresse. Je ne vaux plus rien. Mes… mes trahisons ont fait de moi un homme misérable.

— Tout de suite les grands mots… De toute façon, je me passerai de ton avis.

En cet instant, Yarn n'avait que faire du sort de Havoc. À l'instar d'Ol-Lohan, il se demandait quand cesserait la douleur qui jouait avec ses muscles et emprisonnait ses nerfs. Quand la mort surviendrait-elle ? Jusqu'à présent Tormaga avait laissé assez de mou pour qu'il soit en état de donner des ordres et que ses hommes voient encore en lui un chef à écouter. Toutefois elle tirait sur la laisse dès que l'envie lui en prenait – et c'était bien trop souvent au goût du soldat.

Jamais il n'aurait cru devenir l'esclave de la douleur. Car ainsi que tout valeureux guerrier, il s'était juré de mettre un terme à son existence le jour où un handicap sérieux ferait de son quotidien un petit enfer. La maladie, une blessure… peu importait. Avec Tormaga, il n'avait même pas la possibilité de choisir son destin.

Aussi, lorsque d'un simple geste de la main elle le projeta contre un mur, et que sa nuque brisée par le choc coupa une bonne partie de son influx nerveux, il ressentit un grand soulagement.

Tormaga s'approcha de lui. Il était à terre, dans la grande salle du palais de l'Intendance. Du sang coulait de ses oreilles et se répandait sur le marbre rouge, blanc et vert.

— Tu ne parles pas assez, Yarn. Et quand enfin tu parles c'est pour débiter des propos sans intérêt.

Elle leva l'index, l'abaissa d'un geste sec et la bouche de Yarn se déchira aux commissures. Le sang l'envahit. Un second mouvement de doigt et la langue du soldat fut à demi cisaillée. Tormaga souleva un peu ses jupons, posa un pied sur le visage déformé du soldat et y pesa de tout son poids. Avec l'aide de ses pouvoirs, elle augmenta la pression de son talon jusqu'à entendre le craquement de la boîte crânienne qui cédait enfin, telle une vulgaire coquille de noix. Tormaga essuya sa chaussure souillée de matière cervicale sur les vêtements de sa victime en râlant comme une vieille dame.

Les miliciens présents dans la salle hésitaient entre la fuite éperdue et la plus grande discrétion. Quelques-uns firent sous eux. En un geste aérien Tormaga traça un rapide arc de cercle qui passa à hauteur de leur ventre, à cinq mètres de là. Aussitôt les hommes crurent que leurs entrailles venaient d'être lacérées. De fait, le froid les gagna et ils tombèrent à genoux la main sur l'estomac. Ils gémirent, crachèrent du sang, implorèrent le pardon puis, comme celui-ci ne venait pas, appelèrent au secours. Tormaga avait déjà quitté le palais et ils moururent seuls. Leur agonie dura six heures.

Caliste attendait dehors, sous le ciel où couraient des nuages chargés de neige. Il avait le sentiment de vivre des heures étrangement tristes : par certains côtés il aurait préféré la liesse à cette terreur qui étreignait la cité. Non, il n'y aurait pas un Havocien pour le célébrer, notable ou simple citoyen. Certes, il écrirait l'Histoire mais personne ne s'en réjouirait.

Faisons contre mauvaise fortune bon cœur, se dit-il.

Peut-être auraient-ils d'autres occasions de se faire remarquer pour leurs bons sentiments ?

Il explosa de rire à cette pensée : Tormaga n'était pas vraiment le genre de créature à vouloir se faire aimer. Quant à lui, il n'avait fait qu'entretenir la détestation de sa personne au point qu'ils avaient été peu nombreux à se déplacer jusqu'à son temple, ces derniers siècles.

* * *

Lorsque Onahra s'éveilla, elle se demanda où elle se trouvait.

Elle voyait son environnement proche, mais elle ne sentait pas son corps. Et quand enfin elle percevait la rugosité de la couverture contre sa joue, le décor de la tente où elle s'était pourtant couchée était remplacé par un paysage aux contours gris et qu'elle ne connaissait que trop bien.

Se lever lui prit de longues minutes au cours desquelles un sentiment de panique s'insinua. Pendant un moment, elle entendit Adrian ; la voix de son époux était inquiète, sans qu'Onahra pût comprendre le sens de ses propos. Tout d'abord, elle pensa qu'elle peinait à sortir d'un cauchemar, mais l'expérience dura trop longtemps. Il s'agissait d'autre chose. Un phénomène sur lequel elle n'avait pas de prise.

Enfin elle fut debout, entre deux vertiges. Rien ne s'arrangea pour autant. Cette fois elle reconnut nettement les paysages de Galameh. Elle trébucha contre un objet invisible et quand elle tomba en avant, ce fut pour constater qu'elle s'était affalée contre les tonneaux posés devant sa tente pour empêcher des sangliers d'entrer. Elle glissa jusqu'au sol en gémissant de douleur.

Litti était déjà levé et il avait entendu le bruit provenant de la tente de l'impératrice ; il déplaça les tonneaux, entra sous l'abri pour aider la femme à se relever. Il la trouva d'une surprenante légèreté et s'alarma de la blancheur de son teint, que relevait à peine l'habituelle aura verte.

— Majesté, que se passe-t-il ?

— Je n'en sais rien, Litti, rien du tout. Mais cesse de m'appeler Majesté, tu veux bien ?

— D'accord Maj… Euh, madame…

— Onahra fera très bien l'affaire, d'accord ?

— Oui. D'accord. D'accord, Onahra.

— Mon titre ne signifie plus grand-chose dans ce monde, tu sais…

Litti préféra ne pas commenter cette assertion. À l'exception de Jocquinius, ses maîtres avaient disparu. Le monde lui-même s'était délité pour ne plus offrir qu'une parodie dominée par une créature diabolique, cette Tormaga qu'il n'avait jamais rencontrée.

Un peu plus tard, Jocquinius proposa à l'atisha qu'elle les accompagne dans les hauteurs de Corall-Medding.

— Je ne sais pas si Iriane arrivera aujourd'hui ou demain. Mais ne craignez pas de manquer son retour, Ol-Tyron vous raccompagnerait très vite.

— Oui, je n'en doute pas. Je crois que je vais accepter votre proposition. Malgré la douleur que m'infligera sûrement le destin de notre cité.

— Ça n'est pas le spectacle le plus réjouissant que je connaisse, en effet.

Ils se mirent en route en milieu de matinée et, grâce au dragon qui cette fois les déposa dans la ville même, se trouvèrent bien vite à pied d'œuvre : il ne leur restait guère qu'une centaine de mètres à parcourir.

Litti fermait la marche ; devant lui, Onahra suivait le mage. Les pas de la femme étaient hésitants. Elle se passait la main sur le front, secouait la tête comme si elle cherchait à se débarrasser d'une fièvre naissante.

Elle ne va pas bien. Pas bien du tout.

Jocquinius lui-même avait du mal à masquer sa préoccupation. Galann avait senti cette inquiétude dans le ton de son ancien coreligionnaire ; il avait préféré se taire, comme si souvent depuis qu'il avait quitté l'Ordre.

Tout alla très vite.

Ils longèrent le cimetière où Litti avait rencontré Iriane pour la première fois, une éternité auparavant. C'était un endroit dégagé où se tenait certains jours de la semaine un marché populaire. Aucune grille n'en fermait l'accès. Dès qu'elle arriva à hauteur de l'entrée principale, un vertige balaya Onahra et elle perdit connaissance. L'air se mit à vibrer d'un grondement sourd. Litti franchit les quelques pas qui le séparaient de l'impératrice et s'agenouilla auprès d'elle tandis que la terre tremblait à son tour. La poussière grise se souleva en un nuage flottant au ras du sol. Jocquinius tourna la tête vers les allées bordées de stèles et de temples funéraires ; des toits s'effondraient, des tombes craquaient et évacuaient des geysers rouges.

— Par Omok ! cria Jocquinius.

Il déclencha une matrice, puis une seconde aussitôt après. Deux corolles lumineuses s'épanouirent à cinq mètres de lui, tout près de l'entrée. Litti ne s'était pas encore relevé ; il avait posé une main sur l'épaule de la femme inconsciente et regardait dans la direction des allées. Une scène d'apocalypse s'y jouait.

— Litti, vite !

Le garçon comprit ce que son maître attendait de lui et il lança à son tour une matrice. Elle s'ouvrit auprès des deux autres, brillant d'un feu délétère. Il ne s'était pas trompé et l'arme qu'il venait d'invoquer ne comportait aucun défaut. Jocquinius l'aurait félicité si la situation ne s'était avérée dramatique. Comme un jeu de dominos, les geysers se répandaient de tombe en tombe, alors que les temples explosaient avec fracas. En s'effondrant sur le sol la pluie rouge dissipait les nuages de poussière, s'y mêlait et transformait déjà les allées en ruisseaux sanguinolents.

D'une main, Litti tenait sa matrice en position d'attaque : il lui suffisait d'un simple mouvement du poignet pour qu'elle lance sa foudre sur un éventuel ennemi. De l'autre, il chercha le pouls de l'impératrice. Ne le trouva pas.

Elle est morte*, ne l'oublie pas !*

— Maître, Onahra ne se réveille pas.

— Oui. Je sais. Attends.

Ils devaient crier pour se faire entendre. Il y eut une profonde secousse qui jeta une partie des murs d'enceinte à terre. Jocquinius ne se maintint debout qu'*in extremis*.

— On ne va pas tenir longtemps, il faudrait rentrer ! dit Litti.

Ce qui serait compliqué si Onahra ne se réveillait pas. Il n'espérait qu'une chose : que le dragon comprenne la situation et vole à leur secours.

Une seconde secousse, plus violente, projeta le mage au sol. Litti lui-même s'affala sur l'impératrice. Il se redressa, appela son maître, tandis que le grondement cessait et que l'air n'était plus agité que du son des fontaines de sang.

— Jocquinius ! Ça va ?

— Oui, mon garçon. Je… je crois que…

Il ne termina pas sa phrase : un hurlement sinistre retentit.

Cela venait du cimetière.

Comme si elles avaient saisi la nature du danger, les trois matrices clignotèrent puis gagnèrent en intensité, tels de petits soleils voraces.

— Je n'aime pas ça…, dit Jocquinius pour lui-même. Pas du tout !

Un autre hurlement, long, entre désespoir et colère, dans le bruit des torrents et des averses. Les gouttelettes pulvérisées atteignirent la rue et le trio ne put y échapper. Litti ferma fortement les paupières quand ce qui ressemblait à du sang coula sur son front. Le liquide s'infiltra dans la bouche de l'atisha mais le garçon n'y prêtait pas attention : il était concentré sur les formes qui apparaissaient au milieu des allées et qui lui rappelèrent aussitôt ses heures avec Paq, le pensionnaire de Maison-Noire avec lequel il avait combattu des envahisseurs parmi les tombes.

Il y eut d'abord cinq silhouettes humanoïdes. Puis une douzaine. Très vite, vingt d'entre elles se rassemblèrent, se déplaçant à pas lents. Tandis que Litti et Jocquinius étaient paralysés à la vue de ces corps flétris, décharnés, souvent en grande partie décomposés, Onahra s'éveilla. De nouveau elle eut la sensation pénible d'être là et ailleurs. Cette fois, elle devina la nature de ce trouble.

C'est à cause de ma dépouille : elle a été entraînée en Galameh en même temps qu'Iriane. Elle a retrouvé mon âme. Et c'est avec cette même dépouille que je suis revenue ici, parmi les vivants. Dans ce monde qui n'est plus le mien. Un monde où je suis une étrangère.

Galameh réclamait son esprit et son corps. Elle s'essuya les yeux, vit le sang sur ses doigts. Cracha cette humeur qui s'était écoulée en elle avant de se redresser en toussotant. Elle découvrit à son tour l'incroyable scène : des centaines de cadavres émergeaient de leurs tombes en gémissant ou hurlant telles des bêtes blessées dont on venait de déranger la lente agonie.

Certains de ces cadavres accélérèrent le pas quand ils aperçurent les humains, laissant après eux des lambeaux de chair putréfiée. D'autres se prirent les pieds dans leurs guenilles et trébuchèrent, d'autres encore se reconnurent et en vinrent aux mains et aux dents, telles des hyènes qui s'entre-dévorent. Les premiers morts-vivants s'approchèrent dangereusement de la sortie. À côté d'eux, les Galaméens de Tark auraient semblé d'amènes Elamiens.

Litti se leva, suivi de l'impératrice. Durant une dizaine de secondes, une trentaine de cadavres aux traits dégouttant de pus observèrent les vivants, à quelques pas de là. Les fontaines de sang avaient pour la plupart tari. On entendait des cris brefs, signant des bagarres en cours. Le cimetière, qui comptait parmi les plus grands du pays, s'agitait au rythme de ses morts. Puis le plus vindicatif d'entre eux poussa un cri de fauve et il se précipita en avant.

Jocquinius eut le réflexe de jeter sur lui la foudre matricielle. Il s'embrasa aussitôt, sans cesser de courir. La seconde matrice lâcha un éclair concentré qui percuta la tête du mort-vivant de plein fouet. Le mort s'arrêta enfin, tomba lourdement en avant.

Encore une seconde de silence, suspendue entre deux moments : celui de la paix sinistre de Corall et celui d'une guerre sans merci entre les morts et les survivants. Alors les cadavres se ruèrent à l'extérieur de l'enceinte.

Jocquinius eut le temps de décapiter trois autres assaillants avant de prendre la fuite. Litti s'y prit différemment : il mit le feu à une dizaine de morts-vivants. Les flammes s'alimentèrent mutuellement et la boule incandescente fut très vite assez volumineuse pour entraver la progression des agresseurs. Ce fut une cohue indescriptible et des corps tombèrent au beau milieu des flots d'humeur qui avaient gagné la rue et dévalaient Grève-Pieds.

— Venez, Onahra, vite ! cria Litti.

Mais l'impératrice ne bronchait pas. Elle était comme absente, figée devant le spectacle. Pire : le garçon eut l'impression que sa peau avait pâli au point d'être translucide. Même les vêtements noirs avaient perdu de leur matière et ils flottaient autour d'elle, vaporeux tels des voiles d'organdi.

On dirait un… un fantôme…

Il voulut agripper le bras impérial ; il n'attrapa que du vent. Alors il se tourna vers Jocquinius qui était à sa hauteur, essoufflé. Mais le vieil homme avait compris ce qui se passait.

— Laisse ! lui ordonna le vieillard. Elle n'est déjà plus avec nous…

À quelques mètres de là, des cadavres franchissaient l'obstacle incendiaire, n'hésitant pas à piétiner leurs semblables. Les Triniciens se lancèrent alors dans une course éperdue vers la Medding. La dernière fois que Litti se retourna avant de parvenir à un premier coude, l'impératrice s'était comme volatilisée.

Le duo arriva à une fourche. À gauche, un escalier étroit dégringolait vers un quartier naguère mal famé. À droite, une pente plus large s'étrécissait sous une arche que fermait parfois une grille.

— Tu connais mieux cette ville que moi, non ? demanda le mage.

— Je n'ai pas quitté Haut-Temple, maître, de toutes mes études !

— À d'autres, mon garçon. À d'autres ! Allez, choisis la direction, et vite !

— Très bien…, fit Litti avant d'opter pour la pente, qui ménagerait un tant soit peu son vieux maître, se dit-il.

C'était une bonne option ; le pavage avait dû être refait peu de temps auparavant et il était plus régulier : de quoi épargner les chevilles du vieillard. Mais vingt mètres plus bas, l'adolescent pesta : le portail était fermé sous l'arche.

Et voilà ! Pour une fois que je fais un choix, c'est le mauvais…

Mais il appuya sur le grillage, le battant céda et ses gonds grincèrent. Les morts n'étaient qu'à une centaine de pas. Les plus vaillants d'entre eux couraient plutôt bien pour des êtres tout juste sortis de terre. Le mage passa à son tour sous l'arche et referma la grille derrière lui. Litti avait lancé une matrice qui attendait de l'autre côté, prête à en découdre avec leurs ennemis. Jocquinius chercha une chaîne pour clôturer le portail, n'en trouva pas.

— Pousse-toi, Litti !

Le garçon fit trois pas en arrière. Jocquinius avait déjà prononcé un sort ; une sphère de la dimension d'un poing palpita au point de contact des deux battants.

— Filons ! dit le mage.

Ils reprirent leur course alors que la matrice soudait la ferraille. L'astuce de Jocquinius leur permit de gagner deux précieuses minutes. Ils débouchèrent sur une place, trempés de sueur et hors d'haleine. Jocquinius réclama un moment de répit. Il s'affala sur un banc, les poumons en feu, les cuisses brûlantes.

— Par tous les dieux, voilà des âges que je n'avais pas couru ainsi !

Tout aussi pantelant, Litti se penchait en avant, les mains appuyées sur ses cuisses. Il n'avait pas la force de répliquer quoi que ce soit à son vieux compagnon. Au bout d'un moment, il dit enfin :

— Il faut y aller, maître, ils ne vont pas tarder maintenant…

— Oui… Tu as raison.

Jocquinius se leva en gémissant. Il regretta le roboratif que son ami latoa lui donnait quand ils grimpaient vers les sommets talaxiens. Il voulut reprendre sa course mais il sentit sa cheville céder sous lui et il tomba en poussant un cri.

— Maître Jocquinius !

Le mage se mit sur le dos en geignant de douleur. Il attrapa son pied, poussa un nouveau cri. À ce moment précis, les assaillants débouchèrent sur la place.

— Je… Vas-y, Litti, file !

Le mage prononça un sort matriciel. Son état de confusion l'empêcha d'employer correctement les images mentales nécessaires à sa réalisation et il ne se passa rien, sinon un souffle d'air froid très vite dissipé. Litti avait déjà préparé leur défense sous la forme de deux sphères puissantes. Il voulut les approcher l'une de l'autre mais leur emploi était extrêmement délicat : il ne les déplaça qu'autour de leur axe. Il réessaya jusqu'à ce que l'une d'elles lui échappe et fonce telle une boule incandescente contre un arbre mort qui s'enflamma aussitôt. La sphère continua d'évoluer à travers la place ; elle devenait une menace pour les vivants comme pour les morts. Au moins, ces derniers avaient stoppé leur progression vers le duo et guettaient en piétinant le parcours de la matrice. Jocquinius tendit le bras, articula avec une célérité époustouflante des syllabes ensorcelées qui immobilisèrent enfin la matrice.

Hélas, ce ne fut pas une bonne idée : un premier rang de morts-vivants reprit sa course vers les Triniciens. Litti ouvrit le feu magique sur ces cadavres, visant les têtes. Il en faucha sept d'une première salve. La matrice était prête à en lâcher une nouvelle et le garçon recommença avec autant de succès, tandis que des assaillants contournaient cet obstacle.

— Ils sont trop nombreux ! constata le jeune Trinicien.

Jocquinius s'était redressé sur un coude. Il prit sur lui pour ne pas céder à la douleur. Une nouvelle matrice seconda celle de Litti. Elle cracha des éclairs qui se dispersèrent alentour, sans toucher le moindre mort-vivant.

Lesquels n'étaient plus qu'à cinq mètres. Encore quelques secondes et les premiers assaillants seraient sur les Triniciens. Litti voyait distinctement leurs horribles faciès, que déformaient un peu plus un appétit cannibale et une soif meurtrière. Il n'y en avait plus pour longtemps.

C'est alors qu'un déluge de flammes jaillit du ciel. Une queue immense s'abattit sur une trentaine d'assaillants, en balayant une autre trentaine.

— Ol-Tyron ! exulta Litti.

Le dragon ne s'éloigna que pour virer sur l'aile et fondre de nouveau sur les morts-vivants. Ol-Drumond attaqua lui aussi. Son feu vint à bout des ennemis les plus faibles : les squelettes explosèrent littéralement sous l'intensité de la chaleur. Quant à ceux qui résistaient, ils se disloquèrent sous les coups de queue du géant ailé. Pendant une bonne minute, la place ne fut plus qu'un champ de cadavres inanimés et fumants.

Il n'y avait pas de temps à perdre ; Litti souleva Jocquinius et, avec l'aide d'Ol-Drumond, l'installa sur le dos d'écailles. D'un bond puissant, Ol-Tyron s'arracha à la pesanteur alors que de nouveaux morts-vivants rejoignaient leurs semblables. Certains reniflèrent les victimes où s'accrochaient encore quelques flammèches. D'autres regardèrent les envols majestueux en poussant des grognements animaux.

— Merci, Ol-Tyron. Merci mille fois ! s'exclama Litti. Non, un million de fois !

— J'avais flairé quelque chose d'anormal. Mais Onahra, où est-elle ?

— Je ne sais pas…

— Elle… est repartie, dit Jocquinius. En Galameh.

Dix minutes plus tard, le quatuor parvenait à l'orée du bois. Il fallut encore marcher à travers la futaie, ce qui se révéla une épreuve terrible pour le vieillard malgré l'aide de Litti qui avait passé un bras autour de son épaule. Ol-Tyron fermait la marche, s'assurant que personne ne les suivait – ce qui était peu probable, étant donné la vitesse de son vol. Quant à Ol-Drumond, il resta en l'air.

Une fois qu'ils furent installés dans le campement, Litti fit le récit des événements au dragon et à Galann, tout en soignant de son mieux le mage à l'aide d'onguents. Il banda précautionneusement la cheville foulée et chercha de quoi fabriquer une béquille. Quand tout cela fut fait, l'après-midi touchait à sa fin. Une pluie fine se mit à tomber sur le campement et, lorsqu'il se reposa enfin sous la plus vaste des tentes, le garçon se rendit compte à quel point il était épuisé. Ol-Tyron avait passé sa tête sous la toile. Son grand corps était une protection rassurante et après la contre-attaque surprise des Ols, dans les hauteurs de la cité, il se sentait plus que jamais béni d'avoir ces compagnons pour alliés.

Jocquinius était lui aussi extrêmement faible. Sa cheville avait commencé à dégonfler mais la douleur était toujours présente.

— Maître, commença le garçon, j'ai raconté ce qui s'est passé. Je serais en revanche incapable de l'expliquer.

— Si seulement je le savais… J'avais bien senti quelque chose d'inhabituel, hier. Et à mon avis, le Talaris l'avait senti aussi. Mais c'est tout ce que je pourrais dire pour le moment.

— Eh bien moi, j'en ai une petite idée, dit Galann. Il se passe des choses terribles ici. Et s'il se passe des choses terribles de notre côté, c'est que des événements tout aussi terribles ont cours ailleurs.

— Voilà un discours bien mystérieux, l'ami ! Pourrais-tu être plus clair ?

— Onahra nous parle de bouleversements sans précédent en Galameh. Et quand elle arrive ici, des bouleversements inédits secouent cette bonne vieille ville. Ne voyez-vous pas que tout est chamboulé depuis l'arrivée des Galaméens ? Ils arrivent, ils prennent, tuent, détruisent. Ils partent et la cité n'est plus qu'une ville fantôme… La vie disparaît partout où ils passent ! Et en Galameh, l'ordre des choses vient aussi de changer.

— Les Tombeaux…, souffla Litti. Onahra nous a raconté qu'elle était enfermée dans cette sorte de mort à l'intérieur de la mort… Adrian l'en a libérée. Mais ce… cette prison a apparemment été détruite.

— Libérant des milliers et des milliers d'âmes…, dit Galann.

— Ce seraient celles-là qui nous ont attaqués ?

Il y eut un silence. La pluie crépitait doucement sur la toile enduite. Ol-Tyron prit la parole :

— Oui, la valeur de la mort comme celle de la vie a complètement changé.

— Tark a décidément causé bien du tort à ce monde, dit Jocquinius. Et les conséquences de ses actes sont innombrables.

— Ici et au-delà. Maintenant, je me demande si la même chose arrive partout. Dans tous les cimetières de toutes les villes de tous les continents.

Jocquinius poussa un profond soupir avant d'ajouter :

— Je sais qu'il est un peu tard pour se lamenter, mais je crains que nous autres Triniciens n'ayons trop longtemps joué avec le feu.

— D'habitude, commença le dragon, c'est une activité qui nous est réservée. Je veux dire, jouer avec le feu…

— Au moins, dit Litti en se tournant vers Ol-Tyron, toute cette horreur aura eu ça de bon : nous avons découvert un ami sans pareil.

Le dragon s'inclina :

— Vous m'en voyez très flatté, jeune Trinicien.

Un peu plus tard, les compagnons se séparèrent pour tenter de se reposer. Le dragon, qui comme tous les représentants de son espèce ne dormait que d'un œil, veilla sur le campement et partagea cette tâche avec son congénère. La nuit se passa sans autre désagrément qu'une pluie tenace. Litti se désespérait de ne pas être auprès d'Iriane. Il lui tardait de parler avec elle d'Onahra. Comme elle serait déçue de ne pas l'avoir revue ! L'impératrice était probablement repartie dans *son* monde. Au moins avait-elle apporté le Talaris qui leur manquait.

Le jeune homme décida de prier tout le panthéon qu'il n'arrive rien de fâcheux à sa compagne. Il n'était pas parvenu à la moitié des dieux majeurs qu'il s'endormait, harassé de fatigue.

Au-delà des bois, les morts-vivants n'avaient pas encore quitté Corall-Medding.

Chapitre 9

La population de Havoc restait terrée chez elle, dans l'angoisse des jours à venir. Qui sait ce que cette femme cruelle leur réservait ? Certains avaient toutefois réussi à fuir depuis la mort du Vice-Intendant, car la garde de la cité était complètement désorganisée. Tormaga n'avait pas la capacité de contrôler elle-même chacune des portes ; elle aurait pu les sceller avec des sortilèges, mais dans son immense prétention elle n'y avait pas pensé. Si bien que les plus valeureux Havociens désertaient jour après jour leurs logis et s'éloignaient sous les violentes intempéries.

Peut-être était-ce l'orage qui sévissait depuis de nombreuses heures, toujours est-il que l'idée de détruire Havoc séduisait Tormaga plus que jamais.

— Ça me rappellera Ivanopolis ! confia-t-elle ainsi à Caliste.

— De quoi parles-tu ?

— D'une cité conquise par les Alfads, sur la côte sud de Consolata. Ils s'y sont installés et comme d'habitude ils en ont fait un endroit très sympathique et plein d'humanité, du moins pour ceux qui ne remettaient pas en question leur pouvoir.

— Les autres, ils les démembraient, je me souviens de ça.

— Exactement. Cela m'a pris du temps pour tuer tous ces gens, tu n'as pas idée. Trois bonnes semaines. La première, je me suis occupée des enfants. Je ne sais pas pourquoi les habitants faisaient autant de gamins, là-bas. Il y en avait partout !

— Je ne vois pas ce qu'il y a de difficile à tuer les enfants.

— Tu plaisantes, j'espère ? s'insurgea Tormaga en fronçant les sourcils.

Caliste se demanda s'il l'avait contrariée – dangereusement contrariée. Mais non, ce n'était qu'un éclat de voix ; elle était de bonne humeur et il lui en faudrait plus pour qu'elle change d'état d'esprit. Celui du petit roi, lui, avait changé : il en avait assez de l'assurance de cette femme. Assez de ses immenses projets, assez de la vantardise de sa cruauté. La Mère des Tourments reprit son histoire.

— Il a fallu que j'aille les chercher dans les moindres recoins ! Certains se cachaient dans des grottes, au bord de la mer. J'en ai même trouvé sous des pontons. Ils avaient passé trois jours là-dessous à grelotter, ces imbéciles. De vrais petits crabes.

— Tu es folle…

—Oui, tu trouves? Bah, folle, je ne sais pas ce que ça veut dire, finalement. Les Alfads m'ont créée comme ça.

—Et ils en sont morts!

—J'en ai tué quelques-uns effectivement. Pas tous, hélas. Les survivants se sont sacrifiés. Ils ont abusé de ma confiance, tu peux croire ça?

—Et après? demanda Caliste.

—Après quoi?

—Ivanopolis… tu as massacré les enfants. Et après, tu t'es occupée des adultes?

—Et comment! Finalement, j'y ai passé plus de temps que pour les enfants. Je crois que certains d'entre eux souffrent encore.

—En Galameh?

—Non, imbécile! Bien sûr que non… Sinon je t'aurais dit: «Ils sont morts et ils pourrissent en enfer».

—Alors je ne comprends pas.

—Tu ne comprends jamais rien, Caliste, tu sais ça? Rien d'étonnant à ce que tu aies disparu pendant un petit bout de temps, dans ta boîte en pierre…

Caliste résista à l'envie de lui dire qu'elle avait elle aussi disparu un bon bout de temps sous sa coupole de glace. Il hocha la tête, et dit:

—Tu as raison. Je ne suis pas très futé. Alors, tu leur as fait quoi, à ces adultes?

—Je les ai maintenus en vie. Dans d'autres conditions, ç'aurait pu être un cadeau. Mais Tormaga n'est pas le genre à faire des cadeaux.

Caliste commençait à se demander s'il n'aurait pas mieux fait de rester dans sa «boîte en pierre». Certes, il y faisait sombre, on y avait constamment faim, on ruminait des projets de vengeance définitive et cruelle, on luttait contre l'ennui et d'autres créatures bien moins… passives. On se débattait contre la folie, aussi; mais dès lors qu'on y mettait un peu du sien on pouvait y trouver son compte, de temps à autre. Surtout, il n'existait aucun être supérieur pour vous dicter votre conduite. Vous pouviez rire ou pleurer, insulter qui vous vouliez et uriner sur la figure de qui bon vous semblait: il ne se trouvait aucune Mère des Tourments pour vous menacer, vous rabaisser, vous promettre d'inextinguibles souffrances.

—Tormaga ne fait pas de cadeaux? demanda-t-il. J'espérais bien que si…

—Ah, ah, ah! Tu es un petit malin, Caliste. Un imbécile doublé d'un petit malin, as-tu déjà vu une créature pareille?

—Avant moi? Non, je ne crois pas…, admit-il en forçant un peu son humeur.

Il était heureux que Tormaga ne lise pas en lui.

—Eh bien j'ai posé une sphère de vie sur leur sternum.

—Une sphère de vie? C'est quoi?

—Un sort qui maintient les fonctions vitales d'un être vivant pendant… Pendant une éternité environ. Évidemment, il y a une contrepartie…

— Évidemment.

— La sphère de vie s'alimente sur une autre source vitale. Un mammifère, par exemple. C'est même conseillé : plus il est gros, plus il nourrit correctement son hôte. Moi, j'ai fait en sorte que mes petits prisonniers s'alimentent eux-mêmes… Est-ce que tu imagines ce que ça signifie ?

— J'en ai une petite idée, répondit Caliste d'une voix plus faible qu'il ne l'aurait souhaité.

— Ils se nourrissaient avec leur propre énergie. En circuit fermé ! D'un côté, je les ai immobilisés en leur perforant les jambes. Une vraie forêt de pieux ! Inutile de te dire qu'ils n'avaient plus l'esprit à gambader après ça. D'un autre côté, je leur ai infligé cette sphère qui les a dévorés lentement. Plus ils mouraient et plus ils se ranimaient. Plus ils se ranimaient, plus leur corps était dévoré par… eh bien ça ressemble à une sorte de lèpre, voilà.

Tormaga se fendit alors d'un grand sourire. Elle était si belle, à l'exception de ses dents noircies et de sa langue sombre. Son regard était si intense, son teint si délicat… L'harmonie et la symétrie de ses traits connaissaient peu d'équivalent selon l'expérience de Caliste.

— J'aimerais bien voir ce qui reste de ces petits bâtards, ajouta-t-elle. La sphère de vie s'occupe d'abord des membres, bien sûr ; après, elle a pu grignoter une bonne partie du tronc.

— Et tes prisonniers, ils ressentent tout, n'est-ce pas ?

— J'aime bien le croire, en effet. À voir leur mine au début du processus, j'ai tendance à le penser. Sinon, quel intérêt ? Mais bon, ils souffraient déjà tellement d'avoir leurs jambes percées de part en part…

— Tormaga, tout ça est passionnant et j'avoue que tu me dépasses dans bien des domaines, pour ne pas dire dans tous…

— Mais ?

— Mais tu ne penses pas qu'on devrait se mettre en route ? Je ne sais pas combien de temps je… je pourrai tenir. Et qui nous dit qu'on trouvera sur notre chemin assez de population pour nous… nous *restaurer*.

— Mmm… Oui, je ne voudrais pas perdre cette précieuse énergie. Nous partons demain !

Caliste se demanda ce qu'elle aurait le temps d'inventer d'ici là. À cette simple idée il éprouva une grande lassitude.

* * *

Iriane arriva par le sud, sous la pluie.

À la demande de Julipen, Ol-Nito avait emprunté une route différente : ils survolèrent de petites cités, voire des villages, où les Galaméens n'avaient pas édifié de tours. Le trio découvrit des traces évidentes d'activité humaine. Ol-Nito perdit de l'altitude ; sous ses ailes, certains champs étaient même cultivés ! Ce n'était guère que de petites parcelles mais elles étaient une note d'espoir dans la cacophonie générale.

Les paysans qui bravaient la pluie regardèrent ce drôle d'équipage avec effroi. Jamais un dragon n'était descendu si loin au sud et les histoires terribles que l'on racontait à la veillée avaient plus souvent trait à des animaux terrestres. Surtout depuis l'aventure galaméenne, on avait fort à faire avec le bestiaire de l'envahisseur.

— Si on se posait ? suggéra Iriane.

— Pour quoi faire ?

— Il faut redonner espoir à tous ces gens… Et puis, peut-être que nous aurons besoin de toutes les forces en présence, non ?

Le dragon prit la parole :

— J'ai l'impression que je leur fais peur.

— Justement ! Il faudrait les rassurer !

— Je préférerais que nous rentrions au plus vite, Iriane. Notre combat n'est plus tout à fait une question de nombre, ni même d'armée.

— Oui, tu as raison.

Ol-Drumond les accueillit quelque temps plus tard. Les deux dragons poussèrent des cris de joie et il s'en fallut de peu qu'Ol-Tyron accompagne son ami dans ses évolutions acrobatiques et jette à terre ses passagères ! Leur liesse gagna le cœur des Laménides et c'est le sourire aux lèvres qu'elles pénétrèrent dans le campement, ce lieu où la magie n'avait pas de prise.

Tandis que Julipen se mettait à l'abri sous une large tente où chauffait un feu, Litti et Iriane restèrent sous les gouttes, enlacés, s'embrassant à en perdre haleine.

— Je suis si heureuse de te voir ! dit la jeune femme après un long baiser.

— Moi aussi, si tu savais…

— Si tu savais ? Permets-moi de penser que j'en ai une petite idée !

Litti répondit à cet aplomb par un sourire. C'était tellement elle ! Son cœur battait à tout rompre. Si seulement ils avaient pu s'aimer en des circonstances moins tragiques… Iriane pensait la même chose. L'un et l'autre étaient orphelins et considéraient sans le dire qu'au-delà de leur amour ils partageaient une semblable peur de se perdre ; que leur serait-il alors resté ?

— Tu ne t'es pas ennuyé, au moins, sans moi ? demanda la jeune femme sur le ton de la plaisanterie.

La pluie tombait toujours ; ils marchaient la tête rentrée dans les épaules en direction de la grande tente au-dessus de laquelle montait la fumée du foyer.

— J'ai vécu un tas de choses assez… incroyables.

— Alors tu n'as pas eu le temps de te tourner les pouces… Moi non plus, cela dit !

— J'ai de bonnes et de mauvaises nouvelles. Je pense que Jocquinius a commencé à en faire le récit, dit le jeune homme en écartant un pan de toile.

Toute l'équipe était enfin réunie ; ses membres passèrent les deux heures suivantes à raconter leurs aventures improbables dans un monde bouleversé.

Autour d'infusions brûlantes et de vin on commença par les bonnes nouvelles : tout le monde était en vie, les Talaris étaient entre leurs mains et Tormaga n'avait pas progressé vers l'ouest. De toutes les mauvaises nouvelles, la pire fut pour Iriane la disparition d'Onahra : elle l'avait manquée de peu. Tâchant d'atténuer sa déception, Litti tut les modalités de sa disparition, dans les rues de Grève-Pieds.

— Eh bien, je crois qu'il est temps de rassembler ces artefacts, proposa Jocquinius.

— Oui, je suis curieux de voir ça…, dit Galann.

— Litti, tu peux aller chercher le Sarment du Temps ? Je pense que tu sais où il se trouve…

Le garçon se leva et quitta l'assemblée. Il pénétra sous la tente qu'il partageait avec le mage. Une écœurante et inhabituelle odeur de tannerie hantait les lieux. Il souleva le couvercle du coffre en bois où était abrité l'artefact ; son cœur manqua un battement quand il s'aperçut qu'il était vide.

Jocquinius a dû se tromper, pensa-t-il.

Et il commença à fouiller l'endroit. Soulevant les grabats, déplaçant des tonnelets, des caisses. Il fit tomber un faisceau d'épées, elles teintèrent en s'entrechoquant. Rien. Il allait sortir, à la fois contrarié et soulagé de ne plus avoir à supporter cette odeur pénible. Alors il entendit une voix inconnue :

— Est-ce cela que tu cherches ?

Le garçon se retourna et se retrouva face à une créature humanoïde à la peau squameuse, et dont le réseau de crevasses luisait d'une pâle phosphorescence. Son visage était rien moins que déplaisant. Elle tenait dans une main griffue le Sarment du Temps. Litti comprit qu'elle exhalait l'odeur qui empuantissait l'atmosphère.

— Qui es-tu ? demanda-t-il, prêt à lancer une matrice.

— N'y pense même pas…, répliqua l'intrus.

— Ne pas penser à quoi ?

— À m'attaquer. Et puis, la magie a une drôle de consistance, ici. Je ne pense pas que tes pitoyables pouvoirs trouveraient la chance de s'épanouir.

Litti soupira : l'intrus avait raison, aucune matrice ne pourrait être déployée ici.

— On appelle ce genre d'endroit un Vide étrange.

— Ah oui ? Vous autres les humains vous amusez à donner un nom à toute chose.

— Et à toi, on n'a pas donné de nom ?

— Oh, oh, oh… ne t'avise pas de me menacer, misérable pou.

Litti ne savait que faire ; cet être était à l'évidence dangereux : toute sa physionomie laissait penser qu'il pourrait aisément le dévorer si l'envie lui en prenait. Et le garçon n'aurait pas le temps de crier pour qu'on vienne à sa rescousse. Toutefois il se sentait moins apeuré que curieux – il comprit ainsi qu'il avait changé.

— Je m'appelle Litti, dit-il alors, espérant introduire un peu de confiance dans leurs rapports.

— Vraiment ? Et je suis censé dire : « Enchanté » ? J'entre, je sors, je vole ce que je veux et je parle à qui bon me semble.

— Ce… cet objet que tu tiens entre les mains… Nous en avons besoin.

— Il ne te vient pas à l'esprit que je pourrais moi aussi en avoir grand besoin ?

— Si, bien sûr.

Avec un peu de chance, quelqu'un va se rendre compte que je mets trop de temps, espéra le Trinicien.

— Avec un peu de chance…, répéta à haute voix la créature.

— Mais, je…

— Écoute-moi bien, petit humain de rien du tout. Je suis un démon. Tu ne sais pas quoi faire de cet objet. Personne n'a l'air de savoir qu'en faire.

Puisque cet être lisait dans les pensées, Litti préféra jouer la franchise.

— Il doit nous servir à contrer un ennemi.

— Que sais-tu de cet ennemi, le pou ?

— Elle… Elle s'appelle Tormaga.

— Très bien. Et moi je me nomme Otum Guilek. Nous voilà bien avancés, n'est-ce pas ? Que sais-tu d'autre sur elle ?

— Golan Tark l'a libérée. C'est un monstre.

— Celui-là ne fera plus de mal à qui que ce soit.

Litti fronça les sourcils, étonné par cette affirmation.

— Vous l'avez rencontré, n'est-ce pas ?

— Plus d'une fois. Un homme sans conversation, bouffi d'orgueil comme tant d'humains.

— Peut-être, mais celui-là était particulièrement dangereux.

— Bah, moi il ne m'a pas impressionné. Mais on ne parlait pas de lui. Continue, au sujet de cette Tormaga. Que sais-tu d'autre ?

Litti avait l'impression de passer un oral, dans l'une des classes de Haut-Temple.

— C'était une prisonnière, répondit le novice. Ses créateurs l'avaient enfermée.

— Ils l'avaient enfermée, en effet. Et pourquoi cela ?

— Parce que… Parce qu'elle était une arme.

— Oh, que tout ça est confus ! Tu es toujours aussi mauvais dans tes explications ?

— Je vous assure que je fais des efforts ! Mais vous… vous ne m'aidez pas.

— Est-ce que je suis là pour t'aider ? Penses-tu vraiment que je n'ai que *ça* à faire ?

— Je ne sais rien de vous, Otum, dit Litti avec le plus de respect possible.

— Et ça n'est pas plus mal. Alors, cette femme. Vous devez vous battre contre elle et vous avez ces… ces objets pour vous y aider.

— Oui. Les Talaris. Ils sont au nombre de trois et, sans doute pour la première fois dans l'histoire d'Elamia, ils vont être réunis.

— Ah, voilà qui est mieux ! Tu t'es appliqué ? Parce que là, tout est clair. Trois objets magiques réunis pour la première fois dans l'histoire de ce cher vieux monde, afin de venir à bout d'une veille sorcière. Très bien, très bien. Et ensuite ? Vous les réunissez, il se passe quoi ?

— Eh bien je… Nous verrons bien.

Le démon posa son long index sur son menton desséché.

— « Nous verrons bien » ? Et c'est tout ?

Litti hocha la tête, embarrassé. Il essaya autre chose :

— Et toute magie disparaîtra. Voilà ce qu'on dit au sujet de la réunion des Talaris.

Ce fut cette fois au tour du démon de hocher la tête ; sauf qu'une évidente nuance de moquerie accompagnait son geste à lui.

— Toute magie disparaîtra, répéta-t-il. Je serais curieux de voir ça. Consolata, sans magie… Déjà que je n'aime pas beaucoup ce continent… Sans même parler de ces bois ! ajouta le démon en regardant au-dessus de lui.

— C'est un Vide étrange, expliqua Litti.

— Oui, tu l'as déjà dit tout à l'heure. Et qu'ont-ils de particulier, les Vides étranges ?

— Il n'y a pas de magie. Elle est comme… comme annulée.

Tout à coup la créature se déplaça très vite. Elle était dans son dos à présent, soufflant une haleine de fleurs pourries dans son cou. Otum avait passé un bras autour de l'épaule de Litti et il maintenait l'adolescent plaqué contre son torse. Le Talaris pendait de sa main, effleurant la poitrine de Litti.

— Il y a encore assez de magie pour un démon de mon importance, même si mes pouvoirs sont quelque peu diminués.

— Que voulez-vous ? demanda Litti qui tâchait de ne pas trop montrer sa peur.

— Je veux m'assurer que tu ne fais pas n'importe quoi. Que tes *compagnons* ne font pas n'importe quoi. Tu diras à ton maître que les démons majeurs l'observent. Ce Jocquinius… Qu'il ne fasse pas de bêtise et prenne bien soin des Talaris. Il se pourrait qu'un jour ou l'autre nous venions les réclamer. Et il vaudrait alors mieux qu'il sache précisément où ils se trouvent et qu'ils soient en parfait état.

Il n'avait pas terminé son avertissement qu'il enfonçait ses griffes dans l'épaule du garçon.

Litti poussa un cri de douleur et tomba à genoux. Le Talaris gisait devant lui mais il n'avait pas la force de le saisir pour le moment, tout entier tourné vers la douleur que le démon lui avait infligée. Une poignée de secondes plus tard, Iriane entrait sous la tente ; elle se précipita vers son amant qui saignait abondamment.

Otum avait disparu et nul ne le retrouva.

Litti rapporta sa rencontre. Il fut surpris d'apprendre que Jocquinius connaissait le démon.

— Je n'en avais pas parlé pour ne pas ajouter de l'angoisse à l'inquiétude. Mais il ne m'a pas blessé et je serais bien curieux de savoir pourquoi ! Alors les démons veulent les Talaris… Pourquoi en auraient-ils besoin ? Je ne comprends rien à rien. J'ai bien peur que tout cela nous dépasse.

— Il m'a parlé de Tark. Qu'il n'aurait plus l'occasion de faire du mal à qui que ce soit.

— Voilà qui est de plus en plus étrange.

— Et nous n'avons pas le temps de chercher à comprendre, dit Julipen.

— Exactement, confirma Galann. Réunissons les Talaris comme prévu : il n'y a rien de mieux à faire avant que la nuit tombe.

Iriane avait insisté pour appliquer des soins laménides à son compagnon ainsi qu'à Jocquinius et ils avaient dû s'installer loin des tentes, sous une toile tendue entre deux arbres : dans le campement, le Vide étrange aurait annulé ses pouvoirs de guérison. Le soulagement avait été immédiat. Jocquinius craignait que la plaie s'infecte et, avant de bander l'épaule, il voulut appliquer l'un de ses onguents.

— La magie laménide devrait suffire, affirma Julipen.

— Je n'en doute pas. Tout de même, je préférerais ajouter mon…

— Grain de sel ? dit Julipen sans méchanceté.

— Eh bien oui, voilà.

— On pourrait peut-être demander son avis au principal intéressé ? suggéra Iriane.

— Excellente idée ! commenta Galann.

— Si vous pouviez mettre toutes les chances de mon côté, ça m'arrangerait, trancha Litti avec un sourire.

Une fois cela fait, on s'occupa des Talaris.

Les compagnons n'avaient aucune idée de la manière dont ils devaient s'y prendre. Ils s'installèrent à l'orée du bois alors que la pluie cessait enfin. L'eau avait transformé la « cendre » en une boue gluante qui collait aux chausses. Ol-Tyron rejoignit Ol-Drumond dans le ciel pour surveiller Corall-Medding.

Jocquinius sortit le Sarment du Temps et la Pierre d'Ombre d'une sacoche. Il aurait aimé un cérémonial pour accompagner ce geste inédit et hautement symbolique mais cette occasion ne lui était pas donnée. Il les déposa sur une simple caisse qu'il eut du mal à redresser dans la boue. Il jeta un coup d'œil nerveux en direction de Corall-Medding puis il demanda à Iriane de lui confier la Perle de Vie. La jeune femme passa le lacet au-dessus de sa tête et tendit le pendentif au mage, qui l'étendit au côté des deux autres artefacts.

Iriane prit la main de Litti tandis que les trois objets palpitaient faiblement mais à l'unisson.

Il y eut un long silence.

— Et maintenant ? demanda Julipen.

Jocquinius se remémora les paroles de Tugdual et d'Awena, les Alfads rencontrés dans une dimension parallèle qui s'ouvrait quelque part au fond du cratère. Il les livra à ses amis :

— Réunissez les Talaris et mettez-vous à l'écoute du monde. Voilà ce qu'il convient de faire.

Ils ne quittèrent pas les Talaris des yeux. Au-dessus de leurs têtes, les Ols tendaient régulièrement le cou en direction de l'assemblée, dans l'espoir qu'une magie définitive se fasse jour.

Mais à l'exception de ce clignotement il ne se présentait rien de nouveau.

Pas de phénomène extraordinaire.

Pas d'arme qui viendrait à bout d'une sorcière sur le point d'envahir le monde.

Tout au plus les Laménides et Galann sentirent-ils une perturbation de leurs sens, comme un voile intermittent sur leurs perceptions.

Et ce fut tout.

Jocquinius lança une matrice de faible puissance et celle-ci s'épanouit derrière lui.

— Que se passe-t-il ? demanda Iriane.

— Je voulais voir si la magie avait disparu, répondit le mage. Voilà ce qu'on m'avait un jour enseigné à propos de la réunion des Talaris : elle pourrait mettre fin à toute magie.

Julipen tenta à son tour l'expérience ; elle n'eut aucune peine à faire tomber une lourde branche à distance.

— Désolée, dit-elle car ses compagnons avaient fait un bond de surprise.

— Eh bien, ce n'est pas la fin de la magie qui mettra en péril Tormaga, soupira Litti.

— Ne nous plaignons pas trop, mes amis, dit Galann. Nous avons encore besoin d'elle. De la magie, je veux dire.

— Oui, admit Litti. Il y a ces… ces morts, là-haut.

— Et il y en a sans doute ailleurs…, ajouta Iriane qui songeait aux populations croisées lors de leur retour.

Elle récupéra alors la Perle de Vie pour la passer autour de son cou. Et ressentit aussitôt une altération plus forte de ses sens. Elle la mit tout d'abord sur le compte du contact avec le Talaris mais le changement était trop prononcé, surtout lorsqu'elle ferma les paupières. Elle eut alors la sensation de se trouver au-dessus d'un vaste et sombre océan. Çà et là des taches apparurent, plus lumineuses et de tailles différentes. Certaines s'allumèrent comme des flaques prises dans le soleil. Iriane eut l'impression que l'une d'elles était vraiment proche. Elle fit un effort de concentration supplémentaire, comme si elle avait voulu accommoder sa vision sur un point particulier d'un grimoire. Les contours devinrent plus nets. La lumière céda la place à des formes. On aurait dit des…

Des arbres ? Une forêt…

Puis la vision perdit son acuité. L'océan et ses archipels de lumière s'effacèrent. Iriane émergea avec un mal de crâne terrible. Elle raconta son expérience et personne ne sut comment l'interpréter. La jeune femme hésita à empoigner de nouveau le Talaris à cause de la douleur qui ceignait sa tête. Ils demeurèrent ainsi une demi-heure à attendre un nouveau signe, une transformation quelconque. Une évolution ou un changement.

À la fin de ce temps, Jocquinius poussa un long soupir et croisa les mains devant lui.

— Mes amis, si quelqu'un a une meilleure idée…

Aucune réponse ne vint rassurer le mage. Litti proposa enfin :

— On pourrait peut-être interroger nos amis les Ols ?

— Oui, pourquoi pas ?

Quinze minutes plus tard, la petite troupe avait rejoint le campement en compagnie d'Ol-Tyron. On s'installa de nouveau sous la tente ; l'abattement se lisait sur tous les visages. Le dragon avait comme à l'accoutumée enfilé sa grande tête dans l'abri de toile. Lui aussi regrettait de n'avoir rien à proposer. Il évoqua toutefois une perturbation semblable à celle qu'avaient ressentie Julipen, Iriane et Galann. Litti s'en voulut de n'y avoir pas été sensible et Jocquinius suggéra qu'ils étaient tous deux moins ouverts à leur environnement que leurs compagnons.

— On peut donc dire que la réunion des Talaris a effectivement un effet. Iriane, aurais-tu quelque chose à ajouter ?

— Non. Je… Enfin, c'était peut-être juste une coïncidence. Je n'ai aucune idée de la manière dont la Perle de Vie influe sur ma perception du monde. Je découvre ses effets au fur et à mesure.

— En tout cas, reprit Julipen, on ne peut nier que tu es en accord avec le Talaris. D'une manière peu commune…

À la manière d'Onahra, pensa l'atisha.

— Oui, sans doute, dit Iriane modestement. Si seulement ça pouvait nous aider à nous débarrasser de Tormaga !

Les trois artefacts étaient posés près du mage. Ils ne clignotaient plus.

— Au moins, précisa-t-il, nous sommes sûrs d'être au beau milieu d'un Vide étrange… Et donc en sécurité !

Ces mots conclurent la journée ; ils se séparèrent.

Cette nuit-là, Iriane et Litti se couchèrent l'un auprès de l'autre dans une tente à l'écart. Ce n'était pas le confort auquel ils auraient aspiré, mais ils étaient ensemble.

— Tu as mal ? demanda Iriane à Litti à propos de son épaule.

— C'est engourdi. Et je n'arrive pas à savoir si c'est à cause des soins ou d'une infection.

Elle avança la main juste au-dessus du bandage comme si la magie pouvait fonctionner.

— Ça fait du bien ! dit le garçon. Mais je crois que ça serait plus agréable si tu posais la main sur ma joue.

Ce qu'elle fit.

— Tu commences à avoir de la barbe, Litti.

— Oui, c'est vrai ! confirma-t-il en passant le dos de sa main contre l'autre joue. Si seulement je prenais le temps de me raser…

— Non, laisse comme ça. Je trouve que ça te va bien, moi.

— C'est vrai ?

Elle lui répondit par un sourire. Ils s'embrassèrent avec retenue puis ils parlèrent longuement des derniers événements, comme s'ils avaient cherché à repousser l'instant où ils n'auraient plus que leurs corps pour exprimer leur bonheur d'être enfin réunis.

La nuit était tombée.

Lorsque Iriane s'endormit, la Perle de Vie autour du cou, elle rêva d'Onahra : l'air très préoccupée, l'impératrice lui lançait des avertissements ; sauf que de sa bouche sortaient les paroles d'une chanson douce. De la même manière, Iriane articulait des mots qui quittaient ses lèvres, déformés. Le manège dura longtemps alors qu'un rideau noir se levait derrière Onahra. Un rideau où se dessina bientôt la silhouette d'une femme. Les traits se précisèrent et ce fut un monstre armé de crocs et de griffes qui d'un bond passa au-dessus de l'impératrice pour se ruer sur Iriane. Le choc fut terrible et la jeune femme s'éveilla ; elle venait de tomber par terre.

Le cœur battant à tout rompre, elle s'assura que Litti dormait toujours. Le garçon grognait et s'agitait : il devait faire un cauchemar, lui aussi. Iriane décida d'aller prendre l'air pour se calmer.

À mesure qu'elle avançait, elle trouvait du sens à son rêve. Elle ne pouvait entrer en contact avec Onahra, et réciproquement, par la faute du Vide étrange. Ce lieu était à la fois un abri et un piège.

Tout comme l'est la magie, finalement !

En effet, le pouvoir qu'elle avait développé pouvait indifféremment se tourner vers la paix ou la guerre.

Elle décida de s'éloigner un peu et de tenter sa chance. Deux larges monticules s'arrondissaient entre les arbres : Ol-Drumond et Ol-Nito étaient allongés là, leurs cous imbriqués tels deux immenses serpents. Iriane fit assez de bruit en écrasant des branches pour qu'ils ne crachent pas leurs puissantes flammes sur elle en un geste réflexe. Ol-Drumond leva un sourcil et l'abaissa lentement.

Le décor des bois aux troncs noircis était déjà inquiétant en plein jour ; de nuit, l'impression était encore pire. Mais Iriane avait fréquenté Galameh, affronté quelques-unes de ses pires créatures : il lui en aurait fallu plus cette nuit-là pour la dissuader.

Tandis qu'elle franchissait la limite du Vide étrange, un déluge de sensations s'abattit sur elle avec une rare intensité. La main sur la Perle de Vie, elle comprit que la magie reprenait ses droits – quels qu'ils fussent. Et pas seulement la magie : à l'évidence, une modification des valeurs s'était produite et la nature avait gagné du terrain. Ce n'était pas le désert qu'avait affronté Julipen. La situation n'était donc pas inéluctable. Elle trouva un rocher sur lequel elle s'installa, contente de trouver autre chose que de la boue pour s'asseoir. Elle croisa les jambes et frissonna dans la fraîcheur nocturne. L'impression d'être immergée dans des courants de magie s'estompa à mesure que son esprit s'habituait à leur présence.

Iriane se sentait aussi bien que les circonstances le lui permettaient. Elle se concentra, serrant la Perle de Vie dans sa main.

Une minute plus tard, un vertige la saisit tout entière comme au bord du cratère ouvert au sommet de Corall. Elle se recroquevilla sur elle-même.

Lutta du mieux qu'elle put pour ne pas céder une nouvelle fois. L'écho de milliers de voix lointaines résonna dans son crâne. Aucune conversation sensée ne se détacha de ce brouhaha éprouvant. Iriane serra sa tête entre ses mains, comme si elle avait cherché à contenir son cerveau en ébullition.

Ne pas... les... laisser m'étouffer...

Elle se ferma à ces appels auxquels il lui était impossible de répondre. Pour un peu, elle aurait entendu des milliers de portes claquer. Alors une seule voix poursuivit l'échange. Iriane la connaissait. Mais ce n'était pas sa chère atisha, impératrice de Consolata.

— *Kilarn...*

— *Oui, il s'agit bien de moi, Iriane.*

— *Je... Je ne suis pas inconsciente, cette fois ?*

— *Non. Tu es plus forte que lors de notre premier contact. Tu as beaucoup progressé. J'en suis heureux.*

— *Oui, moi aussi, croyez-moi...*

Elle repensa alors à l'échange qu'elle avait eu avec Onahra : elle avait sombré au début, laissant l'impératrice parler à travers elle, par son intermédiaire. Puis la jeune femme s'était reprise et elle avait poursuivi la conversation elle-même, en toute conscience. Elle demanda à Kilarn :

— Est-ce que... est-ce que notre temps est compté aujourd'hui encore ?

— En ce qui concerne notre avenir à tous, plus que jamais. En revanche, nous aurons un peu plus de... souplesse pour discuter, puisque tu as acquis la résistance nécessaire.

— Kilarn, je crois que j'ai un milliard de questions à vous poser.

— C'est trop !

— Oui, évidemment... Alors, je vais commencer avec celle-ci : d'où viennent ces voix que j'ai entendues ?

— Ce sont les voix de tous les êtres que la sorcellerie des tours a rendus muets.

— Les Laménides, par exemple ?

— Oui, par exemple. Elles n'arrivent pas à trouver le chemin de leurs destinataires. Moi-même il me faut fournir un effort extraordinaire pour y parvenir. Et c'est pour ça que tu en as souffert tellement la première fois.

— Ce trouble est définitif ?

— J'ose espérer que non. Les Ols, ceux que vous nommez dragons, n'ont jamais cessé de se situer les uns par rapport aux autres.

— Et les Talaris, que devons-nous en faire ? Comment les utiliser ?

— Ils sont réunis, n'est-ce pas ?

— Oui.

— Eh bien, n'avez-vous pas rencontré les Alfads ?

La question de Kilarn inquiéta Iriane. N'en savait-il pas plus ? Elle décida de lui rapporter les plus récents événements. Kilarn en avait une connaissance partielle et les précisions de la jeune femme furent précieuses. Il reprit certains des points qu'elle avait abordés.

— Cet Otum est le fils d'un démon majeur.

— C'est-à-dire ?

— Raark est le nom de ce démon d'Anakann. Il est lui-même l'enfant d'un dieu. Ce serait long à t'expliquer mais disons qu'il fait partie des êtres qui ont créé les humains. Il y a longtemps, très longtemps.

Iriane encaissa l'information puis elle demanda pourquoi Otum traînait par ici.

— Raark et quelques autres essaient de sauver ce qu'il reste à sauver.

— Il faut le compter comme un allié alors…

— Oui. Un allié d'un genre particulier.

— C'est un démon. Tout comme vous, d'ailleurs. Ce ne sont pas les humains qui vous intéressent, je me trompe ?

Iriane s'étonnait de son propre aplomb. Sans doute que si Kilarn en personne s'était présenté à elle pour entamer cette discussion au milieu de la nuit, la jeune femme aurait fait profil bas. Était-il grand ? Petit ? Impressionnant ou anodin ?… Elle devait l'envisager comme un allié, peut importait sa physionomie. Il s'exprimait posément, à la manière d'un homme mûr.

— Les humains, les démons… Le monde lui-même : qui sait ce qu'en fera Tormaga ? Elle nous promet à tous une éternité de tourments. Si elle venait à gagner l'île du Temps, il n'y aurait plus grand-chose que nous pourrions faire pour nous préserver du pire. Raark sait cela. Même si je me doute que la possession des Talaris l'intéresse. Pour le moment, il ne saurait quoi en faire.

— Moi non plus, pour tout vous avouer… Qui aurait la connaissance nécessaire ?

— Ne perdons plus de temps : partez au-devant de Tormaga.

— Vous me proposez un sacrifice ?

— Nous n'avons plus le choix. Il faut agir avant qu'elle ait toutes les cartes en main.

— « Nous », dites-vous, est-ce que ça veut dire que vous nous accompagnez ?

— Non.

— Bien sûr. J'aurais dû m'en douter ! Pourquoi serions-nous les seuls à risquer nos vies ?

— Je te l'ai dit, j'ai beaucoup à perdre, Iriane, et ce dès aujourd'hui. Je prépare notre défense, si jamais notre ennemie devait arriver jusqu'à mon domaine.

— Êtes-vous certain que Tormaga n'est pas déjà prête ?

— Elle semble sur le point de partir. De quitter Havoc.

Litti s'était réveillé à son tour. Iriane n'était pas là et il sentit l'aiguillon de l'abandon le frapper comme il l'avait frappé lorsqu'elle était partie en mission quelques semaines auparavant. Il se leva, l'épaule douloureuse. Il songea immédiatement à ces moments avec Otum. Que fallait-il en penser ? C'était étrange : Litti avait passé toute sa jeune existence en compagnie d'humains, et depuis que le chaos s'était déchaîné il n'avait rencontré que des créatures sorties tout droit, dans le meilleur des cas, d'une geste épique. Mais le plus souvent, elles jaillissaient de cauchemars.

Muni d'un flambeau, il marcha sur les pas de son amie. Croisa les dragons avec la même prudence respectueuse qu'Iriane. Ses pensées tournoyaient autour des paroles d'Otum telles des mouches fébriles. Le démon avait semblé vouloir lui faire dire quelque chose. Et Litti n'avait rien trouvé.

Toute magie disparaîtra. Je serais curieux de voir ça. Consolata, sans magie… Déjà que je n'aime pas beaucoup ce continent… Sans même parler de ces bois !

Des bois couverts d'un Vide étrange.

Litti ralentit l'allure, alors que des nuages s'ouvraient pour laisser passer la lueur des deux lunes.

Et qu'ont-ils de particulier, les Vides étranges ? Il n'y a pas de magie. Elle est comme… comme annulée.

Litti eut la sensation de tenir quelque chose de primordial.

Les Talaris réunis étaient censés avoir le même effet qu'un Vide étrange, non ? Est-ce une coïncidence ? Ou bien sommes-nous passés tout à l'heure à côté de la vérité ? Tout à côté…

Pourtant, il ne s'était rien passé du tout, hormis un trouble dans les perceptions d'Iriane, une sorte de vision intérieure très confuse.

Enfin il rejoignit sa compagne. Il la trouva assise en tailleur au sommet d'un rocher. Elle avait minci depuis l'époque où ils se retrouvaient dans la clandestinité, non loin de Haut-Temple. Pourtant, elle était déjà athlétique ! Ses jambes fuselées étaient nues entre le short de peau et les bottes. Seule concession à la féminité telle qu'on la pratiquait en Consolata, elle avait laissé pousser ses cheveux bruns pour les nouer en une queue-de-cheval tirée haut sur la nuque.

— Iriane ? souffla-t-il.

Le menton relevé, les mains posées sur les cuisses, elle ne broncha pas. Il comprit qu'elle devait méditer ou pratiquer un quelconque enseignement des Laménides. Ils avaient fait l'amour un peu plus tôt. Cela avait été pour l'un comme pour l'autre la première fois. Il s'était montré anxieux là où elle avait fait preuve de patience. D'écoute, surtout. En quelques gestes elle avait su le rasséréner, mettre entre parenthèses l'excitation inquiète qui le poussait à la précipitation. Cette maturité l'avait d'abord étonné, presque vexé. Quand il eut compris qu'elle n'était pas le fait d'une femme d'expérience mais d'une compagne amoureuse et libérée de toute pudeur excessive, il se laissa aller. Dès lors, son anxiété se limita à son épaule blessée.

Il l'aimait, plus encore qu'il ne l'aurait cru possible. Elle alliait la force à la tendresse, la volonté à la générosité. Comment aurait-il pu résister ? Pas une seconde ne passait sans qu'il se demande s'il la méritait. Il avait fini par le lui dire, après leurs ébats. Iriane avait répondu par ces mots :

« Crois-tu que je me force ? Tu as bien plus de qualités que tu ne veux bien t'en accorder. Et puis, n'oublie pas que tu es l'un des six survivants de

Corall-Medding. Je sais qu'il est un peu cruel de le rappeler et que la chance y est pour quelque chose. Mais je sais aussi que d'autres aptitudes t'ont permis de surmonter bien des épreuves mortelles. »

Elle lui expliqua ensuite qu'à son idée, l'amour n'était certainement pas une question de mérite mais d'éléments beaucoup moins rationnels. Litti avait fini par lui donner raison… jusqu'au moment où il s'était remis à douter.

Il attendit un peu, les pieds dans la boue, avant de rappeler son amie. Elle prit enfin conscience de sa présence.

— Litti… tu ne dors pas ?

— Ça se voit tant que ça ? plaisanta-t-il.

Iriane émit un petit rire avant de dire :

— Bah, tu aurais pu être somnambule.

— Il ne manquerait plus que ça, dit le garçon en songeant à ses problèmes de peau.

Lesquels étaient en train de disparaître, remarqua-t-il pour la première fois.

Ces rougeurs qui se manifestaient dès qu'il était fortement contrarié ou dans une situation stressante… Il ne les avait pas subies depuis…

Depuis que la cité a été dévastée.

C'était une manière négative de voir ce progrès. Il opta pour une autre explication :

Depuis que mon destin a pris un tour nouveau.

Car il maîtrisait beaucoup de matrices à présent. Bientôt, très bientôt, il pourrait prétendre à devenir mage de l'Ordre trinicien.

Sauf que cet Ordre n'existe plus.

Et alors ? se dit-il ensuite : il n'avait jamais aspiré à intégrer l'élite d'un mouvement religieux. Simplement à améliorer son sort et à se ménager une place confortable à l'âge adulte, à l'abri du besoin.

Iriane descendait le rocher tandis qu'il se faisait ces réflexions. Arrivée à sa hauteur, elle prit le visage de Litti entre ses mains et l'embrassa sur la bouche. Une fois de plus, elle avait pris les devants !

— La prochaine fois, dit-il à haute voix, ce sera mon tour.

— Ton tour de quoi ?

— Tu verras. Dis-moi, tu faisais quoi là-haut ?

— Tu ne me croiras jamais.

— Dis toujours.

— Kilarn : il m'a parlé.

Elle lui relata leur échange. Quand elle eut terminé, Litti demanda :

— Alors il faudrait partir au-devant de Tormaga, c'est ça ?

— C'est ce que conseille Kilarn.

Elle n'avait pas prononcé ces mots qu'un cri retentit au-dessus de leurs têtes. Ils levèrent les yeux vers le ciel. Dans le feu pâle des lunes, Ol-Tyron battait des ailes pour voler sur place. Un autre cri fut lancé mais cette fois depuis le campement et c'était une réponse d'Ol-Nito.

— Que se passe-t-il ? fit Iriane.

— Je crois que j'en ai une idée, répondit Litti qui avait tourné son regard vers Corall-Medding. Viens avec moi, vite !

Ils coururent à la rencontre des dragons qui s'étaient redressés, leurs longs cous orientés vers la nuit.

— Ce sont les morts-vivants, n'est-ce pas ? lança le garçon.

— Oui. Ils se dirigent par ici !

— Il faut prévenir les autres, décida Iriane.

— Pas le temps. Et puis ils ont dû entendre les cris de nos amis. Chers Ols, commença Litti, vous nous emmenez là-haut ?

— Bien volontiers, répondit Ol-Drumond.

Sans plus attendre, Litti sauta sur son dos et Iriane chevaucha Ol-Nito. Ils progressèrent jusqu'à la clairière que les Ols avaient défrichée et dès qu'ils l'eurent atteinte, ils décollèrent d'un bond. Litti sentit son estomac descendre dans les talons mais l'urgence de la situation l'empêcha d'en faire grand cas. Il se sentait étrangement fort. Invincible. Il connaissait la menace qui déboulait de la cité en une vague infernale et il n'avait pas peur.

Mais il n'avait aucune idée de ce qui l'attendait.

De grands quartiers de lunes s'étaient dégagés des nuages. Ils éclairaient un spectacle obscène : une colonne inhumaine, composée de dizaines de milliers de morts-vivants. Les sept cimetières de Corall-Medding s'étaient ouverts pour dégorger leurs cadavres plus ou moins décomposés.

Des manchots tombaient à terre et ils étaient piétinés par leurs congénères en une totale indifférence. Certains groupes s'éparpillaient mais la direction générale était celle des bois, comme si les marcheurs savaient parfaitement quoi y trouver : une communauté de survivants, à la chance insolente.

Les premiers morts-vivants couraient vite et ils n'étaient qu'à cent mètres des bois. Les dragons avaient piqué vers l'avant-garde ennemie.

— Attention, Ol-Drumond ! prévint Litti alors que le vent sifflait à ses oreilles. Je vais lancer un sort !

Le dragon ne l'entendit pas. La matrice s'épanouit très près du visage de l'Ol. Surpris, le dragon jeta la tête en arrière, ce qui le déséquilibra et modifia son inclinaison. Litti glissa sur le côté. Ses mains accrochèrent la bordure de la crête, s'y entaillant les paumes. Pendant un instant, le garçon crut qu'il allait se rattraper comme lors de la descente dans le puits avec Jocquinius. Il n'en fut rien.

En un geste réflexe le dragon releva une patte pour récupérer son cavalier. Ce fut en pure perte : Litti tomba de près de trois mètres de haut.

Au beau milieu des ennemis.

Iriane ne vit pas la scène : elle la ressentit au plus profond d'elle-même. Comme si elle venait de perdre une part de sa chair. Elle porta la main à son ventre, le visage crispé. « Son » dragon avait craché une langue de flammes explosives : un jet de gaz fusa au beau milieu de la troupe décharnée, qui brandissait des poings ou des piques, de lourdes reproductions d'épées prélevées sur les tombes d'anciens soldats. Le gaz ne s'enflamma qu'au contact de l'ennemi. Il y eut d'horribles cris et la panique gagna le groupe touché. Le feu n'arrêta pas pour autant les créatures avant qu'il en eût consumé les têtes.

Iriane trouva Ol-Drumond qui volait à la verticale; une matrice clignotait faiblement tout près de lui mais Litti n'était plus sur son dos.

Au moment où elle allait perdre espoir, une sphère lumineuse attira son regard. Les morts-vivants s'étaient écartés de cet orbe imposant. Il fallut quelques secondes d'adaptation à la lumière pour qu'Iriane puisse voir son amant, les bras écartés derrière lui, les paumes ouvertes. Contrôlant la matrice.

— Il faut le sauver! lança-t-elle à sa monture.

Litti avait chuté sur un groupe de cadavres ambulants. Quatre d'entre eux s'effondrèrent sous lui en craquant comme des branches mortes. Une terrible douleur vrilla l'épaule déjà blessée de l'adolescent et, s'il n'avait reçu les soins laménides, lesquels diffusaient encore leur magie, il se serait sans doute évanoui sous le choc.

Il se releva en toute hâte, s'empêtrant dans les hardes des morts-vivants. Une matrice avait déjà quitté ses lèvres. Ce n'était pas la plus puissante qu'il connût; en revanche il maîtrisait parfaitement cette boule extrêmement lumineuse et dont se tinrent éloignés les cadavres les plus proches. Il l'enfla du mieux qu'il put, au point de rupture. On aurait dit un soleil qui dictait son aveuglante tyrannie à des sujets à l'agonie. Parmi ces derniers, certains se jetèrent à terre. D'autres prirent feu en avançant un bras dans le brasier surnaturel. Litti se tenait dos à sa création; lui-même sentit la chaleur cuire la peau de sa nuque. Il ne tiendrait pas longtemps ainsi, les bras ouverts derrière lui, tant à cause de la température que de la douleur de son épaule. Il tourna en rond, à petits pas, pour dissuader les assaillants de tous bords. Il en arrivait de nouveaux, par dizaines; beaucoup s'embrasèrent.

Plus loin, des congénères marchaient avec la même motivation, indifférents au sort de leurs frères.

Ol-Nito et Ol-Drumond approchèrent de Litti. Libre de ses mouvements, le second balaya de sa queue les morts-vivants qui se regroupaient près de Litti. À peine étaient-ils au sol que les « survivants » se relevaient. D'autres rampèrent vers leurs membres disloqués. Mais Litti profita de la confusion pour bondir à travers cette trouée. Il enjamba quantité de corps avec une étonnante agilité. On aurait pu croire qu'il allait courir ainsi jusqu'aux bois mais il trébucha sur un cadavre et partit en avant. La matrice surdimensionnée qui le suivait s'éteignit aussitôt et ses poursuivants mirent le sursis à profit pour gagner quelques mètres.

— Pose-moi là-dedans! ordonna Iriane.

— C'est de la folie, contesta le dragon.

— Peux-tu descendre assez pour que je puisse sauter sans me casser le cou?

— Oui, mais pas avant d'avoir pris mes précautions.

Ol-Nito jeta une boule de feu dont la violence creusa un sillon d'une cinquantaine de mètres de long sur deux mètres de profondeur. Un nombre impressionnant de morts-vivants disparut dans cette salve.

— Je ne pourrai plus produire de flammes avant plusieurs heures, expliqua le dragon. Et maintenant, cramponnez-vous !

Ol-Nito effectua une manœuvre audacieuse et il s'approcha à quelques mètres seulement de Litti. Iriane bondit alors que le dragon s'apprêtait à reprendre de l'altitude. Elle atterrit avec souplesse et prononça aussitôt :

— Enilame !

Son épée apparut instantanément dans son poing. Une fraction de seconde plus tard, sa lame tranchait deux têtes d'un même mouvement coulé. Au retour, elle sectionna deux paires de jambes qui se mettaient en travers de son chemin. Iriane continua ainsi jusqu'à son compagnon. Tout autour d'elle l'univers n'était que grognements et gémissements. Des centaines de paires d'yeux glauques suivaient sa progression.

Une main se posa sur son épaule et tenta d'arracher son gilet de peau. Iriane écrasa son pommeau sur les doigts qui craquèrent et se retirèrent. Deux autres mains agrippèrent ses bottes et elle dut ralentir, tirant sur ses jambes pour se débarrasser de ses poursuivants. Après une volte-face éclair, son épée tailla chairs et tendons déjà corrompus par la putréfaction. À peine avait-elle eu raison de ceux-là que d'autres la menaçaient déjà.

Une gueule cassée s'approcha d'elle, toutes dents dehors. Iriane la vit à temps ; elle enfonça sa lame à l'horizontale, par la bouche grande ouverte. La lame glissa contre les vertèbres et ressortit derrière la tête. D'un coup sec la combattante l'en ressortit. Elle reprit sa course non sans avoir violemment écarté un mort-vivant manchot qui s'appuyait contre son flanc.

Des ennemis, il s'en dressait partout. Iriane avait perdu Litti de vue. Elle leva les yeux au ciel pour trouver les lunes et se repérer. Savoir au moins dans quelle direction avancer. Les grognements étaient toujours plus nombreux. Le piétinement dans les flaques et la boue ne cessait de croître autour d'elle. Une montée d'adrénaline se répandit en Iriane et elle eut vraiment peur pour la première fois.

Je ne vais pas y arriver.

Ol-Tyron était inquiet : ses amis avaient lancé un appel au secours et il venait de réveiller Galann et Jocquinius. Julipen était déjà debout, comme si elle avait senti qu'un danger approchait. À présent, l'aveugle et le mage se disputaient. Ol-Tyron leur trouvait une ressemblance certaine. Les traits de Galann le donnaient pour plus âgé mais il s'y exprimait moins de gravité que chez Jocquinius, une sorte d'insouciance aussi. Était-ce une illusion ? Car des deux hommes, c'était Galann qui posait problème et retardait leur intervention.

— Je ne viendrai pas ! avait-il décidé, les bras croisés sur la poitrine.

— Nous avons besoin de tes pouvoirs, Galann.

— Je n'ai pas de pouvoirs. Je n'en ai plus depuis le jour où j'ai quitté l'Ordre.

— C'est du passé, tout ça. Je ne te demande pas de rejoindre les Triniciens mais de nous aider à sauver ces enfants. À sauver l'avenir d'Elamia.

— Ici nous sommes à l'abri. Tu peux me dire pourquoi ces enfants ont décidé de quitter l'abri ?

— Alors, tu en fais une question d'éducation ? Il faut les punir, c'est ça ? Et la punition, c'est la mort… Tu ne trouves pas ça un peu… démesuré ?

— La mort n'est pas la fin de tout. Tu le sais aussi bien que moi.

— Bon sang, tu es le plus têtu de tous les hommes que je connais.

Il y eut un bref silence. Que Galann interrompit :

— Je me souviens d'un vieillard qui ne voulait plus entendre parler d'amour.

— De quoi parles-tu ?

— Messieurs…, tenta Julipen.

Mais ils ne l'entendirent pas. L'atisha fit quelques pas vers Ol-Tyron et posa sa main sur son cou en un geste d'affection et d'apaisement.

— Je parle d'un certain Jocquinius Pargami. Il y a des années de cela, je suis alors encore dans l'Ordre, il refuse de se battre. Il part loin de Haut-Temple, loin de Corall-Medding. Il s'installe dans les vallées atrianes.

Pargami. Personne ne l'avait appelé ainsi depuis… Il n'aurait su dire quand tellement c'était ancien.

— Ça n'est pas le moment de parler de ça.

— Oui, oui. Ça n'est pas le moment. À l'époque tu as dit la même chose : ça n'est pas le moment de vivre mon amour pour la belle et douce Halaïa. Regarde où ça t'a mené. L'amour n'en vaut pas la peine, n'est-ce pas ?

Halaïa venait de réapparaître dans sa vie de la plus improbable des manières. Pourquoi parler de cela maintenant ? Devait-il contraindre Galann à les aider ?

— Bon, nous n'avons plus de temps pour cette discussion. J'ai perdu Halaïa et j'ai perdu un fils. Je ne perdrai pas deux enfants de plus même s'il ne s'agit pas des miens.

— Un fils, dis-tu ? Voilà qui est intéressant. Tu peux nous donner son nom ?

Jocquinius marchait vers Ol-Tyron ; il se retourna pour répondre :

— Adrian. L'empereur Adrian. Et ne m'en demande pas plus à présent.

Galann arborait un grand sourire. Comme s'il connaissait ce secret. Comme s'il l'avait toujours connu.

— Je vais à pied, décida Galann. Je dresse une protection à l'entrée des bois.

Iriane ne voyait plus qu'une mer de chair malade, sous la lueur argentine des lunes. Elle tomba sur une main, jura, se redressa d'un coup de reins. Des dents se plantèrent dans son mollet. La jeune femme poussa un cri et d'une prise d'otchacan se débarrassa de l'importun. Elle chuta encore, cette fois les deux genoux à terre. Du coin de l'œil elle aperçut une explosion de lumière.

Litti ?

Iriane s'était relevée mais elle tomba en avant lorsqu'un homme-tronc s'abattit sur elle. Il était inanimé ; elle s'en dégagea sans trop de peine mais un mort-vivant l'agrippa et tira sur ses bras et elle eut plus de mal avec celui-là.

— Foutez-moi le camp ! hurla la jeune femme.

Les assaillants ne répliquèrent même pas, tels des fauves insensibles au langage des hommes. En ce sens, ils étaient pires que les Galaméens et ne valaient guère mieux que les spectres invoqués parfois par les Triniciens.

Enilame s'éleva pour s'abattre sur le cou d'un gros homme sans bras, mais elle le manqua et l'arme cogna la plaque de métal d'une épaule. Le choc résonna dans tout son bras.

Iriane allait sombrer. La panique la submergeait autant que ces membres sortis des tombes corallaises. Des craquements lui parvenaient de toutes parts ; c'étaient les os des morts-vivants qui se brisaient à mesure de leur progression.

Elle serra la Perle de Vie et sentit aussitôt sa chaleur irradier en elle. Comment avait-elle pu oublier l'artefact ? La colère succéda à la peur aussi vite que l'on retourne une carte à jouer. La jeune Laménide releva la tête et poussa un cri puissant, entre la rage et la jouissance. Une onde de choc dont elle aurait été l'épicentre se répandit immédiatement alentour. Qui balaya tout sur son passage. Les cadavres les plus proches furent taillés en pièces. Les autres s'effondrèrent comme des fétus de paille sur un rayon d'une dizaine de mètres. De quoi permettre à la jeune femme de reprendre pied.

Litti était tout proche.

Un instant plus tard, un dragon se posait devant elle. C'était Ol-Nito. Sa queue fouettait un large espace autour de son corps massif et dissuadait les morts-vivants de s'approcher.

— Litti ! Je vais chercher Litti, hurla-t-elle au dragon.

— Je me tiens prêt, répondit le voilier.

Quelques morts-vivants se relevaient. Qu'il leur manquât un bras ou une jambe – ou les deux – n'altérait en rien leur motivation. Seule la décapitation mettait un terme à leur folle équipée. Les plus mutilés retombaient aussitôt, incapables de rétablir leur équilibre. Mais alors ils essayaient, encore et encore.

Iriane s'était déjà élancée. Elle frappa un mort accroupi et qui s'était mis en travers de sa route. Son pied traversa les chairs putréfiées jusqu'à décrocher quelques organes ; elle l'en ressortit avec un haut-le-cœur.

Répugnant. On trouve difficilement pire en Galameh !

Elle vit alors l'origine de la lumière qu'elle avait aperçue un peu plus tôt : c'était bien une matrice. Qui foudroyait avec une précision remarquable les crânes des assaillants.

— Litti ! cria-t-elle, pour ne pas être la cible involontaire de ces tirs.

— Iriane ! Enfin !

Elle serra la Perle de Vie et résista à l'envie d'en employer les ressources, pour ne pas blesser son amant. Puis elle entendit des déflagrations tout près de là, entra instinctivement la tête dans les épaules. Ol-Tyron était entouré de deux matrices qui évoluaient à ses côtés. Iriane perçut le sifflement d'une tornade approchant. Jocquinius et Julipen avaient mis leurs pouvoirs en commun pour leur porter secours.

En quelques enjambées elle rejoignit Litti. Elle aurait voulu le prendre dans ses bras. Elle se contenta d'un :

— Tu t'en sors ?

— Tu en doutais ? répliqua son amant.

— Pas mal, pour un Trinicien.

Mais la matrice s'épuisait déjà et ses tirs étaient moins précis. Les morts-vivants mirent aussitôt à profit cette faiblesse pour avancer. Le Trinicien lança un nouveau sort. Iriane s'étonna de la maîtrise de son compagnon et elle trouva une certaine beauté aux syllabes ensorcelées qui fusèrent de sa bouche à une vitesse phénoménale. Elle-même avait déjà empoigné la Perle de Vie.

— On grimpe sur Ol-Nito, dit-elle.

— Tu abandonnes déjà ? dit le garçon qui avait prononcé le même sortilège de feu qu'un peu plus tôt, car il n'avait pas la force d'invoquer de nouveau la dernière et meurtrière matrice.

— Qui te parle d'abandonner ? On attaquera depuis le ciel : trop de boue ici.

— Pareil : j'ai les pieds trempés.

Le dragon se coucha le plus possible pour leur faciliter la tâche. Litti monta en tête, Iriane s'installa dos à lui. D'un ample mouvement de tête l'Ol projeta une demi-douzaine de morts-vivants à plus de dix mètres. Puis il prit son envol.

La tornade lancée par Julipen balaya des dizaines de cadavres et certains rejoignirent les corps désormais inanimés et carbonisés qui gisaient dans le sillon qu'avait creusé Ol-Nito. Les matrices de Jocquinius provoquèrent des explosions qui répandirent leur lot de chairs. Les morts-vivants s'effondraient les uns après les autres, mais tant que les têtes n'étaient pas réduites en poussière ils continuaient à bouger. Certains commencèrent à créer d'horribles alliances : bras dessus, bras dessous, on chercha chez l'autre à compenser le membre manquant. Avec une idée unique pour toute motivation, détruire la vie là où elle se trouvait.

Quant à Ol-Drumond et Ol-Tyron, ils rôtirent autant de corps qu'il leur était possible.

— Retournons dans le bois ! ordonna Jocquinius.

L'ordre fut relayé par les dragons, car à cette distance les humains n'auraient pu s'entendre distinctement.

— Pas question, rétorqua Iriane.

— Comme vous voudrez, dit Ol-Nito. Mais mettez-vous d'accord, je vous prie !

— Je les veux tous morts, répéta la jeune femme.

— Ils le sont déjà, Iriane, rétorqua Litti. Filons dans le campement. Avec le Vide étrange, ils ne pourront pas nous suivre.

— Alors, c'est toi qui abandonnes, n'est-ce pas ?

— Oui, si tu veux, Iriane. J'abandonne, ça te va ?

Iriane claqua la cuisse de son amant comme elle l'aurait fait à un compagnon de chambrée, à Maison-Noire.

— Ça me va, dit-elle.

Elle serrait la Perle de Vie et si elle n'employa pas son pouvoir, ce fut une fois encore pour ne pas risquer de blesser ses alliés.

Galann les attendait. Il avait tissé sur une centaine de mètres à l'orée du bois un filet matriciel : le réseau d'éclairs électriques reliait entre elles des dizaines de sphères magiques. Quelques morts-vivants avaient déjà fait les frais de cette défense remarquable. Ils gisaient à même la boue et tremblotaient, secoués de spasmes. Les plus résistants étaient assez têtus pour se ruer encore contre le rideau ensorcelé.

Le vieil aveugle ne perçut pas les mouvements à la périphérie de son système ; trois morts-vivants plus malins que les autres l'avaient contourné.

Litti fut le seul à s'en rendre compte. Les dragons se posèrent avec leurs voyageurs sur leur aire habituelle et le garçon se précipita en arrière pour rejoindre Galann.

— Litti ! Où vas-tu ?

Il ne lui répondit pas, persuadé qu'il ferait mieux de garder son souffle et sa concentration pour l'épreuve à venir. D'ailleurs, Iriane courait déjà après lui, comme si elle avait oublié les tourments passés.

L'adolescent avait invoqué une matrice de lumière ; en avançant à quelques mètres de lui elle lui montrait le chemin et asséchait un tant soit peu la boue. Son cœur battait à ses tempes. Il était épuisé mais refusait de l'accepter : il devait arriver auprès de Galann dans les secondes qui venaient. Ou bien c'en serait terminé du vieillard. Cet homme qui lui avait sauvé la vie. Ce Trinicien dont il tenait les dessins matriciels indispensables à sa formation.

Un mort-vivant s'était déjà rué sur l'aveugle. Une matrice palpitait à quelques mètres de la scène, l'éclairant de sa lumière surnaturelle. Galann était couché dans la boue ; il maintenait à distance les crocs de son agresseur avec une force surprenante, éloignant le menton ennemi avec sa canne appuyée en travers.

Litti essaya de contrôler la matrice en liberté mais n'y arriva pas car il s'était trompé sur la nature du sort qui lui avait donné forme. Sans interrompre sa course folle il en invoqua une autre ; c'était une matrice autonome, de faible puissance mais très résistante : elle ne lâcherait pas le morceau tant que son invocateur resterait en vie – et Litti n'avait pas l'intention de mourir tout de suite. Un cri de fureur jaillit de la gorge du garçon. Il frappa du pied le flanc du mort-vivant, qui partit sur le côté. Galann haletait. Il trouva à peine la force de ces quelques mots :

— Mon garçon, tu es venu, mon garçon…

La panique se lisait dans la voix du vieillard. Litti attrapa son bras et le hissa difficilement. L'aveugle peina, s'aida de son bâton, glissa, obligea Litti à resserrer sa prise. Si bien que ce dernier ne vit pas le mort-vivant qui parut jaillir de nulle part pour aboutir derrière lui. Le cadavre avait perdu ses vêtements à l'exception de pantalons en lambeaux. Il était solidement bâti et aucun membre ne lui manquait. Il sauta sur le dos de Litti qui dut lâcher Galann sous la violence du choc. Aussitôt l'homme l'étrangla et chercha à mordre ses chairs. L'énergie qui animait ses muscles en partie rongés par la mort était assez intense pour lui permettre de lutter contre le garçon qui se débattait.

Tout à coup il entendit un sifflement, un choc sourd puis sentit un liquide froid asperger sa nuque. L'emprise du cadavre se détendit, les bras glissèrent le long des épaules de Litti et le corps chut comme un vulgaire paquet à ses pieds. À deux pas de la tête. Litti se retourna pour découvrir Iriane, son geste armé prêt à se détendre sur le prochain ennemi en vue.

— Tu avais besoin d'aide ? dit-elle.

Litti secoua la tête, incapable de prononcer un mot, grimaça de douleur et se retourna vers Galann pour l'aider à nouveau. Le vieil homme geignait faiblement. Non loin, toutes les matrices avaient baissé d'intensité. Galann agonisait.

— Maître, maître, prenez ma main ! Levez-vous ! Allez !

L'aveugle ne broncha pas. Son cœur était en train de l'abandonner. Les matrices s'éteignaient une à une comme des lampions à la fin d'une fête.

Litti s'agenouilla auprès du vieillard et serra le frêle poignet. Il sentait à peine le pouls.

— Galann, pas maintenant ! Il nous reste encore des tas de choses à faire !

Le Trinicien prononça un mot que ne comprit pas Litti.

— Le vin, Galann… Je ne vais pas boire tout ce vin seul ! Allez, debout !

Des bruits de course, tout proches.

— Attention ! cria Iriane.

Son épée sembla voler au-dessus de sa tête alors qu'un mort-vivant courait en grognant au-devant du châtiment. Iriane abattit sa lame avec une puissance et une assurance qui ne laissèrent aucune chance au forcené. Déjà, un autre prenait sa place. Et un autre encore.

— Litti ! Ils arrivent ! Il faut repartir vers le campement ! MAINTENANT !

— Je ne peux pas l'abandonner ici !

— Le réseau de Galann va tomber dans quelques secondes et ils seront sur nous, tous !

Litti releva la tête. Il vit les sphères perdre leur intensité. Les éclairs qui composaient une trame infranchissable n'auraient plus aucun effet. Sans parler de leurs poursuivants qui avaient contourné l'obstacle et qui arrivaient. Iriane avait raison.

Litti regarda son vieux maître ; ses paupières étaient closes. Les doigts du garçon se posèrent contre l'artère et n'y trouvèrent plus de pouls. L'adolescent se pencha au-dessus de la bouche entourée de poils blancs et ne sentit plus le moindre filet d'air s'en échapper.

C'était fini.

Litti serra le poing, serra la mâchoire. Une envie de meurtre monta d'un point qui s'originait aux premières injustices de sa jeune existence. Celle qui avait dépossédé son père de ses terres. Ou bien celle qui avait mis un terme à son amitié avec Aepius.

Iriane répandait encore le sang quand un sortilège inédit, composé de six représentations mentales *a priori* incompatibles, fusa entre les lèvres de l'adolescent.

La matrice qui naquit de cette alliance contre nature était monstrueuse. Au lieu d'une sphère ou d'un ovoïde parfait ce fut une forme bulbeuse, d'un vert à la fois lumineux et maladif comme on ne pouvait en rencontrer que dans les pires domaines de Galameh. Elle flottait à un mètre du sol en grondant comme si elle contenait contre leur gré mille orages démesurés. Une brise brûlante provoquée par son apparition assécha la terre sur des centaines de mètres.

Iriane eut un mouvement de recul en découvrant le monstre qui s'était épanoui à quelques pas d'elle. La Perle de Vie émit en l'esprit de la jeune femme un sifflement inquiet. Mais Litti n'en avait cure.

Au moment où la défense mise en place par Galann tombait devant les morts-vivants rassemblés là en masse, la matrice sonna comme la corne de brume d'un immense navire.

Le jeune Trinicien eut toutes les peines du monde à la contrôler. Lorsqu'il déclencha son feu, il crut que sa tête allait s'ouvrir en deux et les tendons de ses poignets céder sous la tension. La foudre qu'expulsèrent les entrailles turpides craqua en un vacarme infernal. En une fraction de seconde cent de ses bras de lumière frappèrent autant de morts-vivants. Litti ne s'occupa guère de viser les têtes : les éclairs vaporisèrent les chairs putréfiées.

Iriane resta abasourdie par tant de puissance. Son amant avait déjà lancé une seconde salve quand elle prit enfin l'initiative d'utiliser la Perle de Vie. La Laménide était toutefois trop épuisée pour renouveler son exploit.

Protéiforme, la matrice vibrait lourdement ; elle avait perdu de son énergie. Litti la poussa vers les ennemis qui pour la plupart n'avaient même pas reculé, trop idiots pour imaginer leur sort. Quelques morts-vivants se jetèrent sur elle comme s'ils avaient espéré s'en repaître. La vaporisation par le sortilège fut immédiate et définitive.

— Il faut partir, Litti, répéta Iriane.

Le garçon hocha la tête, le visage tourné vers sa monstrueuse création. Il émit deux petites matrices qui se superposèrent l'une à l'autre et coiffèrent la dépouille du Trinicien. Elles tiendraient les morts-vivants à l'écart pendant quelques heures. Cette fois encore il en avait eu l'idée spontanément : une telle alliance était inédite.

Sa maîtresse dut poser la main sur son épaule pour qu'il se décide enfin à l'accompagner.

Quelques minutes plus tard, ils arrivaient au campement. Derrière eux, les morts-vivants s'abattirent sur la dépouille de Galann pour la dévorer telles des hyènes, mais se heurtèrent aux boules d'énergie qui les repoussèrent comme si elles avaient été hérissées de pics.

Sur l'horizon, l'aube tirait un trait blême.

Julipen s'inquiéta du sort des adolescents :

— Que faisiez-vous ? Et où est Galann ?

— Il ne sera plus avec nous, désormais.

Litti n'arriva pas à dire qu'il était mort. Le mot avait trop de connotations, trop de sens et il était incapable ce matin-là de savoir lequel était le plus approprié.

Julipen porta sa main à la joue du garçon.

— Je suis désolée, dit-elle.

Sa gorge se serra.

— J'aurais voulu le ramener avec nous, lui offrir la chance de quelques sacrements.

— Tu as fait ce que tu as pu, Litti, plaida Jocquinius. Ne t'en veux pas pour ça. J'aurais dû être là. Galann était un homme… étrange. Étrange et bon.

Ce qui vaudrait pour chacun de nous, j'imagine…, se dit alors le Trinicien.

Il n'eut guère le temps de pousser plus loin ses réflexions : les dragons, dont les cous se tendaient loin au-dessus du sol, annoncèrent l'arrivée imminente d'une avant-garde de morts-vivants. Ol-Nito tournait au-dessus des bois, ses ailes bleues teintées par les premiers éclats de l'aube.

Les ennemis furent là en quelques minutes. Ils essuyèrent aussitôt la rage incendiaire des dragons.

Mais comme l'avait annoncé Iriane, ils ne purent s'avancer sous la cloche invisible du Vide étrange. Et ceux qui y parvenaient tombaient définitivement inanimés, plus aucune magie n'étant présente pour leur conférer cet ersatz de vie. Les alliés se livrèrent à une lente et pénible hécatombe, leurs forces déclinant avec l'épuisement d'une nuit riche en rebondissements. Ils sortirent ainsi à tour de rôle du campement, s'éloignèrent de quelques pas, jetèrent leurs magies sur les morts-vivants les plus entreprenants, et retournèrent à l'abri du Vide étrange.

Ils organisèrent des quarts à partir du milieu de journée pour se ménager un répit. Couverts de sang et de matières cervicales plus ou moins décomposées, les alliés avaient presque aussi mauvaise allure que leurs agresseurs. Ils prendraient plus tard le temps de se nettoyer un peu dans le ru qui traversait le bois.

On demanda à Ol-Tyron de survoler la région pour s'assurer que des assaillants ne s'éloignaient pas dans la campagne, préférant semer la terreur et la désolation ailleurs.

— Les cimetières se sont-ils tous vidés de leurs cadavres ? s'interrogea Jocquinius.

— J'aimerais pouvoir répondre à cette question, dit Julipen.

L'espace d'un instant elle se demanda si Galann rejoindrait cette armée des morts. Elle aurait détesté devoir décapiter ou brûler sa dépouille. Pour la première fois elle fut contente de savoir qu'Adrian n'avait pas été enterré de ce côté du monde : il existait ainsi moins de chances qu'il vienne hanter les lieux de cette atroce façon.

Deux journées maussades et violentes s'écoulèrent de cette manière. Il n'y eut enfin plus de morts-vivants en état d'attaquer le campement. De loin en loin on voyait des corps gigoter pathétiquement au sol ou se débattre pour se débarrasser de branchages dans lesquels ils avaient enchevêtré leurs membres décomposés.

Ce fut en voyant les cadavres qui jonchaient le pourtour du camp que Litti eut une pensée décisive.

Il s'adressa d'abord à Jocquinius. Puis, comme l'idée parut excellente au vieillard, celui-ci réunit tout le monde et insista pour que Litti l'expose au plus vite.

— Quel effet produisent les Vides étranges ? demanda alors l'adolescent d'un ton professoral.

Iriane soupira mais répondit :

— Ils annulent toute magie.

— Très bien. Que sont censés faire les trois Talaris, une fois réunis ?

— Ils ne font rien du tout, et tu le sais très bien.

— Iriane..., fit Julipen avec patience.

Elle comprenait les relations qui liaient ces deux-là : l'amour et un soupçon de compétitivité.

La jeune élève fit une grimace pour montrer qu'elle était désolée et elle donna la bonne réponse :

— D'après les Alfads, ils annuleraient toute magie.

— C'est ce qu'ils nous ont expliqué, mais ils n'en savaient pas plus. Bon, maintenant, qu'avons-nous constaté avec les morts-vivants, que toi, Iriane, tu avais pressenti ?

Ce fut à Julipen de répondre :

— Ils perdent toute énergie en entrant dans le Vide étrange. Parce qu'il n'y a plus de magie.

— Voilà. Je pense qu'il existe un lien entre la réunion des Talaris et les Vides étranges.

— Je n'ai jamais entendu parler d'un tel lien, avoua Julipen avant d'ajouter : Mais je suis loin de tout savoir.

— Les Alfads nous ont encore dit que nous devions nous mettre à l'écoute du monde. Comment avez-vous trouvé l'emplacement de ce... havre de vie, Julipen ?

L'Anakane hocha lentement la tête ; un petit sourire éclairait son visage hâlé. Elle prit l'une de ses boucles brunes entre les doigts et dit :

— Je me suis ouverte au monde, avec l'aide de la méditation laménide. Je me suis mise à son écoute.

— Et toi Iriane, qu'as-tu vu, en serrant la Perle de Vie ?

— Je ne sais pas... Des... des taches de lumière au milieu d'une mer sombre. Des paysages ?

— Et si la réunion des Talaris nous permettait de savoir où se trouvent les Vides étranges ? conclut le garçon. Si Iriane avait *vu* ces lieux ?

— Il suffirait d'attirer Tormaga au milieu de l'un d'eux, compléta l'adolescente, tout à coup excitée par l'hypothèse de Litti. Elle perdrait ses pouvoirs… !

— Peut-être même qu'elle s'effondrerait comme ces morts-vivants, espéra Jocquinius. Allons, mettons-nous au travail. Reprenons au début, maintenant que nous savons quoi chercher.

— Si jamais c'est bien de cela qu'il s'agit, commença Ol-Drumond, je veux dire cartographier les Vides étranges, il faudra déterminer l'endroit où se trouve Tormaga.

— À mon avis, elle nous le fera savoir bien assez tôt, dit Jocquinius.

Chapitre 10

Havoc était en feu.

La neige qui tombait en flocons serrés sur ses dômes altiers n'y pouvait rien.

Le principal agent de cette catastrophe se nommait Ol-Lohan. Il avait été un dragon libre. Depuis plusieurs semaines il était l'esclave d'une arme conçue comme une femme. Ou bien était-ce l'inverse ? Il n'aurait su le dire, car il était tout entier tourné vers la douleur qui broyait chacun de ses instants de vie comme des fruits secs entre les bras de fer d'une pince.

Il obéissait.

Parfois, l'obéissance consistait à tuer. À mettre le feu ou à transpercer de sa queue. Qu'importe…

Ol-Lohan avait assisté au massacre de milliers d'humains. Caliste, qui n'était qu'à peine moins l'esclave de la femme, avait recueilli l'énergie vitale qui s'était échappée lors des carnages. Tormaga n'aurait pu elle-même prélever ces formidables courants de puissance, avant qu'ils gagnent l'au-delà, et encore moins les conserver. Caliste était donc entre ses mains un réservoir dont elle se servirait le moment venu.

Ol-Lohan comprenait confusément qu'elle ne le soumettait pas à la torture comme elle l'avait soumis lui. Sans doute parce que cela aurait altéré le « réservoir ». Sans doute aussi qu'elle n'avait pas la ressource nécessaire pour mettre à genoux une infinité de personnes à la fois.

Caliste n'était pas ce qu'on pourrait appeler un homme bon. À plus d'une reprise il avait inventé des jeux cruels. Et sa légendaire gourmandise était réelle : elle le poussait à se nourrir de jeunes femmes, puisant en elles les fluides vitaux dont il se repaissait encore et encore, inlassablement. Caliste pouvait tuer et le nombre de ses meurtres dépassait l'entendement. Mais avait-il plus tué qu'Adrian ? Il arrivait que Caliste se pose la question depuis que Tormaga avait évoqué ce personnage ; le roi déchu avait été emprisonné pour l'éternité par une alliance de démons bien avant la venue au monde de l'empereur.

Tormaga attirait le roi déchu. Elle lui plaisait terriblement, bien plus qu'aucune pucelle ne lui avait jamais plu. Elle le répugnait tout autant. Quelque chose dans sa cruauté et la folie qui l'accompagnait le surpassait. Il craignait d'en être bientôt la victime. Dès qu'elle n'aurait plus besoin de lui, en fait. Elle semblait capable de vivre seule. De supprimer ses alliés, ses compagnons, ses défenseurs avec la même facilité enjouée qu'elle avait eue à se débarrasser de ses ennemis. Est-ce le génie du mal qui fascinait tant l'affreux petit roi ? Il n'aurait su le dire.

Et c'est cet étrange équipage, aussi insolite que mortellement dangereux, qui se déplaçait à grande vitesse vers l'ouest et laissait derrière lui le chaos.

Ils s'arrêtaient toutes les nuits. La Mère des Tourments avait besoin de repos et Caliste tout autant : la chevauchée était longue et, malgré la nacelle spacieuse en osier et bambou qu'ils avaient sanglée sur le dos de l'animal, inconfortable. Les souffrances indicibles que Tormaga infligeait à la bête rendaient par moments son vol incertain et très vite Caliste se cramponna avec le sentiment qu'il finirait écrasé au sol comme une vulgaire galette de gruau. De plus, le roi sorcier souffrait d'hallucinations dues à l'énergie qu'il retenait prisonnière. Jamais il n'en avait contenu autant à la fois !

Les images déferlaient devant lui avec un étrange réalisme. À maintes reprises il vit des foules célestes amassées sur l'horizon, n'attendant que le passage du trio pour le mettre en pièces.

Tormaga employa sa sorcellerie pour abolir le règne des songes éveillés : les hallucinations n'allaient-elles pas pousser Caliste à se purger, en un acte irraisonné, de la magie accumulée ?

Les tensions s'additionnèrent en quatre jours de voyage et, dans le brouillard de son supplice, Ol-Lohan crut qu'il en ferait définitivement les frais. Tormaga ne lui offrit pas cette chance et elle ordonna au dragon qu'il se pose au pied d'une petite cité, édifiée au beau milieu des steppes.

Les habitants de Caolonia se demandaient qui pouvait bien arriver si tard. Ils n'attendaient pas de voyageurs et encore moins de créature ailée. Ils avaient eu fort à faire avec les cadavres qui avaient jailli de leurs tombes. Ceux-là avaient causé de nombreuses morts, avant que l'on comprenne qu'il suffisait de leur couper la tête pour en venir à bout. Puis le seigneur des lieux, Landreon, avait choisi de punir les « coupables » – car selon lui, il ne faisait aucun doute que seules des invocations dirigées avaient tiré les défunts de leur repos éternel. Dix patriarches, appréciés des Caoloniens et fervents adorateurs d'Omok, avaient été empalés.

Seul Haspalnod avait pu se préparer à la venue de la sorcière talaxienne. Le père adoptif d'Adrian, qui avait tué sa propre épouse Halaïa, avait fui les vallées atrianes. Le Cercle des tribus avait fini par lui faire payer ses trahisons. Un soir d'ivresse il avait raconté son meurtre. Aucune enquête n'avait succédé à ses confidences avinées, et aucun tribunal n'avait sanctionné ses méfaits. Mais le Cercle et le peuple lui-même lui avaient signifié son dégoût. On ne lui adressa plus la parole. Il devint un paria parmi les siens et n'eut d'autre solution que l'exil. S'ils avaient su qu'il avait voulu reprendre le Talaris pour l'offrir à Golan Tark, ils l'auraient lapidé…

Son errance le conduisit en quelques semaines à Caolonia. Les rumeurs les plus folles couraient au sujet d'une invasion de Juste-morts, ces habitants de Galameh. Il fallut encore un peu de temps pour apprendre la nouvelle du retour d'Adrian. Haspalnod eut de la peine à y croire, puis il dut se rendre à l'évidence : son fils, auquel il avait offert à l'adolescence le Sarment du Temps, était de retour.

On ne savait rien de la fin de Corall-Medding. Encore moins de la nouvelle défaite de l'armée de libération. À plus de soixante-dix ans, Haspalnod entretenait l'espoir de retrouver son fils. Et, dans le même temps, l'influence qu'il avait eue sur lui. Quand Adrian avait rejoint les sommets du pouvoir en Consolata, s'il n'avait renié son père, du moins l'avait-il ignoré. Dans son incroyable vanité, il croyait pouvoir revenir dans la course.

Avant de prendre un peu de repos, Tormaga tint à faire montre de sa cruauté habituelle. Le maître de la ville était un seigneur qui vivait sur le dos des paysans en ponctionnant de très lourds impôts, une situation qui rappela à Caliste les meilleurs moments de son règne.

Tormaga avait déjà éliminé une vingtaine de miliciens quand le fameux seigneur, Landreon, se présenta à elle, coiffé d'une couronne d'argent au dessin grossier, vêtu d'une tunique ceinturée et d'un blanc douteux, gansée aux manches et sur le col droit de fils colorés, d'un gilet de cuir brun, de pantalons qui bouffaient sur ses bottes cirées. C'était un homme de belle stature, et qui boitait depuis une échauffourée avec un seigneur voisin, peu de temps après la chute de l'empire. À ses côtés marchait Haspalnod : l'Aresmass avait prévu le réveil des morts-vivants quelques heures avant qu'il survienne et en avait averti le seigneur. Un avertissement qui avait permis de limiter les pertes. C'est à cette réussite qu'il devait sa toute nouvelle place auprès de Landreon.

De manière générale, ses prémonitions n'allaient guère loin dans le temps : deux jours tout au plus. Et encore, elles n'avaient pas la précision de celles d'Adrian ni même d'Halaïa. Il avait toutefois senti qu'une menace pèserait sur la ville depuis le ciel. Une fois de plus, il ne s'était pas trompé, même si cette fois il s'était bien gardé de révéler tous les détails de sa prémonition à son maître.

— Que veux-tu, belle étrangère ? demanda Landreon.

Les poings gantés de mitaines posés sur ses hanches fines, Tormaga répondit :

— Conquérir la Veine de Kilarn, assujettir l'île du Temps et devenir ainsi la maîtresse incontestée du monde passé, présent et à venir.

Comme elle avait prononcé ces paroles avec le plus grand sérieux, Landreon resta silencieux quelques secondes, puis il éclata d'un rire bruyant et vulgaire. Tormaga tardait à réagir, à la grande surprise de Caliste qui se tenait en retrait. Puis Landreon dit sur ton qui excluait la bonne humeur :

— Tu es complètement folle.

— Tu n'es pas le premier à le dire, figure-toi.

— Quelle est cette créature que tu as amenée avec toi ?

— Tu parles de laquelle ? demanda Tormaga, ce qui eut le don de déplaire à Caliste.

— Le dragon…

— Eh bien tu l'as dit toi-même : un dragon. Je préfère qu'il reste en dehors de la ville, sinon il risque de la mettre à feu et à sang.

— Sage décision.

La rencontre avait lieu sur la grand-place. Les habitants se pressaient aux fenêtres des maisons pour voir ce qui se passait. Ils n'entendaient rien de l'échange en cours.

— Je voulais dire, reprit Tormaga, que s'il mettait la ville à feu et à sang il me priverait de ce plaisir.

Cette fois, Landreon fronça les sourcils. Il était sur ses gardes, à cause de la prémonition d'Haspalnod. L'Aresmass lui avait rapporté que la voyageuse représentait « un certain danger ». Ne pouvait-elle pas voler ? D'ailleurs, il se tourna vers son nouveau conseiller ; ce dernier lui demanda l'autorisation de parler et le seigneur lui répondit d'un bref hochement de tête.

— Je me nomme Haspalnod, commença-t-il.

— Et moi Tormaga, et voici Caliste.

L'Aresmass s'inclina et en deux pas de côté s'éloigna de son nouveau maître. Il avait vu la fin de celui-ci parmi les options d'avenir possible et il ne tenait pas à terminer ses jours dans les feux d'une magie imprécise. En quelques mots, il expliqua qui il était exactement, dévoila la nature de ses dons et une fois qu'il se fut assuré qu'elle avait compris ses propos, il offrit ses services à Tormaga.

— Chien ! tonna aussitôt Landreon.

Il dégaina le sabre qu'il portait à la ceinture mais avant d'avoir pu le sortir du fourreau il ressentit un spasme violent à l'endroit de sa vieille blessure. Il poussa un cri et ploya, le visage crispé.

— Eh bien, eh bien, Landreon, dit Tormaga en s'inclinant légèrement pour suivre le regard de sa nouvelle victime.

Le seigneur s'appuya sur son épée, dont la pointe était maintenant enfoncée dans le sol. Haspalnod déglutit nerveusement. Sa vision s'avérait : le seigneur était sur le point de mourir. Tormaga leva l'index et Landreon sentit une vague de froid le gagner depuis le ventre. Il hoqueta, cracha du sang.

— Dis-moi, Haspalnod, verrais-tu l'avenir proche de ton maître ?

L'homme serra le col de son manteau de fine toile grise, comme s'il avait soudain froid, puis l'ajusta sur ses amples pantalons noirs qui masquaient ses pieds.

— Eh bien, c'est-à-dire que… Le don des Aresmass ne se manifeste pas comme ça, au beau milieu de la rue, et…

— Je ne te demande pas de discours. Tu le vois, cet avenir, ou tu ne le vois pas ?

Le seigneur ploya un peu plus ; son orgueil et sa vaillance l'empêchaient encore de tomber. Puis sa couronne glissa sur sa tête. Ce n'est qu'à la chute de l'ornement qu'il lâcha prise et s'effondra sur les genoux, s'entaillant profondément le menton sur la garde de son épée. L'Aresmass comprit ce que la femme attendait de lui : elle mesurait son cran, sa motivation. Tout à coup il se détendit et se demanda s'il n'aurait pas une influence sur le cours des choses – une idée qui l'excitait.

— Il va mourir, dit-il. En d'atroces souffrances. Voilà ce que j'ai vu et voilà ce que je vois encore.

— Eh bien l'avenir nous le dira. En attendant, viens avec nous, le vieillard. Peut-être que tu seras utile à mes projets. Et n'oublie pas de m'appeler Maîtresse.

Landreon était couché dans la poussière de la grand-place. Sa hanche cassée, et dont une éclisse saillait toujours un peu, s'enfonçait en ses chairs. Une petite boule de lumière s'épanouit contre son ventre.

* * *

Quand Tormaga eut quitté la petite ville, une vieille et grosse femme qui s'aidait d'une canne s'approcha du hobereau recroquevillé.

— Tu souffres ? demanda-t-elle sans la moindre pitié dans la voix.

Un grognement lui répondit alors que le sang tachait la tunique seigneuriale du sternum aux cuisses. La vieillarde continua :

— Nos patriarches aussi ont beaucoup souffert. Ceux que tu as empalés. Tout comme nous, quand les morts sont sortis de terre.

La vieille femme posa la pointe en fer de sa canne sur la joue de l'homme et elle y prit appui de toutes ses forces. Le métal glissa sur la pommette et perça la joue en cassant quelques dents. Déjà, d'autres sujets de Landreon approchaient. Il leur faudrait des jours et bien des mutilations pour mettre à mort leur maître : Tormaga avait déposé une sphère de vie sur le seigneur.

* * *

Un peu plus tard, Caliste donna un conseil à Haspanold :

— Notre Tormaga est très susceptible sur la question du respect : il vaudrait mieux ne pas oublier le « Maîtresse » quand tu t'adresseras à elle.

— J'y veillerai.

Ol-Lohan dut porter trois passagers sur son dos. Il ne songea même pas à s'en plaindre. Tormaga prélevait sur Caliste l'énergie nécessaire à entretenir les forces du dragon. Et l'épuisement, quand il survenait, avait le mérite de noyer le supplice ensorcelé sous une brume de semi-conscience.

Le temps passa en plein ciel. Haspalnod expliqua son idée à la Mère des Tourments : quoi qu'elle ait eu l'intention de faire, un détour par Corall-Medding serait le bienvenu. La cité était d'une importance cruciale sur le territoire consolatais, et on parlait d'un homme puissant muni d'un artefact lié au temps. Il évoqua avec force détails la magie du Talaris. Tormaga connaissait l'artefact. Tout comme elle connaissait cet Adrian, dont Tark lui avait parlé.

— Il s'agit de mon fils, Maîtresse, précisa-t-il.

— Vraiment ? Mais tu sais, l'Aresmass, il ne doit pas rester grand-chose de la cité ni de ses habitants. Pas plus qu'il ne doit y avoir beaucoup d'êtres humains en vie dans les environs… Libérateurs ou pas.

Haspalnod encaissa. Effectivement, si la rumeur de son retour en Consolata était parvenue jusqu'à l'exil d'Haspalnod, aucune nouvelle n'avait filtré : défaite ou victoire, nul n'en savait rien.

— Toutefois, poursuivit Tormaga, je trouve que ce détour est plutôt une bonne idée. Si jamais nous retrouvions le Sarment, il pourrait nous aider à rejoindre Ilone avec plus de… sécurité. D'autre part, la Veine de Kilarn ne manque pas d'entrées et peu importe si nous n'empruntons pas les marais de Tharang : Tark avait préparé une autre porte à l'embouchure de la Medding. Qu'en penses-tu, Caliste ?

— Maîtresse, c'est vous qui voyez ; je ne suis là que pour vous agréer.

— Parfois, tu en fais trop, le roitelet. J'ai le sentiment d'entendre de l'insolence là où j'espère un… amour sans compromis.

Caliste saisit le sarcasme, car la Mère des Tourments était incapable de la moindre affection. L'aurait-on attendue d'une épée, d'une baliste, d'une arbalète ? Tormaga n'était rien de plus qu'une arme, certes extrêmement efficace et sophistiquée, mais on ne demande pas à une arme la compassion, la pitié et encore moins l'amour. Le principal, pour ne pas dire l'unique, sentiment qu'elle avait inventé puis entretenu était la vengeance. La colère et la morgue, la cruauté et le sarcasme ne venaient qu'en corollaire de l'esprit de revanche. Et l'amour d'autrui, elle s'en fichait comme d'une guigne.

* * *

Ils atteignirent Corall-Medding quelques jours plus tard. Haspalnod était durement éprouvé par le voyage. Il n'avait plus l'âge d'une telle chevauchée. Même si la monture avait été aménagée d'une nacelle, il n'en restait pas moins que les courants d'air glacés, le vent qui siffle aux oreilles, les secousses et les longues stations assises et immobiles avaient fait leur travail de sape.

Et puis il y avait la proximité de Caliste. Le roi sorcier irradiait des effluences magiques d'une magnitude telle qu'elles entamaient les proches organismes. Ainsi la peau du vieillard se desquamait et ses ongles avaient noirci, prêts à tomber. Il souffrait de maux de crâne et de nausées répétés. Il ne serait pas en état de faire la moindre prémonition.

Comme l'avait annoncé Tormaga, l'ancienne cité impériale avait été dévastée. Le lustre de Corall-Medding était couvert d'une poussière grise, que les vents ne parvenaient qu'à déplacer sans jamais la dissiper.

Ol-Lohan se posa au sommet du mont Corall, à l'endroit où se dressaient naguère Haut-Temple puis la haute tour galaméenne. Un cratère s'ouvrait là. Tormaga ne s'étonna guère de le trouver ; ce qui en revanche la surprit fut la nature de ce qui en émanait.

Ce fut comme un coup de poing et après avoir soufflé un « Ils sont là… » la Mère des Tourments resta sans réaction un long moment. Caliste et Haspalnod étaient descendus de la nacelle ; ils arpentaient le pourtour du cratère, sales, ivres de fatigue, affamés.

Quant au dragon, il profita presque malgré lui de l'émotion de Tormaga : son carcan se desserra assez pour qu'il prenne conscience de la présence d'autres Ols. Ses dons extrasensoriels en comptèrent trois. Ils n'étaient pas loin. Ol-Lohan ne pouvait communiquer précisément avec eux. En revanche il put les localiser et envoyer ce qui ressemblait le plus à un signal de détresse doublé d'un avertissement. Il ne fallait surtout pas que Tormaga découvre leur présence : peut-être que la surprise leur permettrait de la vaincre. Pour fermer très vite sa conscience à leur contact, Ol-Lohan se concentra sur la douleur. Ce fut hélas très facile car celle-ci dictait ses jours depuis trop longtemps.

Quelques secondes plus tard, il avait relégué le moment du contact à un recoin éloigné de sa conscience. Avec un peu de chance, Tormaga n'irait pas fouiller jusque-là. Elle semblait si éprouvée, tout à coup. Il ne l'avait jamais vue ainsi. Pas plus lui que Caliste n'aurait su s'il devait se réjouir. Comme il ne recevait plus d'ordres ni de nouvelles impulsions ensorcelées, le dragon s'affala sur ses membres perclus de douleur.

— Je vais aller là-dessous…, décida soudain Tormaga.

— Là-dessous, Maîtresse ? demanda Caliste.

— Au fond de ce trou. Mes maîtres… je les sens…

— Tu as des maîtres ? Voilà qui est nouveau.

— Caliste…, soupira Tormaga.

Elle se contint tout juste car elle brûlait d'envie de déverser un feu lent dans les entrailles mêmes de celui qu'elle avait libéré.

— Faut-il que je t'accompagne, Maîtresse ?

— Oui. Haspalnod en revanche restera là.

Le vieil Aresmass hocha la tête ; il ne chercha même pas à dissimuler son soulagement.

— Mais avant notre petite expédition, je tiens à te poser une question, le devin.

L'Aresmass s'inclina en réprimant un geignement. Il se sentait plus vieux que jamais et le spectacle de la désolation traçait un chemin de dévastation dans son cœur déjà malade. La dernière fois qu'il était venu ici, c'était pour reprendre le Sarment du Temps à son épouse Halaïa : elle l'avait volé au Cercle des tribus dans l'idée de l'offrir à un Trinicien. Il avait retrouvé sa femme mais pas le Talaris. Il l'avait tuée de ses propres mains avant de la laisser, poignardée, sur les pavés de Grève-Pieds. Aujourd'hui il revenait encore animé du désir de remettre la main sur l'artefact. Et de retrouver le fils prodigue. Au lieu de quoi il ne trouvait qu'un monde maudit, désert. Détruit. Il écouta la requête de Tormaga.

— Perçois-tu un danger particulier pour moi au fond de ce puits ?

Haspalnod esquissa un sourire de compréhension puis il ferma les paupières. Il était incapable de la moindre prémonition. Il n'était pas en état pour cela et il se demandait s'il le serait jamais un jour. Mais comme tout voyant il était psychologue, et il palliait ses insuffisances par l'observation et la compréhension des motivations. Cette femme était soudain troublée par la peur. Et au vu de ses pouvoirs incommensurables, cette peur devait être motivée par une menace réelle. Une menace qu'elle aurait déjà rencontrée ? « Ils sont là », avait-elle dit. Des ennemis ancestraux peut-être. Ou bien des proches disparus ? Après tout, les souvenirs peuvent parfois se montrer dangereux et le voyant ne risquait pas grand-chose à avancer cette notion de risque.

Haspalnod prit une profonde inspiration et, en un geste caricatural, leva les mains, paumes tournées vers son visage. Il articula des mots muets comme il l'avait fait des milliers de fois pour satisfaire l'imaginaire de voyageurs curieux, ou depuis qu'il avait dû fuir les vallées atrianes et assurer sa survie en vendant ses « visions ». Il ouvrit soudain les yeux et dit :

— Oui, je vois un danger. *Des* dangers… Le passé n'est pas loin, Maîtresse. Il n'est pas si anodin qu'il semble.

— Et c'est tout ? fit Tormaga, déçue par la piètre qualité du médium.

Haspalnod ferma de nouveau les yeux. Ça ne marchait pas avec cette femme. Il avait l'habitude de ces demi-échecs. Il s'apprêta à produire l'excuse courante. Après une seconde et profonde inspiration il dit :

— Ces lieux, ce cratère, sont baignés d'une énergie diffuse mais puissante. Elle contrarie la précision de mes sens.

Il abaissa les mains avant d'ajouter :

— Sans parler de Caliste : il est le porteur d'une magie qui me ronge, Maîtresse.

À ces mots il montra ses mains aux ongles noirs, releva ses manches pour révéler l'état de sa peau.

— Je ne peux pas te donner tort sur ce point, et tu as une allure épouvantable. Bon, tu viens de sauver ta peau, le devin. Ta… vilaine peau. Le lézard et moi allons tout de même descendre là-dedans. Passé dangereux ou non, je tiens à en avoir le cœur net. N'essaie pas de t'évader. Je saurai où te retrouver et le sort de Landreon sera un rêve de douceur à côté de ce qui t'attendra.

Moins d'une minute plus tard, Tormaga, Caliste et le dragon disparaissaient dans le large puits.

* * *

Ol-Tyron fut le premier à comprendre le signal d'Ol-Lohan. Il en identifia aussitôt l'expéditeur. Ol-Lohan, celui contre lequel il s'était battu pour protéger son compagnon Jocquinius. L'Ol grâce auquel Golan Tark avait approché Tormaga, dans la Forteresse des Secrets, avant de protéger sa fuite vers une porte s'ouvrant sur Galameh.

Ce n'était pas un traître, car Golan Tark n'était pas un ennemi des Ol-Mentias. Le sorcier trinicien avait apporté un remède contre le mal blanc et un accord tacite voulait qu'on le protège.

Pourtant, Ol-Tyron n'avait pas apprécié son entêtement à défendre l'indéfendable. Il était indirectement l'agent qui avait permis la sortie de Tormaga.

Si seulement tout était si simple..., reconnut aussitôt l'allié des humains.

Il se porta auprès de ses deux compagnons et leur demanda s'ils avaient reçu l'appel.

— J'ai bien ressenti quelque chose, dit Ol-Drumond, mais c'était si...

— Terrible ! compléta Ol-Tyron.

— Oui, exactement. Du coup, j'ai pensé qu'il s'agissait d'un écho du massacre.

— Non, c'était Ol-Lohan. Il est ici, tout près.

— Vraiment ? s'étonna Ol-Nito qui n'avait rien perçu.

— Oui. Il y a quelque chose qui ne va pas. Il était... Enfin ça ressemblait à un avertissement.

— Il nous menacerait ? demanda le plus jeune des Ols.

— Non ! Bien sûr que non...

— Eh bien, allons le voir, qu'est-ce que nous attendons ?

— Nous attendons de comprendre pourquoi il pouvait bien nous envoyer un avertissement, justement.

Les trois dragons rejoignirent les humains qui terminaient la construction de nacelles, afin de faciliter leur long voyage vers Tormaga.

— Il voulait vous mettre en garde, c'est ça ? dit Litti à l'issue de leurs explications.

— C'est possible. Nous pouvons être en contact les uns avec les autres, mais la plupart du temps nous ne sommes en mesure que de nous situer, avec quelques nuances concernant notre... notre état d'esprit.

— Nous n'échangeons pas de mots à proprement parler, compléta Ol-Drumond. C'est un peu comme si nous percevions des couleurs et leur intensité lumineuse.

— Vous dites qu'Ol-Lohan se trouverait sur le mont Corall ?

— Oui. Le contact a été rompu, ce qui est rare. Il n'existe en général pas de raison de le faire.

— Si j'ai bien compris, reprit Litti, il s'est signalé tout à coup, au moment où il est arrivé par ici ?

— Oui, c'est ça. Avant, nous n'avions rien reçu, aucun signal d'aucun Ol-Mentias. Il existe bien d'autres clans mais nous ne sommes pas... *accordés* de la même manière.

— Peut-être qu'il ne voulait pas être repéré ? dit Litti.

— Tu peux préciser ça ? demanda Julipen tandis que Jocquinius hochait la tête.

— Eh bien, imaginons que quelqu'un connaisse l'emploi de ce mode de communication... Et que ce *quelqu'un* cherche à nous nuire : Ol-Lohan serait entré en contact juste le temps nécessaire pour nous prévenir.

— Tark ? fit Jocquinius. Impossible, Onahra et Otum nous ont assuré que nous n'avions plus rien à craindre de lui.

— Mes amis, commença Julipen, est-il possible que le contact ait été rompu parce que Ol-Lohan serait mort ?

Les trois dragons échangèrent des regards à tour de rôle d'une telle humanité que Julipen regretta presque sa question.

— Peut-être, dit enfin Ol-Tyron.

— Nous en saurons plus en allant là-bas.

— Attendez.

— Quoi, Iriane ?

— Et s'il s'agissait de… de Tormaga ? Nous n'avons aucun signe d'elle, ce qui ne veut pas dire qu'elle ne se déplace pas. Kilarn n'avait pas l'air de savoir grand-chose à ce sujet.

— Ol-Lohan a porté Golan Tark, dit Jocquinius, pourrait-il porter Tormaga ?

— Tark nous avait aidés, plaida Ol-Nito. Tormaga nous a tous massacrés !

— Elle l'a peut-être contraint, suggéra Ol-Drumond.

Ils frémirent tous à l'idée que la Mère des Tourments puisse être si proche d'eux.

— Mais alors pourquoi ne vous aurait-il pas prévenus plus tôt ? demanda Julipen.

— Parce qu'il ne le pouvait pas, dit Litti. Tormaga est assez puissante pour savoir ce que fait un Ol. *Tout* ce qu'il fait. Il a dû se passer quelque chose qui lui a enfin permis d'entrer en contact avec nous. Et il a arrêté pour qu'elle ne repère pas son appel. Pour qu'elle ne *nous* repère pas.

— Oui, c'est une idée plausible, acquiesça Jocquinius qui trouvait son élève plus autonome depuis quelque temps – comme libéré.

— Ou bien elle a mis un terme à l'échange dès qu'elle s'en est rendu compte…

— Ce qui nous ramène à la mort d'Ol-Lohan, dit Ol-Tyron.

— Nous parlons de Tormaga comme si ça semblait une évidence, mais rien n'est moins sûr, conclut Jocquinius.

— Je vais là-haut, dit Ol-Tyron. Il n'y a pas d'autre solution pour en avoir le cœur net.

— Nous t'accompagnons, dirent ses congénères.

— Non, mes amis, non : nous avons assez perdu d'Ol-Mentias et si je ne devais pas revenir, alors j'aimerais savoir qu'il existe encore quelques représentants de notre clan.

— Moi, je viens, dit Jocquinius.

— Je vous accompagne, dit Litti.

— Et si Litti vient, je viens aussi, renchérit Iriane.

— Mes enfants, mes enfants ! Votre bravoure vous honore mais pour le moment, il s'agit de connaître les raisons de l'arrivée d'Ol-Lohan. Iriane, je préférerais que tu te concentres avec l'aide de Julipen sur l'exploration de tes dons : la réunion des Talaris a sûrement quelque chose à nous apporter et je ne voudrais pas que nous négligions cette piste. Quant à toi, Litti, j'aimerais que tu veilles sur elles.

Les adolescents s'inclinèrent devant la sagesse de ces arguments. Quinze minutes plus tard, le Trinicien gagnait les hauteurs grises de Corall-Medding, sous un ciel indécis.

Il n'y avait qu'un seul être au sommet de la cité et il était habillé de vêtements traditionnels aresmass : le gris et le noir, la coupe ample et droite, aux plis marqués. Un vieillard, en piteux état qui plus est. L'Aresmass vit avec inquiétude arriver le dragon et son passager. Il n'avait nulle part où fuir, aussi resta-t-il sur place, à deux pas du gouffre.

Ol-Tyron ne put cacher sa déception en ne constatant nulle trace d'Ol-Lohan. Il aurait voulu interroger le vieillard apeuré mais il laissa Jocquinius s'acquitter de cette tâche.

— Qui es-tu ? demanda le Trinicien en mettant pied à terre.

Il avait ouvert devant lui une matrice d'un demi-mètre de diamètre.

— Tu sembles bien vindicatif, répondit l'Aresmass. Aurais-je fait quelque chose pour te contrarier ? Alors que de nous deux, je suis le plus à même de m'interroger : que s'est-il passé ici ?

— Il y a eu une bataille et les humains l'ont perdue. Tu ne m'as pas répondu.

— Haspalnod ; ce nom ne te dit rien, j'imagine et…

Jocquinius eut un tel mouvement de recul que l'Aresmass s'interrompit.

— Ai-je dit quelque chose de mal ?

Les pensées s'accélérèrent dans l'esprit de Jocquinius. Sa première impulsion aurait été de tuer sur-le-champ l'assassin de Halaïa. Il avait déjà une autre idée en tête : savoir ce que le voyant faisait là.

— Tu es venu chercher quelqu'un en particulier ? Ou quelque chose ?

— Eh bien, je t'ai donné mon nom, tu ne m'as rien dit du tien.

— Yonastelli, répondit spontanément Jocquinius.

— On dirait un nom talaxien… Et tu n'as rien d'un Talaxien, mais peu importe.

Haspalnod partit d'une longue toux qui le plia en deux. Quand il eut retrouvé son souffle, le mal de crâne était revenu.

— Excuse-moi, fit-il, le voyage a été long.

Les deux hommes se tenaient à dix mètres l'un de l'autre. Jocquinius manœuvrait nerveusement la matrice alors qu'Ol-Tyron avait tendu la tête au-dessus du gouffre noir où lui-même s'était enfoncé quelques jours plus tôt.

— Tu es venu par tes propres moyens ? Je ne vois pas de monture…

— Une créature semblable à la tienne m'a conduit ici. Elle est… descendue. Mais elle ne tardera pas à remonter.

C'était un avertissement, afin que Jocquinius ne se sente pas libre de toute action à l'encontre de l'Aresmass.

Pourquoi Haspalnod aurait-il contraint un Ol à le conduire ici ? se demanda Jocquinius.

— Il n'y avait personne d'autre avec vous ?

— Tu es bien curieux. Je me serais attendu à moins d'hostilité de la part d'un… *survivant* ?

— Disons que les circonstances prêtent à la méfiance. Je n'ai guère vu d'humains ces derniers temps et beaucoup ont péri sous mes yeux. Alors je m'étonne quand je vois un Aresmass sur ces terres, à ce moment précis.

— Tu connais donc mon peuple…

— On dit que vous êtes voyants. On raconte même que l'empereur Adrian était l'un d'eux.

— Beaucoup de rumeurs courent au sujet des Aresmass. Que crois-tu savoir d'autre ?

— Que malgré leur pouvoir de divination, ils ne s'en servent jamais pour guigner le pouvoir.

Haspalnod haussa les sourcils. Machinalement il se gratta le poignet ; de larges squames en tombèrent.

Il me connaît, comprit Haspalnod. *Mais je n'ai aucune idée de son identité… pour le moment.*

— Bah, ce serait dommage, tu ne crois pas ? Si vraiment nous étions les voyants que d'aucuns prétendent : pourquoi rester à végéter dans les vallées ?

— Alors tu es venu ici. Avec un dragon tu es venu employer ton don pour t'emparer du pouvoir sur un monde à l'agonie.

— Ce sont là de bien grands mots. Tu pontifies comme un… comme un Trinicien. Et si j'étais venu à Corall-Medding retrouver un homme ?

Jocquinius éluda la proposition et demanda plutôt :

— Ce dragon dont tu m'as parlé : tu l'as laissé s'enfoncer seul dans les entrailles de la terre ?

— Je n'ai jamais prétendu ça. Il accompagne ma grande amie. Une femme… intéressante. Vraiment. J'aimerais que tu la rencontres, l'ami, car je suis certain qu'elle te ferait autant d'effet qu'à moi.

Tormaga… Haspalnod et Tormaga. Alors si elle est descendue, c'est pour retrouver ses créateurs, les Alfads.

La colère bouillait en Jocquinius. Il prit encore sur lui pour ne pas déclencher une seconde matrice, meurtrière celle-là. Il demanda plutôt :

— As-tu une idée de ce que veut cette femme ?

— En tout cas, toi tu sembles le savoir, je me trompe ?

L'Aresmass partit d'une nouvelle quinte de toux avant de cracher du sang. Jocquinius attendit qu'il se soit ressaisi pour affirmer :

— Je ne sais pas ce qu'elle attend de toi, mais elle te tuera, j'en suis certain.

L'Aresmass sembla réfléchir à cette dernière assertion. Comme si elle pesait, comme si la réalité de sa situation pesait enfin. Il regarda la paume de sa main, passa lentement le pouce sur le sang qu'il avait expectoré. La mort. Oui, évidemment. Elle était partout. Et Adrian nulle part. Le pouvoir n'était nulle part. Il l'avait perdu du jour où il avait donné le Sarment du Temps à son fils. Adrian avait réalisé ses espoirs les plus fous mais que lui était-il resté ? La rancœur et une ambition intacte. Cette forme perverse de frustration et de jalousie qui prend sa descendance pour cible.

— Oui. Oui, tu as sûrement raison, Jocquinius. Car tu es bien Jocquinius, n'est-ce pas ? Le père naturel de mon enfant…

— Et toi, tu es l'assassin de sa mère.

— Sans doute, sans doute. Quelle importance cela a-t-il, à présent ? Tu l'as toi-même dit : le monde est à l'agonie.

— Par la faute de gens de ton espèce, Haspalnod.

L'Aresmass se fendit d'un sourire.

— Oui, un traître, je sais. Et toi, qu'as-tu fait sinon trahir ?

— Je ne te devais rien ! Je ne t'ai en rien trahi. Vous n'étiez pas vraiment engagés. Halaïa était une adulte, je ne l'ai jamais forcée à quoi que ce soit.

— Qui t'a accusé de m'avoir trahi ? Es-tu donc sourd ? Ce que tu as trahi, c'est ton propre amour. Tu as quitté Halaïa.

Jocquinius sentit sa colère fondre dans l'acide de l'accablement.

— Il le fallait. Elle… elle ne voulait pas quitter son peuple.

— Et toi tu n'aurais pas pu rester ?

— Vous ne m'avez pas rendu les choses faciles, vous autres Aresmass.

— Certes. Tout de même, si votre amour était si grand, pourquoi l'avoir sacrifié ? Quels efforts as-tu réalisés pour rester dans les vallées et élever ton fils ?

— Je ne savais pas que Halaïa était enceinte !

— Non ? Quelles précautions avais-tu prises pour qu'elle ne le soit pas ? Allons, Jocquinius… Ne parlons pas de traîtrise, veux-tu ?

Le Trinicien poussa un long soupir. L'Aresmass venait de le déstabiliser avec le passé lointain, tout comme Galann avait essayé de le faire un peu plus tôt.

— Dans quelle intention ? commença Jocquinius.

— Pardon ?

— Dans quelle intention me dis-tu ça ?

— Je ne sais pas… Pour sauver ma peau, penseras-tu. Peut-être… Tu peux me tuer, si tu veux. Je n'ai aucun pouvoir, tu sais ? En tout cas, rien qui ressemble à celui qu'a l'empereur.

— Il est mort, Haspalnod.

— Oui ?

Haspalnod voulut feindre une sorte de détachement, en vain.

— Il s'est bien battu, si cela t'intéresse un tant soit peu. C'était un homme… j'allais dire valeureux, mais il était tellement plus que ça ! Je n'ai hélas pas eu le temps de le connaître.

Il n'insista pas ; s'il ne l'avait pas connu – pas élevé – c'était bien parce qu'il avait abandonné les vallées atrianes pour rejoindre l'Ordre. Haspalnod ne s'était pas trompé à ce sujet. Il avait trahi une part de lui-même et les brèves retrouvailles avec Halaïa, à Haut-Temple, n'avaient rien guéri.

— Tu sais, Jocquinius, je ne l'ai guère vu après qu'il a été proclamé empereur. Parfois, j'en suis venu à penser qu'il m'avait fui. À quoi lui servaient toutes ses conquêtes ? Il existait bien plus de territoires sous les armes d'Adrian que son armée et son administration ne pouvaient en contrôler. Et pourtant il continuait, toujours plus loin.

— Tout cela est du passé. Le présent est terrible, tu le constates toi-même. Feras-tu quelque chose pour notre avenir à tous ?

— Tu demandes ça à un vieillard doublé d'un traître ?

— Es-tu venu avec Tormaga, Haspalnod ?

— Oui, je te l'ai dit. C'est une… Je crois qu'il sera très difficile d'en venir à bout, si c'est là ton projet. Elle est accompagnée d'un roi sorcier.

— Un roi sorcier ?

— J'ai compris qu'elle l'avait tiré d'une prison. Il ne… il ne vaut guère mieux qu'elle. Tormaga se sert de lui pour contenir la magie qu'elle-même ne peut produire.

— Je ne comprends pas…

— Ce Caliste agit comme une sorte de réservoir. Je ne les accompagne que depuis peu, tu sais… Si j'ai bien compris, Tormaga a besoin de repos entre chaque attaque, et si elle sait exploiter les énergies magiques qu'elle rencontre, elle est incapable de les stocker.

Jocquinius hocha la tête. Voilà des informations intéressantes. Haspalnod avait changé de voie : il choisissait celle de la résistance – celle de la vie.

— Tu sais ce qu'elle est descendue faire ? insista-t-il.

— Non. Mais elle remontera, j'en suis sûr. Elle n'est pas le genre à abandonner et elle avait un projet bien précis, une destination.

— Viens avec moi, Haspalnod.

— Ce ton, Jocquinius… On dirait un ultimatum.

— Il est bien possible en effet que cela en soit un : si tu décidais de rester, mon existence serait menacée.

L'Aresmass éclata de rire, puis sa toux se réveilla. Quand elle passa enfin, Jocquinius lui demanda ce qui l'avait ainsi amusé.

— Il semble bien que j'aie encore trahi quelqu'un, répondit Haspalnod en essuyant sa bouche ensanglantée avec le dos de la main.

— Viens avec moi. Tormaga ne te laissera pas vivre.

— Non, elle me tuera effectivement. Je ne te serai pas d'une grande utilité, Jocquinius. Et je ne vois aucune raison pour que nous nous entendions un jour.

— Il ne s'agit pas de s'entendre mais de survivre.

— Oui, bien sûr.

L'Aresmass se tourna vers le cratère, fit un pas et se pencha au-dessus de la bouche d'ombre. Jocquinius crut qu'il cherchait Tormaga au fond du puits.

— Survivre, répéta-t-il.

Sa voix semblait distante tout à coup.

Le Trinicien comprit aussitôt ce qui se tramait dans la tête du vieil homme malade.

— Haspalnod, NON ! cria-t-il.

L'Aresmass fit un pas en avant. Son talon droit glissa sur le rebord du cratère et s'enfonça dans la forte pente, sa jambe gauche ploya sous le poids du corps. D'où il se trouvait Jocquinius entendit nettement le craquement de l'articulation qui cédait. Il s'élança, trop tard : l'Aresmass avait basculé en avant en poussant une brève exclamation de douleur. Haspalnod chutait vers le centre de la Terre.

— Non ! hurla encore Jocquinius, impuissant, les poings serrés.

Il avait voulu sauver le vieillard. Il avait voulu le tuer puis le sauver, et le traître avait choisi le suicide.

Jocquinius serra les paupières de toutes ses forces. Les larmes perlèrent et jaillirent malgré tout. Il n'aimait pas Haspalnod et il y avait peu de chances qu'il regrette cet homme un jour. Pourtant, le Trinicien ne pouvait réprimer la tristesse qui l'étreignait. Car comme tant d'ennemis, Haspalnod détenait une part de vérité. Et quel sage pouvait souhaiter la mort d'un homme qui détient cela ?

— Mon ami…, souffla Ol-Tyron. Mon ami, nous devons nous cacher : Tormaga risque de revenir d'un instant à l'autre et vous et moi ne sommes pas assez forts pour lutter contre elle.

Chapitre 11

La tempête s'était levée en Galameh. Le Ventre s'était ridé et strié de minces moustaches blanches que les bourrasques emportaient ; puis sa surface s'était creusée d'une houle ample. Bientôt ce furent d'imposants rouleaux qui s'écrasèrent avec fracas sur la grève et les falaises brunes. Les pontons de Tark volèrent en éclats alors que le vent mugissait et frappait toute chose avec une grande férocité.

Balabord essaya vaille que vaille de se maintenir en vol mais, tel un albatros menacé par la violence des nuées, il dut se poser.

— Que se passe-t-il ? lui demanda Adrian.

— Je n'en sais rien.

Ils formaient avec Onahra un étrange trio. Les deux hommes partaient parfois explorer les territoires dont les démons avaient la charge avant de revenir auprès de l'atisha.

Leurs expéditions leur apportaient des informations inquiétantes : Galameh avait perdu son équilibre. Ce qui aurait pu ressembler à une instabilité chronique pour un nouveau venu était aggravé par les récents événements et en particulier la destruction des Tombeaux.

Ils croisaient d'autres démons et enregistraient les mêmes plaintes : le ciel accouchait d'éléments violents qui rabotaient les contours de l'au-delà. Les Galaméens fomentaient des rébellions plus efficaces que jamais. Les cités perdaient leur unité et s'effondraient sur leurs fondations. Les géants célestes qui marquaient la frontière entre les royaumes d'Omok et de Ganalone tombaient, morts, sur les hautes cimes. La lave des plaines Variantes s'agitait comme un océan en furie et Walachiel, la haute colline qui les surplombait, était sur le point de sombrer sous l'écume de feu.

Et des dizaines de milliers de scorpions se regroupaient ici et là, en longues colonies venimeuses.

Le trio trouva refuge dans la Cabane, le palais de Tark à l'abandon et dont il restait quelques pièces, la plupart immenses, et vides de leurs courtisans. Au temps de sa grandeur, l'ancien Trinicien était parvenu à apporter de véritables éléments décoratifs : marbre, stuc et bois sculptés ; une gageure qu'il était le seul à avoir réalisée à cette échelle. Les lieux n'étaient pas déplaisants pour peu qu'on oubliât qui les avait créés et investis.

Onahra ne s'y sentait pas à l'aise. De plus, son retour de Val-des-Miracles l'avait durement éprouvée, sans parler de son séjour dans les Tombeaux. À elle seule, l'impératrice réunissait toutes les anomalies de morts répétées, autrement dit d'allers et retours entre les mondes, en son corps ou non. Les retrouvailles avec son époux l'avaient aussi profondément perturbée : Adrian était désormais un démon, ce qui semblait signifier une ascendance métissée. Onahra aurait aimé interroger cette Halaïa, vieille Aresmass qui parcourait les replis du temps comme une âme libre de toute contingence.

— Galameh est en train de changer, voilà tout, dit-elle à ses compagnons. Ce monde a-t-il déjà connu des bouleversements, Balabord ?

— Oui, bien sûr. Sa géographie a évolué depuis que j'y suis né, dit Balabord en tripotant sa longue natte rousse. Seulement là, ça semble plus grave, ce n'est pas comme autrefois.

— On dit toujours ça, minimisa Onahra. Les *anciens* disent toujours ça. Balabord, vous êtes trop vieux !

Un craquement violent mit fin à leur conversation. Ils se regardèrent, inquiets.

— Je vais voir…, dit Balabord.

Le démon jeta sa natte rousse sur son dos et quitta la pièce centrale. Onahra était seule avec son époux. Elle replia les jambes sous elle et observa ses mains.

— Je ne sais pas où sont passés mes pouvoirs, dit-elle pour briser le silence.

— Lesquels ? Parce que je trouve ton pouvoir de séduction toujours aussi fort.

— Merci…

— Ne me renvoie pas le compliment, s'il te plaît. Je sais qu'il n'en est rien. Je n'ai… je n'ai pas choisi cette nouvelle allure.

— Non, je sais, le rassura-t-elle avec un sourire. Je te parlais d'autres pouvoirs, Adrian. Ceux qu'entretiennent les atishas : ils ont quasiment tous disparu.

— Cela a sans doute à voir avec tes nombreux voyages, tu ne penses pas ?

— Ou plutôt avec les bouleversements actuels… ?

Adrian n'eut pas le temps de relancer le dialogue : Balabord déboulait dans la pièce, l'air paniqué.

— Eh bien ?

— Les scorpions… Ils attaquent le palais !

— Comment ça ? Ils l'attaquent comment ?

— Ils sont légion ! Avec leurs pinces, avec leurs dards, avec leurs mandibules, avec leur venin… Je n'ai jamais vu ça. Depuis que j'arpente Galameh je n'ai jamais vu un tel phénomène !

— Alors il faut partir, suggéra Onahra.

— Évitons l'entrée principale.

— De l'autre côté, c'est le Ventre !

— Oui, je sais… Nous serons quittes pour un bain forcé avec tous ces embruns.

Le trio sortit sur la même terrasse où Tark, quelque temps plus tôt, avait prononcé son premier discours de chef de guerre. Ce jour-là, le ciel était serein et le Ventre aussi immobile qu'une flaque d'huile. Aujourd'hui un enfer liquide se déchaînait sur les berges et menaçait d'en emporter une bonne partie, avec fracas.

Le Ventre était vivant, quoique d'une manière primitive. Il tâchait de résister aux effets de la tempête car elle ne lui était pas familière et encore moins amicale. Lui qui aimait jouer avec les courants et les brises, les rafales et les averses, s'inquiétait de ces forces qui le tiraillaient, le brusquaient de tous côtés. Ce n'étaient pas des forces inconnues. Simplement, il avait oublié leur existence.

Balabord et Adrian avaient abandonné tout espoir de s'éloigner par le ciel. Ils encadraient néanmoins Onahra et la protégeaient du mieux qu'ils pouvaient des innombrables débris qui voltigeaient en tous sens, telles les armes de soldats aveugles.

Il leur fallait contourner la Cabane ; bien que de dimensions plus modestes que naguère, elle n'en demeurait pas moins imposante et ne méritait toujours pas son nom. Les tresses des démons flottaient dans leur dos et Onahra plaquait sans trop d'effet les volants de sa robe. À plusieurs reprises il lui sembla qu'une bourrasque allait l'emporter, malgré la main de son époux serrée autour de son bras. Elle évita de justesse une lourde branche qui allait frapper sa tête, puis ce fut au tour d'Adrian d'esquiver un objet plus gros encore.

Ils n'échangèrent pas un mot, car le hurlement tempétueux aurait ruiné leurs efforts. Quand ils arrivèrent à l'angle de la bâtisse, ils découvrirent avec stupeur des rangs serrés de scorpions. Certains s'attaquaient à la façade tandis que d'autres semblaient attendre les trois personnages en claquant leurs pinces. Ils étaient énormes et leur carapace rougeoyait d'une manière surnaturelle.

Spontanément, Onahra tenta de réveiller ses pouvoirs laménides pour les balayer en prélevant à la tempête un peu de sa force, mais elle n'arriva à rien. Balabord lança une salve d'Ombres au milieu de ce grouillement ; elle ricocha sur les arachnides.

— Demi-tour ! ordonna alors Balabord.

Ils tournèrent les talons, s'assurant constamment qu'ils n'étaient pas suivis.

Le même accueil les attendait de l'autre côté du palais.

— Et maintenant ? hurla Adrian.

D'un coup de menton, Balabord indiqua la terrasse et l'entrée de la Cabane. Ils s'y engouffrèrent donc, essoufflés.

— Je ne comprends pas, se contenta de répéter Balabord en secouant la tête. C'est comme si… comme si…

— Comme s'ils essayaient de nous attraper, non ?

— Quelque chose comme ça.

— Balabord, commença Adrian, que sont ces scorpions de feu, exactement ?

— Ils sont là depuis la nuit des temps. Ils… ils existaient avant nous, avant le Ventre qui est pourtant très ancien. Peut-être avant Walachiel et les plaines Variantes.

— Ça ne répond pas vraiment à la question, dit Onahra.

— Nous autres démons disons qu'ils rétablissent les équilibres. Voilà l'idée que nous partageons, sans trop savoir pourquoi.

— Ils avaient piqué Bren Jackal, se souvint Onahra.

Elle raconta l'histoire de ce mercenaire « engagé » par Tark et qui avait été piqué à son arrivée en Galameh par de nombreux scorpions. Défiguré, il en avait horriblement souffert et elle avait elle-même soulagé ses crises.

— Mais le venin lui avait donné le pouvoir de contrer les Ombres.

— Oui, je m'en souviens, confirma Balabord avec une grimace.

— Et Tark aussi a été piqué, par la ruse de Jackal : il avait laissé une de ces bestioles dans la sacoche qu'il lui avait tendue.

— Et ce sac contenait la Pierre d'Ombre, ajouta Balabord.

Il y eut un autre bruit sinistre, à l'autre bout du palais.

— Si on considère qu'ils rétablissent les équilibres, pourquoi auraient-ils permis à Jackal de contrer les Ombres ? demanda Adrian.

— Je tiens à dire que Jackal a attiré ma… ma dépouille ici. Il m'avait expliqué que le venin le lui avait ordonné tout en lui offrant le pouvoir d'y parvenir. Du coup, j'ai retrouvé mes pouvoirs d'atisha quand mon corps a rejoint mon âme. Avant cela, je ne pouvais les employer qu'avec l'aide de sorts que Tark m'offrait au coup par coup. Ce venin a l'air vivant, comme une entité. C'est l'analyse que j'ai pu en faire quand je soulageais Jackal.

— Bon. Nous ne sommes guère plus avancés, les amis, dit Balabord.

Il avait à peine terminé sa phrase qu'un hurlement terrible s'abattit depuis le ciel. C'était une tornade et elle venait de serrer les murs du palais entre ses mâchoires. Le bois grinça, craqua, gémit et le trio se jeta instinctivement au sol.

Le toit s'envola. Les cloisons du palais furent arrachées les unes après les autres comme l'on pèle un oignon. En quelques secondes, Onahra, Adrian et Balabord se trouvèrent dans le cœur assourdissant d'une tornade, sans autre protection que leurs bras serrés autour de leur tête.

Puis la tornade cessa brusquement.

Abasourdis par le bruit, ils n'entendirent pas le piétinement sec des scorpions qui approchaient.

* * *

Tormaga n'avait jamais cru que les Alfads puissent survivre ailleurs qu'en Galameh : après leur sacrifice ils auraient dû se retrouver dans le royaume d'Omok. Et devenir, depuis le temps, des Absents.

Mais elle les avait sentis à son arrivée au-dessus du puits. L'histoire était ancienne : les Alfads avaient été la première grande civilisation de Consolata et elle était allée si loin dans la connaissance de la magie qu'elle avait découvert l'existence des portes vers un monde nommé la Veine de Kilarn, dernière halte avant l'île du Temps, puis s'était donné le moyen de la conquérir. Et ce moyen se nommait Tormaga.

La femme-arme avait échoué dans sa mission de conquête de la Veine de Kilarn. Elle s'était retournée contre ses créateurs, avec une violence extraordinaire. Dans un ultime geste de résistance, les Alfads survivants s'étaient sacrifiés et avaient dirigé ce sacrifice contre leur créature : une forteresse de glace et de magie s'était édifiée autour de la rebelle, la condamnant à l'emprisonnement solitaire pendant deux mille ans.

Les Alfads n'auraient pas dû se trouver ailleurs que dans l'au-delà.

Mais s'ils n'étaient plus vivants, au sens où ils ne partageaient plus le monde d'Elamia ni n'en foulaient les plaines et les collines, ils s'étaient retirés en un monde parallèle qui semblait n'appartenir qu'à eux mais d'où ils ne pouvaient sortir.

Dans les villes les plus peuplées, Tormaga avait édifié des tours par l'entremise de Golan Tark et de son armée de morts. Des tours qui avaient permis sa libération. Elle n'avait pas prévu qu'une fois effondrée, la colonne de Corall-Medding révélerait l'entrée de la retraite des Alfads. Que pouvait-elle espérer de mieux et de pire à la fois ?

Pourtant, elle ne trouva pas plus l'un que l'autre.

L'entrée de cet univers parallèle lui fut interdite. Il n'y eut aucun moyen de violer ce sanctuaire et Tormaga dut se contenter de l'impression que le peuple suicidaire y avait aménagé une ultime retraite.

— Je ne vois rien de ce que tu cherches, Maîtresse, lui dit Caliste.

La sorcière ne répliqua pas.

Ils avaient déjà affronté la menace des spores vivantes et ne s'en étaient sortis qu'*in extremis*. Tormaga avait invoqué l'aile noire mais la créature s'était dispersée en pourchassant les spores une à une. Le cri déchirant de sa dispersion avait résonné lugubrement contre les parois rocheuses et luminescentes du puits.

L'équipage s'enfonça toujours plus loin au centre de la Terre et Caliste dut insister pour que Tormaga comprenne la vanité de ses efforts.

— Il n'y a rien ici, Maîtresse. Et dans le cas contraire, j'ai bien l'impression que ça nous échappe, tu ne crois pas ? Ilone n'a pas l'air d'être dans cette direction. Je voyais quelque chose de plus… horizontal. Et nous ne faisons que nous enfoncer.

Tormaga devait se rendre à l'évidence, ils ne trouveraient rien. De plus, le vol d'Ol-Lohan se faisait de plus en plus incertain. L'air venait à manquer et la chaleur commençait d'indisposer tant le dragon que le roi sorcier.

— On remonte…, ordonna la sorcière d'une voix blanche.

Lorsque les voyageurs eurent franchi le premier passage, elle poussa un hurlement terrible. Les sortilèges qu'il contenait répandirent leur poison contre les parois telle la foudre, libérant encore plus de spores. Tormaga déversa alors un feu ensorcelé et s'aida de Caliste pour en maintenir l'intensité. Le conduit montra des signes de faiblesse à la violence de ce traitement. Un grondement croissant annonça l'imminence d'une catastrophe tellurique. Pourtant, habitée par la frustration, Tormaga ne cessait de lancer sa magie. Dans un fracas infernal, des éboulements menacèrent l'intégrité du vaste conduit.

— Tormaga ! cria Caliste, alors que les nuages d'une poussière asphyxiante aveuglaient l'équipage.

* * *

Iriane explorait les images qui se présentaient à son esprit. Ce n'étaient pour le moment que des taches claires sur un fond beaucoup plus sombre. Elle n'arrivait pas à déterminer la taille de ces taches. Aidée par Julipen qui serrait ses mains et accompagnait sa méditation, elle s'y attelait avec son entrain habituel, sous les yeux attentifs de Litti qui se tenait à quelques mètres de là, trépignant d'impatience depuis le départ de son mentor.

Lorsque enfin elle comprit qu'elle devait se concentrer sur le Vide étrange où ils avaient trouvé refuge, les progrès furent rapides. Le campement s'inscrivit au plus près d'elle sur la carte mouvante qui défilait devant ses yeux. Julipen voyait le même paysage, grâce à leur accord mental de Laménides. Après quelques secondes, Iriane prit de la distance et chercha où se situaient ces archipels lumineux. Il lui fallait en découvrir un près de Havoc, puisque Tormaga était censée s'y trouver. Ses efforts se poursuivirent jusqu'au retour de Jocquinius, tandis que les dragons enfouissaient les corps des morts-vivants restés aux environs immédiats du campement.

Le Trinicien était à l'évidence effondré et les Laménides ne purent partager avec lui l'enthousiasme de leur découverte.

— Je n'ai pas que de bonnes nouvelles à vous donner, commença-t-il alors que tous le pressaient de lui raconter son expédition.

Il rapporta sa rencontre sur le sommet de la cité dévastée et les cinq alliés restés au camp l'écoutèrent jusqu'au bout sans un mot.

— Pauvre Ol-Lohan, dit Ol-Nito, à la fin du récit. Il doit être sous la coupe de cette femme.

— Et maintenant, qu'allons-nous faire ? demanda Iriane. On devrait y aller, non ? Enfin, il faudrait l'attirer jusqu'ici, puisque nous sommes dans un Vide étrange !

— Oui, c'est vrai ! s'enthousiasma à son tour Litti. Je veux bien jouer l'appât. La provoquer avec l'aide de nos amis les Ols et la conduire dans le bois !

— J'aimerais que ce soit si simple…

Tout à coup, Jocquinius trouvait déprimant d'être en si petit nombre, comme s'il comprenait enfin la réalité de leur situation. Une poignée de résistants fatigués contre une sorcière d'une puissance inégalée. Il n'était même plus question de soldats comme lors de sa rencontre avec Adrian, à Port-Incaline. Le père et le fils s'étaient opposés sur la question d'une armée de libération. Jocquinius avait fini par quitter la résistance, à la recherche d'une voie moins meurtrière.

Aujourd'hui ce genre d'alternative n'avait plus cours. L'empereur n'était plus, l'ordre des Triniciens était réduit à sa plus simple expression et on ne comptait aucun soldat d'aucune armée pour éliminer définitivement Tormaga.

À présent, ils étaient trois dragons et autant d'humains à attendre une décision de sa part. Il n'avait jamais souhaité être le chef de quoi que ce soit, et pourtant cette responsabilité lui était échue par la force des événements. Il existait d'autres femmes et hommes en vie, sans parler des latoas et des Ols, et de toutes les espèces animales qui avaient bon gré mal gré survécu aux tourments d'Elamia. Jocquinius n'avait pas le temps de les contacter tous pour demander leur aide, quérir leur opinion.

— Maître Jocquinius ? demanda Litti, inquiet de lire le trouble dans le regard du vieux sage, lui qui ne rêvait que d'en découdre désormais.

— Kilarn : il faudrait s'adresser à lui.

Iriane acquiesça.

— Il faut que je sorte du camp, ça ne marchera pas dans le Vide étrange, ajouta-t-elle.

Puis ses yeux s'arrondirent alors qu'elle regardait Litti.

— Quoi ? Qu'est-ce qu'il y a ? demanda celui-ci.

— Ton épaule, elle saigne !

* * *

Ol-Lohan accéléra son vol ascendant pour quitter le piège qui se fermait tout autour d'eux. Il cracha des flammes pour dissiper les nuages. Tormaga ne bougeait plus, comme si elle avait jeté toutes ses forces dans la destruction colérique du puits. Il n'en était probablement rien car elle s'était servie du réservoir humain qu'était Caliste. Mais quelque chose en elle semblait cassé. Le dragon ne résista pas à la tentation de contacter les Ol-Mentias. Juste pour savoir s'ils étaient toujours là. L'affaire de quelques instants, en somme, une touche d'espoir.

Oui ! Ils étaient quelque part à proximité de Corall-Medding !

Ol-Lohan vit enfin le cercle plus clair de la sortie. La terre tremblait et grondait de toutes parts. Il fallait faire vite, encore plus vite, s'ils ne voulaient pas être ensevelis vivants. Le dragon était certain que si cela devait arriver, Tormaga aurait encore les moyens d'accroître ses souffrances, de le maintenir en vie à l'intérieur d'une prison minérale juste pour lui faire payer son manque de rapidité. Qu'est-ce qui pourrait bien venir à bout d'une telle femme ?

* * *

— Otum ! s'exclama Litti alors que le démon marchait en direction du petit groupe.

Ol-Nito cracha comme un félin et Ol-Tyron lui donna un petit coup sur le flanc pour l'enjoindre à se calmer.

Otum se dressait dans la lumière du jour. Sa silhouette étique et élongée, sa peau craquelée aux sillons luminescents, son regard de fou et ses crocs aiguisés : rien dans son allure n'était à proprement parler rassurant. Pourtant, son rôle n'était pas celui d'un ennemi, Jocquinius le savait.

— Que fais-tu ici, Otum ? commença le mage. Tu es venu nous prêter main-forte ou nous espionner pour faire ton rapport ?

— Holà, l'humain, oublierais-tu qui je suis ?

— Non, je ne l'oublie pas.

Julipen s'étonna de voir cette créature des déserts anakans arpenter à nouveau les terres consolataises. Otum avait sauvé son amant, alors qu'elle-même venait d'être faite prisonnière par Golan Tark. Il était extrêmement rare pour un Anakan de rencontrer un pensaguilek. En croiser un deux fois, et en Consolata, était totalement inédit.

Ol-Drumond tendit son long cou en avant et Iriane serra la Perle de Vie.

— Eh ! Qu'avez-vous tous à me regarder comme si j'étais un simple pou ? se plaignit le démon.

— Nous nous méfions, dit Litti qui tenait son épaule ensanglantée. Ça me paraît être la moindre des choses…

Le visage laid d'Otum se tordit en une grimace de mépris.

— Avez-vous toujours la langue si bien pendue, les humains ? Parce que Tormaga est en route…

— Comment ça ?

— Je la sens qui approche. Tellement de magie…

— Et elle viendrait dans cette direction ? Pour quelle raison ? Le Vide étrange ?

— Non, fit Ol-Tyron : Ol-Lohan nous a contactés il y a quelques minutes. Le même « message ». Elle a dû l'intercepter, cette fois !

— Alors que comptez-vous faire maintenant ? Vous avez toujours les Talaris ? Ils ne vous ont pas échappé, de nouveau, pour une raison ou une autre ? Rassurez-moi au moins *une fois* dans toute cette maudite histoire !

— Ol-Drumond, demanda Jocquinius, pouvez-vous regarder au-dessus des arbres et nous dire si Ol-Lohan approche ?

Le dragon s'éloigna dans le bois. Le mage s'était de nouveau tourné vers Otum.

— Oui, nous avons les Talaris.

— Et nous savons comment les employer, compléta Julipen.

— À la bonne heure ! s'exclama Otum. Il y a longtemps que j'espérais une bonne nouvelle de votre part. Alors, qu'attendez-vous pour les prendre en main et préparer la destruction de cette sorcière ?!

— La réunion des Talaris ne crée pas de nouvelles armes, Otum, expliqua Julipen.

— Elle nous permet simplement de connaître l'emplacement de tous les Vides étranges.

Le démon haussa les sourcils. Il s'apprêta à dire quelque chose, se ravisa, posa un index griffu sur ses lèvres desséchées.

— Et nous sommes dans l'un de ces *Vides*, conclut-il.

— Exactement.

Ol-Drumond arriva à ce moment.

— Elle n'est qu'à quelques minutes d'ici, dit le dragon.

Le démon inclina la tête avec une grimace qui signifiait : « Vous voyez ? Je vous l'avais bien dit… »

* * *

— Ce cher lézard ! Il n'a pas pu s'empêcher d'appeler ses petits compagnons, n'est-ce pas ?

Ol-Lohan avait baissé les yeux quand la sorcière de la Forteresse des Secrets avait compris son manège. Il s'était attendu à un châtiment supplémentaire. Au lieu de quoi, Caliste avait dit :

— Mais il nous a sortis de là-dedans, n'est-ce pas, Maîtresse ? Il nous a tirés de ce fichu trou.

— Conduis-nous jusqu'à eux, avait simplement dit Tormaga.

Et il avait obtempéré, espérant que ses compagnons avaient réagi en conséquence. Lui-même ne pouvait rien contre la sorcière ; il comptait sur les trois Ols, rescapés tout comme lui du massacre des grottes talaxiennes.

— Et le devin ? avait demandé Caliste. Il a dû… tomber dans le cratère.

Tormaga avait haussé les épaules pour toute réponse.

* * *

— Que faisons-nous ? demanda Iriane, inquiète.

Les plus anxieux étaient pourtant Ol-Nito et Ol-Drumond, car ils étaient les seuls à avoir essuyé le courroux de la Mère des Tourments. Quant à Jocquinius, il n'avait aperçu la femme qu'à travers le dôme de sa prison, sur les cimes de Talaxania.

— On dirait bien l'heure de vérité, dit Julipen.

Elle eut une pensée pour Adrian :

Si seulement il avait été là…

Elle ne se doutait pas des épreuves que son amant affrontait, dans l'au-delà.

— Où sont les Talaris ? s'inquiéta Ol-Nito.

— Réunissons-les, proposa Julipen.

— Non ! dit Litti. Ce serait trop facile pour Tormaga de les rafler en une fois !

— Ah, parce que tu crois que sans ça elle aurait tellement plus de mal à les trouver ? railla Otum.

— Oui, tu as raison.

Tormaga ne leur laissa pas la possibilité de discuter plus longtemps : « son » dragon s'était posé et elle approchait, accompagnée de Caliste.

Otum avait disparu quand elle eut trouvé le campement.

— Il y a quelqu'un ? demanda la Mère des Tourments avec ce ton badin qu'elle employait lors des premières rencontres et qui masquait ses desseins.

Elle n'avait pas franchi la lisière du Vide étrange. Caliste était comme d'habitude à deux pas en retrait, les mains dans le dos. Il avait détesté l'expédition au centre de la Terre et se sentait nauséeux, en partie parce que sa maîtresse avait eu un recours exagéré à ses capacités. Ses petites jambes torses le soutenaient à peine, même s'il tâchait de n'en rien montrer. Quant à Ol-Lohan, il gémissait à vingt mètres de là, broyé par un sortilège qui le contraignait à l'immobilité. Il désespérait de rencontrer les survivants.

La Mère des Tourments se tourna vers Caliste et lui dit :

— Il y a de la vie ici, tu ne le sens pas ?

— Si, Maîtresse. Je sens… quelque chose en effet.

— Ce serait de la pucelle, crois-tu ?

La moquerie n'échappa pas au roi sorcier ; toutefois il choisit de ne pas la relever.

— Non, ce n'est pas de la pucelle. Mais il y a… (Il huma l'air.) quelque chose de puissant et de féminin.

— Oui. Exactement. Et qui ne serait pas l'un de ces ignobles cadavres qu'on a vus en route.

— Et qui ne serait pas toi non plus, Maîtresse.

— J'avais compris.

Comme si elle avait inconsciemment senti le danger que représentait la particularité du camp, Tormaga n'y pénétra pas et marcha le long de sa lisière.

— Allez, sortez de là, mes amis. Vous avez la chance d'avoir trouvé un lieu… épargné. M'y inviterez-vous ?

Tormaga fouillait du regard l'agencement des tentes, que la mousse avait déjà commencé à colorer. Combien pouvaient-ils être ici ? Comment avaient-ils survécu ? Elle reconnut l'une des vies qui s'abritait là. Elle n'aurait su dire de qui il s'agissait, car c'était une impression diffuse.

— Bon, allons-nous jouer à cache-cache longtemps ?

Le ton aimable avait cédé la place à un agacement certain.

Nous y voilà, songea Caliste. *Dans une minute, elle va déchaîner les enfers et il ne restera rien de ces bois.*

Mais une voix d'homme retentit :

— Pourquoi attendre d'être invitée, Tormaga ?

Un vieillard quitta l'abri d'une tente et se posta à une dizaine de mètres du couple talaxien.

— Eh ! s'exclama la sorcière. Je te reconnais : tu es venu me voir, dans la Forteresse des Secrets ! Le seul humain, après Golan Tark.

— C'est un exploit ?

— Sans doute, oui. Déjà, il a fallu convaincre les Ols.

— Un seul a suffi.

Tormaga hocha la tête. Jocquinius s'efforçait de masquer sa peur mais aussi sa surprise : son ennemie était incroyablement belle et d'une élégance tout aussi remarquable.

— Comment as-tu survécu, le mage ?

— Pour le savoir, tu n'as qu'à venir jusqu'à moi.

— Maîtresse…, intervint Caliste. Je crois que ces… ces gens nous tendent un piège.

— Ah oui ? Regarde ce que je fais de ce piège !

Tormaga prononça un sort tout en étendant le bras ; de sa paume ouverte jaillit un feu bleu. Mais au lieu de foudroyer sur place Jocquinius, il courut tout autour d'un mur jusqu'à présent invisible. Les flammes surnaturelles le matérialisèrent jusqu'à la cime des arbres.

La main se referma et le feu cessa.

— Qu'est-ce que ça veut dire ?

Ébloui, Jocquinius avait tout d'abord légèrement tourné la tête, puis il avait regardé la femme bien en face.

— Ça veut peut-être dire que ta puissance n'est pas toujours si incontestable, Tormaga.

Caliste ne put réprimer un sourire de contentement.

La sorcière répliqua en tendant l'index ; elle comptait trancher à distance les entrailles du mage insolent… et ne réussit qu'à provoquer chez lui un haussement de sourcils. Alors elle poussa un cri qui n'avait rien d'humain, mettant à nu ses dents et sa langue noires. Les deux mains tendues, elle projeta un feu d'une intensité telle qu'il éclipsa jusqu'au soleil. La chaleur que dégagèrent ses sortilèges mit le feu à la dentelle, à la soie de ses robes et c'est ainsi, au milieu des flammes qui la dévoraient, qu'elle préleva sans compter les forces accumulées en Caliste.

Derrière elle, le roi sorcier avait déjà oublié le bref sentiment de satisfaction et reculé de plusieurs pas, se protégeant la face avec le bras. Il se crispa à mesure que la sorcière employa ses ressources accumulées lors des massacres de masse à Havoc. Ce fut comme être vidé de ses forces vives. Et cela lui arrivait pour la seconde fois depuis le début de cette journée.

— Maî… Maîtresse…, balbutia-t-il alors qu'il tombait à genoux, les mains sur son ventre trop rond.

Tormaga n'était plus qu'une colonne de feu.

Derrière la sorcière les arbres craquèrent, se fendirent, explosèrent. S'enflammèrent. Un ouragan incendiaire dont elle était l'épicentre souffla en spirales de plus en plus larges. Tormaga consacrait tant de forces à sa colère qu'Ol-Lohan fut en partie libéré de ses chaînes supplicielles ; il échappa de justesse à la dévoration ensorcelée sans pour autant parvenir à entrer dans le campement : l'incendie en parcourait la circonférence et créait ainsi un mur infranchissable. Il n'avait pas plus la force de s'envoler tant ses muscles libérés le soumettaient à la torture de ses courbatures, et il sentait l'influence encore trop grande de son impitoyable maîtresse.

À l'intérieur du campement, on s'était approché de Jocquinius. Le spectacle était aussi fascinant qu'effrayant : on aurait dit que le ciel s'embrasait alors que grondaient les magies invoquées par la sorcière. Les alliés eurent conscience d'être au cœur d'une invraisemblable tornade et de ne devoir leur survie qu'au Vide étrange qui les protégeait sous sa cloche.

— Et si on essayait de la supprimer maintenant ? proposa Litti.

— Tu sais bien qu'aucune matrice ne s'épanouira ici, mon garçon, répondit Jocquinius.

— Alors sortons ! Nous l'aurons une fois à l'extérieur !

— Avec ces flammes ?

— Nous avons déjà fait quelque chose de semblable, rappela Iriane.

— À Estebellia, dit Julipen, c'est bien à ça que tu penses ?

Iriane hocha la tête puis enchaîna :

— Non, c'est idiot : je n'aurai pas plus de pouvoir que Litti, ici.

— On dirait que nous sommes coincés ! regretta Litti. Nous voulions l'attirer dans l'un de ces endroits et c'est nous qui ne pouvons en sortir.

Tous pensèrent à ce qui se passerait si le Vide venait à disparaître. En une fraction de seconde ils seraient réduits en cendres.

— Nous pouvons sortir, commença Ol-Tyron. Les flammes : elles ne montent pas jusqu'aux lunes.

— C'est vrai, admit Jocquinius. Mais après ? Qui nous dit qu'elle sera vulnérable ?

— Elle ne peut tout de même pas tenir des jours avec cette… cette puissance ! fit Iriane.

— Nous n'en savons rien, dit Jocquinius.

— Il a raison, dit Julipen. En revanche, nous savons très bien que nous, nous ne tiendrons pas éternellement dans ce camp : déjà, nous n'aurons plus d'eau d'ici quelques jours.

— Otum aurait peut-être une idée ?

— Il a disparu, constata Litti.

À la lisière du campement, les flammes avaient changé de couleur. De jaunes et aveuglantes elles étaient devenues vertes. Des éclairs saphir crépitaient par milliers et gagnaient le pourtour comme une ceinture électrique. Malgré la violence des phénomènes, rien ne passait de l'autre côté et l'attaque demeurait parfaitement circonscrite. À la naissance de cette furie, Tormaga était invisible et nul n'aurait su dire si elle avait conservé son apparence humaine. La chaleur qu'elle dégageait atteignit Caliste et il manqua de s'enflammer. Les poils de son manteau se racornirent. Accroupi et geignant telle une bête blessée, il puisa dans ses propres ressources pour se constituer une bulle protectrice. Ce qui eut pour effet immédiat de couper l'accès de ses pouvoirs à Tormaga.

L'attaque cessa brusquement. Les flammes chlorotiques se résorbèrent. Seuls quelques éclairs craquèrent le long du mur imaginaire.

— Que se passe-t-il ? demanda Iriane qui avait pris la main de Litti dans la sienne.

— Je crois que… que c'est terminé, dit Jocquinius.

Il se trompait.

Tormaga avait entamé sa transformation. Toute chair s'était consumée. La sorcière s'était muée en un être de lumière. Ses cheveux ondoyaient au-dessus de son crâne comme des fils de cuivre où s'enroulait un puissant courant électrique. Deux prismes étroits exprimaient un regard d'une vilenie sans pareille. Trois organes tournoyaient telles des spirales galactiques dans un buste cristallin. Ses membres s'étaient élongés et elle flottait au-dessus du sol, nimbée d'une lueur irréelle.

La Mère des Tourments leva un bras d'une maigreur surnaturelle pour le tendre vers ses ennemis. Elle ouvrit sa bouche de lumière ; aucun mot n'en sortit sinon un râle et une matière lente et plus dense qu'une simple fumée. Ce n'était pas un simple sortilège, mais l'âme d'une créature accouchée par ces lèvres dantesques et qui adoptait sans hâte sa forme définitive.

L'âme se développa en émettant de petits cris plaintifs, flottant au-dessus du sol à hauteur du visage calciné de Tormaga. Quand l'ectoplasme se fut formé, il prononça quelques mots dont les consonnes grincèrent comme des ongles sur un tableau :

— Craignez pour votre avenir. Bientôt je l'écrirai en lettres de sang. Votre éternité ne sera que tourments après tourments.

Tormaga baissa enfin le bras et l'ectoplasme se dématérialisa en une fine brume que la sorcière inspira.

Quelques instants plus tard, la Mère s'éloignait tel un brasier mouvant, au milieu des centaines d'arbres effondrés et fumants. Caliste se releva à son passage et tous deux regagnèrent Ol-Lohan. Le dragon était de nouveau sous la férule de sa terrible maîtresse. Il regrettait de n'avoir pu trouver la force de partir, il le regrettait amèrement. Si une telle occasion devait se représenter, il ne la laisserait pas passer.

Du côté des alliés, on hésitait entre l'exultation et l'effondrement. Le Vide étrange venait de prouver son efficacité mais Tormaga était toujours en vie et il était probable qu'elle chercherait à gagner l'île du Temps, comme elle l'avait toujours souhaité. Et si l'affrontement n'avait fait aucune victime, l'ennemie, bien qu'à l'évidence atteinte, représentait toujours une menace contre laquelle aucun des sept alliés n'avait d'arme.

Ce fut au plus jeune des dragons de proposer une idée :

— Suivons-la. À distance, mais suivons-la. Si Iriane dit vrai, nous saurons trouver d'autres Vides étranges et nous la contraindrons à y pénétrer, cette fois.

— Oui, Ol-Nito a raison : on trouvera bien un moyen d'ici là, renchérit Ol-Drumond.

— Pourquoi pas, dit Jocquinius. Qu'en pensez-vous, Julipen ?

— Si Iriane est d'accord, répondit l'Anakane, nous pourrions reprendre contact avec Kilarn.

— Je pourrais même le faire en vol…, acquiesça la jeune femme.

— Alors ne perdons pas de temps ! s'exclama Litti.

On se mit d'accord avant d'emballer quelques victuailles et de harnacher les dragons avec les nouvelles nacelles.

Chapitre 12

Face à Onahra, Adrian et Balabord, les milliers de scorpions cessèrent leur progression. Les plus proches du trio n'étaient qu'à un mètre. On entendait de loin en loin les crissements de mandibules et c'était tout.

Les compagnons se relevèrent lentement, plus incertains que jamais quant à la suite des événements. Soudain, les scorpions s'agitèrent et alors que la femme et les démons s'attendaient à les voir se jeter sur eux, les arachnides firent demi-tour et s'éloignèrent en ce qui ressembla à une grande et bruyante confusion : ils marchaient les uns sur les autres. Au point que très vite ils s'accumulèrent.

— Je ne comprends pas…, dit Onahra. Ils sont devenus fous ?

— Attends…

Le monticule que formaient les créatures ne cessait de croître. Très vite il atteignit plusieurs mètres. Cela continua ainsi durant de longues minutes, au milieu d'un paysage de dévastation : la tempête avait remodelé les rives du Ventre, dont les eaux ne retrouveraient pas de répit avant plusieurs heures, et les arbres noirs de Galameh jonchaient la terre grise.

Adrian secouait la tête. Il peinait à croire ce qui se composait devant lui, devant eux. Il y eut d'abord des jambes ; elles mesuraient bien cinquante mètres. Un tronc traversa une bande de nuages que poussaient les bourrasques ; les nuées se mirent à tourbillonner autour de cet axe et se crevèrent pour libérer une pluie noire. Des épaules se formèrent loin au-dessus de ces météores, des bras en jaillirent telles les pousses monstrueuses d'un arbre géant. Le cou et la tête vinrent en dernier, comme si le créateur de ce prodige voulait que ses spectateurs prennent bien la mesure du phénomène avant d'afficher son identité.

Alors les traits apparurent ; des dizaines de scorpions brillèrent pour signifier les yeux. Ils rougeoyaient.

Aussitôt Balabord se prosterna.

— Balabord, qu'est-ce que…

Onahra, elle, avait compris. La peur l'envahit. Une peur enfantine et ancestrale. Aucun mot ne sortit de sa bouche pour répondre à son époux car elle était au-delà de toute explication. Si elle tomba à genoux, ce fut moins pour se prosterner que par désespoir absolu. Le sentiment que plus rien ne l'attachait à ce monde ou à un autre. Jamais de toute son existence elle ne s'était sentie si démunie.

— Omok…, commença Balabord sans relever la tête. Je ne suis pas digne de te recevoir comme je ne suis pas digne de te servir. Choisis le châtiment ô mon Seigneur et je m'y soumettrai avec la ferveur qu'impose ta grandeur.

Omok…, songea Adrian. *Le roi de Galameh, le maître des enfers. Le dieu.*

Un grondement secoua la terre sous les pieds des trois compagnons. Adrian fit son possible pour ne pas tomber mais il ne put résister et il rejoignit au sol le démon et Onahra.

Une voix tonna depuis les nuages, imposante, incontestable, impérieuse. Si une montagne avait pu parler, elle aurait eu ce timbre et cette puissance-là.

— Je ne suis pas venu distribuer des châtiments. En tant que dieu provisoirement incarné je viens rencontrer ceux qui ont bouleversé mon royaume.

— Je ne mérite pas ton intérêt, ô gardien sacré des âmes ! geignit encore Balabord qui espérait ainsi dissiper la curiosité du dieu.

— Il suffit, Balabord ! Il y a bien longtemps que je ne t'ai vu mais je me souviens encore de toi comme d'un intrigant, d'un hypocrite et d'un courageux serviteur.

Le démon ne sut comment interpréter ces épithètes. Il conserva sa position, attendant le coup ultime qui le délivrerait de son labeur galaméen et mettrait un terme à son existence millénaire. Rien ne vint que ces paroles :

— Relève-toi. Tu es l'un de ceux par lesquels le changement est arrivé.

Le démon se redressa ; il leva lentement la tête et le spectacle du visage coiffé de flammes noires où perçait le brasier de son regard le contraignit à la baisser aussitôt. Non, il n'avait pas vu le maître depuis des siècles et il lui faudrait encore quelques heures pour s'habituer à l'intensité de sa présence – si seulement le dieu lui laissait cette possibilité.

Adrian décida de plaider pour eux ; après tout, il s'était déjà adressé à Raark, dont la majesté et la puissance n'étaient guère moins impressionnantes que celles d'Omok.

— Nous n'avons pas voulu tout ça, Omok.

— Non ? Qui l'a souhaité alors, en as-tu une idée, toi qui fus un homme ?

— Golan Tark ?

— Tark a été un agent intéressant, c'est vrai. Mais il est allé trop loin, toutefois.

— Je ne comprends pas, maître… en quoi a-t-il été « intéressant » ? J'ai eu l'impression qu'il contestait votre pouvoir en ces lieux.

Un rire ébranla l'atmosphère autour de la silhouette géante.

— Crois-tu vraiment que quiconque puisse contester quoi que ce soit ici, sans ma volonté pleine et entière ?

— Non, maître. En effet.

— Quand tu régnais sur Consolata, aurais-tu laissé qui que ce soit contester ton autorité dans ta propre maison ?

— Non. D'ailleurs, Tark a essayé de le faire et je l'ai assassiné.

— Alors imagine ce que tolérerait un dieu…

— Il ne tolérerait rien de tout cela. À moins… à moins de l'avoir souhaité expressément.

Cette fois, Balabord secoua la tête, les sourcils froncés ; il jugeait malséant et pour le moins désagréable que ce nouveau venu monopolise ainsi la conversation avec le dieu. L'ancien empereur lui adressa une grimace de lassitude, puis Omok dit :

— Oui, Adrian. J'ai laissé Tark agir, de même que j'ai laissé Balabord me trahir.

— Maître, ne dites pas cela, je…

— Si ! Tu m'as trahi !

Balabord rentra la tête dans les épaules. Omok poursuivit :

— Mais je ne t'en tiens pas rigueur car tel était mon souhait, effectivement. Tu n'as fait qu'exécuter ce qui me semblait bon, même si cela passait par ta corruption.

Onahra n'en croyait pas ses yeux ni ses oreilles. Ce qu'était en train d'affirmer l'incarnation du dieu signifiait qu'elle avait été le jouet de sa volonté. Elle aurait voulu se rebeller et l'instant suivant se rappela qu'Omok était un dieu. Un maître de destins, en quelque sorte ; que pouvait-elle exiger de lui ? La déesse Laménie elle-même, bien que figurant parmi les plus sages et les moins autoritaires, ne devait rien aux humains et tenait sous sa coupe qui bon lui semblait.

— Puis-je vous demander pourquoi un dieu a souhaité cela, ô Omok ?

— Tu n'en as pas une idée, Adrian ?

— Je ne suis pas très fort en devinettes. Je ne sais même pas qui je suis exactement. Je pensais être un homme, certes un peu différent. Un voyant… et voilà que je me découvre l'un de vos serviteurs.

— Tu es le descendant d'un démon nommé Kilarn. L'un des gardiens d'Ilone. Il a fréquenté ta grand-mère, la mère d'Halaïa, dans le plus grand secret.

— Mais… dans quel dessein ?

— Pourrais-tu seulement le comprendre ?

— J'en ferai l'effort, maître, affirma Adrian en s'inclinant.

La peau surnaturelle du colosse s'agita tandis que des myriades de scorpions modifiaient la configuration de l'incarnation divine. Une jambe avança, les hanches pivotèrent un peu.

— Je pense que Kilarn a pris ses précautions. Les démons savaient que Tormaga viendrait à se libérer et qu'elle représenterait dès lors un danger pour eux.

— Mais pas un danger pour vous, maître sacré des âmes défuntes ? interrogea Balabord.

— Balabord ! Tu deviens bien sûr de toi ! Ne me craindrais-tu plus, tout à coup ?

— Si, maître, si. Je ne voulais pas vous offenser.

Des nuages se formèrent à une vitesse ahurissante, juste au-dessus du trio. Des éclairs craquèrent sous la main que tendait le dieu.

— Tormaga bouleverse les équilibres tout comme les Alfads, ses créateurs, les avaient bouleversés avant elle. Qui pourrait tolérer une chose pareille ? Certainement pas les démons majeurs.

Les éclairs disparurent, les nuages s'effilochèrent.

— J'ai laissé Tark s'exprimer en Galameh jusqu'au point où il s'est montré trop arrogant. Trop ambitieux. Galameh ne l'intéressait pas, ce monde n'était qu'un moyen pour asservir l'autre face d'Elamia. Il était prêt à gaspiller la magie galaméenne pour satisfaire cette ambition. J'ai assez vécu ici, assez régné. Ces scorpions, qui sont une partie de moi et une infime partie seulement, m'ont révélé assez de paysages déplaisants et de personnages décevants. Il me fallait quelqu'un pour prendre les rennes de Galameh, le temps d'un voyage, d'un long voyage…

— Et Tark n'a pas fait l'affaire, résuma Adrian.

— La ferais-tu ?

— Moi, Omok ?!

Une fois de plus Balabord tourna un visage agacé vers le jeune démon. Le dieu n'y prêta aucune attention et poursuivit :

— Je te propose un marché, Adrian. Tu retournes parmi les vivants, en ce monde que vous autres nommez Val-des-Miracles. Onahra t'accompagne et vous reprenez l'aventure là où tu l'as laissée, en un monde en déroute.

— Ou bien ?

— Ou bien vous restez ici pour rebâtir un autre Galameh.

— Mais… pourquoi, maître ? Pourquoi ? demanda Onahra, abasourdie par la proposition divine.

— Il est temps de réformer nos royaumes. La disparition des Tombeaux est sans doute loin d'être un mal. Il existe d'autres moyens de créer l'énergie suffisante à la bonne marche de Galameh et de Hemalag. Il faudrait que vous vous donniez le temps de les trouver, de les exploiter et de les répartir. Mais le temps presse et j'ai besoin d'une réponse, Adrian et Onahra.

L'ancien empereur se tourna vers son guide, qui ne cherchait même pas à masquer sa totale désapprobation.

— Et si nous acceptions cette… mission, Omok, qu'adviendrait-il de Balabord ?

— Vous avez besoin d'un guide, n'est-ce pas ? Si en revanche tu choisissais de retourner parmi les humains, Balabord ne me serait plus d'aucune utilité : comment pourrais-je encore lui faire confiance, même s'il a servi mes desseins ? La porte qu'a ouverte Golan Tark restera accessible encore quelques jours. Vous pourrez la franchir…

— Estimé maître des plaines Variantes, commença Balabord, ne sommes-nous pas censés périr une fois passés de l'autre côté ?

— Toi oui, sans aucun doute ; mais je ne t'offre pas d'accomplir ce voyage.

Le démon s'inclina ; lorsqu'il releva le buste, les scorpions défaisaient ce qu'ils avaient accompli. En moins d'une minute, les colonies arachnides couraient en tous sens.

* * *

Malgré sa petite taille Ol-Nito était le plus rapide des trois dragons. Il partit seul au-devant, afin de s'assurer de la direction que prenait Tormaga. Il lui fallut deux heures pour retrouver Ol-Lohan ; le dragon esclave volait au milieu de flammes qui laissaient une longue traîne. À la verticale de son vol, la nature paraissait se recroqueviller : la sorcellerie de Tormaga brûlait la vie. Le jeune Ol n'avait aucune idée de l'état de son pauvre compagnon sous ce feu magique. Il savait simplement qu'il n'avait pas réussi à le sauver de l'emprise terrible de la sorcière.

Ol-Lohan volait plein ouest. Ol-Nito le suivit encore quelques heures à bonne distance. Sous eux, le paysage avait changé, la grisaille macabre ayant enfin cédé la place à une nature libre. La Medding détournée filait comme un lacet de mercure et la Mère des Tourments en longeait le cours. Ils survolèrent des villages et des cités jusqu'au soir, et la boule de flammes qu'était Ol-Lohan commença à perdre de l'altitude puis s'éteignit.

Ol-Nito rebroussa chemin. Lorsqu'il eut retrouvé ses compagnons, qui progressaient dans la même direction que la sorcière, il fit son rapport en plein vol. Tormaga avait un peu plus d'une heure d'avance. On décida de se poser. Litti et Iriane descendirent d'Ol-Drumond tandis que Jocquinius et Julipen quittaient la nacelle sellée sur Ol-Tyron.

L'épuisement se lisait sur les traits de chacun, et la violence de l'attaque de Tormaga, bien que manquée, avait provoqué des dégâts chez les alliés. Iriane résuma à Ol-Nito son entretien avec Kilarn.

— Il est probable qu'elle se dirige vers une entrée de la Veine.

— À l'ouest, alors…

— J'aimerais savoir si l'énergie qu'elle a mise à essayer de nous tuer l'a diminuée, dit le jeune Trinicien.

— Et pour avoir une réponse à ta question, reprit Iriane sombrement, il faudra l'affronter.

Kilarn ne l'avait en rien rassurée ; il leur avait donné rendez-vous au seuil de son monde. Une porte s'ouvrait près de l'embouchure de la Medding ; le démon se signalerait au moment opportun, si seulement les alliés n'étaient pas suivis de Tormaga ou si elle ne se trouvait pas dans les environs immédiats.

Ils s'envolèrent bien avant l'aube ; Ol-Nito était parti un peu plus tôt. Il ne rencontra aucun signe de son pauvre compagnon.

Ils ne surent ainsi pas que la Mère des Tourments avait fait halte dans plusieurs villages épargnés par les Galaméens pour s'abreuver à la source de nouveaux massacres.

Il leur fallut dix jours de vol pour arriver à l'embouchure de la Medding, loin au sud de Port-Incaline. Les trois derniers, les dragons ne se reposèrent que deux ou trois heures. Sous leurs vastes ailes colorées s'étendait à présent un gigantesque delta : le fleuve avait ennoyé des milliers d'hectares et les eaux marines se teintaient de boue. Une lande sauvage se déployait de part et d'autre ; des bois la délimitaient au nord et des chaos rocheux au sud, avant-garde de plateaux verdoyants.

Les Ols perdirent de l'altitude et volèrent assez bas pour que l'odeur puissante des eaux mêlées d'alluvions parvienne aux narines de leurs passagers. Où pouvait bien se trouver Kilarn ?

— Il m'a dit de repérer un monolithe en forme de silhouette humaine, expliqua Iriane.

— Ça ne va pas être évident, dit Litti. C'est si immense, ici !

— Il est planté au nord du delta. L'eau l'a mis à nu, le nouveau cours de la Medding l'a exhumé.

Ils découvrirent assez vite ce qu'ils cherchaient. La pierre en question s'élevait sur plus de soixante mètres. Sa teinte et sa forme rappelèrent aux Corallais les statues qui encadraient l'un des ponts sur la Medding. Toutefois sa taille était bien plus spectaculaire. Elle adoptait la forme d'un soldat des premiers âges guerriers d'Elamia. Coiffé d'un casque primitif, il tenait contre lui une épée plantée en terre, entre ses pieds. Qui avait pu sculpter une telle merveille, si imposante ? Les dragons tracèrent de grands cercles autour d'elle.

— Ça ne colle pas, dit Litti.

— Comment ça ? Qu'est-ce que tu veux dire ? demanda Iriane.

— Eh bien, si la Medding a réellement excavé ce… ce monstre, cela signifie que la terre montait ici à plusieurs dizaines de mètres.

Installée sur l'autre dragon, Julipen se posait la même question. Jocquinius apporta sa réponse :

— Sans doute que le fleuve a érodé la magie qui le masquait à nos yeux…

— Je crois que nous allons avoir notre réponse. Vous le voyez ?

— Kilarn ?

— Ce ne peut être que lui…

Au pied de l'immense figure se tenait un être aux traits humanoïdes. Sous un pagne tressé de fines perles multicolores et une tunique sans manches, sa peau tirait sur le mauve. Élancé, il était parfaitement imberbe. Il serrait une lance de métal précieux damasquiné qui le dépassait de deux têtes ; il émanait de lui une impression de sérénité et de bonté qui n'excluait pas la force car ses longs muscles saillaient tels ceux d'un athlète.

Le Gardien. L'ultime protecteur d'Ilone.

Malgré le caractère exceptionnel de la rencontre, les présentations furent brèves, chacun connaissant l'urgence de la situation.

— Je suis heureux que vous soyez arrivés sains et saufs, dit le Gardien d'une voix posée et qui inspirait le respect. Vous allez avoir le privilège de pénétrer en un monde interdit aux hommes pendant des millénaires. J'aurais préféré vous y inviter en d'autres circonstances…

— Mais alors cette chance ne nous aurait pas été donnée, n'est-ce pas ? dit Litti.

— Probablement pas. Alors n'essayons pas de savoir ce qui aurait pu être et contentons-nous du présent. Aussi périlleux soit-il. Cette… (Il appliqua sa paume contre la cheville du colosse.) porte était masquée avant que Golan Tark provoque le détournement du fleuve.

Puis la main du Gardien traversa la pierre comme si elle n'était rien de plus qu'un mirage.

— Suivez-moi, compagnons.

En un pas il disparut en la pierre.

Jocquinius prit une profonde inspiration, leva la tête vers le sommet de la statue. Là-haut piaillaient des oiseaux de mer, en une suprême indifférence aux angoisses des hommes. Le mage s'engagea dans le passage, suivi de Julipen.

— Après toi, dit Litti en s'inclinant devant Iriane.

— Eh ! Je ne comptais pas demander ton autorisation, répliqua-t-elle avec un sourire.

Litti saisit sa main et elle se pencha pour l'embrasser sur la bouche, puis ils s'enfoncèrent à leur tour. Les dragons fermèrent la marche.

* * *

Les alliés se retrouvèrent au sommet d'une colline où saillaient des roches taillées comme les dents de quelque monstrueuse créature.

— Bienvenue en la Veine de Kilarn, mes amis.

Le point de vue était si impressionnant qu'il coupa court à tout commentaire. À l'ouest ondoyait, paresseux et monumental, un horizon de dunes. Par instants, le parfum d'embruns océaniques parvenait jusque-là. Le nord frissonnait sous la furie des blizzards bleu et blanc. Des brumes opales glissaient en silence sur les crêtes qui dessinaient l'orient. Quant au sud, il se teintait du bouillonnement d'éternelles frondaisons, animées par le babil d'animaux dissimulés dans leurs branches. Leur juxtaposition créait une impression inédite, d'une ampleur sans équivalent.

Les compagnons eurent envie d'en visiter chaque recoin. Il n'en était pas question, du moins pas dans un avenir proche. Kilarn les invita à le suivre ; ils descendirent la colline le long d'un chemin au pavage blond et borné tous les cent mètres d'une reproduction à l'échelle humaine du colosse de l'entrée. Les yeux étaient ornés de pierres précieuses et l'épée coulée dans le platine.

Une fois au pied de la colline, Kilarn entraîna les alliés à travers une ouverture pratiquée dans la roche. Les Ols purent s'y faufiler de justesse et il y faisait si sombre que Jocquinius et Litti ne résistèrent pas à l'envie de déclencher une petite matrice lumineuse.

— Oh…, fit le Gardien, excusez-moi. Je n'ai pas besoin de lumière pour me diriger ici.

Après quelques mètres, ils parvinrent dans une vaste salle circulaire dont les murs divisés en niches symétriques s'arrondissaient jusqu'au plafond voûté.

Il émanait depuis le sommet de la pièce une lumière douce et uniforme. Les compagnons prirent place autour d'une table ronde en marbre.

Un long silence s'installa pendant lequel les uns et les autres se regardèrent, conscients de vivre un moment historique où se rencontraient un démon ancestral, proche serviteur des dieux, et les ennemis d'une créature extrêmement cruelle. Des survivants à la fois puissamment armés et affaiblis par l'immensité de leur tâche. Iriane était la plus bouleversée de tous car elle avait été en contact étroit avec le Gardien, par la magie des Talaris. Kilarn demanda à Iriane de prendre la parole. Elle exposa ce qu'elle savait des Vides étranges ainsi que l'emplacement de ceux qu'elle avait localisés.

— Et je crois comprendre qu'il en existe ici aussi, conclut-elle. Ce qui serait notre meilleur moyen de contrer Tormaga.

— Oui, c'est une stratégie séduisante, dit Kilarn.

L'idée d'Iriane était de pousser Tormaga vers le nord et l'un de ces lieux que la magie désertait, comme l'on rabat une proie.

— Nous l'accueillerons et nous nous assurerons qu'elle emprunte la bonne direction, dit Kilarn.

— Avec nos seules armes ? demanda Julipen. Elles n'ont pas trop fait preuve de leur efficacité jusqu'à présent.

— J'imagine que notre hôte a mieux à nous offrir, dit Jocquinius.

— Mieux, je ne sais pas. Mais ce sera complémentaire, en effet. J'ai des… alliées.

— Des alliées ? demanda Litti.

— Oui, des milliers d'entre elles.

Un murmure anima les dragons tandis que les humains se demandaient en silence ce que Kilarn avait en tête. Il ne les laissa pas longtemps dans l'expectative et leur expliqua son plan.

Durant deux longues heures ils établirent ainsi les modalités de leur défense. Il fallait faire vite : Tormaga et Caliste n'allaient pas tarder à émerger en la Veine de Kilarn.

* * *

Malgré ses motivations cruelles et égoïstes, Tormaga savait apprécier la beauté.

Toutes ces merveilles, destinées à un seul être…

Deux mille ans d'envie farouche dans la réclusion de la Forteresse n'avaient fait qu'accroître sa volonté de posséder ces miracles minéraux et liquides que balayaient d'improbables zéphyrs.

— Un univers qui m'appartiendra bientôt ! s'écria-t-elle.

— Je croyais qu'il faudrait se battre pour l'obtenir ? s'étonna Caliste.

— J'ai dit : « bientôt ».

— Tu sembles si sûre de toi, Maîtresse…

— T'ai-je donné des raisons de douter, jusqu'à présent ?

Caliste préféra ne pas insister. Les faibles ressources de sa sagesse lui enseignaient que la colère n'était pas bonne conseillère. Et il était si facile de provoquer le courroux de la Mère des Tourments… Oui, elle lui avait donné des raisons de douter, depuis qu'il l'avait vue déverser son flot colérique sur les parois du puits où elle s'était enfoncée dans l'espoir de retrouver ses créateurs. Ou quand elle avait tout semblablement perdu contrôle en attaquant sans effet le campement de ces quelques survivants.

Tormaga avait recomposé sa silhouette, imparfaitement. Sa beauté, consumée dans son hystérie dans les bois, n'était plus qu'un souvenir sur lequel pendaient des guenilles sans majesté. La sorcière aurait besoin de toutes ses capacités pour affronter le gardien d'Ilone, alors autant ne pas l'énerver dès à présent.

— Je crois que nous allons bien nous amuser, dit la Mère des Tourments en faisant quelques pas.

À peine s'était-elle avancée que le rideau de lumière prit une intensité aveuglante devant le duo.

— Qu'est-ce que c'est ? demanda Caliste, sur ses gardes.

Masquant les alentours, le rideau vibrait. Comme un milliard de particules d'or en suspension, attrapées dans une lumière tombée du ciel.

Les doigts incandescents de Tormaga effleurèrent le phénomène. Le traversèrent. Elle ne ressentit rien de plus qu'un chatouillement plaisant. Son avant-bras s'y enfonça. Puis l'épaule.

— Alors ? dit Caliste.

Tormaga ne répondit rien. Elle n'était plus la même depuis l'attaque du campement. L'économie de mots ne pouvait que surprendre Caliste, habitué à l'expression de son ressentiment, de sa haine, de sa colère aussi. Elle fit un pas de plus vers le rideau, et fut inondée de la lumière d'or.

— Pas une bonne idée, ajouta Caliste. Et si c'était un… un système d'alarme ?

Malgré cette évidence, son invocatrice ne releva pas. Une étrange fascination ajoutée à l'envie de revoir les merveilles trop vite escamotées l'animait. En deux pas elle traversa le rideau.

De l'autre côté l'attendait une surprise.

* * *

— Elle est là-bas, vous la voyez ?

— Oui, Kilarn, je la vois.

Caché derrière un monticule, Jocquinius ne put réprimer un frisson d'inquiétude. La Mère des Tourments se dressait à deux cents mètres de là, au sommet d'une colline à l'herbe bleue, accompagnée d'un petit homme et du dragon. La luminescence du rideau lancé par Kilarn silhouettait la femme dans la pénombre nouvelle. Même à cette distance, il ne put que constater sa transformation. Pour le moment, Jocquinius n'en tirait aucune satisfaction.

Il était trop tôt pour se réjouir. Leur ennemie – l'ennemie de tout un monde – était parvenue à destination. Ils ne pouvaient plus compter que sur eux-mêmes pour l'en débarrasser : il faudrait aller jusqu'au bout d'un affrontement désormais inévitable.

Si seulement notre tactique pouvait suffire…

Au moment où il pensait ces mots, le sol se mit à trembler. De la terre s'éleva bientôt au-dessus de l'herbe bleue, au pied de la colline où Tormaga avait pris position.

Voilà. Ça commence.

Jocquinius regarda sur ses flancs ; à sa droite Julipen et Iriane se tenaient sur leurs gardes, allongées parmi des herbes plus hautes. À sa gauche et à quelque vingt mètres de là, Litti avait pris position.

Attendre. Pour le moment ils ne pouvaient rien faire de plus. Le nuage de terre s'épaissit et des crissements métalliques couvrirent la trémulation.

Elles arrivent…, songea Iriane.

Bien qu'« elles » fussent censées assurer leur protection, l'idée de « les » voir ne l'enchanta guère. La jeune femme conservait le souvenir des ragnes, qui, quelques mois auparavant, avaient mis le feu au vaste campement de l'armée corallaise, lors de la guerre du Fleuve. Et ce qui sortait du sol y ressemblait par l'effroyable quantité. Des milliers de créatures avaient envahi la plaine où se dressait le monticule, bouchant le sud et l'ouest. Avec leur profil d'insecte géant, elles se tenaient au ras du sol comme des guêpes sans ailes, munies d'un dard aussi long que leur corps. Sous la pénombre qu'argentait une unique lune, cette armée à la carapace de métal brillait et bruissait, ondulait et claquait des mandibules comme un seul être.

Écœuré par ce grouillement, Litti résista tant bien que mal à l'envie spontanée de créer une matrice de protection. Quand les insectes, chacun aussi gros qu'une panthère, se mirent en mouvement vers la colline, Litti sentit la démangeaison eczémateuse revenir au creux de ses bras.

Tormaga…

Il fallait se concentrer sur leur ennemie. La démangeaison s'éloigna alors que l'esprit du Trinicien se tournait ailleurs.

Tormaga comprit ce qui se passait. Elle hurla :

— Montre-toi, Kilarn, que je te foudroie, petit bâtard des dieux !

Sa voix était déformée depuis sa transformation. Ce n'était plus celle d'une femme ivre de vengeance mais celle d'une créature totalement inhumaine, une voix accompagnée d'un grondement sourd telle une menace tellurique.

— Je n'ai pas besoin d'être face à toi pour t'éliminer.

— Pas besoin d'être face à moi ? Espèce de couard ! À quoi sert de cabotiner ? Allez, qu'on s'amuse un peu et qu'on en finisse !

— Cela se terminera quand cela *devra* se terminer.

— « Cela se terminera quand cela devra se terminer. » Tu parles comme un livre, imbécile… C'est aussi dans les livres que tu as appris à te battre ?

— Je ne suis pas là pour me battre.

— Non ? Et pour quoi es-tu là, alors ?

— Pour défendre la Veine. Tu le sais bien : n'es-tu pas déjà venue dans l'idée de la conquérir ? Faut-il que je te rappelle ta défaite ?

— Tu penses m'impressionner en me rappelant ce fiasco ? Si les Alfads avaient eu un tant soit peu de talent, ils m'auraient offert de quoi te vaincre.

— Au lieu de quoi ils t'ont emprisonnée pour deux mille ans.

— J'en ai profité pour mieux comprendre mes pouvoirs, les rendre plus efficaces, aussi. Et ils me seront utiles pour mettre à bas tes pauvres attaques. Après, je m'emparerai de l'île du Temps et plus rien ni personne ne pourra contredire mon empire sur toutes choses. Mêmes les démons devront s'incliner devant moi !

— Et les dieux, Tormaga ? Et les dieux, tu as pensé à eux ? Tu penses qu'ils te laisseront faire ?

— Oublie tes maîtres ! Je ne les vois nulle part. Tu les vois ? Non, ils t'ont abandonné comme ils ont abandonné Elamia il y a bien longtemps. Ce monde attend une Maîtresse, une vraie.

— Une maîtresse ou un bourreau ?

— Il faut savoir punir les traîtres, les faibles et les mécréants.

— Tu les punirais, j'en suis certain. Comme tu punirais toute l'espèce humaine…

— Et les démons, n'oublie pas les démons, Kilarn. Plus d'une fois j'ai rêvé de vous botter le train.

Tormaga savait dans sa folie que Kilarn représentait un véritable danger. D'ailleurs, les créatures sorties du sol n'étaient plus qu'à quelques pas d'elle et de Caliste. Il ne fallait pas perdre de temps et elle lança un sort de défense… qui n'eut aucun effet sur les insectes. La vague métallique n'était qu'à une dizaine de mètres.

Reculer.

Tormaga voulut passer derrière le rideau lumineux, mais cette fois il ne la laissa pas traverser : il était aussi impénétrable qu'une porte en or massif. Elle déploya de nouvelles ressources magiques, aussi vastes que sa stature inédite. Ce furent des éclairs qui explosèrent contre la paroi ondoyante en libérant des torrents de magma. Caliste faillit subir les conséquences de ce déchaînement ; il s'écarta de justesse.

— On est piégés, Maîtresse, par ta faute ! cria-t-il. Sur notre droite, c'est le seul passage.

Tormaga aurait voulu lui dire d'employer un autre ton – elle aurait aimé le lui faire comprendre en coulant du plomb liquide dans sa bouche. Mais elle devait se concentrer sur l'attaque de Kilarn. Les choses sérieuses avaient vraiment commencé. Elle se retrouva projetée deux mille ans en arrière, au temps de la défaite cuisante contre le Gardien. Il l'avait battue en trois jours. Tiendrait-elle plus longtemps ? Elle avait tant appris depuis…

Qu'est-ce qui pourrait bien arrêter ces créatures ? se demanda Julipen. Il y en avait tant !

Le cliquetis se mua en un grondement que surmontaient des accents stridents. Tous durent se boucher les oreilles pour se préserver de cette agression sonore. Les dards immenses se redressèrent au-dessus des thorax, telle une forêt de pieux. Les éclats de lune accrochaient la goutte de venin qui suintait au bout de chacun d'eux.

Il fallait à tout prix que leur ennemie parte vers le nord, vers le Vide étrange.

Les alliés virent une nouvelle boule de feu quitter les mains de Tormaga. Il en faudrait plus pour ralentir la progression des milliers de monstres. Ils la chasseraient de là, la pousseraient dans la direction de leur choix. Le feu surnaturel se répandit sur les ennemis grouillants. Sa chaleur atteignit Julipen et Iriane. L'herbe menaça de s'embraser autour d'elles.

— *Fais quelque chose !* ordonna Julipen.

Iriane ne prit pas la peine de répondre ; elle orienta l'âme du Talaris afin d'en tirer une coquille protectrice autour d'elles. La Perle de Vie réagit à sa manière décalée : comme gauchie par des influences de la Veine, l'impulsion eut moins de puissance que si elle avait été lancée ailleurs sur Elamia. La coquille fluctua. Si bien que lorsqu'elle fut enfin déployée, elle avait emprisonné beaucoup de la chaleur infernale.

— C'est irrespirable ! dit Julipen.

Chaque inspiration lui donnait l'impression d'avaler une goulée de flammes. Ouvrir la bulle aurait été toutefois plus dangereux encore. Il n'y avait rien à espérer de ce côté-là.

— Désolée, atisha.

Julipen nota le ton impatient de sa jeune compagne. Presque de l'arrogance. Iriane n'était plus une simple élève. Elle était une atisha, aucun doute là-dessus. La maturité mise à part, elle était même la plus grande de toutes. Faite pour commander, bien que la philosophie laménide exclût toute forme de hiérarchie. Puis Julipen reporta son attention sur les événements en cours. Dard dressé au-dessus des carapaces chitineuses, les ragnes étaient parvenues non loin du sommet. Les silhouettes imposantes des Ols tournoyaient dans le ciel d'argent, prêtes à intervenir.

Les soldates de Kilarn ralentirent. Puis marquèrent un temps d'arrêt. L'insupportable crissement diminua lui-même quelque peu. Était-ce prévu ? se demanda Litti. Les dards abandonnèrent leur posture agressive et les créatures se tassèrent sur elles-mêmes, ployant leurs pattes.

— Que se passe-t-il ?

La question traversa l'esprit de chacun des alliés – seul Jocquinius put la poser directement à Kilarn.

— Je ne sais pas, répondit le Gardien. Attendez…

Le rideau d'or émit une lumière moins forte alors que la silhouette de Tormaga, immobile et hiératique, brasillait comme un totem incandescent. À ses côtés, Caliste reniflait l'air. Les arachnides ne bougeaient plus, comme figées. Puis leur énorme masse étendue sur plusieurs centaines de mètres s'anima de concert. Un seul être qui tournait sur lui-même, en craquant de ses millions d'articulations, frottant ses milliards d'écailles.

— Kilarn ? demanda encore Jocquinius.

Les soldates métalliques tournaient à présent le dos à la Mère des Tourments. Leur horrible tête s'orientait dans la direction des alliés. Tout à coup, les dards saillirent de nouveau. Une brise porta l'odeur du venin aux narines de la petite troupe.

— Elle a pris leur contrôle…, dit enfin Kilarn. Tormaga a pris le contrôle des soldates !

À peine eut-il prononcé ces mots qu'elles se mirent en branle.

— Vous ne pouvez rien faire ?

— Je…

Jocquinius regarda le Gardien ; la pénombre masquait son trouble. Le mage décida de déployer très vite une matrice. Elle s'ouvrit à quelques mètres du rocher où le duo se tenait. D'un geste du poignet, Jocquinius la rectifia car l'influence de la Veine corrompait ses caractéristiques. D'un autre mouvement il écrasa la sphère lumineuse pour la transformer en une barrière de feu. À quelques mètres de là, Litti s'inspira de son maître et en fit autant, à l'aide d'une matrice plus instable mais plus facile à lancer ; ses flammes dansaient avec davantage de vigueur mais des trous apparaissaient çà et là dans le mur mouvant.

Au-delà, les ragnes avaient changé de rythme : elles couraient.

— Je ne peux rien faire ! lança Kilarn. Nous devons battre en retraite !

— Bon sang…, pesta Jocquinius. Elle n'ira jamais là où nous le souhaitons !

Avant de fuir, le mage jeta un œil du côté de ses amies ; Julipen et Iriane s'étaient relevées, à deux pas seulement de l'incendie matriciel. Les prêtresses luttaient pour l'empêcher de les dévorer.

— Quel inconscient j'ai fait ! se morigéna Jocquinius.

Il venait d'ajouter la maladresse au péril de l'ennemi. Kilarn le prit par le bras :

— Allons-y ! Mes créatures seront bientôt là et je ne peux rien faire pour les arrêter !

Le Trinicien résista, puis de la main orienta sa matrice.

— Jocquinius !

La pression se fit plus forte sur son bras. Le mage n'obtempérait pas ; il avait toutes les peines du monde à diriger sa magie, tandis que les prêtresses étaient environnées de flammes. Il devina un éclat d'une autre nature et comprit que ses amies employaient les subtilités de l'art laménide pour se protéger. Les flammes refluèrent et le vieil homme se décida enfin à abandonner les lieux. Les deux femmes venaient de se lever et elles couraient.

Tormaga exultait. Elle n'avait pu détruire les créatures de Kilarn. Alors elle avait pensé à contrôler leur esprit. Les insectes étaient si simples ! Il ne lui avait fallu que quelques instants pour en découvrir la clef. À présent ils se ruaient vers ceux-là mêmes qui les avaient lancés contre elle. Pour y parvenir, elle n'avait même pas touché au réservoir de magie qu'était Caliste !

— Vous n'êtes que des ignares ! hurla la Mère des Tourments. Vous ne savez toujours rien de mon pouvoir !

Tormaga montra du doigt les deux jeunes femmes, qu'éclairaient les flammes surnaturelles de Jocquinius. La sorcière jeta un sort par-dessus l'armée d'insectes. L'air vibra follement. Gronda. Le sort bouscula les créatures, traçant un chemin à travers leurs rangs serrés, atteignit enfin les atishas. Le sort matérialisa la bulle protectrice laménide en la frappant : une sphère rose orangé qui l'absorba. Les deux femmes couraient toujours.

— Manqué ! fit Caliste.

— On dirait que ça te fait plaisir…

— Ce ne sont pas ces gens que tu as essayé de tuer, dans le campement ?

— Possible… Ils ont de la suite dans les idées ! Que croient-ils avec leurs minuscules pouvoirs : mettre un terme à mon projet ?

Le démon grogna une fois encore.

— Regarde… Les soldates de Kilarn ont l'air de perdre de la vitesse.

— Je ne peux pas m'occuper de tout le monde à la fois.

Tormaga poussa un râle. Caliste avait raison : l'armée métallique avait ralenti depuis le lancement du sort. Elle se concentra pour renouveler la motivation des créatures. Cela lui fut plus difficile. Les soldates avaient perdu leur cohésion : elles trottaient en tous sens et certaines songeaient même à tourner les talons pour retrouver le chemin de la colline. Cinq silhouettes s'éloignaient en courant, gagnant sans aucun doute l'abri des bois. Des milliers d'insectes les poursuivaient toujours. Puis deux ombres massives descendirent des cieux.

— Des dragons ! s'exclama Caliste.

— Ça t'étonne ?

— Tu les avais vus ?

— Eh bien ils étaient dans les bois, près de Corall-Medding, non ? Ces lézards sont pathétiques : naïfs et sans aucun sens des réalités.

Ol-Drumond et Ol-Nito jetaient leurs flammes contre les soldates les plus proches des alliés. Des flammes qui désorganisaient un peu plus l'armée grouillante sans toutefois parvenir à tuer un seul de ses membres. Puis les dragons se posèrent à l'avant de la petite troupe qui, quand elle les eut atteints, grimpa sur leur dos. Seul Kilarn refusa ces conditions de repli : il n'avait pas besoin de l'envergure exceptionnelle des Ols pour se soustraire aux yeux de Tormaga, et en un clin d'œil il disparut par un passage qui se referma derrière lui, telle une plaie aussitôt cicatrisée.

Leur cible volatilisée, les insectes s'arrêtèrent. Se tournèrent de nouveau vers la colline. Ils semblaient se souvenir soudain de leur premier objectif : s'opposer aux deux intrus.

— Et maintenant ? demanda Caliste.

— Tu sais faire autre chose que râler ?

— Je n'ai aucune envie de finir mes jours un million de dards dans le ventre.

— Ça te couperait l'appétit : je ne trouve pas ça si mal.

Le roi sorcier cracha, avant de dire :

— Si tu avais partagé ma longue diète, Maîtresse, tu comprendrais le sens du mot « faim ».

— Bien sûr. Car tu crois que j'ai aligné les festins, sur ma petite montagne ? Et puis tu radotes. Laisse-moi m'occuper de ces bestioles.

Caliste secoua la tête. Il regrettait de s'être associé à cette femme – ce monstre. Avait-il seulement eu le choix ? Il aurait pu rester dans son enfer. Un lieu effectivement si aride que les mots de soif et d'appétit s'étaient vidés de leur sens après des siècles de privation. Mais Tormaga l'avait appelé et il n'avait su résister au mirage de la liberté, une liberté qu'il avait crue sans conditions ou du moins dotée de conditions acceptables. Il comprenait maintenant que le jour où il profiterait d'un éventuel règne n'était pas advenu – il était probablement même lointain. Quant aux pucelles promises, où étaient-elles ? Tormaga était responsable de ces frustrations comme l'était cette troupe d'humains dont il peinait à comprendre les motivations.

Il se retourna vers le rideau d'or. Tenta une nouvelle fois de le traverser, ne fit que se brûler quelques poils. Il en arpenta la lisière telle une bête nerveuse, acculée par la battue dans une cage. Les soldates approchaient, plus excitées encore depuis qu'on avait joué avec leur volonté. Tormaga essayait avec difficulté de modifier leur mission, de faire taire leur agressivité. Comment se débarrasser de ces millions d'écervelées, si promptes à changer de maître ? Ne pouvaient-elles pas juste retourner d'où elles venaient, sous terre ? Ou bien se contenter de jouer entre elles, puisqu'elles voulaient en découdre ? Une bagarre pour se défouler… Un déclic agita les pensées de Caliste. Il se tourna vers la Mère des Tourments.

— Tormaga…

Pas de réponse. La femme était plongée en elle-même, dans ce feu dont il n'aurait su dire s'il la tourmentait ou s'il réchauffait son cœur de glace. Les soldates affluaient. L'odeur acide de leur venin envahissait la nuit, chassait le parfum de l'humus et des flammes ensorcelées qui, pour la plupart, s'étaient éteintes.

— TORMAGA !

— Quoi ? Tu ne vois pas que nous sommes en danger, idiot ?

— Les bestioles : fais-les se battre les unes contre les autres. Tu peux faire ça ? Leur agressivité : retourne-la contre elles-mêmes…

— Oh…

Ça n'était pas idiot. C'était même malin. La Mère ferma aussitôt les yeux. Chercha d'autres ressources magiques. Elles dansèrent devant ses paupières comme des papillons de lumière multicolores. Elle les assembla en constructions aussi solides qu'éphémères. Les poussa à la rencontre des quanta d'énergie qui animaient les insectes de Kilarn. Une ronde de magies *a priori* incompatibles et qu'elle devait tout de même unir.

— Regardez ! fit Ol-Nito. Là-bas : les créatures de Kilarn…

Les compagnons tournèrent la tête pour contempler l'étrange spectacle. Sur la plaine les gardiens formaient un monticule qui concurrençait en hauteur la colline où Tormaga et Caliste avaient pris pied. La lune éclairait les carapaces, les mandibules et les aiguillons qui s'en prenaient les uns aux autres. Des jets de venin traçaient des arcs luminescents. Une bataille d'un genre inédit.

— Kilarn avait prévu ça ? demanda Litti.

— Je ne pense pas, répondit Iriane qui s'était assise devant lui, sur le dos d'Ol-Drumond. Tormaga a dû prendre leur contrôle.

— En tout cas, je n'aimerais pas être là-dessous.

On a bien failli s'y trouver…, songea la jeune atisha avec un frisson.

Les dragons volèrent en direction de l'ouest. Un nuage plus entreprenant que les autres masqua la lune et la nuit s'épaissit soudain. Les arbres amassés sous les ailes se teintèrent d'encre noire.

— J'espère que Kilarn sera bien à notre rendez-vous, dit Julipen en frémissant.

— Je lui fais confiance, affirma Ol-Tyron.

— Nous ne l'avons même pas ralentie, poursuivit Jocquinius à voix basse.

— Que dites-vous ?

— Tormaga : il sera plus difficile d'en venir à bout qu'il y a deux mille ans.

— Ne soyez pas défaitiste, mon ami.

Comment ne pas l'être ? Une fois encore, il eut envie de baisser les bras. Les épreuves étaient nombreuses à se dresser sur son chemin. Depuis… toujours ? Il avait sans cesse plus de peine à déceler l'aspect positif des événements. Son monde était à l'agonie et un ennemi d'une puissance inégalée le poussait un peu plus vers sa fin funeste. Oui, comment ne pas être défaitiste ?

Dieux d'Elamia, donnez-moi des raisons d'espérer. Non, une seule raison suffirait, je crois… Rien qu'une.

Puis il se souvint de sa rencontre avec Otum, de ses railleries après la chute de Corall-Medding. Le démon s'était trompé : le mage n'était pas un couard. Non. Simplement il aurait aimé en finir avec une existence où le bonheur prenait si peu de place, une vie où les satisfactions s'inséraient avec tant de peine, brillaient quelques instants avant d'être recouvertes de la boue des échecs et de la poussière des renoncements.

La Veine dévoila une nouvelle merveille : distantes de plusieurs kilomètres les unes des autres, des forteresses de glace s'élevaient sur une mer intérieure gelée. Il ne manquait rien à ces cités altières : flèches et clochetons à la transparence bleue se dressaient au-dessus de murailles, lesquelles couraient depuis la périphérie jusqu'à l'intérieur tel un labyrinthe de glace.

— Et maintenant ? demanda Iriane.

— Là-bas ! s'exclama Litti.

Il venait de voir une flèche briller d'une lueur rouge, au centre de l'étendue figée par un hiver éternel.

Ils se posèrent au sommet de la cité quelques minutes plus tard. Kilarn les attendait là.

— C'est magnifique, s'extasia Julipen. Magnifique… et froid !

— Oui, pour une native des déserts d'Anakann, ce doit être plutôt pénible.

— Ça n'est guère mieux pour nous autres Consolatais, plaida Jocquinius. Quel est cet endroit, Kilarn ? Il semble parfaitement inhabité, tout comme les autres forteresses.

— Il y a eu de la vie, jadis. Je n'étais pas le seul gardien. Nous avions des familles, et des citoyens travaillaient ici.

— Dans chaque forteresse ? s'étonna Litti. Elles sont nombreuses ! Et s'il y en a autant, on pourrait croire qu'une guerre était crainte.

— Les habitants n'avaient pas le droit de quitter la Veine. Cette… réclusion en a contraint certains à chercher des solutions pour s'occuper. Au fil des siècles, ils ont construit ces forteresses, à l'image de celle où vous venez de prendre pied.

— Mais elles sont en glace ! fit Iriane. Qui aurait pu habiter ici ?

— Cela n'a pas toujours été le cas. La glace a figé cette partie de la Veine après le départ des dieux. Les habitants sont morts en très peu de temps : quelques années ont suffi pour dépeupler notre monde.

— Est-ce qu'ils sont… partis en Galameh ? demanda Jocquinius.

— Omok réclame un lourd tribut à Elamia. J'espère que la plupart se sont installés chez Ganalone. Mais parlons plutôt de Tormaga ; nous n'avons plus de temps à perdre. Iriane ? demanda le Gardien de sa voix douce et posée.

— Oui, Kilarn. Il existe un autre Vide étrange, plus petit toutefois que le premier sur lequel nous comptions.

— Il sera plus difficile d'y attirer Tormaga, compléta Julipen.

— Et une fois à l'intérieur de celui-ci, il faut espérer qu'elle y restera assez longtemps pour qu'on en vienne à bout.

— Où est-il, compagnons ? Où est ce lieu ?

Iriane tenta d'expliquer du mieux qu'elle put, dans la cité où leurs silhouettes se reflétaient à l'infini sur les murailles de glace. Quand elle eut terminé, elle demanda à Kilarn s'il ne serait pas impossible d'attirer Tormaga en ce lieu.

— Non, ce devrait même être facile : si ce que vous dites est vrai, un passage vers Ilone s'ouvre précisément là.

Les alliés gagnèrent le Vide étrange en un peu plus d'une journée. La température se réchauffa progressivement et la mer gelée fit place à des montagnes érodées et pelées, puis à une végétation plus dense. Cette fois, Kilarn les accompagnait, juché sur le dos d'Ol-Nito. Julipen demanda au Gardien s'il n'avait jamais remarqué l'absence de magie en cet endroit.

— D'une part elle fluctue, d'autre part je ne suis pas toujours en tous lieux et en tous moments pour savoir ce qui s'y passe. Les entrées des chemins d'Ilone sont toutes particulières.

Et celle que les alliés venaient d'atteindre ne dérogeait pas à cette règle.

Ils se trouvaient sur un volcan noir aux parois verticales, dont le fond était ceint d'une couronne neigeuse et au quart empli d'une eau émeraude d'une extraordinaire limpidité. Il dominait d'immenses marais qui étendaient leur empire vert jusqu'à l'horizon noyé de brumes.

— Les marais de Tharang…, dit Jocquinius, qui y avait rencontré Tark une ultime fois, en compagnie du latoa.

— Oui.

— Alors, nous sommes repassés de l'autre côté ?

Kilarn sourit et son sourire apaisa l'inquiétude des alliés le temps qu'il dura.

— Oui et non. Une partie des marais rejoint les territoires de la Veine.

— Mais nous avons voyagé vers l'ouest ! s'exclama Litti. L'entrée de votre monde est à l'ouest de Consolata et les marais de Tharang au nord de Talaxania !

— Une autre géographie domine, ici. Et le point le plus court d'un endroit à un autre n'y est pas forcément la ligne droite. Même à dos d'Ol…, ajouta Kilarn en s'inclinant devant les dragons.

— La Perle de Vie m'indique un important fléchissement de la magie, expliqua Iriane. Et c'est encore plus flagrant vers le centre du cratère.

— Il est temps de prendre place, décida Jocquinius.

Et d'espérer que ce soit pour la dernière fois…

— Et si Tormaga ne passait pas par là ? s'inquiéta Litti.

— De toutes les portes ouvertes sur Ilone, il s'agit de la plus évidente.

— Où se trouve-t-elle, exactement ? demanda Julipen.

— Au fond. Sous l'eau, si vous préférez.

— Ce qui signifie qu'il faudra nous y enfoncer pour tuer Tormaga ?

— Oui, à moins que vous ayez une meilleure idée.

— Le Vide étrange s'étend *avant* la surface, corrigea Iriane. (Elle avait fermé les yeux.) Je crois qu'il forme une sorte de… cloche.

— Très bien. Alors nous interviendrons avant que Tormaga ne plonge.

— Attendez…, fit soudain Iriane.

— Qu'y a-t-il ? demanda Julipen.

— Il diminue !

— Quoi, qu'est-ce qui diminue ? fit Litti.

— Le Vide étrange. Il se rétracte ! Il se rétracte très vite ! Il n'existera bientôt plus !

Au loin, la Mère des Tourments s'engageait sur les marais.

* * *

La victoire.

Tormaga la sentait plus proche que jamais. Ce n'était plus qu'une question d'heures. Les dieux ne s'étaient toujours pas montrés, les démons n'avaient que peu de pouvoirs à lui opposer et la poignée d'humains qui s'était dressée contre elle confondait folie et courage. Tout de même c'était intéressant de les voir s'évertuer à lui résister. Agaçant et intéressant. D'où tenaient-ils toutes ces informations qui leur permettaient de s'opposer à elle – avec, il fallait bien l'admettre, plus de succès que toutes ses précédentes victimes ?

— Mon lézard, nous serons bientôt arrivés. Tu as bien fait ton travail, malgré ta petite faiblesse, l'autre jour, près de Corall-Medding. Tu sais, quand tu n'as pas pu t'empêcher de contacter tes petits camarades… Je t'épargnerai peut-être. Je veux dire, je t'épargnerai une éternité de douleurs. Car je ne pense pas te garder en vie, vois-tu ?

— Oui, Maîtresse, répondit le dragon d'une voix qui ne cherchait plus à masquer sa lassitude extrême.

— Tu peux comprendre ça, même le plus pitoyable, le plus servile des reptiles pourrait le comprendre : tu as engrangé trop de haine pour le seul être qui a fait de toi un animal utile.

— Ça suffit, Tormaga, intervint Caliste.

— Quoi encore, petit roi ?

— Finissons-en, ce… ce voyage m'épuise.

— Ah, parce que tu crois qu'il ne fait que m'amuser ?

— Non, bien sûr que non…

Tormaga inspira profondément pour refouler une bouffée colérique. Ce n'était pas le moment de renvoyer Caliste d'où il venait. Il était encore trop tôt : le roi sorcier recueillait une magie qui devrait lui permettre d'affronter les marées temporelles, à l'approche d'Ilone. Sans lui, la sorcière ne pourrait soutenir son effort assez longtemps et elle serait réduite en pièces.

— Là-bas ! cria soudain la Mère des Tourments. Cette montagne…

— Un volcan. Il s'agit d'un volcan.

— Peu importe… Voilà où il faut nous rendre.

— Tu en es sûre, Maîtresse ?

— Certaine. La Veine compte plusieurs portes vers Ilone, mais celle-là est la plus facile à emprunter. J'y étais presque, la dernière fois. Presque…

Ol-Lohan survola les lieux. Quelque chose tinta dans son esprit. Un éclat cristallin qu'il lui fallut reléguer aussitôt dans les tréfonds de sa conscience. Il le recouvrit d'un voile de douleur, ce qui lui fut aisé tant elle envahissait la moindre particule de son organisme.

— Au centre, c'est au centre ! affirma son bourreau.

— Il y a de l'eau, Maîtresse.

— Oui, eh bien ? Je ne suis pas aveugle, crétin de lézard. C'est le passage le plus simple vers Ilone, t'ai-je dit. L'île du Temps : crois-tu qu'elle se trouve au milieu d'un champ de blé, avec un nom pareil ? Non, elle s'étend au cœur d'un océan. Et nous pourrons l'atteindre d'ici. Descends, maintenant. Et vite !

Ol-Lohan s'exécuta, en une longue courbe qui arracha de violents élancements aux points d'attache de ses ailes et le long de sa colonne vertébrale.

L'eau. Il allait devoir s'enfoncer dans l'eau. Son cauchemar lui revint en mémoire : il se noyait et il ne se trouvait pas un Ol pour lui venir en aide.

Au moment où il approchait de la surface, trois dragons apparurent de l'arrière des crêtes, loin au-dessus de la nacelle de Tormaga.

Ol-Lohan ne put réprimer un cri.

— Qu'est-ce que ça veut dire ? dit la sorcière.

Elle leva la tête, vit les trois créatures.

— Encore eux ! fit Caliste.

— Ils sont complètement fous... Et ils vont l'apprendre à leurs dépens !

La Mère des Tourments tendit un bras enflammé en direction d'un premier dragon, le plus petit des trois. Une vague de chaleur déforma l'air au-devant de son membre puis, une fraction de seconde plus tard, une onde de choc percuta l'Ol. Le voilier poussa un cri, se cabra et battit en retraite, une aile entaillée.

— Bande d'imbéciles ! hurla Tormaga. Que croyiez-vous en vous en prenant à la Mère des Tourments ? J'ai décimé des cités, j'ai tué des peuples ! Même les démons me craignent !

Un deuxième dragon au corps rouge et lisse s'était approché. Tormaga poussa un cri bref et il en naquit un sort. Il heurta l'Ol qui bascula sur le côté. Ses passagers passèrent par-dessus bord ; l'un d'eux s'agrippa à la nacelle pendant quelques instants puis lâcha prise et tomba d'une dizaine de mètres de haut dans le lac volcanique.

Tormaga vit ensuite une sphère s'ouvrir devant le troisième dragon, puis une deuxième. Elle reconnut des matrices triniciennes. Un mage chevauchait donc l'animal ! L'une des matrices était particulièrement monstrueuse : elle arborait des teintes d'ecchymose et des bulbes en déformaient les contours comme des abcès sur le point de crever. Le voilier fonça vers la sorcière et la Mère des Tourments jeta un sort contre son assaillant. Les magies se heurtèrent avec un craquement de fin du monde. Une corolle de flammes s'arrondit au-dessus du cratère pour en embraser le pourtour, comme s'il était constitué de poudre. La chaleur grimpa rapidement. La monture de Tormaga se cabra, refusa de lui obéir un instant, les injonctions de ses instincts étant plus impérieuses que la menace d'un châtiment. Une autre magie naquit sur le dragon du Trinicien, spires diaprées et comme saupoudrées d'étoiles éphémères. La Mère des Tourments eut un peu de peine à la reconnaître.

La comparse du mage... C'est elle qui produit ça !

En effet, une femme montait le reptile, derrière le mage. Les spires enchantées filèrent vers le sommet du cratère, à l'assaut de la couronne de feu. Un grondement retentit au contact des flammes, la terre trembla et de colossaux blocs de pierre se détachèrent de la cime. Certains dévalèrent la pente et roulèrent vers le lac en une avalanche brune, d'autres glissèrent de tout leur long telles des colonnes empanachées de poussière. L'incendie s'étouffait rapidement sous la magie laménide.

Plus proche des parois chaotiques, le dragon allié dut s'en éloigner et prendre des risques en s'exposant à la Mère des Tourments. Tormaga profita aussitôt de l'opportunité ainsi offerte et lança une nouvelle salve. Ni le mage ni son alliée ne purent la détourner. Leur dragon prit cette attaque de plein fouet et son crâne se fendit en deux ; il se mit sur le dos, condamnant ses passagers à une chute dans le lac, puis lui-même sombra, ailes repliées.

— Et maintenant, assez perdu de temps, dit Tormaga. Traversons ces eaux d'ennui.

D'une impulsion de douleur électrique, elle contraignit sa monture à se précipiter dans le lac. Inquiet, Caliste empoigna l'osier de toutes ses forces. Le choc manqua de désolidariser la nacelle du dragon. Quand l'eau atteignit le petit roi, il fut surpris de constater qu'elle n'était pas si froide qu'il l'avait cru. Puis il se sentit léger. Bien plus léger que l'apesanteur aquatique ne l'aurait laissé croire. Devant lui, il vit Tormaga dans les eaux très claires. Elle avait changé.

Quelque chose n'allait pas.

Il ressentit un choc violent. Il s'agrippa un peu plus. Un second choc lui fit quitter la nacelle. Tormaga se trouvait dans la même situation que lui, flottant désormais à une dizaine de mètres de profondeur.

Le dragon : IL N'ÉTAIT PLUS LÀ !

La Mère des Tourments ne put échapper à la terrible réalité qui l'empoignait : elle ne contrôlait plus sa magie. Pire, elle avait l'impression de se dissoudre dans cette eau, comme en un bain d'acide. Le brasier qu'elle était devenue s'étouffa. Pourquoi ?

Elle lança un sortilège. En opposition avec la nature du Vide étrange, il provoqua l'apparition soudaine de centaines d'âmes.

Cela ne se passait pas comme prévu.

La Mère des Tourments voulut diriger ces damnés aux chevelures d'algues, n'y parvint pas. Les âmes se ruèrent sur elle pour une raison inconnue. Tormaga prononça un nouveau sort pour les stopper. En vain. Ils s'agglutinèrent à elle, fondirent leurs chairs toxiques les unes aux autres puis à la sienne. La douleur était effroyable, comme si ces damnés luttaient pour prendre place à l'intérieur même de son enveloppe corporelle. Elle eut l'impression que ses muscles cherchaient à se décoller de son squelette de toutes leurs forces.

Puis tout cessa : l'agitation, la douleur, le cercle d'épouvante.

Elle était devenue quelqu'un d'autre. Un autre plus puissant ?

En quelques mouvements elle atteignit la surface, commença à s'élever lentement au-dessus de l'eau, presque malgré elle. Sous sa tête difforme sa longue silhouette incandescente s'était substituée en une ignoble morphologie où croissaient moignons, dents cariées, orbites vides. Elle poussa un cri de dégoût avant de regarder alentour. Ses ennemis n'étaient plus là. Pas plus les humains que les dragons ou Kilarn. Elle les avait donc tous vaincus ? Ce qui signifiait que la route était libre vers l'île du Temps !

Une vague se leva brusquement, et traversa Tormaga tel un fantôme. Comme si on venait de couper les fils immatériels qui la maintenaient au-dessus des flots, Tormaga replongea. Elle tenta un nouveau sortilège pour reprendre le contrôle de son corps où roulaient, mutaient, se gâtaient les damnés, en vain : il ne fit qu'accroître l'emprise des parasites sur son organisme. En un éclair tardif, elle comprit : le même phénomène que dans les bois de Medding s'établissait en la Veine !

Son aventure n'allait tout de même pas s'achever ici, une nouvelle fois ? Des images de sa défaite, deux mille ans auparavant, s'affichèrent brièvement. Puis elle se remémora son retour chez les Alfads, les tortures qu'elle leur avait infligées. La soumission de toute une civilisation. Elle gagnait, victorieuse de ses propres créateurs. Une victoire de courte durée : au moment où les derniers rebelles à son empire allaient rendre les armes, ils se sacrifiaient par milliers, leur immolation construisant en un éclair la prison où Tormaga serait enfermée durant deux millénaires. Autrement dit, le temps nécessaire pour préparer son retour et reprendre les affaires là où elle les avait laissées. Et voilà que l'échec se préfigurait dans ces eaux de perdition !

Caliste : où était-il ? Elle sentit quelque chose agripper sa jambe… et la tirer violemment en arrière. Vers le fond.

Tormaga se retourna, paniquée.

Et reconnut aussitôt dans les eaux claires la face énorme du dragon. Ses yeux la regardaient sans aménité. Ol-Lohan ouvrit grande sa gueule et d'une poussée puissante de ses deux pattes se propulsa vers la lumière. Au passage ses crocs se refermèrent sur Tormaga. Au même instant, les centaines d'âmes quittèrent la Mère des Tourments, lui arrachant un cri de douleur. Un rai de lumière vive fusa jusqu'au ciel et autour d'eux l'eau augmenta d'une dizaine de degrés en une fraction de seconde. Les parois du cratère tremblèrent de nouveau, s'ouvrirent en maintes failles d'où s'échappèrent des fumerolles délétères. Des sifflements crevèrent l'atmosphère. Le lac perdit sa clarté tandis que des nuages se formaient au-dessus du volcan à une vitesse surnaturelle, éclairés de l'intérieur par des centaines d'éclairs.

Il en aurait fallu plus pour modérer l'ardeur vengeresse d'Ol-Lohan.

Lorsqu'il gagna l'air, l'Ol déchiquetait l'arme ancestrale des Alfads avec une furie que sa trop longue et trop éprouvante servitude avait attisée. Il brisa sa colonne vertébrale et sa cage thoracique. Un autre coup de mâchoire et il broya les épaules. La tête se désolidarisa du buste. Il la broya, la mâcha et quand il se fut assuré qu'il ne restait plus de son bourreau que des morceaux inidentifiables, il les avala.

C'est seulement ensuite qu'il comprit : il savait nager. Il poussa un long cri qui se répercuta contre les parois du volcan, un cri de fureur et de satisfaction après des semaines d'une noirceur inimaginable. Puis il sentit la présence de ses frères Ol-Mentias. Ils avaient été atteints. L'un d'eux était mort. Un deuxième gisait sur un mince éperon, à demi inconscient. Le troisième s'était posé en dehors du volcan, parmi la végétation des marais.

Et les humains !

Il ne lui restait que peu de temps pour leur éviter la noyade. Il se mit en devoir de tous les trouver et de les sortir de là.

J'espère qu'il n'est pas trop tard.

Il ne pourrait hélas tous les sauver.

Chapitre 13

Sur des milliers d'hectares les marais s'étaient brusquement asséchés, mettant à nu un réseau de canaux naturels nauséabonds où se débattaient et s'asphyxiaient des millions de poissons. Sur les berges, la végétation avait jauni. Tandis qu'une fine pluie noire tombait sur le cratère, Ol-Lohan eut besoin de l'aide d'Ol-Nito pour sortir leurs compagnons de l'eau. Monté par Kilarn, le plus jeune des dragons avait eu toutes les peines du monde à rejoindre le fond du cratère, car son aile était blessée.

Tombés d'Ol-Drumond, Iriane et Litti étaient sonnés. Le Vide étrange les avait contraints à employer d'autres ressources que la magie pour se tirer de ce mauvais pas. Ils n'avaient pas cédé à la panique et l'eau n'avait pas pénétré leurs poumons. Leur grand dragon gémissait sur le rocher où il s'était brutalement posé. Ses flancs le lançaient terriblement et il s'était cassé une patte – au moins reprenait-il conscience.

Ol-Tyron flottait entre deux eaux, tel un voilier fantôme qui ne se résoudrait à choisir un monde plutôt que l'autre. Kilarn trouva la dépouille de Caliste, puis Jocquinius ; le mage dérivait sur le dos, non loin de Julipen. L'un et l'autre étaient inanimés. Ol-Nito et Kilarn aidèrent Ol-Lohan à les installer sur son dos puis ils les ramenèrent sur une langue de terre volcanique qui formait une grève étroite. Le soleil de la Veine se couchait et l'ombre gagnait très vite le fond du cratère.

Trempés et frissonnants, les adolescents se précipitèrent au-devant de leurs mentors, les déposèrent sur la grève. Litti fut surpris par la légèreté de son vieux maître. Un montant de la nacelle avait perforé le poumon du mage. Ses vêtements étaient imbibés de sang délayé par les eaux du cratère. Litti prit son pouls. Rien. Iriane avait constaté la même inactivité chez Julipen.

— Il faut les emmener hors du volcan, décida la jeune femme. Maintenant !

Quelques minutes plus tard, les compagnons se posaient sur un îlot des marais de Tharang. Litti avait déclenché une large matrice inoffensive mais qui dégageait assez de chaleur pour leur assurer un peu de réconfort. Les adolescents s'étaient agenouillés auprès des corps inanimés. Sans un mot, Iriane employa toute sa connaissance de la magie laménide pour réveiller Julipen.

— Jocquinius, dit Litti. C'est lui qu'il faut d'abord ranimer.

Toute à sa concentration, Iriane ne répondit rien. Des spires de lumière poudrée dansaient autour de l'Anakane.

— Jocquinius d'abord ! cria alors Litti.

Kilarn saisit le bras du garçon et le força à se tourner vers lui.

— Ne peux-tu rien faire pour ton maître ?

— Je... Non. Non, je ne peux rien faire.

Litti prit la main du mage et la serra de toutes ses forces.

— Même avec la Pierre d'Ombre, je ne saurais pas. D'ailleurs, elle doit être au fond du lac, maintenant.

Ses yeux s'embuèrent. La mort. Elle était là, une fois de plus. Elle avait emporté les siens. Ses parents, ses amis. Elle venait de s'emparer de Jocquinius pour ne jamais le lui rendre. Litti avait retrouvé son père, pourtant, malgré son suicide des années plus tôt. Mais cela avait été en d'horribles circonstances. L'homme était revenu d'entre les morts pour se battre dans les rangs de l'armée galaméenne ; il n'avait reconnu Litti que pour punir cet enfant désobéissant avec une brutalité meurtrière. Cela vaudrait-il la peine de revoir le mage dans ces conditions ?

Litti serra les paupières et les mâchoires. Il sentait les magies d'Iriane frôler sa nuque, ses joues. Elles tentaient des miracles pour ramener Julipen, alors que le vieil homme était déjà condamné.

— Jocquinius, Jocquinius...

La main du mage était froide tout comme le reste de son corps.

— Où êtes-vous parti, mon vieux maître ? Pourquoi me quittez-vous ? J'avais encore besoin de vous. Vous étiez le dernier... Le dernier des hommes... Je...

Il ne put retenir ses sanglots plus longtemps.

Iriane et Julipen, Kilarn et les dragons avaient disparu. Les marais avaient disparu. Litti était en un monde où la douleur de l'âme constitue l'unique paysage.

Et il y faisait terriblement froid.

* * *

Bien qu'il fût trinicien, c'est-à-dire un homme qui entretient commerce avec la mort, passer de l'autre côté n'eut rien d'une partie de plaisir. Le contact avec la surface du lac avait assommé le mage, mais pas au point qu'il perde conscience. Non. Il émergea deux secondes après sa chute. Eut le temps de voir le dos du dragon tomber sur lui. La nacelle traversa ses côtes et il s'enfonça de nouveau. Ol-Tyron s'enroula sur le côté, entraînant Jocquinius fiché dans le bambou au-dessus de lui, tel un satellite de chair. Puis le pieu glissa hors du poumon. Le vieil homme avala de l'eau, la respira. Il vit des rubans sombres s'échapper de lui et il perdit connaissance.

Une première fois.

Il était loin. Loin du lac, loin de Tormaga. Loin de son propre corps. Il s'éveilla au milieu d'un long couloir à l'extrémité duquel brillait une lumière. Elle l'appelait, il en était sûr.

Ils sont là-bas, ils m'attendent.

Qui ? Ses compagnons, les Triniciens, tués par Adrian alors qu'il était empereur, ou décimés par Gédaëlle dans les monastères uliques, ou lors de l'effondrement de Haut-Temple. Halaïa, probablement. Et son époux Haspalnod, qui s'était suicidé en un ultime sursaut de conscience. Ils lui tendaient la main, leurs silhouettes se dessinaient derrière un soleil tiède et accueillant.

Mais Jocquinius reperdit connaissance.

Quand il ouvrit les yeux, il se trouvait certes dans un passage, seulement celui-là était désert, glacial et sombre. Des cris lui provenaient d'un inquiétant lointain, le genre d'endroit où il n'aurait souhaité mettre les pieds pour rien au monde. Sauf qu'il s'y rendait.

Jocquinius Pargami allait entrer en Galameh.

* * *

Julipen avait certes connu la peur et les récents événements n'avaient pas ménagé sa bravoure. Rompue à la magie laménide, elle avait pu éloigner le spectre de la mort à maintes reprises. Atisha du désert, Julipen s'était dépassée pour affronter des défis toujours plus grands, toujours plus périlleux.

Et elle avait aimé.

Au milieu des épreuves elle avait rencontré un homme qui avait effacé tous les autres. Adrian. Pour lui, Julipen s'était mise un peu plus en danger. Missionnée par ses sœurs prêtresses, l'atisha avait suivi l'ancien empereur par-delà les mers pour l'accompagner en Consolata. Et il était mort. Ils avaient eu si peu de temps pour se connaître et s'aimer !

Un nouveau voyage l'entraînait auprès de lui. Un voyage effrayant. Car elle était morte elle aussi. À aucun moment elle n'en douta. La violence de la confrontation avec Tormaga l'avait tuée. L'idée était terrible, presque inacceptable. Presque : seulement le choc ne lui avait laissé aucune illusion et la connaissance intime qu'elle avait de son corps, de ses moindres échanges d'énergie, avait confirmé le diagnostic. Accepter était la seule possibilité de réduire l'intensité du chaos qui s'était emparé de son organisme. Sa magie n'y pouvait rien.

À l'instant de basculer dans l'inconscience, Julipen eut la sensation qu'on la déchirait en deux. L'obscurité l'envahit en même temps qu'un froid bien plus glacial que les nuits d'Anakann. Tout allait disparaître. Ce serait la fin et l'espace d'un instant elle en conçut de la gratitude. Laménie, la déesse, lui avait offert une existence si riche… Mais au soulagement puis au néant succéda bientôt un vertige de sensations.

Le voyage vers Galameh.

Des ombres animèrent la pénombre qui l'étreignait, des ombres sauvages comme le fantôme de hyènes affamées. L'atisha entendit des cris qui étaient la mémoire de supplices passés. Tant de souffrance ! Un désespoir aigu, comme elle n'aurait jamais cru en connaître, s'empara de ses pensées. C'était encore pire qu'au moment de chercher des traces de vie, près de Corall-Medding, car la femme comprenait le caractère irrémédiable de cette barbarie. Elle pleura, abattue par les preuves sonores de cruautés répétées siècle après siècle. Une nausée épouvantable l'agita de spasmes. Ses yeux semblaient vouloir sortir de leurs orbites. L'atisha se concentra :

Je suis morte… Je ne suis pas là… Mon corps flotte quelque part au milieu d'un volcan éteint… Je ne peux plus rien *ressentir…*

Des souhaits sans effet. Et au lieu de s'évanouir la douleur irradia, ardente.

Les minutes s'additionnèrent comme autant d'années. Une lumière apparut au bout de ce long tunnel. Julipen commença à étouffer. Ce fut comme se retrouver dans ce lac volcanique, à cinquante mètres de la surface. Ses poumons allaient exploser. Elle nagea. Encore et encore. L'extrémité du boyau ne se rapprochait ni ne s'éloignait : il était une promesse impossible à tenir. Les hyènes d'ombre lancèrent leurs griffes ensorcelées à l'assaut de sa conscience. Pour lacérer les bribes de son espoir. L'atisha ne put lutter sur deux fronts à la fois et elle atteignit le bout du tunnel, démunie de toute ressource positive.

Galameh.

Julipen était à genoux, suffocante. Elle cracha une humeur noire. Sa tête lui tournait et il lui fallut un long moment pour trouver la force de lever les yeux vers son nouvel univers.

Un monde gris, que noyait ce jour-là une brume mouvante. Des silhouettes se dressaient à un pas de là.

— Tu es qui ? demanda l'une d'elles avec une voix adolescente, teintée d'agressivité.

Julipen tenta d'accommoder sa vue ; c'était si éprouvant ! Elle parvint à compter six humains. Hommes ou femmes ? La brume paraissait les nimber comme s'ils l'avaient transportée avec eux.

Deux personnes avancèrent et la prirent sous les aisselles pour la soulever. Lorsqu'elle fut debout l'atisha répondit :

— Mon nom est Julipen.

— Tu es morte comment ? demanda un autre.

La question lui parut étrange jusqu'à ce qu'elle se souvienne de ce qu'Iriane lui avait raconté de Galameh : un continent peuplé de défunts obsédés par l'injustice de leur disparition.

— En tâchant de sauver un monde, dit la prêtresse.

Il y eut un silence. Quelqu'un demanda :

— Où sont tes stigmates ?

— De quoi parlez-vous ?

Les silhouettes se dégageaient. Six Galaméens, de tous âges. Affichant d'horribles plaies, les mettant en valeur telle une orfèvrerie démesurée.

— Tu n'as pas choisi d'apparence en arrivant ici ?

— Non. Je… Je ne crois pas avoir eu cette possibilité, non…

Nouveau silence. Quelque chose bougea dans la brume, une ombre d'une vingtaine de mètres qui flottait au-dessus du sol. Un homme qui arborait une poitrine crevée sous une chemise délacée dit alors :

— Alors les choses sont bel et bien en train de changer en Galameh.

— Es-tu prête à nous raconter ton histoire ? demanda un adolescent auquel manquait un bras.

— Elle sera longue.

— Oh, nous avons l'éternité ici, dit avec un sourire l'homme à la poitrine ouverte.

— Alors je veux bien. Mais à une condition : j'aimerais retrouver quelques personnes.

— Quoi, ton meurtrier est mort avec toi ? Tu veux te venger ?

— Absolument pas, non. Des amis : je cherche des amis.

— Eh bien ! Tu n'es pas comme les autres, toi. Quels sont leurs noms ?

Julipen parla de Jocquinius et d'Adrian. Du marchand Odasius et du prince Uprih. De la prêtresse Helenn et du vieux Galann. Existait-il une chance de les retrouver ?

— J'ai déjà entendu certains de ces noms. Des Juste-morts, débarqués il y a très peu de temps, dit une femme d'une grande beauté et qui se tenait de guingois, sa colonne vertébrale ayant été entamée par une hache cinquante ans auparavant.

— Surtout Adrian…, poursuivit l'adolescent. Certains affirment qu'il se nommerait Kordac…

— Kordac…, répéta Julipen. Il a repris ce nom.

— C'est un démon, dit la femme. Ce n'est pas un humain.

— Impossible ! s'exclama le manchot.

— Puisque je te dis que je l'ai vu avec Balabord…

Julipen les regarda se disputer. Galameh était bien le chaos qu'avait décrit Iriane. Elle les laissa parler vivement puis elle demanda :

— Et Onahra, l'un d'entre vous l'a rencontrée ?

Ce qui mit un terme à l'échange houleux.

— Oui, dit enfin la femme. Elle serait avec ce Kordac.

Julipen baissa la tête.

— Bien sûr, dit-elle à mi-voix et pour elle-même. À quoi t'attendais-tu d'autre ?

— Vous dites quoi ? demanda le garçon.

— Je disais que… que les retrouvailles seront peut-être plus difficiles que je ne l'imaginais.

— Oui. Rien n'est évident ici. Ça ressemble plutôt à l'enfer, si vous voulez mon avis. Mais je le répète, Galameh est en train de changer. Reste à savoir si ce sera en bien…

Peut-être qu'avec l'aide de quelques atishas…, se prit à penser la prêtresse.

Pourtant, elle n'était plus si impatiente de retrouver Adrian et Onahra. Bien sûr, il restait la curiosité. Mais elle savait qu'elle devrait mettre de côté son amour pour l'ancien empereur.

— Où habitez-vous ? demanda-t-elle à brûle-pourpoint.

— Oh, dans un endroit qui n'a rien d'extraordinaire, répondit une autre femme, plus âgée et ventripotente. Mais en Galameh, on peut créer son mobilier avec un peu d'efforts. Vous verrez, ça peut être amusant.

— Oui ? fit Julipen avec un sourire qui dissimulait mal sa tristesse. Eh bien, je suis curieuse de voir ça…

— Alors en route, dit le manchot. Et nous nous occuperons de trouver vos amis en chemin. Ça ne nous prendra pas trop de temps, j'en suis sûr : tout se dit et tout se sait, en Galameh.

L'Anakane se mit en marche, à la suite de cette drôle d'équipe. Elle se demanda quelle serait sa place sur ce continent étrange et elle adressa une prière muette à Laménie.

Puis elle se dit qu'elle n'était pas seule : des gens étaient là pour l'accueillir, l'accompagner, lui venir en aide – certes à leur manière particulière.

Voilà tout ce qui importe, non ?

Les choses iraient peut-être mieux lorsqu'elle aurait retrouvé Jocquinius. Ses pieds foulant la terre grise de Galameh, Julipen décida de tabler là-dessus.

* * *

Il fallut une longue semaine à Iriane et à Litti pour retrouver un semblant d'énergie. Kilarn veilla sur eux tout ce temps, avec une pudeur, une retenue qui pouvait tenir de la distance, voire d'une certaine condescendance.

L'humeur du jeune couple était fragile. S'ils n'avaient pu compter sur leur amour, nul doute qu'ils auraient sombré, tant les deuils à surmonter étaient nombreux. Jocquinius, Julipen et Ol-Tyron avaient été les dernières victimes de l'ambition d'une femme. Il fallait aussi compter Odasius, Palmiarn, Aepius, Galann, le père d'Iriane… Tant de proches !

Mais eux avaient survécu.

Les dragons étaient partis presque aussitôt ; ils avaient quitté les parages de la Veine comme si la dévoration de Tormaga n'avait pas été une garantie suffisante contre sa nuisance. On se retrouverait plus tard. On se l'était promis.

— Les Talaris, demanda un jour Litti. Que sont-ils devenus ?

— J'ai toujours la Perle de Vie, répondit Iriane.

— Te… te « parle »-t-elle encore ?

— Oui. Mais de plus loin, avoua la jeune femme.

Litti et Iriane s'étaient assis au sommet de la colline, à l'entrée de la Veine, d'où l'on dominait un échantillon de ses merveilles, comme s'ils n'avaient osé s'aventurer plus avant dans ce monde magnifique mais étranger. Comme s'ils avaient craint de s'y perdre. Cet entre-deux leur convenait, et il disait assez bien leur disposition d'esprit. Les jeunes gens se tenaient la main, les doigts entrecroisés, le regard tourné vers l'horizon. Litti réfléchit à la réponse de son amie puis demanda :

— Tu penses que c'est dû à la Veine ?

— J'ai plutôt l'impression que… que sa magie se tait peu à peu, tu sais ? C'est un peu comme le lendemain d'une nuit passée à boire…

— Tu veux dire que tu as fait ça ?

— Boire à m'en rendre ivre ? Oui, une fois… ou deux ! On dirait que ça t'étonne… Ça n'avait aucun intérêt, si tu veux savoir.

— Non, tu as raison : aucun intérêt. Je l'ai fait, avec ton père… On a bu lui et moi le soir où j'ai appris ton départ de Corall-Medding. Et après Haut-Temple s'est effondré. (Litti chassa ce souvenir d'un moulinet du poignet.) Pour en revenir aux Talaris…

— Kilarn dit que la Pierre d'Ombre et le Sarment du Temps ont disparu.

— Tu le crois ?

— Pourquoi mentirait-il ?

— Le Gardien est un démon, un enfant des dieux. Tout comme l'est cet Otum… Les Talaris les intéressent.

— Alors il pourrait les avoir cachés ?

— Ou nous dire qu'ils n'existent plus et attendre notre départ pour partir à leur recherche.

— Peut-être… Je ne sais pas. Si c'était le cas, il aurait pu s'emparer de la Perle de Vie et nous mettre à la porte de chez lui, non ? Et toi, tu voudrais retrouver les Talaris ?

Litti poussa un long soupir avant de répondre.

— D'une part je n'ai aucune envie de retourner dans ce volcan. D'autre part, je ne me sens pas de taille à en être le porteur. À qui les confier, si jamais on devait remettre la main dessus ? Aux Aresmass ? Ils ont créé un Adrian… Qui sait quel tyran ils seraient capables de porter au pouvoir cette fois…

— Tu es bien pessimiste !

Litti se pencha pour embrasser sa maîtresse. Aepius lui avait déjà fait cette remarque. Voir tout en noir. Il existait sûrement des raisons d'espérer. N'étaient-ils pas en vie, pour commencer ? Et Tormaga n'avait-elle pas été vaincue ?

— Je crois que je manque de confiance, répliqua Litti. Et ça risque de durer un bout de temps !

— Je peux comprendre ça…

— Et puis, il existe toujours le risque qu'un nouveau Golan Tark apparaisse.

— Ce pourrait être toi : tu es un Trinicien et tu es talentueux.

Litti ne put masquer son étonnement désapprobateur, puis Iriane éclata de rire en voyant sa tête et il rit à son tour. Quand ils se calmèrent enfin, le jeune Trinicien dit :

— Qui sait… La sagesse voudrait que nous oubliions ces objets de magie.

— La sagesse ou la lâcheté ?

— Peut-être l'un *et* l'autre.

— Est-ce que ça signifie que je devrais me séparer de la Perle de Vie ?

— J'aimerais comprendre sa magie, c'est certain. Je me sens… envieux, en quelque sorte. Mais je ne peux pas t'imposer ça.

— Même si ce Talaris a aidé Tark ?

— Même si ce Talaris a aidé Tark, oui. C'est à toi de faire ce choix, Iriane. Il faudrait probablement en parler avec les prêtresses…

— Justement : je crois qu'il est temps de quitter la Veine et d'aller aider mes amies à Estebellia.

Lorsque vint le moment de se séparer du Gardien, ils eurent le sentiment d'en savoir aussi peu sur lui qu'à leur arrivée. Était-il généreux ou intéressé ? Il se faisait discret depuis la fin de Tormaga et se contentait d'échanger quelques mots de pure politesse. Kilarn ne révélait aucun secret, ne rapportait aucune histoire. Tout juste dit-il :

— Ce monde ira mieux sans connaître le dessein des dieux et des démons. Les uns et les autres en ont assez dit et en ont assez fait.

— Assez fait pour quoi ? insista tout de même Litti. En serions-nous là si dieux et démons n'avaient pas joué avec les humains ?

Kilarn sourit. Ses grands yeux en amande brillaient dans son visage à la peau mauve.

— Beaucoup de choses m'échappent aussi, cher humain. Beaucoup de choses, oui. Je ne suis qu'un modeste gardien, ajouta-t-il en inclinant son long et mince buste.

Un modeste gardien ? Rien n'était moins sûr. Mais il ne leur serait pas permis d'en savoir plus. L'heure était venue de regagner le monde des hommes et le démon aurait tout aussi bien pu les chasser de sa retraite.

* * *

Adrian tenait la main d'Onahra serrée dans la sienne. Pour la première fois depuis leurs retrouvailles il leur semblait à l'un comme à l'autre qu'ils pouvaient enfin prendre une décision commune. La première depuis une éternité.

Omok en personne leur avait proposé de retourner en Val-des-Miracles pour retrouver un monde perturbé ou bien de rester en Galameh pour en devenir les nouveaux maîtres – des maîtres sous contrôle, bien sûr.

Installé sur la berge, le couple impérial regardait la cascade qui signait le retour vers le monde des vivants. Que feraient-ils une fois là-bas qu'ils n'eussent déjà fait ? Rien, sans doute. Adrian estimait avoir conduit par deux fois des centaines de milliers d'hommes à la mort ; de quel droit aurait-il repris les rênes de ce monde ?

D'autre part, si un dieu lui laissait le choix d'oublier Val-des-Miracles, n'était-ce pas la garantie suffisante que l'on n'eût pas besoin de lui, outre-monde ?

Onahra avait, elle aussi, ses raisons de ne pas retrouver Consolata. Ce monde lui était devenu étranger à la force de l'exil auquel Tark l'avait contrainte. Elle-même avait contribué à y décimer une armée et le défi que posait Tormaga lui paraissait intenable, à présent que l'homme de sa vie se retirait du combat. La vision, même fugace, qu'Onahra avait eue de Corall-Medding était si différente de son souvenir que la cité ne lui manquerait pas. Il y avait bien ses sœurs laménides… L'idée de les abandonner définitivement était la plus pénible de toutes. Mais il restait la possibilité d'en retrouver certaines ici même, telle la doyenne Helenn, ou en Hemalag, peut-être. L'impératrice se tourna vers son époux et lui dit :

— Je suis prête à tenter l'aventure que nous propose Omok.

Adrian hocha la tête et répondit :

— Eh bien allons-y. Nous avons beaucoup de travail et je crois que Balabord est pressé de commencer.

Elle lui sourit et avança ses lèvres vers celles de l'homme qui était devenu démon. Ils s'embrassèrent longuement tandis que les portes entre les mondes se refermaient derrière eux.

Chapitre 14

Ol-Lohan était un survivant.

C'était là une idée à laquelle il pensait souvent. Il aurait dû mourir. Tormaga l'avait annoncé, après des semaines de torture. Des semaines si éprouvantes qu'il aurait lui-même aimé mettre fin à ses jours, si seulement la sorcière le lui avait permis.

Mais il avait survécu et son compagnon Ol-Tyron était mort. Ol-Lohan avait dévoré sa cruelle maîtresse au moment où celle-ci avait été dépossédée de ses pouvoirs, de sa magie. Il avait ainsi mis fin à la tragédie qu'avaient initiée, deux mille ans plus tôt, les Alfads. Pourtant, le dragon ne se considérait pas comme un héros. Il se disait plutôt : « J'ai saisi une occasion ». Contrairement à ses compagnons qui avaient poursuivi la Mère des Tourments jusqu'à l'ouest du monde, jusqu'à la Veine de Kilarn.

Je n'ai rien d'un héros...

D'ailleurs, les humains ne le célébraient pas tout à fait comme tel. N'avait-il pas tué et en grand nombre avant de venir à bout de son bourreau ? Sa position était pour le moins ambiguë.

Il avait rejoint Talaxania et ses montagnes en compagnie d'Ol-Nito et d'Ol-Drumond, à la recherche d'un clan qui les aurait accueillis. Les Ol-Garance les reçurent mais après plus d'une année, les Ol-Mentias se sentaient toujours des étrangers, les autres survivants de leur clan n'ayant jamais reparu.

Liés par un destin commun, les trois Ol-Mentias se retrouvaient très souvent. Ils ne parlaient guère des heures sombres et évoquaient les siècles passés auprès des leurs. Et lorsque le chagrin se faisait trop fort, ils parcouraient le ciel, mêlant leurs larmes à la matière des nuages.

Un jour il fallut bien mettre le pied dans les grottes où s'étaient achevées tant de vies. Ol-Nito refusa mais l'insistance d'Ol-Lohan finit par le convaincre.

À peine avait-il posé les pattes dans l'une des entrées qu'Ol-Lohan sut quelle mauvaise idée il avait eue en proposant ce pèlerinage. Plus d'une année après le massacre, les lieux en avaient conservé l'horreur, comme un parfum de morgue. Le sixième sens des dragons le leur rappela crûment.

Des carcasses noircies s'amoncelaient partout, couvertes de mousse, de champignons. Voilà tout ce qui restait d'un peuple. La mort avait dépouillé les Ols de leur majesté, de leur âme. De toute leur culture : aucune sépulture n'accueillait les voiliers géants. Les trois dragons avancèrent ainsi en silence, le cœur brisé. Pourquoi aucun clan n'était-il venu à leur secours ? Certes, tout était allé si vite. Quand bien même on serait venu les aider, Tormaga les aurait tués et il ne serait rien resté des autres clans.

Mais rien ne justifie qu'ils n'aient pas offert de sépulture à leurs congénères, ni célébré le moindre rituel, le moindre anniversaire.

À chaque pas dans les couloirs enténébrés il sembla aux dragons entendre les échos de la tuerie. Les cercles de flammes magiques auxquels tentaient de répondre les jets incendiaires des Ols. Et les cris, et les gémissements. Et la terreur qui sourdait de chaque Ol comme une humeur puissante et toxique. Tout cela était là, qui flottait entre deux cavernes, recouvrait les immenses parois voûtées, gouttait des stalactites pour composer un décor par-dessus le décor.

La colère grondait dans les veines d'Ol-Lohan. Cette folie… Il y avait un responsable. Un coupable. Tormaga ne pouvait payer pour tout. Elle n'était finalement que le produit de l'ambition et de la vanité d'autrui.

Des humains.

Ol-Tyron n'avait pu rencontrer les Alfads, au contraire de Jocquinius et de Litti ; s'il avait eu cette chance, le dragon en aurait-il profité pour les mettre face à leurs responsabilités ?

Cette question, Ol-Lohan la posa au patriarche des Ol-Garance, à son retour des grottes mentias.

— Ils ont payé, jeune Ol, lui répondit Ol-Garyll. Ils se sont sacrifiés.

— Ce n'est pas un sacrifice, c'est un exil et qu'ils ont eux-mêmes choisi.

— Un exil, dis-tu ? Dans les profondeurs d'un monde où ils ne connaissent pas le repos. Ce n'est pas ton idée du sacrifice ? demanda le vieux dragon à la carapace grise et aux moustaches tombantes.

— Je… Je ne sais pas. Mais j'ai une autre question, Vénérable : pourquoi aucun clan n'a-t-il offert de sépulture aux miens ? J'ai du mal à prendre ça autrement que pour du mépris ! Au mieux, de l'indifférence…

Ol-Garyll fronça ses épaisses arcades sourcilières. Puis il dit :

— Les Ol-Mentias ont toujours tenu à respecter leur engagement auprès des Alfads. Leur loyauté est grande, elle l'a toujours été ; comment les en blâmer ? Tous les clans n'étaient pas d'accord pourtant : garder une prisonnière d'une telle férocité, n'était-ce pas prendre le risque de se laisser contaminer à notre tour ? Nous avons respecté le choix de ton clan dans le sens où nous n'avons rien fait pour nous y opposer une fois la discussion close. Toutefois, il nous est devenu difficile d'entretenir les mêmes rapports qu'avant cette décision. Comprends-tu cela ?

— Oui. Oui, je peux comprendre… Mais était-ce une raison pour abandonner leurs carcasses aux charognards ? Les miens… Ils sont comme… comme oubliés ! Méritaient-ils vraiment ça ?

— Qui voudrait oublier une semblable tragédie ? Moi, je ne le veux pas. Depuis que j'ai appris la nouvelle du massacre, pas un nuage n'a traversé le ciel sans que je pense à vous. Qui voudrait oublier ce moment où la folie des hommes a consumé la paix d'un peuple ? Non, mon enfant, personne ne veut tirer un trait sur ce qui s'est passé chez toi. Pas un Ol ne veut mépriser l'un des tiens. Ne vois-tu pas que les grottes intouchées des Ol-Mentias sont un mémorial ?

Ol-Lohan ouvrit la bouche pour répliquer puis s'abstint à l'instant où l'argument d'Ol-Garyll touchait le plus profond de son âme. Un mémorial. Pour que plus jamais ne se reproduise pareil drame.

Le Vénérable laissa le silence faire son œuvre, puis il ajouta :

— Je sais que tu n'es pas né Ol-Mentias. Je sais aussi que parmi eux tu as toujours été un peu… à part. Ce que tu as vécu sous la tyrannie de Tormaga a fait de toi un être encore plus singulier. Tu ne pourras pas échapper à cette réalité, mon enfant. Pourtant, sache que tu as ta place ici, parmi nous et pour toujours. Pars et reviens. Voyage et côtoie qui bon te semble. Vis, Ol-Lohan ! Quels qu'aient été ton existence, tes choix, tes peines, quand tu reviendras de tes pérégrinations nous serons là pour t'accueillir et t'écouter. Et il en ira de même pour Ol-Drumond et Ol-Nito.

Ol-Lohan remercia le Vénérable. Il décida avec ses compagnons de retourner en Consolata. Il avait du monde à voir, là-bas. Des amis. Il comptait sur leur fidélité.

Épilogue

Vingt-cinq ans plus tard.

Chaque année les dragons survolaient Estebellia avec une joie mêlée de curiosité. Leurs visites régulières leur réservaient toujours de nouvelles surprises.

Il faut dire que les travaux allaient bon train dans la ville : elle se transformait et occupait désormais la place laissée vacante par Corall-Medding, rebaptisée Mont-des-Cendres.

Dix ans après la chute de Haut-Temple, on avait posé la première pierre de ce qui serait le temple de la Réunion. La Première Dame eut l'idée de ce nom et elle l'imposa à son époux après bien des disputes sans gravité. Litti finit par dire, avec bonne humeur :

— Tu as toujours le dernier mot, Iriane. Et c'est proprement infernal !

— Je te signale qu'il plaît aussi à ta fille.

— Eh bien, toi *et* Mina êtes infernales.

Quinze années après le début des travaux, le temple était aux deux tiers achevé : il manquait la troisième aile. Malgré cela, les cours avaient commencé dans cette université dès que la première partie avait reçu sa toiture. Litti ayant souhaité inaugurer chacune des ailes lors d'une grande fête populaire, il était temps de célébrer l'édification de la deuxième. Les Estebelliens attendaient ce moment avec impatience. Tout était bon pour fêter la Première Dame et le Régent. La rue les aimait, les notables les aimaient, les Laménides les aimaient, ainsi que les religieux de tous bords.

Avec l'aide des prêtresses survivantes, dont Paola, il ne leur avait fallu que quelques semaines pour venir définitivement à bout des spectres qui hantaient les rues de la grande cité méridionale. C'est en ces moments héroïques que les jeunes gens avaient acquis leur dimension historique. On les porta au pinacle presque malgré eux et la population, qui avait eu vent de leurs exploits depuis les prémices de la résistance aux Galaméens jusqu'à la poursuite de Tormaga, exigea qu'ils deviennent les maîtres de leur ville. Il ne se trouva pas grand monde pour s'opposer à cette décision populaire, et si cela prit quelques années au couple pour restaurer un pouvoir équilibré et juste, ils surent se faire conseiller.

Leur règne devint une évidence. Une nouvelle ère de paix s'installa, à peine troublée par les velléités belliqueuses de seigneurs régionaux.

Il y eut toutefois un hiatus dans cette ascension : peu de temps après leur accession au pouvoir, les matrices triniciennes ne se laissèrent plus invoquer. L'homme de pouvoir qu'était devenu Litti s'en inquiéta et son anxiété menaça de le plonger en un profond désespoir.

— Je me sens orphelin…, se plaignit-il auprès de son épouse. Comme si… comme si Jocquinius mourait à nouveau.

— Peut-être que la vie reprend définitivement ses droits en Elamia, mon amour.

— Ou que les ponts avec Galameh sont définitivement rompus, supposa-t-il.

Un mois après cette constatation, Iriane était enceinte d'un garçon. Elle perdit contact avec la Perle de Vie le jour de l'accouchement : le Talaris devint un simple pendentif et par moments elle aurait affirmé qu'il était plus froid qu'un autre. Au moins les atishas n'avaient pas complètement perdu leurs pouvoirs. Cela arriverait-il un jour ? Il ne se trouvait aucune certitude sur laquelle compter, pas plus en magie qu'ailleurs. Kilarn ne s'adressait plus à Iriane et on ne pouvait pas davantage l'interroger sur cette question que sur toute autre. D'ailleurs, aurait-il seulement répondu ? Otum non plus n'avait pas reparu. Le démon d'Anakann avait-il achevé sa mission en Consolata ? Avait-il définitivement rejoint les sables ?

Des questions… Il en venait toujours à celui qui s'intéressait à la marche du monde. Il en viendrait éternellement. En attendant d'obtenir un début de réponse, ou même une nouvelle énigme en guise de résolution, il fallait vivre. Vivre et régner.

Achevé d'imprimer en mai 2011
N° d'impression L 74535
Dépôt légal, juin 2011
Imprimé en France
35294484-1